HEYNE
BÜCHER

Tip des Monats

In derselben Reihe
erschienen außerdem als Heyne-Taschenbücher:

Catherine
Cookson

Am Ende der Flut
Der einsame Mann
Die Straße der Hoffnung

DREI LIEBESROMANE – UNGEKÜRZT!

WILHELM HEYNE VERLAG
MÜNCHEN

HEYNE TIP DES MONATS
Nr. 23/126

AM ENDE DER FLUT/The Slow Awakening
Copyright © 1976 by Catherine Cookson
Copyright © 1984 der deutschen Ausgabe
by Franz Schneekluth Verlag, München
Genehmigte Taschenbuchausgabe im Wilhelm Heyne Verlag
GmbH & Co. KG, München
Aus dem Englischen von Erni Friedmann

DER EINSAME MANN/The Unbaited Trap
Copyright © 1966 by Catherine Cookson
Copyright © 1983 der deutschen Ausgabe
by Franz Schneekluth Verlag, München
Genehmigte Taschenbuchausgabe im Wilhelm Heyne Verlag
GmbH & Co. KG, München
Aus dem Englischen von Lydia L. Dewiel

DIE STRASSE DER HOFFNUNG/The Fifteen Streets
Copyright © 1952 by Catherine Cookson
Copyright © 1982 der deutschen Ausgabe
by Franz Schneekluth Verlag, München
Genehmigte Taschenbuchausgabe im Wilhelm Heyne Verlag
GmbH & Co. KG, München
Aus dem Englischen von Ilse Pauli

Umwelthinweis:
Dieses Buch wurde auf
chlor- und säurefreiem Papier gedruckt

Copyright © 1996 dieser Ausgabe by Wilhelm Heyne Verlag
GmbH & Co. KG, München
Printed in Germany 1996
Umschlagillustration: Enno Kleinert, München
Umschlaggestaltung: Atelier Ingrid Schütz, München
Gesamtherstellung: Elsnerdruck, Berlin

ISBN 3-453-09870-6

Am Ende der Flut

Erster Teil · Die Kinder Gottes

1

Sie rief: »Johnnie! Johnnie!« Dann blickte sie sich furchtsam um, als hätte der Klang ihrer eigenen Stimme sie erschreckt. Sie spähte bis ans Ende der mit Kopfsteinen gepflasterten Straße. Eine Seite lag im Schatten, die andere in grellem Sonnenlicht, so daß sie jedes Dach, jede Mauer, ja selbst die kleinsten Fenster deutlich wahrnahm. Während sie ins Licht blinzelte, hielt sie den Kopf in eigenartiger Weise erhoben, dann senkte sie ihn jedoch wieder, bis das Kinn ihre Brust berührte, ehe sie weiterlief und abermals rief: »Johnnie! Johnnie, komm sofort her! Wo steckst du nur?« Doch ihre Stimme war zu kraftlos, als daß sie weit gedrungen wäre; nicht einmal der heftige Wind, der sich erhoben hatte, vermochte sie in die Ferne zu tragen.

Als sie am oberen Ende der Straße angelangt war, die auf einen kleinen Platz mündete, zögerte sie, als fürchte sie sich, ihn zu überqueren. Rasch warf sie einen Blick nach links, dann nach rechts, bis sie die Ladentür aufgehen und einen kleinen Jungen über die Stufen stolpern sah.

Eilends lief sie auf ihn zu, packte ihn bei den Schultern, schüttelte ihn und sagte zornig: »Warte nur! Du hast es also wieder getan. Sie werden dich eines Tages noch umbringen! Komm jetzt.« Sie ergriff seine schmutzige Hand und zerrte ihn so heftig mit sich, daß seine nackten Füße kaum das Pflaster berührten. Schon hatten sie den Platz überquert, um wieder in die Straße einzubiegen, als zwei Männer aus einer Seitengasse hervortraten. Einer trug einen Fischkorb, der andere hatte ein Netz wie eine römische Toga über die Schulter geworfen. Es flatterte im Wind, und da es dem Mädchen die Sicht benahm, stolperte sie und konnte sich nur durch unwillkürliches Ausstrecken der Hand im Gleichgewicht halten. Ängstlich blickte sie zu den beiden Männern empor.

Diese blieben wie angewurzelt stehen; dann stieß der größere der beiden einen Fluch aus und brüllte los: »Hau ab, du verdammte Hexe, hast du gehört? Wie oft hab ich dir schon gesagt, daß du uns mit deinem bösen Blick verschonen sollst! Wieder ein Tag verloren! Heute geht uns garantiert kein einziger Fisch ins Netz, du Satan! Na, warte nur!«

Als er sich nach einem Stein bückte, rannte sie, den Jungen hinter sich herschleppend, in panischer Hast davon. Sie waren noch nicht um die Ecke gebogen, als der Stein gegen die Hausmauer prallte, keinen Zoll breit von ihrem Gesicht entfernt.

Sie hetzte weiter, ihre Hand suchte mit hektischem Zucken gleichsam einen Halt in der Luft. Das Kind heulte los: »Kirsten! Kirsten!« Aber sie achtete nicht darauf, sondern zwang den Kleinen, weiterzulaufen.

Nun befanden sie sich bereits hoch über dem Strand, so daß sie die Fischerboote, die sich in der Dünung hoben und senkten, überblicken konnten. In den Booten und auf dem Strand standen einige Männer, die jetzt alle nach oben blickten, nicht auf sie und den Jungen, sondern auf ihre Verfolger. Mit pochendem Herzen lauschte sie den immer schwächer werdenden Flüchen. Natürlich waren die Männer über ihr Mißgeschick empört. Den Fang eines ganzen Tages verloren zu wissen war bitter.

Sie nahm die drei Stufen am Ende der Straße in einem einzigen Sprung, und obwohl sie und der Kleine auf weichen Sand fielen, schrie der Junge auf und faßte mit schmerzlich verzogener Miene nach seinem Arm.

Nachdem sie ihm aufgeholfen hatte, stand sie, nach Atem ringend, da, ohne ein Wort hervorbringen zu können. Sie rieb seinen Arm und keuchte schließlich: »Es tut mir leid. Es tut mir leid, Johnnie, aber es geschieht dir recht. Du wirst sehen, die bringen uns noch um.« Sie sagte »uns«, obwohl sie »mich« meinte.

Sie neigte den Kopf zur Seite, hob die Hand über die Augen und blickte zum Strand hinunter, wo jetzt ihre beiden Verfolger standen. Dann holte sie tief Atem, ergriff abermals die Hand des Jungen, eilte mit ihm um einen weit vorspringenden Felsen herum und erreichte schließlich eine Gruppe von Kindern, die in einer Höhle beisammenkauerten.

Die Kinder saßen noch genauso da, wie sie sie verlassen hatte. Jedes war mit einem um die Brust geschlungenen Seil an einem riesigen Balken, der einmal als Brückenpfeiler gedient hatte und nun langsam vermoderte, angebunden. Das hatte sie sich vor langer Zeit ausgedacht, um sie beieinanderzuhalten. Und die Kleinen protestierten niemals wegen dieser Einschränkung ihrer Bewegungsfreiheit.

Johnnie wurde nicht immer an diesem Gängelband geführt, denn da seine Beine gerade waren, lief er gerne umher. Und bei dieser Gelegenheit war der Bonbonladen ein richtiger Anziehungspunkt für ihn geworden. Das war merkwürdig, denn er hatte in seinem Leben noch kein einziges Bonbon gegessen. Eines Tages, vor ungefähr drei Monaten, war er davongelaufen und hatte den Laden entdeckt. Seither wäre er, wenn sie sich nicht jedesmal sofort auf die Suche nach ihm gemacht hätte, schon hundertmal auf und davon gewesen. Aber am heutigen Tag hatte sie mit Florrie, die immerzu weinte, und mit Annie, die krank war, alle Hände voll zu tun gehabt.

Nun stieß sie Johnnie zu den fünf anderen Kindern hinunter. Sie band ihn nicht fest; heute würde er nicht mehr davonlaufen. Er war müde und hielt sich noch immer den Arm, auf den er vorhin gefallen war. Sie setzte sich an den Rand des von den sechs Kleinen gebildeten Kreises, schlug die Hände vors Gesicht und wiegte sich einen Moment lang hin und her. Sie wußte, was geschehen würde, wenn sie heimging. Ma Bradley würde sie mit einem Ledergürtel züchtigen. Ihr Instinkt riet ihr, aufzustehen, die kleine Schar heimzutreiben und es so schnell wie möglich hinter sich zu bringen. Aber sie durfte noch gute zwei Stunden nicht nach Hause, nicht ehe die Sonne untergegangen war. Sie hatte aufgehört, sich zu fragen, weshalb das so war; sie wußte nur, daß Hop Fuller und Ma Bradley verschiedenes zu erledigen hatten – geheimnisvolle Geschäfte.

Als das Kleinste zu weinen anfing, ließ Kirsten die Hände sinken, kroch zu dem Kind hin und murmelte: »Ruhig, Annie, ruhig! Was ist denn?« Dabei wußte sie genau, was das Kind quälte, noch ehe Mary altklug sagte: »Sie will ihren Milchbrei haben, Kirsten.«

Kirsten sagte nicht, die Kleine müsse eben noch warten. Sie nahm sie auf den Schoß und wiegte sie hin und her.

Annie war erst zweieinhalb Jahre, und ihre Beinchen waren gekrümmt und spindeldürr. Sie war noch nie einen Schritt gegangen und würde es auch vermutlich niemals tun, denn sie hatte Rachitis. Auch Mary und Bob, die beiden Fünfjährigen, und die dreijährige Anna hatten Rachitis, doch konnten sie sich leidlich auf den Beinen halten.

Mary blickte zu Kirsten auf und fragte ruhig: »Können wir noch immer nicht zurück, Kirsten?« Sie sagte nicht »heim«, sondern »zurück«, und Kirsten antwortete, als spräche sie mit einer Gleichaltrigen: »Du weißt genau, daß das noch nicht geht, Mary. Sie würde uns nur durchprügeln.«

Mary saß da und blickte in die Ferne. Sie sah aus wie eine alte Frau, und selbst ihre Stimme klang wie die einer Erwachsenen, als sie sagte: »Glaubst du, daß meine Ma mich jemals wieder holen wird, Kirsten?« Sie blickte dabei zu Boden, aber Kirsten sah sie an, zögerte erst und erwiderte schließlich: »Aber ja, Mary, natürlich wird sie das. Sie hat gewiß zu tun; auf manchem Posten kann man nur einmal im Jahr weg, hab ich gehört, zur Kirmes und so. Sie muß bestimmt noch arbeiten.«

Nun sah Mary sie an und nickte.

Bob, der die ganze Zeit ruhig dagesessen hatte und an dem Ausschlag auf seiner mageren Wade kratzte, sah zu Kirsten auf und fragte: »Hast du nicht vielleicht ein Stück Brot, Kirsten?« Ungeduldig schrie sie ihn an: »Du weißt genau, daß ich keines habe und daß du erst eines bekommst, wenn wir zurück sind. Also sei still.«

Sie schwiegen alle. Sie saßen da wie eine Gruppe alter Männer und Frauen und warteten. Worauf, wußte keiner von ihnen.

Die Sonne war ins Meer gesunken, und die Dämmerung hatte eingesetzt, als Kirsten Annie aufhob und mit den hinter ihr her stolpernden Kindern zum Stadtrand ging. Als sie das Seitengäßchen betraten, das zu Ma Bradleys Hütte führte, hörte sie hinter der Hecke dieselben Stimmen, die sie am frühen Nachmittag in die Flucht getrieben hatten; sie klangen erregt, geradezu bedrohlich.

Kirsten blieb einen Moment lang wie angewurzelt stehen; dann drehte sie sich um und trieb die Kinderschar, Annie noch immer im Arm haltend, in den Graben. Dort befahl sie den Kleinen, sich niederzusetzen. Alle mit Ausnahme Johnnies gehorchten ihr wortlos, ihm mußte sie die Hand auf den Mund pressen. Da sah auch er ein, daß man den Abzug der durcheinanderschreienden Männer abwarten mußte.

Kirsten zögerte zur Sicherheit noch eine Weile, dann führte sie die Kinder über das gepflügte Feld, das mit Abfällen eines Zigeunerlagers bedeckt war, bis zum an die Hütte grenzenden Garten. Hier brachte sie Ma Bradleys Stimme abermals zum Stehen. Sie folgte den hinter dem Schweinestall hervorwinkenden vier Kinderhänden, bückte sich, blickte in die schmutzigen Gesichter der Kleinen und flüsterte: »Was haben sie gesagt?«

Die zwölfjährige Nellie schob das spitze Kinn vor und wisperte: »Sie will dich loswerden, Kirsten.« Und die siebenjährige Millie fügte in leise winselndem Ton hinzu: »Sie sagen, daß du fort mußt, Kirsten; Joe Bennett und Peter Turnbull. Sie sagen, daß du gehen mußt.«

Als Kirsten auf Millie niedersah, sagte Nellie: »Sie haben ihr bis morgen Zeit gelassen. Dann wollen sie hier alles ausräuchern.«

Nun ergriffen die beiden neunjährigen Mädchen, Cissie und Peggy, ihre Hand und bettelten: »Geh nicht! Geh nicht!« Nellie berichtete: »Sie meinen es diesmal ernst. Es waren sechs von ihnen da, und einer hat sogar mit dem Richter gedroht. Das hat sie am allermeisten erschreckt. Du weißt, wie sie sich vor dem Gericht fürchtet.«

Die vier schmutzigen Kinder starrten Kirsten nun schweigend an, bis Millie plötzlich den Kopf an ihre magere Taille preßte und laut loszuheulen begann.

Während Kirsten Millies Kopf tätschelte, blickte sie sich um, als suche sie nach einem Ausweg. Dabei streiften ihre Augen Hop Fullers Karren, aus dem die Pferde ausgespannt waren. Die gelbgestrichenen Deichseln hingen auf den schmutzigen Boden des Hofes herunter; die Kessel und Teekannen und Körbe, die auf Haken unter dem Wagen baumelten, wirkten aus diesem Gesichtswinkel, als würden sie jeden Moment im Schlamm versinken. Der Karren hatte hölzerne Seitenteile und ein Dach aus Segeltuch. Ihre verwirrten Gedanken konzentrierten sich immer mehr auf den Wagen. Wenn sie nur so etwas Ähnliches hätte und ein Pferd, dann würde sie bis ans Ende der Welt fahren, wo keiner sie scheel anblicken würde und sie immer den Kopf hochhalten könnte.

Ma Bradleys Stimme schreckte sie jäh aus diesen Träumen auf. »Wo ist sie?« schrie sie. »Komm heraus! Komm sofort hierher, du Hexe! Komm heraus!«

Als Kirsten sich langsam aufrichtete, kam Ma Bradley um die Ecke gestoben, blieb stehen und starrte die magere Gestalt an, die mit einem langen Rock, der einmal schwarz gewesen, nun aber grünbraun wirkte, sowie einem über und über geflickten Leibchen, das kaum mehr etwas von dem ursprünglichen Material enthielt, bekleidet war. Aber Ma Bradleys Augen ruhten nicht auf dem Kleid des Mädchens, sondern auf ihrem Gesicht, auf ihren Augen: Eines davon war groß und braun und von dichten, dunklen Wimpern umrahmt und sah ihr gerade ins Gesicht, während die Pupille des anderen auf ihre Nase gerichtet war; auf dem schielte sie nämlich.

»Du schieläugiger Trampel, du!« rief Ma Bradley, während sie wütend näher kam. »Hab ich dir nicht immer und immer wieder gesagt, daß du dich von den Fischern fernhalten sollst? Dreimal hast du sie in diesem Jahr schon um ihren Fang gebracht, dreimal. Aber das ist das Ende. Du wirst schon sehen. Ich stecke dich glatt ins Arbeitshaus, falls die dich dort überhaupt reinlassen, wovon ich absolut nicht überzeugt bin. Die haben schon ohne so eine wie dich genug Pech.«

Mit ausgestreckten Händen rückte sie Kirsten noch näher auf den Leib. Aber das Mädchen rührte sich nicht vom Fleck. Sie wußte, daß Ma Bradley sie nie im Leben mit bloßer Hand berühren würde, das hatte sie nie getan. Dazu fürchtete sie sich viel zu sehr vor dem Fluch, der, wie alle behaupteten, auf ihr lastete. Ihr gesundes Auge zuckte nicht, als Ma Bradley nun rief: »Nellie und Peg, holt die Stöcke.«

Nellie tauchte, gefolgt von Peggy, hinter dem Schweinestall auf. Mit müder Stimme erhob das größere Mädchen Einwand gegen diesen Befehl. »Ach, Ma, ich bin völlig erledigt. Es war ein höllischer Tag. Ich bin über und über verschwitzt.«

»Du wirst noch viel mehr ins Schwitzen geraten, wenn du sie nicht auf der Stelle holst.«

Langsam gingen die Mädchen in die Hütte, und als sie zurückkamen, hielt jedes von ihnen einen Bambusstock in der Hand. Sie starrten Kirsten hilflos an. Aber die hatte den Blick nicht von Ma Bradley gewendet. Als Ma Bradley loszeterte: »Was ist? Fangt endlich an!« hoben die Mädchen die Stöcke hoch und ließen sie kraftlos auf Kirstens Rücken niederfallen.

»Mehr Schwung, wenn ich bitten darf!« schrie Ma Bradley. »Höher, höher, los!«

Langsam richteten sie die Schläge nach oben, und obwohl sie Kirstens Hals nur ganz leicht berührten, veranlaßten die damit verbundenen Schmerzen sie, den Kopf auf die Brust zu senken und das Gesicht in der Armbeuge zu bergen; sie drehte sich zur Wand, und als die Mädchen mit den Schlägen aufhörten, blieb Kirsten stehen, wo sie stand. Und Ma Bradleys Stimme schmerzte heftiger, als die Schläge es getan hatten. »Du, Cissie, und du, Millie, bringt die andern ins Haus, gebt jedem ein Stück Brot, und bringt sie zu Bett. Rasch jetzt. Ich habe gesagt, rasch. Mit der hier bin ich fertig. Die bringt mich sonst noch um Kopf und Kragen.«

Als Kirsten sich schwankend umdrehte, war der Hof leer. Während ihr die Tränen über die Wangen liefen, drückte sie ihren Rücken und die ineinander verschlungenen Hände gegen die rauhe Hauswand und sah schluchzend zum Himmel empor.

Nun mußte sie also tatsächlich gehen. Aber hatte sie denn nicht immer fort wollen, fort aus dieser schmutzigen Hütte, fort von Ma Bradley? Nur, da waren die Kinder. Sie war der einzige Mensch, der es verstand, mit den Kindern umzugehen, der einzige Mensch, der ihnen Trost bot. Was würden sie ohne sie anfangen? Annie, deren Beinchen zu dünn waren, um sie jemals zu tragen, und Bob und Florrie und Mary und Ada? Johnnie würde sich zu helfen wissen; seine Beine waren gerade, er würde in der Fabrik arbeiten gehen mit Nellie, Peggy, Cissie und Millie. Um die Älteren machte sie sich keine Sorgen, jedenfalls keine so großen. Aber auch sie brauchten sie; vielleicht Nellie nicht mehr, aber die anderen brauchten sie immer noch.

Sie hob die Hand und preßte sie fest auf den Mund. Sie wollte nicht ins Arbeitshaus, aber wohin sollte sie sonst gehen? Niemand würde eine wie sie nehmen. Sie brachte Unglück. Das war ihr seit Mai selbst klargeworden, als Jimmy Bennett, Joe Bennetts Sohn, kaum, daß er mit ihr gesprochen hatte, gestorben war.

Dabei war es ein schöner Tag gewesen. Das Meer war spiegelglatt, die Fische sprangen, die Netze füllten sich. Und dann zog plötzlich ein Gewitter auf mit Sturm und heftigem Regen. Es dauerte keine zwanzig Minuten. Danach war alles verschwunden: sein Boot, sein Netz und er. Nichts als ein toter Fisch, der an jener Stelle dahintrieb, an der man ihn vor dem Gewitter sein Netz hatte auswerfen sehen, erinnerte an ihn. Und dann raunte es einer dem andern zu, daß Jimmy kurz zuvor mit ihr gesprochen hätte.

Sie erinnerte sich genau an seinen Gesichtsausdruck, als er stehengeblieben und »Hallo« gesagt hatte. So etwas passierte nur ganz selten. Denn sosehr ihre linke Gesichtshälfte die Menschen anzog, so sehr stieß ihre rechte sie ab. Jimmy aber war nicht zurückgezuckt, als er ihr voll ins Gesicht geblickt hatte, sondern hatte ihr zugelächelt und in ausgesprochen freundlichem Ton gesagt: »Ein wunderbarer Tag, nicht?«

Da sie zu verblüfft war, um zu antworten, hatte sie nur genickt. Und dann hatte er gesagt: »Du hast wohl alle Hände voll zu tun mit dieser Rasselbande.« Dabei hatte er auf die Kinderschar niedergesehen. Abermals hatte sie genickt. Da hatte er sie mit einemmal ganz ernst angesehen und die einzigen freundlichen Worte zu ihr gesprochen, die sie jemals zu hören bekommen hatte – zumindest soweit sie sich erinnern konnte. »Du brauchst dich nicht vor mir zu fürchten«, hatte er gesagt, »oder es dir gar zu Herzen zu nehmen, was manch einer daherredet. Die Menschen sind einfach ungebildet, weißt du? Daher kommt ihr Aberglaube.« Daraufhin hatte sie den Kopf gesenkt und sich rasch abgewandt, weil seine Freundlichkeit ihr die Kehle zuschnürte, daß sie sich am liebsten auf der Stelle ins Gras geworfen und losgeweint hätte. Das konnte sie natürlich nicht vor Jimmy tun, damit hätte sie ihn gewiß nur erschreckt. Also ließ sie ihn stehen und lief zu den Kindern zurück. Und dann war er nicht mehr vom Fischfang heimgekommen.

Nellie kam nun um die Ecke gelaufen und sagte, sich an Kirsten schmiegend: »Es tut mir leid, Kirsten, es tut mir ja so leid.«

Kirsten sah auf sie nieder. »Ist schon gut, Nellie.«

»Würdest du hineinkommen? Ich kann mit Annie einfach nicht fertig werden. Sie schreit immerzu. Und Johnnie folgt mir auch nicht. Alles macht er auf den Boden.«

Kirsten drehte sich um und betrat die Hütte. Sie durchquerte die Küche, die in zwei ebenerdig gelegene Räume mündete. In einem davon standen drei schmale Pritschen. Auf jeder von ihnen saßen zwei Kinder und verschlangen ihr Stück Brot. Cissie war gerade damit beschäftigt, Johnnies Notdurft vom Boden aufzuwischen, während Millie versuchte, Annie zu trinken zu geben.

Kirsten bückte sich und nahm Millie das weinende Kind ab. Aus ihrer Hand nahm die Kleine die Flasche mit der abgerahmten Milch voller toter Fliegen eher an. Sofort begann sie zu saugen, wenn auch ziemlich kraftlos.

Nachdem das mehr als dürftige Mahl beendet war, sagte Kirsten, indem sie über die schmutzstarrenden Kinder unwillkürlich die Nase rümpfte, in strengem Ton: »Wir müssen Wasser herauftragen, Nellie. Die Kinder müssen gewaschen werden.«

Noch ehe Nellie gegen diese zusätzliche Arbeit nach einem Zwölf-Stunden-Tag Widerspruch erheben konnte, warf Cissie ein: »Sie wird es dir wahrscheinlich nicht erlauben, Kirsten.« Da die

Blicke aller auf sie gerichtet waren, sagte Kirsten achselzuckend: »Ich werde so weitermachen wie immer, bis sie es mir verbietet.«

Und sie machte weiter. Bis zehn Uhr. Ohne daß Ma Bradley auch nur im entferntesten daran dachte, es ihr zu verbieten. Das war nicht mehr nötig. Kirstens Zukunft war längst entschieden.

Hop Fuller war erst neunundvierzig, sah jedoch gut und gerne wie sechzig oder noch älter aus. Er war untersetzt und sein Specknacken derart kurz, daß es den Anschein hatte, er wäre bucklig. Das war er aber nicht. Doch war eines seiner Beine kürzer als das andere, und so war er von Maryport, wo er zur Welt gekommen war, bis in den äußersten Winkel von South Shields, wo die Nordsee es bereits umspülte, als Hop Fuller, das Hinkebein, bekannt.

Obwohl er in Maryport das Licht der Welt erblickt hatte, war er alles andere als ein Stadtmensch, denn seine Familie zog seit vier Generationen über die Landstraße. Sie waren allesamt Kesselflicker, Korbmacher, Wahrsager, Roßtäuscher und kleine Diebe gewesen.

Er saß nun mit ausgestreckten Beinen da, das kürzere verwegen übergeschlagen, die Hände hinter dem Kopf verschränkt, und wirkte nicht nur völlig entspannt, sondern war es auch tatsächlich. Das einzige, was ihm im Leben Befriedigung verschaffte, war ein guter Handel, und er wußte, daß er nahe daran war, einen solchen abzuschließen. Während er mit gerunzelten Brauen zur rauchgeschwärzten Decke starrte, sagte er in absichtlich zögerndem Ton: »Ich habe da so meine Bedenken. Bestimmt wird sie mir das Geschäft vermasseln.«

Ma Bradley, die eben den Bierkrug an den Mund führen wollte, hielt inne, starrte ihn an und murmelte: »Aber du hast doch vorhin gesagt, daß du sie nehmen wirst. Zwei Pfund wirst du mir für sie geben, hast du gesagt.«

»Ja, stimmt schon. Aber wie kann ich wissen, ob du mir in einem gewissen Punkt auch die Wahrheit sagst, hm?« Er schwenkte den Zeigefinger vor ihrem Gesicht hin und her. »Wir beide kennen uns doch, Ma, nicht?«

»Ich schwör dir bei allem, was mir heilig ist«, sagte Ma Bradley eindringlich, »daß ich dir die Wahrheit gesagt habe. Bis heute ist ihr kein Mann zu nahe gekommen. Es traut sich keiner. Ich sag dir doch, jeder läuft vor ihr davon.«

»Vierzehn ist sie, sagst du, und da hat sich noch keiner über sie hergemacht? Und das soll ich dir glauben?«

»So wahr mir Gott helfe! Dabei hätte sie bei ihrem Aussehen, abgesehen von dem Auge natürlich, wirklich eine Stange Geld machen können. Nellie zum Beispiel bekommt jedesmal drei Pence, und da sie flink ist, zahlt sich das auf dem Jahrmarkt und dergleichen schon aus. Kirsten war bisher ein glattes Verlustgeschäft für mich. Aber«, sie nickte ihm eifrig zu, »was Kinder anlangt, da ist sie großartig. Wenn sie weggeht, brauche ich glatt eine Hilfe. Ich werde Cissie oder Millie behalten müssen, denn allein werde ich mit dieser verdammten Bande nicht fertig. Zur Zeit hab ich bloß sechs Kleine, aber ich kann mit Leichtigkeit fünfzehn kriegen. Wohlgemerkt«, sie hob den Zeigefinger, »nicht lauter Hinterhofpflanzen. O nein, Johnnie zum Beispiel.« Sie hob stolz den Kopf. »Der ist auf parfümierten Bettlaken zur Welt gekommen, oder ich freß einen Besen! Die, die ihn hergebracht hat, war bestimmt nicht die Mutter, sondern bloß die Magd.« Sie beugte sich vor und schloß im Flüsterton: »Zwanzig Pfund pro Jahr bekomme ich für ihn. Zwanzig Pfund!«

»So was! Zwanzig Pfund. Du mußt ganz schön vermögend sein, Ma.«

»Was soll's!« begehrte sie auf. »Wenn ich es von dem einen bekomme, muß ich es für den andern ausgeben. Für Mary zum Beispiel. Ihre Mutter ist mir schon drei Monate lang das Kostgeld schuldig. Sie ist in Carlisle im Dienst; kommt einmal im Jahr mit zwei Pfund angerückt. Das ist alles. Zwei Pfund! Und da glaubst du, daß ich vor Geld stinke!«

»Wahrscheinlich ist das alles, was sie bekommt.«

»Das geht mich nichts an. Mich interessiert nur, was sie für den Balg zahlt. Einen Monat warte ich noch, dann geht's ab ins Heim mit diesem Fliegenschiß. Es war der Kellermeister, hat sie gesagt. Würde mich nicht wundern, wenn sie schon wieder eins gefangen hätte, weil sie gar so lange nichts von sich hören läßt. Hundsfötter sind sie, alle miteinander, kann ich dir verraten. Und saudumm obendrein.«

Hop Fuller stellte seine Beine nebeneinander und rückte auf dem Stuhl hin und her, ehe er fragte: »Wie bist du denn zu ihr gekommen, ich meine, zu dem Schielauge?«

»Das, das …«, sagte Ma Bradley und preßte die Lippen zusammen. »Das war der unglückseligste Tag in meinem Leben, wo die meinen Weg gekreuzt hat. Ich war damals Hebamme und bin viel herumgekommen, sogar aus Wigton haben sie nach mir geschickt. Dabei hab ich ständig aufpassen müssen, denn Spitzel hat man mir gerade genug auf den Hals gehetzt. Dann kam das Jahr, wo das Fieber in der Gegend umging. Die halbe Grafschaft wurde davon heimgesucht. Ich war Tag und Nacht auf den Beinen, und so bin ich auch zu Joe Merlin, der auf der Hauptstraße droben die Gastwirtschaft ›Zum Büttel‹ hatte, gekommen, als er nach mir geschickt hat. ›Du mußt mir ein Ehepaar aufbahren‹, hat er gesagt. Es waren junge Leute. Mit Augen groß wie Teetassen und völlig normal, keine Spur von Schielen, sag ich dir. Joe hat mir erzählt, daß sie vor drei Tagen angekommen seien, höchst ehrbare Leute aus London, die auf der Fahrt nach Hexham bei ihm Rast machen wollten, weil sie sich schlecht gefühlt haben. Er hat seine Nächstenliebe, die ihm gebot, sie aufzunehmen, verflucht, denn es hatte ihn selbst erwischt. Das hat er mir alles erzählt, als ich an seinem Krankenbett saß, zwei Tage, ehe er abkratzte. Keine Menschenseele war mehr im Gasthof, sie hatten ihn verlassen wie Ratten ein sinkendes Schiff. Hätte ich gewußt, was los war, dann hätten mich keine zehn Pferde in dieses Fiebernest gebracht, das kann ich dir versichern. Zum Glück hab ich eine eiserne Natur, ich hab weder von der Cholera noch vom Typhus was abbekommen. Nun, was hätte ich mit dem Kind tun sollen, frag ich dich? Ich konnte die Kleine nicht einfach dort lassen. Also hab ich sie mit heimgenommen. Und dann wurde sie selbst krank. Gottlob waren es bloß die Masern. Aber auch so hatte ich alle Hände voll zu tun mit ihr.«

»Nett von dir, wirklich ... Haben die irgendwas von Wert bei sich gehabt?« fragte der Kesselflicker und zog die dichten, bereits ergrauenden Augenbrauen hoch.

»Och, nur ein paar alte Klamotten und ein paar Sovereigns in seiner Rocktasche, nichts Wesentliches. Ich hab mich einfach vom Mitleid übermannen lassen, sag ich dir.«

»Ist schon klar, Ma. Wie alt war sie damals?«

»Sechs vorbei, hat sie mir gesagt.«

»Hat sie gewußt, wohin sie fahren wollten und weshalb?«

»Alles, was sie wußte, war, daß sie auf dem Weg nach Hexham waren. Sie hat gesagt, ihr Pa sei ein Doktor, aber nach Hexham wollten sie, weil er so stark erkältet gewesen ist. Nun, Erkältung kann man das auch nennen.«

»Hast du jemals rausbekommen, zu wem sie in Hexham wollten?«

»Wie denn! Wo die Leute in der ganzen Gegend doch wie die Fliegen verreckt sind. Die Kleine hat wahrhaftig Glück gehabt, daß sie mit dem Leben davongekommen ist.«

»Und wie ist sie zu ihrer Schielerei gekommen?«

»Und wenn du mich das hundertmal fragst, ich weiß es nicht. Eines Tages saß sie da drüben«, sie deutete in die Ecke, »und sah mich an. Ohne ein Wort zu sagen. Die kann dir tage- und wochenlang dasitzen, ohne den Mund aufzumachen, sag ich dir. Und plötzlich – nicht so arg wie jetzt, aber immerhin – fing sie an zu schielen. Aber weißt du was?« Sie beugte sich vertraulich zu ihm hinüber. »Es gibt Zeiten, sogar heute noch, wo überhaupt nichts davon zu sehen ist. Zufällig hab ich einmal nachts einen Blick ins Nebenzimmer riskiert.« Sie deutete mit dem Daumen über die Schulter. »Die andern waren längst eingeschlafen, aber sie saß beim Fenster, und als sie sich umdrehte, hat sie, so wahr ich da sitze, kein bißchen geschielt. Nichts war davon zu bemerken. Und dann – peng! – hat sie wieder den Silberblick. Weißt du was? Ich glaube, sie hat das irgendwie in der Hand.«

»So so«, sagte er und grinste, so daß seine tabakgeschwärzten Zahnstummel zu sehen waren. Denn während er ihrem Wortschwall gelauscht hatte, war ihm völlig klargeworden, daß er da einen guten Handel abgeschlossen hatte, einen ausgezeichneten sogar. Die Leute würden dafür zahlen, von ihrem bösen Blick verschont zu werden! Er konnte sich bereits sagen hören: Sie kann deine Ernte schneller vernichten als ein ganzer Heuschreckenschwarm. – Oder: Na ja, Missis, wenn ich sie nur einen einzigen Blick auf Ihr Kind werfen ließe, könnte es ohne weiteres passieren, daß es lahm bleibt, bis es tot umfällt! Oder er konnte beim Hausieren zu einer Kundin sagen: Wenn sie Sie oder die anderen Leute im Haus nur anguckt, wird keine von euch mit einem Ring am Finger sterben, das kann ich beschwören …

Aber zwei Pfund würde er keinesfalls für sie geben. Nicht, wo Ma Bradley sie so rasch loswerden wollte. Wer würde denn ein solcher Narr sein, für ein schieläugiges Frauenzimmer, das den bösen Blick hatte, zwei Pfund zu bezahlen!

Als die Tür ging, drehte er sich rasch um. Da stand sie. Und wie sie schielte. Der Teufel selbst hätte sich in diesem Moment vor ihr gefürchtet. Und unberührt war sie garantiert. Er leckte sich genußvoll die dicken Lippen, während er die Reaktion des Mädchens auf Ma Bradleys Worte beobachtete. »Also, du hast noch mal Glück gehabt«, sagte Ma Bradley. »Dem Arbeitshaus bist du entgangen. Das ist mehr, als du verdienst. Denn so eine wie du kann mich und die Kleinen eines Tages glatt von Haus und Hof vertreiben, das ist dir wohl klar. Hop ..., Mr. Fuller hier will dich als Hilfskraft einstellen. Er wird dir beibringen, wie man Taschen und Körbe und so was macht. Vor den anderen mußt du dich natürlich verstecken. Bleib nur immer im Wagen, damit du ihm keine Schwierigkeiten machst. Er fährt frühmorgens weiter, also mach dich bereit.«

Kirstens Gesicht war nun Hop Fuller zugewandt. Sie stand mit offenem Mund da, ihre Lippen bebten, das linke Auge war weit aufgerissen, und auf dem rechten schielte sie zum Erbarmen.

»Nein! Nein!«

»Was?«

»Da ... da geh ich lieber ins Arbeitshaus.«

Hop Fullers Stuhl machte auf dem Steinboden ein schlurrendes Geräusch, als er sich nun erhob und mit drei langen Schritten auf Kirsten zukam. Dann streckte er gebieterisch die Hand aus, packte sie an der Schulter, sah sie einen Moment lang an und sagte: »Das mit dem Arbeitshaus schlag dir aus dem Kopf. Ich hab dich gekauft, es ist alles abgemacht. Mit Vertrag und Unterschrift, stimmt's?« Er warf Ma Bradley über die Schulter einen Blick zu, und sie erwiderte nach sekundenlangem Zögern: »Aber ja, das stimmt, alles ist abgemacht und einwandfrei. Du gehörst jetzt ihm. Also führ dich gefälligst anständig auf. Mit deiner Bequemlichkeit ist es von nun an aus, meine Gnädige.«

Hop Fuller hielt sie noch immer fest, schüttelte sie und grinste übers ganze Gesicht, so daß seine Zahnstummel zum Vorschein kamen. »Und versuch ja nicht, abzuhauen, das sag ich dir. Ich finde dich auf alle Fälle, und wenn's mit der Polizei ist. Die stehen glatt hinter mir, wenn ich unsern Vertrag vorweise.« Damit klopfte er auf seine Rocktasche, wobei er sie immerzu anstarrte, obwohl er im Grunde genommen gar nicht verstand, weshalb es ihm so wichtig schien, sie zu bekommen. Mädchen wie sie gab es wie Sand am Meer. Für vier Shilling ließ sich jede umlegen. Und doch war er von dem Gedanken besessen, daß er ausgerechnet die da haben wollte. Möglichst auf der Stelle.

Als er sie losließ, dachte er schon, daß sie sich davonmachen wollte, als sie behend an ihm vorbeischlüpfte. Schon wollte er die Hand gegen sie erheben, aber als er merkte, wie sie vor ihm zurückzuckte, war er seiner Sache sicher. Die würde ihm keine Scherereien machen, das war sicher.

Mit hängenden Schultern schlich sich Kirsten in den Hof hinaus und blickte zum sternklaren Himmel auf. Ihr einziger Wunsch war, davonzulaufen, irgendwohin. Aber er hatte ihr ja gesagt, daß er sie finden würde. Mit Hilfe der Gendarmen, wenn es sein mußte. Sie fürchtete sich vor den Gendarmen. Es gab keinen Ort, zu dem sie Zuflucht hätte nehmen können. Außer vielleicht den Himmel, wo Vater und Mutter weilten. Aber ehe sie zu ihnen gelangte, mußte sie sterben. Und sterben wollte sie nicht. Auch davor fürchtete sie sich.

2

Es hatte pausenlos geregnet. Kirsten hatte aufgehört, die Tage zu zählen. Die Straßen waren ein einziger Morast. Das Pferd versank bis zu den Knien im Schlamm und mußte geradezu herausgeprügelt werden. Immer wieder verschwanden die Naben der Wagenräder im Kot. Sie schob mit aller Kraft den Wagen an, während Hop Fuller auf das Pferd einschlug und laut fluchte. Die Zeit kam ihr vor wie eine beklemmend auf ihr lastende Ewigkeit, ohne Anfang und ohne Ende. Kälte, Nässe und die schmerzhaften Schläge der Peitsche hatten jede Empfindung in ihr getötet; sie war überzeugt, daß ihr nichts Ärgeres mehr zustoßen könnte als dies.

Es war nun zweieinhalb Monate her, seit sie Ma Bradley verlassen hatte. Der Morgen hatte kaum zu dämmern begonnen, als sie auf den Wagen gestiegen war. Nellie und Cissie waren gelaufen gekommen, hatten ihre Hand gefaßt und verstört zu ihr aufgesehen.

Wie erstarrt hatte sie auf dem Kutschbock gesessen, bis die Sonne am Himmel stand. Dann hatte Hop Fuller ihr befohlen, sich unter der Plane zu verstecken.

Als sie einen Rastplatz gefunden hatten, hatte sie auf sein Geheiß Reisig gesammelt, Feuer gemacht und einen Topf Wasser aufgestellt, während er in einer kleinen, schwarzen Pfanne zwei Schnitten fettdurchzogenes Fleisch gebraten hatte; dann hatte er ihr eine dünne Brotscheibe mit ein paar kärglichen Speckresten gereicht und gesagt: »Das wirst von nun an du machen. Und den Topf laß immer schön auf dem Feuer, verstanden?« Sie hatte nichts darauf geantwortet, sondern ihn bloß angesehen und geschluckt.

Viermal hatten sie an diesem Tag haltgemacht auf ihrer sechzehn Meilen langen Fahrt. Und jedesmal war er mit einem großen Weidenkorb voller Spitzen und Bänder, Amulette und Armreifen auf dem einen Arm und einer Anzahl Kessel, Pfannen und Kannen, die er fein säuberlich aufgefädelt hatte, auf dem andern zu den Hintereingängen verschiedener Bauernhäuser gegangen, hatte vor deren Besitzerinnen und Mägden seinen verbeulten grünglänzenden Zylinder gezogen und seine Waren angeboten. Daß sie ihn kannten, lag auf der Hand, denn überall wurde er begrüßt, meist tönte schallendes Gelächter an Kirstens Ohr, und zweimal hatte er sich, als er zurückgekommen war, mit dem Handrücken genußvoll den Mund abgewischt, als hätte er eben einen tiefen Zug gemacht. Weil er ihr eingeschärft hatte, sich ja nicht blicken zu lassen, hatte Kirsten sein Gehen und Kommen nur durch einen Spalt in der Wagenplane beobachten können.

Der Platz, den er schließlich zum Übernachten ausgesucht hatte, war ziemlich weit von der Landstraße entfernt. Er hatte das Pferd losgebunden und zum Grasen auf eine Lichtung geführt, die auf der einen Seite vom Fluß und auf der anderen vom Wald eingesäumt war.

Als Kirsten ganz steif vom Wagen geklettert war, hatte sie sich scheu umgesehen. Keine Spur einer Ansiedlung, nicht einmal eine Hütte war zu sehen, ringsum Moor- und Hügelland, der Fluß und Dickicht, hinter dem die Sonne rosenfarben unterging. Der Wald wirkte wie eine schwarze Mauer, und hinter ihm lag zerfurchtes Ackerland, das sie eben überquert hatten. Seit jenem Moment, wo er ihr gesagt hatte, daß er sie gekauft habe, hatte die Angst sie nicht mehr verlassen. Ohne daß sie bisher auch nur den geringsten Anlaß gehabt hätte, hätte sie am liebsten losgeschrien.

Sie hatte wie immer Holz gesammelt und Feuer gemacht, während er ein Kaninchen aus dem Wagen holte, das er äußerst rasch und geschickt abzog und mit seinen bloßen, schmutzigen Händen in Stücke riß; die warf er in den schwarzen Topf, den er vorher mit Flußwasser gefüllt hatte. Dann holte er ein paar Kartoffeln aus dem Wagen, warf sie Kirsten vor die Füße und befahl: »Schrubb sie ab und tu sie dazu.« Als sie seinem Befehl gehorcht hatte und das Wasser im Topf zu brodeln begann, holte er aus einer Büchse eine Handvoll winziger Kügelchen, die er gleichfalls in den Topf warf. Und schon stieg ein alles durchdringender Duft von Gewürznelken auf, der sie von da ab stets begleitete.

Seit jenem Augenblick behielt sie ihn im Auge. Nachdem er das Pferd an einen Baum gebunden hatte, ging er zum Fluß, kniete nieder und wusch sich das Gesicht. Gerne hätte Kirsten dasselbe getan, aber ihr war, als hätte man sie an der Feuerstelle festgebunden.

Als sie sich abwandte, um noch mehr Feuerholz herbeizuschaffen, und ihn einen Moment lang aus den Augen ließ, stand er plötzlich neben ihr. Sie hob den Blick nur bis zu seinem Knie. Erst als er sie an der Schulter packte, blickte sie ihm ins Gesicht. Und was sie da zu sehen bekam, ließ sie entsetzt zusammenzucken. Denn schon hatte er sie zu Boden geschleudert. Kein Laut entfloh in diesem schrecklichen Augenblick ihren Lippen. Erst als er sich ihr bedrohlich zu nähern begann, stieß sie einen einzigen, dünnen, entsetzten Schrei aus, was ihn derart verblüffte, daß seine Augen hin und her huschten, als hätte ihre Stimme ein ganzes Regiment zu Hilfe geholt. Und dann war er über ihr und preßte ihr die Hand mit aller Gewalt auf den Mund, wobei er die gräßlichsten Flüche ausstieß. Aber lange ehe er mit ihr fertig war, war sie still …

Nach diesem Abend schrie sie nie mehr. Das war aus und vorbei. Das war es ja, wovor sie sich die ganze Zeit über gefürchtet hatte, ohne je zuvor einen greifbaren Beweis dafür zu haben, daß er sie mit seiner Niederträchtigkeit zugrunde richten wolle. Lange vor der Morgendämmerung war sie fest dazu entschlossen gewesen, davonzulaufen. Gendarm hin, Gendarm her, sie würde es tun. Sowie er in der Nähe einer Ortschaft, ja auch nur eines einzigen Bauernhauses haltmachte, würde sie fliehen.

Zwei Meilen vor Carlisle hatte er dann den Wagen zum ersten Mal angesichts einiger Häuser angehalten, und noch ehe er abgestiegen war, hatten sich ihnen zwei alte Frauen, ein alter Mann und eine Frau, deren Leib unter der Schürze hoch aufgewölbt war, genähert.

Eine der beiden älteren Frauen sagte: »Hallo, Hop. Du kommst aber zeitig in diesem Jahr.« Im gleichen Moment hatte der Mann die Gestalt hinten im Wagen erblickt. Er kam näher, und Kirsten, die einen Moment lang ganz ihre Abmachung vergessen hatte, sah ihn ebenso an, wie er sie ansah. Da bekreuzigte er sich rasch und kreischte: »Gott beschütze uns vor dem bösen Blick!« Dann schrie er den Frauen zu: »Eine Schieläugige! Und das noch dazu am Freitag.«

Da traten die Frauen ans hintere Ende des Wagens und starrten mit offenem Mund auf Kirstens gesenkten Kopf, und die Junge heulte auf: »O Himmel, und das knapp vor meiner Niederkunft!«

»Es ist ja schon gut, keine Angst«, sagte Hop Fuller sogleich, legte der jungen Frau die Hand auf die Schulter und fuhr in munterem Ton fort: »Sie kann es so oder so drehen, müßt ihr wissen.

Einen Fluch draus machen oder einen Fluch fortnehmen, jawohl, das kann sie. Also kein Grund zur Aufregung.«

Sie wandten sich alle von Kirsten ab und sahen ihn ungläubig an, bis die älteste der Frauen heiser murmelte: »Wenn es sich um ein Frauenzimmer handelt, gibt es nur eine einzige Auslegung, Hop. Da bedeutet der böse Blick Unheil. Jim Dowell drüben in Greenhead ist es genauso gegangen. Kaum ist ihm so eine über den Weg gelaufen, hat er seine Arbeit verloren, und sein Haus ist abgebrannt. Und das Kind ist auch nicht mehr richtig im Kopf. Er und seine Frau wissen bei Gott nicht mehr, was sie anfangen sollen. Ich sag dir, ein Frauenzimmer mit dem bösen Blick bringt Unglück. Bei einem Mann ist's auch nicht viel besser.«

»Bei der da ist es anders«, sagte Hop Fuller und lächelte breit. »Sie kann das gute oder auch das böse Auge auf dich richten. Drüben in Maryport gibt es eine junge Frau, der ihr Kind hat die Englische Krankheit. Die Beinchen sind völlig krumm und kraftlos gewesen, wißt ihr. Da hat sie ihm – nachdem ich der verzweifelten Mutter lang und breit zugeredet habe – die Hand aufgelegt und gesagt: ›Gib ihm fleißig Leber, Hühnerleber, Entenleber, Leber von allem, was auf zwei Beinen herumläuft, also weder von Rind noch Schaf. Nur die Milch, Ziegen- und Kuhmilch. Und mit der Zeit wird er gerade Glieder bekommen.‹ Und so war es auch, bei Gott! So wahr ich vor dir stehe: Der Junge ist aus dem Schlimmsten heraus, seine Beine sind beinahe so gerade wie deine, und er läuft wie ein Wiesel. Und das ist noch keine zwei Jahre her.«

Die kleinere der beiden alten Frauen, die bisher noch kein Wort gesagt hatte, blickte ihn daraufhin aus ihren runden, hellen Augen vielsagend an und rief: »Zwei Jahre? Du hast die da ja noch gar keine zwei Jahre bei dir. Es ist noch nicht mal ein Jahr her, seit du das letzte Mal hier warst.«

»Ich weiß, daß ich sie noch nicht mit hatte«, sagte Hop Fuller und lachte kurz auf. »Sie ist das Kind meiner verstorbenen Schwester und hat niemanden auf der Welt als mich. Also hab ich mich ihrer angenommen. Was hätte ich denn sonst machen sollen, nicht?«

Da nickten sie der Reihe nach. »Das ist sehr anständig von dir«, sagte die ältere Frau dann. »Mehr als anständig sogar, Hop. Denn selbst wenn sie tatsächlich eine solche Gabe besitzen sollte, wird es ihr keiner glauben. Herumstoßen wird man sie ihr Leben lang mit diesem Blick. Und sollte sie eines Tages auf einen Matrosen stoßen, so wird das garantiert seinen Tod bedeuten. Du weißt genau, daß man im Hafen schielende Frauen um nichts in der Welt duldet.«

»Das stimmt, das ist richtig«, sagte Fuller und nickte ihnen zu. Dann streckte er den Arm aus, packte Kirsten am Kinn, drehte ihren Kopf so, daß sie ihnen ihre linke Gesichtshälfte zuwandte, und sagte: »Seht doch nur einmal, wie sie aussieht. Wie ein Bild, hab ich nicht recht? Wo findet ihr ein hübscheres Ding? Seht nur, wie sie euch zuzwinkert. Das bedeutet Glück. Und nun fort. Weiter, mein Püppchen.« Er gab Kirsten einen Klaps und drängte sie sanft in die Wagenecke zurück. Dann nahm er seinen vollbeladenen Weidenkorb und sagte: »Schaut euch an, was ich euch diesmal mitgebracht habe. Sucht euch nur in aller Ruhe etwas aus. Heute ist euer Glückstag, glaubt mir.«

Danach wagte Kirsten keinen Fluchtversuch mehr. Das Gespräch hatte ihr verraten, was sie zu erwarten hatte, wenn sie sich allein auf den Weg machte.

Als sie in Carlisle anlangten, kaufte er ihr einen billigen Schal und befahl ihr, ihn sich so um den Kopf zu winden, daß ihr rechtes Auge vollständig verdeckt war.

In der darauffolgenden Woche, nachdem sie Carlisle verlassen hatten, sagte er ihr, daß er ihr später einmal, wenn sie erst ein bißchen zugenommen haben würde, eine Augenbinde machen wollte. Dann könnte er sie überall herumzeigen. Auf jeder Kirmes und auf jedem Markttag würden die Bauern dann sicherlich ein schönes Stück Geld dafür auf den Tisch legen, daß sie's bei ihr probieren dürften.

Erst im August wurde ihr klar, daß sie schwanger war. Obwohl ihr Morgen für Morgen übel geworden war und sie sich ganz krank gefühlt hatte, kam sie keineswegs auf den Gedanken, sie sei guter Hoffnung. Sie meinte, daß die Art und Weise, in der sie Hop Fuller benützte, schuld daran war. Nellie, Cissie und Peggy hatten oft genug über derlei Dinge geflüstert, über Männer und Frauen und so, aber an diesen Gesprächen hatten sie sie nie teilnehmen lassen. Wenn Nellie während des Jahrmarkts spät heimgekommen war, hatte ihr Ma Bradley zu Kirstens Überraschung nie Vorwürfe gemacht. Offensichtlich hing es mit den Kupfermünzen zusammen, die dann jedesmal auf dem Küchentisch lagen. Nellie hatte sich Kirsten gegenüber nie darüber ausgelassen, wo sie sich herumgetrieben hatte, aber sie hatte es aus dem ewigen Geflüster erraten. Und nun wußte sie aus eigener Erfahrung, worum es sich bei diesem Geflüster gedreht hatte.

Hop Fuller mußte über ihren Zustand längst Bescheid gewußt haben. Natürlich war ihm das Ausbleiben ihrer Periode nicht entgangen. Das wurde ihr in dem Moment klar, als er sich eines Tages, nachdem er sie durchdringend angesehen hatte, über die Wagendeichsel gebeugt und schallend losgelacht hatte. Wie gut, daß er nicht die leiseste Ahnung hatte, daß sie genau wußte, was er in diesen Deichseln verbarg. Sicher hätte er ihr dann den Garaus gemacht!

Als sie sich eines Abends bei seiner Rückkunft schlafend gestellt hatte, beobachtete sie ihn durch zusammengekniffene Lider mit wachsendem Staunen dabei, wie er sich an der Deichsel so lange zu schaffen machte, bis er durch einen bestimmten Druck oder eine Drehung – so genau konnte sie das natürlich nicht wahrnehmen – einen Hohlraum öffnete, in den er rasch etwas hineinschob; dann schnappte der Deckel wieder zu. Erst als sie durch Haltwhistle und Haydon Bridge gefahren waren, um schließlich nach Hexham zu gelangen, brachte sie dieses Versteck in der Wagendeichsel mit seiner häufigen nächtlichen Abwesenheit in Verbindung.

Er hatte es sich zur Gewohnheit gemacht, sein Lager stets außerhalb einer Stadt oder eines Dorfes aufzuschlagen und zwei oder drei Wochen lang an Ort und Stelle zu bleiben. Und am Ende eines solchen Zeitabschnittes geschah es dann jedesmal, daß er eines Nachts lange ausblieb. Manchmal sagte er ihr, daß er auf Kaninchenjagd ginge und daß sie zu Bett gehen sollte. Und am nächsten Morgen gab es dann auch hie und da ein, zwei Kaninchen. Aber nicht immer. Sie wußte immer, wann er zurückkam, weil er sich dann jedesmal über sie neigte und genau kontrollierte, ob sie schlief. Dann lag sie eben reglos da und stellte sich schlafend. Oder sie warf sich wie im Traum herum und murmelte etwas vor sich hin. Er wartete stets ein Weilchen, dann ging er völlig lautlos um den Wagen herum zur Deichsel. Am Tage klapperten seine Schuhe ganz gehörig, vor allem, wenn er, falls Leute auftauchten, übertrieben stark hinkte.

Der Winter war eine harte Zeit. Anfang Dezember waren sie durch Hexham über Black Hill zum Moor hinuntergefahren und hatten Haus um Haus abgegrast, bis sie schließlich auf dem Hügel in der Höhle Rast gemacht hatten. Offenbar war er schon oft hier gewesen. Kirsten mochte die Höhle, soweit sie überhaupt noch etwas mochte. Zwar war es kalt, selbst wenn sie ein Feuer machte, aber hier waren sie wenigstens nicht dem scharfen Frost des offenen Moorlandes ausgesetzt.

Er nahm sie nun nicht mehr auf seine Fahrten nach Hexham mit. Er hatte keine Angst mehr, daß sie davonlaufen könnte; wohin hätte sie auch gehen sollen?

Sie mochte die Höhle auch deshalb, weil sie dem Pferd eine Unterkunft verschaffte und weil Hop Fuller schon vor allem deshalb an dieser Unterkunft gelegen war. Denn das war seine einzige menschliche Schwäche: die Zuneigung zu seinem Pferd. Mochte er es auch mit Peitschenschlägen antreiben und im strömenden Regen festbinden, wenn sie selbst kein Dach überm Kopf hatten; wenn sie hierherkamen, führte er es bei schlechtem Wetter jedesmal sofort in die Höhle und sorgte dafür, daß es anständig zu fressen bekam. Natürlich wußte sie, daß auch diese Fürsorge seinem Egoismus entsprang, denn wo wäre er ohne Pferd geblieben?

Als Schneeverwehungen den Eingang zur Höhle halb verdeckten, saßen sie in alte Decken und Säcke eingewickelt am Feuer, stundenlang und ohne zu reden. Zumindest Kirsten sprach kein Wort. Wenn man die paar Sätze, die sie, seit sie mit ihm über die Landstraße zog, zusammengerechnet hätte, es hätte keine fünf Minuten ausgemacht.

Um Weihnachten war er mit einer Flasche unter dem Arm aus einer Schnapsbrennerei zurückgekommen. Und als sie nach dem Essen am Feuer gesessen hatten und er so richtig durchgewärmt war, innen wie außen, hatte er, wie meistens, draufloszureden begonnen. Und dann hatte er sie gefragt, woran sie sich erinnere, was ihre Familie betraf.

»An nichts«, hatte Kirsten geantwortet.

»An nichts? Aber du warst immerhin sechs Jahre alt«, hatte er gesagt.

Ja, sie war sechs gewesen, und sie erinnerte sich vage an ihre Familie. Merkwürdigerweise war sie in der letzten Zeit sogar richtig lebendig für sie geworden. Aber darüber konnte sie mit ihm nicht sprechen.

»Ma Bradley hat mir erzählt, daß dein Pa ein Doktor gewesen sein soll. Stimmt das?«

»Ja.«

»Und wo habt ihr gelebt? Woher seid ihr gekommen?«

»Ich weiß nicht.«

»Sie hat auch behauptet, daß du nicht geschielt hast, ehe deine Alten abgekratzt sind. Ist das wahr?«

Sie hatte ihn nur wortlos angestarrt, also hatte er seine Frage wiederholt. »Was ist, stimmt's?«

Als sie immer noch nichts sagte, hatte er nur gelacht und gemeint: »Wenn das nicht komisch ist, wie? Nur weil du schielst, krieg ich eine Frau. Da«, er streckte ihr die Flasche hin, »nimm einen Schluck.«

Sie hatte den Kopf geschüttelt und war vom Feuer abgerückt. Das hatte ihn geärgert, denn mit einem Ruck hatte er sich eng an sie herangeschoben, ihr den Flaschenhals in den Mund geschoben und befohlen: »Trink das aus. Du bist wahrhaftig kein Umgang für einen Mann.«

Als sie reglos dagesessen und ihn nur angestarrt hatte, hatte er sie an den Haaren gepackt und ihr den Flascheninhalt mit Gewalt eingeflößt, bis sie halb erstickt losgehustet und schließlich geschluckt hatte. Darüber hatte er Tränen gelacht, ohne auch nur sekundenlang von ihr abzulassen. Das war eine jener Nächte, um die ihre Gedanken einen weiten Bogen machten.

Aber nun war es Februar, und sie befanden sich wieder auf der Landstraße. Sie waren an Corbridge und an den Ruinen von Lang Lonkin's Castle vorbeigekommen. Er sagte, daß er die Abkürzung über Harlow Hill durch Dalton nach Ponteland machen wollte, ehe sie nach Newcastle hinunterfahren würden. Auf diese Weise könnte er sein Warenlager am besten loswerden.

Er erzählte ihr dies alles, während sie dahinfuhren, ohne sie anzusehen. Sein Blick war fest auf das Pferd gerichtet. Er erklärte ihr die Reiseroute und den Grund dafür: Dort unten in Harlow Hill gab es eine Alte, die sagenhaft gut kochte, und die Mädchen um Ponteland waren wie versessen auf ein bißchen Schmuck. Es hatte nur den Anschein, als spräche er zu ihr; Kirsten wußte jedoch die ganze Zeit über, daß er sich nur selbst vorsagte, wohin es ging. Was er ihr jedoch niemals erzählte, war, wie lange er sich an den verschiedenen Orten aufzuhalten gedachte.

Diesmal aber spielte ihm das Wetter einen Streich. Es hatte seit Wochen geregnet, die Straßen bildeten einen einzigen Morast. So ließ Hop Fuller Harlow Hill links liegen, und sie fuhren in Richtung Wylam. Dort wollten sie die Straße nach Newburn einschlagen, wo man den Fluß überqueren konnte und dann direkt nach Newcastle gelangte. Er ärgerte sich zwar darüber, daß er dadurch auf eine Menge Kunden verzichten mußte, tröstete sich jedoch damit, daß er sie auf dem Rückweg mit einem in der Stadt gut aufgefüllten Angebot aufsuchen würde. Und dann sagte er mitten in Sturm und Regen mit einemmal: »In Newcastle kannst du auch dein Kind zur Welt bringen. Ich kenne dort eine Frau, die sich um alles kümmern wird.« Er ließ einige Zeit verstreichen, ehe er Kirsten fragte: »Was möchtest du? Einen Jungen oder ein Mädchen?«

Sie wollte keines von beiden. Sie wollte das Lebewesen, das da in ihrem Innern wuchs und wuchs und ihm ähnlich sehen, häßlich, derb, entstellt wie er sein würde, nicht sehen. Aber als er sagte: »Nun, ich will dir die Entscheidung abnehmen. Wird es ein Junge, kannst du ihn behalten. Wird es ein Mädchen, werde schon ich mich darum kümmern«, schauderte sie und legte beide Hände auf den hochgewölbten Leib.

Aber sie kamen nicht nach Newcastle, nicht einmal nach Newburn. Der Regen steigerte sich zu einer solchen Sintflut, daß die Straßen unpassierbar wurden und Hop sich nach einem Rastplatz umsehen mußte, noch ehe sie die Brücke erreicht hatten. »Da drüben«, sagte er und deutete in die angegebene Richtung, »steht eine alte Scheune. Die ist wenigstens auf einer Seite wetterfest. Dort wollen wir alles hinschaffen.«

Als er das Pferd um den kleinen Hügel herum zur Scheune führte, die ungefähr hundert Schritt vom Fluß entfernt war, sah er, daß sie bereits halb unter Wasser stand. Fluchend wendete er mit Mühe den Wagen und fuhr wieder zurück. Als es dunkel wurde, waren sie gezwungen, anzuhalten. Ihren einzigen Schutz bildete eine Steinmauer. Er stellte den Wagen davor ab, spannte das Pferd aus, band es in der Nähe des durchnäßten Grases fest, spähte durch den dichten, grauen Regenschleier und sagte: »Verdammt! Zum ersten Mal in meinem Leben weiß ich nicht, wo ich bin.«

Am nächsten Morgen erwachte Kirsten todmüde, steifgefroren und völlig durchnäßt und stellte erstaunt fest, daß die Sonne schien. Ihre Strahlen waren zu schwach, um sie zu wärmen, aber wenigstens hatte der Regen endlich aufgehört, die Wolken hatten sich gelichtet, und die Aussicht auf die zu erwartende Trockenheit hatte etwas Tröstliches.

Zu ihrer größten Überraschung fuhr Hop Fuller weder an diesem noch am nächsten Tag nach Newcastle. An beiden Tagen ging er jedoch, wie er behauptete, auf Kaninchenjagd, von der er immer erst zurückkehrte, wenn es dunkel war. Am dritten Tag fuhren sie schließlich wieder zur Scheune, die nun nicht mehr im Wasser stand, da der Fluß gefallen war. Und es war genauso, wie er gesagt hatte: Da drinnen hatten der Wagen und alles Platz.

Zwar konnten durch das weitklaffende Loch, vor dem sich einst die Scheunentür befunden hatte, die längst ebenso verfault war wie das umherliegende Stroh, Wind und Regen eindringen. Aber am äußersten Ende hatte die Scheune immerhin etwas von ihrer ursprünglichen Festigkeit behalten; hier war nur der Boden naß.

Drei Tage lang war es schön, und nachdem Hop Fuller sich auf seine geheimnisvolle Kaninchenjagd begeben hatte, ging Kirsten bis zur Flußbiegung und sah sich die überfluteten Ufer an. Ihr Körper war unförmig, schwer und müde, und ein-, zweimal kam ihr in den Sinn, daß es leicht sein müsse, sich einfach ins Wasser gleiten und dahintreiben zu lassen. Dann dachte sie daran, was er vorhatte, falls sie ein Mädchen zur Welt bringen sollte, und sie hoffte insgeheim, daß es eines sein möge und sie es auf diese Art loswerden würde. Aber gleich beschlich sie ein unbestimmtes Gefühl der Schuld.

Als sie so dastand, dem dahineilenden Wasser nachblickte und die Steinmauer betrachtete, die sich allmählich ins Wasser senkte, und erst auf der anderen Flußseite, die ziemlich steil anstieg, aufzutauchen schien, sah sie am anderen Ufer, dicht an der Innenseite dieser Mauer, einen Mann entlanggehen. Dann blieb er stehen und sah sich um. Schließlich trat er an den äußersten Uferrand, aber im flirrenden Sonnenlicht verschwamm sein Gesicht, so daß Kirsten nur erkennen konnte, daß er groß war und jung sein mußte. Gleichzeitig fuhr es ihr durch den Kopf, daß es höchst seltsam sei, ein Feld zu beiden Seiten des Flusses durch eine Mauer abzugrenzen. Die Umrisse der Mauer, unnatürlich scharf im Sonnenlicht, nahmen sich wie eine Reihe von Zähnen aus, die sich fest in den Boden verbissen.

Angesichts dieser Vorstellung fiel Kirsten das Märchen vom Flußriesen ein, das man ihr Gott weiß wann erzählt haben mußte: ›Da war der Flußriese zornig und dehnte seinen Brustkasten mit einer derartigen Heftigkeit aus, daß sein Atem zu Wasser wurde und die Ufer überschwemmte und alles mit sich riß.‹ Wie merkwürdig war diese Schilderung, die ihr die Stimme, das Lächeln und die Berührung einer Frau ins Gedächtnis rief.

Die Stimme, die nun vom anderen Ufer laut an ihr Ohr drang, gemahnte sie an diesen Flußriesen, nur daß sie sie nicht verstand. »Was tun Sie da drüben?«

»Wie?«

»Was Sie da drüben tun?«

»O, ich ... ich hab nur einen Spaziergang gemacht.« Sonderbar, die eigene Stimme endlich wieder einmal zu hören, die ohne Stocken Worte aneinanderfügte.

»Ich würde an Ihrer Stelle lieber nicht weitergehen.« Indem er mit beiden Händen einen Trichter formte, rief er nun herüber: »Es ist alles sumpfig. Und passen Sie auf den Fluß auf. Die Trümmer steigen schon beinahe bis zur Brücke.« Er deutete in die angegebene Richtung. »Es ist noch lange nicht vorbei. Da kommt noch mehr herunter.« Er zeigte zum Himmel; sie nickte und rief: »Ja, ja. Danke.«

Sie sahen einander an. Er, indem er die Hand über die Augen legte, und sie mit hochaufgerichtetem Kopf und ohne Scheu geradeaussehend, denn auf die Entfernung war ihr Gebrechen keineswegs zu bemerken.

Dann drehte sie sich um und ging zur Scheune zurück. Als sie, dort angelangt, nochmals einen Blick über die Schulter riskierte, war er nicht mehr da.

Mehrmals während des Tages erinnerte sie sich daran, daß sie gesprochen hatte; sie hatte mit jemandem gesprochen, ganz einfach und natürlich und mit hocherhobenem Haupt. Es gab wunderbare Dinge im Leben, wenn man nur imstande war, sie zu tun, wunderbare, wie zum Beispiel mit jemandem zu reden. Sie hatte gar nicht gewußt, wie sehr sie sich wünschte, mit jemandem zu reden.

Hop Fuller kam erst zurück, als es ganz dunkel war, und da er nicht ein einziges Kaninchen aus seiner Manteltasche zog, wußte sie, daß er sich wieder an der Deichsel zu schaffen machen würde.

Als sie ihren zweiten Becher heißen Tee trinken wollte, kamen die ersten Wehen. Die Schmerzen flößten ihr ein derartiges Entsetzen ein, daß sie aufhörte zu schlucken, den Mund aufriß und die Flüssigkeit Hop Fuller direkt ins Gesicht spie.

Fluchend erhob er die Hand gegen sie, ließ sie jedoch nicht auf sie niedersausen, als er sah, wie sie sich auf dem Scheunenboden krümmte.

Er richtete sich auf, wischte sich das Gesicht ab und murmelte: »Du wirst es bis morgen zurückhalten müssen. Ich kann während der Nacht nicht fahren, wo es doch wieder zu regnen begonnen hat.« Er deutete mit dem Daumen zum hochgewölbten, löcherigen Dach, auf das wieder der Regen niederprasselte. Dann sah er sie abermals an und sagte: »Was du im Grunde brauchst, ist eine Frau, die sich auskennt und sich um dich kümmert. Aber wenn das unmöglich ist, wird es mir nichts ausmachen, ihre Stelle einzunehmen.«

Diese Worte bewirkten, daß sich ihr Leib anspannte, sie sich erhob und auf den Bretterstapel zustolperte, der sich an der Scheunenwand befand. Auf den legte sie sich.

Langsam ließen die Wehen nach, und nach einiger Zeit verfiel Kirsten in einen unruhigen Schlaf, in dem sie träumte, daß der Wind tobte, die Wellen ihr ins Ohr dröhnten und sie nahe daran war, zu ertrinken. Doch sagte sie sich im Schlaf, daß sie sich keine Sorgen zu machen brauchte; denn dies war doch genau das, was sie wollte: sterben. Und es würde wenigstens ein sauberer Tod sein. Denn das Wasser war, selbst wenn es trüb und schmutzig war, im Vergleich mit dem Atem, der Nacht für Nacht über sie hinstrich, klar und rein. Das Wasser sollte sie ruhig mit sich nehmen.

Aber das Toben der Wellen nahm in beängstigendem Maße zu, so daß sie sich die Hände auf die Ohren preßte und den Kopf von der einen zur anderen Seite warf, bis sie schließlich erwachte. Im schwachen Licht der Morgendämmerung bemerkte sie entsetzt, daß aus sämtlichen Ritzen und Löchern der Bretterwände Wasser hervorsprudelte, das nur dadurch daran gehindert wurde, zum Eingang hinauszuschwappen, daß sich dort bereits ein Wall von Trümmern angesammelt hatte.

Der Lärm ringsum war ohrenbetäubend; das Wasser gurgelte bereits über die Bretter, auf denen sie lag. Sie raffte sich auf und krallte sich an der Scheunenwand fest, um nicht davongeschwemmt zu werden. Dann blickte sie zum Wagen hinüber, in dem Hop Fuller lag und den die beiden Deichseln, die gegen die Wand gestemmt waren, festhielten.

Da er abends lange und viel getrunken hatte, bis er unter grölendem Gesang eingeschlafen war, schien es unmöglich, ihn nun wachzubekommen. Immer wieder schrie sie: »Das Wasser, he, das Wasser!« Aber ihre Stimme nahm sich gegen das Tosen ringsum ebenso wirkungslos aus wie das Tschilpen eines Sperlings inmitten eines Sturms.

Als sie aufstand und das Wasser ihr bis ans Knie drang, schauderte sie, erkämpfte sich aber den Weg zur Kutsche, und dort angelangt, berührte sie Hop Fuller zum ersten Mal aus freiem Antrieb, als sie ihn bei den Schultern packte und schüttelte.

Nachdem er sich mit einem Ruck aufgesetzt hatte, erstarrte er sekundenlang bei dem Anblick, der sich ihm bot. Als er vom Wagen heruntersprang und sie anschrie, verstand sie erst nicht, was er meinte, bis er versuchte, die Deichsel auf seiner Seite von der Wand freizubekommen. Da bemühte sie sich, es ihm auf der anderen Seite gleichzutun, aber sosehr sie auch daran zerrte und rüttelte, gelang es ihr nicht, sie loszubekommen, denn die Scheune fing nun an, hin- und herzuschwanken, und Kirsten wurde zu Boden geworfen.

Sie hätte es nicht für möglich gehalten, daß das Chaos noch ärger werden könnte. Aber als die Scheune plötzlich aus ihrer hundert Jahre alten Verankerung gerissen wurde und die Stützbalken umknickten, so daß der Dachstuhl krachend niedersauste, war ihr, als müsse ihr im nächsten Moment das Trommelfell platzen. Da ihr Körper vor Kälte, Nässe und Furcht wie erstarrt war, griff sie blindlings nach der Wagendeichsel, hustend und keuchend, als das schlammige Wasser ihr in den Mund drang.

Wie Zinnsoldaten, die ihr plötzlich aus längst vergangenen Tagen wieder einfielen, wurden sie und Hop Fuller nun umhergewirbelt. Alles, was sie noch zu tun vermochten, war, sich an die Deichsel anzuklammern.

Wie lange sie es getan hatte, wie weit sie abgetrieben worden waren, wußte sie nicht, aber es kam der Augenblick, wo sie erkannte, daß sie sich einfach nicht mehr länger festhalten konnte, daß die Zeit gekommen war, aufzugeben. In diesem Augenblick stürzte der Hauptbalken der Scheune auf sie beide herab. Sie sah es, und Hop Fuller sah es auch, nur zu spät. Kein Laut drang aus ihrer Kehle, als sie ihn die Arme in die Luft werfen sah. Zwar konnte sie ihn nicht hören, doch an seinem entsetzt aufgerissenen

Mund sah sie, daß er schrie. Dann traf ihn der Balken mit voller Wucht und zerquetschte ihm den Kopf, als handle es sich um eine Nuß, die ein Kind mit einem Stein aufklopfte. Kirsten sah, wie sein Körper sich plötzlich aufbäumte, als wolle er über das Wasser schreiten. Dann färbte sich alles mit Blut, und er versank. Kirsten wußte, daß er nicht mehr lebte. Und weil sie das wußte, klammerte sie sich mit letzter Kraft wieder an dem Wagen fest, der dahinzuwirbeln begann, manchmal rasch, dann wieder stockend, wenn ihm Tierleichen in der Mitte des Flusses, auf dem sie nun dahintrieben, den Weg versperrten.

Kirsten hatte keine Ahnung, wann sie aufhörte, weiterzutreiben. Erst nach und nach wurde ihr bewußt, daß sie zwischen Kadavern feststeckte.

Obwohl der Sturm noch immer tobte, konnte sie wieder hören. Nun drang eine Stimme an ihr Ohr, die ihr immer wieder zuschrie: »Halt dich fest! Halt dich fest!« Sie sah an der Deichsel, die in der Mitte entzweigebrochen war, entlang, und dann erblickte sie den Baumstamm, auf dem ein Mann auf sie zugekrochen kam. Als er ihr die Hand entgegenstreckte, war sie nicht imstande, sie zu erfassen. Sie versuchte es nicht einmal, sondern starrte ihn nur aus weit aufgerissenen Augen an, ohne mit der Wimper zu zucken.

Als sie sah, wie der Mann mitten in den Wirbel von Trümmern stieg, wollte sie ihm eine Warnung zurufen, aber es schien, als hätte sie ihre Stimme verloren. Dann schlangen sich seine Arme um sie, und sie spürte, wie sie hochgezogen wurde. Ihr schwerer Leib ließ ihn beinahe vornüber stürzen. Er ließ sie aber nicht mehr los, sondern schleppte sie ans Land. Sie spürte, wie zersplitterte Äste ihre Beine zerkratzten, doch empfand sie keinen Schmerz. Ein Schleier aus Finsternis breitete sich über sie, und sie verlor das Bewußtsein.

Zweiter Teil · Die Seiler

3

Vom Ufer bis zum Hauptgebäude wateten die beiden Männer, die Kirsten trugen, durchs Wasser. Es bedeckte die Wiesen, die Äcker und den Park, ja selbst die Ziergärten des Klosters von Faircox, wo es in die Keller an der Ostseite und in den Küchentrakt an der Nordseite eingedrungen war.

Noch ehe sie den Hof erreichten, sagte Colum Flynn, der jüngere der beiden Männer, zu Art Dixon, dem seit sechzig Jahren dienenden Gutskutscher: »Wo sollen wir sie hinbringen?« Und der alte Mann erwiderte: »Auf den Heuboden. Dort ist es trocken, und sie ist niemandem im Weg. Denn daß sie eine Landstreicherin ist, kann man an ihren Kleidern sehen.«

»Das schon …«, sagte Colum und blickte auf das totenblasse Gesicht mit den langen Wimpern, die wie aufgemalt wirkten, nieder. Das halb aufgelöste Haar des Mädchens hing herab und schwang bei jedem Schritt der Männer hin und her, als schritte sie selbst dahin. Genau wie bei seiner Schwester Katie, dachte Colum, wenn sie beim Spielen feine Damen nachäffte. Die da sah selbst noch wie ein Kind aus, kaum älter als die achtjährige Katie. Natürlich war das unmöglich. Sie war eine junge Frau, die knapp vor der Niederkunft stand. Nur würde ihr Wochenbett vermutlich leer bleiben, denn nach allem, was sie durchgemacht hatte, war ihr Kind gewiß verloren.

Als sie den überfluteten Hof überquerten, mischte sich das Wiehern von Pferden mit dem Wind, und Art Dixon sagte: »Sie sind unruhig und werden noch ihre Boxen niedertrampeln, wenn das Wasser weiter ansteigt.«

»Wo sind denn nur alle?« fragte Colum, als sie eine offene Tür durchschritten und über völlig durchnäßtes Stroh zu einer Leiter hinübergingen, die zum Heuboden führte. Der alte Mann stellte seinen Fuß auf die erste Sprosse der Leiter, senkte den Kopf, holte tief Atem und antwortete: »Die sind drüben auf dem Gut, um die Vorräte zu bergen. Es sieht so aus, als hätte Bury das meiste davon verloren, selbst das Vieh, das vom Fluß abgetrieben wurde.«

»Er hätte es eben rechtzeitig vom Wasser wegbringen müssen. Das Unwetter hat ja jeder am Himmel aufsteigen sehen.«

»Wahrscheinlich hat auch er gedacht, daß es nach den drei schönen Tagen nicht mehr so schlimm werden könnte. Man kann sich ja täuschen.«

»Täuschen! Ein Idiot hätte abschätzen können, was geschehen würde, wenn er gestern bis zur Brücke gegangen wäre und die bis dorthin reichenden Trümmer gesehen hätte. Nein, Bury war wie die übrigen, weil Markttag war, viel zu sehr mit dem Trinken beschäftigt, um auf Brücke oder Himmel zu achten.«

»Du bist ein harter Bursche, Colum.« Die Worte des Alten wurden jedoch durch ein Lächeln gemildert. Dann fügte er hinzu: »Also, wir wollen sie nach oben tragen. Soll ich vorangehen?«

»Nein, das mach ich schon. Halt sie an den Füßen, und schieb einfach nach.«

»Gut. Hinauf mit dir, du armes Ding.« So schleppten sie Kirsten nach oben und legten sie ins Stroh. Dann sahen sie auf sie nieder, und der alte Mann meinte: »Würde mich gar nicht wundern, wenn die arme Haut das Zeitliche segnet.«

»Mich auch nicht. Eigentlich sollte ihr eine Frau beistehen, meinst du nicht?«

»Natürlich. Sowie Mrs. Poulter aus dem Pförtnerhaus zurückkommt, werde ich sie herüberschicken. Sie hat die Mädchen weggebracht. Die waren ganz außer sich, weil sie an die arme Mary Aitken denken mußten, wie die bei der letzten Überschwemmung draufgegangen ist. Sie haben derart durcheinandergeschnattert, als es losging, daß Mrs. Poulter sie schon deshalb hinübergebracht hat. Die Gnädige wollte unbedingte Ruhe haben, wo sie doch selbst bald niederkommen soll. Fällig wäre es zwar erst nächsten Monat, aber Miß Cartwright sagte, daß heute früh die Wehen eingesetzt haben. Das macht die Aufregung. So was gibt's. Aber vielleicht ist auch gar nichts dran. Hoffentlich, kann ich nur sagen. Denn bei den überfluteten Straßen würde der Arzt niemals durchkommen. Und der gnädige Herr wird erst übermorgen zurückerwartet. Und wenn diesmal wieder was schiefgehen sollte ...«

»Das wäre ein schönes Unglück! Wo er doch darauf schwört, daß er beim dritten Mal Glück haben wird!« Colum lachte, und Art, der auf die Leiter zuging, drehte sich um und sagte: »Sei nicht so bitter, Junge, er hat auch seine guten Seiten.«

»Die muß man mir erst mal zeigen.«

»Nun, ich kenne ihn jedenfalls besser als du. Im Grunde genommen ist er ein guter Mann.«

»Jedenfalls ein großer. Gar wenn es ums Huren und Landstehlen geht!«

Art kicherte und sagte: »Was das erste anlangt, muß ich dir recht geben. Aber beim zweiten kommt es nur auf den Standpunkt an.«

Colum blickte in das von Wind und Regen gegerbte Antlitz des Alten, schnitt ein Gesicht, schüttelte den Kopf und erwiderte: »Manchmal frage ich mich, weshalb ich mir die Mühe mache, mit dir zu reden, Art Dixon. Wenn meine Ma dich nicht so ins Herz geschlossen hätte, hätte ich dich schon längst zur Hölle geschickt oder dir ins Gesicht gespuckt. Denn du kannst nicht auf zwei Seiten stehen, auf seiner und auf unserer.«

Merkwürdigerweise lachten sie nun alle beide, während sie einander in die Augen sahen. Dann sagte Art: »Ich stehe auf deiner Seite, Junge. Zufällig mag ich euch alle da droben. Gleichzeitig hab ich aber auch was für den gnädigen Herrn übrig, weil ich schon unter seinem Großvater und unter seinem Vater gedient habe. Und der war in Ordnung.«

»Ein Jammer, daß ihm sein Sohn nicht nachgerät.«

»Wie ich schon sagte, mein Lieber: Er hat auch seine guten Seiten.«

»Möglich. Mir wäre nur lieber, er würde sie allesamt nach Schweden verfrachten, wo er hingehört.«

»Nicht mehr als du«, sagte Art nun in ernstem Ton. »Er ist hier zur Welt gekommen und in diesem Haus aufgewachsen. Nur zwischen seinem siebenten und seinem zwanzigsten Geburtstag ist er in Schweden gewesen.«

»Lange genug offensichtlich, daß er sich für einen Wikinger oder was Derartiges hält.«

Abermals lachten sie, lauter sogar. Dann sagte Art: »Ich muß jetzt gehen und mich um die Pferde kümmern. Hör sie dir nur mal an. Wiedersehen, Colum. Ich schicke jemanden herüber, sobald ich kann. Hoffentlich lebt sie dann noch.«

»Tu's auf alle Fälle, Art. Wiedersehen.«

Als Colum wieder auf den Hof hinaustrat, blickte er sich um. Er hätte nie geglaubt, noch einmal hierherzukommen. Vor zwei

Jahren hatte er genau an dieser Stelle gestanden, Angesicht in Angesicht mit dem Gutsherrn, und hatte zu ihm gesagt: »Wenn Sie noch ein einziges Mal Ihrer Dienerschaft befehlen, unsere Mauer niederzureißen, dreh ich Ihnen den Hals um!« Und er hatte nicht bloß Hals, sondern verdammter Hals und nicht unsere Mauer, sondern meine Mauer gesagt. Denn sein Vater betrachtete ihren Besitz mit anderen Augen, als er es tat. Wenn es nach dem Alten gegangen wäre, wären bei der herrschenden Geldknappheit die am Fluß gelegenen Äcker und Wiesen ohne weiteres an Konrad Knutsson verkauft worden. Ja, er hatte auf seine leichtfertig-irische Art noch dazugesagt: »Was nützen sie uns schon? Das Land am Fluß ist entweder überflutet oder von Eis bedeckt.« Worauf Colum hitzig erwiderte, daß es wahrlich gut sei, daß der Großvater nicht mehr am Leben war, sonst hätte er ihn gehörig ins Kreuz getreten. Ihre Vorfahren, die sich vor Hunderten von Jahren oben auf dem Hügel angesiedelt hatten, um dem unberechenbaren Fluß auszuweichen, hatten Grund und Boden geliebt, jeden Fußbreit, egal, ob er nun Erträge abwarf oder nicht. Und sie hatten die Mulde, in der die Knutssons ihren Gutshof errichtet hatten, nicht nur ihres Hügels wegen von oben herab betrachtet. Erst als diese Schwedenbande, wie sie sie nannten, sich durch List und Übervorteilung immer mehr Land anzueignen begann und der letzte von ihnen nun offenbar nicht einmal mehr davor zurückschreckte, seine Hand nach ihrem Ufer auszustrecken, waren sie zu Feinden geworden. An dem Tag, an dem Colum zu Ohren gedrungen war, daß Konrad Knutsson zu Gericht gegangen sei, um die zuständigen Herren von der Verbindlichkeit einer Vertragsklausel zu überzeugen, wonach den Knutssons selbst auf dieser Seite des Flusses ein Stück Land zustehe, war er ins Gutshaus gestürmt und hatte zum zweiten Mal in seinem Leben dessen Besitzer gegenübergestanden. Als Konrad Knutsson hier im Hof vom Pferd gestiegen war, hatte er ihn, obwohl sie einander seit den Tagen ihrer Kindheit nicht wiedergesehen hatten, wegen seines Spitznamens auf Anhieb erkannt. Meilenweit im Umkreis hieß der junge Knutsson nur ›der flachsköpfige Quadratschädel‹. Denn sein Haar hatte tatsächlich einen Blondton, wie man ihn hierzulande nur bei den Frauen gewöhnt war. Das war aber auch alles, was man an ihm hätte feminin nennen können. Sein Gesicht war breitflächig, sein Nacken stark und sein Brustkorb enorm. Als er ihm gegenübergestanden und es gewagt hatte, seine Meinung frei herauszusagen, hatte Knutsson ihn ungläubig angestarrt, als könnte er seinen Ohren nicht trauen; tatsächlich steckte er die Zeigefinger in die Ohren, schüttelte den Kopf, warf ihn in den Nacken und brüllte vor Lachen. Und seine ihn begleitenden Freunde hatten mitgelacht; allerdings nicht lange. Denn im nächsten Moment wurde die Miene ihres Gastgebers hart, und er schrie Colum an: »Verschwinde, ehe ich dir das Fell über die Ohren ziehe und dich mit den Füßen voran zu deiner Mutter zurückschicke!«

Hätte Art ihm später nicht erzählt, wie es weitergegangen war, hätte er es bis zum heutigen Tag nicht gewußt, so heftig hatte der Zorn ihn damals übermannt. Demnach hatten Art, der zweite Kutscher und die beiden Stalljungen ihn gepackt und zum Hof hinausgedrängt, wonach die beiden anderen ihn Art überlassen hatten, der ihn bis zum Fluß hinunterbrachte. Dort sagte er zu Colum: »Sieh zu, daß du auf die andere Seite kommst. Und bleib gefälligst auch drüben. Du weißt gar nicht, wie nahe du dran warst, ins Jenseits befördert zu werden.«

Colum drehte sich um und stapfte durch den Park. Konrad Knutsson, der große Gutsherr! Er spuckte ins Wasser, dann lachte er. Wenn er aus London heimkehrte, würde er seinen Besitz in einer schönen Verfassung vorfinden. Das würde ihn schon kurieren! Seinetwegen hätte das Wasser ruhig bis zum Dach ansteigen können, wenn die junge Frau nicht gerade ein Kind erwartet hätte. Knutsson hatte sich als dritte Frau ein junges Ding genommen, das seine Tochter hätte sein können. Sie war erst siebzehn gewesen, als er sie heiratete. Und wie alt war er? Fünfundvierzig? Sechsundvierzig? Jedenfalls hätte sie seine Tochter oder gar seine Enkelin sein können, denn er hatte angefangen, den Frauen nachzusteigen, als er noch in kurzen Hosen steckte.

Als Colum den Fluß erreicht hatte, blieb er stehen und sah aufs Wasser hinaus. Wären die Baumstämme nicht gewesen, wäre all das Treibgut längst flußabwärts getrieben. Aber es war auch ein Baumstamm gewesen, der verhindert hatte, daß die Kleine vom Heuboden nicht untergegangen war.

Unentschlossen, welchen Weg er einschlagen sollte, stand er da. Der kürzeste Weg wäre der über die kleine Brücke an der Flußbiegung gewesen, aber da sie nur aus Holz war, war sie sicherlich längst fortgeschwemmt worden. Blieb nur die Zollbrücke übrig, die war wenigstens aus Eisen.

Als er eine halbe Stunde später zum Zollhaus kam, war dieses verlassen. Die Brücke war zwar noch da, hatte sich aber so stark gesenkt, daß sie beinahe die dahinrasenden Wassermassen berührte, und Colum konnte sehen, wie der Fluß mit jeder Minute weiter anstieg. Zwar war ihm Furcht fremd, doch bemühte er sich, möglichst rasch hinüberzugelangen. In der Mitte des Flusses hatte er das Gefühl, im nächsten Moment im Wasser zu landen. Er atmete auf, als er endlich wieder festen Boden erreichte, warf sich ins Gras und keuchte krampfhaft, so sehr war er gerannt. Dann raffte er sich auf und ging hügelaufwärts.

›Tarn Abode‹, wie das Haus seiner Väter hieß, bestand aus einer Reihe eingeschossiger Häuschen, mit Ausnahme des letzten, das zwei Stockwerke hatte. Es bot einen wunderbaren Blick ins Tal. Die Nordfenster gingen auf die Flußbiegung hinaus, die daran anschließenden auf Newcastle und die Nordsee, vom nächsten aus sah man nach Corbridge, aber die imposanteste Aussicht, die ›Tarn Abode‹ zu bieten hatte, galt dem ›Kloster Faircox‹ am anderen Ufer, dem Gutshof der Knutssons. Das rosa- und cremefarbene Herrenhaus, bis zum Giebel von Efeu umwachsen, relativ neu, noch keine siebzig Jahre alt. Damals war die alte Propstei niedergebrannt, und seither hieß es in der Gegend, daß ein Fluch auf dem Besitz der Knutssons lag, obwohl es beileibe keine Geistergeschichten oder solche von ruhelosen Mönchen und dergleichen gab. Der Fluch, hieß es, war auf die Schwedenbande selbst zurückzuführen, deren Mitglieder zweifellos alle Heiden waren.

Aber waren schließlich nicht auch die Flynns von Prüfungen heimgesucht worden, angefangen von den aus Irland herübergeflohenen Urahnen? Dennoch bestand da ein gewaltiger Unterschied, wie Colum immer wieder betonte. Denn der Flynnsche Besitz bestand noch immer aus den Grundmauern des Hauses, das Patrick Flynn sechzehnhundertzehn für sich und seine Braut errichtet hatte. Er war ein vermögender Mann gewesen, der ein ordentliches Stück Land gekauft, Vieh gezüchtet und seine eigenen Seile gedreht hatte. In diesem Punkt waren sie alle besonders geschickt. Er war stets vom Glück gesegnet gewesen, aber seine Söhne und Enkel hatten schlimme Zeiten mitgemacht. Erst mußte das Vieh verkauft werden, dann ein Stück Land um das andere, bis die

Leute vergessen hatten, daß die Flynns einmal einen beachtlichen Besitz ihr eigen genannt hatten – bis auf Colum, dessen ganzer Stolz ›Tarn Abode‹ und jede Handbreit Grund und Boden war.

Seiner Ansicht nach hatten die Flynns auch Anlaß genug, stolz zu sein: Wie eh und je hausten sie im Heim ihrer Väter und Vorväter, verstanden ihr Handwerk, auch wenn es manchmal herzlich wenig einbrachte, hielten nach wie vor Schweine und Federvieh und besaßen immer noch fünf Acres Land. Und dabei würde es bei Gott bleiben, solange noch ein Flynn atmete. Und was vielleicht noch wichtiger war als dies alles: Jeder von ihnen, bis zum kleinen Michael hinunter, konnte lesen und schreiben.

Wie immer hob er den Kopf in unbewußtem Stolz, als er die Lücke der Steinmauer durchschritt und seine dunklen, glänzenden Augen den Gebäudekomplex überblickten. Linker Hand befand sich die Seilerei, in der der Vater die Hanffasern zusammendrehte, die der zehnjährige Barney danach an der Haspel aufspulte.

Barney rief Colum zu: »Ist das Wasser gestiegen, Colum? Wie hoch steht es jetzt?«

Und Colum erwiderte: »Hoch genug, um dich zu ersäufen, und wenn du zweimal so groß wärst, wie du bist. Ich bin jedenfalls durch und durch naß.«

»Dann ist es ja gut.«

»Das kann man wohl sagen. Wenn es auch nicht alle tun.«

»Sind die da unten überschwemmt?«

»Den Küchentrakt hat es bereits erreicht.«

»Geschieht ihnen recht.«

»Ich werd dir gleich geben!« mischte sich der Vater ein. »Paß lieber auf das Spinnrad auf, statt dich über das Unglück anderer Leute zu freuen.«

Dan Flynn, ein vierundfünfzigjähriger, hagerer Mann, der einen Kopf kleiner als sein ältester Sohn war, dessen Haar aber noch immer kohlrabenschwarz und dessen Augen immer fröhlich waren, verkettete die Hanfstränge, während er Colum, der eben an den Schweineställen vorbeiging, zurief: »Ist etwas Brauchbares mit dem Treibgut heruntergekommen?« Colum drehte sich um und sagte: »Glaub schon, nur hat sich alles unter der alten Ulme über der Mauer drüben angesammelt. Die ist weggesackt – die Ulme, meine ich.«

»Wir werden uns das später ansehen.«

»Ist in Ordnung.«

»Tee und Essen stehen auf dem Kaminsims. Ich komme gleich.«

Hierauf gab Colum keine Antwort, sondern überquerte das Kopfsteinpflaster, das sich über die ganze Vorderseite des Hauses hinzog. Dann zauste er seinen jüngsten Bruder, den sechsjährigen Michael, der schon recht gut im Garnspinnen war, am Schopf. Michael war, wie sein Vater, klein, dunkel und drahtig, und auch seine Augen funkelten fröhlich, wie die des Vaters, als er zu Colum aufblickte und fragte: »Kann ich mit dir hinuntergehen und die Sachen durchstöbern?«

»Ja. Aber putz dir zuerst die Nase.«

Beide lachten unterdrückt auf. Dann betrat Colum, den Kopf einziehend, den Vorraum des Wohnhauses, in dem eine Menge Mäntel und Kopfbedeckungen auf den Haken hingen und es eine buntgemischte Ansammlung von Schuhwerk gab. Es war dämpfig hier drinnen, nicht nur, weil die Räume niedrig waren, sondern auch, weil der riesige Kessel mit dem Schweinefutter auf dem offenen Feuer brodelte. Colum streifte seine nassen Kleider ab, zog etwas Trockenes an, schürte das Feuer und ging dann in den nebenan liegenden Lagerraum, dessen Wände mit Seilen jeglicher Stärke, vom feinsten Bindfaden bis zum dicksten Tau, behängt waren. Daneben hingen die verschiedensten, noch ganz steif wirkenden Netze, eng- wie weitmaschige. Dann kamen die Wäscheleinen dran, die Seile für den Pflug und fürs Zaumzeug der Pferde. Schließlich Körbe und Matten in allen Größen, Formen und Mustern.

Colum hob mit fachmännischem Griff die Seile von den Wänden und legte sie fein säuberlich in die bereitstehenden Körbe. Dann entnahm er den Regalen Garnknäuel verschiedener Stärke und füllte damit den freigebliebenen Raum aus.

Während er seine Arbeit flink erledigte, kam eine große Frau zur Tür herein. Sie trug das Haar streng aus der Stirn gestrichen, hatte ein blaubedrucktes Kattunkleid mit einem engen Miederleibchen an und eine ungebleichte Leinenschürze vorgebunden. »Du packst aber diesmal zeitig«, sagte sie.

Er blickte aus seiner gebückten Haltung zu ihr auf und erwiderte: »Ich werde auch früh losfahren müssen. Es gibt keine Straße mehr und höchstwahrscheinlich bald nicht mal mehr Brücken. Aber welchen Weg ich auch einschlagen werde, es wird auf alle Fälle doppelt so lang wie sonst dauern.«

»Hör mal«, sagte sie mit sanfter Stimme, »ich weiß, daß ich dir das schon gesagt habe, aber warum fährst du nicht wieder einmal auf den Markt nach Newcastle?«

»Ach, Ma.« Colum richtete sich auf und schüttelte unwillig den Kopf. »Hab ich's dir nicht auch gesagt, nicht einmal, sondern hundertmal, daß wir dort nicht die geringsten Aussichten haben? Wie könnten wir uns gegen die Haggies behaupten? Die haben sich in Gateshead breitgemacht, und damit befinden sie sich schon fast in Newcastle, das weißt du doch. Sie haben den Markt dort fest in der Hand. Und als ob das nicht weiß Gott reichen würde, hat ihr Ältester nun am Willington Quay noch obendrein einen eigenen Laden aufgemacht. Die machen sich über die gesamte Gegend von Tyne her wie die Heuschrecken. Also hör mir bitte mit Newcastle auf, Ma. Was wir zum Leben brauchen, verdienen wir auch in Hexham. Und überdies hab ich entlang der Hauptstraße noch ein paar gute Kunden. Unsere Bauern können zum Glück ein gutes Seil von einem schlechten unterscheiden.«

Sie nickte Colum zu. »Mach es nur, wie du glaubst, Colum, mach es ganz so, wie du es für richtig hältst. Vergiß nur eines nicht: Bauern sind veränderlich wie das Wetter. Es liegt nicht nur an ihnen. Aber woran sparen sie, wenn es mal ein schlechtes Jahr gibt? An Seilen, Matten und Netzen. Denk nur daran, daß es uns schon einmal so gegangen ist. Nun, im Augenblick kann ich jedenfalls noch für einen anständigen Tee sorgen. Es ist alles bereit. Komm, trink deinen Tee, und iß einen Bissen.«

Nachdem Colum seine Arbeit getan hatte, wischte er sich die Hände an der Hose ab und betrat die Küche, in der die achtjährige Kathie und die neunjährige Sharon gerade mit dem Kartoffelschälen beschäftigt waren. Kathie, die ruhigere von beiden, blickte ihren Bruder aus sanften, blauen Augen, die zu dem Blondhaar einen hübschen Kontrast bildeten, leise lächelnd an, während Sharon, die mit ihrem schwarzen Haar und den runden, dunklen Augen wie eine jüngere Ausgabe von Colum aussah, ihn erwartungsvoll anlachte und rief: »Hast du was gefunden, Colum, Dinge, die man brauchen kann? Erzähl doch!«

»Augenblick, gleich werd ich's heraufbringen.«

»Wirklich?«

»Wirklich.« Sharon sprang auf, lief zu ihm und sagte ganz aufgeregt: »Was ist es? Was ist es denn?« Colum beugte sich zu ihr hinunter und sagte mit ernster Miene, während er die angeführten Dinge an den Fingern abzählte: »Ein totes Pferd, zwei tote Kühe, drei tote Schafe, nein, vier tote Schafe …«

»O Colum, also wirklich!« Sie schlug mit den Fäusten auf ihn ein.

»Hör auf, Sharon. Benimm dich gefälligst, sonst bekommst du keinen Tee.«

»Ach, Ma. Immer macht er sich über mich lustig. Er sagt …«

»Still jetzt. Hol deinen Becher. Und du auch, Kathie.«

Die beiden Mädchen gingen gehorsam zu dem hohen, weißen Küchenschrank, der beinahe die halbe Wand einnahm und mit Töpfen, Pfannen, Tassen, Schüsseln und Trinkbechern vollgestopft war, und holten sich ihre Teebecher.

Bis auf zwei lederbezogene Lehnsessel waren sämtliche Küchenstühle aus blankem Holz, und sicher hätten die mit Messingknöpfen versehenen Lehnsessel in dem niedrigen, weißgetünchten, bescheiden wirkenden Raum fehl am Platz gewirkt, wenn sie nicht bereits derart abgenutzt und verschlissen gewesen wären.

In einem der Lehnsessel hatte eine dicke Frau, deren Alter schwer zu schätzen war, Platz genommen. Sie hätte dreißig, aber ebensogut auch fünfzig sein können. In Wirklichkeit war Dorry Kerry, eine entfernte Verwandte Dan Flynns, knapp vierzig. Ihr Gesicht war flächig und rund, ihre Augen dunkel und klein, und wenn sie auch alles andere als schön war, erweckte sie doch den Eindruck von Herzlichkeit und Güte. Als Colum ihren Becher mit Tee füllte, fragte er: »Was machen deine Schmerzen?« Sie blinzelte ihm zu und erwiderte: »Wie meinst du das? Willst du wissen, ob's besser oder ob's schlechter ist?«

»Kannst du nicht einmal antworten, ohne mich aufzuziehen?« fragte er und tat, als wolle er sie am Ohr ziehen. Sie blickte zu ihm auf und meinte: »Wenn du eine vernünftige Antwort hören willst, muß ich es genau wissen. Oder?«

Im selben Moment trat, von Barney gefolgt, Dan Flynn ein und schrie zu Dorry hinüber, als befände sie sich auf der anderen Seite des Flusses: »Wie geht's dir heute?« Worauf sie gleichmütig antwortete: »Oh, besser, immer besser.«

Dan setzte sich, zog seinen Becher Tee näher, nahm sich vom reichlich gefüllten Teller ein Stück heißen, frischen Brotes, biß herzhaft hinein und sagte, ohne sich an jemand Bestimmten zu wenden: »Sie wird nach Newcastle fahren und einen Arzt aufsuchen müssen, wenn es schlimmer wird«, worauf seine Frau erwiderte: »Ja, wirklich, das sollte sie längst.«

Elizabeth Flynn saß am unteren Ende des Tisches. Selbst wenn es sich um die Teezeit handelte, blieb sie an diesem Platz. Sie war vierundvierzig Jahre alt, groß und nicht besonders hübsch. Außerdem war sie die einzige, deren Augen niemals fröhlich funkelten, allerdings auch niemals traurig dreinsahen. Auf ihrem Gesicht lag eine unveränderliche Gemütsruhe, die nur ganz selten einer Spur von Resignation wich. Wenn sie in irgendeinem Punkt besser dran war als die übrigen Familienmitglieder, dann war es ihre Stimme. Was sie auch sagen mochte, sie brachte es auf eine einnehmend angenehm, ja melodiös klingende Weise vor, was sie von den anderen merklich unterschied. Sie sagte nun zu Colum: »Steht es arg da drüben?« Er legte den Kopf schräg, sah sie an und fragte: »Meinst du das ›Kloster‹?«

»Ja, das meine ich.«

»Es wird nicht lange dauern, und es wird überflutet sein. Ich hätte gar nichts dagegen, wenn das Wasser bis unters Dach reichte, wenn die arme junge Frau nicht gerade jetzt niederkommen würde. Kann ganz plötzlich sein, sagt der Arzt. Sie ist übrigens nicht die einzige. Ich hab ein Mädchen aus dem Fluß gefischt, das sicherlich auch ganz knapp davor ist.«

»Du hast ein Mädchen aus dem Fluß gefischt?« Elizabeth und Dorry fragten es beinahe gleichzeitig. »Kennst du sie?« fügte Dorry hinzu.

»Nein, hab sie nie vorher gesehen. Oder nein, das stimmt nicht. Ich glaube, es ist dieselbe, die ich gestern oder vorgestern auf der anderen Seite gesehen habe. Sie ist aufs Moor zugegangen, und ich hab hinübergeschrien, daß sie aufpassen soll. Scheint eine Landstreicherin zu sein.«

»Armes Ding. Gott steh ihr bei«, sagte Dorry. »Wie alt ist sie wohl?«

»Weiß ich nicht«, sagte Colum und schüttelte den Kopf, »das ist schwer zu sagen. Aussehen tut sie kaum älter als Kathie, aber wenn sie, wie gesagt, kurz vor der Niederkunft steht, muß sie älter sein. Sechzehn, würd ich sagen. Ja, sechzehn.« Er nickte bekräftigend.

»Wo hast du sie hingebracht?« Elizabeth beugte sich leicht zu ihm hinüber.

»Auf den Heuboden drüben. Eigentlich war Art es, der sie entdeckt hat. Der hat die ganze Zeit aufs Wasser hinausgezeigt. Und da hing sie zwischen dem Treibgut und hat sich an die Ulme geklammert. Die ist schließlich umgestürzt.« Er nickte Elizabeth zu. »Hat schon viele Unwetter mitgemacht, ich weiß. Also bin ich hinausgewatet, und da sah ich, wo das ganze Zeug hingetrieben ist. Ich konnte gar nicht bis dorthin reichen. Also bin ich zu den Trittsteinen zurückgegangen, um mich wenigstens am Halteseil festzuklammern, aber auch das war schon im Wasser.«

»Du hättest ertrinken können«, sagte der Vater nun. »Verrückt, so was zu tun. Diese Steine sind tückisch, glatt wie Eis.«

»Nun, wie du siehst, bin ich nicht ertrunken.« Colum grinste seinen Vater an. »Ich bin davongekommen, nur um euch diese Geschichte erzählen zu können. So, und jetzt möcht ich noch ein Stück haben.« Er streckte die Hand aus, griff nach einer dicken Scheibe Brot und aß es bedächtig auf, während er sich an den neugierigen Gesichtern der Tafelrunde weidete. Denn er liebte es, für die richtige Spannung zu sorgen, schon um die Mädchen damit zu necken. »Nun, es war so.« Er stützte die Ellbogen auf den Tisch. »Als ich an der Stelle anlangte, saß Art rittlings auf dem umgefallenen Baum. Der alte Narr hätte weiß Gott selbst ertrinken können, es hat lange genug gedauert, bis ich das arme Ding richtig zu fassen bekam, so fest saß sie zwischen Tierleichen und Wagentrümmern. Ich glaub, es war eine Deichsel, an der sie sich verzweifelt festgehalten hat, als wollte sie sie nie mehr loslassen.«

»Hat sie was gesagt?«

Colum warf seiner Mutter einen Blick zu, schüttelte den Kopf und erwiderte: »Nein, sie war ja steifgefroren und bewußtlos. Art wollte auch gleich eine von den Mägden herbeiholen, damit sich jemand um sie kümmert. Ich hab mich aber nicht länger als nötig drüben aufgehalten, weil ich mit keinem von denen zusammenstoßen wollte.«

»Recht hast du«, sagte Dan, und alle nickten in völliger Übereinstimmung darüber, daß es besser sei, mit keinem von denen dort drüben zusammenzustoßen, abgesehen vom alten Art natürlich.

Barney fragte nun: »Hast du Wagendeichsel gesagt, Colum?« Und als Colum nickte, verließ der Junge seinen Eßplatz, kam auf seinen Bruder zu, stellte sich neben ihn, blickte zu ihm auf und meinte: »Wir könnten ein paar Deichseln gut gebrauchen, Colum.

Du weißt doch, daß du erst neulich gesagt hast, daß du ein paar Deichseln und einen Schlitten machen willst, dann könnten wir den Flachs aufschichten und von unten trocknen lassen, und Prince könnte ihn schließlich am Hang hinaufziehen.«

»Das ist eine gute Idee, Junge.« Dan grinste übers ganze Gesicht. »Eine anständige Deichsel ist eine große Hilfe. So ein Schlitten wäre doch etwas anderes, als den Flachs zum Trocknen ewig auf dem Rücken heraufzutragen zu müssen. Ein Wunder, daß dir das noch nicht früher eingefallen ist.« Er nickte Colum zu.

Colum sah seinen Vater an, ohne zu antworten. Es lag kein Lächeln mehr auf seinen Zügen, als er sich wieder einmal eingestand, daß er seinen Alten einundzwanzig Stunden pro Tag leidlich mochte, ihn eine Stunde lang liebte, eine Stunde verachtete und die allerletzte Stunde haßte. Das war immer gegen Mitternacht, wenn er so dalag und über sein Leben nachdachte, vor allem über seine Zukunft. Er hätte gerne eine Frau gehabt, und es gab auch schon zwei, die nur darauf warteten, daß er mit dem kleinen Finger winkte: Mary Page droben auf Ponteland und Milly Brent drüben auf Throckley. Aber heiraten hieß nicht nur, Zimmer und Bett mit einer Frau zu teilen, sondern sie auch zu kleiden und zu füttern, für sie verantwortlich zu sein, besonders wenn sich dann Jahr um Jahr ein neues Lebewesen dazugesellen würde. Denn Colum wollte Kinder, eine richtige, große Familie, um sicher zu sein, daß zumindest einer von ihnen ›The Abode‹ und das Land ringsum lieben würde, wie er es tat. Er warf seinem Bruder einen Blick zu. Barney würde das nie tun. Der glich mit seinen zehn Jahren schon viel zu sehr seinem Vater. Und Michael? Nun, das konnte man jetzt noch nicht sagen, der war ja schließlich erst sechs Jahre alt. Den Kindern konnte man es jedenfalls nicht verargen. Es war der Vater, der es falsch machte. Wenn es nach ihm ginge, würde überhaupt nichts zum Verderben übrigbleiben, so faul war er.

Das war es, was ihn an seinem Vater ärgerte: Dessen Trägheit erweckte einen wahren Haß in ihm. Was er absolut nicht verstehen konnte, war, daß der Alte daran denken konnte, sein Land zu verkaufen. Da war er selbst aus anderem Holz geschnitzt. Er würde lieber betteln gehen als davon leben, was man bei einem derartigen Verkauf herausschlagen mochte.

Dann war da noch ihr Gewerbe. Auf ihrem Wagen war in Großbuchstaben DAN FLYNN, SEILER aufgemalt. Aber spätestens von seinem zwölften Geburtstag an hatte er gewußt, daß er, Colum, der Seiler war. Er war es, der das Geschäft in Schwung hielt. Und mit den Jahren hatte sein Vater ihm die ganze Verantwortung aufgeladen. Alles, was für den Alten zählte, war, auf der faulen Haut zu liegen und in Büchern zu schmökern.

Manchmal dachte er, daß Lesen nur zum Teil ein Segen sei, denn es erforderte viel Zeit. Es stimmte schon, daß es sich nur um die Zeit seines Vaters handelte. Denn wenn sie abends beim Matten- oder Körbeflechten beisammensaßen, war er es, der ihnen vorlas, und das war angenehm, sehr angenehm sogar, abgesehen davon, daß es ein geschicktes Händepaar weniger zum Zupacken gab. Dennoch wußte er genau und gab es auch insgeheim zu, daß er ziemlich stolz war, selbst lesen und schreiben zu können. Es verlieh ihm Ansehen, daß er sich in den großen Häusern vor seine Kunden hinstellen und ihnen auf der Schiefertafel mit Kreide sämtliche Kosten und Preise ausrechnen konnte. »So etwas, Colum«, staunten sie dann.

»Du hättest Lehrer werden sollen, nicht Seiler, so gebildet wie du bist. Komm, sag uns noch ein Gedicht auf, Colum, das kannst du doch so gut.« Und manchmal, wenn er die Leute mochte, stellte er sich tatsächlich in Positur, warf den Kopf in den Nacken und sagte ihnen mit seiner volltönenden Stimme ein Gedicht von Wordsworth, seinem Lieblingsdichter, auf – den ›Glücklichen Kämpfer‹ zum Beispiel.

Wenn die meisten von ihnen das Wesentliche auch gar nicht begriffen, wie er ganz genau wußte, so erfreute sie doch der Klang seiner Stimme und die Art, wie er ihnen alles vorspielte. Er ließ die Menschen glücklicher zurück, das stand fest. Und er war selbst glücklich dabei.

Aber alles mußte seine Ordnung haben. Arbeit wie Freizeit. Diese Deichseln hätte sein Vater längst selbst anfertigen können, statt sich, sowie das Wetter schön war, mit einem Krug Selbstgebrautem und einem Buch ins Heidekraut zu legen. Nun ja, jeder war wohl, wie Gott ihn erschaffen hatte. Offensichtlich war sein Vater eben nach einem ganz anderen Vorbild erschaffen als seine Mutter.

Colum blickte zum Tafelende, wo sie wie gewöhnlich saß, und brauchte die Stunden des Tages, was sie und seine Gefühle für sie anlangte, nicht voneinander abzugrenzen. Denn sie liebte er vierundzwanzig Stunden am Tag. Ja mehr noch, er verehrte sie, und das in jedem Augenblick, sie, Elizabeth Flynn, die Frau seines Vaters. Nachts dachte er häufig über sie nach. Und auch über Dorry, die keinen Mann bekommen hatte, aber so dringend einen gebraucht hätte. Das war ständig in ihrem Blick zu lesen und aus ihrem übertrieben lauten Lachen zu hören – und aus der Liebe, die sie der Familie in so verschwenderischem Maße zuteil werden ließ. Wie merkwürdig das Leben doch war, wenn man es richtig bedachte.

Er stand auf und sagte: »Nun, auf diese Weise werden weder Deichseln entstehen noch Schweine gefüttert oder ein Wagen beladen werden. Aus nichts wird nichts!«

Mit dieser Redensart waren sie gewissermaßen aufgewachsen. »Los, los, Kinder«, hatte es immer geheißen, wenn sie zu viel gespielt oder getrödelt hatten. »Aus nichts wird nichts.«

Er betrat den Lagerraum und fuhr fort, die Waren für den nächsten Tag zusammenzupacken. Und dabei mußte er immer wieder an das junge Ding da drüben auf dem Heuboden denken. Ob ihr Kind wohl lebend zur Welt kommen, ob es ein Junge oder ein Mädchen sein würde? Nun, wie es auch kommen mochte, gebratene Tauben würden ihm bestimmt nicht in den Mund fliegen.

Dritter Teil · Der Querkopf

4

Die Vorhänge des Himmelbettes waren ganz zurückgezogen, die Bettwäsche bildete am Fußende des Bettes einen Wulst; die reichbestickte Seidendecke war zu Boden geglitten und breitete sich wie ein silbrig glänzender See auf dem karmesinroten Teppich aus. Die Luft im Raum war entsetzlich drückend, schon allein durch die Hitze, die das prasselnde Kaminfeuer erzeugte. All dies bildete den Hintergrund für das Stöhnen, Jammern und Keuchen, das aus dem Bett drang.

Die in einem seidenen Nachthemd auf dem Bett liegende Gestalt war bis zu den Brüsten nackt. Die Fersen preßten sich gegen die Matratze, die mageren Knie waren nach außen gespreizt, während die Arme wie Flügel ausgebreitet waren. Das kleine Gesicht, tief in die Kissen gedrückt, war verkrampft und schweißüberströmt, und das verschwitzte Haar sah aus, als hätte man es eben erst gewaschen, so naß war es.

»Bella!« Diesen Namen keuchte die Gebärende stoßweise, während die Frau am Fußende des Bettes den Säugling aus dem Leib der zusammengekrümmt daliegenden Gestalt herauszog, ihn ansah, abnabelte und schließlich hochhielt, während sie ihm kräftig aufs Gesäß klopfte.

Als der Ruf »Bella! Bella!« abermals aus dem Bett ertönte, drehte sich die Geburtshelferin, die weder wie eine Hebamme noch wie eine Magd aussah, heftig um und sagte: »Warte doch! Siehst du denn nicht, daß es nicht atmet?« Dann versetzte sie dem Säugling abermals einen Klaps.

»Was? Es atmet nicht?«

Florence Knutsson ließ langsam die Knie sinken und stützte sich auf den Ellbogen. »Es muß, Bella! Gib es her …«

»Ich tue, was ich kann.« Die Worte klangen leise, tief und von unterdrückter Panik erfüllt.

»O Gott, o Gott, laß es atmen!« Diese Bitte wurde weniger an Gott als an die Frau gerichtet, die den Säugling schüttelte. »Hol den Doktor! Hol den Doktor, Bella!«

»Sei nicht albern.« Bella Cartwright drehte sich um und blickte auf ihre Nichte zweiten Grades nieder, die für sie beinahe so etwas wie eine Tochter war, denn sie hatte in den vergangenen Jahren Mutterstelle an ihr vertreten. »Hast du es denn nicht mitgekriegt? Wir sind von der Flut eingeschlossen, die Brücken sind weggerissen und die Straßen unbefahrbar.«

»Bella!« Florence Knutsson streckte der großen, hageren Frau flehend die Hand entgegen. »Bring es zum Leben, Bella. Du mußt es dazu bringen. Sonst verliert er den Verstand. Er wird mein Reiten dafür verantwortlich machen. Du kennst ihn doch, Bella. Du mußt …«

Bella antwortete nicht, sondern trat an den Kamin, legte das Kind auf das davor ausgebreitete weiße Bärenfell und begann, seine Glieder zu massieren. Nichts war nun zu hören als ihr heftiges, stoßweises Atmen und das Sprudeln des Wassers im Kessel über dem Kamin. Nach einigen Minuten hörte sie mit dem Massieren auf, sah auf das mitleiderregende Häufchen Elend nieder und warf dann der Mutter, die so gar keine Mutter war, über die Schulter einen Blick zu.

Als Bella Cartwright sich mit einem Achselzucken erhob, stieß Florence einen gellenden Schrei aus, der schließlich zu einem durchdringenden Wimmern wurde, bis Bella an ihr Bett stürzte und mit den Fäusten auf die Matratze einschlug.

»Hör auf, hör sofort auf damit!« Bella hielt die Wöchnerin fest, während sie ihr zuflüsterte: »Laß doch, Kind. Du wirst dir noch Schaden zufügen. Laß mich dich jetzt saubermachen; die Nachgeburt kommt.«

Florence lag, von Verzweiflung überwältigt, still und ließ Bella gewähren, stöhnte aber die ganze Zeit über. »Ich fürchte mich, Bella, ich fürchte mich so.«

»Daran hättest du früher denken müssen. Ich habe dich wegen deiner Reiterei hundertmal gewarnt. Nun hast du seinen Sohn verloren. Und das war das einzige, was er haben wollte. Auch von deinen beiden Vorgängerinnen. Ob du's glaubst oder nicht, das einzige, was er sich je gewünscht hat, war ein Sohn. Nun steht er da mit seinen fünfundvierzig Jahren. Drei Frauen hat er gehabt und keinen einzigen Erben. Es liegt ein Fluch auf ihm. Er hat es selbst gesagt, als du das erste Kind verloren hast. Und er hat völlig recht, wenn er sich dir gegenüber wie ein Verrückter aufführen sollte. Denn er hat dir strikt verboten, auszureiten. Aber du wolltest nur eines: Eindruck machen bei deinem geliebten Gerald, stimmt's? Jetzt hör auf. Hör auf!« Sie streckte die Hand aus und strich der Wimmernden das feuchte Haar aus der Stirn, wobei eine Zärtlichkeit in dieser Geste lag, die in seltsamem Gegensatz zu ihrem harten Tonfall stand. Aber selbst ihre Stimme klang nun weniger barsch, als sie schloß: »Nun, man muß den Dingen eben ins Auge sehen. Aber Gott weiß, daß es Konsequenzen haben wird. Er wird sich wieder einmal bis obenhin vollaufen lassen, und du weißt, was das zu bedeuten hat.«

»O Bella, Bella.« Florence klammerte sich an sie, barg das kleine Gesicht an der knochigen Schulter und wollte schon von neuem losweinen, als beide durch ein Klopfen an der Tür aufgeschreckt wurden.

Bella sprang von der Bettkante, auf der sie gesessen hatte, auf, stieß Florence zurück, zog die Decke über sie und schickte sich gerade an, »Herein!« zu rufen, als sie es sich anders überlegte, zur Tür ging und öffnete. Ihre Augen weiteten sich, als sie sich keiner der Mägde, sondern Dixon, dem Kutscher, gegenübersah, der sich sonst in diesem Trakt niemals blicken ließ. Aber sie war erleichtert darüber, daß es keine der Mägde war, denn wenn auch nur eine von ihnen erfahren hätte, daß das Kind tot zur Welt gekommen war, hätte sich die Neuigkeit im ganzen Gut verbreitet, noch ehe sie Zeit gefunden hätte, mit Mrs. Poulter zu sprechen und sie davor zu warnen, vor Rückkehr des Gutsherrn auch nur das geringste durchsickern zu lassen.

Dem Herrn mußte sie es schon selbst beibringen; das konnte sie am besten, schon weil sie die einzige war, die sich noch nie vor Konrad Knutsson gefürchtet hatte. Deshalb sollte er seine Wut und Enttäuschung ruhig erst an ihr auslassen, ehe er mit seiner Frau ins Gericht ging. Sie fragte Art Dixon kurz angebunden: »Was wünschen Sie?«

»Entschuldigen Sie, Miß. Ich dachte, ich hätte Mrs. Poulters Stimme gehört. Ich habe mich wohl in der Tür geirrt.«

»Wissen Sie denn nicht, daß Mrs. Poulter mit den Mägden im Pförtnerhaus Unterschlupf gesucht hat? Was wollten Sie übrigens von ihr, noch dazu zu dieser Stunde?«

»Ich dachte, daß sie hier auf Abruf zurückgeblieben sei«, erwiderte der Kutscher nicht gerade freundlich, denn Bella Cartwright tat wie immer gerade so, als könne sie auch ihn herumkommandieren, was natürlich nicht stimmte. »Und da wollte ich sie bitten, dem jungen Ding auf dem Heuboden nach der Entbindung beizustehen.«

»Wem?«

»Dem armen Geschöpf, Miß, das wir aus dem Fluß gezogen haben. Ihrer Kleidung nach scheint sie von der Landstraße zu kommen. Jedenfalls ist sie in einem ganz erbärmlichen Zustand.«

Bella Selton Cartwright starrte den Kutscher sekundenlang an, ohne etwas zu sagen, aber selbst während dieses winzigen Zeitraums schaltete sie in gewohnt rascher Weise: Eine Landstreicherin, die gerade entbunden hatte – die ihr Kind wie alle Landstreicherinnen sicherlich hergeben würde, wenn man ihr nur entsprechend viel Geld anbot. »Ist es ein Junge oder ein Mädchen?« fragte sie zögernd.

»Ein Junge, Miß. Übrigens ein kräftiger, gesunder Junge. Nur der Mutter geht es nicht besonders gut. Auch will sie das Kind nicht einmal sehen. Sie weiß nicht, was sie damit anfangen soll, denn sie ist selbst noch ein halbes Kind. Wenn Sie mich fragen, so fehlt nicht viel, und sie geht drauf.«

Bella warf einen Blick zum Bett, dann sah sie wieder Art Dixon an und sagte: »Gehen Sie ins Pförtnerhaus, Dixon. Mrs. Poultner ist entweder noch dort oder auf dem Weg hierher. Sagen Sie ihr, daß ich ihr dankbar wäre, wenn sie sofort herkäme.«

Art starrte in das lange, knochige Gesicht seines Gegenübers und fragte sich, wie das gesamte Personal sich während der beiden letzten Jahre gefragt hatte, wer tatsächlich Herrin des ›Klosters‹ sei – die kleine, puppenhafte Gestalt da drüben oder diese große, hexenähnliche Person. Eines stand fest: Nächst dem Hausherrn war sie es, die die meiste Macht besaß. Das brachte sie auch jedermann gegenüber klar zum Ausdruck, wenn er fort war. »Das wird vielleicht einige Zeit dauern«, sagte der alte Kutscher deshalb nur und nickte der herrischen Hausdame zu. »Natürlich«, sagte diese, zum ersten Mal mit einer Spur von Nachsicht.

Nachdem Bella die Tür geschlossen hatte, lehnte sie sich kurz mit dem Rücken dagegen und warf erst einen Blick auf die sie aus weit aufgerissenen Blauaugen anstarrende Florence und dann einen auf das Bündel auf dem Eisbärenfell vor dem Kamin. Dann ging sie rasch zum Schrank, nahm eine Pelerine mit Kapuze heraus und legte sie sich um. Danach trat sie an den Schreibtisch, der zwischen den beiden hohen Fenstern stand, die dunkelgrüne Brokatvorhänge bedeckten, zog eine Lade heraus, entnahm dieser fünf Sovereigns und steckte sie in die Tasche. Möglich, daß die Landstreicherin ihr Kind nicht haben wollte, aber hergeben würde sie es trotzdem nicht so ohne weiteres. Bella ging zum Handtuchhalter, nahm das größte der Handtücher, legte den toten Säugling hinein und knotete das Bündel fest zu.

Florence hatte sich inzwischen im Bett aufgesetzt und bewegte mehrmals die Lippen, ohne daß auch nur ein Laut aus ihrem Mund drang. Bella trat ans Bett und sagte zu ihr: »Bleib liegen und verhalt dich ruhig. Sollte jemand kommen, dann sag nichts, überhaupt nichts, verstanden? Von mir aus spiel die Bewußtlose. Hauptsache, daß du nichts sagst. Aber wahrscheinlich wird ohnehin niemand hierherkommen. Der einzige Mensch, der heute nacht überhaupt durchkommen könnte, wäre Konrad. Und selbst er wird es kaum schaffen, nachdem die meisten Brücken eingestürzt sind. Also mach dir keine Sorgen. Ich bin bald wieder da.« Sie trat einen Schritt näher und wiederholte leise, aber eindringlich: »Ich bin bald wieder da. Sorg dich nicht.« Damit verließ sie mit dem Bündel unter der Pelerine das Zimmer und ging mit festen Schritten durch die schwach erleuchteten Gänge, die Treppe hinab und in die Halle. Dort sah sie, daß das Wasser bereits einzudringen begann. Der Marmorboden glänzte vor Nässe, und der persische Läufer war mit Wasser vollgesogen.

Als sie den Riegel zurückschob, war sie überrascht, wie schwer er war. Sie dachte daran, daß sie außer der Schlafzimmertür und jener zu ihrem eigenen Zimmer kaum jemals eine Tür selbst aufzumachen pflegte, seit sie in diesem Haus war. Sie hatte es gerne, wenn man ihr die Türen öffnete, und soweit es von ihr abhing, würde man das auch in Zukunft tun.

Sie hatte stets einen Platz in Florences Leben eingenommen, aber bis zu dem Tag, an dem Konrad Knutsson in ihr Leben getreten war, waren sie beide innerhalb der Gesellschaft zu den Hungerleidern gerechnet worden. Knutsson verkörperte in ihren Augen genau jenen Typ, von dem sie selbst als junges Mädchen geträumt hatte. Selbst jetzt, da sie bereits vierzig war, brachte ein solcher Mann es noch fertig, daß sie in seiner Gegenwart am ganzen Körper bebte und ihr der Schweiß ausbrach. Aber solche Männer kümmerten sich nicht um Frauen, wie sie eine war, nicht einmal, wenn sie jung waren. Sie waren vielmehr auf Frauen wie Florence aus, auf blumengleiche, nutzlose, verspielte Geschöpfe. Dennoch stimmte es, was sie vorhin zu Florence gesagt hatte: Was Konrad Knutsson von seinem ›Spielzeug‹ haben wollte, war einzig und allein ein Sohn. Wenn er einen solchen Erben nicht bekam, war er ohne weiteres imstande, sich von seiner Gespielin zu trennen, ja, sich scheiden zu lassen. Gewiß, das traute sie ihm ohne weiteres zu. Ein Mann seines Formats fürchtete sich nicht vor der Kritik der Gesellschaft. Er mochte darunter leiden, aber er fürchtete sich nicht davor. Seine erste Frau war im Wochenbett gestorben. Seine zweite Frau, ein eigenwilliges, leichtfertiges Ding, hatte ihm nicht einmal die Befriedigung einer Fehlgeburt gewährt. Vielleicht hätte er es ihr damals noch vergeben, ja ihr sogar ihren Geliebten gelassen, wenn sie mit diesem nicht auf und davon gerannt wäre. Hätte er die beiden erwischt, hätte er sie bestimmt umgebracht. Aber das Schicksal war ihnen gnädig gewesen. Sie und ihr Geliebter waren am Fieber erkrankt und während ihres Aufenthaltes in London gestorben.

Er war das dritte Jahr Witwer, als sie ihm im Haus einer entfernten Verwandten begegneten. Sie und Florence hatten ziemlich viel Zeit in den Häusern ihrer Verwandten zugebracht. Florence hatte man aufgenommen, weil sie ein niedliches, püppchenhaftes kleines Ding war, und sie selbst hatte man trotz ihrer schroffen Manieren und ihrer wenig einnehmenden Erscheinung einfach geduldet, weil sie sich der Tochter ihrer Kusine nach deren Tod angenommen hatte. Konrad Knutsson war in ihr Leben getreten, als Bella schon zu fürchten begann, daß Florence eine ernstliche Zuneigung zu Gerald Cartwright, ihrem eigenen Vetter, gefaßt hätte, der als vierter Sohn seines Vaters keinerlei nennenswerte Aussichten hatte, ganz abgesehen davon, daß er eine übertriebene Vorliebe für das Spiel an den Tag legte. Es war ausgerechnet im Elternhaus dieses Gerald Cartwright, wo sie mit Konrad Knutsson die ersten Worte wechselten, und von dem Moment an, wo sie wußte, wer er war und welche Stellung er in der Gesellschaft einnahm, erblickte die zielstrebige Bella in ihm die künftige Grundlage für ihr eigenes Leben wie für das ihres Schützlings.

Es war merkwürdig, aber von allem Anfang an hatte sie gewußt, daß sie einander ohne viele Worte verstanden. Ihm imponierte ihre Willensstärke, die sie, wäre sie ein Mann gewesen, zu

Macht und Ansehen gebracht hätte. Und die Ergebenheit, die sie ihm so offenkundig bewies, machte in seinen Augen ihren Mangel an weiblichem Charme völlig wett.

Bella hatte den Umstand, daß sie als arme Verwandte ihren überragenden Verstand stets weiblichen Wesen unterzuordnen hatte, die sich auf ihr rein dekoratives Dasein noch weiß Gott was einbildeten, immer als die größte aller Prüfungen empfunden. Einem Mann, einem richtigen Mann, zu dienen, machte ihr hingegen bedeutend weniger aus.

Deshalb setzte sie auch alles daran, daß sich an diesem Umstand nichts änderte. Und weil sie, wie stets, sich rasch in jede Situation fand, war auch jetzt im Handumdrehen ein Plan in ihr erstanden, der ihrer beider Aufenthalt in diesem Hause für alle Zeiten sichern sollte. Denn es war alles andere als gewiß, daß Florence nochmals schwanger werden würde, da der Geschlechtsakt allein sie schon völlig verstörte. Was sie unter Liebe verstand, war nichts weiter als Tändelei, eine Melodie auf dem Spinett, ein selbstverfaßtes Gedicht oder ein schwärmerischer Blick. Sie benahm sich heute noch wie eine Vierzehnjährige. Daran würde sich auch in Zukunft nichts ändern. Wie eine Vierzehnjährige hatte sie sich auch aufgeführt, als sie trotz aller Vorhaltungen mit ihrem geliebten Vetter ausgeritten war. Als sie vom Pferd gestürzt war, hatte sie eifrig versichert, daß es nur ein ganz, ganz leichter Sturz gewesen sei. Nun, gar so leicht konnte er nicht gewesen sein, wo die Wehen zwei Monate zu früh eingesetzt hatten und es schließlich zu dieser Totgeburt gekommen war! Sie hatten allen Grund, sich vor dem Zornausbruch ihres Gatten zu fürchten.

Vor Kälte schaudernd, bis zu den Knöcheln im Wasser stehend, spähte sie in die Nacht hinaus. Da keine Laterne zur Hand war, würde sie eine Kerze mitnehmen müssen. Rasch nahm sie zwei aus den Wandleuchtern, steckte die danebenliegenden Streichhölzer ein und ging nach draußen.

Während sie mühsam die überschwemmte Auffahrt überquerte, war ihr, als rege sich das Bündel unter ihrer Pelerine. Keuchend lehnte sie sich an die Mauer, ehe sie zu den Pferdeboxen hinüberging, die alle offenstanden.

Auf dem Heuboden, hatte der Kutscher gesagt. Auf welchem? Es gab zwei, einen auf dieser Seite des Hofes, einen gegenüber. Sie wollte es erst hier versuchen. Als sie sich im Dunkel weitertastete, verriet ihr ein hervorstehendes Bündel Heu, daß sie im Stallinnern angelangt war. Wenn es einen Heuboden gab, mußte es auch eine Leiter geben, ging es ihr durch den Sinn. Und kaum hatte sie sich genauer umgesehen, entdeckte sie sie auch schon. Licht drang von oben in die Stallungen. Es mußte sich also eine Laterne dort befinden. Als sie sich an der Leiter hochziehen wollte, merkte sie, daß sie dazu beide Hände benötigte. Sie war in ihrem ganzen Leben noch keine Leiter hochgeklettert. Nach sekundenlangem Überlegen nahm sie den Knoten des Bündels zwischen die Zähne und kletterte mit zurückgebogenem Hals, wie eine Katze, die ihr Junges trägt, langsam in die Höhe. Oben angelangt, setzte sie sich einen Moment lang heftig atmend hin und blickte in die unter dem Schrägdach liegende äußerste Ecke des Heubodens, in der sich im schwachen Schein der Laterne eine wie leblos daliegende Gestalt abzeichnete.

Sie stand auf, ging langsam weiter, kniete schließlich neben dem Strohlager nieder und blickte keineswegs in ein tot oder bewußtlos wirkendes Gesicht, sondern in zwei sie anstarrende Augen, von denen eines kaum auszunehmen war, weil das Mädchen auf der Seite lag, das andere jedoch deutlich weit offenstand und sie grenzenlos müde ansah.

Bella Cartwright und Kirsten starrten einander an, als wäre keine von beiden über die Anwesenheit der anderen überrascht.

Bella ergriff als erste das Wort. »Wie heißt du?« fragte sie.

»Kirsten MacGregor.« Die Stimme war schwach, kaum ein Flüstern.

»Und wo ist dein Mann?«

Ihr Mann – Hop Fuller also. Aber er war nie ihr Mann gewesen, nur ihr Arbeitgeber. Sie wisperte: »Tot.«

»Was ist mit deiner Familie? Woher stammst du?«

Kirsten schüttelte nur den Kopf. Sie war viel zu müde, um zu erklären, daß sie keine Familie hatte und von niemandem abstammte.

Abermals starrten sie einander an, und abermals war es Bella, die Fragen stellte: »Dein Baby – lebt es?«

Kirsten drehte den Kopf noch mehr zur Seite, schob mit einer matten Handbewegung die Decke zurück und gab so den Blick auf den ruhig und gleichmäßig atmenden Säugling frei.

Bella sah auf das Kind nieder. Das Gesicht war rund, runzlig und von blondem Haar umgeben, und die winzigen Lippen bewegten sich, als träume es davon, gestillt zu werden.

Sie beugte sich nun tiefer hinab, so daß ihr Gesicht keine sechs Zoll von jenem Kirstens entfernt war, und sagte nun selbst im Flüsterton: »Willst du es nicht?«

»Was?«

»Du willst es doch nicht, wie?«

Es entstand eine lange Pause, ehe Kirsten antwortete: »Nein.«

»Ist er in Ordnung?«

»In Ordnung? Ja, ja, ich glaube schon.«

»Willst du ihn mir verkaufen?«

»Was?«

Natürlich, sagte sich Bella. Sie spielt das Landstraßen-Spiel. Sie versucht zu handeln.

Ihre Frage klang nun lauter: »Ich frage, ob du es mir verkaufen willst. Sieh her.« Sie zog aus der Innentasche ihres Rocks die fünf Sovereigns hervor, die im Licht der Laterne glänzten. Kirsten starrte fasziniert darauf nieder. Als sie kein Wort sagte, fuhr Bella fort: »Los, antworte doch. Du bist eine von der Landstraße, nicht wahr? Wie willst du ein Kind großziehen ohne Mann?«

Kirsten blickte von den Münzen auf, und als ihr das Licht der Laterne nun voll ins Gesicht fiel, sah Bella, daß sie auf dem rechten Auge schielte, auffallend stark sogar. Nachdem sie sie einen Moment lang angestarrt hatte, spielte sie darauf an, indem sie hinzufügte: »Übrigens wird es schwer für dich sein, Arbeit zu bekommen mit deinem Gebrechen.« Sie deutete auf das Auge.

Kirsten blickte zu dem über ihr schwebenden Gesicht auf. Die Frau da wollte ihr das Kind abkaufen. Fünf Sovereigns bot sie ihr dafür an. Es war, als hätte sich Gott plötzlich wieder ihrer erinnert, als wollte er ihr nach all den Prüfungen endlich helfen: Erst hatte er Hop Fuller getötet, dann hatte er dafür gesorgt, daß man sie aus dem Wasser zog, und nun, nachdem dieses verhaßte Ding aus ihrem gemarterten Leib gekrochen war und sie sich immer wieder gefragt hatte, was aus ihnen beiden werden sollte, schickte er ihr diese Frau über den Weg, die ihr nicht nur den Kleinen abnehmen, sondern ihr noch obendrein fünf Goldsovereigns für ihn geben wollte. Was konnte sie mit so viel Geld alles anfangen! Vielleicht Pferd und Wagen kaufen und diesen Teil des Landes auf immer verlassen. Irgendwo mußte es schließlich Menschen geben, die sie als das betrachten würden, was sie war, als ein nach ein wenig Liebe und Wärme verlangendes, arbeitsames, menschenfreundliches Ding, das mit Kindern umgehen konnte, weil es sie liebte – mit Ausnahme jenes Geschöpfes, das da an ihrer Seite lag. Es mußte einfach eine Familie geben, die ihre Dienste brauchte, sie bei sich aufnahm und liebgewann. Nur mit einer Last wie diesem Abbild Hop Fullers an ihrer Brust würde ihr das niemals gelingen, das war gewiß.

Sie sah, wie die Frau zurückzuckte, als sie sagte: »Sie können ihn haben.«

Wieder herrschte Schweigen. Bella wußte, daß sie recht gehabt hatte. Sie hatte beinahe immer recht mit ihrer Menschenkenntnis. Dieses Landstraßengesindel verkaufte selbst seine Seele, wenn etwas dabei heraussprang. Warum nicht auch sein Kind? Sie legte die fünf Sovereigns Stück für Stück an den äußersten Rand der Pferdedecke. Dann erhob sie sich, holte das mitgebrachte Bündel herbei, legte es neben Kirstens Strohlager und sagte: »Das hier ist tot. Du kannst sagen, daß dein Kind gestorben ist, klar?«

Kirstens Miene drückte einen Moment lang Verwirrung aus. Das hatte sie nicht erwartet. Aber darauf kam es auch nicht mehr an. Sie starrte zu der Frau empor, die sagte: »Wenn der Kutscher wiederkommt, sagst du ihm, daß es gestorben sei. Er wird den Unterschied schon nicht bemerken. Auch das hier hat blondes Haar. Er soll es so bald wie möglich begraben. Und nun hör mich genau an.« Abermals kniete sie nieder und beugte sich dicht zu Kirsten herab. »Du darfst niemals darüber sprechen, abgemacht? Du hast dein Kind hergegeben, du bist dafür bezahlt worden, es ist ein völlig einwandfreier Handel, verstanden? Sollte mir auch nur das geringste darüber zu Ohren kommen, bring ich dich glatt ins Zuchthaus. Es ist, wie gesagt, einwandfrei, du verstehst, nicht wahr?«

Einwandfrei. Was für ein Wort! Auch Ma Bradley hatte es angewendet, als sie sie an Hop Fuller verkauft hatte. Nun benützte sogar diese Dame dasselbe Wort. Denn eine Dame mußte es wohl sein. Sie sah so aus, und sie sprach vor allem so. Nun, sie brauchte sich ihrethalben keine Sorgen zu machen. Sie würde schon nicht darüber reden, niemals. Sie war nur allzu dankbar dafür, daß man ihr diese Bürde abgenommen hatte. Und sie würde es bis zum letzten Atemzug bleiben. Ihr Geschick schien sich endlich doch zum

Guten zu wenden, trotz ihres schlimmen Auges. Kirsten sagte: »Ja, ich verstehe. Ich werde nicht darüber reden, niemals. Und ich werde von hier fortgehen, sobald ich kann.«

Bella hob nun das schlafende Baby hoch und unterzog es einer eingehenden Prüfung. Dann nahm sie eine der Decken, riß sie in der Mitte entzwei, hüllte das winselnde Kind in die eine Hälfte ein, während sie die zweite über den toten Säugling breitete, nachdem sie ihn vorher aus dem mitgebrachten Handtuch ausgewickelt hatte. Sie warf Kirsten noch einen langen, letzten Blick zu, der eine einzige Warnung war. Dann ging sie mit dem feuchten Handtuch über der Schulter und dem Baby im Arm auf die Leiter zu. Es bereitete ihr keine Schwierigkeiten, nach unten zu steigen, obwohl sie dazu nur eine Hand zu Hilfe nehmen konnte. Es war, als wäre sie von neuer Kraft und Stärke erfüllt. Rasch überquerte sie den Hof und die Auffahrt. Und erst als sie die Halle betrat, bemerkte sie, daß das Wasser angestiegen war. Nun bedeckte es nicht nur den Steinboden, sondern umspülte bereits den Treppenabsatz.

Als sie am oberen Ende der Treppe angelangt war, blieb sie heftig atmend stehen, schob beim Licht der tropfenden Kerze die Decke zur Seite und blickte auf das Kind nieder. Am liebsten hätte sie laut herausgelacht, so zufrieden war sie, daß der Kleine, obwohl die Unterseite der Decke völlig durchnäßt war, friedlich schlummerte.

Während sie weiterlief, wobei ihr aus Schuhen und Rocksaum das Wasser tropfte, war sie glücklich und stolz wie nie zuvor. Sie riß die Tür zum Schlafzimmer auf, eilte auf das Bett zu, in dem die Wöchnerin mit geschlossenen Augen lag, und flüsterte ihr mit belegter Stimme zu: »Florence! Florence, wach auf!«

Florence, die vor Erschöpfung eingeschlummert war, öffnete die Augen und blickte in Bellas strahlendes Gesicht. Sie traute ihren Ohren nicht, sie glaubte zu träumen, als Bella ein Bündel hochhielt und in triumphierendem Ton sagte: »Da hast du einen Erben. Ein lebendiges Baby, dein Kind.«

»Woher hast du es?«

»Das spielt doch keine Rolle, Kind. Hauptsache, du hast dein Baby.«

Durchnäßt, wie sie war, sank sie auf den Bettrand nieder, schob Florence den Säugling in den Arm und befahl ihr: »Still es. Still es, auf der Stelle. Los!«

»Was sagst du?«

»Du hast genau gehört, was ich gesagt habe.« Bellas Stimme klang gedämpft, aber klar und deutlich, als sie jedes einzelne Wort betonend fortfuhr: »Das hier ist dein Baby. Du hast ein lebendiges Baby zum Vorzeigen. Also tu, was ich dir sage, still es; du mußt es von der ersten Minute an zu deinem Kind machen.«

»Aber, Bella!«

»Komm mir nicht mit ›aber, Bella‹! Tu, was ich dir sage!« Florence blickte auf das Kind nieder. Es hatte die Augen geöffnet, die farblos wirkten, als hätte es keine Pupillen. Sie stieß es von sich und sagte angeekelt: »Ich kann nicht, ich kann es einfach nicht.«

Bella ragte wie ein Turm über ihr auf. »Hör mal, Florence, du bist wie durch ein Wunder vor seiner Wut gerettet worden. Verstehst du nicht, was das bedeutet?«

»Aber wem gehört es? Woher hast du das Kind?«

»Also«, sagte Bella nun mit beinahe sanft klingender Stimme, »ein Mädchen ist den Strom heruntergetrieben und herausgefischt worden, knapp vor der Niederkunft. Sie ist zwar von der Landstraße, aber das ist egal, völlig egal.« Sie hob den Zeigefinger. »Das Milieu ist alles. Wie einer aufwächst, ist wichtig, weiter gar nichts. Mit Geld kann man alles erreichen, glaube mir. Sie wollte das Kind nicht, sie ist zu jung, selbst noch ein Kind. Sie hat es mir verkauft. Morgen oder übermorgen wird sie fort sein und bestimmt nicht wagen, auch nur ein einziges Wort darüber zu verlieren. Ich habe sie mir genau angesehen; sie ist ein scheues, ängstliches, verschüchtertes Ding.« In letzter Sekunde verschluckte sie, was sie noch hatte sagen wollen, nämlich ›mit einem Schielauge‹. Statt dessen fuhr sie fort: »Sie weiß, daß es ihr nichts nützen würde, wenn sie davon erzählte. Im Gegenteil, man würde sie nur ins Zuchthaus oder gar ins Narrenhaus bringen, wenn sie es täte, und wenn ich selbst dafür sorgen müßte. Von nun an ist dies Kind hier dein Kind.«

»Das Kind einer Landstreicherin!« Wiederum stieß Florence den Kleinen von sich. Im selben Moment aber packte Bella sie bei den Schultern, zog sie hoch und fauchte sie an: »Schön, ich werde es zurückbringen. Und wenn dein Mann heimkommt, werde ich mich mit keinem Wort einmischen, unvorbereitet werde ich ihn in dein Schlafzimmer schicken, jawohl. Und wenn er mich fragt, wie das geschehen konnte, werde ich ihm die Wahrheit sagen: Daß du dich vor einem Monat, als er in Schweden war, mit deinem teuren Vetter unbedingt sportlich betätigen und ausreiten mußtest. Daß es ein Jammer sei, daß du dabei gestürzt bist, jawohl, das werde ich ihm sagen.«

»Bella, du bist grausam! Grausam!«

»Ich bin nur grausam, weil ich es gut mit dir meine. Es ist zu deinem eigenen Besten, was ich tue. Wenn er über dich und Gerald Bescheid wüßte, würde er dich mit weniger Gewissensbissen schlagen, ja hinauswerfen, als er seine Weiber schlägt und hinauswirft, wenn sie ihm zum Hals heraushängen. Siehst du nicht ein«, sie schüttelte den gebrechlich wirkenden Körper der Wöchnerin, »siehst du denn nicht ein, daß du, wenn du seine erste Frau wärst, vielleicht mit einer zweiten Fehlgeburt davonkommen könntest, weil es dann ja vielleicht doch noch zu einer Schwangerschaft kommen könnte? Aber du bist seine dritte Frau, und er weiß genau, was die ehelichen Pflichten für dich bedeuten. Abgesehen davon, daß er an sein böses Geschick glaubt!« Sie hielt inne, um Florence Zeit zu geben, sich das Gehörte einzuprägen. Dann fügte sie mit rauher Stimme hinzu: »Also nimm das Kind zur Brust.«

»Nein, nein, Bella! Nein, nein!«

Der Eigensinn, den Florence so oft an den Tag legte, kam nun deutlich zum Vorschein. »Ich kann es nicht stillen. Nicht einmal, wenn es mein eigenes wäre. Ich lasse es nicht so nah an mich herankommen. Abgesehen davon, daß ich nicht die Absicht habe, mir meine Figur zu verderben. Es ist nicht fair von dir, das von mir zu verlangen. Du mußt eben eine Amme auftreiben.«

Bella richtete sich auf und blickte grimmig auf Florence nieder. Sie wußte, daß sie den einzigen Punkt berührt hatte, den Florence um jeden Preis verteidigen würde: ihre maßlose Eitelkeit. Wenn die auf dem Spiel stand, war sie halsstarriger als je zuvor. »Also schön«, sagte sie, indem sie tief aufseufzte. »Von mir aus sollst du deinen Kopf durchsetzen.« Als Bella sich umdrehte, um endlich aus den nassen Sachen herauszukommen, schrie Florence ihr hysterisch nach: »Laß es nicht hier! Nimm es weg.«

Nachdem Bella einen Augenblick lang gezögert hatte, nahm sie das Kind auf, trug es in den Nebenraum und legte es dort in die mit einem spitzenbedeckten Baldachin versehene Wiege. Dann nahm sie einen von Florences Schals vom Stuhl und deckte das

Baby damit zu. Während sie auf den Kleinen niederblickte, murmelte sie: »Oscar Eric Karl Knutsson«, denn Konrad Knutsson hatte längst entschieden, daß sein Sohn nach niemand Geringerem als nach dem König von Schweden benannt werden solle.

5

Art Dixon hob den toten Säugling hoch, starrte ihn lange an und
sagte schließlich: »In dem Alter ändern sie sich von einer Sekunde
auf die andere. Richtig zusammengeschrumpft kommt er mir jetzt
vor. Und dabei hat er gestern abend so lebendig ausgesehen.«
Dann lächelte er Kirsten zu und fuhr fort: »Die Mädchen sind wieder im Küchentrakt, seit das Wasser gefallen ist. Und sowie der
Herd wieder in Gang ist, bringen sie dir etwas zu essen.«

Sie dankte ihm und lächelte ihm gleichfalls schwach zu.

Art betrachtete sie nachdenklich. Was für ein hübsches Ding sie
war, ob sie nun von der Landstraße stammte oder nicht. Er mußte
am Vortag vor Überanstrengung nicht ganz bei Trost gewesen
sein, als er sich eingebildet hatte, daß sie, wie die Leute sagten, den
bösen Blick hätte. Alles, was er nun feststellen konnte, war, daß ihr
eines Lid zuckte.

Abermals sah er auf das Kind nieder und sagte sich insgeheim,
daß vor allem der Oberkörper tatsächlich eingeschrumpft wirkte.

Während er mit dem Bündel unter dem Arm die Leiter hinun-
terkletterte, spürte er, wie knieweich er war. Er wußte, daß die Flut
und die dadurch verursachte Extraarbeit ihren Tribut verlangte. Er
war eben alt und krank, und es hatte nicht gerade zu seiner Besse-
rung beigetragen, daß er auf Miß Cartwrights Befehl gestern bis
zum Pförtnerhaus gewatet war, immerzu im Wasser. Sie war
schon ein Hitzkopf! Und wozu war dieser mühsame Gang schon
gut gewesen? Bloß um das gesamte Personal fröhlich beisammen-
sitzen zu sehen wie bei einem Erntedankfest, denn daß vor allem
Slater, Bainbridge und Riley ordentlich ins Glas geschaut hatten,
lag auf der Hand. Sie hatten sich rund um ein halbleeres Faß grup-
piert, das angeblich die Flut herangeschwemmt hatte. Auch waren
sie nicht allein gewesen, denn Mrs. Ledge, die Köchin, und Mary
Benton, das Stubenmädchen, nahmen an diesem Umtrunk ebenso
teil wie Jane Styles aus der Vorratskammer und Rose Miller und
Ruth Benny, die sonst nicht einmal die Nasenspitze zur Küchentür
hinausstreckten. Ganz abgesehen von den Wäscherinnen Sarah
Mayhew und Florrie Stewart, die sich mit den andern in der Küche

des Pförtnerhauses zusammendrängten und lachten und scherzten, als wäre nicht ringsum die ärgste Sintflut ausgebrochen.

Natürlich hatte er den Männern, inklusive Slater, seine Meinung gesagt, aber sie hatten glatt geantwortet, daß sie bei Gott ihre Arbeit geleistet hätten, daß das Vieh bis zum letzten Huhn unter Dach und Fach und die Vorräte im Trockenen seien. Was er von ihnen erwarte? Ob sie dastehen und über das Ansteigen des Wassers jammern sollten? Wenn es wieder sank, würden sie ohnehin mehr als einen Sechzehn-Stunden-Tag vor sich haben. Sie machten dann Pause, wenn es möglich sei, und das wäre eben jetzt. Außerdem sei keine Menschenseele zu Schaden gekommen, zumindest bisher nicht. Was sollten sie bei der Nässe draußen? Sich den Tod holen?

Als der Alte gefragt hatte, wo die Wirtschafterin sei, hatte der Butler nur gelacht und gemeint: »Was glaubst du wohl? Im Bett. Dort schläft sie sich ihren netten, kleinen Rausch aus. Denn natürlich hat sie auch was von dem Zeug abbekommen gestern abend.« Darauf hatte er erwidert, daß sie offensichtlich alle etwas davon abbekommen hätten.

Als er wieder zum Herrschaftshaus zurückgewatet war, hatte er sich gesagt, daß sie noch alle Schwierigkeiten bekommen würden. Jedoch wußte er, daß es für das Personal wirklich unmöglich war, in die Dienstbotenkammern zurückzufahren, denn die lagen hinter der Küche, und der ganze Küchentrakt stand bereits unter Wasser. Die einzigen, die im Hauptgebäude schliefen, waren die Wirtschafterin und Mr. Harris, der Kammerdiener; aber der war ja mit dem gnädigen Herrn unterwegs. Das für den Außendienst bestimmte Personal einschließlich John Hay, dem zweiten Kutscher, ihm selbst und den beiden Stalljungen Jack Wallace und Billy Stratford, schlief über den Stallungen, während die in der Landwirtschaft tätigen Hilfskräfte ihre eigenen kleinen Häuschen hatten.

Er legte die Totgeburt auf ein Regal in der Sattelkammer. Sowie das Wasser ordentlich zu sinken beginnen würde, wollte er es im Unterholz am Ende des Parks begraben. Ehe das Mädchen von hier fortging, würde er ihr den Platz zeigen, vielleicht verschaffte ihr das ein gewisses Gefühl der Beruhigung.

Als er wieder in den Hof trat, blickte er zum vom Schlamm gelb gefärbten Fluß hinunter. Viermal war dieser Besitz überflutet worden, seit er hier arbeitete. Aber diesmal war alles anders. Er hätte selbst nicht zu sagen gewußt, warum – außer daß er die Vorahnung hatte, sie alle würden noch an den Folgen dieser Sintflut zu leiden haben.

Vier Tage hatte Kirsten bereits auf dem Heuboden zugebracht, und am liebsten wäre sie für immer und ewig hier liegengeblieben, denn so weit sie sich zurückerinnern konnte, war dies der einzige Zeitabschnitt gewesen, wo sie sich glücklich gefühlt hatte. Nicht nur ihr Körper war wieder ihr eigen, sondern merkwürdigerweise auch ihr Geist. Dabei hatte sie niemals zuvor an diesen Geist gedacht. Sie wußte nur, daß sie immerzu Furcht und Haß empfunden hatte und während der vergangenen neun Monate Entsetzen dazu, aber sie hatte diese Gefühle niemals mit Geist oder Seele in Verbindung gebracht. Aber nun war sie ganz von etwas erfüllt, was man nicht anders als mit Seelenfrieden bezeichnen konnte. Außerdem hatte sie während der vergangenen Tage mehr Freundlichkeit empfangen als je zuvor, zumindest, was die Zeit nach ihrem sechsten Lebensjahr betraf.

In drei Pferdedecken behaglich eingehüllt, lag sie in ihrem weißen Kattunnachthemd mit dem von Spitzen eingefaßten Kragen, das Mrs. Poulter ihr gebracht hatte, da. Das Nachthemd war ihr viel zu groß, aber sie hatte bisher noch nie eines besessen, sondern in Hemd, Miederleibchen und Unterrock geschlafen; wenn es kalt gewesen war, waren Rock und Bluse auch noch dazugekommen. Sie mochte Mrs. Poulter. Sie war klein und rundlich und lächelte nicht oft, aber ihre Stimme und auch ihre Augen waren ausgesprochen freundlich.

Dann waren da die beiden Mädchen, die ihr die Mahlzeiten brachten. Am ersten Tag hatte die eine, die die Leiter hochgeklettert war, nach dem Tablett hinuntergelangt, das ihr die andere zureichte, und die ganze Zeit über hatten sie gelacht und gekichert. Diejenige, die Rose genannt wurde, hatte ihr dann das Haar aus der Stirn gestrichen und gesagt: »Wie alt bist du denn, Kindchen?« Und als Kirsten erwidert hatte: »Knapp fünfzehn vorbei«, hatte Rose ausgerufen: »Allmächtiger, hast du aber zeitig angefangen, hm?« Aber sie hatte sofort hinzugefügt: »Es tut mir leid, daß du es verloren hast.« Darauf hatte Kirsten keine Antwort gegeben, und dann hatte die andere, die Ruth hieß, ausgerufen: »He! Wir sollten lieber umkehren. Iß das alles schön auf, ja? Mrs.

Poulter hat mir noch eigens aufgetragen, dir zu sagen, daß du alles aufessen mußt, obwohl es bloß zusammengekochtes Zeug ist.« Dann hatte sie lachend hinzugefügt: »Ich hab keine Ahnung, wann wir was anderes kriegen; da drüben ist zur Zeit das reinste Narrenhaus. Weil die Gnädige durch all die Aufregungen mit dem Hochwasser und so lange vor ihrer Zeit niedergekommen ist. Es ist ein Junge, und er macht sich auch entsprechend bemerkbar; der hört überhaupt nicht auf zu schreien, kann ich dir sagen. Aber der gnädige Herr wird völlig aus dem Häuschen sein. Er müßte eigentlich jeden Moment ankommen, jetzt, wo das Wasser sinkt. Er wird außer sich sein, nicht nur wegen des Jungen, sondern auch wenn er merkt, wie es im Haus aussieht. So was hast du noch nicht gesehen.«

Dann liefen sie beide davon, indem sie Kirsten nochmals zuriefen: »Schön aufessen, hast du gehört?« Und wie sie es aufgegessen hatte! So etwas Gutes hatte man ihr im Leben noch nie vorgesetzt. Es gab eine köstliche Suppe und Huhn mit Klößen. Und zum Abschluß sogar noch Käse. Und dabei hatten sich die Mädchen wegen der Dürftigkeit der Speisen geradezu entschuldigt!

Nachdem Kirsten ihre erste Mahlzeit aufgegessen hatte, hatte sie sich zurückgelegt und in sich hineingelächelt.

Am dritten Tag erzählten ihr die Mädchen, daß drüben die Hölle los sei. Am Abend vorher war der Gutsherr heimgekehrt und hatte sich wie ein Verrückter aufgeführt, als er erfuhr, daß er einen Sohn hatte. In der Küche erzählte man sich, daß er mit der Gnädigen einen großen Zirkus gemacht hätte, indem er sie aus dem Bett gehoben und im Zimmer herumgetragen und die ganze Zeit über geküßt hätte. Das war abends gewesen. Heute jedoch gebärde er sich wie verrückt, weil das Kind überhaupt nicht zu weinen aufhöre, und statt sie wieder durchs Zimmer zu tragen und zu küssen, hätte er ihr die Bandagen von den Brüsten gerissen und verlangt, daß sie das Kind stillte. Sie wollte aber nichts davon wissen. Rose Miller meinte, niemand könne verstehen, wie dieses püppchenhafte Ding sich gegen den gnädigen Herrn behaupten könne, aber offensichtlich war es ihr letzten Endes gelungen. Nun versuche Miß Bella den Kleinen mit Milchbrei zu füttern, aber den wolle er nicht annehmen.

Am vierten Morgen erwachte Kirsten bei strahlendem Sonnenschein, der durch die Ritzen der Scheune drang und sie veranlaßte, sich auf dem Strohlager aufzusetzen und tief Luft zu holen. Dann schob sie die Hand unter das Kissen, ein richtiges Kissen, das ihr Mrs. Poulter herübergeschickt hatte, zog ein winziges Bündel hervor, das sie aufknüpfte, und breitete im funkelnden Sonnenlicht die fünf Goldsovereigns auf ihrem Schoß aus. Am liebsten hätte sie sie ans Herz gedrückt! So aber preßte sie sie nur einen Moment lang an ihre vor überschüssiger Milch geschwollenen Brüste, ehe sie sie wieder ins Tuch zurücklegte, das sie danach sorgfältig zusammenband.

Sie blickte zu dem Balken hinüber, auf den man ihre schlammbespritzt und völlig durchnäßt gewesenen Kleider gehängt hatte, die nun trocken und ausgebürstet waren, und begann sich anzuziehen. Aber ehe sie in das Miederleibchen schlüpfte, beugte sie sich vor und drückte beide Brüste genau so aus, wie Mrs. Poulter es ihr gezeigt hatte. Die Milch mußte man loswerden, hatte sie ihr gesagt. Danach zog sie die restlichen Kleidungsstücke an.

Als sie in die Stiefel schlüpfte, schauderte sie, weil das Leder nicht nur noch immer naß, sondern so eisig war, daß es sie fröstelte. Sie sagte sich jedoch, daß sie sich schon warm laufen werde, wenn sie erst einmal unterwegs war. Sie würde in die nächstgelegene Stadt gehen, aber vorher wollte sie noch an den Fluß hinunter, um nachzusehen, ob die Deichsel noch dort war. Sie nahm das Bündel mit den Sovereigns, steckte es in die Tasche ihres Unterrocks und dachte dabei, daß sie aus den fünf Pfund zehn machen könne, wenn sie nur an die Deichsel herankönnte. Hop Fuller hatte sein Geld in der Deichsel versteckt, dessen war sie sicher. Ehe sie ging, wollte sie sich aber bei der Wirtschafterin und den beiden Mädchen für die ihr erwiesene Freundlichkeit bedanken. Und beim Kutscher selbstverständlich, denn er war es schließlich gewesen, der ihr das Leben gerettet hatte.

Sie stand etwas unsicher auf den Beinen, ging jedoch auf die Leiter zu, um nach unten zu klettern, als sie durchs Scheunentor die Wirtschafterin mit einem Bündel Kleider unter dem Arm herbeieilen sah.

Mrs. Poulter blickte zu ihr auf, dann sagte sie: »Ach, du bist also schon auf, gut, gut. Komm rasch herunter, mein Kind, komm schön.«

Kirsten merkte, daß sie nicht besonders rasch klettern konnte. Als sie den Scheunenboden erreicht hatte, sagte sie etwas atemlos:

»Ich ... ich wollte eben zu Ihnen. Mich verabschieden, ehe ich fortgehe.«

»Komm her. Setz dich.« Mrs. Poulter zog sie zu einem großen, altmodischen Koffer, drückte sie darauf nieder, legte ihr, als sie nebeneinandersaßen, die Kleidungsstücke auf den Schoß und sagte dann: »Wohin willst du gehen?«

»Ich ... ich weiß es noch nicht.«

»Hast du jemanden, zu dem du gehen kannst?«

Kirsten senkte den Kopf, dann sagte sie: »Nein. Aber«, sie hob den Kopf wieder, »ich werde mich schon durchschlagen. Ich werde mir ein kleines Pferd und einen Wagen kaufen. Und ich kann Körbe flechten und solche Sachen.«

»Hör zu, mein Kind.« Mrs. Poulter beugte sich zu ihr und fuhr mit leiser Stimme fort: »Ich weiß nicht, wer du bist und woher du kommst oder warum du auf der Landstraße gelandet bist. Aber ich bin überzeugt davon, daß du niemals dorthin hättest geraten dürfen. Also paß auf: Ich kann dir im Handumdrehen eine Stelle verschaffen, bei der du gut versorgt wärst. Es ist so: Du hast doch dein Kind verloren, nicht wahr?«

Kirsten senkte abermals langsam den Kopf, ohne jedoch die Wirtschafterin aus den Augen zu lassen. Nun bemerkte Mrs. Poulter, wie das Lid ihres rechten Auges heftig zu zucken begann, was ihr zeigte, wie erregt das Mädchen war. Deshalb berührte sie Kirstens Hand und sagte: »Kein Grund, dich vor irgendwas zu fürchten. So ist es nun eben. Die Gnädige hat vor vier Tagen ein Kind bekommen. Stell dir vor, fast zum selben Zeitpunkt wie du. In jener Nacht, die keiner von uns je vergessen wird.« Sie deutete keineswegs an, daß sie selbst sich gar nicht daran erinnern konnte, da Miß Cartwright sie damals erst höchstpersönlich hatte aufwecken müssen. »Nun will die Gnädige das Kind um keinen Preis stillen. Damen sind eben so.« Sie nickte bekräftigend. »Und die Hebamme war da, und der Doktor war da, aber im Umkreis gibt es weit und breit keine Amme. Miß Bella hat versucht, den Kleinen mit Brei zu füttern. Aber er behält ihn nicht. Entweder spuckt er ihn gleich aus, oder wenn er etwas davon schluckt, erbricht er es wieder. Der gnädige Herr tobt natürlich, weil er zusehen muß, wie sein Sohn immer weniger wird. Wenn du wüßtest, was ich weiß, würdest du begreifen, was dieses Kind für ihn bedeutet. Also weshalb hab ich nicht schon früher daran gedacht, hab ich mich vor kaum einer

Stunde gefragt. Vielleicht weil ich weiß, woher du kommst, ich meine, von der Landstraße eben. Das soll keine Beleidigung sein. Und ich hoffe, daß du es nicht so auffaßt. In meinen Augen bist du nun mal keine Vagabundin, deshalb will ich dir diese Chance geben. Und wenn du sie ergreifst, wirst du nicht nur dir, sondern auch dem Gutshaus einen guten Dienst erweisen. Und der gnädige Herr ist keiner, der es je vergißt, wenn ihm jemand einen Dienst erweist, wie er sonst auch sein mag. Vor einer Stunde ist er völlig kopflos aus dem Kinderzimmer gestürmt, weil es ihm absolut nicht gelingen wollte, das Kind zu beruhigen. Hast du je so etwas gehört? Ein Mann, noch dazu der Herr eines solchen Hauses, versucht selbst, sein Kind zu beruhigen! Miß Bella hat er, als sie wieder mit ihrem Brei daherkam, eigenhändig hinausgeworfen. Als ich ihn so niedergeschlagen vor mir sah, wütend, aber vor allem eben niedergeschlagen, da habe ich alle Umwege sein lassen und es ihm einfach gesagt. Von Rechts wegen hätte ich damit natürlich erst zu Miß Bella gehen müssen, und die hätte die Geschichte dann vorbringen sollen. Aber als ich da oben an der Treppe stand und ihn aus dem Kinderzimmer stürmen sah und er mir einen so hoffnungslosen Blick zuwarf, da dachte ich nur noch daran, daß ich schließlich seit dem Tag seiner Geburt im Hause bin. Also konnte ich es mir schon erlauben, ihm zu sagen: ›Was das Kind meiner Meinung nach braucht, gnädiger Herr, ist Muttermilch.‹ Da hat er mich nur angesehen und gemeint: ›Da sind wir ganz derselben Meinung, Poulter. Ich gebe dir auf der Stelle hundert Sovereigns, wenn du meine Frau dazu bekommst, endlich diese blödsinnigen Bandagen abzumachen.‹ Worauf ich gesagt habe: ›Es besteht kein Anlaß, die Gnädige damit zu belästigen, Sir. Auf dem Heuboden befindet sich ein junges Mädchen, das beim Hochwasser glatt ertrunken wäre, wenn Dixon und ein anderer – dessen Namen ich mich in seiner Gegenwart gar nicht zu erwähne getraue – sie nicht aus dem Fluß gezogen hätten. Knapp danach ist sie niedergekommen, aber sie hat so viel mitgemacht, daß ihr Kind innerhalb weniger Stunden gestorben ist. Und die hat die richtige Babynahrung, sie hat sogar zuviel davon, was ihr eigenes Wohlbefinden anlangt. Möchten Sie vielleicht, daß ich sie hole, gnädiger Herr?‹ Und weißt du was, Kind? Er hat mir die Hand auf die Schulter gelegt und gesagt: ›Poulter, hol sie, um Gottes willen, hol sie.‹ Und dann, als ich schon auf dem Weg in die Kleiderkammer war, um das hier zusammenzusuchen«, sie deutete auf die Kleidungsstücke, die sie mitgebracht hatte, »rief er mir noch nach: ›Warum hast du nicht schon längst daran gedacht?‹ Und ich konnte ihn bloß ansehen und schließlich sagen: ›Wahrhaftig, Sir, weshalb nicht!‹ Also, Mädchen, zieh die schmutzigen Lumpen wieder aus und das hier an. Nicht nur das Kleid, sondern auch die Unterwäsche und alles. Das ist sehr wichtig. Denn du mußt sauber sein, wenn du dem Kind die Brust gibst. Später sorg ich auch dafür, daß du ein Bad bekommst … Was ist? Na, was ist denn?«

»Ich … ich glaube nicht, daß ich es kann«, sagte Kirsten und trat einen Schritt zurück.

»Aber natürlich kannst du es, Mädchen. Dein eigenes Kind hättest du doch auch gestillt, oder?«

»Ich … ich komme mir nicht wie eine Mutter vor«, sagte Kirsten und näherte sich dem Scheunentor.

Bei diesen Worten glitt ein freundliches Lächeln über Mrs. Poulters Gesicht, sie kam auf Kirsten zugetrippelt, streckte die Hand aus und berührte die feine, milchweiße Haut des Mädchens. Und dann glitt ihr Finger sanft zum rechten Auge hinüber, und sie sagte mit einem wissenden Nicken: »Du hast ein nervöses Lidzucken, wenn du verwirrt bist, hast du das gewußt?«

Kirsten schluckte und machte eine leichte Kopfbewegung. Mrs. Poulter fuhr fort: »Nun, ich kann dir mein Wort darauf geben, daß du dich da drüben wie eine Mutter fühlen wirst. Es ist eine gute Sache. Damit hast du es ein- für allemal geschafft, glaub mir. Der gnädige Herr wünscht sich seit Jahren nichts dringender als einen Sohn und wird für jeden, der ihm dabei hilft, ihn großzuziehen, eine offene Hand haben, das weiß ich. Und mit der Gnädigen wirst du keine Schwierigkeiten haben. Unter uns: Sie ist ein nettes junges Ding, neunzehn, sieht aber kaum älter aus als du. Es ist gar nicht schwer, mit ihr auszukommen.«

Mrs. Poulter erwähnte Miß Bella in diesem Moment erst gar nicht, sondern sagte nur: »Komm. Komm jetzt.« Ohne Zögern streckte sie beide Hände aus und fing an, Kirstens Mieder aufzuknöpfen. Kirsten protestierte jedoch heftig und rief: »Nein, Nein! Ich könnte es nicht. Sie verstehen das nicht. Es ist nicht, weil ich es nicht wollte, es ist etwas anderes. Bitte, lassen Sie mich. Da ist auch noch diese andere Dame …«

»Was!« Mrs. Poulter hielt mitten im Aufknöpfen inne. »Du

meinst doch nicht etwa Miß Cartwright? Ist sie denn hier aufgetaucht?«

Kirsten erstarrte und blickte Mrs. Poulter mit weit aufgerissenen
Augen an. Aber die Wirtschafterin strahlte nur übers ganze Gesicht, schüttelte den Kopf und meinte: »Wer hätte das für möglich
gehalten! Am Ende ist das gar ihre schwache Stelle. Diese Miß
Cartwright, merkwürdig, wirklich! Nun, wenn du ihr bereits begegnet bist, dann hast du die Hälfte der Schlacht ohnehin schon
gewonnen. Komm, zieh das aus.«

»Nein, nein!«

»Sei nicht albern, Mädchen!« Mrs. Poulters Stimme klang plötzlich streng, befehlend; sie war die Wirtschafterin dieses Besitzes,
und Kirsten wurde geradezu hilflos unter ihren Händen. Gefügig
ließ sie alles mit sich geschehen und fragte sich nur, ob Gott sie
abermals im Stich gelassen habe. Diese Frau, diese Dame, diese unheimliche Person … Wenn sie sie erblickte, würde sie wie eine Fu-
rie auf sie losgehen. Sie hatte ihr ihr Kind abgekauft, es war alles in
Ordnung, hatte sie gesagt, und Kirsten war ihr dafür dankbar gewesen. Wie konnte sie nun ins Herrenhaus hinübergehen und den
Jungen stillen, Hop Fullers Kind? Es war wie ein Alptraum. Sie
war ganz benommen, vermutlich, weil sie noch nicht gewöhnt
war, lange auf zu sein. Sie fühlte sich krank und elend. Sie fürchtete sich. Irgendwie mußte sie hier verschwinden.

»Wenn das keine Verwandlung ist! Reizend siehst du aus. Dünn
und blaß zwar, aber trotzdem reizend. Da, laß mich dich kämmen.
Wir werden dein Haar flechten und aufstecken. Das wird dich ein
bißchen älter machen, und das wird gut sein, denn der gnädige
Herr wird niemals glauben, daß du eine Mutter bist, so jung, wie
du jetzt aussiehst.«

Bei diesen Worten gelang es Kirsten, sich rasch und unauffällig
nach dem kleinen Bündel zu bücken, ehe Mrs. Poulter ihre abge-
tragenen Sachen beiseite stieß, womit sie deutlich zum Ausdruck
brachte, daß sie diese nie mehr tragen würde.

Dann ergriff sie Kirstens Arm und führte sie rasch aus dem
Stall, über den Hof, vorbei an den beiden Stallburschen und an
Art, der gerade die Sattelkammer betreten wollte, sich jedoch verblüfft umdrehte und ihr nachstarrte. Danach zog Mrs. Poulter Kirsten am Küchengarten vorbei zum Dienstbodentrakt, durch die
fliesenbelegte Küche, an den erstaunten Mädchen Rose Miller und

Ruth Benny und an der Köchin vorbei, die ganz außer sich »So etwas!« aufschrie und Rose Miller danach lauthals fragte: »Ist das etwa die vom Heuboden?«

Sie fest am Arm haltend, zog Mrs. Poulter Kirsten einen schwach beleuchteten Gang entlang, dann durch eine mit einem grünen Flanellvorhang verdeckte Tür, überquerte mit ihr eine riesige Halle, wobei sie an gebückten und knieenden Mädchen vorbeikamen, die ihnen erstaunt nachblickten, dann gingen sie über eine Treppe nach oben. Hier waren die Böden mit dicken Teppichen belegt, und kostbare Bilder bedeckten die Wände. Als Mrs. Poulter endlich keuchend vor einer Tür stehenblieb und sich bereits anschickte, zu klopfen, überlegte sie es sich offensichtlich anders und schob Kirsten zur nächsten Tür, die sie, ohne anzuklopfen, öffnete. Auf der Türschwelle blieb sie jedoch stehen und rief, während sie die ihr zögernd folgende Kirsten festhielt: »Entschuldigen Sie, Sir! Ich dachte nicht, daß Sie … ich meine …«

»Ist schon in Ordnung, Poulter. Kommen Sie nur herein. Ach, Sie haben sie also mitgebracht.«

Kirsten starrte mit offenem Mund auf die rotgekleidete Gestalt, die auf sie zukam. Noch nie hatte sie einen Mann derart bekleidet gesehen, auch noch keinen mit einem derartig breiten Brustkasten oder so dichtem Blondhaar oder so hellen Augen, die von einem beinahe durchsichtig zu nennenden Grau waren. Er kam ihr wie ein einem Märchen entsprungener, teils freundlicher, teils bedrohlicher, nicht gerade schön zu nennender, etwas gedrungen wirkender Riese vor.

»Sie ist ja noch ein Kind, Poulter.«

Kirsten beobachtete, wie sich der Mann umwandte und auf die Wirtschafterin niedersah, die sogleich antwortete: »Sie ist eine Mutter, Sir; und sie hat viel Milch.«

»Nun, das ist genau das, was wir brauchen. Komm, komm.« Während er einen Schritt zurücktrat, ging Kirsten auf ihn zu, als wäre er ein Magnet. Als er stehenblieb, blieb auch sie stehen.

»Wie heißt du?«

»Kirsten.«

»Sir«, ergänzte Mrs. Poulter und stieß sie leicht mit dem Ellbogen an, worauf Kirsten den Mann ansah und pflichtbewußt sagte: »Kirsten, Sir.«

»Du weißt, weshalb wir dich hergeholt haben?«

»Es entstand eine kleine Pause, ehe Kirsten murmelte: »Ja, Sir.«

Er starrte sie an, als wäre er von etwas fasziniert – wahrscheinlich von ihrem Auge.

»Also, dann fang an damit.«

Sie blieb stehen. Seine Stimme schreckte sie auf, als er ausrief: »Worauf wartest du? Brauchst du Hilfe? Kümmern Sie sich um sie, Mrs. Poulter.«

»Ja, Sir, natürlich, Sir. Komm.« Abermals hatte Mrs. Poulter Kirstens Arm ergriffen, schob sie zum nächstbesten Stuhl, drückte sie darauf nieder und zischte ihr zu: »Mach die Brust frei, Mädchen. Mach schön die Brust frei.«

Dann ging sie durch die offenstehende Tür in den Nebenraum, aus dem ein klägliches Wimmern drang, das immer deutlicher wurde, als Mrs. Poulter nach kaum einer Minute mit dem Baby auf dem Arm wiederkam. Sie ging auf Kirsten zu, neigte sich mit einer Art Verbeugung über sie und legte ihr das Kind in den Schoß.

Den Kopf auf die nackte Brust Kirstens gepreßt, tastete sich der Mund des Kleinen sekundenlang am warmen Fleisch entlang. Dann hatte es die Quelle gefunden, und es war, als hätte es eben erst den mütterlichen Schoß verlassen, und die Nabelschnur zwischen ihnen sei niemals getrennt gewesen. Es schluckte einmal, zweimal, und dann saugte es gierig, hungrig und schmatzend, und Kirsten verspürte etwas, was weder Schmerz noch Freude war, sondern etwas Unerklärliches, das ihren ganzen Leib durchdrang bis zum Herzen. Sie hob den Blick von Hop Fullers Sohn und blickte den Mann an, den dieses Kind eines Tages Vater nennen würde. Auch er sah sie an und lächelte; dann streckte er seine große Hand nach ihr aus, und sein Finger berührte sanft ihre Brust.

Vierter Teil · Die Amme

6

Kirsten wußte nicht, wie spät es war, als sie mitten in der Nacht eine Hand auf ihrer Schulter fühlte und eine Stimme ihr zuzischte: »Wach auf, wach auf!« Eines wußte sie jedoch sofort – daß es sich um etwas Bedeutungsvolles handle.

Kaum hatte sie sich in das schöne, weiche Bett gelegt, hatte sie nur den Wunsch gehabt, zu schlafen, so erschöpft war sie; nicht nur durch ihren geschwächten körperlichen Zustand, sondern auch durch all die Aufregungen, die der Tag mit sich gebracht hatte. Immer wieder hatte sie sich gefragt, ob sie nicht nur träumte.

Sie brauchte ja nur an die Mahlzeiten zu denken und daran, wie man sie gedrängt hatte, tüchtig zu essen, und welche Verhandlungen es wegen des Speisezettels gegeben hatte. Mrs. Poulter hatte vorgeschlagen, ihr jeden Tag einen Krug Bier zu geben, aber Miß Cartwright hatte das als blanken Unsinn abgetan. Sie sollte nichts zu sich nehmen, was sie auch nur im geringsten betrunken machen konnte. Essen sollte sie ihrer Meinung nach nichts als gesottenes oder gebratenes Fleisch und Milchpudding, aber keinen Käse, denn das würde bei dem Kleinen Blähungen hervorrufen. Der gnädige Herr hatte darüber laut gelacht. Das hatte sie richtig zornig gemacht, und Miß Cartwright hatte ihn sogar angefahren. »Das Mädchen ist viel zu jung! Das kann nicht die richtige Nahrung für den Kleinen sein. Jeder Narr weiß, daß man keine Amme unter zwanzig nehmen soll!« Daraufhin hatte der gnädige Herr aufgehört zu lachen, hatte auf Kirsten und das Kind gedeutet und in herausforderndem Ton gesagt: »Nicht die richtige Nahrung? Und über zwanzig muß sie sein? Sieh dir das doch nur an! Sieh dir meinen Sohn an! Hast du ihn schon jemals so ruhig und zufrieden gesehen seit seiner Geburt? Als ich heimkam, hat er sich die Seele aus dem Leib geschrien, und weshalb? Weil sein Magen leer war. Ein Blick genügt, und auch der Dümmste weiß, was besser ist: Brei oder richtige Muttermilch. Also nichts mehr davon! Geh zu meiner Frau hinein und sag ihr, daß sie sich um ihre Figur keine Sorgen mehr zu machen braucht. Von mir aus kann sie sich bandagieren, soviel sie will. Ihr Sohn gedeiht prächtig, dafür sorgt schon diese

Amme. Und was die Mahlzeiten anlangt, so setzt ihr gefälligst dasselbe vor wie mir.« Damit wandte er sich an Mrs. Poulter und schloß: »Sie sorgen doch dafür, Poulter, nicht wahr? Was immer man mir auftischt, bekommt auch die Kinderfrau.« Damit war er aus dem Zimmer gestürmt, und Miß Cartwright folgte ihm auf dem Fuß, weil sie offensichtlich nicht in der Lage war, sich noch länger zu beherrschen. So war Kirsten mit der Wirtschafterin allein geblieben. Mrs. Poulter hatte ihr auf die Schulter geklopft und mit einem verständnisvoll-listigen Lächeln leise zu ihr gesagt: »Wenn du den gnädigen Herrn auf deiner Seite hast, ist alles gewonnen. Fürchte dich nicht vor Mrs. Cartwright, diesem Drachen. Auch ihre Macht ist begrenzt.«

Aber nun stand eben dieser ›Drachen‹ vor ihrem Bett, blickte beim Schein der Nachtkerze auf sie nieder und zischte ihr zu: »Erinnerst du dich, daß wir einen Handel miteinander abgeschlossen haben, einen völlig legalen Handel? Du hast gesagt, daß du fortgehen würdest.«

»Ja«, sagte Kirsten, während sie sich verschlafen die Augen rieb. »Das wollte ich auch, bestimmt. Es ist nicht mein Wunsch, daß ich hier bin.« Aber während sie dies voller Überzeugung sagte, wußte sie gleichzeitig, daß sie auch froh darüber war, hier zu sein, merkwürdigerweise vor allem deshalb, weil sie das Kind stillen konnte, ihr Kind. Der Lebensstil in diesem Haus war völlig von dem verschieden, was sie bisher gekannt hatte; sie konnte kaum etwas von dem, war ihr hier begegnete, verstehen, aber sie wußte, daß sie es mochte. Und so wagte sie es, die Frau, die sie drohend musterte, ruhig anzusehen und mit fester Stimme zu sagen: »Sie brauchen sich keine Sorgen zu machen. Sie können der Gnädigen sagen, daß ich niemals ein Wort darüber sagen werde, wie die Sache wirklich war. Lieber würde ich mir die Zunge abbeißen.« Dies war eine von Ma Bradleys Redensarten gewesen. Der Unterschied bestand nur darin, daß Kirsten auch meinte, was sie sagte. Sie hatte nicht den leisesten Wunsch, Anspruch auf das Kind zu erheben, sie wollte sich eine solche Last ja gar nicht aufbürden. Was würde sie mit ihm anfangen, wenn sie allein dastand? So, wie es jetzt war, konnte sie ihrem Kind nahe bleiben und glücklich dabei sein.

Sie setzte sich nun vollends im Bett auf, bot der großen, hageren, häßlichen Frau mit der unnachgiebigen Miene die Stirn und sagte: »Glauben Sie mir: Ich will das Kind nicht. Ich liebe es nicht und könnte es niemals lieben. Der gnädige Herr aber will den Kleinen, und Sie wollen ihn und die Gnädige wohl auch. Und darüber bin ich froh. Solange man mich braucht, bleibe ich hier. Und wenn es damit vorbei ist, werde ich gehen, das verspreche ich. Wenn man mich nicht mehr braucht, gehe ich.«

Das Gespräch hatte eine überraschende Wendung genommen, so daß Bella verwundert, ja in die Enge getrieben war. Sie setzte sich auf die Bettkante, seufzte müde auf, und alles, was sie zu erwidern vermochte, war: »Du wirst also gehen, sobald du für das Kind nicht mehr benötigt wirst?«

»Ja, bestimmt. Das verspreche ich.«

Wieder herrschte Schweigen zwischen ihnen. Dann flackerte die Kerze durch die rasche Bewegung auf, mit der Bella die Hand plötzlich in ihren Ausschnitt steckte und eine Kette, an der ein Kreuz hing, hervorholte. Sie hielt Kirsten das Kreuz hin und flüsterte: »Schwör darauf.«

Langsam hob Kirsten den Kopf, ergriff das Kreuz und sagte mit leicht zitternder Stimme: »Ich ... ich schwöre es.«

»Sprich mir nach: Wenn ich mein Wort breche, soll Unheil mich verfolgen.«

Kirsten schluckte, wiederholte jedoch gehorsam: »Wenn ich mein Wort breche, soll Unheil mich verfolgen.«

Langsam ließ Bella das Kreuz wieder im Miederleibchen verschwinden, stand auf, sah Kirsten noch einmal fest an, dann verließ sie schweigend das Zimmer.

Kirsten lag wie erstarrt da und blickte in die Nacht hinaus.

Der Schwur hatte nichts zu bedeuten. Aber das Versprechen ... Wie lange würde sie wohl hierbleiben, wie lange das Kind stillen dürfen? Sie hatte nicht die leiseste Ahnung. Sechs Monate? Nein, länger, viel länger. Ein Jahr? Zwei Jahre?

Als das Kind zu weinen begann, sprang sie aus dem Bett, lief ins Nebenzimmer und hob den Kleinen aus der molligen Wiege. Dann trug sie ihn zum Stuhl, der hinter dem hohen Wandschirm stand, der das Licht der Kerze dämpfte, öffnete ihr Nachthemd und gab ihm die Brust. Er fand sie sofort, und seine kleine Faust knetete eifrig ihr Fleisch. Nach einiger Zeit ließ sein winziger Mund von ihrer Brust ab, sein Kopf neigte sich zur Seite, er öffnete weit die Augen und blickte sie zum ersten Mal richtig an. Gottlob sah er Hop Fuller überhaupt nicht ähnlich; seine Augenhöhlen waren genau so geformt wie die ihren. Auch sein Mund ähnelte dem ihren. Langsam strich sie mit dem Zeigefinger über seine Lippen, und er gluckste und stieß auf, so daß ihm ein Milchrest aus dem Mundwinkel troff. Dann teilten sich seine Lippen, und er lächelte. Sie spürte, wie sie gleichfalls zu lächeln begann. Und dann, ohne recht zu wissen, weshalb, drückte sie ihn, selbst überrascht darüber, an sich und wiegte ihn in ihrem Schoß. Als hätte man sie bei einer unziemlichen Handlung ertappt, erhob sie sich aber rasch und legte ihn wieder in sein Bettchen, aus dem er sie trotz der schwachen Beleuchtung deutlich erkennbar anstarrte, wobei er fortfuhr, zufrieden vor sich hinzuglucksen.

Als Kirsten sich wieder hingelegt hatte, überraschte sie ihr Verhalten nun ebenso wie jenes zuvor; denn nun drückte sie ihr Gesicht in die Kissen und weinte hemmungslos vor sich hin.

7

Etwa eine Woche später, am Fastnachtsdienstag, bekam sie die
Gnädige zum ersten Mal zu Gesicht.

Während der vergangenen Woche waren so viele Dinge geschehen, daß sie von all den Eindrücken ganz verwirrt war. Vor allem
ein Umstand machte ihr zu schaffen, nämlich daß Miß Cartwright
auf einmal auf ihrer Seite war – in gewisser Beziehung jedenfalls.
Sie hielt zu Kirsten, wenn die Gouvernante gegen sie war. Diese
war drei Tage nachdem Kirsten ins Haus gekommen war, aufgetaucht, und zwar auf Betreiben des Gutsherrn, der behauptete, daß
Miß Cartwright nicht allein mit der Gnädigen und allem, was sie
betraf, fertig werden könne. Mit einer Stimme, die bis in den Küchentrakt drang, hatte er gefragt, ob sie etwa über übermenschli-
che Fähigkeiten verfüge und keinen Schlaf benötige.

Kirsten hatte bemerkt, daß der gnädige Herr es gerne hatte, mit
seiner Frau allein gelassen zu werden, und daß es dann nebenan
hoch herging. Unzählige Male hörte sie ihn dann lachen. Es war
ein tiefes, polterndes Lachen, das an- und abschwoll wie Wellen,
die ans Gestade schlagen. Oft ertappte sich Kirsten dabei, daß sie
selbst lächelte, wenn sie ihm so zuhörte. Die Gnädige dagegen hatte sie noch nie lachen hören.

Vom ersten Moment an herrschte erbitterte Feindschaft zwischen der Gouvernante, die Walters hieß, und Miß Cartwright.

Kirsten mußte sich eingestehen, daß ihr die große, hagere, stren-
ge Frau trotz all ihres Hochmuts bedeutend lieber war als die ewig
nörgelnde Gouvernante, die sie im stillen mit Ma Bradley verglich.

Die Walters beschwerte sich darüber, wie Kirsten das Baby hielt,
wie sie es stillte, und vor allem, wie sie es wickelte. Sie behauptete,
daß sie es nicht fest genug täte. Auch beklagte sie sich bei Kirsten,
als sie gerade allein miteinander im Zimmer waren, daß die Aus-
stattung des Kindes mehr als dürftig wäre. Sie sagte, daß Lady
Carter, bei der sie zuletzt in Stellung gewesen sei, nicht weniger als
sechs Dutzend Windeln, zwölf Paar Schuhe sowie zwei Dutzend
Unterröcke, Kleidchen und Morgenröckchen besessen hätte, ganz
zu schweigen von den drei Dutzend Kinderlätzchen, Wickeltü-

chern, Häubchen und Spitzen. Darauf hatte Miß Cartwright, die plötzlich wie ein Geist hinter ihnen aufgetaucht war, erklärt, sie werde die Gnädige davon in Kenntnis setzen, daß ihr Sohn nach Ansicht der Gouvernante mangelhaft ausgestattet sei.

Ob Miß Cartwright dies tatsächlich weitererzählte oder nicht, erfuhr Kirsten natürlich niemals, aber sie wußte, daß Miß Cartwright und die Gouvernante einander spinnefeind waren und daß sie oft und oft selbst gegen die eine oder die andere ausgespielt wurde. Aber das machte ihr nichts aus. Es gab so gut wie nichts, was ihr etwas ausgemacht hätte; sie war satt, sauber, gepflegt, nett angezogen, ja mehr als das, sogar richtig hübsch gekleidet, wie sie fand, und bekam drei Shilling pro Woche. Mrs. Poulter hatte ihr gesagt, daß sie zwei Shilling bekommen würde, aber der Herr des Hauses hatte sofort befohlen: »Gib ihr drei.«

Kirsten mochte Mrs. Poulter; selbst wenn sie spät abends ins Kinderzimmer hinaufkam, ihr Atem nach Whisky roch und ihre kleinen Augen fröhlicher funkelten als während des Tages, verminderte das in keiner Weise ihre Sympathie für die Wirtschafterin, denn sie war es ja, der sie ihre gegenwärtige Stellung zu verdanken hatte.

Und dann kam der Nachmittag, an dem die Gouvernante, als Kirsten eben das Kind stillte, ins Zimmer gestürzt kam und hastig sagte: »Geben Sie ihn her. Der gnädige Herr hat befohlen, daß man das Kind zu seiner Mutter bringt.« Aber als die Walters sich anschickte, den Kleinen fest einzuschnüren, sagte Miß Cartwright: »Lassen Sie den Jungen, er ist noch nicht fertig.«

Die kleine, wohlgenährte Gouvernante drehte sich jäh zu der großen, hageren Frau um, und beide maßen sich mit den Augen. Dann sagte die Walters aufsässig: »Soll ich dem gnädigen Herrn etwa ausrichten, daß er zu warten hat?«

Zur Antwort ging Bella auf Kirsten zu, blickte auf sie nieder und sagte förmlich: »Zieh dich fertig an und bring das Kind hinüber.«

Kirsten sah Bella mit offenem Mund an. Dann flüsterte sie: »Ich?« Und Bella nickte und sagte: »Ja, du. Die Gnädige hat dich ja noch gar nicht zu Gesicht bekommen. Ich bin sicher, daß sie dich gerne kennenlernen möchte.«

Sie tauschten einen langen, verständnisinnigen Blick. Dann knöpfte Kirsten rasch ihr Miederleibchen zu und fuhr sich mit den

Fingern durchs Haar, als wolle sie es glattstreichen. Aber es war nur ein Zeichen ihrer Aufregung. Dann nahm sie einen Lappen vom Wäschetrockner und wischte dem Kind den Mund ab, wurde jedoch sofort von der Gouvernante angeherrscht, die sagte: »Hat man schon so etwas gesehen! Fährt sich mit der Hand durchs schmutzige Haar und gleich darauf dem Kind ins Gesicht. Nun ja, was kann man von so einer auch anderes erwarten.« Das Wort ›Landstraße‹ vermied sie.

»Der gnädige Herr hat sich diese Amme ausgesucht. Es wird gut sein, wenn Sie sich das merken. Und denken Sie an Ihre Position. Besser, Sie nehmen sich nicht zuviel heraus. Übrigens ist ihr Haar sauber; ich habe mit eigenen Augen gesehen, wie sie es gestern gewaschen hat. Komm, mein Kind.«

Kirsten sah die beiden Frauen an, die beinah gleichaltrig, sonst jedoch völlig verschieden waren. Insgeheim bewunderte sie den Mut der Gouvernante, die mit Miß Cartwright sprach, als wäre sie ihresgleichen und nicht die Hausdame und noch dazu mit der Gnädigen verwandt.

Bella schob Kirsten durch eine mit Gold eingelegte, weiße Tür, an einem Wandschirm vorbei, auf dem sich Seidendrachen tummelten, in ein Zimmer, das so wunderschön war, daß Kirsten einen Augenblick völlig vergaß, daß der Hausherr selbst am Fußende des riesigen Himmelbettes stand. Und in diesem Bett lag, als ruhe sie auf einer Wolke, die Gnädige. Kirsten meinte dahinter irgendwo vergoldete Stühle, eine Chaiselongue, einen ausladenden Frisiertisch, der vor Silber und Kristallkaraffen nur so funkelte, einen offenen Kamin, von dem eine entsetzliche Hitze ausströmte, und einen dicken, dunkelroten Teppich, der bis an die Wand reichte, zu sehen.

»Komm, komm!«

Sie ging auf den Hausherrn zu und fing, als sich dessen Hand auf ihre Schulter legte und sie ans Bett heranzog, zu zittern an. Dieses Zittern erfaßte in Sekundenschnelle ihren ganzen Körper und konzentrierte sich schließlich im Lid ihres rechten Auges, als sie in das auf gleicher Höhe mit ihrem Gesicht befindliche Antlitz der Dame des Hauses starrte. Es hätte Nellies Gesicht sein können, nur daß es bedeutend sauberer war. Nein, nein, nicht Nellies, eher Cissies Gesicht, nur püppchenhafter mit seinem Schmollmund, der an den eines Kindes erinnerte, das gestillt werden wollte.

»Nun, Florence.« Die Stimme des Gutsherrn dröhnte und machte Kirsten, die mit offenen Augen zu träumen begonnen hatte, unvermutet klar, wo sie sich befand. »Da hast du deine Amme. Die kleine Mutter, die dir deine Figur gerettet hat, hm?« Worauf er ein tiefes Lachen ausstieß. »Gut hat sie's gemacht. Sieh dir nur deinen Jungen an; hast du jemals ein glücklicheres Gesicht gesehen? Komm, Kind.« Er versetzte Kirsten einen leisen Stoß. »Gib deiner Gnädigen ihren Sohn.«

Florences Gesicht sah aus, als wäre niemals Blut durch ihre Adern geflossen, so alabasterfarben war es, so starr. Ihre Miene änderte sich selbst dann nicht, als Konrad Knutsson mit lauter Stimme rief: »Los, Florence, los! Du wirst doch noch imstande sein, deinen eigenen Sohn zu halten. Ich will sehen, wie du unseren Sohn hältst. Gib ihr das Kind, Mädchen!«

Kirsten streckte der reglosen Gestalt das Kind hin. Vielleicht hätten sich Florences Arme nie gehoben, um das Baby zu empfangen, wenn Bella nun nicht von der anderen Seite des Bettes mit merkwürdig sanfter Stimme gesagt hätte: »Nimm ihn, Florence, nur einen Augenblick. Jetzt bist du schon gut genug beisammen.« Und als Bella wiederholte: »Nur einen Augenblick«, hoben sich Florences Arme, als wäre sie ein aufgezogenes Spielzeug. Und da legte ihr Kirsten den Kleinen endlich in die Arme.

»Bravo! Die große Tat ist vollbracht. Mutter und Sohn sind vereint. War doch gar nicht so schwer, oder?« Konrad beugte sich über seine Frau, über Frau und Sohn, besser gesagt, und sein Gesicht rötete sich vor Freude. Dann ließ er sich selbst auf den Bettrand nieder und verharrte einen Moment still, während sein Blick auf seinem Sohn ruhte. Ihn immer noch ansehend, fragte er seine Frau: »Wann wirst du aufstehen? Wir werden die Taufe ansetzen, sobald du dich besser fühlst.«

»Oh!« Florence schien zum Leben zu erwachen. Sie schüttelte den Kopf, dann wanderte ihr Blick zu Bella, ehe sie antwortete: »In zwei Wochen vielleicht. Ich fühle mich gar nicht gut, Konrad. Du machst dir keinen Begriff …«

»Jetzt bist du schon einen ganzen Monat im Bett, Kind! Du wirst ganz schwach davon werden. In Schweden sind die Frauen nach vier, fünf Tagen wieder auf den Beinen. Und sieh nur.« Er drehte sich rasch um, deutete auf Kirsten, die nun am Fußende des Bettes stand, und sagte: »Dieses halbe Kind hat am selben Tag entbunden wie du, noch dazu, wo es beinahe im Fluß ertrunken wäre. Und drei, vier Tage später ist sie aufgestanden und umhergegangen wie eh und je.«

Es war, als hätten seine Worte Florence einen Stich versetzt, mit derartiger Vehemenz stieß sie nun das Baby von sich, während sie mit kalter Stimme sagte: »Was für ein Jammer, daß ich nicht auf eine harte Jugend zurückblicken kann!«

»O mein Gott!« Die Atmosphäre hatte sich mit einem Schlag verändert. Konrad war aufgesprungen und schrie nun: »Spiel mir keine Mischung aus Tugend und Scharfzüngigkeit vor, meine Liebe. Du hast tatsächlich das Glück gehabt, niemals hungern zu müssen, aber Verdienst ist das keines. Wenn wir alle bekämen, was uns zusteht, würde manch einer Augen machen! – Da, Mädchen, bring den Kleinen weg.«

Mit gesenktem Kopf trat Kirsten ans Bett, hob den Kleinen hoch und eilte mit ihm aus dem Zimmer. Drüben legte sie ihn in die Wiege, und dann ging sie in ihr Zimmer, in dem sie immer noch die Stimme ihres Brotgebers hörte.

Sie stand am Fenster und blickte hinaus. Ihre Gedanken waren völlig durcheinandergeraten und drehten sich nur um die Frau des Hauses.

Die Gnädige, sagte sie sich, war eben nur ein junges Mädchen; wenn sie aufstand, würde sie wohl kaum größer sein als sie selbst. Weshalb hatte sie das Kind haben wollen, wo es doch auf der Hand lag, daß sie es nicht einmal ertragen konnte, den Kleinen auch nur zu berühren?

Niedergeschlagenheit ergriff Besitz von ihr, nicht um ihrer selbst willen, sondern wegen des Kindes. Diese Frau da drüben würde das Kind niemals als ihren Sohn akzeptieren; jedenfalls nicht in dem Maße, wie der gnädige Herr es tat. Natürlich wußte er auch nicht, daß es gar nicht sein Sohn war. Was würde geschehen, wenn er eines Tages herausbekam, daß das Kind nicht seines war? Sie begann zu frösteln. Er sah ganz so aus wie ein Mann, der im Zorn einen Mord begehen konnte. Obwohl er nicht besonders groß war, war er breitschultrig und stark. Alles an ihm war kräftig, besonders seine Stimme. Kirsten war froh, daß Miß Cartwright ihr den Eid abgenötigt hatte, zu gehen, sobald das Kind entwöhnt war. Denn nun, wo sie wußte, was die Gnädige empfand, hätte sie sich ohne diese Aussicht niemals hier wohlfühlen können. Erst gestern hatte sie gedacht, daß sie niemals von hier fortgehen würde, aber seit sie in dem Schlafzimmer da drüben gewesen war, wußte sie, daß es besser gewesen wäre, gleich weiterzuziehen.

Aus ihrem Fenster, das an der Vorderseite des Hauses lag, blickte sie in das abnehmende Licht des Tages. Links von ihr endete die Auffahrt vor Terrasse und eingesunkenem Gartenland, aber rechts konnte man den ganzen Park überblicken, nicht nur bis zum noch immer rasch dahineilenden Fluß, sondern selbst bis zum Hügel auf der anderen Seite, auf dem sich ein größerer Gebäudekomplex zu befinden schien. Genau konnte man das nicht ausnehmen. Der mächtige Bau schien auf der Dämmerung zu treiben wie auf einer Welle. Es sah aus wie die Welt, in der sie nun lebte, dachte Kirsten: unwirklich. Sie verspürte den heftigen Wunsch, sich auf und davon zumachen, im Freien zu sein, und wenn es auf Hop Fullers Wagen gewesen wäre. Nein. Nicht auf Hop Fullers Wagen, sondern auf einem eigenen. Das Geräusch der sich öffnenden Tür ließ sie zusammenfahren. Mrs. Poulter trat ein und sagte hastig: »Bist du sauber und in Ordnung? Der gnädige Herr möchte dich sprechen. Komm, rasch!«

Sie musterte Kirsten von oben bis unten, glättete ihr den Kragen, strich ihr die Batistschürze glatt und sagte, ihr in die Augen sehend: »Du brauchst dich nicht zu fürchten, Kind. Er will nur mit dir reden.«

»Habe ich irgend etwas falsch gemacht, Mrs. Poulter?«

»Nein, meine Liebe. – Jetzt zuckt es wieder.« Sie deutete auf Kirstens Augenlid.

»Aber wie gesagt, du brauchst keine Angst zu haben. Komm.«

Damit drehte sie sich um und ging über den Gang voran, die schön geschwungene, breite Treppe nach unten in die Halle. Dort blieb sie am äußersten Ende vor einer Tür stehen. Ehe sie anklopfte, strich sie sich das Miederleibchen glatt, befestigte den Schlüsselbund an der Taille, dann hob sie die Hand und klopfte zweimal an die Tür.

Nach der Aufforderung, einzutreten, betrat sie, Kirsten nachziehend, das Arbeitszimmer des Gutsherrn. Konrad Knutsson saß in einem hohen, lederbezogenen Lehnstuhl hinter dem Schreibtisch, der mit Schriftstücken bedeckt war. Mrs. Poulter sagte: »Ich habe sie mitgebracht, gnädiger Herr.«

»Ach ja ... Komm her.«

Konrad Knutsson stieß den Stuhl zurück, warf den Kopf in den Nacken, sah Mrs. Poulter einen Moment lang an und sagte dann: »Sie können gehen.«

Die Wirtschafterin blieb sekundenlang stehen, dann sagte sie: »Ja, gnädiger Herr«, und verließ das Zimmer.

Kirsten war bedrückt von der Vorstellung, mit dem Herrn des Hauses allein gelassen zu werden. Sie starrte ihn an, und als er sich nun erhob und um den Schreibtisch herumkam, schien er ihr größer zu sein, als sie angenommen hatte, denn sie mußte den Kopf leicht zurücklegen, um ihm weiter ins Gesicht sehen zu können.

Konrad betrachtete Kirsten einen Moment lang eingehend, dann streckte er die Hand aus, ergriff sanft ihr Kinn, hielt es fest und sagte: »Schade, daß du diese Geschichte mit dem Auge hast, sonst könnte man dich ausgesprochen schön nennen. Manchmal schielst du mehr als sonst, und dann zuckt auch dein Augenlid, stimmt's?«

»Ja, gnädiger Herr. Aber nur, wenn ich Angst habe.«

»Wenn du Angst hast, so. Hast du jetzt Angst?«

Sie blickte in seine klaren, grauen Augen, betrachtete die Fältchen in seinen Augenwinkeln, die drei scharfen Linien, die seine Stirn furchten, und jene, die bei seinen starken Nasenflügeln begannen und an der Unterlippe endeten. Diese Linien verliehen seinem Gesicht einen harten Ausdruck, aber das Leuchten in seinen Augen war alles andere als hart, und so konnte sie auf seine Frage wahrheitsgemäß »Nein, Sir«, antworten.

»Weshalb hast du keine Angst?«

Sie wich seinem Blick aus, als sie sich nun selbst diese Frage stellte; dann sah sie ihn wieder an und erwiderte: »Ich weiß es nicht, Sir. Ich kann es nicht sagen.«

»Die meisten Menschen haben Angst vor mir.« Sie erwiderte nichts.

»Setz dich doch.« Er drängte sie sanft auf einen überreich bestickten Stuhl. Dann lehnte er sich gegen seinen Schreibtisch, beugte sich leicht vor und fragte: »Wie alt bist du wirklich?«

»Am ersten Januar war ich fünfzehn, Sir.«

»Fünfzehn … Wie kam es, daß du so früh geheiratet hast?«

Sie ließ den Kopf sinken und sagte leise: »Ich war nie verheiratet, Sir. Ma Bradley, die Frau, die sich um mich gekümmert hat, hat mich an den Kesselflicker Hop Fuller verkauft, weil ich Unglück über ihr Haus gebracht habe.«

»Was?«

»Ich habe Unglück über ihr Haus gebracht, hat sie gesagt. Wegen meines Auges.«

Abermals entstand eine Pause, ehe er fragte: »Wie bist du denn zu dieser Frau gekommen? Und wo ist sie geblieben?«

»In Maryport, Sir. Etwas außerhalb davon. Sie hat mich zu sich genommen, als meine Eltern an der Cholera gestorben sind.«

»Welchen Beruf hatte denn dein Vater?«

»Alles, woran ich mich erinnern kann, Sir, ist, daß man ihn mit Doktor angesprochen hat und daß wir mit der Kutsche nach Hexham unterwegs waren. Wir sind von London gekommen, und meine Eltern wurden auf der Fahrt krank. Deshalb machten wir in dem Gasthof halt. Dort sind sie gestorben, und alle haben das Haus verlassen. Dann ist Ma Bradley gekommen und hat mich in ihr Haus mitgenommen. Dort bin ich geblieben und habe die Kinder versorgt, bis Hop Fuller mich gekauft hat.«

Ihr Kopf sank nun noch tiefer auf die Brust, als sie schloß: »Wenn er mich nicht gekauft hätte, hätte man mich ins Arbeitshaus gesteckt.«

»Hat denn keiner nach dir gefragt? Hast du keine Verwandten? Kannst du dich nicht an irgend jemanden erinnern?«

»Nein, Sir; nur an diese Fahrt und daß es eine lange Fahrt war.«

»Diese Ma – hat sie dich anständig behandelt?«

Sie hob den Kopf, sah ihm fest in die Augen und erwiderte: »Sie hat Kinder wie mich und solche von Leuten, die keine wollten, bei sich aufgenommen. Manchmal bis zwanzig. Ich habe für sie gesorgt.«

Er richtete sich auf, kam auf sie zu, nahm sie abermals am Kinn, drehte ihr Gesicht leicht hin und her und sagte: »In diesem Haus wird dir nichts geschehen, was dein Auge zum Schielen und dein Lid zum Zittern bringen könnte. Du kümmerst dich, so gut du nur kannst, um meinen Sohn. Und ich werde mich um dein Wohl kümmern. Einverstanden?«

Sie schluckte heftig, ehe sie sagen konnte: »Ja, Sir.«

Sie weiter am Kinn festhaltend und ihr in die Augen sehend, sagte er: »Wenn dein Vater Arzt war, hätte er sich doch um dein Auge kümmern können, nicht?«

»Ich ... ich erinnere mich nicht daran, wie es mit meinem Auge war, ehe meine Eltern gestorben sind, gnädiger Herr. Niemand hat jemals eine Bemerkung deshalb gemacht, bis ... bis ich zu Ma Bradley kam.«

Sie noch immer festhaltend, sagte er: »Mrs. Poulter hat mir berichtet, daß du recht gut lesen und schreiben kannst. Stimmt das?«

»Ja, Sir. Ich kann mich an keine Zeit erinnern, wo ich nicht lesen konnte. Nur ... dort hat es nicht viel zu lesen gegeben.«

»Nun, in meinem Haus sollst du etwas zu lesen bekommen. Du und mein Sohn, ihr sollt gemeinsam lesen. Sowie er sprechen kann, wird er eine Erzieherin bekommen. In dieser Gegend lassen sie sich meiner Meinung nach viel zuviel Zeit mit dem Lernen.« Damit ließ er ihr Kinn los, und sie ließ den Kopf sinken, als verlöre er seinen einzigen Halt. Knutsson nahm nun wieder hinter seinem Schreibtisch Platz, und sie verhielt sich ganz still, während er ein Schriftstück betrachtete, ohne es zu berühren. Nach kurzer Zeit hob er den Kopf und sagte: »Das ist alles, du kannst gehen.« Dann gebot er ihr jedoch mit einer Handbewegung Halt und fragte: »Wie heißt du?«

»Kirsten MacGregor, Sir.«

»Kirsten MacGregor. Ach ja, das hast du mir bereits gesagt. Das ist ein hübscher Name. Schottisch, nicht?«

Sie schüttelte hilflos den Kopf. »Ich weiß es nicht, Sir.«

Er lächelte nun und meinte: »Ich glaube schon, zumindest MacGregor. Also bist du ein Schottenmädchen.« Sein Lächeln wurde breiter. »Geh jetzt und kümmere dich um meinen Sohn. Und gib acht auf dein Auge, hast du gehört?«

»Ja, Sir.« Sie wagte es, sein Lächeln zu erwidern, so daß ihre Augen zu strahlen begannen. Noch lange, nachdem sie das Zimmer verlassen hatte, starrte er auf die Tür. Dann sagte er mit einem Achselzucken halblaut: »Sie wird ihre Sache gut machen.«

Während Kirsten die Haupttreppe nach oben ging, lag noch immer dieses Lächeln auf ihrem Gesicht, und sie mußte an seine Worte denken. ›In diesem Haus wird dir nichts geschehen, was dein Auge zum Schielen und dein Lid zum Zittern bringen könnte.‹

Aber dann ereignete sich etwas Bezeichnendes. Als sie oben anlangte, vertrat ihr Slater den Weg, stieß sie beinahe die Treppe hinunter und sagte grob: »Du benützt gefälligst die Bediententreppe, verstanden?«

Er hatte nicht laut, aber besonders deutlich gesprochen, so daß auch Konrad Knutsson, der unten gerade um die Ecke trat, mitbekam, was hier vorging. Als Kirsten den Rückzug antreten wollte, hielt er sie mit einer Handbewegung zurück und wartete auf den ihr folgenden Butler. Slater, der nun spürbar weniger selbstsicher war, sagte: »Ich habe das Mädchen auf die Bediententreppe verwiesen, Sir.«

Der Gutsherr sah ihn nur an und sagte ruhig: »Das habe ich gehört, Slater. Aber da Sie wissen, daß das Mädchen die Amme meines Sohnes ist, werden Sie ihr bis zu dem Tag, an dem ich diesen Befehl widerrufe, gefälligst gestatten, die Haupttreppe zu benützen.«

»Jawohl, Sir.«

Slater trat zur Seite, als sein Herr und Gebieter die Hand nach dieser ›Vagabundin‹, wie er Kirsten insgeheim nannte, ausstreckte und ihr mit einem leichten Druck auf den Rücken andeutete, daß sie den eingeschlagenen Weg fortsetzen solle.

Ehe sich das Personal an diesem Abend zurückzog, wurde der Vorfall in der Küche hitzig diskutiert, genauso wie im Zimmer der Wirtschafterin zwischen Slater, Harris, dem Kammerdiener, und der Walters, bis Mrs. Poulter ruhig einwarf, daß das Mädchen, obwohl es offensichtlich von der Landstraße gekommen sei, aus gutem Haus zu sein schien; immerhin war ihr Vater Arzt gewesen. Und zwar nicht bloß ein kleiner Landarzt, wohlgemerkt, sondern ein bekannter Londoner Mediziner. Er und seine Frau seien Opfer der Cholera geworden, und ihr einziges Kind sei selbst krank geworden, ja beinahe gestorben, wenn sie nicht von einer einfachen Frau gepflegt worden wäre, die sie dann als Kindermädchen beschäftigt und schließlich eines Tages an einen Kesselflicker verkauft hätte.

Keiner wußte, ob Mrs. Poulter gehorcht oder wie sie dies alles sonst erfahren hatte, aber sie ließ ihnen auch keine Zeit, darüber Vermutungen anzustellen. Sie verblüffte alle mit der Behauptung, sie hätte im ersten Moment, da sie das Mädchen zu Gesicht bekommen hatte, gefühlt, daß Kirsten keine Landstreicherin sein konnte. Ja, sie stellte ihnen sogar die Frage, ob sie fänden, daß Kirsten wie ein Mädchen von der Landstraße aussähe oder gar so spräche. »Außerdem«, schloß sie ihre kleine Rede, »kennt einer von euch auch nur eine einzige Landstreicherin, die lesen und schreiben kann?«

Damit hatte sie alle bis auf den Butler überzeugt.

Am darauffolgenden Tag deutete Mrs. Poulter Miß Cartwright gegenüber taktvoll an, daß die Amme blaß und müde aussähe. Ob sie nicht dächte, daß ihr ein wenig frische Luft gut täte und daß davon auch der Kleine profitieren würde? Ob sie für diesen Fall damit einverstanden wäre, daß das Mädchen auf eine Stunde ausginge?

Miß Cartwright war einverstanden, aber sie mahnte Kirsten persönlich, spätestens in zwei Stunden zurück zu sein. Gleichzeitig kämpfte Bella gegen ihren Herzenswunsch an, das Mädchen möge doch die erstbeste Gelegenheit ergreifen, um davonzulaufen. Daran war aber offenbar überhaupt nicht zu denken, denn Kirsten schien sehr wohl erkannt zu haben, daß sie im Gutshaus besser als sonstwo untergebracht war.

Kirsten nahm den braunen Schal, den Mrs. Poulter ihr geschenkt hatte, um die Schultern und benützte die Dienertreppe, obwohl der Gutsherr ihr ausdrücklich erlaubt hatte, die Haupttreppe zu benützen. Sie wollte Mr. Slater auf keinen Fall verärgern.

Bainbridge, der erste Lakai, der sich gerade in der Gemäldegalerie zu schaffen machte, beugte sich zu ihr hinunter und flüsterte ihr zu: »Du weißt doch, daß du die Haupttreppe benützen darfst, nicht wahr?« – »Freilich, aber es ist schon in Ordnung so«, erwiderte Kirsten gleichfalls leise, und dann nickten sie einander verständnisvoll zu.

Als sie an der Küche vorbeikam, trat Rose Miller gerade aus der Vorratskammer. Sie begrüßte Kirsten wie eine alte Freundin und fragte: »Gehst du aus?«

»Ja, das tu ich. Ich soll ein bißchen frische Luft schnappen.«

»Höchste Zeit, finde ich. Wie gefällt es dir hier?«

»Sehr gut, danke.«

»Fürchtest du dich nicht vor dem alten Drachen da droben?«

»Miß Cartwright?«

»Genau. Miß Cartwright.«

Kirsten zögerte einen Moment, dann sagte sie: »Wir kommen ganz gut miteinander aus.«

»Dann bist du so ziemlich die einzige, die das behaupten kann. Nimm keine Notiz von ihr, sag ich dir. Obwohl ich das natürlich nicht hätte sagen sollen, denn sie hat alles im Haus in der Hand. Jedenfalls mußt du vor ihr auf der Hut sein. Es wäre gut, wenn du ihr ein bißchen schmeicheln würdest, denn sie hat großen Einfluß auf die Gnädige, weil sie verwandt ist mit ihr, weißt du? Sie kehrt zwar immer und überall die Hausdame hervor, aber im Grunde nimmt sie so eine Art Mutterrolle ein. Nun«, sie stieß Kirsten leicht an, »der gnädige Herr hält jedenfalls zu dir, das weiß jeder im Haus. Am liebsten würde er dir dein Essen auf goldenen Tellern servieren lassen, nur weil der Kleine ruhig ist, seit du dich um ihn kümmerst. Du siehst schon viel besser aus.« Rose legte den Kopf schräg und betrachtete Kirsten eingehend; dann nickte sie zur Bekräftigung und wiederholte: »Ganz bestimmt, hundertmal besser als damals, als ich dich zum ersten Mal auf dem Heuboden gesehen habe. Mein Gott, warst du damals schlecht beieinander!«

»Das stimmt.«

»Und ob das stimmt!« Damit schob sie Kirsten weiter. »Und nun geh schön und genieße deinen Spaziergang. Ich würde dir nicht raten, zum Fluß hinunter zu gehen«, kicherte sie, »vom Wasser dürftest du wohl für immer genug haben, was?« Damit lief sie davon.

Als Kirsten die Küche durchquerte, hob Ruth Benny, die gerade Mandeln hackte, den Kopf und sagte freundlich: »Hallo! Gehst du endlich mal aus?« Aber noch ehe Kirsten Zeit hatte, zu antworten, fuhr schon die Köchin, die vor dem Herd stand, dazwischen und sagte barsch: »Sieh zu, daß du mit den Mandeln fertig wirst, Ruth Benny, zum Schwätzen fehlt uns die Zeit!« Sie tat, als wäre Kirsten Luft für sie. Nur, als sie in den Hof hinaustrat, sagte die Köchin absichtlich so laut wie möglich: »Weit haben wir's gebracht, bei Gott. So etwas hätte es beim alten Herrn wahrhaftig nicht gegeben. Aber heutzutage steht ja die ganze Welt kopf.«

Diese Worte mußten durchaus nicht auf Kirsten gemünzt sein, sie hätte sie auch nicht auf sich beziehen müssen. Aber sie wußte ja, daß sie auf sie gemünzt waren. Manche Menschen waren eben nett und andere wiederum unausstehlich. Das war wohl überall so.

Im Hof blieb sie einen Moment unentschlossen stehen und wußte nicht recht, welchen Weg sie einschlagen sollte. Es war vielleicht besser, wenn sie nicht an der Vorderseite des Hauses vorbeiging, das hätte wieder jemanden verärgern können. Also wandte sie sich um und ging zu den Stallungen. Als sie einem der beiden Stalljungen begegnete, fragte sie: »Ist vielleicht Mr. Dixon hier?«

Und der Junge anwortete: »Freilich, er ist drinnen.«

Kirsten ging in die angegebene Richtung, und da erblickte sie vor dem Stalltor auch schon Art Dixon. Als er sie sah, kam er auf sie zu und sagte: »Ach, Kind, da bist du ja.«

Es war das erste Mal, daß er sie sah, seitdem sie damals mit Mrs. Poulter den Hof überquert hatte. Sie sah ziemlich verändert aus, nicht mehr so blaß und mager, sondern richtig hübsch. Das sagte er ihr auch. »Sieh mal an, hast du dich aber herausgemausert. Du bist gottlob schon ein bißchen runder geworden, Kindchen. Wie geht es dir?«

»Sehr gut, danke, Mr. Dixon.«

»Gefällt es dir da drinnen?« Er machte eine Kopfbewegung. »Ja, sehr.«

»Sind sie auch alle nett zu dir?«

Sie sah ihn an, zögerte einen Augenblick, dann sagte sie: »Ja, schon …« Er nickte ihr zu und erwiderte: »Ich weiß, ich weiß. Manche ja, manche nein. Und ich könnte dir genau sagen, wer dich mag und wer nicht. Aber so ist eben das Leben, meine Liebe.«

Er beugte sich nun zu ihr hinunter und flüsterte ihr zu: »Ich weiß schon, weshalb du gekommen bist. Du willst das Grab sehen.«

Sie riß die Augen auf. Die Sache mit dem anderen Kind hatte sie völlig vergessen.

»Einen Augenblick! Gleich führe ich dich hinunter.« Er verschwand im Stall, nahm seinen Mantel vom Haken und zog ihn an, dann winkte er ihr, ging ihr voran durch den Hof und zu einem von Büschen gesäumten, gewundenen Pfad, der an den Gärten vorbei in den Park führte. Diesem folgte er, bis er schließlich vor zwei Bäumen stehenblieb; einer Eiche und einer Buche. Die mächtigen Zweige beider Bäume bildeten ein schattenspendendes Dach, unter dem ein kleiner Hügel zu sehen war. Wortlos blickten sie beide darauf nieder, und dann sagte er: »Da liegt er also, dein Erstgeborener, Kindchen. Aber mach dir keine Sorgen. Du wirst andere haben, bestimmt. Sicher wirst du ein wenig hierbleiben wollen. Es ist ein hübscher Platz, nicht? So geschützt. Ich gehe wieder. Du findest doch allein zurück, oder?«

Kirsten blickte zu dem Alten auf und sagte ruhig: »Freilich. Und vielen Dank, Mr. Dixon.«

»Das ist schon in Ordnung, Kind. Ist schon in Ordnung.« Sie sah ihm nach, bis er hinter der Wegbiegung verschwunden war, dann blickte sie wieder auf das kleine Grab nieder. Plötzlich überlief es sie kalt bei der Vorstellung, was der Gutsherr tun würde, wenn er jemals die Wahrheit herausbekäme. Gleichzeitig quälte sie der Gedanke, wie unrecht es war, ihn derart zu hintergehen, mit aller Heftigkeit. Es war schlecht, gottlos – aber er war glücklich. Jedes Wort, jede Geste bezeugte, wie froh er war über »sein« Kind. Mrs. Poulter hatte erst am Vortag gesagt, daß sie den gnädigen Herrn seit seinen Kindertagen nicht mehr so glücklich gesehen hätte. War es also besser, die Dinge auf sich beruhen zu lassen und sein Glück nicht zu zerstören? Sonderbarerweise wünschte sie von Herzen, daß ihr Brotgeber glücklich sei. Auf eine ihr unerklärliche Weise fühlte sie sich zutiefst mit ihm verbunden. Sie wünschte sich, daß er glücklich und zufrieden sei, wie sie es bei Ma Bradleys Kindern gewünscht hatte. Sie konnte sich dieses Gefühl selbst nicht erklären, ja, sie fand es geradezu komisch, weil der gnädige Herr nicht die geringste Gemeinsamkeit mit den armen Kindern Ma Bradleys hatte.

Langsam drehte sie sich um und ging den sanft zum Fluß abfallenden Anger hinunter. Das Wasser war gefallen, aber es gab noch mehr als genügend Spuren der Überschwemmung. Die Ufer waren mit Trümmern aller Art übersät. Nur die toten Tiere hatte man bereits fortgeschafft. Doch Mauerteile, Brückenfragmente und Überreste von Feldscheunen gab es noch genug.

Kirsten sprang von der Wiese auf den kiesigen Uferstreifen, bis sie keine hundert Fuß mehr vom Wasser entfernt war, das sich, wie sie glaubte, hier ziemlich träge fortbewegte – langsamer jedenfalls als bei dem Unwetter, das sie damals hierher verschlagen hatte. Eine verschwommene, Entsetzen erweckende Erinnerung an den Kopf eines Pferdes, auf das sie ihre Füße gestützt hatte, bis es davongeschwemmt worden war, tauchte in ihr auf. Und an den Baum, an den sie sich angeklammert hatte. Sie schüttelte den Kopf, als wolle sie die Erinnerung an damals abschütteln, und ging weiter, während sie überlegte, daß vielleicht dort irgendwo auch noch die Deichsel feststecken mochte, falls der Fluß sie nicht mitgerissen hatte.

Ihr Schritt wurde rascher, als sie der Flußwindung folgte. Nach einiger Zeit verwandelte sich die Wiese in einen schmalen Weg, der rechts von weit überhängenden Bäumen eingefaßt wurde. Eingetrockneter Schlamm und fahle Grasbüschel an der rissigen Rinde ließen noch erkennen, wie hoch das Wasser damals angestiegen war. Sie sah eine Menge Treibholz und Stroh und etwas, das aussah wie ein toter Fischotter, der sich in den Zweigen wiegte. Wieder fröstelte sie. Sie hatte wirklich Glück gehabt, großes Glück sogar.

Als sie um die nächste Biegung kam, lag ein großes Feld vor ihr, das bis zum Fluß reichte, an dessen Ufer ein einzelner, unversehrter Baum stand, zu dessen Füßen sich eine Menge Treibgut angesammelt hatte.

Sie raffte den Rock und rannte auf den Haufen zu. Aber weder hier noch draußen auf dem Wasser war auch nur die geringste Spur einer Deichsel zu erblicken. Es ließ ihr jedoch keine Ruhe. Und als sie über Treibgut und Baumwurzeln geklettert war, fing ihr Herz mit einemmal heftig zu klopfen an, denn da, mitten aus einem zerbrochenen Hühnerstall und einem halben Strohdach, ragten die beiden Deichseln empor.

Sie erkletterte den Treibholzstoß und wollte gerade das Ende einer der beiden Deichseln packen und an sich ziehen, als sie ausglitt, das Treibholz unter ihr nachgab und sie sich nur mit einem kühnen Sprung davor retten konnte, ins Wasser zu fallen. Der heftige Stoß hatte jedoch die Deichseln zum Kippen gebracht, so daß sie nicht mehr an der Vorderseite des Wagens festsaßen, sondern eine von ihnen abgetrieben wurde, während die andere in zwei Teile zerbrach und in dem weit ins Wasser hinausragenden Treibholzteil steckenblieb.

Sosehr Kirsten auch versuchte, sie zu ergreifen und zu lockern, es war alles umsonst. Es gelang ihr nicht, und so blieb ihr nichts anderes übrig, als vorsichtig über das in den Fluß hinausragende Gewirr von Treibholz zu klettern, bis sie endlich bei der entzweigebrochenen Deichsel angelangt war, gerade an jenem Teil, mit dem Hop Fuller so geheimnisvoll getan hatte. Aber trotz aller Mühe konnte sie weder einen Griff noch einen Hebel finden, mit dessen Hilfe es ihr gelungen wäre, Hop Fullers Geheimfach zu öffnen. Enttäuscht spähte sie übers Wasser. Vielleicht hatte es sich um die andere Deichsel gehandelt. Aber dort hinaus getraute sie sich nicht.

Kopfschüttelnd unterzog sie die buntbemalte Deichsel nochmals einer genauen Prüfung. Blumen rankten sich um eine leuchtendblaue Rosette, die sich von der gelben Deichsel lebhaft abhob. Das hatte sie immer hübsch gefunden. Als sie plötzlich spürte, wie sich der Mittelpunkt der Rosette, über die ihre Finger spielerisch geglitten waren, bewegte, stieß sie einen verhaltenen Schrei aus. Als sie nochmals tastend darüberfuhr, entdeckte sie eine Öffnung von ungefähr einem Viertel Zoll. Ihr Herz raste vor Aufregung. Abermals preßte sie die Hand auf den Mittelpunkt der aufgemalten Rosette, ließ diesmal jedoch die Finger darauf, und da glitt eine Art hölzerner Schiebedeckel zurück und gab den Blick auf ein Fach von etwa sechs Zoll frei. Mit offenem Mund zog Kirsten ein kleines, schwarzes Samtbeutelchen daraus hervor. Und dann noch eines und noch eines.

Immer noch in gebückter Haltung kletterte sie von dem Trümmerhaufen herunter und ließ sich im Schutz einer Holzplanke ins Gras fallen. Ihre Finger zitterten, als sie den ersten Beutel öffnete. Ungläubig starrte sie auf dessen Inhalt nieder.

Sie hatte erwartet, Goldsovereigns vorzufinden, oder mindestens Silbermünzen. Aber worauf sie nun niedersah, waren zwei über und über funkelnde Brillanten. Wieder blickte Kirsten sich rasch um, spähte an beiden Flußufern entlang.

Der zweite Beutel war größer und unhandlicher, und ihre Finger glitten erst prüfend darüber hin, ehe sie ihn öffnete. Und dann lag auf ihrem Schoß ein Halbkreis glitzernder Steine, die jenen aus dem ersten Beutel ähnelten. Sie betrachtete Fassung und Schließe und überlegte, was dies wohl war: Ein Halsband? Nein. Es schien eine Art Kopfschmuck zu sein.

Für einen Moment schloß sie die Augen, ehe sie den dritten Beutel öffnete. In ihm befand sich eine Halskette, die offensichtlich zu dem Diadem aus dem anderen Beutel gehörte. Mit weit geöffneten Augen starrte sie auf den Schmuck nieder, als handle es sich um Schlangen. Das war es also, was Hop Fuller zu seinen nächtlichen Streifzügen veranlaßt hatte: Er war ein Dieb. Wenn man ihn erwischt hätte, hätte man ihn deportiert – und sie mit ihm. Denn keiner hätte ihr geglaubt, daß sie, die Tag und Nacht mit ihm unterwegs war, im selben Wagen, nicht gewußt hatte, worauf er aus war. Wenn sie das Diebesgut jetzt ablieferte, würde man ihr keinen Glauben schenken. Was sollte sie damit anfangen? Es in den Fluß werfen? Aber das Wasser war völlig klar, jedermann würde es dort liegen sehen. Sie mußte es vergraben. Nur wo? Auf diesem Feld hier? Aber sie hatte keine Schaufel mit. Sie dachte an das Grab hinten im Park, dort würde die Erde noch locker sein. Aber nein. Sie schauderte. Sie konnte es unmöglich anrühren. Es blieb also nur noch die Mauer. Man brauchte nur an ihrem Fuß die Erde zu lokkern.

Sie stand auf und blickte sich verstohlen um. Keine Menschenseele war zu sehen. Der Nachmittag war ruhig und friedlich. Kein Windhauch, kein Vogelgezwitscher, kein Laut aus Stall und Scheunen. Sie lief los. Als sie die Mauer erreicht hatte, lehnte sie sich einen Moment keuchend dagegen. Dann, nachdem sie sich nochmals nach allen Seiten umgeblickt hatte, ließ sie sich auf die Knie nieder und grub ein Loch von ungefähr neun Zoll Tiefe. Dahinein warf sie die schwarzen Beutel, einen nach dem andern. Und dann deckte sie alles rasch wieder mit Erde zu, die sie obendrein festtrat. Danach holte sie Reisig und ein paar Grasbüschel herbei und streute alles fein säuberlich darüber. Als sie sich schließlich wieder aufrichtete und eben versuchte, ihre Hände zu säubern, klang aus einiger Entfernung laut und deutlich eine Stimme an ihr Ohr.
»Hallo da drüben! Wie geht es Ihnen?«

Sie schloß die Augen, lehnte sich sekundenlang an die Mauer an und fing an zu keuchen, als müsse sie im nächsten Moment ersticken.

Als sie die Augen wieder öffnete und den Kopf in jene Richtung wandte, aus der die Stimme erschollen war, sah sie einen Mann in unmittelbarer Nähe der Mauer stehen, jedoch auf der anderen Seite des Flusses.

Während sie hinüberstarrte, beobachtete sie, wie er ein Seil ergriff, das zwischen zwei Pfosten über den Fluß gespannt war, und leichtfüßig über die Schrittsteine ging. Dann kam er auf sie zu. Knapp vor der Mauer blieb er jedoch stehen, und sie starrten einander an, ehe er abermals »Hallo« sagte.

»Hallo.«

»Sie sehen aber jetzt ein bißchen anders aus«, sagte er und legte den Kopf schief.

Sie kniff leicht die Augen zusammen und versuchte, sich ins Gedächtnis zu rufen, wo sie den Mann gesehen hatte. Wo nur? Auf der Landstraße? Nein, nein. Und dann fiel es ihr plötzlich ein. An jenem Tag, an dem sie am Fluß spazierengegangen war. Er war der Mann, der sie vor dem Moor gewarnt hatte. Obwohl sie damals sein Gesicht nicht deutlich gesehen hatte, war sie überzeugt, daß er es sein mußte.

»Ich dachte schon, daß ich Sie nie mehr wach kriegen würde«, sagte er. »Sie haben ebenso tot ausgesehen wie das Pferd ... Und das Kind, ist es gesund?«

Sie schüttelte langsam den Kopf, den Blick noch immer auf sein Gesicht geheftet. Und dann erinnerte sie sich. Es war sein Gesicht gewesen, das auf sie niedergeblickt hatte. Und seine Stimme, die ihr damals zugerufen hatte. Sie hatte geglaubt, Mr. Dixon hätte sie allein aus dem Wasser gezogen. Sie sagte zögernd: »Sie waren es also ... ich meine ... der ... der mich aus dem Fluß gezogen hat?«

»Ja, ich war das. Ich und Art. Ohne ihn hätte ich gar nicht gewußt, daß Sie drinnen waren. Also müssen Sie sich in erster Linie bei ihm bedanken. Wenn er Sie nicht entdeckt hätte, ich hätte es nicht getan. Nur konnte er sie nicht allein herauskriegen, so ein alter Mann, wie er nun mal ist. Wie heißen Sie?«

»Kirsten. Kirsten MacGregor.«

»Und ich heiße Colum Flynn.«

Wieder sahen sie einander schweigend an. Dann nickte sie ihm zweimal langsam zu, ehe sie sagte: »Danke. Ich danke Ihnen von ganzem Herzen, daß Sie mich da rausgefischt haben.«

»Und wie geht es dem Kind? Ist es gesund?«

Sie spürte, wie ihr Lid zu zucken begann, und sah plötzlich alles doppelt, wie sie es manchmal tat. Als sie nicht gleich antwortete, hörte sie ihn in beruhigendem Ton sagen: »Nun, das war zu erwarten. Sie haben viel mitgemacht. Sind Sie immer noch da drüben?« Er deutete zum Haus hinüber.

Sie zuckte die Achseln und murmelte: »Ich bin Amme bei dem ... dem Kind da drüben.«

»Oh! Sie hat also eines gekriegt, die Gnädige?«

Sie antwortete nicht, und er fuhr fort:

»Dann bleiben Sie nur dort. Es ist besser als die Landstraße. Für die sind Sie meiner Meinung nach ohnehin viel zu jung.«

Als sie den Kopf ein wenig hob und ihn ansah, lächelte er ihr freundlich zu. Kirsten dachte, er habe ein ausgesprochen nettes Gesicht. Seine braunen Augen waren freundlich, und anders als sein dunkles Haar war seine Haut doch nicht so braun wie die der gleichfalls dunkelhaarigen Zigeuner, sondern hatte eher einen Goldton, wie bei Menschen, die viel im Freien sind.

»Haben Sie heute frei?« fragte er, und sie antwortete: »Ja, eine Stunde ungefähr.«

Wieder war Stille zwischen ihnen, und dann sagte er mit einer alles umfassenden Handbewegung: »Das da drüben ist mein … unser Besitz, alles, was innerhalb der Mauer liegt, bis zum Hügel droben. Unser Haus heißt ›Tarn Abode‹ und hat die prächtigste Aussicht, die Sie sich nur vorstellen können.«

Sie mußte über seinen Eifer lächeln und erwiderte: »Ich kann den Hügel von meinem Fenster aus sehen. Und das Haus da droben auch.«

»Wirklich?«

»Aber ja.« Nun lachte sie über das ganze Gesicht, denn das Zittern hatte endlich nachgelassen.

»Wie sieht es denn von da drüben aus?«

Sie wurde einen Moment lang nachdenklich, als sie ihm in die Augen sah, weil sie das Gefühl hatte, daß ihre Antwort wichtig für ihn sei. Bisher hatte sie weder über den Hügel noch über das Haus dort droben nachgedacht, höchstens daran, daß alles ein wenig unwirklich aussähe. Nun aber, da sie ihm gerne eine Freude bereiten wollte, weil er ihr das Leben gerettet hatte, sagte sie langsam: »Hübsch ist es. Wie ein Schloß, das auf Wolken schwebt.«

Diese Antwort gefiel ihm offensichtlich, denn er warf den Kopf in den Nacken, lachte und sagte: »Ein Schloß, das ist gut! Und auf Wolken. Na ja, das stimmt sogar, denn der Fluß kann uns nicht erreichen. Meine Vorfahren waren klug genug, ihren Wohnsitz nicht in einer Mulde zu errichten, die bei jedem Hochwasser überflutet ist.« Spöttisch wies er mit einer Kopfbewegung auf den Park und das Haus dahinter. Dann wandte er sich wieder ihr zu und meinte: »Nun, ich muß jetzt gehen. Guten Tag.«

Und damit ließ er sie ganz unvermittelt stehen. Aber er war noch keine fünf, sechs Schritte weitergegangen, als er sich nochmals umdrehte, sie ansah und sagte: »Lassen Sie sich von denen da drüben nichts gefallen, das sind allesamt Halsabschneider. Nehmen Sie, was Sie kriegen können, solange es gutgeht.« Eine nachdrückliche Kopfbewegung unterstrich seine Worte. Dann eilte er mit langen Schritten zum Fluß und über die Schrittsteine ans andere Ufer. Sie sah ihm nach, bis er es erreicht hatte. Dann drehte er sich nochmals um, und noch einmal blickten sie einander über den Fluß hinweg an, wie sie es schon getan hatten. Aber nun war sie es, die aufbrach.

Einen Augenblick lang hatte sie vergessen, wie erschrocken sie beim Klang seiner Stimme aufgefahren war, und auch der Grund dafür schien ihr für kurze Zeit entfallen zu sein. Auch jetzt kehrten ihre Gedanken nicht sofort zu dem Geschmeide zurück, sondern kreisten um den jungen Mann, der sie irgendwie verwirrt hatte. Nicht ängstlich hatte er sie gemacht, sondern unruhig. Sie verstand nicht, weshalb.

8

Der vierzehnte März war ein Freitag. Wie sie ihren Brotgeber hatte sagen hören, war das der Tag, an dem das Fliegenfischen begann. Sie hatte sich natürlich gefragt, was man wohl darunter verstand, und sich vorgenommen, Mrs Poulter bei Gelegenheit danach zu fragen. Es gab eine Menge Dinge, die sie Mrs. Poulter fragte, weil sie ihr klug und erfahren vorkam, aber wenn sie später an jenen Tag zurückdachte, dann tat sie es in der Erinnerung daran, daß sie damals den Gutsherrn zu fürchten begonnen hatte.

Alles war in den vergangenen Tagen gutgegangen. Anläßlich der Taufe war am zweiten Fastensonntag eine Feier arrangiert worden, und zehn Tage darauf sollte ein Ball stattfinden. Fastenzeit hin, Fastenzeit her, hatte Konrad Knutsson gesagt.

Die Gouvernante hatte dagegen protestiert und es als unschicklich bezeichnet, während der Fastenzeit einen Ball zu geben. Wenn der gnädige Herr schon nicht daran dachte, welch schlechten Eindruck so etwas auf die ganze Grafschaft machen würde, so sollte er zumindest an das eigene Personal denken. Schlechte Beispiele verdürben bekanntlich gute Sitten, und sie könne derlei wahrhaftig nicht billigen. Darauf hatte Miß Cartwright ihr geantwortet, daß der gnädige Herr Bälle geben könne, wann und so viele er wolle, selbst am Karfreitag, und daß es ihm völlig gleichgültig sei, ob die Gouvernante dies billige oder nicht.

Mrs. Walters wurde mit jedem Tag renitenter, fand Kirsten. Nun war nicht mehr sie selbst die Leidtragende, wenn es um Streitfragen zwischen der Gouvernante und Miß Cartwright ging, sondern die Gnädige höchstpersönlich. Solange Mrs. White sie im Bett halten konnte, war ihre Stelle gesichert, aber Miß Cartwright war dafür, sie so rasch wie möglich wieder auf die Beine zu bringen, und in diesem Punkt war sie mit dem Gutsherrn einer Meinung. Das war sogar der Hauptgrund für den vorgesehenen Bail, erzählte man Kirsten. Den malte Konrad Knutsson seiner Frau in den verlockendsten Farben aus, weil er wußte, wie gerne sie sich herausputzte und welchen Wert sie darauf legte, sich in ihrem Schmuck zu zeigen.

Es war gegen elf Uhr vormittags, als Konrad das Schlafzimmer seiner Frau verließ, um sich zum Safe zu begeben, in dem der Schmuck aufbewahrt wurde. Es gab zwei Safes im Haus; einen im Salon hinter einem Rembrandt-Gemälde und einen im Alkoven der Bibliothek, an einem unauffälligen Platz, über dem noch dazu ein kreisrundes Porträt von Konrads Großvater hing. Konrad trug die beiden Schlüssel an einem Ring in der Innentasche seines Rocks, wenn er von daheim fort war. Wenn er zu Hause war, bewahrte er die beiden Schlüssel im Geheimfach seines Schreibtisches in der Bibliothek auf.

Besonders sicher war dieses Geheimfach allerdings nicht. Die meisten Bediensteten wußten, daß man nur die rechte oberste Lade herausziehen und auf einen verborgenen Knopf drücken mußte, und schon öffneten sich mehrere Miniaturladen und Fächer.

Konrad ging also geradewegs zum Alkoven in der Bibliothek, hob das Porträt seines Großvaters herunter, lehnte es sorgsam gegen einen Stuhl, steckte den Schlüssel in das Sicherheitsschloß und drehte ihn in gewohnter Weise um.

Im Innern des Safes standen zuhinterst zwei schwarze Schatullen. Vorne hingegen befand sich ein mit schwarzem Samt ausgeschlagenes Tablett, auf dem Ringe von unterschiedlichem Aussehen lagen, alles in allem ungefähr zwanzig. Er betrachtete sie prüfend, griff einen davon heraus, hielt ihn gegen das Licht, sah ihn sich von allen Seiten an, legte ihn dann jedoch wieder an seinen Platz zurück und hob das ganze Tablett wie auch die beiden schwarzen Schatullen hervor, mit denen er sich wieder ins Schlafzimmer seiner Frau begab.

Florence saß aufrecht im Bett, hatte einen pelzbesetzten Spitzenschal um die Schultern und sah längst nicht mehr so blaß aus wie nach der Niederkunft. Ihre Miene war jedoch noch immer mißmutig, und in ihrem Blick lag nur schlecht verhohlener Hohn.

Breit lächelnd nahm Konrad am Bettrand Platz, legte seiner Frau das Tablett mit den Ringen und die zwei schwarzen Schatullen in den Schoß und sagte in leicht neckendem Ton »So, mein Liebling, jetzt kannst du dich endlich wieder ein mal nach Herzenslust schmücken. Seit der Hochzeit hast du das Diadem kein einziges Mal mehr aufgesetzt, und auch das Kollier hast du, soweit ich mich erinnern kann, seither nicht mehr getragen. Wir wollen eine richtige Generalprobe veranstalten. Komm!« Damit erhob er sich und wandte sich Bella zu. »Bring doch mal ihren Abendmantel her.« Bella stand am Fußende des Bettes und schien mit diesem Vorfall mehr als einverstanden zu sein. »Du sollst am Ballabend wie eine Königin die Treppe herunterschreiten, also komm, mein Herz.«

Damit wollte er Florence die Bettdecke fortziehen, aber sie preßte beide Hände fest darauf und rief ärgerlich: »Später vielleicht. Ich fühle mich heute richtig schwach und werde erst nach dem Essen aufstehen.«

Während sie die Lider senkte, starrte Konrad seine Frau mit nun ernster Miene und schmalen Lippen an. Er sah zu, wie sie mit ihren mageren Fingern nervös über all die Ringe strich, einen nach dem andern ansteckte, wieder an seinen Platz legte und schließlich, indem sie ihm einen flüchtigen Blick zuwarf, die Hand nach der größeren der beiden Schatullen ausstreckte. Beinahe im selben Moment entglitt dieselbe jedoch ihren Händen, so daß einige der Steine über die Seidendecke rollten und schließlich auf den Fußboden fielen. Im nächsten Augenblick schrie Konrad dermaßen auf, daß Florence aus dem Kissen hochfuhr. Er riß die Schatulle an sich und starrte ungläubig hinein: »Was soll das heißen?« donnerte er.

»Ich … ich weiß es nicht. Weshalb siehst du mich so an? Ich weiß es nicht. Wie sollte ich auch?« Ihre Stimme zitterte, und sie sah ihn, der sich nun über sie beugte, entsetzt an.

»Du hast sie versetzt, wie? Wahrscheinlich um die Schulden deines heißgeliebten Vetters Gerald zu bezahlen, oder?«

»Wie kannst du nur so etwas sagen, Konrad! Was für eine Ungeheuerlichkeit!« Sie kreuzte die schmalen weißen Arme über der Brust und schrie ihn nun selbst hysterisch an: »Seit Wochen bin ich nicht mehr aus dem Bett gekommen. Oh, das ist zuviel, das ist zuviel. Ich kann es nicht mehr ertragen!« Weinend warf sie sich herum, schluchzte krampfhaft und schlug mit ihren kleinen, bleichen Fäusten auf die Kissen ein.

Konrad trat langsam vom Bett zurück und blickte erst Bella an, die stumm und erschrocken danebenstand, dann sah er sich ratlos im Zimmer um, als könnte ihm irgendein Möbelstück, irgendein Gegenstand eine Erklärung geben. Mit einem Schwall von Flüchen, unter denen »Verdammt noch mal, das soll doch der Teufel holen, wirklich!« noch das mindeste war, stürzte er schließlich aus dem Zimmer. Als seine Stimme dröhnend durch das ganze Haus schallte, lief plötzlich die ganze Dienerschaft zusammen. »Harris!« brüllte der Gutsherr. »Harris! Slater! Sofort herkommen. Wo seid ihr denn, ihr Lümmel, wo bleibt ihr nur, verdammt noch mal!«

Kirsten hatte dagesessen und den Kleinen auf dem Schoß gehalten, als sie ihren Herrn rufen hörte. Rasch stand sie auf, legte das Kind in die Wiege und blieb mit angespannter Miene und am ganzen Körper zitternd keinen Schritt von der Tür stehen, um zu lauschen.

Es klang ganz so, als wolle Konrad Knutsson im nächsten Moment jemanden umbringen. Seine Stimme schien die Grundmauern des Hauses zu erschüttern.

Vorsichtig öffnete Kirsten die Tür, aber obwohl es sich nur um einen winzigen Spalt handelte, war ihr, als müsse ihr im nächsten Moment das Trommelfell platzen, so heftig schlug die herrische Stimme an ihr Ohr. Er fluchte, wie sie noch nie jemanden hatte fluchen hören. Auch wenn sie einige der Ausdrücke nicht kannte, wußte sie, daß es sich um Verwünschungen handelte. Kurz darauf sah sie Mrs. Poulter zur Treppe stürzen, dann Mary Benton und Jane Styles, worauf kurze Stille einsetzte, so daß das Haus sekundenlang wie ausgestorben wirkte. Dann jedoch wurde das Schweigen von neuerlichem Gebrüll unterbrochen, doch konnte sie die einzelnen Worte nicht verstehen. Was war nur geschehen? Immer wieder stellte sie sich diese Frage. Hatte Knutsson den Verstand verloren? Vielleicht litt er unter irgendwelchen Anfällen oder Krämpfen, und deshalb fürchteten sich die Leute vor ihm. Am Ende mußte man ihn festbinden oder gar fortbringen. Der Gedanke war ihr unerträglich. Sie hatte einmal mit eigenen Augen mit ansehen müssen, wie man einen tobenden Mann gefesselt und auf einen Wagen geworfen hatte. Damals war sie noch mit Hop Fuller unterwegs gewesen. Es hatte geheißen, daß er Anfälle hätte und in den Narrenturm käme, wo man solche Menschen in Eisen legte.

Nun kam zum Wüten des Hausherrn auch noch das Weinen der Gnädigen hinzu. Und mit einemmal, als hätte es etwas von dieser Katastrophenstimmung mitbekommen, fing selbst das Kind an zu wimmern. Kirsten eilte an sein Bett, hob den Kleinen heraus und begann ihn in den Armen zu wiegen.

Während Kirsten leise mit dem Kind auf und ab ging, hörte sie die Gnädige von nebenan mit gebrochener Stimme wehklagen. »Bella, Bella«, schluchzte sie. »Wie ist das nur möglich? Aber Bella, weshalb haben sie dann die Ringe zurückgelassen? Bella, er kann doch nicht mich dafür verantwortlich machen, nicht wahr? Das ist doch nicht möglich! Wie absurd, dieser Verdacht wegen Gerald! Ungeheuerlich, ungeheuerlich!«

Und dann hörte Kirsten Miß Cartwright sagen: »Beruhige dich, Kind. Sorg dich nicht, mach dir keine unnützen Gedanken. Er wird alles wiederbekommen. Es muß jemand aus dem Haus sein, das steht fest. Kein Fremder käme an den Hunden vorbei.«

»Aber es gibt doch nur den einen Schlüssel für den Safe, Bella. Es ist ein ganz besonderer Schlüssel, hat er mir gesagt.« Kirsten ging weiter auf und ab und beruhigte den Kleinen. Aber von Zeit zu Zeit erscholl noch immer Gebrüll von unten.

Müde vom vielen Aufundabgehen wollte Kirsten sich gerade niedersetzen, als sie nebenan Mrs. Poulter sagen hörte: »Der gnädige Herr wünscht, daß Sie nach unten kommen und das Mädchen mitbringen.« Die Stimme von Miß Cartwright antwortete: »Nach unten? Sicher wird er nicht …«, dann unterbrach sie sich jedoch und sagte barsch: »Sagen Sie ihm, daß ich die gnädige Frau im Moment nicht allein lassen kann. Bringen eben Sie das Mädchen in die Bibliothek.«

Als Mrs. Poulter gleich darauf Kirstens Zimmer betrat, hatte diese den Kleinen bereits in sein Bettchen gelegt. Mrs. Poulter war sehr bleich und sagte nur kurz: »Komm, rasch«, und packte Kirsten am Arm. Dann murmelte sie jedoch beruhigend: »Nicht, daß du irgend etwas von dieser Geschichte wissen könntest. Das habe ich bereits gesagt, aber sie glauben, daß sie dich vielleicht als Kontaktperson mißbraucht haben, verstehst du?«

Sie verstand kein Wort. Aber es blieb ihr keine Zeit, etwas zu sagen, so heftig und rasch zerrte Mrs. Poulter sie mit sich.

Während sie nach unten gingen, sagte Mrs. Poulter hastig, aber freundlich: »Sorg dich nicht, Kind, es handelt sich um eine reine Routineangelegenheit. Jeder ist befragt worden. Tatsache ist jedenfalls, daß jemandem die Einzelheiten mit dem Safe und dem Geheimfach bekannt waren. Die Geschichte muß von langer Hand geplant gewesen sein. Es ist gewiß geschehen, als der gnädige Herr fort war. Denn danach hat er aus lauter Aufregung darüber, Vater geworden zu sein, nicht mehr nachgesehen.« Dabei schüttelte sie derart heftig mit dem Kopf, daß es aussah, als schwanke ein Kork auf dem Wasser.

Als Kirsten von Mrs. Poulter in die Bibliothek geschoben wurde, kam ihr der Raum vor, als wäre er mit Männern vollgepackt. Da waren Slater und Bainbridge und Riley und der Kammerdiener und Mr. Dixon, Mr. Hay und die beiden Stallburschen und, zwischen den beiden großen Fenstern auf- und abgehend, der Hausherr. Er sprach gerade, als sie eintraten, doch blieb er plötzlich stehen, blickte sie finster an und sagte: »Komm her, Mädchen.« Abermals wurde Kirsten von Mrs. Poulter vorwärts geschoben. Und dann stand sie nicht nur dem gnädigen Herrn, sondern sämtlichen Männern gegenüber.

Konrad sah das Mädchen lange an, ehe er das Wort an sie richtete. Er sah, wie ihr Lid zuckte, wie sie schielte, wie ängstlich sie war. Deshalb senkte er seine Stimme, als er nun die Frage an sie richtete: »Sag einmal, wie lange hast du dich vor der Überschwemmung in diesem Teil der Grafschaft aufgehalten?«

Kirsten schluckte heftig, ehe sie antwortete: »Zwei Tage, Sir. Nein, drei …« Sie schüttelte den Kopf. Sie konnte sich wahrhaftig nicht erinnern, ob es nun zwei oder drei Tage gewesen waren.

»Ist dieser Mann, der Kesselflicker, auch hierhergekommen, etwas zu verkaufen?«

»Das … das weiß ich nicht, Sir.«

»Die da behaupten, daß er hier war.«

Kirsten starrte wie hypnotisiert in das wild blickende Gesicht und die zornerfüllten Augen ihres Brotgebers.

»Hat er, wenn ihr in größere Gemeinden oder Städte gekommen seid, mit anderen Dingen Handel getrieben als mit Töpfen und Pfannen? Hat er sich mit anderen Männern getroffen?«

Abermals schüttelte Kirsten den Kopf, ehe sie stammelte: »Ich … ich weiß es nicht, Sir. Ich war nur neun Monate mit ihm beisammen, und ob wir in Dörfer oder Städte gekommen sind, er hat mich immer im Wagen gelassen, wegen … wegen …« Sie ließ den Kopf sinken, und der Satz blieb unvollendet. Sie fühlte sich zutiefst niedergeschlagen, da die Blicke aller auf sie geheftet waren, aber noch mehr wegen des schrecklichen Geheimnisses, das sie für den Rest ihres Lebens für sich behalten mußte. Sie war sich dessen sehr wohl bewußt, daß ihr, falls sie berichten würde, wo die fehlenden

Juwelen sich befanden, keiner glauben würde. Im Gegenteil, jeder würde davon überzeugt sein, daß sie an den Diebstählen Hop Fullers beteiligt gewesen war. Und dann würde man sie bestimmt einsperren, vielleicht sogar deportieren.

»Bist du sicher, daß Hop Fuller tot ist?«

Nun konnte sie, ohne zu zögern, antworten: »Ja, Sir, völlig sicher. Ich … ich habe gesehen, wie ein Balken ihm den Schädel gespalten hat. Und dann ist er untergegangen.«

»Ach, das ist ja alles lächerlich«, sagte Konrad Knutsson plötzlich ungeduldig und begann wieder auf und ab zugehen. »Das ist niemals die Arbeit eines Kesselflickers, sondern die eines Experten, eines Mannes mit Hirn.« Er schritt nun die Reihe seiner Bedienten ab wie ein General seine Truppe. »Ihr alle habt gewußt, wo sich die Schlüssel befinden. Vor dem Personal gibt es keine Geheimnisse. Einer von euch hat eine Kopie anfertigen lassen, stimmt's?« Es entstand eine Pause nach dieser laut ausgestoßenen Frage. »Ich warne euch«, barsch stieß er seinen Bediensteten, einen nach dem anderen, vor die Brust, »ich werde diesen Mann finden, und das wird bei Gott ein trauriger Tag sein, das verspreche ich euch heute schon. Der Kerl wird noch froh sein, nach Australien oder sonstwohin deportiert zu werden. Und die, die ihn decken, gleichfalls. Also überlegt es euch lieber gut, ehe ihr mir verheimlicht, was ihr von der Sache wißt. Wie ich bereits gesagt habe, gebe ich euch bis morgen früh Zeit, mir den Namen dieses Subjekts zu nennen. Wer immer dies tut, wird ungestraft davonkommen. Das ist alles. Verschwindet jetzt. Alle miteinander! Ihr eßt und trinkt auf meine Kosten, werdet von mir gekleidet und ordentlich untergebracht. Ihr existiert einzig und allein durch mich. Und was bekomme ich dafür? Ich brauche mein Haus nur eine einzige Woche zu verlassen, nicht einmal eine Woche, ein paar Tage, und schon werde ich ausgeraubt. Nun, das wird sich ändern. Von heute ab wird sich das ändern, ich warne euch! … Und du!« Er hielt Kirsten, die mit Mrs. Poulter und den Männern die Bibliothek verlassen wollte, mit einer energischen Handbewegung zurück. Zitternd blieb sie stehen und hielt den Atem an, als er sie anschrie: »Reg dich nicht auf, sonst wird dir noch die Milch sauer!« Dann deutete er ihr mit einem Wink an, daß sie entlassen sei. Sie lief nach oben und betete insgeheim, nicht von Übelkeit übermannt zu werden, ehe sie ihr Zimmer erreicht hatte. Mrs. Poulter, die mit ihr eintrat, sagte: »Ist schon in Ordnung, du brauchst dich nicht aufzuregen, das wirkt sich nur schädlich auf das Kind aus. Danke Gott für das Kind. Das hat ihn wenigstens weicher gemacht.« Kirsten dachte: Wenn das weich ist, dann hoffe ich wahrlich, niemals mit ansehen zu müssen, wenn er hart ist!

In den darauffolgenden Tagen schrie und quengelte der Kleine auffallend viel, auch bekam er noch Durchfall, so daß Mrs. Poulter Kirsten geradezu davor warnte, sich Gedanken zu machen, sonst würde der gnädige Herr noch zornig werden, oder, besser gesagt, noch zorniger.

Es war ein großes Kommen und Gehen im Haus. Zwei Männer kamen extra aus London und stellten noch weitere Fragen. Man munkelte, daß die verschwundenen Juwelen auf zehntausend Pfund geschätzt worden seien, aber diese Stimmen wurden auf geheimnisvolle Weise stets rasch zum Schweigen gebracht. Kirsten hatte von dem Wert des Geschmeides nicht die leiseste Ahnung. Zum Wert des Geldes hatte sie kein Verhältnis. Hätte man ihr gesagt, daß es sich um zehn Pfund gehandelt hätte, dann hätte sie das für eine ganze Menge gehalten; zweimal soviel hielt sie in ihrem unter der Matratze versteckten Bündel verborgen. Aber zehntausend Pfund, das überstieg bei weitem ihr Vorstellungsvermögen.

Nur zweimal erhaschte sie einen Blick auf die feinen Damen und Herren, die hinter der Schlafzimmertür der Gutsherrin verschwanden. Bei solchen Anlässen steckte Miß Cartwright den Kleinen in ein Seidenkissen und trug ihn selbst hinüber. Die ersten Besucher, die sie zu sehen bekam, waren Lord und Lady Milton. Der Lord war groß und mager, und seine Stimme verstärkte diesen Eindruck. Seine Frau war klein, rundlich und hübsch und lispelte. Lady Milton bemitleidete die Gnädige wegen des Juwelenraubes, und Kirsten hörte seine Lordschaft zu Konrad Knutsson sagen, daß der Diebstahl von der gleichen Art wäre wie jener, der sich vor ungefähr drei Jahren in Hexham ereignet hätte. Seiner Meinung nach handle es sich bei diesem Dieb um keinen gewöhnlichen Mann, sondern um einen Experten, höchstwahrscheinlich sogar einen Gentleman, der Zutritt zu dem Haus des Beraubten habe, was Knutsson zu der einzigen scherzhaften Bemerkung veranlaßte, die seit Tagen gefallen war. »Verlang nicht von mir, Henry, daß ich am

Ende dich verdächtigen soll«, sagte er nämlich, und Lady Miltons Gelächter daraufhin wollte fast kein Ende nehmen.

Dann lernte Kirsten, auf Distanz natürlich, die Bowen-Crawfords kennen, ein ausnehmend wohlgenährtes Paar. Die Dame sah geradezu komisch aus mit ihrem glänzenden schwarzen Strohhut, von dem nach allen Seiten hellrosa Bändchen flatterten. Hier schnappte Kirsten zumindest auf, daß diese Leute vor zwei Jahren einen ähnlichen Verlust erlitten hatten, wobei es sich allem Anschein nach, wie sie behaupteten, um die Handschrift ein und desselben Täters gehandelt hatte. Denn auch er hatte die offen daliegenden Schmuckstücke unberührt gelassen und sich über den Inhalt der Schatullen hergemacht. Das war ein überaus schlauer Schachzug, weil der Dieb damit einen großen Zeitvorsprung gewann. Es konnte Wochen, ja Monate dauern, bis der Inhalt der Schatullen einer Überprüfung unterzogen wurde. So etwas täte man schließlich nicht bei jedem Öffnen des Safes, sagte Mr. Bowen-Crawford.

Kirsten begann unter Alpträumen zu leiden, in deren Verlauf sie mit bloßen Händen tiefe Löcher grub. Manchmal stürzte sie sogar hinein, und dann gelang es ihr meistens nicht mehr, herauszuklettern …

Die Taufe wurde nicht am zweiten, sondern erst am vierten Fastensonntag abgehalten, und Kirsten durfte nicht daran teilnehmen. Sie stillte also das Kind und zog ihm das Taufkleid an, wonach sie es in den Spitzenschal einhüllte, der von Schweden herübergeschickt worden war und der seit Generationen die Knutssons bei der Taufe eingehüllt hatte.

Es war Bella, die den Kleinen zur Kutsche hinuntertrug, während Konrad Knutsson Florence geleitete, sie stützte, ihr in den Wagen half und ihr persönlich eine wollene Decke über die Knie breitete, ehe er, ihre Hand ergreifend, neben ihr Platz nahm.

Als sie von der Kirche zurückkehrten, hatte das Kind den Namen Oscar Eric Karl erhalten, und als der Kleine hochgehalten wurde, damit alle Gäste ihn genau sehen und bewundern konnten, gluckste er zufrieden vor sich hin, als ob es ihm Spaß mache, bei einer solchen Gelegenheit anwesend zu sein. Und das belustigte jedermann außer der Gutsherrin, die sich alles andere als gut fühlte. In der Kirche wäre sie beinahe ohnmächtig geworden, als das Kind seinen Namen erhielt.

Sowie Bella dem Kind das kostbare Taufkleid ausgezogen und es samt dem Spitzenschal über den Arm gelegt hatte, sagte sie halblaut zu Kirsten: »Von jetzt an wirst du ihn Master Oscar nennen.«

Als Kirsten den Kleinen dann im Arm hielt und auf ihn niederblickte, sagte sie es sich mehrmals vor: »Oscar. Master Oscar ...« Ein sonderbarer Name für ein Kind; sie hatte nie zuvor dergleichen gehört. Er lächelte sie an. Er sah reizend aus, wenn er lächelte, ganz reizend. Am liebsten hätte sie ihn an sich gedrückt, wenn er lächelte, aber sie widerstand dieser Versuchung und legte ihn in die Wiege zurück. Und wieder gluckste er zufrieden vor sich hin, als spräche er mit sich selbst.

Später am Abend, nach dem Essen, kam die Gnädige in Begleitung eines jungen Mannes herauf. Kirsten war verblüfft, als die beiden das Kinderzimmer betraten. Die Gutsherrin nahm wie gewöhnlich keinerlei Notiz von ihr, sondern durchquerte das Zimmer, als sei außer dem Kind niemand zugegen. Dann blieb sie am Fußende der Wiege neben dem jungen Mann stehen, und beide starrten den Kleinen an. Und Kirsten starrte die beiden an, denn die Ähnlichkeit zwischen diesen beiden jungen Menschen war erstaunlich. Sie hätten Bruder und Schwester, ja sogar Zwillinge sein können. Der einzige Unterschied bestand darin, daß der junge Mann größer war als ihre Gnädige, aber seine Gesichtsform war dieselbe, ebenso wie seine Züge. Sie waren zart, ohne schwächlich zu wirken, sagte sich Kirsten. Nach wenigen Minuten drehte die Gnädige sich zu dem jungen Mann um und sagte: »Da hast du ihn also: Dies ist Oscar Eric Karl Knutsson.« Und der junge Mann sagte kein Wort, sondern fuhr fort, den Kleinen anzustarren, bis sie »Komm« sagte und beide das Zimmer verließen. Immer noch tat die Gnädige so, als sei Kirsten überhaupt nicht da, während der junge Mann an der Tür rasch den Kopf wandte und sie mit einem flüchtigen Blick von Kopf bis Fuß maß.

Nachdem die Tür ins Schloß gefallen war, blickte Kirsten noch lange darauf hin. Sie wußte, wer der junge Mann war: der Vetter der Gnädigen, jener, über den sie sich stets mit Miß Cartwright unterhielt, dieser Gerald. Je mehr sie über die beiden jungen Menschen nachdachte und sich eins zum andern fügte, desto stärker ergriff ein Gedanke von ihr Besitz, der sie erstarren machte: Er wußte es. Sie hatte es ihm gesagt. Kirsten verwarf diesen Gedanken. Nein, so verrückt konnte sie doch nicht sein, sie war eine gebildete Dame, klug, vernünftig. Wenn sie es aber doch getan hatte? Was war, wenn sie es ihm gesagt hatte? »Lieber Gott, der gnädige Herr!« sagte Kirsten laut.

9

Es war Ostern, und das Kind war zwei Monate alt. Konrad Knutsson war mit seiner Frau zu Lord Milton und dessen Familie hinübergefahren. Es war das erste Mal seit ihrer Niederkunft, daß Florence einen Besuch machte, und während ihrer Abwesenheit schien das ganze Haus aufzuatmen. Die Spannung, die seit dem Tag, da der Juwelendiebstahl entdeckt worden war, auf allen gelastet hatte, war oft kaum erträglich gewesen; nun aber nahm sie ab, und alle waren erleichtert. Alle außer Miß Cartwright. Miß Cartwright fühlte sich niemals entspannt. Aber nachdem Kirsten den Kleinen gestillt und zur nachmittäglichen Ruhe in sein Bettchen gelegt hatte, sagte Miß Cartwright zu ihr: »Du kannst heute deinen Spaziergang machen.«

Respektvoll wie immer sagte Kirsten: »Danke, Miß«, nahm ohne Aufhebens ihren Schal um und unterdrückte nur mit Mühe einen Seufzer der Erleichterung.

Miß Cartwright, das wußte sie genau, zählte die Tage bis zur Entwöhnung des Kleinen, und da die Gouvernante gegangen war, konzentrierte sich nun ihre ganze Aufmerksamkeit auf sie. Sie beobachtete jeden ihrer Schritte. Sie tauchte urplötzlich auf, wenn sie mit Mrs. Poulter sprach, und starrte sie an, bis ihr das Wort im Mund erstarb. Manchmal fühlte sich Kirsten versucht, etwas zu sagen, um sie wegen des Stillschweigens, das sie versprochen hatte, zu beruhigen, aber Miß Cartwright gehörte nicht zu jenen Wesen, die Beruhigung verlangten. Sie forderte Gehorsam.

Es hatte nun den Anschein, als bestünde ihre Hauptarbeit im Gutshaus nicht in der Pflege des Kindes, sondern darin, sich den Kopf darüber zu zerbrechen, wie sie verhindern konnte, daß Miß Cartwright irgendeinen Fehler an ihr feststellte. Merkwürdig war es schon, sagte sich Kirsten oft, daß es Miß Cartwright war, die sie zufriedenstellen wollte, und nicht die Gnädige. An die Gnädige dachte sie nur selten, weil sie sie nicht oft zu Gesicht bekam. Dabei war sie den größten Teil des Tages nur durch eine einzige Wand von ihr getrennt und mit jedem Tonfall ihrer Mädchenstimme vertraut. Niemals sah sie in ihr eine Frau, immer nur ein Mädchen, weil sie sich wie ein solches aufführte – und auch ebenso bedeutungslos zu sein schien. Die einzigen Menschen von Bedeutung waren der gnädige Herr und Miß Cartwright, das stand fest.

In letzter Zeit hatte sich Kirsten immer häufiger zu fragen begonnen, was sie anfangen würde, wenn sie von hier fortging. Sich Pferd und Wagen zu kaufen schien ihr nun nicht mehr das richtige zu sein. Wenn sie nicht dieses Gebrechen gehabt hätte, hätte sie ja anderswo als Kindermädchen hingehen können, aber so, wie sie beschaffen war, kam das gar nicht in Frage. Das beste würde sein, genügend Geld zusammenzusparen, um durchzukommen, bis sich eine passende Stelle für sie fand.

Sie hatte nun sechs Pfund und vierzehn Shilling in ihrem Bündel. Immer wieder wanderten ihre Gedanken jedoch zur zweiten Deichsel da draußen und was sie enthalten mochte. Deshalb beschloß sie, heute bis zu jenem Baum zu gehen und zu versuchen, die entzweigebrochene Deichsel herauszuziehen, wenn sie noch dort war. Höchstwahrscheinlich waren längst Diebe am Werk gewesen. Aber nein, die konnten nicht bis zu jenem Teil des Flusses gelangen, der war ja Privatbesitz. Ausgenommen dieser Mr. Flynn; der konnte über die Schrittsteine herübergelangen. Aber schließlich, so dachte sie, würden Mr. Flynn diese Trümmer wohl kaum interessieren.

In diesem Punkt jedoch täuschte sie sich. Nachdem sie den Park durchquert und dabei das kleine Grab wohlweislich umgangen hatte, beobachtete Kirsten, kaum daß sie auf der obersten Spitze des zum Fluß abfallenden Angers angelangt war, einen merkwürdigen Vorfall. Ein kleiner Junge, der geschickt über die Schrittsteine sprang, trug in seinen Armen nämlich einen Teil der gelben Wagendeichsel.

Als sie zum Fluß hinunterlief, tauchte auf der anderen Seite die Gestalt von Mr. Flynn auf, der ebenfalls lief, und zwar so rasch, daß der er dem kleinen Jungen, als der den Fuß ans Ufer setzen wollte, bereits gegenüberstand. Seine Stimme schallte bis zu ihr herüber, als er schrie: »Hab ich dir nicht gesagt, daß du dort drüben nichts zu suchen hast, wie? Willst du, daß man dich wegen Diebstahl einlocht? Denn so würden die da drüben es nennen, wenn sie dich damit erwischen würden.«

Der Kleine erwiderte in überredendem Ton, wie Kirsten nun hörte: »Es ist doch nur ein Stück Holz, Colum, ich bitte dich! Es würde glatt verfaulen, wenn es weiter da rumläge. Seit der Flut ist keiner von denen drüben am Fluß gewesen. Ich bin jeden Tag hierhergelaufen, um nachzusehen. Kein Mensch will das haben, wirklich.«

»Wer soll schon eine zerbrochene Deichsel haben wollen, frag ich dich. Die ist ja mitten entzwei, sieh doch nur.«

Kirsten sah, wie der Mann dem Jungen das Deichselstück aus der Hand riß und mit solcher Wucht zu Boden schmetterte, daß es zersplitterte. »Wir wollen nichts, was denen gehört«, schrie er dabei. »Ob es nun eine verfaulte Deichsel oder sonstwas ist. Hab ich dir das nicht schon hundertmal gesagt?«

Als Kirsten nun zusehen mußte, wie der Mann sich bückte, den längeren, dickeren Deichselteil packte und mit Schwung weit in den Fluß hinausschleuderte, schlug sie sich mit beiden Händen auf den Mund. Das Deichselstück wirbelte durch die Luft, streifte die Wasseroberfläche, ohne völlig unterzutauchen, und blieb mitten im Fluß stecken. Kirsten, die wie die beiden Gestalten am anderen Ufer gebannt auf das Deichselstück starrte, wußte, was geschehen war: Es war nun zwischen zwei Felsbrocken eingeklemmt; der ganze Fluß war seit der Überschwemmung voller Felsbrocken. Höchstwahrscheinlich war durch den Aufprall der Inhalt des Geheimfaches weit verstreut worden; möglich, daß das eine oder andere Stück mit den Schlammassen flußabwärts geschwemmt wurde.

»O Colum! Wie konntest du nur! Ich hätte noch was draus machen können.« Die Stimme des Jungen klang tränenerfüllt.

Kirsten sah nun, wie der Knabe das zweite Stück der Deichsel packte und fest an sich drückte und der Mann sich abermals über ihn beugte und befahl: »Gib es her. Ich hab dir doch gesagt, daß wir nichts brauchen, was denen gehört.«

Zögernd setzte Kirsten einen Fuß auf den ersten der Schrittsteine und rief hinüber: »Bitte lassen Sie es ihm doch, es gehört nicht dem Gutshaus. Es … es ist ein Teil des Wagens, mit dem ich hergekommen bin.«

Mr. Flynn sah sie vom jenseitigen Ufer her an, als hätte sie um ein Spielzeug für Ma Bradleys Bälger gefleht. Auch der Junge blickte interessiert herüber. Kirsten rief: »Im Grunde genommen ist es … gehört es mir. Es ist der Rest des Wagens. Also können Sie es ihm ruhig lassen.«

Der Mann hatte bereits die Schrittsteine betreten, kam auf Kirsten zu, sagte jedoch kein Wort, ehe er den vorletzten Stein erreicht hatte. Dann meinte er: »Das ist sehr freundlich von Ihnen, aber … aber was von drüben kommt, gehört nach drüben, so lautet das Gesetz des Flusses. Ob es sich nun um ein Stück totes Vieh oder um etwas Lohnenderes handelt, das ist hier nun mal so Brauch.«

Sie zögerte, ehe sie sagte: »Es ist wertlos. Ein Stück von der Wagendeichsel.«

Als er auf sie niederblickte, hellte sich seine Miene auf, und er meinte: »Wahrscheinlich haben Sie recht.« Dann blickte er ans andere Ufer und rief hinüber: »Du hast deinen Kopf durchgesetzt. Das Fräulein hat ein gutes Wort für dich eingelegt.«

Kirsten warf dem mageren, dunkelhaarigen Jungen einen Blick zu, und als er ihr lächelnd zuwinkte, lächelte sie gleichfalls und winkte zurück.

Colum sagte nun: »Ich habe Sie lange nicht mehr gesehen. Sperren die Sie etwa ein?«

»Nein, nein«, erwiderte Kirsten lachend und schüttelte den Kopf. »Nur am Fluß bin ich in letzter Zeit nicht mehr gewesen.«

»Haben Sie heute wieder frei?«

»Ja.«

»Wären Sie da nicht lieber auf den Jahrmarkt gegangen?«

»Auf den Jahrmarkt? Nein.« Sie war wieder ernst geworden. Solange sie lebte, wollte sie auf keinen Jahrmarkt mehr gehen. Sämtliche Jahrmärkte, die sie hatte sehen wollen, hatte sie mit Hop Fuller gesehen, wenn er sie ›vorgeführt‹ hatte: Dann hatte er seine Kunden zur Rückseite ihres Wagens gebracht und sie dazu veranlaßt, ihnen die Hände aufzulegen, um damit das Unheil von ihnen zu nehmen, das über sie hätte kommen können, weil sie sie angesehen hatte.

»Wir gehen auch nie auf den Jahrmarkt«, sagte Colum.

»Außer um Matten und Körbe zu verkaufen. Aber heutzutage ist dort nicht mehr der Handel das Wichtigste, sondern das Trinken und …«, – im letzten Augenblick unterdrückte er das Wort ›herumhuren‹ und schloß, »und die Unterhaltung.«

»Was ist denn los da unten?« Kirsten blickte zum Hügel, von

wo die Stimme erschollen war, auf und sah, wie eine dicke Frau den zwischen niederem Buschwerk dahinführenden Weg heruntergelaufen kam. Colum Flynn rief ihr zu: »Es ist schon in Ordnung.«

Als die mehr als rundliche Frau am Ufer angelangt war, zögerte sie und warf erst Kirsten einen Blick zu. Dann rief sie laut: »In Ordnung, sagst du? In Ordnung? Weshalb bist du dann davongestürzt wie die Katze, wenn's donnert? Was hat er denn angestellt?« Sie warf nun dem Jungen einen Blick zu, aber der lachte nur und zeigte auf das gelbe Holzstück. Da nickte sie ihm zu, blickte abermals übers Wasser und rief nun Kirsten zu: »Hallo da drüben!« Und Kirsten rief zurück: »Hallo.« Sie wußte nicht, ob sie ›Madam‹ oder ›Missus‹ hinzufügen sollte.

»Wie geht es Ihnen?« Die dicke Frau deutete mit einer Kopfbewegung nach drüben, und Kirsten antwortete: »Gut, danke.«

»Sie sind doch das junge Ding, das Colum aus dem Wasser gefischt hat, nicht?«

»Ja, ja, das bin ich.« Kirsten sah Colum an, und beide lächelten. Dann rief die dicke Frau: »Kommt doch herüber. Kommen Sie doch auf einen Sprung zu uns.«

Kirsten sah Colum fragend an, und er sagte: »Tja, weshalb nicht? Kommen Sie mit rüber.« Er streckte ihr die Hand entgegen, aber sie zögerte und murmelte: »Ich habe nur zwei Stunden frei.«

»Und wie lange sind Sie schon fort?« fragte er.

Da es nach dem Stand der Sonne zwischen zwei und drei Uhr sein mußte, sagte sie: »Ungefähr eine halbe Stunde, glaube ich. Nicht einmal das, nein, zwanzig Minuten.« Da lachte er und sagte: »Oh, dann haben Sie genügend Zeit, um nach John O'Groats und zurück zu gelangen. Halten Sie sich am Seil fest!« Dann trat er zur Seite, ergriff ihre Hand und führte sie sicher über die schlüpfrigen Steine. »Treten Sie nur immer schön aufs Mittelstück«, sagte er. »Wenn Sie ausrutschen, halt ich Sie schon. Es geht ja sehr gut.«

Kirsten spürte, wie die Steine unter ihren Füßen nachzugeben schienen, und als sie die Mitte des Flusses erreicht hatten, überfiel sie ein Gefühl der Beklemmung, als kämpfe sie um ihr Leben, wie damals, als sie um die Deichsel herumgewirbelt worden war. Und nun ragten die Überreste dieser Deichsel keine fünf Schritte von ihr aus dem Wasser. Aber es hätten ebensogut fünf Meilen sein können. Sie würde niemals allein dorthin gelangen und sie herausholen können. Sie fürchtete sich vor dem Fluß.

»So, na also.« Damit begrüßte sie die dicke Frau, sowie Kirsten den Fuß auf festen Boden gesetzt hatte. Ihr erster Eindruck war, daß es sich um einen glücklichen Menschen handelte. Zwar hieß es, daß alle dicken Menschen über ein glückliches Naturell verfügten, aber die hier war überdies allem Anschein nach noch dazu besonders freundlich und warmherzig. »So was!« sagte sie und sah Kirsten fest in die Augen, »sind Sie aber eine hübsche Person!« Und sie schränkte diese Bemerkung durch kein ›obwohl‹ oder ›trotz‹ ein, sondern fuhr fort: »Wollen Sie nicht einen Schluck Tee mit uns trinken? Übrigens: Ich heiße Dorry, da uns schon keiner miteinander bekannt macht.« Sie warf Colum einen belustigten Blick zu und schloß: »Nun, wie wär's damit?«

Kirsten ließ den Blick von dem hageren jungen Mann zu dem kleinen Jungen schweifen und wartete auf deren Reaktion, vor allem auf jene des Mannes. Und der sah sie auch prompt an und meinte: »Ja, wie wär's damit? Heute ist nämlich so eine Art Feiertag für uns, weil Dorry Geburtstag hat.«

Kirsten lächelte der freundlichen Runde zu und sagte: »Alles Gute. Mögen Sie hundert Jahre alt werden!«

»Danke, Kind, danke.« Dorry strahlte sie an, als hätte sie eben ein Geschenk von ihr erhalten, dann fügte sie hinzu: »Also dann los, Herrschaften!« Als sie den Uferstreifen schon verlassen wollten, drehte sie sich jedoch noch einmal um, blickte auf den Fluß hinaus und sagte: »Was war es denn, was Colum in den Fluß geworfen hat? Und weshalb hat es so einen Radau gegeben?«

»Oh, das war seinetwegen.« Colum deutete nach hinten, auf seinen Bruder. »Er war schon im Park drüben, nur weil er ein Stück von einer zerbrochenen Deichsel gesehen hat. Hätte gerade noch gefehlt, daß sie ihn dabei erwischt hätten, dann wären wir glatt vor Gericht gelandet. Er ist wirklich ein Dummkopf!« Damit versetzte er seinem Bruder einen Nasenstüber, und beugte sich zu den Deichselresten, die der Junge auf den Boden gelegt hatte, um sie gleichfalls in den Fluß zu werfen. »Nein, Colum, nein!« Der Junge fuhr rasch dazwischen. »Du hast doch gesagt, daß ich es behalten kann! Das hast du vorhin gesagt.«

Und Kirsten ergriff sogleich seine Partei und ergänzte rasch: »Es gehört ja nicht denen drüben, sondern ist, wie gesagt, ein Teil von dem Wagen, mit dem ... mit dem ich gekommen bin.«

»Also bitte!« sagte Dorry mit munterer Stimme. »Es hat ihrem Mann gehört, also kann der Junge es haben, nicht?«

Sie legte Colum die Hand flach auf die Brust und versetzte ihm einen Stoß; im selben Moment rannte Barney nochmals zum Ufer, indem er aufgeregt schrie: »Und kann ich das andere auch noch haben, Colum? Kann ich es holen?«

Blitzschnell wurde er von seinem Bruder am Kragen gefaßt und ziemlich grob hügelaufwärts gestoßen, während Colum ihn anschrie: »Wehe, wenn ich dich da draußen erwische. Dann zieh ich dir aber das Fell über die Ohren! Du weißt genau, daß es einen in der Mitte des Flusses nach unten zieht, da würdest du nie mehr rauskommen.«

»Ach, Colum«, der Junge machte sich ruckartig vom Bruder los, »es muß einfach feststecken, es rührt sich ja überhaupt nicht.«

»Ja, es sitzt fest, das ist klar, höchstwahrscheinlich in einer Felsspalte; aber ich hab dir schon mehr als einmal gesagt, daß es da draußen einen Strudel gibt und einen die Strömung rasch hinunterzieht. Also ich warne dich: Wage es ja nicht, deshalb da hineinzuwaten, nicht in diesem Teil. Was ist denn los mit dir? Funktioniert dein Hirn nicht mehr? Hast du ganz vergessen, wie Paddy da draußen umgekommen ist?«

Als der Junge daraufhin den Kopf hängen ließ, legte Dorry den Arm um ihn, während sie hügelaufwärts gingen, und Colum sagte mit ernster Miene leise zu Kirsten: »Paddy war unser Hund, ein schönes, kluges kleines Tier. Er konnte schwimmen wie ein Fischotter, trotzdem ist er dort draußen untergegangen wie ein Stein. Der Fluß ist tückisch.« Sie warf ihm schweigend einen Blick zu. Was für ein merkwürdiger Bursche, dachte sie, in der einen Minute ist er freundlich und lacht, und gleich darauf scheint er ganz umgewandelt.

Noch ehe sie die Anhöhe erreicht hatten, waren die beiden Vorangehenden ihren Blicken entschwunden. Aber als sie ganz oben waren, hörte Kirsten die dicke Frau rufen: »Elizabeth, Elizabeth, komm her! Sieh mal, wer da ist.«

Bei diesem ersten Besuch nahm Kirsten die merkwürdige Anordnung der Gebäude innerhalb des gemauerten Halbkreises gar nicht so recht wahr, so viel Neues stürmte auf sie ein. Erst die große Frau, die aus der Haustür trat, sich die Schürze glattstrich und dann auf sie zukam, ohne viel zu sagen, weil das Dorry unentwegt besorgte, indem sie ihr die Geschichte mit der Wagendeichsel und ihr Zusammentreffen lebhaft schilderte.

»Kommen Sie doch herein«, sagte Elizabeth. »Herzlich willkommen.« So betrat Kirsten ›Tarn Abode‹, durchquerte mit den anderen den Vorratsraum und trat in die große, behagliche Küche. Nachdem sie sich gesetzt hatte, blickte sie sich scheu um. Da waren zwei kleine Mädchen, die aus einem anderen Winkel des Hauses herbeigelaufen waren, und ein kleiner Junge, der Ma Bradleys armem Schützling Johnnie nicht unähnlich war. Und schließlich ein magerer, kleiner Mann, der, obwohl keinerlei Ähnlichkeit mit Colum zu entdecken war, ihr als dessen Vater vorgestellt wurde.

Hier ging es alles andere als förmlich zu; alle redeten gleichzeitig, ausgenommen das jüngere der beiden Mädchen, das am Tischende stand und Kirsten anstarrte, bis sie die Hand nach ihr ausstreckte. Die Kleine griff sofort danach, kam mit gesenktem Kopf näher und stellte sich direkt neben sie. Darüber brach die ganze Familie in Lachen aus, abgesehen von der Mutter. Die lachte nie, sie lächelte nur, und Kirsten stellte insgeheim fest, daß sie nicht so ungezwungen redete wie die andern.

»Sehen Sie nur den Johannisbeerkuchen. Den hat mir Elizabeth zum Geburtstag gebacken«, sagte Dorry und brachte einen riesigen Kuchen herbei, der dick mit Beeren belegt und mit einer Zuckerglasur überzogen war. »Sieht er nicht prächtig aus? Wir wollen ihn gleich anschneiden, Elizabeth, nicht erst abends, weil es doch ein besonderes Ereignis ist. Nicht nur, weil mein Geburtstag ist, sondern auch, weil wir obendrein Besuch haben.«

»Natürlich«, sagte Elizabeth, holte ein Messer aus der Schublade und begann, den Kuchen in große Stücke zu schneiden. Danach schenkte sie allen aus einer riesigen Kanne richtigen schwarzen Tee ein. Aber keiner setzte seinen Becher an die Lippen, ehe sie selbst am unteren Tafelende Platz genommen hatte. Sie schob Kirsten die Zuckerdose hin und sagte: »Nehmen Sie sich, bitte! Manche haben es gerne süß, andere wieder nicht.«

Während Kirsten zwei Löffel Zucker in ihren Tee tat, dachte sie: Arm können sie unmöglich sein, wenn sie eine so große Zuckerdose haben. Jahrelang war sie gewöhnt gewesen, ihren Tee ohne

Zucker zu trinken, das heißt, wenn sie überhaupt welchen bekommen hatte; aber in den letzten paar Wochen hatte man ihr auch stets Milch dazu vorgesetzt. Als sie nun die brühheiße Flüssigkeit kostete, kam sie ihr schrecklich bitter vor. Trotzdem lächelte sie ihrer Gastgeberin zu und sagte: »Er ist herrlich. So anregend.« Und als hätte ihre Stimme jedes Geräusch ringsum zum Schweigen gebracht, wurde es plötzlich still in der Küche. Keiner sprach mehr ein Wort. Sie saßen alle da und sahen sie an: Dan Flynn, Colum, Elizabeth, Dorry und die Kinder Sharon, Kathie, Barney und Michael; acht Augenpaare waren nun auf sie gerichtet, als warteten sie darauf, daß sie etwas sagen oder erklären würde.

Dieses Schweigen irritierte Kirsten dermaßen, daß ihr Lid zu zucken begann. Im selben Moment wandte sich jedoch Elizabeth ihr zu und fragte: »Gefällt es Ihnen da drüben?«, und das lenkte sie ab.

»Ja, gut.«

»Sind sie nett zu Ihnen?« schaltete sich nun Dorry ein, und wieder sagte Kisten: »Ja, sehr nett.«

»Und das Kind? Wie ist es?«

Kirsten blickte Colums Vater an, der diese Frage an sie gerichtet hatte. Und wieder begann ihr Lid zu zucken, ehe sie hervorbrachte: »Er ist reizend und gedeiht prächtig.«

»Sie müssen alle sehr glücklich sein«, ergriff Elizabeth wieder das Wort. Kirsten nickte und sagte: »Der gnädige Herr ist ganz außer sich vor Freude.« Colum stand mit einer heftigen Bewegung auf, so daß aller Blicke auf ihn gerichtet waren, als er zum Herd ging, um die Teekanne zu holen. Keiner ließ ihn aus den Augen, bis er wieder an den Tisch zurückkehrte und sich nachschenkte, obwohl sein Becher noch gar nicht leer war.

Nun meldete sich Sharon zum ersten Mal. »Unser Colum«, sagte sie, »hat Sie aus dem Wasser geholt, nicht?«

»Ja.« Kirsten warf Colum einen scheuen Blick zu und wiederholte: »Ja. Ohne ihn säße ich jetzt nicht hier.«

»Er ist ein Held.« Dan Flynn schlug seinem Sohn auf die Schulter. »Man hätte eine richtige Parade in Newcastle für ihn veranstalten sollen, mit fünf Musikkapellen und einem Trommler obendrein. Was meint ihr?«

»Ach, Pa, laß doch«, sagte Colum in barschem Ton. Und nicht nur sein Gesicht, sondern auch sein Hals war rot angelaufen. »Das

… das Fräulein hat nur wenig Zeit«, fügte er mit belegter Stimme hinzu. »Sie muß wieder hinüber.« Er nickte Kirsten über den Tisch hinweg zu und fragte dann: »Sollen wir Ihnen das Haus zeigen? Möchten Sie sich ein bißchen bei uns umsehen, ehe wir Sie heimbegleiten?«

Noch ehe Kirsten antworten konnte, mischte sich Dorry ein. »Was heißt hier Fräulein! Hat sie keinen Namen? Wie heißen Sie denn, Kindchen?«

»Kirsten, Kirsten MacGregor.«

»Kirsten? Ein merkwürdiger Name. Und MacGregor, das klingt schottisch. Sind Sie aus Schottland?«

»Ja«, erwiderte Kirsten zögernd. »Ich glaube.«

»Wir sind Iren«, verkündete Barney mit dünnem Stimmchen, worauf sich alle zu ihm herumdrehten und einander anstießen, während Dorry ausrief: »Das hätte selbst ein Taubstummer längst herausbekommen. Man braucht uns ja bloß anzusehen!«

Während des sich erhebenden Gelächters stand Elizabeth Flynn vom Tisch auf, blickte auf Kirsten nieder und sagte: »Kommen Sie, sehen Sie sich ›Tarn Abode‹ einmal an.« Kirsten erhob sich rasch und erwiderte: »Gern, danke … Madam … Missus.«

Abermals lachten die Kinder, diesmal jedoch gedämpfter.

»Mein Name ist Elizabeth«, sagte die Gastgeberin mit sanfter Stimme. »Ich würde mich freuen, wenn Sie mich so nennen würden.«

Kirsten war nicht imstande, etwas zu antworten; sie neigte bloß den Kopf. Dann blickte sie in die Runde. Noch immer ruhten die Blicke aller auf ihr.

Was war das für eine nette, glückliche Familie; man konnte das Glück hier geradezu mit Händen greifen, es hüllte einen richtig ein, so daß man nur einen Wunsch hegte: einfach mit drauflos zu reden, ohne wie sonst überall jedes Wort auf die Goldwaage legen zu müssen.

»Wir wollen mit der Werkstatt beginnen, ja?« Keiner antwortete, doch reihten sich alle hinter Elizabeth auf und schoben Kirsten voran, bis sie auf gleicher Höhe mit ihr war. Nachdem sie die Küche verlassen hatten, betraten sie einen Raum, der ganz für sich allein wie ein komplettes Haus wirkte. Die Zwischenwände waren entfernt worden, um mehr Platz zu schaffen, und dennoch schien der Raum von Waren und Materialien überzuquellen, denn es gab nach Kirstens Meinung ein einziges Gewirr von trockenem Stroh, Schnüren, Seilen, Rohfasern und Rahmen zu sehen. »Hier arbeiten wir im Sommer, wenn es draußen naß ist. Im Winter sitzen wir um den Herd.« Elizabeth deutete mit einer Kopfbewegung zur Küche. Nun bewegte sich die Prozession in den angrenzenden Raum, in dem Colum seine Körbe aufgestapelt hatte. Danach machten sie kehrt, durchquerten Vorratsraum und Küche und standen endlich vor einem zweiten Haus, in dem eine steile Treppe nach oben führte. Einer nach dem andern erklomm die Stufen, bis sie sich alle dicht auf dem Treppenabsatz zusammendrängten, auf den zwei Türen mündeten. Eine führte in einen holzgetäfelten Raum, in dem es auf Hochglanz poliertes, altes Mobiliar gab. Elizabeth führte Kirsten ans Fenster, deutete hinaus und sagte: »Da, sehen Sie!«

Kirsten blickte hinaus auf den Fluß und die Parklandschaft samt der Steinmauer, die sich mitten durch den Strom zu ziehen schien. Diese Mauer kam ihr völlig fehl am Platz vor. Weit drüben erblickte sie das Gutshaus.

Dan war neben sie getreten und fragte stolz: »Ist das eine Aussicht? Ich bin immer wieder ganz erstaunt darüber. Mir kommt es oft so vor, als wären wir hier im Himmel und blickten auf die Erde hinab.« Er lachte. »Aber Colum hat noch eine bessere Aussicht.« Er deutete nach oben. »Los, führ sie ganz hinauf, Colum.« Und wieder gingen sie zum Treppenabsatz zurück, auf dem sich eine an der Wand befestigte Leiter befand.

Colum wandte sich zu Kirsten und fragte: »Darf ich vorangehen, falls Sie es überhaupt sehen wollen?« Und sie antwortete: »O ja, gerne, wenn es nicht zuviel Mühe macht.« Also kletterte Colum als erster die Leiter hinauf, und Kirsten zog den Rock fest um sich und folgte ihm. Gleichzeitig hörte sie Dorry zu den Kindern sagen: »Nein, ihr nicht, ihr Rasselbande, bleibt, wo ihr seid.«

Oben angelangt, ergriff Colum Kirstens Hand und sagte nun lachend: »Aufrecht stehen kann man hier kaum. Ich schlage mir fast täglich den Kopf hier an und muß praktisch zum Fenster kriechen. Aber kommen Sie trotzdem hierher. Sehen Sie: Die Mühe lohnt sich, finden Sie nicht?«

Auch Kirsten mußte sich bücken, weil sich die Decke zum Fenster hin senkte. Und dann kniete sie sich auf die Fensterbank, und es war ganz so, wie Dan Flynn es vorhin gesagt hatte: Man kam sich wie im Himmel vor und so, als blickte man auf die Erde hinunter, auf Wälder und Auen, Park und Moor und das Haus da drüben. Sie lachte plötzlich auf, wandte Colum rasch das Gesicht zu und deutete nach drüben: »Da … ich kann mein Fenster sehen, direkt an der Ecke. Die Fenster der Gnädigen gehen nach vorne, genau wie meines, nur ist meines kleiner. Aber nicht so klein, wie es von hier aussieht.«

»Das ist Ihr Zimmer?« fragte er.

»Freilich.«

»Ist es hübsch?«

Sie antwortete nicht gleich, sondern sah ihm nur in die Augen. Ihre Gesichter waren keine sechs Zoll voneinander entfernt, und aus irgendeinem merkwürdigen, unverständlichen Grund hatte sie ihm nun gerne die Genugtuung bereitet, zu sagen: Nein, überhaupt nicht. Ich hasse es genauso wie den Wagen früher … Aber sie konnte es nicht, denn sie haßte es nicht. So sagte sie einfach: »Es ist nett. Einfach, aber nett.«

Einfach? dachte sie. Nichts da drüben war einfach. Wenn er das Schlafzimmer der Gnädigen hätte sehen können, wäre er sich wie im Himmel vorgekommen; sogar der Kamin war mit Samt und vier Zoll langen Quasten behängt. Sie hatte so etwas noch nie gesehen.

Als ihre Blicke abermals zum Gutshaus hinüberschweiften, wurde ihr klar, daß sie bereits lange genug ausgeblieben war. Sie drehte sich auf den Knien herum und sagte: »Jetzt muß ich aber gehen. Meine Zeit ist bestimmt längst um.«

Er sagte nichts, sondern kletterte ihr voran wieder nach unten, wo die anderen sie erwarteten, einige im holzgetäfelten Schlafzimmer, die anderen am Treppenabsatz. Es kam Kirsten merkwürdig vor, daß sie alle hier auf sie beide gewartet hatten.

»Nun, ist das nicht eine prachtvolle Aussicht?« fragte Dorry nun, und Kirsten erwiderte: »Ja, wirklich, einfach wunderbar.«

Dorry deutete auf eine halb offenstehende Tür und sagte: »Das sind meine ›Privatgemächer‹ – aber da führ ich Sie lieber nicht rein, denn da sieht's meistens wie Kraut und Rüben aus.« Nur die Kinder lachten darüber.

Nun ging wieder Elizabeth voraus, und Kirsten bekam noch die steingepflasterte Terrasse und das letzte der Häuser zu sehen, in dem sich die Schlafzimmer der Kinder befanden, eines für die Mädchen, eines für die Jungen. In jedem stand ein Doppelbett aus naturbelassenem Holz, soweit Kirsten das nach den riesigen Flickendecken, die über sie gebreitet waren, beurteilen konnte. Auf den Böden lagen aus Seilen geflochtene Matten, und an den Wänden hingen mit Seilen eingerahmte Bilder, die aus Blumenstickereien auf brauner Jute bestanden. Es war Colum, der Kirsten darauf aufmerksam machte, indem er mit einigem Stolz sagte: »Das ist Ma's Arbeit; sie kann großartig mit der Nadel umgehen.«

Kirsten blickte die zwei größten Menschen in dem vollgedrängten Raum an und bemerkte, daß Mutter und Sohn einander mit tiefer Herzlichkeit zulächelten. Und wieder dachte sie, daß er schon ein recht merkwürdiger Kerl sei, ungeheuer veränderlich, voller Stimmungen und Launen.

Als sie wieder auf der Terrasse draußen standen, wollte Elizabeth noch eine auf diese hinausgehende Tür öffnen, und Dan sagte in scherzendem Ton: »Richtig, das können wir ihr doch wahrhaftig nicht vorenthalten.« Aber Colum meinte: »Dort hinein will sie sicher nicht gehen.«

»Weshalb nicht?« Und Dan beugte sich zu Kirsten, als er sie fragte: »Fürchten Sie sich vor Särgen?«

»Särge?« fragte Kirsten erstaunt und überlegte sekundenlang. Dann schüttelte sie den Kopf und sagte: »Nein.« Sie wußte nicht so recht, ob sie sich davor fürchtete oder nicht. Särge standen jedenfalls mit Tod, Pest und Cholera in Zusammenhang.

»Nun, dann kommen Sie und sehen Sie sich einmal ein paar ausgesprochene Kunstwerke an.« Dan stieß nun die Tür auf, und wieder betraten sie alle miteinander den Raum. Und da standen tatsächlich, in einer Reihe und beinahe den ganzen Raum ausfüllend, acht Särge. Außer ihnen gab es nur noch eine lange Werkbank und darüber einige hölzerne Kästchen voller verschiedenartiger Nägel.

»Dieser hier«, Dan klopfte auf einen beinahe ganz nachgedunkelten Eichensarg, der glänzte, als wäre er erst kürzlich aufpoliert worden, »Sie werden es kaum glauben, aber der ist über neunzig Jahre alt. Er ist der letzte aus der Sammlung meines Urgroßvaters. Die drei in der Mitte«, er deutete in die angegebene Richtung, »haben wir Peter, Paul und Moses genannt.« Er lachte laut und vergnügt auf. »Die hat mein Großvater gemacht und die anderen beiden mein Vater. Das ist bei uns Familienbrauch. Nur ich habe das meinige noch nicht dazu beigetragen. Aber das kommt schon

noch, keine Angst.« Er nickte Colum zu. »Und du wirst auch bald
damit anfangen müssen.« Dann ließ er seine Blicke wieder zu Kirsten schweifen und fügte erklärend hinzu: »Denn wenn einer hei-
ratet, muß er sich auf den Tod vorbereiten.«

»Kommt. Kommt raus hier!« schrie nun Dorry ungeduldig.
»Ausgerechnet an meinem Geburtstag. Ich werde heute noch Alpträume bekommen, bestimmt!«

»Als sie wieder auf die Terrasse traten, stand Elizabeth am Ein-
gangstor und blickte auf Tal und Fluß hinunter, während Kathie
und Sharon sich an ihre Schürzenzipfel klammerten. Elizabeth
drehte sich um, und Kirsten, die verlegen mit den Enden ihres
Schals spielte, weil sie nicht recht wußte, was sie zum Abschied sagen sollte, stammelte scheu: »Ich möchte mich bei Ihnen für den
schönen Nachmittag und alles bedanken, Mam ... – Eliza ...« Sie
brachte es einfach nicht zustande, die Fremde mit dem Vornamen
anzureden.

Aber die andern lachten nur, so sehr, wie Kirsten Menschen
noch nie hatte lachen sehen. Die Mädchen umschlangen einander
und kicherten nur, aber die Jungen lehnten sich an die Mauer und
hielten sich den Bauch. Dan schlug sich brüllend vor Lachen auf
die Schenkel, und auch Colum grinste übers ganze Gesicht, während er sie ansah.

Elizabeth ergriff nun Kirstens Hand, drückte sie herzlich und
sagte freundlich: »Ich hoffe, Sie kommen oft genug zu uns, um sich
daran zu gewöhnen, mich mit meinem Taufnamen anzusprechen.«

»Danke. Das würde ich ... das würde ich gerne, sehr gerne. Sie
waren alle so freundlich zu mir.« Kirsten blickte in die Runde. »Es
war einfach eine ...« Sie suchte krampfhaft nach dem richtigen
Wort. Überraschung? Aber das paßte nicht. Das Wort, das sie
meinte, hätte ›Offenbarung‹ lauten sollen, aber da sie es nicht
kannte, schloß sie: »... schöne Zeit bei Ihnen. Ein schöner Tag. Der
schönste, den ich je erlebt habe.«

»Und für uns war's auch ein schöner Tag«, schnatterte Dorry
los. »Noch nie hab ich zum Geburtstag Besuch bekommen. Wir haben alle miteinander schon mindestens ein Jahr lang keinen Besuch
mehr bekommen, stimmt's?« Die Kinder nickten eifrig. »Es war ein
großartiger Geburtstag. Aber Sie werden jetzt gehen müssen, das
Kindchen wird hungrig sein. Schreit der Kleine, wenn er Hunger
hat? Die da haben es alle getan.« Sie deutete mit einer Handbewe-

gung auf die Familie, und Kirsten erwiderte: »Ja, das tut er, und wie!«

»Dann ist es ein gesundes Kind. Hoffentlich schnüren Sie ihn nicht mit Bändern zusammen wie ein Paket; ich war immer dafür, daß Kleinkinder sich ordentlich bewegen können, damit Arme und Beine kräftig werden.«

»Jetzt müssen Sie sich aber wirklich auf den Weg machen«, unterbrach Elizabeth Dorrys Redestrom. Die dicke Frau trat beiseite, und Kirsten und Colum überquerten den Hof. Die anderen folgten ihnen nur bis zum Tor, weiter kamen sie nicht mit. Kirsten hatte das Gefühl, daß sie es gerne getan hätten, aber von Elizabeth zurückgehalten wurden.

Auf dem Weg zum Fluß drehte Kirsten sich noch einmal um und sah, daß die auf dem Hügel Zurückgebliebenen ihr nachblickten. Sie winkte ihnen zu, und alle winkten zurück.

Sonderbarerweise war ihre Unbefangenheit verflogen, sowie sie die Familie verlassen hatte. Auch Colum schien es so zu gehen, denn sie wechselten kein Wort miteinander, als sie den Hügel hinabschritten. Eine Verlegenheit hatte von ihnen Besitz ergriffen, die vorher nicht gewesen war. Selbst als sie die Schrittsteine überquerten, schwiegen sie.

Als sie ans andere Ufer gelangt waren, blieben sie in der Nähe der Mauer stehen, sahen einander an und wurden beide noch befangener. Dann sagte Colum: »Die Einladung meiner Mutter gilt für jeden Ihrer freien Tage.« Und Kirsten antwortete höflich: »Danke schön. Vielen Dank.«

»Werden Sie uns wieder besuchen?«

»Ja, gerne.«

»Wann haben Sie wieder frei?«

»Nächste Woche vielleicht. Oder auch erst in zwei Wochen. Ich muß es nehmen, wie es kommt.«

»Aber dann wollen Sie am Ende lieber in die Stadt fahren und sich die Geschäfte ansehen, nicht?«

»Ich mache mir nicht viel aus den Geschäften«, sagte Kirsten und schüttelte den Kopf.

»Nun, dann werden Sie wenigstens wieder zu uns kommen.«

»Sicher.« Sie machte eine Pause. »Also dann auf Wiedersehen.«

»Auf Wiedersehen.«

Die Schrittsteine endeten nahe an der Stelle, wo sich die Mauer jenseits des Flusses fortsetzte, und Colum tat keinen einzigen Schritt hinüber, sondern half ihr nur, von seinem Grundstück auf dasjenige ihres Herrn zu gelangen. Nachdem sie nochmals zu ihm aufgeblickt hatte, eilte Kirsten hügelaufwärts, dem Park entgegen. Und während sie dahineilte, war sie von einer leichten, heiteren Stimmung erfüllt, weil sie zum ersten Mal im Leben Freude empfunden hatte.

Die Sonne warf bereits lange Schatten. Es mußte gegen fünf sein, schätzte sie. Was war, wenn der Kleine schrie und Miß Cartwright sie bereits suchte? Nun, es würde nichts ausmachen, stellte sie im stillen fest, selbst Vorwürfe würden sie nicht wirklich treffen, jetzt, da sie diesen wunderbaren Nachmittag verlebt hatte. Sie war wohl kaum länger als eine Stunde in dem Haus da drüben gewesen, aber ihr war es wie ein ganzer Tag vorgekommen. Niemals hatte sie sich so froh und gelöst gefühlt. Niemals hatte sie derart glückliche Menschen gesehen. Und dabei waren sie arm. Nun, nicht richtig arm, man brauchte ja nur an die volle Zuckerdose zu denken; aber nicht wohlhabend oder gar reich wie Knutsson. Und dennoch besaßen sie ihren Stolz. Nie hatte sie gedacht, daß arme Leute stolz sein könnten. Aber schließlich hatten sie eine lange Ahnenreihe; die Särge allein legten beredtes Zeugnis davon ab. Man konnte schon stolz sein, wenn man wußte, woher man stammte. Sie wünschte, sie selbst hätte das gewußt, genauso, wie sie wünschte, zu wissen, wohin sie eines Tages gehen und was mit ihr geschehen würde.

Mit einemmal war das Glücksgefühl erloschen. Ganz unbewußt hatte sie den Weg eingeschlagen, der zu den beiden Bäumen führte, zwischen denen sich das kleine Grab befand. Sie blieb stehen und blickte darauf nieder. Und im selben Moment erwachte der brennende Wunsch in ihr, den Kleinen da droben zu packen und davonzulaufen. Ja, das wünschte sie sich jetzt genauso wie damals, als Ma Bradley ihr gesagt hatte, daß sie sie an Hop Fuller verkauft hätte. Damals wäre sie auch am liebsten auf der Stelle davongelaufen. Im Geist sah sie sich mit dem Kleinen auf dem Arm die Schrittsteine überqueren und drüben hügelaufwärts laufen, in das Haus da droben, zu jener glücklichen Familie.

Während sie sich nun wieder auf den Weg machte, fielen ihr die Worte der fröhlichen, dicken Frau namens Dorry ein. ›Hoffentlich schnüren Sie ihn nicht mit Bändern zusammen wie ein Paket;

Kleinkinder sollen sich bewegen können, damit Arme und Beine kräftig werden ...‹ Und wiederum erwachte ein unbestimmtes Gefühl der Angst in ihr, das sie schon seit Tagen quälte. Sie war es ja, die den Kleinen entkleidete, badete und wickelte, ob es am Tage oder in der Nacht war. Miß Cartwright hatte nichts damit zu schaffen, und der Gouvernante war es immer viel zu lästig gewesen. So hatte außer ihr nur der Gutsherr den Jungen nackt und bloß gesehen, und auch das nur ein-, zweimal, ganz zu Anfang.

›Kleinkinder sollen sich richtig bewegen können‹, hatte die lachende Frau da drüben zu ihr gesagt. Aber das Kind bewegte sich nicht richtig, das war es, was ihr Sorgen machte. Der Kleine machte keinen Gebrauch von seinen Beinen. Die Arme, ja, die bewegte er, den ganzen Oberkörper sogar, der kräftig und rundlich war, wogegen die Beinchen recht dünn wirkten. Soviel ihr bekannt war, hatte er seit der Geburt niemals gestrampelt, wie andere Kinder es doch taten. Wie angewurzelt blieb Kirsten nun zwischen den hochaufragenden Bäumen stehen. Nun ja, Florrie, Annie, Mary, Bob und Ada hatten ihre Beine auch nicht viel bewegt, aber sie hatten ja auch alle die Englische Krankheit gehabt. Nein, nein! Ihr Junge konnte doch nicht rachitisch sein! Hatte sie das etwa von Ma Bradley mitgebracht? Seit ihrem sechsten Lebensjahr war sie fast nur mit rachitischen Kindern beisammen gewesen. Ob Rachitis ansteckend war, genau wie Pest und Cholera?

Kirsten raffte ihren Rock und rannte wie gehetzt durch den letzten Teil des Parks, um den Ziergarten mit Bassin und Springbrunnen herum, am Gemüsegarten vorbei. Obwohl es ihr gestattet war, die Haupttreppe zu benützen, mied sie sie lieber, lief an den Ställen vorbei über den Hof, um die Abkürzung durch die Wäscherei zu nehmen, in der heute, am Feiertag, keine Menschenseele war. Doch im Bügelraum wäre sie fast über zwei auf dem Fußboden liegende Gestalten gestolpert. Sie stieß einen Schrei aus, genau wie Florrie Stewart, die zweite Büglerin, die gleichzeitig versuchte, ihre nackten Beine mit dem Rock zuzudecken, während Mr. Hay, der zweite Kutscher, hastig seine Hose hochzog.

Florrie Stewart lehnte sich an die Wäscherolle, hielt sich den Leib, als hätte sie Schmerzen, und rief der zwischen den Bügeltischen dahineilenden Kirsten, die nur im Sinn hatte, schnell den Ausgang zu erreichen, nach: »Wenn du auch nur ein einziges Wort verrätst, schlag ich dir den Schädel ein, hast du verstanden?

Du hast ohnehin nichts zu melden, du schieläugige Kesselflickerschlampe!«

Mit gesenktem Kopf betrat Kirsten hastig den Osttrakt, und während sie, immer zwei Stufen auf einmal nehmend, ins erste Stockwerk hetzte, drang bereits das kräftige Schreien des Kindes an ihr Ohr.

Vor der Tür des Kinderzimmers stand Miß Cartwright und wartete. Kirsten, die ganz in Gedanken an das eben Erlebte versunken war, bemerkte es in allerletzter Sekunde. Miß Cartwright ließ ihr den Vortritt, schloß dann die Tür und sagte: »Du nützt das natürlich gleich aus, wie? Zweieinhalb Stunden bist du fort gewesen. Wo, frag ich dich? Wo bist du so lange gewesen?«

»Ich ... ich bin am Fluß spazierengegangen und habe ...«, sie sagte nicht ›einen jungen Mann‹, sondern »... habe die Familie, die drüben auf dem Hügel wohnt, getroffen. Die Leute haben mich eingeladen und ...«

»Du warst am andern Ufer? In Flynns Haus?«

Kirsten zögerte mit der Antwort; Miß Cartwrights Miene ließ nichts Gutes erwarten, also sagte sie kein Wort, sondern nickte nur.

»So, so«, sagte Bella maliziös lächelnd und trat einen Schritt von dem ›Geschöpf‹, wie sie Kirsten bei sich nannte, zurück. »Damit habe ich dich wenigstens in der Hand, wenn ich dich sonst nicht loswerden kann. Weißt du denn nicht, daß der gnädige Herr und die Flynns Todfeinde sind? Natürlich handelt es sich nur um ganz gewöhnliches Pack, von dem der gnädige Herr nicht die geringste Notiz nehmen würde, wenn diese Leute sich nicht durch Verrat und Tücke etwas von seinem Grund und Boden angeeignet hätten. Schreib es dir also gefälligst hinter die Ohren, daß jeder, der mit den Flynns verkehrt, bei Herrn Knutsson unten durch ist.« Sie reckte das Kinn, ließ ein, zwei Augenblicke verstreichen und sagte dann: »Von mir aus kannst du die Flynns ruhig besuchen. Möglich, daß du früher als du denkst, bei ihnen Zuflucht suchen mußt. Zu denen paßt du wenigstens, sie sind auch nichts anderes als Kesselflicker und dergleichen. Jetzt mach dich aber gefälligst an die Arbeit und still den Kleinen, und zwar rasch! Und wenn du ihn gebadet hast, schnür ihn gefälligst ein, wie es sich gehört, es war ja alles ganz locker, wie ich feststellen mußte. Vergiß aber nicht, dir erst die Hände zu waschen, verstanden?«

Kirsten eilte zum Waschständer, wusch sich wortlos die Hände, eilte danach zur Wiege, hob das Kind heraus und bot dem Kleinen die Brust.

Nachdem die Tür hinter Miß Cartwright ins Schloß gefallen war und Kirsten eine Zeitlang ins Leere gestarrt hatte, ließ sie die rechte Hand unter das rüschenbesetzte Kinderröckchen gleiten und ergriff sanft die Kinderbeinchen. Als sich der Kleine trotz dieser Berührung überhaupt nicht bewegte, biß sie sich auf die Lippen und schüttelte tief bedrückt den Kopf.

Fünfter Teil · Das Kind

10

Am 21. Februar 1852 war der erste Geburtstag des Kindes. Der Tag ähnelte jenem, an dem es geboren worden war. Der Wind tobte ums Haus, es regnete stark und war eiskalt. Der einzige Unterschied bestand darin, daß der Fluß nicht über das Ufer getreten und ringsum alles ruhig war. Dafür herrschte im Innern des Hauses der größte Tumult, denn der Gutsherr war soeben aus London zurückgekehrt und hatte einen weithin berühmten Arzt mitgebracht, der gerade dabei war, den Kleinen im neu hergerichteten Kinderzimmer zu untersuchen.

Das Kind lag nackt auf dem Wickeltisch, nur ein Schal war über es gebreitet worden. Der Arzt, ein kleiner Mann mit rundem Kopf und Van-Dyke-Bart, tastete sorgsam den gut entwickelten Brustkorb, die Arme und den kleinen, runden Bauch ab. Danach drehte er ihn um und ließ seine Hände über das Rückgrat des Jungen gleiten, Wirbel um Wirbel, danach über die eng aneinanderliegenden Hinterbacken, und schließlich berührte er die Beine. Dann trat er einen Schritt zurück, sah sich das Kind nochmals von oben bis unten an, ehe er sich darüberneigte und ihm die Wangen tätschelte. Hierauf ging er langsam zum Kamin, hob die Rockschöße hoch und traf Anstalten, sich seine noch immer eiskalte Rückseite zu wärmen.

»Nun?« Konrad stand vor ihm.

Der Arzt drehte den Kopf langsam zur Seite, ließ dann den Blick über die reichverzierte Decke schweifen und verkündete schließlich mit kühler Stimme: »Es könnte die Leber sein.« Darauf nickte er, als wollte er diese Bemerkung bekräftigen. »Oder die Wirbelsäule. Allerdings ist es unter Umständen auch möglich, daß es sich nur um Rachitis handelt.«

»Nur Rachitis! Was soll das heißen?« Aus Konrads Stimme sprach ebensowenig Hochachtung wie aus seinem ganzen Gehaben. Das war auch nicht nötig, denn er kannte John Howard Bolton seit seiner Schulzeit, zumindest seit jenen zwei Jahren, die er auf englischen Schulen verbracht hatte. »Rachitis«, wiederholte er verächtlich. »Bei der Milch, mit der er großgezogen wurde, dick

wie Rahm? Und bei der Nahrung, mit der wir die Amme vollgestopft haben? Rachitis!« Niemand hätte dies Wort geringschätziger
aussprechen können.

»Vielleicht hat das Mädchen nicht die richtige Ernährung gehabt, ehe sie ihr eigenes Kind zur Welt brachte. Sie haben mir doch
gesagt, daß sie von der Landstraße kam.«

»Ich habe Ihnen aber auch gesagt, daß sie von guter Herkunft
ist, daß ihr Vater sogar Arzt war, genau wie Sie.«

»Ja, ja, das haben Sie mir gesagt, Konrad. Regen Sie sich nicht
auf. Denken Sie gefälligst daran, daß Sie mir berichtet haben, daß
sie stets unterernährt war in dieser Kinderbewahranstalt. Also hat
sie vielleicht alles Nahrhafte, das man ihr hier vorgesetzt hat, für
ihren eigenen Körper gebraucht und es somit dem Kind entzo-
gen.«

»Aber sehen Sie sich ihn an, Mann! Sehen Sie sich ihn doch nur
an! Er hat einen Brustkorb wie ein junger Stier. In ein paar Jahren
wird er genauso breit sein wie ich.« Er deutete mit dem Finger auf
den Brustkorb des Kleinen. »Und dann seine Arme. Und sein
Kopf. Der Junge ist doch stark wie ein Bulle, oben zumindest. Das
ist doch keine Rachitis.« Seine Stimme wurde leiser. »Nein, es ist
nicht Rachitis, John, ich will es nicht.«

»Wann wurde er entwöhnt?«

»Vor drei Monaten ungefähr.«

»Und womit wird er seither ernährt?«

»Mit Suppen, Haferschleim und Kinderbrei, soviel ich weiß.«

»Keine Milch?«

»Nicht viel. Er hatte die Milch über, das war einfach vorbei. In
dem Punkt war ich mit Bella einer Meinung. Sie ist, wie ich Ihnen
sagte, eine Tante zweiten Grades meiner Frau, eine sehr vernünftige Person.«

Der Arzt fing nun an, vor dem Kamin auf und ab zugehen, wobei er immer wieder die Hände über das prasselnde Feuer streckte.
Dann fragte er: »Ist Ihre Frau vielleicht einmal ausgeglitten oder
irgendwie gestürzt, während sie in der Hoffnung war?«

»Nicht daß ich wüßte. Nein, nein, das hätte sie mir doch gesagt.« Konrad hielt inne und blickte auf den Kleinen nieder, der
mit den Armen in der Luft ruderte. Aber hätte sie das wirklich getan? In den ersten drei Monaten war sie mit Gerald jedenfalls wie
verrückt über die Felder geritten. Das war, ehe er wußte, daß sie

ein Kind von ihm unter dem Herzen trug. Dann war Gerald zwei-, dreimal hiergewesen, während er auswärts zu tun hatte. Und die beiden benahmen sich jedesmal, wenn sie beisammen waren, wie zwei verantwortungslose Kinder. Das war ein Punkt, den er klären mußte. Er fragte nun: »Wann werden Sie mir mit Sicherheit sagen können, was los ist?«

»In einem Jahr etwa.«

»In einem Jahr!« Konrad verzog das Gesicht.

»Vielleicht auch erst in zwei, drei, vier oder fünf Jahren. So etwas kann man nicht genau voraussagen. Es gibt viele solche Fälle, meist jedoch unter den Kindern der Armen. Sollte es sich tatsächlich um Rachitis handeln, dann kann man mit einer gesunden, kräftigen Kost viel erreichen; es gibt eine Menge neuer Erkenntnisse über Diät unter Berücksichtigung von Kalk- und Mineralienzufuhr. Beides ist zum Beispiel in der Fischleber enthalten.«

»Soll man meinen Sohn etwa mit Fischen füttern?« stieß Konrad Knutsson hervor.

»Wird ihm nicht schaden. Kann ihm nur guttun. Geben Sie ihm viel Gemüse und Eier, aber wenig Brot und keinen Haferbrei.«

»Wenig Brot und keinen Haferbrei?«

»Genau das.«

Konrad seufzte tief, ging ein paarmal auf und ab und stellte dem Arzt schließlich die Frage: »Könnte man die Sache vielleicht auf chirurgischem Wege in Ordnung bringen? Oder mit Hilfe eines Korsetts?«

»Ich bin weder für das eine noch für das andere. Und dann: Ich habe viele Kinder in Korsetts eingeschnürt gesehen, das ist meiner Meinung nach ein barbarisches Verfahren. Stellen Sie sich nur vor, Sie selbst wären mit Lederriemen an ein Eisengestell angeschnallt, das Sie nur einmal wöchentlich ablegen dürften, um Ihre Kleidung zu wechseln. Wie ich Sie kenne, würden Sie es garantiert vorziehen, verwachsen zu bleiben, stimmt's?«

Konrad drehte sich langsam um und blickte auf das Kind. Der Kleine lag da und lallte vor sich hin, unverständlich zwar, aber es war deutlich zu spüren, daß er sich außerhalb seiner Wiege und ohne daß eine liebevolle Hand ihn tätschelte, vernachlässigt vorkam. Als er schließlich gar zu schreien begann, rief Konrad ungeduldig: »Kirsten!« Sofort öffnete sich die Tür, und Kirsten trat ein. Sie blieb sekundenlang stehen, blickte von einem zum andern und ging dann, ohne einen Befehl abzuwarten, zum Wickeltisch, ergriff den weißen Wollschal, hob den Kleinen hoch und verließ rasch mit ihm das Zimmer.

Ihr eigenes Zimmer war groß und schön und bequem eingerichtet. Auch hier prasselte ein Feuer im Kamin, und neben Bett, Sofa, Lehnstuhl und Schemel gab es einen Schreibtisch und einen Bücherschrank.

Nachdem Kirsten den Kleinen in sein Bettchen, das neben dem ihren stand, gelegt hatte, nahm sie eines der sechs bereitstehenden Fläschchen, legte es in die bereits heftig danach greifenden Kinderhände und sah dann aufmerksam zu, wie der Junge zufrieden daran saugte. Dann ließ sie die Hände sanft auf seine gebogenen Beinchen gleiten und massierte sie mit festen, gleichmäßigen Strichen.

Als der Kopf des Kindes zur Seite fiel und ihm etwas von dem Brei aus dem Mund lief, wusch sie ihm sorgfältig das Gesicht mit einem Schwamm ab. Dann ging sie tief aufseufzend zu dem vor dem Kamin stehenden Sofa und setzte sich.

Kirsten hatte sich in dem Jahr, seit dem sie in diesem Haus war, sehr verändert. Sie war jetzt sechzehn, sah aber ganz wie achtzehn aus. Das nahrhafte, gute Essen, das man ihr vorgesetzt hatte, hatte ihre Entwicklung mit Riesenschritten vorangetrieben; ihre Brust hatte sich durch das Stillen nur um weniges gesenkt und war nun alles andere als flach. Die Hüften hatten sich gerundet, die Beine waren lang und wohlgeformt, aber am allermeisten hatte sich ihr Gesicht verändert. Ihre Wangen waren nun rund, ihre Haut glich einem Pfirsich, ihre Lippen waren rot, und ihr Haar glänzte durch das regelmäßige Waschen und Bürsten. Sie schielte nur noch ganz selten. Das letzte Mal hatte sie es vor drei Monaten getan, als Miß Cartwright ihr gesagt hatte, daß es mit dem Stillen nun zu Ende sei. Nicht nur Miß Cartwright hatte das gesagt, sondern auch die Gnädige.

Sie hatte Kirsten in ihr Boudoir gerufen und hatte ihr, indem sie ihr den Rücken zugewandt und so getan hatte, als wäre sie angelegentlich mit den Parfümflaschen auf ihrem Frisiertisch beschäftigt, zugemurmelt: »Sie können Ihre Dienste ab morgen als beendet betrachten, MacGregor. Der Kleine ist nun alt genug, um auf feste Nahrung überzugehen. Miß Cartwright wird Ihnen Ihren Lohn für vier Wochen auszahlen. Das ist alles.«

Diese Eröffnung war so plötzlich, so völlig unvorbereitet erfolgt, daß Kirsten mit offenem Mund dastand, als könne sie sich nicht von der Stelle rühren, bis Miß Cartwrights Stimme sie auffahren ließ. »Du hast gehört, was die gnädige Frau gesagt hat«, fuhr sie sie an. Da löste sich Kirstens Zunge, und sie stammelte: »Aber das geht nicht, das kann ich nicht! Seine Beine sind doch nicht in Ordnung.«

Die Gutsherrin drehte sich auf dem seidenbestickten Stuhl um, sah erst Miß Cartwright, dann Kirsten an und fragte schließlich: »Was soll das heißen: Seine Beine sind nicht in Ordnung?«

Kirsten fuhr sich mit der Zungenspitze über die Lippen, spürte, wie ihr Lid zu zucken und sie zu schielen begann, und stieß hervor: »Ich ... ich glaube, er hat ... er hat die Englische Krankheit, Madam.«

»Was?« Angst und Abscheu lagen in der Stimme der Gutsherrin. Sie wandte sich mit aller Schärfe an Miß Cartwright und sagte: »Kümmere dich sofort darum! Wieso hast du das nicht gewußt?«

Kirsten, die Miß Cartwright anblickte, stellte zum ersten Mal fest, daß sie die Fassung verlor. Sie sah ganz entsetzt aus, als sie sagte: »Darauf ... darauf wäre ich nie gekommen. Er ist doch so kräftig.«

»Wie ist das nur möglich? Hast du dir denn nie seine Beine angesehen?«

Kirsten starrte die beiden Frauen an, die große, abstoßende und die kleine, zarte, zierliche. Niemand außer ihr selbst hatte sich je die Beine des Kleinen angesehen. Die Gnädige sah ja den Kleinen überhaupt nie an, nicht einmal in bekleidetem Zustand. Manchmal kam Konrad Knutsson ins Kinderzimmer, hob den Kleinen hoch und trug ihn ins Boudoir, aber immer im Steckkissen. Das einzige Mal, wo die Gnädige sich den Jungen freiwillig angesehen hatte, soweit Kirsten sich erinnern konnte, war jener Abend gewesen, an dem sie in Begleitung ihres Vetters ins Kinderzimmer gekommen war.

»Geh hinüber und sieh sofort nach.« Die Stimme der Gnädigen klang derart befehlend, wie Kirsten es nie zuvor gehört hatte. Und als Miß Cartwright auf der Stelle gehorchte, war sie überrascht. An der Tür drehte sich Miß Cartwright jedoch um und sagte, als käme sie plötzlich wieder zu sich: »Du kommst gefälligst mit!« Und als sie an ihr vorbeiging, fügte sie noch hinzu: »Das ändert natürlich nichts daran, daß du morgen gehst.«

Im Kinderzimmer angelangt, öffnete Kirsten auf Miß Cartwrights Befehl das Steckkissen, und dann lag der Kleine da, gut und normal gewachsen bis zu den Beinen, die dünn, stark gebogen und offensichtlich léblos waren. Miß Cartwright starrte Kirsten über das Bett hinweg an und sagte: »Das ist einzig und allein deine Schuld. Welch unverzeihliche Nachlässigkeit! Du hast ihm nicht genug zu essen gegeben. Die Englische Krankheit wird, wie jedermann weiß, durch Nahrungsmangel verursacht.«

Mit einemmal vergaß Kirsten jegliche Angst vor dieser Frau und rief, sich entschlossen verteidigend, aus: »Und ob ich ihm genug zu essen gegeben habe! Sonst hätte er geschrien, das wissen Sie genau. Er hat stets bekommen, was er gebraucht hat. Er war immer satt, immer!« Diese Kühnheit war der Hausdame allem Anschein nach zuviel, denn sie schrie Kirsten nun an: »Ich verbitte mir diesen frechen Ton, Mädchen! Wenn ich sage, daß du den Kleinen vernachlässigt hast, dann hast du ihn vernachlässigt! Hoffen wir zu Gott, daß es sich nicht um Rachitis handelt. Wenn er anfängt zu laufen, werden wir ja sehen, ob seine Beine sich strecken. Die Beine aller Kleinkinder sind gebogen, bis sie zu gehen beginnen. Aber wenn diese hier mehr als gewöhnlich gebogen sind oder gar gebogen bleiben, dann ist es dein Fehler, das sag ich dir. Hundertmal habe ich dich darauf aufmerksam gemacht, daß du ihn nicht so einschnüren darfst. Und du hast ihn immer in der Nähe des Fensters liegen lassen und mehr als einmal mitten in der Sonne. Leugne es nicht.«

Kirsten leugnete es nicht, sondern sagte statt dessen in flehentlichem Ton: »Bitte, bitte, Miß Cartwright, lassen Sie mich bleiben, bloß für kurze Zeit, damit ich sehe, ob seine Beine gerade werden. Sie wissen doch, daß ich mit Kindern, deren Beine nicht in Ordnung sind, gut umgehen kann. Dort, wo ich früher war, hat es eine ganze Menge davon gegeben. Und ich bin immer gut mit ihnen fertig geworden. Also ...«

Miß Cartwright schnitt ihr das Wort ab, indem sie sie anschrie: »Ich hab es dir doch gesagt. Von allem Anfang an, oder? Und vergiß das hier nicht!« Sie zog die Halskette mit dem Kreuz aus dem Mieder, blickte sich rasch um, als könne sie jemand belauschen, und zischte Kirsten zu: »Du hast darauf geschworen, Mädchen. Du hast es geschworen. Erinnerst du dich?«

»Ich weiß.« Kirsten schluckte, wandte den Kopf hin und her

und bat: »Er … er wird mich brauchen. Natürlich will ich meinen Schwur halten, aber, wissen Sie, ich fühle eben …«

»Nein und abermals nein! Die Gnädige sagt, daß du morgen gehst, also gehst du auch morgen. Wenn es nach mir ginge, müßtest du auf der Stelle dein Bündel schnüren.«

Kirsten stand hilflos da, schüttelte den Kopf, während ihre Augen von zurückgehaltenen Tränen brannten, und murmelte: »Wie … wie werden Sie ihn durchbringen und füttern? Was wollen Sie ihm denn statt der Milch geben?«

»Er wird einen Brei aus Maismehl bekommen und genau jene Kost, bei der ein Baby gedeiht. Ich habe immer wieder verlangt, daß man dir nichts Blähendes und Schweres verabreichen soll, kein Obst, oder? Jeder Narr weiß, daß ein Kind dadurch zumindest Leibschmerzen bekommt, wenn man es damit nicht überhaupt umbringt oder zum Krüppel macht.«

Kirsten war nicht imstande, Miß Cartwrights Worte zu widerlegen. Aber sie war überrascht über die Dummheit und Unwissenheit dieser sonst so klugen, erfahrenen Person.

Im selben Augenblick streckte der Kleine die Hand nach ihr aus, zog sie an sich und begann an ihren Fingern zu saugen, ganz leicht. Es war wie ein Abschiedskuß und erweckte in Kirsten gleichzeitig Besitzergefühl wie Trotz. Sie lehnte sich an den Tisch, starrte der furchterregenden Frau, die sie darob ungläubig anstarrte, fest ins Gesicht und sagte betont langsam: »Ich werde nicht gehen. Ich werde nicht gehen! Ich will mit dem gnädigen Herrn sprechen.«

In der nächsten Sekunde war ihr, als schösse Miß Cartwright wie eine Viper auf sie zu, und sie meinte um ihr Leben kämpfen zu müssen, so eng schlossen sich die Hände dieser unheimlichen Person um ihren Hals. Obwohl sie die Wirbelsäule schmerzte, als sie mit aller Gewalt hinterrücks auf den Tisch gepreßt wurde, war das nichts im Vergleich zu dem entsetzlichen Schmerz, den sie am Hals verspürte, als ihr die Kehle zugedrückt wurde. Ihr war, als sei ihre letzte Stunde gekommen. Ihre Anstrengungen, sich aus diesem tödlichen Griff zu befreien, wurden immer schwächer, bis sie schließlich völlig nachließen und ihr schwarz vor den Augen wurde. Es konnte sich aber nur um Sekunden gehandelt haben, denn im nächsten Moment ließ der Druck auf ihren Hals nach, und sie sah den Gutsherrn und Miß Cartwright in einem wütenden Handgemenge, bis sie beide zu Füßen des Kinderbettes auf dem Boden lagen.

Als Kirsten sich mühsam aufrichtete, sah sie, wie Miß Cartwright mit dem Handrücken die Augen bedeckte, während Konrad Knutsson sie an den Schultern gepackt hielt und mit furchterregender Stimme schrie: »Warum? Warum nur?«

Als Miß Cartwright sich weder rührte noch antwortete, ließ er sie los, kam auf Kirsten zu, sah sie, die nun erbärmlich schielte, fest an, streckte die Hand aus und berührte ganz sanft ihren Hals, indem er sagte: »Bist du in Ordnung?«

Sie schluckte, war aber nicht imstande, zu antworten. Also stellte er ihr die gleiche Frage: »Warum das alles? Wieso ist es denn dazu gekommen?«

Selbst wenn Kirsten hätte sprechen können, hätte sie es jetzt nicht getan, denn wie die Erklärung für diesen Angriff auch lauten mochte, von ihrer Seite durfte sie keinesfalls kommen.

So senkte sie nur den Kopf, und der Gutsherr wandte sich wieder zur Wand, von der sich Miß Cartwright nun, nachdem sie sich dort angelehnt hatte, einen Schritt entfernte. Sie stand mit fest in die Hüften gestemmten Armen da und sagte mit heiserer Stimme: »Ich habe eine Neuigkeit für Sie. Das Kind hat die Englische Krankheit. Sie hat es die ganze Zeit über gewußt …«

In diesem Moment war Kirsten von panischer Angst vor diesem Mann erfüllt, so sehr veränderte sich seine Miene. Aber sein Zorn entlud sich nicht über sie. Knutsson stürzte ins Zimmer seiner Frau, die er mit heftigen Schimpfworten traktierte. Er machte sie dafür verantwortlich, weil sie ihren Sohn nicht selbst gestillt hatte. Und dann wiederholte er, was Miß Cartwright ihm gesagt hatte, daß die Englische Krankheit durch Nahrungsmangel verursacht würde. Die Milch der Amme sei sicher gut gewesen, aber eben nicht die Milch der Kindesmutter. Dann kam er abermals ins Kinderzimmer gestürmt und verlangte von Kirsten eindringlich, die Beine des Kleinen morgens und abends zu massieren, und sagte, er selbst würde darauf achten, daß sie es täte.

Von diesem Tag an wurde weder von Miß Cartwright noch von der Gnädigen auch nur ein Wort über ihr Fortgehen geäußert. Gleichzeitig bedeutete von da ab Miß Cartwright jedoch für Kirsten den leibhaftigen Satan: Sie schwieg zwar verbissen, beobachtete sie jedoch unablässig und auf beängstigende Art.

Von jenem Tag an besuchte der Gutsherr seinen Sohn täglich, abgesehen von den Tagen, an denen er nach London mußte. Außerdem wurde das Kind während der folgenden Wochen noch von vier weiteren Spezialisten untersucht; zwei von ihnen beharrten darauf, daß es sich hier eindeutig um die Englische Krankheit handelte, und rümpften über die Bemerkung, daß dies doch angeblich eine Krankheit der Armen wäre, nur geringschätzig die Nase. Die Kleinkinder der Armen bekämen durch die Muttermilch oft gesündere Nahrung als jene der Reichen, die sie nur mit Brei fütterten, weil sie nur bemüht waren, die Kinder so rasch wie möglich zu entwöhnen. Die anderen beiden Ärzte waren anderer Meinung. Einer behauptete, daß es sich um eine beginnende Lähmung der Wirbelsäule handelte, die sich mit zunehmendem Alter verschlechtern würde; der andere sagte, schon der aufgetriebene Leib allein deute darauf hin, daß der Junge ein Leberleiden habe.

Die Gnädige bekam über diese widersprüchlichen Befunde Wutanfälle, die an Hysterie grenzten, was Konrad Knutsson nur noch mehr dazu veranlaßte, seiner Frau die Leviten zu lesen. Kirsten mußte oft und oft mit anhören, wie er losbrüllte und sie in Schluchzen ausbrach. Dann stürmte er jedesmal aus dem Zimmer und überließ Florence Miß Cartwrights Obhut.

Einige Zeit darauf hörte Kirsten die Gutsherrin mit Miß Cartwright diskutieren. Zwar bemühten sie sich, leise zu sprechen, aber Kirsten konnte trotzdem hören, wie die Gnädige Miß Cartwright für die ganze mißliche Lage verantwortlich machte. Miß Cartwright verteidigte sich, indem sie mit von Bitterkeit erfüllter Stimme sagte: »Wo wärst du denn heute, wenn du ihm das tote Ding gezeigt hättest? Wo wärst du dann, was glaubst du wohl? Nicht in diesem Haus, kann ich dir verraten, zumindest nicht als dessen Herrin, denn verheiratet oder nicht verheiratet, er hätte sich garantiert eine Mätresse angeschleppt. Und noch eine und wieder eine, bis eine ihm das geschenkt hätte, was er sich wünschte: einen Sohn. Und wenn du dann noch so sehr geschrien hättest, es hätte dir nichts genützt und nichts daran geändert. Alles, was er sich gewünscht hat, war ein Erbe. Was ich getan habe, habe ich für dich getan.«

Darauf hatte die Gnädige etwas geantwortet, was Kirsten sehr bedrückte. Sie hörte sie nämlich sagen: »Aber dieses schieläugige, gräßliche Ding hat uns jetzt in der Hand.« Und dann erwiderte

Miß Cartwright: »Überlaß sie ruhig mir. Ich habe herausbekommen, daß sie mit den Halunken da drüben unter einer Decke steckt. Wenn die Zeit reif ist und ich es Knutsson hinterbringe, wird er sie selbst hinauswerfen. Du weißt doch, daß die Flynns ihm ein Dorn im Auge sind.« Kirsten hob den Kopf und starrte auf die Tür. Nach kurzem Schweigen war wieder die Stimme der Gnädigen zu hören. »Er hat gesagt, daß du versucht hast, sie umzubringen. Ist das wahr?«

Die Antwort war Schweigen. Aber das war Antwort genug. Danach hatte sich Kirsten aus dem Zimmer geschlichen ... Das ganze Haus war in Aufruhr geraten, als der Hausherr anordnete, daß der Ostflügel für Kind und Amme frisch hergerichtet werden sollte. Wohin würde das noch führen? fragte sich das Personal. Konrad Knutsson überwachte persönlich den Umzug. Nicht genug, daß ein so kleines Kind zwei Zimmer eingerichtet bekam, wurde sogar für diese Vagabundin ein besonderer Raum hergerichtet. Selbst jene, die auf Kirstens Seite standen, hatten schließlich nicht vergessen, daß sie von der Landstraße stammte.

Konrad ordnete an, daß der größte der ineinandergehenden Räume als Wohnraum für den Kleinen, der Raum rechts davon als Kinderschlafzimmer und der daran anschließende Raum als Wohn- und Schlafzimmer für Kirsten gestaltet werden sollte. In Kirstens Zimmer sollte ein zweites Kinderbett aufgestellt werden, damit Kirsten den Kleinen, wenn er einmal krank oder weinerlich war, auch nachts in ihrer Nähe hätte.

Alle drei Räume gingen auf den Korridor. Auf der gegenüberliegenden Seite befand sich das ›Studio‹ benannte Zimmer des Hausherrn, der in seinen Mußestunden gerne Schnitzereien machte oder sich als Bildhauer betätigte.

Das bedeutete eine Überraschung für Kirsten. Sie war monatelang im Haus gewesen, ohne auch nur zu ahnen, daß der Gutsherr eine solche Vorliebe dafür hatte, mit seinen Händen etwas zu schaffen wie ein gewöhnlicher Arbeiter. Bei einem Mann seines Standes war das überraschend.

Von dem Tag an, wo sie in den Ostflügel übersiedelte, wurde Kirsten sich der Feindseligkeit des Personals, mit Ausnahme von Mrs. Poulter und Rose, erst richtig bewußt. Vor allem war es die Köchin, die ihren Verdruß über diese Bevorzugung am deutlichsten zeigte.

Was die Köchin, wie Kirsten hörte, am meisten ärgerte, war, daß sie Kirsten die Mahlzeiten in den Ostflügel schicken mußte, auf einem hochherrschaftlichen Tablett mit zugedeckten Schüsseln und allem, was dazugehörte, als ob sie dem Adel angehörte. Aber Rose hatte, als sie Kirsten davon erzählte, ihren Arm getätschelt und gesagt: »Was können sie dir schon anhaben? Wenn der gnädige Herr auf deiner Seite ist, kannst du ihnen ins Gesicht lachen. Selbst Miß Cartwright sind damit die Hände gebunden.«

Kirsten konnte sich nicht vorstellen, daß Miß Cartwright jemals die Hände gebunden sein sollten, wenn sie es sich auch dringend wünschte, wortwörtlich sogar, weil sie sich vor diesen Händen fürchtete. Und was das ›ins Gesicht lachen‹ betraf: In diesem Haus hatte sie noch kein einziges Mal gelacht. Und es geschah immer öfter, daß sie sich meilenweit von diesem Haus wegwünschte. Nun, vielleicht nicht gerade meilenweit, aber wenigstens über dem Fluß drüben, auf dem Hügel.

Seit der Kleine entwöhnt war, bekam sie in jeder Woche einen halben Tag frei, und wie eine Taube, die am liebsten zu ihrem Schlag heimfliegt, ging sie, ohne lange nachzudenken, nach ›Tarn Abode‹, wo man sie so herzlich willkommen hieß, als gehöre sie zur Familie. Jeder hieß sie willkommen, von Dan bis zu Dorry, aber am allermeisten Colum. Er war es, der jeden Sonntagnachmittag bei den Schrittsteinen auf sie wartete und sie nach ihren Besuchen wieder dorthin zurückbegleitete, ehe die frühe Dunkelheit anbrach, die ihren Besuch manchmal erheblich verkürzte.

Aber nun begannen die Tage bereits länger zu werden. Bald würde es Frühling sein und dann Sommer, wo es bis nach zehn Uhr hell blieb. Aber das Nächstliegende war der bevorstehende Sonntag. Bis dahin waren es nur noch zwei Tage. Sie hoffte, daß der Fluß nicht anschwellen und sie damit hindern würde, ihn zu überqueren, denn es hatte die ganze Woche über heftig geregnet.

Als Kirsten so dasaß und ins Feuer blickte, fragte sie sich, was sie wohl gemacht hätte, wenn sie Colum nicht getroffen hätte und nicht in seiner so besonders herzlichen Familie aufgenommen worden wäre. Dann wäre sie bitter einsam gewesen, das war gewiß. Denn im Gutshaus lebte sie in völliger Isolierung, das war ihr klar. Selbst jene, die auf ihrer Seite waren, sprachen nun, seit sie in den Ostflügel übersiedelt war, höchstens heimlich mit ihr; nur der Gutsherr tat es in aller Offenheit und ohne die geringste Spur von

Hochmut oder Distanz, was ja schließlich sein gutes Recht gewesen wäre.

Konrad Knutsson war ein guter, freundlicher Mann. Sie mochte ihn sehr. Als sie ins Leere blickte, war ihr, als tauche sein Gesicht vor ihr auf und als sähe er sie an. Dieses breite, großflächige Gesicht strömte dieselbe Kraft aus wie sein Körper. Es war merkwürdig – sie mußte bei dem Gedanken daran lächeln –, daß sie, wenn sie an den Gutsherrn dachte, niemals an den mächtigen Mann dachte, der er war, sondern eher voll Mitgefühl, denn in gewisser Hinsicht tat er ihr leid. Nicht nur, weil man ihn hinters Licht geführt hatte – sie selbst war in diesem Punkt ja schließlich auch nicht ohne Schuld – sondern … Sie schüttelte nun über sich selbst den Kopf. Sie empfand dasselbe für ihn, was sie für den Jungen empfand: Stets hegte sie den Wunsch, ihn zu beschützen, ihn zu lieben. Dieser Gedanke ließ sie stocken. Sie schüttelte unwillig den Kopf und murmelte halblaut vor sich hin: »Du meine Güte, was ich mir so alles zusammenreime.«

Sie erhob sich, trat ans Kinderbett und blickte auf den Kleinen nieder, der fest eingeschlafen war. Gern hätte sie gewußt, was der Arzt gesagt hatte und was nun geschehen würde. Wie der Gutsherr es wohl aufnehmen würde, wenn das Untersuchungsergebnis schlecht ausgefallen sein sollte? Sie dachte in diesem Moment nicht an das Kind, sondern an Konrad Knutsson.

Wie der Gutsherr das Untersuchungsergebnis aufnahm, zeigte sich darin, daß er sich tief betrank, wie er es nicht mehr getan hatte, seit der Kleine drei Monate alt gewesen war und Florence als Ausrede dafür, daß sie sich noch immer weigerte, ihren ehelichen Pflichten nachzukommen, ihre übergroße Schwäche vorschob. Und das war genau die Gelegenheit, auf die Bella gewartet hatte.

11

Konrad fing nicht gleich zu trinken an, als er den letzten der Ärzte an den Zug gebracht und versprochen hatte, drei Monate lang alle Anordnungen genau zu befolgen. Dann wollte der Spezialist abermals herkommen und nachsehen, ob und welche Fortschritte gemacht worden waren.

Als Konrad Knutsson nach Abfahrt des Zuges seine Kutsche bestiegen hatte, befahl er Art Dixon, ihn zum Klub zu bringen. Dort fing er konsequent zu trinken an. Innerhalb einer Stunde stürzte er eine derartige Menge Whisky hinunter, daß ein schwächerer Mann längst erledigt gewesen wäre. Danach bestieg er, immer noch in aufrechter Haltung, abermals die Kutsche und ließ sich heimfahren.

Es war dunkel, als er ankam, und eben wurde das Abendessen aufgetragen. Nachdem er seinen angestammten Platz eingenommen hatte, wies er jedoch alle Speisen zurück und schenkte sich nur immer wieder nach, wobei er niemals unterließ, mit jedem Glas mit ironischem Lächeln Florence zuzutrinken.

Florence saß am anderen Ende der langen, von Kerzen erhellten und von Silbergeschirr glänzenden Tafel und warf von Zeit zu Zeit Bella, die wie immer in der Mitte saß, einen verwirrten Blick zu.

Im Kamin prasselten riesige Holzscheite, und ihre Flammen tauchten das Speisezimmer im Verein mit dem Kerzenlicht in ein sanftes, rötliches Licht.

Bellas einzige Reaktion auf Florences immer verschreckter werdende Blicke bestand darin, daß sie ihr durch eine fast unmerkliche Kopfbewegung andeutete, ihre Aufmerksamkeit einzig und allein dem Mahl zuzuwenden, die die ganze Tafel beherrschende Gestalt dort droben aber überhaupt nicht zu beachten.

Doch Florence konnte den Blick nicht von dem Mann wenden, dessen Gegenwart die Tafel, den Raum, das Haus, ja die ganze Welt, ihre Welt, beherrschte. Sie mußte an das letzte Mal denken, wo er genauso vor sich hinbrütend dagesessen und ebensoviel getrunken hatte. Das war, als sie sich mit aller Entschiedenheit gegen seine plumpen Annäherungsversuche, wie sie seine Art von Liebesbezeigungen insgeheim nannte, zur Wehr gesetzt hatte.

Sie hielt sich nun immer wieder vor, daß sie an Gerald denken müsse, an nichts anderes als an Gerald. Wenn sie das tat, fühlte sie sich gleich viel tapferer. Wenn doch Gerald am Kopfende der Tafel gesessen hätte! Aber das würde er niemals tun. Er würde neben ihr sitzen, dicht neben ihr. Auch würde er nicht auf diese mißbilligende Weise das Glas erheben zum Zeichen dafür, daß er sie dafür verantwortlich machte, ihm einen verkrüppelten Sohn geboren zu haben, was ja bei Gott eine Zumutung war, sondern er würde sie von seinem Glas nippen lassen und sie mit Konfekt füttern, wie er es erst vor kurzem in London getan hatte. Nachts, wenn sie allein im Bett lag, überlief sie bei dem bloßen Gedanken daran ein Schauer des Entzückens. Nun aber erschauerte sie vor Furcht, als Konrad die Weinkaraffe mit Gepolter umstieß, daß sich der Inhalt über die sorgsam polierte Tischplatte ergoß. Dabei lachte er noch, als handle es sich um einen trefflichen Spaß, als Slater sich anschickte, alles wieder aufzuwischen.

Dennoch gelang es Florence nicht, die Blicke von Konrad loszureißen. Wenn ihn der letzte Befund schon so völlig um den Verstand brachte, wie würde er dann erst reagieren, wenn er die Wahrheit herausbekäme? Die Vorstellung allein genügte, Florence einer Ohnmacht nahezubringen.

Nun wanderten ihre Blicke langsam zu Bella, die bisher ihre Hauptstütze gewesen war, Bella, die ihren Lebensweg immer und ewig bestimmt hatte, und ein derart überwältigendes Haßgefühl stieg in ihr hoch, daß sie am ganzen Körper zu zittern begann, gleichzeitig aber erstaunt war, einer solchen Gefühlsstärke fähig zu sein, denn sie verfügte über genügend Selbsterkenntnis, um zu wissen, daß sie ein ziel- und richtungsloses, schwaches Geschöpf war. Ihr Haß hatte mit dieser Schwäche nicht das geringste zu tun. In diesem Augenblick haßte sie Bella sogar mehr als Konrad. Denn Bella hatte ihr dieses Kind aufgeladen, das Kind einer Landstreicherin, einen Krüppel, der sich vielleicht gar noch als schwachsinnig erweisen würde, denn derlei Dinge gingen ja Hand in Hand. Und was noch schlimmer war: Wenn Konrad die Wahrheit erfuhr, brachte er sie um. Das wußte sie genau.

Als sie sich das zum hundertsten Mal insgeheim vorsagte, wurde ihr mit tödlicher Sicherheit bewußt, daß sie von hier fortmußte. Nicht nur von Konrad, auch von Bella. Ja, sie mußte fort von Bella. Es gab nur einen einzigen Fluchtweg für sie: Sie mußte mit Gerald auf und davon gehen. Sie war sicher, daß er damit einverstanden sein würde. Nur der Umstand, daß sein Leben zur Zeit sehr schwierig war, hinderte ihn daran, auszusprechen, was in seinen Augen deutlich geschrieben stand. Aber die Zeit würde kommen. Bis dahin mußte sie ihre Vorkehrungen treffen. Künftig würde sie ihre Juwelen öfter tragen. Auf diese Weise würde sie genug beiseite schaffen, um für sich und Gerald vorzusorgen, wenn der richtige Zeitpunkt gekommen sein würde. Schließlich gehörten die Juwelen rechtmäßig ihr.

Bella wäre aufs äußerste erstaunt gewesen, wenn sie die geheimen Gedanken ihres Schützlings hätte lesen können. Ihrer Meinung nach gehörte Florence zu jenen Geschöpfen, die niemals erwachsen, niemals reif wurden und demzufolge so etwas wie Hintergedanken gar nicht kannten. Im Augenblick war auch Bella ziemlich aufgeregt, wenn auch aus völlig anderen Gründen. Der Zeitpunkt schien ihr gekommen, Konrad jene Waffe in die Hand zu drücken, die sie mit Sicherheit von jenem gräßlichen Wesen befreien würde, deren bloßes Vorhandensein nicht nur ihre Tage vergällte, sondern auch jeden ihrer nächtlichen Gedanken und Träume erfüllte. Und zwar mit Bildern, die sie schaudern machten, wenn sie auch fest entschlossen war, sie in die Tat umzusetzen. Sie rechtfertigte sich vor sich selbst damit, daß es um ihre ureigenste Existenz ging.

Sie warf Konrad über den Tisch hin einen Blick zu. Er war zwar betrunken, aber nicht so sehr, daß er gewissen Einflüsterungen nicht mehr zugänglich gewesen wäre. Seit Wochen hatte Bella darauf gebrannt, ihm endlich zu verraten, wo diese Landstreicherin ihre Freizeit verbrachte. Hätte sie ihm das jedoch gesagt, wenn er nüchtern war, dann hätte er diese schlaue, schieläugige Hexe, ehrlich, wie er nun einmal war, zur Rede gestellt, und dann hätte sie ihm Sand in die Augen gestreut, denn sie war mehr als gut angeschrieben bei ihm. Es schien, als könne sie einfach nichts falsch machen; er behandelte sie ja geradezu so, als sei sie ihm ebenbürtig. Ja, er schlug ihr gegenüber einen Ton an, in dem die Zärtlichkeit eines Vaters seiner Tochter gegenüber mitklang. Nein, sie wußte genau, daß es sinnlos gewesen wäre, dieses Geschöpf des Verrats zu beschuldigen, solange Konrad nüchtern war. Dazu mußte sie warten, bis er richtig betrunken war. Dann würde schon allein die Nennung des Namens Flynn genügen, ihn in abgrundtiefen Zorn zu versetzen, gar erst, wenn er erfuhr, daß die Amme seines Sohnes – sie rümpfte bei diesem Gedanken verächtlich die Nase – mit jener Familie verkehrte, die ihn seit Jahren wegen dieses ummauerten Stücks Boden erboste. Wenn es um seinen geheiligten Besitz ging, sah Konrad Knutsson rot.

Bella schrak aus ihren Gedanken auf, als Konrad plötzlich aufsprang und den schweren Lehnstuhl so heftig an die holzgetäfelte Wand schleuderte, daß die Armlehnen entzweibrachen. Nach diesem Krachen wurde es für einen Moment totenstill im Zimmer. Konrad lehnte sich mit dem Rücken ans silberüberladene Buffet an. Florence saß kerzengerade da und umklammerte die Tischkante, und Bella war aufgefahren, stand wie gebannt da und wartete, was nun kommen würde. Aber alles, was Konrad Knutsson tat, war, laut loszulachen, sich dann auf dem Absatz umzudrehen und auf die in den Salon führende Verbindungstür zuzustolpern.

Kaum hatte er das Zimmer verlassen, stand Florence zitternd auf. Bella eilte auf sie zu, ergriff ihren Arm und führte sie durch jene Tür hinaus, die derjenigen, durch die Konrad das Zimmer verlassen hatte, gegenüberlag. In der Halle zischte sie Florence zu: »Geh auf dein Zimmer.« Sie sagte nicht: Sperr dich ein. Sie wußte, daß das nicht nötig war. Nachdem Bella Florence, die die Treppe hinaufeilte, nachgesehen hatte, blieb sie einen Augenblick stehen, atmete tief durch und ging dann entschlossen auf den Salon zu, da sie fand, daß Konrad nun in der richtigen Stimmung war, um dem, was sie ihm zu sagen hatte, zuzuhören. Später, wenn er völlig berauscht sein würde, war er sicher nicht mehr fähig, etwas zu unternehmen.

Zu ihrer Überraschung war der Salon leer. Nachdem Bella sich umgesehen hatte, trat sie wieder in die Halle und machte sich auf den Weg zur Bibliothek. Dort blieb sie vor der Tür stehen und lauschte angestrengt. Es war jedoch nichts zu hören, also stieß sie rasch die Tür auf. Aber auch dieses Zimmer war leer, weshalb sich Bella zur Treppe wandte. Er war ihnen also zuvorgekommen. Er wußte aus Erfahrung, was Florence tun würde: Sich so rasch wie möglich einsperren. Höchstwahrscheinlich wartete er bereits im Salon auf sie.

Als sie nach oben ging, hörte sie ihn brüllen: »Mach die Tür auf, hörst du? Ich gebe dir eine Minute Zeit, die Tür zu öffnen. Dann trete ich sie ein. Eine Minute, sage ich!«

Niemand von der Dienerschaft war zu sehen, aber Bella war sicher, daß sie sich alle in der Nähe verborgen hatten, um zu lauschen. Die Würdelosigkeit dieses Verhaltens ließ sie verächtlich den Mund verziehen. Im selben Moment hörte sie Holz zersplittern, und als sie die nun offene Boudoirtür erreicht hatte, sah sie, wie Konrad eben den zweiten Versuch machte, die Verbindungstür zu Florences Schlafzimmer einzutreten.

Bella zog die Schultern hoch, als die Holzverkleidung des unteren Teils der Tür nachgab und Konrad nach vorne stolperte, als würde er im nächsten Moment hinfallen. Er hielt sich jedoch im letzten Moment am Türpfosten fest, streckte den Arm durch die zertrümmerte Tür und schob den Riegel zurück. Florence hatte sich ans offene Fenster geflüchtet, und als er ins Zimmer trat, schrie sie ihm zu: »Noch einen Schritt, und ich spring hinunter, ich tu's, ich tu's!« Und schon kletterte sie auf den Fenstersims.

Vielleicht ernüchterte ihn ihre sprungbereite Gestalt, denn er schüttelte nur schwerfällig den Kopf, legte dann den Handrücken auf den Mund, starrte sie lange an und rief dann: »Spring doch, verdammt noch mal! Los, spring!« Aber er blieb wenigstens, wo er war, und beide rührten sich nicht, bis er schrie: »Nun, warum springst du nicht? Ich werde dir sagen, weshalb du es nicht tust: Weil du nicht ein einziges Haar deines eitlen, dummen, leeren kleinen Köpfchens krümmen möchtest. Lieber hast du zugesehen, wie dein Kind zum Krüppel wird, als daß du riskiert hättest, deine Figur einzubüßen. Deine Figur!« Er warf den Kopf in den Nacken und lachte dröhnend. »Was ist schon großartig dran? Sieh dich doch bloß an! Flach wie ein Brett. Und ich will Ihnen noch etwas sagen, meine Gnädigste, etwas, das Sie vielleicht überraschen dürfte: Ich will nichts davon haben, nichts, hörst du! Ich bin nicht hier, weil ich etwa mit dir schlafen will. Ich bin hier eingedrungen, weil es mein gutes Recht ist. Du bist meine Frau, und ich will dich nehmen oder nicht nehmen, wie es mir gerade paßt. Aber zu deiner Beruhigung paßt es mir nicht, meine Teuerste. Es paßt mir nicht, Sie zu nehmen, geschätzte Dame! Ach, hol dich doch der Teufel!« Er verzog verächtlich den Mund, wippte auf den Zehen, schwang sich herum, spuckte vor ihr aus, stolperte aus dem Schlafzimmer und betrat abermals das Boudoir.

Dort wartete Bella bereits auf ihn. Er blieb stehen, sah sie an, hielt sich mit einer Hand am Kopfende der Chaiselongue fest und lachte. Es war ein kehliges, bitteres, höhnisches Lachen. Dann streckte er die Hand nach einem Eichenschrank aus, um sich zu stützen, und sagte ruhig, wobei er mehrmals leicht nickte: »Kusine Bella. Liebe, liebe Kusine Bella. Geh und tröste dein Lämmchen. Soll ich dir mal was sagen? Wenn dir Florence nicht über den Weg gelaufen wäre, hättest du geheiratet. Doch, doch, das hättest du. Du mußt jemanden zum Bemuttern haben. Aber selbst wenn es sich um kein Prachtexemplar von einem Mann gehandelt hätte, hätte dir diese Art, jemanden zu umsorgen, mehr Befriedigung verschafft als dieses kleine, blasse, egoistische Pflänzchen. Da ist deine Kraft, dein fester Wille glatt verschwendet. Und ich muß dir gestehen, Bella, daß ich deine Willenskraft immer bewundert habe. Du bist die einzige Frau in der ganzen Grafschaft, die einen eigenen Willen hat. In Schweden kenne ich zwei solcher Frauen. Meine Großmutter, die sich trotz ihrer sechsundsiebzig Jahre nur mit ihrer Willenskraft aufrechterhält. Und Großtante Brigitta ihre Schwester. Soll ich dir etwas sagen, Bella?« Konrad hielt sich noch immer an der Chaiselongue fest, aber er schien wieder völlig klar zu sein, als er ihr nun zuflüsterte: »Damals, als ich euch beide zum ersten Mal sah, weißt du? Wenn ich nur so viel Vernunft gehabt hätte, hätte ich mich an dich herangemacht, im Ernst, Bella.«

Er beobachtete, wie sie rot anlief, wie die Farbe ihrer Augen sich verdunkelte, wie sie heftig zu atmen begann und sich schließlich fest auf die Lippen biß. Er war nicht einmal jetzt betrunken genug, als daß ihm diese Reaktion auf seine Worte entgangen wäre. Er wandte sich mit gesenktem Haupt von ihr ab und wollte schon aus dem Zimmer stolpern, als sie kaum hörbar sagte: »Warten Sie. Warten Sie … Es gibt etwas, was Sie meiner Meinung nach wissen sollten.« Konrad lehnte sich an den Türpfosten. Er ließ die Arme schlaff herabhängen, sein vom vielen Trinken gezeichnetes Gesicht sah erschöpft aus. Aber als sie nun hinzufügte: »Es handelt sich um die Amme«, schien alle Benommenheit wie weggeblasen, und er fragte rasch: »Was ist mit ihr?«

»Sie … sie hat Heimlichkeiten vor Ihnen.«

Er verzog das Gesicht. »Was für Heimlichkeiten?«

»Ich habe ihr gesagt, daß sie es nicht tun soll, aber sie hält daran fest.«

»Woran? Wovon redest du überhaupt?« Konrad kam auf Bella zu. »Woran hält sie fest?«

»Ich finde, Sie sollen endlich erfahren, daß sie die Leute über dem Fluß regelmäßig besucht. Ich habe gehört, daß sie den Flynns alles zuträgt, was Sie tun.«

»Den Flynns? Sie geht dort hinüber?« sagte er in ungläubigem Ton, und Bella nickte und erwiderte: »Ja, jedesmal, wenn sie frei hat.«

Er wandte den Kopf erst nach rechts, dann nach links, dann starrte er zu Boden, ehe er Bella abermals ansah und sagte: »Du kannst sie nicht leiden, wie? Du hast sie niemals leiden können. Das hast du dir nur ausgedacht. Du hast sogar einmal versucht, sie umzubringen. Ja, das hast du getan.« Er schwenkte den Zeigefinger vor ihrem Gesicht hin und her. »Das hast du dir ausgedacht, um mich wütend zu machen.«

»Das habe ich nicht, Konrad, glauben Sie mir. Ich habe es mit meinen eigenen Augen beobachtet. Sogar, daß er sie über den Fluß begleitet hat, auf dieses Grundstück.«

Der Funke hatte gezündet. Ein Flynn, und ausgerechnet dieser Flynn, der stets gegen ihn aufbegehrte, der so große Reden führte über Grund und Boden, wagte es, seinen Fuß auf dieses Grundstück zu setzen, nachdem er ihn ausdrücklich davor gewarnt hatte. Das würde er nicht dulden, bei Gott nicht! Das war das einzige, was er unter keinen Umständen hinnehmen würde.

Er drehte sich rasch um, stolperte über den Korridor zum Treppenabsatz, eilte durch die mit einem roten Teppich ausgelegte Galerie, wobei er immer wieder an die grün und golden überzogenen Stühle stieß, die der Wand entlang aufgestellt waren, durchquerte die Halle und lief in den Osttrakt hinüber. Ehe er das Kinderzimmer betrat, hielt er inne, dann stieß er die Tür weit auf und betrat den Raum.

Im venezianischen Leuchter brannte ruhig eine Wachskerze, die ihm den Weg zum Bett des Kleinen wies. Er beugte sich über das schlafende Kind und betrachtete es. Sein Blondhaar war nachgedunkelt; die geschlossenen Lider sahen aus wie weiße Mandeln; die Haut war glänzend und rosig; der volle, feuchte Mund lächelte. Sein Sohn war schön, wirklich schön. Jedenfalls war er das Beste, was er besaß. Für einen Augenblick vergaß er den Grund seines Kommens, schon wollte ihn Rührung übermannen, als er von nebenan ein Geräusch hörte. Er fuhr herum, starrte zur halboffenen Tür, stieß sie vollends auf und betrat Kirstens Zimmer. Da war sie also, die Verräterin, ohne Häubchen und Schürze stand sie da und sah ihn unschuldig, aber überrascht an.

Er hielt in seinem torkelnden Gang inne, als sie sagte: »Ja, gnädiger Herr?« Als er sie über den Tisch hinweg anblickte, sah er, daß sie sich nicht vor ihm fürchtete. Sie schielte überhaupt nicht. Nicht einmal ihr Lid zuckte. Also mußte sie innerlich völlig ruhig sein. Und wenn schon! Alle Weiber waren falsch, die reinsten Teufel. Weshalb gab es keinen Weg, ohne Frau zu einem Kind zu gelangen? Dann würde er sie allesamt noch in dieser Minute verbrennen, diese hier mit eingeschlossen, die jetzt so perfekt die Unschuldige spielte. Und er war dumm genug gewesen, darauf hereinzufallen, ja sogar so etwas wie Zuneigung zu ihr zu fassen. Er hatte sich steif und fest eingebildet, daß sie anders wäre als die andern. Ihm hatte das heimatlose Ding, das die Flut angeschwemmt hatte, aufrichtig leid getan. Er hatte vermeint, bei ihr auf Charakter zu stoßen, auf unbewußt gute Manieren, einnehmende Manieren. Und was war sie wirklich? Nicht nur eine Kesselflickerschlampe, sondern eine Abtrünnige noch obendrein, die glaubte, sich auf zwei Seiten ihren Vorteil verschaffen zu können. Das würde er nicht zulassen!

»Beantworte mir auf der Stelle eine einzige Frage: Ist es wahr, daß du zu den Leuten über dem Fluß gehst, zu den Flynns?« Er brachte diesen verhaßten Namen kaum über die Lippen. Wenn er nur den Namen dieses Kerls erwähnte, war ihm schon, als stellte er sich auf die gleiche Stufe mit ihm. Aber dieses Pack konnte und durfte er einfach nicht als ebenbürtige Gegner betrachten.

Ihr Lid zuckte merklich, als sie sagte: »Ja, gnädiger Herr.«

»Du wagst es, mir ins Gesicht zu sagen, daß du in das Haus jenes Mannes gehst?«

»Ja, gnädiger Herr.«

Ihre Freimütigkeit verblüffte ihn. Aber als er sah, wie ihr Augenlid immer heftiger zu zucken begann, sagte er sich: So, jetzt kommen wir der Sache also auf den Grund.

»Weshalb?« Er ging um den Tisch herum, während er sich an der Tischkante festhielt, und als er nur noch einige Zoll von Kirsten entfernt war, fragte er abermals: »Weshalb?« Es erschreckte sie, daß er sie so anbrüllte. Deshalb flüchtete sie zur Verbindungstür und sagte halblaut: »Der Kleine schläft ... Er hat keinen tiefen Schlaf.«

»So, er hat keinen tiefen Schlaf?« nahm er sie beim Wort. »Deiner Obhut habe ich meinen Sohn anvertraut. Ist dir auch klar, was das bedeutet? Daß ich Vertrauen zu dir hatte. Ich habe stets deine Partei ergriffen, ob es nun um Klagen meiner Frau oder B ... – Miß Cartwrights ging. Alle beide wollten dich längst loswerden. Vielleicht waren sie gescheiter als ich! Ich bin ein Mann, der Illoyalität nicht ausstehen kann. Das solltest du jetzt schon wissen. Sag mir also, weshalb du zu denen hinübergegangen bist? Woher kennst du diesen Halunken überhaupt?«

Kirsten starrte Konrad an. Sie sah, daß er betrunken war, sehr betrunken sogar. Sie hatte ihn noch nie so gesehen, sie hatte ihn nie so schreien hören seit jenem Tag, an dem er den Juwelendiebstahl entdeckt hatte. Sie sagte einfach: »Er hat mir das Leben gerettet. Colum Flynn hat mir das Leben gerettet. Er hat mich aus dem Fluß gezogen und mich heraufgebracht. Mr. Dixon hat ihm dabei geholfen. Dann bin ich eines Tages am Fluß spazierengegangen und habe ihn gesehen. Und da habe ich mich bei ihm bedankt. Einfach so. Ich bin nicht hinübergegangen, und er ist nicht herübergekommen, sondern hat auf seinem Grundstück gestanden. So haben wir uns unterhalten.« Sie sagte nicht ›über die Mauer‹, weil sie wußte, daß deren bloße Erwähnung seinen Zorn vergrößern würde. »Dann lernte ich eines Tages seine Tante Dorry kennen. Und die hat mich auf eine Tasse Tee eingeladen. Wissen Sie«, sie neigte sanft den Kopf, als wolle sie ihm etwas anvertrauen, »ich kannte doch niemanden. Ich hatte niemanden, zu dem ich hätte gehen können.«

Diese Erklärung war so einfach, klang so echt, daß sie sogar seine Trunkenheit durchdrang. Er sank etwas zusammen und verspürte den dringenden Wunsch, sich zu setzen. Er sah sich um, erblickte die Couch und ließ sich einfach darauf niederfallen. Dann streckte er Arme und Beine weit von sich und starrte sie an. Lange Zeit. Dann fragte er leise: »Du magst die da drüben?«

»Ja, gnädiger Herr.«

Abermals fragte er: »Weshalb?«

Nach ihrer Erklärung von vorhin schien das eine unnötige Frage zu sein, aber sie antwortete: »Weil sie so freundlich sind, gnädiger Herr, die freundlichsten Menschen, die ich je kennengelernt habe. Und weil es sich um eine Familie handelt, eine glückliche Familie.«

Er zog die Augenbrauen zusammen. Der einzige, den er von denen da drüben kannte, war der junge Flynn, dieser Kerl, der sicher da droben auf dem Hügel wie ein Schwein im Stall hauste, denn er hatte gehört, daß er Schweine hielt, abgesehen davon, daß er Seile machte. Aber Kirsten hatte gesagt, daß sie eine glückliche Familie und besonders freundlich wären. Er drehte sich zu ihr um und fragte mit angespannter Miene: »Freundlich, sagst du? Wird dir denn in meinem Hause nicht freundlich begegnet? Los, los, antworte mir, Mädchen. Hat man dir in diesem Haus etwa keine Freundlichkeit bezeigt?«

»Doch, gnädiger Herr.«

Er reckte das Kinn; seine Wangenmuskeln traten hervor, ehe er wiederholte: »Doch, gnädiger Herr … Das klingt nicht gerade überzeugend, mein Kind. Hat man dich nicht direkt aus dem Wasser hierhergebracht, genährt, gekleidet und gut bezahlt? Sehr gut sogar! Weißt du, daß du mehr bezahlt bekommst als eine Amme in London? Vier Shilling ist dort das höchste, und zwar für die Allerbeste, während du jetzt fünf bekommst, stimmt's?«

»Ja, gnädiger Herr.« Ihre Stimme zitterte ein wenig.

Er sagte nun in ruhigerem Ton: »Dir ist doch bekannt, daß ich weder den Mann noch seine Familie mag, nicht?«

»Ich … ich habe davon gehört, gnädiger Herr.«

»Es hat dich aber trotzdem nicht abgehalten, ihre Bekanntschaft zu machen, wie?«

»Es … es geht mich doch nichts an, gnädiger Herr.«

Abermals brüllte Konrad los. »Es geht dich nichts an! Wenn du in diesem Haus angestellt bist, dann geht dich alles an, was hier geschieht, schon allein wegen der Loyalität, die du mir schuldest. Sieh mich an.«

Sie hob den Kopf.

»Komm her.«

Sie kam näher, bis ihr Rock sein Knie berührte. Dann nahm er ihre Hand, schüttelte sie heftig und sagte: »Ich wünsche, daß du mir versprichst, von nun an nicht mehr dort hinüberzugehen. Ich verbiete dir jeden Kontakt mit den Flynn-Burschen.«

Er sah, wie sich ihre Augen weiteten, wie sie zu schielen begann, wie sie den Mund mehrmals öffnete und wieder schloß, bis sie sich ihm schließlich auf eine Weise widersetzte, wie dies kein Mensch bisher gewagt hatte.

»Das kann ich nicht, gnädiger Herr, wirklich. Diese Menschen sind so gut und freundlich zu mir gewesen. Ich habe sie gern und möchte sie um nichts in der Welt verletzen. Wenn ich aufhören würde, hinüberzugehen, dann würde ich sie verletzen und …«

Er stieß sie mit der flachen Hand vor die Brust, daß sie beinahe hintenüber ins Feuer gefallen wäre, wenn es ihr nicht noch in letzter Sekunde gelungen wäre, sich am Kaminsims festzuhalten. Er hatte sich nun erhoben, stand schwankend vor ihr und starrte auf sie nieder. »Du weißt doch, daß ich dich jederzeit wieder auf die Landstraße befördern kann, wie? Von mir allein hängt es ab, ob du hierbleiben kannst oder nicht. Das ist dir doch klar, oder? Aber du würdest wahrscheinlich nicht mehr auf die Landstraße gehen, sondern zu denen dort drüben, nicht? Auf den Hügel dort droben. In den Schweinestall.« Er stand nun dicht vor ihr, indem er sich mit beiden Armen an der Mauer abstützte. »Wenn ich dich fortschicken würde, wohin würdest du gehen?« fragte er. »Wohin? Sag es mir!«

Kirsten zitterte am ganzen Körper. Sie blickte ihm nicht in die Augen, sondern auf den Mund, der fest zusammengepreßt war. Und sie wußte genau, daß sie ihn nur noch zorniger machen würde, wenn sie jetzt die Wahrheit sagte. Aber wenigstens in diesem Punkt wollte sie ihn nicht täuschen. Also flüsterte sie: »Ich würde hinübergehen. Zu ihnen. Sonst wären sie am Ende beunruhigt.«

Er veränderte seine Stellung nicht. Sein Gesicht hing über dem ihren, und er starrte auf sie nieder. Dieses Mädchen war das einzige weibliche Wesen, das ihm jemals die Wahrheit gesagt hatte – mit Ausnahme seiner Großmutter und Großtante Brigitta. Er wußte, daß er geschlagen war, und gleichzeitig wußte er auch etwas anderes. Durch seine vom Trinken benebelten Sinne drang etwas bis zu seinem Hirn, was ihn sich aufrichten und zurücktreten ließ. Abermals ließ er sich auf die Couch fallen, fuhr aber fort, Kirsten anzustarren.

Das Knistern eines Holzscheits, das zu Asche zerfiel, brach endlich die Stille. Konrad streckte Kirsten die Hand hin und sagte: »Komm her, Mädchen.« Und sie ging zu ihm hin und ließ sich von ihm auf die Couch niederziehen. Als sie neben ihm saß, sagte er mit völlig veränderter Stimme, die nicht im mindesten mehr an jene von zuvor erinnerte: »Mein Junge braucht dich. Du bist die einzige, die er in diesem Gemäuer hat, der einzige Mensch, an den er sich wenden kann, abgesehen von mir selbst. Wir brauchen dich beide, verstehst du mich? Wir brauchen dich beide.«

»Ja, gnädiger Herr«, sagte sie, obwohl sie ihn nicht verstand – nicht ehe er die Hand ausstreckte und sanft über ihr Lid strich. Ein Schauer überlief sie. Es war, als hätte diese Berührung sie bis ins Innerste durchdrungen.

Als er aufstand und langsam aus dem Zimmer ging, saß Kirsten eine Weile vollkommen reglos da. Am liebsten hätte sie geweint, den Kopf tief gesenkt und geweint; wegen der Schuld, die sie auf sich geladen und die sich in diesen letzten Augenblicken verdoppelt hatte. Mehr als je setzte sie sich gegen die auf sie einstürmenden Gedanken zur Wehr, indem sie sich immer wieder sagte: »Nein, das ist es nicht. Es ist nur, weil ich ihn getäuscht habe.«

Nach einiger Zeit begann sie, sich langsam zu entkleiden. Mit jedem Kleidungsstück, das sie ablegte, versuchte sie sich von jenem beunruhigenden Gefühl zu befreien, das Konrad Knutsson betraf und so gar nichts damit zu tun hatte, daß sie ihn getäuscht hatte. Sie fragte sich, wie er sich ihr gegenüber am nächsten Tag verhalten würde. Jedenfalls würde sie es kaum vor dem nächsten Abend erfahren, denn wenn er durch irgend etwas aufgewühlt war, ritt er stets frühmorgens aus und kehrte nicht vor dem Abend zurück. Aber irgendwann, wenn auch spät, würde er hineinkommen und das Kind besuchen, und dann würde sie es erfahren.

Sie sollte es noch vor dem anbrechenden Morgen wissen, denn die Nacht hatte ja erst begonnen.

Sie nahm eine alte Pelerine, die ihr Mrs. Poulter geschenkt hatte, aus dem Schrank, schlang sie um ihr Kattunnachthemd, entnahm der obersten Kommodenlade ein Buch, setzte sich auf den Kaminvorleger und begann zu lesen, wie sie es jeden Abend, kurz bevor sie zu Bett ging, tat. Heute abend konnte sie ihre Gedanken jedoch nicht auf das Buch konzentrieren, sondern hielt es nur aufgeschlagen in der Hand und starrte ins Feuer.

Dies war für gewöhnlich jene Tageszeit, auf die sie sich am meisten freute, weil sie da in Ruhe ein wenig lesen konnte. Sie hatte Bücher immer gemocht, sie gerne angesehen oder in der Hand gehalten. In diesem Haus gab es Hunderte von Büchern; die Bibliothek war voll davon, vom Boden bis zur Decke. Sie hatte es während der beiden Male, da sie sich dort aufgehalten hatte, bemerkt; aber sie wußte, daß man ihr nie gestatten würde, sie anzurühren. Jedoch würde es ihr trotzdem nie an Büchern mangeln, denn Colum und Mr. Flynn besaßen eine Menge davon, beinahe fünfzig, und Dutzende von Zeitungen und Zeitschriften, in denen es ungemein interessante Dinge zu lesen gab.

Kirsten konnte vom Lesen nie genug bekommen. Aber während des Tages hatte sie kaum jemals Gelegenheit dazu. Außerdem wollte sie sich von keinem der Hausbewohner dabei erwischen lassen, denn das wäre ein weiterer Punkt gewesen, den man ihr angekreidet hätte.

Das Buch, das nun auf ihren Knien lag, war ein ganz besonderes Buch, eines, das Colum vor allen andern schätzte, nämlich ein Werk des Dichters Wordsworth. Den liebte Colum über alles, ja, er konnte sogar seitenlange Gedichte von ihm auswendig aufsagen. Er wußte alles über das Leben dieses Dichters und hatte Kirsten versprochen, daß er eines Tages, wenn das Kind älter war und sie einen ganzen freien Tag verlangen konnte, mit ihr über die Hügel nach Westmoreland fahren würde. Er sprach über die Freunde Wordsworths, als handelte es sich um seine eigenen. Einer davon war ein gewisser Mr. De Quincey, der Zeitungsartikel schrieb, die Colum für äußerst gescheit hielt. Kirsten bewunderte ihn, wenn er davon zu erzählen begann, genau so, wie ihn die ganze Familie bewunderte, ja, mehr sogar, denn sie fand, daß er viel zu klug war, um nur ein Seiler zu sein. Sie fand Colum wundervoll, abgesehen von einem einzigen Punkt. Und es war merkwürdig, daß dieser schwache Punkt ganz genau derselbe war, der dem Gutsherrn so abträglich war: der Haß nämlich, der in diesen beiden Männern immer wieder von neuem aufflammte.

Kirsten schrak aus ihren Gedanken auf, als sie von der gegenüberliegenden Seite des Ganges plötzlich deutlich die Stimme Konrad Knutssons hörte. Er sang laut vor sich hin, wie Männer es zur Kirmes taten, wenn sie lärmend und grölend aus dem Wirtshaus kamen.

Als sie ein heftiges Gepolter hörte, als hätte er einen schweren Steinblock durchs Zimmer geschleudert, sprang sie auf, legte ihr Buch beiseite und eilte ins Nebenzimmer, wo der Kleine bereits aufgewacht war und zu wimmern begonnen hatte. Sie beugte sich über ihn und sagte: »Ist ja schon gut, mein Junge. Schlaf schön, schlaf schön.«

Als nun abermals die bereits heisergeschriene Stimme ihres Herrn erklang, und zwar dicht vor ihrer Tür, blickte sie furchterfüllt auf die Klinke. Aber sie regte sich nicht, und Konrad Knutssons Stimme wurde schwächer, als er in Richtung zur Galerie weiterging.

Das Kind hatte angefangen zu weinen. Deshalb hob Kirsten den Kleinen hoch, drückte ihn an sich, wiegte ihn sanft in ihren Armen und sprach immerfort auf ihn ein: »So, so, so, sei ein braver Junge. Es ist ja schon gut, es geschieht dir schon nichts.«

Mehrmals mußte sie mit ihm auf und ab gehen, während er an dem Fläschchen saugte, ehe ihm die Lider zuzufallen begannen und sie ihn wieder in sein Bettchen legen konnte.

Sie blieb neben dem Bett stehen und murmelte noch eine Weile in beruhigendem Ton auf das Kind ein; dann ging sie in ihr Zimmer hinüber, in dessen Mitte sie stehenblieb und lauschte. Noch immer konnte sie aus einiger Entfernung die Stimme des Gutsherrn vernehmen, der sich zu den Liedern, die er lautstark sang, auf dem Klavier begleitete.

Er konnte wunderschön Klavier spielen. Eines Tages hatte sie in einer Ecke der Galerie gestanden und der aus dem Salon dringenden Musik gelauscht; sie wußte, daß der Flügel auf einem Podium in der Nähe des großen Fensters stand. Später hatte sie die schöne Musik dann Mrs. Poulter gegenüber erwähnt, die ihr erklärt hatte, daß es der gnädige Herr sei, der spiele, und daß er es mehr als bloß gut könne.

Kirsten ging nicht zu Bett, sondern setzte sich aufs Sofa; sie fühlte sich unbehaglich und war beunruhigt. Sie fragte sich, ob er wohl die ganze Nacht so weitermachen würde. Rose hatte ihr erzählt, daß er einmal eine ganze Woche lang betrunken gewesen sei – das war, nachdem ihm seine zweite Frau davongelaufen war – und daß er drei Pferde zuschanden geritten hätte, so rücksichtslos hatte er sie übers Moor getrieben. Schließlich war eines davon umgekommen; man hatte ihn und dieses Pferd am Grund einer Schlucht aufgefunden, und es war ein Wunder gewesen, daß er selbst am Leben geblieben war.

Ungefähr eine Stunde später trat Kirsten auf den Gang hinaus, um das Nachtgeschirr des Kleinen zu leeren. Kurz zuvor hatte das Klavierspiel aufgehört, und es war nun still im Haus. Sie hörte keinen der Bedienten mehr hin und her laufen und dachte, daß sich alle zurückgezogen hätten, vielleicht außer Mr. Slater und Mr. Harris. Mr. Harris ging nie vor dem gnädigen Herrn zu Bett, wie spät es auch sein mochte. Als Kirsten die Tür ihres Zimmers öffnete, sah sie beim schwachen Licht der Kerze, die am unteren Ende des Ganges brannte, Mr. Harris mit jemandem beisammenstehen. Es war Florrie Stewart, die zweite Büglerin.

Florrie Stewart war ein mehr als rundliches Ding mit üppigem Busen und ebensolchem Hinterteil, hatte ein rundes Puddinggesicht und lachte gern und viel. Rosie hatte ihr gegenüber angedeutet, daß sie ein lockeres Ding sei, aber das wußte Kirsten bereits, da sie sie ja einmal mit Mr. Hay auf dem Fußboden der Wäscherei erwischt hatte. Nun führte sie Mr. Harris zur ihrem Zimmer gegenüberliegenden Tür des Arbeitszimmers, nicht gewaltsam, keineswegs; er geleitete sie nur, und sie hielt den Kopf gesenkt. Kirsten hatte den Eindruck, daß sie vor sich hinkicherte.

Sie zog sich in eine Mauernische zurück und sah, wie Mr. Harris nun die Tür öffnete, Florrie über die Schwelle schob und dann rasch wieder fortging.

Kirsten lief in ihr Zimmer zurück, schloß die Tür, lehnte sich keuchend dagegen, als ob sie eine längere Strecke gelaufen wäre, und erst als sie den Mund schloß, wurde ihr klar, daß sie ihn weit aufgerissen gehabt hatte und ihr Gesicht verzerrt gewesen war, als wollte sie protestieren.

Abermals saß sie auf dem Sofa, zog die blaue Pelerine fest um sich und starrte ins Feuer. Ihre Gedanken überschlugen sich, als sie Knutsson innerlich verteidigte. Der Gutsherr war eben ein Mann, ein Gentleman noch dazu, und bändelte häufig mit jungen Dingern an. So war es schon immer gewesen. Sogar Ma Bradley hatte sie darüber reden hören, obwohl sie damals die Bedeutung dieser Geschichten nicht ganz verstanden hatte. Aber auch hier, erst vor kurzem, hatte Rose sie eines Tages, als die Köchin aus gewesen war, in die Küche geholt. Jane Styles war dort gewesen und Ruth Benny, und die Rede war auf den gnädigen Herrn gekommen, wie er in den Jungen vernarrt war und wie es seither mit seiner Zügellosigkeit vorbei sei. Und dann war die Rede auf Lord Milton gekommen. Rose hatte gemeint, das sei ein ganz Schlauer und sie wisse genau, wovon sie rede, denn sie habe einen Schwager und eine Kusine im Rathaus und die hätten ihr berichtet, daß seine Lordschaft, sowie seine Frau fort war, sich die jungen Dinger nicht einzeln, sondern gleich paarweise vornähme. Darüber hatten sie sich vor Lachen gebogen, so daß sie beinahe über den Küchentisch gefallen wären. Und als Rose dann noch behauptete, daß sämtliche

Kinder im Umkreis des Rathauses, angefangen von den Bauernhäusern, bis zu den Wohnstätten der Kutscher, Gärtner und des übrigen Personals, auffallend groß und hager wären, erstickten die Mädchen beinahe vor Gelächter. Und gar erst Mr. Bowen-Crawford, sagte Rose, der sei noch ärger! Denn der habe ein eigenes Etablissement in Newcastle, wo er seine Auswahl zu treffen und seine Freunde zu unterhalten pflegte.

Auch erinnerte sich Kirsten nun, wie Rose ihre Geschichten beendet hatte, indem sie berichtete, daß das Essen bei Lord Milton zwar lange nicht so gut sei wie hier im Gutshaus, daß er aber großen Wert darauf lege, daß sein Personal sich wohl bei ihm fühle, vor allem die Mädchen.

Seufzend beschloß Kirsten, endlich schlafen zu gehen.

Eine weithin hallende, brüllende Stimme schreckte sie wie ein Donnerschlag aus dem Traum auf. In der aufgerissenen Tür ihres Zimmers zeichneten sich die Umrisse Florrie Stewarts ab, und auf der Schwelle des gegenüberliegenden Arbeitszimmers stand der Gutsherr und schrie: »Verschwinde, zum Teufel noch mal, hast du nicht gehört?« Er trug einen eng anliegenden Hausanzug aus einem glänzenden, schwarzen Material, und abgesehen von seinem hellblonden Haar hätte man ihn für den Teufel persönlich halten können.

Als Florrie laut aufweinend auf die Knie sank, traf sie Konrads in einem schwarzen Pantoffel steckender Fuß mit aller Kraft ins Hinterteil, und als sie völlig ausgestreckt dalag, brüllte er: »Laßt euch ja nicht mehr blicken, alle miteinander!«

Kaum hatte Florrie sich wieder erhoben und davongeschlichen, tauchte Harris auf. Der Gutsherr packte ihn am Arm, stieß ihn beiseite und sagte barsch: »Sie stinkt! Hörst du? Sie stinkt.«

»Sir ...«

»Verschwinde.«

Der Kammerdiener verschwand tatsächlich, aber statt seiner tauchte nun Konrad Knutsson selbst in Kirstens Tür auf. Sie sah, wie er in die Dunkelheit spähte, den Kopf schüttelte und wieder zu seinem Zimmer zurückstolperte. Lautlos und rasch sprang Kirsten auf, weil sie die Tür schließen wollte. Da trat Konrad Knutsson abermals auf den Gang, und sie blieb wie angewurzelt stehen und wußte nun, wovor sie sich die ganze Zeit über gefürchtet hatte.

Mit einem Fußtritt schloß der Gutsherr die Tür zu Kirstens Zimmer hinter sich, schwankte zum Kaminsims und stellte den Kerzenleuchter darauf nieder, während Kirsten, die sich wieder ins Bett begeben und eng an die Wand gedrückt hatte, ihn beobachtete.

Nun stand er am Fußende des Bettes. Seine Augen waren keineswegs mehr hellgrau, sondern wirkten ganz dunkel, und über sein rotes Gesicht liefen Schweißtropfen, die in kleinen Bächen von seinem Kinn troffen und aufglitzerten, als sie auf den Seidenärmel seines ausgestreckten Armes fielen. Kirsten war sich bewußt, daß sein früherer Zustand, verglichen mit seinem gegenwärtigen, gemäßigt gewesen war, denn nun war er eindeutig gefährlich.

Als er sich dicht vor ihr Bett stellte und die Knie dagegenpreßte, stammelte er jedoch undeutlich: »Ist schon gut, ist schon in Ordnung!« In dem Bemühen, sich auf das Bett aufzustützen, ließ er sich nach vorn fallen, wobei er ihren Füßen einen richtigen Schlag versetzte, so daß Kirsten einen unterdrückten Schrei ausstieß, nicht nur wegen des zugefügten Schmerzes, sondern auch aus Angst. Er hangelte sich am Bett entlang, bis sich sein Gesicht nun bereits zum zweiten Mal in dieser Nacht dicht über dem ihren befand. Während er auf sie niederstarrte, schien er eine Spur nüchterner zu werden, denn er drehte sich um und ließ sich in den Stuhl neben dem Bett fallen. Mit abgewandtem Gesicht und vorgeneigten Schultern, die Hände schlaff zwischen den Knien herabhängen lassend, saß er einige Zeit reglos da. Dann fing er an zu reden.

»Kir ... Kirsten Mac ... Greg ... gor, von heute an ...« Er drehte sich zu ihr herum. »Von heute an sollst du einen Namen haben, wenn ich von oder mit dir rede. Nicht mehr ›die Amme‹ oder ›das Mädchen‹ oder so. Sondern Kirsten MacGregor. Weißt du, warum? Weißt du auch, warum?« Seine Hand ruhte nun an ihrem Hals. »Weil du ... weil du die einzige bist, die sich nicht fürchtet, nicht fürchtet, die Wahrheit zu sagen. Du gehst zu den Flynns, hast du gesagt, weil sie so gut und freundlich zu dir sind, daß du sie um nichts in der Welt verletzen möchtest. Koste es, was es wolle, wie? ... Soll ich dir etwas verraten, Kirsten MacGregor? Ich hasse diesen jungen Flynn. Und weißt du, warum? Weil ... weil er imstande ist, Kinder in die Welt zu setzen. Verstehst du ... verstehst du, was ich meine? Dieser Prahlhans, dieser Angeber, diese Null wird sich fortpflanzen. Ach, soll ihn doch der Teufel holen! Hast du gehört! Der Teufel soll ihn holen! Auch wenn du mir hundertmal damit kommst, daß du eisern zu deinen Freunden hältst, sag ich es trotzdem, Kirsten MacGregor: Der Teufel soll ihn holen. Er ist ein ganz gemeiner Dieb; er hat sich an meinem Grund und Boden vergriffen; meinem Grund und Boden!« Diese letzten Worte brüllte er abermals heraus, dann wurde er wieder ruhig.

Nun drehte er sich wieder zu ihr um und legte seine Hand ganz sanft auf ihr Gesicht. Dann zog sein Zeigefinger ihre Wangen nach bis hinauf zu dem jetzt heftig schielenden Auge. Und während er den Blick fest auf sie richtete, sagte er: »Du fürchtest dich. Du fürchtest dich also doch. Endlich fürchtest du dich vor mir!« Er warf den Kopf in den Nacken und lachte. »Sieh mal einer an, Kirsten MacGregor fürchtet sich vor mir.« Er lag nun quer über ihren Knien und stützte sich auf den Ellbogen. »Weißt du was? Lassen wir das MacGregor, einverstanden? Ich werde dich von nun ab Kirsten nennen, hm? Und jetzt paß genau auf: Du mußt auf der Stelle aufhören zu schielen, los!« Er preßte seine Hand auf ihr heftig zuckendes Augenlid, und als er sie wieder fortnahm und Kirsten noch immer schielte, schob er sie stirnrunzelnd von sich. Dann schüttelte er den Kopf und sagte nun mit leiser Stimme: »Du glaubst wohl, daß ich dich vergewaltigen werde, nicht? Daß der Herr des Hauses über dich herfallen wird ... Nein, nein, glaub nur das nicht ... Das würde ich nicht tun, niemals, nicht bei dir, der Adoptivmutter meines Sohnes. Denn das bist du, Kirsten, die Adoptivmutter meines Sohnes ... Nein, seine Mutter ... Nun!« Er spreizte die Finger. »Du hast es ja mit eigenen Augen gesehen, nicht? Du hast es selbst gesehen, daß meine Frau das Kind nicht mag. Sie mochte es nie; und jetzt, wo er krummbeinig ist, mag sie ihn schon gar nicht. Sie ist schon entsetzt, wenn man nur davon redet. Das habe ich nicht nur einmal in ihren Augen gelesen. Und das bei ihrem eigenen Fleisch und Blut, stell dir das nur vor! Du hingegen, Kirsten MacGregor – nein, bloß Kirsten! – du würdest dein Kind niemals verleugnen, nicht einmal, wenn es sich ebenso verrückt gebärden würde wie ein Märzhase, stimmt's? So was würdest du nie tun, nicht wahr, Kirsten?«

Er zog sich wieder im Bett hoch, sein Arm lag um ihren Schenkel, und sein Gesicht war wieder nahe dem ihren. »Du würdest ein Wesen, das du geboren hast, niemals verleugnen, nicht? Du nicht, nicht du, die sich so tapfer zu den Flynns bekannt hat. Ach, Kirsten ...« Er sah sie nun schweigend an. Dann flüsterte er abermals:

»Kirsten, ich … ich brauche Trost. Ich bin zu dir gekommen, weil ich Trost brauche, weißt du das? Ich habe mir schon oft gewünscht, zu dir zu kommen, um mich von dir trösten zu lassen Wenn ich zugesehen habe, wie du den Kleinen an deiner Brust gewiegt hast, habe ich mich oft und oft an seine Stelle gewünscht. Ja, ja, das habe ich. Ach, wie sehr ich Trost brauche, Kirsten. Natürlich«, er hob den Zeigefinger vor ihr Gesicht, »ich könnte jederzeit Trost bekommen; er wird mir in meinem Haus von allen Seiten angeboten, von der Wäscherei unten bis zur Mansarde. Weißt du was?« Nun berührte seine Nase beinahe die ihre. »Ich will dir noch etwas sagen, Kirsten.« Sein Flüstern wurde immer wieder von verhaltenem Lachen unterbrochen. »Stell dir nur vor, Bella … Bella ist scharf auf mich. Das war sie schon immer. Die würde mich sofort trösten, Bella würde das auf der Stelle tun. Aber hab ich's denn auf Bella abgesehen?« Er kicherte los. »Die arme Bella, sie liebt mich. Ja, ja, Bella liebt mich.« Er nickte nachdrücklich, als wolle er Kirstens etwaigem Protest zuvorkommen. Und dann legte er mit einemmal den Kopf an ihre Brust und sagte, in die Öffnung zwischen den gestärkten Knopfleisten ihres Kattunnachthemdes sprechend: »Leg deine Arme um mich, Kirsten, tröste mich; ich brauche Trost … mehr, mehr, als der Junge ihn in diesem Augenblick braucht.«

Als ihr Körper erstarrte, hob er das Gesicht und sah sie an. Dann drehte er sich herum, zog die Beine auf die Bettdecke hinauf und bat: »Tröste mich, Kirsten, sonst verlang ich nichts, nur trösten.«

Sie war von Angst erfüllt, deshalb konnte sie sich kaum rühren. Denn trotz allem konnte sie sich nicht vorstellen, daß das, was er von ihr wollte, ärger sein könne als das, was sie unter Hop Fullers gräßlichen Händen erlitten hatte. Diese Angst galt viel weniger seinen Annäherungsversuchen als der Entweihung von etwas, was Konrad Knutsson bis zum heutigen Tag für sie bedeutet hatte. Sie konnte es sich selbst nicht erklären. Doch nun, als sein Kopf auf ihrer Brust lag und sein Körper von dem ihren nur durch die Bettdecke getrennt war, war er wie all ›ihre‹ Kinder zusammengenommen: Bob, Annie, Florrie, John, Mary, Ada, Millie, Peggy, Cissie, ja selbst Nellie; am meisten aber war er wie der Kleine im Nebenzimmer. Langsam hob sie einen Arm hoch und legte ihn, als berühre sie eine Reliquie, um seine Schulter, während sich ihre andere Hand behutsam seinem Gesicht näherte und ihn zu streicheln begann. Er gab einen zutiefst zufriedenen Laut von sich, wie ein Kind. Und dann weinte er, nicht rührselig, wie betrunkene Männer es manchmal tun, sondern von tiefem Schmerz erfüllt.

Seine Tränen durchtränkten ihr Nachthemd und drangen bis an ihre Haut. Der Arm schmerzte sie, es war ihr, als müsse ihr wegen dieser starren Haltung das Rückgrat brechen, aber sie streichelte ihn immer noch.

Wann er endlich einschlief, wußte sie ebensowenig, wie sie wußte, wann ihr selbst die Augen zugefallen waren. Einmal wachte sie mitten in der Nacht auf und spürte, daß er neben ihr unter der Decke lag, und sie kam sich an seiner breiten Brust ganz verloren vor. Als sie jedoch in der Morgendämmerung erwachte, war er nicht mehr da. Dafür aber waren ihr zwei Dinge klar: Erstens, daß er sie nicht berührt hatte, und zweitens, daß sie ihn niemals verlassen würde, solange er ihr gebot, zu bleiben. Dieses zweite erweckte in ihr ebenso ein Gefühl tiefer Traurigkeit wie der Angst und beschwor deutlich zwei Gesichter herauf: das von Colum Flynn und das von Miß Cartwright.

Sechster Teil · Grund und Boden

12

Seit jener Nacht, in der Bella ihre Trumpfkarte auszuspielen vermeint hatte, wußte sie, daß sie verloren hatte, und zwar auf eine Weise, die ihre Lage nun bedeutend schlimmer erscheinen ließ als je zuvor. Die Situation war derart quälend geworden, seit sie wußte, daß Konrad, statt diese Person hinauszuwerfen, in ihr Zimmer gegangen war und den größten Teil der Nacht dort verbracht hatte, daß sie es kaum ertragen konnte. Bis fünf Uhr früh war er bei dieser Vagabundin geblieben, das wußte sie ganz genau, weil sie Wache gehalten hatte. Sie hatte sich in einer Mauernische des Ostflügels verborgen gehalten, auch als die Kerzen völlig heruntergebrannt waren bis auf die Nachtkerze. Und selbst die war nur noch einen Zoll hoch, als sie Konrad endlich aus Kirstens Zimmer kommen sah. Sie hatte weder das Knarren einer Tür noch jenes des Bretterbodens vernommen. Sie sah, wie er sich den Kopf hielt, als er auf seine Tür zustolperte. Danach hatte sie noch eine Weile gewartet und war schließlich auf ihr Zimmer gegangen. Nicht um zu schlafen, sondern um dazusitzen und über diese neue Situation nachzudenken.

Diese Person saß nun ein- für allemal im Gutshaus fest, nicht mehr wegen des Kindes, sondern wegen des Gutsherrn persönlich. Bella hatte seine Vorliebe für diese durchtriebene Hexe von allem Anfang an gespürt. Auch hatte sie ihn oft dabei ertappt, wie er Kirsten beobachtete, wenn er vorgab, dem Kleinen zuzusehen. Diese neue Demütigung bedeutete für Bella einen Abgrund, in den sie stürzen zu müssen glaubte. Wie war es nur möglich, fragte sie sich, daß er sie, eine Frau von Verstand, Bildung und guter Herkunft, niemals auch nur im entferntesten in Betracht gezogen hatte, während er sich für diese schieläugige Landstreicherin ohne Hemmungen erwärmen konnte? Tief sank ihr Kopf auf die Brust, als beschwerten ihn all diese marternden Gedanken aufs äußerste. Warum, warum nur mußte das Leben so sein? Er hatte Florence geheiratet, die oberflächlich und dumm war. Und was hatte er dafür bekommen? Zwei Totgeburten und dazwischen nichts, aber auch gar nichts. Florence mochte den Geschlechtsakt nicht, er erfüllte sie sogar mit Abscheu. In letzter Zeit hatte es immer wieder Augenblicke in Bellas Leben gegeben, wo sie dieses zarte, gebrechliche, püppchenhafte Geschöpf am liebsten gepackt und an die Wand geschleudert hätte. Was hätte sie nicht alles dafür gegeben, wenn er sie nur einmal begehrt hätte, nur ein einziges Mal. Wie hätte er ihr heftiges, brennendes Verlangen zu stillen vermocht. Bis zu dem Tag, an dem sie ihm begegnet war, hatte sie niemals einen Mann geliebt. Aber sie hätte jeden Mann geheiratet, gleichgültig, wie alt er gewesen wäre, wenn er sie nur darum gebeten hätte.

Seit ihrem zwanzigsten Lebensjahr hatte sie gewußt, daß sie für ein Leben des Dienens bei Verwandten bestimmt war. Sie war siebenundzwanzig gewesen, als sie Florence unter ihre Fittiche genommen hatte, nicht nur aus Nächstenliebe, sondern auch als Mittel zum Zweck, nämlich um auf diese Weise versorgt zu sein und zu einem Einkommen, einem anständigen Einkommen zu gelangen.

Bella blieb im Dunkeln sitzen, bis es zu dämmern begann. Dann erst entkleidete sie sich, goß eiskaltes Wasser ins Waschbecken und wusch sich gleichsam all ihre verschmähte Glut, all ihre Enttäuschung ab.

Kirsten war sich völlig dessen bewußt, daß ihre Stellung im Haus sich geändert hatte. Natürlich wußte sie, daß es nur deshalb war, weil der Hausherr auf ihr Zimmer gekommen war. Sie schloß daraus, daß Mr. Harris es Mrs. Poulter und diese es dem übrigen Personal erzählt hatte. Nicht daß Mrs. Poulter ihr schaden wollte, im Gegenteil. Kirsten war überzeugt davon, daß sie annahm, mit diesem Bericht ihre Stellung im Haus ein- für allemal zu festigen. Nichtsdestoweniger war sie klug genug, auch zu wissen, daß sich unter der neuen Höflichkeit nun eine noch größere Verstimmung verbarg.

Selbst das Benehmen der Wirtschafterin ihr gegenüber war verändert; es lag nun so etwas wie Hochachtung darin, an der es vorher völlig gemangelt hatte. Nur Rose blieb so, wie sie immer gewesen war.

Kirsten bekam Miß Cartwright nun nur höchst selten zu Gesicht und die Gnädige niemals, außer vom Fenster vielleicht, wenn sie sie beim Einsteigen in die Kutsche beobachtete, wo Mr. Dixon ihr immer den Reifrock zurechtschob und ihr sorgsam die Decken über die Knie breitete, als würde sie im offenen Wagen fahren. Den Gutsherrn hatte sie schon lange nicht mehr in Begleitung der Gnädigen gesehen.

Der Gutsherr! Seit jener Nacht, als er an ihrer Seite eingeschlafen war, hatte Kirsten nicht mehr aufgehört, an ihn zu denken. Stets begleitete sie sein Bild. Nicht wie er an ihrer Brust gelegen, nicht einmal, wie er sie fest an seinen breiten Brustkorb gedrückt hatte, sondern wie er am späten Morgen des darauffolgenden Tages vor ihr gestanden hatte, mit trüben Augen und fleckigem Gesicht, aber nüchtern. »Nun, Kirsten«, hatte er zu ihr gesagt, »woran erinnerst du dich von der vergangenen Nacht?« Und als sie den Kopf senkte und nichts darauf antwortete, sagte er: »Ich kann mich an nichts klar erinnern, deshalb möchte ich dich fragen, ob ich dir etwas getan habe.«

Sie schüttelte langsam den Kopf, sagte aber immer noch kein Wort, bis er fortfuhr: »Da das so ist, werde ich dir auch in Zukunft nichts tun. Alles, woran ich mich verschwommen erinnern kann, ist, daß du mich getröstet und meine Unruhe gelöst hast, und dafür bin ich dir dankbar ... Sind wir nun Freunde?«

Bei diesen Worten hatte sie ungläubig zu ihm aufgeblickt. Der Gutsherr bat sie um ihre Freundschaft! Mit tränenerstickter Stimme murmelte sie: »Oh, gnädiger Herr, gnädiger Herr!« Und er hatte die Hand ausgestreckt, sanft ihre Wange gestreichelt und war wieder gegangen. Sein ganzes Verhalten war eine Mischung aus Güte und Reue. Da dies so war, wie konnte er nur so handeln, wie er es ganz kurz darauf getan hatte?

Als sie in der darauffolgenden Woche über den Fluß gegangen war, hatte sie die Flynn-Familie völlig verstört vorgefunden. Sie hatten einen Brief von einem Anwalt aus Newcastle erhalten, in dem es hieß, daß Konrad Knutsson sie des Eindringens auf seinen Grund und Boden beschuldige. Der Anwalt schrieb weiter, sein Klient hätte einen schlüssigen Beweis dafür entdeckt, daß es sich eindeutig um seinen Grund und Boden handelte. Er hätte einen alten Vertrag gefunden, aus dem hervorgehe, daß das Grundstück, das sein Urgroßvater seinerzeit erstanden hatte, sich bis ans andere Ufer erstreckt hätte, daß also die Flynns niemals eine Mauer hätten errichten dürfen. Es sei an der Zeit, diese widerrechtlich errichtete Abgrenzung zu entfernen. Sein Klient würde jedoch, wie der Anwalt schrieb, einer außergerichtlichen Bereinigung der ganzen Sache zustimmen, und er, der Anwalt, rate Mr. Flynn eindringlich, hierauf einzugehen.

Kirsten hatte sich dies alles wortlos angehört; Colum hatte den Brief des Anwalts vorgelesen, und nun hingen die Blicke sämtlicher Familienmitglieder an ihm, und die anderen warteten nur darauf, daß er etwas unternahm.

Aber erst als Colum Kirsten an den Fluß hinunterbegleitete, schien er mit seiner Weisheit, die sich droben im Haus in einem nicht enden wollenden Wortschwall Luft gemacht hatte, zu Ende zu sein, und er sagte in hoffnungslosem Ton: »Was kann ich denn tun? Was kann denn irgend jemand tun ohne Geld! Anwälte kosten nun mal Geld.«

Kirsten wußte, daß es mit dem Seilhandel seit einiger Zeit schlecht bestellt war. Deshalb hatte sie zu Weihnachten ihrem Bündel auch zwei Sovereigns entnommen, sie Elizabeth gegeben und sie gebeten, sie nach ihrem Gutdünken unter den Kindern aufzuteilen, weil sie, wie sie sagte, nie in die Stadt käme, um ihnen selbst Geschenke besorgen zu können. Sowohl Elizabeth als auch Dorry hatten von diesem Geschenk nichts wissen wollen, aber schließlich hatten sie sich doch dazu überreden lassen, es anzunehmen, und Kirsten hatte sehr wohl bemerkt, wie dankbar sie dafür gewesen waren.

Als sie nun hörte, daß Colum Geld brauchte, um sich einen Anwalt leisten zu können, war Kirstens erste Eingebung, ihm ihr kleines Vermögen, das sich nun auf fünfzehn Pfund belief, anzubieten. Noch vor achtzehn Monaten hätte sie diesen Betrag als Reichtum betrachtet, doch sie hatte gelernt, daß es für manche Leute sehr wenig Geld war. Aber vielleicht reichte es dazu, Colum Rechtshilfe zu verschaffen, denn daß er um seinen Grund und Boden kämpfen wollte, ja mußte, war ihr klar. Nur erhob sich dabei sofort die Frage, ob sie sich mit dieser Hilfe nicht gegen ihren Herrn wenden würde.

Und schon fragte sich Kirsten, weshalb Konrad Knutsson dies getan hatte. Er wußte, daß sie mit den Flynns befreundet war. Er konnte doch nicht so gehässig sein. Nein, ein Mann wie ihr Brotgeber war gewiß nicht gehässig.

Eine Woche lang war sie hin und her gerissen zwischen dem Wunsch, Colum das Geld auszuhändigen und ihm damit zu helfen, und jenem, sich nicht gegen Konrad Knutsson zu wenden, ihn nicht daran zu hindern, zu bekommen, was er sich offenbar so brennend wünschte! Doch bei ihrem nächsten Besuch jenseits des Flusses brachte Kirsten ihre fünfzehn Pfund mit.

Die Flynns waren über ihr Angebot ganz verblüfft. Sie zeigten es auf ganz verschiedene Weise. Dorry rieb sich ihr Gesicht, bis es ganz rot war; Elizabeth schüttelt nur den Kopf, während sie Kirstens Hand hielt; Dan nahm sie in die Arme und drückte sie fest an sich; die Kinder standen um sie herum und zupften sie am Kleid. Nur Colum stand anscheinend völlig unbewegt da, als ginge ihn die ganze Sache nichts an. Und erst nachdem alle ihre Meinung geäußert hatten, sagte er nein. Ohne jede Erklärung. Selbst als sie am Fluß angelangt waren und Colum Kirsten auf den ersten Schrittstein hinaufhalf, wiederholte er »Nein«. Aber sein Blick war sanft und sein Händedruck zärtlich. Während sie zögernd stehenblieb, wanderte Kirstens Blick zu der gelben Deichsel hinaus, die noch immer im Flußbett feststeckte. Rasch drehte sie sich um und sagte: »Sie wollen mein Geld nicht, weil ich drüben dafür gearbeitet habe, nicht wahr? Aber wenn ich Ihnen zu Geld verhelfen könnte, das niemandem gehört, würden Sie ... würden Sie es dann nehmen?«

»Geld, das niemandem gehört?« Er reckte das Kinn und lachte. »Sie meinen wohl römische Münzen, die man da und dort an der Mauer entlang ausgräbt?«

»Nein, ich meine keine römischen Münzen. Und vielleicht ist auch gar kein Geld drin, es ist nur eine Vermutung. Wenn ich auch ziemlich sicher bin ...« Sie entzog ihm die Hand, deutete auf den Fluß hinaus, zu der gelben Deichsel, und fügte dann langsam hinzu: »Dort drinnen, in der Deichsel.«

Er hatte die Augen zusammengekniffen und sah sie erstaunt an, als er leise sagte: »Sie glauben, daß in diesem Deichselstück Geld ist?«

»Ja, das glaube ich.«

Er starrte sie an. »Geld aus dem Wagen, in dem ... in dem Sie gekommen sind?«

Kirsten nickte. »Hop Fuller – ich habe Ihnen doch von ihm erzählt – hat sich immer an dem Endstück der Deichsel zu schaffen gemacht, wenn er glaubte, daß ich nicht hinsah oder schlief. Er besaß bestimmt Geld, aber ich habe nie etwas davon zu sehen bekommen, auch nicht, wo er es versteckt hat. Ich glaube nur, daß es sich im Endstück der Deichsel befindet. In einer Art Geheimfach.«

Er zog sie vom Schrittstein wieder auf festen Boden und fragte sie ruhig: »Warum haben Sie es dann nicht herausgenommen? Sie hatten es dringender nötig als wir!«

Sie lächelte schwach. »Ich … ich bin damals ja nur deshalb an den Fluß heruntergekommen. Aber da hat Barney das Stück selbst in den Händen gehabt.«

»Warum haben Sie es nicht gesagt?«

Ihr Lächeln wurde breiter. »Weil Sie es, noch ehe ich auch nur ein Wort sagen konnte, in den Fluß hinausgeworfen haben. Oder nicht?«

»Guter Gott!« Er ließ sie stehen und ging bis zum vierten Schrittstein, von wo er über das Wasser zur Deichsel hin aussah. Der Fluß war an dieser Stelle tief, die Schrittsteine standen in der Mitte bereits unter dem Wasser, das rasch dahinströmte. Er starrte lange hinaus, dann drehte er sich um, kam wieder zu ihr und sagte bekümmert: »Mußte ich es ausgerechnet dorthin werfen? Es ist die gefährlichste Stelle. Genau die, wo unser kleiner Hund ertrunken ist. Ich glaube, ich habe es Ihnen erzählt. Gleich neben der Deichsel befindet sich ein Strudel, der einen mit aller Kraft nach unten zieht. Es ist genau wie die Stelle bei der Kirche von Bywell, wo vor gar nicht langer Zeit unser Vikar ertrunken ist.« Colum schüttelte den Kopf, dann blickte er abermals zur Flußmitte. Und nun war es, als spräche er zu sich selbst, als er sagte: »Wenn ich jetzt hineinginge, würde ich Kopf und Kragen riskieren. Der Fluß ist mächtig angestiegen, und der Sog ist immer stärker, wenn das der Fall ist. Später, in einer Woche vielleicht, wenn das Wasser wieder fällt …« Er sah Kirsten nun mit glänzenden Augen an und schloß: »Dann will ich es versuchen. Ja, ich werde es versuchen.«

Kirsten sagte ängstlich: »Nein, bitte nicht. Sie könnten ebenso hinuntergezogen werden wie Ihr kleiner Hund.« Ihre Stimme erstarb. Er sagte: »Ich werde mich festseilen. Und Sie könnten mich vom Ufer her halten.«

»Aber sie werden es nicht allein versuchen, ja? Nicht, solange ich nicht da bin, einverstanden?« sagte sie hastig und legte die Hand auf seinen Arm.

Er antwortete nicht, sondern sah sie nur an, ihr direkt in die Augen. Heute schielte sie weder, noch zuckte ihr rechtes Augenlid. Als sie seinen Blick vielsagend erwiderte, ergriff er ihre Hände und sagte: »Kirsten, es ist wahrscheinlich der unpassendste Moment, so etwas zu sagen, weil Sie am Ende glauben könnten, daß ich es nur deshalb tue, weil Sie mir die Geschichte mit der Deichsel erzählt haben, aber eigentlich müßten Sie mich jetzt schon gut genug kennen, um zu wissen, daß das nicht der Fall ist. Ich habe bisher nur deshalb den Mund gehalten, weil ich Ihnen gerade jetzt eine bestimmte Frage nicht stellen kann. Sie haben einen sicheren Posten und verdienen gut, und wir leben zur Zeit mehr oder weniger von der Hand in den Mund. Nicht, daß es so bleiben wird; wir haben gute Zeiten hinter uns, weshalb sollen wir sie also nicht auch vor uns haben? Aber ich habe mir nun einmal vorgenommen zu warten, nur noch eine kleine Weile, bis bei uns wieder alles in Ordnung gekommen ist und ich so etwas wie eine Zukunft für uns beide sehe. Sie wissen doch, was ich Sie fragen will, Kirsten, nicht? Ich möchte ... dich fragen, ob du mich haben, ob du eines Tages meine Frau werden willst. Willst du?«

Am liebsten wäre sie ihm an die Brust gesunken und hätte ausgerufen: Oh, Colum, Colum, natürlich will ich deine Frau werden. Danke, danke tausendmal, daß du mich gefragt hast. Nie hätte ich gedacht, daß ich jemals einen Heiratsantrag bekommen werde, mit diesem Auge! Aber alles, was sie zuwege brachte, war, ihn stumm anzusehen, mit bebenden Lippen und völlig verwirrt, weil sie genau wußte, daß sie, wenn sie Colum ihr Jawort gäbe, den Jungen verlassen müßte. Und Konrad Knutsson. Und sie wußte im Moment nicht, welcher von beiden sie am meisten brauchte. Wenn sie Colum eine Zusage machte, würde die Bindung an das Haus dort droben, die sie empfand, sich lockern und schließlich abreißen. Sie dachte an den Vergleich, den er schon oft gemacht hatte. ›Wenn ein Seil durchzuscheuern beginnt‹, hatte er gesagt, ›dann hält es nicht mehr lange.‹

›Seile sind wie Menschen‹, hatte er einmal zu ihr gesagt. ›Wenn es unter Menschen keine Harmonie gibt, reiben sie sich so lange aneinander, bis ihre Bindungen abgenutzt sind. Und wenn man das einmal feststellen muß, weiß man auch, daß sie bald auseinandergehen werden, ob es sich nun um zwei Freunde oder Mann und Frau handelt. Selbst wenn sie weiter im selben Haus leben würden, wären sie nicht mehr miteinander verbunden. Das Band wäre gerissen.‹ Und lachend hatte er geschlossen: ›Unsere Familie stellt aber Seile her, die nicht durchscheuern.‹

Und er hatte recht. Denn in seiner Familie herrschte Harmonie.

Als könnte er ihre Gedanken lesen, wurde sein Gesicht nun ernst, ja geradezu erzürnt, als er sagte: »Du zögerst.«

»Nein, Colum, nein. Es ist ... es ist nur wegen des Kindes«, sie deutete mit einer Kopfbewegung zum Gutshaus hinauf. »Der Kleine hängt an mir, er braucht mich, wo doch seine Beinchen so schwach sind und niemand sich darum kümmert. Ich ... ich könnte ihn jetzt nicht verlassen. Zumindest«, sie hielt inne und fügte leise hinzu: »Zumindest eine Zeitlang noch nicht.«

»Ach, wenn das so ist«, sagte Colum und lachte erleichtert auf, »dann...« Er ergriff ihre Hände, zog sie an sich und fragte eindringlich: »Es ist nur das, nicht wahr? Dann ist es nicht so schlimm. Denn auch bei uns wird es noch eine Zeitlang dauern, bis das Geschäft wieder etwas abwirft. Aber kann ich es denen da droben wenigstens sagen, ja? Sie wissen natürlich, wie es um mich steht, und zwar schon ziemlich lange.«

Kirsten wich seinem Blick aus und schüttelte ganz leicht den Kopf. Da zog er sie nur noch fester an sich und drängte: »Warum nicht? Warum denn nicht? Ach, Kirsten!«

Vielleicht veranlaßte ihn das Starrwerden ihres Körpers dazu, daß er die Brauen runzelte und sie losließ.

Noch immer standen sie dicht beisammen. Sie liebte ihn, wirklich, sie liebte ihn. Sie wußte, daß sie ihn seit jenem Tag liebte, wo er sie beinahe beim Vergraben der Juwelen überrascht hatte. Und doch bewirkte seine körperliche Nähe, daß sie an den Körper jenes anderen denken mußte, der neben ihr gelegen hatte. Eine innere Stimme sagte ihr, daß sie doch unmöglich zwei Menschen gleichzeitig lieben könnte, zwei Männer, von denen einer alt genug war, ihr Vater zu sein.

Rasch legte sie ihre Lippen auf Colums Mund, und sogleich drückte er sie wieder an sich und wiegte sie hin und her, wie sie es mit dem Kind tat. Seine Lippen fühlten sich hart und warm an, und er ließ sie lange Zeit auf den ihren ruhen. Als er schließlich aufhörte, sie zu küssen, standen sie, einander an den Händen haltend, da und lächelten sich befangen an. Und als er sie nun abermals fragte: »Kann ich es ihnen also jetzt sagen?« nickte Kirsten nur. Was hätte sie anderes tun können?

Als sie danach abermals auf die Schrittsteine zugingen, lachte er schallend und sagte, auf den Fluß hinaus zeigend: »Ob du's glaubst oder nicht, das da draußen habe ich für eine Weile völlig vergessen! Aber sobald das Wasser sinkt, werde ich es versuchen.«

Sie drehte sich rasch um, wie sie es vorhin getan hatte, und sagte in flehendem Ton: »Aber du wartest, bis ich wieder hier bin, versprichst du mir das?«

Er nickte, ergriff ihre Hand, ging ihr voran und sagte: »Komm jetzt, rasch auf den Grund und Boden des flachsblonden Bullen mit dir! Gott, wie ich diesen Mann hasse!« Noch einmal drehte sie sich um, und da fügte er hinzu: »Seit ich weiß, daß du sein Geld nimmst, noch mehr.«

In jener Nacht wurde es Kirsten, als sie den Kleinen im Arm hielt und ebenso liebevoll, wie sein angeblicher Vater es für gewöhnlich tat, auf ihn niedersah, klar, wie kompliziert ihr Leben geworden war. Die Gefühlsverwirrung, die sie von Tag zu Tag mehr quälte, erfüllte sie mit Furcht. Dabei gab es keine Menschenseele, bei der sie sich das Herz hätte ausschütten können, denn sie konnte und durfte ja niemandem die Wahrheit sagen.

13

Es war gegen neun Uhr abends, als Kirsten sich anschickte, zu Bett zu gehen, aber vom Gutsherrn, der eben ins Zimmer trat, daran gehindert wurde. Sie sah sofort, daß er getrunken hatte, aber er war nicht betrunken, nicht so, wie sie ihn schon manchmal zu Gesicht bekommen hatte.

Er kam auf den Zehenspitzen ins Zimmer in dem übertriebenen Bemühen eines leicht Angetrunkenen, ganz leise zu sein. Als er ans Bett des Kleinen getreten war und sah, daß der Junge noch wach war, drehte er sich mit breitem Lächeln zu Kirsten um und rief, als wäre das ein ganz außergewöhnlicher Anblick: »Sieh nur, er ist wach und lacht.« Er beugte sich nun über das Kinderbett und kitzelte den Kleinen am Kinn, während er mit heiserer Stimme losplapperte: »Da ist ja mein großer Junge. Papa ist gekommen, siehst du? Um dir gute Nacht zu sagen. Sag Papa … Papa. Mag der große Junge sein Bierchen, ja?« Noch immer über den Kleinen gebeugt, wandte Konrad sein Gesicht Kirsten zu, die etwas vom Bett entfernt stand, und fragte: »Trinkt er das Bier?«

»Ja, gnädiger Herr.«

»Mag er es?«

»Sehr sogar, gnädiger Herr.«

»Gut, gut. Ein großartiger Bursche!« Abermals blickte er auf das Kind nieder. »Was er für scharfe Zähnchen hat! Laß Papa mal sehen. Mach schön den Mund auf, so. Also bitte, sieh doch nur.« Er winkte Kirsten heran, als hätte sie die Zähne des Kleinen noch nie gesehen. Aufgeregt rief er: »Wieder ein neuer! Sieh doch nur, da ist eine weiße Spitze, das ist der dritte!«

»Ja, gnädiger Herr.«

»Wie schön und stark sie sind, richtige Brocken, fabelhaft, wirklich fabelhaft! Ach, du wirst es schon schaffen, du wirst es schon schaffen.« Er tätschelte die Wange des Kindes, dann wandte er sich von ihm ab und sagte nun weniger überschwenglich: »Was ist mit seinen Beinen, hm?«

»Er bewegt sie schon bedeutend besser, finde ich, gnädiger Herr.«

Er starrte sie über die Schulter an. »Du sagst das nicht bloß so?«

Seine Stimme klang rauh. »Nicht nur so, um mich zu besänftigen? Glaubst du wirklich, daß sie besser werden?«

»Ja, gnädiger Herr, das glaube ich.«

»Hast du versucht, ihn gehen zu lassen?«

»Nein, gnädiger Herr«, sie zögerte, »noch nicht. Ich glaube nicht, daß sie schon stark genug sind, um ihn zu tragen. Sein Oberkörper ist so breit.«

»Nun, wenn man nicht übt, werden sie niemals stärker werden. Versuch mit ihm zu gehen.«

»Gut, gnädiger Herr.«

»Komm her und setz dich.« Er ging zum Kamin und nahm auf dem davorstehenden Lederstuhl Platz, während sie ihm folgte und sich ihm gegenübersetzte. Einen Augenblick lang sah er sie an, verzog den Mund und sagte schließlich: »Rück deinen Stuhl hierher, und gib mir deine Hand.«

Als sie nebeneinandersaßen und ihre Hand in der seinen lag, blickte er ins Feuer und sagte: »Weißt du was, Kirsten?«

Sie erwiderte nichts, sondern wartete nur ab.

»Es ist sonderbar, wenn man es sich so recht überlegt, aber mein Sohn beginnt langsam, dir ähnlich zu sehen – wirklich, das tut er –, als wärst du seine Mutter. Ist dir das klar?« Er sah sie fest an, dann meinte er: »Na so was! Ist dir das am Ende etwa unangenehm?«

Sie schluckte, wie sie es immer tat, wenn sie spürte, daß sie zu schielen anfing.

»Weshalb?«

Das Wort war ein Befehl zu antworten, und sie stammelte: »Ich … ich werde vielleicht eines Tages fortmüssen, gnädiger Herr.«

»Fort? Fort? Wohin würdest du denn gehen? Du hast mir doch gesagt, daß du keine Familie hast.«

Als sie den Kopf senkte, ließ er ihre Hand los und stieß den großen Stuhl mit solcher Wucht zurück, daß es auf dem Holzboden ein laut scharrendes Geräusch machte. »Ich verstehe, ich verstehe. Du denkst daran, über den Fluß zu gehen, ist es das? Sieh mich an, Mädchen.« Er war nun der Gutsherr, der zu seiner Bediensteten sprach. Als er bemerkte, wie sie schielte, verzogen sich seine Lippen spöttisch, und er sagte: »Das ist etwas, wozu du nie imstande sein wirst: mich zu belügen. Dein Gebrechen verrät dich einfach, weißt du das?«

Hierauf wußte Kirsten nichts zu sagen, denn belog sie ihn denn nicht die ganze Zeit über?

»Was bedeuten diese Leute für dich?« Immer noch sprach sie kein Wort.

»Seiler sind es, Gesindel, keine anständigen Menschen. Das Familienoberhaupt ist so faul, wie es lang ist. Dieser Kerl läßt sich von Frau und Kindern aushalten. Und die Frau, die mit ihnen lebt, hat eine Krankheit, eine widerliche Krankheit, das weiß jeder. Der Mann, der sie heiraten wollte, hat es glücklicherweise rechtzeitig herausbekommen. Es sind Ausgestoßene, alle miteinander. Nun, was hältst du jetzt von den Flynns?«

»Dasselbe wie vorher, gnädiger Herr.«

»Mein Gott!« Er legte die Arme auf den Kaminsims und starrte einige Zeit ins Feuer, ehe er sagte: »Eine deratige Loyalität ist mir in meinem ganzen Leben noch nicht begegnet!« Dann drehte er sich derart rasch um, daß sie erschrocken zusammenfuhr, setzte sich wieder neben sie, ergriff ihre beiden Hände, blickte ihr in die Augen und sagte mit einer Stimme, die absolut nicht zu ihm paßte, weil sie geradezu flehend klang: »Verlaß mich nicht, Kirsten. Bitte verlaß uns nicht. Wir brauchen dich beide. Mein Haus ist so einsam, zerstritten. Alles, was ich habe, ist mein Sohn.« Er warf einen flüchtigen Blick auf das Kinderbett. »Und alles, was ich mir für ihn wünsche, ist, daß er eines Tages gerade gehen kann und daß er seinen Verstand zu benützen lernt. Ich … ich habe Pläne, Kirsten.« Er schwang ihre Hände hin und her. »Sowie er ordentlich sprechen kann, werde ich ihm einen Hauslehrer nehmen, und der soll nicht nur ihn, sondern auch dich unterrichten. Stell dir doch bloß vor! Ich möchte, daß du gebildet wirst, Kirsten. Es ist nie zu spät dafür, du bist noch keine sechzehn. Wenn du zwanzig bist, könntest du eine richtige Dame sein.« Er hielt sie nun von sich ab und sah sie lächelnd an. »Stell dir das nur vor. Du, Kirsten MacGregor, könntest eine gebildete, richtige Dame sein.«

Als er feststellen mußte, daß diese Aussicht ihr nicht die mindeste Freude zu machen schien, stieß er sie ungeduldig von sich, warf sich in seinen Stuhl zurück, legte den Kopf schräg, heftete den Blick auf den Fußboden und knurrte: »Geh, verschwinde aus meinen Augen. Du kannst deine Sachen von mir aus auf der Stelle packen und mich verlassen. Geh nur!«

Sie rührte sich nicht, sondern sagte ganz ruhig: »Es wird noch einige Jahre dauern, bis ich Sie verlasse, gnädiger Herr.«

Langsam hob er den Blick und wiederholte: »Einige Jahre? Meinst du das im Ernst?«

»Ja, gnädiger Herr.«

»Ach, bis dahin«, sagte er, indem er tief ausatmete und sich wieder in seinen Stuhl zurücklehnte, »kann eine Menge geschehen. Einige Jahre! – Paß auf, ich hab dir ein Buch mitgebracht, ein Geschichtenbuch aus Schweden mit vielen Bildern darin. Ich hab es auf den Tisch neben der Tür gelegt. Bring es her.«

Als sie seiner Aufforderung gefolgt war, zog er sie wieder auf den Stuhl neben dem seinen nieder, schlug das Buch aufs Geratewohl auf und sagte: »Das hier ist ein Bild der Dichterin Hedvig Charlotta Nordenflycht, die im vorigen Jahrhundert gelebt hat. Eine großartige, sehr gescheite Frau. Das vergangene Jahrhundert nennt man in Schweden das Zeitalter der Freiheit. Es war einerseits gut und andererseits schlecht. Ich bin nicht der Meinung«, er sah sie nun direkt an und fuhr mit Betonung fort, »daß Menschen, die nicht verstehen, wie man es fruchtbar hält und verwaltet, Land besitzen sollten.« Dann blickte er wieder in das Buch und sagte: »Den schwedischen Bauern wurde gestattet, Land zu besitzen, aber sie waren nicht zufrieden damit, sie wollten keine Steuern zahlen. Sie erhoben also Einspruch, weil gewisse Gebiete, die den Adligen gehörten, von der Steuer ausgenommen waren. Dabei hat es sich jedoch um ein Privileg gehandelt, das ihnen für geleistete Dienste erteilt worden war. Bis zu diesem Zeitpunkt hatten Bauern ein solches Recht noch nicht erworben. Weißt du«, er sah sie an, »ich fühle mich im Grunde genommen mehr als Schwede denn als Engländer. Wofür hältst denn du mich?«

Kirsten sah ihn leise lächelnd an, als sie erwiderte: »Ich kann es nicht sagen, gnädiger Herr. Sie sind ja der einzige Schwede, dem ich in meinem Leben bisher begegnet bin.«

»Aber ich bin kein Schwede, ich bin Engländer. Bin ich nicht wie andere englische Männer, die du kennst?«

Andere englische Männer. Welche anderen Engländer hatte sie denn bisher kennengelernt? Er war auf alle Fälle der bewunderungswürdigste Mann, den sie je kennengelernt hatte, sogar bewundernswerter als Colum, weil er eben ein Herr war. Sie lächelte nun übers ganze Gesicht, als sie sagte: »Sie sind anders als alle andern, die ich kenne, gnädiger Herr.«

Er hielt ihren Blick mit dem seinen fest, hob die Hand vom Buch und berührte sanft ihre Wange. Und als sie rot wurde und er die aufflammende Wärme an seinen Fingern spürte, nahm er sie rasch weg, als sei er verbrannt worden. Er wendete sich wieder seinem Buch zu und sagte: »Du mußt dieses Buch von Anfang an lesen. Vielleicht wirst du es zuerst nicht leicht finden, dann liest du es eben wieder und immer wieder. Es wird dir zeigen, wie andere Menschen leben. Dieses Kapitel hier«, er blätterte einige Seiten um, »handelt vom Riksdag; das ist die schwedische Bezeichnung für Parlament, verstehst du?«

Kirsten nickte, verstand es jedoch nicht. Was wußte sie denn schon vom Parlament, ob nun hier oder anderswo? Was sie wußte, war, daß die Königin mit ihrem Gemahl, der Albert hieß, in London residierte und im vergangenen Jahr in einem riesigen Glashaus eine Ausstellung eröffnet hatte, zu deren Besichtigung Menschen aus aller Welt gekommen waren. Mrs. Poulter hatte ihr das erzählt. Ihre Herrschaft hatte sich diese Ausstellung angesehen, als sie in London gewesen waren. Aber Parlament? Sie wußte nichts vom Parlament und nichts von jenem Riksdag, über den Konrad Knutsson gesprochen hatte. Sie blickte auf das Buch nieder. Es waren größtenteils lange Worte, die aus dreizehn, vierzehn oder gar fünfzehn Buchstaben bestanden, schätzte sie. Sie war stolz, daß sie lesen konnte, und die Gedichtbände, die Colum ihr lieh, konnte sie auch tatsächlich lesen. Aber in diesem Buch, das sah sie sofort, wimmelte es von ihr völlig fremden Worten.

»Hörst du mir zu?«

»Ja, gnädiger Herr.«

Er wendete eine Seite um und deutete auf das Bild eines Mannes, der eine Rüstung trug. Das schwarze Haar fiel ihm auf die Schultern, und sein dicklippiger Mund war von einem herabhängenden Schnurrbart umrahmt. »Das ist Karl X.«, sagte der Gutsherr. »Er war ein Feldherr. 1656 führte er die Schlacht gegen Warschau an, eine großartige Schlacht, weißt du. Man hat mir schon oft gesagt, daß ich, wenn mein Haar schwarz wäre, sein getreues Abbild wäre. Findest du das auch?«

Sie blickte vom Bild des Kriegers zu Konrad Knutsson und schüttelte nur lachend den Kopf.

»Nein?«

»Nein, gnädiger Herr.«

»Er ist ein gutaussehender Mann.«

»Möglich, gnädiger Herr; abgesehen davon, daß er viel zu dicke Lippen und einen zu fleischigen Hals hat.«

Abermals sah er das Bild an, dann nickte er ihr zu und meinte keinesfalls unzufrieden: »Ja, ja, das stimmt. Er ist tatsächlich ein bißchen zu üppig ausgefallen, hier und hier.« Als er auf seine eigenen Lippen und den Ansatz seines Doppelkinns klopfte, sah sie ihn an, wie eine Mutter ihren Sohn angesehen hätte, der auf seine Vorzüge hingewiesen und eine Bestätigung verlangt hatte. Er war in gewisser Hinsicht so jung, ganz wie ein Knabe. Sie konnte sich nicht vorstellen, daß Colum so gehandelt hätte.

Sie kam sich in diesem Augenblick richtig weise vor, als sie – ganz von selbst, ohne jegliche Erfahrung – erkannte, daß dieser Mann mit all seiner Macht und all seinem Vermögen, mit all seiner Bildung und all seinem Ansehen Beruhigung und Trost auf eine Art und Weise benötigte, wie Colum dies niemals brauchen würde. Und daß dieser Mann hier imstande war, ihr Mitleid zu erregen. Vor allem jedoch, daß es nicht das Kind mit seinen verkrümmten Beinchen war, das sie hier festhielt, sondern sein angeblicher Vater.

Mitleid kam ihr wie eine Fessel vor, an der der Angekettete vergeblich zerrt.

Weshalb kamen ihr nur derlei Gedanken in den Sinn?

Wiederum ließ er sie auffahren, diesmal dadurch, daß er das Buch heftig zuschlug. »Du bist nicht bei der Sache, Kirsten.« Dann stand er auf und fügte hinzu: »Sicher bist du müde. Geh schlafen.«

Er trat an den Tisch, legte das Buch nieder, ging zur Tür, drehte sich dort noch einmal um und sagte: »Gute Nacht, Kirsten« – »Gute Nacht, gnädiger Herr«, antwortete sie. Und abermals mußte sie denken: Es ist schon so; Mitleid ist wie eine Fessel.

14

Es war windstill, und die Sonne schien, als Colum, vorsichtig und sich am Seil festhaltend, über die Schrittsteine ging. Weste, Hemd, Stiefel und Strümpfe hatte er abgelegt und die Hose bis über die Knie hochgerollt. Um seine Taille hatte er das Seil geschlungen.

Kirsten stand da und beobachtete gespannt, wie er zu den Felsen hinüberkletterte. Das Wasser reichte ihm nur um ein weniges über die Knie, obwohl er bereits den halben Weg bis zur Flußmitte zurückgelegt hatte. Trotz des Sonnenscheins fröstelte sie, auch war ihr die Vorstellung beklemmend, daß ihr Kältegefühl nichts war im Vergleich mit dem seinen, denn da noch immer Schnee auf den Hügeln lag, war der Fluß selbst im Sommer kalt.

Nun schien ihm das Wasser bereits bis unter die Achsel zu gehen, sie konnte es auf die Entfernung hin nicht so genau ausnehmen, doch spürte sie das Ziehen an der Leine. Sie sah, wie sich Colum vornüberbeugte, einen Felsvorsprung packte und sich daran festklammerte. Nur mit Mühe konnte sie sich davon zurückhalten, zu rufen: ›Komm zurück, komm zurück, es ist es nicht wert.‹

Es hatte den Anschein, als wäre die gelbe Deichsel nur noch eine Armeslänge von ihm entfernt, aber sie schätzte, daß es sich in Wirklichkeit zumindest um vier Schritt handeln mußte. Wieder spannte sich das Seil ruckartig in ihren Händen, und nun schwamm er los. Wie er es ihr beigebracht hatte, ließ sie es durch ihre Hände gleiten. Die beste Methode, zur Deichsel zu gelangen, hatte er gesagt, wäre, sich ihr über die großen Felsbrocken zu nähern, dem Flußlauf entgegengesetzt. Tat er es jedoch vom Ufer aus, in der Strömungsrichtung, so würde er dem Strudel gefährlich nahe kommen.

Als sie seinen Kopf im Wasser untertauchen sah, schrie sie »Colum! Colum!«, aber noch ehe das Echo verklungen war, tauchte er wieder an der Oberfläche auf. Ihr stockte der Atem, als sie sah, wie er die Hand ausstreckte, immer weiter und weiter, bis er die gelbe Deichsel zu fassen bekam. Im gleichen Augenblick sah sie jedoch, wie sein Körper von der Strömung gepackt wurde und er gegen die Felsen schlug. Abermals schrie sie: »Colum, Colum! Laß es!

Colum, laß es sein!« Sie konnte sehen, wie sein Körper inmitten des aufschäumenden Wassers hin und her geschlagen wurde wie eine dünne Holzplanke, die an einen Pfahl angebunden ist, denn er hing immer noch an der Deichsel.

Innerhalb der wenigen Sekunden, in denen sie beobachtete, wie er flußabwärts getrieben wurde, sah sie sich im Geist bereits zu seinem Haus hinauflaufen, um zu berichten, was geschehen war. Und sie spürte direkt, wie sie sie ansahen, und hörte sie sagen: ›Wir hätten dich nie über die Schwelle lassen sollen. Es stimmt schon, was die Leute sagen: Du bringst nur Unglück.‹

Sie lief nun am Ufer entlang, immer noch krampfhaft das Seil festhaltend, ohne zu bemerken, wie ihre Handflächen durch die Reibung aufgerissen wurden. Sie konnte nur an eines denken: daß Colum am anderen Ende des Seils hing und hilflos hin und her gewirbelt wurde, so wie sie einst hin und her gewirbelt worden war.

Sie wußte nicht, was sie dazu trieb, um einen Baum herumzulaufen, der weit über den Fluß hineinragte; dann, als sie meinte, die Lungen würden ihr vor lauter Keuchen im nächsten Moment bersten, blieb sie einen Moment lang stehen und beobachtete, wie er sich mit Hilfe des Seils von der Strommitte fortkämpfte.

Als er endlich wieder im Seichten war, hatte er nicht genügend Kraft, um aufzustehen. Hastig verknotete sie das um den Baum geschlungene Seil mehrmals, so fest sie nur konnte, und watete ihm entgegen, nachdem sie die Schuhe ausgezogen hatte.

Als sie bei ihm angelangt war, war er nur noch zehn Fuß vom Ufer entfernt, aber selbst hier konnte man die Gegenströmung noch derart spüren, daß Kirsten beinahe selbst umgerissen worden wäre, wenn sie sich nicht an Colum angeklammert hätte. Dann stolperten sie gemeinsam zum Ufer, wobei sie mehrmals hinstürzten, bis sie schließlich, vor Erschöpfung keuchend, trockenen Boden unter den Füßen hatten und einfach liegenblieben, wo sie hingefallen waren.

Es war Kirsten, die sich als erste erhob. »Mein Gott!« rief sie erschrocken, denn es kam ihr vor, als wäre jeder Zoll seines Brustkastens zerfleischt. Blut sickerte aus mehreren Wunden, und sein Daumen sah aus wie eine formlose Masse. Auch sein Gesicht war durch einen tiefen Schnitt entstellt, und seine Füße bluteten heftig.

»Oh, Colum, Colum!« Sie schlang die Arme um ihn, drückte seinen Kopf an ihre Brust und küßte ihn mit einer Hingabe, wie sie sie ihm gegenüber noch nie so offen gezeigt hatte. Als sich seine Arme um sie legten, sanken sie beide hintenüber, und er erwiderte ihre Zärtlichkeiten. Dann legte er sich zurück, sah sie an und lächelte, während sie sich über ihn beugte und stammelte: »Ich hätte dich das nie tun lassen dürfen. Wir hätten warten sollen, bis das Wasser sinkt. Oh, Colum, Colum, du hättest ertrinken können! Mein Gott, wie siehst du nur aus! Du wirst dich morgen überhaupt nicht rühren können. Wenn deine Leute dich so sehen werden!« Sie schüttelte den Kopf. »Und alles für nichts und wieder nichts.«

Er setzte sich nun langsam auf und sagte: »Ja, alles umsonst.« Dann blickte er auf den Fluß hinaus und fügte hinzu: »Es ist schrecklich da draußen. Ich wußte schon immer, daß es an dieser Stelle schlimm ist; muß es ja auch, schließlich hat es dort unsern Paddy runtergezogen, und er war ein kräftiger kleiner Kerl, der schon als Welpe geschwommen ist wie ein Fisch.« Er drehte sich zu ihr um, sah sie an und sagte: »Ich gebe zu, daß ich mich gefürchtet habe, sehr sogar. Ich dachte, es sei mein Tod. Und dabei hätte ich nie geglaubt, daß mir irgendwas Angst einjagen könnte. Damit hab ich mich oft und oft gebrüstet, daß ich keine Furcht kenne. Aber noch vor wenigen Minuten, da draußen, weißt du, da hab ich große Angst gehabt.« Er schüttelte gleichfalls den Kopf. »Und alles umsonst, wie du sagst.«

Er stand mühsam auf und trat an die Flußbiegung. Dort beugte er sich nieder und tauchte die Hand ins Wasser, denn sie blutete am stärksten.

Rasch zog Kirsten ein Taschentuch hervor und machte einen Notverband um seinen Daumen. Während sie dies tat, blickte er flußaufwärts zu den großen Felsbrocken und rief auf einmal ganz außer sich: »Sie ist weg. Sieh nur, die Deichsel ist weg. Ich muß sie lockergemacht haben. Sie ist fort.«

Nun standen sie nebeneinander und suchten eifrig das Wasser ab, um zu sehen, ob die Deichsel sich irgendwo festgeklemmt hätte. Aber es gab nicht das geringste Anzeichen dafür, und so sagte Colum: »Wahrscheinlich ist sie statt mir hinuntergezogen worden. Aber wart einmal. Ich bin nicht bis zum Strudel gekommen. Denn dann wäre ich jetzt nicht hier, soviel steht fest. Ich muß das verdammte Ding im letzten Moment losgelassen haben. Komm.« Er eilte, so schnell er in seinem angeschlagenen Zustand konnte, am

Ufer entlang. Sie lief hinterher und fragte atemlos: »Wo? Wo, glaubst du, daß sie stecken kann?«

»Hinter der Flußbiegung. Alles, was man ins Wasser wirft, wird dort von den Felsen aufgehalten.«

Als sie um die Flußbiegung kamen, stieß er einen Schrei aus. »Da ist sie! Da ist sie!«

Das Deichselstück lag mit der Breitseite an einem der Felsblöcke, ziemlich weit draußen. Kirsten versuchte verzweifelt, Colum zurückzuhalten, aber er war bereits wieder im Wasser und watete auf den Felsbrocken zu.

Entsetzt schlug sie die Hände vors Gesicht, aber nur für einen Augenblick. Dann ließ sie sie sinken und beobachtete, wie er wiederum im tiefen Wasser sich vorankämpfte, die Hand nach dem gelben Holzstück ausstreckte, es zu fassen bekam und es an sich zog. Triumphierend winkte er ihr zu, watete zum Ufer und betrat schließlich wieder festen Boden.

Als er ihr das Deichselstück entgegenhielt, griff Kirsten rasch zu und sah es an. Das abgesplitterte Ende war nun nur noch blaßgelb, und die einstige Bemalung wirkte völlig verwaschen. Als käme sie erst nach und nach zu sich, kniete sich Kirsten nieder und ließ ihre Finger hastig über das durchweichte Holz gleiten, erst auf der einen, dann auf der anderen Seite. Als eine Stelle nachzugeben schien, verharrten ihre Finger reglos, und mit stockendem Atem sah sie Colum an, der sich ihr gegenüber niedergelassen hatte. Seine Augen leuchteten, als hätte er all seine Verletzungen völlig vergessen. Er flüsterte aufgeregt: »Hast du es?«

Sie antwortete nicht, preßte jedoch die Finger noch fester auf die Stelle, wo sie vorhin den Widerstand gespürt hatte. Die längst eingerostete Feder funktionierte nicht mehr, aber ein Deckel im Holz begann sich zu bewegen wie eine versperrte Tür, deren Klinke man niedergedrückt hatte. »Da ist es … hier … hilf mir, es zurückzuschieben!«

Gemeinsam preßten sie nun die Finger in die winzige Vertiefung, und mit einemmal sprang das Schloß auf. Sie starrten beide schweigend auf einige kleine Lederbeutel.

»Los«, flüsterte er heiser, »sie gehören dir.«

Als sie zögerte, danach zu greifen, sagte er abermals: »Los, los!«

Mit einer raschen Bewegung, als seien die Beutel glühend, nahm sie einen nach dem andern heraus und ließ sie zwischen Colum und sich zu Boden fallen. Es waren fünf; vier kleine, die ein wenig länger waren als ihr Daumen und nur ungefähr eineinhalb Zoll breit; der fünfte Beutel war ebenso lang wie breit. Den ergriff Kirsten zuerst, und als ihre zitternden Finger den Knoten der Schnur, mit der der Beutel verschlossen war, nicht aufbrachten, schob sie ihn Colum zu. Während er ihn aufknüpfte, sickerte das Blut aus dem Taschentuch, das sie ihm um den Daumen geschlungen hatte, und tropfte auf die ersten Münzen, die er aus dem Beutel herausschüttete. Es waren Silbershillings. Kirsten blieb vor Enttäuschung der Mund offenstehen, als sie es bemerkte. Sie sah Colum an und sagte: »Nur Shillings.«

Auch seine Miene drückte Enttäuschung aus, doch klang seine Stimme lebhaft, als er sagte: »Shillings ergeben Sovereigns. Komm, zählen wir sie.«

»Nein, nein. Mach erst die andern auf.« Sie gab ihm den nächsten Beutel, während sie selbst sich anschickte, den dritten zu öffnen. Als sie sie fast gleichzeitig ausleerten, fielen Sovereigns heraus. Nun sahen sie einander mit glänzenden Augen an. Ohne ein weiteres Wort zu verlieren, nahmen sie die übrigen Beutel in Angriff, die jedoch bloß mit Halb-Sovereigns gefüllt waren.

»Zähl sie! Zähl sie! Erst die Sovereigns.«

»Ein, zwei, drei, vier, fünf, sechs, sieben ...« Es war wie ein Wechselgesang, den sie nun anstimmten.

Als Kirsten bei neunzehn angelangt war, hielt sie inne, während Colum bis einundzwanzig zählte. Dann flüsterte er: »Vierzig Sovereigns! Vierzig ganze Sovereigns!«

»Und das da. Und das da.« Sie wühlte mit beiden Händen in den Halb-Sovereigns, und wiederum begannen sie zu zählen. Zweiundzwanzig dieser Münzen befanden sich in dem einen und sechsundzwanzig im anderen Beutel, vierundsechzig Pfund außer dem Silbergeld. Langsam begannen sie nun das Silber zu zählen. Es waren dreieinhalb Pfund; alles zusammen ergab siebenundsechzig Pfund und fünf Shillings. Sie knieten da und sahen einander fassungslos an. Dann sanken sie sich in die Arme. Als er sie ins Gras rollte, naß, wie sie beide waren, und er selbst blutend, lachte sie, wie sie noch nie gelacht hatte, so wie Mädchen ihres Alters normalerweise eben lachten. Schließlich wurden sie beide wieder etwas ernster, und er rief aus: »Dein Gesicht, Kirsten! Es ist voller Blut.« Und sie erwiderte: »Ach, das macht nichts. Sehen wir zu, daß du heimkommst und dein Daumen ordentlich verbunden wird. Und auch sonst müssen wir dich verarzten.« Als sie einen Augenblick später fragte: »Hast du Schmerzen, Colum?« lachte er laut, deutete auf den Boden und rief: »Bei dem Geld?«

Er war aufgestanden, als er das sagte, und nun meinte er wieder völlig ruhig: »Was mach ich soviel Wirbel um die Sache? Es ist nicht mein Geld, sondern deins; und du hast es dir, nach allem, was du bei dem Kerl durchgemacht hast, wahrlich verdient. Aber wenn du einverstanden bist, nehm ich mir ein bißchen was davon, sagen wir zehn Sovereigns; das müßte für die Anwaltskosten reichen.«

»Nein, nein.« Kirsten stand vor Colum und legte ihre Hände auf seine bloßen Schultern. »Ich will nichts davon, Colum, nicht einen Penny; das einzige, worum ich dich bitte, ist, daß du Elizabeth, Dorry und den Kindern etwas kaufst.«

Er schüttelte den Kopf. »Nein, ich kann das nicht nehmen, Kirsten, nicht das Ganze.«

Da breitete sie die Arme aus und sagte: »Nun frag dich doch einmal selbst, was ich damit anfangen soll! Wenn ich es mit hinübernähme, würden sie es am Ende finden und mir alle möglichen Fragen stellen; man kann in dem Haus nichts geheimhalten.«

Selbst während sie dies aussprach, war ihr bewußt, daß sie damit die Unwahrheit sagte, denn sie hatte sowohl innerhalb als auch außerhalb des Gutshauses Geheimnisse. Manchmal verursachte ihr der Gedanke daran, was sie in der Nähe der Mauer versteckt hatte, wahre Alpträume. Sie fuhr mit leicht gesenktem Kopf fort: »Wir werden eines Tages Geld brauchen, Colum, wenn wir einen eigenen Hausstand gründen.«

»Natürlich, da hast du recht.« Er zog sie an sich und küßte sie lang und innig, bis sie sich lachend freimachte und sagte: »Sieh mich an, jetzt bin ich tatsächlich über und über mit Blut beschmiert. Höchste Zeit, daß ich mich saubermache. Und mit meinen nassen Sachen muß ich auch was tun. Komm!«

Sie sammelten die Münzen ein und warfen sie aufs Geratewohl in die kleinen Beutel. Als sie schon aufbrechen wollten, packte Colum die Deichsel und sagte: »Die hier will ich aufbewahren bis zu meinem letzten Atemzug. Weißt du, was ich mit ihr machen werde?« Er nahm das Deichselende unter den Arm. »Ich werde sie in meinem Sarg verarbeiten, wenn es sich herausstellen sollte, daß ich damit meinen Grund und Boden retten kann.« Abermals sprach er von dem Grund und Boden als dem seinen. »Ich werde die Deichsel in die Mitte des Sargdeckels einfügen; es wird in der ganzen Grafschaft, was sag ich, im ganzen Land keinen Sarg geben, der dann mit meinem zu vergleichen ist.«

Fröhlich lachend kletterten sie hügelaufwärts und stießen, kaum daß sie ›Tarn Abode‹ erreicht hatten, auf Kathie und Michael, die mit ihnen den Hof überquerten, wo Colum zur Seilerei hinüberrief: »Dad! Barney! Kommt her, kommt her! Seht doch nur.«

Wie eine Schar aufgeregter Kinder eilten sie alle miteinander in die Küche, wo Dorry, lautstark wie immer, rief: »Was ist denn los? Was gibt's denn? Brennt es? Hallo, Mädchen.« Sie sah Kirsten von Kopf bis Fuß an, dann schrie sie: »Mein Gott, in was habt ihr euch denn eingelassen? In einen Kampf? Und du, Junge, schwimmst ja geradezu im Blut!«

»Ist nicht so schlimm«, erwiderte Colum. »Wo ist Ma?«

»Hier bin ich«, sagte Elizabeth, die eben aus dem Lagerraum kam. Dann rief auch sie, wenn auch mit mehr Fassung als Dorry vorhin: »Was ist euch beiden denn nur zugestoßen?«

»Das hier ist uns beiden zugestoßen.« Damit schüttete Colum Sovereigns, Halb-Sovereigns und Shillings auf den Küchentisch, und sie starrten alle wortlos darauf. Schließlich brach Colum das Schweigen. »Das war in der gelben Deichsel, die mitten im Fluß feststeckte. Kirsten hat es die ganze Zeit über gewußt.« Er zog Kirsten an sich. »Sie hat uns Glück gebracht, trotz allem, was die Leute reden.«

Bei diesen Worten lag noch immer ein Lächeln auf Kirstens Gesicht, obwohl ein Frösteln ihr Herz berührte. Sie kannte die Redensarten vom ›bösen Blick‹ zur Genüge. Was das leise Frösteln jedoch sofort wieder zum Verschwinden brachte, war, daß sie in diesem Haus dennoch willkommen geheißen, ja wie eine Tochter behandelt worden war, der von allen Seiten nur Feundlichkeit bezeigt wurde. Deshalb liebte sie sie ja so. Im Grunde genommen setzte sich ihre Liebe zu Colum aus der persönlichen Bindung und ihrer großen Zuneigung zu seiner Familie zusammen; sie konnte wahrhaftig sagen, daß sie sie liebte, jeden einzelnen von ihnen.

Sie machte sich nun von Colum los, beugte sich zu Kathie und Sharon nieder, ergriff deren Hände, schlug sie sanft zusammen und fragte: »Was hättet ihr am liebsten auf der Welt? Ihr könnt alles haben: Eine große Puppe, eine Spieldose, einen Ball. Alles. Und ihr selbstverständlich auch, Barney und Michael. Was hättet ihr am liebsten?«

Als Michael daraufhin mit glänzenden Augen und lachender Miene sagte: »Ein Stück Torte«, war es mit dem Geheimnis, von dem dieser Fund umgeben war, vorbei. Sie lachten laut heraus, fielen einander um den Hals, hielten einander fest, ohne Ausnahme. Selbst Elizabeth, die sonst so scheu war, tat mit. Da lag mitten auf dem Küchentisch eine Menge Geld, Gold- und Silbermünzen, an die sie bisher wahrlich nicht gewöhnt gewesen waren. Und alles, was der Junge sich wünschte, war ein Stück Torte.

Siebter Teil · Zerfall

15

Es geschah im Frühling 1853, daß Konrad eilige Vorbereitungen für eine Reise nach Schweden traf. Sein Großvater war gestorben, ganz plötzlich, wie es in dem diesbezüglichen Brief hieß. Und obwohl er mit Eilpost befördert worden war, war er – bedingt durch Postkutsche und Schiff – nicht rechtzeitig eingetroffen, so daß Konrad am Begräbnis selbst nicht teilnehmen konnte. Da aber das Testament nicht eher eröffnet werden durfte, als bis die ganze Familie versammelt war, mußte er unter allen Umständen so bald wie möglich nach Schweden reisen, um die ganze Angelegenheit nicht länger hinauszuzögern, als unbedingt sein mußte.

Konrad wollte schon in wenigen Tagen in Schweden sein, denn nie zuvor hatte er eine Geldsumme, wie sein Großvater sie ihm vermutlich hinterlassen hatte, so dringend gebraucht wie eben jetzt. Diese materiellen Gedanken hatten nichts mit dem aufrichtigen Kummer zu tun, den er wegen des Hinscheidens des alten Mannes empfand. Er hatte für seinen Großvater stets eine von Ehrfurcht erfüllte Zuneigung empfunden. Als er jung gewesen war, hatte er seine Philosophie aufgesogen wie ausgetrocknetes Ackerland den Regen.

Es war sämtlichen Zweigen der Familie wohlbekannt, daß Konrad hoch in der Gunst des alten Vittors gestanden hatte, und deshalb war ihnen auch allen klar, daß er einen größeren Anteil vom Vermögen des Eisenhüttenbesitzers zugesprochen erhalten würde als die übrigen.

Dennoch war der Zeitpunkt für eine solche Reise Konrads Meinung nach äußerst ungünstig. Die Marktlage in London beunruhigte ihn. Die Welt war unsicher geworden. Es herrschte überall Unruhe und Angst vor russischen Agenten. Die beiden großen Männer Russell und Palmerson versuchten, den Premierminister zu einer Konfrontation mit einem Rußland zu zwingen, das bestrebt war, die Türkei zu vernichten. Diese Unruhe war es auch, die die Weltmärkte zugrunde richtete.

Das Sinken seiner Goldaktien machte Konrad in letzter Zeit große Sorgen, und das war noch milde ausgedrückt. Was würde geschehen, wenn es Krieg geben sollte? Er mochte sich die Konsequenzen gar nicht ausmalen. Abgesehen von finanziellen Sorgen, denen er nun schon verhältnismäßig lange Zeit ausgesetzt war, gab es noch einen gefühlsmäßigen Druck, der ihm zu schaffen machte. Früher einmal hatte er vielerlei Arten von körperlicher Befriedigung gekannt, ob es sich nun um das Reiten oder andere Arten gesunder Betätigung, die dem männlichen Körper nötig waren, gehandelt hatte. Auch hatte es ihm immer großen Spaß gemacht, zu spielen – manchmal mit Glück, manchmal mit Pech. Aber es war, als wären all diese Vergnügungen mit einemmal schal geworden; das einzige, was ihn noch freute, war der, wie er glaubte, seinen Lenden entstammende Sohn.

Er liebte das Kind; ob gerade oder verwachsen, er liebte es. Für ihn war er der fröhlichste, aufgeweckteste kleine Bursche, mit dem ihm niemals langweilig wurde, schon weil sich der Kleine als weit über seine Jahre hinaus intelligent gezeigt hatte; schließlich war er eben erst zwei geworden. Überdies wurden seine Beine langsam kräftiger; wenn sie auch noch immer gekrümmt waren, unternahm er doch wahrhaft heroische Anstrengungen, sich auf ihnen aufrecht zu halten. Es tat Konrad direkt körperlich weh, wenn er sehen mußte, wie der Kleine stolperte und hinfiel, wenn Kirsten, die immer an sein Wohlbefinden dachte, ihn unter den Parkbäumen seine Gehversuche machen ließ.

Kirsten! Dieses Kind, dieses Mädchen, diese junge Frau, denn das war sie nun mit ihren wohlgeformten Brüsten und runden Hüften und einer Haut, deren Anblick allein einen schon glücklich stimmte. Und wenn man sie unbehelligt ließ, so daß ihre Gedanken ruhig waren, war auch ihr Auge völlig in Ordnung. Und dann war sie mit einemmal schön, so schön, daß es Konrad beinahe schmerzte. Ihre bloße Nähe begann ihn immer mehr zu beunruhigen, der Gedanke an ihre Verbindung mit diesem Flynn da drüben übrigens auch.

Das fiel ihm wieder ein, als er auf den Brief in seiner Hand niedersah, der von seinem Anwalt stammte. Er benachrichtigte Konrad davon, daß er den Prozeß gegen Daniel Flynn verloren hätte, weil die Klausel in der alten Urkunde, die er vorgelegt hatte, nicht beweiskräftig sei. Sie beziehe sich nämlich nur auf jenes Stück Land, das seinerzeit von Michael Flynn gekauft worden sei. Demnach erstrecke sich Konrad Knutssons Besitz nur bis zur Grenze des Parks, jedoch nicht bis zum Flußufer. Der Anwalt führte weiter aus, daß, wenn es jemals eine andere Abmachung gegeben hätte, diese bestimmt dokumentarisch festgehalten worden wäre. Aber nachdem er, der Anwalt, nach genauester Überprüfung sämtlicher Akten auf kein solches Dokument gestoßen sei, rate er seinem Klienten, keine Berufung einzulegen, sondern die Sache auf sich beruhen zu lassen.

Konrad brummte einen heftigen Fluch vor sich hin, sprang vom Stuhl auf, verließ eilig die Bibliothek, durchquerte die Halle und fragte den am Fuß der Treppe stehenden Slater, ohne stehenzubleiben: »Ist meine Frau schon ausgefahren?«

Slater blickte seinem Gebieter nach und sagte: »Nein, gnädiger Herr.«

Während Konrad mit langen Schritten den Treppenabsatz überquerte und in den zu den Gemächern seiner Frau führenden Korridor einbog, dachte er bekümmert, daß es weit mit ihm gekommen sei, wenn er als Herr des Hauses nicht einmal über das Kommen und Gehen dieser seiner Frau Bescheid wisse, sondern erst den Butler fragen müsse. Aber das lag wohl an ihm. Sie hatte ihn ja nicht zu Unrecht bezichtigt, den größten Teil seiner Zeit im Ostflügel zu verbringen. Nun, in diesem Punkt hatte sie recht. Welchen Vorteil hätte es auch bedeutet, die Mußestunden hier zu verbringen, wo es doch zwischen ihnen weder ein körperliches noch ein geistiges Band mehr gab?

Er betrat Florences Zimmer, ohne anzuklopfen. Sie war nicht zum Ausfahren gekleidet, wie er es vermutet hatte, wie es an jedem schönen Morgen der Fall war, sondern saß da und las. Er hatte sie, seit sie verheiratet waren, noch nie mit einem Buch in der Hand gesehen. Als er, nur noch einige Schritte von ihr entfernt, stehenblieb, blickte sie auf, als hätte sie erst jetzt seine Anwesenheit bemerkt. Sie hat sich verändert, überlegte er. Seit das Kind zur Welt gekommen ist, natürlich. Aber noch mehr während des vergangenen Jahres. Es lag etwas in ihrem Gesichtsausdruck, wenn sie ihn ansah, was er nicht analysieren konnte. Verachtung war es nicht – sie würde es nicht wagen, ihn zu verachten. Aber hatte sie ihm nicht allein damit Verachtung bezeigt, daß sie sich ihm verweigerte? Ihr Blick zeigte merkwürdigerweise nicht die geringste Spur von Nervosität oder Furcht. Dabei hatte sie sich früher einmal ganz sicher vor ihm gefürchtet. Sie war erwachsen geworden, das war es. Eine Frau war sie geworden, wenn ihre Stimme, ihre Redeweise und ihr ganzes Verhalten auch jetzt noch an ein Kind gemahnten.

Sie wartete darauf, daß er das Wort ergriffe. Also sagte er in ruhigem Ton: »Ich fahre heute nachmittag nach Newcastle, wo ich das Schiff nach Schweden noch zu erreichen hoffe.«

Sie sah ihn mit großen Augen an, sagte aber noch immer nichts. Er fuhr fort: »Mein Großvater ist gestorben. Ich habe es gestern erfahren.«

»Oh!« Sie senkte die Lider, was wohl Mitgefühl andeuten sollte. Dann ließ sie den Kopf sinken, jedoch nur sekundenlang. Schließlich reckte sie das magere Kinn, sah ihn mit leicht geöffnetem Mund an, als wollte sie etwas sagen, stand auf, legte das Buch auf den Tisch, ging zum Kamin hinüber, und erst dort fragte sie mit leiser Stimme: »Heißt das, daß ich nicht am Ball teilnehmen kann?«

»Ball?«

Sie drehte sich herum. »An dem Ball bei Miltons. Henry und Rose geben am Freitag abend einen Ball.«

Er schob die Unterlippe vor und machte eine ungeduldige Kopfbewegung, ehe er sagte: »Ich sehe keinen Grund dafür, daß du nicht daran teilnehmen solltest. Wenn du absagen würdest, wäre das reine Heuchelei; du hast meinen Großvater ja nicht einmal gekannt.«

Einen Moment lang herrschte völliges Schweigen, dann fragte sie: »Kann ich für den Ball meinen Schmuck haben?«

Er war an den Tisch, auf dem ihr Buch lag, herangetreten, nahm es auf, drehte es um und sagte, ihr über die Schulter einen Blick zuwerfend: »Aber selbstverständlich.«

Sie konnte ihren Schmuck ruhig haben, die Imitationen jener Juwelen, die gestohlen worden waren. Ja, was die wert waren, konnte sie haben.

Seine Blicke wandten sich wieder dem Buch zu, und er unterdrückte nur mit Mühe ein verächtliches Schnauben, als er den Titel las: ›Leitfaden für auserlesene Freizeitgestaltung und Studien.‹ Er blies die Wangen auf und blätterte es rasch durch. Da gab es ein Kapitel mit dem Titel ›Muschelkunde‹, das sich mit Muschelsammlungen befaßte. Eines über die Kunst des Ankleidens. Ein anderes über die Kunst des Stickens. Auch Kapitel über Insektenkunde und Mineralogie entdeckte Konrad und stellte beim flüchtigen

Durchlesen der ersten Sätze jeweils fest, daß die Dinge so dargestellt wurden, wie ein Lehrer sie einem sechsjährigen Jungen erklären würde. Und das war die Lektüre seiner Frau! Der Lesestoff der
Frau des Hauses und der Mutter seines Sohnes, den Florence, soweit ihm bekannt war, seit Monaten nicht mehr angesehen hatte,
ausgenommen jene seltenen Augenblicke vielleicht, wo sie von ihrem Fenster aus einen Blick in den Park riskierte. Was hatte all
seine Leidenschaft ihm eingebracht? Nun, er wollte sich selbst gegenüber nicht unfair sein. Er mußte sich fragen, was sein brennen-
der Wunsch nach einem Sohn ihm eingebracht hatte. Man konnte
nur inbrünstig hoffen, daß der Junge nicht die Charaktereigenschaften seiner Mutter geerbt hatte. Weitaus besser wäre es gewesen, wenn er etwas von der Kraft und Entschlossenheit, ja selbst
dem Aussehen Bellas bekommen hätte. Merkwürdig: Es war nicht
das erste Mal, daß er in letzter Zeit derlei dachte, obwohl er sich in
Gedanken doch viel mehr mit Kirsten beschäftigte. Das Gehirn,
stellte er fest, stellte schon einen ziemlich verwirrenden Mechanismus dar.

»Aber ohne Begleitung kann ich unmöglich auf den Ball gehen.«
Florences Feststellung klang, als wäre sie die Fortsetzung einer
Diskussion über dieses Thema. Konrad drehte sich zu ihr um und
sagte: »Nun, was erwartest du von mir? Soll ich dir jemanden als
Begleitung mieten?«

Sie senkte den Blick und schüttelte das Puppenköpfchen.

»Ich könnte eventuell Gerald übers Wochenende einladen.«

Er starrte sie an. Er konnte diesen jungen Tunichtgut nicht ausstehen, obwohl er nichts gegen ihn vorzubringen hatte. Gerald war
einfach ein Salonlöwe, wie er es bei sich nannte, geistlos, blaß, bis
obenhin voll mit seichtem Geplauder und dümmlichen Anekdo-
ten, die die Damen stets zum Kichern veranlaßten. Florence mochte ihn, er wußte, daß sie ihn mochte. Und wennschon! Sollte sie ruhig ihren Gerald und ein paar Stunden Gekicher haben; was hatte
sie schließlich schon vom Leben. Ihr einziges Sinnen und Trachten
schien sich auf die Pflege ihrer Figur und ihres Gesichtes zu richten. Kein Wunder, wenn der Titel des Buches, das so ein Geschöpf
zur Hand nahm, ›Leitfaden für auserlesene Freizeitgestaltung‹ lautete.

Er wollte schon aus dem Zimmer gehen, ohne Florence einer
Antwort zu würdigen, blieb aber an der Tür stehen, drehte sich um

und sagte: »Unter einer Bedingung: daß er weder Rover, Prinz noch Boß reitet. Ich werde entsprechende Anweisungen geben.« Damit verließ er sie.

Als er den Treppenabsatz überquerte, sah er Bella auf sich zukommen und dachte, daß sie müde aussähe, als hätte sie das Ersteigen der Treppe außer Atem gebracht; überdies schien sie besorgt. Er wußte immer, wann sie besorgt war. Er blieb stehen und fragte geradeheraus: »Stimmt etwas nicht?«

»Nicht stimmen? Was sollte nicht stimmen?«

»Du siehst müde aus. Weshalb machst du nicht ein bißchen Urlaub?«

»Ich brauche keinen Urlaub; das Leben ist ohnehin ein einziger, langer Urlaub.« Ihr Tonfall strafte ihre Worte Lügen. Sie sahen einander einen Moment lang fest an, ehe er sagte: »Sie will ihren Schmuck für den Ball der Miltons haben. Komm mit, damit ich ihn dir übergebe.«

»Weshalb heute schon?« Ihre Augen wurden groß. »Der Ball findet doch erst am Freitag statt.«

Sie gingen nebeneinanderher, als er erwiderte: »Ich fahre heute nachmittag nach Newcastle, wo ich mich nach Schweden einschiffe. Mein Großvater ist gestorben.«

Sie waren bereits in der Bibliothek angelangt, als sie sagte: »Das tut mir leid. Sie hatten ihn sehr gern, nicht?«

Vor dem Safe stehend, warf er ihr einen Blick zu, als wäre er ihr für ihre Worte dankbar, und sagte: »Ja, Bella, ich habe ihn sehr gern gehabt.«

Behutsam holte er Kollier und Diadem aus den Schatullen, hielt sie gegen das Licht, legte sie wieder an ihren Platz und schloß sie ein. Vom Tablett nahm er vier Ringe, die er in ein schwarzes Samttuch einschlug, das er Bella übergab. Als sie fragend auf das Samttablett im offenstehenden Safe niedersah, sagte er: »Vier sind völlig genug für eine Frau. Florence will doch sicher nicht aussehen wie Anna Bowen-Crawford. Die ist ja jedesmal wie ein Schlachtschiff aufgetakelt.«

Als Bella – wie sie es nur selten tat – darüber lächelte, erwiderte Konrad dieses Lächeln und sagte ganz spontan, obwohl er sich das Motiv für seine großzügige Geste selbst nicht erklären konnte: »Ich möchte dir gerne etwas schenken, Bella, etwas Wertvolles. Ich habe dir doch bisher noch nie etwas geschenkt.« Damit trat er rasch wieder an den Safe heran, holte das Tablett heraus, hielt es ihr hin und sagte: »Such dir etwas aus.«

»Nein, nein«, wehrte sie ab und trat zurück. »Das gehört doch Florence.«

»Das stimmt nicht, meine Liebe. Es gehört mir. Es ist der Schmuck meiner Mutter und meiner Großmutter. Such dir etwas aus. Komm, tu, was ich sage.«

Sie hielt seinen Blick eine Sekunde lang fest; dann trat sie zögernd näher und suchte sich einen einfachen Goldring mit einem einzigen Stein aus, der von einem Kreis winziger Perlen umgeben war. Knutsson rief hastig: »Weshalb diesen hier? Der ist doch am wenigsten wert! Sieh dir einmal den da an.« Er schob ihr einen schweren Goldring zu, der zwei Halbkreise von Diamanten aufwies, die eine aus Rubinen geformte Blume umgaben.

»Nein, nein, das ist der wertvollste; den hat sie ... den hat sie besonders gern.«

»Nimm ihn, Bella.«

Es verstrichen einige Sekunden, ehe sie den Ring aus seiner Hand entgegennahm. Dann sah sie ihm in die Augen und fragte ruhig: »Warum?«

»Warum? Aus dem einzigen Grund, weil ich dir bisher noch nie ein Geschenk gemacht habe. Du dienst seit Jahren hier, und was hast du dafür bekommen? Weniger als ich, würde ich sagen.«

»Konrad!«

»Es stimmt doch, Bella.« Er sah, wie es in ihrem Gesicht arbeitete. Erst begannen ihre Lippen, dann ihre Wangen und schließlich ihre Lider zu zucken. Er beobachtete, wie sie die Lider so fest zusammenpreßte, daß sie wie eine richtige Ansammlung von Runzeln wirkten, und fragte besorgt: »Was ist denn?« Da machte sie die Augen auf, schluckte heftig, schüttelte leicht den Kopf, blickte erst zu Boden und dann auf den Ring und murmelte: »Nichts, nichts. Ich ... ich möchte mich nur bei Ihnen bedanken. Aber Sie wissen, daß ich ihn niemals werde tragen können. Ich könnte es Florence einfach nicht sagen.«

»Halt das ganz, wie du willst. Jedenfalls gehört der Ring dir.«

Während er die Safetür abschloß, fragte sie: »Wann kommen Sie zurück?«

»In drei Wochen etwa. Das hängt vom Wetter, vom Wind, vor allem aber davon ab, wie rasch ich drüben alles erledigen kann.«

Er seufzte kurz auf, als ihm all die Betriebe einfielen, an denen sein Großvater beteiligt gewesen war. Dann fügte er hinzu: »Vielleicht bin ich schon früher fertig, vielleicht dauert es aber auch vier Wochen.«

Als er sich wieder zu ihr umwandte, betrachtete sie gerade angelegentlich den Ring. Und völlig zusammenhanglos sagte er plötzlich: »Bella, laß die Dinge im Ostflügel, wie sie sind, ja?«

Es dauerte sekundenlang, ehe sie zu ihm aufschaute. Als sie ihn fest ansah, spürte er, wie er rot wurde, weil er dachte, daß sie die Sache mit dem Ring sicher für eine reine Bestechung hielt. Vielleicht war es das auch. Vielleicht war das tatsächlich der Grund dafür, daß er ihr den Ring geschenkt hatte: um sie Kirsten gegenüber weniger hart und seinem Sohn gegenüber gleichzeitig ein bißchen weicher zu stimmen. Er fragte sich auch, ob er in diesem Moment hoffte, daß Bella bei seinem Jungen den Platz von Florence einnehmen möge, weil ein Kind nicht nur Vater oder Mutter, sondern Eltern braucht … Aber besaß denn sein Sohn nicht die beste Pflegemutter, die man sich wünschen konnte? Nein, er wollte der Wahrheit ins Gesicht sehen: Was er von Bella erwartete, war nicht, daß sie die Stelle einer Ersatzmutter bei dem Kleinen einnahm, sondern daß sie mit dieser Ersatzmutter während seiner Abwesenheit freundlich umging, sie nicht quälte und einschüchterte, ja, ihr Furcht einjagte, wie sie es schon getan hatte.

Als Bella bereits auf die Tür zuging, sagte Konrad in entschiedenem Ton: »Ich erwarte, bei meiner Rückkehr alles genauso vorzufinden, wie ich es verlassen habe, Bella. Hast du mich verstanden?«

An der Tür drehte sie sich um. Während sie den ihr von Konrad für Florence übergebenen, in Samt eingeschlagenen Schmuck sorgfältig in der einen Hand hielt, umschloß ihre zweite Hand den eben zum Geschenk erhaltenen Ring. Sie öffnete diese Hand nun und sagte: »Danke für das Geschenk, Konrad.« Damit wandte sie sich um und verließ die Bibliothek.

Diese Bella … Konrad schüttelte den Kopf. Bella war ein Rätsel. Sie besaß mehr Kraft und Sicherheit als die meisten Männer, die er kannte. Und sie war hart, geradezu unbeugsam, aber zugleich ungemein loyal. Man brauchte ja nur daran zu denken, wie sie all die Jahre hindurch zu Florence gehalten hatte, so schwer ihr das auch oft fallen mochte. Weshalb haßte sie Kirsten nur derart? Das Mädchen war sozusagen nackt und bloß in ihr Leben getreten, ein mittelloses Nichts von der Landstraße. Und dennoch brachte sie ihr einen Haß entgegen, den man sonst nur seinesgleichen entgegenbringt. Nun, das gleiche mußte dann wohl auch für ihn gelten. Denn war dieser junge Flynn etwa seinesgleichen? Er schob diesen Gedanken heftig beiseite, indem er sich einredete, daß es sich dabei um eine völlig andere Sache handle. Im selben Moment war er sich jedoch klar darüber, daß er unbedingt zu Kirsten mußte.

Kaum hatte er das Kinderzimmer betreten, begrüßte ihn der Kleine auch schon mit einem lebhaften »Papa, Papa!«. Er saß auf dem Läufer in der Mitte des Zimmers und erhob sich nun, indem er die gekrümmten Beinchen mit einer heftigen Drehung seines kräftigen Oberkörpers in die richtige Lage brachte. Beim Versuch, einfach loszulaufen, fiel er jedoch vornüber, was ihm allerdings nichts auszumachen schien. Während er die Hände zwischen den gekrümmten Beinen flach auf den Boden preßte, lachte er übers ganze Gesicht. »Papa, sieh nur, Pferdchen, Pferdchen.« Mit erstaunlicher Behendigkeit kroch er wieder zu seinem angestammten Platz zurück und blickte erst auf das aufgeschlagene Bilderbuch und dann auf Konrad, der sich zu ihm niederkniete und sagte: »Ja, wirklich, stimmt, Pferdchen.«

»Von Papa.«

»Ja, von Papa.« Konrad strahlte übers ganze Gesicht, genau wie sein Junge. Dann warf er Kirsten einen stolzen Blick zu. »Papas Pferdchen.« Nun drehte sich der Kleine abermals herum, erhob sich mühsam, machte ein paar Schritte, stolperte, fiel hin, erhob sich aber immer wieder und gelangte auf diese Weise ans Fenster, klopfte auf das niedere Fensterbrett, deutete hinunter zu den Stallungen und rief: »Papas Pferdchen! Papa reitet auf dem Pferdchen.«

Konrad erwiderte nichts, ließ den Kleinen jedoch nicht aus den Augen, winkte Kirsten herbei und sagte leise zu ihr: »Hast du das gesehen? Die Beine werden schon kräftiger. Hauptsache ist jetzt, daß sie auch gerade werden.« Er machte eine kleine Pause, ehe er hinzufügte: »Ich fahre heute in die Stadt und schiffe mich morgen in aller Frühe nach Schweden ein. In Stockholm gibt es angeblich einen Arzt, der solche Fälle äußerst erfolgreich behandeln soll. Ich werde mit ihm sprechen. Vielleicht kann ich ihn dazu überreden, herüberzukommen.«

»Sie fahren heute, gnädiger Herr?«

»Ja.« Er drehte sich zu ihr um. »Mein Großvater ist gestorben. Ich habe dort verschiedenes zu erledigen.«

»Das tut mir leid, wegen – wegen Ihres Großvaters, gnädiger Herr.«

Als er sie ansah, fühlte er, wie ihm warm ums Herz wurde, ja sein Herz begann direkt rascher zu schlagen. Es tat ihr leid, daß er fortfuhr.

»Ich habe den Auftrag gegeben«, sagte er, »daß man dich in keiner Weise stört oder beunruhigt. Dir«, sein Ton wurde nun förmlicher, »erteile ich den Auftrag, meinen Jungen nicht zu verlassen, ehe ich zurückkomme, hast du verstanden? Bis ich wieder hier bin, wirst du keine Freizeit haben.«

Sie zögerte, ehe sie antwortete: »Ja, gnädiger Herr.«

»Ich weiß nicht, wie lange ich fort sein werde, aber du wirst bei ihm bleiben, bis ich wiederkomme.«

Das konnte eine schwere Prüfung werden, falls er zwei, drei Monate weg sein würde. Das hätte er schon deshalb gerne so gehalten, um ihre Loyalität auf die Probe zu stellen, aber das würde doch nur heißen, sich ins eigene Fleisch zu schneiden, dachte er.

»Papa, Papa«, sagte der Kleine und richtete sich an Konrads Beinen auf. Leicht schwankend deutete er dann auf ein paar Klötzchen auf dem Eichentisch und rief: »A ... B ... C ... D ... Alph ... bet, Papa, Alph ...bet.«

»Alphabet, richtig! A, B, C, D. Los, weiter, wie heißt der nächste Buchstabe?«

»E, Papa, E.«

»Und der nächste?«

Lachend blickte der Kleine erst zu Kirsten, dann zu den Bauklötzchen und sagte: »Fff ... fff.«

»F, F, sag F.«

Da warf das Kind den Kopf in den Nacken und lachte. Konrad und Kirsten lachten mit. Und dann sagte Kirsten zu Konrad: »Das fällt ihm am schwersten, das F, gnädiger Herr.«

»Sorg dich nicht, und dräng ihn nicht. Das kommt ganz von selbst. Er bringt ohnehin schon die reinsten Wunder zustande. Und du auch.« Er legte seine Hand auf den Kopf des Kleinen, während er mit der andern Kirsten am Kinn faßte. »Magst du den Voltaire, den ich dir gebracht habe?«

Sie wurde ein bißchen rot, als sie antwortete: »Nicht ... nicht besonders, gnädiger Herr.«

»Weshalb nicht?«

Sie lachte schuldbewußt und sagte: »Ich verstehe ihn nicht, gnädiger Herr. Er ... nun ja, er versucht einem einzureden, daß schlecht gut und gut schlecht ist.«

Nun warf er den Kopf in den Nacken und lachte, aber leise. Dann sagte er: »Gut ausgedrückt, sehr gut ausgedrückt. Wenn das auch nicht ganz seine Absicht ist. Jedenfalls hast du deine eigene Meinung über ihn, und das ist schon etwas. Wir müssen uns über ihn unterhalten, wenn ich wiederkomme. Ich werde dir einen Essay-Band von Addison dalassen, das ist ein Schriftsteller, der im siebzehnten Jahrhundert geboren wurde. Komm, sag mir ein Datum aus dem siebzehnten Jahrhundert.«

Sie überlegte einen Moment. »Sechzehnhundertzweiundsechzig, gnädiger Herr.«

»Gut, gut. Jetzt weißt du schon, daß das siebzehnte Jahrhundert nicht mit siebzehnhundert beginnt. Das ist ein großer Fortschritt. Viele sogenannte Damen wissen das nicht. Würdest du das für möglich halten?«

»Nein, gnädiger Herr«, sagte sie kopfschüttelnd.

»Also zurück zu Addison. Anfang des achtzehnten Jahrhunderts schrieb er für eine Zeitung, die ›Spectator‹ hieß. Mit der Zeit ist daraus ein richtiges Magazin geworden. Ich werde dir die neuesten Ausgaben dalassen. Dann kannst du seine Essays lesen, und wenn ich zurückkomme, werden wir uns darüber unterhalten, ja?«

»Ja, gnädiger Herr.« Er überhörte den Mangel an Begeisterung in ihrer Stimme und bückte sich nun, um das Kind hochzuheben. Der Junge bedeckte sein Gesicht mit vielen feuchten Küssen. Dann fuhr er ihm mit beiden Händen ins Haar und krähte: »Papas Junge!«

»Jawohl, Papas Junge!« Abermals umarmten sie einander wie zwei Kinder. Dennoch wechselte Konrads Stimmung rasch; er stellte den Kleinen wieder zu Boden und ermahnte ihn: »Du mußt ein sehr braver Junge sein. Papa geht auf Reisen, verstehst du? Und bis er wiederkommt, mußt du ein besonders braver Junge sein und alles tun, was Kirsten sagt, ausnahmslos.« Und abermals sagte er: »Hast du verstanden?« Und das Kind erwiderte, nachdem es ihn mit offenem Mund angesehen hatte, eifrig nickend: »Ja, Papa.«

»So ist es brav.« Er tätschelte die Wange des Kleinen und strich ihm übers Haar. Dann ging er zur Tür, und Kirsten folgte ihm in respektvollem Abstand. Die Hand schon auf der Klinke, drehte sich Konrad nochmals um, sah sie an und sagte ernst: »Man weiß nie, was sich auf einer Reise ereignen mag, gar, wenn man übers Meer fährt. Ehe ich abreise, werde ich ein paar Zeilen des Inhalts zurücklassen, daß du, sollte ich nicht zurückkommen, so lange bei meinem Sohn bleiben sollst, bis er zur Schule kommt. Wenn er wegen seiner Beine nicht zur Schule gehen kann, dann wird ihn eben ein Hauslehrer unterrichten. Auf alle Fälle kannst du in diesem Haus bleiben, solange du willst. Auf diese Weise wird wohl am besten für dich gesorgt sein.«

Sie hielt die Finger fest auf den Mund gepreßt und murmelte: »Oh, gnädiger Herr, sagen Sie so was nicht. Sie werden gut und sicher wiederkommen.«

»Das hoffe ich.« Dann sagte er – und es klang ein wenig heiser: »Würdest du mich vermissen, wenn ich überhaupt nicht wiederkäme?«

Ihre Augen hielten seinem bittenden Blick stand, und sie antwortete wahrheitsgemäß und von Herzen: »Ja, gnädiger Herr, sehr sogar.«

Er streckte die Hand aus, berührte ihr Haar, strich ihr über die Stirn und ließ sie dann sanft auf ihrem Lid liegen. Dann sagte er: »Damit bin ich zufrieden. Leb wohl. Und vergiß nicht, was ich dir aufgetragen habe: Bleib bei meinem Jungen.«

»Das werde ich, gnädiger Herr, das werde ich. Leben Sie wohl, gnädiger Herr. Leben Sie wohl.«

16

Konrad war noch keine Stunde aus dem Haus, als Bella sich auf den Weg zum Kinderzimmer machte. Das war nichts Außergewöhnliches, denn es verging kein Tag, ohne daß sie es sich bei ihrem Rundgang durch das Haus zur Pflicht gemacht hätte, den Ostflügel aufzusuchen. Bei all ihren Besuchen hatte sie jedoch kein einziges Mal ein Wort an Kirsten selbst gerichtet. Immer wieder hatte sie den Kleinen angesehen, noch als er in den Windeln lag, obwohl ihr diese immer den Ausruf: »Abscheulich« entlockt hatten. Wenn Konrad anwesend war, tauchte sie niemals im Kinderzimmer auf. Sonst aber versuchte sie zu Kirsten größter Überraschung, sich mit dem Jungen anzufreunden.

Kirsten stand neben dem Fenster, als Bella eintrat, und wunderte sich darüber, wie sie es schon oft getan hatte, daß der Kleine diese herrische, verbitterte Frau mochte – diese Dame, die sie noch immer so behandelte, als wäre sie direkt aus dem Schweinestall gekommen. Fest stand jedenfalls, daß der kleine Oscar von dem Moment an, wo er imstande war, die Menschen, die ins Zimmer kamen, voneinander zu unterscheiden, Bella stets angelächelt hatte. Es geschah allerdings höchst selten, daß sie ihn berührte, das heißt bis vor kurzem; denn da hatte sie bereits zweimal, als wäre sie nicht imstande, der Versuchung zu widerstehen, die Hand auf den Kopf des Jungen gelegt.

Kirsten hörte, wie er nun die sich stets kerzengerade haltende, graugekleidete Frau mit ›Tante Bella‹ ansprach. Es war der Gutsherr selbst gewesen, der ihm das beigebracht hatte. Als sie eines Tages miteinander ausgefahren waren, hatte er das Kind hochgehoben, auf Miß Cartwright gedeutet und gesagt: »Das ist deine Tante Bella. Sag Tante Bella.« Der Kleine hatte nicht sofort mitgetan, aber einige Zeit danach hatte er Kirsten damit überrascht, daß er diese Anrede immer von neuem wiederholte, während er mit einem winzigen Rechenschieber spielte. Er schob die bunten Holzkugeln hin und her und sagte dabei immer wieder: »Tante Bella, Tante Bella.«

Miß Cartwright blickte Kirsten nun an und sagte etwas zu ihr, was sie in größtes Erstaunen versetzte, nämlich, daß sie sich doch setzen solle. Dazu hatte sie sie noch nie aufgefordert.

Kirsten nahm also auf einer Stuhlkante, gute zwei Armlängen von Bella entfernt, Platz und versuchte, ihr gerade in die Augen zu sehen, was ihr aber – soweit es das rechte Auge betraf – nicht gelingen wollte; dazu war sie zu aufgeregt. Merkwürdigerweise war der Blick der dunklen, von dichten Brauen überwölbten Augen ihres Gegenübers nicht stahlhart wie gewöhnlich. Auch Bellas Stimme nicht, die sonst in verächtlichem Befehlston mit ihr sprach. Heute aber sagte sie ganz ruhig, ja direkt freundlich: »Sag einmal, bist du mit dem jungen Mann da drüben, diesem Flynn, verlobt?« Kirstens rechtes Augenlid zuckte heftig. Kein Mensch hatte ihr bisher eine solche Frage gestellt. Es wußte ja keiner im Haus etwas von dem Versprechen, das sie Colum gegeben hatte; es wäre denn, Colum hätte Mr. Dixon gegenüber etwas davon verlauten lassen. Aber Mr. Dixon war schon lange nicht mehr auf der anderen Seite des Flusses gewesen. Er litt derart unter Rheumatismus, daß es ihn die größte Mühe kostete, seine Pflichten hier im Haus zu erfüllen. Seine spärliche Freizeit verbrachte er aber, wie Kirsten gehört hatte, im Bett. Wenn er sie zufällig an ihrem freien Tag fortgehen sah, gab er ihr jedoch stets einen freundlichen Gruß für die Familie auf dem Hügel dort droben mit. Kirsten senkte den Kopf und blickte auf ihre im Schoß liegenden, ineinander verschlungenen Hände nieder, ehe sie ziemlich förmlich sagte :»Wir – wir sind einander versprochen.«

»Willst du ihn heiraten?« Miß Cartwright beugte sich zu Kirsten hinüber, und ihr Tonfall klang genau wie der Unterhaltungston, in dem Mrs. Poulter immer mit ihr sprach.

Kirsten sah sie abermals an. Wollte sie Colum heiraten? Ja. Ja, natürlich wollte sie das. Es würde wunderbar sein, inmitten all dieser herzlichen, fröhlichen Menschen zu leben und ein eigenes Kind zu haben. Aber hatte sie denn kein eigenes Kind? Sie blickte zu Oscar hinüber, der zu Miß Cartwrights Füßen saß und aus seinen Bauklötzen einen Turm zu errichten versuchte, und es wurde ihr klar, daß dieses Kind niemals das ihre sein konnte. Selbst wenn sie ihn noch in diesem Moment an der Hand nehmen und mit ihm das Gutshaus verlassen würde, war es dazu längst zu spät: Das Haus und seine Atmosphäre hatten ihn längst geprägt. Er sprach bereits anders als andere Kinder, er war stolz, eigensinnig und überaus sicher, ein ›gnädiger Herr‹ im kleinen eben. Aber Colums Kind würde das ihre sein. Ja, sie liebte Colum. Sie wollte ihn heiraten. Was war aber dann mit …? Gleichgültig, was mit dem Gutsherrn war, der brauchte sie nicht, höchstens des Kindes wegen. Und manchmal vielleicht, wenn auch nur ganz selten, weil er sich hie und da einsam fühlte. Sie blickte fest in die dunklen Augen und sagte: »Ja, ich möchte ihn heiraten.«

»Warum tust du's dann nicht?« Miß Cartwright zog ihren Stuhl nun wahrhaftig näher. Sie hätte nur die Hand auszustrecken brauchen, um Kirstens Knie zu berühren. Nun beugte sie sich noch weiter vor und sagte leise: »Ist es, weil du nicht genug Geld hast?«

Kirsten wollte schon erwidern: Nein, das ist es nicht. – Und doch war dieser Mangel im Augenblick das größte Hindernis, zumindest was Colum betraf. Er hatte schon mehr als die Hälfte des Schatzes aus der Wagendeichsel für den Anwalt gebraucht, der ihm geschrieben hatte, daß sein Büro ausnehmend viel Arbeit darauf verwendet hatte, die Klage Mr. Knutssons zu widerlegen.

Und auch sie selbst hatte etwas von dem Geld verbraucht: Für einen wundervollen Tag, an dem Colum sie alle nach Newcastle kutschiert hatte, wo sie jedem von ihnen Geschenke und außerdem eine Menge Stoff gekauft hatte, um Elizabeth, Dorry und den Mädchen Kleider zu machen. Das hatte ihren Schatz erheblich dahinschmelzen lassen. Auch händigte sie Elizabeth hie und da einen Sovereign aus, wenn die finanzielle Not dort droben besonders groß war. Mehr als einmal hatte Colum schon gesagt, daß sie hätten heiraten sollen, als sie das Geld entdeckt hatten. Aber sie hatte sich bisher noch nie zu einer Bemerkung hierzu hinreißen lassen, weil sie genau wußte, daß es nicht das Geld war, das sie davon abhielt, ihn zu heiraten. Nein, der Grund dafür, daß sie sich noch nicht auf der anderen Seite des Flusses befand, war der Kleine zu Miß Cartwrights Füßen und mußte ihr eigentlich bekannt sein. War denn nicht das Kind der ewige Streitpunkt zwischen ihnen, der Bella sogar dazu veranlaßt hatte, ihr die Kehle zuzudrücken?

Als Kirsten den Kleinen nachdenklich ansah, drehte er sich, als hätte er ihren Blick, ja ihre Gedanken gespürt, sofort um, kroch auf sie zu, zog sich energisch, wie immer, hoch, packte sie an den Händen und sagte: »Kirsten, spielen, spielen.«

Kirsten legte den Arm um ihn und sah Bella nur an. Der Blick sagte es deutlich genug: Da haben Sie die Antwort!

Bella verstand auch, aber sie sagte, sofort den schwachen Punkt der ganzen Angelegenheit berührend, leise, aber eindringlich: »Er sagt Kirsten zu dir, für ihn bist du Kirsten, das Kindermädchen, weiter nichts. Er würde dich nicht vermissen, wenn du ihn verließest. Ich würde schon dafür sorgen, das verspreche ich dir. Ich würde alles tun, daß er es gut hat, wirklich. Schon weil«, sie zögerte sekundenlang schloß dann jedoch: »Weil er ein so liebenswürdiges Kind ist, das versichere ich dir.«

Kirsten starrte diese neue, diese menschliche Miß Cartwright an, war jedoch immer noch genügend auf der Hut, um kühn zu erwidern: »Aber wenn ich heiraten würde würde ich ja hier in der Gegend bleiben, nur eben auf der anderen Seite des Flusses.«

Bella sah ihr Gegenüber prüfend an. Was für ein schönes Gesicht diese junge Frau hatte! Ja, das mußte sie zugeben. Trotz ihres Gebrechens. Wenn sogar sie sah, wie schön Kirsten war, sagte sie sich, um wieviel mehr mußte Konrad es sehen und Gefallen an ihr finden. Bis vor wenigen Monaten war ihr einziger Gedanke gewesen, das Mädchen loszuwerden, so rasch wie möglich, so endgültig wie möglich. Sie war in dieser ihrer Besessenheit sogar so weit gegangen, sich auszumalen, wie es sein würde, wenn sie dafür sorgte, daß die ehemalige Landstreicherin deportiert würde. Aber nun schien es ihr, als wäre die Trennung noch viel wirksamer, wenn Kirsten erst verheiratet sein würde, und zwar ausgerechnet mit jenem Mann, der Konrad haßte und den Konrad gleichfalls haßte. Erst dann würde sie ihren Frieden wiederfinden. Denn solange das Mädchen im Haus war, bestand Gefahr. Vor allem, wenn Florence das tat, was sie, wie sie fürchtete, vorhatte. Denn dann würde sich Konrad dem Mädchen ebenso sicher zuwenden, wie die Erde sich um die Sonne drehte. Und das würde sie einfach nicht ertragen. Nicht einmal, wenn sie selbst meilenweit vom Gutshaus entfernt wäre, wenn dies geschah. Wenn sie aber gar Zeugin dieses Geschehnisses sein müßte, würde der Haß sie mit Sicherheit umbringen.

Bella war wieder einmal, als kämpfe sie um ihr Leben. Wenn Florence in ihrer Verblendung tatsächlich mit Gerald auf und davon ging, dann war ihre Position in diesem Haus in Gefahr. Selbst wenn Konrad nicht so weit gehen würde, dieses Mädchen zu heiraten, würde er sicherlich eine andere ehelichen. Dessen war sie ganz sicher, er würde sich bestimmt eine vierte Frau nehmen. Es würde schon schwer genug sein, dies erleiden zu müssen, wenn es sich um eine Frau aus seinen Kreisen handelte. Aber einem Mann wie Konrad war es ohne weiteres zuzutrauen, daß er sich ganz offen mit dieser Vagabundin zusammentun könnte, mit dieser Landstreicherin, die keine Moral kannte, der Versprechungen nichts bedeuteten, die ihr immer wieder und vor allem Trotz geboten hatte. Das mußte ein Ende haben, oder sie würde daran sterben. Sie oder das Mädchen, eine von beiden hatte keinen Platz in diesem Haus.

»Da.« Bella schob die Hand tief in die Tasche ihres grauen Kleides. Dann streckte sie sie Kirsten direkt unter die Nase und sagte nochmals: »Da.« Kirsten erblickte einen wunderschönen Ring.

»Er kann dein werden. Ich will dir diesen Ring geben. Du kannst ihn verkaufen; er ist viel wert, zwei-, dreihundert Pfund oder mehr. Nimm ihn. Los, nimm ihn. Sag Mr. Flynn, daß er mir gehört, daß er mein Eigentum ist. Und hab keine Angst: Ich werde es schriftlich für dich niederlegen, daß ich ihn dir gegeben habe. In Newcastle gibt es einen Laden, wo du ihn günstig verkaufen könntest. Ich werde dir den Namen des Besitzers aufschreiben. Dann könntet ihr rasch heiraten, noch ehe er … der gnädige Herr zurück ist. Denn du weißt genau, daß er versuchen würde, dich davon abzuhalten, diesen Mann zu heiraten, wo zwischen den beiden doch immer und ewig Feindschaft geherrscht hat.«

»Nein!«

Kirsten war aufgesprungen und hatte dabei den Kleinen beiseite gestoßen, so daß er auf den Rücken fiel und sie ganz erschrocken ansah. Und nochmals sagte sie: »Nein. Ich will Ihren Ring nicht. Selbst wenn ich morgen heiraten könnte, würde ich es nicht tun, bevor der gnädige Herr wieder hier ist. Ich habe es ihm versprochen.«

Auch Bella hatte sich erhoben. Ihr Gesicht war kreidebleich, ihre Miene starr; nur ihre Augen funkelten böse. Sie sagte langsam, beinahe beschwörend: »Mädchen, statt deiner Feindin könnte ich deine Freundin sein, eine gute Freundin, glaub mir.«

Kirsten stand da und blickte die große, hagere Frau nur an; nicht ängstlich merkwürdigerweise, sondern mitleidig. Denn sie wußte, daß Miß Cartwright sie nicht nur wegen des Kindes und ihrer Verwandtschaft mit dem Jungen loswerden wollte, sondern auch wegen des Gutsherrn und des Verhältnisses, das sie ihrer

Meinung nach mit diesem hatte. Sie erinnerte sich, wie ihr Konrad, als er betrunken gewesen war, gesagt hatte: »Bella ist scharf auf mich.« Und obwohl sie damals geglaubt hatte, daß das nur Hirngespinste seien, erkannte sie nun, daß es wahr war. Miß Cartwright liebte den Herrn des Hauses tatsächlich, und das mit einer solch hoffnungslosen Inbrunst, daß es direkt nach Mitleid verlangte. Und in diesem Augenblick schenkte sie es ihr, obwohl sich gleichzeitig ein Gefühl der Furcht ihrer bemächtigte.

Miß Cartwright war jetzt mehr als je zuvor eine Frau, die man zu fürchten hatte, um so mehr, wie Kirsten nun einsah, weil diese Frau, diese Dame, sie ihrerseits fürchtete; sie fürchtete sie wegen des Einflusses, den sie, wie sie dachte, auf den Gutsherrn hatte. Und deshalb sagte sie nun, in dem Bemühen, sie davon zu überzeugen, daß sie unrecht hatte: »Sobald Colum ... Mr. Flynn mich um meine Hand bittet, werde ich gehen. Er wird mich aber erst dann fragen, ob ich seine Frau werden will, wenn die Verhältnisse da drüben besser geworden sind, das ist so ausgemacht. Das mag noch ein, zwei Jahre dauern, aber dann gehe ich. Ich verspreche Ihnen, daß ich dann gehe.«

Bella starrte in das bebende Gesicht ihrer Rivalin. Versprechen, wenn sie das schon hörte! Das Mädchen hatte keine Ahnung, was das bedeutete. Sie war in jeder Hinsicht unmoralisch. Nur mit Mühe hielt sie sich davor zurück, das Kreuz aus ihrem Ausschnitt zu ziehen und zu schreien: ›Erinnerst du dich daran? Du hast es darauf geschworen!‹ Aber nein, das wäre sinnlos gewesen. Dieser Kesselflickerdirne mußte man mit List begegnen. Drohungen waren in diesem Fall nicht günstig. Dieses Geschöpf verfügte nicht nur über eine derartige innere Kraft oder besser gesagt Halsstarrigkeit, sondern war auch noch bis obenhin voller Arglist. Und Arglist war nur mit Arglist zu bekämpfen, das stand fest. Ein Jahr, zwei Jahre, sagte sie. Dieses Haus konnte in weniger als drei Monaten in seinen Grundfesten erschüttert werden, wenn sie ihre Kusine richtig einzuschätzen verstand. Und vorher mußte diese Kirsten sich auf der anderen Seite des Flusses befinden oder verschwinden. Nun, die Dringlichkeit dieser Angelegenheit würde ihr schon die richtige Lösung eingeben. Die Sache mußte ein Ende haben, so oder so.

Laut aber sagte sie nun: »Vielleicht änderst du deine Meinung noch. Besprich es mit deinem jungen Mann. Männer sehen die

Dinge anders.« Damit schob sie den Ring wieder in die Tasche. Dann bückte sie sich, tätschelte dem Kleinen die Wangen, drehte sich wieder um und verließ in aller Ruhe das Zimmer, wie eine Freundin es getan haben mochte.

Kirsten stand da und umklammerte ihre gestärkte weiße Schürze mit beiden Händen, dann hob sie einen Zipfel an den Mund.

Das Kind, das ihre Beunruhigung spürte, kam nun auf allen vieren auf sie zugekrochen und verlangte, hochgehoben zu werden. Sie nahm den Kleinen auf den Arm, trat ans Fenster und setzte sich mit ihm auf den breiten Sims.

Als sie so zum Garten und zu den kahlen Bäumen des Parks hinunterblickten, wirbelte plötzlich ein Schneeschauer aus dem bleifarbenen Himmel zur Erde, und der Junge rief: »Sieh nur, sieh!«

Kirsten sagte matt: »Ja, ja. Schnee. Es schneit.« Da blickte er ihr ins Gesicht und wiederholte langsam: »Es schneit.«

»Du weißt doch, woher der Schnee kommt, nicht? Ich habe dir ja die Geschichte von Frau Holle erzählt, die da droben ihr Bettzeug ausschüttelt, erinnerst du dich?«

Er lachte sie an, nickte eifrig, preßte Gesicht und Hände an die Fensterscheibe und sagte: »Hübsch.«

»Da hast du recht«, stimmte Kirsten ihm zu. »Schnee ist hübsch.«

Es war kein besonders strenger Winter gewesen, da es niemals stark geschneit hatte, aber kalt, eisig kalt war es nun schon seit Neujahr. Dabei war es bereits April, und der Frühling hätte sich längst mit schwellenden Knospen und frischem Grün bemerkbar machen müssen. Aber die Knospen schliefen noch, und die Wiesenflächen lagen noch immer in fahlem Graubraun.

Das Gutshaus war von behaglicher Wärme erfüllt, so daß seine Bewohner sich wohl fühlten. So erheiterte Rose Kirsten bei ihren heimlichen Besuchen im Kinderzimmer mit allerlei Neuigkeiten aus dem Küchenbereich. Ruth Benny war schwanger, aber das war schließlich ihr eigener Fehler, sagte Rose, weil sie keine Gelegenheit, mit ihrem Kerl beisammen zu sein, ausließ. Sicher deshalb, weil sie daheim so streng gehalten worden war. Leider hatte Ruth ihren Rat, sofort eine heiße Salzlösung anzuwenden, nicht befolgt, weil sie sich steif und fest einbildete, ihr werde schon nichts passieren. Nun ja, wer hätte auch geglaubt, daß Jackie Wallace aus den Stallungen jeder gleich ein Kind machen würde! Aber Jackie behauptete nun, das Kind stamme nicht von ihm. Sie sollten lieber bei Farmer Weir nachfragen, sagte er. Denn Ruth war die letzten drei Male, als sie ihre Großmutter besucht hatte, auch auf dem angrenzenden Hof von Weir gewesen. So etwas! Die Wogen gingen in der Küche jedenfalls hoch. Wenigstens gab es was zu lachen, meinte Rose trocken. Und dann die Gnädige! Die war ja kaum noch im Haus zu sehen, seit der Gutsherr abgereist war. Es sollte nur keiner versuchen, ihnen einzureden, daß es sich bei dem, was die Gnädige für Mr. Gerald empfand, um verwandtschaftliche Gefühle handle. Du meine Güte, benahm die sich albern, wenn er hier auftauchte! Jedenfalls stand fest, daß sie sich keineswegs wie eine Dame aufführte, sondern wie eine Küchenschlampe. Das hatte jedenfalls Mr. Slater gesagt. Eine Frechheit, daß dieser hochnäsige Kerl weibliches Küchenpersonal ohne weiteres als Schlampen bezeichnete!

Kirsten bemerkte, daß Rose, während sie munter drauflosredete und sie dabei freundlich ansah, wie sie es immer tat, immer wieder Pausen einschaltete, in denen sie offensichtlich so etwas wie einen Gedankenaustausch oder ein vertrauliches Gespräch erwartete. Denn obwohl Rose die einzige im Haus war, die weiterhin auf dieselbe Weise wie früher mit ihr sprach, seit Kirsten in den Ostflügel übergesiedelt war und auch der gnädige Herr sich meist hier aufhielt, war auch von ihrer Seite so etwas wie Vorsicht zu spüren. Jedoch fragte sie sie niemals aus.

Rose warf nun einen Blick auf den Kleinen und sagte: »Mein Gott, ist er goldig. Und seine Beinchen werden auch langsam besser. Sieh nur, wie er sich zu laufen bemüht!« Tatsächlich kam der Junge fröhlich krähend auf sie zugestolpert. »Es wäre wirklich ein Jammer«, fuhr Rose fort, »wenn sie nicht richtig gerade würden, nicht? Nun, ich hoffe, das kommt noch. Schon dem gnädigen Herrn zuliebe hoffe ich das.« Sie sah Kirsten an. »Er ist ganz vernarrt in ihn, stimmt's?«

Kirsten wandte den Blick von dem Jungen zu Rose und antwortete ruhig: »Ja, er hat ihn sehr gern.«

Sie blickten einander an, als Rose sagte: »Er müßte eigentlich jeden Tag zurück sein. Es sind schon mehr als drei Wochen, seit er fort ist, und das Wetter ist wirklich nicht schlecht für die Überfahrt, meine ich. Ich glaube nur, daß es schneien wird. Hoffentlich kommt er heim, bevor der Schnee liegenbleibt, das heißt, falls es überhaupt um diese Jahreszeit schneien sollte. Aber weißt du«, sie schnupperte, »ich kann den Schnee direkt riechen, bestimmt. Meine Oma und viele andere Familienmitglieder bei uns konnten das auch, das ist eine besondere Begabung. Ich wette mit dir um was du willst, daß wir im Handumdrehen Schnee haben werden.«

Kirsten sah zum Fenster. Milder Sonnenschein berührte die Baumwipfel, und so konnte sie sich gar nicht vorstellen, daß es Schnee geben würde; eigentlich war das Jahr schon viel zu weit fortgeschritten dafür. Beißenden Frost vielleicht, aber nicht Schnee. »Ich glaube, daß die Schneestürme endgültig vorbei sind«, sagte sie.

»Glaub das nicht.« Rose ging zur Tür. »Wenn ich an das Jahr denke, wo ich hergekommen bin, du meine Güte! Es war damals auch Mitte April; meine Mutter hat mich von Prudhoe herübergebracht, weil mich die Postkutsche bei dem Schnee gar nicht bis hierher mitnehmen wollte. Die fuhr bei dem Wetter einfach nicht so weit. Da ich aber erwartet wurde und meine Stelle verloren hätte, ehe ich sie noch antrat, wenn ich nicht rechtzeitig hier aufgetaucht wäre, mußte ich um jeden Preis her. Wir langten schließlich wie zwei erfrorene Ratten hier an, und meine Mutter mußte über Nacht dableiben. Am nächsten Tag zog sie natürlich wieder los, verirrte sich aber derart, daß sie schon fürchtete, beim nächsten Schritt in den Fluß zu fallen. Wenn sich nicht Pfarrer Thompson bis zu ihr durchgekämpft hätte, wäre sie wahrscheinlich in dem Schneegestöber erfroren. Zum Glück hat er sie wieder hierher zurückgebracht, und sie mußte eben noch mal auf dem Gut übernachten. Würdest du so was für möglich halten!« Rose fing an zu kichern.

»Mein Pa hat damals beinahe den Verstand verloren. Nun, ich habe dir das alles nur erzählt, damit dir klar wird, daß es hier auch im April und sogar noch später schneien kann.« Damit öffnete sie die Tür, schloß sie jedoch gleich wieder und flüsterte Kirsten zu, als handle es sich um ein Geheimnis: »Heute gibt es Schweinebraten. Mmmm!« Sie leckte sich genußvoll die Lippen. »Und dann gebratene Äpfel und Pudding.« Das Wasser lief ihr anscheinend im Mund zusammen, als sie schloß: »Das hab ich am liebsten als Nachspeise! Die da drüben bekommen Filets, Hummern, gebratene Ente und Ingwercreme. Von mir aus! Mir sind Schweinebraten und gebratene Äpfel lieber. Wiedersehen, Kirsten.«

»Wiedersehen, Rose.« Kirsten mußte noch in sich hineinlachen, als die Tür längst ins Schloß gefallen war. Während sie das Kinderzimmer in Ordnung brachte und die Kleider für den Kleinen zurechtlegte, dachte sie: Diese Rose ist komisch. Sie mochte Rose.

Kirsten blickte zum Fenster hinaus und dachte: Schnee … sie sagt, daß es schneien wird … Dabei hatte es ihrer Meinung nach noch nie so wenig nach Schnee ausgesehen wie heute. Sie hörte zu arbeiten auf, trat ans Fenster, preßte die Knie gegen den Sims und blickte hinaus. Sie wäre gerne spazierengegangen. Es war sechs Tage her, seit sie mit dem Kind draußen gewesen war, und auch das nur für kurze Zeit. Und wenn das Kind nicht hinaus konnte, konnte sie auch nicht hinaus. Sie fragte sich, was Colum wohl denken mochte. Ob er zum Flußufer kam? Über die Schrittsteine? Oder ob er es gar wagte, den Park zu betreten, um besser zum Haus heraufsehen zu können? Sicher, warum nicht. Er würde es tun, wenn ihm danach zumute war, dann würde er es tun. Es hatte keine Möglichkeit gegeben, ihm eine Nachricht zukommen zu lassen. Der einzige Mensch, den sie normalerweise darum bitten konnte, denen drüben etwas von ihr auszurichten, war Mr. Dixon, und der hatte bis gestern wegen seines Rheumas gelegen. Ach, sie wünschte, Konrad Knutsson wäre endlich wieder zurück. Nicht nur, weil sie dann wieder hätte ausgehen können; sie wünschte sich einfach, daß er wieder da wäre. Sie vermißte ihn, sie vermißte ihn so sehr! Es war sonderbar, daß sofort Colum in ihren Gedanken auftauchte, sowie sie sich mit dem Gutsherrn beschäftigte. Und wenn sie an Colum dachte, tauchte wiederum Konrad Knutsson vor ihr auf. Das war verwirrend, rätselhaft, sogar erschreckend.

Die Tür öffnete sich jäh, und Mrs. Poulter betrat das Zimmer, indem sie freundlich »Hallo, mein Kind« sagte. Doch folgte hierauf nicht mehr wie früher die Frage: »Wie geht's dem Kleinen?«, sondern sie bückte sich gleich selbst zu ihm nieder und rief laut aus: »Ei, ist das ein schöner Bursche! Nun, was hast du mir heute zu zeigen, hm?«

»Hund.« Das Kind packte das Bilderbuch und sagte: »Sieh nur, Hund, großer Hund.«

»Ja, ein großer Hund, wenn er mir auch eher wie ein Wolf vorkommt.« Sie tätschelte den Kopf des Kindes. Dann sah sie Kirsten an und fragte: »Hast du alles, was du brauchst?«

»Ja, danke, Mrs. Poulter.«

»Wie steht es mit den Kohlen?« Sie trat an den Kohleneimer heran, hob den Deckel und fuhr fort: »Der ist ja nur noch halbvoll. War Styles heute früh nicht hier?«

»Ja, schon«, erwiderte Kirsten zögernd, während Mrs. Poulter bereits den zweiten Eimer kontrollierte. Da sie ihn leer fand, sagte sie: »Ich werde dieser faulen Schlampe noch den Hals umdrehen! Weshalb sagst du, daß sie hier war, wenn es nicht stimmt! Das rettet sie auch nicht mehr. Was ist, wenn dir die Kohlen ausgehen?«

»Ich könnte ja selbst welche holen, Mrs. Poulter.«

»Was fällt dir ein, Mädchen!« Mrs. Poulters Stimme brachte ebenso wie ihre Miene ihr aufrichtiges Entsetzen über eine derartige Vorstellung zum Ausdruck. »Kohlen anzurühren, wenn man ein Kind zu versorgen hat! Gut, daß das nicht der gnädige Herr oder gar Miß Cartwright gehört hat.«

In diesem Augenblick öffnete sich abermals die Tür, und Bella trat ein, als hätte die Nennung ihres Namens sie dazu veranlaßt. Sie sagte nicht ›Guten Morgen, Poulter‹, da sich die beiden Frauen bereits in Bellas Zimmer, das sie ihr Büro nannte, gesprochen hatten, als sie der Wirtschafterin die den heutigen Tag betreffenden Aufträge erteilt hatte. Auch von Kirsten nahm sie keine Notiz, sondern ging direkt auf den sie stürmisch begrüßenden Jungen zu, der gleich ihre Beine umklammert hielt.

»Was für ein schöner, frischer Morgen«, sagte Bella nun, ohne sich an jemand Bestimmten zu wenden. Und Mrs. Poulter erwiderte sofort: »Stimmt, Miß; wenn ich auch glaube, daß wir noch Schnee bekommen werden.«

»Schnee?« Bella wandte den Kopf nach der Wirtschafterin. »Nein, sicher nicht.« Sie bückte sich, hob den Kleinen hoch, trat mit ihm ans Fenster, sah hinaus und sagte: »Jammerschade, daß es so kalt ist, sonst könnte er an die frische Luft gehen.« Sie hielt sekundenlang inne, ehe sie sich an Kirsten wandte und fortfuhr: »Du bist schon ziemlich lange nicht mehr draußen gewesen. Du könntest mir einen Weg machen. Nach Bywell, eine Nachricht überbringen. Das würde ich dir natürlich nicht als Freizeit anrechnen.«

»Aber ... aber ich würde lieber, ich meine ...«, stammelte Kirsten, während sie von Bella zu Mrs. Poulter sah. Und da Mrs. Poulter dies als eine Art Hilferuf aufzufassen schien, sagte sie rasch: »Um den Kleinen brauchst du dir keine Sorgen zu machen, um den werde ich mich schon kümmern.« Sie warf Bella einen Blick zu und fragte: »Handelt es sich um die Näherin, Miß Cartwright?«

»Ja, ich möchte, daß sie mit ihrer Tochter auf einen Monat herkommt, um Alice zu helfen.«

»Ja, ja«, sagte Mrs. Poulter und nickte eifrig. Komisch, sie hatte doch erst heute früh davon gesprochen, daß die Arbeitskleidung der Mädchen schäbig zu werden begann. Bella nahm solche Dinge sonst nie so rasch in Angriff. Für gewöhnlich ließ sie Monate verstreichen, ehe sie dafür sorgte, daß Alice Hilfe im Nähzimmer bekam. Sie gab nicht gerne Geld aus, diese Miß Cartwright, auch wenn es nicht das ihre war. Und nun ging sie sofort auf ihre Bemerkungen ein. So trieb sie Kirsten geradezu in die Enge, als sie nun sagte: »Das ist genau das richtige. Es ist langweilig, ohne ein bestimmtes Ziel auszugehen, finde ich. Der kleine Markt wird sicher in Gang sein, und wenn du dich dort nur ein bißchen umsiehst, ohne dich allzulange aufzuhalten, kannst du vor Einbruch der Dunkelheit zurück sein.«

»Ich … ich war noch nie in Bywell, ich weiß gar nicht …«

»Nun, dann ist es höchste Zeit, daß du es zu sehen bekommst«, sagte Mrs. Poulter. »Noch nie in Bywell! Dabei gibt es zwei wunderschöne Kirchen dort und ein besonders kunstvoll geschnitztes Dorfkreuz auf dem Hügel. Hab ich nicht recht, Miß Cartwright?«

»Ja, tatsächlich. Es lohnt sich, sich das anzusehen. Und wenn du dich an die Hauptstraße hältst, kannst du es gar nicht verfehlen. Wenn du aus dem Nordtor trittst und die Straße immer geradeaus gehst, kommst du, ob du willst oder nicht, an Bywell vorbei. Und das Häuschen der Barkers ist gleich das erste hinter der Brücke. Also geh und mach dich fertig.«

Kirsten gehorchte dem Befehl nicht, sondern stand nur reglos da. Der gnädige Herr hatte ihr doch aufgetragen, das Kind ja nicht allein zu lassen und sich keine Freizeit zu nehmen, bis er wieder zurück war. Aber Miß Cartwright hatte gesagt, das da wäre keine Freizeit, sie sollte einfach eine Nachricht überbringen. Also mußte sie gehen. Schließlich hatte man ihr einen Auftrag erteilt. Und Mrs. Poulter war mit Miß Cartwright einer Meinung, daß sie unbedingt frische Luft brauchte. Sie hörte sich selbst fragen: »Wie lange werde ich dazu brauchen?«

»Eine Stunde etwa für einen Weg. Stimmt es nicht, Mrs. Poulter?«

»Ja, das stimmt, Miß Cartwright.«

Also ungefähr zwei Stunden. Dazu kam noch eine halbe Stunde, um alles auszurichten, und eine halbe, um sich fertigzumachen und aus dem Haus zu kommen, also alles in allem drei Stunden. Es war jetzt zwölf Uhr, sie konnte gegen drei zurück sein, das war lange vor Einbruch der Dunkelheit. Kirsten nickte also nur, wandte sich um und ging in ihr Zimmer, um sich zum Ausgehen anzukleiden.

17

Es war keineswegs unüblich, daß Miß Cartwright am Nachmittag einen Spaziergang unternahm; sie ging bei jeder Witterung aus. Mit festen Schuhen und in einer bis zur Erde reichenden, mit einer Kapuze versehenen Pelerine hatte man sie mehr als einmal von einem Ende des Gutes zum anderen gehen sehen, selbst bei strömendem Regen.

Miß Cartwright ging gegen zwei Uhr fort, und das, was sowohl Rose als auch Mrs. Poulter vorhergesagt hatten, traf tatsächlich ein: Es schneite heftig. Sie kehrte um drei Uhr zurück, gerade rechtzeitig zum Essen und um auf Konrad zu stoßen, der sich wie ein wilder Stier aufführte.

Zwar hatte man den gnädigen Herrn erwartet, jedoch hatte sein Eintreffen sie alle erschreckt, weil niemand eine Kutsche gehört hatte, nicht einmal den Hufschlag der Pferde bei der Auffahrt. Der Grund hierfür war der, daß die Mietskutsche aus Newcastle eine halbe Meile vom Südtor entfernt einen Achsbruch erlitten hatte, so daß Konrad Knutsson zu Fuß seinen Grund und Boden betreten und den Torhüter gründlich erschreckt hatte. Da allgemein bekannt war, welch lange Schritte der Gutsherr zu machen pflegte, war nicht einmal mehr genügend Zeit, einen Jungen zur Warnung ins Haus hinaufzuschicken.

Konrads ganze Begrüßung, was Slater anlangte, bestand darin, ihm den Auftrag zu erteilen, John Hay die Kutsche fertigmachen zu lassen, damit sein Gepäck aus der zusammengebrochenen Mietskutsche vor dem Südeingang geholt und ins Haus geschafft werde. Danach hatte Konrad hastig Mantel, Hut und Handschuhe abgelegt und war direkt in den Osttrakt geeilt. Als er das Kinderzimmer betrat, saß Mrs. Poulter im Schaukelstuhl, hatte die Füße aufs Kamingitter gestützt und gab sich offensichtlich genußvoll einem Schläfchen hin.

Warum auch nicht! Das Essen um Viertel nach drei war Slaters Angelegenheit; der gnädige Herr war nicht da, Miß Cartwright war ausgegangen, das Kinderzimmer war warm und bequem, und das Kind war auf der Matte zu ihren Füßen eingeschlafen.

Konrad hatte die Tür leise geöffnet, weil er gehofft hatte, auf diese Weise die beiden einzigen Menschen zu überraschen, an denen ihm noch gelegen war, seine einzige Freude, der einzige Lichtblick in seiner düsteren Zukunft. Denn sein Besuch in Schweden hatte ihm jede Hoffnung geraubt. Und was erblickte er? Die dahindösende Wirtschafterin und das völlig verdreht und in allernächster Nähe des nicht abgeschirmten Kaminfeuers daliegende Kind. Ein Funke hätte genügt, und der Kleine wäre ein Opfer der Flammen geworden!

Wo war sie?

Schon wollte er in gewohnter Weise losbrüllen, überlegte es sich jedoch im letzten Moment und betätigte statt dessen den Türknauf zum angrenzenden Zimmer, weil er annahm, daß er Kirsten dort gleichfalls schlafend vorfinden werde. Es starrte ihm jedoch nur ein tadellos gemachtes Bett entgegen; alles war ordentlich aufgeräumt und an seinem Platz, nur sie war nicht da.

Wut und Angst kämpften in seinem Innern, und als er jetzt doch losbrüllte, sprang Mrs. Poulter erschrocken aus ihrem Stuhl hoch, und das Kind fing zu weinen an. Als der Junge jedoch Konrad erblickte, stemmte er sich hoch und watschelte auf ihn zu, indem er rief: »Papa! Papa!«

Mit grimmiger Miene hob Konrad das Kind hoch und fragte Mrs. Poulter barsch: »Wo ist sie? Wo ist Kirsten?«

»Oh ... oh, gnädiger Herr, sie ... sie ist eine Botschaft ausrichten gegangen.«

»Eine Botschaft? Was für eine Botschaft?«

»Miß ... Miß Cartwright hat sie zur Näherin geschickt. Nach Bywell, weil sie so blaß war, ich meine, Kirsten. Sie ist kaum aus dem Haus gekommen, seit Sie weg waren, gnädiger Herr; zweimal war sie mit dem Jungen im Park, aber nicht länger als eine Stunde. Miß ... Miß Cartwright ...«

»Und wo ist Miß Cartwright?«

»Sie ist einen Spaziergang machen gegangen, Sir. Aber ...«, sie warf einen Blick auf die Uhr auf dem Kaminsims, »sie sollte eigentlich schon zurück sein, es ist bald Essenszeit. Ich werde ... ich werde sie suchen gehen, Sir.«

»Bleiben Sie, wo Sie sind!« Er stellte den Jungen wieder nieder und ging, das enttäuschte Wimmern, das sich rasch zu einem empörten Schluchzen steigerte, ignorierend, aus dem Zimmer, den Korridor entlang zum angrenzenden Trakt.

Vor Florences Zimmer angelangt, begegnete er einer ihn mit ganz entgeistert aufgerissenen Augen anstarrenden Magd. Sie knickste tief und murmelte: »Die gnädige Frau ist im Salon, gnädiger Herr.«

Als er sich umwandte, um zur Treppe zu gehen, begegnete ihm Bella auf dem Treppenabsatz.

»Was ist hier eigentlich los?« herrschte er sie an.

Sie starrte in sein zornrot angelaufenes Gesicht; dann erwiderte sie leise und mit merkwürdig bebender Stimme: »Willkommen daheim.« Und nachdem sie einander sekundenlang in die Augen gesehen hatten, fügte sie hinzu: »Ich ... ich habe einen Spaziergang gemacht. Wollen Sie mich bitte entschuldigen, bis ich meine Sachen abgelegt habe. Es ist sehr kalt draußen.«

»Spazierengehen, an einem Tag wie heute? Hast du den Verstand verloren? Und Kirsten hast du bei diesem Schnee mit einer Botschaft ausgeschickt?«

Sie wandte ihm den Rücken zu, als sie sagte: »Es hat nicht geschneit, als sie fortging; es gab auch kein Anzeichen dafür, daß es schneien werde. Die Sonne schien.«

»Sie sollte den Kleinen nicht allein lassen, das hab ich ihr ausdrücklich aufgetragen.«

Sie wandte den Kopf, blickte über die Schulter und sagte, ohne ihn anzusehen, nur: »Das wußte ich nicht. Mir haben Sie von diesem Auftrag nichts gesagt.«

Das stimmte, ihr hatte er es tatsächlich nicht gesagt. Aber sie selbst hatte das Kind mit der Wirtschafterin zurückgelassen, und das sagte er ihr auch. »Du hattest kein Recht, auszugehen und den Kleinen allein zu lassen, schon gar nicht mit Mrs. Poulter.«

»Nicht mit Poulter?« Sie sah ihn erstaunt an. »Ich hielt Mrs. Poulter eher dafür geeignet, auf das Kind aufzupassen, als das Mädchen.«

»Mrs. Poulter war fest eingeschlafen, zu deiner Information; und mein Sohn lag direkt der Hitze ausgesetzt vor dem Kamin. Ein Funke hätte genügt, und es hätte zu brennen angefangen.«

Bella sah ihn fest an, dann sagte sie mit dieser immer noch merkwürdig zitternden Stimme: »Ich geh mich jetzt umziehen. Meine Füße sind ganz naß, und mir ist ziemlich kalt.«

Als er ihr nachsah, dachte er: Das glaube ich, daß ihre Füße naß sind, mehr als naß sogar. Denn wie er feststellte, war die Rückseite ihrer Pelerine schmutzbespritzt und voller Schnee, als wäre sie in einen Graben oder in eine Schneewehe gefallen. Oder in einen Treibholzhaufen. Aber ringsum gab es kein Treibholz, und obwohl es heftig schneite und der Schnee liegenzubleiben begann, war er für eine Verwehung doch noch nicht tief genug. Wahrscheinlich war sie irgendwo ausgeglitten oder gar heftig hingefallen, aber so etwas würde Bella natürlich nie zugeben, nicht einmal, wenn sie sich weh getan hätte.

Als er den Salon betrat, blickte ihm Florence aus dem vor dem Kamin stehenden tiefen Fauteuil entgegen, und alles, was sie zu seiner Begrüßung vorbrachte, war: »Oh, du bist also zurück.«

Ebensogut hätte er von einem kleinen Ausritt übers Moor zurückgekommen sein können. Er ging auf sie zu, stellte sich mit dem Rücken zum Feuer und sah sie an. Nun sagte sie: »Ich habe die Kutsche gar nicht gehört. Ist der Schnee denn schon so hoch?«

»Ich habe eine Mietkutsche genommen«, erwiderte er. »Und die ist knapp vor dem Südtor zusammengebrochen.«

»So etwas! Komisch, nicht? Du gelangst offenbar ohne jegliche Schwierigkeiten nach Schweden, kommst dann wieder glatt bis nach Newcastle, und dann bricht die Kutsche ausgerechnet vor deiner Haustür zusammen.« Sie lachte.

Er kniff die Augen zusammen. Sie lachte über ihn. Eine kluge Frau hätte sich natürlich nur insgeheim über ihren Mann lustig gemacht. Ihr Gelächter bestätigte ihm also nur, wie dumm Florence war. Allerdings: Früher einmal hatte sie sich vor ihm gefürchtet. Aber das tat sie nun nicht mehr. Er machte sich selbst seinen Reim darauf, als er sie fragte: »Hattest du Gesellschaft?«

»Ja, natürlich. Gerald ist gekommen, um mich auf den Ball zu führen, du erinnerst dich doch? Und dann ist er ein paar Tage hiergeblieben, wart einmal, wie lange …« Sie legte den Kopf schräg. »Vier, fünf … sechs Tage.«

»Sieben, acht, neun, zehn … Wann ist er abgereist?«

»Oh.« Sie blickte zum dunkel bemalten Deckenfries auf. Dann sagte sie: »Vorgestern. Oder war es vorvorgestern? Welchen Tag haben wir heute?«

Er überhörte ihre Frage. Aber sie hatte die seine voll und ganz beantwortet. Gerald. Dieser blaßgesichtige Einfaltspinsel Gerald. Sie lachte über ihn, weil sie mit ihrem Vetter ein Verhältnis hatte und glaubte, daß er in diesem Punkt blind sei. Und war er es nicht tatsächlich gewesen? Er hätte nie gedacht, daß dieser Bursche genügend Mumm hätte, mit der Frau eines andern ein Verhältnis anzufangen.

Er sah Florence fest an. Sie war seine Frau. Bisher hatte er sie immer als Kind-Frau betrachtet, als ein blutjunges Ding mit dem Verstand eines Kindes. Deshalb hatte er ihr ihre Geringschätzung, ja selbst die Beleidigung seiner Ehre verziehen, zumindest wenn er nüchtern war. Aber nun erkannte er, daß dieses Mädchen unbemerkt zur Frau geworden war, zu einer nach wie vor dummen, nun jedoch schlauen Frau, die ihrem Liebhaber wahrscheinlich all das gegeben hatte, was sie ihrem Gatten verweigerte. Sie war jedoch weder geschickt noch erfahren genug, es geheimzuhalten. In diesem Augenblick war ihr Verhältnis allerdings von sekundärer Bedeutung, er würde sich später damit befassen. Was jetzt viel, viel wichtiger war, war ihre finanzielle Lage. Wie würde sie darauf reagieren, wenn er ihr sagte, daß seine und damit ihre Zukunft mehr als traurig war?

Sein Großvater, auf den er sich in all seinen gegenwärtigen wie zukünftigen Schwierigkeiten insgeheim verlassen hatte, hatte ihm außer seiner Philosophie nur ein Jagdhaus in den Bergen vermacht, ein acht Zimmer umfassendes Holzhaus, meilenweit von jeglicher menschlichen Behausung entfernt. Es gehörten dreißig Morgen so gut wie unbebaubaren Landes dazu, und nur wenn er sich dort niederließ, kam noch eine Summe von hundert Pfund jährlich hinzu.

Hundert Pfund jährlich! Als diese Worte bei der Testamentseröffnung an sein Ohr drangen, dachte er, er würde in der nächsten Minute einen hysterischen Anfall erleiden, wie ihn für gewöhnlich nur Frauen hatten. Er hatte nicht nur gehofft, sondern war felsenfest davon überzeugt gewesen, daß er den Hauptanteil des großväterlichen Vermögens erben würde. Schließlich war er nicht nur der älteste seiner Enkel, sondern auch noch obendrein der Liebling des alten Herrn gewesen. Und dann stellte sich heraus, daß das ganze Geld Neffen, Nichten, Patenkindern und Wohltätigkeitsvereinen vermacht worden war. Er selbst hatte nur das Haus in den Bergen und besagte hundert Pfund pro Jahr erhalten. Weshalb?

Immer noch sah er die versammelte Familie vor sich, wie sie mit größter Mühe ein hämisches Lachen verbarg, in das sie sicher allesamt, sowie er das Haus verlassen hatte, ausgebrochen waren.

Großvater hatte den ›Engländer‹, wie sie ihn, wenn sie unter sich waren, nannten, übers Ohr gehauen. Das war auch nur recht und billig. Auf diese Weise verblieben die guten schwedischen Kronen wenigstens im Land.

Dabei waren die Kurse hier abermals gefallen. Seine letzten Goldaktien waren unter den Wert des Zinns gefallen. Aber was ihm im Augenblick am meisten Sorgen bereitete, war, daß er Schulden in Höhe von ungefähr zwanzigtausend Pfund beim Krämer, beim Schneider, beim Pferdehändler und im Spielsalon hatte. Und besonders die Spielschulden mußten einfach beglichen werden, koste es, was es wolle.

Noch vor einem Monat hätten ihn Verbindlichkeiten in dieser Höhe keineswegs ernstlich beunruhigt. Selbst wenn seine Aktien noch tiefer sinken würden, war immer noch sein Großvater dagewesen. Früher hatte ihm dieser einige Male mit den verschiedensten Beträgen ausgeholfen, einmal mit fünfzehntausend, einmal mit zehntausend und einmal mit siebentausend Pfund. Und niemals hatte er gefragt, wofür das Geld bestimmt war. Und nun hundert Pfund pro Jahr, und auch die nur, wenn er in diesem Jagdhaus lebte! Der alte Mann mußte, als es mit ihm zu Ende ging, wirr im Kopf gewesen sein. Aber das Testament war vor drei Jahren abgefaßt worden, gleich nachdem sein ältester Sohn – Konrads Vater – gestorben war. Er konnte es einfach nicht verstehen. Es kam ihm wie eine ausgeklügelte Bosheit vor. Aber das war unmöglich. Boshaftigkeit hatte nicht zu seines Großvaters Charaktereigenschaften gehört; er war ein sehr weiser Mann gewesen. Ein weiser Mann? Bei diesem Gedanken begannen sich Zweifel in Konrad zu regen.

Als es zum Essen gongte, erhob sich Florence träge und sagte: »Ich werde im Mai nach Paris fahren.« Sie sagte nicht, wie sie es früher getan hätte: ›Könnten wir nicht im Mai nach Paris fahren?‹ oder ›Liebling, fändest du es nicht wunderbar, den Frühling in Paris zu verbringen?‹, sondern sie sagte einfach: »Ich werde im Mai nach Paris fahren.« Ihre hellblauen Augen waren auf ihn gerichtet, als sie hinzufügte: »Es gibt heute Ente zum Abendessen. Du magst doch Ente?«

Paris und Gerald und Ente. Zum Teufel!

Als Konrad den Kopf in den Nacken warf und schallend auflachte, lag keine Spur von Fröhlichkeit in diesem Gelächter, so daß sich Florence nun erschrocken umwandte und wieder die übliche, von Angst durchdrungene Unsicherheit an den Tag legte, als sie sagte: »Was ist so komisch daran? Weshalb lachst du so?« Da bot er ihr in übertriebener Höflichkeit den Arm, führte sie ins Eßzimmer, schob ihr den Stuhl zurecht und antwortete: »Ich dachte bloß, daß es besser sein wird, wenn wir uns ein bißchen was von der Ente für unsere Reise nach Paris aufheben. Vielleicht brauchen wir diesen Proviant, weil wir so gut wie pleite sind, mein Herz. Übrigens: Mag Gerald Ente?«

18

Es war neun Uhr abends; alle Lichter im Haus brannten, als würde ein Ball stattfinden. Es schneite noch immer, der Schnee lag nun bereits ziemlich hoch, aber von der Auffahrt bis zum Gutshaus war er vom Personal festgetrampelt worden.

Konrad, der eben aufs Haus zugeritten gekommen war, ließ sich von Bainbridge aus dem Sattel helfen. Denn Slater fand es selbst bei einem Ausnahmezustand wie heute weit unter seiner Würde, seinen angestammten Platz auf der obersten Stufe zu verlassen. Konrad blickte sofort zu ihm auf, doch Slater schüttelte nur zweimal den Kopf und sagte dann: »Nein, gnädiger Herr, noch immer nichts Neues.«

Slaters Miene drückte zwar tiefe Besorgnis aus, aber innerlich kochte er vor Wut. Was für ein Wirbel, und alles wegen dieser schieläugigen Schlampe, dieser Landstreicherin, die höchstwahrscheinlich ohnehin nur auf die ihr gewohnte Weise ihre Zeit auf der anderen Seite des Flusses verbrachte. Auch Konrad hatte natürlich sofort an das Haus der Flynns gedacht, aber die junge Barker aus Bywell hatte gesagt, daß sie selbst Kirsten bis zur Brücke begleitet und gesehen hatte, wie sie sie überquerte. Wenn sie vorgehabt hätte, den Flynns einen Besuch abzustatten, hätte sie das sicher nicht getan.

Eines stand fest: Allein konnte sie den Fluß außer auf der Brücke bei diesem Schneegestöber nirgends mehr überqueren. Nicht einmal mit Flynns Hilfe wäre sie über die Schrittsteine gelangt, denn das Wasser war angestiegen, und der Schnee hatte dort während des Nachmittags alles zugedeckt! Aber diesseits des Flusses konnte sie sich Konrads Meinung nach einfach nicht befinden, weil sie jeden Zoll der Straße bis zum Nordportal abgesucht hatten. Er hatte persönlich an der Suche teilgenommen, obwohl er es für unmöglich hielt, daß Kirsten sich verirrt haben könnte, nicht einmal, wenn der Schnee doppelt so hoch gelegen hätte. Nichtsdestoweniger hatte er die ganze Gegend mit größter Sorgfalt durchsucht für den Fall, daß sie irgendwo gestürzt sei und nicht weitergekonnt hätte. Folglich schien tatsächlich nichts mehr als das Haus jenseits des Flusses übrigzubleiben.

Er stapfte durch die Halle und rief Slater, auf die Bibliothek zugehend, zu: »Bring mir was Heißes zu trinken oder einen Teller Suppe. Und sag Dixon, daß ich ihn auf der Stelle brauche.«

Art Dixon traf ein, als die Suppe gebracht wurde. Konrad löffelte erst die dampfende Fleischbrühe aus, ehe er sich an den Alten wandte.

Er stellte die leere Schale auf den Tisch, blickte kurz darauf nieder, ehe er den Blick zum Kutscher erhob und sagte: »Du bist doch mit den Flynns befreundet, Dixon, stimmt's?«

»Jawohl, Sir. Ich kenne die Familie von klein auf und habe vielerlei Gefälligkeiten von den Leuten ...«

»Mich interessiert nicht, welcher Art deine Verbindung mit denen da drüben ist, sondern ich will, daß du die Pferde einspannst und hinüberfährst, um herauszubekommen«, er befeuchtete sich die Lippen, »ob das Kindermädchen bei ihnen ist.«

»Aber ... aber Sir, ich kann nicht über den Fluß, nicht bei dem Wetter.«

»Du sollst ja auch nicht über die Schrittsteine hinübergehen, sondern über die Brücke fahren. Ich weiß, daß das einige Zeit dauern wird, also laß dir in der Küche was Warmes zu essen mitgeben. Und ich werde Slater sagen, daß er außerdem eine Flasche Rum einpacken lassen soll.«

Art sah den Gutsherrn an. Der Rücken schien ihm vor Rheuma schier zu brechen. Er war erst seit drei Tagen wieder auf den Beinen und an der Arbeit. In einer Nacht wie dieser eine derart beschwerliche Fahrt unternehmen zu müssen konnte sein Ende bedeuten. Aber was kümmerte das schon seinen Brotgeber, so besessen, wie er war! Alles, was ihn kümmerte, war, wo sich das Mädchen aufhielt.

Auch er ängstigte sich um Kirsten, doch wußte er genau wie das übrige Personal, daß ihr nichts zugestoßen sein konnte, denn sie war ein besonnenes Ding. Er mochte sie wirklich gern, aber dieser Mann übertrieb bei weitem. Er tat ja geradezu so, als irrte die Gnädige selbst da draußen herum. Suchen, weitersuchen – natürlich, aber sich dermaßen aufzuführen, geradezu eine Jagd auf sie zu veranstalten, das gehörte sich nicht. Aber wer war er schließlich schon, um sagen zu können, was sich gehörte und was sich nicht gehörte? Seine Aufgabe bestand darin, zu tun, was man ihm auftrug, selbst wenn dies sein Ende bedeuten sollte. Also nickte er und sagte dann: »Jawohl, Sir.« Schon wollte er die Bibliothek verlassen, als Konrads Stimme ihn zurückhielt. »Wenn sie drüben ist und unverletzt, dann bring sie mit herüber«, sagte er zu dem Alten.

Art sah den Gutsherrn einen Moment lang fest an, dann senkte er den Blick und wiederholte: »Jawohl, Sir.«

Während er sich auf den Weg zur Küche machte, sagte er sich mit einem tiefen Seufzer, daß das eine schöne Bescherung sei. Und alles wegen eines jungen Dings, das er aus dem Fluß gezogen hatte. Es war schon merkwürdig, wie sich manche Geschehnisse weiterentwickelten. Er hatte ihr das Leben gerettet, und nun sah es ganz so aus, als setzte sie dem seinen ein Ende.

Es war halb zwei Uhr morgens, als Art zurückkam. Er war völlig erschöpft, und Jack Wallace und Billy Stratford mußten ihm die Stufen hinaufhelfen. Selbst bei den beiden jungen Burschen machten sich die Folgen dieser schrecklichen Nacht bemerkbar. Art war kaum in der Halle, als der Gutsherr ihm bereits entgegenkam, ihn erwartungsvoll ansah und fragte: »Nun?«

Art starrte einen Moment lang zu ihm auf, befeuchtete sich die aufgesprungenen Lippen und sagte dann: »Sie ist … sie ist nicht drüben, gnädiger Herr. Die Flynns sind selbst in großer Sorge. Die Männer haben sich ebenfalls gleich auf die Suche gemacht.« Damit brach Art zusammen. Konrad befahl den beiden Jungen, ihn zu Bett zu bringen, während er sich gleichzeitig an den nun schon ziemlich müde dreinsehenden Slater wandte und anordnete: »Sagen Sie Mrs. Poulter, daß sie sich um ihn kümmern soll.« Auf dem Weg in den Salon stand plötzlich Bella vor ihm. Auf seinen Wink folgte sie ihm, und als sie drinnen vor dem Sofa stand und ihre Finger ruhelos mit dem Überwurf spielten, sah Konrad sie an und fragte sie nun bereits zum dritten Mal: »Warum hast du sie nur mit einer solchen Botschaft losgeschickt? Dafür sind die Stalljungen da oder jemand vom Küchenpersonal, aber nicht die Kinderschwester.« Dann trat er direkt auf sie zu und sagte beinahe in flehendem Ton: »Ich bitte dich, Bella, sag mir, sag mir um Gottes willen, weshalb du sie weggeschickt hast.«

Bella sank erschöpft auf den nächstbesten Stuhl nieder, umschlang die Knie mit beiden Händen und sagte: »Ich … ich kann Ihnen nicht mehr sagen. Ich habe es Ihnen schon hundertmal gesagt, wirklich, ich habe sie fortgeschickt, damit sie an die Luft kommt.« Sie sahen einander an, dann drehte er sich um, ging zum Kamin, faßte den Kaminsims, blickte in die Flammen, schüttelte den Kopf und sagte: »Damit sie an die Luft kommt. Damit sie an die Luft kommt.«

So blieb er einige Zeit stehen. Als er sich wieder umwandte und schon etwas sagen wollte, war er nicht nur überrascht, sondern geradezu erschrocken, feststellen zu müssen, daß er allein war. Er hatte Bella gar nicht aus dem Zimmer gehen hören. Und nun war niemand mehr hier als er, und die Türe war geschlossen. Er mußte derart in Anspruch genommen gewesen sein von all seinen Sorgen und Ängsten, daß er sie nicht einmal hatte hinausgehen hören.

Er setzte sich und starrte ins Feuer. Weshalb hatte er sie beharrlich weitergefragt? Er hatte sich dazu gedrängt gefühlt, als stände fest, daß Bella den Schlüssel zum Aufenthaltsort des Mädchens, nein, nicht des Mädchens, seiner Kirsten, seiner lieben, geliebten Kirsten in Händen haben müsse.

Wenn er früher je einmal an seinen Gefühlen für Kirsten gezweifelt hatte, dann war es nun vorbei damit. Natürlich würden jetzt alle im Haus wissen, wie ihm zumute war. Aber wennschon! Hatten sie denn nicht bereits seit Monaten geglaubt, daß er sie sich gefügig gemacht hatte? Und weshalb hatte er es nicht getan? Er stand auf und stellte sich die Frage nun laut. Aber er erhielt keine Antwort.

Es war drei Uhr am folgenden Nachmittag. Konrad war in dem großen Lederfauteuil vor dem Kamin in der Bibliothek eingeschlafen, als Mrs. Poulter ins Zimmer trat und ihn weckte, indem sie ihn sanft an der Schulter berührte und sagte: »Gnädiger Herr! Gnädiger Herr!«

Es war still im Haus. Slater und die meisten der übrigen Bediensten waren vor Erschöpfung eingeschlafen. Nur Bainbridge vom Haus und John Hay aus den Stallungen hatten die Suche noch nicht aufgegeben. Und die meisten der Landarbeiter und eine Menge Dorfbewohner aus Bywell hatten sich zu ihnen gesellt.

»Gnädiger Herr, gnädiger Herr!«

»Ja?« Konrad setzte sich kerzengerade auf und blinzelte mit müden Augen. »Gibt es etwas Neues?« Er schluckte.

»Ja, gnädiger Herr. Ein Junge von den Flynns drüben ist da und sagt, daß er Nachricht bringe.«

»Wo ist er?« Er war aufgesprungen.

»In der Halle, gnädiger Herr.«

»Hol ihn herein.« Er erhob sich, richtete sich die Halsbinde, strich sich das Haar zurück und starrte auf die Tür, als gälte es, mit einem Todfeind zu kämpfen. Dann betrat ein kleiner, dunkelhaariger, magerer Junge in schweren Stiefeln, Wollstrümpfen, Kniehosen und einem kurzen Mantel das Zimmer. Die Mütze behielt er auf. Sie wurde von einem langen wollenen Schal, der mehrmals um Hals und Ohren gewunden war, gehalten. Sein kleines Gesicht war blau vor Kälte, seine Brauen waren voller Reif, und die Fingerspitzen, die aus den Wollfäustlingen ragten, sahen blutleer, ja direkt wie abgestorben aus.

Konrads kampfbereit vorgereckter Kopf versank wieder leicht zwischen den Schultern, und er sagte ruhig: »Komm her, Junge.«

Als der Knabe steifbeinig auf ihn zukam, fragte er: »Wie heißt du?«

»Barney Flynn, Sir«, erwiderte der Junge mit dünner Stimme.

»Du hast Nachricht für mich?«

»Ja, Sir. Co …, mein Pa hat gesagt, daß ich Ihnen ausrichten soll, daß sie sie gefunden haben … Kirsten, meine ich.«

Er starrte in die dunklen, runden Augen des Jungen und wartete mit stockendem Atem, daß er weiterspräche. Als er es nicht tat, zwang er sich, zu fragen: »Ist sie … ist sie in Ordnung?«

»Das nicht, Sir, sie ist in einem sehr schlechten Zustand.«

»Aber … aber sie lebt?!«

»Mein Pa sagt, gerade noch.«

Er befeuchtete sich die Lippen, ehe er weiterfragte: »Wann haben sie sie gefunden?«

»Gegen elf Uhr.«

»Und wo?«

»Direkt hinter der Mauer.«

Es entstand eine Pause, ehe Konrad sagte: »Auf … auf eurer Seite?«

»Nein, Sir.«

»Nein?«

»Es war auf Ihrer Seite. Die Hunde von Doug Fathers, dem Kohlenbrenner, haben sie gefunden. Und er hat sie dann in seine Hütte getragen. Wie er später meinen Pa über den Fluß hat kommen sehen, hat er es ihm gesagt. Und Colum und mein Pa und Doug Fathers haben sie auf Reisig gebettet und zu uns hinaufgetragen. Irgend jemand muß sie auf den Kopf geschlagen haben.«

»Was?«

»Man hat sie auf den Kopf geschlagen, Sir, auf der einen Seite hat sie eine große Wunde.«

»Eine Wunde?« Konrad war, als nähme er den Jungen nur noch wie durch Nebelschleier wahr. Er atmete tief durch. Dann sagte er ungeduldig: »Erzähl weiter!«

»Das ist alles, Sir. Außer daß Doug Fathers meint, daß der, der es getan hat, sicher geglaubt hat, daß sie Geld bei sich hat, und daß sie aus den Büschen heraus überfallen oder angesprungen worden sein muß. Er versteht nur eins nicht, sagt er: Weshalb man sie dann bis zur Mauer gezerrt und in eine Grube geworfen hat.«

Nach einer langen Pause, während Konrad den Jungen anstarrte, sagte er: »Wenn sie so schlecht beisammen ist, wird sie doch einen Arzt brauchen.«

»Mein Pa hat sich gleich darum gekümmert. Er ist selbst zu Dr. Percy gegangen, der außerhalb von Bywell wohnt.«

Die Schwäche, die Konrad plötzlich in seinen Beinen verspürte, zwang ihn, sich umzuwenden und im Fauteuil Platz zu nehmen. Als er sah, wie naß das Gesicht des Jungen war, ja, daß ihm der nun aufzutauen beginnende Schnee aus der Stirnlocke und den Augenbrauen troff, sagte er freundlich: »Du hast einen langen Weg gehabt. Du mußt müde sein. Bist du über die Brücke gekommen?«

»Ja, Sir.«

»Wie lange hast du dazu gebraucht?«

»Ich kann es nicht genau sagen, Sir; ich bin um halb zwölf fortgegangen.«

Konrad warf einen Blick auf die auf dem Kaminsims stehende Uhr und sagte: »Dreieinhalb Stunden. Du mußt dich setzen und etwas essen.«

»Nein, danke, Sir.«

»Aber das mußt du einfach, du hast ja nochmals einen dreieinhalbstündigen Weg vor dir.«

»Nein, danke, Sir.« Er schüttelte nun den Kopf.

»Nun, wenn du dich schon nicht ausruhen willst, dann mußt du wenigstens ein paar Bissen essen, ehe du dich wieder auf den Weg machst. Kümmern Sie sich bitte darum, Mrs. Poulter.« Er sah die Wirtschafterin an, die den Jungen besorgt musterte. Der Kleine zögerte, schüttelte abermals den Kopf und sagte: »Nein, ich muß wieder heim.«

Konrad erhob sich. »Nun, wenn du mußt, dann mußt du eben«, sagte er, zog seine Börse hervor, entnahm ihr einen Goldsovereign und streckte ihn Barney hin.

Barney wußte genau, daß es ein Sovereign war, es war die gleiche Münze wie jene, die der Deichsel entstammten. Er starrte sie an. Ein ganzer Sovereign für ihn selbst! Dann sah er zum Spender auf und sagte: »Nein, danke, Sir.«

Konrad starrte den Jungen an und fragte ihn dann mit hart klingender Stimme: »Warum? Weshalb weist du mein Essen und auch mein Geld zurück? Komm, sag es mir frei von der Leber weg.« Er sah, wie der Junge den Kopf senkte, und lauschte der leisen Antwort. »Colum hat mir streng aufgetragen, nichts von Ihnen oder sonst jemandem im Gutshaus anzunehmen.« Und damit drehte sich Barney auf dem Absatz um und verließ die Bibliothek. Mrs. Poulter folgte ihm mit bestürzter Miene, und Konrad blieb mit dem Gefühl zurück, daß er eben tatsächlich einem Feind gegenübergestanden hatte, zumindest dem Schatten eines solchen, und daß dieser Schatten ihn geschlagen zurückgelassen hatte.

Aber Kirsten lebte! Was kam es da auf die Dreistigkeit eines kleinen Jungen an. Allerdings befand sie sich im Elternhaus dieses Jungen, jenseits des Flusses. Zorn wallte in ihm auf, trotz aller Erleichterung und aller Müdigkeit. Am liebsten wäre er auf der Stelle hinübergeritten und hätte diesen Emporkömmling, der seinem Bruder aufgetragen hatte, keinerlei Gefälligkeit von ihm anzunehmen, seine Reitpeitsche gehörig spüren zu lassen. Dann hätte er Kirsten gepackt und heimgeholt.

Wie albern waren doch derlei Gedanken! Die Tage des Rittertums waren lange vorbei, und nicht einmal, wenn er wüßte, daß Kirsten ihren Wunden erliegen könnte, würde er über den Fluß reiten und diese elende Hütte am Hügel dort droben betreten.

Mrs. Poulter trat wieder ins Zimmer, kam ein paar Schritte näher und sagte: »Es tut mir leid, Sir, der Junge hat eben keine Manieren.«

Konrad ignorierte ihre Bemerkung und murmelte nur, ehe er

sich zu seinem Fauteuil umwandte: »Sagen Sie es nur allen Leuten im Haus und draußen.« Und sie antwortete: »Ja, Sir.«

Als sie aus dem Zimmer gehen wollte, wurde sie beinahe umgeworfen, derart heftig riß Florence die Tür auf.

Selbstverständlich entschuldigte sie sich nicht bei ihrer Wirtschafterin, sondern sah sie an, als hätte sich diese ihr absichtlich in den Weg gestellt. Und sie fuhr fort, sie anzustarren, bis Mrs. Poulter verschwunden und die Tür geschlossen war. Dann ging Florence rasch auf Konrad zu und sagte: »Es wäre gut, wenn du nach dem Arzt schicken würdest. Bella hat hohes Fieber. Sie muß sich gestern erkältet haben.«

Konrad sah seine Frau kalt an, als er erwiderte: »Wenn es sich nur um eine Erkältung handelt, wird sie keinen Arzt brauchen.« Dann fügte er in trügerisch ruhigem Ton hinzu: »Ich hoffe, daß du heute nacht gut geschlafen hast.« Nach kurzem Zögern erwiderte sie: »Ich schlafe immer gut.«

»Ja, du schläfst immer gut, Florence. Und nach einem solchen Ereignis vermutlich besser als üblich, nehme ich an.«

Nun änderte er den Tonfall und knurrte zornig: »Deine Sorge um das Kindermädchen deines Sohnes war ja wahrhaftig rührend. Das Mädchen hätte halb erfroren, ja sogar tot sein können; dich hat das keine Minute lang gekümmert.«

Florence zog die dünnen, stark gewölbten Brauen in die Höhe und sagte ruhig: »Du sagst ›hätte tot sein können‹. Hast du bereits anderslautende Nachrichten?«

»Jawohl, ich habe anderslautende Nachrichten. Man hat sie überfallen und mit einer schrecklichen Kopfwunde liegengelassen. Aber das interessiert dich wohl nicht.«

Es herrschte kurze Stille, ehe sie sagte: »Das stimmt, Konrad. Weil du dich meiner Meinung nach für diese Angelegenheit stark genug für uns beide interessierst.«

Er sah sie genauso an, wie er vorhin den Jungen angesehen hatte. Er war verblüfft über ihre Dreistigkeit. Selbst für den Fall, daß sie Kirsten tatsächlich für seine Geliebte hielt, verblüffte ihn ihr kühnes Verhalten. Es paßte nicht zu ihr.

Sie wandte sich von ihm ab und sagte, auf die Tür zugehend: »Schickst du nach dem Arzt?«, und er erwiderte mit sich beinahe überschlagender Stimme: »Wenn ich es für nötig halte!«

Er wartete eine Weile, nachdem sie die Bibliothek verlassen hatte. Dann machte er sich auf den Weg zu Bellas Zimmer. Als er auf sein Klopfen keine Antwort erhielt, öffnete er leise die Tür und trat ein. Er sah auf den ersten Blick, daß sie krank war. Ihr Gesicht war nicht gerötet, wie das Gesicht eines Erkälteten zu sein pflegt, sondern aschfahl. Auf ihrer niederen Stirn lagen Schweißperlen. Er beugte sich über sie und sah sie fest an. Und als sie seinen Blick erwiderte, merkte er, daß sie etwas quälte. Wahrscheinlich machte sie sich wegen Kirstens Verschwinden nun doch Vorwürfe. Bella mochte noch so zäh und robust wirken, hinter ihrem grimmigen Äußeren verbarg sich großer Gefühlsreichtum, das wußte er. Sprach etwa die Liebe, die sie für ihn empfand und die zu verbergen sie kaum imstande war, nicht deutlich genug davon? Er berührte sanft ihre Stirn, strich ihr eine lose herabhängende Haarsträhne zurück und sagte: »Es ist alles in Ordnung, Bella. Wir brauchen uns keine Sorgen mehr zu machen.« Er sah, wie sie die Augen aufriß, nickte ihr zu und sagte langsam: »Man hat sie gefunden. Sie lebt.« Obwohl Konrad keineswegs wußte, ob Kirsten jemals wieder gesund werden würde, versicherte er es Bella mit Nachdruck, weil er dachte, daß ihr dies Erleichterung verschaffen würde. »Sie wird wieder in Ordnung kommen«, wiederholte er, indem er ihr beruhigend zunickte.

»Nein! Nein!« Sie stieß ihn mit derartiger Kraft zurück, daß er beinahe gestürzt wäre. Nun saß sie kerzengerade aufrecht im Bett, und ihre Hände zerrten am Kragen ihres Batistnachthemdes, als wolle sie es sich vom Leibe reißen, und sie schrie: »Nein! Nein! Nein!« Dann wurde sie plötzlich ganz still, ihre Lider schlossen sich langsam, der Unterkiefer sank herab, und sie fiel in eine tiefe Ohnmacht.

Konrad stand da und starrte verblüfft auf sie nieder. Doch sah er sie nicht so vor sich, wie sie tatsächlich dalag, nämlich beinahe leblos, sondern so, wie er sie am Tag vorher auf dem Treppenabsatz erblickt hatte, mit schneebedecktem Mantel, als wäre sie in eine Grube gefallen. In eine Grube! Der Junge hatte gesagt, sie hätten Kirsten in einer Grube gefunden.

Achter Teil · Entsagung

19

Sie hatten eine Ecke des Lagerraums ausgeräumt, ein Feldbett hineingestellt und eine Matratze, Colums Matratze, darauf gelegt. Außerdem hatte jeder eine seiner beiden Decken hergegeben, und damit hatten sie sie eine Woche lang fest zugedeckt. Unter ihre Sitzfläche hatten sie ein in einen Flanellunterrock eingeschlagenes Backblech und unter die Füße einen in ein wollenes Kleidungsstück eingewickelten heißen Ziegelstein geschoben. Sharon und Kathie sorgten dafür, daß er jede Stunde erneuert wurde. Jedes einzelne Mitglied der Familie half auf seine Weise bei Kirstens Pflege, nur die Nachtwache hielt Colum, manchmal mit Elizabeth, dann wieder mit Dorry an seiner Seite.

Erst am Morgen des dritten Tages war er, nachdem sie die Augen aufgeschlagen und seinen Namen ausgesprochen hatte, in seine Werkstatt gegangen und hatte sich, wie er war, auf einen Stapel Jutesäcke geworfen, wo er zu Tode erschöpft sofort in tiefen Schlaf gesunken war.

Als er neun Stunden später erwachte, teilte Dorry ihm voller Freude mit, daß Kirsten ein paar Löffel Suppe zu sich genommen habe und danach eingeschlafen sei.

Es war eine Woche darauf, als er Kirsten fragte, woran sie sich erinnerte. Sie sah ihn an und gab ihm die Antwort, die sie jedem gegeben hätte, jedem hätte geben müssen, wie sie sich sagte, nämlich an nichts. Sie war spazierengegangen und hatte den Kopf wegen des Schneegestöbers gesenkt gehalten, als sie von einem heftigen Schlag getroffen wurde. Danach könne sie sich an nichts mehr erinnern.

Während des Tages fiel es ihr leicht, die Gedanken von dem abzulenken, woran sie sich erinnerte, denn da gab es ein ständiges Kommen und Gehen in dem kleinen Raum. Sie hatten das Bett so zurechtgeschoben, daß Kirsten durch den Lagerraum in die Küche sehen konnte und, wie Dorry meinte, auf diese Weise mitten unter ihnen war.

Und das war es, was sie wollte, jetzt und immer, einfach unter ihnen sein, sie nie mehr verlassen müssen. Und so war sie zu einer

Entscheidung gekommen, die sicherlich die beste für jedermann sein und ihr letzten Endes das Leben retten würde. Denn sie wußte, daß ihr, wenn sie zum Gutshaus zurückkehrte, diese Frau, diese schreckliche Frau, etwas antun würde.

Es stimmte, daß sie mit gesenktem Kopf durch das Schneegestöber dahingeeilt war, aber als die Gestalt hinter einer Hecke hervorsprang, groß, hager, in eine Pelerine eingehüllt, hatte sie sich mit einem Ruck umgedreht, Sekunden, ehe sie den Schlag verspürte. Aber es hatte genügt, Miß Cartwrights aschfahles Gesicht zu erkennen, das sich kaum vom Schnee, der auf der Weißdornhecke lag, abhob.

Sie war sich klar darüber, daß diese Entscheidung gleichbedeutend war, dem Kind zu entsagen, aber es war ihr längst bewußt, daß der Kleine sie früher oder später ohnehin vergessen würde. Im besten Fall würde er eine schwache Erinnerung an sein ehemaliges Kindermädchen zurückbehalten. Vermissen würde er sie nicht. Aber wen würde sie selbst am meisten vermissen? Das war die Frage, die sie sich mitten in der Nacht stellte: Das Kind oder Konrad Knutsson?

Während des Tages verblaßte diese Frage durch all die Liebe und Zärtlichkeit, die ihr aus Colums Augen entgegenleuchtete. Wenn er sich in Gegenwart anderer auch noch so ruhig und gemäßigt benahm, so ergriff er doch, kaum daß sie allein waren, sofort ihre Hände, streichelte sie, fuhr ihr übers Haar und bekundete auf jede nur erdenkliche Art und Weise, wie teuer sie ihm war. Einmal des Nachts, als er meinte, sie wäre eingeschlafen, hatte sie ganz deutlich seinen Mund in ihrer Armbeuge gespürt. Sie liebte Colum. Während des Tages liebte sie Colum.

Also beschloß sie, hierzubleiben. Nie mehr würde sie über die Schrittsteine gehen. Heute oder morgen wollte sie dem Gutsherrn einen Brief schreiben und ihm sagen, daß es ihr leid täte, nicht mehr kommen zu können, daß sie sich aber nicht gut genug fühlte, um die Pflichten eines Kindermädchens weiterhin erfüllen zu können. Und daß sie im Hochsommer Colum Flynn heiraten würde. Sie wollte damit schließen, sich bei ihm für all die Freundlichkeit, die er ihr erwiesen hatte, zu bedanken, vor allem dafür, daß er ihr beigebracht hatte, gute Bücher zu lesen. Dies würde sie deshalb schreiben, weil sie wußte, daß ihn das freuen würde, und nicht, weil sie das hochtrabende Zeug, das er ihr so ans Herz gelegt hatte, gerne las. Sie konnte einfach nicht einsehen, was es für einen Sinn haben sollte, sich mit solchen dicken Büchern zu befassen. Und dennoch war sie stolz darauf, daß sie imstande war, dieses hochtrabende, schwierige Zeug zu lesen. Es bedeutete, daß die Flynns zumindest keine Ungebildete bei sich aufnehmen würden.

Kirsten drehte sich noch ziemlich steif im Bett um und blickte durch die offene Tür in die Küche, wo Elizabeth an dem langen Tisch stand. Sie hob den Kopf und lächelte ihr zu, und Dorry, die im selben Moment neben ihr auftauchte, winkte und rief ihr ein Scherzwort zu.

Über Dorry mußte Kirsten immer lachen. Nicht jedoch über Elizabeth, die so viel Ruhe ausströmte, als sei sie mit allem und jedem in Frieden. Jeder der Flynns wirkte anders auf sie.

Plötzlich stand Colum in der Tür. Er mußte den Kopf einziehen, um eintreten zu können, schloß hinter sich die Tür, trat an ihr Bett, beugte sich nieder, indem er die Hände auf die Knie legte, und sah Kirsten liebevoll an.

»Alles in Ordnung?«

»Ja, ja, vielen Dank.«

»Ma sagt, daß du morgen aufstehen kannst.«

»Oh, das freut mich.«

»Wenn es schön ist, trag ich dich hinaus und setz dich auf die Mauer.«

Ihr Lächeln wurde breiter. »Das würde ich gern tun. Das ist ein schöner Platz. Danke, Colum.«

Seine Miene wurde nun ernst; er sah sie sekundenlang an, dann sagte er: »Dank mir nicht für alles und jedes. Wenn zwei Menschen sich so nahestehen wie wir und sich bald noch näherstehen werden, brauchen sie einander nicht immerzu zu danken.«

Als sie ihm in die Augen sehen wollte, spürte sie, daß sie ein wenig schielte.

Langsam hockte er sich nieder, bis sein Gesicht auf gleicher Höhe mit dem ihren war, auch dann sagte er: »Alles hat seine Zeit und seinen Platz, auch die Höflichkeit. Wenn man eng miteinander verbunden ist, gibt es dafür weder Zeit noch Platz, verstehst du mich?«

Sie verstand nicht ganz, was er meinte. Sie hatte immer versucht, höflich zu sein. Außerdem war Höflichkeit eine Pflicht, die im Gutshof drüben einfach verlangt wurde.

Er umfaßte nun ihr Gesicht mit beiden Händen und sagte sanft: »Du mußt vergessen, daß du je im Dienst warst. Ich werde schon dafür sorgen. Selbst wenn ich dich nach Bywell in die St.-Andrews-Pfarre bringe, sollst du deinen Namen nicht aus einer Art Diensteifer hinschreiben. Ich möchte, daß du anders bist als alle Frauen ringsum. Es soll zwischen Prudhoe und Hexham kein weibliches Wesen geben, das freier ist als du, das verspreche ich dir. Und an dem Tag, an dem du mich zum ersten Mal anfahren wirst, werde ich nicht nur lachen, sondern dann werde ich dir danken.«

Er grinste übers ganze Gesicht. »›Danke, Mrs. Flynn‹, werde ich sagen. Denn an diesem Tag werde ich wissen, daß du von jeder Angst befreit bist.« Nun strich er ihr behutsam über Wangen und Mund, sah sie zärtlich an und sagte: »Du bist scheu und ängstlich wie eine Maus, nicht wahr? Nein, nein, nicht wie eine Maus«, er schüttelte mit belustigter Miene den Kopf, »sondern wie ein richtiges, kleines Wichtelmännchen, hm?«

»Ach, Colum«, sagte sie und lächelte ihn an. »Was ist das eigentlich, ein Wichtelmännchen?«

»Nun, das ist ein besonders nettes, kleines, hilfsbereites Wesen, mit einem Herzen, das bedeutend größer ist als sein Körper, weißt du? Aber eben ganz scheu und ängstlich.« Seine Lippen berührten die ihren, dann wanderten sie über Wange und Nasenspitze, bis sie schließlich auf ihrer Stirn ruhen blieben. »Wenn wir beide erst wieder miteinander spazierengehen können, werde ich dir einen zeigen. Wir wollen übers Moor gehen und dem Fluß folgen. Und eines Tages werden wir den Wagen nehmen und ans Meer fahren. Bis nach Shields oder über eine der schönen Brücken nach Newcastle hinüber und bis nach Cullacoats. Ich war schon in Cullacoats. Weißt du«, er reckte stolz das Kinn, »die Bootsbauer in Cullacoats benützen meine Seile, wirklich.« Sie lächelte ihm herzlich zu und sagte: »Dann wissen sie wenigstens, was gut ist.«

»Ach«, sagte er und schüttelte ganz erstaunt den Kopf. »Du lobst mich, tatsächlich?«

Sie wollte schon darauf antworten, als die Tür aufgerissen wurde und Barney, mit beiden Händen den Türpfosten umklammernd, keuchend hervorstieß: »Art kommt herauf, ich hab ihn gerade gesehen.« Es klang wie eine fröhliche Neuigkeit, denn für Barney bedeutete jeder Besucher eine angenehme Überraschung;

aber Colum zeigte sich keineswegs so erfreut, richtete sich auf, sah seinen jüngeren Bruder an und sagte: »So. Nun, ich komme schon. Wo ist Pa?«

»Unten auf dem Flachsfeld. Mit Michael und den Mädchen.«

Colum nickte, und als er sich zu Kirsten umwandte, war seine Miene ernst. Er sagte ruhig: »Du könntest jetzt den Brief schreiben, von dem du gesprochen hast. Das ist eine gute Gelegenheit; er könnte ihn dann gleich mitnehmen.«

»Ja, ja, das will ich tun«, erwiderte sie. Als er dann hinausging, blickte sie ihm nach und hörte Colum erst »Ma!« und dann »Dorry!« rufen, und als diese nicht gleich antwortete, hörte sie ihn zu Barney sagen: »Geh, sag es Dorry. Sie ist in der Scheune.«

Dann wurden Colums über das Kopfsteinpflaster klappernde Schritte immer leiser, und Kirsten lag einen Moment lang reglos und angespannt da. Es war elf Uhr vormittags; Mr. Dixon hatte keineswegs frei um diese Zeit. Er war in einer bestimmten Absicht gekommen. Sie erriet diese Absicht.

Sie setzte sich langsam auf, streckte die Hand nach dem kleinen, neben dem Bett befindlichen Tisch aus, auf dem sich einige Bücher, Tinte, Feder und zwei Blatt billigen Schreibpapiers befanden. Colum hatte es gestern auf dem Markt für sie gekauft, als sie ihn zögernd darum gebeten und gesagt hatte, daß sie einen Brief schreiben wollte. Sie hatte nicht gesagt, an wen, aber sie wußten es beide. Und nun war Mr. Dixon gekommen, und sie würde ihm den Brief für den Gutsherrn mitgeben.

Sorgfältig fing sie zu schreiben an, wie gestochen sogar. ›Lieber gnädiger Herr.‹ Sie war noch nicht weiter als bis zu ›Ich schreibe diese paar Worte mit Bedauern, um Ihnen mitzuteilen …‹ gekommen, als sie hörte, wie Colum und Mr. Dixon den Vorratsraum betraten. Es war Colums Stimme, die sie veranlaßte, heftig den Kopf zu wenden und die Augen aufzureißen, denn die Art, in der er seinem Besucher eine Frage stellte, erschreckte sie. »Was sagst du da, Art?« fragte er nämlich lautstark.

Kirsten war nicht die einzige, die Colums laute Stimme erschreckte, auch Art blieb der Mund offenstehen. Dieser Bursche, den er von Kind an kannte, sah nun direkt zum Fürchten zornig aus. Es hatte ihn ja schon immer gewundert, daß Colum wegen seiner radikalen Ansichten und seines herausfordernden Gehabens nicht längst hinter Gittern gelandet war. Er konnte sich zumindest an zwei Gelegenheiten erinnern, bei denen es dem gnädigen Herrn ein leichtes gewesen wäre, dies zu erreichen. Er hatte eben Glück, dieser Heißsporn Colum Flynn, und zwar auf mehr als eine Weise. Denn soweit ihm bekannt war, gab es mindestens zwei hübsche Mädchen, die nur darauf warteten, daß er ihnen mit dem kleinen Finger winke. Mary Page aus Ponteland drüben, die ganz schön was mitbringen würde, weil ihre Mutter überaus sparsam war, und Milly Brent aus Throckley. Die hatte zwar nicht viel mehr mitzubringen als sich selbst, aber das war keineswegs wenig. Was für ein hübsches, dralles Ding diese Milly Brent doch war. Es hieß, daß sie die Körbe geradezu scheffelweise verteilte, nur weil sie darauf wartete, daß Colum ihr eine bestimmte Frage stellen würde. Als er dann mit eigenen Augen gesehen hatte, wie Colum dieser Kirsten über die Schrittsteine geholfen hatte, hatte er gedacht: Nun, was ist da schon dabei, der Junge hat sie schließlich vor dem Ertrinken gerettet, nicht wahr? Das würde schließlich jeder halbwegs gut erzogene Bursche tun, einem allein stehenden Mädchen über die glitschigen Steine und dann hügelaufwärts helfen. Warum auch nicht, wo die ganze Familie Kirsten offensichtlich ins Herz geschlossen hatte, wobei sicherlich Mitleid eine wichtige Rolle gespielt hatte. Denn so hübsch sie auch sein mochte, die Geschichte mit ihrem Auge war jedenfalls nicht unwichtig. Jetzt aber stand ihm Colum gegenüber und fragte ihn in einem Ton, als wolle er ihn in der nächsten Sekunde erwürgen: »Was sagst du da?«

Art befeuchtete sich die Lippen, zog sich die Hose zurecht, schnaubte ein bißchen durch seinen grauen Schnurrbart und sagte dann: »Also, Colum, stell dich nicht so an! Du hast ja gehört, was ich gesagt habe.«

»Ja, das kommt mir auch so vor. Mir war, als hätt ich dich sagen hören: ›Sie ist ja schließlich nicht nur das Kindermädchen des Kleinen, falls du verstehst, was ich meine. Deshalb will er sie zurückhaben.‹ Das hast du doch gesagt, oder?«

»Ja, das habe ich gesagt.«

Sie starrten einander schweigend an, als Dorry mit Elizabeth hereingeplatzt kam. Da sie jedoch sofort merkten, daß etwas nicht stimmte, gingen sie, nachdem sie einen Moment in der Tür stehengeblieben waren, in die Küche, ebenso Dan, Michael und die beiden ihnen folgenden Mädchen, nachdem Dan den Kindern durch ein »Pst!« zu verstehen gegeben hatte, daß sie hier nur störten. Danach ergriff Art abermals das Wort: »Hör mal, Colum«, sagte er, »ich bin bloß da drüben angestellt und habe zu tun, was man mir aufträgt. ›Geh hinüber‹, hat Konrad Knutsson zu mir gesagt, ›und sag Kirsten, daß wir sie brauchen. Und dann gibst du das hier Mrs. Flynn und richtest ihr aus, daß ich mich für ihre Mühe bedanken lasse.‹« Damit deutete Art auf das Kuvert in seiner Hand, das er schon Elizabeth einhändigen wollte. Doch Colum schlug es ihm aus der Hand, daß die darin enthaltenen Münzen zu Boden fielen.

Es zuckte in Arts Gesicht, er ballte die Fäuste und sagte: »Wenn ich jünger wäre, Colum, würdest du nach einer solchen Behandlung nicht mehr aufrecht dastehen, das garantier ich dir!«

»Ach, Art«, schaltete sich nun Dan doch wieder ein und zupfte den Alten am Ärmel. »Das geht nicht gegen dich, das weißt du doch. Nicht gegen dich.«

»Halt den Mund, und verschwindet, alle miteinander!« Colum funkelte die neugierig Dastehenden der Reihe nach an. Und als Dan sagte: »Also hör mal, Junge«, murmelte Colum heiser: »Ich hab euch gebeten, zu verschwinden, alle, wie ihr da seid«, worauf sie nach allen Seiten davonstoben, als ginge es um ihr Leben.

Als die beiden Männer endlich allein waren, fragte Colum, in dessen Gesicht es heftig arbeitete, leise und mit rauher Stimme: »Seit wann?« Und Art murmelte mit gesenktem Kopf ebenso leise: »Ein Jahr oder länger, seit der berühmte Arzt aus London bei dem Kleinen war. Danach hat er für ihn und Kirsten den Ostflügel herrichten lassen, sich drüben ein Arbeitszimmer eingerichtet – er schnitzt und bildhauert ein bißchen –, so daß er praktisch auch dorthin übersiedelt ist und so weiter. Aber, Junge, ich dachte natürlich, daß du das wüßtest. Sowas spricht sich doch herum. Wenn ich eine Ahnung gehabt hätte, daß das nicht der Fall ist, hätt ich mich glatt geweigert, seine Botschaft auszurichten, wirklich, ob er mir nun den Laufpaß gegeben hätte oder nicht. Wohlgemerkt, ich verarg es dem Mädchen nicht; was hat so ein junges Ding denn schon für eine Chance? Jedenfalls ist das, was ich dir gesagt habe, die Wahrheit. Und es würde dir nicht weh tun, wenn …«

Kirsten, die plötzlich in eine Decke gewickelt in der Türe stand und deren rechtes Lid heftig zuckte, schnitt ihm das Wort ab, indem sie sich mit lauter Stimme verteidigte: »Es ist nicht wahr, es ist nicht wahr, Mr. Dixon. Es ist nicht wahr, Colum. Colum, es ist nicht wahr!«

Die beiden Männer standen da und blickten auf die mitleiderregende Gestalt nieder. Colum sagte sich bitter, daß sie wieder einmal wie die verkörperte Unschuld aussähe; damit hatte sie ihn ja geködert. Er wußte, daß Art die Wahrheit sprach, er wußte, daß sie die ganze Zeit über etwas vor ihm verborgen hatte, von dem Tag an, wo er sie am Flußufer geküßt hatte. Da hatte sie sich mit einemmal wie schuldbeladen gebärdet. Aber seither nicht mehr. Nein, seit damals hatte sie ihn wie einen Tölpel behandelt.

Er starrte Art an, von dem einen, einzigen Wunsch besessen, er möge gehen.

Arts Haltung drückte Mitleid aus, als er nun murmelte: »Ich soll dir etwas ausrichten, Mädchen. Der gnädige Herr läßt dir sagen, daß du ihnen drüben fehlst und daß sie auf dich warten.« Er sah sie fest an, drehte sich langsam um und ging hinaus.

Kirsten zitterte am ganzen Leib, als sie nun Colum flehend anblickte; aber seine Miene drückte auf so deutliche Art Ekel aus, daß sie wimmerte: »Es ist nicht wahr, Colum, es ist nicht wahr, ich schwör es dir.« Worauf er ihr eine einzige, einfache Frage stellte. »Ist er in deinem Bett gewesen, ja oder nein?«

Sie begann zu schielen wie niemals zuvor, als sie ihn mit offenem Mund anstarrte. Sie wußte nicht, was Mr. Dixon ihm gesagt hatte, also erzählte sie Colum die Wahrheit. Zögernd, stammelnd begann sie: »Einmal … eines Nachts. Er war betrunken, sehr betrunken. Vorher hatte er mit seiner Frau gestritten, ihr die Tür eingetreten, gebrüllt, daß die Wände gewackelt haben und gesungen, so laut, daß es durchs ganze Haus schallte. Ich war eingeschlafen, als er in mein Zimmer kam. Er …« Sie hielt inne, befeuchtete sich die Lippen und versuchte, das Lidzucken zu unterdrücken, jedoch ohne Erfolg. »Er … er hat sich auf mein Bett gelegt, aber … aber Colum, ich schwöre dir, er hat mich nicht angerührt. Er wollte nicht; alles, was er wollte war, wie er sagte, Trost, er wollte bloß ein bißchen Trost …«

»Allmächtiger!« Colum wandte sich von ihr ab und schüttelte den Kopf, als wolle er sich von etwas befreien. »Was glaubst du eigentlich, mit wem du redest?« Und als er sich wieder mit einem heftigen Ruck umdrehte, streckte er den Kopf vor und knurrte: »Das ist ja genauso komisch wie die Geschichte mit dem Kesselflicker! Alle haben gemeint, er hätte dich gewaltsam mitgeschleppt, dabei hast du genau gewußt, wo er sein Geld aufhob, alles hast du davon gewußt. Du hättest auf und davon laufen können, nicht? Aber nein, das hast du nicht getan. Und jetzt die Geschichte mit dem gnädigen Herrn, der nur Trost wollte. Er ist in dein Bett gekommen und wollte nichts als Trost! Wenn ich das schon höre!« Er lächelte, aber auf furchteinflößende Art. »Du hast die Frechheit, mir tatsächlich einzureden, daß er, der zu dir ins Bett gekrochen, ja schön warm und behaglich mit dir unter einer Decke gelegen hat, dich um nichts anderes als ein bißchen Trost gebeten hat, wie? Dann geh doch gleich hinüber zu ihm und tröste ihn. Er wartet schon. Los, los!« Während er noch einen Moment lang auf ihr schielendes Auge starrte, murmelte er mit verächtlich aufgeworfenen Lippen: »Ich muß glatt verrückt gewesen sein.« Damit wandte er sich von ihr ab, aber nur, um sich sofort wieder umzudrehen und zu sagen: »Warte einen Moment.«

Damit stieß er die Küchentür auf, und Kirsten hörte Elizabeths gedämpfte und Dorrys gutturale Stimme Fragen stellen, aber Colum antwortete nicht. Dann trat er wieder ins Zimmer, warf ihr den kleinen Lederbeutel, den sie ihm seinerzeit eingehändigt hatte, vor die Füße und sagte: »Nimm das und steck es wieder in die Deichsel oder wohin du willst. Was ich bisher davon ausgegeben habe, bekommst du so bald wie möglich zurück, und wenn ich meine Seele dafür verkaufen müßte!«

Dann schlug er die Tür hinter sich zu, und Kirsten war allein.

Einen Augenblick dachte sie, sie würde zusammenbrechen. Sie lehnte sich an den Türrahmen an und starrte auf den Beutel zu ihren Füßen. Sie wußte nicht, wie lange sie so dagestanden hatte, doch merkte sie plötzlich, daß Dorry sie bei den Schultern packte, zum Bett herumdrehte und in begütigendem Ton zu ihr sagte: »So, so, Kind, ist ja schon gut.«

Keiner kam zur Tür, um sich von ihnen zu verabschieden. Dorry hielt sie am Arm und führte sie liebevoll über den sonnenbeschienenen Hof. Es war ein schöner Tag; man konnte kaum glauben, daß der Schnee erst vor kurzem geschmolzen war. Die Luft war noch immer kalt, aber kräftig, und Dorry machte ganz beiläufig eine Bemerkung darüber, als gäbe es keinen anderen Gesprächsstoff. »Siehst du«, sagte sie, »was für ein schöner Tag, nicht?«

Kirsten sah nicht auf, sie hielt den Kopf tief gesenkt. Niemand hatte ihr Lebewohl gesagt, nicht einmal Elizabeth, aber Kirsten wußte in ihrem Innersten genau, daß es nicht deshalb unterblieb, weil sie froh waren, daß sie ging. Sie spürte, daß sie alle auf ihrer Seite waren: Dan, Elizabeth, die Kinder und Dorry. Ja, Dorry war gewiß auf ihrer Seite. Nur einer war gegen sie.

Sie hatten die Hälfte des Weges hügelabwärts bereits hinter sich, ehe Dorry abermals zu sprechen begann. Ohne Überleitung und mit ganz ungewöhnlicher Bitterkeit bemerkte sie plötzlich, als spräche sie einfach ihre Gedanken laut aus: »Er ist das eigensinnigste Wesen, das Gott jemals erschaffen hat. Im Grunde genommen sind alle Männer gleich: Sie sehen nur das, was sie sehen wollen. Ich hätte auch einmal heiraten sollen. Er stammte aus Prudhoe. Er war Schuster und entstammte einer protestantischen Familie. Nun, ich und meine Leute, wir sind allesamt Katholiken, aber schlechte.« Sie lächelte schwach. »Das war natürlich von Anfang an wie Wasser und Feuer. Aber ich mochte ihn eben, und wie ich ihn mochte. Und er mich. Also haben wir uns verlobt. Trotz seiner Familie haben wir uns verlobt. Ich war noch keine achtzehn damals, und damit wir ein bißchen rascher zum Ziel kämen, bin ich von daheim weg und in Dienst gegangen. Hierherum hat es keine Arbeit für mich gegeben, jedenfalls keine, bei der man ordentlich verdienen und sich ein bißchen was zusammensparen konnte. Und ich wollte keine sieben oder zehn Jahre warten, wie manche meiner Freundinnen es getan haben.«

Dorry kreuzte die Arme unter ihrem Schal und fuhr fort: »Mein Dienstplatz war in Shields. Es war ein Gasthof, und ich fing um fünf Uhr morgens an und hatte bis Mitternacht zu tun. Das Essen war schrecklich dort, fast nur verdorbenes Zeug. Der Wirt holte sich immer die Überreste von den Schiffen. Dabei sollte man doch annehmen, daß es in einem Gasthof viel zu essen gibt, nicht?«

Sie sah Kirsten an, und Kirsten sah sie an, wobei ihr eines Auge abgrundtiefe Traurigkeit zeigte und das andere immer noch heftig schielte.

»Nun«, erzählte Dorry weiter, »das Ende vom Lied war, daß ich am ganzen Körper Furunkel und Ausschlag bekam. Ich konnte weder sitzen noch liegen und brachte auch keinen Bissen mehr hinunter. Ich bezahlte dem nächstbesten Arzt zwei Shilling, und er gab mir eine Salbe, aber sie half nichts, im Gegenteil, die Haut begann sich von meinen Händen zu schälen, und meine Zimmerwirtin sagte sofort, daß ich etwas erwischt hätte, und warf mich hinaus. Als ich nach Hause kam, waren alle über meinen Anblick entsetzt, denn damals bestand ich nur noch aus Haut und Knochen. Nicht so wie jetzt!« Sie lachte kurz auf und schlug sich auf den Bauch. »Und als Arthur – er hieß nämlich Arthur – mich erblickte, da war er ganz außer sich, denn nun bedeckten die Furunkel und Flecken schon mein Gesicht. Mein Körper war schon die längste Zeit davon übersät gewesen, aber das hatte er natürlich nicht gesehen. Arthur fuhr also auf Geheiß seiner Familie nach Shields, und meine Zimmerfrau sagte ihm gleich, daß ich etwas erwischt hätte. Als er überhaupt nicht mehr bei mir auftauchte, fuhr ich zu ihm hinüber, aber seine Leute hätten mich beinahe umgebracht, trotz all ihrer Frömmigkeit. Sie sagten, ich sei ein schlechtes Frauenzimmer, das es mit den Matrosen getrieben hätte, und wenn ich nicht auf der Stelle verschwände, würden sie dafür sorgen, daß man mich deportierte. Das alles hat mir derart zugesetzt, Kind, daß es mich beinahe um den Verstand gebracht hätte. Zwei Jahre oder sogar noch länger ging es mir hundsmiserabel, und es hätte nicht viel gefehlt, und ich wäre im Narrenhaus gelandet, das kann ich dir sagen.

Dann hat Dan einen Arzt aus Newcastle hergeholt, und der hat festgestellt, daß ich durch zu wenig und noch dazu verdorbene Nahrung eine Blutvergiftung bekommen hätte. Außerdem sagte er Dan und Elizabeth, daß ich noch Jungfrau sei. Aber außer diesen beiden Menschen hat ihm das keiner geglaubt, weil die Leute es einfach nicht glauben wollten. Denn mit einer Jungfrau kann man sich im Wirtshaus bedeutend weniger amüsieren als mit einem gefallenen Mädchen.

Was soll ich dir sagen, Kind: Sowie ich wieder auf die Beine kam, fing ich zu essen an. Das war mein einziger Trost sozusagen. Sieh mich jetzt an: Heute bin ich ein dickes, altes, abgetakeltes Schlachtschiff. Und dabei bin ich kaum über vierzig! Aber ich bin nicht unglücklich darüber, jedenfalls nicht wirklich, weißt du? Weil ich mir sage, daß ich Glück gehabt habe, bei denen da droben sein zu können. Ich betrachte sie als die meinen. Manchmal ärgert sich Elizabeth ein bißchen darüber, weil ich mich so aufführe, als wäre ich die Mutter der ganzen Kinderschar, besonders was Colum anlangt. Gerade in ihm sehe ich so was wie den Sohn, den ich sicher gehabt hätte, wenn alles gutgegangen wäre. Denn wenn ich geheiratet hätte, hätte ich garantiert alle neun Monate ein Kind gekriegt. Sooft er mich angesehen hätte, wäre ich schwanger gewesen, kann ich dir verraten.« Sie brach in schallendes Gelächter aus, das sie nur dadurch unterdrücken konnte, daß sie sich auf die Lippen biß. Dann schloß sie: »Also weiß ich ganz genau, was es heißt, falsch beurteilt zu werden, Kind. Und falls es dir auch nur den mindesten Trost bedeutet: Wir glauben dir, Elizabeth und Dan und alle eben.«

Sie waren am Fluß angelangt, und Dorry half Kirsten zu den Schrittsteinen hinüber. Aber dann blieb sie stehen und sagte: »Wenn du es mir nicht übelnimmst, Kind, dann geh ich nicht mit dir hinüber. Ich fühl mich auf diesen Steinen nicht sicher und wäre bestimmt rascher im Wasser, als ich bis drei zählen könnte. Glaubst du, daß du es allein schaffen kannst?«

Kirsten nickte ihr zweimal zu, dann schluckte sie und sagte mit belegter Stimme: »Oh, Dorry, mir ist so elend zumute.«

Dorry nickte ebenfalls, denn sie wußte ja, daß Kirsten damit nicht ihre körperliche Verfassung meinte. Auch sie mußte mehrmals schlucken, und dann rollten ihr die Tränen über die rundlichen Wangen.

Als sie sich – nun beide weinend –, umarmten, murmelte Kirsten: »Ich werde ... ich werde dich nie mehr wiedersehen.«

»Nie mehr gibt es nicht, Kindchen. Gott ist im Grunde genommen gut. Er rückt die Dinge auf seine Weise zurecht. So, Kind, geh jetzt lieber, sonst hören wir alle beide nicht mehr zu weinen auf.« Und damit schob sie Kirsten zum Halteseil und zum ersten Schrittstein. Dann blieb sie stehen und sah ihr nach, wie sie vorsichtig hinüberging. An einer bestimmten Stelle schlug sich Kirsten mit der Hand auf den Mund und sah aufs Wasser hinaus. Es war jene Stelle, wo die Deichsel festgesessen hatte. Als sie nach einem tiefen Seufzer wieder weiterging, atmete auch Dorry auf, und als Kirsten schließlich das andere Ufer erreicht hatte, sich umdrehte und die Hand hoch und höher hob zum letzten Lebewohl, winkte auch sie ihr. So blieb sie stehen und sah Kirsten nach, bis sie den Anger überquert hatte und ihrem Blick entschwunden war.

Es lagen schon lange Schatten auf dem Park, als Kirsten stehenblieb und sich am Stamm einer Eiche anlehnte. Langsam den Kopf hebend, blickte sie in das kahle Geäst. Sie weinte noch immer. Es war, als könne sie nie mehr damit aufhören, aber sie wußte, daß sie es mußte, ehe sie das Gutshaus betrat.

Die Ereignisse der letzten achtundvierzig Stunden hatten auf gewisse Weise die Bewohner des Hauses dort drüben ausgelöscht. Denn indem sie Colum verloren hatte, hatte sie nicht nur den zukünftigen Gatten und die Kinder, die sie sich beide so gewünscht hatten, verloren, sondern auch ›Tarn Abode‹ und die Sicherheit, die die Liebe einer wirklichen Familie ihr geboten hätte.

Kirsten wußte, daß sie ›Tarn Abode‹ zum letzten Mal gesehen hatte und daß ihre Zukunft im Gutshaus lag. Aber wie sah diese Zukunft aus? Sie blickte zum rosig beschienenen Giebel von Konrad Knutssons Haus, in dem ihr Leben gewiß bald sein Ende finden würde. Denn Miß Cartwrights dritter Mordanschlag, das war ihr klar, würde ganz bestimmt nicht fehlschlagen.

Ein Schauer überlief sie, aber wenigstens versiegten ihre Tränen. Was würde diese schreckliche Person als nächstes gegen sie unternehmen? Sie wimmerte wie ein völlig verängstigtes Kind. Was sollte nur aus ihr werden? Alles, was sie sich nun wünschte, war ein Dach über dem Kopf, etwas zu essen und eine Möglichkeit, ihren Körper warm zu halten. Eine winzige Hütte würde ihr genügen. Das war im Grunde genommen alles, was sie sich je gewünscht hatte: Eine Bleibe, eine eigene, wenn auch noch so kleine Bleibe, weit weg von den Menschen. Nun, nicht gar zu weit vielleicht, nicht allzuweit von Kindern. Ob der Kleine sie vermißt hatte?

Als Kirsten den Hof überquerte, starrten Jack Wallace und Billy Stratford, die gerade damit beschäftigt waren, die Kutsche zu reinigen, sie an, aber sie schenkte ihnen keinen einzigen Blick. »Und das«, erzählte Billy später den andern, »nachdem wir bei der Sucherei um ein Haar erfroren wären, ganz abgesehen davon, daß wir den alten Art im ärgsten Schneegestöber heimtragen mußten.«

Kirsten betrat das Haus durch den Seiteneingang, eilte an Mrs. Poulters Zimmer vorbei, dann an Mr. Slaters Geschirrkammer, durchquerte die Halle und gelangte über die Hintertreppe schließlich zur Galerie. Die konnte sie nicht umgehen, wenn sie in den Ostflügel wollte.

Vorher brachten sie jedoch wohlvertraute Laute, nach denen sie direkt so etwas wie Heimweh verspürt hatte, als entstammten sie einem anderen Leben, zum Innehalten. Es war der Gutsherr, der mit rauher Stimme losbrüllte. Und da jedes Wort klar und deutlich zu hören war, blieb Kirsten vor einem der riesigen Wandgemälde stehen. »Nein, meine Teuerste, das ist unmöglich. Ich hab es dir gesagt. Das ist endgültig!« Hierauf drang das Geräusch von Türen, die zugeschlagen wurden, an ihr Ohr.

Sie verspürte den heftigen Wunsch, davonzulaufen, den Ostflügel zu erreichen, noch ehe sie ihn zu sehen bekam. Drüben fühlte sie sich weitaus mehr daheim, so weit das in diesem Haus überhaupt möglich war. Aber hier, im Gnädigen-Trakt, wie sie diesen Teil des Hauses heimlich nannte, fröstelte es sie, und zwar nicht aus Angst, sondern auch aus einem merkwürdigen Gefühl der Schuld, als wäre sie die einzige Ursache für die Entfremdung der Knutssons gewesen.

Schon hatte sie die Doppeltür, die in den Ostflügel führte, erreicht, als sie seinen raschen Schritt auf dem fliesenbedeckten Boden hörte. Die Hand noch auf dem funkelnden, getriebenen Messingknauf, blieb er stehen. Ohne daß er ihren Namen gerufen hatte, wußte sie, daß er am Ende der Galerie stand und zu ihr hinsah. Sie hielt den Kopf so lange gesenkt, bis er an ihrer Seite war. Dann wurden die Türen vor ihnen aufgerissen, und Kirsten war, als schwebe sie den Gang entlang, mit seiner Hand auf ihrem Arm. Mit einem leichten Druck lenkte er sie weder in Richtung Kinderzimmer noch in ihr eigenes, sondern in sein gegenüberliegendes Arbeitszimmer.

Drinnen angelangt, nahm er ihr mit einer sanften Gebärde den Schal von den Schultern und sah sie lange an, erst ihr Gesicht, dann jene Stelle der Kopfhaut, wo ihr das Haar abgeschnitten worden war. Mit dem Zeigefinger zog er behutsam die drei Zoll lange Narbe nach. Dann sah er ihr wieder in die Augen und sagte leise: »Es ist gut, dich wieder hier zu sehen.«

»Danke – danke, gnädiger Herr.«

»Hast … hast du uns vermißt? Das Kind und mich?«

Ihr rechtes Augenlid begann leicht zu zucken, aber sie schielte nicht, als sie sagte: »Ja, gnädiger Herr.«

»War dir daran gelegen, wieder zurückzukommen?«

Selbst während er ihr diese Frage stellte, wußte er, daß das unfair war. Aus dem wenigen, was Dixon ihm berichtet hatte, hatte er mit Leichtigkeit erraten können, welchen Aufruhr seine Aufforderung zur Rückkehr drüben erregt hatte. Während er darauf wartete, daß sie antwortete, beobachtete er ihr rechtes Auge. Es flackerte heftig, ehe sie den Blick senkte, dann neigte sie den Kopf, und als er ihre Hand in der seinen beben fühlte und wußte, daß sie weinte, empfand er gleichzeitig Zorn und Mitleid. Da ihm klar war, daß sie jetzt Trost brauchte, geleitete er sie zu dem vor dem Kamin stehenden Lehnsessel und sagte: »Du bist schwach und brauchst Ruhe und etwas, was dir richtig warm macht.«

Dann trat er an den Tisch und schenkte Kirsten aus einer schön geschliffenen Karaffe ein großes Glas Kognak ein. Er reichte es ihr mit den Worten: »Trink das erst einmal, und dann wollen wir miteinander reden.«

Sie weinte noch immer leise vor sich hin, hilflos und unfähig aufzuhören, so daß sie sich bei dem Versuch, den Kognak zu trinken, verschluckte und husten mußte. Mit nun schon etwas ungeduldig klingender Stimme fragte Konrad: »Weshalb weinst du so?«

Kirsten hob den Kopf und sah den Gutsherrn durch einen Tränenschleier hindurch an, und dabei erwachte so etwas wie Hoffnung in ihr. Er war der einzige Mensch auf der Welt, der Colum ihre Unschuld beweisen konnte. Wenn er Colum in ein paar Zeilen mitteilen würde, daß das, was er gehört hatte, unwahr sei, dann würde alles wieder in Ordnung kommen. Er war ein herzenswarmer, ja sogar richtig guter Mensch. Es war ihm sicher daran gelegen, daß die Leute die Wahrheit erführen. Das Schwierigste war vielleicht, ihm beibringen zu müssen, daß sie, solange sie hier im Haus war, in Gefahr schwebte. Sie würde keinen Namen nennen, sondern nur sagen, daß sie in Gefahr sei. Ach, das war doch alles Unsinn, schoß es ihr fast im selben Atemzug durch den Sinn. Diesem Mann konnte man nicht nur eine halbe Geschichte erzählen, das war unmöglich! Konnte sie ihn wenigstens bitten, Colum die Wahrheit zu sagen? Ja, das konnte sie tun. Aber das andere, das wollte sie lieber bleiben lassen. Denn für einen Mordanschlag mußte es ein Motiv geben, und wenn er Miß Cartwrights Motiv erst einmal entdeckt hatte, würde er selbst einen Mord begehen. Daran zweifelte sie nicht.

Als er sie nun fragte: »Was beunruhigt dich so? Komm, sag es mir«, antwortete sie deshalb: »Die Leute … die Leute reden schlecht über mich. Und Colum … Colum Flynn, der mich heiraten wollte, hat es gehört, und obwohl er erst nicht glauben wollte, daß es wahr sei, so …« Sie hielt inne und schluckte.

»Weiter«, sagte Konrad Knutsson.

Sie versuchte weiterzusprechen, schluckte abermals, wandte den Kopf ab, brachte keinen Ton heraus und schlug sich verzweifelt mit der Hand auf den Mund. Aber seine barsche Stimme durchdrang ihr Elend. »Sie reden schlecht über dich?« sagte er nun. »Was könntest du denn um Himmels willen in meinem Haus schon Schlechtes anstellen?« Er packte sie an den Schultern. »Du hast keinen Umgang mit dem übrigen Personal, das ist mir bekannt. Also bleibt nur ein einziger Mann übrig, mit dem du was Schlechtes anstellen könntest.« Er verlieh dem Wort ›Schlechtes‹ einen ironischen Klang, hielt jedoch jäh inne, ehe er in ungläubigem Ton schloß: »Haben sie dich etwa beschuldigt, mit mir etwas Schlechtes zu treiben? Ist es das?«

Sie stand reglos da und hob nur den Blick, ohne ein Wort zu sagen. Also fuhr er fort: »Und dieser Dickkopf dort drüben hat ihnen geglaubt?« Als er sie plötzlich losließ, hätte sie beinahe das Gleichgewicht verloren. Sie starrte mit weit aufgerissenen Augen zu ihm auf, als er sich nun über sie neigte und sagte: »Das ist gut. Ich bin froh, daß er so denkt. Und wenn du nur einen Funken Verstand hättest, Mädchen, würdest du auch sagen, daß es gut sei, denn auf diese Weise erkennst du am besten, was der Mann, den du heiraten möchtest, wert ist. Wegen eines bißchen Geredes verdammt er dich, während er sich, wenn er nur ein Gramm Gehirn hätte, sagen müßte: Welche Chance hat ein blutjunges Ding wie sie schon gegen diesen Bullen da drüben? Der ist ganz allein dafür verantwortlich … Und das stimmt auch.« Er beugte sich nun so nahe zu ihr, daß sein Gesicht keinen Zoll mehr von dem ihren entfernt war, und sagte in rauhem Flüsterton zu ihr: »Welche Chance hättest du schon gehabt, wenn ich beschlossen hätte, dich zu nehmen, hm? Und wäre dir das tatsächlich so zuwider gewesen, wie?« Er packte ihr Kinn derart fest, daß ihr Mund sich verzog. »Andere in deiner Lage hätten es als Ehre betrachtet und Kapital daraus geschlagen. Du hättest als meine Geliebte gelten können, nicht bloß als ein Stück Strandgut, das ich benützte, wenn mein Körper danach verlangte. Du hättest dich neu einkleiden können, gut, ja schön sogar. Und wenn ich dich nach London oder Newcastle mitgenommen hätte, dann hätte man dich akzeptiert, zumindest in meinen Kreisen; jedenfalls hättest du ein anderes Leben kennengelernt als das, das du jetzt kennst. Und das hier«, er deutete mit dem Zeigefinger auf ihr rechtes Auge, »hätte man dann als eine Art Attraktion betrachtet, wenn auch vor allem aus Furcht vor der Macht, die du – wie man hierzulande sagt – dadurch besitzt. Denn auch in den kultiviertesten Kreisen grassiert der Aberglaube, laß dir das gesagt sein. Manche dieser feinen Herrschaften sind ebenso unwissend wie die Schweine in den Ställen.«

Abermals starrten sie einander schweigend an. Als er sich aufrichtete, fragte er sie in ruhigem, beherrschten, beinahe förmlichem Ton: »Was wirst du anfangen? Hast du irgendwelche Pläne? Warte!« Er hob die Hand. »Ehe du antwortest, laß mich dir etwas sagen. Und hör genau zu.« Es folgte eine kurze Pause, ehe er weitersprach. »Ich begehre dich.« Wiederum klang seine Stimme heiser. »Hörst du mich? Ich begehre dich. Aber ich kann dir nicht die einträgliche Position einer Mätresse anbieten, weil ich selbst nicht weiß, wie lange ich dieses Haus noch halten kann. Sollten sich die Dinge nicht rasch zum Besseren wenden, dann werde ich mich in ein Haus in den schwedischen Bergen zurückziehen und dort so leben, wie ein Förster hier lebt. Aber wenn ich Glück habe und es nicht soweit kommt – wenn ich hierbleiben kann –, dann möchte ich, daß du …« Nun warf er alle Förmlichkeit ab, ließ sich mit einer raschen Bewegung auf die Knie fallen, legte die Arme um ihre Taille, zog sie an sich, legte sein Kinn auf ihre Brust und hauchte ihr zu: »Meine Geliebte, denn das ist es, was du bist, Kirsten. Meine Geliebte.«

Wie hypnotisiert starrte sie in seine Augen, ganz eingehüllt in seine Anziehungskraft und Macht. Sie hatte immer gewußt, daß Konrad Knutsson sie begehrt und daß sie ihn begehrt hatte, aber bis auf wenige Augenblicke nicht auf dieselbe Weise. Und diese wenigen Augenblicke hatte sie insgeheim als Wahnsinn bezeichnet. Das vorherrschende Gefühl, das sie empfand, war das einer Tochter ihrem geliebten Vater gegenüber. Aber auch das stimmte nicht. Tief in ihrem Innern empfand sie eine große Zärtlichkeit für ihn, Anteilnahme, Mitleid und – es war sicher dumm, so etwas zu denken, aber es stimmte schon: Mütterlichkeit. Immerzu hatte sie das Verlangen, ihn zu begütigen, ihn zu trösten. Dieser Gedanke rief ihr wieder jene Szene mit Colum ins Gedächtnis, wo er sie mit seinem Ausruf ›Natürlich, er wollte bloß Trost!‹ so bitter verhöhnt hatte. Und im gleichen Moment durchzuckte sie der Schmerz eines großen Verlustes, des Verlustes von etwas, das ebenso unabänderlich war wie der Tod. Der Ruf von Jugend nach Jugend, der Ruf nach dem altersmäßig richtigen Gefährten, bei dem ihr niemals der Gedanke an Trost gekommen wäre, weil er keinen Trost brauchte. In ihren Augen war Colum der richtige Beschützertyp. Ohne auch nur im mindesten auf seinen Vorteil bedacht zu sein, hätte er sie stets auf eine Weise beschützt, wie der Gutsherr dies niemals hätte tun können. Bei Konrad Knutsson wäre sie gegen bitteres, eifersüchtiges Gerede, gegen den Neid ihrer eigenen Klasse wie gegen Geringschätzung und Spott der seinen schutzlos gewesen, wozu noch der Haß, vor allem jener Miß Cartwrights, kam. Sie war überzeugt davon, daß es zu jenem Arrangement, das ihr Konrad Knutsson vorgeschlagen hatte, niemals kommen würde, selbst wenn sie einwilligte. Miß Cartwright würde sie eher umbringen.

Als Kirsten Konrad nun sanft von sich wegdrängte und in den Stuhl zurücksank, verhärtete sich seine Miene, und sein Körper erstarrte. Aber als er sie nun fragte, klang seine Stimme ruhig: »Du … du hast doch nichts gegen mich, oder?«

»Nein, gnädiger Herr. Ich hab Sie gern, sehr sogar.«

»Wenn du mich, wie du behauptest, gern hast, weshalb stößt du mich dann zurück?«

»Weil, gnädiger Herr«, sie senkte den Kopf und schüttelte ihn langsam, ehe sie schloß, »weil ich Colum liebe.«

Ihr Kopf sank noch tiefer, und sie fühlte mehr, als sie sah, daß er aufstand. Als er schließlich nichts darauf sagte, hob sie den Blick. Der Ausdruck, der nun auf seinem Gesicht lag, schmerzte sie mehr, als die ärgsten Beschimpfungen es getan hätten. Und als er sich von ihr abwandte und sprach, veranlaßten sie seine Worte, unwillkürlich ein äußerst überraschtes Gesicht zu machen. »Solange du hier bist«, sagte er, »wirst du dich ausschließlich im Ostflügel aufhalten. Ich habe den Auftrag erteilt, daß die kleine Miller dir deine Mahlzeiten servieren und dein und das Kinderzimmer saubermachen soll. Vom übrigen Personal sollen nur Mrs. Poulter, Harris und Bainbridge Zutritt zu diesen Räumen haben. Und wenn du mit dem Kleinen in den Garten gehst, soll Bainbridge sich immer in deiner Nähe aufhalten, das ist alles abgemacht. Komm jetzt und sieh ihn dir an, er hat dich vermißt.«

Er wußte es. Konrad Knutsson wußte über Miß Cartwright Bescheid.

Verwirrt erhob sie sich und ging auf den Türrahmen zu, in dem er nun stand. Lachen drang ihr aus dem Kinderzimmer entgegen, und als sie eintrat, fuhr sie sich unwillkürlich mit der Hand an die Kehle, weil sie sich dem Kind, Rose und Miß Cartwright gegenübersah. Das Kind lachte genauso vergnügt wie Rose, aber nicht Rose war es, die mit ihm spielte, sondern Miß Cartwright, die den Kleinen hochwarf und auffing, immer wieder. Als sie nun damit aufhörte, schlang das Kind beide Ärmchen um ihren Hals und lehnte sich an sie. Ihr Gesichtsausdruck, ja ihr ganzes Verhalten war nicht wiederzuerkennen. In diesem Moment unterschied sie nichts von einer ganz gewöhnlichen Frau, die glücklich mit einem Kind, ihrem Kind, spielte. Und doch hatte ihr der Gutsherr erst vor wenigen Sekunden zugesichert, daß sie niemals mehr mit Miß Cartwright zusammentreffen würde! Aber da stand sie nun und war schon ganz vertraut mit dem Kind.

Konrad dachte genau dasselbe. Er starrte Bella an. So hatte er sie noch nie gesehen. War dies ein Teil ihrer neuen Haltung, die sie ihm gegenüber in den letzten paar Tagen angenommen hatte? Er wußte ganz genau, daß sie es gewesen war, die das Mädchen niedergeschlagen hatte, und es war ihm klar, daß es aus einer Eifersucht heraus geschehen war, die jedes Maß überstieg, so daß man mit allem rechnen mußte, sogar mit Mord.

Nach ihrem Aufschrei auf die Nachricht hin, daß Kirsten mit dem Leben davongekommen war, hatte Konrad die ganze Nacht keinen Schlaf gefunden. Er hatte sich den Kopf darüber zerbrochen, was er ihr am nächsten Tag sagen würde. Er hatte beschlossen, ihr zu zeigen, daß er von ihrem Mordversuch an Kirsten wußte. Einen Augenblick lang spielte er sogar mit dem Gedanken, sie zu entlassen, aber wenn er das getan hätte, hätte Florence das als einen reinen Trotzakt gegen sie selbst angesehen. Und Florence, das wußte keiner besser als er, würde in nächster Zukunft gezwungen sein, mit mehr als genug Unannehmlichkeiten fertig zu werden, wo sie doch ihre gewohnte Lebensweise aufgeben mußte. Also entschloß er sich, Bella einfach zu verbieten, den Ostflügel zu betreten, wie lange auch immer sie in diesem Haus verbleiben würde.

Seine nächtliche Entscheidung geriet jedoch am darauffolgenden Morgen dadurch ins Schwanken, daß Bella, die ihm im Speisezimmer gegenübertrat, sich plötzlich wie eine normale, ja sogar fröhliche Frau aufführte, in deren Worten nicht das geringste darauf hindeutete, daß sie sich wenige Stunden zuvor so elend gefühlt hatte – die ihm, ihm dabei fest in die Augen sehend, sogar sagte, wie froh sie darüber wäre, daß man das Mädchen gefunden hatte. Ihr Verhalten war derart glaubwürdig, daß Konrad ebenso an den Vorfällen der vergangenen Nacht wie an seinem eigenen Verstand zweifelte. Und so ließ er den Dingen ihren Lauf, indem er sich fest vornahm, sie, sowie Kirsten zurückkehrte, klar und deutlich auf die Einschränkung ihrer Befugnisse in diesem Haus aufmerksam zu machen. Und das hatte er am Vortag auch getan. Durch ihr sofortiges, ja direkt freundschaftlich anmutendes Einverständnis hatte sie ihn nur noch mehr in Erstaunen versetzt. Es hatte zwar recht steif geklungen, aber immerhin hatte sie zu ihm gesagt: »Wenn es das ist, was Sie wünschen, soll es mir recht sein.« Und ehe sie sich abgewendet hatte, hatte sie zur Bekräftigung ihrer Worte zweimal kurz genickt.

Er war erleichtert darüber gewesen, daß sie die ganze Angelegenheit so leicht aufgenommen hatte, denn er wußte, daß sie die Macht, die sie in seinem Haus bisher besessen hatte, über alles liebte. Sie war es, nicht seine Frau, die über alles und jedes in seinem Haus zu bestimmen gehabt hatte. Und nun bot sie ihm doch wieder Trotz, indem sie in diesen Räumen mit dem Kleinen in aller Seelenruhe spielte, als wäre nichts geschehen. Und was noch sonderbarer war: Sie benahm sich dem Jungen gegenüber ganz so, wie eine Mutter sich benommen hätte, und beide genossen das sichtlich.

Schon wollte er in unmißverständlichem Ton ihren Namen rufen, was schon allein wie ein Befehl geklungen haben würde, das Kinderzimmer zu verlassen, als Bella rasch auf Konrad und Kirsten zukam. Sie hielt den Blick jedoch nicht auf ihn, sondern auf Kirsten gerichtet, als sie ruhig, ja sogar ausgesprochen liebenswürdig sagte: »Oh, da bist du ja! Wie froh bin ich, dich wiederzusehen! Geht es dir …«

Der Kleine unterbrach sie, indem er ausrief: »Papa! Papa!« Und dann hielt er in seinem stolpernden Gang inne und quietschte ganz außer sich: »Kirsten, Kirsten!« Damit lief er, so gut er konnte, auf sie zu, umschlang ihre Knie und fragte: »Hast du Ferien gemacht?«

Es blieb Kirsten erspart, nach der passendsten Antwort zu suchen, denn schon drehte er sich wieder zu Konrad um, umarmte auch ihn in grenzenloser Freude und rief: »O Papa, Papa! Tante Bella hat gesagt, daß wir einen Spaziergang machen werden. Sie will mich auf ein Pferdchen setzen, wenn ich brav bin.« Er wandte den Kopf und sah Bella an. Der Ausdruck, der in seinen Augen lag, schnitt Kirsten tief ins Herz.

Wie war das nur möglich? Wie konnte ihr Kind diese Frau lieben? Der Junge war doch ein Teil von ihr. Und da das so war, mußte er die Schlechtigkeit dieser Frau direkt spüren! Sie schloß einen Moment lang die Augen. Was wußte ein Kind schon über Schlechtigkeit? Es war eben für jede Art von Freundlichkeit empfänglich, ob es sich nun um aufrichtige oder nur geheuchelte Freundlichkeit handelte. Das verstand es noch nicht. Aber war nicht auch sie selbst freundlich zu ihm gewesen? Aber Freundlichkeit war ein schwaches Wort. Sie hatte ihn gepflegt, beschützt und geliebt sein ganzes kurzes Leben lang, und dennoch konnte sie sich nicht erinnern, daß er sie jemals mit einer solchen Liebe angesehen hatte wie diese schreckliche Frau da drüben.

Sie horchte auf, als Bella nun zum Gutsherrn sagte: »Die kleine Miller hat nach mir geschickt. Das Kind war gereizt und hat geweint. Sicher wollte der Junge Gesellschaft; die braucht er nun mal.«

Kirsten beobachtete, wie Miß Cartwright den Kopf wandte und Rose Miller ansah. Und sie sah auch, wie Rose den Mund öffnete, als wollte sie etwas sagen. Im selben Augenblick erweckte jedoch Konrad Knutsson ihre Aufmerksamkeit, indem er das Kind vorwärts schob und sagte: »Geh schön zu Kirsten.« Als der Kleine das zwar auf der Stelle tat, jedoch eine Hand ihr, die andere Miß Cartwright entgegenstreckte, hätte sie beinahe laut aufgeschrien.

Bella ergriff die dargebotene Hand des Kleinen nicht, sondern tätschelte sie nur und sagte in sanftem Ton zu ihm: »Wir wollen an einem andern Tag spazierengehen, ja?« Damit wandte sie sich um und ging, von Konrad gefolgt, aus dem Zimmer. Die Tür fiel mit einem derartigen Krach ins Schloß, daß die Zurückgebliebenen in die Höhe fuhren.

»So was, was die alles daherredet«, sagte Rose sofort. »Hast du gehört, was sie gesagt hat? Kein Wort wahr, das schwör ich dir. Nun, Hauptsache, daß du wieder da bist. Ich bin wirklich froh, dich wiederzusehen. Komm zum Kamin.« Sie ergriff Kirstens Hand. »Du mußt mir alles erzählen, ja? Also ich kann mich noch gar nicht beruhigen darüber, was die alles zusammenlügt! Zu sagen, daß er reizbar war und geweint hat und daß ich deshalb nach ihr geschickt hätte! Dabei hat er ganz brav gespielt, als sie zur Tür hereinkam. Ich bin jeden Tag hiergewesen, um Mrs. Poulter zu entlasten, weißt du, und Tag für Tag ist sie auch herübergekommen, regelmäßig wie die Uhr. Das Komische daran ist«, sie deutete auf den Kleinen, »daß er direkt auf ihr Kommen gewartet hat. Aber zu behaupten, daß ich nach ihr geschickt hätte ... Bist du wirklich wieder ganz in Ordnung? Mein Gott, siehst du dünn und kränklich aus. Und so blaß! Es hat ja geheißen, daß du überhaupt nicht mehr wiederkommst. War da was Wahres dran? Nun, es kann ja nicht gestimmt haben, sonst wärst du nicht hier, oder?«

Kirsten sah Rose an und wäre ihr am liebsten um den Hals gefallen, um ihr Herz auszuschütten. Jedoch warnte sie eine innere Stimme davor; so ein liebes Ding Rose auch war, so hatte sie doch eine überaus lockere Zunge.

Rose schwatzte noch immer drauflos, und Kirsten hörte so lange zu, bis sie sie sagen hörte: »Jetzt muß ich aber gehen, sonst ist gleich Ma Poulter hinter mir her. Wiedersehen, Kirsten, ich bin ehrlich froh, daß du wieder da bist.«

»Wiedersehen, Rose.«

Als sie allein waren, kam der Junge auf Kirsten zugekrochen. Sie nahm ihn in die Arme und lächelte ihn an, obwohl ihr gar nicht nach Lächeln zumute war bei dem Gedanken an ein anderes Lächeln: an das von Miß Cartwright. Eine umgängliche, scheinbar aufgeschlossene, stets lächelnde Miß Cartwright war bedeutend gefährlicher als eine unfreundliche, zornige, sie offen anherrschende.

20

Das ganze Haus war in einem tumultartigen Zustand. Alles war in Aufruhr, von der Küche bis in Florences Boudoir.

In der Küche erklärte Mrs. Lege jedem, der es hören wollte, daß sie sich absolut keine Sorgen machte, eine Fachkraft wie sie könnte überall eine Stelle bekommen. »Aber keine so angenehme wie hier«, hatte Mary Benton einzuwerfen gewagt; und Jane Styles hatte Angst, daß sie nirgendwo solche Mahlzeiten vorgesetzt bekommen würden wie hier.

Rose schien die einzige zu sein, die sich von dem Wirbel ringsum nicht anstecken ließ. Wovon redeten sie denn allesamt, fragte sie die andern. Das Schiff war ja noch nicht gesunken. Der gnädige Herr war in London, wo man, wie ihr Pa behauptete, über Nacht ein Vermögen verlieren wie gewinnen könnte, wenn man ein richtiger Kerl war. Und er mußte es schließlich wissen, denn er hatte seinerzeit dort zwölf Jahre lang für einen reichen Adligen gearbeitet und kannte sich in der Lebensweise der noblen Leute aus wie in seiner Westentasche. Also worüber redeten sie bloß alle? Sie sollten lieber abwarten, bis der gnädige Herr zurückkam. Keinesfalls konnte sich Rose vorstellen, daß er Bankrott machen würde, das würden seine Freunde gar nicht zulassen. Man brauchte doch bloß an die Bowen-Crawfords zu denken und an Lord Milton und die Whitbreads, die würden den gnädigen Herrn schon nicht im Stich lassen.

Aber Bainbridge dämpfte Roses Optimismus sofort, als er ihnen in aller Ruhe auseinandersetzte, daß es mit den reichen Leuten eine komische Sache wäre, wie sie nämlich Freunde behandelten, die in Schwierigkeiten geraten waren. Wenn es sich nur um ein paar Hunderter drehen würde, dann hätte man vielleicht noch annehmen können, daß sich der eine oder andere dazu aufschwingen würde, helfend einzuspringen. Aber der gnädige Herr säße bis über beide Ohren in Schulden, bei denen es um Tausende ging. Und dann käme noch hinzu, daß weder die Miltons noch die Bowen-Crawfords den gnädigen Herrn, obwohl sie seit Jahr und Tag ausgiebig bei ihm soupiert hatten, als einen der Ihren anerkannt hätten, da er seine Erziehung größtenteils in Schweden genossen habe, aussähe wie ein Fremder und redete wie ein Fremder.

Mrs. Poulter sagte: »Seht lieber zu, daß ihr mit eurer Arbeit fertig werdet, alle miteinander, und kümmert euch gefälligst um eure eigenen Angelegenheiten.«

Slater sagte nichts, zumindest nicht vor dem Küchenpersonal, aber er und Mr. Harris führten lange Diskussionen im Anrichteraum, vor allem nachdem Mr. Harris, der mit dem gnädigen Herrn aus London zurückgekommen war, in seinen Schilderungen den wahren Zustand der Angelegenheiten wiedergab. Der gnädige Herr, so hatte Harris gesagt, sei mit seiner Weisheit am Ende. Die Aktien zweier seiner Hauptgesellschaften wären so gefallen, daß sie nicht einmal das Papier wert seien, auf das sie gedruckt waren. Und die, die unter normalen Umständen helfend eingesprungen wären, befanden sich in einer ähnlichen finanziellen Verfassung. Seiner Ansicht nach würde der gnädige Herr hier alles verkaufen und nach Schweden übersiedeln. Er selbst würde ihn aller Voraussicht nach begleiten, weil er sich nicht vorstellen konnte, wie der gnädige Herr ohne männlichen Bedienten auskommen sollte. Er wußte noch nicht, ob die Gnädige Miß Cartwright mitzunehmen gedachte, aber auch hier konnte er sich nicht denken, wie sie ohne sie fertig werden sollte. Dann waren da noch das Kind und das Kindermädchen. Nun ja, das würde er aller Voraussicht nach behalten, es mußte sich schließlich jemand um den Kleinen kümmern, haha. Und sie tauschten verständnisinnige Blicke.

Obwohl alle meinten, daß die düstere Zukunft der Gutsherrin am meisten zu schaffen machen müsse, war dies keineswegs der Fall. Florence hatte schon vor einiger Zeit ihre eigenen Pläne gemacht. Nun handelte es sich nur noch um Stunden, bis sie dieses Haus verlassen würde – und ihn. Die Vorstellung, daß sie nie mehr in das breitflächige Gesicht dieses ungehobelten Kerls würde blicken müssen, stellte schon allein eine wahre Genugtuung für sie dar. Am darauffolgenden Tag um dieselbe Zeit würde Gerald mit einer Kutsche auf der Landstraße auf sie warten, und längstens zwei Stunden danach würden sie beide an Bord eines Schiffes gehen, das nach Schweden fuhr. Es war geradezu lächerlich, daß sie ausgerechnet in dieses Land fliehen würden. Aber ihr

Aufenthalt in Schweden würde von kurzer Dauer sein. Gerald hatte bereits alles bis ins kleinste Detail vorbereitet. Seit einem Jahr hatte sie dies alles geplant, und alles direkt unter den Augen von Konrad und Bella. Ob Bella sie vermissen würde? Nein. Sie war Bella längst über den Kopf gewachsen. Bella hatte ihr gegenüber die Rolle einer alles beherrschenden Mutter gespielt und sie die einer pflichteifrigen Tochter. Florence hatte nicht die mindesten Skrupel im Hinblick auf Bella. Sie war für ihre Dienste entschädigt worden. Hatte sie nicht seit Jahren die Herrin des Hauses gespielt? Sie jedenfalls würde froh sein, Bellas Kehrseite zu sehen, dessen war sie sicher. Übrigens vermutete sie, daß Bella sie jetzt nicht mehr besonders vermissen würde, nachdem sie ihre mütterlichen Gefühle für diese Mißgeburt im Ostflügel entdeckt hatte. Warum auch nicht? Das Kind war sozusagen ihre Schöpfung gewesen, sie hatte es hervorgezaubert, um Konrads brennendes Verlangen nach einem Erben zu stillen, nachdem er bisher nichts als Totgeburten erlebt hatte – waren es drei, vier oder fünf gewesen? Florence hatte vergessen, wie oft seine anderen Frauen ihn enttäuscht hatten.

Ihre Lippen verzogen sich spöttisch bei dem Gedanken an seine Liebhaberqualitäten. Wie ein roher, ungebildeter Bauernlümmel war er über sie hergefallen und hatte noch gelacht über sie, wenn sie ihr Entsetzen darüber gezeigt hatte. Wenn sie Gerald mit ihm verglich, du lieber Gott, das war ein Unterschied wie Tag und Nacht!

Florence stand vor ihrer reichverzierten Kommode, sperrte eine der Laden auf und entnahm dieser ihr Schmuckkästchen. Dessen Inhalt bedeutete, daß sie und Gerald zumindest auf einige Jahre versorgt sein würden. Sie hatte keinerlei Gewissensbisse, als sie die Juwelen an sich nahm. Konrad hatte sie ihr an ihrem Hochzeitstag geschenkt, oder nicht? Nun, jedenfalls hatte er sie ihr gegeben.

Als sie das Schmuckkästchen in ihre kleine schwarze Reisetasche schob, wunderte sie sich einen Moment darüber, daß er nicht sofort nach seiner Rückreise aus Schweden darauf bestanden hatte, die Juwelen wieder in den Safe einzuschließen. Jedoch wußte sie auch hierauf, wie ihr schien, eine passende Antwort. Da er sie ihr für immer wegnehmen wollte, ließ er sie sich an ihrem Besitz freuen, solange es ging. Sie wußte, daß seine düsteren Schilderungen ihrer Finanzlage begründet waren. Vielleicht hätte sie seinen Worten allein keinen Glauben geschenkt, aber Gerald hatte alle im Umlauf befindlichen Gerüchte bestätigt.

Florence blickte auf die Uhr und zählte die Stunden, die zwischen ihr und ihrer Freiheit lagen. Es waren noch dreiundzwanzig. Nur eines machte ihr im Moment noch Sorge, das war das Wetter.

Sie eilte ans Fenster, konnte jedoch nicht weiter als ein paar Schritte sehen wegen des heftigen Regens, der bereits seit Tagen andauerte. Wenn es nicht bald zu regnen aufhörte, würde die Nebenstraße, die zur Landstraße führte, für die Kutsche unpassierbar sein. Aber sogleich zerstreute sie all ihre Befürchtungen und Zweifel. Hatte sie denn nicht auch daran gedacht und beschlossen, in einem solchen Fall wie für einen Spaziergang gekleidet zu Fuß über den Fluß nach Prudhoe zu gehen, wo sie in den Zug einsteigen konnten, der sie zum Hafen bringen würde?

Als sie begann, die notwendigsten Kleidungsstücke in den Handkoffer zu packen, gerade genug zum Wechseln und nicht mehr, als Gerald würde tragen können, falls sie tatsächlich zu Fuß gehen mußten, hätte sie am liebsten laut gesungen, denn morgen würde sie frei sein und wieder jung wie damals. Das Mädchen, das unveränderte Mädchen, das sie innerlich immer noch war.

Bella entging nicht, woran Florence dachte. Sie kannte zwar nicht den Umfang ihres Plans, aber sie vermutete, daß sie vorhatte, mit Gerald auf- und davonzulaufen. Merkwürdigerweise war sie nicht beunruhigt deswegen. Noch vor einem Jahr, ja, noch vor wenigen Monaten, hätte sie alles darangesetzt, den Plan ihrer Nichte zu durchkreuzen, indem sie ihr mit allen ihr zu Gebote stehenden Mitteln klarzumachen versucht hätte, daß dieser Plan nicht die leiseste Hoffnung auf Erfolg in sich barg. Aber nicht jetzt. Denn jetzt hatte sie ihren eigenen Plan, der ihrer Meinung nach das Ergebnis ihrer lebenslänglichen, unter größter Selbstverleugnung ausgeführten Dienstes darstellte. Nicht einmal der Umstand, daß dieser Haushalt nicht mehr lange aufrechterhalten werden konnte, beunruhigte sie. Im Gegenteil, er unterstützte sogar diesen ihren Plan. Es galt nur noch ein einziges Hindernis zu überwinden, dem sie sich wie jeden Tag, wenn Konrad außer Haus war, stellen wollte.

Als sie die Tür zu Kirstens Zimmer öffnete, war das Mädchen

gerade dabei, ins angrenzende Kinderzimmer zu gehen, hielt jedoch inne und drehte sich um. Sie hielt einen Stapel Kinderwäsche in den Armen, und Bella bemerkte auf einen Blick, wie ihre Hände sich darin festkrallten und sie ihn an ihre Brust drückte. Sie war erstaunt darüber, daß Kirsten keineswegs weiterging, sondern langsam auf sie zukam, bis sich nur noch der Tisch zwischen ihnen beiden befand. Noch größer war ihr Erstaunen, als Kirsten zu ihr sagte: »Es wird Sie freuen zu erfahren, daß ich fortgehe, Miß Cartwright. Und weil dazu einige Vorbereitungen nötig sind, möchte ich Sie bitten, mir einen Tag freizugeben.«

Bella schloß den erstaunt geöffneten Mund und sah die ihr Gegenüberstehende an. Kirstens Augenlid zuckte nicht, noch schielte sie, höchstens ein wenig, und obwohl ihr Gesicht geradezu durchsichtig blaß war, waren die wie gemeißelten Züge von einer solchen Schönheit, daß es ihr denselben Schlag versetzte, den es jedem Mann bei diesem Anblick versetzen mußte.

Bella konnte nicht verhindern, daß ihre Augen bei Kirstens Worten aufleuchteten, und so erwiderte sie sogleich und übereifrig: »Wann willst du denn frei haben?«

»Morgen, wenn es möglich ist.«

»Schon bewilligt. Wohin willst du denn gehen?«

»Ich habe vor, mir in Newcastle ein Unterkommen zu suchen.«

»Sehr gescheit von dir.«

»Das kann ich mir denken, daß Sie dieser Meinung sind, Miß Cartwright.«

Bella sagte nichts darauf. Es ging eine Art neuer Kühnheit, ja Reife von dieser jungen Frau aus. Denn schließlich war sie ja kein Mädchen mehr, sondern eine Frau. In diesem Moment betrachtete sie sie tatsächlich als Frau. Das kam ihr ebenso merkwürdig vor wie die Tatsache, daß Kirsten nachgab, sie nicht mehr bekämpfte. Vielleicht hatte ihr diese Reife endlich Einsicht verliehen. Wieviel Not und Elend wäre zu vermeiden gewesen, vor allem für Bella selbst, wenn dieses Mädchen schon vor zwei Jahren diese Entscheidung getroffen hätte! Sie fragte nun ruhig: »Wo ist der Kleine?«

»Er schläft.«

Bella atmete kurz auf, ehe sie sagte: »Er wird dich nicht vermissen.« Und auch Kirsten holte rasch Atem, ehe sie antwortete: »Das ist mir klar.«

»Du solltest froh darüber sein.«

Kirsten antwortete nicht, sondern drehte sich um und ging, die Kinderwäsche noch immer eng an sich gedrückt, ins angrenzende Zimmer.

Während Bella ihr nachsah, stieß sie einen langen, tiefen Seufzer aus und dachte: Es ist beinahe beendet. Gott sei Lob und Dank, es ist beinahe zu Ende. Nun werde ich nicht mehr auf die Probe gestellt werden.

21

Konrad verließ den Wagen, nachdem er dem Kutscher ein großzügiges Trinkgeld gegeben hatte, und war bereits in der Halle, ehe jemand an diesem düsteren Nachmittag seine Anwesenheit zur Kenntnis genommen hatte. Slater, der gemächlich aus der Bibliothek geschlendert kam, wo er sich beim behaglichen Kaminfeuer aufgewärmt hatte, blieb überrascht stehen, als er im Kerzenlicht seinen Herrn erkannte. Dann gab er sich einen Ruck und eilte Konrad, der sich gerade aus seinem Mantel schälte, zu Hilfe, wobei er bemerkte: »Sie sind ganz naß, gnädiger Herr.«

»Zufällig regnet es, Slater.«

»Natürlich, gnädiger Herr. Ich ... wir haben Sie nicht vor morgen erwartet, gnädiger Herr, sonst hätte ich ...«

»Weshalb habt ihr mich nicht vor morgen erwartet?« Konrad, der sich mit einem Seidentaschentuch das Gesicht abwischte, ging rasch auf das Speisezimmer zu.

»Nun ja, weil die gnädige Frau gesagt hat, daß nicht gedeckt zu werden brauche. Sie hat sich eine leichte Mahlzeit aufs Zimmer bestellt, ehe sie Besuche machen wird. Und Miß Cartwright meinte, sie werde es wohl ebenso halten.«

Konrad blieb stehen, wandte sich langsam um und sah Slater an, sprach jedoch nicht aus, was er dachte. Besuche machen bei diesem Wetter! Bisher hatte sich Florence bei derartigen Regenfällen noch nie aus dem Haus gewagt. Sie haßte den Regen, sie fand, daß er ihrem Teint schadete. Von der Volksweisheit, daß Regenwasser weich und deshalb sehr gesund für die Haut sei, hielt sie nichts.

Nachdem Konrad seinen Butler einen Moment lang angestarrt hatte, ging er zur Treppe und sagte im Hinaufsteigen: »Der Fluß schwillt an. Es sieht gefährlich aus. Weiter unten sind eine Menge Felder überflutet. Wie steht es bei uns?«

»Wir haben noch keine Nachricht von unten, gnädiger Herr.«

Konrad blieb, die Hand auf dem Geländer, auf der Treppe stehen, blickte auf den Butler nieder und sagte scharf: »Nun, dann wird's aber höchste Zeit! Schicken Sie sofort jemanden hinunter, damit ich Bescheid weiß, wie die Dinge draußen stehen.«

»Sehr wohl, gnädiger Herr.«

Florence fährt also aus, Besuche machen … Er hielt auf dem Treppenabsatz inne, blickte über den Gang zur Galerie hinunter, von der man in den Ostflügel gelangte. Und abermals sagte er sich kopfschüttelnd: Ausfahren, bei diesem Wetter? Dann fragte er sich, wem zuliebe sie es wohl riskieren würde, bei einem derart unfreundlichen Wetter auszufahren. Und noch ehe er imstande war, sich diese Frage zufriedenstellend zu beantworten, regte sich ein heimlicher Verdacht in ihm und nahm derart Gestalt an, daß er ausrief: »O nein, bei Gott, nein!«

Er eilte zu ihrem Boudoir. Erst öffnete er die Tür leise und nur einen Spaltbreit, dann stieß er sie ganz auf. Da stand sie, reisebereit gekleidet, in ihrer langen, blauen Pelerine, deren Kapuze ihr über den Rücken hing, während sie ihr Haar durch ein Häubchen schützte, dessen Bänder sie bereits unterm Kinn zusammengebunden hatte. Ihre Füße steckten in braunen Ziegenlederstiefeln. Auf einem Abstelltisch lag ein Paar Stulpenhandschuhe, daneben stand ihre Reisetasche und neben dieser ihr perlmutterverziertes Schmuckkästchen.

Er dachte, daß sie jeden Moment in Ohnmacht fallen würde. Sie hatte sich mit einem Ruck umgedreht, indem sie sagte: »Also, Bella …« Aber der Name blieb ihr im Halse stecken. Sie starrte ihn einen Moment an, dann wandte sie sich um, verbarg die Hände hinter dem Rücken und stellte sich so vor Reisegepäck und Schmuckkästchen, daß nichts davon zu sehen war.

Während er langsam auf sie zuging, fragte er völlig ruhig: »Du fährst aus?«

Sie sagte kein Wort, ehe er das Tischende erreicht hatte und sich daranmachte, ihrem Rücken gegenüber Aufstellung zu nehmen. Da fuhr sie wie von der Tarantel gestochen herum, packte das Schmuckkästchen und warf es in ihre Reisetasche.

Er sah zu, wie sie das Schloß einschnappen ließ. Dann fragte er ruhig: »Wen besuchst du denn?«

»Die … die Ramshaws.«

»Die Ramshaws? Ich kann mich nicht entsinnen, daß es unter unseren Bekannten Leute dieses Namens gibt.«

»Ich habe sie kennengelernt, als ich neulich in London war.«

»Ach!« Er zog die Brauen hoch. Dann streckte er die Hand aus und legte sie langsam auf die Reisetasche, wobei er Florence nicht aus den Augen ließ.

Sie starrte auf seine auf der Reisetasche liegende Hand, als er sagte: »Sie müssen von großer Bedeutung für dich sein, wenn du es für nötig hältst, selbst deinen Schmuck mitzunehmen, wie?«

»Ich … ich nehme meinen Schmuck immer mit, wenn ich Besuch mache, das weißt du.«

»Ja, natürlich, deinen Schmuck, aber nicht das ganze Schmuckkästchen.« Damit ließ er das Schloß der Reisetasche mit einem Griff aufschnappen. Als er mit einer Hand in das Innere der Tasche greifen wollte, packte sie sie und schrie ihn an: »Nein, nein! Laß das, das gehört mir, ich kann damit tun und lassen, was ich will. Du hast ihn mir geschenkt.«

Langsam zog Konrad das Schmuckkästchen aus der Tasche, öffnete es und blickte auf die Nachbildungen des Familienschmucks, dessen Originale von Generation zu Generation weitervererbt worden waren, nieder. Indem er das Diadem hin und her schwenkte, sagte er: »Familienschmuck verschenkt man nicht, meine Liebe. Diese Juwelen waren für deinen Gebrauch bestimmt, solange du meine Frau bist. Das hier ist übrigens genau wie der übrige Inhalt deines Schmuckkästchens nur eine billige Imitation. Denn für die Originale hatte ich bereits eine bessere Verwendung.«

Sie trat von dem Tisch zurück und flüsterte mit weit aufgerissenen Augen: »Du lügst. Das da sind keine … Imitationen. Sag sofort, daß sie es nicht sind.«

»Aber ich habe dich doch eben davon in Kenntnis gesetzt, daß es sich hier um Imitationen handelt, meine Liebe.« Spielerisch fuhr er über die Einlegearbeit des Tisches, während Florence sich immer mehr der Tür zu ihrem Schlafzimmer näherte. »Weißt du, Florence, daß du für das Kleid, das du da trägst, mehr bekommen würdest als für diesen ganzen Plunder?«

Sie schlug die Hände vors Gesicht und wiegte sich wie in einem Anfall körperlicher Schmerzen hin und her. Dann hielt sie mit einem Ruck inne und schrie ihn mit schriller Stimme an: »Du Teufel, du, du ordinäres, abstoßend häßliches, fettes Aas, du Monstrum, du!«

Sekundenlang verdüsterte sich Konrads Gesicht, dann sagte er jedoch leise – und seine Stimme klang im Vergleich zu der ihren ruhig und beherrscht: »Weshalb bist du so außer dir?« Aber noch ehe sie antworten konnte, fuhr er nun mit lauter und zorniger werdender Stimme fort: »Ich will dir sagen, weshalb. Du wolltest mit deinem heißgeliebten Gerald davonlaufen, nicht? Du hast geglaubt, vom Erlös dieses Schmucks geraume Zeit mit ihm leben zu können, denn dein teurer Gerald ist ja nicht einmal imstande, sich selbst zu erhalten, geschweige denn euch beide. Wozu auch? Du würdest ja ab jetzt dafür dasein, wie seine feine Mama bis zum heutigen Tage dafür da war. Aber leider, Klein-Geraldchen hat sich in diesem Punkt sehr geirrt.« Er umklammerte nun mit beiden Händen die Tischkante. »Seit Monaten hast du dies alles geplant, gib es zu! Ich habe dir nur bedauerlicherweise einen Strich durch die Rechnung gemacht, weil ich früher als erwartet zurückgekommen bin, wie? Aber laß dir eines gesagt sein: Selbst wenn es dir geglückt wäre, rechtzeitig zu verschwinden, wäre ich dir gefolgt und hätte dich zurückgeholt. Glaub ja nicht, ich hätte zugelassen, daß du hohlköpfiges, eitles, kaltherziges Stück mich so ohne weiteres bloßstellen kannst. Das mache ich nicht noch einmal mit. Da schneid ich dir eher die Kehle durch! – O Gott!« Er deutete mit äußerster Verachtung auf Florence und schrie: »Du würdest wirklich und wahrhaftig deinen Sohn verlassen, ohne eine Spur von Gewissensbissen aus dem Haus gehen und dein Kind im Stich lassen! Auch wenn du ihn nicht oft zu Gesicht bekommst, so bist du doch wenigstens hier, und das wirst du auch bleiben, das schwör ich dir; schließlich bist du seine Mutter.« Er schüttelte nun beinahe ungläubig den Kopf, als er schloß: »Nur Gott allein weiß, wie ein so aufgewecktes, sonniges, liebevolles Geschöpf wie mein Junge aus einem Leib wie dem deinen kommen konnte.«

Er sah, wie sie den Mund öffnete und das Gesicht verzog, als müsse sie im nächsten Moment laut niesen. Statt dessen brach Florence in schallendes Gelächter aus, das jedoch alles andere als heiter klang, eher hätte man es als das Lachen einer Irren bezeichnen können. Konrad hatte einmal einen hinter Gittern befindlichen Narren derart lachen hören. Deshalb schrie er sie an: »Hör auf, Weib! Hör sofort auf!« Als er auf sie losgehen wollte, klammerte sie sich an den Türpfosten an, und es lag nun tatsächlich ein Ausdruck von Verrücktheit in ihrem Blick, als sie mit sich überschlagender Stimme losschrie: »Das ist es ja gerade, mein Lieber. Er ist nicht aus meinem Leib gekommen, ebensowenig wie aus dem deinen, teurer Papa. Dein Sohn, dein Erbe, dein ich weiß nicht was noch alles. Wenn das nicht komisch ist! Wie oft habe ich nachts darüber Tränen gelacht. Ich hab mich im Bett herumgewälzt und

darüber gelacht. Erst fürchtete ich mich davor, daß du es erfahren
könntest. Aber dann mußte ich immer öfter denken: Wäre das
nicht ein Heidenspaß, wenn er es wüßte! Wäre es nicht wunderbar,
wenn ich es dir eines Tages ins Gesicht schreien könnte. Und es ist
wunderbar, über alle Maßen wunderbar! Wunderbar! Dein Sohn!
Daß ich nicht lache. Du hast keinen Sohn, mein Lieber. Du hast
niemals einen Sohn gehabt und wirst auch niemals einen haben.
Diese Mißbildung da drüben«, sie wies mit der Hand zur Tür, »ist
auf dem Heuboden zur Welt gekommen, über dem Stall. Und niemand anderes als das Mädchen ist seine Mutter. Dein vielgeliebtes,
so überaus einmaliges Kindermädchen ist seine Mutter. Und ein
Kesselflicker war sein Vater. Hast du gehört? Ein Kesselflicker, der
sich über sie hergemacht hat. Meines kam tot zur Welt, und ich bin
froh darüber, das kann ich dir sagen. Mein Kind ist es, das man im
Park drüben begraben hat, nicht das ihre!«

Die Stille, die sich nach diesen Worten über den Raum senkte,
verriet nichts von dem Aufruhr in Konrads Innerem. Wut, Enttäuschung, Scham und Schmerz schlugen über ihm zusammen wie
Fluten über einem geborstenen Damm. Er war sich nicht einmal
dessen bewußt, daß die Tür sich geöffnet hatte und jemand eingetreten war. Er wußte nur, daß sich Florence dies alles unmöglich
ausgedacht haben konnte. Was hätte es ihr genützt, ihn in einer
derart wichtigen Angelegenheit zu belügen? Sie mußte die Wahrheit gesagt haben, und wenn das stimmte, hatte er keinen Sohn. Es
lag ein Fluch auf ihm. Er hatte keinen Sohn! Er würde nie einen
Sohn haben, genau wie Florence es vorhin gesagt hatte. Diese Frau
hatte ihm keinen Sohn geboren, das war die Wahrheit. Dennoch
schrie er sie an: »Du bist eine Lügnerin! Hast du gehört, Florence?
Eine verdammte Lügnerin, die Ausgeburt aller Lügnerinnen!« Er
beugte sich vor, ohne sich von der Stelle zu rühren, doch ihre Stimme hinderte ihn daran, sich auf sie zu stürzen, als sie mit einem
sonderbar klingenden Lachen sagte: »Frag doch sie, ob ich eine
Lügnerin bin oder nicht. Sie hat sie ausgetauscht. Meine Beschüt-
zerin hat sie ausgetauscht, um dir zu einem Sohn zu verhelfen, damit du nicht unglücklich seist. Sie liebt dich nämlich so sehr, daß
sie dir sogar einen Sohn gekauft hat!«

Ohne sich nach der eben Eingetretenen umzusehen, sprang er
auf Florence zu, packte sie mit beiden Händen an der Kehle und
riß sie mit sich zu Boden.

»Laß mich, so laß mich doch! Konrad! Um Gottes willen!«

»Gnädiger Herr, gnädiger Herr!« Hände zerrten mit aller Macht an seinen Fingern.

Nachdem es Bella gelungen war, Florence zu befreien, half sie ihr auf die Beine und stieß sie zum Schlafzimmer, indem sie ihr zurief: »Sperr die Tür zu!« Dann drehte sie sich um und sah gerade noch, wie Slater und Bainbridge, die herbeigeeilt waren und Konrad aufhelfen wollten, beiseite gestoßen wurden.

»Hinaus!«

Die beiden Männer gehorchten dieser Aufforderung blitzartig. Und als die Tür sich hinter ihnen schloß, stand Konrad da wie ein Stier, welchen Spitznamen man ihm ja in der Grafschaft längst verliehen hatte: Geduckt, den Kopf gesenkt, zum Angriff bereit. Als er langsam die Brauen hochzog und nun Bella anstarrte, war sein Blick derart schrecklich, daß sie ein paar Schritte zurücktaumelte und beinahe das Gleichgewicht verloren hätte, wenn sie sich nicht in den nächstbesten Stuhl hätte fallen lassen. Hektisch blickte sie sich nach der Tür um, aber noch ehe sie sie erreichen konnte, hatte Konrad sie schon gepackt. Seine Hände umklammerten nicht ihre Kehle, wie sie es bei Florence getan hatten, aber seine Finger gruben sich derart heftig in ihre Schultern, daß sie sich krümmte und vor Schmerz aufschrie. Als er sie an die Wand schleuderte, prallte sie mit dem Kopf auf, und einen Augenblick lang drehte sich alles um sie.

»Ist es wahr?« Abermals schleuderte er sie gegen die Wand. »Sag mir die Wahrheit, Weib!«

Während Bellas Kopf haltlos schwankte, wirbelten ihre Gedanken in der größten Angst, die sie je im Leben empfunden hatte, wild durcheinander. Sosehr sie sich auch anstrengte, es gelang ihr nicht, ein Wort herauszubringen. Speichel troff ihr aus dem Mund, Speichel rann ihr in die Kehle, und sie war dem Ersticken nahe, als sie versuchte, seinen Namen auszusprechen. Als sie endlich hervorkeuchte: »Oh, Konrad … Konrad!« riß er sie an den Schultern hoch, jedoch nur, um sie abermals an die Wand zu schleudern. Und es war Angst, tödliche Angst, die ihr schließlich den Aufschrei: »Nein, nein … nein, nein!« entlockte, denn sie wußte, daß er nicht bei klarem Verstand und sehr wohl in der Lage war, sie ohne die leisesten Gewissensbisse umzubringen, alle beide, sie und Florence.

»Warum sagt sie dann so etwas Teuflisches?«

Seine Stimme klang wie Donnergrollen, und mit schwankendem Kopf keuchte Bella nur ein einziges Wort: »Wahnsinnig … sie ist wahnsinnig.«

»Wahnsinnig! Verdammt noch mal, du beschützt sie noch immer! Aber sie hat gesagt«, er hielt sie von sich ab, als wolle er sie ganz genau sehen, dann schrie er: »Sie hat gesagt, daß du es getan hast, daß du dem Mädchen das Kind abgekauft hast.«

Das Mädchen! Langsam ließ Konrad Bella los, und schon war er, wie ein wildes Tier losstürmend, zur Tür hinaus. Bella stolperte ihm wie eine Betrunkene nach und rief: »Warten Sie, Konrad! So warten Sie doch!«

Sie eilte ihm durch die Galerie bis zur Tür zum Kinderzimmer nach, die er ihr vor der Nase zuschlug. Als es ihr gelungen war, sie aufzureißen, sah sie, wie er das Mädchen nun genauso festhielt, wie er vorhin sie festgehalten hatte.

Kirsten war noch keine zehn Minuten im Haus, so daß sie nur so viel Zeit gehabt hatte, die nasse Pelerine und das Ausgehkleid aus- und ein trockenes Kattunkleid anzuziehen, während sie Rose zugehört hatte, die ihr von den Possen berichtete, die der Kleine während ihrer Abwesenheit aufgeführt hatte. Nachdem Rose gegangen war, hatte sie sich, von einer Welle von Heimweh niedergedrückt, vor dem Kamin niedergelassen. Denn bald würde sie dieses Haus auf Nimmerwiedersehen verlassen. Ihre Blicke waren von einem vertrauten Gegenstand zum andern gewandert, bis sie auf dem Kind haften blieben. Der Kleine spielte mit den Bauklötzchen, die er, auf dem Teppich sitzend, zwischen seinen gebogenen Beinchen ausgebreitet hatte, und als Kirsten gerade darüber nachdachte, daß sie nun niemals wissen würde, ob sie jemals gerade werden würden und der Junge richtig gehen würde, wurde die Tür mit einem derartigen Krach aufgestoßen, daß sie erschrocken aufsprang. Und da stand Konrad Knutsson vor ihr, wie sie ihn noch nie gesehen hatte. Sie hatte ihn betrunken und nüchtern gesehen, freundlich und grob; sie hatte ihn auch schon in blinder Wut gesehen, aber dies hier war etwas, was selbst über den allergrößten Zorn weit hinausging.

Als er ihre Arme packte und sie beinahe vom Boden hochhob, schrie sie auf und starrte ihn mit weit aufgerissenen Augen an. Dann wandte er den Kopf zur Seite und blickte auf das Kind nieder, das ihm nicht wie sonst entgegengelaufen war, sondern sich hinter ihm versteckt hatte, weil es, sensibel wie Kinder sind, sofort gespürt hatte, daß der Vater zornig war. Sein Aufweinen verriet, daß der Junge sich vor ihm fürchtete.

»Das Kind ... von wem ist es?«

Nun sah Konrad Kirsten wieder direkt an und wiederholte in drängendem Ton: »Sag es mir, Mädchen. Sprich die Wahrheit, oder ich presse sie dir glatt aus dem Leib. Sag mir, ob es dein Kind ist, ob du den Jungen zur Welt gebracht hast, sag es mir auf der Stelle!«

Namenloses Entsetzen packte Kirsten, als Konrad ihr diese Frage ins Gesicht donnerte. Ihr Blick flackerte, während ihr gleichzeitig der Atem stockte. Sie starrte nun nicht in sein Gesicht, sondern über seine Schultern hinweg in das Gesicht Miß Cartwrights, in dem sich die gleiche Angst spiegelte, von der sie selbst ergriffen war. Gleichzeitig sprachen ihre wie zum Gebet gefalteten Hände eine mehr als deutliche Sprache. Beides, Blicke wie Haltung der Hände, beschworen Kirsten, um nichts in der Welt die Wahrheit zu sagen.

Vielleicht wäre Kirsten auf die stumme Bitte jener Frau, die mehr als einmal versucht hatte, sie umzubringen, nicht eingegangen, wenn Konrad sie nicht mit einer derartigen Wucht geschüttelt hätte, daß ihre Zähne aufeinanderschlugen, vor allem, weil seine Miene so drohend war. Ihr wurde klar, daß sie um ihrer aller willen, vor allem aber seinetwegen, lügen mußte. Und so rief sie laut: »Nein, nein, gnädiger Herr. Er ist nicht mein Kind. Meines ... meines ist gestorben, es war schwach und krank.«

Der Griff, mit dem er ihren Arm umfaßt gehalten hatte, lockerte sich ein wenig. Sie sah, wie ihm der Schweiß übers Gesicht lief und in großen Tropfen auf Kinn und Halsbinde fiel.

»Und du belügst mich nicht, Mädchen?«

»Nein! Nein, gnädiger Herr.« Kirsten schüttelte heftig den Kopf und hatte nur einen Wunsch: Loszuweinen, hysterisch aufzuschreien. Es war zu viel, es war einfach zu viel. Das Quartier, das sie sich in Newcastle suchen mußte, die Aussicht auf die Nähstube, in der sie sechs Tage in der Woche zwölf Stunden täglich würde arbeiten müssen, der sicher verwanzte Strohsack, der ihr Lager sein würde, in einem Raum, den sie bei dem wenigen, was sie würde zahlen können, mit fünfzehn anderen Mädchen würde teilen müssen; die zwei Mahlzeiten, die ihr pro Tag zustanden, und der karge Lohn. Eineinhalb Shilling für den Anfang, wie sie gehört hatte, und dann nach einiger Zeit, wenn es gutging, zwei Shilling. Ja, wenn es gutging, denn man konnte noch von Glück sagen, wenn man eine derartige Stelle bekam.

Alles drehte sich um sie, als Konrad sie endlich losließ. Sie stolperte nach hinten und fiel halb gegen den Fenstersims. Sekundenlang schloß sie, sich anlehnend, die Augen. Als sie sie wieder öffnete, stand Miß Cartwright noch immer reglos, die Hände nach wie vor gefaltet, an derselben Stelle. Ihr Gesicht sah grau, abgehärmt und wie gefroren aus. Konrad war nun auf das Kind zugegangen, beugte sich zu dem Jungen und blickte auf ihn hinunter. Und das Kind sah zu ihm auf.

»Papa ...«, sagte der Kleine zögernd. »Papa böse?«

Die Hand des Kleinen, die nun nach der seinen tappte, ließ Konrad erzittern. Langsam bückte er sich, hob den Jungen hoch, hielt ihn auf Armeslänge von sich ab und sah ihm ins Gesicht. War dies sein Kind? Er unterzog jeden seiner Gesichtszüge einer genauen Prüfung. Mit den seinen stimmten sie jedenfalls nicht überein. Hatte also Florence doch die Wahrheit gesprochen und diese beiden da gelogen? Bella würde sich um Leben und Seligkeit schwören, wenn es um ihn ging, das wußte er. Aber das Mädchen? Er drehte sich um und blickte zu Kirsten hinüber. Nein, sie konnte ihn nicht belügen, das war unmöglich. Sie hatte ihm bisher immer die Wahrheit gesagt. Er fuhr fort, sie anzustarren; dann wieder das Kind. Auch die Gesichtszüge dieser beiden Menschen stimmten nicht überein, ausgenommen vielleicht die Form der Augenhöhlen.

»Papa, Papa.« Der Kleine schlang die Ärmchen um seinen Hals, und langsam zog Konrad ihn an die Brust, während es in ihm aufschrie: Er muß mein sein, er muß!

Aber was hatte Florence veranlaßt, etwas so Ungeheuerliches zu sagen? War ihr Haß ihm gegenüber so groß, daß sie imstande war, eine solche heimtückische Lüge zu erfinden, nur um ihm weh zu tun? Ja. Er wußte, daß sie einer solchen Rachsucht fähig war. Da sie erkannt hatte, daß das einzige, worauf er im Leben noch Wert legte, das Kind war, hatte sie dort zugeschlagen, wo es ihn am meisten schmerzen würde. Natürlich wäre es nie dazu gekommen, wenn er nicht früher heimgekommen wäre als erwartet. Bei seiner Rückkehr wäre sie mit ihrem Geliebten ja längst über alle Berge gewesen. Die Erkenntnis, wie wenig wert ihre heißgeliebten Juwelen tatsächlich waren, hatten sie zu dieser Wahnsinnstat aufgestachelt. Was würde sie jetzt tun? Sie war viel zu sehr aufs Geld versessen, viel zu sehr um die Bequemlichkeit ihres Körpers besorgt, um mit einem völlig mittellosen Liebhaber durchzubrennen. Jedoch war es nach dem Vorgefallenen unmöglich, ein gemeinsames Leben zwischen ihr und ihm auch nur vorzutäuschen. Aber wie hätte er sich bei seinen derzeitigen finanziellen Verhältnissen leisten können, für einen zweiten Haushalt zu sorgen? Und nicht nur für einen zweiten, nämlich für Florences Haushalt, sondern auch für Bella. Denn natürlich mußte er auch für Bella sorgen. Er saß fürchterlich in der Klemme, so sehr, daß er, selbst wenn er sein Gut samt seiner wertvollen Gemäldesammlung verkaufte, nur hoffen konnte, mit dem Erlös die vordringlichsten Schulden begleichen zu können. Und danach würde ihm keine andere Wahl bleiben, als sich tatsächlich in das Jagdhaus in den schwedischen Bergen zurückzuziehen.

Auf der Rückfahrt von London hatte er sich mit diesem Gedanken bereits abgefunden, ja er hatte sich sogar auf diese Veränderung gefreut, die gleichbedeutend damit war, keinerlei Verantwortung tragen zu müssen als jene für sich und das Kind. Und für sie. Er blickte zu Kirsten hinüber. Sie schielte heftig; offensichtlich war sie zutiefst verstört. Merkwürdig, wie sich sein Leben verändert hatte, seit sie als Amme für das Kind in sein Haus gekommen war. Aber, so lautete die Frage nach wie vor: War sie nur eine Amme gewesen? Der Kleine war von dem Moment an gediehen, wo sie ihn an die Brust genommen hatte. Ja, seither hatte er sich richtig zu entwickeln begonnen. Aber zur Welt gekommen war er mit der Englischen Krankheit, und die war, wie jedermann wußte, die Folge von Unterernährung. Es war geradezu lächerlich anzunehmen, daß irgendeiner aus seiner oder auch nur aus Florences Familie jemals an Unterernährung gelitten hätte.

Da war schon etwas dran! Das Mädchen kam von der Landstraße und hatte nichts als Mangel gekannt. Und Mangel war, egal, was manche Leute darüber sagten, die Hauptursache für diese Krankheit. Langsam strich er über die gekrümmten Beine des Jungen, wobei er Kirsten und Bella den Rücken zuwandte. Auch Bella hatte sich inzwischen niedergesetzt, weil ein Gefühl der Schwäche, die der Erleichterung über den überstandenen Schock entstammte, von ihr Besitz ergriffen hatte. Dann trat Konrad ans Fenster und sah hinaus. Der Regen hatte aufgehört; eine blasse Sonne schimmerte durch die Wolken, die der Wind, der sich mit großer Heftigkeit erhoben hatte, vor sich hertrieb. Als er so hinaussah, erblickte er plötzlich am unteren Ende der Stufen eine Gestalt, und gleichzeitig sah er die Kutsche in der Auffahrt auftauchen.

Sie ging also doch. Mittellos ging sie fort. Sie bot ihm Trotz. O nein! sagte Konrad sich grimmig. Ein zweites Mal würde er keinen Hahnrei abgeben. Es war schon schlimm genug, wegen seiner geschäftlichen Fehlschläge bemitleidet zu werden. Dazu noch die Schande erleiden zu müssen, daß seine Frau ihn verlassen hatte, wäre wahrhaftig mehr, als er ertragen konnte. Wenn sie sich schon trennen mußten, würde er es sein, der die Initiative hierzu ergriff.

Er stieß das Kind beinahe von sich, riß das Fenster auf, beugte sich hinaus und brüllte: »Florence! Ich verbiete es dir! Hast du gehört? Bleib! Ich verbiete es dir!«

Sie wandte ihm ihr aschfahles Gesicht zu, blickte erst ihn wild an und dann der herauffahrenden Kutsche entgegen.

Konrad schrie zu dem Kutscher hinunter: »Fahren Sie sofort wieder in den Hof zurück, haben Sie gehört?«

Der Kutscher hielt die Pferde an und sah zu ihm auf. Dann wendete er.

Inzwischen war Florence losgerannt. Mit beiden Händen hatte sie ihren Rock gepackt und flog der Auffahrt entgegen.

Trotz des Wehklagens des Kleinen und Bellas Protest stürmte Konrad aus dem Zimmer. Bella sah Kirsten an, und Kirsten ließ den Blick von der Auffahrt zu Bella schweifen. Sie betrachteten einander prüfend und gründlich. Dann drehte sich Bella um und stolperte wie eine Betrunkene zur Tür hinaus.

Kirsten hob nun das weinende Kind hoch und trat wieder ans Fenster. Eine Minute später sah sie den Gutsherrn erst die Stufen vor dem Haus und dann die Auffahrt hinuntereilen. Innerhalb von Sekunden war er ihren Blicken entschwunden.

In ihrer Verzweiflung wollte sie sich schon abwenden, als sie drüben rechts, ziemlich weit entfernt, eine Gestalt zwischen den Parkbäumen dahinrennen sah. Es war die Gnädige. Ihre flatternde Pelerine sah aus wie eine tiefhängende Wolke, auf die die Sonne schien. Weshalb aber schlug sie diesen Weg ein? Weshalb hatte sie die Auffahrt und die Straße, die zum Pförtnerhaus führte, verlassen? Vielleicht weil sie auf diese Weise hoffte, durch die Seitentür zu gelangen, noch ehe der gnädige Herr sie eingeholt hatte; weil sie sich fürchtete vor ihm. Und dazu hatte sie auch allen Grund. Damit, daß sie ihm die Wahrheit bedenkenlos entgegengeschleudert hatte, hatte sie ihn dem Wahnsinn nahegebracht. Aber die Seitentür führte geradewegs zum Fluß, dessen Wasser so angeschwollen war, daß die Schrittsteine längst davon überflutet sein mußten. Sie würde niemals imstande sein, hinüberzugelangen.

Kirsten war völlig verwirrt und ratlos. Was würde noch alles geschehen? Die Welt rings um sie war aus den Fugen geraten. Was würde Konrad tun, wenn er Florence einholte? Sie konnte sich lebhaft vorstellen, was er tun würde, und das machte sie vor Angst erschaudern.

Mit einer heftigen Bewegung setzte sie den Jungen auf den Teppich, schob ihm seine Spielsachen zurecht und rief ihm zu: »Bleib schön da! Sei ein braver Junge und warte, bis ich wieder zurückkomme. Es dauert nicht lang!« Und schon rannte sie, sein Schreien ignorierend, die Galerie entlang und über die Hintertreppe, ohne jemandem zu begegnen. Unten angelangt, hörte sie im Vorbeilaufen Slater jemanden ermahnen: »Geh lieber an deine Arbeit! Das alles geht dich überhaupt nichts an. Kümmere dich um deine eigenen Angelegenheiten.«

Sie raffte den Rock und lief durch den Rosengarten, am Teich mit dem künstlichen Wasserfall vorbei, quer durch den Küchengarten am Gewächshaus entlang, durch dessen Glasscheiben sie der Gärtner halb verblüfft, halb erschrocken anstarrte. Der Regen hatte wieder eingesetzt, doch ohne auf Schlamm oder Pfützen zu achten, raste Kirsten durch den Park, über den Anger bis zur Wiese, die den Fluß einsäumte. Schon sah sie die Mauer, die die Grenze zwischen dem Land der Knutssons und dem der Flynns darstellte. Gehetzt suchte sie die beinahe überfluteten Schrittsteine ab. Und da sah sie die beiden auch schon: Vorne die Gnädige und ihr in einiger Entfernung folgend den Gutsherrn.

Als Kirsten an der alten Ulme angelangt war, sah sie, wie Konrad stehenblieb. Der Wind trug seine Stimme an ihr Ohr. »Florence! Florence!« rief er wieder und wieder.

Während ihre Blicke furchtsam und ratlos umherirrten, sah Kirsten, daß nicht nur Florence, Konrad und sie selbst am Ufer entlangliefen, sondern auch die Flynns, wenngleich auf der gegenüberliegenden Seite. Sie erkannte erst Dorry und Dan und an der Flußbiegung, ein Stück weiter weg, Barney und Sharon. Sie waren alle damit beschäftigt, Holz und brauchbare Trümmer aus dem Wasser zu bergen. Noch ein Stück weiter entfernt entdeckte sie Colum, der mit hochgerollten Hosen im Fluß stand und etwas in den Händen hielt, das wie ein kleiner Hühnerstall aussah. Doch ruhten seine Blicke nicht darauf, sondern wie gebannt auf den beiden Gestalten, die sich bereits in der Nähe der Schrittsteine befanden.

Kirsten hielt den Atem an, als sie sah, wie Florence das Halteseil ergriff und zögernd den Fuß auf den ersten der Schrittsteine setzte, der etwas höher lag als die anderen, so daß er deutlich aus dem Wasser ragte. Aber als sie den zweiten Schritt tat, wirbelte die Flut bereits um ihre Knöchel und zerrte an ihren Röcken.

»Florence, so hör doch! Komm zurück! Es ist ja alles in Ordnung. Bleib stehen! Bleib doch stehen!«

Ob Florence nun hörte oder nicht, sie achtete jedenfalls nicht auf Konrads Zuruf, sondern tat den dritten Schritt.

Konrad hatte den Fuß bereits auf den ersten Schrittstein gesetzt, ging Florence jedoch nicht nach. Nicht weil er damit Flynns Grundstück betreten hätte – er dachte in diesem Moment gar nicht daran –, sondern weil er wußte, daß sie, wenn er sich ihr näherte, nur zu leicht in den rasend schnell dahinwirbelnden Fluß hätte stürzen können.

Obwohl Florence zu diesem Zeitpunkt längst über jegliches Angstgefühl hinaus war, tat sie jeden weiteren Schritt mit äußerster Vorsicht. Ihre Blicke waren gesenkt, während ihre Hände das Seil umklammerten, das ihr dadurch, daß es straff gespannt war, mehr Halt verlieh. Sie war sich nicht dessen bewußt, daß Dan Flynn und Barney am anderen Ende mit all ihren Kräften anzogen.

Sie hatte die Flußmitte bereits erreicht, als eine den Fluß heruntertreibende Holzplanke mit aller Wucht gegen ihren Knöchel schlug, so daß sie ausglitt. Ihr Entsetzensschrei durchdrang das Brausen des Sturms und veranlaßte Konrad, ihr nachzustürzen. Es dauerte nur Sekunden, bis er sie erreicht hatte. Noch immer hielt Florence sich krampfhaft am Seil fest, das sich unter ihrem Gewicht zu senken begonnen hatte, so daß die Beine in dem dahinrasenden Strom hin und her schlugen.

In dem Moment, wo Konrad sich, eine Hand am Seil, zu ihr hinüberbeugte, um mit der andern ihre Hand zu packen, wälzte sich ein dichtes Gewirr von Treibholz auf die beiden zu, und sie versanken.

Kirsten blieb wie angewurzelt stehen. Nichts hörte sie mehr, keine Stimme, keinen Wind, kein brausendes Wasser; die Welt schien mit einemmal völlig stumm zu sein.

Endlich erhob sich lautes, tumultartiges Geschrei. Sämtliche Flynns riefen Colum zu, schwenkten die Arme und gaben ihm deutlich zu verstehen, daß er zurückkommen solle. Kirsten wäre am liebsten in ihre Rufe eingefallen, als sie ihn sich zur Flußmitte durchkämpfen sah. Für den Bruchteil einer Sekunde tauchten Konrad und Florence wieder auf, ihre Hände waren noch immer vereint. Dann entschwanden sie Kirstens Blicken. Aufstöhnend stammelte sie ein Stoßgebet.

Es war ihr gar nicht bewußt, daß sie selbst nun bereits bis zu den Knien im Wasser stand. Als sie mitten in dem Treibholzhaufen Konrads mächtigen Kopf auftauchen sah, schrie sie aus Leibeskräften und deutete mit beiden Armen hinaus. Aber die Flynns schienen ihn nicht zu sehen. Sie standen alle am Ufer: Dan, Dorry, Barney und Sharon. Ängstlich blickten sie Colum nach, den die Wogen auf die Flußmitte zutrieben, sosehr er auch durch kraftvolle Schwimmbewegungen versuchte, Herr der Lage zu bleiben.

Wieder ans Ufer stolpernd, machte Kirsten den Versuch, auf gleicher Höhe mit Colum zu bleiben. Nicht auf den Weg achtend, lief sie los, bis sie über einen Felsbrocken stolperte und zu Boden stürzte. Einen Augenblick lang war alles wie ausgelöscht, so verausgabt und erschöpft war sie. Als sich Kirsten mühsam wieder aufrichtete, war das Flußufer zu beiden Seiten leer. Einen Moment war ihr, als hätte sie alles nur geträumt, bis ihr klar wurde, daß sie alle um die Flußbiegung gelaufen sein mußten, denn dort trieb alles an, also auch Konrad und Colum und vielleicht sogar Florence. Wieder loslaufend, gelangte Kirsten rasch an die Flußbiegung, aber Bäume, die an dieser Stelle bis in den Strom hinausreichten, hinderten sie am Weiterkommen. Sie konnte von weitem beobachten, was geschehen war. Colum hatte es zu einem mächtigen Felsstück hinausgetrieben, genau jenem, an dem er sich damals angeklammert hatte, als er die Wagendeichsel zu bergen versuchte. Nun hielt er sich nur mit einer Hand daran fest, während er mit der anderen eine Gestalt zu stützen versuchte. Dan, Dorry, Barney und Sharon standen dicht nebeneinander und hielten die Hände ineinandergeschlungen, auf diese Weise ein lebendes Seil bildend.

Wie lange Kirsten so dastand und ihnen zusah, wußte sie nicht. Es sah so aus, als würde selbst dieses menschliche Seil hinweggeschwemmt werden, weil es nicht lang genug war. Aber genau in diesem Moment, als wäre es die Erhörung ihres Gebets, sah sie Kathie und den kleinen Michael am Ufer auftauchen. Trotz ihrer schwachen Kräfte gelang es ihnen nun gemeinsam, Colum, der die nun völlig erschlaffte Gestalt im Arm hielt, ans Ufer zu ziehen.

Kirsten schloß sekundenlang die Augen, und als sie sie wieder öffnete, sah sie, die halb saß, halb auf dem völlig durchnäßten Boden kniete, Colum und den Gutsherrn nebeneinander auf dem jenseitigen Ufer liegen.

Wie lange es dauerte, bis sie Elizabeth und Barney mit einer Trage herbeieilen sah, hätte Kirsten nicht sagen können. Aber kurze Zeit danach sah sie, wie sich der Zug auf der anderen Seite des Flusses in Bewegung setzte. Keiner von ihnen blickte auch nur ein einziges Mal zu ihr herüber. Es war, als hätte sie nie existiert oder nur in längst vergangener Zeit, so, als sei sie nichts weiter als ein Geist, der eine Szene betrachtete, die sich vor Äonen abgespielt hatte.

Langsam erhob sich Kirsten und kehrte wieder zur Wiese, zum Anger zurück. Als sie die Ulme erblickte, wußte sie, daß sie an allem, was geschehen war, schuld war. Es war, als wäre sie es gewesen, die diesen Ort mit einem Fluch beladen hätte. Ihretwegen waren Konrad und Florence umgekommen. Es war schon so, wie die Leute sagten, sie brachte nichts als Unheil. Denn hätte man sie hier nicht aus dem Fluß gezogen und in die Scheune hinaufgetragen, dann wäre nichts von alledem geschehen. Wenn der Gutsherr damals bei seiner Heimkehr eine Totgeburt vorgefunden hätte, hätte er es überwunden. Männer überwanden derlei Dinge nun einmal. Aber es gab andere Dinge, die sie niemals zu überwinden in der Lage waren, wie zum Beispiel, wenn einer meinte, einen Sohn in die Welt gesetzt zu haben, und dann herausfinden mußte, daß man ihn zum Narren gehalten hatte. Konrad hatte sich einen Sohn gewünscht, und sie war das Mittel gewesen, ihm diesen Wunsch zu erfüllen. Und damit war sie zur Ursache seines Todes geworden. Und was würde aus dem Kind werden? Nun gab es keinen Grund mehr, zu lügen. Auch für Miß Cartwright gab es keinen

Grund mehr, sie aus dem Wege zu räumen, jetzt würde sie sie das Kind mitnehmen lassen. Oder etwa nicht? Weil sie den Jungen nun mochte? Nun, ob sie ihn mochte oder nicht, sie würde ihn nicht bekommen. In diesem Punkt würde Kirsten hart bleiben. Das Kind gehörte ihr und würde dorthin gehen, wo sie hinging. Aber wohin würde sie gehen? In ein armseliges, stickiges Nähhaus, wo der Kleine auf dem schmutzigen Fußboden sitzen würde, während sie sich zu Tode arbeitete? Nein, lieber würde sie mit ihm in den Fluß gehen. Lieber sollte ihn der Fluß haben als Miß Cartwright. Diese Hexe!

Hastig stolperte Kirsten weiter, während sie vor sich hin murmelte. Wo waren denn nur alle? Die Dienerschaft, das Personal? Wären sie dagewesen, hätten sie eine Kette bilden können wie die dort drüben.

Als sie die Auffahrt erreicht hatte, sah sie Slater mit Bainbridge und Art Dixon beisammenstehen und eifrig diskutieren. Doch dieser Umstand sagte ihr gar nichts, so betäubt war sie. Sie kam erst richtig zu sich, als sie sich am Arm gepackt und heftig herumgerissen fühlte und sich der völlig aufgelösten, zerzausten Mrs. Poulter gegenübersah, deren Kleid mit Schmutzflecken bedeckt war. »Wo bist du gewesen, Mädchen?« herrschte sie die sonst so freundliche Wirtschafterin an.

Völlig atemlos, den Kopf schüttelnd, sagte sie undeutlich: »Der Fluß … Der gnädige Herr und die gnädige Frau …«

Mrs. Poulter unterbrach sie, indem sie sie an den Schultern packte und sagte: »Kümmert sich um anderer Leute Angelegenheiten statt um ihre eigenen! Wenn ich nicht zufällig Miß Cartwright gesucht hätte, müßtest du jetzt für etwas geradestehen, das kann ich dir sagen, Mädchen. Denn dann wäre er entweder in der Senkgrube oder gar im Teich ertrunken. Kirsten, Kirsten, ich bin deinetwegen außer mir.«

»In der Senkgrube? Im Teich?« stammelte Kirsten.

»Genau das. Ihn allein zu lassen, ihn allein herumirren zu lassen! Hätte Miß Cartwright ihn nicht vom Galeriefenster aus erblickt … Ach, geh mir aus den Augen, Mädchen! Ich werde später mit dir abrechnen.« Sie stieß Kirsten beiseite, als sie fortfuhr: »Geh auf dein Zimmer. Miß Cartwright badet ihn gerade, und wenn sie dich bei lebendigem Leib auffrißt, werde ich ihr diesmal bestimmt nicht Einhalt gebieten.« Damit drehte sie sich um und rief den

Männern zu: »Der gnädige Herr wird es euch nicht danken, daß ihr euch ins Mittel gelegt habt, nicht bei einer derartigen Angelegenheit. Darauf könnt ihr Gift nehmen.«

Erschöpft schwankte Kirsten an den sie anstarrenden Männern vorbei, betrat durch den Seiteneingang das Haus, eilte über den schwach erleuchteten Gang zum Zimmer der Hausdame und klopfte an. Als hierauf ein schroffes »Ja« erscholl, trat sie ein.

Auf dem Fußboden stand eine Zinkbadewanne, in der der Kleine saß, umgeben von Miß Cartwright und der Köchin. Sie hörten nun wie auf Kommando damit auf, den Jungen abzureiben, starrten Kirsten an, und Kirsten starrte sie an. Der Kleine schluchzte schwach vor sich hin, wie er es stets nach einem Anfall von Angst oder Zorn tat. Miß Cartwright bot einen ungewohnten Anblick: Sie war zerzaust und schmutzig, die ganze Vorderseite ihres Kleides war mit dunkelbraunem, übelriechendem Kot bedeckt, und auch die Kleider des Kindes, die in einem Knäuel auf dem Boden lagen, waren nicht wiederzuerkennen. Miß Cartwright stand nun auf – selbst ihre Wangen waren beschmutzt, wie Kirsten nun sah – und kam in derart bedrohlicher Haltung auf sie zu, daß Kirsten zurückwich, bis sie sich an die Tür lehnen konnte.

»Wo bist du gewesen?«

Die Stimme klang dumpf und hohl, als spräche eine Gottheit aus den Wolken; jene Miß Cartwright, die sie noch vor kurzem mit gefalteten Händen und furchterfüllten Augen beschworen hatte, um keinen Preis die Wahrheit zu sagen, war wie ausgelöscht.

»Weißt du, daß es reiner Zufall ist, daß der Kleine noch lebt? Weißt du, wo er war? Ein paar Minuten länger, und er wäre erstickt!«

Die Stimme schlug hart an ihr Trommelfell, sie konnte sie nicht ertragen. Das Kind war in Sicherheit und planschte dort drüben in der Wanne. Aber der gnädige Herr war tot. Sie hatten ihn fortgetragen. Doch Miß Cartwright war um den gnädigen Herrn nicht besorgt, nur um das Kind. Sie liebte den Kleinen, mußte ihn lieben, wenn sie in einem derartigen Aufzug war. Sie mußte ihn tatsächlich aus der Senkgrube gezogen haben, die tief und schmutzig war und in der man nur dann nicht einfach steckenblieb, wenn das überschüssige Teichwasser dorthin abfloß. Jeder weigerte sich, dort jemals mit Hand anzulegen, abgesehen von den beiden Jungen aus dem Armenhaus, die für die Reinigung der Senkgrube zu sorgen hatten. Ach Gott, was interessierte sie jetzt die Senkgrube, wo die Gnädige im Fluß lag – auf immer.

»Die ... die gnädige Frau ...«

»Was ist mit der gnädigen Frau, Mädchen?«

»Im Fluß ... Sie ist im Fluß. Und der ... der gnädige Herr auch.«

»Was? Sprich lauter, Mädchen!«

»Sie sind tot, ertrunken, alle beide. Und Colum ... Colum Flynn hat sie herausgezogen. Tot.«

Als sie langsam am Türpfosten zu Boden glitt und gnädiges Dunkel sich über sie zu senken begann, hörte sie die Köchin aufschreien: »Diese Unheilbringerin! Ich hab's ja gesagt. Es war eine schlimme Vorbedeutung, als sie den Fuß in dieses Haus gesetzt hat. Jetzt hat sie wahrhaftig den Tod über unser Haus gebracht. O mein Gott, die armen Herrschaften!«

22

»Das Leben ist schon reichlich sonderbar«, sagte Dorry, während sie das Mark aus einem Knochen kratzte. »Manchmal kommt es einem direkt unwirklich vor – wenn du weißt, was ich damit sagen will, Elizabeth.« Sie warf Elizabeth, die Fleischstücke auf einer Platte mit feingeschnittenem Gemüse garnierte, über die frisch gescheuerte Tischplatte hinweg einen Blick zu. Elizabeth nickte und sagte nur kurz: »Klar weiß ich, was du damit sagen willst.« Dann fuhr Dorry fort: »Es ist mehr wie eine Lesebuchgeschichte, so eine aus Dans Wälzern. Ja, sogar noch merkwürdiger und phantastischer, wie die Verse etwa, die Colum manchmal deklamiert. Denn ich frage dich, Elizabeth, hättest du mir, wenn ich dir noch vor ein paar Wochen gesagt hätte, daß der Gutsherr Konrad Knutsson noch eines Tages in einem deiner Betten liegen würde, etwa keinen Umschlag um den Kopf gemacht und meine Füße ins kalte Wasser gesteckt, um das vermeintliche Fieber herunterzutreiben? Und du hättest mich nicht nur deshalb so behandelt, um mich körperlich wieder in Ordnung zu bringen, sondern vor allem, um meinen verwirrten Verstand wieder zurechtrücken zu helfen. Hab ich recht? Und doch ist es so gekommen.«

»Ja, genauso ist es gekommen, Dorry.«

»Weißt du, ich habe diesen Mann mein Leben lang gehaßt. Nun, nicht direkt mein Leben lang, aber jedenfalls seit ich in dieses Haus gekommen bin. Aber noch mehr hab ich ihn gehaßt, seit Colum erwachsen wurde – weil er ihn gehaßt hat. Das war nur recht und billig, daß er ihn gehaßt hat, und wen Colum haßt, den hasse ich auch.« Sie kicherte in sich hinein. Nach kurzem Schweigen, das nur durch das kratzende Geräusch des Messers unterbrochen wurde, mit dem sie den Knochen abschabte, fuhr sie fort: »Das Komische ist nur, Elizabeth, daß Knutsson ausgesprochen liebenswert ist, findest du nicht?«

»Ja, du hast recht, Dorry, er ist liebenswert.«

»Natürlich kommt das daher, daß wir ihn eben vom Standpunkt einer Frau her betrachten, weißt du. Denn wer würde sich nicht zu einem so hilflos daliegenden Wesen hingezogen fühlen, das man tagelang pflegen und bewachen muß, nicht wahr? Selbst ein wildes Tier täte mir in einem solchen Zustand leid.«

»Ach, Dorry!« Elizabeth hielt einen Augenblick in ihrer Arbeit inne und lachte leise auf. Da saß diese unförmige, absolut nicht hübsch zu nennende Frau, die ihr so oft Herzweh verursacht hatte durch ihren unbändigen Besitzanspruch auf ihre Kinder, bei denen sie sie mehr als einmal, wenn auch unbeabsichtigt, verdrängt hatte, und bewies wieder einmal, wie herzensgut sie doch war, abgesehen davon, daß sie ihnen allen miteinander stets Anlaß zum Lachen bot.

»Du weißt genau, daß ich recht habe«, sagte Dorry, die niemals beleidigt war, wenn man über sie lachte. »Aber was unsere Männer anlangt – was meinst du wohl, wie die ihn betrachten?«

»Ach, weißt du«, sagte Elizabeth, die sich nun die Hände am Geschirrtuch abwischte, nachdenklich, »Dan redet ja sehr wenig, aber ich glaube, daß er seine Meinung geändert hat. Was Colum anlangt, nun«, sie schüttelte den Kopf, »der hat ihn zu lange gehaßt, um in ihm etwas anderes als einen wahren Teufel sehen zu können.«

»Weshalb hat er ihn dann aus dem Fluß gezogen? Er hätte ihn ja ertrinken lassen können. Du liebe Güte, ich schwöre dir, ich werde nie die schreckliche Angst vergessen, die mich beinahe um den Verstand gebracht hat, als ich ihn wie ein Stück Holz abwärts treiben sah. Es war ein Wunder, daß er lebend da herausgekommen ist. Und ganz unglaublich war, daß er in seiner Lage noch jemanden mit sich schleppen konnte, der sich mit derartiger Kraft an ihm festgehalten hat.«

»Colum kennt den Fluß«, sagte Elizabeth ruhig.

»Gut, er kennt den Fluß. Aber das ist genauso, wie einer damit prahlt, einen Bullen zu kennen, weil er ihn noch aus der Zeit kennt, wo er verspielt war wie ein Kätzchen. Wehe, wenn man ihm dann mit einem Knüppel eins hinten drauf gibt, wenn er groß ist, nicht? Und mit dem Fluß ist es ganz dasselbe, wenn das Wasser ansteigt.« Sie seufzte tief und schloß dann traurig: »Nun, mehr Wunder können wir jetzt wahrhaftig nicht mehr erwarten, wir haben unseren Teil gehabt. Colum hat immer genügend Grund gehabt, Knutsson zu hassen – in letzter Zeit sogar noch mehr als sonst. Es muß wie Salz in einer offenen Wunde sein, daß ausgerechnet dieser Mann sich jetzt unter seinem Dach befindet.«

Elizabeth drehte sich zum Ofen um und sagte nun kurz: »Nun, jedenfalls befindet er sich noch immer unter seinem Dach. Und solange das der Fall ist, muß er fair behandelt werden und mit größter Höflichkeit.«

»Aber, Elizabeth«, protestierte Dorry und schüttelte energisch den Kopf, »ihm Honig ums Maul schmieren oder vor ihm auf die Knie fallen werd ich nicht. Das kannst du nicht von mir verlangen!«

»Wo werd ich denn!« sagte Elizabeth auflachend und schob den Gemüsetopf, der über dem Feuer hing, zurecht. »Wo du ohnehin halbe Nächte lang an seinem Bett gesessen, ihm jeden Schweißtropfen von der Stirn gewischt und ihm gut zugeredet hast, als wäre er ein zweijähriges Kind.« Sie warf ihr über die Schulter einen verständnisvollen Blick zu, so daß Dorry nun auch auflachen mußte und mit einem tiefen Seufzer bemerkte: »Ach, du kennst mich doch, Elizabeth. Wenn ich nichts anderes zu bemuttern fände, würde ich mich selbst wegen eines Schweins, dem die Nase läuft, überschlagen.«

»Ach, Dorry!«

»Jaja, ach, Dorry.« Sie lächelten einander an. Elizabeth schöpfte etwas Fleischbrühe in eine kleine Schüssel, die auf einem mit einem Deckchen gezierten Holztablett stand, schob es Dorry zu und sagte: »Da. Das wird wohl das letzte Mal sein, stell ich mir vor.«

»Ich glaube auch.« Dorry nahm das Tablett und ging aus der Küche. Nachdem sie den Lagerraum durchquert hatte, in dem einst Kirsten gelegen hatte, betrat sie einen größeren Raum, in dem neben einem ungehobelten Eichenbett Konrad auf einem Stuhl saß. Der Raum war stickig, denn im Kamin prasselte ein kräftiges Feuer. Es war das erste Mal, daß der Kamin verwendet wurde, weil dieser Raum seit Bestehen des Hauses noch nie als Wohnraum verwendet worden war.

Konrad, dessen Wangen nun tief eingesunken waren, wandte sich um, lächelte Dorry leicht zu, sagte aber nichts, ehe sie das Tablett auf den kleinen Tisch neben dem Bett gestellt hatte. Dann wandte sie sich ihm zu und meinte: »So, ein paar Löffel Suppe, damit Ihnen tüchtig warm wird für den Weg. Sie müßten eigentlich jeden Moment hiersein.«

»Setzen Sie sich, bitte. Setzen Sie sich doch.« Er deutete auf das

Ende des Bettes, und Dorry erwiderte nach kurzem Zögern: »Ach, warum eigentlich nicht? Das kann meinen Beinen nur guttun.« Und dann saßen sie kaum einige Zoll voneinander entfernt da und sahen einander an.

Seit Tagen hatte sich diese Frau ihm gegenüber wie eine Mutter verhalten. Sie hatte ihn gepflegt, gefüttert und ihm gut zugeredet. Aber wie redete eine Mutter eigentlich? Das wußte er im Grunde genommen gar nicht, denn von der seinen hatte er nur wenig zu sehen bekommen; nur wenn er ein paarmal in der Woche zu genau festgesetzten Zeiten in den Salon gebracht worden war. Nun, jedenfalls stellte er sich vor, daß eine Mutter sich so benahm, wie diese Frau sich verhalten hatte. Er wußte, daß sie ihn gewaschen und gefüttert und ihm verschiedenes zugemurmelt hatte. Was, wußte er allerdings nicht mehr so genau. Ihr Thema war wohl hauptsächlich Colum gewesen, den sie in ihren Selbstgesprächen als dickköpfig, eigensinnig und jähzornig hingestellt hatte, aber auch als empfindsam, gut und anständig. Und dann hatte sie ihm vor Augen gehalten, daß er, Konrad Knutsson, nur wegen Colums Mut und Tapferkeit überhaupt noch unter den Lebenden weilte, und gefragt, ob er dafür nicht wenigstens die Sache mit dem Mädchen in Ordnung bringen wollte, weil es dem armen Ding bei Colum doch überhaupt nichts genützt hatte, seine Unschuld zu beteuern.

Und so war es fortgegangen, immer wieder. Manchmal mitten in der Nacht, wenn er schlaflos dalag, manchmal auch, wenn er die Augen geschlossen hielt. Diese Frau sprach beinahe pausenlos auf ihn ein. In gewisser Weise schien sie ihm wie eine Hexe, aber eine freundliche, liebenswerte Hexe, in deren Gegenwart er sich völlig entspannt fühlte. Es war merkwürdig, aber er konnte sich nicht erinnern, sich jemals in Gegenwart eines Menschen derart entspannt gefühlt zu haben. Als er sie nun ansah, spürte er, wie ein Gefühl der Einsamkeit in ihm aufstieg. Sie schien so vieles zu besitzen, was ihm fehlte; ja alle in diesem Haus schienen etwas zu haben, was er immer vermißt hatte. Verglichen mit seiner Art zu leben, führten sie ein ärmliches Dasein, wenn auch das Essen, das sie ihm vorsetzten, bei aller Einfachheit doch gut und kräftigend war. Auch das Bett, das sie ihm bereitet hatten, war durchschnittlich, aber bequem. Vor allem aber berührte ihn die Atmosphäre dieses Hauses, die Munterkeit, die Freundlichkeit, die Zufriedenheit, die

Güte. Und doch war zum Beispiel diese Frau hier selbst einmal von der Landstraße gekommen.

Und noch etwas überraschte ihn: Diese Menschen hier waren keineswegs die ›stupiden Schweine‹, als die er sie stets bezeichnet hatte; sie konnten alle lesen, selbst der Allerjüngste. Obwohl er ihre Stimmen gehört hatte, hatte er von den Kindern nur wenig zu sehen bekommen, mit Ausnahme von Michael, dem Jüngsten. Der hatte sich hereingeschlichen und ihm sein Buch angeboten. Am meisten würde er sich jedoch bestimmt an diese Frau erinnern.

Ohne irgendeine Überleitung fragte er sie jetzt: »Meinen Sie, daß er mich aufsuchen würde?«

»Möglich«, sagte Dorry und neigte den Kopf zur Seite.

»Könnten Sie das arrangieren? Die Kutsche wird bald hier sein.«

»Ich werde es versuchen.« Etwas mühsam wegen ihres Leibesumfangs erhob sich Dorry, und als Konrad eine ihrer Hände mit den abgebrochenen Nägeln zwischen seine kräftigen, breiten Hände nahm, legte sie die andere Hand darauf und tätschelte sie begütigend. Und als er zu ihr sagte: »Das Leben ist schon reichlich sonderbar, wie?« warf sie den Kopf in den Nacken, lachte aus vollem Hals und erwiderte: »Würde man so was für möglich halten! Es ist noch keine Minute her, da hab ich ganz dasselbe zu Elizabeth gesagt, wortwörtlich.« Damit eilte sie aus dem Zimmer. Kaum auf dem Hof angelangt, rief sie mit einer Stimme, die nicht zu überhören war: »Barney, Sharon, Michael!« Als jedoch statt der Genannten Kathie auftauchte, rief sie ihr zu: »Hierher, Kindchen, hierher!« Und nachdem das Kind ihrer Aufforderung gefolgt war, fragte sie es leise: »Wo ist denn Colum?«

»Unten auf dem Flachsfeld.«

»Dann geh und hol ihn. Und zwar so rasch dich deine Beine tragen. Sag ihm, daß er auf der Stelle hier gewünscht wird.«

Fünf Minuten später kam Colum in die Küche gelaufen und fragte bereits in der Tür: »Was gibt's denn jetzt schon wieder?«

Elizabeth, die gerade dabei war, das Geschirr in den Schrank einzuräumen, wollte schon etwas sagen, überlegte es sich jedoch im letzten Moment und überließ dies der auf Colum zutrippelnden Dorry, die ihm beide Hände auf die Schultern legte, ihn schüttelte und mit entschlossener Miene zu ihm sagte: »Jetzt hör mir einmal gut zu, mein Junge. Vergiß deinen Dickschädel und geh in das Zimmer da drüben. Er möchte dich sprechen.« Sie hatte aber noch kaum ausgeredet, als er sich bereits von ihr losgerissen hatte und grollend antwortete: »Kommt gar nicht in Frage! Wenn du mich deshalb hast holen lassen, war es die reinste Zeitverschwendung.«

»Hör mal, du starrsinniges, albernes Manns ...«

»Dorry!« unterbrach Elizabeth Dorrys Tirade. Und nun war sie es, die auf Colum zuging. Als sie es tat, neigte Dorry aufseufzend den Kopf und fügte sich gottergeben.

»Colum«, sagte Elizabeth noch einmal. »Tu es. Bitte! Du brauchst ja deinen Mund nicht aufzumachen, wenn du nicht willst. Hör ihn bloß an. Er möchte dir etwas sagen.«

Colum starrte seine Mutter mit gerunzelter Stirn an. Doch rührte ihn, wie so oft, der Ausdruck ihrer sanften, von Enttäuschung geprägten Augen so sehr, daß er ihre Bitte einfach nicht abschlagen konnte. Aber er konnte es sich nicht verkneifen, zu murmeln: »Ich will keinen Dank.«

»Wenn er es aber nun einmal aussprechen will, Colum. Es dauert keine Minute. Bitte. Tu es mir zuliebe. Ich will nicht, daß er das Haus mit dem Eindruck verläßt, wir seien eine Horde von Wilden.«

Colum senkte den Kopf tief und stemmte die Hände in die Seiten. Die beiden Frauen warteten ab. Dann ging er an ihnen vorbei, zögerte nochmals an der Küchentür, eilte schließlich zum Lagerraum weiter und blieb vor der Tür des angrenzenden Zimmers stehen. Ohne anzuklopfen, stieß er sie heftig auf und blickte direkt in das ihm zugewandte Gesicht Konrad Knutssons.

Als er im Türrahmen stehenblieb, forderte ihn Konrad zum Eintreten auf: »Kommen Sie doch bitte herein. Ich werde Sie bestimmt nicht lange aufhalten.«

Nachdem er mit eingezogenem Kopf, da die Decke niedrig war, drei lange Schritte getan hatte, stand er direkt vor dem Bett, auf dem Konrad saß.

»Ich habe nicht die Absicht, Ihnen dafür zu danken, daß Sie mir das Leben gerettet haben«, sagte Konrad nun in ruhigem, ausgeglichenem Ton, »denn ehrlich gesagt bin ich nicht dankbar dafür, daß ich noch am Leben bin. Aber das ist im Moment nicht von Bedeutung. Was hingegen von Bedeutung ist, und zwar von viel größerer als Grund und Boden – wobei ich mir bis vor kurzem nicht hätte vorstellen können, daß irgend etwas von größerer Bedeutung als das sein könnte ...«, er blickte nun in das harte, verschlossene Gesicht des selbstbewußt vor ihm stehenden Colum, »... so lernt man eben mit der Zeit doch, daß es Dinge gibt, die schwerer wiegen und wichtiger sind. Was das Mädchen anbelangt ...« Wieder warf er Colum einen Blick zu, aber in dessen Gesicht regte sich kein Muskel, nicht einmal die Lider zuckten. Also fuhr er nun langsamer fort: »Ich muß Ihnen klarmachen, daß Sie eine falsche Meinung von ihr haben. Sie ist niemals meine Geliebte gewesen. Ich hatte nur ein einziges Mal etwas wie hautnahen Kontakt mit ihr, und da war ich betrunken. Ich kann mich nur daran erinnern, daß ich sie um Trost gebeten habe. Ja«, er nickte heftig, als er wiederholte: » ... um Trost. Aber ebenso gut kann ich mich erinnern, daß ich ihr keine Gewalt angetan habe. Das hat sie mir am nächsten Tag bestätigt. Sie wollte nichts von mir wissen, nicht in dieser Hinsicht jedenfalls – was übrigens nicht auf Gegenseitigkeit beruht. Selbst jetzt«, er nickte eindringlich, »selbst jetzt, wo ich im Begriff bin, England zu verlassen, würde ich sie gerne mitnehmen, wenn sie mitkommen wollte.«

Es entstand eine abermalige Pause, ehe Konrad fortfuhr: »Sie mögen mich nicht, und ich fühle mich verpflichtet, zu sagen, daß ich trotz der Dankbarkeit, die ich Ihnen für Ihre Tapferkeit schulde, gleichfalls wenig für Sie übrighabe.« Wiederum wartete er auf eine Reaktion seines Gegenübers, aber dieser junge Kerl da drüben regte sich überhaupt nicht, und Konrad spürte, wie er zornig wurde. Jedoch war es ein kraftloser Zorn, weil sein Körper noch immer geschwächt war. Trotzdem klang seine Stimme rauh, als er fortfuhr: »Das Mädchen hat von Kindheit an wegen ihres Gebrechens sehr, sehr viel durchgemacht. Und mit zunehmendem Alter wurde dieses Gebrechen immer schlimmer.« Er hielt inne, und sein Blick wanderte von seinem stummen Partner zum Feuer, während er daran denken mußte, wie ihr Leiden, seit sie unter seinem Dach lebte, zugenommen hatte. Wieviel Angst hatte sie ausstehen müssen, seit sie sich der skrupellosen Bella ausgeliefert fühlte! Er wußte nun, weshalb Bella versucht hatte, Kirsten umzubringen. Nicht nur, weil sie eifersüchtig auf seine zunehmende Neigung zu ihr war, sondern weil sie sich davor fürchtete, daß Kirsten das tun könnte, was Florence getan hatte, nämlich die Wahrheit sagen; ihm sagen, daß das Kind, das er immer mehr ins Herz zu schließen begann, nicht sein Sohn war.

Von dem Augenblick an, wo er in diesem Bett hier aufgewacht

war und gedacht hatte, daß er tot und vom Fegefeuer nicht weit entfernt sei, war ihm schlagartig alles klargeworden, als wäre er tatsächlich tot und könnte nun sein Leben überblicken. Es war, als lägen all die völlig verwirrten Fäden, von denen er bisher weder Anfang noch Ende gekannt hatte, entwirrt und übersichtlich vor ihm. Und im selben Moment erkannte er, daß der Junge das Kind Kirstens und des Kesselflickers war und daß sein Sohn unter dem kleinen Grabhügel am Ende des Parks zwischen den beiden mächtigen Bäumen lag. Aber obwohl ihm beim Erwachen alles Vergangene klar wurde, verblieb die Zukunft dunkel. Es hatte ihn Tage gekostet, darauf zu kommen, wie man diese Zukunft erhellen könnte, und dabei hatte er sich zum ersten Mal über seine eigenen Stärken und Schwächen das richtige Bild gemacht und seine zukünftige Handlungsweise auf dieser neuen Erkenntnis aufgebaut.

Er wandte sich wieder um und sah den jungen Burschen an. Wenn sie ihm das Kind bringen würde, wie würde er darauf reagieren? Er würde es annehmen und aufziehen, gewiß, aber da er von unbeugsamen Charakter war, wie die meisten seinesgleichen, würde das Kind ein ständiges Ärgernis für ihn bedeuten, ein durch nichts zu überwindendes Hindernis zwischen ihm und Kirsten. Er würde nicht imstande sein, die Episode, die es zwischen dem Mädchen und dem Kesselflicker gegeben hatte, aus seinem Gedächtnis auszulöschen. Er würde Kirsten nicht als Opfer der Umstände betrachten, als halbes Kind, das getan hatte, was man ihm befahl, sondern er würde immer nur das Ergebnis dieser Umstände vor Augen haben. Noch schlimmer war, daß es niemals wie die anderen würde gehen oder gar laufen können, sondern daß es außerdem – und das würde stets ein Stachel in seiner Seele bleiben – drei Jahre lang in großem Luxus aufgewachsen war, noch dazu im Hause des Mannes, den er verabscheute und den er auch weiterhin verabscheuen würde. Konrad machte sich keine Illusionen darüber, daß dieser junge Kerl jemals etwas anderes als einen Feind in ihm sehen könnte.

Nein, er wußte nun, welchen Weg er einschlagen mußte, war aber jedoch auch ehrlich genug, sich einzugestehen, daß er ihn nicht nur einschlagen wollte, um das Glück Kirstens zu sichern, sondern auch aus Furcht vor seiner künftigen Einsamkeit. Einer Sache war er sicher: daß er nie mehr heiraten würde. Er hatte drei Frauen gehabt, das war genug. Er hatte kein Glück mit den Frauen.

Woraus immer ihm in Zukunft auch Trost und Erquickung erwachsen würde, gewiß würde es keine Ehe sein. Aus diesem Grund würde kein anderes Kind seinen Namen erhalten als jenes, das ihn bereits trug.

Konrad drehte sich um und war verärgert, daß sich Colums Miene nicht im geringsten geändert hatte. Der gehörte wahrhaftig zu jener Sorte Männer, die mit unbewegtem Gesicht selbst zum Galgen gingen. Er konnte ihn sich direkt als Anführer eines Volksaufstands vorstellen, der die Armen gegen Menschen wie ihn oder, richtiger gesagt, gegen Menschen, wie er einer gewesen war und bald nicht mehr sein würde, verteidigte.

Gern hätte er zu diesem halsstarrigen Burschen gesagt: In wenigen Wochen werden wir beide gleich arme Männer sein, wenn auch in verschiedenen Weltteilen. Dann werde ich genauso von meiner Hände Arbeit leben. Ja, das hätte er ihm gerne gesagt, aber er wußte nur zu gut, daß ihm Colum Flynn nicht geglaubt hätte. Statt dessen sagte er: »Ich achte Sie als einen sehr mutigen Mann, und unter anderen Umständen hätten wir einander höchstwahrscheinlich respektiert. So, wie es ist, wissen wir, daß das unmöglich ist. Aber was ich Ihnen über Kirsten MacGregor erzählt habe, ist wahr; sie ist ein braves Mädchen. Mehr kann ich nicht sagen.«

Das folgende Schweigen brachte deutlich zum Ausdruck, daß das Gespräch beendet war. Colum wandte sich wenige Sekunden nach Konrads letzten Worten um und ging langsam aus dem Zimmer. Und Konrad beugte den Kopf und schüttelte ihn verzweifelt.

Bella war verblüfft, als sie Konrad sich von den sieben Menschen vor diesem merkwürdigen Haus verabschieden sah, und sie erkannte, daß sie einen völlig verwandelten Knutsson vor sich hatte. Nicht nur sein Äußeres war verändert, sondern auch sein Wesen. Seine Art, Abschied zu nehmen, ließ sogar die Vermutung in ihr erwachen, daß es ihm leid tat, von hier fortzugehen. Dabei war der Raum, in dem er sich hier aufgehalten hatte, zwar sauber und ordentlich, aber bestimmt der ärmlichste, den sie je gesehen hatte.

Als sie schließlich neben ihm in der Kutsche saß, war sie auch mehr als erstaunt darüber, daß ihm sechs von den sieben Menschen nachwinkten und Konrad desgleichen tat. Das Familienoberhaupt der Flynns hatte die Hand nicht zum Gruß erhoben, und Bella stellte fest, daß kein junger Mann anwesend war.

Sie waren erst eine kurze Strecke gefahren, als er ihr gerade in die Augen sah und über die Breite der Kutsche hinweg zu ihr sagte: »Nun, Bella?«

Als Antwort sagte sie: »Es ... es tut mir leid, daß ich nicht früher kommen konnte.«

»Ach, das ist in Ordnung. Ich habe gehört, daß du und das Kind eine Magenverstimmung hattet. Hast du dich wieder vollständig erholt? Und er auch?«

»Er ist wieder ganz gesund. Was mich anbelangt, so fühle ich mich jedenfalls jetzt viel besser.«

Als die Kutsche sich leicht zur Seite neigte, weil sie in eine tiefere Wagenspur gerieten, legte Konrad rasch die Hand auf seine Rippen und ließ sie dort liegen. Bella beugte sich vor und fragte: »Haben Sie Schmerzen?«

Er lächelte ihr gezwungen zu, als er erwiderte: »Nur wenn es zu stark holpert. Ich bin etwas behindert, nämlich bandagiert wie eine Mumie.«

Als die Kutsche den Fluß überquerte, blickte er zum Fenster hinaus über die steinerne Brüstung hinweg bis zur Mitte des Stroms. Als er sah, wie sich die Flut über die Felsblöcke wälzte, erschauerte er, wandte langsam den Kopf und fragte: »Gibt es noch andere Neuigkeiten?«

Sie brauchte nicht erst zu fragen, auf welche Art Neuigkeiten diese Frage zielte, und antwortete einfach: »Nein.« Dann fügte sie hinzu: »Eine Menge Kondolenzbriefe ist angekommen.«

Ja, dachte er. Das war zu erwarten gewesen, selbst von seiten jener, die die Wahrheit erraten hatten. Mit dem Feingefühl eines Ackergauls hatte Milton ihm gesagt, daß er den jungen Gerald Cartwright am Tage nach dem Unfall in Newcastle getroffen habe und daß er betrunken wie ein Bierkutscher und völlig verstört gewesen sei. Er hatte Florence sehr gern gehabt, hatte Milton gesagt. Wie sie ja alle. Wie sie alle! Konrad sah noch immer ihr von wildem Entsetzen geprägtes Gesicht in jenem Augenblick vor sich, wo sie ihm entglitten und vom Strudel verschlungen worden war, während es ihn selbst an die Kante eines Felsens geschleudert hatte.

Bella sagte nun: »Lord Milton war gestern hier. Haben Sie sich dazu entschlossen zu verkaufen?«

»Ja, Bella, ich habe mich entschieden. Welche Möglichkeit hätte ich sonst gehabt?« Seine Stimme klang verbittert. »Unser lieber Freund hat mir ein Angebot für den Besitz, wie er liegt und steht, gemacht. Kein gutes, ja, meiner Meinung nach nicht einmal ein faires, aber wenn ich ausschlagen würde, könnte es sein, daß ich Monate, vielleicht sogar ein Jahr lang warten müßte, ehe ein anderer Käufer auftaucht. Geld ist zur Zeit knapp. Bis dahin würde ich nur noch mehr in Schulden geraten. Er übernimmt das Gut so, wie es ist, mit Personal und allem. Das heißt, mit Ausnahme einiger Bilder und Kupferstiche. Die werde ich nach London schicken, wo ich sicherlich einen guten Preis erzielen kann, jedenfalls bedeutend mehr, als er mir bieten würde. Wenn das erledigt ist, werde ich nach Schweden gehen, und ich glaube nicht, daß ich jemals wieder nach England zurückkomme.«

Dann entstand ein längeres Schweigen, in dessen Verlauf sie beide an ihre erste Begegnung zurückdachten. Damals hatte Bella, die sich völlig klar darüber war, daß sie selbst niemals imstande sein würde, ihn zu bezaubern, ihm die Falle mit Florence gelegt. Und noch während sie dies dachte, sagte er – und jetzt fiel ihm das nicht einmal schwer: »Arme Florence. Arme, dumme Florence.« Obwohl er immer noch denken mußte ›boshafte Florence‹. Er hatte drei Ehefrauen und zwei Mätressen gehabt und so viele Frauen und Mädchen, daß er schon vor Jahren mit dem Zählen aufgehört hatte, aber in diesem Moment, als er in das unschöne, bleiche, sorgenzerfurchte Gesicht seiner Begleiterin starrte, zweifelte er daran, ob eine von ihnen ihn jemals so geliebt und so wenig dafür empfangen hatte wie Bella. Zweifellos war sie es gewesen, die Mittel und Wege gefunden hatte, ihm einen Sohn zu schenken. Überdies hatte sie seit eh und je sein Haus tadellos geführt und all seine vielfältigen, oft reichlich komplizierten Angelegenheiten erledigt. Und für all dies hatte sie nichts weiter als Unterkunft, Nahrung und Kleidung erhalten. Und einen Ring! In gewisser Weise war sie für ihre Dienste bedeutend schlechter entschädigt worden als sein übriges Personal; der einzige Unterschied hatte darin bestanden, daß sie ein komfortables Zimmer und ein weiches Bett besessen und am selben Tisch mit ihm gesessen hatte. Und daß sie von ihm geduzt worden war.

Es war noch keine Stunde her, daß er zu dem jungen Flynn gesagt hatte, er würde Kirsten mitnehmen, wenn sie es nur wollte. Aber er wußte, daß das nicht stimmte und daß diese Worte die letzten Pfeile gewesen waren, die er auf Colum abgeschossen hatte. Denn bei all der Großmut, die ihn plötzlich überkommen hatte, konnte er doch eines nicht verwinden: daß dieser Flynn um so vieles jünger war als er. Noch vor einer Woche hätte er gewiß die Augen vor dem Altersunterschied verschlossen und Kirsten tatsächlich mitgenommen. Aber seit er von den Toten auferstanden war, sah er das Leben so, wie es war. Und er wußte, daß er müde und in gewisser Hinsicht vorzeitig gealtert war. Obwohl seine Erscheinung den Eindruck animalischer Vitalität erweckte, war das nichts als Fassade. Kein Mensch ahnte, wieviel Mühe es ihn bereits seit geraumer Zeit kostete, das Bild vom ›flachsköpfigen Bullen‹ aufrechtzuerhalten. So, wie ihm jetzt zumute war, war ihm die vor ihm liegende Zeit höchst willkommen, weil es endlich nicht mehr nötig sein würde, Befehle zu geben, loszubrüllen, zu paradieren und anzugeben – und sei es bei Dirnen –, um sich und aller Welt zu beweisen, was er doch für ein Kerl sei.

Er war zu der Einsicht gekommen, daß er Kirsten, selbst wenn sie mit Armut und Fremde einverstanden gewesen wäre, immer noch etwas hätte vorspielen müssen, während es Bella gegenüber nicht nötig war, etwas vorzutäuschen. Bei ihr konnte er sich so geben, wie er war, entspannt sein und sich in aller Ruhe von ihr betreuen lassen. Bella würde ihn für den Rest seines Lebens betreuen und sich auch noch dafür seligpreisen, daß sie es konnte. Weshalb nur, so fragte er sich, als er sie so ansah, waren die wirklich großen Gefühle, Liebe und bis an den Wahnsinn grenzende Leidenschaft nur so oft hinter einem unschönen Äußeren verborgen, während Oberflächlichkeit, Eitelkeit und krassester Egoismus jedermann durch ihr Gefunkel und Geglitzer blendeten? Merkwürdigerweise hatten jedoch Bellas Aussehen und Charakter ihn niemals abgestoßen, im Gegenteil, auf gewisse Weise hatten sie ihn sogar angezogen, natürlich im Verein mit ihrer Urteilskraft, ihrem geradezu männlich zu nennenden Verstand, ihrer bis zur Grausamkeit ausartenden Unbarmherzigkeit. Und unbarmherzig war es bei Gott gewesen, wie sie Kirsten behandelt hatte. Denn es hätte nicht viel gefehlt, und sie hätte das arme Ding umgebracht. Ihr Haß war von der gleichen Intensität wie ihre Liebe. Jedenfalls stand für ihn fest, daß von nun an sie seine Gefährtin sein sollte. Er spürte, wie sie darauf wartete, daß er es ihr sagte. Er konnte sehen, wie nervös sie war, beinahe ängstlich. So sagte er ruhig: »Es ist klar, daß ich mich nicht allein um das Kind kümmern kann, Bella. Könnte ich dich bitten, uns zu begleiten?«

Er sah, wie die Adern an ihrem mageren Hals anschwollen. Es schien ihr Schwierigkeiten zu bereiten, zu schlucken. Aber dann erwiderte sie ebenso ruhig: »Das würde ich gerne tun.«

»Du weißt doch, daß mein Einkommen in Zukunft nicht mehr als hundert Pfund im Jahr betragen wird und daß mein sonstiger Besitz aus dem bestehen wird, was mir nach Erledigung meiner hiesigen Angelegenheiten übrigbleibt, nicht wahr? Ich sag es dir lieber rechtzeitig, daß das Jagdhaus in Schweden ziemlich primitiv eingerichtet ist und daß es drüben zwar im Sommer sehr angenehm, im Winter aber höllisch kalt sein kann. Also vielleicht möchtest du es dir in Ruhe überle …«

Sie hatte die Augen geschlossen, als sie zweimal heftig den Kopf schüttelte. Dann öffnete sie sie und sagte in dem ihm wohlvertraut energischen Ton: »Nein.«

»Dann ist es ja gut.« Damit lehnte er sich in die weiche Polsterung zurück, und sie tat dasselbe. Es war, als hätten sie beide nach einer lebensgefährlichen Reise sicheren Boden unter den Füßen, als könnten sie endlich ausruhen.

Als die Kutsche am Pförtnerhaus vorbeifuhr, sagte er, zum Fenster hinaussehend: »Das Mädchen …, ist sie wohlauf?« Es folgte ein kurzes Schweigen, ehe sie antwortete: »Ja, ganz in Ordnung. Sie verläßt morgen das Haus, um eine Stelle in Newcastle anzutreten.«

Er wandte rasch den Kopf und sah sie an: »Was für eine Stelle?«

»Sie hat sie selbst ausfindig gemacht, als sie sich vor einiger Zeit freinahm, um in die Stadt zu fahren.«

»Was für eine Arbeit ist es denn?«

»Damenschneiderei, glaube ich.«

»Damenschneiderei?« murmelte er. Soweit kannte selbst er das Los dieser armen Näherinnen, daß er wußte, was sie in ihren stallartigen Verschlägen durchmachten.

»Weshalb wollte sie nicht bleiben wie das übrige Personal? Milton kauft das Haus für den jungen Henry, und wenn alles seinen normalen Weg nimmt, wird das junge Paar ganz sicher bald ein Kindermädchen brauchen.«

Bella senkte die Lider und sagte nach sekundenlangem Zögern: »Lord Milton hat gestern ausdrücklich erklärt, daß er sie nicht behalten würde wegen … wegen ihres Gebrechens. Er ist ein abergläubischer Mann.« Sie fügte nicht hinzu, daß alle übrigen schon dafür gesorgt hatten, daß Kirsten nicht mit übernommen wurde, da sie nicht nur glaubten, sondern es auch ausgiebig genug betonten, daß sie die dramatischen Geschehnisse, die sich auf dem Gut abgespielt hatten, einzig und allein dem bösen Blick des Mädchens verdankten.

Als Konrad hierauf ungeduldig auf seinem Sitz hin und her rückte, mußte er sich wieder an die schmerzenden Rippen greifen und rief ärgerlich aus: »Der Teufel soll diesen ungebildeten Tropf holen!«

Wenig später hielt die Kutsche vor dem Gutshaus an, und als der Kutscher Konrad herunterhalf, blickte dieser einen Moment zum Haus auf, ehe er die Stufen hinaufging und in der Halle von dem herbeieilenden Slater, der ihm die Pelerine abnahm, mit den Worten begrüßt wurde: »Es ist schön, Sie wiederzusehen, Sir.«

Konrad antwortete nicht, sondern nickte Slater nur leicht zu. Dann stieg er mit Bella an seiner Seite nach oben und ging direkt auf seine Gemächer zu. Vor der Tür zu seinem Zimmer angelangt, wandte er sich um und entließ sie mit der Bemerkung, daß er sich eine Weile hinlegen wolle. Bella nickte ihm zu und murmelte: »Ja, ja, tun Sie das nur, Konrad.«

Dann warf sie einen Blick auf die gegenüberliegende Tür, ging langsam darauf zu und öffnete sie. Kirsten stand in der Nähe des Fensters, und der Kleine spielte vor dem Kamin. Die Szene wirkte ganz so, als hätte sich in letzter Zeit nicht das mindeste ereignet.

Fröhlich auflachend erhob sich der Kleine bei Bellas Eintritt vom Teppich und stolperte auf sie zu. Sie ergriff seine Hände, hielt sie zärtlich fest, sah dabei Kirsten an und sagte ruhig: »Dein Herr ist wieder da.«

Als das Mädchen sie daraufhin nur ansah, gab es Bella einen Stich, und ein Gefühl der Angst regte sich in ihr. Würde ihre Anziehungskraft Konrad Knutsson nicht wieder wankend machen? Würde er, wenn er sie erst wiedersah, seine Pläne nicht wieder ändern?

Sie sagte deshalb schroff: »Ich habe den gnädigen Herrn davon in Kenntnis gesetzt, daß du morgen das Haus verläßt. Er hat nicht den Wunsch geäußert, dich zu sehen. Hast du schon alles beisammen?«

»Ja, es ist alles fertig.«

»Falls du eine Reisetasche brauchen solltest, so kannst du die haben, die auf dem Dachboden steht. Ich werde Riley sagen, daß er sie dir bringt.«

»Danke.«

Nachdem sich die Tür hinter Bella geschlossen hatte, blieb Kirsten stehen, wo sie stand, und blickte ihr nach. Also war Konrad Knutsson wieder hier. Sie hatte seine Rückkehr überhaupt nicht wahrgenommen, dabei hatte sie sich eingebildet, daß sie sie spüren würde. Früher war er immer sofort ins Kinderzimmer gekommen. Aber das war vorbei. Auch sie sah das Leben nun mit anderen Augen an. Sie hatte sich völlig damit abgefunden, am nächsten Morgen fortgehen zu müssen. Es kam ihr so vor, als kehrte sie damit wieder an ihren Ausgangspunkt zurück, zu Ma Bradley oder dergleichen.

Es war sonderbar, aber sie verspürte nicht mehr den Wunsch, Pferd und Wagen zu kaufen. Sie wünschte sich überhaupt nichts mehr. Seit Tagen lebte sie in einem Zustand der Erstarrung. Obwohl sie bis auf den Grund ihrer Seele betrübt war, ja tödlichen Schmerz über den Verlust Colums, des Kindes und Konrad Knutssons empfand, fiel es ihr erstaunlich leicht, ihre Gefühle in Schach zu halten. Ihr war, als wäre sie längst fortgegangen, ja tot. Sie erledigte ihre Pflichten wie eh und je, und das einzige Anzeichen für ihre Verzweiflung war, daß sie nicht alles aß, was man ihr vorsetzte, und daß sie wenig schlief. Aber darüber war sie sogar froh, denn im Traum quälte sie immer noch das Bild der Gnädigen auf den Schrittsteinen, wie sie sich an Konrad Knutsson festhielt, bis der Treibholzstoß angeschwemmt kam und sie hinabriß. Und dann drohte das Schuldgefühl Kirsten jedesmal zu übermannen.

Sie ging nun auf den Kleinen zu, der ihr voll Eifer zeigte, wie gut er es bereits verstand, mit dem Hampelmann zu spielen. Nun konnte sie die Stunden, die ihr mit ihm verblieben, bereits zählen. Unter der Erstarrung, die von ihr Besitz ergriffen hatte, war Kirsten sogar froh darüber, daß sie ihn verlor, weil es bedeutete, daß Konrad Knutsson dadurch einen Sohn haben würde.

Abermals blickte sie zur Tür, durch die vor wenigen Minuten Bella gegangen war, die gesagt hatte, daß Konrad nicht den Wunsch geäußert hätte, sie zu sehen. Aber sie mußte ihn sehen. Ein einziges Mal noch mußte sie ihn sehen.

23

Es war halb sieben Uhr abends. Kirsten brachte zum letzten Mal
den Kleinen zu Bett. Sie drückte ihn fest an sich und küßte ihn,
und er schlang die Arme um ihren Hals und drückte sie gleichfalls
fest an sich. Dann warf er den Kopf in den Nacken, sah ihr voll ins
Gesicht und schien zum ersten Mal zu bemerken, daß ihr rechtes
Augenlid zuckte. Völlig überrascht rief er aus: »Kirsten, schau,
dein Auge zuckt, genauso wie mein Hampelmann.« Als er den
winzigen Zeigefinger auf ihren Backenknochen legte, drückte sie
seinen Kopf rasch an die Brust, und als sie ihn dann wieder losließ
und ihn zu Bett brachte, blickte er ernst zu ihr auf und fragte:
»Weinst du, Kirsten?« Hastig erwiderte sie: »Nein, nein, ich weine
nicht.« Und sie weinte tatsächlich nicht. Sie hatte seit langem keine
Träne mehr vergossen. Nicht einmal, als sie geglaubt hatte, daß
Konrad tot sei, hatte sie geweint. Sie glaubte nicht, daß sie jemals
wieder weinen würde; darüber war sie längst hinaus. Sie steckte
dem Kleinen die Decke fest, und er legte sich auf die Seite und
seufzte. Es war ein zufriedenes, glückliches Seufzen.

Langsam und methodisch begann sie das Kinderzimmer zum
letzten Mal aufzuräumen. Als es acht Uhr war und Konrad Knutsson sich noch immer nicht hatte blicken lassen, ging sie ins Schlafzimmer, holte sich einen Stuhl herbei, stieg darauf und holte hinter
dem Schrankaufsatz ein kleines Bündel hervor, das aus einer weißen Serviette bestand. Nachdem sie wieder heruntergestiegen war,
schob sie die steifgestärkte weiße Schürze beiseite und schob das
Bündel in die Tasche ihres Kattunkleides. Dann öffnete sie die
Schlafzimmertür, überquerte den Gang, blieb vor der gegenüberliegenden Tür sekundenlang zögernd stehen, dann hob sie die
Hand und klopfte kurz an. Als keine Antwort erfolgte, klopfte sie
nochmals, lauter. Nun wurde die Tür geöffnet, und sie sah sich
Mr. Harris gegenüber. »Kann ich bitte einen Moment den gnädigen Herrn sprechen?« fragte Kirsten.

Mr. Harris blickte über die Schulter ins Zimmer, dann sagte er
leise: »Der gnädige Herr ruht, es wäre besser, Sie …«

»Lassen Sie das Kindermädchen eintreten, Harris.«

»Jawohl, Sir.« Mr. Harris trat beiseite, und Kirsten betrat das Arbeitszimmer. Der Gutsherr saß in einem großen Lederfauteuil vor dem Kamin.

»Komm und setz dich«, sagte Konrad Knutsson und deutete auf den an der anderen Seite des Kamins stehenden Stuhl.

Seine Stimme klang freundlich wie immer. Dann warf er seinem Kammerdiener einen Blick zu und sagte: »Ich werde läuten, wenn ich Sie brauche.«

»Sehr wohl, Sir«, sagte der Diener, neigte den Kopf und verließ das Zimmer. Kirsten und Konrad sahen einander an. Sie waren allein.

Kirsten sah, daß der Gutsherr sich verändert hatte. Nicht nur, daß er stark abgemagert war, er sah auch müde und geschwächt aus und schien irgend etwas eingebüßt zu haben. Sie fragte ruhig: »Wie geht es Ihnen, gnädiger Herr?« Und er erwiderte: »Viel besser. Es schmerzt zwar noch ziemlich hier«, er deutete auf die Rippen, »aber es ist jedenfalls schon viel besser.«

Sie fuhren fort, einander anzustarren. Dann sagte er: »Ich mag deine Freunde.« Und als er sah, wie sie rot wurde, fuhr er fort: »Ich verstehe, weshalb dir ihr Haus lieber ist als meines.«

Als sie hierauf nur den Kopf schüttelte und ihn schließlich senkte, warf er rasch ein: »Ich meine das keineswegs ironisch. Sie sind arm, gewiß, aber von ›Tarn Abode‹ geht irgend etwas aus. Etwas ganz Besonderes. Es ist schwer, die richtige Bezeichnung dafür zu finden: Zufriedenheit, Harmonie, Glück. – Sie mich an, Kirsten.«

Sie hob langsam den Kopf, und er sagte: »Bitte glaub mir, daß es mir jetzt sehr leid tut, daß ich jemals von dir verlangt habe, von dort zurückzukehren. Glaubst du mir das?«

»Ja, gnädiger Herr.«

Er richtete sich nun auf, neigte sich leicht vor und fuhr fort: »Du hast viel durchgemacht in diesem Haus. Wieviel, habe ich erst in diesen letzten Tagen erkannt. Und ich sehe jetzt keine Möglichkeit, dich für das, was du durchgemacht hast, zu entschädigen. Ich habe gehört, daß du morgen in die Stadt fährst, um eine neue Stelle anzutreten?«

»Ja, gnädiger Herr.«

»Ist es eine gute Stelle?«

Sie senkte zwar nicht den Kopf, wich jedoch seinem Blick aus, als sie erwiderte: »Es wird genügen, bis ich etwas Besseres finde.«

»Ich wollte, ich könnte dir einen eigenen Laden kaufen. Das hätte mir Freude gemacht und wäre ein Ausgleich für das gewesen, was ich dir schulde.«

»Sie schulden mir nichts, gnädiger Herr.« Sie stieß die Worte hastig hervor, aber er gebot ihr mit einer Handbewegung Einhalt und sagte nur: »Sei still, sei still. Ich weiß, was ich weiß.«

»Gnädiger Herr?«

Nun war er es, der sie ansah: »Ja?«

»Ich muß Ihnen etwas sagen, ehe ich gehe. Aber ... aber dazu muß ich bis zum Anfang zurück, bis zu dem Tag, an dem man mich in Ihren Stall gebracht hat. Wollen Sie mich anhören?«

»Natürlich will ich dich anhören.« Er nickte ihr zu, dann lehnte er sich in seinen Fauteuil zurück. Und zögernd begann sie.

»Hop Fuller, der Kesselflicker, hat sich in den Dörfern und Städten verschieden lang aufgehalten. Aber jedesmal, wenn wir unser Lager irgendwo aufgeschlagen hatten, ging er fort. Stundenlang. Er sagte, er ginge auf Kaninchenjagd. Manchmal ist er tatsächlich mit einem Kaninchen zurückgekommen, manchmal aber nicht. Wir haben unser Lager niemals in der Nähe eines Hauses aufgeschlagen, meistens drei, vier Meilen weiter weg. Oft ist er bis weit über Mitternacht nicht von diesen Spaziergängen zurückgekommen. Und dann hat er sich über mich gebeugt, um zu sehen, ob ich eingeschlafen sei. Und ich tat jedesmal so, als wäre ich es. Und dann, eines Tages, habe ich den Grund für ... seine Heimlichtuerei herausgefunden. Ich überraschte ihn dabei, wie er sich an der Wagendeichsel zu schaffen machte. Aber ich tat so, als hätte ich es nicht bemerkt ... Er ...«, sie zitterte leicht, »er hätte mich umgebracht, wenn er gewußt hätte, daß ich herausbekommen hatte, was in den Deichseln war.«

»In den Deichseln?«

»Ja, gnädiger Herr. Er versteckte sein Geld und solche Sachen in einer der Deichseln. Er hat sich da einen Hohlraum geschnitzt oder schnitzen lassen. Und der Hebel dazu war der Mittelpunkt der aufgemalten Blume.« Sie hielt inne und sah Konrad fest an. Und er sagte: »Weiter.« Sie fuhr mit leiser Stimme fort: »Als wir Schutz vor dem Regen suchten, damals, als die Flut kam, benützten wir eine alte Scheune als Unterschlupf. Aber die Wassermassen schwemmten die Scheune einfach weg, und so blieb uns nichts anderes übrig, als uns am Wagen anzuklammern. Ich habe mit eigenen Augen gesehen, wie er ertrunken ist, und dann erinnere ich mich an nichts mehr bis zu dem Zeitpunkt, wo ich in Ihrer Scheune aufgewacht bin.« Nun senkte sie den Blick. Das war jener Teil, den sie rasch, aber vorsichtig überspringen mußte. »An dem Morgen, als ich von hier fortwollte, bot mir Mrs. Poulter«, sie schluckte schnell, »die Stelle einer Amme an. Später, als ich freibekam, bin ich zum Fluß hinuntergegangen und habe die im Treibholz und zwischen Felsblöcken feststeckenden Deichseln entdeckt. Sofort nahm ich mir vor, herauszubekommen, was ... was in ihnen steckte. Nach einigen Versuchen fand ich den Hebel und entdeckte im Innern der Deichsel drei schwarze Samtsäckchen. Aber als ich den Inhalt sah, war ich entsetzt. Deshalb hab ich sie auf unserer Seite der Mauer vergraben. Und dort habe ich sie auch gelassen. Ich habe nur selten daran gedacht, weil ich wußte, sie könnten mir nichts nützen, im Gegenteil, nur schaden. Denn wenn ich sie ins Gutshaus gebracht hätte, hätte man mich sicher beschuldigt, Hop Fuller dabei geholfen zu haben, Sie zu bestehlen. Wissen Sie, gnädiger Herr, sowie ich die Sachen gesehen hatte, war mir klar, daß es sich um Diebsgut gehandelt hat. Und bald danach hatten Sie entdeckt, daß Ihr Safe ausgeraubt war.«

Konrad richtete sich nicht auf, als Kirsten die Schürze hob und aus der Tasche ihres Kleides die zusammengeknotete Serviette hervorzog, sondern er drückte den Kopf nur noch tiefer in die Polsterung seines Fauteuils. Dann sah er zu, wie sie die Serviette aufband und ihr drei von Moder bereits fleckig gewordene Samtsäckchen entnahm, die sie ihm hinhielt. Langsam nahm er sie entgegen und legte sie auf seinen Schoß. Und als er sie aufmachte, erblickte er in dem ersten Beutel das langvermißte Diadem, in dem zweiten die beiden funkelnden Diamantsterne und in dem dritten die kostbare Halskette. Er starrte lange darauf nieder, dann hob er endlich den Blick, und alles, was er flüsternd hervorbrachte, war: »Mädchen! Mädchen!« Nachdem er ein Schmuckstück nach dem andern prüfend hochgehoben hatte und schon etwas sagen wollte, lauschte er den leichten Schritten, die plötzlich vom Gang zu hören waren. Rasch stopfte er die Juwelen in die Seiten seines Fauteuils und sagte erst, nachdem die Schritte verklungen waren, zu Kirsten: »Hast du sonst noch jemandem davon erzählt?«

»Nein, gnädiger Herr.«

»Denk genau nach. Hast du deinen Freunden gegenüber irgendwas davon erwähnt?«

»Nein, gnädiger Herr.«

Sein Oberkörper schien nun wieder tiefer in den Fauteuil einzusinken. »Vielleicht weißt du es nicht, aber meine Versicherung hat für die gestohlenen Juwelen bezahlt. Sie gehören mir nicht mehr.«

»Nein, gnädiger Herr!« Sie schüttelte mit schmerzlicher Miene den Kopf. »Und ich dachte … ich dachte, das würde Ihnen helfen, weil … weil ich doch gehört habe, daß …«

»Ich weiß, was du gehört hast, und du hast recht gehört. Ich bin arm. Das heißt, wenn ich nach Begleichung meiner Schulden England verlasse, werde ich mich in derselben Lage befinden wie deine Freunde. Wahrscheinlich werden sie sogar besser dastehen als ich, und deshalb wäre dies hier«, er zog die Beutel wieder hervor, »ein wahres Geschenk des Himmels, wenn ich es behalten könnte. Und warum nicht?« Er beugte sich vor und fragte sie nochmals eindringlich: »Bist du ganz sicher, daß du die Geschichte keinem Menschen gegenüber erwähnt hast?«

»Ich kann es beschwören, gnädiger Herr.«

»Auch nicht diesem jungen Mann gegenüber, diesem Colum, meine ich?«

»Nein, wo denken Sie hin, gnädiger Herr! Ich habe ihm nur die Münzen gegeben …«

»Was?«

»Einige Sovereigns, gnädiger Herr.«

»Es waren auch Sovereigns dabei?« Er berührte abermals die kleinen Beutel.

»Nein, gnädiger Herr, nicht in dieser Deichsel. Wissen Sie, der kleine Barney war hinter der zweiten Deichsel her, er wollte sie unbedingt zum Basteln haben. Aber als es ihm endlich gelungen war, sie herauszuholen, hat Colum, der nichts davon wissen wollte, weil er meinte, daß es sich um fremdes Treibgut handle, sie wieder in den Fluß geworfen. Und die ist dann zwischen den Klippen steckengeblieben. Als ich ihm später sagte, was meiner Meinung nach darin enthalten sei und wie gut er das Geld brauchen könne, um sich einen Anwalt für den Prozeß leisten zu können, ist er hinausgewatet und hat sie sich wieder geholt.«

Nach einer längeren Pause sagte Konrad in ungläubigem Ton:

»Du hast die Münzen, die du in der Deichsel gefunden hast, Colum gegeben, damit er mich bekämpfen kann?«

»Ja, gnädiger Herr«, sagte sie einfach.

Sein Lachen war die reinste Selbstironie. »Hat es je eine Frau wie dich gegeben, die vor lauter Loyalität mitten entzweigerissen wurde? O Kirsten, mein armes Kind!«

»Sie sind mir nicht böse, gnädiger Herr?«

»Böse?« Er schüttelte den Kopf. »Nein, ich bin dir nicht böse. Ich könnte dir niemals böse sein.« Nun hob er die kleinen Beutel hoch, wog sie in der Hand und sagte langsam: »Also dann will ich sie als das nehmen, was sie sind: als Geschenk des Himmels, die Entschädigung, nicht für mich selbst, sondern für jemanden, der uns beiden nahesteht. Komm.« Langsam erhob er sich, steckte die drei Beutel in seine Rocktaschen, ergriff ihren Arm, überquerte mit ihr den Gang und betrat das Kinderzimmer. Selbst als er am Bett des Kleinen stand und auf ihn niederblickte, hielt er noch immer ihren Arm fest.

»Er ist ein wunderschönes Kind, findest du nicht auch, Kirsten?« Immer noch ruhten ihre Blicke auf dem Jungen, als sie mit zitternder Stimme erwiderte: »Ja, gnädiger Herr.«

»Das mit seinen Beinen ist natürlich ein Jammer. Aber in den letzten paar Monaten ist es deutlich besser damit geworden, meinst du nicht auch?«

Abermals sagte sie mit zitternder Stimme: »Ja, gnädiger Herr.«

»Es heißt, daß die Englische Krankheit das Resultat mangelhafter Ernährung sei, weißt du.«

Beide blickten unverwandt auf den Jungen, als wagten sie nicht, einander anzusehen. Kirsten hatte das Gefühl, als rolle eine Lawine auf sie zu. In den nächsten Sekunden schon würde sie sie einhüllen, und dann würde er allein dastehen, erbarmungswürdig allein und verlassen.

»Ich habe mich oft gefragt, an wen er mich erinnert. Ich habe nicht die geringste Ähnlichkeit zwischen ihm und unserer Ahnengalerie bemerkt, weißt du? Bis ich gestern zufällig eine Miniatur meiner schwedischen Urgroßmutter hervorkramte. Und da entdeckte ich bei den hohen Backenknochen und den tiefliegenden Augen eine auffallende Ähnlichkeit. Übrigens auch mit dir.«

Im nächsten Moment lag sie an seiner Brust. Sie hatten sich wie unter einem magischen Zwang aufeinander zubewegt. Schweigend hielten sie sich umschlungen, denn diese Umarmung ging weit über das, was man allgemein als Liebe zu bezeichnen pflegte, hinaus. Die Lawine war über sie hinweggerollt und hatte sie unverletzt zurückgelassen. Kirsten erkannte, daß er wußte, daß der Junge ihr Kind war, daß er ihn aber als Sohn, als seinen eigenen heißgeliebten Sohn betrachtete. Und im selben Moment wurde ihr klar, daß das Gefühl, das sie in diesem Augenblick mit solcher Macht durchströmte, sich nie mehr, keiner anderen Menschenseele gegenüber, einstellen würde.

Für Konrad bedeutete dieser Augenblick eine ganz große Versuchung. Ein Wort, und sie würde mit ihm gehen, ein Wort, und sie würde die Seine sein. Sie war die leibliche Mutter seines Sohnes, er konnte sie auf der Stelle zu seiner Frau machen. Aber wie er sich bereits gesagt hatte: Er wollte keine Frau mehr, er war zu müde, zu enttäuscht dazu und wußte, daß es ihm nun nicht mehr gelingen würde, den ewig Jungen zu spielen.

Eine letzte, allerletzte Versuchung überfiel ihn bei dem Gedanken, daß Müdigkeit und Enttäuschung mit der Zeit dahinschwinden würden, wenn er die ewigen Sorgen, die Verantwortung einmal hinter sich hatte und nach und nach Florences brechender Blick ihn nicht mehr verfolgen würde. Dann würde er sicherlich so etwas wie eine neue Jugend zurückgewinnen.

Und Bella? Der bloße Gedanke an sie ließ sie mit derartiger Deutlichkeit vor seinem inneren Auge erstehen, als hätte sie tatsächlich eben das Zimmer betreten. Wenn er das Mädchen mitnahm, würde er Bella natürlich hier lassen. Und das wäre ihr Todesurteil gewesen. Denn er konnte Bellas innerste Gefühle ebenso abschätzen wie ihre durch ihre peinigende Liebe zu ihm hervorgerufenen Leiden. Er kannte Bella bedeutend besser, als er Kirsten kannte, sie jemals kennen würde, denn zwischen ihnen beiden gab es ein unüberbrückbares Hemmnis, den Klassenunterschied. Egal, wie man darüber denken, wie sehr man sich dagegen sträuben mochte, er war nun einmal da, und Konrad war sich deutlich dessen bewußt. Zwischen Bella und ihm gab es aber keine derartige Barriere. Auch war Bellas Liebe ganz von jener Art, die er im gegenwärtigen Zeitpunkt am allermeisten brauchte. Sie enthielt keinerlei Forderungen nach Jugend, sondern war geradezu dazu geschaffen, in ihr auszuruhen. Und Ruhe war es, wonach er sich sehnte, die er brauchte, und zwar nicht nur körperlich, sondern auch seelisch, eine Ruhe, in der er sich endlich selbst finden konnte.

Sanft schob Konrad Kirsten nun von sich. Beide Hände auf ihre Schultern legend, blickte er in das auffallend blasse Gesicht, auf das heftig zuckende Augenlid, und ihre Miene drückte weder Verzweiflung noch Glück aus, nur eines: Entsagung. Eine schlichte, tränenlose Entsagung, so daß er gewiß war, daß diese Umarmung für sie dasselbe bedeutet hatte wie für ihn: Abschied.

Konrads Stimme klang belegt, als er leise und zögernd sagte: »Ich werde ihm dies hier«, er klopfte auf seine Rocktaschen, »geben, wenn er ein richtiger Mann ist. Oder vielleicht schon vorher. Ich werde schon wissen, wann er es am dringendsten braucht. Und dann werde ich ihm die Geschichte, die damit verbunden ist, erzählen.« Er lächelte ihr nun sanft zu, als er – um einen leichteren Ton bemüht – hinzufügte: »Obwohl ihn das vielleicht davon abhalten wird, es zu verkaufen. Egal, wenn er es jemals nötig haben sollte, kann er es jedenfalls zu Geld machen.«

Damit drehte er sich um und ging langsam zur Tür. Und sie ging an seiner Seite. An der Tür angelangt, hielt er abermals inne, beugte sich über sie, nahm ihr Gesicht zwischen seine Hände und legte zum ersten Mal seine Lippen auf die ihren. Sanft küßte er sie, wie er ein Kind geküßt haben würde. Die Berührung ihrer Lippen dauerte nur Sekunden, und doch beinahe um Sekunden zu lang. Heftig richtete er sich auf, riß die Tür auf und eilte aus dem Zimmer. Nachdem er die Tür seines Arbeitszimmers hinter sich geschlossen hatte, lehnte er sich schwer atmend dagegen.

Aufseufzend trat er dann mit gesenktem Kopf an seinen Schreibtisch, auf dem einige ungeschliffene Steine lagen. Er legte mit nachdenklicher Miene die Hand einen Moment lang auf einen davon, dann ließ er sich zum Schreiben nieder. Aber noch ehe er zu schreiben anfing, läutete er.

Als Harris auftauchte, sagte Konrad zu ihm: »Einer der Stallburschen soll sich ein Pferd satteln. Ich möchte, daß er sogleich einen Brief überbringt.«

Der Diener erwiderte nur: »Sehr wohl, gnädiger Herr«, ohne seinem Erstaunen über die späte Stunde Ausdruck zu verleihen. Nachdem er das Zimmer verlassen hatte, um dem Stallburschen Bescheid zu sagen, tauchte Konrad den Federkiel ein, sah einen Moment lang vor sich hin, um die richtigen Worte für diese Nachricht zu finden, die niederzuschreiben ihm im Grunde genommen widerstrebte.

24

Es war ein schöner Morgen, als Kirsten das Gutshaus durch den Seiteneingang verließ. Küche und Köchin war sie mit voller Absicht ausgewichen. Rose war die einzige, von der sie sich verabschieden wollte, außer von Mrs. Poulter, die sie im Kinderzimmer zurückgelassen hatte. Rose weinte bitterlich. Verdammte Schande, hatte sie gesagt. Sie hätten sie doch zumindest mit dem Gepäckwagen bis zur Straßenkreuzung schicken können. Das taten sie sonst immer, wenn jemand vom Personal das Haus verließ. Die größte Schande jedoch wäre, hatte sie gemeint, daß Kirsten nicht mit den anderen behalten worden sei, obwohl sich keiner von ihnen freute, für Lord Milton oder dessen Sohn zu arbeiten. Diese Knicker! Was sollte dabei schon groß herausehen? Sie kannte Alice Belling, die dort in der Küche arbeitete, und die hatte ihr erzählt, daß es bei den Miltons stets nur Tee oder Bier gäbe, niemals beides, nicht einmal zum Erntedankfest oder zu Weihnachten. Auch war der Lohn geringer als hier. Du meine Güte, sie würden wahrhaftig noch zu spüren bekommen, was es hieß, wenn die Herrschaft knauserig war. Deshalb war es am Ende vielleicht ganz gut, daß Kirsten von hier fortkam. Und ob sie ihr einen Brief schreiben würde, hatte Rose gefragt. Wenn sie irgendwo untergekommen sei und sich richtig eingewöhnt habe. Slater würde ihn ihr vorlesen.

Ja, hatte Kirsten geantwortet, natürlich würde sie ihr schreiben.

»Versprichst du es mir?«

»Ich verspreche es dir«, hatte Kirsten erwidert.

»Hör mal!« Rose packte die Reisetasche. »Ich scher mich den Teufel drum, was die Köchin sagt. Warte auf mich, ich bin gleich wieder da und helfe dir bis zum Pförtnerhaus hinunter tragen.«

»Nein, nein«, wehrte Kirsten ab. »Es ist ja nicht schwer, wirklich nicht. Ich muß jetzt gehen, sonst … sonst versäume ich noch die Kutsche. Wiedersehen, Rose.«

»Wiedersehen, Kirsten.«

»Ich möchte mich noch bedanken bei dir, Rose, daß … daß du immer so freundlich zu mir gewesen bist.«

»Ach was!« Rose schüttelte energisch den Kopf. »Wenn du mich fragst, ich versteh überhaupt nicht, wie man nicht freundlich zu dir sein kann. Das hab ich früher gesagt, und das sag ich auch heute. Was kann man denn schließlich dafür, woher man stammt, nicht?«

Kirstens Wimpern verbargen sekundenlang ihren Blick. Dann sagte sie abermals: »Wiedersehen, Rose.«

»Wiedersehen, Kind. Und ich wünsch dir viel Glück!«

Kirsten schlug den Weg für das Personal an der Rückseite des Hauses ein, der weiter unten auf die Hauptstraße einmündete. Sie blickte nicht zurück, obwohl sie genau wußte daß Rose ihr nachsah. Selbst als hohes Gebüsch ihr Rückendeckung verschaffte, brach sie nicht in Tränen aus, wie man es hätte erwarten können. Sie litt geradezu unter einem Gefühlsmangel. In der Nacht im Kinderzimmer war sie eine Zeitlang aus dieser Erstarrung hochgeschreckt, und die Intensität ihrer Empfindungen hatte sie richtig erschreckt. Aber als sie in der Morgendämmerung erwachte, hatte die vorangegangene Erstarrung wieder völlig von ihr Besitz ergriffen, in größerem Ausmaß als zuvor, wenn das überhaupt möglich war.

Der Pförtner sagte: »Wiedersehen, Kind«, und Kirsten erwiderte: »Guten Tag, Mr. Turner.«

»Du brauchst dich nicht zu beeilen«, meinte er. »Du hast genügend Zeit.« Und sie sagte: »Ja, danke, ich weiß«, und damit trat sie auf die Straße in den kräftigen, hellen Sonnenschein.

Als sie zur Poststation kam, war kein Mensch da. Sie war froh, daß sie allein auf die Kutsche warten konnte, weil sie weder Lust hatte zu reden noch anderen zuzuhören. Nachdem sie fast zehn Minuten dagestanden hatte, wurde ihr plötzlich schwach in den Beinen, und sie dachte, das käme davon, daß sie ohne Frühstück fortgegangen war. Also stellte sie ihre Reisetasche auf den Grasstreifen und setzte sich daneben, bis die Kutsche um die Ecke kam.

Als der offene Wagen anhielt, rief ihr der Kutscher zu: »Hallo, Mädchen! Wieder mal nach Newcastle?« Und nachdem Kirsten ihm zugenickt hatte, sagte er: »Dann rauf mit dir. Wir haben keine Zeit zu verlieren. Steig ein.« Sie stieg ein und setzte sich nach hinten, zwischen eine junge Frau, die einen Korb auf den Knien hielt, und einen zahnlosen Landarbeiter, der deutlich nach Kuhstall roch und ihr übers ganze Gesicht zugrinste.

Im Vorderteil der Kutsche war gerade ein Gespräch im Gang,

aber die drei, die hinten saßen, redeten kein Wort, außer wenn die Räder hie und da tief in ein Loch einsanken. Dann wiederholte die junge Frau immer ein und dieselbe Phrase: »Allmächtiger, gleich werde ich auf meinen vier Buchstaben sitzen, so was, so was!«

Darauf brach der Landarbeiter jedesmal in schallendes Geläch- ter aus, als handle es sich um einen besonders blendenden Witz.

Sonst verlief die Fahrt ereignislos, bis sie die Brücke überquert hatten und beinahe Prudhoe in Sicht war, wo die Kutsche immer anhielt.

Als die Kutsche diesmal jedoch vor der offiziellen Haltestelle anhielt, kümmerte sich Kirsten kein bißchen darum. Sie saß mit ge- senktem Kopf da – das Kinn ruhte auf der Reisetasche, die sie auf dem Schoß hielt – und starrte blicklos vor sich hin.

Im Gegensatz zu ihren Mitreisenden achtete sie deshalb gar nicht auf den Mann, der sich nun dem hinteren Teil der Kutsche näherte, ihre Reisetasche herunterhob und dann beide Arme nach ihr ausstreckte.

Der Kutscher rief Kirsten zu: »Dann brauchst du heute nur die Hälfte zu zahlen.« Sprachlos vor Verblüffung holte sie daraufhin die Börse aus dem Rock hervor und bezahlte.

Dann stand sie wie betäubt da und sah der davonrumpelnden Kutsche, der sie schweigend anstarrenden jungen Frau und dem ihr zugrinsenden Landarbeiter nach.

Als der Wagen außer Sichtweite war, richtete sie den Blick auf Colum, der verlegen vor ihr stand und nicht recht wußte, was er mit seinen Händen anfangen sollte.

»Ich … ich dachte schon, ich würde dich verpassen«, sagte er schließlich und versuchte ein um Versöhnung flehendes Lächeln.

Sie ging weder darauf ein noch sagte sie ein Wort.

»Ich … ich war schon zur Sieben-Uhr-Kutsche da. Aber … aber da warst du nicht drin. So hab ich ein Feuer gemacht und Tee ge- kocht. Möchtest du einen Schluck?« Damit ging er ihr zur Hecke voran, deutete auf ein Loch darin und forderte sie mit einer Hand- bewegung auf, durchzuschlüpfen. Dahinter erblickte Kirsten Pferd und Wagen und das angekündigte kleine Feuer, über dem eine schwarze Kanne hing. Kirsten sah zu, wie Colum sich auf die Fer- sen hockte, die Kanne herunterhob und den Tee in einen Zinnbe- cher goß. Als er ihn ihr gab, sagte er: »Er ist ganz frisch. Ich hab ihn eben erst aufgebrüht.«

Als sie den Becher nicht gleich nahm, sah er sie nur an, dann sagte er ruhig: »Komm und setz dich.« Er ergriff ihren Arm und führte sie zu einem großen, flachen Stein, um den bereits leicht ausgeblichene Windröschen und frische blaue Hyazinthen standen.

Als Kirsten sich auf den Stein setzte, durchlief ein Zittern ihren Körper. Da war sie wieder, die Lawine, nur daß sie diesmal genau wußte, daß sie sie nicht einfach überrollen würde. Ihr war, als würde der Schmerz in ihrer Kehle beinahe unerträglich. Ihr Gesicht verzerrte sich, und sie wußte es auch. Als sie sich ins Gras fallen ließ, war ihr, als würde der unartikulierte Schrei, den sie ausstieß, sie mitten entzweireißen. Sie hörte sich selbst schreien und weinen, als lausche sie einer Fremden. Immer wieder, als könne sie sich damit von all dem ausgestandenen Schmerz befreien, rief sie: »O mein Gott! O mein Gott! O mein Gott!«

Wie ein Bach, der alles mit sich fortriß, war der Strom, der sich aus ihren Augen ergoß. Wieder befand sie sich mitten im Fluß, wieder sah sie Hop Fuller vor sich, wie ihm der Schädel eingeschlagen wurde, wie das Blut hochspritzte, wie sich ringsum alles rot verfärbte; sie rang nach Atem, keuchte, schlug um sich. Dann packten sie zwei Arme und zogen sie hoch, und eine Stimme sagte: »Nicht, nicht. Ach, Kirsten, nicht. Laß doch gut sein, Kind. Um Himmels willen! Es tut mir ja so leid. Ich sag dir doch, daß es mir leid tut. Bis auf den Grund meines Herzens tut es mir leid. Ich hab dir ja geglaubt. Hör auf, hör auf, bitte! Ich hab dir geglaubt. Damals, an jenem Tag, hab ich dir geglaubt, ehrlich. Aber ich war zu eifersüchtig, zu dickköpfig, um es dir zu sagen. Nachdem ich mich beruhigt hatte, wußte ich, daß ich ein Narr gewesen war. Es war gar nicht nötig, daß sie es mir sagten, ich wußte es. Hör doch, Kind! So hör doch! Mein Gott, führ dich nicht so auf, sonst weiß ich wirklich nicht, was ich tu. Sieh mal, ich liebe dich doch. Ich liebe dich so sehr. Deshalb habe ich es so schwer ertragen, weil ich wußte, daß ich, wenn ich nicht dich kriege, gar keine kriege. Hör zu, Kirsten, bitte, hör zu. Ich bin gestern herübergekommen, wirklich. Und zum Gutshaus gegangen. Aber dann habe ich wieder kehrtgemacht. Und dann habe ich seinen Brief bekommen. Es war Mitternacht, als man ihn mir gebracht hat. Ich hab überhaupt nicht geschlafen. Ich bin seit fünf Uhr hier, nur damit ich dich um Gottes willen nicht verpasse …« Er umarmte sie wie ein Kind. Er zog sie auf seine Knie und wiegte sie wie ein Kind, und die ganze Zeit redete er auf sie ein und breitete sein eigenes Elend vor ihr aus, um das ihre zu mindern. »Es war die Hölle daheim, das kannst du mir glauben. Keiner von Pa bis Michael hat mich auch nur eine Minute in Frieden gelassen, das hat es noch schlimmer gemacht. Dorry hat es am allerärgsten getrieben, ausgerechnet sie, wo ich doch immer ihr ein und alles war, das weißt du.« Er drehte ihr tränenüberströmtes Gesicht zu sich herum. »Weißt du auch, daß sie mich jetzt nicht ausstehen kann? Nicht mal sehen will sie mich mehr!« Er wartete offensichtlich darauf, daß sie seine Partei ergriffe, ein paar begütigende Worte für ihn fände, ihm wenigstens ein ganz, ganz kleines Lächeln schenkte. Aber alles, wozu sie in der Lage war, war weinen und zittern und nach Luft ringen.

»Ich sei ein starrköpfiger Esel, dem einfach nicht zu helfen sei, haben sie mir gestern erst gesagt. O Kirsten, Kirsten! Sag, daß du mir verzeihst. Sag es, bitte! Ich mach es wieder gut, das versprech ich dir. Mein Leben lang mach ich es wieder gut. Ich werde droben noch ein paar Räume anbauen und neue Möbel machen. Mit Pas Hilfe, der tut ja alles für dich, und er ist so geschickt in solchen Sachen, weißt du.« Er hielt inne; so viel hatte er in seinem ganzen Leben noch nicht an einem Stück geredet. Er schüttelte langsam den Kopf, blickte auf sie nieder und sagte dann ganz gebrochen: »Ich war ja ein solcher Narr, ein verdammter Narr, ein grausamer Narr. Aber von diesem Moment an will ich meine Schulden zurückzahlen. Weißt du, wohin wir jetzt fahren?« Er drückte sie an sich. »Nach Bywell zum Pfarrer.« Er wartete, aber Kirsten sagte noch immer nichts. »Wir bestellen noch heute das Aufgebot, und eine Hochzeitsfeier werden wir veranstalten, wie es sie auf ›Tarn Abode‹ seit Jahren nicht mehr gegeben hat. Unsere Verhältnisse haben sich gebessert. Ich habe vergangene Woche drei Aufträge bekommen, drei gute, ordentliche Aufträge. Ich hab mir schon gedacht, wir könnten uns eine Kuh kaufen, weißt du. Ob du's glaubst oder nicht, die da droben haben schon mit den Vorbereitungen begonnen, kann ich dir verraten. Dorry war schon in aller Frühe auf den Beinen und hat was von Spanferkel und Schweinssülze und gebratenen Gänsen gesagt – zu meiner Mutter natürlich, mit mir will sie ja nicht reden. Nicht ehe du unser Haus betrittst, sagt sie.«

Er hielt inne, sah sie an und fragte leise: » Liebst du mich noch, Kirsten?«

Liebte sie ihn noch? Was war Liebe? Dieses verwirrende, ekstatische Gefühl, das sie am Abend zuvor empfunden hatte, als das Leben seine eingefahrenen Bahnen zu verlassen und sich in nie gekannte Höhen zu schwingen schien, in denen Konrad Knutsson alles für sie bedeutete: Vater, Geliebter, Gott? Wenn er in diesem Moment zu ihr gesagt hätte: »Komm mit mir« – sie wäre mit ihm gegangen. Dann hätte sie abermals das Versprechen, das sie Miß Cartwright gegeben hatte, gebrochen und damit riskiert, von ihr umgebracht zu werden. Denn diesmal, das wußte sie, hätte Miß Cartwright nicht nur um den Gutsherrn gekämpft, sondern auch um das Kind, dieses Kind, das für sie von so großer Bedeutung geworden war. An jenem Tag, als die Fluten über Florence und Konrad zusammengeschlagen und Kirsten mit angesehen hatte, wie liebevoll die völlig verschmutzte, völlig aufgelöste Bella den Jungen gebadet hatte, war es ihr klargeworden, daß diese häßliche, hemmungs- und skrupellose Frau ihr Kind mehr liebte, als sie selbst es je getan hatte. Und dennoch: Hätte Konrad darauf bestanden, daß sie mit ihm käme, dann wäre sie auch mit ihm gegangen. Aber er hatte nicht darauf bestanden, jedenfalls nicht als Liebhaber. Sie war aus diesem Erlebnis hervorgegangen, wie eine Tochter daraus hätte hervorgehen können. Und doch liebte er sie; sie wußte, daß er sie liebte und daß sie ihn liebte.

Und nun war es Colum, der zu ihr von Liebe sprach, der sie fragte, ob sie ihn immer noch liebe. Und die Antwort, die sie ihm hierauf geben würde, würde ein bedenkenloses Ja sein, wenn sich auch gleichzeitig die Frage in ihr regte, wie sie imstande war, ihn zu lieben nach dem, was sie in der vergangenen Nacht empfunden hatte. Eine logische Erklärung dafür gab es nicht. Nur so viel war ihr klar, daß die Liebe zu Colum in ganz bedeutendem Maß die Liebe zu jenen Menschen einschloß, die ihn umgaben, zu seiner Familie. Mit ihr wünschte sie bis ans Ende ihres Lebens zusammenzusein. Und das war nur über Colum zu erlangen. Als Ausgleich dafür wollte sie ihm alles geben, was sie ihm nur zu geben vermochte, alles außer dem Geheimnis, das niemals enthüllt werden durfte. Niemals durfte sie sich derart in Sicherheit wiegen, durfte sie derart vertrauensselig sein, daß sie das Band verriet, das den Gutsherrn und sie auf immer verbinden würde: ihren Sohn und seinen Sohn, nicht weil er ihn gezeugt hatte, sondern weil er ihn liebte.

»Ja, Kirsten?«

Als sie zitternd aufschluchzte, zog Colum sie an sich und küßte sie stürmisch, leidenschaftlich und dennoch zärtlich. Dann trocknete er ihr mit dem Taschentuch behutsam die Tränen und sagte leise: »Komm jetzt, trink deinen Tee. Und dann wollen wir das Aufgebot bestellen, ohne uns allzu lange in Bywell aufzuhalten. Denn die daheim sind schon ganz versessen darauf, dich wiederzusehen.«

Und nun sagte Kirsten zögernd: »Hättest du was dagegen, Colum, wenn wir nicht gleich jetzt nach Bywell fahren würden? Weißt du, so wie ich im Moment aussehe ...«, und sie strich sich verlegen das Haar aus dem noch immer nassen Gesicht. »Wenn es dir nichts ausmacht, würde ich am liebsten direkt heimfahren.«

Colum kniete vor ihr, preßte ihre beiden Hände fest auf seine Brust und murmelte: »Wie du willst, Kind, ganz wie du willst. Wenn es dir lieber ist, fahren wir natürlich direkt heim. Auf der Stelle.«

Der einsame Mann

TEIL I – Dinner um acht

1. Das Dach

John Emmerson verlangsamte das Tempo, als er mit seinem Wagen das Ende der Straße erreichte. Obwohl es erst sechs Uhr abends und Beginn des Monats November war, schien der Frost nicht fern. Er wußte aus Erfahrung, daß die Straße beim Handley's Place naß sein würde. Auf irgendeinem Feld in der Nähe war die Quelle, die ständig die Straße überschwemmte, und man konnte nichts dagegen tun. Im letzten Jahr war er zweimal auf derselben Stelle ins Schleudern gekommen, ebenfalls Anfang November, und er wollte nicht, daß das heute noch einmal passierte. Nicht mit seiner neuen Errungenschaft, die erst eine Woche alt war. Er fuhr schon lange Rover und hatte die Modelle oft gewechselt. Doch diesmal war eine Art von Begeisterung in ihm hochgestiegen, ein Zustand – so hatte er immer geglaubt –, der nur anderen Männern und der Jugend vorbehalten war. Dieser Rover 2000 hatte irgend etwas in ihm in Schwingung gebracht. Zwar zaghaft, doch da er Emotionen nicht gewöhnt war, kam ihm diese geradezu wild vor. Die Wirkung mußte der Einnahme eines Aufputschmittels ähnlich sein. So stellte er sich das zumindest vor.

Als er in die Lime Avenue einbog, bestrahlten seine Scheinwerfer die Baumreihen. Steif und starr säumten sie den Straßenrand und verloren sich in der Ferne. Ihre Schatten zeichneten sich schwarz vor dem Abendhimmel.

Am Beginn der Straße kamen ihm zwei andere Scheinwerfer entgegen, und er wich nach rechts aus. Dann hupte er zweimal und bekam die gleiche Antwort vom anderen Wagen. Heute abend würde der Fahrer dieses Wagens zu ihnen zum Dinner kommen, und nächstes Jahr um diese Zeit würde dessen einzige Tochter seine einzige Schwiegertochter werden.

Sein Haus lag auf der anderen Seite der Straße, Nummer 74, »The Gables«, und war eine ganze Strecke von Nummer 7, »Syracuse«, entfernt. Da jedes Grundstück etwas über 1000 Quadratmeter groß war.

Er lebte nun schon zehn Jahre in der Lime Avenue. Er hatte sich das Haus geleistet, als er Seniorpartner der Firma wurde. Irgendwie schien es ihm das Kennzeichen seines Erfolges. Und das war kein geringer Erfolg, denn er hatte immerhin Ratcliff, Arnold & Baker ausgezahlt. Nun gehörte ihm als führender Anwalt der Stadt Ratcliff, Arnold & Baker. Dieser Zustand würde sich auch nicht ändern, wenn Arnold Ransome ihm auszahlen würde. Der Juniorpartner Boyd hatte noch einen langen Weg hinter sich zu bringen, bis er zum Ziel kam.

Er bog in die Einfahrt ein, fuhr um eine Kurve und hielt vor seiner Eingangstüre. Ann hatte vergessen, das Licht anzuschalten. Sie hatte die Angewohnheit, in kleinen Dingen zu sparen und in großen Dingen verschwenderisch zu sein. In zwei Stunden würde nämlich das ganze Haus erleuchtet sein, um die Familie Wilcox zu empfangen. Ihre liebe Freundin May, ihre zukünftige Schwiegertochter Valerie und den Sproß des hiesigen Richters, James. Dinner um acht, dieselbe alte Sitte, dieselbe Besetzung.

Er stieg aus und steckte den Schlüssel in das Schloß der schweren Eichentüre zur Vorhalle. Bevor er sich umdrehte, um sie zu schließen, schaltete er die Beleuchtung ein. Als er die große Halle erreicht hatte, knipste er auch dort die Lampen an. Die orangefarbenen Schirme der Wandleuchter gaben den weißen Wänden einen warmen Ton. Er konnte die weißen Wände in der Nacht ertragen, doch am Tag machte ihre Nacktheit ihn nervös. Vor etwa zwei Jahren hatte Ann ihre Vorliebe für die Kargheit entdeckt. Die Diele war weiß geworden, das Eßzimmer hellgrau, das Treppenhaus weiß, ihr Schlafzimmer blaßlila und weiß. Er hatte den Angriff auf sein eigenes Zimmer abgewehrt, doch er hatte es sanft getan. Wie immer, wenn er es mit Ann zu tun hatte, und mit jedem anderen auch, aber besonders mit seiner Frau. Daher war sein Raum grün geblieben, und es war der einzige Raum, der ihm nicht die Tränen in die Augen trieb, wenn er sich umschaute.

Er ging in die Garderobe und hängte Hut und Mantel auf. Nachdem er sich die Hände gewaschen hatte, beugte er seinen großen schweren Körper zum Spiegel hinunter, befeuchtete zwei Finger und strich an beiden Seiten der Ohren übers Haar. Dann blickte er sich an, wie es seine Gewohnheit war. Die blauen Augen, die ihn anschauten, sahen wäßrig und müde aus. Er fuhr mit dem Zeigefinger und Daumen an seiner langen Nase herab und rieb sich dann eine Stelle über der Oberlippe. Die Bewegungen seiner Finger schienen wie die eines Mannes, der sich über den Schnurrbart strich, obwohl er sorgfältig rasiert war. Dies waren unbewußte Handlungen, die er jeden Tag vollzog und nicht mehr zur Kenntnis nahm. Zu allerletzt fuhr er mit einer Hand in sein dichtes, graues Haar.

Dann zog er seine Weste zurecht, kehrte zurück in die Halle und wollte gerade die Treppe hinaufgehen, als er die Stimme seiner Frau aus der Küche hörte. Nach kurzem Zögern wandte er sich um, ging auf die Tür zu und öffnete sie.

Seine Frau stand am Tisch. Ihr Haar war mit einem hellblauen Chiffonschal hochgebunden, und sie trug über einem langen Hauskleid eine Küchenschürze. Als er eintrat, schaute sie hoch und lächelte, während sie sagte: »Da bist du ja, mein Lieber. Du bist aber früh dran.«

»Ja, ja. Der Fall hat nicht so lang gedauert, wie wir gedacht haben. Ich bin direkt von Newcastle hierhergekommen ... Aber, was sehe ich, ihr seid ja wirklich tüchtig!« Er rieb die Hände gegeneinander und lächelte sein gehemmtes Lächeln, als er sich der Frau zuwandte, die am Herd stand. »Nein wirklich, Mrs. Stringer, das riecht ja hervorragend hier. Was zaubern Sie uns denn heute abend wieder auf den Tisch?«

Wenn er in der Küche mit Mrs. Stringer sprach, war er immer herzlich. Er hatte das Gefühl, daß man es von ihm erwartete. Sozusagen als Anerkennung für geleistete Dienste, und es freute Ann, denn sie sagte immer, sie wüßte nicht, was sie ohne Mrs. Stringer tun sollte. Trotzdem kam er sich wie ein Tölpel vor, wenn er sich so benahm.

Mrs. Stringer sprach immer in gehetztem Stakkato. »Aber nicht doch, Sir«, wehrte sie ab. »Ich hab ja fast gar nichts getan, das war alles Ihre Gattin. Sie wird heute abend todmüde sein. Sie sollte jetzt wirklich ein Bad nehmen und sich hinlegen ... Ja, das hab ich ihr gesagt.«

»Ja, wirklich. Ein vernünftiger Rat. Was ist damit?« Er blickte zu seiner Frau, und als sie nicht antwortete, blieb er verlegen stehen und starrte sie an. Ja, Ann konnte so etwas tun, sich einfach weigern zu antworten. Sie konnte sich in ihr Schweigen einmauern, und es schien sie überhaupt nicht zu stören. Nein, das stimmte nicht, es störte sie. Er konnte beinahe fühlen, wie ihre Nerven zitterten. Während er sie weiter anstarrte, mußte er feststellen, daß sie immer noch gut aussah. Trotz allem hatte sie ihr gutes Aussehen bewahrt – und ihre gute Haltung. Sie war groß und schlank, so schlank, daß ihre Kleider immer wirkten wie bei einem Mannequin. Auch ihr Gesicht hatte sich kaum verändert, seit er sie kennengelernt hatte, bis auf den Mund, der sich an den Mundwinkeln jetzt sichtbar senkte. Doch ihr Teint war immer noch so makellos wie bei einem jungen Mädchen. Dabei war sie dieses Jahr fünfundvierzig geworden. Arme Ann. Doch nach diesem Gedanken und dem Mitleid, das er auslöste, gab er sich einen Ruck.

Als er sich abwandte, weil er nicht mehr wußte, was er sagen sollte, unterbrach sie ihr angestrengtes Schweigen: »Warte einen Augenblick, ich komme gleich.« Als sie ihre Schürze auszog und Mrs. Stringer sie ihr abnahm, sagte die Frau: »So ist's recht, Madam. So ist's recht.«

Er trat beiseite und öffnete die Türe für sie, dann folgte er ihr in die weiträumige Wohnhalle.

Im Kamin, dessen Abzug sich wie ein Trichter in den Raum schob, brannte ein Holzfeuer. Er hielt diesen Raum für besonders geglückt und nahm an, daß es in der ganzen Stadt keine elegantere Wohnhalle gab. Das müßte auch so sein, denn die Einrichtung hatte ihn eine erkleckliche Summe gekostet. Der neue Teakholzboden leuchtete rötlich bis ins Eßzimmer hinein, dessen Schiebetüren jetzt offen standen. Er sah, daß der lange Eßtisch mit Glas und Silber geschmückt war. Hinter dem Tisch verbargen mattgoldene Samtvorhänge die eine Wand vollständig, und in der Halle selbst teilten die Vorhänge die weite Fläche der Wand in drei Teile. Wenn es in ihm überhaupt eine Gefühlsregung gab, die stark genug war, um Haß genannt zu werden, dann konnte er sagen, daß er diesen Raum haßte.

Er blickte sie jetzt an, während er sagte: »Möchtest du einen Drink haben?« Seine Stimme, die nun nicht mehr herzlich war, klang zögernd.

»Nein. Nein danke.« Sie machte eine fahrige Geste. Dann setzte sie sich auf die Couch, lehnte den Kopf zurück und sagte plötzlich: »Ja, doch, ich glaube, ich möchte doch einen haben. Aber bitte nur einen kleinen.«

Er ging ins Eßzimmer, am Tisch vorbei, auf ein Eckbüfett zu, das aus massiver Eiche gezimmert war. Das Innere des Büfetts barg funkelnde Gläser und Unmengen von Flaschen. Die Anzahl der Flaschen reichte in drei Etagen vom Boden bis in seine Kopfhöhe. Die Gläser standen darüber, nach Größen und Sorten geordnet, jede Sorte auf einem eigenen Regal. Er nahm zwei heraus und stellt sie auf einen Teewagen. Dann nahm er eine Flasche Sherry, füllte die Gläser und kehrte zurück zum Couchtisch. Er reichte ihr eines der Gläser, nahm seines mit an den Kamin, und wieder entstand das verlegene Schweigen zwischen ihnen. Nach dem zweiten Schluck fragte er mit ruhiger Stimme: »Was werden wir heute abend essen?« Es war ihm ziemlich gleich, was sie aßen, denn das Essen interessierte ihn nicht besonders. Er mußte sich schon seit längerer Zeit in acht nehmen, damit sein Bauch nicht zu dick wurde. Doch da sie sich immer viel Mühe gab, neue Menüs für ihre Dinner auszudenken, hatte er das Gefühl, er müsse sein Interesse für das Essen bekunden.

»Ach, nichts Besonderes.« Sie schüttelte den Kopf. »Seezunge mit Weißweinsauce, Ananasschinken und Apfelhasen mit den üblichen Beilagen, und dann französische Pfirsiche.«

Nichts Besonderes, hatte sie gesagt. Dabei würde es sicher sechs verschiedene Arten von Gemüse geben und eine Sauce mit allem drum und dran, passende Weine zu den einzelnen Gerichten und eine Platte mit acht verschiedenen Käsesorten. Nichts Besonderes! Und das alles für die Wilcox, die sie mindestens jeden zweiten Tag sah!

Die Wilcox waren schon seit vielen Jahren mit ihr befreundet und stammten noch aus der Zeit, bevor er sie kannte. Sie und May Wilcox waren zusammen zur Schule gegangen und waren seitdem unzertrennlich, doch zwischen ihnen fand ein ständiger Kampf um den gesellschaftlichen Vorrang statt, und diese kleinen Dinner gehörten zu diesem Kampf. Nichts Besonderes! Wenn Mays Dinner mit Shrimp-Cocktails oder Hors d'œuvres begannen, konnte man sicher sein, daß in seinem Haus solche Dinge sicherlich auf Monate hinaus vom Tisch verbannt wurden.

In diesem versteckten und affektierten Kampf war seine Frau – das wußte John – immer die Gewinnerin gewesen, ganz gleich, ob es sich um die Vorbereitung eines Essens, die Organisation von offiziellen Frühstücken oder den Vorsitz eines Komitees handelte. Das hatte sich ergeben, als James Wilcox, der in der Firma von Baxter und Morton untergeordneter Sachbearbeiter war, seinen eigenen Betrieb gegründet hatte. Das gelang ihm dank des unerwarteten Todes seines Schwiegervaters, eines Witwers mit beträchtlichem Vermögen. Da man May Wilcox nun nicht mehr so ohne weiteres taktvoll unterstützen konnte, war dieser Kampf unter gleichen Voraussetzungen zustande gekommen.

Doch John war zu der Ansicht gekommen, daß dieser Kampf ein Ende nehmen mußte, denn er betraf nicht mehr nur die Dinner, sondern auch die Innendekoration, und er hatte das bestimmte Gefühl, daß die nächsten Kampfwaffen dann die Nerzmäntel werden würden. Trotzdem wußte er, daß es nicht so ganz einfach sein würde, sein Ziel zu erreichen, denn es war ihm nur zu klar, daß er ihr das einmal gewählte Betätigungsfeld nicht zu weit einschränken durfte.

Während er sein Glas leerte, kam aus der Halle der Ton eines tiefen Lachens, eines kehligen, vergnügten Lachens. John beobachtete aufmerksam seine Frau. Einst hatte ihr Gesicht sich erhellt, wenn sie dieses Lachen gehört hatte. Es war so, als ob in ihren Augen ein Licht angeknipst würde, doch seit das Hochzeitsdatum ihres einzigen Sohnes mit der Tochter ihrer Freundin festgesetzt war, war dieses Licht erloschen. Sie hätte überglücklich sein sollen, daß ihr Sohn und die Tochter ihrer liebsten Freundin die Freundschaft ihrer Eltern zementieren würden, aber das war nicht der Fall. Sie hatte es ihm gegenüber nie zugegeben, doch er wußte genau, daß sie ihre zukünftige Schwiegertochter nicht mochte. Doch würde sie irgendein anderes Mädchen mögen, das ihr den Menschen nehmen würde, der ihr Leben überhaupt erträglich gemacht hatte?

Als Laurence Emmerson hereinkam, lachte er immer noch. »Hallo, ihr beiden«, sagte er. Er schloß seinen Vater in die Begrüßung ein, doch nur ganz am Rande. Dann fuhr er ohne Pause fort: »Stringy ist unbezahlbar, die läßt nichts auf dich kommen. ›Niemand macht so einen guten Ananasschinken wie die Madam‹, hat sie gesagt.« Er grinste. »»Sie wollen doch nicht etwa behaupten, daß meine zukünftige Schwiegermutter keine gute Köchin ist?‹ habe ich gesagt. ›Ich will gar nichts behaupten, ich habe Ihnen das nur gesagt.‹«

Er lachte schallend, während er sich neben seiner Mutter auf die Couch fallen ließ. Er legte den Arm um sie und gab ihr einen Kuß und sagte, immer noch fröhlich: »Wie geht es dir?«

»Oh, danke.« Sie blickte ihn an.

»Müde?«

»Nur ein bißchen. Ein heißes Bad wird alles wieder in Ordnung bringen.«

Er drehte den Kopf und blickte zum Eßzimmer hinüber. »Sieht ja toll aus.« Dann blickte er sie noch einmal an, zärtlich und besorgt. »Du bist müde«, sagte er. »Geh jetzt hinauf und ruh dich etwas aus. Du hast noch gute anderthalb Stunden. Los, ab mit dir.«

Er stupste sie leicht an, doch sie rührte sich nicht. Statt dessen verließ sein Vater den Raum. Laurence sah ihm nach, blickte auf die sich leise schließende Tür, seufzte und lehnte seinen Kopf an den seiner Mutter.

Er konnte sich immer erst richtig entspannen, wenn sein Vater nicht in der Nähe war, obwohl seine Gegenwart ihn jetzt nicht mehr so störte wie früher. Er war zu der Erkenntnis gekommen, daß es gar nichts gab, was einem bei diesem Vater irritieren mußte. Er war viel zu farblos, zu fad und – zu schlapp. Ja, das war das richtige Wort, um seinen Vater zu charakterisieren. Es war schwer zu begreifen, daß ein so großer Mann so wenig Eindruck auf andere machen konnte. Trotzdem sagte man, daß er vor Gericht gut sei, daß er gut reden könne. Es war ein Jammer, daß er von seiner juristischen Wendigkeit zu Hause keinen Gebrauch machte, denn dann wäre das Leben für seine Mutter bedeutend interessanter. Es war ihm wirklich ein Rätsel, wie sie es so lange mit ihm ausgehalten hatte. Seine massige Gestalt, seine sanfte Stimme und dieses lautlose Lachen. Weshalb lachte er denn nicht, lachte nicht wirklich? Es war merkwürdig, aber er hatte seinen Vater noch nie wirklich laut lachen hören.

Er nahm ihre Hand, die wie wartend neben seiner lag, und seine Mutter fragte ihn, ohne sich zu bewegen: »Wie war denn dein Tag heute?« Sie saß mit geschlossenen Augen neben ihm.

»Ach, wie immer … Weißt du, unter uns gesagt ist der alte Wilcox ein ekelhafter Wichtigtuer. Er macht mich ganz krank.«

»Schsch!«

»Ach was, es kann uns ja niemand hören.«

»Das spielt keine Rolle. Wenn du es auch denkst, solltest du es nicht sagen.«

Sie machte eine nervöse Handbewegung.

»Es ist ein Jammer, daß du überhaupt bei ihm arbeitest. Aber damals wußtest du ja nicht, daß er mal dein Schwiegervater werden würde. Vielleicht hättest du doch Jura studieren sollen.«

»Nein, nein!« Seine Stimme wurde auf einmal rauh. »Nein, Jura kommt für mich nicht in Frage.«

Sie schwieg eine Weile. Es war, als ob er erklärt hätte: ›Was? So sein wie mein Vater?‹

Wieder bewegte sie unruhig die Hand. »Wenn du erst mal verheiratet bist, könnte er dir eine Partnerschaft anbieten.«

»Darauf verlaß ich mich nicht. Wenn er an so etwas dächte, hätte er es mir längst gesagt. Nein, der spielt gern den Leithund und liebt es, wenn eine Menge kleiner Hunde hinter ihm herläuft.«

»Schsch!!«

»Sag doch nicht immer ›Schsch!‹« Er drückte ihre Hand und sie lachten beide.

»Weiß Valerie denn, was du von ihm denkst?«

»Ich glaube ja.«

»Er hat sie sehr gern. Wenn du erst verheiratet bist, wird sie ihn vielleicht dazu überreden, dir …«

»Oh, nein, das wird sie nicht tun.« Er setzte sich auf und blickte sie an. »Schau, ich möchte keine Gunst durch meine Frau. Vergiß nicht, daß der alte Wilcox seine jetzige Stellung im Leben nur der Gunst seiner Frau zu verdanken hat, und das läßt sie ihn nie vergessen.«

»Ach, Laurie, sei doch nicht so töricht. Und paß auf, daß du May nicht immer ›Mama Wilcox‹ nennst. Eines Tages plapperst du es mal hinaus, ohne daran zu denken.«

»Oh ja, das wäre wirklich schlimm. Nein, ich bin nicht töricht, und du weißt es auch ganz genau. Er ist der große Boß im Büro, doch darüber hinaus … Oh je! Wer hat denn zu Hause die Hosen an, und wer sitzt auf dem Portemonnaie? Ich weiß es doch genau, liebe Mama.« Er nickte ihr zu und grinste. »Doch wie es auch sei«, er stand langsam auf, »es gibt auch andere Jobs. Wenn er bis zum nächsten Jahr nicht mit einem Angebot herauskommt, kann ich mich immer noch verändern.«

»Du wirst doch nicht … du wirst doch nicht die Stadt verlassen?«

Er blickte sie an, wie sie auf dem Rand der Couch saß und ihn ängstlich anstarrte. Da streckte er seine Hand aus und berührte sanft ihre Wange. »Nein, hab keine Sorge, ich werde nicht weit weg gehen. Immerhin gibt es in dieser Stadt mindestens vier andere Steuerkanzleien. Außerdem könnte ich mich ja auch selbständig machen. Ich brauche bloß einige Klienten abzuwerben und mein eigenes Büro zu mieten.«

Sie senkte den Blick, als ob sie sich schämte.

»Los jetzt.« Seine Stimme klang munter. »Hinauf mit dir, bevor du dich ins Kampfgetümmel stürzt.«

Er hatte immer noch ihre Hand gefaßt, als sie in die Halle kamen. Dort sah er seinen Vater, wie er gerade mit einem Aktenköfferchen hinausgehen wollte.

»Ich ... ich geh schnell noch ins Büro.«

John blickte Ann an, und sie blickte hinauf zur Wand am ersten Treppenabsatz, an der eine reichverzierte Uhr hing. »Es ist zwanzig vor sieben«, stellte sie kühl fest.

»Ich werde nicht länger als eine halbe Stunde brauchen. Ich möchte einige Papiere holen. Der Fall ist heute zu Ende gebracht worden. Und ich ... ich möchte alles ordnen.«

»Sie werden gegen Viertel vor acht hier sein.«

»Oh, ich bin lange vorher wieder hier.«

»Du bist noch nicht mal umgezogen.« Sie musterte ihn von oben bis unten.

»Ich werde es kurz machen. Eine halbe Stunde, nicht länger. Ich bin rechtzeitig zurück.«

Als er aus der Tür hinaus und in die Vorhalle ging, wußte er, daß sie ihn beide beobachteten. Er stieg in den Wagen und fuhr über die Einfahrt auf die Straße. Auf die eventuell eisigen Stellen achtete er nicht mehr.

Nachdem er über einige Nebenstraßen die Hauptstraße erreicht hatte, fuhr er am Park und an Brampton Hill vorbei. Dieser Hügel mit seinen vornehmen alten Villen bedeutete nicht mehr als ein Relikt früherer Zeiten, eine Fundgrube für Bauspekulanten, die miteinander wetteiferten, wer mehr Appartements aus einem Haus herausbringen konnte. Er kam an der Altstadt vorbei, an Bog's End, an dem neuerbauten Stadtteil mit seinem häßlichen Einkaufszentrum; er querte die Hauptbrücke, die den Strom überspannte, und kam schließlich zu den Greystone Buildings. Die Greystone Buildings bestanden aus fünf vierstöckigen Häusern. Sie waren im Jahr 1874 von einem Mann namens Arthur Greystone gebaut worden, ursprünglich als Wohnhäuser für gutgestellte Bürger, die in Newcastle arbeiteten und es sich leisten konnten, dort mit der Kutsche hinzufahren. Das einzige Überbleibsel aus dieser glanzvollen Vergangenheit waren die Wagenschuppen auf der Rückseite, die nun ausgezeichnete Garagen abgaben. Vier der Häuser waren für

Bürozwecke eingerichtet worden und nur noch eines, Nummer zehn, war ein Wohnhaus, das in vier Appartements aufgeteilt war.

Johns Büro war in Nummer acht untergebracht, und er fühlte sich dort heimischer als in »The Gables«, 74 Lime Avenue.

Seine Finger zitterten, als er den Schlüssel in das Yaleschloß steckte. Die Halle, in die er trat, unterschied sich nicht von den anderer Hallen, die zu Anwaltskanzleien führten. Sie war völlig kahl, bis auf ein Eichenbrett mit Namenslisten, das an einer Wand hing. Auch das Licht war ebenso trüb wie anderswo. Er ging die Treppe mit ihren Messingkanten hinauf, vorbei an der Türe, auf der »Auskunft« stand, dann eine weitere Treppe hinauf, an zwei Türen vorbei, welche die Schilder »J. A. Ransome« und »M. O. Boyd« trugen, und dann über eine dritte Treppenflucht zum obersten Stock.

Dort befanden sich drei Türen. Eine trug seinen Namen, eine zweite führte zu einem Lagerraum und die dritte zu einer antiquierten Toilette mit einem ebenso antiquierten Waschbecken.

Als junger Mann war er in diesen obersten Stock gesetzt worden und hatte zusammen mit zwei anderen Angestellten den einen kalten Raum geteilt. Als er dann im Laufe der Jahre befördert wurde und die Mitarbeiter die Zimmer wechselten, hatte er darum gebeten, im dritten Stock bleiben zu dürfen. An dieser Bitte war damals nichts Ungewöhnliches gewesen, denn er war immer noch nicht besonders wichtig. Aber jetzt, als Leiter der Firma, hätte er einen Raum im Stock darunter beziehen müssen. Den Raum, den sein Juniorpartner hatte. Doch er zog es vor, hier oben zu bleiben. Das wurde als merkwürdig angesehen und darüber hinaus auch als ungünstig für die Firma. Einflußreiche Kunden waren an Lifts gewöhnt, und in den Greystone Buildings gab es keine Lifts und würde es auch niemals welche geben.

Trotzdem stiegen die Leute die Treppe zum obersten Stock hinauf, und das Geschäft ging so gut, daß er manchmal Arbeit an seine weniger glücklichen Kollegen in der Stadt weitergab.

Der Raum, in den er trat, war durch Zentralheizung gewärmt. Er sah nach dem aus, was er war – ein Büro, aber ein sehr gemütliches. Es hatte einen großen Teppich auf dem Boden, vier große Lehnsessel und einen großen Mahagonistuhl. Eine der Wände wurde von einem hohen Bücherschrank mit Glastüren eingenommen. An den restlichen hingen alte Jagd- und Pferdestiche, doch manche so verblaßt, daß man kaum erkennen konnte, was dargestellt war. Er knipste die Bronzelampe auf dem Schreibtisch an, dann ging er zur Türe und löschte die Deckenbeleuchtung.

Nachdem das erledigt war, ließ er sich langsam auf einen der Sessel nieder, bedeckte sein Gesicht mit beiden Händen und blieb völlig regungslos sitzen. Er hätte nicht hierherfahren sollen. Noch dazu mit so wenig freier Zeit. Doch er hatte das Gefühl, er wäre wahnsinnig geworden, wenn er zu Hause geblieben wäre. Nach dem Umziehen hätte er nicht einfach in seinem Zimmer bleiben können, bis die anderen da waren. Also wäre er nach unten gegangen, und dort hätten sie gesessen, die beiden, hätten sich an der Hand gehalten, miteinander gelacht oder über seinen Kopf hinweg unterhalten. Er konnte es nicht länger ertragen, er würde wahnsinnig werden. Konnte es besser werden, wenn Laurie erst einmal verheiratet wäre und nicht mehr zu Hause wohnen würde? Nein, dann würde es vermutlich noch schlimmer. Denn er würde ihre Verzweiflung spüren und könnte nichts tun, um sie zu lindern.

Er hätte heute jedoch nicht hierherkommen sollen. Er wußte, welchen Wert sie auf dieses Dinner legte. Mehr verlangte sie nicht von ihm, als da zu sein und oben am Tisch zu sitzen, wenn sie ihre Essen gab. Er wußte auch, daß sie ihm auf ihre Weise dankbar war, wenn er lächelte, Konversation machte und sich allgemein von seiner besten Seite gab. Er versuchte auch immer ihr zu gefallen, denn er wußte genau, daß es eine Angst in ihrem Leben gab: es könne jemand erfahren, wie es in Wirklichkeit um sie beide stand.

Er war davon überzeugt, daß selbst May Wilcox nicht wußte, wie ihr gemeinsames Leben in Wirklichkeit ablief. Die Wilcox hielten ihn für nichts anderes als einen ruhigen reservierten Mann. Sprach Laurie jemals mit Valerie über die Situation zu Hause, eine Situation, die sich nicht geändert hatte, seit er ein kleines Kind war? Nein. Das konnte er sich nicht vorstellen, Laurie würde mit niemandem außer mit seiner Mutter darüber sprechen, noch nicht einmal mit seiner zukünftigen Frau. Auf jeden Fall würde er ihr nichts sagen, das sie dazu veranlassen könnte, hinter die Fassade ihrer Mutter zu dringen, dieser Fassade der Wohlerzogenheit, Kultiviertheit und Gewandtheit, hinter der man jede unerträgliche Situation verbergen konnte. Instinktiv wußte er, daß sein Sohn ebensogut wie sie selbst bestrebt war, das Image seiner Mutter zu wahren.

Doch er mußte jetzt nach Hause zurück. Weshalb um alles in

der Welt war er ausgerechnet heute hierhergekommen? Er würde die Papiere, die er brauchte, mitnehmen und dann etwas arbeiten, wenn sie alle gegangen waren.

Seine Hand fiel auf die Armlehne des Sessels, und er wollte sich aufrichten. Doch da hielt er inne, das eine Bein ausgestreckt, die Schulter nach vorn gekehrt. Er legte seine eine Hand an die Rippen, und während er versuchte, ruhig durchzuatmen, fragte er sich, wie lange es jetzt her war, daß er einen Anfall gehabt hatte. Vielleicht zwei Monate. Doch diesmal konnte es eine Magenverstimmung sein, vielleicht war das Essen zu schwer gewesen. Er würde hinuntergehen und frische Luft schnappen, denn das tat ihm immer gut. Aber er konnte in diesem Zustand keinen Wagen lenken. Steh auf, steh auf, mahnte er sich selbst. Mach langsam, doch steh auf. Er hatte seinen Mantel nicht ausgezogen, nur seinen Hut abgelegt. Doch er ließ ihn liegen und knipste auch die Schreibtischlampe nicht aus, als er sich mühsam aufgerichtet hatte.

Auf dem Korridor steckte er schwerfällig den Schlüssel von außen ins Schloß, ließ das Schlüsseletui in die Manteltasche gleiten und ging auf die Treppe zu. Die Beleuchtung war so gut, daß er jede einzelne Stufe erkennen konnte, bis hinunter zum nächsten Treppenabsatz. Doch als er die Hände auf das Geländer legte, merkte er, daß ihm schwindelig wurde. Er schloß die Augen, ging zurück zu seiner Türe und lehnte sich eine Weile dagegen. Sein Atem kam rasselnd und stoßweise. Er brauchte frische Luft, unbedingt. Das Dach. Weshalb hatte er nicht schon früher daran gedacht? Natürlich, das Dach. Er ging langsam an der Tür des Lagerraums und an der Toilette vorbei, auf acht Stufen zu, die an der Ecke des Ganges lagen und zu einer Dachluke führten. Er mußte sich bloß auf die unterste Stufe stellen und den Riegel öffnen, der den Glasrahmen sicherte. Mit größter Anstrengung gelang es ihm, den Verschluß zu lösen, und als er auf der zweiten Stufe stand, drückte sein Kopf den Fensterrahmen nach oben. Er kippte mit dem Oberkörper aufs Dach und rang gierig nach Luft. Dankbar merkte er, daß seine Kräfte wiederkehrten, und er schob sich auf das flache Dach hinaus. Das war schon besser, viel besser.

Er kannte das Dach so gut wie den Raum darunter, denn es war lange Jahre für ihn eine Art geheimer Schlupfwinkel gewesen. Im Sommer hatte er sich hier einen Klappstuhl hingestellt. Er saß dann mit dem Rücken zum Kamin und konnte über die Stadt hinweg auf den Fluß blicken und hinüber zum Moor, zu der Gegend, die noch nicht durch Wohnbauten verdorben war. Er hielt diesen Blick vom Dach für einen der schönsten.

Er lehnte sich einen Augenblick mit dem Rücken gegen die Kaminbrüstung, bevor er zu der niedrigen Steinmauer hinüberging, der einzigen Grenze zwischen den anderen Häusern. Er kauerte sich darauf und stützte den Kopf in die Hände.

Es fegte hier oben ein rauher, eisiger Wind, was ihn aber nicht störte, denn ihm war heiß. Er spürte, wie der kalte Schweiß unter seinem Hemd den Körper hinunterrann.

Von irgendwoher hörte er ein gedämpftes Geräusch, ein seltsames Geräusch, wie von lachenden, singenden jungen Leuten. Es kam sicher aus einer der Wohnungen. Ja, diese Wohnungen! Die ganzen Jahre hindurch, in der Zeit, in der er auf dem Dach saß, hatte er kaum einen Menschen erblickt. Bis dann durch den warmen Sommer vor einigen Jahren seine Angestellten entdeckten, daß das Gebäude ein begehbares Dach hatte – ebenso wie die Büros von Wallace & Pringle und die Großhandelsfirma von Nr. 1.

Er hätte sich gern hingelegt, doch er mußte jetzt zurück nach Hause. Er könnte allerdings einfach die ganze Nacht hier bleiben. Würde das eine Rolle spielen? Nein. Nein, überhaupt keine. Es wäre das beste, was ihm passieren könnte. Und wenn man ihn fände, könnte man nicht behaupten, daß er sich etwas antun hätte wollen, oder? Nicht wie das letzte Mal. Er war müde, o, er war so schrecklich müde von allem.

Er hörte wieder die Musik und das Lachen. Es war immer noch fern und gedämpft. Doch dann, als ob jemand das Radio voll aufgedreht hätte, schrie eine Stimme über seinem Kopf: »Liebe mich, liebe mich oder ich sterbe.«

Er glitt an der niedrigen Mauer hinab und lehnte seinen Kopf gegen die Brüstung. Während er das tat, hörte er eine Kinderstimme rufen: »Mann! Mann!«

Sein Denken war wie ein leerer Raum, als ob sein Herz aufgehört hätte zu schlagen und er gestorben sei. Dann fühlte er, wie jemand seinen Kopf hob, und er hörte, wie aus weiter Entfernung eine Stimme, die sagte: »Ist er tot?«

Dann hörte er einige andere Stimmen, die um ihn herum auf- und abfluteten, und er versuchte, sich zu den Stimmen Gesichter vorzustellen. Er reagierte sehr empfindlich auf Stimmen. Wenn er

Klienten zum erstenmal sah und sie den Mund öffneten, konnte er sie gleich beurteilen, und er irrte sich nur selten.

»Ist er tot?«

»Nein, nein. Aber geh jetzt aus dem Weg.«

»Ich hab seine Hand gesehen, Mam, im Treppenlicht, wie sie über die Mauer hing. Oh Gott, war das gruselig!«

»Sei jetzt ruhig, Pat, und geh hinunter. Kannst du ihn auf die Beine stellen, Ted?«

»Er ist sehr groß, aber ich werd es versuchen ... Nein, das hat so keinen Zweck. Ich kann ihn nicht allein über die Mauer heben. Was ist denn mit dem alten Locket? Ruf ihn doch mal herbei.«

»Nein, der würde vor Schreck einen Herzanfall bekommen. Außerdem könnte er sowieso nicht hier heraufkommen. Wir müssen es zusammen versuchen.«

»Warte mal, ich glaube, er kommt wieder zu sich.«

»Wie fühlen Sie sich?« Es war eine weiche, warme Stimme. Er öffnete die Augen und flüsterte zu der dunklen Gestalt: »Besser, vielen Dank.«

»Meinen Sie, Sie können aufstehen? Wir helfen Ihnen.«

»Danke.«

Sie setzten ihn auf die Mauer, und es war die Frau, die seine Beine anhob, eins nach dem anderen, bis sie ihn über die niedrige Brüstung gebracht hatten. Der Mann ging langsam rückwärts die Stufen hinab, ganz ähnlich wie die, die John zuvor von seinem eigenen Treppenabsatz hinaufgekommen war, und die Frau hielt ihn fest an den Schultern, um ihn von oben her zu stützen.

Er schwankte und blinzelte, während sie ihn über den Treppenabsatz in ein Zimmer brachten, in dem eine Menge Menschen waren. Jedenfalls kam ihm das, benommen wie er war, so vor.

Sie legten ihn hin, und die Frau lockerte seine Krawatte und seinen Kragen. Es waren Jahre vergangen, seit jemand seinen Hals berührt hatte. Er schämte sich und wehrte sich ein wenig. Nun waren die Stimmen wieder zu hören, diesmal sanfter und leiser, und jede ganz anders. Bilder entstanden vor seinem inneren Auge.

»Oh, der sieht schlecht aus.« Das war eine alte Stimme, eine schwerfällige, nordenglische Stimme, eine Arbeiterstimme. »Schätze, der kann jede Minute hinübergehen.«

»Red doch keinen Unsinn, Bill. Was ist, wenn er dich hört?« Eine andere schwerfällige Stimme, die einer Frau, aber sehr freundlich.

»Glaubst du, wir können ihm einen Schluck Brandy geben, Ted?«

Das war die Stimme, die er zuerst gehört hatte. Er hätte am liebsten seine Augen geöffnet, um zu sehen, wie die dazugehörige Frau aussah.

»Ich glaube nicht, daß es ihm schaden würde. Natürlich hängt es davon ab, was ihm fehlt. Ich glaube, wir sollten einen Arzt holen.« Dies sagte eine bestimmte, knappe Stimme. Auch nordenglisch, doch anders als die von dem anderen Mann. Es war eine Stimme, der man anhörte, daß der Mann gewohnt war zu reden.

»Oh, den kenne ich.« Der erstaunte Ausruf veranlaßte ihn, kurz die Augen aufzumachen. »Das ist Mr. Emmerson, der Anwalt von nebenan. Ich hab euch doch gesagt, daß die Tochter von meinen Leuten, Miss Valerie, seinen Sohn heiraten wird. Du erinnerst dich doch daran, Cissie, daß ich dir von der Verlobung erzählt habe!«

Die Stimme war hoch und aufgeregt, und sich brachte ihn wieder zu sich. Er öffnete die Augen und blickte die Gesichter an, die um ihn herum waren. Sie waren alle etwas verschwommen, doch er wußte, daß das Gesicht, das ihm am nächsten war, zu der Frau mit der netten Stimme gehörte. Sie schien noch nicht ganz Frau, doch auch kein junges Mädchen mehr. Neben ihr stand ein schlanker, eleganter Mann. Er war derjenige, der ihm die Stufen hinabgeholfen hatte und besaß die Stimme, die Übung verriet. Am Ende der Couch stand ein altes Paar. Wahrscheinlich waren es die mit den nordenglischen Stimmen. Neben ihnen standen zwei andere Frauen. Die schmale, kleine Frau lächelte ihn an. Er hatte das Gefühl, daß sie es war, die ihn kannte. Ihre Begleiterin war ebenfalls klein, doch sehr dick. Daneben stand ein Junge. Er war dünn und schmächtig, hatte strohblonde Haare und war etwa neun Jahre alt.

»Geht es Ihnen jetzt besser?«

»Ja. Ja, vielen Dank.« Er schaute in zwei warme, dunkelbraune Augen in einem ovalen Gesicht, das von glattem blondem Haar umrahmt war.

»Möchten Sie vielleicht einen Schluck Brandy haben?«

»Danke ... ja, bitte.«

Niemand sagte ein Wort, bis man ihm den Brandy gebracht hatte. Als er versuchte zu trinken, rann die Flüssigkeit an seinem Kinn herab und tropfte auf sein Hemd.

»Trinken Sie alles aus, es wird Ihnen guttun.« Sie stützte seinen Kopf, um ihm das Trinken zu erleichtern.

Es dauerte nicht lange, da fühlte er sich schon viel besser und stärker. Sein Herz raste nicht mehr so schnell, obwohl es immer noch laut klopfte.

»Warten Sie, ich legen Ihnen ein Kissen unter den Kopf.«

Sie schob ihm ein Kissen unter und fragte dann: »Soll ich Ihren Arzt rufen?«

»Nein, nein, vielen Dank. Ich ... es wird mir bald besser gehen. Es ist mir sehr unangenehm ...«

»Aber, seien Sie doch nicht ...« Er hatte das Gefühl, daß sie hinzufügen wollte: »so dumm«, doch sie unterbrach sich und tauschte es mit »beunruhigt«. »Sie brauchen sich wirklich nicht zu beunruhigen ...« Dann setzte sie sich auf den Rand der Couch, neben seine Beine, beugte sich zu ihm vor und fragte sanft: »Soll ich bei Ihnen zu Hause anrufen?«

Diese Frage hatte die Wirkung einer Injektion, die ihn mit einem Schlag lebendig machte. Er hob ruckartig den Kopf und wehrte fast verzweifelt ab: »Nein, nein, bitte nicht. Es wird schon wieder besser. Wenn ich ... wenn ich nur eine Weile liegen bleiben kann.«

Er sah, wie sie ihren Kopf neigte und ihm begütigend zulächelte. »Sie können so lange bleiben, wie Sie wollen.«

»Danke.« Er blickte jetzt die Leute, die im Zimmer standen, der Reihe nach an. Es fiel ihm auf, daß das keine Familie sein konnte. Seine Stimme klang entschuldigend, als er sagte: »Ich habe ein Fest gestört?«

»Aber nein. Das haben Sie gewiß nicht.« Wieder neigte sie den Kopf und lächelte beschwichtigend. »Sie waren sowieso gerade beim Aufbruch, nicht wahr?« Sie blickte sich nach den anderen um, und alle nickten. »Ja, ja, wir wollten wirklich gerade gehen.«

Dann sprach die alte Frau. »Es war eine von Cissies Partys«, sagte sie. »Wir sind nur zu einer Tasse Tee heraufgekommen, doch wie immer, wenn wir hier sind, haben wir uns zu lange aufgehalten. Gut, daß wir daran erinnert werden.« Sie nickte ihm zu.

»Oh, Mrs. Locket!« Die junge Frau blickte die alte Frau an und wiederholte noch einmal: »Oh, Mrs. Locket!«

»Doch, es ist wahr, Cissie, wir bleiben immer zu lang.« Mrs. Locket nahm nun ihren Mann beim Arm und nickte John noch einmal zu, bevor sie sich zur Türe wandte, fast auf Zehen, als ob sie befürchtete, ihn zu stören.

Jetzt machten sich die kleine Dicke und die kleine Dünne auf den Weg. Die kleine Dünne blickte ihn an und schüttelte den Kopf, während sie ihm zuflüsterte: »Ich hoffe, es geht ihnen bald wieder besser, Mr. Emmerson.«

Der Mann, den sie Ted nannten, folgte ihnen. Dann kam das Geräusch einer sich schließenden Türe, und der Mann kam zurück. »Wie fühlen Sie sich denn wirklich?« fragte er freundlich und kam mit seinem Gesicht nahe an John heran. »Viel besser. Schon viel besser. Vielen Dank.«

Ja, er fühlte sich besser, doch er war schrecklich müde. Er wollte schlafen und er hatte das Gefühl, daß er schlafen könnte, denn er lag so bequem, und er war so entspannt. Er hatte diese Leute aufgestört und ihre Party gesprengt, und doch irritierte ihn das nicht, was sehr ungewöhnlich war. Seine Augen richteten sich nun auf den Jungen, der vor ihm stand und ihn neugierig anstarrte. Er stellte fest, daß er ein nettes, offenes Gesicht hatte, ganz ähnlich dem der jungen Frau. Wahrscheinlich waren sie Mutter und Sohn. Sie hatten die gleiche Haarfarbe, den gleichen Gesichtsschnitt und die gleichen braunen Augen.

Die junge Frau fragte: »Meinen Sie, Sie könnten eine Tasse Kaffee vertragen?«

»Das ist nett von Ihnen. Ja, ich glaube, das wäre gut.«

»Ich werde ihn machen. Du bleibst sitzen.« Der Mann legte seine Hand auf ihren Arm und verschwand hinter der Couch.

John blinzelte und versuchte seinen Blick auf die junge Frau zu konzentrieren. Sie saß zwar, doch selbst so sah sie groß aus. Er sagte zu ihr: »Ihr Mann ist sehr freundlich.«

Das Lachen des Jungen kam so herzlich, daß John langsam seinen Kopf drehte und die beiden nacheinander anblickte. Sie grinsten einander an. Er sah, wie sie ihre Hand nach ihm ausstreckte, als ob sie ihn am Lachen hindern wollte, doch es war Spaß. Sie fügte dann sachlich hinzu: »Nein, das ist nicht mein Mann. Das ist Mr. Glazier vom untersten Stock.«

»Oh, entschuldigen Sie.«

»Das konnten Sie ja nicht wissen. Er ist Reisender und ist sehr wenig hier. Doch er kommt immer zu uns hinauf, wenn er mal zu Hause ist.«

John nickte, sagte jedoch nichts.

Sie begann, ihm die Gesellschaft zu erklären, als ob es für ihn wichtig wäre. »Der alte Mann und die alte Frau«, begann sie, »sind Mr. und Mrs. Locket. Sie wohnen im zweiten Stock, in der Wohnung Nr. 3. Es sind Rentner, und sie fühlen sich manchmal einsam. Ich bitte sie öfter mal zum Tee zu mir.« Ihre Hände bewegten sich leicht, während sie sprach. »Dann, die eine, die Sie kennt, ist Mrs. Orchard. Sie arbeitet als Tagesmädchen für Mrs. Wilcox und lebt mit Miss O'Neill zusammen, das ist die Dicke. Miss O'Neill ist Köchin in der Schulkantine. Sie wohnen im ersten Stock.« Sie deutete mit dem Zeigefinger nach unten. Dann machte sie eine Pause, blickte ihren Sohn an, lächelte wieder und sagte: »Und hier oben im Olymp leben wir beide, Pat und ich.« »Pat und ich«, hatte sie gesagt. Sie hatte keinen Mann erwähnt. Sie könnte Witwe sein oder vielleicht auch nicht verheiratet und das Kind unehelich. Ja, sehr wahrscheinlich, denn sie war die Art von Mensch, die jeden anzog, alt und jung, Köchinnen und Handlungsreisende.

»Ich ermüde Sie. Sie wollen sicher nicht so viel von uns hier hören. Aber ich habe mir gedacht, ich sollte es Ihnen erklären. Soll ich nicht doch bei Ihnen zu Hause anrufen?«

»Nein, nein, vielen Dank.« Er begann plötzlich unruhig zu werden, so als ob er aus tiefer Betäubung erwachte, und fragte: »Wie spät ist es, bitte?« Als er das fragte, tastete er schon nach seiner Uhr. Sie wandte ihren Kopf, blickte auf die alte Dielenuhr in der Ecke und sagte: »Zwanzig Minuten vor neun.«

»Zwanzig vor …!« Mit einem Ruck setzte er sich hoch. »Das … das kann nicht sein.« Er blickte sie an, als ob er sie darum bitten wollte, ihm zu bestätigen, daß sie nicht recht habe. »Ich bin kurz vor sieben ins Büro gekommen und … und ich war nach zehn Minuten wieder draußen … Wenigstens habe ich …«

»Sie müssen eine ganze Weile auf dem Dach gelegen haben.«

»Nein, nein.« Er schüttelte den Kopf. Er hatte eine Stunde verloren, und er hatte sie im Büro verloren, nicht auf dem Dach. Es war nicht das erste Mal, daß ihm eine Stunde abging, wenn er sich in diesem Zustand befand. Er würde in Zukunft sehr aufpassen müssen. Doch jetzt mußte er nach Hause, und zwar sofort. Wie würde Ann reagieren? Er fühlte sich wieder müde, wenn er daran dachte, daß sie dasselbe sagen würde, ob er jetzt käme oder erst in einer Stunde oder auch morgen früh, denn er war um acht Uhr nicht zu

Hause gewesen. Das allein zählte. Er würde ihr von diesen Anfällen erzählen müssen, dann würde sie es vielleicht verstehen. Doch nein, sie würde es nicht verstehen, sie würde ihm das nie verzeihen. Noch nicht einmal diese Bitte könne er ihr erfüllen, das würde sie ihm sagen. Sie würde es ihm ganz ruhig sagen, und das Echo dieser Ruhe würde dann in den nächsten Wochen immer tiefer in sie eindringen. Die Tatsache, daß er sich seit Jahren ihrer gesellschaftlichen Etikette gefügt hatte, würde dabei gar kein Gewicht haben. Er hatte sich dieses eine Mal nicht gefügt, und es war immer das eine Mal, das zählte.

»Hier.« Der Mann kam mit einem Tablett zu ihm an die Couch. »Ich habe ihn stark gemacht. Möchten Sie viel Zucker haben?«

»Einen Teelöffel, bitte.« Als er dem Mann die Tasse abnahm, sagte er: »Ich muß unbedingt nach Hause. Ich würde Sie nur bitten, so freundlich zu sein und mir ein Taxi zu bestellen, denn ich glaube, ich kann meinen Wagen im Augenblick nicht selbst fahren.«

»Sie haben ein Auto unten?«

»Ja.« Er nickte dem Mann zu.

»Gut, dann sage ich Ihnen, was wir tun werden. Ich werde Sie in Ihrem Wagen nach Hause bringen, und Cissie kann in meinem hinterherfahren und mich wieder mit zurücknehmen. Wie wäre das?« Er blickte Cissie an, die schnell sagte: »Ja, das ist eine famose Idee.«

»Kann ich mit dir kommen, Mam?«

»Ja, ja, natürlich.« Sie nickte ihrem Sohn zu.

»Ich mache Ihnen viel zuviel Scherereien.« John versuchte von der Couch aufzustehen, und als sie sich zu ihm beugte, um ihm zu helfen, wurde ihm ganz heiß vor Verlegenheit. Er wollte sagen: ›Nein, nein, tun Sie das doch nicht‹, doch das hätte alles nur noch verschlimmert. Daher ließ er es zu, daß sie ihm dabei half, die Beine auf den Boden zu stellen. »Übrigens, was für einen Wagen fahren Sie?« fragte der Mann.

»Einen Rover 2000.«

»Wirklich? Fabelhaft, das wird ein Spaß für mich werden, den zu fahren. Man hört ja allgemein, wie toll die sind. Sie haben doch nichts dagegen, wenn ich ihn fahre, oder? Ich bin ein guter Fahrer, das gehört zu meinem Beruf.«

»Davon bin ich überzeugt, und es ist mir eine Freude, wenn Sie ihn fahren. Vor allem heute abend.« Er lächelte schwach.

Sie waren allein im Zimmer, nachdem Cissie mit ihrem Jungen verschwunden war, um ihn warm anzuziehen. Der Mann nutzte die Gelegenheit, seine Gastgeberin zu rühmen. Er beugte sich zu John hinunter und flüsterte vertraulich: »Die Cissie ist ein guter Kerl, wirklich unübertrefflich. Von der Sorte gibt es heute nur noch wenige. Ein fabelhafter Kumpel.« Er nickte bekräftigend mit dem Kopf und kniff ein Auge zu.

Das alles konnte viel bedeuten, doch fühlte John sich nicht in der Lage, darüber weitere Gedanken zu verlieren.

Er stand auf und versuchte, das Gleichgewicht zu halten. Er fühlte sich immer noch etwas benommen. Sein Mantel war zerknittert, und er strich ihn mit den Händen glatt und knöpfte ihn bis zum Kragen zu.

Pat und seine Mutter kamen nun ins Zimmer zurück. Strahlend krähte der Junge: »War es nicht ein Glück, daß ich wegen der Eiscreme raufgegangen bin?«

John blickte über den blonden Schopf in die leuchtenden braunen Augen und wiederholte verständnislos:

»Eiscreme?« Er konnte nicht verstehen, was das Kind meinte.

»Wir hatten zwei Päckchen Eiscreme. Ich bewahre die Sachen im Winter oben auf, denn wir haben keinen Eisschrank.« Cissie stülpte, während sie sprach, nachlässig einen Hut auf den Kopf und strich sich ihre blonden Strähnen hinter die Ohren. Sie wirkte wie ein hochaufgeschossenes Schulmädchen, doch nicht wie die Mutter eines Jungen. »Es war also ein Glück, daß er hinaufgegangen ist, nicht wahr? Wie fühlen Sie sich jetzt?«

»Oh, schon bedeutend besser.« Er machte keine Bemerkung zu ihrem Hinweis auf das Glück. Wenn nicht die zwei Päckchen Eiscreme gewesen wären, hätte er die ganze Nacht auf dem Dach gelegen, und das wäre sein Ende gewesen. Er hätte es so gewollt, doch zwei Päckchen Eiscreme hatten ihm einen Strich durch die Rechnung gemacht. Es war schon merkwürdig, wie ganz geringfügige Dinge oft in das Leben eingreifen konnten, oder in den Wunsch, es loszuwerden.

»Geben Sie acht, wenn Sie gehen.« Ted hielt ihn fest am Arm wie einen alten Mann, eine Stufe nach der anderen, bis sie auf der Straße angekommen waren. Dort gab John ihm seine Wagenschlüssel. Als sie im Innern saßen, bemerkte er Teds Aufregung. Er versuchte ihm den Mechanismus zu erklären. »Er ist verschieden gegenüber anderen«, fing er an. »Er startet sehr viel schneller, verglichen mit …«

»Oh, das schaffe ich schon, keine Sorge. Es hat bisher noch keinen Wagen gegeben, den ich nicht fahren konnte. Da haben wir ihn schon.« Er drückte auf den Anlasser, wandte sich dann John zu und sagte: »Man kann den Motor kaum hören, wirklich fantastisch. Ich hab ein wenig über diesen Wagen gelesen. Sie können jede Wette machen – ich werde keine Ruhe geben, bis ich ihn nicht auch habe. Sicher wird es bald auch einige Gebrauchtwagen geben. So, und jetzt, wohin?«

»Kennen Sie die Lime Avenue?«

»Oh ja. Schöne Häuser gibt es dort. Welche Nummer?«

»Vierundsiebzig.«

Er sah in den Rückspiegel und sagte: »Ich möchte nur noch warten, bis Cissie um die Ecke kommt … Ah, da ist sie ja schon … Jetzt geht's los.«

Der Mann fuhr den Wagen so sicher, als sei er schon seit Jahren mit ihm vertraut. Während der Fahrt sprach er nicht.

Als sie ihrem Ziel näher kamen, fragte sich John, ob er sie hineinbitten sollte. Es könnte alles erleichtern, alles erklären, ohne viel Worte machen zu müssen. Sie fuhren jetzt in die Einfahrt, um die Biegung und in den Lichtkegel der erhellten Fenster. Dort parkte der Wagen der Wilcox, genau gegenüber der Türe. Sie kamen immer im Wagen. Das kurze Stück Weg hatte man nicht zu Fuß zu gehen, wenn man zum Dinner eingeladen war. John sagte zu dem Mann: »Das war sehr nett von Ihnen.«

»Aber, das ist doch nicht der Rede wert. Es stünde doch traurig um die Welt, wenn wir einander nicht helfen würden. Außerdem bin ich es ja, der in Ihrer Schuld steht. Ja, es wird eine ganze Menge Schulden geben, wenn es erst soweit ist.« Er lachte. »Ich hab Ihnen ja schon gesagt, daß ich nicht ruhen werde, bis ich einen von diesen habe.« Er klopfte auf das Lenkrad.

»Möchten Sie nicht mit hineinkommen?«

Der Mann zögerte, dann sagte er fast scheu: »Nein, nicht heute abend, wenn es geht. Ich muß morgen sehr früh aufstehen. Ich gehe schon gegen sechs aus dem Haus und habe noch etwas zu erledigen.«

John war schon ausgestiegen und blickte zur Einfahrt, in der die Scheinwerfer des anderen Wagens auftauchten. Cissie blieb dort stehen und stieg auch nicht aus. John fühlte sich noch nicht kräftig genug, zu ihr zu gehen und ihr zu danken. Deshalb fragte er: »Ich möchte mich gern bei der jungen Dame bedanken, Mrs ... wie heißt sie?«

»Mrs. Thorpe.«

»Würden Sie es ihr bitte sagen ...?« Seine Stimme klang immer noch schwach.

»Sie brauchen sich ihretwegen keine Gedanken zu machen. Bei ihr muß man sich nicht bedanken. Gehen Sie ins Haus. Sie brauchen Ruhe. Gute Nacht.« Er schob ihn sanft in Richtung Türe. »Sind Sie auch ganz in Ordnung?«

»Ja, danke. Ich bin ganz in Ordnung, und ich bin Ihnen sehr dankbar.«

»Aber nicht doch.« Der Mann sprach so, als habe er einen alten Kumpel vor sich. Dann fügte er hinzu: »Ich werde erst in ein paar Wochen zurück sein. Diesmal habe ich im Süden zu tun. Doch es würde mich freuen zu hören, wie es Ihnen geht.«

John nickte, denn es gab nichts weiter zu sagen.

Er suchte in seinen Taschen und fand den Schlüssel. Als er die Tür zur Vorhalle aufgeschlossen hatte, hörte er entfernt die Schritte des Mannes über den Kies knirschen.

Er atmete tief ein, öffnete dann die Tür zur Halle, und dort standen sie vor ihm. Die Gäste des Abends, zusammen mit seiner Frau, seinem Sohn und seinem Kompagnon. Sie standen wie erstarrt und blickten ihn schweigend an. Er blickte zurück, zuletzt auf seine Frau. Ihr Gesicht war weiß wie Alabaster und ebenso starr und ausdruckslos. Bis auf ihre Augen. Zuerst hatte er noch Angst in ihnen entdeckt, doch nun sah er nichts als Zorn darin, den weißglühenden ruhigen Zorn, den er so gut kannte. Ruhige Menschen waren immer stärker und sehr viel gefährlicher als laute.

James Wilcox war ein lauter Mensch, ein aufgeregter kleiner Mann. Das bewies er jetzt, indem er sofort losschimpfte: »Na, das ist ja eine schöne Geschichte! Was ist denn mit dir passiert?« Er fügte nicht hinzu: »John«, was die Sache etwas gemildert hätte. »Komm schon und steh nicht da herum. Was soll das alles heißen? Wir sind völlig durcheinander, und die arme Ann ist halb wahnsinnig vor Angst.« Er deutete mit der Hand über seine Schulter in Richtung auf Ann.

»Ich ... ich war im Büro und hab mich plötzlich nicht wohl gefühlt.« Selbst in seinen Ohren hörte sich die Wahrheit lächerlich an. Seine Erklärung wurde mit Schweigen und deutlichem Unglauben aufgenommen. Da ergriff May Wilcox das Wort.

May hatte eine affektierte Stimme, die sich einen vornehmen Ton zu geben versuchte, was ihr aber nicht gelang. Sie war eine zierliche Frau mit grauem Haar, das straff über ihrem kleinen Kopf zurückgekämmt war. An May war alles klein und straff. John hatte immer gedacht, daß sie und James sehr gut zusammenpaßten. Ehepaare sahen sich meist ähnlich, das hatte er festgestellt. Es gehörte zu den Seltsamkeiten der menschlichen Natur, daß man jemand als Partner wählte, in dem man sich widerspiegelte, so wie man sich selbst sah oder die eigene Mutter oder den eigenen Vater. Ja, das war seltsam. Er blickte May voll in die Augen, als sie sagte: »Arnold« – sie deutete mit einem Kopfnicken auf seinen Kompagnon – »Arnold ist zum Büro gefahren. Ann hat ihn angerufen, denn sie war sehr beunruhigt. Aber es war niemand da, es war niemand im Büro, nicht wahr, Arnold?«

Arnold Ransome schluckte ein paarmal verlegen und fuhr sich mit der Hand über das wohl ondulierte Haar, dann machte er einen Schritt auf John zu und sagte: »Vielleicht warst du schon wieder fort, als ich dort ankam. Es war vor etwa einer halben Stunde.« Er blickte ihm gerade in die Augen, die besagten: ›Ich versuche dir zu helfen, was immer es auch ist, ich versuche dir zu helfen.‹ Er nickte beruhigt, als John sagte: »Ja, ich bin vorher weggegangen.« Er wandte sich jetzt von ihnen ab, knöpfte seinen Mantel auf und legte ihn über einen Stuhl. Als er sich ihnen wieder zuwandte, waren alle Augen wieder auf ihn gerichtet. Diesmal starrten sie auf seinen Hals. Jetzt erst wurde ihm bewußt, daß seine Krawatte lose herunterhing und sein Kragen offen stand. Er wurde rot vor Verlegenheit. Er faßte mit einer Hand an den Hals und blickte wie hilfesuchend zu Ann. Doch in dem Augenblick spürte er mehr die Anwesenheit seines Sohnes als ihre. Laurie stand neben ihr, das Gesicht strafend und grimmig, als ob er ihn gleich schlagen wollte. Er hatte in letzter Zeit oft das Gefühl gehabt, daß Laurie ihn schlagen wollte. Er wandte sich ab und ging unsicher auf die Treppe zu. Währenddessen ging seine Frau in die Wohnhalle, gefolgt von ihrem Sohn. Als er an James Wilcox vorbeiging, hörte er, wie der ein paarmal laut schnupperte, wie ein Hund, der eine Spur aufgenommen hatte. John war noch nicht ganz oben, als er von unten die halbgedämpften Worte hörte: »Nein so was! Das darf ja wohl nicht wahr sein! Hast du das gerochen? Er hat getrunken ... Brandy!«

Unten in der Halle schüttelte Arnold Ransome ungläubig den Kopf. »Brandy? Der trinkt doch keinen Brandy.«

James Wilcox zog die Lippen ein, schob das Kinn vor und sagte nicht allzu leise: »Ich kenne den Geruch von Brandy. Er ist betrunken.«

»Aber, John trinkt doch keinen Brandy. Das ist nicht sein Getränk«, beharrte Arnold Ransome.

»Vielleicht war das bis heute abend nicht sein Getränk, doch es scheint sich geändert zu haben. Ich sage Ihnen, er hat Brandy getrunken. Was stellt der sich eigentlich vor?«

Arnold blickte auf den kleinen Mann hinunter. Er hatte Wilcox noch nie gemocht, ebensowenig seine Frau oder seine Tochter. Daher gelang es ihm jetzt nicht, seiner Stimme die Schärfe zu nehmen, als er sagte: »Woher soll ich das denn wissen? Er hat doch gesagt, er hat sich nicht wohl gefühlt. Vielleicht hat er, nachdem er das Büro verlassen hat, irgendwo etwas getrunken.«

»Und seinen Kragen und die Krawatte gelockert? Haben Sie gesehen, wie sein Mantel aussieht?« Es war jetzt May Wilcox, die sprach und mit einer übertriebenen Geste auf den Mantel deutete, der auf dem Stuhl lag. Sie nahm ihn hoch, um ihn näher zu betrachten. »Er sieht wirklich aus, als ob er im Rinnstein gelegen hat.«

Sie hatte leider recht. Arnold Ransome trat von einem Bein aufs andere, so unbehaglich war ihm zumute. Irgend etwas stimmte nicht bei der Angelegenheit, doch er hoffte, was es auch war, daß es diesen beiden nicht noch weitere Genugtuung geben würde. Diese ekelhaften selbstgerechten Spießer. Und so etwas war Richter! Weiß der liebe Himmel, wie der zu diesem Amt gekommen war.

»Nun, wir wollen lieber hineingehen zu Ann, um zu sehen, wie wir weiterkommen.« May Wilcox marschierte nun auf die Wohnhalle zu, gefolgt von ihrem Mann. Zögernd folgte auch Arnold Ransome. Doch bevor er in den Raum trat, schaute er noch einmal auf die jetzt leere Treppe hinauf und dachte: Und wenn es ihm wirklich schlechtgeht? Er sieht seit Monaten schon elend aus. Jemand sollte hinaufgehen und sich um ihn kümmern. Doch das war nicht seine Sache.

Laurie brachte Valerie zum Ende der Lime Avenue und den Weg hinauf, der zu Handleys Grundstück führte. Der Boden war hart und glitschig und während er ihren Arm hielt, begannen sie beide zu schlittern. Sie kamen ans Ende des Weges, bogen um die Ecke und machten hinter Handleys Schuppen halt.

Seit sie das Haus verlassen hatten, schwiegen sie, doch jetzt legte er den Arm um sie, und sie sagte mit leichtem Lachen: »Nun, was hältst du von der ganzen Geschichte?«

»Du meinst Vater?«

»Ja, wen denn sonst?«

In Ihrer Stimme gab es Tonschwankungen, die er nicht verstand, und das reizte ihn manchmal, wie auch jetzt.

»Es könnte ja so sein, wie er gesagt hat. Er hat sich schlecht gefühlt, und dann hat er sich einen Drink geholt.«

»Ach, Laurie, das ist doch naiv. So kommt man doch nicht nach Hause, mit geöffnetem Kragen und Krawatte! Und dann dieser Mantel! So sieht man einfach nicht aus, wenn man sich nur einen Drink holt. Stell dir doch vor, im ›The George‹ oder im Club Kragen und Krawatte zu öffnen!«

»Er muß ja nicht gerade im ›The George‹ oder im Club gewesen sein.«

»Würde dein Vater, in seiner Position, überhaupt in der Öffentlichkeit Krawatte und Kragen öffnen?«

»Meine Güte, das kann er genausogut im Wagen unterwegs gemacht haben.«

»Ja, ja, schon gut.« Ihre Stimme klang beherrscht. »Ich dachte, du könntest vielleicht die komische Seite daran sehen.«

Er versuchte, in der Dunkelheit ihren Gesichtsausdruck zu erkennen. Doch es gelang ihm lediglich, sich vorzustellen, daß in ihren dunklen Augen der Schelm blitzen würde. Er war nicht imstande, Val wirklich ganz zu begreifen, doch das gehörte zu ihrem Reiz. Sie war eine gelungene Mischung zwischen beiden Elternteilen, was sie nicht daran hinderte, über sie zu lachen, sie zu kritisieren oder sogar über sie zu spotten. Das störte ihn nicht, vor allem wenn es gegen ihren Vater gerichtet war. Doch er konnte den Gedanken nicht ertragen, daß sie auch seine eigenen Eltern nicht ernst nahm. Wie auch immer er über seinen Vater dachte, er mochte es nicht, wenn andere Leute ihn kritisierten. Denn jede Kritik an seinem Vater betraf zugleich auch seine Mutter.

»Mir tat es leid für Tante Ann, denn es war diesmal an ihr, das Spiel zu machen.«

»Spiel zu machen? Was meinst du damit?«

»Aber, Laurie, um Himmels willen, tu doch nicht so, als wüßtest du nichts davon. Du stellst dich manchmal wirklich dumm. Was ist denn mit dir los? Du weißt doch ganz genau, daß Mutter und Tante Ann sich um diese Dinner seit Jahren einen erbitterten Kampf liefern.«

»Ach, das meinst du! Ich sehe das aber nicht als Kampf an. Sie lassen ein gutes Essen auf den Tisch bringen und ...«

»Ach, sei doch bloß ruhig. Küß mich!«

Heftig kam er der Aufforderung nach, doch war sie es, die den Kuß hinausdehnte.

Nachdem sie sich gelöst hatten, sagte sie keineswegs atemlos: »Bei uns wird es keine Dinner um acht geben, denn ich bin eine verheerende Köchin.«

»Ich muß essen, daher wirst du es lernen müssen.« Er zog sie wieder an sich.

»Lernen, zwei Tage lang in der Küche zu stehen, um eine Mahlzeit vorzubereiten? Kannst du mich so sehen? Nein, mein Schatz, das ist nichts für mich. Außer den Drinks und vielleicht einem kleinen Imbiß werden unsere Gäste mit einer Einladung ins Restaurant vorliebnehmen müssen.«

»Das wird ganz schön was kosten. Was meinst du denn, wie oft wir uns das leisten können?«

»Ach, das können wir schon ... beide zusammen.«

Das wirkte wie ein Stromstoß bei ihm. »Beide zusammen!« Das gehörte zu den Sachen, die ihn an ihr ärgerten. Sie verdiente mehr als er, jedenfalls im Augenblick. Sie lehrte nun seit zwei Jahren an der High School, und sie hatte vor allem vor, das auch nach ihrer Hochzeit noch zu tun. In den ersten fünf Jahren würde es keine Familie geben, das hatten sie schon besprochen. Er fragte sich manchmal, ob er nicht in dem Punkt etwas spießig war, denn diese sachlichen Diskussionen über solche Themen waren ihm zuwider. Er hatte nichts gegen eine Familienplanung, doch darüber konnte man sich doch auch ohne lange Diskussionen einigen. Es überraschte ihn, daß sie in manchen Dingen so offen war, und er fragte sich, ob er nicht vielleicht von seinem Vater etwas Prüderie geerbt hatte. Allerdings konnte er seinen Vater nicht direkt der Prüderie bezichtigen, doch er konnte es nicht dulden, in sich selbst etwas zu entdecken, was an sexuelle Schwäche grenzte.

»Du zitterst. Frierst du?«

»Nein.«

»Doch, es stimmt. Ich werde dich wärmen.«

Sie riß ihn an sich und preßte sich gegen ihn.

Das gehörte auch zu den Dingen, die ihm nicht gefielen. Sie war immer diejenige, die die Initiative ergriff. Sie wartete nie, bis er soweit war. Es gab so viele Dinge, die er an ihr mochte, die er an ihr liebte. Sie war hübsch, klug und ein bißchen raffiniert. Doch in diesem Punkt könnte sie etwas weniger raffiniert sein. Die Initiative war seine Sache, die mußte bei ihm liegen. In diesem Punkt mußte er der Meister sein, war er es, der die Führung übernehmen mußte.

»Was ist denn heute mit dir los?« Ihre Stimme klang gereizt.

»Nichts. Was soll los sein?«

»Was mit ihnen geschieht, geht uns nichts an. Sie leben ihr Leben und wir haben unseres zu leben. Machen wir also weiter damit!«

Eine Weile hielt sie ihn fest an sich gedrückt. Dann ließ sie ihn los und fragte ohne Umschweife: »Willst du mich nicht?«

Er zögerte, bevor er antwortete. »Was glaubst du denn?«

Dann preßte er sich gegen sie, als ob er sie durch die Wand des Schuppens drücken wollte. Doch ganz plötzlich ließ er nach und fragte sie: »Hast du das mit dem jungen Clark auch schon gemacht?«

Sie schob ihn langsam von sich, und er wußte, daß sich ihre Gesichtszüge verhärtet hatten, als sie die Gegenfrage stellte: »Warum willst du das wissen?«

»Ich bin eben neugierig.«

»Du warst früher auch nicht neugierig. Wenigstens hast du mich nie danach gefragt.«

»Ja, aber jetzt möchte ich es eben wissen.«

»Weswegen denn auf einmal?«

»Ich wollte eben einfach wissen, ob ich der erste bin …«

»Du guter Gott!« Er hörte ihr kehliges Lachen. »Du bist wirklich komisch. Was spielt das denn für eine Rolle? Ich liebe dich, und ich will dich haben.«

»Du hast Tony Clark auch geliebt.«

»Tony ist nicht mehr da, verheiratet, für mich gestorben. Das war vor zwei Jahren. Ich könnte dich ebenso fragen, ob du mit Susan Lumley zusammen warst. Du hast dich ja Jahre lang mit ihr herumgetrieben.«

»Nicht Jahre, und außerdem nur hin und wieder.«

»Du bist jahrelang mit ihr gegangen. Als ich vom College in den Ferien hier war, hab ich dich öfter mit ihr zusammen gesehen. Und deswegen frage ich dich jetzt: Hast du sie gehabt oder nicht?«

»Nein, ich habe sie nicht gehabt. Und jetzt beantworte du mir meine Frage.«

»Es ist dieselbe Antwort wie bei dir: Nein.«

Sie wußten beide, daß sie logen.

»Willst du mich oder nicht? Ich fang an zu frieren.«

Oh Gott. Er stöhnte innerlich. Langsam ließ er sich gegen sie sinken und ließ seine Hände über ihren Körper wandern. Doch als die Minuten vergingen, stieg in ihm ein Gefühl auf, das an Panik grenzte, denn er merkte, daß die ganze Sache geschmacklos war.

2. Die Familie

Ann stieg aus ihrem Bett, warf sich den Morgenrock über und zog dann die Vorhänge zurück. Die Dielenuhr schlug achtmal. Sie ging zu ihrem Toilettentisch und setzte sich hin, und das, was sie im Spiegel sah, ärgerte sie. Sie legte die Finger an die Wangenknochen und straffte die Muskeln ihres Gesichts, um ihm seine Starrheit zu nehmen. Sie hatte in dieser Nacht kaum geschlafen, denn der Zorn wütete immer noch in ihr. Er hatte sie bei der einzigen Sache, die sie noch von ihm verlangte, in Stich gelassen. Nein, so lange sie lebte, würde sie den letzten Abend nicht vergessen und ihm niemals vergeben.

Es klopfte an der Türe, und Mrs. Stringer trat ein, um ihr die morgendliche Tasse Tee zu bringen.

»Guten Morgen, Madam.«

»Guten Morgen, Mrs. Stringer.«

Mrs. Stringer begann nicht wie üblich die Unterhaltung mit: ›Also, was haben sie gesagt, Madam? Haben sie gesagt, daß sie es genossen haben? Wenn nicht, dann kann man ihnen nicht helfen.‹ Nein, an diesem Morgen war sie still.

Wie gewöhnlich bei Abendeinladungen war sie auch gestern geblieben, hatte serviert und abgewaschen, bevor sie nach Hause ging. Daher war sie darüber informiert, was geschehen war, und so war alles, was sie an diesem Morgen sagte: »Trinken Sie das, solang es heiß ist, Madam.«

Ann nickte, und Mrs. Stringer verließ den Raum.

Während sie ihren Tee schlürfte, lauschte sie nach Geräuschen vom Zimmer gegenüber, doch sie hörte nichts. Er schlief wohl seinen Rausch aus. Sie nahm schnell einen Schluck Tee und verbrühte sich fast dabei. Da läutete das Telefon.

Sie setzte sich ans Bettende und hob den Hörer ab.

»Ann? ... Bist du das, Ann?«

»Ja, ja, ich bin es, May.«

»Ich hab mir gedacht, ich will dich besser sofort anrufen. Mrs. Orchard ist gerade hereingekommen, und weißt du, was sie mir gerade erzählt hat?« Es trat eine gespannte Pause ein. Dann fuhr die Stimme von May fort: »Er ist gestern abend krank gewesen. John war krank. Er ist hinauf aufs Dach gestiegen und hat einen Kollaps bekommen. Die Leute in den Apartments haben ihn gefunden: Ich dachte, ich müßte es dir gleich sagen, denn fair muß man ja sein. Hast du gehört?«

»Ja.«

»Ja, also, Mrs. Orchard lebt nämlich dort, im unteren Stock, und ein kleiner Junge ging aufs Dach, um etwas zu holen und dort hat er ihn dann liegen sehen. Sie waren alle im obersten Stock, da fand eine Geburtstagsparty oder so etwas Ähnliches statt. Sie haben ihn dann hinuntergetragen und einer der Männer hat ihn später nach Hause gefahren.«

»Oh, May …« Ann griff sich an ihren Hals. »Aber … aber James, er hat gesagt, daß er nach Brandy gerochen hat.«

»Ja, sicher.« Mays Stimme klang munter. »Er hat nach Brandy gerochen, weil sie ihm wahrscheinlich einen gegeben haben. Du mußt zugeben, daß er sehr schlecht ausgesehen hat. In einem solchen Fall ist Brandy goldrichtig. Und Mrs. Orchard war schließlich dabei und muß wissen, was passiert ist.«

»Danke, May … vielen Dank, daß du mich sofort benachrichtigt hast.«

»Ich komme zu dir, meine Liebe, sobald wir unser Frühstück beendet haben.«

»Ja, tu das bitte. Danke, May.«

Ann legte den Hörer auf und blieb erschüttert sitzen. Er war krank, und niemand hatte ihm geglaubt. Er könnte schon tot sein. Sie sprang auf und eilte über den Flur zur Tür seines Zimmers. Die üblichen Prozeduren außer acht lassend, ging sie ohne zu klopfen hinein. John war wach, aber bewegte sich nicht, als sie auf ihn zukam. Als sie das Bettende erreicht hatte, blieb sie stehen und fragte:

»Wie fühlst du dich?«

Er zwinkerte mit beiden Augen, und sein Gesicht trug den Ausdruck größter Verwunderung.

Sie sprach schnell weiter: »Ich werde den Arzt holen.«

»Nein, nein.« Seine Stimme war schwach und klang erschöpft. »Es geht mir gut, ich bin nur etwas müde. Ich glaube, ich werde heute nicht arbeiten. Könntest du bitte Arnold für mich anrufen?«

»Trotzdem, ich hol den Arzt.«

»Nein, Ann.« Er stützte sich auf den Ellbogen. »Bitte sorge dich nicht, es geht mir schon gut.«

Ihre Augenlider senkten sich, bevor sie murmelte: »Es tut mir leid ... ich habe nicht wirklich begriffen, daß du krank gewesen bist.«

Er blickte sie wieder erstaunt an, und sie beeilte sich, ihren Stimmungsumschwung zu erklären.

»May hat gerade angerufen. Sie hat mir erzählt, daß du auf dem Bürodach gefunden worden bist. Mrs. Orchard lebt ja in diesem Gebäude.«

»Oh!« Er lehnte sich zurück und konnte das breite Lächeln, das sich unwillkürlich über seine Züge legte, nicht verhindern, obwohl er wußte, daß er sie damit ärgerte. Sie mußte also erst von jemand anderem den Beweis erhalten, daß er krank war. Er war nicht pünktlich zu ihrem Dinner erschienen, also war alles weitere nur pure Frechheit.

Sie verteidigte sich jetzt in ihrem normal knappen Ton: »Du kannst mir das nicht übelnehmen wegen heute nacht. Du hast nichts gesagt – und dann in diesem Zustand nach Hause zu kommen! Du hättest deine Helfer ja auch bitten können, es mir zu erklären.«

Er schloß die Augen und sagte leise: »Schon gut, Ann. Ist schon gut.«

»Es ist gar nicht gut. Du setzt mich ins Unrecht, und das ist nicht fair.«

Er öffnete die Augen und starrte eine Weile vor sich hin. Dann fragte er: »Könnte ich eine Tasse Tee bekommen?«

»Ja ... ja, natürlich.« Ihr Ton war so höflich, als ob sie mit einem Gast spräche. »Ich bring dir das Frühstück herauf.«

»Nein. Nein, vielen Dank. Ich möchte nur eine Tasse Tee.«

Sie blickte ihn ohne jede Regung an. Dann, mit einer ungeduldigen Gebärde, ging sie hinaus, schloß jedoch die Türe leise.

Sie winkte Laurie, der gerade über den Flur zum Badezimmer ging, schweigend in ihr Zimmer.

»Was ist los?« flüsterte er.

»Mach die Türe zu«, sagte sie leise. Dann wandte sie sich ihm zu. Ihre Hände fingerten nervös am Gürtel ihres Morgenrocks.

»Er war krank ... er ist krank.«

»Was?«

»May hat gerade angerufen. Offenbar war er auf dem Dach und hat dort einen Kollaps bekommen. Die Leute aus den Apartments haben ihn gefunden.« Sie warf den Kopf zurück und ihre Stimme wurde etwas lauter, als sie sagte: »Aber, er hätte es mir erklären sollen, er hätte es mir sagen sollen. Er setzt mich ins Unrecht.«

Als Laurie schwieg, fragte sie: »Oder, meinst du nicht?«

Sein Gesicht war starr, die dunklen Brauen zogen sich zusammen, und er fuhr sich mit der Hand durchs Haar, bevor er gedehnt sagte: »Nun … wenn man es genau betrachtet, hatte er keine große Chance es zu tun, oder? Wir alle standen ja nur da und haben ihn angestarrt, als hätten wir noch nie einen Betrunkenen gesehen.«

»Na, du hast ihn ja auch noch nie betrunken gesehen.«

»Ja, das stimmt.«

»Du machst mich für das … für das, was geschehen ist, verantwortlich?«

»Nein, nein, das tue ich nicht.« Er ging schnell zu ihr und legte einen Arm um ihre Schulter. »Sei doch nicht so dumm. Natürlich mach ich dich nicht dafür verantwortlich. Ich hatte ja selbst das Gefühl, ich müßte ihn umbringen, als er nicht zum Dinner da war, nach all der Arbeit, die du dir gemacht hast.«

»Es war James. Es war James, der gesagt hat, daß er betrunken wäre. Da war er endlich in seinem Element, es war eine gute Gelegenheit für ihn.«

»Eine Gelegenheit?« Es schien das Thema der vorigen Nacht zu treffen, als Val gesagt hatte: ›Arme Tante Ann. Diesmal wäre sie am Zug gewesen.‹

»Nun, wie dem auch sei«, sagte sie, streckte ihren schmalen Hals und reckte ihr Kinn. »Er hat heute morgen seinen Irrtum eingesehen, und ich hoffe, er kommt sich dementsprechend lächerlich vor.«

Laurie tätschelte ihre Schulter, drehte sich zur Türe um und sagte: »Ich glaube, ich sollte mal nach ihm sehen.«

»Ja. Ja, tu das.«

Als er auf dem Flur stand, zögerte er. Ja, es stimmte, was sie gesagt hatte – der alte Wilcox hatte das als gute Gelegenheit angesehen, ihnen eins auswischen zu können. Wahrscheinlich hatte er gedacht, daß diese Trunkenheit der erste Schritt zum Abgrund war. Er konnte ihn fast hören, wie er im Club seine Bemerkungen zu dem Vorfall machte: »Ein Jammer, wirklich ein Jammer. Aber, ich habe es schon länger erwartet. Der Emmerson war ja immer schon ein komischer Kauz. Hatte immer schon so etwas Verstohlenes an sich. Und das nicht ohne Grund, denn er hat ja wohl heimlich immer schon gern sein Gläschen getrunken. Tja, jetzt ist es raus … Mir tut es nur leid um Ann. So eine feine Frau, eine wirklich feine Frau. Sie war eine von den Coopers, wißt ihr, Bailey & Cooper. Ja, ja, die von der Schiffswerft. Natürlich ist es mit den Coopers im Laufe der Zeit auch abwärts gegangen, sind schon vor längerer Zeit aus der Firma ausgeschieden, doch immerhin hatten sie in der Grafschaft mal etwas bedeutet. Und was hat sie getan? Den Emmerson geheiratet, Sohn von einem Landwirt. Oh ja, natürlich ein recht schöner Hof, doch immerhin waren sie nichts anderes als die Pächter ihres Vaters. So etwas geht nie gut, nein, das geht nie gut. Ich hab das immer wieder festgestellt.«

Laurie rieb sich mit der Hand fest über die Schläfe, um die Stimme von Wilcox zu verdrängen und preßte dann seine Finger einen Augenblick über die Augen. Er war an diesem Morgen völlig durcheinander, denn er hatte keine gute Nacht hinter sich. Er war erst um zwei eingeschlafen, weil er über sich und Valerie nachdenken hatte müssen. Es waren sehr merkwürdige Gedanken gewesen, sehr fremde und beunruhigende Gedanken. Er atmete tief ein, ging langsam auf die Türe seines Vaters zu, klopfte an und trat ein.

Er war verlegen, so verlegen, wie er als Junge immer gewesen war, wenn er mit diesem Mann zu sprechen versucht hatte. Es war ein merkwürdiger Aspekt in ihrer Beziehung, daß er, wenn er nicht in seiner unmittelbaren Nähe war, von ihm als Vater denken und sprechen konnte, doch wenn er ihm körperlich nahe war, wie jetzt, nur Abneigung und Groll empfand, vor allem deswegen, weil er ihn als Mann verachtete.

»Wie fühlst du dich?«

»Oh.« John bedachte seinen Sohn mit demselben Lächeln wie seine Mutter. »Es ist alles in Ordnung. Kein Grund zur Beunruhigung.«

»Du brauchst mal einen Urlaub.«

»Den hab ich erst vor zwei Monaten gehabt.« Das Lächeln wich nicht aus seinem Gesicht.

»Nein, ich meine, du brauchst einen sehr langen, vielleicht ein halbes Jahr.«

»Ja, Ja.« John nickte. »Ich werde mich mal für ein Jahr auf die faule Haut legen.« Es war scherzhaft gemeint, und bei jedem anderen Menschen hätte Laurie den Ton aufgenommen und gesagt: ›Na, das würde dir so gefallen, ein ganzes Jahr! Aber, du kannst es dir ja leisten. Dem Geschäft würde es nicht schaden, wenn du nicht da bist.‹ Statt dessen sagte er in höflichem Ton: »Kann ich dir irgend etwas bringen?«

»Nein. Nein, vielen Dank.«

»Ich schau später nochmal nach dir.«

»Danke.«

Auf dem Flur zerrte Laurie am Kragen seines Morgenrocks, als ob er ihm zu eng sei, und ging dann ins Badezimmer. Er wollte Mitleid mit ihm haben, aber er konnte es nicht. Bedeutete das, daß irgend etwas in ihm fehlte? Dieser Mann weckte kein gutes Gefühl in ihm, ein Gefühl das zwischen Vater und Sohn in positiver Weise bestehen sollte. Nach den üblichen Regeln der Gesetze war er ein guter Vater – bedeutete das, daß der Fehler bei ihm selbst lag?

Er streifte seinen Morgenrock ab und betrachtete seinen nackten Körper in dem großen Spiegel. Nicht zum erstenmal war er dankbar dafür, daß er seinem Vater nicht ähnlich sah. Er war fünf Zentimeter kleiner als sein Vater, also einsachtzig, hatte keinen Bauch und auch an anderen Stellen kein überflüssiges Fett wie sein Vater. Er war gut proportioniert, hatte breite Schultern und schmale Hüften, sein Körper war fest und kräftig.

Er hörte das Klingeln der Frühstücksglocke und sah Stringy vor sich, wie sie unten an der Treppe stand, die Glocke in ihrer Hand. Er starrte immer noch in den Spiegel und sagte auf einmal laut vor sich hin: »Wenn ich verheiratet bin, werde ich das nicht mehr hören.« Lebhaft konnte er sich vorstellen, wie er und Valerie schnell in der Küche ihr Frühstück herunterschlangen und Valerie in ihren Mini stürzte, um zur Schule zu kommen, wie er dann seinen Bus zum Büro nehmen würde, weil sie es sich nicht leisten konnten, zwei Wagen zu unterhalten. Wahrscheinlich würde er auch vorher noch die Küche aufräumen müssen. Nein, das Bild, das er da vor Augen hatte, gefiel ihm ganz und gar nicht. Sein Leben war bisher, unter der Leitung seiner Mutter, geordnet und angenehm gewesen. Sie lebten so, wie es sich heutzutage nur noch wenige Menschen leisten konnten. Sobald er dieses Haus verlassen würde, mußte er sich mit einem vollkommen anderen Lebensstil abfinden. Valerie mochte noch so sehr über das »Dinner um acht« spotten,

doch was ihn betraf, so hing er nun einmal daran und an allem anderen, was damit zusammenhing. Dies mochte vielleicht nicht so
wichtig sein wie die Frage, die sie gestern nacht draußen am
Schuppen erörtert hatten. Und die vergaß er nicht.

3. Mutter und Sohn

»Mam, gestern hab ich einen komischen Witz gehört.«

Cissie Thorpe, die gerade am Spülbecken stand, die Hände im Seifenwasser, ließ von ihrem Teller mit dem harten Eigelb ab, drehte den Kopf seitwärts und rief: »Erzähl ihn mir. Komm her.«

Man hörte schleifende Schritte. Pat kam gebückt ins Zimmer hinein, weil er versuchte, während er ging, seine Schuhe zuzubinden. Doch trotz aller Anstrengung klappte das nicht. Er ließ sich auf den Boden plumpsen, schnürte schnell die lästigen Senkel zusammen und blickte sie dann lachend an. »Also, das war so«, begann er. »Da war ein katholischer Priester, der von einem sechsstöckigen Haus hinunterfiel, einem ganz großen, hohen.« Er zeigte mit seinen Händen, wie groß das Haus war. »Und er betete, während er hinunterfiel, die ganze Zeit lang, gerettet zu werden. Doch als er dann am letzten Stock vorbeikam, machte er das Kreuzzeichen – du weißt doch, Mam, wie Katholiken es tun«, er machte wieder eine Geste mit der Hand, »und dann hat er gesagt: ›Oh, mein Gott! Dieses für den verdammten Knall!‹«

»Oh, Pat!« Sie hatte ihre Arme um ihn gelegt und er seine um ihre Hüfte, den Kopf gegen ihren Bauch gepreßt und sie schüttelten sich beide vor Lachen. Dann lehnte sie sich gegen das Spülbecken, schob ihn von sich und sagte: »Erzähl ihn mir nochmal, ich muß mir den für Ted merken. Du weißt doch, ich vergeß immer die Hälfte von denen, die du mitbringst. Wer hat dir denn den erzählt?«

»Barry Rice. Und der ist ganz richtig katholisch, Mam ... Also, wie ich schon gesagt hab, da war ein katholischer Priester ...«

Sie lachte immer noch laut, als sie sich wieder an ihren Teller mit Eigelb machte und sagte dann: »Aber, du solltest nicht ›mein Gott‹ sagen, denn das ist wie fluchen.«

»Aber ich sag es doch nicht, Mam. Ich hab doch nur den Witz erzählt.«

Sie hob ihre Augenbrauen und schmunzelte, während sie durch die Küchengardinen über die Dächer und Kamine schaute, hinaus zum Fluß, über dem die Sonne schien. Es war ein herrlicher Morgen, frisch und strahlend. Sie bog den Kopf zurück, um das Haar aus dem Gesicht zu schütteln und fragte: »Was wirst du heute morgen tun?«

»Ich geh mal rüber zu Mr. Bolton und frage, ob er einen Job für mich hat.«

Sie blickte ihn streng über die Schulter an. »Das solltest du nicht tun. Du weißt doch, daß du eigentlich noch gar nicht arbeiten dürftest. Sei bitte vorsichtig!«

»Ich bin doch immer ganz hinten, während ich wiege, und niemand sieht mich.«

»Ja, schon gut. Und, Pat«, sie drehte sich um, »was tust du heute nachmittag?«

»Ich wollte auf dem Sportplatz Football spielen.«

»Wird Tom Brooks dort sein mit den anderen?«

»Ich glaube ja.«

Als sie sah, wie sein Mund sich trotzig verzog, trocknete sie sich schnell die Hände, ging zu ihm, kniete sich hin und nahm ihn bei den Schultern, so daß sie ihm direkt ins Gesicht sah. Dann sagte sie ruhig: »Pat, du wirst doch nicht wieder mit ihm herumziehen?«

»Nein, Mam, wirklich nicht.« Sein Blick wich dem ihren aus, und seine Stimme wurde leiser als er sagte: »Er kommt immer zu mir und spricht mit mir und geht nicht mehr weg. Ich weich ihm immer aus.«

»Gut, dann weich ihm auch weiter aus.« Zum erstenmal kam ein strenger Ton in ihre Stimme. »Hör mir gut zu.« Sie rüttelte ihn sanft. »Bitte weich ihm weiter aus. Es ist nicht gut, wenn jemand sieht, daß du mit ihm sprichst. Denk bitte daran, was beinahe mal passiert ist. Der Junge ist schlecht.«

»Oh, Mam, er ist –«

»Versuch nicht, mir zu sagen, was er ist, Pat. Er ist schlecht. Du kannst dich darauf verlassen, er ist schlecht … Versprich mir, daß du dich nicht mit ihm abgibst.« Sie sah ihn halb bittend, halb streng an.

»Ja, Mam, mach dir keine Sorge.« Er lächelte, und sein Lächeln war fast das eines Erwachsenen. »Ich tu schon, was du mir sagst.«

»Guter Junge.«

Sie küßte ihn zärtlich. Einen Moment hielten sie sich noch umschlungen, bevor sie ihm einen Stupser auf die Wange gab und sagte: »Also, dann geh jetzt. Und stopf dich nicht mit all dem schlechten Obst voll. Denk an dein Bauchweh vom letzten Sonntag!«

»Ja, natürlich, keine Sorge!«

Sie folgte ihm durch das lange Zimmer in den Gang. Dort nahm sie aus dem kleinen Garderobenschrank seinen Mantel und Schal, und während er sich anzog, grinste er sie an und sagte: »Ich werde heute nur das allerbeste Obst essen, also werde ich auch kein Bauchweh kriegen!«

Sie gab ihm einen scherzhaften Klaps auf sein Hinterteil, öffnete dann die Tür und fort war er.

Sie lauschte, bis das flinke Tapsen seiner Schritte sich entfernt hatte. Dann schloß sie die Tür und seufzte. Sie reckte ihre Arme über den Kopf und streckte sich. Ach ja, es war Sonnabendmorgen. Sie liebte den Sonnabendmorgen. Sie konnte trödeln und tun, was sie wollte. Sie konnte auch am Sonntag trödeln, doch die Sonntage waren anders. Die Geschäfte waren nicht offen, und es waren nur wenig Leute unterwegs, während der Sonnabend ein lebhafter Tag war. Es machte ihr Spaß, wenn sich etwas tat.

Sie ging zurück ins Wohnzimmer und blickte sich zufrieden um. Alles, was sie sah, gefiel ihr. Dann überlegte sie, was sie anstellen könnte. Sie würde jetzt fertig abspülen und ein bißchen aufräumen. Viel zu tun war eh nicht. Vorige Nacht hatte sie bis weit nach zwölf gearbeitet. Das war ihre übliche Freitagsbeschäftigung, damit sie den Sonnabend für sich und Pat frei hatte. Sie würde jetzt baden und danach etwas einkaufen. Was konnte sie zum Abendessen besorgen? Sie stand mit dem Rücken zum Feuer, den Kopf verschränkt und blickte zur Decke hoch. Er liebte Würstchen. Doch ständig dasselbe? Nein. Sie würde Hammelkotelett, eine Niere und ein kleines Hühnchen für morgen besorgen. Sie wirbelte einmal im Kreis, so daß ihr Morgenrock sich wie ein Zelt blähte, und während sie die Schulbücher und Zeitschriften von der Couch nahm und die Kissen aufschüttelte, begann sie zu singen: »Ich liebe dich, weil du mich verstehst und all die kleinen Dinge, die ich dir tue.«

Sie sang, während sie in der Badewanne saß. Sie sang, während sie ihr Make-up auflegte und sich anzog. Und als die Glocke läutete, sang sie immer noch und auch, als sie zur Türe ging, um zu öffnen. Das würde entweder Bill Locket, Clara oder Miss O'Neill sein. Mrs. Orchard konnte es nicht sein, denn sie arbeitete immer bis ein Uhr am Sonnabend. Es konnte auch nicht Ted sein, denn der war unterwegs.

Als sie die Türe öffnete, hielt sie verblüfft inne.

Sie schaute den großen, schweren Mann mit dem grauen Haar entgeistert an. Dann rief sie: »Nein, so was! Ich habe Sie kaum erkannt! Kommen Sie herein, kommen Sie. Geht es Ihnen wieder gut? Ja, sie sehen wirklich besser aus.«

Als sie die Tür schloß, lächelte er. »Ja, vielen Dank, ich bin schon wieder ganz in Ordnung.«

»Kommen Sie doch mit.« Sie ging voraus, und er folgte ihr. Als er ins Wohnzimmer trat, blieb er vor Überraschung stehen. Er konnte sich an Einzelheiten dieses Zimmers nicht erinnern.

»Setzen Sie sich.« Sie machte eine einladende Geste in Richtung Couch. »Ich werde uns eine Tasse Kaffee machen, möchten Sie?«

»Das ist sehr freundlich von Ihnen. Ja, ich würde gern eine Tasse trinken.«

Während sie in die Küche ging, drehte sie sich noch einmal um und sagte: »Es freut mich unendlich, daß es Ihnen besser geht. Sie haben uns an dem Abend einen schönen Schrecken eingejagt, so elend haben Sie ausgesehen. Lagen Sie seither im Bett?«

»Ja, die letzten paar Tage. Der Arzt hat gemeint, ich sollte mich etwas ausruhen.«

»Ja. Ruhe brauchten Sie wirklich.« Sie nickte bekräftigend mit dem Kopf. »Ich setz nur schnell das Wasser auf. Ich bin gleich wieder zurück.«

Sie war genauso wie in seiner Erinnerung. Er hatte sich zwar nicht jeden einzelnen Gesichtszug gemerkt, doch wußte er genau, wie sie war. Ihre Stimme war in seinem Gedächtnis haften geblieben, diese lebhafte, helle, warme Stimme. Eine zärtliche Stimme. Eine täuschende Stimme, denn sie gab einem die Illusion, daß ihr Gegenüber ihr etwas bedeutete. Während der letzten Tage hatte ihn der Klang ihrer Stimme begleitet, in dem die Besorgnis für einen kranken Mann mitschwang. Aber er war jetzt nicht mehr krank, und doch schien es, als ob sie persönlichen Anteil an ihm nähme. Nein, das war keine Einbildung gewesen. Und jetzt dieses Zimmer! Er blickte über tiefblau tapezierte Wände auf kostbarste, antike Möbelstücke. Gegenüber von ihm, an jeder Seite eines langen Fensters, standen zwei Sheraton-Spieltische mit eingelegten Rosenholzkanten. In Reichweite der Küche stand ein Eßtisch auf zierlichen Säulenfüßen, umgeben mit sechs Hepplewhite-Stühlen. Auf einem anmutigen Flügel in der gegenüberliegenden Ecke stand ein Paar eingelegter Teedosen, die wahrscheinlich aus der Regencyzeit stammten.

Er glaubte zu träumen. Von Antiquitäten, noch dazu so auserlesenen, verstand er etwas, denn er war damit aufgewachsen. Einige Stücke waren heute noch im Besitz seiner Familie, etliche im Hause seines Bruders in Oxford und andere in dem seiner Schwester in Dorset. Doch so etwas hier in einer kleinen Wohnung zu sehen, als Besitz dieses Mädchens ... dieser Frau ... dieser jungen Frau, deren Alter er nicht ganz schätzen konnte – das grenzte schon an eine Fata Morgana.

»Es wird nur ein paar Minuten dauern.« Sie eilte mit kleinen, energischen Schritten auf ihn zu, als ob sie geradewegs in ihn hineinrennen wollte. Als er höflich aufstand, sagte sie abwehrend: »Nein, bitte bleiben Sie sitzen.«

Sie nahm auf einem Hocker beim Kamin Platz und sagte: »Jetzt erzählen Sie mir bitte alles.« Sie legte noch mit einer Feuerzange ein großes Stück Brikett aus einem kupfernen Kohleneimer in die Glut, rieb sich die Hände ab, als ob sie schmutzig wären und wandte sich ihm dann voll zu. »Was war es? Eine Herzattacke?«

Er lächelte ihr zu. »Ja, so etwas Ähnliches. Der Arzt war sich selbst nicht ganz im klaren, denn es ging mir schon wieder besser, als er kam.«

Sie schüttelte den Kopf, während sie ihn ansah. »Ich habe die ganze Nacht damals an Sie gedacht. Stellen Sie sich nur vor, wenn ich damals nicht die Eiscreme oben aufs Dach deponiert hätte. Sie wären die ganze Nacht dort liegengeblieben und hätten sterben können, denn es war furchtbar kalt.«

»Ich nehme an.« Er nickte zustimmend.

»Sie nehmen es an! Ich bin überzeugt davon!«

»Nun, ich habe Ihnen zu danken, denn Sie haben mein Leben gerettet.«

»Oh, das habe ich nicht so gemeint.«

»Das weiß ich. Trotzdem bin ich Ihnen sehr dankbar. Deswegen bin ich auch gekommen, denn ich wollte es Ihnen sagen.«

»Ach, deswegen hätten Sie doch nicht hierherkommen müssen. Oh, nicht, daß ich mich nicht freue, Sie zu sehen. Nein, ich freue mich, aber Sie wissen schon, was ich meine.«

Wieder nickten sie.

»Der Kaffee wird gleich fertig sein.«

Er folgte ihr mit den Augen, als sie in die Küche ging. Sie war groß, fast so groß wie er selbst, auf jeden Fall größer als Ann. Sie war schmaler als Ann und – ganz verschieden. Sie war beweglich. Ja, das war das Wort, das sie am besten beschrieb. Beweglich mit jeder Faser ihres Körpers, während Ann ganz Ruhe war, eine Ruhe jedoch, die nicht von innen kam. Ruhe, die einem Angst machte und die Nerven zerrüttete.

»Ich habe Milch heiß gemacht, weil ich den Kaffee hell mag. Vielleicht mögen Sie ihn aber schwarz?« Sie kam mit einem Tablett in der Hand wieder.

»Nein, ich mag ihn mit einem Schuß Milch.«

Während er die Tasse aus ihrer Hand nahm, sagte er: »Sie haben ein sehr schönes Heim.«

»Gefällt es Ihnen?« Ihr Mund öffnete sich zu einem breiten, fröhlichen Lächeln und entblößte eine Reihe großer, weißer, nicht ganz regelmäßiger Zähne.

»Ja, ich … Ich glaube nicht, daß ich jemals so viele antike Möbelstücke in einem Raum zusammen gesehen habe, außer bei einer Auktion oder in einem Antiquitätengeschäft.«

»Vielleicht ist es ein bißchen zu vollgestopft.« Sie blickte sich kritisch in dem Raum um, so daß er schnell hinzufügte: »Oh, nein. Nein, das habe ich nicht gemeint. Ich finde, daß die Möbel wunderschön sind und ebenso, wie sie aufgestellt sind. Bitte glauben Sie mir.«

»Ja, das tue ich.« Sie lächelte erneut. »Doch ich frage mich manchmal selbst, ob ich nicht zu viel horte. Doch ich habe alte Dinge gern, ich liebe sie.«

»Ja, das kann ich verstehen.«

Sie nahm einen Schluck aus ihrer Tasse, beugte sich zu ihm vor und fragte amüsiert: »Ich nehme an, Sie fragen sich, wie ich zu all dem komme?«

Zum erstenmal seit er hier war, besann er sich auf seine berufliche psychologische Routine, was ihn selbst verwunderte, denn es kam äußerst selten vor, daß er ohne Kontrolle dachte und sprach. Jetzt setzte sich wieder sein üblicher Berufston durch: »Nein, nein, daran hatte ich gar nicht gedacht. Doch wenn ich es getan hätte, dann hätte ich sicher angenommen, daß man sie Ihnen vererbt hat. Diese Dinge sind ja meist … vererbt.«

»Ja, da haben Sie recht.« Sie blickte ihm offen in die Augen.

»Aber nicht ganz so, wie Sie es sich vielleicht vorstellen. Ich habe sie nicht von meinem Vater geerbt und er von seinem. Nein, so einfach war es nicht. Trotzdem hab ich sie von meinem Vater bekommen, denn er war Altwarenhändler.« Sie blickte auf ein kleines Mahagoni-Sideboard aus georgianischer Zeit. »Unser Laden war ganz klein und unbedeutend. Nicht das, was man ein Antiquitätengeschäft nennt. Es gab allen möglichen Krimskrams zu kaufen. Manchmal ist Vater jedoch bei seinen Reisen auf wundervolle Stücke gestoßen, die er niemals ins Geschäft gestellt hat. Er richtete unsere Wohnung damit ein.« Sie lachte hell auf und fuhr fort: »Meiner Mutter hat das gar nicht gefallen. Sie hat immer gesagt, daß er seine Gewinne und unseren Lebensunterhalt vor der Nase stehen hat, doch mein Vater hat diese Sachen als eine Art Kapitalanlage betrachtet.«

»Damit hat er auch recht gehabt, denn die würden heute eine runde Summe einbringen.«

»Ja, ja, das würden sie sicher tun. Ich bin überzeugt davon. Mehrere Händler wollten mir die Sachen schon abkaufen. Doch wenn es sich vermeiden läßt, werde ich nichts davon verkaufen. Wenn ich sie nicht mehr brauche, wird Pat sie erben. Ich denke, das ist dann auch im Sinne meines Vaters.«

»Ich hoffe, Sie werden immer noch von Ihren schönen Möbeln umgeben sein, wenn Ihr Sohn schon lange erwachsen ist!«

»Oh.« Sie schüttelte langsam den Kopf. »Die Chancen sind nicht besonders groß … Möchten Sie vielleicht noch eine Tasse Kaffee haben?«

»Nein. Nein, vielen Dank. Ich glaube, ich habe Sie jetzt schon lange genug aufgehalten.«

»Aber nein, Sie halten mich wirklich nicht auf.« Wieder bewegte sie langsam ihren Kopf von einer Seite zur anderen, was für ihn wie eine Einladung zum Dableiben wirkte. »Für mich ist der Sonnabend mein Tag, der Tag, der mir ganz allein gehört. Es ist mein fauler Tag, denn ich muß nicht ins Büro gehen, und deswegen genieße ich den Sonnabend so. Nicht, daß ich meine Arbeit nicht auch genieße. Sicher ist es komisch, wenn heute jemand sagt, daß er seine Arbeit genießt, doch ich tue es wirklich. Wahrscheinlich deswegen, weil ich einen guten Boß habe.« Ohne Pause setzte sie hinzu: »Ich arbeite für Holloways, den Grossisten. Sie wissen, auf dem Markt. Ich bin dort schon dreizehn Jahre als Stenotypistin.«

»Ja, ja, ich kenne Holloways.« Er nickte mit dem Kopf. »Das sind Klienten von uns.«

»Aber das hätte ich doch nie … Das heißt, natürlich … Ratcliff, Arnold & Baker. Ich hab schon oft dorthin geschrieben. Aber zu einem Mr. Ransome.«

»Er ist mein Kompagnon.«

»Nein, das ist ja unglaublich! Dann sind wir ja irgendwie miteinander verbunden.« Sie beugte sich vor, und er mußte lachen. Er war völlig erstaunt über dieses Geräusch, das er machte. Er konnte sich nicht daran erinnern, wann er es zuletzt gehört hatte. Dann kniff er die Augen prüfend zusammen und sagte: »Sie haben gesagt, daß Sie schon dreizehn Jahre dort arbeiten?«

»Ja.« Sie nickte.

»Aber … aber, Sie müssen dann ja sehr früh angefangen haben?«

»Nein, ich war damals siebzehn. Es war mein erster Job nach dem Sekretärinnenkurs. Ich bin jetzt dreißig. An dem Abend, an dem wir Sie fanden, feierten wir meinen Geburtstag.«

Staunend betrachtete er sie. Dreißig! Er konnte nicht glauben, daß sie dreißig war. Doch natürlich, ihr Junge mußte ja schon neun Jahre oder älter sein. Er fragte sich, was es mit dem Jungen für eine Bewandtnis hatte. Wenn sie seit dreizehn Jahren für Holloways arbeitete, bewies das, daß sie nicht verheiratet war.

Im nächsten Augenblick überraschte sie ihn mit der Erklärung: »Ich habe mit neunzehn geheiratet, doch meinen Job behalten und bin wieder zur Arbeit gegangen, kurz nachdem Pat geboren wurde.« Es war, als ob sie seine Gedanken lesen konnte, und er fühlte, daß er errötete, als sie hinzufügte: »Mein Mann starb, als Pat drei Jahre alt war. Er fuhr einen Lastwagen. Auf der Stadtbrücke hat ihn ein Bus erfaßt, und er wurde in den Fluß gestoßen.« Ihre Stimme war sehr leise und ausdruckslos.

Die Stadtbrücke. Ein Lastwagen, der in den Fluß geschleudert wurde. Ja, er erinnerte sich daran. Ja, natürlich. Der Unternehmer hatte damals der Busgesellschaft den Prozeß gemacht. Der Bus war auf die andere Straßenseite geraten. Die Witwe des Fahrers hatte einen beträchtlichen Schadenersatz bekommen.

Es entstand ein kurzes, verlegenes Schweigen. Er nahm an, daß die Erinnerung sie sehr schmerzte. Dann brach er das Schweigen, indem er sagte: »Haben Sie immer hier gelebt?«

»Nein, nein. Ich bin erst seit etwa sechs Jahren hier.«

»Es ist eine merkwürdig geschnittene Wohnung. Dieser Raum ist größer als jeder andere in unserem Büro. Aber früher hat man sowieso größere Räume als heute gehabt, nicht wahr?«

»Soviel ich weiß, waren das hier früher zwei Räume. Möchten Sie sich alles einmal ansehen?« Sie war aufgestanden und blickte ihn an. Ihm fiel wieder auf, wie geschmeidig sie sich bewegte. Obwohl ihre Gesten rasch waren, wirkten sie nicht hastig.

»Es ist sehr nett von Ihnen, aber ich habe das Gefühl ...«

»Aber nicht doch, ich hab Ihnen doch schon gesagt, daß Sie mich nicht aufhalten. Sehen Sie, dies hier ist das Schlafzimmer. Ich habe zwei.« Sie führte ihn in den angrenzenden Raum, der ebenfalls mit wunderbaren alten Möbeln ausgestattet war. In der Ecke neben dem Fenster stand eine hohe Aufsatzkommode und an der gegenüberliegenden Wand ein Kabinettschrank aus der Zeit der Queen Anne. Das einzig moderne Möbelstück war das Bett. Links und rechts dienten zwei niedrige Schreibpulte der georgianischen Zeit als Nachttische. Im Schlafzimmer seiner Mutter hatte auch ein solches Schreibpult gestanden, das man »Davenport« nannte. Es war gar nicht mehr sehr gut erhalten, und trotzdem hatte man seinem Bruder dafür neulich erst hundert Pfund angeboten.

»Ich mußte mir ein neues Bett anschaffen. Sie werden es sicher nicht glauben, aber mein Vater hatte tatsächlich ein Vierpfostenbett. Meiner Mutter gefiel das Ungetüm gar nicht. Meine Güte, was haben wir über dieses alte Monstrum oft gelacht! Meine Mutter hat immer gesagt, sie fürchte sich, darin einmal sterben zu müssen. Und sie ist tatsächlich darin gestorben. Mein Vater auch, gar nicht viel später. Wahrscheinlich habe ich deshalb nicht darin schlafen können. Dabei ist es ein Jammer, denn es hat sehr gut zu all dem anderen hier gepaßt, während dies hier ...« Sie machte eine abwehrende Bewegung zur Bettcouch. »Es wirkt wie die Faust aufs Auge, nicht wahr?«

»Oh nein, ich finde es sehr hübsch und weiblich.« Sie lächelten sich zu, dann kehrten sie zurück ins Wohnzimmer und gingen in den auf der gegenüberliegenden Seite angrenzenden Raum.

»Dies ist Pats Zimmer.«

»Ja, das ist ein richtiges Jungenzimmer.« Er schaute sich um und entdeckte auch hier Stücke, die einem Wohnzimmer alle Ehre gemacht hätten. Doch waren Sofa- und Beistelltische überdeckt mit

Miniaturflugzeugen. Auch an der Decke und an den Wänden hingen und klebten Flugzeuge jeder Art und Größe.

»Ihr Junge scheint eine ausgeprägte Vorliebe für Flugzeuge zu besitzen?«

»Oh ja, er ist ganz verrückt danach.«

»Will er vielleicht zur Air Force?«

»Nein, er möchte gern Ingenieur werden. Er ist sehr gut in Mathematik, der Beste in seiner Klasse. Sein Lehrer sagt, daß er nächstes Jahr in die höhere Schule überwechseln sollte. Er ist erst zehn jetzt.«

»Oh, das ist ja wunderbar.«

»Er ist ein guter Junge.« Sie blickte ihn gerade an, als sie das sagte, das Gesicht sehr ernst. Als sie sich wieder von ihm abwandte, wiederholte sie: »Ja, ein guter Junge.«

Er hörte in ihrer Stimme eine gewisse Anspannung. Hatte sie vielleicht Sorgen mit dem Jungen?

Sie führte ihn ins Badezimmer, das schwarz gekachelte Wände sowie eine rosa Badewanne mit dazu passendem Waschbecken aufwies. Zur übrigen Wohnung bildete das einen krassen Gegensatz. Diese moderne Linie wiederholte sich in der Küche. Doch war sie trotzdem grundverschieden zu seiner eigenen sterilen, in grau und weiß gehaltenen Küche.

Diese hier war kunterbunt: blau, zartlila, hellgelb und lindgrün.

»Was für eine hübsche Küche!« sagte er. »Das habe ich selbst gemacht.«

»Selbst gemacht?«

»Ja, ich habe mich in acht verschiedene Farben verliebt. Hier sind acht Farben drin. Und schauen Sie mal«, sagte sie und ging auf das Fenster zu. »Von hier aus kann man den Fluß sehen. Nur ein kleines Stück davon, doch ich liebe es, wenn der Fluß in der Sonne glänzt.«

Zustimmend nickte er und sagte: »Ich gehe auch sehr oft aufs Dach, um den Fluß zu sehen. Außerdem ist die Luft dort oben immer frischer.« Er wandte sich ihr zu. »An dem Abend, als es mir nicht gutging, bin ich auch dort hinaufgegangen, weil ich Luft brauchte.«

Sie blickte ihn mit ihren warmen Augen an, als sie sagte: »Ja, es ging Ihnen wirklich nicht gut. Ich hab es Ihnen ja schon gesagt, in der Nacht mußte ich immerzu an Sie denken. Am liebsten hätte ich

Sie angerufen, aber dann habe ich mich nicht getraut. Gestern abend hat Ted mich angerufen und nach Ihnen gefragt. Es wird ihn sehr freuen, wenn er erfährt, daß Sie sich wieder wohl fühlen.«

»Ja, er war mir eine große Hilfe. Ich würde ihn auch gern wiedersehen und mich bei ihm bedanken.«

»Oh, das ist schon in Ordnung. Ted braucht keinen Dank. Er ist ein guter Kerl, wirklich. Man muß ihn allerdings genauer kennen, um das zu merken. Zuerst wirkt er etwas zu dreist. Doch im Grunde ist er ein feiner Mensch.«

Ted hatte damals ihre Tugenden gepriesen und nun pries sie seine. Es tat wohl, wenn man einmal hörte, daß Menschen gut voneinander sprachen. Wahrscheinlich war da auch etwas zwischen den beiden. Und weshalb auch nicht? »So, jetzt darf ich Sie wirklich nicht länger aufhalten, ich bin sowieso schon viel zu lange geblieben.«

»Aber nein, wirklich nicht.« Sie führte ihn aus der Küche heraus. »Es war für mich eine willkommene Abwechslung, einmal etwas ganz anderes. Sie wissen schon, was ich meine?« Sie blickte ihn über die Schulter hinweg an. »Meist weiß ich genau, was ich an einem Sonnabend machen werde. Ich mache meine Einkäufe und dann …« Sie drehte sich mit einem Ruck nach ihm um. »Sie werden es nicht glauben, was ich an solchen Nachmittagen mache.«

Er lächelte und wartete.

Sie krauste die Nase. »Ich mache einen Bummel durch die Trödlerläden.«

Sie prusteten beide vor Lachen und wieder wunderte ihn dieser fremdgewordene Ton an sich selbst. Noch nie hatte er soviel Lebendigkeit bei einem anderen Menschen kennengelernt. Sie personifizierte warmes, echtes Leben. Irgendwann einmal, vor dem Krieg, vor langer Zeit, mußte er das Leben auch einmal so empfunden haben, mußte es in jedem Augenblick so gelebt, so ausgedrückt haben, beim Essen, Lächeln, Spazierengehen. Ja, irgendwann einmal mußte auch er unbewußt dem Leben so Ausdruck gegeben haben, wie sie es jetzt tat. Doch dann war es in einem einzigen schrecklichen Moment aus ihm herausgebrannt worden. Dieser Moment lebte heute noch in ihm, und den Ballast würde er sein Leben lang nicht loswerden.

Er spürte wie die Traurigkeit ihn überfiel, die auf andere wie eine Maske wirkte. Er mußte schnell fort, bevor sie es falsch deuten könnte. Er fühlte sich hier glücklich, ganz anders als sonst.

In seiner förmlichen Art streckte er die Hand aus und sagte: »Vielen Dank für den Kaffee und dafür, daß Sie so freundlich zu mir waren. Auf Wiedersehen.«

»Auf Wiedersehen.« Sie schien ein bißchen verblüfft über seine Veränderung, geleitete ihn jedoch wortlos hinaus, gab ihm seinen Hut vom Garderobenständer und hielt ihm die Tür auf.

Als er im Treppenhaus stand, wandte er sich noch einmal um, blickte sie jedoch nicht an und sagte leise noch einmal: »Auf Wiedersehen.«

»Auf Wiedersehen.«

Sie blickte ihm nach, bis sie nur noch seine Schritte hörte. Dann schloß sie die Tür und ging zurück ins Wohnzimmer. Dort blieb sie stehen und überlegte. Er war beeindruckt gewesen, sehr beeindruckt. Er verstand etwas von alten Möbeln. Er war ein netter Mann, ein echter Herr. Das konnte sie sofort sehen. Doch irgend etwas war an ihm dran, was sie nicht genau orten konnte, irgendeine Art Traurigkeit, so, als ob er einsam wäre. Das war schon merkwürdig. Er und einsam! Der führende Rechtsanwalt der Stadt, der in der allerfeinsten Gegend wohnte und einen Haufen Freunde hatte … einsam!

Sie ging zum Kamin, schob sich den Hocker mit dem Fuß zurecht, setzte sich und streckte die Hände zum Feuer aus. Und wieder sagte sie sich: Sei nicht so dumm. Es ist unmöglich, daß so ein großer, berühmter Mann einsam ist. Es ist allerdings schon komisch, daß er extra vorbeigekommen war. Sie hatte sich ausgesprochen wohl und glücklich gefühlt, solange er hier war, und nun fühlte sie sich auf einmal wie ausgebrannt.

Aber, was sollte das? Sie konnte nicht sitzenbleiben und Trübsal blasen. Es gab auch keinen Anlaß dazu.

Doch als sie sich angezogen hatte und einen Moment stehenblieb, bevor sie die Wohnung verließ, stieg ein winzigkleiner, sehr komischer Gedanke in ihr hoch. Mit den üblichen Sonnabenden ist es nun zu Ende, sagte dieser kleine Gedanke. Du bist doch wirklich verrückt, schalt sie sich. Du hast die blödesten Ideen.

Nachdem sie die Tür hinter sich geschlossen hatte und die Treppe hinunterstieg, begann sie wieder zu singen.

4. Ein wenig Parfüm

John wollte sein Frühstück gerade mit einer zweiten Tasse Kaffee beenden, als Ann das Zimmer betrat. Er konnte sich einfach nicht daran gewöhnen, außer Laurie auch noch Ann so früh zu sehen. In letzter Zeit war das oft vorgekommen, aber vielleicht hatte sie viel zu tun. Denn schließlich war heute Heiligabend, und sie mußte das Dinner für morgen vorbereiten. In früheren Jahren war sie allerdings trotz der gleichen Tatsachen niemals zum Frühstück erschienen.

Nachdem sie näh. :r an der Kaffeekanne saß, reichte er ihr wortlos seine Tasse. Während sie sie füllte, sagte sie: »Ich kann meinen Wagen nicht benutzen. Irgend etwas stimmt mit den Bremsen nicht. Könntest du mich heute morgen wohl mit in die Stadt nehmen?«

»Oh! Natürlich ... ja.« Zwischen jedem Wort lag eine Pause. Er trank weiter seinen Kaffee während sie ihn forschend anblickte und sagte: »Arnold geht doch am Sonnabend morgen auch nicht in*s Büro. Warum tust du es dann?«

Er kniff ein paarmal die Augen zusammen, bevor er sie anschaute und sagte: »Immerhin ist Arnold nicht für meine Klienten zuständig.« Ohne aufzustehen, rückte er seinen Stuhl zurück, so daß ein gräßlich quietschendes Geräusch das Zimmer erfüllte.

»Entschuldige.« Er stand auf, sah sie jedoch nicht an. Er wußte sowieso, daß sie eine angewiderte Grimasse zog. Er ging an Laurie vorbei, der sich über seine Morgenzeitung beugte, aus dem Zimmer hinaus, durch die Halle und dann die Treppe hinauf. Als er auf dem obersten Treppenabsatz angekommen war, begann er die ersten Takte von Mozarts Sonate Nr. 3 zu pfeifen.

Unten im Frühstückszimmer blickte Ann Laurie an, der erschreckt seinen Kopf erhoben hatte. Das Geräusch des Pfeifens war für sie so alarmierend, als habe man in der Halle eine Schiffssirene gehört.

Es war fast elf Uhr, als John in seinem Büro ankam. Er ließ den Aktenkoffer auf einen Stuhl fallen, setzte sich auf seinen Schreibtischsessel, strich sich über den Kopf und sah auf die Uhr. Er wollte noch fünf Minuten warten, denn vor elf Uhr ging er nie hinauf. Sie hätte sicher nichts dagegen gehabt, wenn er früher kommen würde, aber er hielt fest an dieser Regelung. Er lehnte sich zurück und war sich nicht bewußt, daß er lächelte. Wie oft war er nun schon dort oben gewesen? Fünf-, sechs- oder siebenmal? Er konnte sich nicht mehr daran erinnern. Es kam ihm so vor, als sei er schon sein Leben lang an jedem Sonnabendmorgen aufs Dach hinaufgeklettert, dann über die niedere Brüstung und die Treppen zu ihr hinunter. Sicherlich wäre er kein zweites Mal diese Treppe hinuntergegangen, wenn er sie damals nicht zufällig auf dem Marktplatz getroffen hätte. Er wollte gerade an einem Elektrogeschäft vorbeigehen, als er sie davor entdeckte. Er hätte zwar so tun können, als ob er sie nicht sähe, doch er hatte seinen Hut gezogen, sich leicht vor ihr verbeugt und gesagt: »Guten Morgen, Mrs. Thorpe.«

Sie hatte ihn erfreut angeschaut und ihr: »Nein so was, Sie hier zu sehen!« hatte ihm gutgetan. »Ich seh mir gerade die Eisschränke an«, hatte sie ihm mitgeteilt. »Ich müßte schon seit Jahren einen haben.« Worauf er geantwortet hatte: »Meinen Sie nicht, es ist ganz gut, daß Sie keinen haben?« Und sie hatte laut herausgelacht, ein helles, ansteckendes Lachen.

»Was halten Sie von dem da?« hatte sie gefragt und auf einen kleinen Eisschrank in der Mitte des Schaufensters gedeutet. »Ich hätte ja ganz gern einen größeren, doch es ist wegen des Platzes. Deswegen hab ich mir auch bisher noch keinen gekauft. Meine Waschmaschine, der Wäschetrockner, der Herd und das Spülbecken nehmen die ganze Wand ein, wissen Sie?«

Ja, er wußte. Und zusammen bewunderten sie dann den Eisschrank und er bedauerte sie, als sie sagte: »Der Geschirrschrank hinter der Türe wird dran glauben müssen. Doch wo ich dann das ganze Porzellan hintun soll, weiß ich wirklich nicht. Es ist nämlich gutes Porzellan, Coalport, und ich hab sogar auch einige Stücke Meißen … nur einige.«

Wie wäre es mit ihrem hübschen Porzellanschrank, wie wäre es, wenn sie dort ihre Porzellanmengen unterbringen würde?

Nein, das ginge nicht, der sei schon mehr als voll. Er hatte ja gesehen, daß er voll war. Aber, vielleicht hatte er es auch nicht bemerkt. Und weshalb sollte er auch? Sie sei wirklich verrückt mit dem ganzen Kram. Wieder das helle Lachen.

Sie waren über den Marktplatz gegangen, bis sie vor einem Café stehengeblieben war. »Ich muß hier hinein. Pat holt mich immer ab, wenn er in seinem Obstladen fertig ist.«

Darauf hätte er am liebsten geantwortet: ›Nun, ich könnte jetzt auch einen Kaffee brauchen, und ich sehe nicht ein, weshalb ich Sie dann nicht mit Ihren Einkaufstüten nach Hause bringen soll!‹ Doch die Übung langer Jahre ließ ihn solch unangemessene Impulsivität zurückhalten. Wieder hatte er den Hut gelüftet, sich leicht verbeugt, und ihr einen guten Tag gewünscht. Danach wurde der Morgen, was er vorher gewesen war; ein trüber, lustloser Novembermorgen ohne Aussicht auf eine Aufhellung des bleiernen Himmels.

Am folgenden Sonnabend morgen war er wieder aufs Dach geklettert. Er wußte genau, was ihn dort hinaufgeführt hatte – sicherlich nicht die frische Luft. Als er die Dachluke geöffnet hatte, nahm er an, daß seine Gedanken sie hinaufgeleitet hatten. Von seiner Seite der Brüstung sah er, wie sich ihre Hand nach dem Vorratsschrank ausstreckte und dann auf einmal innehielt. Er sah, wie ihr Gesicht sich aufhellte, und als er über die trennende Mauer stieg, rief sie aus: »Nein, so was! Sie wieder hier oben! Haben Sie keine Angst, sich hier den Tod zu holen?«

Er versicherte ihr, daß er wegen der frischen Luft und der schönen Aussicht gekommen sei.

Sie hatte auf den kleinen Schrank mit seinem Drahtgitter gedeutet und gesagt: »Ja, heute werde ich den zum letztenmal benutzen. Am Montag bekomme ich den Eisschrank. Und ich hab noch etwas Neues … vielleicht können Sie es raten!«

»Nein, keine Ahnung.«

»Einen zweiten Porzellanschrank!«

»Nein!«

»Doch.« Und dann hatte sie lachend hinzugefügt: »Kommen Sie doch mit hinunter und sagen Sie, wie er Ihnen gefällt.« Wie ein Junge, der sich auf den Weg in eine Schatzhöhle machte, in die Höhle zu Aladins Wunderlampe, stieg er die Stufen hinab und betrat wieder das große Zimmer. Dieser Vormittag hatte damit geendet, daß sie ihm auf ihrem Klavier etwas vorspielte.

Er hatte das offene Klavier gesehen und die Noten auf dem Ständer und gefragt: »Sie spielen Klavier, Mrs. Thorpe?«

»O ja, ich spiele«, hatte sie in ihrer lebhaften Art geantwortet.

»Ich sollte es auch einigermaßen können, denn ich habe lang genug gelernt. Meine Mutter hat mich schon mit fünf Jahren ans Klavier gesetzt, und ich habe all meine Examen gemacht, bis hinauf zu den fortgeschrittenen im Trinity College. Doch ich muß gestehen, daß ich keinen guten Anschlag habe. Technisch bin ich in Ordnung, doch meine Lehrerin bemängelte immer, daß meine Finger wie Hammer fungierten. Sie meinte, daß sie recht für Beethoven seien. Aber, wissen Sie, ich liebe Beethoven nicht, ich liebe Mozart oder Chopin. Man hat ja immer das gern, wofür man nicht geeignet ist, nicht wahr?«

Er hatte sie nicht lange bitten müssen. Sie hatte für ihn gespielt und der Musik ihre eigene Interpretation aufgedrückt. Vielleicht war ihr Anschlag wirklich etwas hart, vielleicht hätte sich ein Musikkenner an manchen Stellen die Ohren zugehalten, doch ihn hatte ihr Spiel beruhigt, angeregt und sogar erregt. Dieses Mädchen, das nicht nur mit schönen Möbeln lebte, sondern auch darüber Bescheid wußte und sie liebte, das sich ohne sich zu sträuben ans Klavier setzte und spielte – was konnte sie noch alles? Sie erschien ihm wie eine unentdeckte Insel, geheimnisvoll und betörend. Dieses Mädchen, das Ann ohne zu zögern sicherlich als »gewöhnlich« bezeichnet hätte.

Bevor er sich an diesem Vormittag verabschiedete, hatte sie gesagt: »Halten Sie mich nicht für unverschämt, Mr. Emmerson, aber Sie sind hier immer willkommen, wenn Sie gerade Lust haben, mich zu besuchen. Ich bin am Sonnabend immer da.«

Er hatte ihr gemessen für die Einladung gedankt, und obwohl er sich während der ganzen folgenden Woche sagte, daß es nicht schicklich sei, kletterte er am nächsten Sonnabend wieder auf das Dach und klopfte an ihr Fenster. Während seiner ersten vier Besuche waren sie allein, und er konnte sich noch nicht einmal daran erinnern, worüber sie gesprochen hatten. Am fünften Sonnabendmorgen war der alte Mann, Mr. Locket, heraufgekommen, das war ihm etwas peinlich, obwohl Bill Locket keine Überraschung zeigte, ihn zu treffen.

Bill war etwa eine halbe Stunde geblieben, hatte vier Tassen süßen Tee getrunken und ihm einen Einblick in die Arbeit der Gaswerke gegeben, bei denen er bis zu seiner Pensionierung angestellt gewesen war. Dann hatte er ihm noch zugeflüstert, wie sehr er Cissie schätzte, nicht zuletzt deshalb, weil sie immer den Wohnungsschlüssel unter der Matte liegen ließ, so daß er, wenn seine Frau nicht zu Hause war, sich hier eine Tasse Tee brauen könne.

Diese Großzügigkeit hatte ihm Cissie später erklärt. Clara – Mrs. Locket – mußte sehen, wie sie mit ihrem Geld auskam. Aus Sparsamkeit kaufte sie jede Woche immer nur eine bestimmte Menge Tee, die reichen mußte. Die Ironie war, daß Clara sparte, um ihrem Sohn etwas hinterlassen zu können. Und diesem Sohn, der in Kanada lebte, ging es offenbar recht gut. Die Menschen seien doch komisch, hatte sie zu ihm gesagt, ob er das nicht auch meine. Und er hatte ihr aus vollem Herzen zugestimmt – ja, Menschen seien komisch.

Letzte Woche hatte Miss O'Neill einen Besuch bei Cissie gemacht. Miss O'Neills Gegenwart hatte ihn nun wirklich beunruhigt. In seinen Augen legten Frauen immer alles falsch aus. Miss O'Neill war sehr vergnügt, lachte viel, war offenbar entschlossen, länger als er zu bleiben.

Er hatte sie dann an diesem Vormittag noch einmal getroffen – in der Parfumabteilung des Dane's-Kaufhauses. Dort hatte sie ihn bedient, als ob sie sich schon Jahre kennen würden. »Sie wollen sicher eine Geschenkpackung für Weihnachten?« hatte sie gefragt. Es war ihm zwar nicht recht gewesen, gerade bei Miss O'Neill einzukaufen, aber er hatte sich für ein sündhaft teures Parfum entschieden.

Er stand auf und holte das kleine Päckchen aus dem Aktenkoffer. Nachdenklich wog er es in der Hand. Er war plötzlich unsicher, ob ihr der Duft zusagen würde.

Unwillig schüttelte er den Kopf, wusch sich die Hände und glättete sein Haar. Dann kletterte er den gewohnten Gang hinauf.

Auf dem Dach mußte er sich mit Vorsicht bewegen. In den Ecken lag noch der gefrorene Schnee der letzten Woche, und das Dach selbst war glatt wie ein Spiegel.

Sie hatten nicht vereinbart, das Fenster offenzulassen, und ebenso nicht, ob er kommen durfte, wenn er Stimmen hörte; es herrschte keine Heimlichkeit bei seinen Besuchen, doch trotzdem klopfte er leicht an das Fenster, bevor er es öffnete. Als er dann in der Diele stand, rief er leise: »Sind Sie da, Mrs. Thorpe?«

»Ja. Gehen Sie doch ins Wohnzimmer. Ich bin gleich fertig.«

Er betrat das große Zimmer, das auf ihn einen besonderen Zauber ausübte. Er fühlte sich schon fast heimisch darin – mehr als in jedem anderen Raum, den er seit seiner Jugend bewohnt hatte. Damals hatte er vor dem Feuer in der großen Küche seines Elternhauses gesessen, umgeben von der Wärme und Liebe seiner Familie.

Sie schaute kurz aus der Küche und lächelte ihm zu, während sie sagte: »Bitte, setzen Sie sich schon mal. Ich muß nur kurz mein Federvieh versorgen.«

Er hatte seinen Hut abgenommen, doch er zog nie seinen Mantel aus, bevor sie ihn aufforderte. Das Zimmer war erfüllt von Weihnachtsduft. Als er sich setzte, rief er ihr zu: »Irgendwas riecht hier hervorragend. Ist das die Weihnachtsgans, die Sie braten?« Seine Stimme, die in solchen Fällen Mrs. Stringer gegenüber gekünstelt klang, war jetzt sanft und weich.

»Nein, nein«, rief sie zurück, »das tue ich erst morgen. Und das wird auch keine Gans, sondern ein Truthahn. Heute vormittag habe ich Sülze gemacht und gestern Unmengen von Plätzchen.«

»Oh, Sülze.« Er blickte in das lodernde Feuer des Kamins. Sie machte Sülze. Seit seine Mutter das letzte Mal Sülze gemacht hatte, war ihm niemand mehr begegnet, der so etwas tat. Man konnte heute so etwas natürlich in jedem Fleischerladen kaufen.

»Da bin ich schon.« Sie kam mit schnellen Schritten auf ihn zu. In ihrem mauvefarbenen kurzärmeligen Wollkleid, der kurzen rosa Schürze und dem zurückgebundenen hellen Haar erinnerte sie ihn an ein sehr junges Mädchen. Der Anblick schmerzte ihn.

»Ich bin beinahe fertig. Ich hab so viel vorbereitet, als hätte ich ein Dutzend Kinder. Na ja, es ist ja nur einmal im Jahr Weihnachten.« Diese nicht gerade neue Feststellung wirkte bei ihr nicht banal.

»Weshalb ziehen Sie denn Ihren Mantel nicht aus? Ich hab es Ihnen doch schon so oft gesagt.« Sie streckte ihre Hand aus und widerspruchslos gehorchte er. Als sie den Mantel in die Garderobe bringen wollte, hielt er sie auf. »Oh, einen Moment noch, ich habe etwas in der Tasche vergessen.« Als er das Päckchen herauszog, schaute er es prüfend an, bevor er es ihr gab und sagte dann: »Ich hoffe, es ist das richtige. Frohe Weihnachten.«

»Für mich? Aber Mr. Emmerson, das sollten Sie nicht, nein, das sollten Sie nicht … Oh, vielen Dank.«

»Sie wissen ja noch gar nicht, was es ist. Vielleicht schießt Ihnen ein Knallfrosch entgegen.« Er beobachtete sie aufmerksam, während sie das luxuriös aussehende, farbige Band aufknüpfte, mit dem Dane's immer seine Waren verpackte, das braune Papier entfaltete und schließlich die schmucklose, längliche Schachtel in der Hand hatte, auf der nichts als »Dior« stand. Sie stutzte einen Augenblick, blickte dann zu ihm auf und ihre Augen schimmerten feucht.

»Oh!« rief sie atemlos. »Oh, das hätten Sie nicht tun sollen. Nicht Dior, das kostet doch ein Vermögen. Oh, Mr. Emmerson.«

Sie machte eine impulsive Bewegung auf ihn zu, und einen kurzen Augenblick dachte er, sie würde ihn umarmen und küssen. Es war für ihn eine schreckliche Sekunde. Ihm stockte der Atem, doch als sie dann nichts anderes tat, als die Hand nach ihm auszustrecken und ihn zu berühren, überkam ihn ein Gefühl der Erleichterung, das dummerweise mit ein wenig Schmerz und Leere vermischt war. Nein, das hätte auch keinen Sinn gehabt, flüsterte die innere Stimme in ihm. Wenn sie ihn geküßt hätte, wäre es das Ende ihrer Beziehung gewesen. Und er wollte, daß dies alles ewig so weitergehen würde, so wie jetzt. Was wäre geschehen, wenn sie ihn geküßt hätte? Was hätte er getan? Was? Hätte er es ihr gesagt? Ja. Ja. Merkwürdig, aber er hätte es ihr sagen können. Sie wäre der einzige Mensch in seinem Leben, dem er es hätte sagen können, und hatte die Gewißheit, daß er dabei nicht vor Scham umkommen würde.

»Ich habe noch nie nach Dior-Parfum geduftet. Ich habe es mir immer gewünscht. Wunderbar. Es muß Sie ein Vermögen gekostet haben, so groß, wie die Flasche ist.«

»Unsinn.« Seine Stimme war etwas heiser, als hätte er eine beginnende Erkältung. »Es soll nur eine kleine Anerkennung für all Ihre Gastfreundlichkeit und Güte sein.«

»Oh, nicht doch.« Sie legte eine Hand auf seinen Mantel, während die andere das Fläschchen hielt und blickte ihm offen ins Gesicht, als sie sagte: »Alles, was ich für Sie getan habe, haben Sie hundertfach zurückgegeben. Ich werde Ihnen jetzt etwas sagen. Ich habe noch nie so jemanden wie Sie kennengelernt, nicht persönlich. Ich meine, außerhalb des Berufs. Ich habe Männer wie Ted kennengelernt, der gern schwatzt, und mein Mann, der ein Schweiger war. Ja«, sagte sie und nickte, »der war ein Schweiger.« Er hatte das Gefühl, daß sich hinter ihren Worten mehr versteckte als sie sagte, denn ihr Gesicht war ungewohnt ernst. »Und da war auch die Musik. Ich habe noch nie jemand gehabt, der mir zugehört hat. Ich spiele manchmal für mich selbst, doch es ist ganz anders, als wenn man für jemanden spielt ... Und dann die Bücher. Oh, ich habe alle möglichen Romane gelesen, doch ich habe nie eine Autobiographie gelesen, bis Sie erwähnt haben, daß so etwas Ihre liebste Lektüre ist.«

»Das freut mich«, sagte er. »Vielleicht hätte ich Ihnen dann besser ein paar Bücher schenken sollen?«

»Nein, nein.« Sie winkte mit der Hand, die die Parfumflasche hielt, erschrocken ab. »Die kann ich mir ja von der Leihbibliothek besorgen.« Sie warf ihren Kopf zurück und lachte, und indem sie das Parfum an sich drückte, rief sie: »Wie werde ich herrlich duften!« Und dann sagte sie: »Sie sind so nett!« Sie drehte sich um und ging mit seinem Mantel in die Diele. Er sah ihr noch einen Augenblick nach, bevor er sich setzte. Ein kleines Geschenk – verglichen mit dem, was er Ann schenkte, war es wirklich klein –, doch welch ein Unterschied in der Freude und im Danken!

»Wie verbringen Sie denn die Feiertage?« fragte sie, als sie wieder zurückkam.

»Ach, das übliche. Heute abend sind wir bei den Eltern der Verlobten meines Sohnes eingeladen. Das ist schon seit Jahren so Sitte, sogar schon zu der Zeit, als sich die Kinder noch gar nicht kannten ... wenigstens nicht gut kannten. Und morgen werden wir bei uns mit einigen persönlichen Freunden zu Abend essen.« Er hatte das Gefühl, als würde er sie ausschließen, indem er das sagte und setzte schnell hinzu: »Ich muß zugeben, daß mir das gar keinen Spaß macht. Ich meine, die Dinner und all das andere.«

»Gehen Sie oft auf Cocktail-Parties?« fragte sie mit zur Seite geneigtem Kopf.

»Ja, ich muß manchmal gehen, doch wenn ich es verhindern kann, freut es mich noch mehr.«

»Ich nehme an, in der Weihnachtszeit werden Sie ständig damit zu tun haben. Ich kenne keine zweite Stadt, in der es so viele Parties gibt. Jeder scheint hier mit Parties zu wetteifern. Ich bin auch zu einer eingeladen, am zweiten Weihnachtsfeiertag. Die wird von einer meiner Kolleginnen veranstaltet. Ich habe nicht viel für Parties übrig. Zu viele Leute, die nichts sagen, wenn Sie verstehen, was ich meine.«

»Ja, ja, das verstehe ich sehr gut. Ich habe ebenfalls eine am zweiten Feiertag zu absolvieren«, sagte er und schüttelte seinen

Kopf. »Mein Partner ist der Gastgeber. An dem Tag werden wir uns also beide langweilen, obwohl ich zugeben muß, daß die Parties von Mr. Ransome bedeutend erträglicher sind als die meisten anderen.«

Sie setzte sich auf den Kaminhocker und sagte nachdenklich: »Wissen Sie, ich finde, daß Weihnachten nur noch ein Fest für den Kommerz ist. Ist es zu fassen, daß ich über fünfundzwanzig Pfund für Pat ausgegeben habe?« Sie zog ein komisch entsetztes Gesicht.

»Fünfundzwanzig Pfund!« wiederholte er erschüttert. »Das ist eine Menge Geld.«

»Ja, ich habe ihm aber Dinge besorgt, die einen bleibenden Wert haben. Zum Beispiel ein mehrbändiges Lexikon.«

»Oh, das ist vernünftig.« Erst jetzt fiel ihm auf, daß er Pat völlig vergessen hatte. Er rieb sich verlegen den Nasenrücken. »Ich habe keine Ahnung, was dem Jungen Spaß machen würde. Doch ich habe mir gedacht, etwas extra Taschengeld wäre keine schlechte Idee, ganz besonders für einen so aufgeweckten Jungen.«

»Oh, Mr. Emmerson, das sollten Sie nicht tun. Nein, nein. Sie haben mir schon genug Freude gemacht. Wirklich.«

Er wollte gerade abwehren und ihr erklären, daß das doch selbstverständlich sei, als draußen die Tür klappte und kurz darauf Pat hereingestürzt kam.

»Oh, Mam! Teufel, ist das kalt. Hallo, Mr. Emmerson. Oh, Mam, ich bin halb erfroren. Wann gibt es etwas zu essen? Ich muß heute nachmittag nochmal zu Mr. Bolton gehen, denn der hat noch so viele Bestellungen zu erledigen. Er hat mich um elf gehen lassen, weil er erst saubermachen lassen muß, bevor ich etwas tun kann und ...«

»Ja, ja, schon gut, schon gut.« Sie war nicht aufgestanden, doch er kam zu ihr und sie legte beide Arme um ihn, drückte ihn fest an sich und lachte: »Immer eins nach dem anderen, dann werde ich dir eins nach dem andern beantworten.« Wieder drückte sie ihn an sich, stieß leicht mit dem Kopf gegen seinen und bestätigte fröhlich: »Ja, es ist kalt, und das Essen wird erst in einer Stunde fertig, und es ist fein, daß du heute nachmittag wieder von Mr. Bolton gebraucht wirst. Geh jetzt in die Küche und streich dir ein Wurstbrötchen, damit du bis zum Mittagessen nicht vor Hunger umfällst. Aber«, sagte sie und gab ihm einen aufmunternden Schubs, »bitte nicht mehr als zwei, ja? Ich hab gesagt ›zwei‹, denk daran. Ich hab sie abgezählt!«

Der Junge grinste John an, und John grinste zurück, und während Pat in die Küche rannte, rief er: »Du hast gesagt ›zwei und zwei‹, das sind zweiundzwanzig! Zweiundzwanzig Wurstbrötchen!«

Cissie blickte John an, schüttelte den Kopf und wollte gerade eine Bemerkung machen, als Pats Stimme aus der Küche kam, jetzt etwas undeutlich, weil er den Mund schon voll Brot hatte: »Ich hab vergessen, Mam, Ted ist zurück ... Ich hab seinen Wagen draußen bei den Garagen gesehen.«

»Oh, das ist ja herrlich. Er hat gesagt, daß er es versuchen wollte. Jetzt wird er wenigstens zu Weihnachten nicht irgendwo allein in einem fremden Zimmer sitzen.« Sie blickte John an. »Er fühlt sich manchmal sehr einsam. Bei Handelsreisenden tritt das häufig auf. Man möchte es nicht glauben, aber nach dem, was Ted erzählt, ist es einer der am meisten einsam machenden Berufe.«

Er betrachtete sie aufmerksam, während sie sprach. Sie freute sich, daß dieser Mann zurück war. In welcher Beziehung standen die beiden zueinander? Es war nicht das erste Mal, daß er sich diese Frage gestellt hatte, und er gab sich dieselbe Antwort wie zuvor. Es ging ihn nichts an. Sie war eine junge Frau, sie war frei und konnte ihr eigenes Leben leben. Trotzdem vertiefte diese Antwort das Gefühl der Verlorenheit in ihm.

»Ich möchte ein bißchen spielen gehn«, rief Pat. »Darf ich?«

»Ja, dampf ab«, sagte sie. »Aber bleib nicht zu lange fort.«

Dann wandte sie sich wieder John zu und fuhr fort: »Das bedeutet, daß wir, nachdem Ted wieder zurück ist, ein bißchen mehr Spaß haben werden. Sie werden zwar auch sonst alle heraufkommen, also Miss O'Neill, Mrs. Orchard und Mr. und Mrs. Locket. Doch ohne Ted ist alles farbloser. Er bringt den entscheidenden Schwung hinein. Wie ich schon gesagt habe, schwatzt er manchmal zuviel, aber für eine Gesellschaft ist das gerade das richtige.« Sie beugte sich zu ihm. »Ich ... ich weiß nicht, aber würden Sie vielleicht an einem Abend zu uns kommen, wenn ...« Sie richtete sich schnell wieder auf und machte eine abwehrende Geste. »Nein, natürlich können Sie das nicht. Sie haben ja gar keine Zeit.«

Er griff diese Bemerkung auf und nahm sie als Entschuldigung. »Ja. Meine Frau sorgt im allgemeinen dafür, daß meine freie Zeit verplant wird.« Er schlug die Augen gen Himmel und schüttelte

mit gespielter Verzweiflung den Kopf. Sie lächelte ihn verständnisvoll an.

Insgeheim gestand er sich, daß er eine solche Einladung auch
nie annehmen würde. Dabei hatte er gerade an diesen Feiertagen
große Sehnsucht nach Zwanglosigkeit und Geborgenheit. Eine innere Stimme sagte ihm, daß er sowieso schon die Grenzen der An-
gemessenheit überschritten hatte. Am Anfang hatte er gehofft, er
könnte seine Besuche geheimhalten, indem er über das Dach gekommen war. Doch gerade das, so hatte er jetzt das Gefühl, war
bedeutend auffälliger, als geradewegs über die Treppe zu kommen, denn seine Besuche waren den anderen Leuten im Haus sowieso bekannt. Und was wäre, wenn sie alles falsch auslegen würden? Es war nicht das erste Mal, daß er sich diese Frage stellte, und
wiederum scheute er davor zurück, die Konsequenz zu sehen.

In seinem Beruf hatte er mit den verschiedensten Arten von
Streitfällen zu tun. Darunter war die Scheidung sehr häufig und
die Verleumdung nicht selten. Bei der letzteren hatte man es in
neun von zehn Fällen mit sehr undurchsichtigen Anfängen zu tun.
Verleumdung begann immer mit Gemunkel und Klatsch. Das war
keine juristische Phrase, denn er hatte es zuerst von seiner Mutter
gehört. Er fragte sich jetzt, ob nicht schon im ganzen Haus gemun-
kelt wurde. Ab dem Morgen, als Ann in sein Schlafzimmer gekommen war, nachdem sie durch May erfahren hatte, daß er an dem
Abend nicht betrunken, sondern wirklich krank gewesen war, war
ihm bewußt, daß Mrs. Orchard sehr leicht über ihn klatschen
könnte. Doch es war ihm auch klar, daß May, wenn sie es von ihr
erfahren hätte, in Sekundenschnelle an Ann die Neuigkeit weiter-
gegeben hätte.

In den vergangenen Wochen hatte er seine Hand nach einem
wärmenden Feuer ausgestreckt, und er hatte auch nicht vor, mehr
als das zu tun. Er wollte nur etwas Wärme und Behaglichkeit spüren. Doch wieviel Menschen würden ihm das glauben? Wenn er an
einem Fremden ein solches Verhalten beobachten würde, könnte
er ihm wahrscheinlich auch keine altruistischen Motive unterstel-
len. Würde ein Klient ihm sagen: »Ich habe meine Besuche bei ihr
nicht eingestellt, weil zwischen uns nichts anderes als Freundschaft ist, ganz einfach Freundschaft«, dann würde er ihm zu-
nicken, sein professionelles Lächeln aufsetzen, und ruhig antworten: »Die Leute wollen von einem guten Gewissen nichts hören, sie

wollen nichts von guten Menschen wissen, sie sind nur an den schlechten interessiert. Sobald sie eine Spur bekommen, folgen sie ihr und hoffen, daß sie schließlich irgend etwas Verwerfliches finden. Das ist die menschliche Natur.

»Sie sehen so aus, als wären Sie ganz weit weg.«

»Ja.« Er blinzelte. »Ja, ich glaube, ich war auch weit weg. Diese … diese Couch ist sehr gemütlich.« Er lehnte seinen Kopf zurück. »Sie verleitet dazu, sich zu entspannen. Doch was haben Sie gerade gesagt?«

»Oh, das habe ich ganz vergessen. Ich glaube, ich habe auch gerade nachgedacht. Ja, ja, sicherlich hab ich das getan. Ich hab daran gedacht, wie schön Weihnachten werden wird. Ich hab einen Baum für Pat besorgt.« Sie flüsterte jetzt. »Aber, er weiß es noch nicht. Ich hab die elektrischen Kerzen und alles, was dazugehört, immer woanders verstecken müssen, damit er sie nicht findet. Wenn er heute abend kommt, will ich alles fertig haben. Ich mag nicht, wenn man Bäume schon vor dem Weihnachtsabend putzt.«

Sie wurde von einem Geräusch unterbrochen, das von der Treppe kam. Jemand sang »Guter König Wenzeslaus«. Sie sprang lachend von ihrem Hocker auf und machte eine ihrer charakteristischen Handbewegungen: »Das ist Ted, der da draußen seinen Jux macht.«

Sie lief hinaus in die Diele und sagte in gespieltem Ärger: »Nein, bitte heute keine Weihnachtssänger.« Dann antwortete ihr singend die Stimme des Mannes, tief und angenehm: »Ich wünsche dir fröhliche Weihnachten, ich wünsche dir fröhliche Weihnachten, ich wünsche dir fröhliche Weihnachten und ein glückliches Neues Jahr.«

»Oh, Ted, du bist doch wirklich ein verrückter Junge. Los, komm herein. Mr. Emmerson ist hier, komm schon.«

Ted trat ein. Er hatte eine eingewickelte Flasche in der einen Hand und einige Päckchen in der anderen. Erfreut rief er John zu: »Na, wen sehe ich denn da? Ich freue mich, daß es Ihnen besser geht!«

»Danke. Es ist nett, Sie wiederzusehen.« John empfand, daß seine Begrüßung zu höflich und formell war. Doch Ted wandte sich schon wieder an Cissie. »Hier«, sagte er und drückte ihr die Flasche in die Hand, »die ist für einen Irish Coffee.«

»Oh, danke Ted, danke! Irish Coffee! Das ist lange her, daß wir einen Irish Coffee getrunken haben!«

»Und hier, das ist für den Weihnachtsbaum.« Er stapelte die Päckchen auf ihren Armen auf. »Diese beiden sind für dich, und die andern drei für deinen Junior. Und denk bitte daran, nichts darf vor morgen früh geöffnet werden. Ich wollte Weihnachtsmann spielen und alle im Haus besuchen, doch dann hab ich mir gedacht, daß ich unten bei Millie und Maggie nie wieder hinauskommen werde.«

Er lachte herzlich und Cissie stimmte ein. John dachte im stillen: Das übliche Geschwätz der Handlungsreisenden.

»Oh, Ted, das ist so lieb von dir, aber du hättest uns nicht all diese Sachen kaufen sollen.«

»Aber, aber. Du weißt doch, ich bin nur auf ein Gratis-Abendessen aus. Außerdem kennst du den Inhalt noch nicht. Also sei nicht so überschwenglich, bevor du alles inspiziert hast.« Er gab ihr einen kleinen Schubs und setzte sich dann auf die Couch.

»Nein, wirklich, ich hätte Sie kaum wiedererkannt. Fühlen Sie sich wieder ganz wohl, Mr. Emmerson?«

»Ja, vielen Dank. Ich hab mich wieder völlig erholt.«

»Das war vielleicht damals eine Nacht, was? Sind Sie mit Ihrem Wagen weiterhin zufrieden?«

»Danke ja, bestens.«

»Also, ich würde alles hergeben, um so einen zu bekommen.«

»Möchtest du jetzt vielleicht einen Kaffee?« Cissie beugte sich über die Rücklehne der Couch zu ihnen herab.

»Ob ich einen will? … Zwei will ich, aber irische!« Ted streckte seine Hand aus und berührte ihre Nase. »Hast du auch etwas Sahne da?«

»Ja, ich hab heute morgen extra einen Topf voll besorgt. Ich muß geahnt haben, daß du Irish Coffee mitbringst.«

»So ist's recht … Mögen Sie Irish Coffee?« Er schaute John interessiert an.

»Ja, ja, manchmal. Aber ich glaube, ich muß jetzt gehen.«

»Aber nein doch, Cissie hat ihn in einer Minute gemacht. Nicht wahr, Cissie?«

»Natürlich, das geht ganz schnell. Bitte bleiben Sie noch, Mr. Emmerson. Wirklich, bleiben Sie.«

Er blickte zu ihr hoch, nickte dann und sagte: »Wenn Sie darauf bestehen, werde ich bleiben.« Es wurde ihm immer wieder bewußt, wie steif er sprach, wie altmodisch, als ob er zu einer anderen Generation gehörte. Ja, im Verhältnis zu ihr war das vielleicht auch so, aber nicht im Verhältnis zu dem Mann.

»Ach, wie ist das schön, wieder zu Hause zu sein.« Ted streckte seine Beine aus und vergrub seinen Kopf tief in ein Kissen. »Wissen Sie, ich denke oft an diesen Raum hier, wenn ich irgendwo in einem trübseligen Hotel vegetiere. Es ist komisch, aber ich denke dann nie an mein eigenes Zimmer unten, obwohl das auch nicht übel ist. Aber dieser Raum hier hat etwas Besonderes, meinen Sie nicht auch?«

»Ja, das tu ich allerdings. Es ist ein sehr schöner Raum. Ich habe noch nie so viele kostbare Möbel in einem einzigen Zimmer zusammen stehen sehen. Ich habe es auch Mrs. Thorpe schon gesagt.«

»Ja, ja. Aber ich glaube, selbst wenn es nur Gemüsekisten wären, könnte Cissie noch etwas daraus machen, würde sie Gemütlichkeit verbreiten. Verstehen Sie, was ich meine?«

»Ja, ja, das verstehe ich. Müssen Sie im Moment viel reisen?«

»Ja, kreuz und quer durch das ganze Land. Als ich noch für Randall gearbeitet habe, war das nicht nötig, aber seit dem letzten Jahr hat sich das geändert. Es ist eine neue Farbenfirma, für die ich arbeite, und ich mache dafür Reklame. Es ist alles noch sehr mühsam, doch die Aussichten sind gut. Sie sind enorm zufrieden mit meiner Arbeit in diesem Jahr und haben mir angedeutet, daß ich vielleicht die Ausbildung der Vertreter übernehmen soll.«

»Das ist gut. Da werden Sie sicher sehr zufrieden sein.«

»Ach, ich weiß nicht. Rauchen Sie?« Er zog eine Schachtel Zigaretten heraus.

»Nein, vielen Dank. Ich habe es vor einem Jahr aufgegeben und versuche, nicht wieder damit anzufangen.«

»Ich wünschte, das könnte ich auch. Es ist schon merkwürdig, wie unterschiedlich man im Leben reagiert. Wenn ich vor zehn Jahren diese Chance gehabt hätte, wäre ich vor Freude in die Luft gesprungen. Doch jetzt ... tja. Aber was hilft es, man muß ja jemand haben, für den man arbeitet.« Er blickte John an. »Sind Sie nicht meiner Meinung?«

»Ja, ja, Sie haben vollkommen recht.«

»Ich habe mich abgerackert, als ich jung war, aber ich habe auf das falsche Pferd gesetzt.«

»Na, das würde ich nicht sagen, denn Sie scheinen doch ganz schön vorangekommen zu sein dabei.«

»Ja, das sicher, aber ich mußte auch hart dafür bezahlen. Es hat mich meine Familie gekostet.«

John sagte dazu nichts und Ted fuhr fort: »Als Anwalt haben Sie sicher jede Woche mit ähnlichen Fällen zu tun: Die Frau so lange allein, bis sie sich andere Männer sucht. In meinem Fall war es nicht ganz so, zumindest bis meine Tochter geheiratet hat.«

»Sie haben eine verheiratete Tochter?« Die Überraschung in Johns Stimme war nicht zu überhören.

»Ja, in diesem Monat wird sie einundzwanzig. Und ich habe einen Sohn mit neunzehn. Nachdem das Kind geheiratet hat, erklärte mir Gladys, das ist meine Frau, daß sie genug habe. Natürlich wußte ich schon eine ganze Weile, daß es zwischen uns nicht stimmte. Doch wenn man zwei Kinder hat und ihnen ihre Chance in einer halbwegs intakten Familie geben will, dann tut man eben so, als ob alles in Ordnung wäre. Der Junge ist zur Air Force gegangen, Claire hat, wie gesagt, geheiratet, und für uns blieb die Scheidung übrig, die jetzt läuft. Ja, so ist das.« Er spreizte seine Hände.

»Wie man so sagt, so ist das Leben. Doch von mir aus kann sie die Scheidung haben. Ich bin sechsundvierzig und treibe mich seit dem neunzehnten Lebensjahr ständig auf der Straße herum. Leben! ... Und doch«, er setzte sich auf und zog an seiner Weste, »hier und da trifft man dann ein Kleinod.« Er deutete mit dem Daumen über die Schulter in Richtung auf die Küche. »Und die da ist das größte.« Er flüsterte jetzt: »Bessere gibt es nicht, das kann ich Ihnen versichern.« Er beugte sich zu John hin. »Glauben Sie mir das?«

»Ja, das glaube ich Ihnen.«

»Sie hat Seltenheitswert.«

»Ja, Sie haben recht, so etwas gibt es selten.«

Es erschien ihm nicht unsinnig, die Qualitäten dieser jungen Frau mit diesem merkwürdigen Mann zu besprechen. Seit Wochen hatte er jetzt einen persönlichen Einblick in die Welt jener Menschen gewonnen, mit denen er bisher im Leben nichts zu tun gehabt hatte. In diesem Moment fühlte er sich tatsächlich in ihre Lebensart integriert. Die Ehrlichkeit, Einfachheit und Spontaneität dieses Lebens gefiel ihm. Cissie kam jetzt mit dem Tablett wieder ins Wohnzimmer. John stand auf, nahm ihr das Tablett ab und stellte es auf den Tisch.

»Du kannst die Menge der Sahne und des Whiskys selbst bestimmen«, forderte sie Ted auf.

»Eine wunderbare Idee. Her damit«, freute er sich.

Nachdem sich alle mit Whisky und Sahne versorgt hatten, schlürften sie schweigend den Kaffee und blickten einander an. Dann lobte John: »Ganz ausgezeichnet, wirklich ausgezeichnet.«

»Hat noch nie so gut geschmeckt!« sagte Ted und nickte Cissie zu. Dann setzte er seine Tasse abrupt auf einen kleinen Tisch, den sie neben die Couch gestellt hatte, und rief: »Oh, ich hab einen ganz tollen Witz für euch, wirklich ganz toll. Es handelt sich um zwei Spiritisten ...«

Vielleicht war es irgend etwas in Johns Gesicht, was ihn zögern ließ, denn er wandte sich ihm zu und sagte: »Oh, keine Sorge, der ist ganz in Ordnung. Ich gehöre nicht zu den Typen, die Frauen mit Zoten anöden.«

John wollte sagen, daß er davon überzeugt sei, doch er schwieg, und sein Gesicht hatte eine leichte Rottönung angenommen. Ted begann also: »Zwei Spiritisten schlossen eine Art Pakt, daß der, der zuerst sterben würde, sich mit dem anderen in Verbindung setzen sollte. Denn sie glaubten ja daran, daß sie, wenn sie einmal sterben, zwar ihre Form verändern, aber noch sozusagen weiterleben würden. Johnnie war der erste, den es erwischte, und so machte Bill sich an die Arbeit. Er experimentierte wochenlang – bis es ihm endlich gelang, mit seinem Freund in Verbindung zu treten. Auf die Frage: ›Bist du da, Johnnie? Kannst du mich hören, Johnnie?‹ hörte er, wie Johnnies Stimme ertönte, die sagte ›Ja, ich kann dich hören, Bill!‹ ›Oh, das ist gut‹, sagte Bill. ›Verdammt! Ich habe vielleicht Mühe gehabt, dich zu erreichen. Wo bist du denn, Johnnie?‹ ›Oh, ich bin an einem herrlichen Ort, Bill‹, sagte Johnnie, ›ganz herrlich. Ich kann es dir nicht beschreiben, aber es ist wirklich herrlich.‹ ›Ist das dein Ernst?‹ fragte Bill. ›Natürlich ist es mein Ernst‹, sagte Johnnie. ›Das Wetter ist herrlich, die Sonne scheint den ganzen Tag. So etwas hast du überhaupt noch nicht erlebt. Und das Essen, Mann ... jede Menge davon, wirklich jede Menge ... und auch Frauen. Oh, Junge, diese Frauen – es gibt unzählige!‹ Bill konnte das kaum glauben, und voller Freude sagte er zu seinem alten Kumpel: ›Johnnie, das klingt ja herrlich. Es scheint dir wirklich gut zu tun. Was bist du denn jetzt, Johnnie?‹ ›Nun ...‹, sagte Johnnie, ›ich bin ein Bulle in Argentinien, Bill‹.«

Cissie warf ihren Kopf vor Vergnügen in den Nacken, während sie lachte. John wußte, daß man auch von ihm einen Heiterkeitsausbruch erwartete. So strengte er seine Lachmuskeln an, bedeckte aber vorsichtshalber sein Gesicht mit der Hand. Während er sich ums Mitlachen bemühte, hörte er Teds ausgelassenes Lachen und seine Stimme, die ständig prustend wiederholte:

»Ein Bulle in Argentinien! Ein Bulle in Argentinien!«

Dieser Witz, seine Männlichkeit und Vitalität, berührten ihn an einer schwachen Stelle. Er hatte sich nie viel aus Witzen gemacht, und die typischen Witzeerzähler, die sich in den Clubräumen produzierten, hatten ihn immer angeekelt. Als er Cissie anblickte, hatte er das Gefühl, daß sie diesen Witz auch nicht so komisch gefunden hatte, und er war froh darüber. Er wußte, daß Frauen, wenn sie in der entsprechenden Laune waren, Männer im Witzeerzählen sogar noch übertreffen konnten – doch diese Witze mußten gut sein und nicht so platt wie der eben gehörte.

»Möchten Sie noch eine Tasse Kaffee haben?« fragte Ted und wandte sich John zu. John merkte, daß der Mann wußte, was er von diesem Witz hielt.

»Nein, vielen Dank. Es war köstlich und der Whisky wirklich ausgezeichnet«, er nickte ihm zu, »doch ich muß jetzt wieder weiter.«

Als er aufstand, erhob sich Cissie mit ihm und sagte: »Es ist wirklich schade, daß Sie schon gehen müssen.« Sie ging in die Diele und holte ihm seinen Mantel.

Währenddessen reichte John Ted die Hand und sagte: »Ich wünsche Ihnen ein schönes Weihnachten und angenehme Festtage.«

»Danke, das wünsche ich Ihnen auch.«

Cissie stand in der Diele bei der Eingangstüre, was bedeutete, daß er diesen Weg hinausgehen sollte. Das traf ihn unvorbereitet, denn sie hatte das noch nie zuvor getan. Sie hielt seinen Mantel bereit, und er machte eine kleine protestierende Geste, als sie ihm helfen wollte. Dann reichte sie ihm seinen Hut und sagte sanft: »Vielen Dank für Ihr Geschenk. Ich habe immer noch das Gefühl, Sie hätten es nicht tun sollen, doch trotzdem vielen Dank. Und ich hoffe, Sie haben schöne Weihnachtstage.«

»Auf Wiedersehen, Mrs. Thorpe.«

Als er die Treppe hinunterging, setzte er seinen Hut auf. Nur gut, dachte er, daß er ihn in der Hand halten mußte. Wenn er beide Hände frei gehabt hätte, hätte er ihr sicher auch beide entgegengestreckt. Ja, es war sehr gut, daß er seinen Hut halten mußte …

Cissie stand in der Diele und betrachtete ihre Hand. Er hatte einen sehr festen Händedruck. Darauf legte sie sehr viel Wert. Sie mißtraute Menschen mit labbrigem Händedruck und ebenso denen, die einem die Finger beinahe abquetschten. Die letzteren waren meist überheblich. Doch sein Händedruck war fest und trotzdem auch zärtlich. Sie mochte ihn. Oh, Mr. Emmerson – war das ein netter Mann!

Sie lief wieder zurück zu Ted. Das würde ein wunderschönes Weihnachten geben!

5. Der Witz

Auf dem Kamin lagen drei Weihnachtskarten. Sie waren ausgewählt worden, weil sie am dezentesten wirkten. Die andere Andeutung von Weihnachten, die Ann in ihrer Wohnhalle zugelassen hatte, waren drei rote Kerzen. Sie standen inmitten eines Blumenarrangements, das sich, wahrscheinlich wegen der spärlich kunstvollen Anordnung, »Chinesisch« nannte.

Auf dem langen Eßtisch befand sich das übliche Glas und Silber, das letztere für diese Gelegenheit ergänzt durch zwei Armleuchter. Die Kerzen hatten einen zarten Cremeton, und die Dochte waren noch nicht angebrannt.

Die Männer standen mit ihren Drinks in den Händen da und warteten darauf, daß die Damen nach unten kommen würden. Die männliche Gesellschaft bestand aus James Wilcox, Arnold Ransome und dem Juniorpartner Michael Boyd, zusammen mit Laurie und natürlich John selbst. Bei einer Gelegenheit wie dieser war es sehr oft Laurie, der die Gäste nach ihren Wünschen fragte und dann die Drinks reichte; doch heute war ihm sein Vater zuvorgekommen.

Als alle mit ihren Drinks versorgt gewesen waren, hatten sie sich gegenseitig gestanden, wie langweilig sie Weihnachten wieder gefunden hätten. Eine Haltung, die für diese Festzeit die richtige schien. Danach fiel die Gesellschaft in Schweigen. Der junge Boyd und Arnold Ransome fühlten sich bemüßigt, dieser Stille ein Ende zu bereiten, sie schienen einen außerordentlich guten Witz fabriziert zu haben. Ihr Lachen war so laut, daß nun alle interessiert zuhörten.

»Los, mach weiter.« Immer noch lachend nickte Arnold Michael Boyd zu, aber der junge Mann lehnte fröhlich ab: »Nein, nein das war doch nichts Besonderes. Du bist dran.«

»Also gut, ich wollte gerade sagen, daß ich den alten Rawlings neulich bei einem Dinner in Newcastle erlebt habe. Dabei fragte er mich, ob du ihn schon einmal gehört hast, John?«

»Ja«, sagte John und nickte. »Aber das ist schon lange her. Außerdem immer vor Gericht, niemals beim Dinner. Es ist besser, sich vor seiner scharfen Zunge zu hüten.« »Ja, das kann man wohl sagen. Ich hab ihn im Gericht nie erlebt, da er ja schon seit Jahren in London ist, aber ich kann es mir gut vorstellen. Die haben sich alle geschüttelt vor Lachen. Und dieser Mensch kann Dialekte nachmachen. Er hat vom Fall eines Iren erzählt, der angeklagt wurde, weil er am St.-Patricks-Tag randaliert und einen Polizisten angegriffen hat. Er hat dabei so breit gesprochen, wie es kaum einem Iren gelingen würde. Offenbar war ein Priester erschienen, um sich für den Mann einzusetzen ... Wenn du gehört hättest, wie der den Priester nachgemacht hat! Ich kann das natürlich längst nicht so gut, aber es ging ungefähr so: ›Euer Ehren, Shane O'Grady ist'n friedliebender Mann und kommt regelmäßig zur Kirche und ist auch sonst 'n anständiger Kerl. Aber Sie müssen verstehen, Euer Ehren, daß das ganze Unglück am St.-Patricks-Tag passiert ist. Und für jeden Iren ist es eine Beleidigung, wenn an diesem Tag seine Heimat angegriffen wird.‹ ›Würden Sie sich vielleicht etwas genauer ausdrücken?‹ fragte der alte Rawlings.

›Nun, das verhält sich so‹, sagte der Priester. ›Als ein Landsmann von ihm, der noch nicht lange wieder im Land war, ihn fragte, ob er Englisch Grün oder Irisch Grün sei, da sah er rot. Das will ich Ihnen erklären, Euer Ehren. Da gibt es irische Katholiken und englische Katholiken und beide sind dem Grün treu, doch der Ire weiß, daß der Ton im Grün der Englischen Katholiken nicht mit dem wirklichen, echten Grün zu vergleichen ist, wenn Sie wissen, was ich meine. Daher war der Zweifel an der wahren Farbe zuviel für Shane und er schlug den Landsmann nieder. Das war eigentlich gar nicht so bös gemeint, nur traf es sich schlecht, daß genau in diesem Moment der Polizist daherkam und daß er zu keinem von den beiden Grüns gehörte, und Blut, wissen Sie, ist dicker als Wasser, und Grün, Euer Ehren, ganz gleich welcher Schattierung, ist dicker als Blut.‹«

Alles schüttelte sich vor Lachen.

Immer noch lachend nahm Laurie einen Schluck aus seinem Glas. Ja, Arnold konnte wirklich erzählen, das mußte man ihm lassen. Wie war denn das noch gewesen, was er neulich erzählt hatte von dem Steuerprüfer und dem Bierbrauer? Er kramte in seinem Gedächtnis, um die Pointe zu finden, als er seinen Vater sagen hörte: »Ich hab neulich auch einen sehr ulkigen Witz über einen irischen Priester gehört.« Er glaubte seinen Ohren nicht zu trauen, als sein Vater begann, die Geschichte zu erzählen. Seines Wissens hatte sein Vater in seinem ganzen Leben noch nie einen Witz erzählt. Er hatte sich immer geweigert, weil er meinte, er könne nicht gut erzählen. Es gab halt Leute, die lustig erzählen konnten und es gab welche, die nicht die Gabe dazu besaßen. Und zu denen gehörte sein Vater.

»Also, da gab es einen katholischen Priester, der von einem sechsstöckigen Haus hinunterfiel. Während er an den fünf Stockwerken vorbei kam, betete er inständig, gerettet zu werden. Doch als er sah, daß er sich dem Boden näherte, schlug er das Kreuzzeichen und rief: ›Oh, mein Gott, und das für den verdammten Aufprall.‹«

James Wilcox lachte. Er wollte nicht lachen, aber er lachte, weil er sich im stillen sagte: ›Aha, habe ich also doch recht gehabt mit neulich nacht. Er ist vielleicht krank gewesen, doch er hatte trotzdem schwer geladen. Heute hat er das auch, da mach ich jede Wette … Emmerson, der einen Witz erzählt, das kann überhaupt nicht wahr sein!‹

Arnold lachte ebenfalls, schwieg aber auch. Er machte sich seine Gedanken darüber, daß John sich in letzter Zeit verändert hatte; er war entspannter und umgänglicher. Er erinnerte sich an die beiden Sonnabend vormittage, als er zu Hause bei John angerufen hatte, um ihm etwas zu sagen. Ann sagte ihm damals, er sei in seinem Büro, aber als er im Büro anrief, hatte er keine Antwort bekommen. Er hatte darüber kein Wort verloren, doch beim zweiten Mal hatte er es komisch gefunden.

Michael Boyd dachte sich, daß John eine absonderliche Wortwahl getroffen hatte. ›Das für den verdammten Aufprall!‹ Merkwürdig, daß dieser verknöcherte Mann einen Witz erzählte. Er hatte ihn immer für steif und zugeschnürt gehalten. Natürlich war an dem Witz nichts Anrüchiges, man konnte ihn immer und überall erzählen. Doch trotzdem war es merkwürdig, daß der alte Mann überhaupt einen Witz erzählte. Er schien sonst gar nicht dieser Typ zu sein.

Laurie hatte sich dem allgemeinen Gelächter angeschlossen. Es hätte nicht gut ausgesehen, wenn er nicht gelacht hätte. Sein Vater und Witze! Und gestern morgen hatte er gehört, wie er vor sich hingepfiffen hatte. Irgendwie hatte er sich in letzter Zeit verändert. War es Trotz? Nein, so konnte man es nicht nennen. Und trotzdem hatte er sich verändert. Nichts, was jetzt noch geschehen würde, könnte ihn nun noch überraschen, nachdem ... nachdem sein Vater einen Witz erzählt hatte.

Das Gelächter war bis oben ins Schlafzimmer gedrungen, und Valerie sagte zu Mrs. Boyd, die nur ein Jahr jünger war als sie: »Komm, ich habe das Gefühl, wir versäumen etwas.« Sie blickte über ihre Schulter und fügte hinzu: »Wir gehen hinunter, Mutter ... und Tante Ann.«

»Ja, natürlich, mein Schatz, wir kommen sofort nach.« May Wilcox drehte sich von ihrem Platz am Toilettentisch um und lächelte ihre Tochter strahlend an, doch sie machte keine Anstalten aufzustehen.

Nachdem die beiden jungen Frauen das Zimmer verlassen hatten, stellte sich Ann neben ihre Freundin, blickte auf sie herab und sagte leise: »Was meinst du, May, was willst du damit sagen, daß ich es nicht trage? Du wirst doch kaum erwarten, daß ich heute abend eine Nerzstola trage, oder?«

»Sei doch nicht so dumm, mein Schatz«, May klopfte sie auf den Arm. »Ich meine doch nicht die Stola, ich meine das Parfum ... das von Dior.«

»Hat Laurie Val erzählt, daß er mir Dior schenken wird? Er hat mir dies hier geschenkt.« Sie deutete auf eine dreireihige Perlschnur, die ihren dünnen Hals umschloß.

May runzelte die Stirn. Dann blickte sie irritiert auf ihre Hände, drehte sich zum Spiegel, kämmte ihr Haar zurecht und sagte ruhig: »Das muß ein Irrtum sein. Es tut mir leid, daß ich es erwähnt habe.«

Ann blickte May im Spiegel an, doch May wich ihrem Blick aus. »Was ist das, mit diesem Dior?«

»Ach, laß doch, ich will dir keinen Verdruß bereiten, Ann.« May blickte jetzt hoch.

»Bitte sag mir, was los ist, ich will es wissen.«

»Schau her, Ann. Du hast unten ein Dinner vor dir. Da sind auch noch andere Leute, nicht nur James, Valerie und Laurie. Wir werden später darüber sprechen.«

»Wir werden das nicht tun.« Mit einer schnellen Bewegung legte Ann ihre Hand auf Mays Schulter und sagte leise: »Du wirst es mir jetzt sagen. Was meinst du mit diesem Parfum?«

»Oh, mein Gott!« May schüttelte Anns Hand ab, stand auf und

legte die Hand an die Stirn. Dann wandte sie sich wieder Ann zu und sagte: »Also bitte, wenn du es unbedingt wissen willst. Die Millie, du weißt ja, Mrs. Orchard, wohnt mit einer Miss O'Neill zusammen, und diese Miss O'Neill war zufällig gestern morgen bei Danes', gerade als John dort in der Parfumabteilung war, und er hat eine Flasche Dior gekauft, eine große Flasche, die fast zehn Pfund gekostet hat, wie sie sagte. Ja, und dann habe ich natürlich ...« Sie spreizte ihre Hände. »Ich hab natürlich gedacht, es ist für dich. Ich wußte, daß es nicht für Val ist, da er ja für sie und Laurie zusammen den Sessel gekauft hat, und man kauft ja nicht eine Flasche Dior für zehn Pfund für ... Ach, was sag ich denn da?« Sie schlug sich mit der Handfläche auf die Stirn und sagte zum Schluß: »Ach, schau mich nicht so an, Ann. Komm jetzt und reiß dich zusammen.«

Ann konnte ihren Blick nicht von May wenden und als sie versuchte, etwas zu sagen, kam es wie ein heiseres Krächzen heraus. Sie räusperte sich kurz und sagte: »May, das wirst du niemand sagen, versprichst du mir das?«

»Ja, schon gut, natürlich.«

»Sag nicht ›schon gut‹, May. Ich möchte dein feierliches Versprechen, daß du es niemandem sagen wirst.«

»Also gut, Ann. Ich verspreche es dir. Jetzt reg dich bitte nicht zu sehr auf.«

»Auch nicht zu James!«

»Ich werde es James nicht sagen.«

»Und auch nicht Val!«

»Ich hab es dir doch gesagt. Jetzt komm endlich. Wir werden später dann noch darüber sprechen.«

»Danke, es ist schon in Ordnung.« Ann drehte sich dem Spiegel zu, aber sie konnte sich nicht sehen, nur den verschwommenen Umriß ihres Gesichts. Doch May wartete, und ihre Gäste warteten auch. Mit erzwungener Ruhe ging sie aus dem Zimmer, die Treppe hinunter. Und gerade als sie in die Wohnhalle kam, hörte sie die hohe Stimme des jungen Boyd, der ausrief: »Ein Zuchtstier in Argentinien!« Die ganze Gesellschaft lachte. Ihr Mann lachte – zum erstenmal seit sechsundzwanzig Jahren hörte sie, wie er lachte. Dieses Geräusch hob sich von allen anderen Geräuschen im Raum überdeutlich ab.

6. Pat

Donnerwetter, war das heiß! Das war schon mehr ein Sommertag als ein Tag im Spätfrühling. Cissie setzte ihre Einkaufstasche und Handtasche auf dem Boden ab, holte den Schlüssel unter der Matte hervor und öffnete die Tür; dann nahm sie ihre Sachen wieder in die Hand und ging hinein.

Als sie an der Wohnzimmertür angekommen war, wollte sie gerade nach Pat rufen, doch hielt sie inne. Da der Schlüssel unter der Matte lag, konnte er ja gar nicht hier sein. Was aber war mit ihm los? Er hatte noch nie den Termin ihres Treffpunktes im Café verfehlt. Vielleicht hatte Mr. Bolton so viel zu tun gehabt und hatte ihn länger dabehalten? Doch im allgemeinen war um dreiviertel eins nie mehr so viel zu tun.

Sie räumte ihre Einkäufe auf und ging dann ins Badezimmer. Sie stellte sich vor den Spiegel und strich das Haar aus der Stirn. Ihr war heiß, und es war anstrengend gewesen. Und ausgerechnet an diesem Morgen war der kleine Kerl nicht erschienen. Na, der sollte erst mal heimkommen! Sie wusch sich die Hände, legte etwas frisches Make-up auf und ging wieder in die Küche zurück.

Wo konnte er bloß hingelaufen sein? Ach was, warum sollte sie sich Sorge machen, sie sollte statt dessen lieber das Essen vorbereiten. Sicher würde er in einer Minute hereingestürmt kommen, und sie hatte noch nichts fertig.

Eine Stunde später stand sie am Fenster und schaute hinunter auf die Straße. Von hier aus konnte sie die Albany Road und die Cromwell Street sehen. Aus einer der beiden Richtungen mußte er kommen. Fünf Minuten später sah sie ihn. Ihre Hand griff erschreckt an die Kehle, denn an einer Seite begleitete ihn ein Polizist und an der anderen ein Mann in einem hellen Regenmantel.

»Oh, mein Gott! Nicht noch einmal das. Nein, nein, Pat, nicht noch einmal.« Sie rief laut aus, was sie dachte.

Sie wartete, bis sie oben an der Treppe angekommen waren und dann sprudelte es aus ihr heraus: »Was ist los? Wo bist du gewesen?« Sie streckte ihre Hand aus, um Pat zu packen und ihn zu schütteln, doch er stand so starr zwischen den beiden Männern, als sei er versteinert. Der Mann in dem hellen Regenmantel richtete das Wort an sie: »Mrs. Thorpe?«

»Ja, ja, ich bin Mrs. Thorpe. Sie wissen doch, daß ich Mrs. Thorpe bin.« Ihre Stimme wurde etwas schrill.

»Können wir einen Augenblick hereinkommen?«

»Ja, ja, kommen Sie herein.« Sie ließ sie in die Diele treten, schloß dann die Tür und sagte: »Gehen Sie ins Wohnzimmer.«

Im Zimmer starrte sie den Polizisten in Zivil an und fragte: »Was ist denn? Was ist denn nur geschehen?«

»Bitte, regen Sie sich nicht auf, wir möchten nur einige Erkundigungen einziehen.«

»Er hat nichts getan, er hat sicher nichts getan. Er hat es mir versprochen. Jedenfalls hat er noch nie etwas getan ... Pat?« Sie blickte ihn bittend an; und auf einmal stürzte sich der Junge zu ihr, schlang die Arme um ihre Hüfte, schaute sie verzweifelt an und schluchzte: »Ich hab nichts getan, Mam, ich hab wirklich nichts getan. Ich schwöre es, ich schwöre es bei allem, was ich lieb habe. Ich war ja den ganzen Morgen bei Mr. Bolton. Ich hab nur gerade etwas erzählt, als sie kamen. Ich hab nichts getan, wirklich nicht.«

Sie drückte ihn eine Weile fest an sich, bevor sie von einem Polizisten zum anderen sah. »Also, was ist es diesmal? Er war niemals in der Nähe von Woolworth oder Smith, das könnte ich schwören.«

»Setzen Sie sich, Missus.« Es war der Polizist, der wieder sprach.

»Es ist diesmal leider etwas ernster als Woolworth oder Smith, Mrs. Thorpe.« Die Stimme des Polizisten in Zivil war gedämpft und sachlich.

»Es hat mit einem kleinen Mädchen zu tun.«

»Mit einem kleinen Mädchen?« Cissie starrte den Mann fassungslos an.

»Ja, ein kleines Mädchen wurde heute morgen in einem Schuppen beim alten Schuttabladeplatz belästigt, der Autofriedhof in der Nähe vom Spielplatz der Kinder.«

»Mein Junge soll ein Mädchen belästigt ...« Sie blickte von ihm auf ihren Sohn und sagte: »Sie sind wohl verrückt ... Pat,« ihre Stimme war nur noch ein Flüstern, »das hast du doch nicht getan?« Sie blickte ihn flehend an.

»Nein, Mam, ich schwöre es, ich hab es nicht getan. Ich weiß nichts davon.«

»Sehen Sie? Sie sehen es! Glauben Sie ihm denn nicht?« Sie blickte den Mann wieder an.

Der Mann in Zivil sah sie jetzt ungerührt an und sagte: »Wir haben noch zwei andere Jungens erwischt. Sie waren zu viert, und nachdem wir sie gefragt haben, haben sie zugegeben, daß Ihr Junge auch dabei war.«

»Wer hat das gesagt? Wer hat gesagt, daß er dabei war? Tim Brooks?«

»Ja. Ja, es war dieser Brooks.«

»Das wußte ich. Das mußte ja so sein. Dieser Junge haßt Pat, warum weiß ich nicht. Er hat ihn schon einmal in Schwierigkeiten gebracht, ihm einfach etwas angehängt. Er hat das mit voller Absicht getan.« Sie rang die Hände.

»Bitte, hören Sie mal zu. Wir haben nicht nur Tom Brook's Aussage, daß Ihr Sohn da mitgemacht hat ... Ich muß Ihnen sagen, daß das kleine Mädchen auch eine Aussage gemacht hat.«

»Sie hat gesagt, daß sie ihn gesehen hat?« Sie wandte sich an Pat. »Das kann nicht sein, nein, das kannst du nicht getan haben ...« Ihre Stimme schnappte über und Pat wimmerte: »Ich hab es nicht getan. Glaub mir, Mam, ich hab es nicht getan. Ehrlich, ich nicht ...«

»Das kleine Mädchen konnte die Gesichter der Jungens nicht genau erkennen, Missus«, sagte jetzt der Polizist. »Sie hatten sich Strümpfe übergezogen, wie Gangster.« Er nickte langsam. »Doch sie hat Brooks an den Kleidern erkannt, die er angehabt hat und an seinem unverwechselbaren Haar. Und Ihren Sohn hat sie an seinem Schlips erkannt.«

Bevor Cissie fragen konnte: »Der Schlips?« hatte der Mann in Zivil schon die Hand in die Tasche gesteckt und eine blaurotgestreifte Schulkrawatte hervorgezogen.

»Gehört die Ihrem Sohn?« Er gab ihr die Krawatte und sie hielt sie in beiden Händen und sagte: »Ja, die gehört ihm. Die hat ihm gehört. Das ist die ...«

Sie wandte sich jetzt wieder Pat zu, der schrie: »Das ist die, die mir gestohlen worden ist, zusammen mit meinem Pullover, ungefähr vor vierzehn Tagen, nach dem Turnen. Erinnerst du dich daran? Du hast gesagt, ich soll es melden, und ich hab es gemeldet. Ich hab es getan. Seither hab ich die nie mehr gesehen.«

Cissie drehte die Krawatte an einer Ecke um und sah ein paar lose Fäden. Sie deutete mit dem Finger darauf, bevor sie herausbrachte: »Sehen Sie. Sehen Sie, man hat seinen Namen entfernt. Ich nähe überall die Namen rein, wegen der Stehlerei. Man hat seinen Namen entfernt.«

»Ja, das Schildchen ist herausgenommen worden, doch weiter oben kann man seinen Namen noch ganz schwach lesen, mit Tinte geschrieben.«

Sie blickte auf die Stelle der Krawatte, an der sie schmaler wurde, und sie sah den blassen Umriß von ›Patrick Thorpe‹. Sie hatte das vor langer Zeit geschrieben, doch dann hatte sie diese Schildchen gekauft, weil die besser aussahen, vor allem in seinen Hemden. Sie hatte alle seine Sachen so gezeichnet. Langsam sagte sie: »Das hat er ihm angehängt. Das hat Tom Brooks ihm angehängt.«

»Ich verstehe, daß Sie es so sehen wollen, Mrs. Thorpe, doch wenn das seine Absicht war, wäre es wohl besser gewesen, das Namensschild drin zu lassen, oder glauben Sie nicht? Auf jeden Fall hat das kleine Mädchen nach der Krawatte gegriffen, als es mit … mit einem der Jungen gekämpft hat.«

Cissie mußte sich auf einen Stuhl setzen, schloß die Augen und sagte dann: »Hat sie … ?« Sie beendete die Frage nicht und sagte dann mit gesenktem Kopf: »Was werden Sie jetzt tun?«

»Wir möchten, daß Sie mit uns zur Wache kommen.«

Sie blickte langsam ihren Sohn an. Seine Augen starrten sie aus einem aschfahlen Gesicht an. Er blickte sie unverwandt an und schien um Hilfe zu flehen. Mühsam beherrscht sagte sie nur: »Geh jetzt, und wasch dein Gesicht und deine Hände.«

Es dauerte ein bißchen, bevor er den Stuhl losließ, den er die ganze Zeit umklammert hatte. Dann drehte er sich um, und als er auf das Badezimmer zuging, taumelte er etwas. Sie blickte wieder den Mann in Zivil an und sagte: »Ist dem Kind etwas geschehen?«

»Ja, ihm ist etwas geschehen.«

Sie senkte tief den Kopf und stöhnte. Doch sie faßte sich schnell wieder, und ihre Stimme war wieder stark und fest, als sie sagte: »Wenn Christus selbst in dieser Minute mir sagen würde, daß mein Pat etwas damit zu tun hatte, dann würde ich ihm nicht glauben, und ich werde es Ihnen beweisen. Er kann nichts damit zu tun gehabt haben, er würde so etwas niemals tun!«

»Bitte«, sagte der Beamte in Zivil gleichgültig, »es wäre uns nur recht, wenn Sie es beweisen könnten.«

Es war fünf Uhr nachmittags, als Cissie wieder nach Hause kam. Zum zweitenmal schloß sie an diesem Tag die Tür auf; doch diesmal schob sie Pat mit festem Griff in die Diele und sagte: »So, du bleibst jetzt hier und rührst dich nicht, bis ich zurück bin.«

»Aber, Mam, Mam«, er weinte bitterlich, »wo gehst du hin?«

»Das ist doch egal. Auf jeden Fall bleibst du hier.« Sie drehte sich um, schloß die Tür und rannte die Treppe hinunter. Unten im zweiten Stock kam ihr Miss O'Neill entgegen.

»Stimmt etwas nicht, Cissie? Ist etwas nicht in Ordnung?« fragte sie.

»Nein, gar nichts, gar nichts ist, Maggie.« Sie blieb nicht stehen und Maggie rief hinter ihr her: »Ist das auch wirklich wahr? Ich würde so gern helfen, Sie wissen das ja, Cissie. Alles, was Sie wollen.«

Draußen überquerte Cissie schnell die Straße und rannte zum Bus, der an der Ecke gehalten hatte. Fünf Minuten später stieg sie schräg gegenüber von Mr. Boltons Gemüseladen aus. Dies war innerhalb der letzten Stunde ihr zweiter Besuch hier.

Als sie in den Laden kam, sah Mr. Bolton sie überrascht an und zuckte dann ungeduldig die Schultern, während er einer Kundin das Wechselgeld gab. Er blickte nicht in Cissies Richtung, als er durch den Laden einer anderen Kundin zurief: »Was kann ich Ihnen geben, Missus?« Er blickte angestrengt an ihr vorbei und schien nervös zu sein.

Cissie stand in der Nähe der Kartoffelkiste, als er mit seiner Schaufel kam und ihr mit gedämpfter Stimme zuflüsterte: »Ich will nicht da reinverwickelt werden.«

»Das werden Sie, ob Sie wollen oder nicht, Mr. Bolton.« Auch sie sagte es leise.

Er zischte sie jetzt von der Seite an: »Wenn Sie mir so kommen wollen ...«

»Sie brauchen nur die Wahrheit zu sagen, dann bin ich völlig zufrieden.«

Die drei Kunden im Laden machten jetzt auf sich aufmerksam, und Mr. Bolton setzte heftig die Gewichte auf die Waage, blies die Tüten auf und klirrte mit der Ladenkasse, ohne dabei etwas Außergewöhnliches zu sagen. Endlich war Cissie mit ihm allein. Er sah sie an und sagte: »Also, ich habe denen schon alles gesagt, was ich sagen werde, und was ich Ihnen gegenüber noch einmal wiederhole. Die Kinder kommen zu mir und betteln um einen Job. Wenn sie vierzehn sind, stell ich sie ein, aber nicht darunter.«

»Sie sind ein Lügner, und Sie wissen es.«

»Beweisen Sie es bitte, Missus. Beweisen Sie es.«

»Sie wissen ja, was meinem Jungen passieren kann, nur weil Sie Angst haben, daß Ihnen die Hölle heiß gemacht wird, wenn Sie kleine Kinder hier einstellen?«

»Aber, ich bitte Sie.« Er streckte ihr die Handflächen abwehrend entgegen. »Das geht doch wieder vorbei. Er war eben mal in der Klemme. Das war doch nicht das erste Mal, daß Kinder ein bißchen Spaß zusammen gehabt haben, und es wird auch nicht das letzte Mal sein. Und sicher ist sie es gewesen, die es so haben wollte. Eines Tages wollen es eben alle. Wenn Sie sehen würden, was ich hier manchmal hinter meinem Laden sehe, dann würden Ihnen die Haare zu Berge stehen. Und alle noch in der Schule. Ich sag Ihnen, das kommt doch oft vor.«

»Das kommt bei meinem Sohn nicht vor. Es ist mir ganz gleich, wie viele es tun und wer es tut. Doch er hat es nicht getan. Er war nicht mit ihnen zusammen. Er war hier in Ihrem Laden, genau zu der Zeit, als das Kind überfallen wurde, und Sie wissen es ganz genau.«

»Aber, sehen Sie, ich hab doch gesagt, daß ich ihn da zwischen den Kisten gesehen hab, wie er sich da herumgedrückt hat. Da gibts von hinten einen Eingang. Alle Kinder kommen von da hinten und treiben sich hier herum. ›Kann ich Ihre Kartoffeln abwiegen, Mr. Bolton?‹ fragen sie. ›Kann ich Ihnen was liefern, Mr. Bolton?‹ sagen sie. ›Ich mach das und das für einen Schilling‹, sagen sie.«

»Sie haben meinem Pat heute morgen drei Schillinge gegeben. Sie geben kaum einem Jungen drei Schillinge fürs Nichtstun. Er war früh hier, denn er ist schon kurz nach acht von zu Hause fort. Wo ist er denn bis zum Essen gewesen? Er kommt ja schon seit Wochen hierher.«

»Sie kommen alle seit Wochen hierher. Er und alle anderen.«

»Sie sind ein dreckiger, kleiner Lügner. Und bei Gott, ich werde es Ihnen beweisen, das kann ich Ihnen verraten.« Sie biß die Zähne zusammen, und ihre Augen waren schwarz vor Zorn.

»Da werden Sie sich schwer tun.« Er grinste sie schmierig an. »Wie ich schon der Polente gesagt hab, als sie alle zusammen hier waren: er konnte hier sein, und er konnte auch nicht hier sein. Sie haben ja selbst da hinten rausgeguckt, und was haben sie gesehen? Ein halbes Dutzend Kinder zwischen den Kisten und außerdem die Abfälle.«

»Mein Pat ist gar nicht so weit gekommen wie die Abfälle und die Kisten, er war hier drinnen.« Sie deutete auf einen kleinen Raum neben ihm. »Dort, wo Sie die Bestellungen erledigen. Ich werde mir einen Anwalt nehmen, Mr. Bolton. Und ich kann Ihnen etwas sagen: Es wird Ihnen noch leid tun, daß Sie nicht die Wahrheit gesagt haben und zugegeben haben, daß Pat zwischen neun und eins heute vormittag hier war. Wenn Sie gesagt hätten, daß Sie ihn zwischen zwölf und eins gesehen haben, so wäre das schon genug gewesen, aber nein. Sie haben es nicht getan, weil die Polizei Fragen stellen würde, und Sie würden ein paar Schillinge loswerden. Gut, Mr. Bolton, es kommt so manches ans Tageslicht, wenn man erst mal anfängt, ein bißchen herumzustöbern. Erinnern Sie sich mal daran.«

Sie wandte sich von seinem grimmigen Gesicht ab, verließ den Laden und schlug den Weg zur Hauptstraße ein. Die Sonne schien immer noch, die Leute liefen geschäftig umher und jeder schien zu lächeln und glücklich zu sein. Und sie? Sie war drauf und dran, ihren Sohn zu verlieren, das einzige, was ihr noch im Leben geblieben war und was ihr am Herzen lag. Was würden sie ihm tun können, wenn sie beweisen konnten, daß sie recht hatten? Eine Besserungsanstalt. Und dann? Sie blieb abrupt stehen, und die Leute hinter ihr rempelten sie an. Sie brauchte unbedingt Hilfe. Sie hatte es Mr. Bolton gesagt, daß sie einen Anwalt nehmen würde, und sie würde es tun, ja, Mr. Emmerson! Ja, Mr. Emmerson würde ihr helfen. Ohne nach rechts oder links zu sehen, trat sie auf die Straße und wäre beinahe unter ein Auto gekommen, als sie auf eine Telefonzelle zuging.

Als sie die Nummer aus dem Telefonbuch herausgesucht hatte, nahm sie den Hörer ab, steckte vier Pennys ein, und als eine Frauenstimme sagte: »Fellburn 289«, da drückte sie auf den Knopf, fuhr sich mit der Zunge über die Lippen und sagte: »Kann ich bitte Mr. Emmerson sprechen?«

Erst nach längerer Pause kam die Frauenstimme wieder und sagte: »Wer spricht, bitte?«

»Hier ist Mrs. Thorpe. Ich möchte bitte mit Mr. Emmerson sprechen.«

»Es tut mir leid, aber Mr. Emmerson ist sehr beschäftigt. Kann ich ihm etwas ausrichten?«

»Nein, es tut mir leid. Es ist wichtig, sehr wichtig. Würden Sie ihm sagen, daß ich es bin, Mrs. Thorpe? Ich bin sicher, daß er mich sehen will ... mit mir sprechen will.«

Wieder trat eine Pause ein. Dann hörte Cissie, wie der Hörer hingelegt wurde. Sie hörte leise Schritte, die sich entfernten, und nach einer Weile hörte sie Johns Stimme, die sagte: »Ja? Hier spricht John Emmerson.«

»Oh, Mr. Emmerson, es tut mir leid, daß ich sie stören muß.«

»Das macht nichts, Mrs. Thorpe, wirklich nichts. Ist etwas nicht in Ordnung?« Seine Stimme klang anders als sonst.

»Ja, ich bin in großer Not. Es ist wegen Pat, Mr. Emmerson. Meinen Sie, ich könnte Sie sehen?«

»Pat? Ist etwas mit ihm geschehen ... ein Unfall?«

»Nein, das nicht ... es ist viel schlimmer als das. Könnte ich ... könnte ich Sie sehen?«

»Ja, ja, natürlich. Ich komme sofort zu Ihnen.«

»Oh, vielen Dank, Mr. Emmerson. Auf Wiedersehen.«

»Auf Wiedersehen.«

Als John sich vom Telefontisch abwandte, sah er Ann in der Tür zur Halle stehen. Ihr Blick war fragend, und er hatte das Gefühl, sofort eine Erklärung abgeben zu müssen. Er räusperte sich: »Ich muß eine Weile fort. Es ist wegen einer Klientin, sie hat offenbar große Schwierigkeiten.«

Als er die Treppe hinaufstieg, beobachtete sie ihn immer noch, und er mußte an die Nacht denken, als er damals von Cissie zurückkam und all seine Freunde dort unten gestanden und ihn mit Blicken seziert hatten. In der Nacht damals hatte er kein schlechtes Gewissen gehabt, aber heute hatte er es. Es gab Zeiten, da wünschte er sich, daß sie von seinen Besuchen bei Cissie wüßte. Es gab ja auch eine Möglichkeit, sie aufzuklären, er müßte es ihr ganz einfach sagen. Doch er konnte sich nicht dazu überwinden, es zu tun. Sie würde niemals verstehen, daß er so einen Menschen wie Cissie brauchte, und es war auch ganz gut, daß sie es nicht verstand, denn dann wäre der persönliche Affront für sie noch größer und er wollte sie nicht noch mehr verletzen.

Im Badezimmer wusch er sich, kämmte sich die Haare, fuhr mit den Fingern den Nasenrücken hinab und über die Lippe und war bereit zu gehen, zu Cissie zu gehen, sie zum zweitenmal an diesem Tag zu sehen. Er ging zu »Cissie«. Er nannte sie immer nur »Mrs. Thorpe«, aber wenn er an sie dachte, war sie für ihn immer nur »Cissie«.

Er stellte fest, daß er die Treppe beinahe hinunterrannte, nicht so schnell wie Laurie es immer tat, doch sehr viel geschwinder als sonst. Als er vor der Garderobe stand und Hut und Mantel anzog, mußte er wieder zu der Glastür blicken und sah dort den Umriß von Ann, die mitten in der Halle stand. Offenbar blickte sie auf die geschlossene Tür. Das war ihm unbehaglich. Überhaupt hatte sie sich in letzter Zeit sehr ungewohnt verhalten. Sie kam jetzt immer zum Frühstück hinunter, und hin und wieder, wenn sie abends zusammensaßen und er aufblickte, sah er, wie sie ihn beobachtete. Kurz nach Weihnachten hatte er sich gedacht, daß sie vielleicht mit ihm sprechen wollte, und er hatte sich bemüht, ein Gespräch mit ihr zu beginnen, was er seit langen Jahren nicht mehr getan hatte. Doch offenbar wollte sie es gar nicht, wollte noch nicht einmal ein kurzes Gespräch, außer, wenn sie in Gesellschaft waren, oder in der Gegenwart von Mrs. Stringer, wenn der Schein der Höflichkeit zu wahren war.

Er mußte den Wagen rückwärts aus der Garage fahren und bis zum Eingang zurückstoßen. Er blickte in den Spiegel, um nicht an die Stufen zur Vorhalle zu stoßen. Genau das passierte jedoch, und was noch schlimmer war: Ann stand neben dem Hallenfenster am Rand des Vorhangs und beobachtete ihn.

TEIL II – Laurie

1. Das Unmögliche

Ann lag im Bett, und Laurie saß neben ihr und hielt ihr die Hand. Da entzog sie sie ihm plötzlich mit einer heftigen Bewegung, holte aus ihrer geschlossenen Faust ein Batisttaschentuch, und begann nervös, es auf ihrer seidenen Steppdecke zu glätten und zu einem kleinen Quadrat zu falten.

Laurie beobachtete sie schweigend und biß sich auf die Unterlippe. Dann schloß er die Augen, als ob er tief nachdachte, und sagte schließlich mit sanfter Beharrlichkeit: »Du mußt mir jetzt wirklich sagen, was du hast, Darling. Ich hab dich so überhaupt noch nicht erlebt.«

Sie antwortete ihm nicht sofort, und als sie es tat, war es, als ob sie etwas wiederholte, was sie auswendig gelernt hatte. »Ich habe dir ja gesagt, ich fühle mich elend. Ich hatte diese Erkältung und seitdem fühle ich mich elend. Weiter ist gar nichts. Ich kann doch einfach noch ein paar Tage im Bett bleiben, um mich zu erholen.«

Laurie stand auf, ging zum Fenster und blickte hinunter in den Garten auf das Meer von Tulpen, Osterglocken und Narzissen, und während er dort stand, hörte er, wie Valeries Wagen in die Einfahrt fuhr. Er konnte ihn nicht sehen, doch er kannte das Geräusch des Motors ganz genau, und auch ihre Art, den Kies beim Bremsen laut knirschen zu lassen. Er wandte sich jetzt um, ging zum Bett zurück und sagte mit sanfter Stimme: »Ich will dir gestehen, daß ich heute zum Doktor gegangen bin.«

»Du hast was getan?« Sie begann das Taschentuch wieder zusammenzuknüllen. »Du hast kein Recht gehabt, das zu tun!«

»Irgend jemand muß es tun, und wenn ich es nicht bin, wird es wohl niemand anders machen.«

»Sag so etwas nicht.« Ihr Ton war so scharf, daß Laurie die Augen erschreckt aufriß und das Kinn reckte. Er war überrascht, daß dieser Hinweis auf die mangelnde Besorgnis seines Vaters sie erregte. Sein eigener Ton wurde nun scharf, als er sagte: »Der Doktor hat mir gesagt, daß du keine Erkältung hast und daß es deine Nerven sind, die nicht in Ordnung sind. Das hat mich auch nicht überrascht, doch es hat mich überrascht, daß er mir angedeutet hat, du hättest wegen irgend etwas Kummer und daß es dir nicht besser gehen wird, bis du es nicht los wirst und jemandem sagst. Er hat mich eingeweiht, daß das schon seit Monaten so geht.«

Sie blickte ihn fast feindselig an, was sein Fassungsvermögen nun total überstieg. Er ging schnell ums Bett herum, setzte sich wieder neben sie, nahm ihre Hände und flüsterte: »Versteh doch, ich mach mir solche Sorge um dich. Du bist wirklich noch nie so gewesen, du warst immer ruhig und verständig. Was ist denn los? Schau, du kannst es mir doch sagen! Was ist los?«

Sie hatte den Kopf gesenkt, die Augen fest geschlossen und ihre Lippen zitterten, als sie sagte: »Es ist nichts, Laurie, gar nichts. Glaub es mir. Ich bin nur etwas erschöpft.« Sie hob ihren Kopf, blickte ihn an und lächelte, ein starres, schwaches Lächeln. »Ich werde nicht jünger, und ich nehme an, daß ich gerade die … die etwas schwierige Zeit im Leben einer Frau mitmache.«

Er blickte sie prüfend an. Vielleicht. Ja, das könnte es eventuell sein. Doch seiner Meinung nach hätte sie schon vor ein paar Jahren damit anfangen müssen. Und außerdem glaubte er, daß ein Typ wie seine Mutter so etwas mit der entsprechenden Würde schaffte.

Man hörte jetzt das Geräusch von schnellen, weichen Schritten auf der Treppe, und als er sich nach der Tür umwandte, sagte er: »Es ist Val; sie bringt heute abend ihre Arbeit mit. Ich hab auch eine Menge, die ich erledigen muß, und so haben wir uns gedacht, wir erledigen das gemeinsam unten.«

Seine Mutter schwieg, und als man ein Klopfen an der Tür hörte, rief er: »Komm rein«, und stand auf.

Valerie und er lächelten sich zu, und dann kam sie auf das Bett zu und sagte: »Hallo, Tante Ann. Wie fühlst du dich heute?«

»Viel besser, Valerie, vielen Dank.« Ihr Ton war höflich. Valerie fuhr fort: »Es war ein herrlicher Tag heute, wirklich schade, daß du nicht hinaus konntest. Meinst du, daß du morgen aufstehen kannst?«

»Vielleicht.« Ann blickte Laurie an und sagte: »Könntest du bitte, wenn du nach unten gehst, Mrs. Stringer sagen, daß sie kommen möchte? Ich muß etwas mit ihr besprechen.«

Diese Bitte war gleichzeitig eine Aufforderung, sich zu entfernen. »Ja, natürlich, ich werde es ihr sagen.« Laurie legte seinen Arm um Valeries Schulter und schob sie zur Tür, wo sie noch sagte: »Du möchtest vielleicht schlafen, und da möchte ich dich nicht stören, falls ich früher wieder gehe. Gute Nacht, Tante Ann.«

»Gute Nacht, Valerie.«

Die beiden liefen schweigend die Treppe hinunter. Als er die Türe zum Arbeitszimmer öffnete, entschuldigte er sich: »Ich bin sofort wieder da. Ich will nur Mrs. Stringer die Anweisung geben.«

Als er zurückkam, zündete Valerie sich gerade eine Zigarette an und bot ihm eine an. Er rauchte mit hastigen Zügen und beide schwiegen. Dann sagte Valerie überraschend: »Man sollte etwas unternehmen.«

»Unternehmen? Weswegen?«

»Wegen deiner Mutter natürlich.«

»Ja, ich weiß. Ich bin heute beim Doktor gewesen.«

»Was hat er gesagt?«

Er strich sich mit der Hand durch die Haare und zögerte.

»Also, was hat er gesagt?«

»Er sagt, daß er glaubt, sie bedrücke etwas, sie habe irgendeinen Kummer.«

Valerie ließ ihren Kopf zurückfallen und blies den Rauch hinauf zur Decke.

»Du sagst es«, erklärte sie.

»Was meinst du damit?«

»Sei nicht so begriffsstutzig, Laurie.« Sie schnippte ihre Asche in Richtung Aschenbecher ab und bemerkte gar nicht, daß sie auf einige Papiere fiel, die auf dem großen Schreibtisch lagen. »Diese Ausweichmanöver von dir ärgern mich jetzt allmählich. Du stellst dich immer ausgesprochen dumm, was deine Mutter betrifft.«

»Was meinst du damit, ich stelle mich dumm?« Sein Ärger war offensichtlich.

»Genau das, was ich sage.« Sie lehnte sich an ihn. »Du mußt wirklich blind sein, wenn du nicht merkst, was hier vorgeht. Ich hab Mutter heute erklärt, daß man, verdammt nochmal, etwas tun muß. Versprechen hin oder her. Ich habe versprochen, daß ich dich aufklären würde.«

Er stand auf und blickte sie an, während er seine Zigarette ausdrückte.

»Also, bitte«, sagte er ruhig.

Valerie atmete tief durch. »Du hast sicher mitbekommen, daß

sich die Atmosphäre dieses Hauses seit Weihnachten etwas geändert hat?«

Er wollte fast erwidern ›Nicht mehr als sonst‹, doch hielt er sich dann zurück. Es gab doch einen Unterschied – sein Vater sprach mehr als früher und seine Mutter weniger. Ja, das war merkwürdig, aber doch nichts Weltbewegendes. Die Situation im Haus war dieselbe geblieben, doch das wußte nur er, niemand anderer.

»Es hat keinen Sinn, ich muß dir jetzt reinen Wein einschenken. Du bist so pomadig, daß man dir nur mit einer Axt den Scheitel ziehen kann. Entweder du weißt es und gibst es nicht zu, oder du bist der Tatsache absolut blind gegenüber. Deine Mutter ist krank, weil dein Vater sich mit einer anderen Frau abgibt.«

Es dauerte einige Schrecksekunden, bevor er stotterte: »Wie bitte? Was hast du gesagt?« Völlig verblüfft starrte er sie an.

»Es ist so, wie ich es gesagt habe. Aber setz dich, bevor du umkippst.« Sie tupfte ihn mit ihren Fingerspitzen an die Brust, und er fiel schwer in den Sessel.

»Erinnerst du dich an den Weihnachtsabend, als dein Vater so aufgekratzt war? Erinnerst du dich daran, als er diesen Witz von dem Bullen erzählt hat, dem Bullen in Argentinien? Er hat ihn zweimal erzählt und dann so schallend gelacht, wie ich es bei ihm noch nie erlebt habe. Und erinnerst du dich daran, wie deine Mutter den ganzen Abend steif und starr dagesessen hat, fast wie eine Statue? Du erinnerst dich wahrscheinlich nicht daran. Dir ist es einfach nicht aufgefallen, aber es war doch ganz ungewöhnlich, daß dein Vater Witze erzählt hat. Mein Vater hat immer gesagt, man brauche eine Landmine, um deinen Vater in irgendeiner Weise zu bewegen, doch in der Nacht hat er gelacht und sogar andere zum Lachen gebracht. Die Landmine war eine Frau, und zwar die, die sich in der Nacht, als er seinen Zusammenbruch hatte, um ihn gekümmert hat. Erinnerst du dich nicht daran? Damals, an dem Abend, als er mit offenem Kragen und loser Krawatte nach Hause kam, damals, als er nicht zum Dinner erschienen ist? Und Vater hat damals doch recht gehabt ... er war betrunken.«

»Einen Moment mal, einen Moment bitte.« Er drehte seinen Kopf wütend zur Seite und hieb mit der geballten Faust durch die Luft. »Das ist alles nur eine Annahme. Du versuchst da, etwas zu konstruieren. Es ist nichts als reine Vermutung.«

»Jetzt hör mir doch einmal zu.« Sie nahm seinen Arm und

zwang ihn, sie anzusehen. »An diesem Weihnachtsabend hat meine Mutter dort oben im Schlafzimmer deine Mutter gefragt, weshalb sie ihr Dior-Parfum nicht benutzen würde. Deine Mutter hat sie dann gefragt, was sie damit meine. Und dann ist alles herausgekommen. Weißt du, die Millie, du kennst ja unsere Millie, also die lebt mit einer Frau namens O'Neill zusammen. Sie wohnen im ersten Stock, Nummer 10, der Greystone Blocks. Und diese Miss O'Neill war gerade zufällig bei Danes', als dein Vater eine Flasche Dior gekauft hat, die beinahe zehn Pfund kostete. Sie hat dann also Millie erzählt, daß sie deinen Vater erlebt hat, wie er das Parfum gekauft hat. Millie hat Mutter dann in aller Ahnungslosigkeit erzählt, daß sie weiß, was Mrs. Emmerson als Weihnachtsgeschenk bekommen wird. Eine Flasche Parfum, eine große Flasche Dior. Natürlich hat Mutter Tante Ann auf das Parfum angesprochen. Deine Mutter war dann so perplex, daß sie sich verraten hat und nahm dann meiner Mutter das Versprechen ab, es weder Vater oder mir zu erzählen. Und sie hat auch geschwiegen, jedenfalls so lange, bis sie Millie ausquetschte und erfuhr, daß dein Vater diese Mrs. Cissie Thorpe wenigstens einmal in der Woche besucht. Immer am Sonnabend morgen. Mrs. Cissie Thorpe ist Stenotypistin und hat am Sonnabend morgen immer frei. Zuerst haben sie sich nichts dabei gedacht, weil er ihr nur für ihre Fürsorge gedankt hat. Doch als es dann zur ständigen Gewohnheit wurde … nun, es sind auch nur Menschen, hat Millie gesagt. Sie sind alle neugierig geworden und haben darüber geschwatzt. Miss O'Neill, die am Sonnabend vormittags auch immer frei hat, ist dann hinaufgegangen, um ihre Freundin zu besuchen und hat deinen Vater dort vorgefunden, und das merkwürdige daran ist, daß er nicht den normalen Weg über die Treppe gegangen ist, um zum obersten Stockwerk zu gelangen. Er ging auch nachher nicht die Treppe hinunter. Er kletterte übers Dach! Millie und ihre Freundin haben dann noch ein bißchen nachgebohrt und von dem alten Ehepaar einen Stock tiefer erfahren, daß der alte Mann auch oben war und ebenfalls deinen Vater gesehen hat. Außerdem können sie hören, wenn in der Wohnung oben jemand spricht. Die alte Frau hat gesagt, sie sind nicht mehr hinaufgegangen, um die beiden nicht zu stören … ha, ha!«

Valerie bremste jetzt ihre Mitteilungsfreude, stand auf, legte den Arm um Laurie und sagte: »Es tut mir leid. Nimm es nicht so ernst.

Doch ich mußte es dir sagen, damit du es mir glaubst, denn«, sie zog ihn nun fest an sich, »du stellst dich ja sonst taub. Du willst den Dingen ja nie ins Auge sehen.«

Laurie wischte sich die Schweißperlen von der Oberlippe und fragte gefaßt: »Wie, hast du gesagt, war ihr Name?«

»Eine Mrs. Thorpe. Millie nennt sie ›Cissie‹, und offenbar ist sie ein ziemlich leichtes Mädchen. Da ist ein Reisender, der unten im Parterre wohnt und sie anscheinend regelmäßig besucht. Soviel ich gehört habe, ist der junge Holloway – du weißt doch, der Großhändler am Markt – früher auch regelmäßig zu ihr gekommen.«

»Das kann ich nicht glauben.« Er schüttelte langsam den Kopf und sprach wie zu sich selbst. »Er und eine andere Frau? Das ist unmöglich! Ausgerechnet er, nein, das kann nicht sein!«

»Ja, das hab ich auch gesagt, als ich es zum erstenmal gehört habe. Er ist ja nun wirklich einer der fadesten Menschen, die man sich vorstellen kann. Tut mir leid, Laurie, aber ich kann mir nun mal überhaupt nicht vorstellen, daß er dein Vater ist. Oh ja, ich weiß, daß er es ist, denn du siehst ihm ja ähnlich – das ist ja das komische daran. Du hast genau seine Gesichtszüge, doch trotzdem siehst du, zum Glück, nicht so aus wie er. Es ist aber auch gar nicht so sehr sein Aussehen, sondern mehr sein Wesen, was ihn so fürchterlich fade und blaß macht ... Aber, nun ist ja endlich die Frau in Bedrängnis gekommen ...«

»Du meinst ...?«

»Nein, nicht so. Jedenfalls nicht, daß ich es weiß. Nein, es ist ihr Junge. Er war schon früher mal mit dem Gesetz in Konflikt gekommen. Vater hat den Fall damals behandelt. Jetzt kommt er noch einmal vor Gericht wegen Belästigung eines Mädchens. Dabei ist er erst zehn! Ich sage dir, das sind wirklich sehr üble Leute. Ich möchte nicht in der Haut des Jungen stecken, wenn er nächste Woche meinem lieben Papa vorgeführt wird, denn der hat in solchen Fällen einen sehr eindeutigen Standpunkt. Wenn er zum Schutz von Tante Ann jemandem was versetzen kann, so wird er es sicherlich tun. Da gibt es eine Menge Möglichkeiten, sich Respekt zu verschaffen, hat er gesagt.«

Laurie stand auf und schob sie sanft beiseite. Ihn interessierte es nicht, was sie über den Jungen von dieser Frau sagte. Er dachte nur an seine Mutter, die dort oben lag und am Rande eines Nervenzusammenbruchs vegetierte. Der Doktor hatte ihm geraten: »Sie müssen sie dazu überreden fortzufahren, einen langen Urlaub zu machen. Gibt es zu Hause irgendwelche Probleme? Ich meine …« und noch bevor der Doktor seinen Satz beendet hatte, hatte er ihm versichert, daß es keinerlei Probleme gebe, nicht die geringsten. »Dann bringen Sie Ihren Vater dazu, daß er mit ihr eine Reise macht, eine Seereise. Das könnte ihr helfen. Von zu Hause weg, und allen Menschen die um sie herum sind, das bewirkt oft Wunder.«

Seinen Vater dazu bringen, sie auf eine Seereise mitzunehmen!

Langsam verflog seine Benommenheit, und was nun übrigblieb, war fürchterlicher Zorn. Er begann in ihm zu brennen, als ob plötzlich ein Feuer entzündet worden wäre. Schweiß rann ihm übers Gesicht, und als er Valeries Stimme hörte, schien es ihm, als ob sie aus einer anderen Welt spräche.

»Jetzt sei doch vernünftig und reg dich nicht so auf!«

Als sie ihm den Schweiß von der Stirn wischen wollte, stieß er ihre Hand fort und sagte: »Laß das. Ich mag das nicht.«

Sie trat einen Schritt zurück und sagte gereizt: »Bitte, laß es nicht an mir aus! Ich hab dir die Tatsachen mitgeteilt, weil ich es für richtig halte!«

»Ach was, du hättest es mir viel eher sagen sollen, schon vor Monaten, als du es erfahren hast.«

»Meine Mutter hatte ein Versprechen abgegeben. Vergiß das nicht!«

»Und? Hat sie ihr Versprechen gehalten?«

»Jetzt sei doch vernünftig und laß es mich nicht büßen!«

Er wurde jedoch nur noch zorniger und fuhr sie an: »Wenn sie hört«, er deutete nach oben, »daß dein Vater und du es wissen, wird sie wahnsinnig. Weshalb konnte Tante May es nicht für sich behalten oder es mir heimlich sagen?«

»Jetzt nimm dich doch zusammen.« Valeries Stimme wurde kühl und sachlich. »Mein Vater ist schließlich ein Beamter und kann ein Geheimnis für sich bewahren.«

»Daß ich nicht lache!«

»Ich bitte dich, nicht in diesem Ton von meinem Vater zu sprechen, Laurie!«

»Jetzt halt ihn doch nicht für unfehlbar, nur weil er ein Beamter ist! Du hast ja gerade eben erst selbst gesagt, daß er es diesen Jungen büßen läßt, obwohl er nichts getan hat.«

»Der Junge hat etwas getan. Er ist dabei gewesen, wie ein kleines Mädchen belästigt worden ist. Ist das vielleicht nichts?«

»Dein Vater wird ihn nicht deswegen aburteilen, er wird ihn aburteilen, weil der zukünftige Schwiegervater seiner Tochter auf Abwege geraten ist!«

Valerie trat einen Schritt zurück, und ihr Gesichtsausdruck wurde kalt. Sie betrachtete ihn eine Weile, bevor sie sagte: »Du bist ein undankbarer Saukerl!«

Sie brachte das Wort ›Saukerl‹ so heraus, daß es nur noch wenig von seinem gemeinen Beigeschmack hatte, doch es genügte trotzdem, um die Muskeln seines Gesichts zusammenzucken zu lassen. Sie benutzte das Wort ›Saukerl‹ oft, und er konnte es nicht leiden. Außerdem wußte sie, daß er es nicht leiden konnte. Sie griff jetzt ihre Papiere, die sie auf dem Schreibtisch abgelegt hatte, schritt mit hocherhobenem Kopf auf die Tür zu und sagte: »Wir sehen uns wieder, wenn du besserer Laune bist.«

Vornübergebeugt saß er da, machte keine Anstalten, ihr zu folgen, die Hände zwischen den Knien vergraben. Die Wut, die in ihm brannte, loderte. Sein Vater würde zum Gespött der ganzen Stadt werden, und sie alle würden mit hineingezogen werden. Doch wenn das schon monatelang so ging, hatte sein Vater vielleicht nichts dagegen, zum Gerede der ganzen Stadt zu werden. Offenbar hatte er auch nichts dagegen, seinen guten Ruf aufs Spiel zu setzen. Aber seine Mutter brachte das an den Rand eines Nervenzusammenbruchs.

Daß seine Mutter wegen irgendeines Flittchens beiseite geschoben und zum Objekt des Mitleids für ihre Freunde werden sollte, war für ihn unerträglich. Es gab da einige, die zwar »arme Ann« sagen würden, die sich aber insgeheim über ihr Leid diebisch freuen würden. Und zu denen, die sich an ihrer Situation insgeheim ergötzen würden, zählte auch ihre liebe, liebe Freundin May. Es war sehr merkwürdig, aber in diesem Augenblick haßte er die Wilcoxes mehr als seinen Vater. Und das wollte viel heißen. Es war keine neue Entdeckung, nein, er hatte lange Zeit versucht, es zu verdrängen. Doch nun mußte er sich dieser Tatsache stellen.

Er verharrte immer noch in derselben Stellung. Er wartete auf seinen Vater. Ihm war ganz übel bei dem Gedanken, daß er ihm ins Gesicht blicken sollte. Er hätte ihn am liebsten geschlagen. Er stellte sich vor, wie er den schlappen Körper seines Vaters an die

Wand schleudern und ihm rechts und links in sein blasses Gesicht schlagen würde. Wie um alles in der Welt konnte er es wagen, einer anderen Frau nachzusteigen ...

Als es sieben Uhr schlug, war John noch nicht zurück und auch nicht, als der Zeiger auf halb acht vorrückte. Innerhalb der letzten halben Stunde war Laurie zwischen Halle, Arbeitszimmer, Eßzimmer und Küche ständig auf- und abgegangen und landete schließlich in der Küche.

»Was ist denn, Mr. Laurie?« fragte Mrs. Stringer. »Sind Sie wegen Madam in Sorge?«

»Nein, Stringy.« Dann wandte er sich ihr mit einem Ruck zu. »Bitte, ich weiß, daß Sie schon längst fort sein sollten, aber könnten Sie noch eine Weile bleiben?«

»Ja, natürlich. So lang Sie wollen.«

»Ich muß mal eben fort, und ich möchte Mutter nicht allein lassen. Es dauert vielleicht nur eine halbe Stunde, kann aber auch etwas länger werden.«

»Nur keine Eile. Solang Sie mich nach Hause bringen, ist es gleich, wann Sie wiederkommen.«

»Natürlich, das werde ich tun, Stringy. Vielen Dank.«

Ohne sich mit Hut und Mantel aufzuhalten, eilte er durch eine Seitentür in die Garage. Er nahm den Wagen seiner Mutter, fuhr in die Stadt und hielt schließlich vor der Nummer acht des Greystone Blocks.

Hinterher erinnerte er sich daran, daß, abgesehen von der Tatsache, daß er seinen Vater stellen und ihn ohrfeigen wollte, eine starke Neugierde in ihm war, wie die Frau aussah, die sich in diesen faden Brocken verliebt hatte.

Beim Aussteigen blickte er auf die Tür der Nummer acht. Sie war geschlossen. Es war also ausgeschlossen, daß sein Vater noch in seinem Büro war. Er ging jetzt auf Nummer zehn zu. In der Vorhalle sah er auf die Namen der Mieter. Ganz oben las er den von Mrs. Cecilia Thorpe. Als er die Treppe hinaufstieg, rümpfte er angeekelt die Nase vor den verschiedenen Küchengerüchen. Als er zum letzten Treppenabsatz kam, zögerte er einen Moment, ging dann aber schnell weiter nach oben. Ohne zu zögern drückte er auf die Klingel.

»Ja?« Sie sah ihn überrascht an, als habe sie jemand erwartet, den sie kannte.

Er musterte die Frau. Sie sah eher wie ein junges Mädchen aus. Das lange aschblonde Haar war zurückgebunden; sie hatte dunkelbraune Augen, war groß und sehr schlank.

»Ja, was ist?«

»Ich bin Laurence Emmerson. Ich möchte meinen Vater sprechen.«

Sein Ton drückte tiefste Feindseligkeit aus, und sie schien sich in die Höhe zu strecken, als sie antwortete: »Mr. Emmerson ist nicht hier.«

»Das kann ich Ihnen leider nicht glauben. Sagen Sie ihm, daß ich ihn sehen möchte.«

Sie schluckte und sah ihn ruhig an.

»Ich habe Ihnen gesagt, daß er nicht hier ist. Kommen Sie herein und überzeugen Sie sich.« Sie öffnete die Tür weit. »Überdies muß ich Ihnen sagen, Mr. Emmerson, daß mir Ihr Ton nicht gefällt.«

Er starrte sie an. Aha, seinen Vater hatte sie also erwartet. Nun, er war jetzt soweit gekommen und würde seinen Weg zu Ende gehen. Er trat ein, und sie schloß die Tür mit einem Knall, der durch das ganze Haus hallte. »Los, gehen Sie hinein, gehen Sie hinein und suchen Sie!«

Er ging auf den großen Raum zu und blieb unter dem Türrahmen stehen. Was er jetzt sah, bewies ihm, wie recht Valerie hatte. Er konnte selbst feststellen, daß sie zu dieser Sorte leichter Mädchen gehörte und dabei kein schlechtes Leben führte. So etwas konnte man sich vom Gehalt einer Stenotypistin nicht leisten.

Sie schob sich an ihm vorbei und ging in die Mitte des Zimmers, bevor sie sich zu ihm umwandte. »Ich weiß, was Sie denken, Mr. Emmerson, aber Sie irren sich, Sie irren sich gewaltig.«

Statt einer Antwort fragte er: »Sie erwarten meinen Vater?«

»Ja, ich erwarte ihn.«

»Dann werde ich auch warten.«

»Bitte, tun Sie das, doch ich möchte Ihnen eines sagen. Und merken Sie es sich. Sie sind auf der falschen Spur. Ich sage nicht, daß ich nicht weiß, weshalb Sie hier sind, ich weiß es, aber Sie sind auf der falschen Spur ...« Sie wandte sich abrupt von ihm ab und blickte zur Tür am anderen Ende des Zimmers. Dort stand ein kleiner Junge, dem sie befahl: »Geh zurück in dein Bett und bleib dort.« Als sie sich Laurie wieder zuwandte, fragte er: »Leugnen Sie es, daß mein Vater Sie besucht?«

»Nein, das leugne ich nicht. Es hat auch keinen Sinn es zu leugnen, denn jedermann hier im Haus weiß es. In Wohnungen kann man nichts geheim halten, selbst wenn man es will. Ich kann Ihnen versichern, daß weder ich noch ihr Vater uns Mühe gegeben haben, irgend etwas geheim zu halten ... Ja, er besucht mich. Und was ist dabei?«

»Nun, ich nehme an, Sie fachsimpeln dann?« Sein Ton war allein schon eine solche Beleidigung, daß ihr das Blut ins Gesicht schoß.

»Ich warne Sie, nehmen Sie sich in acht! Sie werden noch sehr bereuen, was Sie da sagen!«

Er inspizierte den Raum mit offenkundiger Unverschämtheit. Er sah sich die Spieltische an, die neben dem Fenster standen, und den kleinen Stutzflügel, dessen Deckel geschlossen war. Dann drehte er sich um und setzte sich ohne Aufforderung. Er blickte zu ihr auf und sagte: »Ich kenne die Sorte, wie Sie es sind. Diese ganze Szenerie hier ist eine Art Falle ohne Köder, bis man hineingetreten ist ...«

Cissie schloß einen Moment die Augen, bevor sie hervorbrachte: »Wenn ... wenn Sie nicht sein Sohn wären, würde ich Mr. Glazier rufen, um Sie hinauszuwerfen.«

»Mr. Glazier?« Er nickte ihr zu. »Das ist doch der vom Parterre, nicht wahr? Ich habe von ihm gehört.«

»Oh, mein Gott!« Sie wandte sich von ihm ab, ging durch das Zimmer ans Fenster und blickte einige Minuten hinunter auf die Straße. »Mr. Emmerson, ich bin in großer Sorge, ich bin in Sorge um meinen Sohn. Ihr Vater hat es übernommen, sich für mich darum zu kümmern. Ich erwarte ihn jede Minute ... Also«, sie wandte sich zu ihm um, »wenn ich Ihnen schwöre, daß Sie sich täuschen, werden Sie gehen? Ich möchte keinerlei Aufregung. Er wird ... er wird es Ihnen erklären.« Sie machte ihre charakteristische, weite Handbewegung. »Aber, es gibt wirklich nichts zu erklären, nichts, gar nichts.« Sie faltete jetzt die Hände vor ihrer Brust und ging langsam auf ihn zu. »Ihr Vater kommt hierher. Wir trinken zusammen eine Tasse Kaffee, wir unterhalten uns ...« Sie paßte den Schritt ihren Worten an und ihr Körper wiegte sich leicht wie in einem Rhythmus. »Er liebt Musik und alte Möbel und ...«

»Sie brauchen sich nicht anzustrengen. Wofür halten Sie mich denn? Seh ich aus wie ein grüner Junge?«

»Hören Sie auf! Hören Sie auf!« Ihre Stimme, die wie ein Schrei kam, erschrak ihn. In diesem Moment hörte man Geräusche vom Gang, als ob sich eine kleine Tür schloß, dann schnelle Schritte, und als er sich umwandte, stand sein Vater im Zimmer.

Laurie sprang auf und blickte diesen großen, rotwangigen Mann an. Sein Gesicht war dunkelrot angelaufen. Sein Vater hatte auf jeden Fall einen schweren Schock bekommen und versuchte, sich nun wieder zu fassen.

»Was tust du hier?«

Das klang nicht wie die Stimme seines Vaters. Sie hatte eine Kraft, die er nicht mit dem Mann, der vor ihm stand, in Zusammenhang bringen konnte. Er hatte einen anderen Menschen vor sich als den, den er von zu Hause kannte. Natürlich, in diesem Hause lebte er ja auch ein anderes Leben. Er war clever, er bestand aus zwei verschiedenen Wesenszügen. Man sagte ja, daß er gut sei vor Gericht. Nicht umsonst war er ein berühmter Anwalt. Diese Frauengeschichte war vielleicht schon Jahre hindurch so gelaufen. Das erklärte auch, weshalb dieses zweifellos attraktive Stück Weib sich in ihn verliebt hatte.

John ging mit schwerem Schritt auf Cissie zu. Laurie registrierte, wie zärtlich, liebevoll und in einer Art stummer Bewunderung er sie ansah. Leise sagte er zu ihr: »Es tut mir leid, daß das geschehen mußte, sehr leid.« Sie antwortete ihm: »Ich habe versucht, es zu erklären.«

Da brach plötzlich Lauries ganze Wut heraus. Er schrie sie an, und seine Stimme gellte: »Es tut dir leid. Es tut euch beiden nur leid, daß es herausgekommen ist! Aber was ist mit meiner Mutter? Ich nehme an, es ist noch nicht bekannt, daß meine Mutter am Rande eines Nervenzusammenbruchs steht?« Er blitzte seinen Vater an. »Ich bin heute zum Arzt gegangen, was du ja nicht konntest, weil du anderweitig beschäftigt warst. Der Arzt hat mir gesagt, daß sie Kummer hat, daß sie etwas bedrückt. Das ist seit Wochen schon so. Vielleicht ist euch auch noch nicht bekannt, daß sie seit Wochen von diesem Rendezvous hier weiß?«

John öffnete den Mund, um etwas zu sagen, doch er brachte keinen Ton heraus. Sein Herz klopfte wie rasend. Ann hatte davon gewußt? Nein, nein, das konnte nicht sein. Sie hätte sicher etwas gesagt, irgend etwas Leises, Sarkastisches, das ihm zeigen sollte, daß sie Wert auf ihren guten Namen, ihre Stellung in dieser Stadt legte. Doch mehr hätte sie nicht gesagt, denn das war das einzige, was sie wirklich treffen konnte. Doch, wenn sie es gewußt hatte, weshalb hatte sie nicht davon gesprochen? Sein Herz dröhnte in seinen Ohren, und dann durchfuhr ihn ein Schmerz, daß er zusammensackte. Er blickte immer noch Laurie an und versuchte, etwas zu sagen. Das letzte, an das er sich erinnerte, war Cissies Arm, der sich um ihn legte und ihre Stimme, die ihn flehentlich bat: »Oh, Mr. Emmerson. Oh, Mr. Emmerson. Nur das nicht.«

»Jetzt sehen Sie, was Sie getan haben. Oh, mein Gott!« Sie kniete neben John auf den Boden und stützte seinen Kopf auf ihre Knie. Laurie beugte sich ebenfalls neben seinen Vater und blickte in sein lebloses Gesicht.

»Sie haben ihn umgebracht! Sie allein!«

»Seien Sie doch ruhig!« Er zerrte an der Weste seines Vaters und legte sein Ohr auf seine Brust. Dann sah er zu ihr hoch und sagte: »Er ist nicht tot.«

»Es ist Ihre Schuld.« Sie beugte ihren Kopf während sie sprach, und dann strömten ihr die Tränen über die Wangen. Dann schrie sie ihn an: »Sitzen Sie doch nicht da wie ein Ölgötze. Los, holen Sie einen Arzt!«

Er rappelte sich auf und spürte, wie die Angst auch in ihm hochstieg.

Obwohl das Herz seines Vaters noch schlug, sah er aus wie tot. Wieder befahl sie mit lauter, sich fast überschlagender Stimme: »Gleich unten in der Cromwell Road ist ein Arzt. Bell, Doktor Bell. Los, gehen Sie schon und holen ihn.«

Er rannte die Treppen hinunter und nahm zwei Stufen auf einmal. Dabei rannte er fast einen alten Mann um, der ihm entgegenkam. Er rannte auf die Straße hinaus, zur Cromwell Road und stoppte an der Tür des Arztes.

Die Frau, die ihm öffnete, sagte: »Die Sprechstunde ist geschlossen.«

Er keuchte, daß sein Vater im Greystone Block einen Herzanfall gehabt habe. Zögernd holte sie den Arzt, der, als er Laurie sah, erstaunt rief: »Oh, hallo. Was ist denn los? Sie sind doch der junge Emmerson, oder?«

»Ja, ja, Herr Doktor. Mein Vater hat einen Herzanfall gehabt.«

»Wo ist er? In seinem Büro?«

»Nein, gleich nebenan, in einer der Wohnungen.«

»Ich komme sofort mit Ihnen.«

Es dauerte nur wenige Minuten, bis der Arzt, der Laurie schnaufend die Treppe heraufgefolgt war, ins Zimmer trat. Cissie kniete immer noch in derselben Stellung.

»Legen Sie seinen Kopf auf den Boden«, sagte der Arzt, »und holen Sie ein Kissen.«

Wenige Minuten später ordnete der Arzt an: »Telefonieren Sie nach einem Krankenwagen. Nennen Sie meinen Namen und sagen Sie denen, daß sie schnell machen sollen.«

Jetzt hatte die Furcht Lauries Wut völlig verdrängt. Wieder rannte er die Treppe hinab und hinaus auf die Straße. Doch dann hielt er plötzlich inne, weil er nicht wußte, wo er eine Telefonzelle finden konnte.

Geistesgegenwärtig erinnerte er sich daran, daß er eine in der Nähe der Garagen gesehen hatte, auf der Rückseite des Gebäudes.

Nachdem er den Anruf getätigt hatte, stand er in der Zelle, setzte seinen Ellbogen auf das Telefonbuch und stützte seinen Kopf in die Hand. Was hatte er getan? WAS HATTE ER GETAN? Wie kam er denn überhaupt dazu, zu ihr ins Haus zu gehen? Er hätte warten sollen. Oh ja, jetzt wußte er, daß er hätte warten sollen. Jetzt, da es zu spät war, um noch etwas zu ändern.

Er ging langsam ins Haus zurück und die Treppe hinauf. Sein Vater lag immer noch wie leblos am Boden. Der Arzt stand neben der Couch und blickte zu ihm hinunter. Die junge Frau stand neben ihm, die Hände fest unter dem Kinn gefaltet, als ob sie betete. Als er ins Zimmer trat, fragte ihn der Arzt: »Wie ist es geschehen? Hat es irgendeinen Anlaß gegeben?«

Nach zwei ächzenden Atemzügen, die so klangen, als würde ein Kind schluchzen, sagte sie: »Nein. Es ist plötzlich geschehen.«

Der Arzt wandte sich jetzt Laurie zu und fragte: »Sind Sie durchgekommen?«

Er nickte, sagte jedoch nichts.

»Hat er diese Attacken schon vorher gehabt?«

»Ich weiß nicht«, sagte er. »Nein.«

»Doch, er hat sie gehabt. Er hat sie schon vorher gehabt.« Der Arzt wandte sich Cissie zu. Er wußte nicht, wer sie war, wußte nur, daß sie nicht Mrs. Emmerson war. Doch sie schien mehr über den Mann dort am Boden zu wissen als der eigene Sohn. Irgend etwas stimmte da nicht. »Wie viele?« fragte er.

»Ich weiß von einem, einem sehr schlimmen ... doch ... doch, doch nicht so wie dieser.«

»Wann war das?«

Sie überlegte einen Moment und sagte dann: »Im letzten November.«

Der Arzt hob die Brauen, blickte wieder auf den Boden, drehte sich dann dem Fenster zu und sagte: »Aha, da sind sie schon.«

Als John auf die Bahre gelegt worden war, folgten Laurie und der Arzt den beiden Männern. Als Laurie kurz vor dem Ausgang war, zögerte er und drehte sich nach Cissie um, die in der Mitte der Diele stand. Er sah, wie sie die Lippen zusammenpreßte, ihren Kopf herumwarf und dann heftig ausstieß: »Sie! Sie!«

2. Die Ursache

Es war nach Mitternacht, als Laurie seine Mutter vom Krankenhaus nach Hause brachte. Sein Vater war wieder bei Bewußtsein, doch der Arzt hielt es für besser, daß sie ihn nicht sehen sollte, denn sie war selbst in schlechter Verfassung.

Seit dem frühen Abend, als er nach Hause zurückgejagt war und ihr gesagt hatte, was geschehen war – daß sein Vater einen Herzanfall erlitten und ins Krankenhaus gebracht hatte werden müssen – war auch sie einem Zusammenbruch nahe gewesen. Während sie im Wartezimmer gesessen hatten, hatte sie kaum etwas gesagt. In den ersten zwei Stunden war sie wie erstarrt und in dumpfem Schmerz gefangen gewesen. Erst gegen elf Uhr nachts, als sich die Tür geöffnet hatte und diese Frau hereinkam, war wieder Leben in sie gekommen.

Er war auf die aufrechte Gestalt im grauen Mantel zugegangen und hatte leise gesagt: »Was wollen Sie denn hier?« Sie hatte an ihm vorbei zu seiner Mutter geblickt, und er hatte sich umgewandt und bemerkt, daß seine Mutter sie erkannte. Dann hatte sie gesagt: »Sie wissen, weshalb ich hier bin. Ich bin gekommen, um mich nach Ihrem Vater zu erkundigen.« Es war eine Würde in ihrer Haltung, eine Ruhe in ihrem Ton, die ihn reizten und ihn dazu herausforderten, sie zu attackieren und bloßzustellen. Was er getan hätte, wenn nicht in diesem Augenblick die Nachtschwester gekommen wäre, konnte er nicht sagen. Doch er blickte sie haßerfüllt an, als sie zur Schwester sagte: »Können Sie mir bitte sagen, wie es Mr. Emmerson geht?« Und nachdem sie gehört hatte, daß es in Johns Befinden noch keine Veränderung gegeben habe, schaute sie ihn lange und verächtlich an, bevor sie das Wartezimmer verließ.

Nachdem die Schwester ebenfalls gegangen war, hatte seine Mutter zum erstenmal gesprochen. »Woher wußte sie, daß er krank ist?« sagte sie.

Als er ihr nicht antwortete, hatte sie sich ihm zugewandt, und ihre Stimme war tief und rauh, als sie sagte: »Also?«

Er hatte sich auf einen Stuhl gesetzt, ehe er sagte: »Es ist in ihrem Haus geschehen.«

»Und du warst dort?«

Er hatte seinen Blick gesenkt.

»Weshalb? Weshalb warst du dort?«

»Mutter.« Er hatte es flehend gesagt. »Laß uns doch jetzt nicht darüber sprechen. Warte, bis wir zu Hause sind. Bitte.«

Und nun waren sie zu Hause.

Er öffnete die Haustür, und sie ging an ihm vorbei. Die immer so beherrschte Frau war nicht mehr vorhanden. Ihre Finger bewegten sich ruhelos, und ihr Kopf ruckte in merkwürdigen Zuckungen hin und her. Sie riß sich ihren Mantel vom Körper, als sie durch die Halle ging, warf ihre Tasche auf den Tisch und hinterher den Hut. Dann eilte sie in die Wohnhalle.

Er folgte ihr langsam und fragte sich, was nun geschehen würde. Er hatte sie noch nie so erlebt und es nicht für möglich gehalten, daß es jemals soweit kommen könnte.

»Also!« Sie wandte sich ihm zu. »Sag es mir. Ich will es jetzt wissen. Erkläre mir bitte, wie es kam, daß du dort warst, als das geschah.«

»Jetzt beruhige dich doch, Mutter, und setz dich erstmal.« Er trat auf sie zu, die Hand ausgestreckt, doch sie wich vor ihm zurück. Noch niemals war sie vor ihm zurückgewichen. Doch jetzt schien sie eine Berührung mit ihm absolut vermeiden zu wollen.

»Ich will die Wahrheit. Hörst du mich? Ich will die Wahrheit.«

»Bitte«, schrie er sie an. »Wenn du es unbedingt willst, dann sage ich dir die Wahrheit. Du weißt ja, was hier schon eine ganze Weile los ist.«

»Was meinst du?«

»Du hast mich ja um die Wahrheit gebeten, oder?«

Als sie ihm keine Antwort gab, sagte er: »Ich habe nichts von dieser Sache gewußt, ehe Val es mir heute abend gesagt hat.«

»Val? Was weiß sie? Sie weiß gar nichts.« Ihr ganzer Körper, die Hände, der Kopf – alles bebte vor Erregung.

»Tante May hat es doch gewußt, oder? Meinst du vielleicht, daß Tante May etwas für sich behalten würde? Es wußte doch jeder, daß er eine Affäre hat.«

»Er hatte keine Affäre.« Ihre Stimme war dünn, und die Worte klangen spitz, wie gespannter Draht. Einen Augenblick war sie regungslos. Dann wandte sie sich ihm halb zu, und als er von ihr wegblickte, als ob er von ihrer Einfalt angeödet sei, sagte er langsam: »Oh, mein Gott, Mutter.« Jetzt schrie sie ihn an: »Er hatte keine Affäre, er hatte keine Affäre, ich sage es dir!«

»Also gut, gut.« Wieder schrie er sie an. »Wenn du es so sehen willst, dann hatte er eben keine Affäre. Er hat dieses Mädchen einfach besucht, aber er hatte keine Affäre.«

»Das stimmt, genau das stimmt.«

»Also, jetzt sei doch bitte vernünftig. Weshalb regst du dich überhaupt so auf, wenn du meinst, daß er keine Affäre hatte?«

»Er hat keine Affäre gehabt. Ich sage es dir, er hat keine gehabt. ER HAT KEINE GEHABT.« Ihre Stimme war nun schrill und zu seinem Entsetzen sah er, wie sie sich mit beiden Händen in die Haare griff. Ihr Gesicht verzerrte sich, der Mund stand offen, als ob sie nach Luft schnappte, und dann, mit einem lauten Aufschrei, strömten ihr die Tränen aus den Augen, und der Speichel rann ihr aus dem Mund. Dann stieß sie einen zweiten, noch markerschütternderen Schrei aus und einen dritten. Laurie sprang auf, packte sie bei den Schultern, rüttelte sie und schrie: »Laß das, Mutter! Hör auf! Hör auf!« Er versuchte, sie in die Arme zu nehmen, um sie zu beschwichtigen, doch sie wehrte sich und stieß ihn von sich weg.

»Hör doch auf!« flehte er sie an. »Schrei nicht so schrecklich! Man hört dich ja bis unten zur Straße!«

Als sie den Mund zu einem weiteren Schrei öffnete, trat er einen Schritt zurück, holte tief Atem und schlug ihr mit der flachen Hand ins Gesicht. Der Schlag nahm ihr nicht das Gleichgewicht, doch wie ein Luftballon, dem die Luft ausging, wurde ihr Körper schlaff, und sie ließ sich auf die Couch fallen.

Schluchzend lehnte sie sich zurück und starrte zu ihm empor. Er keuchte, als ob er einen Kampf hinter sich hätte. Daß Ohrfeigen ein wirksames Mittel gegen hysterische Anfälle waren, hatte er schon gehört. Doch wenn man ihm gesagt hätte, daß er dieses Mittel einmal bei seiner Mutter anwenden würde, hätte er sich an die Stirn getippt.

»Es tut mir leid.« Obwohl seine Stimme Mitleid verriet, setzte er sich nicht neben sie. Er nahm neben einem kleinen Tisch auf einem Stuhl in einiger Entfernung von ihr Platz und wartete, bis sie wieder einigermaßen zu sich gekommen war. Als sie schließlich wieder mit ihm in ruhigem Ton sprach und ihm sagte: »Er hatte keine Affäre mit ihr«, da dachte er sich: Oh, mein Gott, soll das jetzt nun wieder alles von vorn anfangen? Doch er schwieg und ließ sie weitersprechen.

»Sieh mich nicht so an, Laurie. Ich sage dir, dein Vater kann gar keine Affäre mit … mit irgend jemand haben.«

»Was willst du damit sagen? Daß er …?« Er sagte nicht ›impotent‹, doch sie verstand, was er sagen wollte, denn sie schüttelte den Kopf. Sie rutschte unruhig auf der Couch hin und her, strich sich mit beiden Händen übers Haar und wandte sich dann dem großen steinernen Kamin zu, als sie sagte: »Wir waren erst eine Woche verheiratet, als er eingezogen wurde. Ich habe dich sofort empfangen.« Er wunderte sich, daß sie diesen Ausdruck gebrauchte. »Dein Vater ist drei Monate lang ausgebildet worden, bevor man ihn zu einer Einheit schickte. Am zweiten Tag haben sie dann dort in einem Lager mit Munition hantiert und die ist explodiert. Sieben von den Männern wurden sofort getötet, etwa zehn verletzt. Deinem Vater wurde der Unterleib zerrissen.«

Er spürte, daß irgend etwas in ihm hochsprang, wie etwas Lebendiges. Es sprang von seinen Leisten hoch durch den Magen bis in die Kehle und nahm ihm den Atem.

Dann fuhr sie fort:

»Er lag neun Monate lang im Krankenhaus. Während dieser Zeit hat er zweimal versucht, sich das Leben zu nehmen, und sie haben ihn in eine Anstalt geschickt.« Ihre Stimme war ausdruckslos.

Allmächtiger Gott! Er war nie in die Kirche gegangen; er hielt nichts von Religion, denn für ihn war das alles leeres Gewäsch; doch in diesem Augenblick rief er etwas an, was außer ihm war, etwas, das den Schmerz verstand, den seltsamen Schmerz, den er jetzt erlebte, und die Jahre, die endlose Pein eines Mannes, den er verachtet hatte.

»Du warst ein Jahr alt, als er dich zum erstenmal sah. Zu der Zeit wußte ich schon, daß du alles warst, was ich an Trost hatte und jemals haben würde. Er hat gemerkt, daß ich völlig in dir aufging. Manchmal hatte ich das Gefühl, daß er darüber ganz froh war, manchmal wußte ich aber auch, daß er litt, und ich konnte nichts dagegen tun. So vergingen die Jahre. Er hatte seine Arbeit und ich … ich hatte dich.«

Er saß da und starrte sie an, und in ihm stiegen die merkwürdigsten Empfindungen hoch. Diese elegante und jetzt etwas derangierte Frau war seine Mutter. Er hatte sie immer geliebt, hatte sie verehrt und hatte sie verteidigt. Doch in diesem Moment blieb von diesen Empfindungen keine Spur mehr zurück. Ja, es war eine Empfindung für sie da, aber was war es? Haß? Nein! Nein! Nein! Wie konnte er sie hassen? Diese Umkehrung der Gefühle würde sicher vorbeigehen. Doch in diesem Augenblick wußte er, daß er, wenn sie ihn berühren wollte, zurückweichen würde, denn ob sie es wollte oder nicht, sie hatte es bewirkt, daß er den Mann verachtete, der sein Vater war. Seit jeher hatte sie ihn, ohne je ein Wort gegen ihn zu sagen, als eine unangenehme, teigige Masse hingestellt, als etwas Lauwarmes, Fades und Verweichlichtes, bis sich dieses Bild bei ihm festgesetzt hatte. Sie hatte gesagt, daß sie nur ihn hatte, aber mit jedem Atemzug hatte sie ihn an sich gebunden und den Mann, der ihr nichts nützte, ihm entfremdet.

Mit einer Intensität, die er nicht für möglich gehalten hätte, brannte sich jetzt das Bild seines Vaters in ihm ein. Dieses großen, massigen Mannes, der stets blinzelte, des Eunuchen, der sich hinter dem ständigen Lächeln verbarg. Du guter Gott! Er hatte das ungewöhnliche Bedürfnis, seinen Kopf auf die Arme zu legen und zu weinen. Er wußte, daß er sein Leben lang von Reue gepeinigt werden würde, wenn sein Vater sterben würde. Er drehte langsam seinen Kopf und blickte die Frau an, die in den letzten wenigen Minuten seine Empfindungen zerstört hatte, seine Empfindungen, die sie alleine aufgebaut hatte. Er stöhnte: »Wenn du gewußt hast, daß zwischen den beiden gar nichts gewesen sein kann, weswegen hast du dann dieses ganze Theater gemacht?«

Ungerührt beobachtete er sie, während sie die Augen schloß und sich auf die Lippen biß, bevor sie sagte: »Du verstehst das nicht. Das kann ich von dir auch nicht erwarten. Aber … aber in letzter Zeit, dieses letzte Jahr, nicht erst, seitdem ich wußte, daß ich dich verlieren werde … Nein, nein«, sie schüttelte heftig den Kopf, »schon vorher. Da habe ich gespürt … da habe ich gespürt … Oh! Ich kann das nicht erklären.« Sie senkte den Kopf. »Vielleicht war es die Reue, weil ich ihn so behandelt hatte, weil ich ihn ausgeschlossen habe. Ich weiß es nicht. Ich weiß nur, daß ich schon eine ganze Weile versucht habe, ihm nahezukommen, diesen schrecklich traurigen Blick aus seinen Augen zu nehmen. Der war schon seit Jahren da, doch irgendwie ist er mir in letzter Zeit mehr aufgefallen. Und dann … und dann zu Weihnachten, als ich zuerst von dieser Angelegenheit erfuhr, da wußte ich … da wußte ich, daß es zu spät war. Ich wußte, daß ich ihn verloren hatte. Ich glaube, ich wußte es sofort, als es anfing. Er hat niemals irgendwelche Gesellschaft gesucht, weder von einem Mann, noch von einer Frau. Und dann hat er dieses … dieses Etwas, das ich hätte haben können, das viel dauernder gewesen wäre, als alles, was geschlechtliche Liebe vermag, dieses Etwas, nachdem ich nur hatte die Hand ausstrecken müssen … das hat er dann jemand anderem gegeben.«

Ihre Lippen öffneten sich, und er sah, wie sie nervös ihre Lippen benetzte. Einen Moment dachte er, sie würde wieder die Herrschaft über sich verlieren. Doch es geschah nicht. Sie schloß hastig ihren Mund, preßte die Finger gegen die Lippen und sagte dann: »Ich habe dir gesagt, daß du es nicht verstehen würdest. Ich erwarte es auch nicht von dir, denn ich kann es selbst nicht verstehen. Wenn jemand mir vor drei oder vier Jahren gesagt hätte, daß ich auf ihn eifersüchtig werden könnte, daß ich fast verrückt werde bei dem Gedanken, daß er in der Gesellschaft einer anderen Frau glücklich ist, dann hätte ich laut hinausgelacht. Ja, noch vor zwei Jahren hätte ich gelacht. Ich habe niemals ein normales Eheleben gehabt, weshalb sollte ich also eifersüchtig sein? Doch selbst so habe ich die Hölle durchgemacht. Ich hatte wahnsinnige Angst, daß es jemand entdecken könnte, daß die Leute Mitleid mit mir haben würden. Aber jetzt – das ist ganz seltsam –, jetzt ist es mir ganz gleich, was sie wissen. Ich fühle, daß er sterben wird, und ich werde daran denken, daß dieses Mädchen, das so gewöhnlich aussieht, ihm das einzige Glück während der letzten sechsundzwanzig Jahre gegeben hat. Denn er ist in letzter Zeit glücklich gewesen. Das ist es, was so schwer zu ertragen ist. Ich habe gewußt, daß er glücklich war. Er war noch niemals so unbekümmert und entspannt, und er hat vergeblich versucht, es zu verbergen. Erst letzte Woche habe ich gehört, wie er im Bad leise vor sich hingesummt hat. Das war wie ein Messer, das durch mich durchgestoßen wurde.« Sie wurde still, die eine Hand lag auf ihrem Schoß, die andere mit der Handfläche nach oben auf der Sofalehne. Er saß immer noch da und starrte sie an. Er war nicht fähig, zu ihr zu gehen oder ihr auch nur ein bißchen Trost zu geben, denn es war in ihm nichts mehr für sie übriggeblieben. Mit ihrem Geständnis hatte sie den letzten Rest von Mitgefühl von ihm genommen, sie selbst hatte das

Bild eines schönen, fast überirdischen Wesens, das an ein blutleeres Individuum gekettet war, zertrümmert.

Er sah sie jetzt wie einen Blutegel, der alle Zuneigung aus ihm heraussaugte und nichts für den Mann übrigließ, der ihn gezeugt hatte und den er brauchte, ja brauchte … Und jetzt hatte die verabscheute, verkrüppelte Kreatur Trost gefunden. Ja, da war eine Nähe – keine körperliche Nähe – mit jemand anderem, und plötzlich stellte sie auf einmal fest, daß sie ihn haben wollte, daß sie ihn brauchte. Nach sechsundzwanzig Jahren der Isolation, nachdem sie ihn eingefroren hatte, da taute sie ihm gegenüber auf und mußte feststellen, daß es zu spät war.

Doch er fragte sich, ob er bei dem allen keine Schuld hatte. Hätte er sich nicht, als er erwachsen wurde, auch darum bemühen können, seinen Vater mit seinen eigenen Augen zu sehen? Weshalb hatte er immer nur das gesehen, was andere in ihm sahen? Männer wie Arnold Ransome und Michael Boyd schätzten ihn beide sehr. Und sie waren nicht die einzigen. Doch nein, er hatte ihn immer nur so gesehen, wie sie ihn sah. Ja, irgendwie mußte man ihm selbst ebenso die Schuld geben wie ihr. Nicht in seiner Kindheit, als er noch nicht reif genug war, um ein eigenes Urteil zu haben. Nein, aber in diesen letzten Jahren und gerade in der allerletzten Zeit hätte er diesem Mann eine Art Kameradschaft geben können, diese seltene Art von Kameradschaft, die zwischen einem erwachsenen Sohn und seinem Vater manchmal existierte.

Als er sah, wie sie von der Couch aufstand, rührte er sich nicht. Sie sagte leise: »Ich gehe hinauf.« Dann blickte sie auf sein abgewandtes Gesicht und fügte hinzu: »Du gibst mir die Schuld, ja? Du bist entsetzt!«

Er stand ebenfalls auf, blickte sie aber nicht an und sagte: »Es hat keinen Zweck, jetzt irgend jemand Schuld beizumessen, aber, um die Wahrheit zu sagen, ja, ich bin entsetzt. Ich … ich hab das Gefühl, daß er eine verdammt schwere Zeit gehabt hat.«

Die Eindringlichkeit ihres Blickes zwang ihn, sie anzusehen, und er bemerkte, daß sie müde und elend, ja sogar alt aussah. Ihre Eleganz war verschwunden, die Lackschicht aus Sanftheit und Liebenswürdigkeit war ihr genommen, und sie sah so normal wie irgendeine andere Frau aus, so normal, wie er sie noch nie erlebt hatte. Doch diese Veränderung löste bei ihm kein Mitgefühl aus. Er wußte, daß er viel Zeit brauchen würde, bevor solche Gefühle wiederkehren würden. Er war immer noch wie erstarrt durch die kaltblütige, diabolische Behandlung eines Menschen, den sie durch lange Jahre hindurch dazu gebracht hatte, sie zu ernähren, ihre Kleider zu bezahlen und einen aufwendigen Haushalt zu führen.

Sie verließ das Zimmer, ohne noch etwas zu sagen, und als er oben ihre gedämpften Schritte hörte, blickte er zur Decke hinauf. Frauen waren tückisch und grausam. Wenn so etwas ihm geschehen würde, wenn er morgen früh hinausgehen und von einem Auto überfahren werden würde und sein Geschlechtsleben erledigt wäre, wie würde Val dann reagieren? Wenn sie schon verheiratet wären, wie würde sie reagieren? Genauso wie seine Mutter reagiert hatte. Er nickte bekräftigend. Nur würde Val noch einen Schritt weiter gehen. Sie würde sich entweder von ihm scheiden lassen oder dafür sorgen, daß sie woanders ihre Befriedigung beziehen würde. Sie würde dafür sorgen, daß sie das, was sie am nötigsten brauchte, auch bekäme.

Langsam stand er auf und ging aus dem Zimmer und die Treppe hinauf. Als er über den Flur lief, blickte er in seines Vaters Zimmer, und es überkam ihn ein so fürchterliches Schuldgefühl, daß er seinen Kopf senken mußte. Als er in seinem eigenen Zimmer war, knipste er das Licht nicht an, sondern tastete sich zu seinem Bett und ließ sich darauf fallen. Seine Hände griffen nach dem Kissen, und er drückte es fest gegen seinen Mund.

Am nächsten Morgen um halb neun erschien die Familie Wilcox vollzählig im Haus. Ann war schon aufgestanden. Sie war seit sechs Uhr unten. Zu der Zeit hatte sie das Krankenhaus angerufen. Jetzt hatten sich James und May mit ihr in die Wohnhalle zurückgezogen, und Valerie begann Laurie im Arbeitszimmer eine Szene zu machen. Laurie stand da, die Hände auf den Schreibtisch gestützt und ließ sie reden.

»... Und wann hättest du es uns gesagt? Heute nacht? Morgen? Kannst du dir denn nicht vorstellen, wie uns zumute war, als Millie kam und uns gesagt hat, daß er im Krankenhaus ist ... daß man ihn bei dieser Frau abgeholt hat, und daß du dort warst? Warum mußtest du denn dort hingehen? Weshalb hast du mir nicht wenigstens gesagt, wohin du gehst?«

Laurie wandte seinen Kopf zur Seite und schwieg. Valerie fuhr fort: »Vater ist wütend. Er sagt, daß du ein verdammter Narr bist, und daß es dich nichts angeht …«

»Und was hast du gesagt?« Seine Stimme klang geduldig und ruhig. Sein Kopf war immer noch von ihr abgewandt.

»Nun, wenn du es wissen willst, ich sag genau dasselbe. Es ist schon schlimm genug, daß der Name deines Vaters im Zusammenhang mit ihr in der ganzen Stadt herumgetragen wird, und nun sorgst du auch noch dafür, der Geschichte mehr Publicity zu geben. Und Millie hat erzählt, daß du mit dieser Frau gestritten hast. Miss O'Neill hat dich gehört. Das ganze Haus war in Aufruhr. Bist du denn verrückt geworden?«

Jetzt wandte er sich ihr zu, doch seine Stimme war nicht mehr ruhig. Er zog die Lippen auseinander, so daß die Zähne sichtbar wurden. »Ja, ich bin verrückt. Doch ich werde noch verrückter werden, wenn du nicht sofort den Mund hältst. Und außerdem möchte ich dich daran erinnern, daß dein Vater zwar mein Boß ist, solange ich arbeite, daß er jedoch nicht das Recht hat mir zu sagen, was ich in meiner freien Zeit tun kann. Genauso kann ich hingehen, wohin ich will, und sprechen, mit wem ich will. Ja, und streiten, mit wem ich will … Ebenso kann ich auch zu Bog's End gehen und die Nacht über bei Bella Pickford bleiben und meinen Spaß an allem haben, was sie zu bieten hat. Ja, das kann ich alles tun, und ich würde dich bitten, es nicht zu vergessen!« Er preßte jetzt seine Hand auf ihre Brust. Doch sie rührte sich nicht. Ihr kühler Blick musterte ihn und sie sagte: »Ja, ja, das kannst du alles tun. Und was Bella Pickford betrifft, so bin ich davon überzeugt, daß du sie gut gekannt hast, das war zweifellos der Fall.«

»Zweifellos«, sagte er und nickte zustimmend. »Zweifellos.«

Nachdem sie sich eine Weile feindselig angestarrt hatten, wandte er sich zum Schreibtisch und begann einige Papiere an sich zu raffen. Auf einmal war ihre Stimme fast sanft, als sie sagte: »Oh, Laurie, es tut mir leid. Aber, du mußt zugeben, daß es vernichtend ist. Selbst wenn wir nicht heiraten würden – unsere Familien sind doch schon so lange miteinander verbunden, und du hast es uns nicht gesagt … wir mußten es durch das Dienstmädchen erfahren!«

»Und die hat euch sicherlich eine dramatische Beschreibung aller Vorfälle gegeben. Sie hat offensichtlich ihren Beruf verfehlt, sie hätte Reporterin werden sollen.«

»Es wäre gar nicht nötig gewesen, daß wir es von Millie gehört hätten, wenn du dich wie ein normaler Mensch benommen hättest! Aber, jetzt wollen wir das lassen. Sag mal, wie ist die denn?«

»Wie ist wer?« Er wandte ihr den Kopf zu, blickte jedoch durch sie durch.

»Die Nutte da oben in der Wohnung.«

Er sah ihr jetzt direkt ins Gesicht und sagte ruhig: »In ihrem Aussehen ist sie nicht mehr eine Nutte als du.« Er wußte selbst nicht, ob das seine wirkliche Meinung von dieser Frau war oder ob er es sagte, um Val zu ärgern. Er war von allem, was er in der letzten Nacht erfahren hatte, noch so aufgewühlt, daß er nicht normal denken konnte.

»Wie bitte?«

»Du hast mich gefragt, wie sie aussieht, und ich hab es dir gesagt.«

»Danke. Also gut, dann lassen wir mal das Äußere aus dem Spiel. Was hast du zu ihr gesagt?« Val gab sich Mühe, ihren Zorn zu bändigen.

»Daran kann ich mich nicht erinnern.«

»Du kannst dich nicht daran erinnern, was du zu ihr gesagt hast? Du bist zu ihr gegangen, um ihr zu sagen, daß sie die Hände von deinem Vater lassen soll und du kannst dich nicht daran erinnern?«

»Nein, ich kann mich nicht daran erinnern. Ich kann mich nur daran erinnern, was sie zu mir gesagt hat.«

In diesem Augenblick hörte man das Geräusch einer zuschlagenden Tür und dann die Stimme von James Wilcox, die rief: »Wo bist du, Laurie? Bist du da, Val?« Die Tür des Arbeitszimmers wurde aufgerissen, und der kleine Mann kam hereingestürzt.

»Ah, da seid ihr ja. Ich hab gerade mit deiner Mutter gesprochen und ihr gesagt, daß sie alles mir überlassen soll.«

»Und was hat sie dazu gesagt?«

»Sie hat dasselbe gesagt, was alle Frauen sagen: Sie könne mit ihren eigenen Angelegenheiten selbst fertigwerden. Doch du weißt ja, was dabei herauskommt … Aber nun zu diesem Weibsstück, das du letzten Abend gesehen hast, diese sogenannte Mrs. Thorpe. Was hast du für einen Eindruck von ihr?«

Laurie blickte seinen zukünftigen Schwiegervater an, fuhr sich über die Lippen und gebot sich, bis zehn zu zählen, kam aber nicht weiter als bis fünf, als er sagte: »Mein Eindruck von ihr war, daß sie eine außerordentlich gut aussehende Frau ist, mit überdurchschnittlich gutem Geschmack und außerdem jemand, der nicht leicht einzuschüchtern ist.«

James Wilcox kniff die Augen zusammen und fixierte Laurie eindringlich, bevor er sich an seine Tochter wandte und sagte: »Habt ihr beiden Streit gehabt?«

Als keiner von beiden etwas sagte, fuhr er fort: »Na gut, das spielt jetzt auch keine Rolle. Im Augenblick ist etwas viel Wichtigeres zu tun. Also Laurie.« Er deutete mit der Hand, die Finger fest aneinandergelegt, wie mit einer Pistole auf ihn. »Wenn dein Vater wieder gesund wird, ist es sehr wahrscheinlich, daß er dieses Spielchen weitertreiben wird. Wer weiß, es könnte sogar sein, daß er die Scheidung will. Sobald diese Thorpe-Typen ihre Hände auf einen anständigen Mann gelegt haben, hat er nichts mehr zu hoffen. Also gut.« Er streckte seinen kleinen Brustkorb vor. »Es ist ein Glück, meine ich, daß ihr Junge in der Klemme steckt. Ja, ich sage, es ist ein Glück, und so meine ich es auch.« Er wies mit dem Kopf in Richtung Laurie. »Ich hab die beiden bei anderer Gelegenheit schon vor mir gehabt, aber diesmal werde ich ihr in dieser Stadt die Hölle so heiß machen, daß sie froh ist, wenn sie woandershin kann.«

»Hast du vor, den Jungen abzuurteilen oder sie?«

»Wie meinst du das?«

»Genauso wie ich es sage. Bevor der Junge überhaupt vor Gericht erscheint, hast du ja schon dein Urteil fertig. Hab ich recht?«

»Jetzt sieh mal her, Laurie. Ich interessiere mich nicht für deine altruistischen Theorien. Ich kenne meinen Job als Richter, und ich kenne die Typen, mit denen ich es hier in dieser Stadt zu tun habe, und ich handele dementsprechend. Außerdem bedarf ich keiner Nachhilfestunden in Rechtsdingen!«

»Nein?«

»NEIN! Und vergiß bitte nicht, mit wem du sprichst.«

»Vater.« Valerie nahm ihn am Arm, und als er sich ihr zuwandte, sagte sie: »Überlaß das bitte mir, ja? Bitte.«

»Ha!« Der Ausruf Lauries machte die beiden auf ihn aufmerksam. Sie beobachteten, wie er Papiere in seine Aktentasche steckte, sie schloß und dann an ihnen vorbei in die Halle ging.

»Wo willst du denn hin?«

»Ich gehe ins Büro.« Laurie zog seinen Mantel an. »Du hast mich oft genug daran erinnert, daß ein unpünktlicher Mann nur bis zur ersten Leitersprosse kommt. Ist das nicht so?« Er nahm seinen Hut, ging hinaus und ignorierte dabei Valeries Stimme, die scharf und schrill hinter ihm hertönte: »Laurie!«

Er würde nicht den Wagen seiner Mutter nehmen, wie er es manchmal tat. Den von seinem Vater hatte er nie benutzt, und er hätte es auch heute nicht getan, wenn er hier gewesen wäre. Aber er war immer noch dort, wo er ihn letzte Nacht abgestellt hatte, in den Ställen hinter dem Büro.

Als er an der Straße angekommen war, stieg er nicht sofort in den Bus, sondern ging zur nächsten Telefonzelle und rief von dort die Klinik an.

Die Schwester sagte, daß sich wenig verändert habe, doch habe sie den Eindruck, als ob er durchhalten würde. Und ja, er könne ihn jederzeit besuchen. Nachdem er den Hörer aufgelegt hatte, stand er da und starrte ihn an. Jemand sollte jetzt bei ihm sein und neben ihm sitzen. Der verdammte alte Wilcox und sein Job. Ach, verdammt sie alle zusammen. Er nahm den Hörer noch einmal auf, warf wiederum vier Pennys ein und wählte seine eigene Nummer. Als Mrs. Stringer antwortete, sagte er: »Sagen Sie Mutter bitte, daß ich sie für einen Moment sprechen möchte.« Dann fragte er: »Ist Mrs. Wilcox noch da?«

»Ja, Mr. Laurie.« Die Stimme von Mrs. Stringer war sehr leise.

»Dann sagen Sie Mutter bitte nur, daß jemand sie sprechen möchte. Können Sie das tun?«

»Ja, Mr. Laurie.«

Einige Sekunden später hörte er die erregte Stimme seiner Mutter sagen: »Ja?«

»Ich bin es ... Laurie. Ich wollte nur wissen, ob du sofort zum Krankenhaus gehst. Wenn nicht, dann will ich mich zu ihm setzen.« Es trat eine kurze Pause ein, bevor sie antwortete. »Ja, ich werde sofort gehen.«

»Also gut. Ich werde dann zum Abendessen kommen.«

»Gut.«

»Auf Wiedersehen.«

»Auf Wiedersehen.«

Sie behandelten sich gegenseitig wie zwei Fremde.

Lauries Büro war einer von vier kleinen Räumen, die neben einem dunklen Korridor lagen; die anderen waren von zwei Stenotypistinnen besetzt und der Privatsekretärin von James Wilcox. Die Türe von John Wilcox' Arbeitszimmer lag direkt gegenüber, auf der anderen Seite des Korridors, und obwohl er ein lebhafter Mann war, in Gebärde und Sprache laut und aufdringlich, so schlug er doch selten die Tür zu. Daher konnten seine Mitarbeiter, die in ihren kleinen Verschlägen saßen, meist nicht bemerken, wann ihr Boß ankam. Doch an diesem Morgen war es anders: die Tür vom Boß knallte, und gleich danach ertönte im Zimmer seiner Sekretärin die Klingel. Eine Minute später klopfte die Sekretärin an Lauries Türe, und nachdem er sie aufgefordert hatte hereinzukommen, trat sie ein, schloß die Tür schnell hinter sich und zischte: »Seine Hoheit möchte Sie sprechen. Die Haare stehen ihm zu Berge. Haben Sie gehört, wie er seine Tür geknallt hat?«

Laurie hatte seit Jahren gut mit Miss Patterson zusammengearbeitet, und es gab bezüglich ihrer Meinung über den Boß keine Geheimnisse zwischen ihnen.

»O.k., Pattie.« Laurie nickte ihr zu, und sie verzog sich schnell. Er folgte ihr nicht sofort, sondern überlegte sich, welche Taktik er anwenden sollte, wenn der alte Junge unerträglich werden sollte. Ob er ihm anbieten sollte, zu kündigen? Nein, das konnte er nicht tun, denn da war ja immerhin noch Val. Val! Wie sehr wünschte er, das letzte Jahr ungeschehen zu machen. Dieser Gedanke trieb ihn aus dem Zimmer.

Er ging über den Korridor und klopfte an die Tür. Als er das Zimmer betrat, prallte er auf den Rücken von James Wilcox. Er kannte diesen Rücken recht gut, da er ihn schon bei manchen Gelegenheiten betrachten durfte: die Hände nach hinten verschränkt, die kurzen Beine gespreizt, die Schultern hochgezogen, den Kopf gesenkt. Das bedeutete nichts Gutes. Ihm schoß ein seltsamer Gedanke durch den Kopf. Er war froh, daß er diesen Mann niemals »Onkel« genannt hatte. Es war nicht schwer gewesen, »Tante May« zu sagen, doch irgend etwas blieb ihm in der Kehle stecken bei dem Gedanken, James Wilcox »Onkel« zu nennen.

»Also, jetzt hör mal, Laurie.« Die Stimme war betont höflich. »Wir haben da wohl privat etwas zu erörtern, nicht wahr?« Diese letzten Worte folgten, während Mr. Wilcox sich gemessen umdrehte und zu seinem Schreibtisch ging. Er setzte sich und deutete auf den Stuhl gegenüber.

Nach kurzem Zögern nahm Laurie Platz und beobachtete, wie James Wilcox zum Angriff überging.

»Also«, sagte er, die Schultern immer noch hochgezogen und nach vorn gekrümmt, den Zeigefinger ausgestreckt, der mit unheilvoller Langsamkeit hin und herschwenkte. »Du brauchst mich nicht daran zu erinnern, daß ich im allgemeinen dagegen bin, private Affären im Büro abzuhandeln. Es gibt außerordentliche Umstände, und ich bin der Meinung, daß diese Angelegenheit darunter fällt. Also wollen wir gleich damit beginnen. Valerie hat mir gesagt, daß du in letzter Zeit in mancher Hinsicht etwas schwierig gewesen bist. Aber, aber.« Der Finger drohte schneller. »Wenn meine Tochter nicht mit mir sprechen kann, mit wem denn dann sonst? Immerhin sind wir bald eine Familie, und daher sollten wir keine Geheimnisse voreinander haben … Na, ich will ja gar nicht so weit gehen, denn jeder Mann hat nun mal seine Geheimnisse.« Die Weisheit dieser Feststellung ließ seinen Kopf bedeutsam nicken. »Zuerst mal diese Geschichte, daß du uns nichts von dem Kollaps deines Vaters erzählt hast. Das fällt ja nun wirklich nicht unter die Rubrik Geheimnisse, sondern unter die allgemeinen menschlichen Verhaltens. Dann, daß du in das Haus dieser Person gegangen bist und ebenfalls kein Wort davon gesagt hast. Und, was war die Folge davon? Dein Vater wäre nicht da, wo er jetzt ist, wenn du dich nicht eingeschaltet hättest. Solche Dinge können mit mehr Geschick besser erledigt werden. Bei solchen Typen wie dieser Thorpe kommt man mit derlei Kraftakten nicht weiter. In so einem Fall geht es nicht ohne Gesetz. Solche Leute haben immer Angst davor. Die reißen alle ihr Maul weit auf und machen eine Menge Lärm, bis man ihnen das Gesetz vor die Nase hält, und dann beginnen sie zu kriechen. Das habe ich immer wieder erlebt. Und jetzt werde ich noch einen Schritt weitergehen.« Mr. Wilcox' Körper schaukelte nun zwischen Schreibtisch und Stuhl vor- und rückwärts. »Wie ich dir schon heute morgen gesagt habe, wird die ganze Angelegenheit, wenn dein Vater sich erholt, mit größter Wahrscheinlichkeit weitergehen, und es könnte zu einer Scheidung führen. Das werden wir doch nicht haben wollen, oder?« Er wartete nicht auf eine Antwort, sondern fuhr fort: »Ich möchte also … daß du mir versprichst, dich in keiner Weise mehr einzumischen. Überlaß mir diese Sache und gehe nicht in die Nähe dieser Frau und sprich nicht mit ihr. Das ist außerordentlich wichtig.«

»Wieso meinst du, daß ich deine Anordnungen befolgen werde?« Lauries Stimme klang hart wie Stahl.

Mr. Wilcox nahm keinen Anstoß an Lauries Ton, sondern sagte ruhig: »Du siehst doch, was gestern abend dabei herausgekommen ist, oder?«

»Dafür hatte ich meine Gründe.«

»Du könntest ja nochmal deine Gründe haben, aber ich warne dich. Du überläßt das bitte mir. Geh nicht in die Nähe dieser Frau. Solche Typen sind wie Dynamit.«

Als Laurie über den Schreibtisch ins Gesicht dieses kleinen Mannes blickte, hatte er das überwältigende Bedürfnis, es mit seiner flachen Hand nach hinten zu drücken, und zwar so weit und schmerzhaft nach hinten wie möglich. Er malte sich aus, wie er den Kopf von Mr. Wilcox langsam nach hinten quetschte, seine Füße nach oben schossen und er dann als ein lächerliches Häufchen Elend auf dem Boden liegen würde.

Laurie rieb sich über die Stirn, stand auf und sagte kühl: »Ich glaube kaum, daß es meinem Vater recht wäre, wenn Sie sich dieser Sache annehmen, Sir.« Die Unverschämtheit, mit der er »Sir« aussprach, blieb Wilcox nicht verborgen. »Jetzt paß einmal gut auf, mein Junge.« Er war aufgestanden und sein Kinn reckte sich kampflustig nach vorn. »Rede in diesem Ton nicht mit mir, das möchte ich mir doch sehr verbeten haben. Und außerdem hast du in dieser Sache gar nichts zu sagen, denn es ist deine Mutter, die darüber zu entscheiden hat. Ich weiß gar nicht, weshalb ich überhaupt mit dir spreche.«

»Ich nehme an, daß die Antwort meiner Mutter nicht anders sein wird als meine. Sie wird es kaum wünschen, daß Sie sich in die Angelegenheiten meines Vaters einmischen.«

»Du gehst zu weit.« Mr. Wilcox griff sich an seinen Nacken und massierte ihn. »Du vergißt dich, du bist nicht klug, du bist sogar sehr unklug. Kein Mensch, der es in dieser Welt zu etwas bringen will, schlägt nach der Hand, die sich ausstreckt, um ihm zu helfen. Ich sage dir, du könntest zu weit gehen, viel zu weit.«

»War das alles, Sir?«

James Wilcox, der jetzt zornrot war, drehte sich wütend herum, ging zum Fenster, legte die Hände hinter den Rücken und spreizte die Beine. Es war, als ob er sich nicht gerührt hatte, seit Laurie eingetreten war.

In seinem eigenen Zimmer saß Laurie dann da, den Kopf auf die Hände gestützt. Er hatte schon lange gewußt, daß es einmal soweit kommen würde. Mit Val verheiratet zu sein, die beiden Familien noch enger miteinander verbunden, jeden Morgen die gleichen ausgefahrenen Handgriffe und Arbeiten tun, eine Partnerschaft zu akzeptieren, die gar keine war, weil er sich den Launen des kleinen Mannes völlig unterwerfen mußte. Nein, das konnte er nicht aushalten. Doch wie sollte er es anstellen, da herauszukommen? Er wußte jetzt, daß es nicht Liebe war, was er für Val empfunden hatte. Niemals war es Liebe gewesen. Vielleicht hätte er anders empfinden können, wenn sie nicht von Anfang an alles, was er zu geben hatte, ständig und ohne Rücksicht aus ihm herausgeholt hätte. Er steckte in der Klemme und wußte nicht, wie er jemals da herauskommen sollte.

3. Vater und Sohn

John sah seinen Sohn an, der neben seinem Bett saß. Er war froh, daß er da war. Er schien Teil der großen Stille zu sein, die ihn erfüllte. Eine Stille, die er nicht stören durfte, eine Stille, in der sein Herz ganz schwach klopfte. In dieser Stille war er seltsam zufrieden; bis auf etwas, was hin und wieder kam, ein kleiner beharrlicher Gedanke, der kam und wieder ging. Er verschwand immer wieder, wenn sie ihm seine Pillen gaben. Im Moment tauchte der kleine beharrliche Gedanke wieder auf, und mit ihm der leise Drang, etwas zu tun. Und er fühlte, daß Laurie ihm dabei helfen konnte.

Wenn er gewußt hätte, daß sein naher Tod ihm seinen Sohn näher bringen könnte, hätte er schon vor langer Zeit etwas dazu getan. Er brauchte gar nicht darüber nachzudenken, um zu erkennen, daß der junge Mann, der jetzt Abend für Abend neben ihm saß, nicht derselbe war, mit dem er lange Jahre zusammengelebt hatte. Dieser Mann war sein Sohn, das fühlte er; nach all diesen Jahren fühlte er es. Die Mauer, die zwischen ihnen emporgewachsen und jedes Jahr höher geworden war, war zerbröckelt. Sie war verschwunden. Es war, als ob sie niemals dagewesen wäre. Ja, sie war dagewesen; er hatte erlebt, wie sie Stein für Stein hochgewachsen war. Oh ja, sie war dagewesen. Doch jetzt nicht mehr. Aber was hatte das ausgelöst? Er bewegte seine Hand auf der Decke langsam auf Laurie zu und schleppend sagte er: »Laurie, willst du etwas für mich tun?«

»Ja, Vater, alles. Sag es mir.« Laurie beugte sich vor.

»Mrs. Thorpe. Sie ist ... sie ist in Not ... Der Junge kommt vor Gericht ... Ich ... Ich ... hab mich darum bemüht, aber ... aber Arnold will sich nicht damit befassen ... Ich möchte, daß du zu ihr gehst und sie dazu bringst, dir alles zu sagen ... über Bolton ... den Gemüsehändler.«

Laurie blickte seinen Vater bekümmert an. Das war das letzte, was er sich wünschte, dieser Frau noch einmal gegenüberzutreten. Zweifellos war sie das, was man ihr nachsagte, doch hinsichtlich der Beziehung zwischen ihr und seinem Vater hatten sie unrecht gehabt. Alle hatten sie unrecht, doch nur seine Mutter und er und die beiden Betroffenen wußten es … Oder doch nicht? Wußte es die Frau überhaupt? Es war unwahrscheinlich. Doch, wenn nicht, weshalb …?

»Wirst du gehen, Laurie?«

»Ja. Mach dir keine Sorge, ich werde es tun … Ich werde mich darum kümmern.«

John legte seine Hand auf die seine, und er spürte den leichten Druck seiner Finger. »Danke. Ich danke dir … Bolton, auf den Mann kommt es an … Er ist … er hat Angst … Frag Mrs. Thorpe … Sie wird dir alles erklären.«

»Ja, ja, natürlich. Mach dir keine Sorge. Ich verstehe es.«

Er sah, wie sein Vater nach Luft rang, und er hielt seine Hand ganz fest, als er sagte: »Überlaß es nur mir, alles wird in Ordnung kommen, mach dir keine Sorge.«

»Laurie?«

»Ja, Vater?«

»Sie ist … sie ist eine gute Frau. Sehr, sehr gut.«

Er senkte die Augen.

»Es war nichts … nichts zwischen uns … was deine Mutter verletzen könnte.«

»Das weiß ich.«

Sie blickten einander an.

»Mach dir keine Sorge. Ich weiß es. Ich weiß alles.« Seine Stimme war sanft, als ob er zu einem Kind sprechen würde, zu einem traurigen Kind. Indem er versuchte es zu trösten, verstand er all seine unausgesprochenen Sorgen.

Johns Kopf preßte sich tiefer ins Kissen, als ob er zwischen seinem Gesicht und dem seines Sohnes mehr Abstand schaffen wollte, um ihn genauer ansehen zu können … So, das war es also. Ann hatte es ihm gesagt. Es war nicht, weil er beinahe gestorben wäre oder vielleicht auch starb, sondern, weil er es wußte. Mein Gott, nach all diesen Jahren. Aber … aber, was machte es denn jetzt noch aus? Wenn dadurch diese Empfindung zwischen ihnen entstanden war, wenn es sie schließlich näher gebracht hatte, was machte es dann aus? Irgendwie nahm es ihm das schwere Gewicht der Scham über eine Unzulänglichkeit. Doch nun gab es dafür eine andere Last zu tragen.

Johns Hand krampfte sich erregt um Lauries. »Du wirst … es doch nicht weiter … du wirst es nicht weitersagen?«

»Nein! Nein»« So tief und überzeugend kamen die Worte aus ihm heraus, daß John beruhigt war und seine Erregung nachließ.

Um seinen Vater noch weiter zu überzeugen, sagte Laurie mit leisem Lächeln: »Du hast die Wilcox-Sippschaft noch nie leiden können, Vater, nicht wahr? Nun werde ich dir auch ein Geheimnis verraten: mir geht es genauso.«

Johns Gesicht verzog sich zu einem schwachen Lächeln, und es flackerte ein Licht in seinen Augen, das eine gewisse Belustigung andeutete. Zusätzlich jedoch lag auch Erstaunen in seinem Blick.

»Und … da ist auch noch etwas anderes, Vater.« Er zögerte kurz. »Ich kann diese Ehe nicht schließen, Vater.« Er machte wieder eine Pause und beobachtete das Gesicht seines Vaters. »Oh, Vater, das tut mir leid. Ich hätte dir das nicht sagen sollen. Ich wollte dich nicht beunruhigen.«

Laurie fühlte einen warmen Druck auf seiner Hand, während sie einander ansahen. Dann sagte John ruhig: »Ich bin froh.«

»Wirklich?«

»Ja, sie … sie paßt nicht zu dir … gar nicht …«

»Aber behalt es für dich, ja? Denn sie weiß es noch nicht. Ich meine Val. Und ich möchte Mutter jetzt nicht aufregen. Es wird sich alles zu seiner Zeit aufklären. Und es wird einen fürchterlichen Spektakel geben. Ich … ich muß zugeben, daß ich etwas kalte Füße bei dem Gedanken habe. Ich weiß auch noch nicht, wie ich es anstellen soll. Ach, ich hätte es dir nicht sagen sollen. Ich hatte es auch gar nicht vor, als ich gekommen bin.« Er hob beteuernd die Hand. »Doch, ich hab mir dann gedacht, du wirst es verstehen. Ich hatte einfach das Bedürfnis, es jemandem zu sagen.«

Wieder fühlte er den Druck von Johns Finger. Dann flüsterte sein Vater: »Es wird nicht einfach sein, sie werden dir die Hölle heiß machen.« Er begann wieder nach Luft zu ringen.

»Du hast zu viel gesprochen. Sei jetzt ruhig, bitte, und sprich nicht mehr.« Laurie strich über den Rand des Kopfkissens.

Sie schwiegen eine Weile, bis John wieder sprach, diesmal noch mühsamer. »Warte nicht … warte nicht, bis deine Mutter kommt. Geh jetzt zu Cis … zu Mrs. Thorpe. Willst du das tun?«

»Ja.«

»Jetzt?«

»Ja.«

»Ich bin dann ruhiger.«

»Mach dir keine Sorge. Ich werde mich um alles kümmern.« Er stand auf. »Ich schau morgen bei dir vorbei und erzähl dir, wie alles gelaufen ist.«

John nickte. Dann streckte er seine Hand aus, umfaßte Lauries Hand und murmelte: »Danke. Danke für alles … alles, Laurie.«

Die Dankbarkeit und Demut in der Stimme seines Vaters war zuviel für Laurie. Er wandte sich schnell ab und verließ das Zimmer, ging eilig den Korridor hinab, der zur Privatstation gehörte und dann durch die Haupthalle. Auf der Straße angekommen, suchte er nach dem Platz, an dem der Wagen seines Vaters geparkt war. Gestern hatte ihm sein Vater gesagt: »Nimm ihn, laß ihn nicht verkommen.« Er hatte es so gesagt, als tue er ihm einen Gefallen damit.

Er saß jetzt im Wagen und konnte sich nicht entschließen, den Motor anzulassen. Ihm war verdammt unbehaglich zumute. Was sollte er ihr sagen? Wie sollte er überhaupt beginnen? Sollte er warten, bis es dunkel war, bevor er zu ihr ging? All diese neugierigen Leute auf den Treppen, besonders die liebe Mrs. Orchard und die liebe Miss O'Neill, die Privatdetektive der Familie Wilcox. Also, was sollte er tun? Er konnte schließlich nicht endlos hier sitzen bleiben. Wenn er nach Hause führe, würde Val ihn ins Gebet nehmen. Sie würde auf der Lauer liegen und sich auf ihn stürzen, so wie sie es in den letzten drei Nächten getan hatte.

Er trommelte nervös mit den Fingern aufs Lenkrad. Ach was, warum sollte er nicht einfach losfahren und die Sache hinter sich bringen? Verdammt, wie unangenehm es ihm war, dieser Frau noch mal gegenüberzutreten. Mit der würde er nicht fertig werden, das war ihm jetzt schon klar.

Als er beim Greystone Block angekommen war, parkte er vor dem Büro seines Vaters, an der Stelle, wo er vor fünf Abenden den Wagen seiner Mutter geparkt hatte und ging zur Nummer 10. Er stieg so leise wie möglich die Treppe hinauf und kam oben an, ohne jemand getroffen zu haben. Dann klingelte er zum zweitenmal an der Wohnung Nummer 4.

Als sich die Tür öffnete, stand der Junge da, den er neulich kurz gesehen hatte. Er blickte in das blasse Gesicht mit den großen Augen und dem blonden Haarschopf darüber. Solch ein Gesicht konnte Modell für Michangelos Engel gestanden haben. Und dies war der Junge, dem man vorwarf, ein kleines Mädchen belästigt zu haben! Doch taten das nicht alle kleinen Jungen und dazu noch ohne besondere Aufforderung? Und die kleinen Mädchen änderten sich wenig, wenn sie erwachsen wurden. Sie wurden sogar meist noch schlimmer. Er konnte hören, wie Val sagte: »Was ist los? Willst du es nicht haben?« ES. ES! Es war nicht nur der Verstoß gegen das männliche Vorrecht, was ihn abstieß, es war auch die Geschmacklosigkeit ihrer Annäherung. Wenn so etwas passierte, mußte man es der Erziehung zuschreiben. Eine gewöhnliche Professionelle würde manchmal mehr Feingefühl haben, als Val es hatte. Er fragte sich, wo sie es herhatte. Von ihrer Mutter? Oder dem alten Mann? Nach dem Aussehen der Menschen konnte man sowieso nicht urteilen. Val würde wahrscheinlich vor den Mädchen ihrer Klasse sogar spröde wirken. Der Gedanke an die Mädchen machte ihm erst wieder den Jungen bewußt, obwohl er ihn die ganze Zeit angesehen hatte. »Ist deine Mutter da?« fragte er.

»Ja«, sagte der Junge, rührte sich jedoch nicht.

»Wer ist da?« Er hörte, wie ihre Schritte durch die Diele kamen. Sie erschien an der Tür und blickte ihn an. Sie schob den Jungen beiseite, ehe sie sagte: »Was wollen Sie?«

»Ich möchte mit Ihnen sprechen.«

»Ich habe nichts mit Ihnen zu besprechen. Gehen Sie jetzt bitte. Ich will nicht noch mehr Scherereien mit Ihnen haben.«

Er fühlte, wie ihm das Blut aus dem Gesicht wich. »Mein Vater hat mich geschickt«, sagte er ruhig.

Er sah, wie besorgt sie war. Sie fuhr sich über die Lippen und betrachtete unschlüssig ihren Sohn. Dann sagte sie widerwillig: »Kommen Sie herein.«

Im Wohnzimmer stellte sie sich an den Kamin und fragte auffordernd: »Also?«

Er stand in einiger Entfernung von ihr, neben der Couch, seinen Hut in der Hand. Er war verwirrt, blickte von ihr zu dem Jungen, der dastand, als schaue er aus dem Fenster, und sagte dann endlich: »Mein Vater ist besorgt wegen …« Er nickte mit dem Kopf in Richtung Pat. »Er hat mir gesagt, daß er den Fall übernehmen wollte. Er konnte mir aber nicht alles erklären und hat gemeint, Sie könnten mir die Einzelheiten erzählen. Etwas über einen Gemüsehändler namens Bolton.«

Er sah sie an und merkte, wie schnell ihr Atem ging. Sie trat von einem Fuß auf den anderen und strich sich mit beiden Händen nervös durch die Haare. Ihre Stimme klang erregt, als sie sagte: »Ich kann mir nicht denken, daß Sie dabei etwas tun können. Mr. Ransome hat sich der Sache angenommen.«

»Mam, Mam.« Der Junge wandte sich um und ging auf sie zu, die Stimme ebenso aufgeregt wie ihre. »Er hat gesagt, daß er ihm geschrieben hat. Das ist alles, Mam. Ich hab's dir doch gesagt. Du mußt aber persönlich zu ihm. Anders geht es doch nicht!«

»Ich bin ja bei ihm gewesen, oder? Ich bin zweimal bei ihm gewesen. Du weißt ja, was er gesagt hat. Wenn ich nochmal hingehe, dann ...« Sie schloß einen Moment die Augen, schüttelte den Kopf und schob den Jungen von sich. Dann sagte sie: »Laß das jetzt und geh hinaus. Überlaß das bitte mir.«

Der Junge blickte zu Laurie. Dann senkte er den Kopf und ging schweigend hinaus zur Diele. Doch sobald sie hörte, wie er die Wohnungstür öffnete, lief sie ihm nach und rief: »Geh nicht weit fort, höchstens um den Block, hörst du? Sei in zehn Minuten wieder hier. Hast du mich gehört?«

Sie bekam keine Antwort. Als sie zurückkam und an Laurie vorbeiging, sagte sie:

»Ich habe die Türe offengelassen; es gibt nichts, was Sie für mich tun können.«

»Hat es einen Sinn, wenn ich sage, daß es mir leid tut?«

»Nein, es hat keinen Sinn, wenn Sie so etwas sagen.« Sie fuhr ihn an und ihre Stimme war bitter. »Sie kommen in mein Haus und beleidigen mich, Sie stellen mich vor all meinen Nachbarn bloß, und das schlimmste von allem, Sie verschulden bei Ihrem Vater einen Herzanfall. Und dann meinen Sie, es sei alles damit getan, daß Sie sagen, es täte Ihnen leid. Sie wissen gar nicht, was es heißt, wenn einem etwas leid tut. Ihresgleichen weiß das nicht.« Sie lief im Zimmer auf und ab und spuckte ihm die Worte entgegen. »Sie sind so herrlich sicher bei allem was Sie tun, denn Sie gehören ja zu den oberen Zehntausend! Sie sind gut etabliert, haben eine angesehene Position in der Stadt und meinen, Sie könnten mit den Leuten umgehen wie Sie wollen. Eine gute Adresse haben, zu der richtigen Gesellschaft und zu den richtigen Clubs gehören – dann ist man unfehlbar! Sie können machen was Sie wollen – niemals wird sich jemand an sie heranwagen! Niemand kann in Ihr Haus kommen und Sie beleidigen ... Oh nein, denn Sie gehören ja zu denen, die auf der Sonnenseite des Daseins stehen!«

Er beobachtete sie, während sie ihm ihre Vorwürfe entgegenschleuderte und er erinnerte sich an seine Mutter, wie sie in der vorigen Nacht reagierte. Mit einem Unterschied – dieses Mädchen würde den Kopf nicht verlieren. Er sagte ruhig: »Sie irren sich. Sie haben alles falsch aufgefaßt.«

»So, habe ich das?« Sie baute sich direkt vor ihm auf. »Schließlich bin ich schon eine ganze Weile im Beruf, und ich bin oft ihrem Typ begegnet. Sie haben gesagt, daß Sie meinen Typ kennen, und ich sage, daß ich Ihren kenne. Ich begegne ihm ständig – es sind immer kleine Parvenüs. Sie haben ihre Jobs durch das Geld ihrer Väter oder ihrer Mütter oder weil sie Freunde in hohen Stellungen haben. Wenn sie sich auf ihren eigenen Grips verlassen mußten, würden sie sehr bald stempeln gehen müssen, jedenfalls die meisten, das kann ich Ihnen versichern.«

»Haben Sie auch so über meinen Vater gedacht?« Seine Stimme klang jetzt scharf.

»Nein, das habe ich nicht. Ihr Vater ist anders, ganz anders als Sie und die Leute Ihrer Art. Ihr Vater ist Anwalt, ich weiß. Aber im Grunde ist er immer noch ein einfacher Mann, der in dem Bauernhaus lebt, in dem er geboren worden ist. Außerdem ist Ihr Vater ein armer, einsamer Mann, der nicht unter seinesgleichen lebt. Er hat nichts Überhebliches an sich. Er braucht einfache Dinge, einfache Menschen. Er ist einsam … sehr einsam.« Ihre Stimme stockte und in ihren Augen bildeten sich Tränen. Sie schluckte zweimal, bevor sie fortfuhr: »Ich habe noch nie einen Menschen getroffen, der so allein, so einsam ist wie dieser Mann. Und dafür muß es einen Grund geben. Ich wußte nicht, was es war, aber nachdem ich Sie und Ihre Mutter gesehen habe, ist das nicht schwer zu erraten.«

»Danke vielmals. Ich nehme an, Sie fühlen sich jetzt wohler.«

Ihre Augen verengten sich zu zwei Schlitzen. »Da haben wir es schon, kühl und routiniert, immer die passende Antwort parat. Alles und jedes wird sofort an die richtige Stelle gerückt, nicht wahr?«

»Ich bitte Sie«, sagte er, »vergessen Sie doch einen Moment mal das Persönliche. Sie haben gesagt, daß Sie meinen Vater gern haben. Sie können viel tun, um ihn zu beruhigen, wenn Sie erlauben, daß ich in dieser Angelegenheit etwas unternehme.«

»Sie können nicht mehr tun, als im Augenblick sowieso geschieht, und so gern ich auch auf Ihren Vater hören möchte, so wenig gern möchte ich Hilfe von Ihnen haben. Ist das klar?«

»Ja«, sagte er, »das ist klar.« Sie funkelten einander an. Und weil er den Schmerz in ihren Augen nicht ertragen konnte, wanderte sein Blick über die Einrichtung. Aufgebracht zischte sie ihn an. »Los, fragen Sie schon, wie ich in den Besitz all dieser Kostbarkeiten gelangt bin!«

Er sah sie fragend an, schwieg aber. Sie fuhr fort: »Sicher ist das aber gar nicht nötig, nicht wahr? Sie wissen ja schon, wie ich dazu gekommen bin. Durch die Männer, die ich gehabt habe, dutzendweise. Manchmal stehen sie schon auf der Treppe Schlange! Das glauben Sie doch, nicht wahr?«

»Reden Sie keinen Unsinn.«

»Unsinn, sagen Sie? Ich rede Unsinn? Als Sie gestern hier hereingestürmt sind, haben Sie mich behandelt, als sei ich eine Prostituierte vom Bog's End!« Sie streckte den Arm weit aus und hob abwehrend die Hand. »Sagen Sie jetzt nichts weiter. Ich will Ihre Entschuldigungen nicht hören, ich möchte nur, daß Sie jetzt verschwinden. Und ich wäre Ihnen sehr dankbar, wenn Sie nicht wiederkommen würden. Ist das ebenfalls klar?«

Langsam senkte er den Kopf und starrte auf den Boden. Ebenso langsam drehte er sich um und ging hinaus.

Als er auf dem ersten Treppenabsatz angekommen war, hörte er, wie eine Tür aufgeschlossen wurde. Allerdings nicht die, die er gerade hinter sich gelassen hatte. Er registrierte, daß die Privatdetektive bei der Arbeit waren. Doch es machte ihn nicht einmal mehr zornig, denn er schien innerlich abgestorben zu sein. Abgestorben, weil er gedemütigt worden war. Er war so behandelt worden, wie er Wilcox gern behandelt hätte. Wilcox hatte auch versucht, ihn fertigzumachen, aber in einer völlig anderen Art.

Er wollte gerade in den Wagen steigen, als er ein leises »Hallo« hörte. Er schaute sich um und sah den Jungen an der Ecke des Häuserblocks stehen und ihm zuwinken. Er überlegte kurz, ging dann aber zu ihm. Als er vor ihm stand, streckte der Junge die Hand nach ihm aus und zog ihn in den Schatten der Hauswand. Dann blickte er ihn prüfend an und sagte: »Sie will nicht, daß Sie es tun, ja?«

»Du meinst, ihr helfen?«

Er nickte.

»Nein, sie will nicht, daß ich ihr helfe.«

Der Junge biß gedankenverloren an seinen Fingernägeln, bevor er Laurie wieder ansah. »Ich habe es nicht getan, ich schwöre es. Ich schwöre, daß ich nichts darüber weiß.«

»Das ist die Wahrheit?«

»Ja, das ist die Wahrheit. Wirklich und ehrlich die Wahrheit.«

»Komm mal mit.« Laurie zog ihn weiter den Weg hinunter, der zu den Garagen führte. Dann blieb er stehen, blickte den Jungen eindringlich an und sagte: »Erzähl mir genau, was an dem Sonnabend vormittag geschehen ist.«

»Also, das war so.« Pat nagte an seiner Unterlippe, schluckte und begann zu erzählen: »Ich geh jeden Sonnabend zu Mr. Bolton, um ihm bei den Bestellungen zu helfen und was sonst noch so anfällt. Ich geh um neun hin und bin ungefähr um eins fertig. Dann treffe ich mich mit meiner Mam in einem Café beim Markt, um ihr zu helfen, die Einkäufe nach Hause zu tragen. Das hat sich so eingespielt. Mr. Bolton gibt mir manchmal zwei Schilling, drei, je nachdem. Doch ich bleibe immer hinten, weil ich ja noch nicht arbeiten darf. Ich bin ja erst zehn Jahre, und er darf uns erst anstellen, wenn wir vierzehn sind. Deshalb sagt er immer, ich soll hinten bleiben und mich nicht sehen lassen. Wenn irgend jemand kommt, fremde Leute, dann soll ich einfach so tun, als ob ich da draußen spiele wie die anderen Jungen, die sich herumtreiben und sich die halbfaulen Früchte aus den Kisten holen. Das ist bei dem Schuttabladeplatz, wissen Sie, wo die alten Autos hinkommen. Sie kennen das, ja?«

»Ja«, nickte Laurie.

»Also, am Sonnabend morgen hab ich die Bestellungen fertig gemacht und Mr. Bolton gefragt, ob es noch mehr gibt. Er hat gesagt nein, da war es fünf vor eins. Er hat mir drei Schilling gegeben, und als ich die Straße runtergegangen bin, erinnere ich mich, daß die Uhr am Rathaus eins geschlagen hat. Dann bin ich beim Schuttplatz vorbeigekommen und Barrie Rice, ein Junge, den ich kenne, und Tim Brooks, ein anderer Junge, der älter ist als ich, beinahe vierzehn, die kommen dahergerannt, aber so komisch, als ob sie sich verstecken wollten. Tim Brooks hat mich an der Schulter gepackt und mit sich gezogen und ich sage: ›Laß mich gefälligst! Was ist denn los mit euch?‹, aber er zieht mich hinter einen Wagen und ich habe mir gedacht, daß sie spielen oder von der übrigen Clique gejagt werden oder sowas. Und ich hab nochmal gefragt

›was ist denn los?‹ Dann hab ich gesagt, daß ich gehen muß, weil meine Mam wartet, doch Tim Brooks hat mich festgehalten und gesagt, daß Barrie ihm helfen soll, obwohl Barrie gesagt hat, daß er mich gehen lassen soll. Dann haben sie mich zu dem Unterstand geschleppt hinter Tollingtons Fabrik und wollten mich dort nicht rauslassen, wenigstens Tim Brooks nicht. Er hat immer wieder gesagt ›Du bist mit drin, Pat Thorpe, du bist mit drin.‹ Da hab ich Angst gekriegt, weil er mich früher schon mal reingelegt hat. Wissen Sie, er hat eine Bande gehabt, bei der ich auch war, und einmal hat er mir einen Kugelschreiber und ein Schlüsseltäschchen gegen ein paar Medaillen eingetauscht, die ich hatte, und danach hat er geschworen, daß er es nicht getan hat und ich sie von Smith's geklaut hätte. Wenn die Band am Sonnabend immer herumgezogen ist, war es so ein Spiel, wer am meisten von Woolworth oder Smith oder Craig klauen kann. Doch ich hab das nie mitgemacht wegen meiner Mam. Aber er hat geschworen, daß ich es getan hab und hat gesagt, daß ich ihm nie eine Medaille gegeben hätte. Auf jeden Fall war ich also da in dem Unterstand und dann kam die Polizei. Ich hab überhaupt nicht gewußt, was das alles soll und hab das auch gesagt. Aber Tim Brooks hat gesagt, daß ich nur so tue und daß ich auch dabei war. Dann hat mir die Polizei meinen Schlips gezeigt; damit war ich für die schuldig. Es war ja auch mein Schlips, aber ich hab ihn gar nicht angehabt, denn ich hab ihn letzte Woche verloren, zusammen mit meinem Pullover. Er ist mir geklaut worden, als ich mich zum Turnen umgezogen hab. Dann hat die Polizei Barrie Rice gefragt, ob ich bei ihnen mitgemacht hab, und der hat ja gesagt. Er hat nämlich Angst vor Tim Brooks und mußte deswegen ja sagen. Das ist die Wahrheit, Mister, so wahr ich hier stehe. Ich würde so etwas nie tun, ich würde nie meiner Mam weh tun, denn sie hat sich damals furchtbar aufgeregt und hat Angst gehabt. Ich würde sie nie wieder aufregen. Und auch sonst würde ich so was nie tun, was die gesagt haben.«

Als er seine Kopf senkte, sagte Laurie: »Hast du einen Schlips getragen, als die Polizei mit dir gesprochen hat?«

»Nein, nur ein Hemd mit offenem Kragen.«

»Wo lebt dieser Barrie Rice?«

»In der Portland Street, Nummer 4.«

»Und deine Mutter ist bei Mr. Bolton gewesen?«

»Ja. Sie ist zweimal dagewesen, doch er kümmert sich gar nicht um sie, weil sie eine Frau ist.« Er schüttelte langsam den Kopf, als er wiederholte: »Sie ist eine Frau, wissen Sie.«

Dieser Umstand schien ihm zu genügen, um zu erklären, weshalb seine Mutter keinen Eindruck auf Mr. Bolton gemacht hatte.

Als Laurie sich den Jungen betrachtete, sah er auf einmal vor sich, wie er vor dem alten Wilcox stand. Er hörte die Stimme des Richters, wie er die einleitenden Worte sagte, mit seiner bekannten allmächtigen Gebärde. ›Du und deinesgleichen, ihr seid eine Gefahr für unsere Gesellschaft, und ich werde an dir ein Exempel statuieren. Du bist verdorben und wirst dich nur dann bessern, wenn du unter strengste Aufsicht kommst. Ich bin überzeugt davon, daß dies nie geschehen wäre, wenn du unter der geeigneten elterlichen Kontrolle gewesen wärst ...‹ Das Gesicht von Pats Mutter schob sich vor das von Mr. Wilcox, und Laurie dachte daran, wie Wilcox erklärt hatte, er würde ihr die Hölle heiß machen in dieser Stadt.

»Wo ist sein Laden?« fragte er.

»Cox Road.«

»Beschäftigt er sonst noch jemand?«

»Nein. Jetzt nicht. Er hatte auch größere Jungen angestellt, doch er ist mal gestraft worden, wegen etwas, was im Laden passiert ist. Ich weiß nicht, was es war. Doch hinterher hat er dann lange keine Hilfe mehr gehabt.«

»Also, jetzt hör mir mal zu«, sagte Laurie. »Du gehst hinauf und kümmerst dich um deine Mutter. Sag ihr aber nicht, daß du mich gesehen hast oder mir etwas gesagt hast, ja?«

»Ja.« Er nickte.

»Und ich werde sehen, was ich tun kann.«

»Danke. Danke, Mister.« Er wollte gehen, zögerte dann aber und drehte sich noch einmal zu Laurie um. Er blickte ihm ernst ins Gesicht und sagte: »Meine Mam ist nicht schlecht. Sie nicht. Sie ist gut. Ich bin immer im Haus. Meine Mam ist nicht schlecht.«

Mein Gott! Das war fürchterlich, entsetzlich. Laurie wich Pats Blick verlegen aus. Als er den Jungen wieder ansehen konnte, sagte er sanft: »Denk nur immer so von deiner Mutter.«

»Aber das ist wahr.« Die Nervosität war aus der Stimme des Jungen geschwunden und hatte einer leisen Aggressivität Platz gemacht. »Alle lieben meine Mam. Sie ist lustig, sie ist glücklich, wenigstens war sie es ... und sie ist spaßig, ich meine, es macht Spaß bei ihr zu sein. Außer in der letzten Woche, bei dieser Sache, und seit es Mr. Emmerson schlecht geht. Sie mag Mr. Emmerson gern. Aber sie ist gut. Sie könnte jederzeit heiraten, aber sie will nicht. Ted, das ist Mr. Glazier, der unten im ersten Stock wohnt, läßt sich scheiden und will sie heiraten, aber ich hab gehört, wie sie ihm gesagt hat, daß sie nicht will. Er wird unten im Süden leben, aber sie will überhaupt niemanden mehr heiraten. Bei uns bleibt auch nie jemand nachts im Haus ... Sie ist gut.«

Zehn Jahre war er alt und verteidigte seine Mutter! »Bei uns bleibt nie jemand nachts im Haus.« Er beugte sich zu ihm hinunter, bis sein Gesicht auf gleicher Höhe mit dem seinen war. »Mach dir deswegen keine Sorge. Ich glaube, daß deine Mutter gut ist, ich glaube es. Geh jetzt aber, geh und leiste ihr Gesellschaft.« Er schob ihn sanft fort und sagte dann: »Warte noch mal. Wo kann ich dich am besten erreichen, wenn ich es möchte?«

»Ich geh in die Remington Road School.«

»Sehr gut, Pat.« Er streckte seine Hand aus und berührte die Schulter des Jungen. »Wenn ich dich brauche, komm ich zur Schule.«

Pat nickte ernst und ging.

Laurie stieg in den Wagen, fuhr zur Cox Road und hielt gegenüber dem Gemüseladen. Er war geschlossen. Unschlüssig blieb er im Wagen sitzen. Der Laden hatte eine Doppelfront, die frisch gestrichen war, ebenso wie die Fenster darüber. Dort hingen hübsche Vorhänge, und es sah aus wie eine Wohnung. Auf der rechten Seite des Ladenfensters befand sich eine Tür, die knallrot angestrichen war, und er nahm an, daß es die Tür zur Wohnung war. Es könnte sein, daß Mr. Bolton über seinem Laden wohnte.

Laurie stieg aus dem Wagen und ging über die Straße. Nach kurzem Zögern drückte er auf die Klingel. Die Tür öffnete sich langsam, doch es machte sich niemand bemerkbar, bis von der Treppe oben eine Stimme ertönte: »Ja, was ist?«

Er blickte hinauf und sah eine Frau mit der Hand auf einem Flaschenzug.

»Lebt Mr. Bolton hier?«

»Ja, wer sind Sie?«

»Ist es möglich, daß ich ihn spreche?«

»Er sitzt gerade über seinen Geschäftsbüchern.«

»Ja, es dauert nur ganz kurz.«

»Wer ist da?« Ein Mann erschien neben der Frau. Er beugte sich vor und blickte die Treppe hinunter. »Was wollen Sie?«

»Ich … ich möchte nur mal kurz mit Ihnen sprechen, wegen des Jungen, Pat Thorpe.«

Er sah, wie die Frau einen Schritt zurücktrat und hörte, wie sie leise sagte: »Ich wußte, daß es deswegen ist, ich wußte es ja. Sag ihm, wohin er gehen soll.«

»Passen Sie mal auf«, sagte der Mann, ging etwas in die Knie und beugte sich weiter vor, machte aber keine Anstalten hinunterzukommen. »Ich habe nichts zu sagen über diesen kleinen Schlingel. Was ich zu sagen hatte, hab ich der Polizei gesagt.«

Laurie machte einen Schritt vor in den Korridor und sah zu dem Mann hinauf. »Sie wollen also immer noch sagen, daß sie ihn an dem bestimmten Sonnabend vormittag nicht beschäftigt haben?«

»Nicht an diesem und auch nicht an anderen. Ich hab alle Hände voll zu tun, wenn ich die kleinen Lumpen hinten von meinem Hof wegjagen muß. Alle zusammen sind das nichts als Diebe und Spitzbuben.«

Laurie schüttelte resigniert den Kopf. »Sie erinnern sich doch an den Jungen, Pat Thorpe, oder?«

»Ja, an den erinnere ich mich allerdings, weil ich ihm ständig gesagt hab, daß er verschwinden soll. Im übrigen … ich weiß ja gar nicht, wer Sie sind. Außerdem ist es mir auch verdammt egal. Gehen Sie gefälligst und schließen Sie die Türe hinter sich.«

Laurie musterte Mr. Bolton mit scharfem Blick, dann drehte er sich wortlos um und schloß die Türe.

Als er im Wagen saß, dachte er: Mein Gott, was sind das für Typen! Und er ist noch dazu ein Lügner. Das war ihm schon im ersten Augenblick aufgefallen.

Bolton. Bolton. Der Name ging ihm nicht mehr aus dem Sinn. Er hatte ein besonders gutes Gedächtnis für Namen und vergaß fast nie einen. Bolton. Bolton. Kannte er den Namen von Klienten? Bei seinen eigenen war er nicht, soviel war klar. Doch irgendwo hatte er den Namen Bolton auf einem Ordner gesehen. Wo konnte er das denn gesehen haben, außer im Büro? Bolton. Bolton. Plötzlich wußte er es. Natürlich, bei Wilcox. Unter den Ordnern des Alten hatte er den Namen Bolton gesehen! Um einige der Klienten kümmerte er sich selbst. Er konnte sich nicht daran erinnern, wie lange es her war, daß er den Namen dort gesehen hatte, doch es war natürlich schon lange her, bevor der Alte begonnen hatte, die Sachen wegzuschließen. Es war sicher schon einige Jahre her, und Bolton konnte inzwischen eine andere Firma beauftragt haben. Doch es bestand immerhin die Möglichkeit, daß es nicht der Fall war. Auf einmal fiel ihm noch etwas ein, und jetzt wußte er, daß es nicht der Fall war. Es war im Eßzimmer der Wilcox gewesen, wo an jedem Wochenende, im Sommer und Winter eine große Schale mit Obst aufgestellt war. James hatte eine Vorliebe für Obst. Er konnte sich daran erinnern, daß May Wilcox es einmal gesagt hatte, und er hatte immer wieder gedacht, daß sie eine Menge Geld für Obst ausgaben, was eigentlich mit dem knappen Budget von Tante May gar nicht zu vereinbaren war. Nur für das »Dinner um acht« wurde extra zum Einkaufen in die Stadt gefahren. Natürlich konnte er sich auch täuschen, es konnte alles ein Wunschdenken sein, doch er würde der Sache auf jeden Fall morgen einmal nachgehen. Manchmal waren die unwahrscheinlichsten Vermutungen auch die zutreffendsten.

Jetzt mußte er sich einmal um die Wohnung von Barrie Rice kümmern.

Als er an der Nr. 4 Portland Street angekommen war, zögerte er, bevor er den Wagen verließ. An der offenen Tür stand nämlich eine Frau mit ausufernden Proportionen, die Arme über dem Bauch verschränkt. Sie befand sich in lebhafter Unterhaltung mit einer anderen Frau. Ob sie die Mutter des Jungen war, konnte er natürlich nicht ahnen, doch er spürte echtes Unbehagen, sich ihr zu nähern. Doch da er nun schon einmal den Wagen angehalten hatte und von den beiden gemustert wurde, hielt er es für besser auszusteigen.

Als er auf den Bürgersteig trat, wandte er sich an die dicke Frau und sagte: »Ich suche eine Mrs. Rice.«

»Ich bin Mrs. Rice.« Sie hielt die Arme weiter verschränkt.

»Ist es möglich, daß ich Ihren Sohn Barrie sprechen kann?«

»Sind Sie von der Polizei?«

»Nein, ich bin nicht von der Polizei.«

»Dann können Sie auch nicht mit ihm sprechen.«

»Aha. Ich bin aber von einer Anwaltsfirma.«

»Wir haben die Anwälte Thompson und Curry. Sind Sie einer von denen?«

»Nein, das sind wir nicht.«

»Also, Mister, wenn Sie was wissen wollen, dann gehen Sie zur Polizei, weiter kann ich Ihnen nichts sagen.« Mrs. Rice nickte ihm zu, dann ihrer Freundin, und ohne zu zögern stieg Laurie wieder in seinen Wagen und fuhr los.

Als er am nächsten Morgen um halb sieben nach unten kam, war er nicht überrascht, seine Mutter schon vorzufinden. Seit sein Vater krank war, war sie jeden Morgen vor ihm unten gewesen. Er fragte sich, ob sie überhaupt schlief, doch er erkundigte sich danach. Die Mauer, die zwischen ihm und seinem Vater gestanden hatte, war jetzt zwischen ihm und seiner Mutter.

Wenn sie miteinander sprachen, geschah es so ruhig, als ob der eine die Gefühle des anderen respektierte. Es kam ihm selbst merkwürdig vor, daß er sie seit Tagen nicht berührt hatte, nicht ihre Hand gehalten hatte oder ihr auch nicht einen Abschiedskuß gegeben hatte, was zur üblichen Morgenprozedur gehörte. Konnte das Band, das sie so innig zusammengehalten hatte, vollständig durchschnitten sein?

Obwohl er erst um neun im Büro sein mußte, verließ er das Haus schon um viertel nach acht und jagte mit dem Auto die Straße hinab, als ob der Teufel hinter ihm her wäre. Das war ein Teil des Ausweichmanövers, von dem er wußte, daß es nicht mehr lange dauern könnte.

Donnerstag war Gerichtstag. Ein Tag, der sich entspannend auf die Büroroutine und die Nerven auswirkte. Doch an diesem Morgen konnte er sich nicht so recht daran erfreuen. Erstens hatte er einen Kater, weil er in der Nacht zu lange im Club geblieben war und natürlich zuviel getrunken hatte. Aber er hatte zu Hause nicht von Valerie abgefangen werden wollen. Er hatte sogar den Umweg über Handleys holprigen Weg gemacht und war von der oberen Seite in die Hauptstraße gefahren. Und dann war da diese Bolton-Angelegenheit. Wenn heute nicht der einzige Tag wäre, an dem er die Ordner untersuchen könnte, hätte er es noch aufgeschoben.

Er hörte, wie die Büromädchen eintrafen, und als er Miss Pattersons festen Schritt auf dem Gang hörte, ging er zu ihr. »Kann ich Sie wohl mal einen Moment sprechen, Pattie?« sagte er.

»Ja, natürlich, aber erst muß ich mich mal ausziehen.« Sie lachte ihn an, fuhr sich über ihr graues Haar und sagte: »So früh schon da, und das an einem Donnerstag? Was ist denn los? Übrigens, Sie sehen Müde aus. Haben Sie gesumpft?«

»Das nicht gerade, Pattie. Ich hab mir nur etwas gegönnt heute nacht.«

»Oh, Sie Schlimmer. Das wird Ihnen bald vergehen.«

Er schnitt eine Grimasse, und sie kicherte. Dann sagte er: »Pattie, ich brauche ihre Hilfe. Ich benötige eine kleine Information. Vor allem, können Sie mir sagen, ob der Alte die Bücher von Bolton, dem Gemüsehändler, bearbeitet?«

»Bolton? Ja, das tut er, schon seit Jahren. Sein Zeug kam erst letzte Woche herein.«

»Meinen Sie, ich könnte mir das einmal ansehen?«

»Ich wüßte nicht, warum Sie es nicht können sollten. Doch … doch, warten Sie mal.« Sie tippte kurz mit der Hand auf seinen Arm. »Vielleicht hat er sie weggeschlossen, das tut er manchmal. Ich kann mich ja nicht mit all den Akten befassen, oder? Ich muß mich auch um die Honorare kümmern und die Adressen schreiben und all das.«

»Könnten Sie bitte einmal nachsehen?«

»Ja, ja, das kann ich. Doch was wollen Sie wissen?«

»Nur ein ganz kleines Detail.«

»Wird es Unannehmlichkeiten machen?« Sie blickte ihn ängstlich an.

»Oh, nein, nein.« Er schüttelte den Kopf. »Ich werde auch nicht lange brauchen. Wenn Sie es in mein Zimmer bringen könnten, wäre es besser, denn vielleicht kommt er doch mal schnell vorbei, und dann will ich nicht bei ihm überrascht werden.«

»Oh je, nein.« Sie lachte ihr hohes dünnes Lachen. »Am Donnerstag können wir so einen Spaß schon gar nicht brauchen. Also gut.« Sie zwinkerte ihm zu. »Ich schau gleich mal nach.«

»Danke, Pattie.« Er lächelte ihr freundlich zu und ging dann hinaus.

In seinem Zimmer angekommen, setzte er sich hin und dachte nach. Seit er in dieser Firma mitarbeitete, waren gewisse Namen für ihn gleichbedeutend mit Erfolg oder Mißerfolg gewesen. Jahr für Jahr hatte er den Aufstieg oder Niedergang der Geschäfte miterlebt, die mit diesem Namen verbunden waren. Als er sich qualifiziert hatte, überließ ihm Wilcox eine Reihe von Klienten, und mit der Zeit waren es immer mehr geworden, doch er wußte, daß auf den Geschäftsbüchern oft Namen standen, die ihm kein Begriff waren. Es kamen dicke Pakete an, die adressiert waren an »Mrs. Laurence Emmerson« und darunter: »James Wilcox, beeid. Rechnungsprüfer«. Und es kamen dicke Pakete an, adressiert an: »James Wilcox, Esq. beeid. Rechnungsprüfer« und darunter »Privat«.

Er glaubte nicht, daß der Alte sich auf irgendwelche krummen Sachen einließ, denn dazu war er viel zu gescheit. Doch es gab eine ganze Menge Dinge, die ein Rechnungsprüfer tun konnte, um die Bürde eines Klienten zu erleichtern. Dazu gehörte, daß er nicht zu viele Fragen stellte, mit der Hoffnung, daß der Steuerprüfer ähnlich dachte. Doch er wollte ja gar nicht den Ordner von Bolton sehen, um dem Alten etwas anzuhängen. Er hatte die Hoffnung, daß er sich vielleicht ein besseres Bild von diesem Mann machen könnte und vielleicht eine Möglichkeit, in irgendeiner Weise einen Druck auf ihn auszuüben, damit er die Wahrheit aus ihm herausbrachte. Die ganze Sache war ja nicht mehr als ein unbestimmtes Gefühl. Doch er hatte immer an unbestimmte Gefühle geglaubt, und vielleicht war es diesmal die einzige Chance, um das Schicksal des Jungen noch zu wenden. Er konnte den kleinen Jungen einfach nicht vergessen, und er konnte auch diese Frau nicht vergessen. Je mehr er in der letzten Nacht getrunken hatte, desto deutlicher hatte er sie vor sich gesehen.

Die Tür öffnete sich und Miss Patterson trat ein. Sie flüsterte: »Hier sind sie. Er hat sie noch nicht in der Hand gehabt. Doch ich bitte Sie, wenn er zufällig kommt, dann gebe ich Ihnen ein Signal mit dem Telefon und Sie lassen sie sofort verschwinden!« Sie nickte ihm verschwörerisch zu.

»Danke, Pattie. Ich werde sie nicht lange brauchen. Danke.« Er lächelte ihr zu, und sie ging eilig hinaus.

Sachkundig sortierte er den Inhalt des großen Pakets. Unter der Überschrift »Wiederbeschaffung« stand der Preis eines neuen Lieferwagens, und auf der anderen Seite das, was er für den alten bekommen hatte. Es waren im Laden Umbauten vorgenommen worden, die sich auf 200 Pfund beliefen. Die Rechnungen waren alle unterzeichnet. Dann war ein dickes Bündel von wöchentlichen Rechnungen des Grossisten da und außerdem ein Buch mit der Überschrift »Löhne«. Daraus entnahm er an erster Stelle, daß der Gemüsehändler seiner Frau zehn Pfund in der Woche dafür zahlte, daß sie im Laden mithalf. Das war auch ganz richtig, denn sie würde dafür Steuern zahlen müssen. Dann stand unter der Überschrift »Gelegenheitsarbeiten« auch »Fahrer: Sonnabend von 1 bis 6, 2 Pfund 15«. Darunter stand die Endsumme des Jahres. Dann war darunter eine Eintragung, die Laurie sofort hellwach machte: »Zwei Jungens, Einpacken von Bestellungen: Sonnabend 9 bis 1, 30 Schilling« und darunter stand die Endsumme des Jahres: »78 Pfund«.

Laurie biß sich vor Aufregung auf die Lippen, lächelte aber zufrieden, als er die Papiere wieder in den Umschlag steckte. Nicht schlecht, daß er diese Vermutung gehabt hatte, gar nicht schlecht.

Er trug den Umschlag wieder in das Zimmer von Miss Patterson, legte ihn ihr auf den Schreibtisch und sagte: »Tun Sie das bitte wieder dorthin, wo es war, Pattie. Und denken Sie daran, Sie haben mir nie diesen Umschlag gegeben, ich bin selbst in sein Zimmer gegangen und habe ihn geholt.«

»Es wird doch deswegen keine Unannehmlichkeiten geben, Mr. Emmerson?« fragte sie vorwurfsvoll.

»Nicht für Sie, Pattie, nicht für Sie.« Er grinste sie an. »Denken Sie dran, Sie wissen nichts davon.«

»Oh, daran werde ich auf jeden Fall denken.«

»Also gut, Pattie. Und vielen Dank, vielen Dank.«

Als er wieder in seinem Zimmer war, ließ er sich mit Arnold Ransome verbinden, und das erste, was Arnold fragte, war: »Wie geht es deinem Vater?«

»Oh, heute schon viel besser, Arnold. Der Arzt scheint mit ihm zufrieden zu sein.«

»Sehr schön. Oh, wie mich das freut. Am Donnerstag abend, als ich ihn sah, war ich wirklich sehr erschrocken.«

»Er macht sich große Sorge wegen dieser Thorpe-Angelegenheit, Arnold. Du weißt doch, der kleine Junge aus dem Gebäude nebenan.«

»Ja, ich weiß, ich weiß. Ich kümmere mich darum, und es ist nicht nötig, daß man ihn weiter deswegen beunruhigt.«

»Hast du den Gemüsehändler gesehen?«

»Nein, aber ich habe ihm geschrieben.«

»Das ist ein schlauer Bursche, Arnold, und er ist ein Lügner. Ich glaube dem Jungen, wenn er sagt, daß er dort gearbeitet hat. Vater war irgend etwas auf der Spur, das hat er mir gesagt.« Er dämpfte seine Stimme. »Dieser Bolton hat der Polizei erklärt, daß er noch nie irgendwelche Jungens beschäftigt hat. Trotzdem hat er bei seiner Einkommenssteueraufstellung dreißig Schilling pro Woche angegeben, für zwei Jungen, die sonnabends von neun bis eins arbeiteten.«

»Bist du da sicher, Laurie?«

»Ich hab es gerade mit eigenen Augen gesehen.«

»Oh.« Laurie konnte sich vorstellen, wie Arnold jetzt mit den Fingern auf den Schreibtisch trommelte. Dann sagte er: »Das ist ja alles ganz schön und gut, aber man wird es vor Gericht beweisen müssen, und wir werden den alten Wilcox dazu bringen müssen, die Aufstellung vorzulegen, und ich glaube nicht, daß er das tun wird. Er wird der Ansicht sein, daß die Angelegenheiten seiner Klienten niemand etwas angehen. Und noch etwas anderes: an diesem Fall hat er persönliches Interesse. Du weißt ja vielleicht weshalb, Laurie?«

»Ja, ich weiß es.«

Nach kurzem Schweigen sagte Arnold: »Ich kann mir nicht vorstellen, daß uns das sehr viel nützt.«

»Meinst du wirklich?«

»Ja. Ja, das meine ich. Wenn dieser Bursche darauf besteht und sagt, daß er niemand angestellt hat und wir das Gegenteil beweisen müssen, dann brauchen wir Zeit.«

»Es könnte aber doch gelingen?«

»Ja, es könnte gelingen, doch inzwischen wird der Junge da sein, wo der alte Wilcox ihn haben will, denn ich kann mir nicht vorstellen, daß wir bei so geringen Beweismitteln eine Zurückverweisung erreichen können. Es wird sich ja immer nur um mündliche Aussagen handeln können, wenn wir die Steuerbelege nicht vorweisen können. Und was das betrifft, müssen wir sehr vorsichtig sein, denn der Gemüsehändler könnte ja auch den Spieß umdrehen.«

»Ja, ich verstehe was du meinst.«

»Natürlich kann man den Fall immer wieder eröffnen.«

»Nächste Woche ist die Verhandlung, nicht wahr?«

»Ja, die Vorverhandlung. Wilcox hat versucht, die Sache schon für heute durchzusetzen, doch das kleine Mädchen leidet immer noch unter dem Schock, und die Mutter sagt, daß sie nicht erscheinen kann. Daher wurde der Termin um eine Woche verschoben.«

»Das ist wenigstens etwas. Danke, Arnold.«

»Trotzdem, du hast nicht ganz unrecht. Ich muß mir das noch einmal überlegen. Wenn wir genügend Zeit haben, könnte es den ganzen Fall noch ändern. Tatsächlich bin ich sogar überzeugt, daß es so sein wird. Doch wir brauchen Zeit, wir brauchen einfach Zeit … Und dann, Laurie: es wird Wilcox fürchterlich aufregen, das ist dir doch klar?«

»Ja, das ist mir klar.«

Es herrschte eine lange Pause, bevor Arnold sagte: »Nun gut, solang dir das klar ist! Auf Wiedersehen, Laurie.«

»Auf Wiedersehen, Arnold.«

Er starrte seinen Schreibtisch an. Das Gericht war pingelig genau, knifflig und arbeitete langsam. Arnold sagte, daß es auf die Zeit ankäme, und inzwischen würde Mr. James Wilcox dafür sorgen, daß der kleine Junge in ein Heim käme. Damit würde er die Mutter nicht nur vernichten, sondern auch das öffentliche Urteil beeinflussen. Wie er schon gedroht hatte, er würde ihr die Hölle so heiß machen, daß sie sich nach einem anderen Wohnort umsehen müßte. Mittags aß Laurie im Stadtzentrum, wie schon die ganze Woche und ging dann in die Klinik. Als er durch den Haupteingang trat, sah er Cissie herauskommen, doch sie tat so, als ob sie ihn nicht erkennen würde und blickte starr geradeaus.

Sobald er seinen Vater sah, wußte er, daß sie nicht bei ihm gewesen sein konnte. Er lag so da wie immer, an ein Kissen gelehnt, ruhig und fast heiter, und er glaubte nicht, daß er so unbeteiligt daliegen würde, wenn er sie gesehen hätte. Wahrscheinlich war sie nur an der Pforte gewesen, um sich nach ihm zu erkundigen.

»Wie geht es dir?« Er setzte sich neben ihn ans Bett.

»Oh, danke, schon viel besser. Deine … deine Mutter ist gerade gegangen.«

»Gerade gegangen?«

»Ja, etwa vor einer halben Stunde. Hast du … hast du getan, worum ich dich gebeten habe?«

»Ja, Vater, ich hab sie gesehen.«

»Und sie hat dir alles gesagt?«

»Ja, das hat sie.«

»Hast du den Jungen gesehen?«

»Ja, ich habe Pat gesehen.«

»Nein.« John schüttelte den Kopf. »Den Ricejungen.«

»Nein, aber das werde ich noch tun.«

»Und Bolton?«

»Ich sehe ihn heute abend.« Er erwähnte nicht den ergebnislosen Besuch des letzten Tages.

»Bolton ist gerissen, Laurie, er ist ein übler Kerl. Man hat ihn schon einmal bestraft, weil er Jungen angestellt hatte, die noch zu klein waren. Außerdem existiert da noch etwas anderes, noch viel Schlimmeres bezüglich dieser Jungen, was aber nicht bewiesen werden konnte. Die haben dort in der Gegend Angst vor ihm. Deswegen sagt er auch bezüglich Pat nicht die Wahrheit.«

Laurie beugte sich zu ihm vor. »Doch, ich glaube, er wird es noch zugeben.«

»Ja?«

»Ich glaube, ich habe ihn jetzt in der Hand. Warte mal ab. Wahrscheinlich werde ich dir morgen schon mehr sagen können. Warte nur mal ab bis dahin.«

John lächelte. Seit Tagen hatte er ihn nicht mehr so entspannt gesehen. Dann wurde er auf einmal wieder ernst und sagte: »Sie wird sterben, wenn man ihr den Jungen nimmt. Er bedeutet ihr alles, was sie hat. Und der Junge ist unschuldig, da könnte ich mein Leben darauf wetten.« Er hob die Hand und die Lippen verzogen sich zu einem leichten Grinsen. »Das, was es noch wert ist.«

»Das ist noch eine Menge wert, warte nur ab. Jetzt versuch nur, dir nicht zu viele Sorgen zu machen.«

»Meinst du?«

»Ja, natürlich.«

»Du weißt, Laurie, sterben macht mir nicht viel aus.«

»Oh, sag das nicht, bitte.« Er nahm die schlaffe blasse Hand und hielt sie fest. Während er das tat, dachte er, daß es doch seltsam war, daß er für diesen Mann jetzt so viel empfand. Und vor allem, daß diese Empfindung so viel Reue und Schuldgefühl enthielt. Vor einer Woche noch hätte er gesagt, daß er in seinem Leben nichts getan hatte, um echte Gefühle zu bewirken, daß er ihn für ebenso durchschnittlich hielt wie die übrigen seiner Zeitgenossen. Was hatte das alles zu bedeuten? Er dachte plötzlich an Val und Tony Clark und alle anderen, die vor ihm gewesen waren. Sie hatte früh mit Sex angefangen, das wußte er. Und dann dachte er an Susan Lumley, Betty Fuller und Kitty Frost. Sein gutes Gedächtnis für Namen ließ ihn auch an die allererste denken, an Henrietta Jacobson. Sie war fünfzehn und er dreizehn. Sie hatte ihn erschreckt. Sie hatte ihn wochenlang verfolgt, dann vergewaltigt und schließlich war seine Furcht gewichen. Die Mädchen waren nachher keinerlei Problem mehr gewesen, es war alles viel zu einfach gewesen, doch irgendwie waren sie alle gleich: sie übereilten alles, bedrängten ihn, waren fordernd und maßten sich männliche Vorrechte an.

Mutter hatte recht. Was sein Vater für Mrs. Thorpe fühlte, war wahrscheinlich etwas sehr viel stärkeres als jedes Gefühl, das mit dem Geschlechtstrieb zusammenhing.

Als er ihn anblickte, kam zu seinen Empfindungen noch eine andere dazu, die ihm am allermeisten überraschte. Er war eifersüchtig auf seinen Vater. Eifersüchtig auf diesen Mann, den er so lange verachtet hatte! Was war denn bloß mit ihm los? Er war von der ganzen Geschichte schon so mitgenommen, daß er wohl bald einen Psychiater aufsuchen müßte.

»Hast du es Val schon gesagt?« fragte John.

»Was? Oh, das. Nein, da hab ich noch Hemmungen.«

»Je länger du es aufschiebst, desto schwerer wird es sein. Bist du dir denn sicher, daß du einen Bruch willst?«

»Das ist ungefähr das einzige, was ich ganz sicher will.«

Sie blickten einander an, ernst und aufrichtig. »Dann ist es gut«, sagte John sanft. »Aber versuch es so bald wie möglich hinter dich zu bringen.«

4. Mr. Bolton

Es war gerade fünf Uhr geworden, als Laurie in Mr. Boltons Laden trat. Der Gemüsehändler, der gerade einige Früchte in einer Kiste sortierte, drehte sich zu ihm um: »Ja, Sir, was kann ich …?« Er blieb mitten im Satz stecken, als er ihn erkannte; sein stereotypes Lächeln verschwand, und er fauchte: »Schon wieder Sie. Ich habe Ihnen doch gesagt …!« Die letzten Worte waren langgezogen und klangen wie eine Drohung.

»Ja, ich weiß. Aber jetzt habe ich Ihnen etwas zu sagen, Mr. Bolton. Wollen wir es in Ruhe besprechen – oder nicht? Mir ist es gleich.«

In Lauries Stimme war etwas, was Mr. Boltons nächste Bemerkung zurückhielt. Er stierte ihn eine Weile wütend an, bevor er sagte: »Kommen Sie hier herein, aber machen Sie es kurz.«

Er stieß eine Tür auf und ließ Laurie hineingehen. Dann ging er zu der Treppe, die aus dem Packraum herausführte und rief: »Gladys! Laden!«

Unmittelbar darauf kam Mrs. Bolton die Treppe hinab. Als sie Laurie erblickte, blieb sie wie angewurzelt stehen, doch der knurrte sie an: »Kümmer dich um den Laden. Ich bin sofort wieder da. Eine Minute, länger nicht. Also, was ist?«

»Sie haben mir gestern abend erklärt«, fing Laurie ohne Umschweife an, »daß Sie niemals kleine Jungen beschäftigen. Das haben Sie auch der Polizei erklärt. Stimmt das?«

»Das stimmt.«

»Sie lügen, Mr. Bolton.«

»Ich habe Sie gewarnt, Freundchen.« Mr. Boltons Gesicht verzog sich zu einer häßlichen Grimasse.

»Sie lassen Ihre Geschäftsbücher durch James Wilcox bearbeiten, nicht wahr?« Laurie beobachtete, wie sich Mr. Boltons Mund zusammenpreßte. »In diesen Büchern steht folgender Eintrag: ›Für zwei Jungen für gelegentliche Arbeiten am Sonnabend vormittag bezahlt 30 Schilling; Jahresendsumme 78 Pfund.‹ Stimmt das, Mr. Bolton?«

»Sie verdammter Schnüffler.«

»Ich würde etwas sparsamer mit solchen Ausdrücken umgehen, Mr. Bolton. Sie haben noch nicht alles gehört. Ich glaube aber, daß es für den Anfang genügt. Auf jeden Fall wird es genug für den Richter sein, ob es nun Mr. Wilcox ist oder ein anderer.«

»Wer zum Teufel sind Sie denn überhaupt? Und warten Sie nur, bis der alte Wilcox das herausbekommt!«

»Zufällig bin ich sein Buchhalter.«

»Das werden Sie nicht mehr sehr lange sein, Freundchen, denn der wird sie bei lebendigem Leib häuten.«

»Weshalb sollte er denn? Er weiß ja nicht, daß Sie an Ihren Büchern herumbasteln. Er hat sie in gutem Glauben geprüft, nicht wahr, Mr. Bolton? Sie haben unterzeichnete Quittungen, darunter auch von ihrem gelegentlichen Fahrer?« Dies letzte war ein Versuchsballon, doch er merkte, daß er seine Wirkung nicht verfehlt hatte.

»Sie sind ein cleverer Junge, was? Warten Sie nur, bis ich es dem alten Wilcox sage!«

»Ach, was den alten Wilcox betrifft, so würde ich mir da keine weiteren Gedanken machen, wenn ich Sie wäre«, sagte Laurie mit aufreizender Gelassenheit. »Ich würde mir viel eher wegen der Polizei Gedanken machen. Sie werden es Mr. Wilcox sowieso nicht sagen, daß ich hier gewesen bin.«

»Das werde ich allerdings tun, das kann ich Ihnen verraten.«

»Nein, das werden Sie nicht. Ich werde jetzt einen kleinen Handel mit Ihnen machen, Mr. Bolton. Ich könnte ja auch direkt zur Polizei gehen und denen Ihre Bücher zeigen und ihnen sagen, daß Sie bezüglich des Thorpejungen gelogen haben. Aber das würde mir gar nicht so viel nützen. Ich möchte, daß Sie etwas anderes tun, Mr. Bolton. Ich möchte, daß Sie zur Polizei gehen. Sie selbst, und dort sagen, daß Ihnen ein Fehler unterlaufen ist. Sagen Sie ihnen, daß Sie an jenem bestimmten Sonnabend morgen in Eile waren und sich jetzt daran erinnern, daß Sie Patrick Thorpe bis ein Uhr beschäftigt haben. Daher konnte er bei der Bande nicht dabeigewesen sein, als die Jungen das kleine Mädchen überfallen haben. Sie werden ausnahmsweise einmal die Wahrheit sagen, nicht wahr, Mr. Bolton? Die werden nicht allzu nachsichtig sein, wenn sie es nicht tun. Denn es ist ja nicht Ihr erstes Delikt in dieser oder anderer Hinsicht, hm?« Mr. Bolton schluckte. Er schluckte dreimal, bevor er sagte: »Der Teufel soll Sie holen!«

»Es liegt ganz bei Ihnen. Wahrscheinlich werden Sie bestraft werden und ein schönes Sümmchen blechen müssen, doch das dürfte nur ein Tröpfchen sein, gemessen an dem, was der Steuerprüfer mit Ihnen machen wird. Denn es gibt ja nicht nur den Fall von der gelegentlichen Arbeit am Sonnabend, nicht wahr, Mr. Bolton?«

Das war der zweite Versuchsballon, der jedoch nicht allzu gewagt war. Wenn ein Mann in einer Weise seine Gaunereien betrieb, dann tat er es auch auf andere Weise.

Daß dies wieder ein Schuß ins Schwarze war, zeigte sich, als der Gemüsehändler ihn anknurrte: »Sie sind ein schmutziger Erpresser!«

»Wie bitte?« Es klang wie eine höfliche Erkundigung.

»Ich werde es nicht tun.« Boltons Stimme kam tief aus seiner Kehle. »Ich werde mir doch nicht von so einem jungen Bürschchen wie Ihnen imponieren lassen!«

»Das würde ich mir sehr gut überlegen, Mr. Bolton. Ich gebe Ihnen vierundzwanzig Stunden Bedenkzeit. Besprechen Sie es doch einmal mit Ihrer Frau. Frauen sind in manchen Dingen außerordentlich vernünftig. Doch ich muß Sie warnen. Wenn Sie nur einen Ton darüber Mr. Wilcox sagen, werde ich mich nicht mehr zurückhalten. Dann gehe ich direkt zur Polizei. Ich würde mich gar nicht wundern, wenn Sie dies alles hier verkaufen müßten«, er machte eine weite Handbewegung, »damit Sie diese schrecklichen Leute vom Finanzamt zufriedenstellen können. Und glauben Sie ja nicht, daß Mr. Wilcox seinen Mund halten wird. Sie müssen wissen, daß er sehr bald mein Schwiegervater wird.«

Die Überraschung war gelungen. Boltons Gesicht spiegelte Ungläubigkeit und Zorn wider. »Sie können mich morgen jederzeit in meinem Büro erreichen. Fragen Sie nach mir persönlich, Mr. Laurence Emmerson.«

Als er zurück durch den Laden ging, hatte er das Gefühl, daß Mr. Bolton ihn am liebsten mit einem schweren Gegenstand erschlagen hätte. Er zitterte, als er den Zündschlüssel drehte und hatte Mühe, den Gang einzulegen. Als er eine Weile gefahren war, hielt er an, lehnte sich in den Sitz und wischte mit dem Taschentuch über sein Gesicht. Er hatte etwas in Gang gebracht, und wenn es so ablief, wie er es sich vorstellte, würde dem Jungen nichts geschehen. Doch was würde mit ihm selbst passieren?

Im Laden war er kein bißchen stolz darauf gewesen, wie er den Mann behandelt hatte. Außerdem hatte er jetzt der Tatsache ins Auge zu schauen, daß er sich in Bolton einen gefährlichen Feind geschaffen hatte.

5. Val

»Es geht ihm schon viel besser.« Sie saßen zusammen beim Abendessen. Nur sie beide, doch es war gedeckt wie immer. Er sah zu ihr
hinüber, schluckte seinen Bissen hinunter und sagte dann: »Ja.«

»Laurie.«

»Ja, Mutter.«

»Ich habe das Gefühl, wir sollten miteinander sprechen.« Sie
legte Messer und Gabel hin. »Du hast in einer Woche eine totale
Umkehrung gemacht.«

»Wie meinst du das?«

»Du weißt genau, was ich meine, mein Lieber.« Sie schüttelte
den Kopf. »Dein Vater hatte früher nie recht und ich hatte immer
recht und jetzt hat er immer recht und ich habe nie recht. Aber, du
solltest wissen, daß es nie nur Schwarz oder Weiß gibt.«

»Es tut mir leid, wenn du es so siehst.«

»Du weißt, daß es stimmt, und ich … ich hätte es niemals für
möglich gehalten, daß du dich gegen mich wendest, wenn ich dir
die Wahrheit sage. Ich … ich glaube nicht, daß ich dir die Geschichte deines Vaters erzählt hätte, wenn ich gewußt hätte, daß es
zwischen uns zum Bruch kommen wird.«

»Aber das ist doch nicht so.« Er hörte ebenfalls auf zu essen und
beugte sich zu ihr.

»Ich würde es auch gerne so ansehen, aber ich kann es nicht,
Laurie. Doch wie es auch sei, was ich dir sagen möchte, ist dies:
Vielleicht können wir jetzt neu anfangen. Alles ist jetzt gesagt, es
gibt nichts mehr zu verbergen, wenigstens nicht zwischen uns,
und – und es wäre schön, wenn wir wieder gut miteinander auskommen könnten, bis … bis du verheiratet bist.«

Er beobachtete, wie sie mit gesenkten Augen ein Stück Brot
brach. Ruhig sagte er: »Ich werde nicht heiraten.«

»Du wirst nicht … soll das bedeuten …? Oh, Laurie.«

Zum erstenmal seit Tagen nahm er wieder ihre Hand und sagte:
»Reg dich bitte nicht auf.«

»Ich reg mich nicht auf, gewiß nicht, jedenfalls nicht meinetwe-
gen. Doch, weshalb nicht?«

»Oh, dafür gibt es viele Gründe. Ich kann den alten Burschen einfach nicht leiden. Und Tante May ebensowenig. Ja, ich weiß.« Er hob eine Schulter. »Ich würde ja auch nicht sie heiraten, aber … sie sind alle miteinander verfilzt, und wir haben seit Wochen nichts anderes getan als gestritten.«

»Man sagt ja, daß das nicht ungewöhnlich ist bei einem verlobten Paar, obwohl dein Vater und ich …«, sie senkte den Kopf, und er überging die Anspielung schnell, indem er sagte: »Aber, das ist etwas ganz anderes. Es waren ja nicht nur Kräche oder Meinungsverschiedenheiten, die wir hatten, sondern es ist unsere ganze Lebensauffassung.« Er machte eine Pause. Sie hatte immer noch den Kopf gesenkt, als er sagte: »Es tut mir leid.«

»Ach, das spielt keine Rolle, Laurie.« Sie blickte ihn an, und ihre Augen drückten Zärtlichkeit und Verständnis aus. Außerdem war da eine gewisse Erleichterung, das konnte er sehen.

»Du hast sie nie wirklich leiden können, nicht? Ich meine, Val.«

»Nein, Laurie, ich habe sie nie gemocht. Doch … doch das soll nicht heißen, daß ich froh darüber bin, weil – ja weil ich glaube, daß du heiraten solltest.« Sie zog die Augenbrauen hoch. »Das kommt dir vielleicht merkwürdig vor, doch ich habe einfach das Gefühl, du solltest heiraten, und – und von uns beiden fortgehen.«

Sie blickten einander an, und sie wartete auf seine Reaktion. Sie fiel anders aus als erwartet. Laurie nickte. »Du weißt jetzt seit Tagen, ja sogar seit Wochen, daß ich mich danach sehne, wieder als freier Agent arbeiten zu können, daß ich gerne kommen und gehen kann, wann ich will. Daß ich nicht ständig durch Hupen, Winken oder Anhalten den Leuten meine Höflichkeit bezeugen muß. Man kommt hier doch kaum über die Straße, ohne daß einen jemand sieht.« Er war aufgestanden und stand am französischen Fenster des Gartenzimmers und schaute hinaus.

Als sie vorsichtig fragte: »Ist vielleicht jemand anderes aufgetaucht?« wandte er sich zu ihr um. »Jemand anderes? Nein. Mein Gott, hast du denn nicht zugehört? Ich möchte frei sein. Einfach nur frei.«

»Aber es ist alles schon so weit gediehen, und May wird sicher verrückt werden. Außerdem ist noch dein Vater da. Du solltest es ihm besser nicht sagen.«

»Er weiß es schon.«

»Oh, Laurie!«

»Es hat ihm gutgetan. Es wirkte auf ihn wie eine Injektion.«

»Du meinst wirklich …« Sie nickte dann und sagte: »Ja, ja, wahrscheinlich hast du recht. Er hat sie ja nie wirklich gemocht.« Sie schwieg eine Weile, bevor sie leise hinzufügte: »Es wird Schwierigkeiten geben, Laurie. Ich bezweifle, ob Val das so einfach hinnehmen wird. Oder auch James …«

»Ja, ich bezweifle das auch. Doch ich muß es jetzt hinter mich bringen, sowohl was James als auch was Val betrifft. Schließlich geht es um mein Leben, und ich weiß, daß ich diese Ehe nicht durchstehen könnte.«

Er trat jetzt vom Fenster zurück. »Wirst du ins Krankenhaus gehen? Ich kann dich dorthin bringen und kurz mit raufkommen. Dann habe ich etwas zu erledigen. Ich kann dich später wieder abholen, wenn du willst.«

»Ja, das wäre schön.« Es klang so, als sei sie dafür dankbar, daß er mit ihr ins Krankenhaus wollte.

Zehn Minuten später stand sie angezogen in der Halle. Laurie musterte sie ernst. »Ich hoffe, wir schaffen es, die Barrikade zu überwinden.« Sie sah ihn liebevoll an und lachte dann leise. »Oh ja, Laurie, das werden wir.«

Sie stiegen vor dem Krankenhaus aus, gingen durch die Halle, dann durch die Privatabteilung bis zur Nr. 7. Laurie öffnete die Tür, schloß sie im nächsten Moment jedoch wieder. Er nahm seine Mutter beim Arm, führte sie schnell über den Korridor zur Halle und in eines der Wartezimmer. Das Zimmer war leer, und er nahm sie bei den Schultern. »Es bedeutet sicher nichts, gar nichts. Er hat es mir gesagt, und sie hat es mir auch gesagt.« Er sah, wie sie die Augen schloß und ihre Lippen zusammenpreßte.

»Ich muß mich setzen«, sagte sie. Als sie saß, nahm er ihre Hände und sagte: »Es sieht schlimm aus, aber sie hat sich vielleicht von ihm verabschiedet.«

»Ja, ja.« Sie schüttelte langsam den Kopf. Er wußte, daß sie ihm nicht glaubte. Die Frau, die John gerade geküßt hatte, hatte sich nicht nur einfach von ihm verabschiedet, nein, das hatte vielmehr wie ein Siegel für die Zukunft ausgesehen.

»Bleib bitte mal hier«, sagte er. Als er in der Halle angekommen war, sah er, wie Cissie gerade das Krankenhaus verließ. Er lief wieder ins Wartezimmer und sagte: »Es ist alles in Ordnung. Aber jetzt hör mal zu. Laß dir nicht anmerken, daß du etwas gesehen hast. Wenn sie gehört haben, daß die Tür aufgegangen ist, können sie auch gedacht haben, daß es eine Schwester war. Sie haben mich nicht gesehen. Ich sag dir, es ist alles in Ordnung, du kannst mir glauben. Komm jetzt, komm.« Er berührte ihr Kinn mit der alten Zärtlichkeit. »Laß dir nicht anmerken, daß du aufgeregt bist, denn das wäre nicht gut für ihn.«

Sie hatte keine Tränen in den Augen, doch sie holte tief Atem, bevor sie sagte: »Ist schon gut. Kommst du mit?«

»Nein, ich werde ihn sehen, wenn ich zurück bin. Ich hab dir ja schon gesagt, daß ich etwas zu erledigen habe. Wie lange möchtest du bleiben?«

»Etwa eine Stunde. Aber, das spielt keine Rolle. Du brauchst dich nicht zu beeilen.« Ihre Stimme klang matt und leblos.

Er verließ sie im Korridor und drückte ihren Arm, bevor er sich umwandte. Etwas von dem alten Gefühl für sie war wieder da, aber er war jetzt sehr verärgert.

Er hatte vorgehabt, zur Wohnung dieser Mrs. Thorpe zu gehen, um ihr mitzuteilen, was sich mit Bolton ereignet hatte. Er wußte, das sie ihn sicher nicht sehr freundlich empfangen würde, doch er wollte ihr nur die Sorge um den Jungen nehmen. Aber jetzt war er so wütend auf sie, daß er sie am liebsten zusammengeschlagen hätte. Er sah es noch vor sich: wie sie sich über das Bett des Vaters beugte, die Arme um ihn gelegt und ihr Haar herabhängend, so daß es sie wie eine Hülle umgab. Er konnte sie wieder hören, als er neulich nacht bei ihr war, wie sie sich verteidigt hatte und die Unschuldige spielte, so daß er sich vorkam wie ein Erzschurke … Na, die sollte nur warten, bis er ihr die Meinung sagte!

Als er am Greystone Block angekommen war, wußte er, daß sie noch nicht da sein konnte, und das paßte ihm sehr gut. Er würde das Empfangskomitee für sie spielen. Er stieg die Treppe hinauf und gab sich diesmal keine Mühe, leise zu sein. Ihm waren die anderen Leute egal, die ihn eventuell beobachteten. Er empfand nur Abscheu für sie, dieses billige kleine Weibsstück! Eine gute Frau! Natürlich wollte sein Vater gut von ihr denken, denn der war jetzt reif dafür, hinters Licht geführt zu werden. Nun, ihn würde sie nicht hinters Licht führen. Er würde ihr klarmachen, daß seine

Mutter sie schonungslos bekämpfen würde, und wenn sie gewänne, würde der Geldhahn für sie zugedreht sein. Diese Tatsache würde sie dann sicher abschrecken.

Als er auf dem obersten Treppenabsatz angekommen war, stand die Tür offen, und der Junge erwartete ihn.

»Ich hab zuerst gedacht, daß es meine Mam wäre«, sagte er. »Sie ist nämlich nicht da.« Er sah Laurie vertrauensvoll an. »Ich weiß, aber ich möchte gern auf sie warten.«

»Kommen Sie rein.« Der Junge ließ die Tür auf und folgte ihm ins Wohnzimmer. »Haben Sie mit jemand gesprochen? Ich meine mit Mrs. Rice oder Mr. Bolton? Haben Sie etwas erreicht?«

Als er den kleinen Jungen ansah, dachte er, daß der alte Wilcox doch recht hatte, was sie betraf. Vielleicht kannte er diese Typen nicht gut genug und wußte nicht, wie man mit ihnen umgehen mußte.

»Oh, ja. Ich habe sie beide gesehen. Doch nicht den Jungen, die Mutter des Jungen, Mrs. Rice. Sie war nicht sehr gesprächig. Aber ich glaube doch, daß alles gut wird. Ich habe Mr. Bolton gesprochen. Ich werde … ich werde bis morgen alles genau wissen.«

»Sie meinen … Sie meinen, daß er die Wahrheit sagen wird?«

»Ich hoffe es, aber du darfst mit niemand darüber reden, hast du verstanden?« Sein Zorn betraf nicht den Jungen. Er tat ihm immer noch leid.

»Oh ja, ja, Mister. Oh, ja.«

»Glaubst du, daß deine Mutter lange fort sein wird?«

»Nein, sie muß gleich zurück sein. Sie ist nur eben ins Krankenhaus gegangen, um … um Ihren Vater zu besuchen.«

»Sie ist nicht noch woanders hingegangen?«

»Nein. Sie hat mir gesagt, daß ich hier bleiben soll und das Haus nicht verlassen darf und daß sie sofort wieder zurück ist. Wollen Sie sich nicht setzen?« Der Junge machte dieselbe einladende Bewegung zur Couch hin, die Cissie auch immer machte.

»Nein, ich möchte lieber etwas herumgehen.«

Dabei schaute er sich ein Möbelstück nach dem anderen an. Sie hatte ihr Geld nicht schlecht angelegt.

Als er zum Flügel kam, sagte er zu dem Jungen: »Spielst du Klavier?« Es interessierte ihn gar nicht, ob er spielte oder nicht, doch der Junge stand da und beobachtete ihn unablässig.

»Ich lerne gerade, ich lerne seit einem Jahr, aber meine Mam spielt sehr schön. Sie kann alles spielen, auch das schwere Zeug. Beethoven und Bach.«

Sie konnte wohl mehr als Beethoven oder Bach spielen, dachte er zynisch.

Sie hörten sie beide auf der Treppe. Die Tür schloß sich, doch beide rührten sich nicht.

Cissie trat ein und blieb an der Tür stehen. Sie blickte von ihrem Sohn zu Laurie und ließ ihn dann nicht mehr aus dem Auge. Als sie ihre Handtasche und ihren Mantel abgelegt hatte, blickte sie ihn immer noch an. Dann befahl sie Pat, ohne ihn anzusehen: »Geh in dein Zimmer.«

»Aber, Mam, Mr. Emmerson … Mr. Emmerson weiß etwas Neues.«

»Geh in dein Zimmer, Pat.«

Der Junge ging langsam ins Schlafzimmer, und erst als sich die Tür geschlossen hatte, ging sie zum Kamin, knipste das elektrische Feuer an, gab dem Puff einen Tritt, setzte sich und versuchte, ihren Rock übers Knie zu ziehen. Dann sagte sie kühl: »Nun, weshalb fangen Sie nicht an? Ich warte.«

Als er immer noch schwieg, begann sie: »Es überrascht mich, daß es Ihnen die Sprache verschlagen hat. Ich kann Ihnen aber das Stichwort geben. Ich bin ein Luder. Ich bin all das, was Sie von mir denken. Sie haben doch gerade den Beweis dazu gesehen, nicht wahr? Sie sind ins Zimmer Ihres Vaters gekommen und haben beobachtet, wie ich ihn geküßt habe und ihn im Arm hatte.« Als sie bemerkte, wie er zusammenzuckte, fuhr sie fort: »Oh ja, ich weiß genau, daß Sie es waren, zusammen mit Ihrer Mutter. Sie waren nicht schnell genug mit dem Türeschließen. Und wissen Sie was? Ich werde Ihnen keine Erklärung abgeben.«

Wenn man sagen wollte, daß ihm der Wind aus den Segeln genommen war, so wäre das ein sanfter Ausdruck, doch seine Wut wurde um so größer. »Was meinen Sie denn damit zu erreichen?« brachte er mühsam heraus. »Wenn Sie glauben, daß mein Vater Ihretwegen meine Mutter verlassen würde, so irren Sie sich sehr.«

»So, tue ich das? Mein lieber Herr Alleswisser, dann werde ich Ihnen mal etwas sagen. Wenn ich gewollt hätte, dann hätte ich Ihren Vater schon vor Wochen oder sogar Monaten dazu anstiften können, Ihre Mutter zu verlassen.« Sie hob langsam ihren kleinen Finger und fügte hinzu: »Mit Leichtigkeit.«

Er sagte geringschätzig: »Sie befinden sich in einem großen Irrtum, liebe Frau. Es gibt Dinge von meinem Vater, die Sie nicht wissen. Wenn Sie es wüßten, würden Sie auch wissen, daß Ihre Sache absolut hoffnungslos ist.«

»Es gibt nichts, Mr. Emmerson, was ich von Ihrem Vater nicht weiß. NICHTS. NICHTS. Haben Sie mich verstanden? Sie werden doch kaum wollen, daß ich weiter ins Detail gehe, oder?«

Er fühlte, wie er blaß wurde. Sein Vater hatte es ihr also gesagt. Es war soviel zwischen ihnen gewesen, daß er es ihr sagen konnte.

»Sie wollen doch sicher nicht, daß ich weiterspreche, oder?« Sie stand plötzlich auf, ging zu einem Eckschrank, holte eine Flasche Whisky heraus und einen Siphon, goß etwas Whisky in ein großes Glas, spritzte bis zum Rand Soda darauf und ging dann mit dem Glas in der Hand zurück durchs Zimmer und sagte: »Ich biete Ihnen keinen Drink an, denn ich könnte versucht sein, etwas hineinzutun.«

»Typen wie Sie sind noch zu etwas anderem gut, nämlich zu billigem Geplapper.« Er sagte es höhnisch grinsend, was ihm in der nächsten Minute allerdings verging. Der Inhalt des Glases hatte sich über ihn ergossen, und der Whisky-Soda troff aus seinen Haaren und hatte sein Hemd total durchtränkt. Unbeweglich stand sie vor ihm, eine Hand auf den Mund gepreßt, die andere noch das leere Glas haltend. Ihre Augen waren schreckgeweitet, sie schien gar nicht zu begreifen, daß sie die Überschwemmung verursacht hatte. Dann fiel ihr das Glas aus der Hand, und sie warf sich mit verzweifeltem Schluchzen auf die Couch.

Er stand immer noch an derselben Stelle, als der Junge an ihm vorbei zur Couch rannte und rief: »Oh, Mam, Mam!« Laurie zog ein Taschentuch heraus und trocknete damit notdürftig sein Gesicht. Es war merkwürdig, wie sie weinte, nicht hoch und hysterisch, sondern ein tiefes, ersticktes Geräusch, das so klang, als ob sie Weinen nicht gewohnt wäre. Auch der Junge weinte jetzt und stammelte: »Oh, Mam, Mam, laß es doch. Oh, wein doch nicht, Mam …« Dann stand der Junge auf einmal vor ihm, fast bedrohlich, und die Tränen tropften vom Kinn wie Regen. Er schrie ihn an: »Meine Mam ist gut, ja, sie ist gut.«

Vielleicht war es der Versuch des Jungen, seine Mutter zu verteidigen, was Cissie wieder auf die Beine brachte. Sie griff Pat an der Schulter, schob ihn von Laurie fort ins Schlafzimmer und sagte dort zu ihm: »Es ist schon gut. Geh hinein. Ich komm gleich zu dir. Bitte, bleib dort.« Sie schloß die Tür des Schlafzimmers und kam langsam wieder herein. Mit gesenktem Kopf sagte sie: »Es tut mir leid, daß ich das getan habe.«

»Kann ich ein Handtuch haben?«

Ohne den Kopf zu heben ging sie zur Küche und kam mit einem Handtuch zurück.

Er steckte sein nasses Taschentuch ein, wischte sich mit dem Handtuch über Gesicht und Hals, dann an der Weste und an seinem Mantel herab.

Sie stand einige Schritte von ihm entfernt und blickte ihn, immer noch schluchzend, an. Nach einer Weile sagte sie: »Weshalb sind Sie gekommen? Es gibt doch immer nur Kummer.«

»Ich ... ich wollte Ihnen nur etwas sagen, wegen des Jungen. Ich habe mir gedacht, es wird Sie vielleicht erleichtern.«

Er wunderte sich selbst über seine veränderte Haltung. Sein Zorn war verraucht, als ob die Abspülung mit Whisky und Soda ihn weggewaschen hätte. Er sagte: »Ich glaube, ich kann Bolton dazu bekommen, die Wahrheit zu sagen. Morgen werde ich es wissen.«

Sie schluckte heftig und flüsterte dann: »Das können Sie?«

Er nickte und war immer noch über sich selbst erstaunt. »Wie auch immer er sich verhält, ich habe ihn in der Hand. Ich glaube, Sie brauchen sich keine Sorgen mehr zu machen.«

»Und ... und Sie sind gekommen, um mir das zu sagen?«

»Nun ...«, er schloß die Augen und wandte sein Gesicht einen Moment von ihr ab, bevor er sagte: »Das war zuerst meine Absicht. Doch dann habe ich auf dem Weg hierher meine Mutter beim Krankenhaus abgesetzt.«

Jetzt senkte sie den Blick und sagte reumütig: »Ich habe Ihrem Vater auf Wiedersehen gesagt. Es war das erste Mal, daß ich ihn geküßt habe. Das erste Mal, daß es zwischen uns irgendeine Liebkosung gegeben hat, aber ... aber er hat mir erzählt, hat mir erzählt von ... von seinem Leben. Vom Krieg hat er gesprochen und von dem, was ihm geschehen ist, und er hat es mir aus einem bestimmten Grund gesagt, und in diesem Augenblick habe ich ihn mehr geliebt, als irgend jemand anderen in meinem Leben. Und ... und ich kann es Ihnen nun sagen, ganz ruhig, daß ... daß ich, wenn er mich darum gebeten hätte, bei ihm zu bleiben, damit er glücklich

ist, dann hätte ich es getan, doch er hat mich nicht gebeten. Er ...
er fühlt sich Ihrer Mutter gegenüber verantwortlich. Und ich sage
es Ihnen jetzt auch – sie ist es nicht wert. Eine Frau ...« Sie schluckte, und auf einmal war wieder dieses trockene, rauhe Geräusch ihres Schluchzens da. »Eine Frau, die lange, lange Jahre mit einem
Mann zusammenleben kann, sechsundzwanzig Jahre, und es fer-
tigbringt, daß er so einsam wird wie Ihr Vater es ist, die kann nicht
viel wert sein, jedenfalls meiner Meinung nach.«

Er blickte zu Boden, als er die Worte wiederholte, die er zuvor
von seiner Mutter gehört hatte: »Ein reines Weiß und ein reines
Schwarz gibt es in keinem von uns.«

»Ach, das sagt man so, aber ich glaube, daß ihre Behandlung
nichts anderes war, als eine Form subtiler Grausamkeit. Nicht, daß
er etwas gegen sie gesagt hat, er hat bis heute morgen kaum jemals
etwas über sie gesagt, und wenn, dann nur sehr milde. Doch ich
kenne Frauen, ebenso wie ich Männer kenne, und er brauchte es mir
nicht erst zu sagen, was sein Gesicht so traurig gemacht hat. Es hat
mich von Anfang an gewundert, aber jetzt kann ich es verstehen.«

»Ihr Junge hat vorhin gesagt, daß Sie eine gute Frau sind. Ich
kann dasselbe von meiner Mutter sagen. Sie ist eine gute Frau.«

»Es hängt immer davon ab, was Sie unter ›gut‹ verstehen.« Sie
sprachen jetzt so ruhig, als ob sie sich über etwas Theoretisches unterhielten. Als sie beide aufhörten zu sprechen, hatte er das Gefühl,
flüchten zu müssen, doch er blieb stehen. Sie ging wieder zum Kamin und legte die Hand auf den Sims. »Wie haben Sie denn Mr.
Bolton in die Zange bekommen?«

»Es wäre mir lieber, Sie würden nicht fragen.«

Sie nickte. »Nun, das ist auch nicht so wichtig, die Hauptsache
ist, Sie haben es geschafft. Und ... und, glauben Sie mir ...« Sie
machte noch einmal eine Pause, bevor sie sagte: »Ich bin Ihnen
dankbar.« Sie wandte sich ihm halb zu. »Es scheint vielleicht nicht
so ... aber, was gerade geschehen ist, das ist etwas anderes, nicht
wahr? Das hat nichts zu tun mit Pat und dieser Sache mit dem Gericht.«

Er nickte ernst und sagte: »Ja, das ist etwas völlig anderes. Ich
gehe jetzt.«

Sie wandte sich vom Feuer ab und ging auf ihn zu. Sie sah sehr
traurig aus und ihre Stimme war voller Reue. »Es tut mir schrecklich leid. Ich habe so etwas noch nie getan.«

»Es gibt ja bei allem ein erstes Mal. Jedenfalls sagt man das so, nicht wahr?« Dann wurde ihm plötzlich bewußt, daß er nichts Banaleres hätte sagen können. »Auf Wiedersehen«, sagte er.

»Auf Wiedersehen.« Sie nickte ihm zu, rührte sich jedoch nicht von der Stelle. Er ging aus dem Zimmer, verließ ihre Wohnung und fuhr zum Krankenhaus zurück.

Als er ins Krankenzimmer trat, hörte er, wie sein Vater in seiner langsamen, mühsamen Weise zu seiner Mutter sprach. Er hielt ihre Hand und schien zu versuchen, ihr eindringlich etwas zu erklären.

Er kam sich ungeschickt vor, als er fragte: »Wie geht es dir?«

»Oh, ich fühle mich heute gut, recht gut«, sagte John. Er lächelte Laurie zu. »Ich hab gerade deiner Mutter gesagt, daß ich in ein oder zwei Wochen zu Hause sein werde.«

Ann blickte Laurie an, als sie sagte: »Der Arzt rät zu einer Seereise. Wir haben gerade darüber gesprochen.«

»Oh, das wäre ja ausgezeichnet«, freute sich Laurie. »Genau das, was du brauchen kannst, um dich wieder ganz zu erholen.« Sie sprachen noch eine Weile, dann verabschiedete sich Laurie und ging auf die Tür zu. Er wartete nicht ab, um zu sehen, ob sich die beiden küßten oder nicht. Im Wagen sprachen sie wenig, doch sobald sie zu Hause in der Wohnhalle waren, sagte er: »Es ist alles in Ordnung, du brauchst dir keine Gedanken zu machen.«

»Was meinst du?«

»Ich habe sie gesehen. Es … es war … Ja, sie hat sich von ihm verabschiedet und … und das war das erste Mal, daß es geschehen ist … Ich meine, daß so etwas bei ihnen geschehen ist.«

»Laurie! Du bist doch nicht wieder bei dieser Frau gewesen? Warum denn bloß?« Ihre Stimme klang erschrocken.

»Ihr Junge ist in Gefahr. Vater hatte den Fall angenommen. Arnold hat ihn dann übernommen und hat es natürlich auf ganz legale Weise versucht. Doch man kann mit Typen wie diesem Bolton nicht legal umgehen … Oh.« Er hob die Hand. »Vergiß es wieder. Es hat nichts mit dir zu tun. Ich kann dir nur versichern«, sagte er und nahm ihre Hände in die seinen, »du brauchst dir keine Gedanken zu machen. Weißt du, was sie gesagt hat? Sie hat gesagt, daß Vater dich liebt … Also.« Es war ganz leicht »Verantwortung« mit »Liebe« zu vertauschen, und es tat niemandem weh. Im Augenblick war es wichtig, daß man ihr Sicherheit und Trost gab.

»Woher weiß sie es denn?« Entrüstung lag in ihrer Stimme. »Ich weiß nicht, aber sie hat es gesagt.« Als er ihr zusah, wie sie an ihrem Taschentuch zupfte, dachte er, daß dies ein gänzlich anderer Mensch war als die Mutter, die er noch vor einer Woche gekannt hatte. Die Dame mit der kühlen Fassade und der arroganten Art war verschwunden, und die Frau, die an ihre Stelle getreten war, war menschlich, ja fraulicher.

»Es wird alles gut werden, du brauchst dir keine Sorgen mehr zu machen, nimm einfach alles so, wie es kommt, ja?«

In diesem Augenblick schrillte die Klingel der Haustür. Er kannte dieses bestimmte Klingeln und grinste: »Da haben wir es schon. Wie habe ich gerade gesagt: Nimm alles wie es kommt.«

Sie nahm seine Hand. »Sei sanft mit ihr. Für ein Mädchen ist so was sehr schlimm.« Sie schüttelte langsam den Kopf. »Ich habe es dir nicht gesagt, aber sie war gestern abend hier. Mrs. Stringer hatte eine Nachricht hinterlassen.«

»Ich bin im Arbeitszimmer«, sagte er, ging dann schnell hinaus und durch die Halle in das Zimmer, in dem die Schlacht stattfinden sollte.

Schlimm für ein Mädchen. Valerie war aber kein Mädchen. Seine Mutter lebte noch in diesem Jahrhundert, doch Valerie war eine Frau von morgen. Sie war eine Amazone, eine kleine allerdings. Doch seine Natur wehrte sich dagegen, von einer Amazone beherrscht zu werden, ganz gleich welcher Größe. Er hörte, wie seine Mutter sagte: »Er ist im Arbeitszimmer, Valerie«, und ihre Stimme klang sanft.

Dann trat Valerie ein. Er saß an seinem Schreibtisch, als ob er schon lange dagesessen hätte, hatte einen Füller in der Hand und blickte auf, als sie mit dem Rücken an der geschlossenen Tür im Zimmer stand. Sie erwiderte seinen fragenden Blick und lächelte zu seiner Überraschung, bevor sie sagte: »Ich habe nicht die Absicht, auf den Berg und den Propheten anzuspielen.« Sie kam auf ihn zu. »Viel zu tun gehabt?«

»Ja. Ja.«

»Mädchen!« begann sie unvermittelt. »Oh, ich kann allmählich den Anblick von Mädchen nicht mehr ertragen. Flehende Augen, feuchte Lippen, verschwommene Gedanken.« Sie warf sich in einen Ledersessel und streckte ihre gutgeformten Beine aus. Dann musterte sie ihn von der Seite und sagte: »Du wirst es nicht für möglich halten, aber eine von denen schwärmt für mich. Sie hat mir heute eine Pralinenschachtel gebracht. Ich nehme an, es ist so eine Art Mutterinstinkt. Sie ist sechzehn und schon fast eins siebzig.« Sie lachte.

Es war ihm klar, daß nun von ihm eine witzige Bemerkung erwartet wurde. Als er es nicht tat und sie auf seine mangelnde Bereitschaft nicht reagierte, wußte er, daß sie einen bestimmten Plan verfolgte. Wahrscheinlich hatte sie ihn mit ihrer Mutter besprochen, die ihr geraten hatte, einen kühlen Kopf zu bewahren. Nicht daß Valerie überhaupt einen Ratschlag brauchte. Sie gehörte zu den Typen, die stur auf ihr gestecktes Ziel losgingen und über Leichen stiegen, wenn es nötig war. Sie gehörte nicht zu den Menschen, die Kompromisse suchten.

»Hast du Lust auszugehen?«

»Nein, heute nicht.«

»Ach, ich eigentlich auch nicht. Ich hätte mir meine Arbeit mitbringen können, aber ich hab heute genug von dem Zeug.«

Er strich sich mit der Hand über eine Braue. Es würde schwerer werden, als er gedacht hatte.

»Oh, ich hab ganz vergessen, es dir zu sagen. Wir haben noch ein Hochzeitsgeschenk bekommen. Mein Vetter aus Bromwich, du weißt doch, der von der Elektrofirma. Einen Toaster. Ich wette, das ist Ausschußware. Ich könnte außerdem wetten, daß wir noch ein halbes Dutzend davon bekommen werden.«

Er rührte sich nicht.

»Hast du gehört, was ich gesagt habe, Laurie?«

Er merkte an ihrer Stimme, daß sie sich kaum mehr beherrschen konnte. Es würde für sie ebenso schwer werden, sich diplomatisch zu verhalten, wie es für ihn schwer werden würde, das zu tun, was er tun mußte.

»Ja, ich habe gehört, was du gesagt hast.«

»Verdammt noch mal, weshalb antwortest du denn dann nicht?« Sie war aufgestanden und blickte jetzt auf ihn hinab. »Ich bin mit dem besten Willen hierhergekommen, die letzten vier Tage zu vergessen, weil ich weiß, daß du dir Sorgen wegen deines Vaters gemacht hast und all dem anderen verflixten Zeug. Doch was finde ich hier vor? Eine undurchdringliche Mauer, und ich habe keine Vorliebe für undurchdringliche Mauern, Laurie. Jetzt sei vernünftig … komm jetzt endlich raus damit, ganz egal, was es ist.«

Er legte seine Arme auf den Tisch, faltete die Hände und blickte

sie lange an, bevor er sagte: »Ich kann es nicht durchführen, Val.«
Er schüttelte den Kopf. »Ich kann es einfach nicht.«

Es überkam ihn ein entsetzliches Mitleid, als er sah, wie sie versuchte, mit dem Schock fertigzuwerden. Sogar Valerie, dieses selbständige, vorlaute Wesen, verlor kurz die Fassung. Schließlich brachte sie hervor: »Du willst mir doch nicht sagen, daß du unsere Ehe meinst?«

Er biß sich fest auf die Lippe und nickte.

Sie richtete sich steif auf.

»Du erklärst mir in aller Ruhe, daß es aus ist?«

»Ich bin gar nicht ruhig, Val, mir ist scheußlich zumute.«

»Ach, wirklich! Immerhin nett zu wissen, daß du auch etwas beunruhigt bist. Würdest du mir jetzt vielleicht einmal erklären, weshalb du im augenblicklichen Stadium unserer Bekanntschaft beschlossen hast, mich fallenzulassen?«

»Schau doch, Val«, sagte er und schüttelte verzweifelt den Kopf. »Ich ... ich glaube eben, daß wir nicht zusammenpassen, daß es einfach nicht gehen würde.«

Sie trat vom Tisch zurück, verschränkte die Arme und blickte ihn eine Weile an, bevor sie sagte: »Und das hast du jetzt gerade festgestellt?«

»Nein, ich muß ehrlich mit dir sein ...«

»Oh, ja, laß uns ehrlich sein. Mach weiter ...«

»Bitte, Val, bitte. Ich hätte es dir schon eher sagen sollen, aber ich wollte dich nicht verletzen.«

»Du wolltest mich nicht verletzen! Du sparst es dir bis zur letzten Minute auf und sagst, du wolltest mich nicht verletzen! In sechs Wochen soll die Hochzeit stattfinden, für den 12. Juli ist sie festgesetzt, erinnerst du dich daran? Wir sind dabei, ein Haus zu kaufen. Wir haben schon fast die ganzen Möbel besorgt, und du kannst einfach ruhig dasitzen und mir sagen ...« Sie würgte, als ob sie das Ausmaß seiner Dreistigkeit nicht fassen könne. Dann fuhr sie in langsamem, bedrohlichem Ton fort: »Oh, nein, Laurie, das kannst du mir nicht antun. Du wirst mich doch nicht vor der ganzen Stadt lächerlich machen. Denke daran, ich arbeite in einer Mädchenschule. Siebenhundert Mädchen! Du weißt nicht, wie Mädchen in der Meute reagieren, Laurie. Doch ganz unabhängig davon, wirst du es mir sowieso nicht antun. Ich werde dafür sorgen, daß du zu deinem Wort stehst, selbst wenn wir schon nach drei Monaten die Scheidung einreichen. Nein, du wirst mich nicht sitzenlassen … du wirst mich nicht sitzenlassen.« Ihr Körper schnellte auf einmal nach vorn. Sie schlug mit den Händen auf den Schreibtisch und brachte ihr Gesicht ganz nahe an das seine heran. »Wir werden am 12. Juli heiraten!«

»Du kannst mich nicht dazu zwingen, dich zu heiraten, Val.« Er lachte bitter auf, um seine Erregung zu verbergen.

»Kann ich nicht? Oh, du kennst deine Valerie noch nicht. Unsere Stadt würde keinen Mann dulden, der sein Mädchen kurz vor der Hochzeit im Stich läßt, das Mädchen, das sein Kind bekommt.«

Sie trat einen Schritt zurück und weidete sich an seinem entsetzten Gesicht. Als sie sich lange genug daran erbaut hatte, ging sie mit festem Schritt aus dem Zimmer.

6. Mr. Bolton erinnert sich

»Es war am nächsten Morgen um elf Uhr, als Mr. Bolton Laurie anrief. »Ist da Emmerson?« fragte die Stimme am anderen Ende des Telefons.

»Ja, hier ist Mr. Emmerson.«

»Hier ist Bolton.«

Es trat eine Pause ein, und auch Laurie schwieg.

»Sie können Ihren Willen haben.«

Noch eine Pause.

»Also, ich habe es gesagt, ja?«

»Waren Sie bei der Polizei?«

»Nein, noch nicht.«

»Gut, dann können Sie mich nochmal anrufen, wenn Sie dort gewesen sind. Ich werde bis sechs Uhr hier sein.«

»Zum Teufel mit Ihnen!«

»Das gleiche wünsche ich Ihnen, Mr. Bolton ...«

Es war gerade halb sechs, als das Telefon läutete. Als er den Hörer abnahm, erwartete er Boltons Stimme zu hören, doch es war eine Frau, die sagte: »Ich möchte bitte Mr. Emmerson sprechen.«

»Am Apparat«, sagte er.

»Hier ist, hier ist Mrs. Thorpe ... Ich weiß nicht, wie ich beginnen soll, doch die Polizei war da und Mr. Bolton war auf der Wache und hat gestanden, daß er einen Fehler gemacht hat und daß Pat an dem Sonnabend bis ein Uhr bei ihm gewesen ist. Hören Sie noch?«

»Ja, ja. Ich höre noch. Ich bin sehr froh.«

»Man sagt, das sei ganz wichtig, um ihn freizusprechen und ... wenn die anderen Jungens ein Geständnis ablegen, dann würde er ganz freigesprochen werden. Es besteht keine Hoffnung, daß Tim Brooks das tut, aber Barrie Rice könnte es tun. Ich werde versuchen, mit seiner Mutter zu sprechen.«

»Ich zweifle daran, daß Sie bei ihr ein offenes Ohr finden.«

»Oh, warum?«

»Ich bin neulich abend bei ihr gewesen, und ich habe den Eindruck, daß sie ein zweiter Fall Bolton ist. Ich würde sie Mr. Ransome überlassen.«

Es entstand jetzt so langes Schweigen, daß er gerade fragen wollte: ›Hören Sie noch?‹ als schon ihre Stimme erklang, die leise sagte: »Das war sehr nett von Ihnen. Sie waren so nett und ... nach all dem, was gestern abend geschehen ist, habe ich ein ganz scheußliches Gefühl.«

»Ach, vergessen Sie das doch. Ich glaube ... ich glaube sicher, daß alles gut werden wird. Mr. Ransome wird sich noch mit Ihnen in Verbindung setzen. Ich habe deswegen schon mit ihm gesprochen. Er glaubt, daß schon in der jetzigen Situation ihr Junge freigesprochen werden wird.«

»Oh, ich danke Ihnen. Ich danke Ihnen. Ich ... ich möchte Ihnen noch viel mehr meinen Dank ausdrücken, aber ich kann es nicht. Ich ... ich weiß nicht, was ich sagen soll.«

»Sie brauchen gar nichts zu sagen.«

»Auf Wiedersehen, Mr. Emmerson.«

»Auf Wiedersehen, Mrs. Thorpe.«

So, das also hatte wenigstens geklappt! Befriedigt rieb sich Laurie die Hände.

Als er nach Hause kam, wartete Mrs. Stringer schon auf ihn. »Madam hat mir aufgetragen, ich möchte Ihnen ausrichten, daß sie nicht vor sieben zu Hause ist, Mr. Laurie, doch Miss Valerie ist drüben im Wohnzimmer.«

»Danke, Stringy.« Seine Stimme war ausdruckslos. Er nahm Hut und Mantel ab, stellte seinen Aktenkoffer auf einen Stuhl, wusch sich die Hände, trank einen großen Schluck kalten Wassers und ging dann in die Wohnhalle.

Valerie saß auf dem Sofa. Sie sah etwas blasser aus als gewöhnlich, doch sonst war keine Veränderung an ihr zu bemerken. Es war weder eine Spur von Nervosität zu erkennen, noch eine Spur von Hysterie. Er schloß die Tür hinter sich und setzte sich in die Nähe des leeren Kamins. Dann sah er sie an und sagte: »Also?«

»Ich hab mir gedacht, ich sollte dir erzählen, daß die Lehrerinnen wissen möchten, was wir uns als Hochzeitsgeschenk wünschen. Miss Becker fragte mich heute. Ich habe gesagt, daß ich mich mit dir beraten werde.«

Er stand auf und stellte sich dicht hinter einen der Sessel, als er sagte: »Du bekommst gar kein Baby, Val.«

»Wie kannst du das in diesem Stadium beurteilen? Nur ich weiß schließlich, ob ich ein Baby bekomme oder nicht. Und selbst, wenn ich keins bekomme – immerhin kann man dir nicht nachsagen, daß du es nicht versucht hast, oder?«

Sein Gesicht verzog sich vor Ekel.

»Ich habe mit niemand darüber gesprochen, wie du vielleicht schon festgestellt hast, denn wenn ich es getan hätte, dann hätte Vater dich bereits um einen Kopf kürzer gemacht.« Erheitert lachte sie auf.

Er wandte sich jetzt um und sagte aus gemessener Entfernung: »Du kannst es ihm jederzeit sagen, Val, je schneller desto besser, denn ich weiß mehr denn je, daß ich dich nicht heiraten kann.«

»Und was ist, wenn ich dich wegen Wortbrüchigkeit anklage? Ich könnte dir bei lebendigem Leibe das Fell über die Ohren ziehen, und das würde ich sogar tun. Denn je mehr Publicity, desto besser. Ich könnte dich ruinieren, weißt du das?«

Angewidert sagte er: »Tu was du willst, Val, wirklich. Doch denke bitte daran, daß ich dich nicht heiraten werde.«

Er hatte bei Val nie Tränen gesehen, nie erlebt, daß sie den Tränen nahe gewesen wäre, doch jetzt standen sie ihr in den Augen. Doch es waren Tränen der Wut, und diese Wut ließ sie jetzt aufspringen, und sie stellte sich dicht vor ihn.

Ihre Stimme war verzerrt vor Wut: »Ich möchte dich in Fetzen reißen, dir dein blödes Gesicht zerkratzen. Sag du nochmal von deinem Vater, daß er langweilig und schlapp ist. Du siehst ihm vielleicht nicht äußerlich ähnlich, doch innen bist du genau wie er, jeder Zoll von dir. Ich könnte dich anspucken.«

Er dachte einen Augenblick, daß sie zur Tat schreiten würde, doch dann drehte sie sich um und ging zur Tür. Sie ging langsam, als ob ihre Wut sie hinderte, schneller zu laufen. An der Tür drehte sie sich noch einmal um, funkelte ihn an und zischte. »Du dreckiger Kerl! Du dreckiger, schwächlicher Kerl!«

Als der Knall der zugeschlagenen Tür durch das ganze Haus dröhnte, ging er zum Sofa und setzte sich. Dreckiger, schwächlicher Kerl! Nun gut, der Kerl hatte die erste Hürde genommen, doch am Ende der Strecke, das war ganz gewiß, würde er im Dreck landen, wie sie prophezeit hatte. Dreckiger, schwächlicher Kerl!

Er saß noch auf dem Sofa, die Augen geschlossen und den Kopf zurückgelehnt, als seine Mutter hereinkam. »Was ist los?« fragte sie. »Bist du krank?«

»Nein.« Er öffnete langsam die Augen. »Val war da.«

»Oh! ... Hat sie alles akzeptiert?«

»Ich weiß nicht, ob sie etwas akzeptiert hat. Wenn sie jedoch ausführt, was sie mir angedroht hat – und ich zweifle nicht daran, daß sie es tun wird – so wird am Ende nicht mehr viel von mir übrigbleiben.«

»Du wirst es überleben, mein Lieber.« Sie setzte sich neben ihn. »Sie kann dich ja schließlich nicht umbringen, und sie kann dir auch nicht deine Referenzen nehmen.«

»Nein, das nicht«, sagte er und seufzte. »Doch sie kann mir jeden Penny nehmen, den ich habe, und sie weiß das. Sie wird in diesem Augenblick zusammenzählen, was Onkel Robert mir gelassen hat und was ich in den letzten Jahren verdient habe. Aber, das ist nur die Geldseite. Was die moralische Seite betrifft, so wird sie dafür sorgen, daß mein Name in den Dreck gezogen wird. Sie wird sich als das unschuldige Mädchen darstellen, dem Unrecht geschehen ist, und sie wird das bis zum bitteren Ende durchfechten. Sie droht mir an, mich wegen Wortbrüchigkeit anzuklagen, und sie wird aus der ganzen Sache ein endloses Drama machen. Ich sehe das alles schon vor mir.«

»Es muß nicht soweit kommen. Doch wenn es geschieht, dann ist es immer noch nicht das Ende der Welt. Und wenn du deinen Job aufgeben mußt, dann sind immer noch andere da, die du annehmen kannst.«

»Wenn?« Er wandte sich zu ihr um und sah sie an. »Da gibt es kein ›wenn‹, das ist von beiden Seiten eine todsichere Angelegenheit. Und bei dem Einfluß, den Wilcox hier in der Stadt hat, werde ich wahrscheinlich nie einen neuen Job bekommen.«

»Oh!« Ihre Stimme war hell. »Da gibt es auch noch Newcastle ... und Dutzende von anderen Städten, wo du es versuchen könntest.«

»Ja, ja.« Er lächelte sie matt an und fragte dann: »Was ist mit dir und Tante May? Das wird durch mich auch zu einem Bruch führen.«

Sie stand vom Sofa auf und tätschelte ihm dabei beruhigend die Hand. »Das ist schon lange fällig. Es wird mir nicht leid tun.«

»Bist du da ganz sicher?«

»Absolut. May hat mich seit Jahren entweder gelangweilt oder gereizt ... Aber, hast du schon etwas gegessen?«

»Nein«, sagte er. »Aber ich habe auch gar keine Lust.«

»Du mußt essen, und es wird auch schon fertig sein«, bestimmte sie. »Ich habe Mrs. Stringer gesagt, sie soll es ins Gartenzimmer bringen. Ich hab mir gedacht, es ist dort etwas gemütlicher als hier. Komm jetzt.« Sie wartete, bis er aufgestanden war und fügte dann hinzu: »Hier in der Straße ist nach all dem kein Platz mehr für May und mich. Ich werde mich nach einem anderen Haus umsehen.«

Er sah sie erschrocken an. »Ihr habt doch hier schon so viel investiert. Und Vater ...«

Sie unterbrach ihn und sagte: »Dein Vater hat Stuckwände nie leiden können, dem wird eine Veränderung nur lieb sein.«

Als er ihr folgte, dachte er: das muß sie gewußt haben, als sie das Haus renovieren ließ. Und er erinnerte sich daran, wie Cissie Thorpe gesagt hatte: ›Ich glaube, es war eine Art raffinierter Grausamkeit, wie er von ihr behandelt wurde.‹

Er wußte, weshalb sein Vater von dieser Frau so angezogen wurde: sie war wie eine Tür, die von einem dunklen Gang in ein helles Zimmer führt. In ihr war keine Grausamkeit, weder eine raffinierte noch eine andere – sie war gut ... Ja, selbst wenn sie ihn mit Whisky und Soda fast ertränkt hatte!

Laurie verließ gegen dreiviertel neun das Krankenhaus. Sein Vater hatte an diesem Abend entsetzlich müde ausgesehen. Die Schwester hatte gesagt, daß so etwas bei solchen Fällen nicht ungewöhnlich sei und daß es ihm morgen sicher schon viel besser gehen würde. Erst als er im Wagen saß, entschloß er sich, in den Club zu fahren. Ihm tat der Gedanke gut, daß er jetzt niemand Rechenschaft schuldig war. Es hatte keinen Sinn, sich etwas vorzumachen: er wußte, daß er in größte Schwierigkeiten kommen würde und daß es manche Veränderungen geben würde. Das letztere würde ihm nicht viel ausmachen. Er war an diese Stadt nur gebunden gewesen, weil seine Mutter ihn brauchte. Doch es hatte bei ihr einen Sinneswandel gegeben, und er war für sie nicht mehr so unbedingt notwendig. Das war ihm klar geworden, als sie gesagt hatte: ›Du solltest heiraten und von uns beiden fortgehen.‹ Es war so, als ob sie ihn schließlich doch noch aus dem Nest hinauswerfen wollte. Das war für ihn aber nicht schmerzlich, im Gegenteil, es war eine Erleichterung. Wenn er ehrlich war, so war es sogar eine riesige Erleichterung. Es war ihm früher nie bewußt geworden, wie sehr die

Bindung an das häusliche Nest ihn verdrossen hatte. Das, was ihn entschädigt hatte, war der häusliche Komfort unter ihrer Leitung. Jetzt erkannte er, daß ihre Handlungen ihm gegenüber nichts waren als lokale Betäubungsspritzen. Er hatte jahrelang in einem Betäubungszustand gelebt.

Nun, das war endgültig vorbei, war beendet. Mancherlei war beendet.

Der Rover war zwischen zwei anderen Wagen eingekeilt, als er auf dem Krankenhausparkplatz einstieg. Weshalb der Bursche vorn im grauen Ford nicht einen Meter nach vorn fuhr, begriff er nicht.

Im Rückspiegel stellte Laurie fest, daß der Wagen sofort wegfuhr, nachdem er sich mühsam hinausmanövriert hatte. Ein Beispiel für einen rücksichtsvollen Fahrer, dachte Laurie zähneknirschend.

Im Club versorgte er sich mit einem kleinen Whisky und einem Glas Bier und plauderte mit Harry Belham, den er einige Monate nicht gesehen hatte. Harry war ein leidenschaftlicher Sportfischer und eine Autorität, was Fischereirechte betraf. Er regte sich über die verrückten dämlichen Trottel auf, die ihre Ferien in Motorjachten und Segelschiffen verbrachten und für ihre Vergnügungen die besten Flüsse im Lande verseuchten. Es war schließlich viertel nach zehn, als er den Club verließ. Sein Wagen stand auf dem privaten Parkplatz am Seiteneingang. Es parkten nicht mehr als ein halbes Dutzend Wagen, und als er gerade den Schlüssel einstecken wollte, um die Wagentür des Rovers zu öffnen, sagte eine Stimme hinter ihm: »Hast du ein Streichholz für mich, mein Freund?«

Später erinnerte er sich daran, daß er sich umgedreht hatte, dann steil in die Höhe fuhr, als sich ihm eine Faust in den Bauch rammte, daß jemand ihn an den Schultern packte und ihn eine zweite Faust direkt unters Kinn traf. Dann hatte sich alles um ihn gedreht, er hatte zu würgen begonnen und war langsam zu Boden gesunken.

Dann spürte er plötzlich, daß ihm wiederholt etwas Scharfes in die Seite gestoßen wurde. Daß es die Spitze eines Schuhs war, wurde ihm erst klar, als er merkte, daß der Wagen hielt. Vorher war ihm gar nicht bewußt geworden, daß er überhaupt in einem Wagen lag. Dann spürte er wieder Hände, die ihn an der Schulter packten und aus dem Wagen zerrten. Er wurde gegen etwas Hartes gestoßen, und nur verschwommen nahm er wahr, daß er gegen die Wand gestoßen wurde und ihn Fäuste und Tritte von allen Seiten bearbeiteten. Er fiel zusammen, sein Bewußtsein versank und gnädige Dunkelheit umhüllte ihn.

»Oh, mein Gott! Oh, mein Gott!« Die Worte wirbelten um ihn, als er durch die Dunkelheit wieder ans Licht tauchte. »Oh, mein Gott! Oh, mein Gott!« Die Worte wurden ständig wiederholt. Als er schließlich versuchte, seine Augen zu öffnen, stöhnte er und begann nun selbst mit schwacher Stimme zu rufen: »Oh! Oh! Polizei! Polizei!«

»Ist schon gut. Oh, mein Gott! Wer hat das getan?«

»Hilfe!«

»Versuchen Sie, das zu trinken. Los, los!«

Als der kalte Whisky seine Kehle erreichte, mußte er husten, und diese Anstrengung bewirkte einen bestialischen Schmerz in jedem Teil seines Körpers. »Oh, Gott!«

»Versuchen Sie alles zu trinken.«

»Wo ... wo bin ich? Was ist denn?« Er öffnete die Augen so weit er konnte und sah Mrs. Thorpe vor sich knien. Ihre blonden, langen Haare hingen ihr wirr ins Gesicht. »Wo ...?«

»Bleiben Sie ruhig liegen! Kocht denn der Kessel noch nicht? Bring das Wasser her, Pat.«

»Es ist doch schon hier.«

Der warme Schwamm auf seinem Gesicht war wie Balsam doch der Rest seines Körpers war ein einziger Schmerz, und er spürte, daß ihm übel wurde. Er wollte sie wegschieben und begann zu würgen, doch sie sagte: »Ist schon gut, ist schon gut.« Sie hielt seinen Kopf, und er drehte sich auf die Seite und erbrach sich in die Schüssel auf dem Boden, die neben ihm stand. Als er fertig war, wischte sie ihm den Mund ab und bettete seinen Kopf sanft auf ein Kissen.

»Oh Gott!« Er lag zitternd da und versuchte zu begreifen, was mit ihm geschehen war. Dann schaute er sie an und sagte mit der Einfalt eines Kindes: »Warum?«

Sie schüttelte den Kopf. Ihre Stimme und ihr Körper bebten. »Ich weiß es nicht, wirklich nicht.«

»Wie ... wie bin ich hierhergekommen?«

Sie schluckte und wischte sich über die nassen Augen. »Ich ... ich war im Bett. Es hat geklingelt, und als ich die Tür aufgemacht hab, haben Sie da gelegen.«

Er wollte den Kopf schütteln, doch es gelang ihm nicht. Er verstand gar nichts.

»Wir müssen einen Arzt holen«, sagte sie. »Man hat Sie furchtbar behandelt. Pat!« rief sie leise. »Zieh dich mal an.« Einige Minuten später, als der Junge neben ihr stand und sagte: »Doktor Bell, Mam?« antwortete sie: »Ja, aber mach schnell.«

Jetzt mischte sich Laurie ein und protestierte: »Warten Sie … einen Augenblick. Nein, geh nicht. Keinen Arzt. Es geht … es wird schon gehen. Helfen Sie mir hoch.«

Sie legte einen Arm um ihn, zog ihn hoch und führte ihn zur Couch, und während sie das tat, schoß es ihr durch den Kopf: Erst der Vater und dann der Sohn.

Sie stopfte ihm ein Kissen unter den Kopf, kniete sich neben ihn hin und redete sanft auf ihn ein: »Bitte, lassen Sie mich den Arzt rufen. Sie sind übel dran.«

»Nein, nein. Auf keinen Fall … es gibt nur … nur noch mehr Schwierigkeiten.« Er hatte jetzt Mühe, seine Lippen zu bewegen. »Wenn … wenn ich nach Hause könnte.«

»In diesem Zustand können Sie nicht nach Hause.« Sie schüttelte den Kopf. »Sie sind in einer schrecklichen Verfassung.«

»Können Sie fahren?«

»Ja.«

»Mein Wagen … ich weiß nicht, wo er ist. Würden Sie …« Er sah zu Pat hin und sie sagte: »Geh bitte runter und sieh nach, ob Mr. Emmersons Wagen bei den Garagen steht. Cissie sah Laurie an und fragte: »Ist es der von Ihrem Vater?« und als er eine zustimmende Bewegung mit dem Kopf machte, erklärte sie: »Es ist der Rover. Du weißt doch, ein großer blauer. Nimm die Taschenlampe.«

Als der Junge gegangen war, sagte sie: »Sie kommen niemals die Treppe hinunter.«

»Wenn Sie mir helfen, doch.«

Sie blickte ihn an, und ihr ganzes Mitleid lag in ihren Augen. Dann schüttelte sie ihren Kopf und murmelte: »Grauenvoll.«

»Könnten Sie … könnten Sie mir etwas schwarzen … schwarzen Kaffee geben?«

»Ja, gerne.« Sie streckte ihre Hand aus und berührte sanft sein entstelltes, verschwollenes Gesicht. Dann ging sie schnell in die Küche, war aber schon nach wenigen Augenblicken wieder zurück. Und als sie neben ihm stand, sagte sie: »Er ist gleich fertig.«

Er legte jetzt die Hand an die Hüfte, und als er stöhnte, sagte sie: »Was ist?« Er machte eine Bewegung mit dem Kopf, die andeutete, daß er es nicht wisse.

»Wollen sie nicht versuchen sich aufzusetzen, damit ich Ihnen den Mantel ausziehen kann?« Wieder machte er eine abwehrende Handbewegung.

Dann kam Pat wieder hereingestürzt. Er stand am Ende der Couch und sagte atemlos: »Es ist kein Wagen da, Mam, und die Garagen sind alle verschlossen.«

Laurie blickte den Jungen an und überlegte. Er mußte unbedingt nach Hause. Er war in schlechter Verfassung, und es würde sogar noch schlimmer werden, das wußte er. Er mußte jetzt nach Hause geschafft werden. Er sagte jetzt zu ihr: »Können ... können Sie es ... meiner Mutter mitteilen?«

»Ja.« Sie nickte schnell. »Ich werde von unten jemand bitten, sie anzurufen.«

Er streckte die Hand aus, griff nach ihrer Hand und stöhnte bei der plötzlichen Bewegung. »Nein, das darf nicht ... das darf nicht herumgesprochen werden. Ich will das nicht. Pat ... Pat könnte anrufen.«

»Nein, er weiß nicht, wie man telefoniert. Ich werde gehen.«

Plötzlich hatte er Angst, allein gelassen zu werden, wieder in dieses Dunkel zu sinken ... oder, noch schlimmer, daß ihn noch mal jemand überfiele. Seine Hand umklammerte ihre Hand und er flüsterte: »Lassen ... lassen Sie mich nicht allein.«

Er sah, wie ihr Gesicht plötzlich ganz zärtlich wurde. Sie wandte sich von ihm ab und sagte zu ihrem Sohn: »Du weißt doch, wo die Lime Avenue ist, ja?«

»Wenn du schnell machst, kannst du den letzten Bus erreichen, den, der vor der Ecke der Newton Road abgeht ... Wie ist die Hausnummer?« fragte sie.

»Vierundsiebzig. Auf der rechten Seite. Fast – fast am Ende der Straße.«

»Vierundsiebzig. Fast am Ende der Straße«, wiederholte sie für Pat. »Geh jetzt schnell, und wenn du den Bus verpaßt, dann lauf schnell zu Fuß. Du kannst das ungefähr in einer Viertelstunde schaffen. Sei ein guter Junge. Du fürchtest dich doch nicht, oder?«

»Nein.«

»Dann geh ... ach, warte mal.« Sie ging hinter ihm her und brachte ihn an die Türe. »Klingle und frag nach Mrs. Emmerson. Sprich selbst mit ihr und sag ihr ... sag ihr, daß sie hierherkommen soll. Sag ihr, daß sie den Wagen nehmen soll. Sag ihr, daß Mr. Emmerson krank ist. Hast du verstanden?«

»Ja, Mam.«

Laurie lag mit geschlossenen Augen da. Er hörte, wie sie zur Küche lief und schon im nächsten Augenblick war sie wieder da, stützte ihn mit einem Arm unter seiner Schulter und hielt eine Tasse an seinen Mund. »Er ist nicht zu heiß, Sie können sofort trinken«, sagte sie.

Er nahm einen Schluck und noch einen und trank dann in zwei langen Zügen. Sie setzte die Tasse ab, und er lehnte sich zurück.

Die Benommenheit begann jetzt etwas zu weichen. Er versuchte zu denken, sich zu erinnern, was ihm geschehen war, wer ihn getroffen hatte und weshalb es geschehen war. Es waren zwei Männer gewesen, aber er hatte ihre Gesichter nicht gesehen. Noch nicht einmal das Gesicht des Mannes, der nach dem Streichholz gefragt hatte. Ja, so hatte es angefangen, ein Mann hatte nach einem Streichholz gefragt. Das war das einzige Mal, daß er jemand hatte sprechen hören. Nein, nein, nicht das einzige Mal. Etwas später noch einmal, als man ihn gegen eine Wand gelehnt hatte. Einer von ihnen hatte gesagt ... Was hatte er gesagt? ... Steuereinnehmer ... Etwas von einem Steuereinnehmer ... »Und das ist für den Steuereinnehmer!« Doch, das konnte er nicht gesagt haben, das bildete er sich nur ein. Das war nur, weil sich in seinem Kopf alles drehte. Aber nein. Nein. »Haben Sie ein Streichholz, Mister? Und das ist für den Steuereinnehmer ...« Das war dieselbe Stimme. Bolton hatte ihm etwas versprochen, und er hatte sein Versprechen gehalten.

»Bolton.« Es war ihm nicht bewußt, daß er es laut sagte.

»Wer? Bolton? Bolton hat das getan? Ja, ja, natürlich. Oh, mein Gott!« Und wieder rief sie: »Oh, mein Gott! ... Und alles unseretwegen.« Sie berührte sein verschwollenes, tiefblau gefärbtes Gesicht mit den Fingerspitzen. Seine Augen waren jetzt schon so angeschwollen, daß er kaum mehr sehen konnte. Sie war lieb. Sein Vater hatte gesagt, daß sie lieb sei, und ihr Sohn sagte, sie sei gut. Und sie war auch schön, trotz ihres zerzausten Haares war sie schön. »Weinen Sie nicht, weinen Sie doch nicht«, bat er.

Sie stieß stockend hervor: »Ich ... ich habe es nicht gewollt. Ich habe es niemals gewollt und habe Ihnen beiden nur Leid gebracht, Ihnen und Ihrem Vater.«

Er streckte die Hand aus und berührte ihr Haar. Dann wurde es wieder schwarz vor seinen Augen und ohne sich zu wehren, überließ er sich der Dunkelheit. Das letzte, an das er sich erinnerte, war, daß sie seine Hand in ihren beiden Händen hielt und sie fest an ihre Brust preßte.

Pat erwischte den letzten Bus. Es war außer ihm nur noch ein Fahrgast da und der Schaffner sah ihn an und sagte: »Du bist noch spät unterwegs, Junge. Wo ist denn deine Mutter?«

Pat sagte: »Es ist jemand krank und ich muß eine Nachricht überbringen.«

Als er aus dem Bus gestiegen war, rannte er den Weg hinunter, der zu der großen Straße führte; es war sehr dunkel auf dem Weg, und er fürchtete sich. In der Straße blieb er vor einer Reihe von Toren stehen und spähte zu den Nummern hinauf. Als er zur Nummer 74 kam, lief er schnell über den Kiesweg auf das Haus zu.

Vor der Eingangstür stand ein Wagen und in der Vorhalle brannte Licht. Doch bevor er an dem Wagen vorbei war und in die Vorhalle getreten war, hörte er eine ärgerliche Stimme, wie von jemand, der stritt, was er komisch fand, denn Leute, die in so feinen Häusern wohnen, streiten nicht.

Als er dastand, den Finger zögernd über der Klingel, hörte er die Stimme eines Mannes, die sagte: »Ich warte. Und wenn es zwei Uhr wird, bis er heimkommt, werde ich hier bleiben und ihn empfangen.« Und eine Frauenstimme, die auch ärgerlich klang, antwortete: »Wenn John hier wäre, würdest du dich nicht so benehmen.«

»Ach, daß ich nicht lache, Ann. John! John! Du hast ja schon vor Jahren eingesehen, wie wenig Mumm John hat. Komm mir nur nicht auf diese Tour!«

»Hör auf! Hör ja auf!«

Es war ein Streit. Sie stritten tatsächlich da drinnen. Vor lauter Überraschung drückte sein Finger auf die Klingel, und fast unmittelbar darauf hörte er eine Frauenstimme, die jetzt schrill wurde und rief: »Nein, das wirst du nicht tun, es ist immerhin mein ...«

Dann sagte die Stimme des Mannes: »Geh mir aus dem Weg, Ann.«

In der nächsten Minute blickte Pat in das rote, zornige Gesicht eines Mannes, den er schon einmal gesehen hatte, und er war so erschrocken, daß er am liebsten umgedreht wäre und die Flucht ergriffen hätte. Obwohl er wußte, daß Mr. Bolton die Wahrheit gesagt hatte und jetzt alles für ihn besser aussah, wußte er auch, daß dies der Mann war, vor dem er nächste Woche erscheinen mußte. Ihm war in seinen Alpträumen die letzte Woche immer sein Gesicht erschienen, und es hatte genauso ausgesehen wie jetzt.

»Was willst du?« Offenbar erkannte der Mann ihn nicht und Pat, der die Frau ansah, die neben den Mann getreten war, sagte leise: »Sind Sie Mrs. Emmerson?«

»Ja, das bin ich.« Er sah, wie sie die Finger an die Lippen legte, und er blickte noch einmal den kleinen Mann an, bevor er sagte: »Meine Mam hat mich geschickt. Sie hat gesagt, ob Sie den Wagen mitbringen können, Mr. ... Mr. Emmerson geht es nicht gut.«

»Was? Mr. Emmer ... Soll das heißen, daß ... Wer bist du denn?«

»Pat ... Pat Thorpe.«

»Thorpe?« James Wilcox schrie den Namen fast heraus. »Ja, ja, ich hab mir doch gedacht, daß ich dich kenne. Ja, natürlich, Thorpe. Und deine Mutter will den Wagen, weil es Mr. Emmerson schlechtgeht? So, so.« Er wandte sich Ann so wütend zu, daß es ihn beinahe vom Boden hob. »Jetzt ist mir alles klar. Oh ja. Das war es, was du versucht hast zu verbergen, und es ist ja auch kein Wunder, wenn Vater und Sohn aus derselben Quelle trinken.«

»Wie wagst du es, so etwas zu sagen! Sei sofort ruhig!«

»So, ich soll ruhig sein? Nein, Ann, im Gegenteil, ich habe ja gerade erst angefangen ... Den Wagen bringen, weil es Mr. Emmerson schlechtgeht ... Wie schlecht geht es ihm denn, junger Mann? Ist er betrunken?«

Pat beugte sich zurück, um Abstand von dem roten Gesicht zu bekommen, und er schüttelte den Kopf, als er sagte: »Nein, nein, das nicht. Er ist überfallen worden.«

»Oh ... O ... h!«

Pat schaute schnell die Frau an, die aufstöhnte und dann wieder zu dem kleinen Mann hin, der so gerade dastand, als ob er ein Lineal verschluckt hätte, mit dem Kopf wackelte und einen ganz komischen Ausdruck im Gesicht hatte. »Überfallen? So, so, jetzt wird es ja höchst interessant. Offenbar hat einem von ihren Freunden das Arrangement nicht gepaßt.«

»Meine Mam hat keine Freunde.« Als Pats Faust herausschoß und James Wilcox an der Hüfte traf, konnte man nicht sagen, wer überraschter war, er über den Angriff oder Pat über seinen eigenen Mut.

Ann nahm Pat jetzt bei den Schultern, zog ihn zur Seite und sagte mit einer überraschend ruhigen Stimme: »Geh jetzt hinaus, James. Und ich wäre dir dankbar, wenn du dort auch bleiben würdest.«

»Ich werde wiederkommen, Ann. Oh ja, ich werde wiederkommen, und wenn es nur ein einziges Mal ist. Denn ich werde mir diesen Schlappschwanz von Sohn vorknöpfen. Der ist erledigt, verstehst du mich, erledigt! Nicht nur in meiner Firma, sondern in der ganzen Stadt. Und wenn er denkt, daß er woanders einen Job bekommt, so hat er sich getäuscht. Und wenn ich den Rest meines Lebens damit zubringe, ihm Knüppel zwischen die Beine zu werfen so habe ich meine Zeit nützlich zugebracht. Und was dich betrifft, mein Junge, so werden wir uns noch wiedersehen.«

Pat, der mit weit aufgerissenen Augen zugehört hatte, sah, wie der kleine Mann fast hinausschoß, so wütend ging er davon. Dann sah er die Frau an, die die Tür schloß und sich dagegen lehnte. Sie legte einen Augenblick die Hände über die Augen, bevor sie ihn wieder ansah. Dann nahm sie ihn bei der Hand, führte ihn in einen großen weißen Raum und sagte: »Sag mir jetzt, was los ist.«

Er schaute ihr direkt ins Gesicht und begann zögernd: »Wir ... wir lagen im Bett, und es hat an der Tür geläutet und ich habe gehört, wie meine Mam aufgestanden ist, und ich habe gewartet. Dann hat sie mir gesagt, daß ich schnell aufstehen soll, und als ich ins Zimmer gekommen bin, hat Mr. Emmerson auf dem Boden gelegen. Sie hat gesagt, sie hat ihn draußen vor der Tür gefunden.« Er schüttelte bedrückt den Kopf. »Sein Gesicht ist ganz zusammengeschlagen, es geht ihm schlecht. Meine Mam wollte unsern Doktor holen, doch er hat es nicht gewollt, er wollte Sie haben und wollte nach Hause.«

Ann starrte den Jungen immer noch an. Er war ein gutaussehender Junge, und auch die Mutter war eine gutaussehende Frau. Weshalb waren sie in ihr Leben getreten? Sie hatte ihr John genommen. Ja, das hatte sie, obwohl sie sich mit ihrem Mann, seit Laurie geboren wurde, niemals so gut verstanden hatte wie jetzt. Doch sie wußte, daß sie einen Teil von ihm verloren hatte und ihn auch nie mehr bekommen würde, denn er hatte ihn der Mutter des Jungen gegeben. Und jetzt hatte ihr Sohn etwas mit ihr angefangen. Wie konnte das geschehen? Warum? Sie gehörten zu den führenden Kreisen der Stadt, waren hoch angesehen, und die beiden hatten sich mit dieser billigen Frau eingelassen. Denn sie war billig, das konnte man ihr genau ansehen und das konnte auch ihr gutes Aussehen nicht verbergen. Weshalb fühlten sich Männer denn immer zu diesen billigen Frauen hingezogen?

»Werden Sie nicht mitkommen?«

»Doch, doch.« Sie legte ihre Hand auf die Stirn und sagte dann: »Ich hol mir nur meinen Mantel. Komm mit.«

Eine Minute später stand er mit ihr draußen und sah zu, wie sie die Haustür schloß. Dann gingen sie in die Garage und sie deutete im Wagen, ohne etwas zu sagen, auf den Platz neben sich.

Innerhalb von einer halben Stunde fuhr der Wagen wieder in die Einfahrt, und Pat saß wieder neben der »steifen Dame«, wie er sie insgeheim nannte, während auf dem Rücksitz Mr. Emmerson und seine Mutter saßen. Er wußte, ohne sich nach ihnen umzusehen, daß seine Mutter versuchte, Mr. Emmerson zu stützen.

»Schließ die Tür auf.« Die Dame drückte ihm einen Schlüssel in die Hand, und er kletterte aus dem Wagen und lief zur Haustür. Nach einer Weile gelang es ihm, den Schlüssel zu drehen, und er öffnete die Türe ganz weit, gerade rechtzeitig, daß sie an ihm vorbeigehen konnten, seine Mam auf der einen Seite von Mr. Emmerson und die steife Dame auf der anderen. Mr. Emmerson sah schrecklich aus, wie Menschen, so dachte er sich, die sterben müssen. Er sah schnell von dem blau-schwarzen, entstellten Gesicht weg und beobachtete aber doch noch, wie sie langsam die Treppen hinaufgingen. Als sie hinter dem Treppenabsatz verschwunden waren, stand er da, mit dem Rücken an dem dicken Eichenpfosten, von dem das Treppengeländer ausging. Er blickte um sich, und obwohl er es nicht ganz verstehen konnte, brachte er das, was er sah, mit der steifen Dame in Zusammenhang.

Oben versuchte Ann, Laurie in einen Sessel zu setzen, doch er machte eine Bewegung auf das Bett zu, und als sie ihn auf die Bettkante setzten, fiel er zur Seite, und es war Cissie, die seine Beine hob, mitsamt den Schuhen, und sie auf die Satinsteppdecke legte.

»Wir sollten ihn ausziehen.« Sie sagte es leise und blickte Ann Emmerson an, und zum erstenmal sah Ann ihr jetzt direkt ins Gesicht. Ihr eigener Ausdruck war eher etwas erschrocken, als ob Cissie etwas Ungehöriges gesagt hätte. »Ich werde jetzt gut allein fertig, danke.«

Es war eine eindeutige Entlassung, und Cissie spürte, wie ihr vor Entrüstung das Blut in den Kopf stieg. Sie wollte sich dagegen wehren, was dieser kalte Blick der Frau ausdrückte, doch war es weder die richtige Zeit noch der rechte Ort dazu. Deshalb drehte sie sich wortlos um und ging auf die Tür zu. Doch als sie sie öffnete, hörte sie eine schwache Stimme hinter sich murmeln: »Cecilia.«

Ihr Kopf fuhr herum, und sie dachte einen Augenblick, er hätte zu seiner Mutter gesprochen. Sie konnte sich nicht erinnern, daß irgend jemand sie jemals ›Cecilia‹ genannt hatte. Doch sie sah, daß er die Hand nach ihr ausstreckte. Da ging sie wieder zu seinem Bett zurück. Sie nahm seine Hand und hielt sie, und als zwischen seinen aufgeplatzten Lippen ein gemurmeltes »Danke, Danke« herauskam, da strich sie ihm sanft über den Handrücken. Dann wandte sie sich wieder um und ging an der Frau vorbei, die an der Tür stand.

Ann folgte ihr die Treppe hinab in die Halle. Dort sagte sie schließlich: »Ich werde für Sie ein Taxi bestellen.«

»Nein, vielen Dank, das ist nicht nötig, wir können gehen.« Cissies Ton war kühl, und sie fügte, während sie ihre Hand nach Pat ausstreckte, hinzu: »Es ist viel wichtiger, daß Sie einen Arzt holen, und zwar schnell. Und versuchen Sie nicht, den Überfall zu verheimlichen, sonst werden Sie es mit etwas bedeutend Ernsterem zu tun haben.«

Ann streckte sich und rief mit eisigem Hochmut: »Ich habe es nicht nötig, mich von Ihnen an meine Pflichten erinnern zu lassen, Mrs. Thorpe. Und sollte es noch ernstere Folgen dieser Angelegenheit geben, wen, so frage ich Sie, soll ich wohl dafür verantwortlich machen?«

Cissie war bei der Hallentür angekommen, drehte sich jetzt aber nochmal um: »Sich selbst, Mrs. Emmerson, sich selbst und niemand anderen. Wenn ich Ihren Mann nicht gekannt hätte, dann hätte ich auch Ihren Sohn nicht kennengelernt, und ich überlasse es Ihnen, darüber nachzudenken, wie ich, ein primitives Geschöpf – denn als das betrachten Sie mich doch gewiß – mit einem Mann in Mr. Emmersons Position bekannt werden konnte. Denken Sie doch bitte einmal darüber nach, Mrs. Emmerson. Gute Nacht.«

Sie schob Pat vor sich hin in die Vorhalle, öffnete die Eingangstür und ging über die Einfahrt auf die Straße. Als sie die Straße verlassen hatten und auf den dunklen Weg kamen, blieb Pat stehen, umschlang ihren Körper, preßte seinen Kopf gegen sie und schluchzte: »Oh, wein doch nicht, Mam, bitte wein doch nicht.«

TEIL III – Käsebrot und Bier

1. Der Antrag

John kam vom Feldweg durch das untere Tor hinein und begann seinen Rundgang durch den Garten. Es war das letzte Mal, daß er durch diesen Garten gehen würde, und er fragte sich, ob es ihm leid tat. Die Antwort war: Nein. Nein, überhaupt nicht.

Morgen wollten sie zu ihrer Reise aufbrechen, die drei Monate dauern würde. Sie würden zuerst nach Dänemark fahren, dann rund um das Kattegat und weiter über das Baltische Meer nach Finnland. Bei der Rückreise würden sie in Stockholm das Schiff verlassen und dort eine Weile bleiben. Ann hatte das alles geplant. Sie war wirklich wunderbar gewesen, denn weder er noch Laurie hatten sich darum kümmern können. Sie hatte sogar alles geregelt, was mit dem neuen Haus zusammenhing. Er glaubte, daß er das neue Haus gern haben würde; es war nicht so groß wie dieses hier, und es war gemütlicher. Sie hatte sich mit ihm über die Einrichtung unterhalten. Ihr Geschmack hatte sich erstaunlich geändert, denn sie hatte ihm sogar geblümte Tapeten vorgeschlagen. Die Hin- und Rückfahrt zur Kanzlei würde für ihn weiter sein, denn das neue Haus lag mehr als drei Meilen jenseits der Stadtgrenze. Es lag auch ziemlich einsam, doch das störte ihn nicht. Es lag auf einer Anhöhe und man hatte einen herrlichen Ausblick von dort. Besonders schön war das kleine Gehölz, das dazugehörte. Am Ende des Grundstücks floß ein kleiner Bach. Überhaupt war der ganze Garten sehr natürlich angelegt, mit vielen Büschen und keinen steifen Umzäunungen. Ja, er glaubte, daß er das neue Haus gern haben würde, und sie würden dort nur zu zweit sein. Würde ihm das gefallen? Warum nicht? Es würde so sein, als finge er ein neues Leben an. Alles war jetzt anders. Ja, ganz anders.

Er ging vorbei an dem Gewächshaus und dem Geräteschuppen, ging über den Heckenweg, der vom Gemüsegarten zum Rasen und den Blumenbeeten führte und am Seitenweg entlang, der zur Terrasse ging, die auf die französischen Fenster des Eßzimmers stieß.

Er setzte sich in die kleine Rosenpergola, die einen guten Windfang abgab, auf einen der schmiedeeisernen Stühle. Die Überlegungen zum Thema ›Neues Leben‹ hatten auch andere Gedanken in Schwingung gebracht und führten ihn zu einem Bereich, den er nicht weiter erkunden wollte. Er hatte sich jetzt schon eine ganze Weile eingeredet, daß er alles so nehmen würde, wie es kam und daß schon alles gutgehen würde. Die Hauptsache war, daß er niemanden verletzen würde. Es war merkwürdig, aber er hätte bis vor kurzem überhaupt nicht für möglich gehalten, daß es in seiner Macht stand, jemand zu verletzen. Aber heute wußte er, daß er es konnte. Der Besitz dieser Macht brachte ihm allerdings keine Genugtuung.

Um diese Gedanken zurückzudrängen, wollte er gerade aufstehen, doch hörte er, wie sich in dem Zimmer am anderen Ende der Pergola eine Tür öffnete, und dann hörte er Anns Stimme, die mit Laurie sprach.

Wieder wollte er aufstehen, doch da hörte er etwas, was ihn dazu bewog, sitzen zu bleiben. »Du kannst nicht länger ausweichen. Wir haben nicht mehr viel Zeit.«

Dann Lauries Stimme, die ihr antwortete: »Es gibt nichts zu diskutieren, nichts zu besprechen, ich habe es dir doch gesagt …«

»Wie kannst du das behaupten, wo sie doch gerade eben am Telefon gewesen ist?«

»Nun, immerhin hat sie nicht nach mir gefragt, oder doch?« Die Worte wurden gezischt.

»Nein, aber sie hat gehofft, daß du an den Apparat kommen würdest.«

»Jetzt schau mal her, Mutter.« Die Stimme von Laurie klang nun geduldig. »Ich war in einer verteufelten Situation, als sie mich gefunden hat. Sie hat in einem Monat dreimal angerufen, um sich zu erkundigen, wie es mir geht. Ich halte das nicht für besonders übertrieben.«

»Ach, versuch doch nicht, mir auszuweichen, Laurie. Ich fahre morgen, und ich kann nicht abreisen, wenn ich so beunruhigt bin. Ich muß wissen, was zwischen dir und ihr ist. Kannst du denn nicht verstehen, wie mir zumute ist? Zuerst dein Vater und jetzt du! Es ist fürchterlich für mich und geschmacklos. Ja, wirklich geschmacklos.«

John lehnte sich nach vorn, den Arm auf den Gartentisch gelegt, die Augen auf eine Grasnarbe gerichtet, die zwischen den holprigen Steinplatten der Terrasse herauswuchs. Die Unterhaltung wurde undeutlich. Er wußte, daß Ann noch redete, und Laurie ihr antwortete, doch was sie sagten, konnte er nicht hören, denn in seinem Innern begann sich eine Stimme zu erheben, die immer wieder sagte: ›Laurie und Cissie. Laurie und Cissie.‹ Da preßte er seine Faust an die Brust und mahnte sich: »Ruhig, nur ruhig.« Das Geräusch in seinem Kopf ließ nach, und er hörte wieder Lauries Stimme, die jetzt tief und rauh war.

»Ich hab ... ich hab diese Frau viermal gesehen, und jedesmal haben wir gestritten, nur nicht zuletzt, als ich gar nicht in der Lage war, irgend etwas zu tun. Und nun meinst du daraus schließen zu müssen, daß ich mit ihr lebe. Du bist davon überzeugt, daß ich dort angefangen habe, wo Vater aufgehört hat, nicht wahr?«

Draußen auf der Terrasse bohrten sich die Worte in Johns Kopf. ›Dort angefangen, wo Vater aufgehört hat.‹ Anns Stimme klang matt und langsam: »Es war doch ihretwegen, daß du Val aufgegeben hast, nicht wahr?«

»Oh, mein Gott! Mach mich doch bitte nicht verrückt. Ich bitte dich wirklich, mach mich nicht verrückt.«

»Und du, behandle mich nicht wie ein Kind und verlange nicht von mir zu glauben, daß du sie nur viermal gesehen und ständig mit ihr gestritten hast. Wenn das so ist, dann kann ich dir nur sagen, daß du dich in deiner Einstellung sehr geändert hast, seit dieser Nacht, als sie dich hierhergebracht hat.«

»Wie meinst du das?«

»Man hält doch nicht die Hand einer Frau und nennt sie ›Cecilia‹, wenn man sie nur viermal gesehen und sich nur gestritten hat; und außerdem wird man es dann kaum erleben, daß sie deinetwegen weint.«

»Cecilia? Ich soll ihre Hand gehalten und sie Cecilia genannt haben? Du bist doch wohl nicht ganz bei Trost. Ich wußte ja noch nicht einmal, daß sie Cecilia heißt. Ich hab sie immer nur ›Mrs. Thorpe‹ genannt.«

»Laurie, Laurie.« Sie schrie es jetzt fast heraus. »Sei doch bloß still. Ich will nichts mehr hören. Wenn vorher noch ein Zweifel in mir war, was deine Beziehung zu dieser Frau betrifft, so hast du ihn jetzt zerstreut.«

»Ich ... sage ... es ... dir ..., Mutter ...!«

»Bitte, bitte, Laurie, versuche nichts mehr zu beteuern. Ich will dich nicht noch für einen Lügner halten müssen. Aber ich kann dir eines versichern. Wilcox hat deine Karriere ruiniert, dieser Bolton hat dein Aussehen ruiniert, doch diese Frau wird dein Leben ruinieren. Sie hat dabei schon ganz schöne Fortschritte zu verbuchen. Und ich will dir dazu nur noch eines sagen. Du wirst wählen müssen. Ich meine es ernst, Laurie. Wenn du es noch weiter mit ihr treibst, dann will ich dich nicht mehr sehen. Verstehst du, was ich sage? Glaube ja nicht, daß ich nachgeben werde, denn allein der Gedanke an sie verursacht mir Übelkeit.«

Als John das Geräusch einer Tür hörte, die sich schloß, stemmte er sich schnell von seinem Sitz hoch, ging von der Terrasse zum Seitenweg und durch den Heckenweg in den anderen Teil des Gartens. Als er im Geräteschuppen war, schloß er die Tür hinter sich und setzte sich auf eine umgedrehte Kiste.

»Cissie, Cissie.« Er sagte es laut, und seine Stimme war nicht nur traurig und zart, sondern auch vorwurfsvoll. Langsam setzte er die Ellbogen auf die Knie und stützte seinen Kopf in die Hände. Er war ein Tor gewesen, ein verblendeter Tor. Er hätte sie haben können und alles, was Leben bedeutete: Fröhlichkeit, Wärme, Verständnis und Freundlichkeit. Ja, er hätte Cissie haben können. An dem Morgen, als sie zu ihm ins Krankenhaus gekommen war, wäre sie zu allem bereit gewesen, und deswegen hatte er ihr auch alles von sich erzählt. Es war gar nicht schwer gewesen, es ihr zu sagen, doch er hatte die Wirkung nicht voraussehen können. Als sie ihn auf den Mund geküßt hatte, hätte er sie am liebsten festgehalten und sie nie mehr gehen lassen. Doch er wußte, daß er sie nicht belasten durfte mit seiner Verstümmelung. Er hatte erlebt, wie Ann dadurch seelisch verkümmert war und durfte nicht zulassen, daß es auch Cissie geschehen würde, obwohl sie gewußt hätte, was sie auf sich nahm.

Doch Laurie hatte die Unterstellung seiner Mutter geleugnet. Vielleicht hatte er recht, und es steckte nichts dahinter. Wie konnte es auch, wenn er sie nur viermal gesehen hatte. Doch er selbst hatte sie ja nur einmal gesehen, oder zweimal, und es war geschehen. Doch er war einsam gewesen und reif für so eine Affäre – wenn man diese Beziehung überhaupt als Affäre betrachten konnte. Und er selbst war es gewesen, der Laurie zu ihr geschickt hatte, ihn gebeten hatte, zu ihr zu gehen.

Er fühlte, wie sich die alte Einsamkeit wieder seiner bemächtigte, und diesmal war es noch schmerzlicher als in all den vergangenen schweren Jahren, denn damals hatte er nichts zu verlieren gehabt, doch in den letzten paar Wochen, in denen er Cissie gekannt hatte, war das Leben wieder zu ihm zurückgekehrt. Als er sie dann wieder verlor, da hatte er seinen Sohn gefunden. Er hatte gedacht, daß es immer wieder einen Ausgleich gab ... Und jetzt, noch bevor er Laurie richtig wiedergefunden hatte, würde er ihn wieder verlieren. Denn wenn wirklich etwas dahinter steckte, dann würde es so werden, wie Ann gesagt hatte: Laurie würde von ihnen abgeschnitten sein. Sie würde es nicht ertragen können, ihn zu sehen, wegen des Mädchens. Und er würde es aus demselben Grunde nicht wagen.

»Oh, da bist du ja, mein Lieber. Weshalb sitzt du denn hier? Du fühlst dich doch nicht wieder schlecht?«

»Nein, nein.« Er richtete sich auf und nahm die Hand, die ihm geboten wurde. Als sie fest die seine drückte, dachte er sich, wie wunderbar es gewesen wäre, wenn Ann ihre Hand im letzten Jahr um diese Zeit nach ihm ausgestreckt hätte.

Doch jetzt würde zwischen ihren Händen immer Cissies Hand sein, ganz gleich, was geschehen würde. Sie wäre immer gegenwärtig.

Am nächsten Mittag um zwölf Uhr stand Laurie am Kai und beobachtete, wie das Schiff sich langsam vom Dock fortbewegte. Hoch oben über seinem Kopf an Deck der ersten Klasse standen seine Eltern. Er hob seine Hand nicht, bis sein Vater die seine hob, dann winkte er zurück. Seine Mutter winkte nicht, bis das Schiff schon ziemlich weit weg war. Und dann war es nur eine kleine, kaum vernehmbare Bewegung ihrer Hand. Doch sie verriet ihm selbst aus dieser Entfernung ihre Sorge –, und ihren Ärger. Ihre letzten Worte, die sie zu ihm sagte, waren: »Du wirst zu deinem Onkel und deiner Tante gehen, nicht wahr, Laurie? Du gehst sofort zu ihnen, sie erwarten dich.«

Und er hatte gesagt: »Ja, ja, natürlich.« Doch er wußte, daß er nicht die geringste Absicht hatte, zu ihnen zu gehen.

Sie hatte sich nach vorne gebeugt, und er hatte sie geküßt und ihr zugelächelt: »So, und jetzt vergiß alles und hab eine gute Zeit!«

Er hatte sie in dem kleinen Salon verlassen, der voller Blumen war. Sein Vater begleitete ihn übers Deck zum Fallreep. Dort hatten sie einen Augenblick gestanden und sich angeblickt. Er hatte ihn ebenfalls angelächelt und wollte gerade dasselbe zu ihm sagen, was er zu seiner Mutter gesagt hatte: ›Und jetzt vergiß alles und hab eine gute Zeit.‹ Doch da wir ihm sein Vater zuvorgekommen und hatte zögernd gesagt: »Ich möchte dir etwas sagen, Laurie, aber wir haben nicht lange Zeit. Und sei bitte nicht gekränkt.« John hatte einen Augenblick zu Boden geblickt, bevor er ihn wieder angesehen hatte und war dann stockend fortgefahren: »Ich war zufällig gestern abend auf der Veranda, als du mit deiner Mutter gesprochen hast.«

Laurie hatte seine Augen geschlossen und sich auf die Lippen gebissen, was bedeutete, daß er versuchte, Geduld zu beweisen. Doch seine Stimme hatte trotzdem gereizt geklungen, als er gesagt hatte: »Ich bitte dich, Vater, ich kann dir versichern …«

Doch John war ihm ins Wort gefallen: »Nein, Laurie. Nein. Du brauchst dich nicht zu rechtfertigen, aber hör mir einen Moment zu. Ich will dir nur dies eine sagen: Folge deinem Herzen. Tu, was du tun willst. Auf gar keinen Fall sollst du dich für irgend jemand opfern, nicht für deine Mutter und nicht für mich. Letztlich wird es dir niemand danken, und ich habe dir schon genügend geschadet.« Sein Blick hatte sein verfärbtes Gesicht gestreift.

»Vater, bitte, hör mir doch nur einen Moment zu!« Er hatte, die Ellbogen fest an sich gepreßt, dagestanden, die Hände abwehrend nach vorn gestreckt, doch John kümmerte sich nicht darum und fuhr fort: »Ich weiß, wie dir zumute ist. Ich weiß genau, in welcher Klemme du steckst … Ich hab ja selbst dringesteckt, daher weiß ich es genau. Um eines bitte ich dich: bring ihr eine Nachricht von mir, ja? Sage ihr … sage ihr, daß sie das Glück nehmen soll, daß sie es mit beiden Händen ergreifen soll. Sag ihr, daß ich für sie froh bin, ja? Willst du ihr das sagen?«

Er hatte nichts gesagt, als er dem eindringlichen Blick seines Vaters begegnete. Es hatte keinen Zweck, es hatte gar keinen Zweck etwas zu erwidern, was es auch sei. Sollte er doch denken, was er wollte. Erst die Zeit würde beweisen, daß er nicht recht hatte. Doch inzwischen würden sich die beiden hundeelend fühlen. Nun gut, er hatte wenigstens versucht, sie von diesem unsinnigen Gedanken wegzubringen. Nichts würde sie davon überzeugen können, daß sie sich irrten, was auch immer er vorbringen würde. Es gehörte eben zu diesen unbegreiflichen Dingen, die im Leben geschahen. Nur weil er ihren Vornamen ausgesprochen hatte, wurde aus einer

Vermutung Wahrheit. Er streckte seine Hand aus, und John nahm sie und hielt sie einen Augenblick fest.

»Mach's gut«, sagte er.

»Keine Sorge, es wird schon alles gutgehn«, sagte John, als er ihn anblickte. »Auf Wiedersehen, Laurie.«

»Auf Wiedersehen, Vater. Auf Wiedersehen.«

Er hatte sich abgewandt, doch dann berührte Johns Hand noch einmal seinen Arm. »Du wirst mir schreiben und mich auf dem laufenden halten, ja?«

Pflichtbewußt hatte Laurie genickt und war dann mit schnellen Schritten das Fallreep hinab- und auf den Kai hinausgelaufen.

Ihre Gesichter wurden jetzt immer kleiner. Sein Vater winkte die ganze Zeit, seine Mutter ab und zu. Bald waren sie so weit weg, daß es keinen Sinn mehr hatte, dazustehen. Er drehte sich langsam um, ging zu seinem Wagen und fuhr nach Hause.

Als er in die Halle trat, kam ihm Mrs. Stringer aus der Küche entgegen und sagte: »So, sind sie nun fort, Mr. Laurie?«

»Ja, Stringy.«

»Haben sie ein bequemes Zimmer?«

»Ja, wunderbar, fast so groß wie die Wohnhalle. Gar kein Unterschied zu hier.«

»Sie machen Spaß!«

»Nein, wirklich nicht, es ist so. Badezimmer, Dusche, alles was dazugehört und das ganze voll von Blumen.«

»Oh, wie schön. Ich hoffe, es wird ihnen beiden guttun. Ja, und nun ist ihr Lunch bereit, im Frühstückszimmer, Mr. Laurie. Ich hab alles für sie auf dem Bett bereitgelegt zum Packen.«

Während sie sprach, beugte er sich vor und schaute sich in dem ovalen Spiegel an. Selbst nach einem Monat war sein Gesicht noch verunstaltet und er zweifelte, ob er jemals wieder normal aussehen würde. Er berührte seine linke Augenbraue und sagte dabei in den Spiegel zu Mrs. Stringer: »Ich werde morgen nicht fahren, Stringy.«

»Aber nicht doch, Mr. Laurie. Es ist doch alles schon vorbereitet. Ihr Onkel erwartet Sie und Madam hat noch zehn Minuten vor ihrer Abfahrt mit Ihrer Tante telefoniert und gesagt, wann Sie kommen werden.«

»Ich werde sie gleich anrufen, Stringy.«

»Aber warum denn, Mr. Laurie?«

»Ich werde es Ihnen gleich erklären.« Er nickte ihr zu, setzte sich auf den goldfarbenen Rohrstuhl neben das Telefon und nahm den Hörer ab.

»Hallo«, sagte er nach einer Weile, »Onkel Ron?«

»Ja, hallo Laurie.«

»Sie sind gut fortgekommen«, berichtete er. »Wundervolle Kabine … Die werden wochenlang nichts als Feste feiern.«

Die herzliche Stimme am anderen Ende des Drahtes fragte nun: »Und wann fährst du ab? Wir warten schon alle auf dich. Die Mädchen haben dich schon für die nächsten drei Wochen ausgebucht. Da kannst du dich auf etwas gefaßt machen.«

»Onkel?«

»Ja, Laurie?«

»Onkel, es tut mir leid, aber ich werde nicht kommen können.«

»Wie bitte? Hast du gesagt, daß du nicht kommen kannst? Was ist denn los? Es geht dir doch nicht wieder schlechter, oder? Ann hat doch heute morgen erst mit Susan telefoniert und ihr gesagt, daß du noch am Vormittag aufbrichst. Was ist denn los? Was ist geschehen?«

»Ja, so ist es eben, Onkel. Ich … Ich muß ins Krankenhaus. Ich glaube, ich werde auf einem Auge nicht mehr sehen können.«

»Um Gottes willen! Aber, deine Mutter … weshalb …«

»Sie hat es nicht gewußt. Sie haben es beide nicht gewußt. Ich habe es ihnen nicht gesagt. Sie wären sicher nicht abgereist, und es war ja schon alles gebucht. Und Vater mußte unbedingt fort, das hatte er nötig.«

»Aber ein Auge! Ist das denn schon sicher?«

»Ja, man nimmt es an. Und es spielt auch keine Rolle, denn ich habe sowieso kaum etwas damit gesehen, seit ich … seit ich verletzt wurde. Es war wahrscheinlich ein Schlag auf die Stirn, der das bewirkt hat.«

»Oh, mein Junge, das ist ja schrecklich. Möchtest du vielleicht, daß Susan zu dir kommt und sich etwas um dich kümmert?«

»Nein, nein. Ich bin ja im Krankenhaus, und ich weiß nicht, wie lange das dauert.«

»Mein Gott, das ist wirklich ein Schock. Ich weiß nicht, was Susan dazu sagen wird, sie ist im Augenblick nicht da. Oh, das tut mir sehr leid, Laurie. Weißt du was? Ich glaube, du hättest es deinem Vater sagen sollen.«

»Es hätte ja auch nichts daran geändert, und ich wollte ihm im Augenblick nicht noch mehr Kummer machen.«

»Nein, nein, das verstehe ich ja. Aber, oh mein Gott, Junge, das tut mir furchtbar leid für dich ... Doch wenn es vorbei ist, willst du dann nicht zu uns kommen?«

»Doch, natürlich, das werde ich sehr gern tun.«

»Und du wirst uns Nachricht geben?«

»Ja, das will ich, Onkel.«

»Aber was ist, wenn ihr in dieses neue Haus zieht? Wann wird das sein?«

»Oh, sicher erst in drei Wochen, und Stringy wird sich um alles kümmern. Sie wird packen und dafür sorgen, daß alles dort in Ordnung kommt. Wenn die Eltern zurückkommen, wird sie alles tiptop in Ordnung haben. Inzwischen wird sie prächtig für mich sorgen.«

»Laurie, ich weiß nicht, was ich sagen soll. Du hast mir den Wind völlig aus den Segeln genommen.«

»Aber nein, du darfst das nicht so sehen, Onkel. Ich hab ja sogar noch Glück gehabt. Es hätten ja auch beide Augen sein können.«

»Ja, vielleicht sollte man das so sehen. Trotzdem ist es ein Unglück. Ich werde deiner Tante sagen, daß sie dich anruft, sobald sie wieder da ist, ja?«

»Gut, Onkel.«

»Auf Wiedersehen, Junge.«

»Auf Wiedersehen.«

Als er den Hörer auflegte, hörte er von der Küchentür her ein leises Geräusch. Er drehte sich um und sah dort Mrs. Stringer stehen, die beide Hände vors Gesicht geschlagen hatte und leicht schwankte.

»Oh, Mr. Laurie, Mr. Laurie.«

»Aber, aber, es ist ja schon alles gut.«

»Daß Sie es ihnen nicht gesagt haben und sie einfach haben fortfahren lassen!«

»Es ist doch so viel besser, oder?« Er legte einen Arm um sie und führte sie wieder zurück in die Küche. »Aber, aber. Jetzt fangen Sie doch nicht an zu heulen!«

»Oh, Mr. Laurie.«

»Jetzt passen Sie mal auf«, sagte er. »Ich habe Hunger und möchte etwas essen. Los, kommen Sie.« Er schob sie sanft auf den

Herd zu. »Geben Sie mir die Schüsseln, ich werde sie hereintragen.«

Als sie ihm die Gemüseschüssel gab, blickte sie ihn an und stammelte wieder: »Oh, Mr. Laurie. Oh, Mr. Laurie.«

Während er allein beim Essen saß, überlegte er, daß es merkwürdig war, was Teilnahme alles bewirken konnte. Sie drang in die weichen Stellen ein, die ängstlichen Stellen, und von denen hatte er im Augenblick mehr als genug. Die einzige Möglichkeit, um mit dieser Angelegenheit fertig zu werden, war, sie als etwas Unangenehmes, jedoch Notwendiges zu behandeln, etwas, was getan werden mußte, als ob man einen Zahn zu ziehen hatte. Zwei Dinge waren es, vor denen er sich hüten mußte: Mitleid von anderen und Groll mit derjenigen, die seinen Zustand bewirkt hatte.

Es war merkwürdig mit den kleinen Puzzlesteinen, die dazu führten, ein Auge zu verlieren. So mußte man es ansehen – ganz philosophisch, als ob es sein mußte und als ob nichts es hätte verhindern können. Das war die einzige Möglichkeit, um damit fertig zu werden.

Als er mit seinem Essen fertig war, hörte er die Türglocke und dann Stringy, die durch die Halle ging. Dann ertönte ihre Stimme, hoch und ärgerlich: »Die Familie ist fort, Mr. Wilcox. Es ist niemand da, sie sind alle fort.«

»Alle, außer einem, Mrs. Stringer. Und ich wäre Ihnen dankbar, wenn Sie mir aus dem Weg gehen würden.«

Laurie stand auf, ging an die Tür des Frühstückszimmers und sagte von dort aus gelassen: »Schon gut, Stringy. Lassen Sie Mr. Wilcox herein.«

James Wilcox kam herein, sein Schritt war langsam und schwer wie der eines Mannes doppelter Größe. Er wandte seinen Blick nicht von Laurie, selbst als er an ihm vorbeiging und ins Zimmer trat. Dort fixierte er ihn weiter, als ob er zufrieden mit dem war, was er sah.

Während eines langen, gespannten Augenblicks, währenddem Laurie den Blick des alten Mannes erwiderte, sprach keiner von ihnen. Dann räusperte sich James Wilcox und sagte: »Du wußtest, daß du mir nicht ungestraft davonkommen würdest, nicht wahr?«

»Ich habe Sie erwartet.«

»Dann bist du nicht enttäuscht, oder? Ich habe mir gedacht, ich werde warten, bis sie fort sind, damit du dich nicht hinter irgendwelchen Rocksäumen verstecken kannst.«

Während Laurie die Zähne zusammenbiß, fuhr Wilcox fort: »Ich mache vor allem sie verantwortlich, denn sie hat dich verhätschelt, seit du geboren bist, und hat dich gesäugt, bis du deine langen Hosen bekommen hast ...«

»Ich warne Sie, und passen Sie auf, ich werde mir nichts mehr von Ihnen gefallen lassen. Noch ein weiteres unverschämtes Wort, und ich werde Sie beim Kragen nehmen und aus dem Haus werfen ... Ich meine es ernst.«

»Das würde ich gern mal erleben, junger Mann. Wie deine übrige Sippe hast du nämlich keinen Mumm.« Er zog an seiner Weste und holte tief Atem. »Also, ich bin hierhergekommen, um dir zu sagen, was ich von dir halte, und um dir zwei Neuigkeiten mitzuteilen, die du dir merken solltest ... Erstens, daß meine Tochter ihre Verlobung mit dir gelöst hat. Du verstehst mich: SIE HAT IHRE VERLOBUNG MIT DIR GELÖST! Wegen deines Verhältnisses mit dieser Thorpe ...«

»Oh ... Oh nein, das darf nicht sein.« Lauries Gesicht lief tiefrot an. »Sie haben diese Geschichte in Umlauf gesetzt, und ich werde Sie vor Gericht bringen, ehe Sie sich's versehen. Und diesmal werden Sie auf der anderen Seite, auf der Anklagebank sitzen.«

»Versuch es doch, versuch es doch – wir werden schon sehen, wer gewinnt.« Der Kopf von Mr. Wilcox wackelte, als ob er von Drähten gezogen würde. »Inzwischen ist es allgemein bekannt, daß dein Vater diese Frau seit Monaten besucht hat, und jetzt weiß auch jeder, daß du sie deinerseits auch besucht hast. Es ist ein öffentlicher Skandal. Und meine Tochter, die es herausbekommen hat, hat es nicht nötig, bloßgestellt zu werden. Das ist die richtige Geschichte. Wenn du versuchst, sie anders zu erzählen, hier in dieser Stadt, dann wirst du schon merken, wie weit du damit kommst. Außerdem ist auch allgemein bekannt, daß einer von den Liebhabern dieser sauberen Mrs. Thorpe dich zusammengeschlagen und vor ihre Tür gesetzt hat.«

Laurie konnte sich gerade noch zurückhalten, Wilcox an die Kehle zu springen. Wütend zischte er ihn an: »Kein Liebhaber hat mich zusammengeschlagen. Es waren Boltons Schläger, die das getan haben, und Sie wissen auch weshalb ... Oder vielleicht nicht?« Er streckte dem nun doch erschrockenen Mr. Wilcox seine Faust entgegen. »Er hat mich zusammenschlagen lassen, weil ich sein kleines Spielchen aufgedeckt habe. Ich habe seine Steuerbelege nachgeprüft und habe festgestellt, daß er kleine Gaunereien betreibt. Und Sie wissen ganz genau, daß er das schon seit Jahren macht. Er hat gesagt, daß er den kleinen Thorpe niemals an einem Sonnabend vormittag beschäftigt hat, doch er hat in seinen Büchern angegeben, daß er dreißig Schilling für zwei Jungen ausgegeben hat, die er seit Jahren am Sonnabend vormittag beschäftigt. Ich habe ihn mit diesen Tatsachen konfrontiert und ihn gezwungen, die Wahrheit zu sagen. Ich habe ihn gezwungen, zur Polizei zu gehen und den kleinen Thorpe zu entlasten. Das sind die Neuigkeiten, die ich für sie habe!«

»Du! ... Du bist an meine Akten gegangen und hast ...?« Auf den Lippen von Mr. Wilcox bildeten sich Schaumbläschen.

»Ja, ich habe mir Ihre Akten angesehen.«

»Du ... Du hast die Stirn, hier zu stehen und mir zu erklären ...«

»Ja, ich habe die Stirn, Ihnen das zu erklären. Und wenn Sie nichts zu verbergen hätten, wäre es Ihnen auch gleich, wer sich Ihre Akten angesehen hat.«

»Die Geschäfte meiner Klienten sind Privatsache, das wirst du ja wissen.«

»Doch Sie haben eine Abteilung, die ganz besonders privat ist, oder?« Er gönnte sich eine kurze Pause, bevor er fortfuhr: »Daher warne ich Sie jetzt! Sie werden sofort dieses Märchen von dem Liebhaber aufgeben, oder ich werde etwas tun, was ich in der Nacht, als ich dies einstecken mußte, beinahe getan hätte.« Er deutete auf sein Gesicht.

Mr. Wilcox schluckte heftig. Seine Stimme bewies, daß er äußerst nervös war. »Du hast keinen Beweis, daß es Mr. Bolton war, der das ... der das angestiftet hat.«

»Ich habe die Beweise, die ich brauche.«

»So, und weshalb hast du sie dann nicht benützt? Ich nehme kaum an, daß du eine Trumpfkarte in der Hand hast und sie nicht ausspielst.«

Laurie starrte in das gemeine kleine Gesicht und trat dann einen Schritt zurück, als ob ihm die Nähe dieses Mannes widerwärtig sei, was ja auch der Fall war. Langsam sagte er: »Ja, so müssen Sie natürlich denken, weil Sie so gehandelt hätten, nicht wahr? Nun, so werde ich Ihnen jetzt sagen, weshalb ich meinen Trumpf nicht ausgespielt habe. Wenn ich nämlich Bolton beschuldigt hätte, wäre ich dazu gezwungen gewesen, den Grund für diese Handlung zu nennen. Und das hätte ich nicht gekonnt, ohne zur Sprache zu bringen, wie der kleine Thorpe entlastet wurde, und dadurch wären Sie mit einbezogen worden. Komisch, nicht wahr, daß ich Sie überhaupt berücksichtige?«

»Ich hab von deiner Seite keine Rücksicht nötig, junger Mann. Meine Angelegenheiten können vor jeder Prüfung bestehen.« Mr. Wilcox nahm jetzt wieder eine drohende Haltung ein.

»Zweifellos, zweifellos. Sie wären in der Lage gewesen zu beweisen, daß Sie von den kleinen Machenschaften nichts wußten, doch Sie wissen, und ich weiß es, daß die Finanzbeamten Ihrer Majestät nur den kleinsten Hinweis zu bekommen brauchen, daß Sie hinsichtlich der Geschäftsbücher Ihrer Klienten recht lax sein können, und schon ist es mit Ihnen geschehen. Sie werden Sie bis zum Tag Ihres Ruhestands wie einen Habicht überwachen.« Laurie wischte sich mit der Hand über die Augen und schüttelte den Kopf. »Es ist doch wirklich komisch. So sehr ich Sie auch verabscheue und es Ihnen auch ruhig ins Gesicht sage, so wenig wollte ich Ihnen das antun.«

Mr. Wilcox wischte sich auch übers Gesicht, doch er tat es mit einem großen weißen Taschentuch, und als er fertig war, begann er zu lächeln, ein verkniffenes, zynisches Lächeln. Das Lächeln war so breit, daß man seine regelmäßigen Zähne sah, und er sagte: »Wirklich eine außerordentlich noble Art, es auszudrücken. Doch es hätte den Tatsachen eher entsprochen, wenn du gesagt hättest, daß du dich zurückgehalten hast, weil dein Gewissen dich geplagt hat. Dein Gewissen hinsichtlich der Behandlung von Val und deiner Verbindung mit dieser Frau.«

»Nun, ich kann Ihnen noch einmal versichern, daß ich mit … dieser Frau, wie Sie sie nennen, in keinerlei Verbindung stand.« Auch Lauries Haltung wurde jetzt drohend. »Doch wenn ich in der Nacht, als ich die Prügel bezog, so viel gewußt hätte wie heute«, sagte er und berührte dabei seine Wange, »dann hätte ich nicht gezögert, die Angelegenheit der Polizei zu übergeben … Jedoch, wie ich schon bemerkt habe, es ist selten zu spät. Überlegen Sie sich das.«

Er erhob warnend seinen Zeigefinger. »Sowie Sie beginnen, irgendwelche Gerüchte von Liebhabern in die Welt zu setzen und einer Affäre, die ich mit Mrs. Thorpe gehabt haben soll, werde ich die ganze Angelegenheit zu Gehör bringen ... Also halten Sie sich zurück.« Seine Stimme wurde leiser. »Sie haben jetzt gesagt, was Sie sagen wollten und haben sich nach Ihrer Ansicht wie ein Mann benommen. Wie der kleine gemeine Mann, der Sie sind. Und nun gehen Sie bitte!«

James Wilcox preßte wütend die Lippen zusammen. Sein beleibter Körper bebte, und er zog mit beiden Händen an den Enden seiner Weste. Er wollte gehen, doch nicht, bevor er noch einen Schreckschuß loslassen konnte. »Du bist in dieser Stadt erledigt, ich hoffe, das ist dir klar?« Dann drehte er sich mit einem Ruck um und ging zur Tür. Laurie folgte ihm und stand hinter ihm, während er mit dem Riegel der Eingangstüre hantierte. Als er ihn endlich geöffnet hatte, wandte sich Wilcox noch einmal zu ihm um, nickte und sagte leise: »Nun, wer das auch immer getan haben mag, hat gute Arbeit geleistet und dich übel zugerichtet. Und jetzt sage ich dir offen ins Gesicht, daß ich wünschte, ich hätte meine Hand dabei im Spiel gehabt.«

Laurie blieb gelassen und seine Stimme war täuschend ruhig, als er antwortete: »Vielen Dank, Euer Gnaden. Ich bin davon überzeugt, daß ich in dem Fall auf beiden Augen blind geworden wäre, statt nur auf einem.«

In dem Moment, bevor er vor Wilcox die Türe zuknallte, sah er nicht nur Überraschung, sondern auch Erschrecken in dessen Gesicht.

Als er wieder im Frühstückszimmer ankam, bebte er am ganzen Körper und ihm war leicht übel. Einen Moment stand er da und preßte eine Hand vor die Stirn. Er ging ins Eßzimmer und goß sich einen starken Drink ein ... Ihr Liebhaber! Er wußte, daß all seine drohenden Reden bezüglich seiner Maßnahmen, die er ergreifen würde, wenn Wilcox diese Gerüchte verbreitete, völlig zwecklos waren, denn sie waren schon längst im Umlauf. Val würde sich dieser Sache mit Vehemenz längst angenommen haben, denn es war ihre einzige Möglichkeit, die sogenannte Ehre zu retten. Er wunderte sich allerdings, daß der alte Wilcox extra gekommen war, um es ihm mitzuteilen. Doch im Grunde genommen war er nur aufgetaucht, um den starken Mann zu spielen, den erbosten Vater, der seine Tochter rächen mußte.

Sein Vater hatte da etwas in Gang gebracht, das er eigentlich nicht verantworten konnte. Sein alter Zorn gegen ihn stieg wieder hoch und verdrängte seine toleranteren Gefühle, die er während der letzten Wochen gehegt hatte. Er ging wieder zurück in die Wohnhalle, stellte sich vor den Kamin und schüttete seinen Drink mit einem Schluck hinunter. Dann schleuderte er das Glas wütend in die leere Feuerstelle.

Am selben Abend ging Laurie zu seinem Arzt, der anordnete, daß er gegen Ende der folgenden Woche ins Krankenhaus müsse. Er hatte den Bericht des Facharztes, dem er leider nichts hinzufügen könne. In der Zwischenzeit gab er ihm ein Rezept für weitere Tropfen.

Während er neben einem Fach für Babynahrung stand und darauf wartete, daß seine Tropfen zubereitet wurden, sah er auf einmal Cissie, die die Apotheke betrat. Und als er so auf ihren Rücken blickte, spürte er auf einmal eine jagende, rasende Empfindung in sich, die vielleicht Angst war. Wenn links neben ihm eine Tür gewesen wäre, hätte er sich davongestohlen; doch jede Bewegung, die er machte, würde sie aufmerksam machen, und daher blieb er regungslos stehen.

Unter einem Plastikregenmantel trug sie ein braunes Kostüm; sie hatte keinen Hut auf und ihr langes Haar hing in nassen Strähnen über ihre Schultern, was ihn sehr irritierte. Er hörte, wie der Verkäufer zu ihr sagte: »Wollen Sie sich bitte solange hinsetzen, es wird eine Weile dauern.« Als sie sich zu den Sitzen umdrehte, stand sie direkt vor ihm, und als sich sein Gesicht rötete, bemerkte er, daß ihres sich erhellte. Einen Augenblick sah er, wie ihre Augen aufleuchteten, als ob sie jemand sehe, den sie niemals mehr zu sehen erwartet hätte.

»Wie geht es Ihnen?« Sie stand dicht neben ihm und blickte ihm ins Gesicht, und ihre Augen, die über sein Gesicht gewandert waren, blieben an der erweiterten Pupille seines linken Auges hängen.

»Gut«, sagte er, »danke.«

»Wirklich?« Ihr Gesicht wurde auf einmal ernst. »Sie sind doch nicht ... ich meine, es hat doch nicht ...?«

»Oh, das.« Er berührte seine Wangen, »das wird nach einer Weile wieder in Ordnung sein.« Während er sie weiter ansah, dachte er, daß sie niemals würde ermessen können, in welche Schwierigkeiten sie ihn gebracht hatte. Trotzdem, obwohl er sie kaum kannte, nahm er an, daß sie zu den Menschen gehörte, die andere Menschen niemals wissentlich in Schwierigkeiten brachten. Er glaubte jetzt, was sein Vater ihm von Anfang an gesagt hatte: sie war gut. Sie hatte sich umgedreht und stand so, daß sie den Ladentisch überblicken konnte. Sie sagte: »Pat liegt erkältet im Bett.«

»Oh, das tut mir leid«, sagte er. Und dann: »Die andere Angelegenheit ist in Ordnung, oder?«

»Oh, ja, ja.« Sie wandte schnell den Kopf zu ihm und nickte ein paarmal. »Als Barry Rice erfuhr, daß Pat beweisen konnte, daß er damals den ganzen Morgen über gearbeitet hat, da hat er schließlich die Wahrheit gesagt. Er hat auch die Namen der beiden anderen Jungen genannt … Doch ich nehme an, Sie wissen das alles. Mr. Ransome hat es Ihnen doch sicherlich schon erzählt?«

»Ihre Tropfen, Sir.« Der Apotheker gab Laurie eine kleine eingewickelte Flasche, und er bedankte sich, steckte die Flasche ein und blickte Cissie an, um sich von ihr zu verabschieden.

Sie hatte die Flasche aufmerksam betrachtet, blickte nun in sein linkes Auge und sagte leise: »Stimmt da etwas nicht, mit Ihrem Auge?«

»Nein, nein.« Er schüttelte den Kopf. »Jedenfalls nichts, was nicht wieder in Ordnung kommen könnte.«

»Sind Sie sicher?« Ihre Stimme klang ängstlich, und er nickte wieder. »Ja, ganz sicher. Gute Nacht.« Sein Ton war übertrieben und abweisend.

»Gute Nacht.«

Draußen regnete es heftig, und er stellte sich einen Augenblick unter den Schutz der Ladentür. Dann rannte er in Riesensätzen zu seinem Wagen, den er am Randstein geparkt hatte. Als er im Inneren saß, steckte er zwar den Zündschlüssel ein und drückte auf die Startautomatik, doch dann lehnte er sich zurück und machte keine Anstalten, den Gang einzulegen. ›Sei doch nicht so ein verdammter Narr und mach schon.‹ Es war, als ob die Stimme vom Rücksitz kam, und sein Kopf senkte sich unter ihrem verächtlichen Ton. ›Mach schon‹, sagte sie wieder. ›Um Himmels willen, Mann, sei doch vernünftig und beweise ihnen, daß sie nicht recht haben.‹

Als er seine Hand nach dem Schalthebel ausstreckte, kam sie aus der Apotheke heraus. Sie war auf seiner rechten Seite und er konnte sie sehen, ohne seinen Kopf wenden zu müssen. Er kurbelte das Fenster hinunter und rief ihr zu: »Steigen Sie ein.« In seinem Ton war jetzt Ungeduld, als ob er zu seiner Frau sprechen würde, die getrödelt hatte.

»Wie bitte?« Sie lief zu ihm, beugte sich hinab, bis ihr Gesicht auf gleicher Höhe mit dem seinen war. Der Regen hatte ihr Haar wieder genäßt und tropfte auf seine Schulter. »Steigen Sie ein«, sagte er. »Ich werde Sie nach Hause fahren.«

»Oh, nein. Nein, vielen Dank, ich kann den Bus nehmen.« Sie trat einen Schritt zurück und richtete sich auf, doch er beugte sich übers Lenkrad, blickte zu ihr hoch und sagte noch einmal: »Seien Sie doch nicht so dumm. Los, steigen Sie ein.« Er beugte sich zur anderen Seite und öffnete die Tür. Als er sich wieder zurücksetzte, stand sie immer noch da, doch dann beugte sie sich wieder zu ihm hinunter und sagte ablehnend: »Das wäre nicht gut für Sie, es wäre dumm, das wissen Sie doch … Trotzdem, vielen Dank.«

»Das ist doch albern. Los, keinen Widerspruch, steigen Sie ein. Sie werden sonst nur vollkommen naß.«

Er sah, wie sie den Kopf zur Seite wandte, auf die Straße blickte und dann langsam wieder den Kopf zu ihm umwandte. »Sie wissen hoffentlich, was Sie tun, ja?« sagte sie.

»Ja, ich weiß, was ich tue. Steigen Sie schon ein.«

Als sie neben ihm saß, sagte er nichts, doch als er merkte, daß sie die Tür nicht richtig zubekam, beugte er sich über sie und schnappte den Griff zu. Während er das tat, merkte er, daß sie sich fest gegen den Sitz preßte, damit er sie nur ja nicht berührte, und er hatte die beste Lust, ihr entgegenzuschleudern: ›Keine Sorge. Sie haben nichts dergleichen von mir zu befürchten!‹

Sie waren eine Weile gefahren, als sie zögernd fragte: »Wie geht es Ihrem Vater?«

»Als ich ihn heute morgen gesehen habe, war er in bester Verfassung. Sie sind mit dem Schiff fortgefahren und werden drei Monate Urlaub machen, fast alles auf See.«

»Oh, das freut mich. Das wird ihm sehr guttun.« Dann fügte sie hinzu, als ob sie höfliche Konversation veranstalten wollte: »Sie sollten selbst auch Urlaub machen. Ich glaube, Sie haben es nötig.«

»Ja«, sagte er und drehte das Lenkrad, während er um eine Straßenecke fuhr. »Ich glaube auch, daß mir eine Abwechslung guttäte. Ich werde bald nach Oxford zu einem Onkel gehen und glaube nicht, daß ich noch einmal hierher zurückkomme.«

»Sie ... Sie haben Ihren Job aufgegeben?« Ihre Stimme klang überrascht.

»Oh, ja. Ich habe meinen Job endgültig aufgegeben.«

Sie hatte ihr Gesicht ganz ihm zugewandt, und ihre Worte kamen stockend. »Aber ... aber, ich habe gedacht, Sie ... Sie würden bald heiraten.«

Noch einmal drehte er das Lenkrad mit Schwung herum. »Ja, ich habe es vorgehabt, aber ich werde es nicht tun.«

Das Gesicht immer noch ihm zugewandt, fragte sie in ängstlichem Ton: »Hat das alles ... ich ... hat das alles etwa mit mir zu tun? Mit uns?«

»Nein, keineswegs.« Er blickte schnell zu ihr hinüber und fragte unwillig: »Wie kommen Sie denn darauf? Weshalb sollte es etwas mit Ihnen zu tun haben?«

Selbst der kurze Blick, den er ihr zuwarf, genügte, um zu sehen, daß ihr die Röte ins Gesicht stieg, und er fügte hinzu: »Ich wollte fragen, wieso Sie etwas damit zu tun haben könnten.«

»Ich weiß es doch, ich weiß die Wahrheit. Aber die Menschen reden doch ... sie sagen ...«

»Nun, was sagen sie? Was können sie in diesem Fall schon sagen?«

»Ich weiß, ich weiß.« Ihre Stimme klang hoch und erregt. »Doch manche Menschen sind eben böse. Sie nehmen einem noch den Namen weg, selbst wenn es das letzte ist, was man überhaupt noch hat. Sie sind nicht zufrieden, bis sie einen völlig erledigt haben.« Sie brach ab. Dann senkte sie den Kopf und sagte: »So habe ich es nicht gemeint. Ich habe nicht das von neulich gemeint oder irgend etwas, was Sie gesagt haben.«

»Ich könnte es Ihnen nicht verübeln.«

Er stoppte jetzt seinen Wagen direkt vor ihrem Haus. Sofort begann sie wieder an dem Griff zu hantieren und wieder mußte er sich über sie lehnen, um die Tür zu öffnen. Kaum hatte er den Griff losgelassen, da stand sie schon auf der Straße. Sie blickte ihn an, und er bemerkte, daß sie bekümmert aussah. »Ich hoffe, Sie kommen zurecht«, sagte sie.

Er antwortete nicht. Seine Hand am Lenkrad blickte er sie an, während sie die Tür zuschlug. Wieder tat sie es nicht fest genug, und wieder mußte er sich zur Seite beugen, um sie zuzuziehen. Als er den Wagen startete, sah er, wie sie ins Haus trat und sich dabei nicht mehr umdrehte.

Am nächsten Tag half er Mrs. Stringer beim Packen. Vom frühen Morgen bis nach dem Tee am Nachmittag füllten sie Unmengen von Umzugskartons. Dann aß er in seinem Zimmer, das schon fast unbewohnt aussah, und später fuhr er Mrs. Stringer nach Hause. Es war acht Uhr, als er zurückkehrte, und bis elf Uhr nachts erschien ihm die Zeit länger als der ganze Tag.

Am nächsten Tag verlief alles nach dem gleichen Muster, und als er Mrs. Stringer abgesetzt hatte und in das leere Haus zurückkam, hatte er eine solche Sehnsucht nach Gesellschaft, daß er sich überlegte, ob er in den Club gehen sollte. Doch im Grunde wußte er, daß er nicht gehen würde, weil er Angst hatte. Angst vor der Macht von Wilcox' Bosheit, Angst davor, daß jemand ihn meiden könnte, unter dem Vorwand, eine Verabredung mit einer Freundin zu haben oder eine geschäftliche Besprechung. Also setzte er sich hin und versuchte es mit Fernsehen. Während er durch die verschiedenen Programme schaltete, schoß ihm auf einmal der Gedanke durch den Kopf: Wenn ich sie nie mehr sehe, werde ich sie nie vergessen. Da stand er auf, schaltete den Apparat aus und fluchte laut: »Verdammt soll sie sein!«

Es war acht Uhr abends, als er sich in den Wagen setzte und in die Stadt zu dem Apartmenthaus fuhr. Bevor er die Treppe hinaufstieg, warf er einen Blick auf die Namensschilder in der Eingangshalle: Mrs. Cecilia Thorpe. Er ging absichtlich geräuschvoll die Treppe hinauf, in der vagen Hoffnung, daß ihn jemand aufhalten würde. Zum Beispiel Mrs. Orchard, doch er traf niemanden. Als er auf dem obersten Treppenabsatz angekommen war, läutete er.

Als sie die Tür öffnete, sah er, daß sie erschrocken war und daß seine Gegenwart sie ängstigte.

Sie fragte vorsichtig: »Ja?«

»Wollen Sie mich nicht hineinlassen?« Seine Stimme war ebenso aggressiv wie sein Aussehen.

Sie schluckte heftig. »Was wollen Sie?«

»Ich möchte mit Ihnen sprechen.«

Sie blickte hinter sich, und er wurde mißtrauisch. Aha! dachte er. Doch sie trat zur Seite, und er ging an ihr vorbei, durch die kleine Diele ins Wohnzimmer. Dort war niemand.

Das elektrische Feuer spielte über den künstlichen Holzscheiten. Auf der Couch lagen einige Zeitschriften, und die Kissen waren zerdrückt. Er blickte sich um, immer noch wartend, jemand anderen zu sehen. Sie merkte sofort, was er sich dachte und sagte scharf: »Ich bin allein, mit Pat, und der liegt im Bett.«

»Wie kommen Sie darauf, daß ich …?«

»Oh, ich weiß genau, was Sie gedacht haben. Mißtrauen wird man nicht so schnell los, oder? Verstehen Sie mich bitte, ich möchte nicht mit Ihnen streiten, ich möchte alles vergessen, ich möchte nichts als meinen Frieden. Weshalb sind Sie hierhergekommen?«

»Weil ich einsam bin.« Seine Stimme klang rauh und klang barsch.

»Einsam? Aber, was hat das mit mir zu tun?« Sie runzelte die Stirn.

»Weshalb kommen Sie dann zu mir?«

»Weil ich glaube, daß Sie mir etwas schulden.«

»Ihnen etwas schulden?«

»Ja, genau das. Sie schulden mir etwas.« Sein Verhalten änderte sich. Er warf seinen Hut auf einen Stuhl und knöpfte sich seinen Regenmantel auf. Leicht belustigt und etwas bitter fuhr er fort: »Ich habe meinen Job verloren, bin von meinen Eltern entfremdet, habe meine zukünftige Frau verloren und mein Heim ist mir über den Kopf hinweg verkauft worden. Nicht zuletzt ist das Pflaster außerdem hier für mich jetzt so heiß, daß ich die Stadt verlassen muß.«

Sie blickte ihn mit weitaufgerissenen Augen an, und ihr ganzer Körper strahlte nur Abwehr aus. Entrüstet rief sie: »Sie machen mich für all das verantwortlich?«

»Ja. Für all das.« Die eine Seite seines Mundes zog sich hinab.

Sie verschränkte ihre Arme und in ihrem Blick lagen Schmerz und Abwehr, als sie sagte: »Und Sie erwarten, daß ich deswegen etwas unternehme?«

»Ja, genau das.«

»Und was, wenn ich fragen darf?«

»Oh, das möchte ich Ihnen überlassen.« Er grinste sie einnehmend an.

»Gehen Sie raus!«

»Oh, nicht doch!« Er streckte ihr versöhnlich die Hand entgegen. »Das sollte doch nur Spaß sein. Es tut mir leid.«

»Spaß!« schrie sie. »Sie bringen wohl nicht in Ihr Spatzenhirn rein, daß ich nicht leichtsinnig bin, oder? Es ist Ihnen etwas geschehen, und Sie machen mich dafür verantwortlich. Ich habe Sie zu entlohnen, so zu entlohnen, wie ich nach Ihrer Ansicht die meisten Menschen entlohne.« Sie machte eine heftige Handbewegung. »Sie glauben wohl, Sie kommen einfach hierher und sagen, daß Sie einsam sind, und ich tröste Sie so, wie ich andere auch getröstet habe. Das denken Sie doch, nicht wahr?«

»Hören Sie mal zu. Nur einen Moment! Weshalb müssen wir uns denn immer wieder in die Haare kriegen?«

»Sie nennen das ›in die Haare kriegen‹!? Sie wagen es, so etwas zu sagen, Andeutungen zu machen, und dann nennen Sie es –«

»Hören Sie doch mal zu!« Seine Worte waren ungeduldig. Dann beugte er sich zu ihr vor und fragte etwas ruhiger: »Darf ich mich setzen?«

»Nein, Sie dürfen nicht.«

Er biß sich auf die Lippen. »Also gut, aber es ist schwerer zu sagen, was ich zu sagen habe, wenn ich stehen muß.« Er machte eine Pause und blickte in ihre feindseligen Augen. Dann senkte er den Blick und begann zu sprechen. »Sehen Sie, ich bin in einer fürchterlichen Verfassung. Schon die ganzen letzten Monate. Es hat alles mit Ihnen zu tun, und ich blicke nicht durch, und ich weiß nicht weshalb. Es war wirklich nicht meine Absicht, Sie zu kränken, aber als ich gekommen bin, hab ich gedacht, daß jemand hier ist … Ich hab das gedacht, weil ich es befürchtet habe, und deshalb bin ich zornig geworden. Überrascht Sie das? Trotzdem, Sie müssen mir glauben, daß ich Sie nicht verärgern wollte. Verstehen Sie, was ich sagen will? Weshalb sollte ich Sie verärgern wollen, wenn es mein größter Wunsch ist … daß Sie mich gern haben?« Die letzten Worte waren nur noch ein Flüstern, und in dem Schweigen, das dann folgte, sah er, wie sie ihre Hand an den Mund preßte.

Er sagte noch einmal: »Kann ich mich bitte hinsetzen? Ich bin ein bißchen wacklig auf den Beinen.«

Als sie weder nickte, noch mit dem Kopf schüttelte, ging er zur Couch und setzte sich auf den äußersten Rand. Dann blickte er sie an und sagte sanft und freundlich: »Kommen Sie doch bitte. Setzen Sie sich hin und lassen Sie mich erklären.«

Wie hypnotisiert ging Cissie ebenfalls zur Couch, setzte sich jedoch ans andere Ende, möglichst weit weg von ihm.

Seine Stimme war immer noch leise: »Ich bin drei Wochen im Haus geblieben ohne hinauszugehen. Jede einzelne Minute, Tag und Nacht, habe ich an Sie gedacht, und ich habe nicht gewußt weshalb. Ich habe mir eingeredet, daß es eine Art Delirium sei und daß es vorbeigehen würde, doch es ging nicht vorbei. Dann habe ich versucht, es durchzudenken. Die paar Male, die wir uns sahen, haben wir gestritten. Im Grunde hatten Sie eine Affäre mit meinem Vater ... Bitte, bitte.« Er hob die Hand hoch. »Hören Sie mich erst an. Dann, als die Tage verstrichen, wurde mir klar, weshalb Sie mich anziehen, und es hat mir gar nicht behagt. Ich habe sehr viel von meinem Vater in mir. Die Dinge, die ihn anzogen, gefielen auch mir.«

Er fuhr sich über eine Augenbraue und sprach dann weiter. »Mein ganzes Leben lang, bis zu der Zeit, als er krank wurde, habe ich den Gedanken zurückgewiesen, daß irgend etwas von ihm in mir sein könnte, irgendein Charakterzug; und dann, als ich still liegen mußte und Zeit zum Denken hatte, habe ich entdeckt, daß ich die Sorte Menschen, die er gern hat, auch gern habe. Ich wollte die gleichen Sachen, die gleichen Antworten. Das erste, was er über Sie zu mir sagte, war, daß Sie gut und freundlich sind. Ich wußte dann, daß ich jemand brauchte, der freundlich war, warmherzig und freundlich. Das ist die Sorte Mensch, die ich brauchte. Ich mußte es auch schon gewußt haben, bevor ich Sie kennengelernt habe, denn das war einer der Gründe, weshalb ich meine Verlobte aufgegeben habe. Sie ist kein freundlicher Mensch, und ich wußte, daß man durch das Leben meist nicht freundlicher wird, man muß schon so geboren sein.«

Er sah nun auf ihren gesenkten Kopf, und seine Stimme wurde schroff, als er fortfuhr: »Ich hatte den Gedanken, Sie zu sehen, aufgegeben; ich hatte das Gefühl, daß sie während unserer kurzen Bekanntschaft genug Verhängnis in mein Leben gebracht hatten, genug, um bis ans Ende meiner Tage daran zu denken; und dann habe ich vor ein paar Tagen erfahren, daß wir unwiderruflich aneinander gebunden sind, wenigstens hier in dieser Stadt. Überrascht es Sie, daß wir angeblich eine Affäre haben sollen? Daß dies der Grund wäre, daß ich verprügelt worden bin, nämlich von einem Ihrer Liebhaber?«

Ihr Kopf zuckte hoch, und sie blickte ihn entsetzt an. »Ja, das ist eine Tatsache.« Er nickte nachdrücklich. »So sehr, daß selbst meine Eltern daran glauben.«

»Ihr Vater?«

»Er vor allem, möchte ich sagen. Er hat mir wenige Minuten vor seiner Abreise eine Nachricht für Sie gegeben. Er hat gesagt, daß Sie das Glück ergreifen sollen, daß Sie es mit beiden Händen ergreifen sollen. Er hat gesagt, ich soll Ihnen sagen, daß er für Sie froh ist. Oh ja, er hat es geglaubt.«

Wieder hatte sie die Hand über den Mund gepreßt und stammelte: »Die Menschen sind grausam, furchtbar grausam. Ich meine nicht Ihren Vater, sondern das, was die Leute sagen. Und jetzt«, ihre Stimme schnappte über, »und jetzt glauben alle, daß sie recht haben ... da Sie hierhergekommen sind. Sie haben Sie gesehen und ...«

»Spielt das denn eine so große Rolle?«

»Ja. Ja, das tut es.« Ihre Stimme war heftig. »Ich will nicht, daß man so von mir denkt. Mein ganzes Leben lang hatte ich damit zu kämpfen. Die Leute halten mich für leichtsinnig, aber ich bin es von Grund auf nicht.« Sie blickte ihn herausfordernd an. »Ich hätte schon oft heiraten können, doch ich wollte nicht.«

»Und weswegen nicht?«

»Ich habe mir geschworen, nie wieder zu heiraten.«

Es entstand eine lange Pause, bevor er fragte: »Waren Sie denn so glücklich mit ihm, daß Sie den Gedanken nicht ertragen konnten, jemand an seine Stelle zu setzen?«

»Glücklich? Glücklich, sagen Sie?« Sie lachte verächtlich. »Ich war ganze Siebzehn, als ich geheiratet habe. Er war zwölf Jahre älter als ich, und ich hatte drei ekelhafte, dreckige Jahre mit ihm. Ekelhaft und dreckig in jeder nur möglichen Weise. Es gibt so viele Möglichkeiten für einen Mann, sich als widerwärtig zu beweisen, vom Essen bis zum Schlafen. Ich war zu jung, als ich heiratete, doch ich war voller Leben, und ich war in diesen drei Jahren tot. Als er dann getötet wurde – er wurde getötet, als sein Lastwagen über die Brücke der Neustadt schleuderte –, da wurde ich wieder lebendig. Von jenem Tag an war ich begnadigt. Es war, als ob Gott mir noch mal eine Chance gegeben hätte. Ich hatte Pat. Er war nur einige Monate alt, und er war alles, was ich wollte. Und ich habe mir damals geschworen: niemals, niemals wieder! Und dann habe ich Ihren Vater kennengelernt ... Er war so lieb und gut, so gut ...«

»Nicht! Nicht!« Er stand schnell auf, ging auf den Kamin zu und starrte in das elektrische Feuer.

»Nun, Sie haben Ihr Herz ausgeschüttet – weshalb nicht auch ich?«

»Weil ich es nicht ertragen kann, wenn Sie es sagen. Das gehört auch zu den Dingen, mit denen ich zu kämpfen hatte. Daß er so« – er vertauschte das Wort »fad« mit »mild« – »so milde ist und doch die Macht hat, Sie zu fesseln.«

Er drehte sich um und kam zur Couch zurück. Diesmal setzte er sich näher an Sie heran. »Sagen Sie mir bitte: habe ich Sie in der Nacht, als Sie und meine Mutter mich nach Hause gebracht haben, ›Cecilia‹ genannt?«

Sie machte eine zustimmende Bewegung mit dem Kopf und sagte: »Ja.«

»Meine Mutter hat mir erzählt, daß ich es getan habe. Aber ich wollte es nicht glauben. Ich wußte noch nicht einmal, daß ich Ihren Namen kannte.«

»Es hat noch niemand zu mir Cecilia gesagt, Cissie ist etwas gewöhnlich, ich weiß. Doch ich bin für alle immer nur Cissie gewesen. Cecilia ist so steif, und das bin ich nicht.«

»Ich habe meiner Mutter erklärt, daß ich noch nicht einmal Ihren Namen kenne, und sie wurde wütend. Das schien mich in ihren Augen für alle Zeit als Lügner abzustempeln, doch ich habe mich wirklich nicht daran erinnert, daß ich Sie bei Ihrem Vornamen genannt habe. Das ist nur ein Beweis dafür, daß Sie mich schon getroffen hatten, bevor Sie mich in Whisky ertränkten.« Er lächelte sie nun an, doch sie wandte ihr Gesicht von ihm ab und sagte: »Bitte reden Sie nicht weiter, weil ... weil ich mich mit niemandem mehr einlassen will.«

»Doch, mit meinem Vater hätten Sie es getan!« Er sagte es leise, jedoch ohne Häßlichkeit.

Trotzdem sprang sie auf und blickte auf ihn nieder. »Lassen Sie das bitte. Das ist vorbei, doch trotzdem werde ich ihn immer noch gern haben. Ich werde ihn gern haben, solang ich lebe. Denn er gehört zu den wunderbaren Dingen meines Lebens, und als das möchte ich es immer in Erinnerung haben, als etwas Wunderbares.«

»Es könnten Ihnen auch andere wunderbare Dinge begegnen, wenn Sie es zulassen würden.«

»Wenn ich es zulassen würde.« Ihre schmale Gestalt neigte sich ihm zu. »Wir wollen das doch einmal ohne alle Umschweife ganz deutlich beim Namen nennen: Sie sind allein und wollen eine Affäre beginnen ... Nun, Sie sind bei mir leider an die falsche Adresse geraten.«

»Ich will keine Affäre.« Er stand auf und blickte sie an. »Wer spricht denn von einer Affäre?«

»Worüber hätten Sie denn sonst sprechen wollen? Wir haben uns doch bisher nicht mehr als ein halbes dutzendmal gesehen. Wir wissen nichts voneinander, nur, daß wir jedesmal wie Katze und Hund aufeinander losgehen. Ich habe noch nie mit jemand so viel gestritten und gekämpft, wie mit Ihnen ... nein, noch nicht einmal mit meinem Mann, denn der hat Worte nicht benützt.«

In die bedeutungsvolle Pause hinein, die nun folgte, sagte er: »Ich möchte Sie bitten, mich zu heiraten.«

Sie war nicht mehr überrascht als er selbst, als er diese Worte hörte. Das war nun wirklich ein echter Frühstart. Er hatte das gar nicht sagen wollen ... wenigstens jetzt noch nicht. Er war ja gerade erst aus einer Falle entkommen, wenn man das so ausdrücken wollte. Doch dies hier war anders. In dieser Falle war kein Köder aus Sex, Geld, Beförderung oder auch Familienbanden. Was war es denn dann, was ihn anzog? Sie. Ganz einfach sie selbst. Alles an ihr. Er wollte, daß sie zu ihm gehörte. Daß er sie immer in seiner Nähe hatte. Dieses Licht in ihren Augen sehen, das ihm sagen würde, daß sie ihn haben wollte, daß ihr etwas an ihm lag, wie damals in der Nacht, als sie ihn gefunden hatte. Er wollte sie heiraten. Ja, er wollte sie tatsächlich heiraten. Als ob ihm eine Erleuchtung gekommen war, ergriff ihn eine große Welle warmer Empfindungen, und er sagte leise: »Sagen Sie doch etwas.«

Langsam setzte sie sich auf die Couch, ohne ihre Augen von ihm abzuwenden. »Sie sind verrückt«, sagte sie.

»Weshalb? Sagen Sie mir weshalb.« Er beugte sich zu ihr nieder.

»Oh«, sagte sie und rutschte unruhig hin und her, »da gibt es eine Menge Gründe. Doch der Hauptgrund ist, daß so etwas niemals gutgehen würde ... Sie in Ihrer Stellung!«

»Ich habe keine Stellung. Ich gehöre zu den Arbeitslosen, und werde es wahrscheinlich weiter sein. Außerdem, Sie sollten wirklich nicht so gering von sich denken. Von Ihrem Namen und allem anderen. Sie tun es doch immer wieder. Es gibt zwischen uns keinen Unterschied.«

»Nein?« Sie hob ihre Augenbrauen. »Sagen Sie das doch mal Ihrer Mutter! Ich bin auf der sozialen Rangstufe in ihren Augen so weit wie eine Küchenmagd. Und was meinen Namen betrifft, so würde sie ihn sogar noch nicht einmal ihrer Katze zum Fraß vorwerfen ...«

»Das ist doch blanker Unsinn. Es geht meine Mutter im übrigen sowieso nichts an, denn ich weiß jetzt, daß ich niemals mehr zu Hause leben werde, ganz gleich, was geschieht. Die Bande zwischen ihr und mir sind endgültig zerrissen. Daher können wir den ganzen sozialen Status vollkommen vergessen, der ja nur in ihren Gedanken existiert ... Wir wollen das wirklich alles vergessen und uns jetzt nur auf uns selbst konzentrieren.«

Sie wandte jetzt die Augen von ihm ab und fuhr sich mit beiden Händen durch die Haare.

Er setzte sich langsam wieder auf die Couch, so daß seine Knie ihre Knie fast berührten. Er sah ihr zu, wie sie ihre Haare immer wieder durch die Finger gleiten ließ. Und als sie aufhörte, sah sie zu ihm auf und sagte mit ruhiger Stimme: »Ich könnte es nicht tun. Ich ... ich müßte jemand sehr gern haben, um ihn heiraten zu können.«

Er konnte ihr Gesicht nur mit einem Auge sehen, doch in diesem Augenblick sah sie für ihn aus wie eine Gemme – weich, sanft und sehr zart. Er fragte ruhig: »Könnten Sie mich gern haben?«

Sie senkte den Blick, so daß ihre Wimpern auf den Wangen Schatten warfen, und sie flüsterte: »Oh ja, ich könnte Sie sicher gern haben. Ich ... Mir fällt es gar nicht schwer, Menschen gern zu haben ... Nur das Lieben, das ist es, was schwierig ist.«

»Also gut, dann fangen wir doch ganz von vorne an. Ich bin für den Anfang mit dem Gernhaben durchaus zufrieden.«

»Es würde nicht gutgehen. Sie wissen es auch ganz genau.«

»Ich sehe nicht ein, weshalb es nicht gutgehen sollte.« Er lächelte schmerzlich und traurig. »Wir könnten uns über Musik unterhalten – Pat hat mir gesagt, daß Sie so schön spielen – oder auch über alte Möbel, denn darüber wissen Sie ja wirklich Bescheid, oder über das letzte Buch. Oder wir könnten ... Oh, Cecilia, weinen Sie doch nicht, bitte. Es tut mir leid. Ich habe es doch nicht so gemeint. Was habe ich denn getan?« Er stand auf, ging zu ihr, legte seine Hände auf ihre bebenden Schultern und bat sie noch einmal: »Bitte, weinen Sie doch nicht. Es tut mir so leid.« Seine Arme legten sich jetzt sanft um sie, und er drückte sie ganz kurz an sich. Ebenso kurz lehnte sie sich gegen ihn, und während sie es tat, begrub er sein Gesicht in ihrem zerzausten Haar. Dann war es vorbei. Durch einen Ruck, der ihn beinahe zu Boden geworfen hätte, war der Abstand wieder da, und sie stand einige Meter vor ihm. Tränen strömten ihr übers Gesicht, und sie schüttelte heftig den Kopf und schrie: »Nein! Nein! Nein!«

»Schon gut, schon gut«, beruhigte er sie. »Sie sollen doch nicht unglücklich sein. Ich gehe ja schon.« Er ging langsam auf den Stuhl zu, nahm seinen Hut in die zitternde Hand. Dann drehte er sich noch einmal zu ihr um und fragte ruhig: »Darf ich noch einmal wiederkommen?« Doch sofort sagte sie, wobei sie wieder heftig den Kopf schüttelte: »Nein. Nein. Kommen Sie nicht wieder hierher ... nie mehr. Ich möchte Sie nicht sehen, verstehen Sie das bitte ... Ich habe schon genügend Schwierigkeiten gehabt. Kommen Sie nicht wieder. Ich bitte Sie darum.«

Als er die Wohnung verließ und die Tür hinter sich schloß, redete sie immer noch.

Er startete sofort den Wagen und fuhr schnell durch die Stadt. Als er nach Hause kam, sah er vor der Einfahrt der Wilcox ihren Wagen stehen und hätte aus reiner Gewohnheit beinahe auf die Hupe gedrückt.

Er legte Hut und Mantel ab und warf dann einen Blick in den Garderobenspiegel. Er stand aufrecht und betrachtete sich genau. Sie hatte ihn von sich gestoßen, als sei er ein Reptil, als ob er sie körperlich abstieß. Doch er war ein Mann, und er sah wie ein Mann aus, während sein Vater zu massig und schlapp aussah ... Er wandte sich schnell vom Spiegel ab und ging in die Wohnhalle. Dort erklangen die Worte in ihm wie ein Echo: ›Es war, als ob Gott mir noch einmal eine Chance gegeben hätte, und ich habe mir geschworen, nie wieder, nie wieder, nie wieder... Und dann habe ich Ihren Vater getroffen. Er war so lieb und so gut ...‹ Nur deshalb hätte sie ihn genommen und hätte gewußt, daß er ihr niemals etwas anderes geben konnte, nichts, und sie wäre damit zufrieden gewesen, weil es von ihm kam.

Er mußte wieder an die Mädchen denken, die er vor Val gehabt hatte. Wie sie sich über ihn gestürzt hatten und wie er ihrer müde geworden war, ebenso wie er Vals müde geworden war. Vielleicht hätte sich all das wiederholt, wenn es heute nacht so gegangen wäre, wie er es sich gewünscht hatte. Unwillkürlich streckte er seine Arme weit von sich, als ob er diesen Gedanken von sich weisen wollte. Dann begann er, im Zimmer auf und ab zu wandern. Sie war anders als alle andern, die er bisher gekannt hatte. Und das Wesentliche war, daß sie kein Mädchen, sondern eine echte Frau war. Sie war älter als er, das konnte er sich an Pats Alter ausrechnen. Wahrscheinlich war sie drei, vier Jahre älter. Doch wenn schon. Das, was er für sie empfand, war etwas anderes, etwas ganz Neues, was er zuvor noch niemals erlebt hatte. Wenn es Liebe war, dann war es keine blinde Liebe, denn es gab manches an ihr, was ihn ärgerte, was ihn störte. Zum Beispiel ihr lächerlicher Name, Cissie. Und dieses Haar, das wie ein Schlepptau an ihrem Kopf herabhing. Und wie sie sich anzog! Ohne den geringsten Geschmack. So hohe Hacken und der Rock bis hinauf zum Knie. Das wäre für andere nicht schlecht gewesen, doch sie war zu groß dafür. Hatte sein Vater das vielleicht gewollt? Verdammt noch mal, schon wieder sein Vater. Er war an allem schuld und seinetwegen würde er auf einem Auge blind werden. ›Sie ist eine gute Frau. Sie hat Sorge um ihren Jungen. Geh mal zu diesem Bolton und nimm ihn dir vor.‹ Und das Resultat: nur noch das halbe Augenlicht und eine tiefe Sehnsucht, Mrs. Cecilia Thorpe zu berühren, zu halten und zu besitzen.

Mußte das jeder Mann erfahren, der sie kennenlernte? Nein, sicherlich nicht in dieser Stärke, das war nicht möglich. Nur zwei Männer gab es, die so auf sie reagierten. Er und sein Vater.

2. Die Suche

Nach annähernd zwei Wochen voller Regen und heftiger Stürme,
was die Leute prophezeien ließ: »Wir werden bald Winter haben,
dabei hat der Herbst gerade erst begonnen«, kehrte der Sommer
zurück. Drei Tage lang schien die Sonne. Die Frauen holten wieder
die ärmellosen Kleider aus dem Schrank. Die Lederjacken der jungen
Männer waren wieder aufgeknöpft, und manche trugen die
bloße Brust zur Schau. Es war heißer, als während des ganzen
Sommers, ja sogar heißer, als es seit Jahren gewesen war.

Cissie hatte einen Gang in die Stadt zu Holloway's neuem Büro
gemacht. Da es so ein schöner Tag war, wollte sie hin und zurück
zu Fuß gehen, doch noch bevor sie am Haupteingang war, bedauerte
sie, nicht doch den Bus genommen zu haben, denn sie merkte,
daß sich an einem Fuß eine dicke Blase bildete.

Als sie in den Hof kam, humpelte sie, und sobald sie in die kleine
Halle gekommen war, von der aus die Treppe zu ihrem Bürozimmer
führte, schlüpfte sie aus beiden Schuhen heraus und ging
die Holzstufen auf Strümpfen hinauf.

Die Türe zu ihrem Zimmer stand offen, ebenso das Fenster, und
sie ließ sich erleichtert auf den Stuhl sinken, lehnte den Kopf
zurück und seufzte.

Vom anderen Bürozimmer aus kam das Klappern der Schreibmaschinen,
denn dort arbeiteten drei Stenotypistinnen. Ihr geschultes
Ohr sagte ihr jedoch, daß nur zwei Schreibmaschinen benutzt
wurden und plötzlich nur noch eine. Sie hörte, wie die
Mädchen zu schwatzen begannen, und nun schwieg auch die dritte
Maschine. Sie hörte die Stimme von Susan, die sagte: »Sicher ist
sie auch deswegen so blaß in letzter Zeit. Es ist ja für sie gar nicht
typisch, so gereizt zu sein.«

Dann kam die Stimme von Jean: »Ich bin jetzt sechs Jahre hier,
doch so, wie sie sich in den letzten Wochen aufgeführt hat, habe
ich sie noch nie erlebt.«

Dann war wieder die Stimme von Susan zu hören, leise und unzusammenhängend:
»Nun, ich glaube, es ist sicher kein Spaß, mit
jemand zu tun zu haben, der blind ist. Aber, das ist ja wohl auch

die gerechte Strafe dafür, daß er sich bei der Wilcox so schlecht benommen hat. Und dann hatte sie den Kummer mit Pat, und obwohl er noch mal davongekommen ist, hat sie sich doch furchtbar geängstigt. Erinnert ihr euch noch daran?«

Cissie stand jetzt vor der hölzernen Trennwand und der Mattscheibentür, die die beiden Bürozimmer trennte. Nach kurzem Zögern ging sie darauf zu, öffnete die Tür und stand den drei Mädchen gegenüber.

Erschrocken blickten sie Cissie an.

»Ihr habt über mich gesprochen, ja?« sagte sie.

»Oh, Mrs. Thorpe, wir haben es doch nicht so gemeint ... wir ...«

»Darauf kommt es jetzt gar nicht an.« Sie machte eine abwehrende Geste. »Ihr habt doch über mich gesprochen, nicht wahr?«

Sie blickten einander an, und dann war es Susan, die schüchtern sagte: »Ja. Ja, das haben wir getan.«

»Über ... über jemand, der blind ist?«

»Ja, aber wir haben es nicht so gemeint, Mrs. ...«

Wieder winkte sie ab. »Das spielt keine Rolle. Ich möchte nur wissen, ob ihr von Mr. Emmerson gesprochen habt, der blind sein soll?«

»Ja.« Susan verzog ihr Gesicht, als sie antwortete. »Wir dachten, Sie ... na ja.« Wieder blickten die Mädchen einander an.

»Jean.« Cissie beugte sich über den mittleren Schreibtisch und wandte sich direkt an das älteste der Mädchen. »Was ... was weißt du über Mr. Emmerson?«

»Ach, Mrs. Thorpe, ich habe es nur gehört. Und ich habe gedacht, Sie wissen es, und deswegen habe ich mir ... ja, Sie waren in letzter Zeit immer etwas aufgeregt. Und wir haben uns nur darüber unterhalten ...«

»Schon gut, schon gut.« Ihre Stimme war beherrscht und ruhig, als ob sie mit einem Kind spräche. »Das spielt jetzt auch gar keine Rolle, doch ich muß jetzt wissen, was du erfahren hast.«

»Nur, daß er ins Krankenhaus mußte, weil er blind wird.« Cissie richtete sich auf und starrte Jean fassungslos an. Dann drehte sie sich langsam um und verließ das Zimmer. »Oh, mein Gott. Nein.« Cissie hatte sich an ihren Schreibtisch gesetzt, die Ellbogen aufgestützt, und die Hände gegen ihre Wangen gepreßt. Weshalb hatte er ihr das nicht gesagt? Er mußte es gewußt haben. In jener

Nacht mußte er es gewußt haben, sonst wäre er nicht gekommen. Er hatte gesagt, daß er sich einsam fühlte. Ja, er mußte sich einsam fühlen ... und verängstigt. Doch, wenn er es ihr gesagt hätte, wäre sie dann anders gewesen, hätte sie anders reagiert? Während sie versuchte, eine Antwort zu finden, dachte sie: Wenn er nur nicht das von den Musikgesprächen gesagt hätte, von den Möbeln und den Büchern, und auch das von seinem Vater. Aber blind! Oh, mein Gott! Bolton ... der sollte ins Gefängnis, ja, dort gehörte er hin. Doch es ist meine Schuld, in erster Linie ist es meine Schuld.

Oh ... Sie streckte ihre Hand aus, griff nach dem Telefon und wählte seine Nummer. Doch sie erreichte nur das Amt, das ihr mitteilte, daß diese Nummer nicht mehr in Gebrauch war.

Sie eilte zu dem Verbandskasten, der draußen im Gang angebracht war, nahm ein Heftpflaster heraus und klebte es über ihre Blase. Dann zog sie ihre Schuhe an, öffnete die Verbindungstür zum anderen Zimmer und sagte zu Jean: »Bitte nehmen Sie die Gespräche für mich an, Jean, ja? Und falls Mr. Holloway kommen sollte, so sagen Sie ihm, daß ich nach Hause gehen mußte, doch ich werde morgen wieder da sein.«

»Schon gut, Mrs. Thorpe.«

»Oh, und falls er nach dem Williams-Vertrag fragt, so ist er in meiner Schreibtischschublade. Ich habe ihn gerade vom anderen Büro geholt. Aber, ich glaube, daß er heute gar nicht mehr auftauchen wird. Nur, daß er für alle Fälle Bescheid weiß.«

»Schon gut, Mrs. Thorpe, ich werde mich darum kümmern. Keine Sorge.«

Nachdem die Tür sich hinter Cissie geschlossen hatte, lauschten die drei Mädchen ihren Schritten nach, die auf der Treppe verklangen, und es war die Jüngste der drei, die dann schließlich atemlos sagte: »Nein, so was, soll man das für möglich halten! Und ich habe gedacht, daß sie mit ihm zusammenlebt. Alle Leute behaupten das doch, und deswegen hat ihn ja auch diese Wilcox fallengelassen, und er hat seinen Job verloren. Dabei war das alles erlogen, denn sie hat es ja noch nicht einmal gewußt. Was soll man denn davon halten?«

Jean starrte nachdenklich auf ihre Schreibmaschine und sagte: »Und genauso könnte es eine Lüge sein, daß sie seinen Vater seinetwegen aufgegeben hat. Nein, was doch so alles geklatscht wird!«

Die Lime Avenue sah im warmen Sonnenschein noch viel reservierter und abweisender aus, als sie im Dunkeln gewirkt hatte. Die Häuser hinter den grünen Gartenfronten hatten etwas Hochmütiges an sich. Cissie blickte an ihnen vorbei, ebenso wie man den Anblick der Erste-Klasse-Passagiere meidet, wenn man im Zug die zweite Klasse nimmt. Diese Häuser redeten, ebenso wie Erste-Klasse-Passagiere, nur vom Geld und von ihrer Position. Cissie ließ sich von ihnen nicht beeindrucken, doch sie konnte sie in ihrer Vorstellung nicht von dem kalten, blassen Gesicht der Ann Emmerson trennen.

Als sie zur Nummer 74 kam, starrte sie auf das Schild über dem Tor. Es war wie etwas, was diese Straße entweihte, wie etwas, das sie zur allgemeinen Handelsebene erniedrigte. »Zu verkaufen«, stand da in großen Buchstaben. »Die luxuriös ausgestattete Villa enthält ...« Sie las die Beschreibung nicht zu Ende, sondern stieß schnell das Gartentor auf, ging durch die Einfahrt und schaute in die leeren Fenster. Langsam ging sie dann ums ganze Haus herum, dann wieder hinaus auf die Straße, auf einen kleinen Seitenweg und hinaus zur Hauptstraße. Sie hatte, als sie aus dem Bus gestiegen war, eine Telefonzelle gesehen, auf die sie nun zusteuerte.

Er würde in der Augenklinik liegen.

Sie suchte die Nummer im Telefonbuch und hob den Hörer ab. »Können Sie mir sagen, in welcher Abteilung Mr. Emmerson liegt, bitte?«

»Ist er erst vor kurzem eingeliefert worden?«

»Ich weiß es nicht ... Nein. Schon vor einiger Zeit, vielleicht vor ein bis zwei Wochen.«

»Einen Augenblick, bitte.«

Während sie wartete hörte sie das vertraute Geräusch einer Schreibmaschine und das Murmeln von zwei Menschen, die miteinander sprachen.

»Hören Sie noch?«

»Ja?«

»Mr. Emmerson ist nicht mehr hier.«

»Oh!« Sie starrte auf den Hörer, fuhr sich mit der Zunge über die Lippen und fragte dann: »Können Sie mir sagen, wie schwer sein Leiden ist ... sein Augenleiden?«

»Es tut mir leid, das kann ich nicht, aber ich kann Ihnen die Schwester geben.«

»Das wäre sehr freundlich von Ihnen.«

Nach einem Augenblick fragte eine Stimme knapp: »Ja?«

»Ich wollte mich nach Mr. Emmerson erkundigen. Doch ich habe gehört, daß er das Krankenhaus bereits verlassen hat. Könnten Sie mir sagen, wie ... wie es um seine Augen steht? Ist ... ist er blind?«

»Nein. Oh, nein. Er wird auf einem Auge blind werden; doch das andere ist ganz in Ordnung.«

Sie atmete erleichtert auf und sagte dann: »Könnten Sie mir seine Adresse geben?«

Am anderen Ende des Drahtes entstand eine Pause, dann sagte die Stimme: »Ja, einen Moment bitte.«

In ihrem Dienstzimmer stand Schwester Price und blickte auf den Hörer, der auf ihrem Schreibtisch lag. Die Bitte um die Adresse eines Patienten war ziemlich ungewöhnlich, doch schließlich war Mr. Emmerson selbst ja auch ziemlich ungewöhnlich gewesen. Es war der erste ihrer Patienten seit langen Jahren, der während seines ganzen Klinikaufenthaltes nicht einen einzigen Besuch hatte, und Menschen mit Augenleiden brauchen Besucher. Mehr als alle anderen brauchten sie den Kontakt mit anderen Menschen. Der letzte, dem es ebenso ging, war ein alter Landstreicher gewesen, und er war in der Klinik gestorben. Sie hatte sich manchmal gedacht, daß es Mr. Emmerson wahrscheinlich ziemlich gleich gewesen wäre, wenn auch er gestorben wäre, obwohl ihm körperlich eigentlich nichts fehlte, bis auf dieses eine Auge. Sie blätterte die letzten Seiten ihres Aufnahmebuchs durch, nahm den Hörer wieder auf und sagte: »Es stehen zwei Adressen da. Bei seiner Aufnahme hat er angegeben: 74 Lime Avenue, Fellburn, und dann, bei seiner Entlassung: Meadow Mere, Hill Lane, Bromford. Haben Sie es sich notiert?«

»Ja, ja.« Cissie wiederholte die Adresse und sagte dann: »Vielen Dank. Ich danke Ihnen vielmals.«

Bromford lag drüben, auf der anderen Seite, ziemlich weit fort von der Innenstadt.

Sie stand jetzt wieder vor der Telefonzelle und fragte sich, was sie nun tun sollte. Sie konnte sicherlich über das Amt seine Nummer erfahren, da sie ja seinen Namen und seine Adresse hatte. Doch nein, sie würde selbst dorthin fahren. Aber was sollte sie ihm sagen? Unschlüssig ging sie die Straße hinunter, auf die Bushaltestelle zu. Sie würde schon wissen, was sie ihm sagen würde, wenn sie vor ihm stand. Im Augenblick konnte sie nur denken: Gott sei Dank, es ist nur das eine Auge.

Auf dem Marktplatz stieg sie in einen Bus, der nach Bromford fuhr. Eine halbe Stunde später stieg sie in Hill Lane aus, und der Schaffner deutete zu dem steilen gewundenen Weg: »Sie können es gar nicht verfehlen, denn es ist nur ein einziges Haus dort oben.«

Ihre Ferse tat höllisch weh, und sie hätte am liebsten nachgegeben und gehumpelt, doch sie zwang sich dazu, gerade zu gehen. Dann erreichte sie das Ende des Weges und sah das Haus. Es war ein sehr hübsches Haus, klein, niedrig und weiß, mit einer Veranda an beiden Seiten.

Sie zitterte vor Nervosität, und der Schweiß trat ihr auf die Stirn, als sie an der offenen Türe klopfte. Als sie den schweren Schritt eines Mannes auf dem Holzboden links von der Diele hörte, begann ihr Herz heftig zu pochen.

Der Mann, der in die Diele kam, war ein Maler. Er hatte einen Farbkübel in der Hand. »Oh, hallo«, sagte er. »Ich wußte nicht, daß jemand hier ist.«

»Ist Mr. Emmerson da?« Als er den Kopf schüttelte, war sie ausgesprochen erleichtert über diesen Aufschub.

»Oh, nein. Nur Mrs. Stringer ist da. Soll ich sie holen?« Sie zögerte und sagte dann: »Ja, bitte.«

Sie sah, wie er in eine kleine Diele ging und hörte, wie er mit jemand sprach. Dann trat eine Frau mittleren Alters auf sie zu, die eine lange Kittelschürze trug. Sie hatte graues Haar, ein rundes Gesicht und wirkte mütterlich.

»Ja?« fragte sie und blickte Cissie freundlich an. »Ich ... ich bin vorbeigekommen, um Mr. Emmerson zu sehen.«

Es war, als ob über die Freundlichkeit ein Schatten huschte. Cissie bemerkte, wie der Mund schmal wurde und die Augen sich zusammenzogen.

»Mr. Emmerson ist nicht hier. Sie sind im Urlaub, im Ausland.«

»Ich meine den jungen Mr. Emmerson.« Sie wußte, daß die Frau sich vollkommen darüber im klaren war, nach welchem Mr. Emmerson sie fragte.

»Oh, leider ist der auch nicht da.«

»Könnten Sie ... könnten Sie mir seine Adresse geben?«

»Nein, das kann ich leider nicht. Wissen Sie, er hat mir nicht gesagt, wohin er wollte.«

Cissie blickte die Frau aufmerksam an. Sie gehörte zur Arbeiterklasse. Wenn man von sozialen Schichten sprechen wollte, so konnte man sagen, daß sie ebenso weit entfernt von ihr war, wie sie selbst von Ann Emmerson. Doch diese Frau war eine Verbündete von Ann Emmerson. All ihre Loyalität gehörte ihrer Herrin. Sie mochte zur Arbeiterklasse gehören und deren Sprache sprechen, doch ihre Ansichten, ihre Lebensauffassung, ihre Mißbilligung all derer, die sich nicht in eine bestimmte Norm einfügten, würden ebenso sein wie die von Ann Emmerson.

Cissie wußte dies instinktiv ganz genau, doch sie mußte die harte Schale dieser Frau durchbrechen. Mit leiser Stimme sagte sie: »Es ist … es ist so wichtig, daß ich ihn sehe. Es ist zu seinem eigenen Besten, glauben Sie mir.«

»Das ist Ansichtssache, Miss. Doch wie ich schon gesagt habe, ich kann es Ihnen nicht sagen, weil ich es selbst nicht weiß.«

Cissie wischte sich den Schweiß von der Stirn und schob dabei ihr langes Haar zur Seite. Sie war erhitzt und müde und fühlte sich am Ende ihrer Kraft, wie ein Kind, das einen langen Weg hinter sich hatte und an einem fremden Haus halt machte. Sie hätte am liebsten gefragt: Kann ich bitte ein Glas Wasser haben? Doch diese Frau würde sie nicht darum bitten. Sie würde um überhaupt nichts mehr bitten. Sie brachte es fertig, sich hoheitsvoll aufzurichten und zu sagen: »Vielen Dank. Guten Tag.«

»Guten Tag.«

Sie wußte, daß die Frau ihr nachsah, und so ging sie mit betont ruhigem Schritt und aufrechter Haltung ihren Weg zurück. Doch nur, bis man sie vom Haus aus nicht mehr sehen konnte. Dann setzte sie sich auf den Grasstreifen am Straßenrand, in den Schatten einer Hecke, zog ihre Schuhe und Strümpfe aus und rückte das Pflaster auf ihrer Ferse wieder zurecht. Als sie das getan hatte, wischte sie sich mit ihrem Taschentuch übers Gesicht und beschwor sich: ›Laß es sein, laß es bloß sein. Du hast wahrscheinlich noch einen langen Weg vor dir und weinen nützt überhaupt nichts.‹

Am nächsten Morgen rief sie im Büro von Ratcliffe, Arnold und Baker an und verlangte Mr. Ransome.

»Wie ist Ihr Name, bitte?« fragte die Sekretärin.

»Mrs. Thorpe.«

Es dauerte eine volle Minute, bevor sie die Stimme eines Mannes hörte, die sagte: »Hier Ransome. Guten Morgen, Mrs. Thorpe.«!

»Guten Morgen, Mr. Ransome.«

»Was kann ich für Sie tun?«

»Ich wollte Sie fragen, Mr. Ransome, ob Sie mir die Adresse von Mr. Emmerson geben können?«

Es trat eine lange, bedeutungsvolle Pause ein, und dann sagte Mr. Ransome liebenswürdig:

»Das tut mir leid, doch es steht leider nicht in meiner Macht, Mrs. Thorpe. Die beiden sind unterwegs auf einer Kreuzfahrt.«

»Ich meine Mr. Laurence Emmerson, Mr. Ransome.«

»Oh! Oh, Mr. Laurence. Ja, das ist leider ebenso schwierig. Ich fürchte, ich kann Ihnen da nicht helfen, Mrs. Thorpe, denn ich weiß die Adresse von Mr. Laurence nicht.«

Cissie wartete einen Augenblick und sagte dann: »Mr. Ransome, bitte! Wenn Sie die Adresse von Mr. Laurence haben, dann sagen Sie sie mir doch. Es ist sehr wichtig.«

»Glauben Sie mir, Mrs. Thorpe, ich würde sie Ihnen geben, wenn ich sie hätte, doch ich habe sie nicht. Die einzige Möglichkeit, die ich mir vorstellen kann, ist ein Onkel von ihm in Oxford. Dort könnte er sein.«

»Können Sie mir denn diese Adresse geben?«

»Oh weh, auch die weiß ich nicht.« Mr. Ransome schien leicht nervös. »Der Name ist auch Emmerson, denn es ist der ältere Bruder von Mr. Emmerson, doch mehr kann ich Ihnen auch nicht sagen.«

»Wie heißt denn Mr. Emmerson, ich meine, der in Oxford. Wie heißt er mit Vornamen?«

»Ronald … Ronald, glaube ich.«

»Danke, Mr. Ransome, Sie haben mir sehr geholfen.«

Als das Telefon klickte, legte Arnold den Hörer auf. »Sehr geholfen?« Das war wirklich alles äußerst mysteriös. Er war der Meinung, daß gerade Mrs. Thorpe es sein müßte, die als einzige die Adresse von Laurie hätte. Die ganze Stadt redete doch davon, daß er mit ihr in ihrer Wohnung zusammenlebte. Johns Reise ins Ausland war ja wohl die Folge dieser Tatsache gewesen, viel weniger das Bedürfnis nach Erholung von seiner Krankheit. Er hatte Laurie seit Wochen nicht gesehen. Doch das war nur verständlich, denn man hatte ihn so zusammengeschlagen, daß er sich nicht gern sehen ließ ... Das war jetzt wirklich sehr merkwürdig, daß sie nicht wußte, wo er sich aufhielt ... Wenn er nicht bei ihr war, wo war er denn dann?

Es war später Vormittag, als Cissie sich mit Ronald Emmersons Nummer in Oxford verbinden ließ. Als eine fröhliche Stimme sie begrüßte, fragte sie sofort: »Ist Mr. Laurence Emmerson bei Ihnen, bitte?«

»Laurie? Nein. Wer spricht dort?« fragte die Stimme. »Ich bin ... ich bin Mrs. Thorpe.«

»Sind Sie eine Freundin von Laurie?«

»Ja ... ja, ich bin eine Freundin von ihm.«

»Und Sie haben erwartet, daß er hier bei uns ist?«

»Ja ... ja, ich habe mir gedacht, er könnte bei Ihnen sein.«

»Das haben wir auch gedacht, doch er hat dann andere Pläne gemacht. Wir haben ihn hier bei uns erwartet, nachdem er aus dem Krankenhaus gekommen ist, doch dann haben wir einen Brief von ihm erhalten, in dem er schreibt, daß er einen neuen Job hat. Er schrieb aber nicht, was es ist. Doch er wollte von sich hören lassen. Wir sind in ziemlicher Sorge um ihn, denn wir finden, daß sich nach dieser Augengeschichte jemand um ihn kümmern müßte. John und Ann sind doch auf einer Kreuzfahrt unterwegs, und wir haben Ann versprochen, daß wir uns um ihn kümmern. Es ist alles sehr beunruhigend ... Sie sagen, daß Sie eine Freundin von ihm sind, Mrs. Thorpe. Wann haben Sie ihn denn zuletzt gesehen?«

»Oh, kurz bevor er ins Krankenhaus gegangen ist.«

»Ob er in guter Verfassung war, als er herausgekommen ist? Ich meine, in leidlich guter Verfassung, wie man es sein kann, wenn man weiß, daß man auf einem Auge nicht mehr sehen wird? Aber das werden Sie auch nicht wissen.«

Cissie zögerte etwas, bevor sie sagte: »Ehrlich gesagt, ich wußte gar nicht, daß er ins Krankenhaus gegangen ist. Ich habe ihn kurz vorher gesehen, doch er hat es mir nicht gesagt.«

»Der dumme Junge. So ein dummer Junge. Mit seiner Mutter hat er es ebenso gemacht. Sie weiß nichts davon. Ich selbst bin der Ansicht, daß er in einer schlimmen Krise steckt, einer schlimmen, seelischen Krise, wenn Sie wissen, was ich meine. Als er seine Verlobung gelöst hat, fing es an damit. Wir wollten zur Hochzeit kommen, alles war schon genau festgelegt …«

Die Stimme redete immer weiter. Der Bruder von John Emmerson schien völlig verschieden zu sein von ihm. Er war ein Schwätzer. Sie unterbrach ihn und sagte: »Könnten Sie mir wohl seine Adresse geben, ich meine die Adresse, die auf seinem letzten Brief stand?«

»Oh, das war die von ihrem neuen Haus, Meadow Mere, Bromford Way. Doch er hat geschrieben, daß er dort nicht leben würde, da er ja einen Job hat. Wie ich schon sagte, er hat versprochen, daß er uns dann später schreiben würde, doch er hat es nicht getan.«

»Ich danke Ihnen, Mr. Emmerson.«

»Es tut mir leid, daß ich Ihnen nicht weiterhelfen konnte. Wir sind alle sehr beunruhigt.«

»Ja, das verstehe ich. Vielen Dank. Auf Wiederhören.«

»Auf Wiederhören.«

Cissie saß da und starrte auf ihren Schreibtisch. Es war, als ob er versuchte sich abzusetzen; mit jedem, den er kannte, den Kontakt abzubrechen. Die einzige, von der sie das Gefühl hatte, daß sie ihr helfen könnte, war die Frau dort oben in dem neuen Haus. Doch es würde leichter sein, durch eine Steinmauer hindurchzugehen, als eine Information aus ihr herauszubekommen.

Es war wenige Tage später, als ihr in den Sinn kam, daß er sich vielleicht im Krankenhaus einer ambulanten Behandlung unterziehen müßte. Nachdem sie dort angerufen hatte, setzte sie sich wieder hin und stützte den Kopf auf die Hände. Ja, hatten sie gesagt, er sei gestern in ambulanter Behandlung gewesen. Nein, man würde ihn nicht wieder erwarten … wenigstens nicht in diesem Krankenhaus. Nein, sie wüßten nicht, in welches Krankenhaus er gehen könnte.

Das Wetter wechselte plötzlich, und der Herbst kam mit aller Macht. An manchen Tagen kam die Sonne noch heraus, und es wurde auch hin und wieder warm, doch die Abende waren kalt, und wenn der Nordostwind blies, konnte man schon den Winter ahnen.

An jedem Sonnabend und Sonntag, bei jedem Wetter, machten sich Cissie und Pat auf den Weg nach Bromford Village, unternahmen einen Spaziergang rund um die Kirche und tranken Tee im einzigen Restaurant der Hauptstraße. Dann, auf dem Rückweg über die Straße, die an Hill Lane vorbeiführte, schaute Cissie unentwegt nach einem blauen Rover. Manchmal wagten sie sich auch den kleinen Weg hinauf und sahen das Haus oben liegen.

Pat wußte, nach wem seine Mutter Ausschau hielt. Sie hatte ihm genug erzählt, um ihm klarmachen zu können, daß Mr. Emmerson ihretwegen auf einem Auge nicht mehr sehen konnte. Er hatte nun ebenso wie sie den Wunsch, Mr. Emmerson wiederzusehen, selbst wenn der sie wieder zum Weinen brachte. Sie war schon seit längerer Zeit ganz anders als früher, und er mochte es nicht, daß sie anders war.

An manchen Abenden, bevor es dunkel wurde, ließ sie ihn zu Hause bei seinen Schularbeiten – mit der strikten Anweisung, das Haus nicht zu verlassen – und nahm den Bus nach Bromford.

Ihre Besuche in Bromford wurden so häufig, daß die Leute sich allmählich fragten, was sie dort wollte, denn offenbar besuchte sie ja niemanden. Sie ging nur ganz einfach in die Kirche und dann die Straße hinunter. Die Alten meinten, daß sie vielleicht in die Kirche gehe, um für jemand zu beten, der zu ihr gehörte und der gestorben war. Vielleicht sogar hier auf der Straße, an der Unfallkurve. Zwei Menschen waren dort letztes Jahr verunglückt. Trotzdem fragte sie niemand, nicht einmal Mrs. Bailey in der Imbißstube. Sie war der Ansicht, daß sie die Angelegenheiten ihrer Kunden nichts angingen. Ihre Aufgabe war es allein, den Tee zu servieren, und die blonde junge Frau trank immer ruhig ihren Tee und gab ein gutes Trinkgeld.

Dann, an einem Sonntag, Ende Oktober, sah Cissie, als sie aus der Imbißstube herauskam, den blauen Rover. Doch am Lenkrad saß John Emmerson und neben ihm seine Frau. Sie waren also zurück.

Nach diesem Tag fuhr sie nicht mehr nach Bromford, denn der Gedanke daran, mit John zusammenzutreffen, verwirrte sie.

Fast einen Monat, nachdem sie John in Bromford gesehen hatte, rief er sie an.

»Mrs. Thorpe.« Seine Stimme, die so ruhig war wie immer, legte sich ihr wie eine Schnur um den Hals, und sie mußte sich räuspern, bevor sie sagen konnte: »Ja, Mrs. Thorpe am Apparat.«

»Hier spricht John Emmerson.«

»Oh, Sie sind es, Mr. Emmerson.« Nach einer kurzen Pause fügte sie hinzu: »Ich hoffe, es geht Ihnen wieder besser.«

»Ja, es geht mir sehr gut, danke.«

»Haben Sie schöne Ferien gehabt?«

»Oh ja, wunderschöne Ferien. Ich wollte fragen, ob ich Sie sehen kann.«

Oh, nein. Nein! Sie hatte diese Worte nicht laut gesagt. Sie preßte ihre Hand an den Hals und wartete.

»Sind Sie noch da?«

»Ja … Mr. Emmerson … Ich – ich glaube, es wäre besser, wenn …«

»Es handelt sich um nichts Persönliches, Mrs. Thorpe … Verstehen Sie? Nichts Persönliches.« Seine Worte kamen schnell, waren jedoch kaum zu hören.

Sie sagte nichts, und er fuhr fort: »Ich habe erst gestern erfahren – und zwar während eines Gesprächs mit Mr. Ransome – daß … daß Sie sich nach Laurie erkundigt haben. Deswegen möchte ich Sie sehen. Ich … ich kann das am Telefon nicht besprechen, verstehen Sie?«

»Ja.« Ihre Stimme war so leise wie seine.

»Würden Sie mich vielleicht irgendwo treffen wollen?«

»Ja.«

»Wo?«

»Oh, ich weiß nicht.« Nicht zu Hause. Nicht zu Hause. Niemals wieder.

»Ich könnte gegen halb sechs über den Markt gehen, sagen wir auf der Seite des Unterrichtsministeriums.«

»Ja, das geht. Ich werde genau um halb sechs dort sein.«

»Also gut. Auf Wiedersehen, Mrs. Thorpe.«

»Auf Wiedersehen, Mr. Emmerson.«

Sie preßte ihre schweißnassen Hände zusammen. Während der letzten Wochen hatte sie sich eingeredet, daß sie nun fügsam sein mußte: wenn etwas sein mußte, dann mußte es sein; wenn es nicht sein konnte, dann konnte es nicht sein. Sie hatte ihr möglichstes getan, um es zu erreichen, doch es sollte offenbar nicht sein, so war es eben. Sie hatte ihre Chance vertan. Jeder bekam einmal eine Chance, und manchmal sogar zwei. Sie hatte zwei Chancen bekommen und die zweite verpfuscht, doch sie konnte sich eigentlich keinen Vorwurf machen, denn diese Chance war ihr so präsentiert worden, daß sie sie gar nicht hatte erkennen können.

Es würde für sie sehr peinlich sein, Mr. Emmerson wiederzusehen. Wie es jetzt stand, würde sie nicht wissen, wie sie ihm vor die Augen treten sollte. Ganz gleich, was bei dieser Begegnung herauskäme – sie würde immer das Gefühl haben, daß sie ihn im Stich gelassen hatte, und dieses Gefühl würde er auch haben, und er würde es ihr sicherlich auch irgendwie zeigen.

Sie sah ihn aus der Richtung des Unterrichtsministeriums auf sich zukommen. Er trug einen grauen Überzieher und einen Trilby und hatte eine Aktenmappe unter dem Arm. Seine Haut sah gesünder aus, brauner, doch der Ausdruck seines Gesichts war wie damals, als sie ihn zum erstenmal gesehen hatte. Er blieb vor ihr stehen, zog seinen Hut, und als sie einander anblickten, waren sie beide verwirrt. Dann sagte er: »Mir wäre es lieber gewesen, wenn wir uns an einem geeigneteren Ort hätten treffen können, doch … Sie verstehen sicher?«

»Ja, es ist schon recht.«

Er sah sie eindringlich an und sagte sanft: »Sie sehen müde aus.«

»Das ist die Kälte. Ich mag kaltes Wetter nicht.« Sie schüttelte sich. »Die Tage werden kürzer, und ich glaube, die Dämmerung ist immer besonders kalt.« Sie blickte über die Dächer der Marktbuden, die in der Mitte des großen Platzes aufgebaut waren. Das dämmrige Licht verwischte die Konturen. Dann blickte sie ihn wieder an. Nachdem er sich kurz geräuspert hatte, sagte er:

»Also … wegen Laurie. Wissen Sie, daß er nur noch auf einem Auge sehen kann?«

»Ja, ich weiß es, und ich fühle mich dafür verantwortlich.«

»Nein. Nein, das brauchen Sie nicht. Die Schuld habe in jedem Fall ich zu tragen. Ich war es ja, der ihn zu Bolton geschickt hat.«

»Ja, aber es war wegen Pat.«

»So etwas passiert eben manchmal. Doch dürfen Sie es nicht sich zuschreiben. Sagen Sie mir: Haben Sie gewußt, daß er ein schlimmes Auge hatte, als sie ihn zum letztenmal sahen?«

»Nein.« Sie schüttelte den Kopf.

»Und als Sie es dann erfahren haben – wollten Sie ihn dann deswegen sehen?« Die Frage kam leise und sanft.

Als sie ihn durch das dämmrige Licht anblickte, schoben zwei Frauen ihre Kinderwagen an ihnen vorbei, und sie mußten sich kurz an den Straßenrand stellen. Diese Bewegung gab ihr Zeit und Mut, dem Mann, den sie am allerletzten enttäuschen wollte, zu sagen: »Nein, nicht nur.« Sie senkte den Kopf und in das Schweigen, das sich nun zwischen sie schob, flüsterte sie: »Es tut mir leid.«

»Oh, nicht doch. Das soll Ihnen nicht leid tun, denn wenn es Ihnen leid tut, dann muß auch mir etwas leid tun, was ich sehr hoch einschätze. Ein Stück meines Lebens, an das ich bis ans Ende meiner Tage sehr gern denken werde.«

Sie starrte ihn an. »Bitte, das sollten Sie nicht sagen.«

»Weshalb nicht? Weshalb sollte ich etwas Gutes, das ich erlebt habe, nicht hoch einschätzen? Das Leben besteht doch meist aus eintöniger Routine; weshalb sollte man da die Unterbrechungen nicht willkommen heißen?« Er sprach es unbekümmert aus. »Man muß sich aber darüber klar sein, daß diese Episoden nichts sind als Unterbrechungen, daß sie keine Dauer haben … Es hätte nicht von Dauer sein können.« Seine Stimme verlor ihre Leichtigkeit. »Ich weiß es jetzt, daß diese Zeit etwas von einem Märchen hatte … Sie wissen doch, wenn man älter wird, dann besinnt man sich auf die Bücher, die man als Kind gern hatte und beginnt sie wieder zu lesen. Man taucht wieder in diese Phantasiewelt ein, weil man sich an die schönen Dinge, an die ungewöhnlichen Dinge erinnert, die in dieser Welt geschahen. So war es auch bei mir.«

Wieder blickten sie sich schweigend an. Dann sagte John zögernd: »Ich wollte Sie eigentlich sehen, um Ihnen von Laurie zu erzählen. Es … es war für uns ein großer Schock, als wir zurückkamen und erfahren mußten, daß er am Auge operiert worden ist. Dann kam noch eine zweite Überraschung hinzu, als wir erfuhren, daß er ein völlig neues Leben begonnen hat. Er hat ein verfallenes Bauernhaus übernommen, mit einem kleinen Stück Land und bearbeitet es selbst. Soviel ich weiß, war es vorher schon ein Kleinlandbesitz mit Schweinen, Hühnern und anderem Geflügel, doch er hat zusätzlich dort eine Art Pflanzenschule eingerichtet.«

Er unterbrach sich und sie sagte: »Das freut mich, denn es wird ihm guttun, draußen zu arbeiten. Vielleicht ist er nach Ihnen geraten, da Sie ja auf einem Bauernhof geboren sind …« Ihre Stimme stockte.

»Ich weiß nicht, ob es ihm guttun wird. Laurie hat sich verändert. Ich habe das Gefühl, er will keine Menschen mehr um sich haben. Es … es hat seine Mutter sehr aufgeregt. Sie … sie sieht ihn jetzt nur noch ganz selten.«

Noch einmal unterbrach er sich und blickte sie eindringlich an.

Mit diesem Blick versuchte er ihr zu sagen, was er schlecht in Worte kleiden konnte, die Ablehnung seines Sohnes durch seine Frau. Einst war ihre enge Verbindung für ihn unerträglich gewesen. Die Ironie der Geschichte war, daß es nicht länger eine Rolle spielte, denn der Schmerz und die Eifersucht waren jetzt auf die Verbindung seines Sohnes mit diesem Mädchen übergegangen. Doch erst als er mit Arnold gesprochen hatte, war ihm aufgegangen, daß die beiden gar nicht zusammenlebten. In seiner Einbildung hatten sie immer zusammengelebt. Das schien ihm nur noch bestätigt zu werden, als ein Brief von Laurie kam, der ihnen in vielen Andeutungen klar machte, daß er ihren Besuch nicht wünschte. Er sagte jetzt: »Möchten Sie seine Adresse haben?«

»Ja. Ja, bitte.«

Er hantierte an seiner Aktentasche. »Es ist ziemlich weit weg, zwischen Rothbury und Alnwick. Am besten fahren Sie mit der Bahn nach Alnwick und dann mit dem Bus zurück nach Rothbury. Der Ort heißt ›Slagbottle Farm‹. Kein besonders schöner Name. Er wird der Umgebung dort auch nicht gerecht. Es ist … es ist zum Teil nämlich sehr schön, halt etwas wild und einsam. Aber, ich werde es Ihnen aufzeichnen.« Er klemmte seine Aktenmappe unter den Arm, steckte eine Hand in die Tasche, holte ein Notizbuch heraus, und nachdem er etwas hineingekritzelt hatte, sagte er: »Hier, das wird Ihnen helfen, es zu finden … Ich würde Ihnen raten, früh aufzubrechen, denn die Fahrt mit dem Bus von Alnwick aus dauert ziemlich lang, und der Bus fährt nicht sehr oft, soviel ich weiß … Ich war nicht auf dem Hof, aber ich weiß, wo er ist. Ich – ich bin an einem Wochenende mal dort hingefahren.« Sein Gesicht war ganz rot, als er mit seiner Beschreibung zu Ende war.

Sie nahm ihm den kleinen Zettel aus der Hand, griff impulsiv nach seiner Hand und sagte: »Danke. Ich habe es immer schon gewußt, und ich werde immer daran denken: Es gibt niemand, der so gut ist wie Sie.«

Seine Finger blieben schlaff und unbeweglich in ihrer Hand liegen. Dann machte er sich frei, klemmte seine Mappe fester unter den Arm, und seine Stimme hatte jetzt einen geschäftsmäßigen, energischen Ton. Es war ein Ton, den sie noch nie bei ihm gehört hatte. »Wenn Sie ihn sehen, so sagen Sie ihm bitte, daß ich in den nächsten Tagen einmal bei ihm vorbeikommen werde. Jetzt muß ich aber gehen.« Er zog seine Schultern hoch. »Auf Wiedersehen, und … und ich hoffe, Sie werden mit dem Hof dort zufrieden sein.«

Sie bewegte jetzt ihren Kopf in der ihm so vertrauten Weise. Es war ein Gefühl, wie es ein Vater haben konnte, der die drollige Manier seiner Lieblingstochter beobachtet. Ja, dachte er, wie von einer Tochter. Doch wie stellt man sich auf eine Tochter ein, wenn man gar keine Tochter wollte? Nun, in den nächsten Jahren würde er es schon noch lernen. Er würde eine ganze Menge Zeit haben, um es zu lernen. Sein ganzes Leben hatte er bisher seinem Beruf gewidmet.

Im Gericht trat er aus seinem Schatten und wurde zum starken Mann. Wahrscheinlich mußte er dankbar sein, daß er diese Art von Ventil hatte. Andere schwache Männer mußten sich mit Träumen zufrieden geben … Träume! Jetzt würde auch er bei Träumen seine Zuflucht finden müssen. Für den Rest seines Lebens würde er nur in Träumen mit Cissie zusammensein. Er war ein Narr gewesen, ein geblendeter Narr. Er hätte sie glücklich machen können. Selbst so, wie er beschaffen war, hätte er ihr mehr geben können, als Laurie es jemals vermögen wird. Denn die Jungen nahmen nur, doch er hätte gegeben, und sie hatte das geliebt, was er zu geben bereit war. Sie wollte mehr als puren Sex. Doch auch da hätte er sie befriedigen können, denn es gab ja Wege und Mittel. Während der ganzen sechsundzwanzig Jahre mit Ann hatte er niemals an solche Möglichkeiten gedacht. Es hatte keinen Anreiz gegeben. Schließlich überlegt man sich nicht, wie man eine Eiswand lieben könnte. Doch mit Cissie … Oh, Cissie …

»Geht es Ihnen gut?«

»Oh, ja. Ja.«

Er hatte sie so lange angestarrt und den Atem angehalten, daß sie befürchtete, er würde wieder eine Herzattacke bekommen. »Sind Sie ganz sicher?«

»Natürlich. Aber, jetzt muß ich wirklich gehen. Auf Wiedersehen.«

Seine Schroffheit verwirrte sie. Sie versuchte zu lächeln, doch es gelang ihr nicht. »Auf Wiedersehen, Mr. Emmerson«, sagte sie. »Ich danke Ihnen. Ich danke Ihnen sehr.«

Als er an ihr vorbeiging, hätte sie in die andere Richtung sehen sollen, doch sie sah ihm nach, bis er in der Dämmerung verschwunden war. Sie hatte den dringenden Wunsch, jetzt hinter ihm herzurennen, ihn beim Arm zu packen und zu sagen: ›Komm mit mir nach Hause, John.‹ Sie wollte, daß dieser todtraurige Ausdruck von seinem Gesicht schwände. Dieser einsame, leere, hungrige Ausdruck, der damals zuerst ihr Mitgefühl erregt hatte. Das alte Gefühl war wieder erwacht, als er dastand und sie anstarrte … Doch im Krankenhaus hatte er gesagt … was hatte er gesagt? Nur: ›Ich habe Ihnen nichts zu bieten, Cissie, und Sie sind jung‹. Doch ihr wäre es ganz gleich gewesen, ob er etwas zu bieten hatte oder nicht, denn sie hatte für ein ganzes Leben ausreichend Sex gehabt. Doch, wenn das wirklich so war, weswegen hatte sie dann alles auf den Kopf gestellt, um Laurie zu finden?

»Du kannst nicht beide haben.« Sie schrak zusammen, als sie sich das aussprechen hörte. Nicht nur wegen des Inhalts, sondern weil es auf offener Straße so doppelt laut hallte.

3. Der Bauernhof

Sie brach am nächsten Morgen sehr früh auf, fuhr nach Newcastle hinein und nahm von dort den Zug nach Alnwick. Es war genau zwölf Uhr, als sie dort ankam. Sie erfuhr, daß es keinen Bus gab, der an der Slagbottle Farm vorbeikam, doch man sagte ihr, daß man sie in der Nähe einer Straße absetzen könne, die dorthin führte.

Als sie Alnwick verlassen hatte, war sie überrascht und auch etwas erschrocken über die Landschaft, zumal die Wolken sehr tief hingen. Man konnte nur wenige Häuser sehen, nur große Strecken Moorland, das dann in Hügeln endete, die einen sehr öden Eindruck machten. Schließlich erreichten sie ein kleines Dörfchen, umgeben von einem langen Streifen tiefen dunklen Waldes, dahinter erstreckte sich wieder offenes Land. Der Bus hielt, und der Schaffner erklärte ihr: »Hier ist Ihre Haltestelle, Missus. Gehen Sie dort die Straße entlang.« Er deutete auf einen Weg. »Nach der Abzweigung müssen Sie links über den Hügel. Sie können es nicht verpassen.«

»Wann werden Sie wieder zurückkommen?« fragte sie.

»Etwa um halb vier, vielleicht etwas früher oder auch etwas später.«

»Ist das dann der letzte Bus?«

»Nein, es kommt noch mal einer gegen sechs.«

Sie dankte ihm und stieg aus. Wohin sie auch sah, ringsum erstreckte sich nichts anderes als ödes Moorland.

Sie lief über den holprigen Fahrweg hinauf zum Hügel bis zu der Weggabelung. Von dort ging es sanft den Hügel bergab, mit Aussicht auf ein weites Tal. In der Ferne konnte sie den Wald sehen, an dem sie mit dem Bus vorbeigefahren war. Weiter vorne stand niedriges Gehölz. Das Land sah hier weniger öde aus, und wirkte auch etwas freundlicher. Und dann sah sie den Hof. Er lag in einer Mulde am Abhang des Hügels. Es war, als ob ein Riese die Erde mit der Hand ausgehoben hätte, um genau diesen Platz für das Haus zu schaffen. Nachdem sie eine Weile hinuntergeblickt hatte, ging sie den Hügel hinab und kam zu einem Zauntor, das sie öffnete und wieder hinter sich schloß. Dann ging sie über einen Fußpfad, der am Rande eines tief gefurchten Feldes entlangführte. Und wieder ging es den Hügel hinauf. Am Ende des Feldes war die Erde umgegraben und zum Pflanzen vorbereitet. Sie stolperte jetzt zwischen Stapeln von Saatkästen hindurch, dann an einem Treibhaus vorbei, das noch nicht ganz fertig gebaut war, und immer wieder schaute sie dabei um sich. Doch sie sah niemand, nicht einmal ein Tier.

Dann lief sie über einen markierten Pfad, der an beiden Seiten von Brombeersträuchern und Unkraut umgeben war und offenbar zum Rest eines Gartens gehörte. So gelangte sie schließlich zur Hintertür des grauen Steinhauses. Sie bemerkte, daß die Verschalung unten an der Tür verfault war, und daß die Tür seit Jahren keine Farbe gesehen hatte. Sie erschauerte, doch nicht nur durch die feuchte Kälte, die in den letzten Minuten beißender geworden war nein, sie schauderte davor, was ihr begegnen würde, wenn sie die Tür öffnete.

Sie streckte die Hand aus und klopfte zweimal leicht. Sie meinte ein Geräusch von innen zu hören, doch als niemand erschien, klopfte sie noch einmal, diesmal lauter. Jetzt wurde die Tür geöffnet, und da stand er, oben auf den drei Stufen, zunächst mit ausdruckslosem Gesicht. Doch dann schoß ihm das Blut in den Kopf.

In ihrem Magen breitete sich ein zuckender Schmerz aus. »Hallo«, brachte sie leise heraus.

Er bewegte sich immer noch nicht. Sie war entsetzt, wie sehr er sich verändert hatte. Er war älter, viel älter, und obgleich sein Gesicht tief gerötet war, wirkte seine Haut doch blaß. Seine Züge hatten merkwürdige Konturen angenommen. Beide Augenlider bewegten sich, doch nur die eine Seite seines Gesichts schien lebendig zu sein.

Ihre Stimme zitterte, als sie freundlich sagte: »Wollen Sie mich nicht hereinbitten? Ich habe – ich habe einen weiten Weg hinter mir.«

Als er einen kurzen Blick über seine Schulter warf, erinnerte sie sich an das letzte Mal, als sie es war, die einen kurzen Blick über die Schulter geworfen hatte. Er hatte damals geglaubt, daß sie nicht allein war. Jetzt überfiel sie die gleiche Angst, so daß ihr fast übel wurde und sie Zweifel überkamen, ob sie recht getan hatte,

hierherzukommen. Als er dann beiseite trat und die Türe weit aufmachte, ging sie an ihm vorbei ins Haus hinein.

Sie hatte nicht mehr als drei Schritte in den Raum hinein getan,
als sie erschüttert stehenblieb. Es war hier ebenso leer und öde wie
draußen die Landschaft. Der Boden bestand aus großen unregel-
mäßigen Steinquadern. Ein großer offener Kamin, in dem die Reste
eines abgebrannten Holzfeuers zu sehen waren, war in der einen
Mauer eingelassen, und in der Mitte des Raumes stand ein alter
Holztisch und ein Stuhl. Auf dem Tisch lag ein Pappkarton, auf
dem ein Laib Brot, etwas Butter und Käse waren, beides in Papier
eingewickelt, und am Ende des Tisches lag ein Messer auf einem
Teller. Daneben stand eine halb leere Flasche Bier und ein Glas.

Sie wandte den Blick vom Tisch ab und sah Laurie an. Er stand
mit dem Rücken zur Tür, die Arme an beiden Seiten herabhängend. Sie wußte nicht, was sie sagen sollte. Sie hatte sich gedacht,
daß sie es schon wissen würde, wenn sie ihn erst einmal vor sich
hätte, doch ihr fiel nichts ein. Sie hatte nicht erwartet, daß es so
schlimm sein würde. Er hatte immer so selbstsicher gewirkt, doch
jetzt wirkte er krank und trotzdem aggressiv. Sie zwang sich zu einem Lächeln, als sie sagte: »Es ist … es ist eine grandiose Landschaft. Ich habe so etwas noch nie gesehen.«

Er schien über ihre Wortwahl überrascht, und sie merkte, daß er
sich erleichtert an diesen Satz klammerte und endlich zu sprechen
begann. »Ja«, sagte er, »es ist wunderbar hier.« Er räusperte sich
und ging dann steif auf den Tisch zu. »Man fragt sich, warum man
überhaupt in der Stadt gewesen ist.«

»Kann ich mich hinsetzen?«

»Ja, ja.« Er deutete zum Stuhl, und dann zeigte seine Hand auf
den Tisch. Er lachte rauh. »Ich lebe hier nicht besonders komforta-
bel, aber ich bin noch nicht richtig eingerichtet, es ist so viel zu
tun.«

»Ja.« Sie nickte. »In einem neuen Haus gibt es immer eine Menge zu tun.«

Er scharrte mit seinem Fuß, der in einem dicken, schweren
Schuh steckte, über den Steinboden und sein Blick blieb darauf
heften. Er hatte sich verändert, in jeder Hinsicht. Er trug schmutzige Cordhosen und eine alte Lederjacke über einem Pullover. Seine
Hände waren rauh und die Nägel abgebrochen. Sie erinnerte sich
daran, wie sie seine Hände bewundert hatte und seine Art sich an-

zuziehen. Noch konnte sie nicht verstehen, weshalb er sich so vollkommen verändert hatte. War der Verlust des einen Auges so schwerwiegend, um so etwas zu bewirken?

Seine Stimme schreckte sie auf und sie blickte ihn an.

»Weshalb sind Sie gekommen?«

»Ich wollte Sie sehen.«

»Weshalb? Wir haben einander nichts zu sagen. Das haben Sie ja das letztemal, als wir uns sahen, sehr deutlich gesagt. Und Sie hatten vollkommen recht. Ich weiß, daß Sie recht hatten. Oh ja.«

Sie beugte sich ihm zu. »Bitte! Hören Sie. Ich … ich hatte nicht genug Zeit, darüber nachzudenken.«

Die Sekunden dehnten sich in die Länge, bevor er antwortete. »Sie … Sie hätten wahrscheinlich keine Zeit gebraucht, wenn es mein Vater gewesen wäre, oder?«

Jetzt konnte sie auf einmal alles begreifen, sie erkannte den Grund seiner selbstauferlegten Isolierung, seiner Lebensweise, seines ganzen Verfalls, er war mit Händen zu greifen. Das, was ihn zerfraß, war nicht der Verlust des Auges, es war die Eifersucht auf seinen Vater. Und sie würde ein Leben lang dazu brauchen, um das zu bekämpfen.

Sie war selbst davon überzeugt, jetzt die Wahrheit zu sagen, so entschieden klang ihre Stimme: »Es hatte nichts mit Ihrem Vater zu tun. Er hat dabei überhaupt keine Rolle gespielt, jedenfalls nicht in dieser Weise. Ich war wütend auf Sie, deswegen habe ich das damals gesagt … und, und ich habe Ihnen nicht geglaubt, daß Sie mich heiraten wollten.«

Wieder verging eine Weile, bevor er sprach. »Wenn mein Vater frei gewesen wäre und Sie zwischen uns zu wählen gehabt hätten, dann hätten Sie ihn wohl genommen, nicht wahr?«

»Nein! Nein! Das hätte ich nicht getan.« Sie schüttelte heftig den Kopf. »Er ist über zwanzig Jahre älter als ich, eine andere Generation. Er … er könnte mein Vater sein.« Irgendwo in ihrem Innern bat sie John um Verzeihung, bat ihn, sie zu verstehen.

»Ihre Melodie hat sich geändert.«

»Ich bitte Sie, seien Sie doch vernünftig. Denken Sie doch nur mal eine Minute nach … Ich habe Sie nicht gekannt, als ich Ihren Vater kennenlernte. Wenn ich Sie zuerst kennengelernt hätte …«

»Er will Sie immer noch.«

»Nein, das stimmt nicht. Er will es nicht.« Sie schrie ihn jetzt an, als ob er schwerhörig wäre. »Er hat mich geschickt … Ach, bitte.« Sie sprang auf, schlug die Hände vors Gesicht und flehte ihn an: »Wir wollen doch nicht schon wieder anfangen uns zu streiten … Bitte.«

»Er hat Sie geschickt?« Seine Lippen bewegten sich kaum als er es sagte. »Sie haben ihn gesehen?«

»Nein. Nein.« Sie schloß die Augen. »Er hat mich gestern angerufen und mir gesagt, wo Sie sind.« Sie fühlte, daß es in diesem Augenblick besser war, nicht zu sagen, daß sie John gesehen hatte. »Er hat erst am Tag zuvor erfahren, daß ich nach Ihnen gesucht habe, und das habe ich, monatelang, bald, sehr bald nach dieser Nacht. Ich, ich bin zum Krankenhaus gegangen, dann zu Ihrem früheren Haus, dann zum neuen Haus. Die Frau dort wollte mir nicht sagen, wo Sie sind. Ich habe mich mit Ihrem Onkel in Oxford in Verbindung gesetzt. Ich … ich bin an jedem Wochenende und manchmal auch unter der Woche am Abend nach Bromford gefahren und habe gehofft, daß ich Sie sehen würde, daß ich wenigstens Ihren Wagen sehen würde, und als ich ihn dann gesehen habe und Ihr Vater und Ihre Mutter darin saßen, bin ich nicht mehr hingefahren. Ich habe Mr. Ransome angerufen und ihn gebeten, mir zu sagen, wo Sie sind. Er hat gesagt, daß er es nicht weiß, und dann muß er Ihrem Vater erzählt haben, daß ich nach Ihnen gesucht habe und« – sie streckte die Hände nach ihm aus – »und hier bin ich.«

Als sie aufhörte zu sprechen, merkte sie, daß sie schwach wurde. Sie wandte sich ab, griff nach der Stuhllehne und setzte sich wieder.

Er betrachtete sie eindringlich, ging aber nicht zu ihr.

»Könnte ich wohl einen Schluck Wasser haben?«

Ohne ein Wort zu sagen, ging er aus dem Zimmer, die Schuhe klapperten auf dem Steinboden, und nach einer Minute kam er zurück, eine Tasse in der Hand. Er reichte sie ihr nicht, sondern stellte sie auf den Tisch neben sie. Sie nahm sie und trank sie fast ganz aus. Dann tupfte sie sich mit ihrem Taschentuch den Mund ab und sagte: »Es war ein langer Weg hierher.«

»Möchten Sie … möchten Sie ein Glas Bier haben und etwas Brot und Käse?«

»Ja, ja, sehr gern, bitte. Ich … ich habe seit dem Frühstück nichts gegessen. Vielleicht ist mir deswegen auch etwas schwach geworden.«

»Bedienen Sie sich selbst, meine Hände sind nicht besonders sauber.« Barsch schob er ihr den Karton mit dem Brot, der Butter und dem Käse zu. Dann ging er wieder hinaus und kam mit einer Flasche Bier in einer Hand und einer Kiste in der anderen Hand wieder. Er stellte die Flasche vor sie hin und sagte, immer noch schroff: »Ich fürchte, Sie werden die Tasse nehmen müssen, ich habe im Augenblick nicht genügend Gläser.« Dann nahm er die Kiste an das andere Ende des Tisches mit, setzte sich darauf und goß den Rest seines Bieres in das Glas.

Das Essen blieb ihr fast in der Kehle stecken. Ihr war innen und außen kalt, und das Bier half ihr gar nichts. Sie empfand es als unwirklich, in diesem schrecklichen Raum zusammen zu sitzen und zu essen. Und alles unter diesem schrecklichen Schweigen. »Was für eine Art von Landwirtschaft werden Sie denn hier betreiben?« Ihre Stimme klang dünn.

»Ach, von Landwirtschaft kann man da nicht reden, das wäre viel zu großartig. Es sind ja nicht mehr als vier Morgen Land. Nein, ich werde mich nur mit Blumen befassen und meine eigenen Gewächshäuser bauen.« Er deutete mit der Hand in Richtung der Tür, doch er wandte den Blick nicht von seinem Teller. »Ich möchte es mit Orchideen versuchen, da ist Geld drin, und diese Stelle hier ist außerordentlich gut geschützt.«

»Das Haus sieht alt aus«, sie versuchte krampfhaft, das Gespräch in Gang zu halten.

»Ja, es ist auch alt, über dreihundert Jahre. Die haben die Steine aus dem Steinbruch über den Hügel hergeschafft, und in einigen Zimmern sind Balken, die früher einmal zu den alten Holzschiffen auf der Tyne gehörten.« Sein Ton war offiziell, obwohl er schnell sprach. Doch immerhin sprach er.

»Würden Sie mir das wohl alles zeigen?« fragte sie freundlich, und nachdem er sie kurz anblickte, bevor er wieder auf seinen Teller starrte, setzte sie hinzu: »Mein Bus geht nicht vor halb vier Uhr.«

»Halb vier?« Er nickte und fügte dann hinzu: »Ja, die fahren nicht sehr oft.« Dann trank er sein Bier aus und sagte: »So lange werden wir gar nicht brauchen, es gibt nicht viel zu sehen, nur der Rohbau. Ich befasse mich zunächst mit dem, was draußen zu tun ist, vor allem den Gewächshäusern. Die sind am wichtigsten.«

»Ja«, sagte sie. »Sicher sind sie das.«

Er stand von der Kiste auf und ging durch den Raum. Sie ließ ihr Käsebrot auf dem Tisch stehen und folgte ihm schweigend. An der Tür wies er mit dem Arm nach rückwärts und sagte: »Dies ist eigentlich ein Teil der Diele. Die Treppe hat von hier aus hinaufgeführt, doch sie haben sie abgebrochen, um Platz für einen weiteren Raum zu gewinnen. Später werde ich die Trennwand aber abreißen und eine schöne Diele daraus machen.«

Sie standen jetzt am anderen Ende des Raumes. Von dort führte eine flache schwarze Eichentreppe hinauf. An der entgegengesetzten Wand war eine weitere Tür, die sie für die Eingangstür hielt, und daneben war ein Fenster, das vom Boden bis zur Decke reichte und den Blick über das Tal freigab.

»Das könnte hier sehr hübsch werden.« Sie blickte sich um, und er nickte: »Ja, wenn ich erstmal so weit bin, wird es recht gut aussehen.«

»Das ist die Küche«, berichtete er weiter. »Sie ist ein bißchen altmodisch, doch es bleibt genügend Zeit, um das zu ändern. Ich koche im Augenblick mit Propangas, doch später werde ich den alten Herd dort in Gang setzen, der ist noch vollkommen in Ordnung.«

Sie blickte auf das große, schwarze, offene Ungetüm, das fast eine ganze Wand des großen Raumes einnahm, und das ebenfalls aus Stein gebaut war. Hier standen nun überhaupt keine Möbel. Die kalte Leere, die ein Bild seiner Einsamkeit war, ließ sie vor Mitleid erschaudern. Sein Vater war auch einsam gewesen, doch es war nicht seine eigene Schuld. Diese Art von Einsamkeit, dieser sich selbst auferlegten Einsamkeit, deutete auf eine kranke Seele.

»Hier unten ist noch ein anderer Raum«, sagte er, als sie ihm aus der Küche heraus folgte. »Doch ich werde ihn nicht viel benutzen, denn er ist schwer zu heizen.« Er öffnete eine Tür und sie sah in einen langen, wunderbar proportionierten Raum mit alten, abgetretenen Holzdielen, die ungewöhnlich breit waren.

»Es ist ein Jammer, wenn Sie das nicht tun«, sagte sie. »Das ist ein besonders schöner Raum.«

»Ja, ich glaube auch.« Er wandte sich abrupt um und ging zurück in die Diele und die Treppe hinauf. Auf dem Treppenabsatz sagte er: »Hier oben sind fünf Zimmer, geben Sie acht auf Ihren Kopf.«

Sie mußte ihren Kopf einziehen, um in das erste Zimmer zu gelangen. Es hatte ein Dachfenster, und die Wände waren weiß getüncht. Die nächsten drei Zimmer waren größer, doch sonst ähnlich dem ersten. Die fünfte Tür öffnete er nicht, und als sie daran vorbeiliefen, sagte er: »Das ist das gleiche«, und sie nahm an, daß er in diesem Zimmer schlief. Als sie ihm die Treppe hinunterfolgte, ihre Augen auf seinen Hinterkopf gerichtet, dachte sie: Wie schrecklich, hier allein sein zu müssen. Unwillkürlich mußte sie an ihre eigene Wohnung denken und bei dem Vergleich fast laut seufzen.

Als sie wieder unten waren, ging er durch den Raum, durch den sie zuerst ins Haus gekommen war, und sagte: »Da unten ist ein großer Keller. Er ist vollgepfropft mit altem Plunder, doch er wird sich einmal sehr gut als Lagerplatz eignen.«

Sie folgte ihm weiter, und als sie an die andere Seite des Hauses kamen, sah sie zu ihrer Überraschung einen großen Hof mit zwei Ställen und einer strohgedeckten Scheune, die als Garage genutzt wurde. Das Stroh war verfault, und das Dach bestand mehr aus Löchern als aus Ziegeln. In der Scheune stand ein Lieferwagen.

»Sie haben einen Wagen?« sagte sie.

»Ach, das ist nur ein alter Lieferwagen, doch der ist hier oben nötig. Ich bringe einmal in der Woche meine Einkäufe aus Alnwick hierher, und natürlich werde ich noch einen größeren brauchen, wenn ich erstmal soweit bin.«

»Ja ja, natürlich.« Sie nickte.

Er ging jetzt an der Scheune vorbei über einen überwucherten Pfad und sagte: »Dies hier war mal eine Art Gemüsegarten.«

»Hat das Haus lange leer gestanden?« fragte sie.

»Nein, es hat nie leer gestanden.« Er sagte es über die Schulter. »Hier hat ein altes Ehepaar gelebt. Der Mann ist gestorben, und sie ist dann in die Stadt gezogen. Für die meisten Leute ist es viel zu weit draußen, aber für mich ist es richtig. Es ist genau das, was ich wollte. Außerdem war es billig. Sie hat zwölfhundert verlangt, nicht mehr. Heutzutage wirklich erstaunlich. Wenn ich das Haus fertig habe, wird es sechsmal soviel wert sein, vom Grundstück ganz zu schweigen.«

Das war nur so dahergesagt. Er wußte es, und sie wußte es auch. Er würde das Haus niemals fertigbekommen, jedenfalls nicht ohne sie. Ohne sie würde er vielleicht durch den Bau der Gewächshäuser ein Ventil für seine kranke Seele haben, doch wenn sie fertig wären, würde er wieder fortziehen. Es könnte ein zeitweiliger

Ruheplatz für ihn sein, aber auch ein Heim für sein ganzes Leben. Es hing nur von ihr ab und wie sie ihn innerhalb der nächsten Stunde behandeln würde. Sie konnte nicht einfach zu ihm sagen: »Ich werde Sie heiraten.« Das wäre nicht genug. Sie wußte, daß sie ihm beweisen mußte, wie viel er ihr bedeutete. Sie mußte ihm deutlich machen, daß sie alles für ihn täte, worum er sie bitten würde. Und noch mehr als das: daß er gar nicht erst zu bitten brauchte.

Er sagte jetzt: »Der Mann wurde hier im Haus geboren, und er war vierundachtzig als er starb, wirklich erstaunlich.«

Sie konnte sich gut vorstellen, daß diese alten Leute hier sehr lange gelebt hatten. So sah es hier auch aus und so roch es. Sie würde das alles ändern.

Sie achtete einen Augenblick nicht auf den Weg und stolperte prompt über einen Brombeerstrauch. Er drehte sich schnell um, doch berührte sie nicht. Statt dessen blickte er auf ihre Schuhe, und sie spürte, daß er schimpfen wollte. Doch als er sah, daß sie flache Absätze trug, sagte er: »Ich muß die Wege hier noch in Ordnung bringen.«

»Schon gut«, sagte sie. »Ich habe nicht genügend drauf geachtet.«

Als sie zum Gewächshaus kamen, sagte sie: »Sie sind sehr tüchtig, daß Sie das alles alleine schaffen.« Darauf antwortete er wegwerfend: »Oh, da ist nichts dabei, das mache ich halt nach und nach. Das schwierige ist nur, das Baumaterial hierher zu schaffen, den Zement und die anderen Sachen für die Fundamente.«

Sie war überrascht, daß er mit Zement umgehen konnte. Vielleicht hatte er das aber auch erst gelernt, denn da standen zwei geplatzte Säcke mit hartem Zement herum.

»Später werde ich dann den Weg zur Hauptstraße wieder in Ordnung bringen, damit man besser vorwärts kommt.«

Als er ihr voran ins Haus zurückging, blickte er zum Himmel und sagte wie nebenbei: »Ich glaube, es wird einen Regenguß geben.«

Wieder im Haus angekommen, begann sie zu frösteln, denn es schien hier drinnen kälter zu sein als draußen. Er bemerkte es, ging zum Kamin und sagte: »Ich mache das Feuer meist erst am Abend an, doch ich – ich werde es jetzt schon mal in Gang bringen. Würden ... würden Sie gern eine Tasse Tee haben?«

»Nein, nein danke.« Sie machte eine Pause und fragte dann: »Ist auf der Hauptstraße wohl eine Telefonzelle?«

»Ja.« Er nickte. »Etwa hundert Meter vom Ende des Fahrweges entfernt.«

»Ich muß mal kurz telefonieren«, sagte sie. »Pat ist bei der Mutter von einem der Büromädchen. Ich muß versuchen, sie zu erreichen. Es wird besser sein, ich mache mich gleich auf den Weg.«

Er wandte sich wieder von ihr ab, dem Kamin zu, und sie sah, wie seine linke Schulter zuckte. Dann drehte er sich schnell wieder zu ihr um und starrte sie an. Seine Verzweiflung war so schrecklich, daß man es kaum mit ansehen konnte, ohne zu ihm zu gehen. Doch die Zeit war noch nicht gekommen. Als sie zur Türe ging, sagte er stockend und mit heiserer Stimme: »Wenn Sie einen Augenblick warten können, werde ich Sie im Lieferwagen dort hinbringen.«

»Danke, das wäre eine große Hilfe.«

Er ging so schnell hinter ihr vorbei, daß er sie beinahe zur Seite gestoßen hätte. Dann sah sie, wie er das Haus entlanglief. Eine Minute später hörte sie schon den Motor anlaufen, und dann schaute er um die Ecke und rief ihr barsch zu: »Sie müssen hier herunter kommen.«

Sie ging schnell auf den Hof zu, wo der Lieferwagen jetzt stand, und er öffnete die Tür für sie, half ihr aber nicht zum hohen Trittbrett hinauf. Und dann saß er hinter dem Lenkrad und legte hastig den Gang ein.

Die Fahrt den holprigen Weg entlang war ein ständiges Rütteln und Schütteln. Zweimal wurde sie gegen seinen Arm geworfen, bis sie herausfand, daß sie sich mit dem Fuß abstützen mußte, um das Gleichgewicht zu bewahren.

Während der Fahrt hatte er nicht gesprochen, doch als sie an der Straße ankamen, knurrte er: »Auf dieser Strecke hier kann man nicht parken, denn die ist zu schmal und außerdem zu kurvenreich. Dort ist die Telefonzelle.« Er deutete zum Ende des Feldes.

Als sie ausgestiegen war, vermied sie es, ihn anzusehen. Sie mußte alle Brücken hinter sich abbrechen, bevor sie den letzten Schritt machte. Sie sagte leise: »Danke.« Dann ging sie die Straße hinunter und spürte, daß er sie beobachtete. Es war schon eine merkwürdige Sache mit diesem Abbrechen der Brücken. Man hatte immer Angst, auch wenn man sie abbrechen wollte. Sie hatte schon einmal die Brücken abgebrochen – damals, als sie von zu Hause fortgelaufen war und Harry geheiratet hatte. Die Folge von diesem Abbrechen war ihre Abscheu vor Sex, ihre Abscheu selbst vor dem Gedanken an einen körperlichen Kontakt. Doch innerhalb der nächsten paar Minuten würde sie eine weitere Episode des physischen Kontaktes besiegeln, und das noch nicht einmal unter der Sanktion einer Ehe. Sie würde das tun, was man seit Jahren von ihr angenommen hatte, und vielleicht würde sie ihn nie wirklich davon überzeugen können, daß sie es nicht getan hatte. Nun, daran konnte man nichts ändern, doch im Augenblick wußte sie instinktiv, daß es nur einen Weg gab, um ihm zu helfen: sie mußte ihm ohne jeden Vorbehalt ihre Liebe schenken. Deswegen war sie ja auch gekommen, doch sie hätte niemals geglaubt, daß er es so nötig haben würde.

Sie hob den Hörer ab und wählte die Nummer von Jeans Mutter. Ja, sagte Mrs. Watson, Pat gehe es gut und er habe prächtigen Appetit. Aber, nein, sie würde gar nichts dagegen haben, ihn über Nacht bei sich zu behalten. Könnte sie selbst auch über Nacht unterkommen? Oh, das sei gut. Diese Landleute seien da manchmal gut zu gebrauchen.

Während Mrs. Watson weiterredete, wurde Cissie von dem entfernten Motorgeräusch des Lieferwagens aufgeschreckt. Sie drehte sich um, den Hörer immer noch am Ohr, und sah, wie der Lieferwagen in der Straße wendete ... Sie sagte »Ja, ja«, zu Mrs. Watson und stammelte dann: »Ich muß aufhören. Dort kommt ein Bus.«

Sie warf den Hörer auf die Gabel, bewegte sich aber nur bis zur Tür und sah von dort, wie der Wagen den Hügel hinauf rumpelte. Sie schloß einen Moment die Augen, ging dann mit schweren Schritten auf den Fahrweg zu, und als sie ihn erreicht hatte, sah sie den Bus, wie er ihr aus einiger Entfernung entgegenfuhr. Noch ein paar Minuten, und er würde hier halten. Vielleicht hatte er das gedacht: der Bus würde gleich kommen, und so hatte es keinen Sinn, die Qual noch zu verlängern. Als der Bus unten an der Straße vorbeifuhr, war sie schon an die fünfhundert Meter auf dem Fahrweg hinaufgegangen.

Bevor sie an der Weggabelung ankam, regnete es bereits heftig. Als sie das Haus erreichte, war sie vollkommen durchnäßt, müde und traurig.

Sie klopfte diesmal nicht, sondern hob den Riegel hoch und

stieß die Tür auf. Sie sah, wie sein Kopf von seinen Armen auf dem Tisch hochfuhr. Sein Gesicht sah entsetzlich aus, und jetzt tat sie, was sie schon hätte tun sollen, als sie das erste Mal ins Haus getreten war. Sie lief zu ihm und legte die Arme um ihn.

Das Gesicht an ihrer Brust, zitterte er am ganzen Körper, und sie murmelte: »Schon gut, schon gut. Es ist ja schon alles gut.« Es war, als ob sie zu Pat spräche, bis sie nach einer Weile seinen Kopf hob, sich zu ihm beugte und seinen Mund mit ihren Lippen berührte. Nach langer Zeit zog er sie zu sich hinunter und drückte sie fest an sich. Sie sahen sich an, beide tränenüberströmt. Und dann schluchzte sie: »Ich – ich hatte gerade telefoniert, um zu sagen, daß ich heute nacht nicht zu Hause sein werde.«

Sie sah, wie die Blässe aus seinem Gesicht wich, und mit hoher, brechender Stimme, die zwischen Lachen und Weinen schwankte, stammelte sie: »Wir können morgen in die Stadt fahren, die Wohnung räumen und Pat einsammeln ... Du hast doch gegen Pat nichts einzuwenden?«

Statt einer Antwort hielt er ihr Gesicht fest zwischen den Händen, und nachdem er es sorgsam erforscht hatte, murmelte er: »Oh, Cissie, Cissie.«

Nicht Cecilia, bemerkte sie, sondern Cissie.

»Du wirst mich irgendwann einmal heiraten müssen ... ganz gleich wann, nur damit vor Pat alles in Ordnung ist.«

»Oh, Cissie, Cissie.« Er griff mit beiden Händen in ihr Haar, während er immer wieder sagte: »Oh, Cissie, Cissie.«

Sie hob ihre Hände, nahm die seinen und drückte sie an ihr Gesicht.

Es war seltsam. Sie war dabei, jede Vernunft außer acht zu lassen. Sicher passierte das sehr oft, doch sie hatte dem immer widerstanden. Und nicht nur, das wußte sie jetzt, weil sie den Sex verabscheute, sondern auch, weil sie dann das getan hätte, was die Leute von ihr annahmen. So hatte sie ein Leben geführt, das ihrem Aussehen widersprach, nur um ihre Selbstachtung zu wahren. Doch, das war nun nicht mehr wichtig. Gar nichts war noch wichtig, außer seinem Seelenfrieden und seinem Glück, und beides konnte sie ihm geben ... Ja, das konnte sie, solange sie nicht über seinen Vater sprachen ... Und solange sie in dieser verlassenen, abgeschiedenen Welt leben und ihn nicht sehen würde ... Oh John, John, verzeih mir!

Die Straße der Hoffnung

Die Brüder

»Hannah, los, laß alles stehn und liegen und komm schnell her. Die O'Briens sind wieder zugange ... das gibt Mord und Totschlag! Los, komm schnell. Komm nach oben, von unserem Fenster aus kann man's am besten sehen.«

Hannah Kelly wischte sich hastig den Seifenschaum von den Armen, hob den Deckel des dampfenden Waschbottichs hoch, schöpfte mit einer Emaillekelle den grauen Schaum ab, stampfte und rührte den Inhalt des Troges mit einem Waschholz und rannte dann aus dem Waschhaus quer über den Hinterhof, wobei sie vor sich hin murmelte: »Mensch, dafür hab ich doch überhaupt keine Zeit ... noch dazu, wo Joe mich gewarnt hat.«

Sie erreichte ihre Nachbarin, als diese eben dabei war, die Tür zum Treppenhaus zu öffnen.

»Wer isses diesmal? Der Alte?«

»Ja.«

»Wen hat er jetzt in der Mangel? Dominic?«

»Ja.«

»Sind die besoffen?«

»Sind die mal nich' besoffen?«

Sie hasteten durch die Küche hinüber ins Vorderzimmer und nahmen wie selbstverständlich ihre Plätze ein, jede an einer Seite des Fensters, die Körper fest gegen die Wand gedrückt, die Köpfe leicht seitwärts gegen die Maschen der Nottinghamer Spitzenvorhänge geneigt, die Schürzen fest um die Arme gewickelt.

»Mein Gott, Bella, was für ein Durcheinander!«

»Seit ich zu dir runtergelaufen bin, hat er noch zwei Bilder rausgeschmissen.«

»Allmächtiger Gott! Es is' 'ne Schande. Grad, wo Mary Ellen doch fast alles wieder einigermaßen in Ordnung hatte.«

»Da, sieh mal«, Schadenfreude schwang in Bellas Stimme, »jetzt sind sie am Fenster und haben sich an der Gurgel. – Jesus Maria!« rief sie, als ein Gegenstand durch das Fenster auf die Straße flog. »Wer von beiden da wohl Schwein gehabt hat?«

»Gott! Nun hat er 'nen Pott durchs Fenster geworfen. O Bella, das bringt denen die Polente auf'n Hals. Allmächtiger Gott, is' ja furchtbar! Nich' genug, daß sie 'n Kind kriegt ... aber sie is' ja auch in der gefährlichsten Zeit, im achten Monat.«

»Wär's beste, was der passieren könnt. Wer will schon 'n Kind mit fünfundvierzig, frag ich dich? Warum war sie auch nich' schlauer? Auf mich hat sie ja auch nich' hören wollen. Hab ihr ja angeboten, 'ne Flasche mit 'ner weißen Mixtur durch die Emma von meinem Harry besorgen zu lassen, weißte, durch die, die im Krankenhaus putzt. Die Schwestern hätten's ihr schon gegeben. Das Zeug hätt' ihr schon alles rausgespült.«

»Ach, Bella, du weißt doch genau, so was würd' sie nich' tun. Sie is' doch katholisch.«

»Zum Teufel mit den Katholen! Denen wird befohlen, daß sie Kinder kriegen müssen, aber ernähren die hohen Priester die Bälger vielleicht auch? Mir sollte mal 'n Priester kommen und sagen, ich müßt' Kinder kriegen. Weißte, was ich dem verklickern würde?«

Hannah kicherte. »Kann ich mir gut vorstellen ... Da, sieh her, da is' sie, die Mary Ellen. Wie der leibhaftige Tod sieht sie aus.«

Beide beobachteten nun schweigend die Frau, die unten zwei Bilderrahmen von der Straße auflas. Klirrend fiel ihr das lose Glas um die Füße, als sie die Rahmen schüttelte. Sie verscheuchte einige Kinder von den Glasscherben, und Hannah bemerkte bedauernd: »So'n Jammer! Es war schon ein besonders schönes.«

Die beiden sahen zu, wie die Frau langsam wieder ins Haus ging, ohne einen Blick nach oben oder nach links oder rechts zu werfen, doch sicher wußte sie, daß sie beobachtet wurde. Nur die Kinder waren auf der Straße und starrten ihr schweigend nach, bis sie die Tür hinter sich geschlossen hatte; dann näherten sie sich langsam und vorsichtig dem Haus, und einige ganz Mutige versuchten, sich trotz der herausstehenden Glassplitter am Fenstersims hochzuziehen bis ihre Gesichter auf einer Höhe mit dem Loch in der Scheibe waren. Doch plötzlich wurde vor ihrer Nase der Vorhang zugezogen, und Hannah rief mit der Zunge schnalzend aus: »Das hätt' sie nich' tun sollen – einfach den Vorhang ganz zumachen, bevor's dunkel is'. Is' ein Zeichen des Todes. Wird sicher 's Kind sein.«

»Bess'res könnt' der nich' passieren. Noch besser wär's, wenn's ihr Alter wär'; dann könnt' der ihr auch keins mehr machen.«

Langsam wandten sie sich vom Fenster ab, und Hannah meinte: »Na, wenn John dagewesen wär, wär's nich' passiert. Der wär schon dazwischengefahren ... Is' schon komisch, Bella, was? Der Alte geht John nie an.«

»Wieso komisch? Angst hat er vor dem, das is' alles. Der alte O'Brien und Dominic sind sich gleich: großes Maul und nix dahinter. Drum prügeln sie ja auch immer ... Mein Gott, ich wollt', ich wär nur einmal für fünf Minuten an Mary Ellens Stelle. Mit 'nem Schürhaken würd ich's diesen beiden Saukerlen geben! Sie is' zu weich, daran liegt's; sie is' weich wie Quark ... Kommste auf 'ne Tasse Tee mit?« fragte sie dann. »Ich stell'n Kessel auf; dauert nur 'ne Minute.«

»Nee, Mädchen. Bin nich' mal halb fertig, und 's wird schon dunkel.«

Bella streifte Hannah mit einem Seitenblick. »Wenn dir Mary Ellen über'n Weg läuft – du siehst sie ja eher als ich –, und sie erzählt dir, worum's bei denen ging, komm hoch, ja?«

»Mach ich. Aber da is' nich' viel drin. Du weißt ja selber, Mary Ellen is' verschlossen wie 'ne Muschel.«

»Ich weiß nur, daß sie mich nich' mag. Sagt, ich soll mich um meinen eigenen Dreck kümmern.«

Und mit Recht, dachte Hannah.

»Und noch dazu trag ich 'ne andere Farbe als die«, fuhr Bella fort und nickte mit ihrem langen Pferdegesicht. »Ich trag am Sankt-Patricks-Tag Blau. Wart nur bis zum nächsten Donnerstag, wenn Dominic sein irisch-katholisches Banner – seinen Shamrock – trägt. Da werden die Fetzen fliegen. Dem werden nich' mal die Fifteen Streets reichen ... Mein Gott, weißte noch am letzten Sankt-Patricks-Tag? War das 'n Aufstand.« Die Erinnerung daran ließ sie auflachen.

»Nu, Bella, ich muß fortmachen.« Hannah wickelte die Schürze von ihren Armen herunter und strich die Falten in dem groben Leinen glatt.

»Aber vergiß nich', mir Bescheid zu geben, wenn du was von ihr erfährst.«

»Werd' ich nich.«

Hannah stieg die Treppe hinunter, wobei sie jede Stufe seitlich nahm, damit sie nicht ausrutschte, denn ihre Füße steckten in viel zu großen alten Männerstiefeln, und die einzelnen Stufen waren dafür zu schmal. Unten war sie schon entschlossen, Bella nichts von dem, was sie erfahren sollte – sollte sie überhaupt etwas erfahren –, zu erzählen. Bella war zu neugierig, viel zu neugierig. Lieber hielt sie zu Mary Ellen, wie engstirnig diese auch sein mochte. Zumindest kümmerte die sich nur um ihre eigenen Angelegenheiten. Und ihr Joe hatte sie erst gestern abend vor Bella Bradley gewarnt. Er hatte gesagt, er würde ihr die Fresse polieren, wenn er sie noch mal da oben antreffen würde. Gereizt war er gewesen, als er gehört hatte, was Bella über ihre Nancy gesagt hatte und daß sie nicht ganz richtig im Kopf sei. Natürlich wußte er, daß Nancy nicht ganz richtig im Kopf war, aber es machte ihn wild, wenn es jemand anders sagte. Und jetzt wurd's noch schlimmer, jetzt, wo Nancy erwachsen wurde. Hannah seufzte. Was sollte nur aus Nancy werden? Sie wußte es nicht. Und außerdem, jetzt hatte sie auch keine Zeit, über so was nachzudenken. Die Wäsche mußte noch gemacht werden.

Gegenüber, in Fadden Street Nummer 10, arbeitete Mary Ellen O'Brien im Halbdunkel hinter dem zugezogenen Vorhang. Sie schob den Holzblock unter der Kommode zurecht – beim letzten Kampf hatte der Fuß daran glauben müssen – und schraubte den Griff der obersten Schublade wieder fest. Sie hob die graue Wolldecke und eine gesteppte Flickendecke vom Boden auf und breitete sie über die blanke, zerlegene Matratze auf dem Eisenbett aus. Dann schubste sie den Korbtisch wieder in die Mitte des Zimmers und lehnte sich schwer atmend gegen diese schwache Stütze. Mit brennenden Augen blickte sie über die Wände. Sie waren fast kahl … nun ja, das würden sie nun auch bleiben. Diesmal waren die einzigen beiden Bilder des Hauses draufgegangen. Nie wieder würde sie versuchen, sie zu ersetzen. Sie hatte sich geschworen, wenn sie diesmal draufgingen, wäre es das letzte Mal.

Sie blickte zu der geschlossenen Tür hinüber, die in die Küche führte. Dahinter saßen jetzt zu beiden Seiten der Feuerstelle die beiden – ausgepumpt. Wut und Zorn waren verraucht – wie zwei Hälften eines Körpers würden sie einander akzeptieren, jetzt, da sie sich für einige Zeit abreagiert hatten.

Mit dem Schürzenzipfel wischte sie sich den Schweiß von der Stirn. Wenn die beiden doch nur nicht so riesig wären … wie zwei Giganten. Diesmal hatte sie nicht gewagt, sich zwischen sie zu werfen, wegen des Kindes ... sie legte die Hand auf ihren gewölbten Leib und spürte eine Bewegung. Doch dies löste in ihr nur ein Gefühl angstvoller Auflehnung aus. Warum, warum mußte ausgerechnet sie alles noch mal durchmachen? Hatte sie nicht schon genug in ihrem Leben durchgestanden? Während der sechsundzwanzig Jahre ihres Ehelebens hatte sie elf Kinder geboren, und nur fünf davon hatten überlebt, wofür sie Gott dankte. Wie hätten sie auch zu dreizehnt in diesen drei Zimmern leben sollen? Ein Schmerz, der sie nach Luft schnappen ließ, durchfuhr ihre Brüste, und sie bedeckte sie mit der Hand und preßte ihre Schwere nach oben. Letztes Jahr um diese Zeit waren sie flach gewesen ... Flach für immer, hatte sie geglaubt, denn seit Katies Geburt waren zehn Jahre vergangen. Praktisch hatte sie seit ihrer Verheiratung jedes Jahr geboren, aber nach Katie war dann Schluß gewesen. Wieder durchfuhr sie der Schmerz, und unwillkürlich erinnerte er sie an die Vergangenheit. Das war noch vor Johns Geburt gewesen. Stark wie ein Pferd war sie damals, so klein von Gestalt sie auch war, und sie hatte das Gefühl des Schmerzes genossen, voller Erwartung auf das Saugen des kleinen Mundes an ihren Brustwarzen ... sollte es leben. Es lebte, und es war John ... John, der ihr nie irgendwelche Sorgen gemacht hatte. Oh, wären sie doch alle wie John und wie Katie am anderen Ende der Kinderkette. Komisch, daß diese beiden einander so ähnlich waren, während die anderen das ganze Gegenteil von ihnen waren. Dominic war vom Tage seiner Geburt an anders gewesen; er war ein Jahr nach John gekommen. Dominic hatte ihr immer ein wenig Furcht eingejagt, schon als er noch ein Kind gewesen war. Nicht nur weil er den O'Brienschen Jähzorn geerbt hatte; das hatten – außer Katie – alle. Von Dominic ging etwas Teuflisches aus. In allem, was er tat, offenbarte sich dies: in seinem Frotzeln, in seinem Lachen und ganz besonders im Ausdruck seines gut geschnittenen Gesichtes. Wie John und Mick kam er im Aussehen auf seinen Vater heraus. Doch obwohl alle drei auf ihren Pa herauskamen – Dominic und Mick sahen besser als John aus. Wann immer sie ihren ältesten Sohn betrachtete, hatte sie das Gefühl, daß die Gesichtszüge, die die anderen beiden gut aussehen ließen, ihn häßlich machten; und seltsamerweise erfreute sie dies. In ihren Augen unterschied ihn dies gänzlich von den beiden anderen. Es lag wohl vermutlich an seiner Nase, mit diesem komischen kleinen Knubbel an einem Nasenflügel. Den hatte er bekommen, als er damals in jenem kalten Winter über die Kaimauer geklettert war, um etwas Kohle zu organisieren. Er war ausgerutscht, und seine Nase wurde von den Glasscherben, die oben auf dem Mauerrand steckten, aufgerissen. Der Schnitt war nicht richtig zusammengewachsen und verlieh seinem Gesicht im Profil ein etwas merkwürdiges Aussehen. Aber es lag nicht nur an seiner Nase; auch Johns Augen waren anders als die der anderen. Sie waren groß und auch braun, aber von einem anderen Braun ... dunkel und freundlich. Das war's: sie blickten freundlich, so wie die Augen Katies.

Sie seufzte und rieb sich sanft über die Brust. Als sie ein Rufen aus der Richtung von Küche und Hof vernahm, machte sie eine ungeduldige Kopfbewegung – an Molly dachte sie nie, es sei denn, diese machte sich durch ihren Anblick oder irgendwelche Geräusche bemerkbar. Molly war ... nun, Molly konnte sie nicht einordnen. Sie war einfach eine Mischung von ihnen allen und besaß daher keine eigene Persönlichkeit. Sie war beherrschbar, einmal von dieser, einmal von jener Seite; selbst ihre Wutanfälle konnten von einem stärkeren Willen umgelenkt werden. Nein, Molly machte ihr kein Kopfzerbrechen, denn sie erweckte keine Gefühle.

Mary Ellen straffte die Schultern, knöpfte den obersten Knopf ihrer Bluse über den festen Brüsten zu und ging dann mit entschlossenen Schritten auf die Küchentür zu. Es hatte keinen Sinn, hier herumzustehen und nachzudenken; Denken führte zu nichts. Es war beinahe fünf Uhr, und um halb sechs würde John heimkommen. Sie mußte zusehen, daß sie mit dem Abendbrot weiterkam ... Gott sei Dank, daß die beiden sich hier und nicht in der Küche ausgetobt hatten. Dort hätten sie vielleicht den Suppentopf auf dem Herd umgestoßen, und heute waren fast für vier Pennies Gemüse und ein Halsstück für zwei Pennies drin ... Tja, suchte man nur lange genug, gab es immer noch etwas, wofür man dankbar sein konnte.

Wie sie es erwartet hatte, saßen ihr Mann und der Sohn je zu einer Seite der Feuerstelle, die Augenbrauen über die halb geschlossenen Augen zusammengezogen. Shanes graues Haar stand in Büscheln von seinem Kopf ab, an seinen Schläfenhaaren klebte Blut, und unter der gespannten Haut seiner hohen Wangenknochen schimmerte es blau. Auf den ersten Blick erkannte sie, daß er seine

Wut noch nicht völlig abreagiert hatte, denn er mahlte mit den Zähnen, und seine Gliedmaßen waren wie immer von nervösen Zuckungen befallen. Seine Knie in den roten Bundhosen waren weit gespreizt, seine Füße über Kreuz geschlagen, während seine Hände den Sitz des Stuhls umklammert hielten. Sein Körper war angespannt, so, als wolle er jeden Augenblick aufspringen … Nein, noch war seine Wut nicht ganz verraucht, denn er war nüchtern. Nur zwei Schichten hatte er in dieser Woche gearbeitet und sein Geld abgegeben. Aber Dominic hatte eine volle Woche gearbeitet. Seit drei Wochen arbeitete er nun schon täglich volle Schichten. Nicht, daß dies für sie einen großen Unterschied gemacht hätte – sie war es schon zufrieden, wenn sie nur zehn Schilling aus ihm herauslotste. Oft fing sie ihn schon am Hafentor ab, um wenigstens das zu bekommen, oder schickte Katie hin. Dominics Wut war verraucht, weil er betrunken und glücklich war.

Sie packte Dominic bei den Schultern und schüttelte ihn. »Los! Mach, daß du ins Bett kommst.«

Er hob den Kopf und lächelte sie verschlagen an; das getrocknete Blut barst auf seinen Lippen. Mit dem einen braunen Auge stierte er sie heiter-betrunken an, über dem anderen lag jungenhaft eine hellbraune Locke.

»Schon gut, altes Mädchen.«

Gehorsam stand er auf, und zum wer weiß wievielten Male wunderte sie sich über seine betrunkene Fügsamkeit. Wie kam es nur, daß sie mit ihm fertig werden konnte, sobald er betrunken war? In diesem Zustand mochte sie ihn sogar ein wenig. Nein, vor seiner Betrunkenheit hatte sie keine Angst; er redete dann höflich mit ihr und konnte ganz nett sein. Aber daß sie selbst jetzt noch irgendwelche Zuneigung für ihn empfand, wunderte sie schon; nur zu gut erinnerte sie sich an den Ausdruck seiner Augen, wenn sein Blick in den letzten Wochen auf ihrem Bauch ruhte: spöttisch, geringschätzig und noch was anderes – sie konnte kein Wort dafür finden. Sie stieß ihn vor sich her ins Schlafzimmer hinein; ihr Kopf reichte ihm gerade bis zu den Schulterblättern. Immer wieder erstaunte es sie, wenn sie neben ihm stand, einen solch großen Mann geboren zu haben. Dominic ließ sich mit einem Plumps auf die Bettkante nieder und fing an zu lachen. »Wenn's nich' mein Alter gewesen wär, ich hätt' ihn zu Brei geschlagen. Aber's nächste Mal, wenn er sich wieder einmischt, brech' ich ihm das verdammte Genick. Ich hab' mich nich' gedrängt, aufs Eisenerz-Schiff zu kommen – die brauchen eben Junge im Laderaum.«

Rückwärts ließ er sich aufs Bett sinken und hob die Beine, doch Mary Ellen packte sie sofort und schwang sie wieder hinunter. Sie zog ihm die Schuhe aus und öffnete seinen Gürtel; dann knöpfte sie ihm die Hose auf und zerrte sie von seinen Beinen. Wie er so dalag in seinen engen langen Unterhosen, sah er besonders lächerlich aus. Niemals in all den Zeiten, in denen sie ihnen die Hosen ausgezogen hatte, konnte sie sich des Ekels erwehren. Egal, ob Mann oder Sohn.

Am Hemd zerrte sie ihn hoch und zog ihm die Jacke über die Schultern. Dann ließ sie ihn wieder zurück aufs Bett fallen, warf eine Decke über ihn und breitete noch seine Jacke über ihn. Leise hob sie seine Hose vom Boden auf, legte sie sich über den Arm und ging hinaus, durch die Küche hindurch an ihrem Mann vorbei, der jetzt vornübergebeugt vor dem Feuer hockte, und in das Vorderzimmer hinein, wo sie den Inhalt seiner Hosentaschen auf dem Tisch ausleerte.

Ein halber Sovereign, zwei Zwei-Schilling-Stücke und vier Pennies kamen zum Vorschein. Den halben Sovereign würde er dem Komitee berappen müssen; so steckte sie ihn wieder, zusammen mit einer Zwei-Schilling-Münze, in seine Tasche zurück. Die andere Zwei-Schilling-Münze und das Kupfergeld wanderten in einen kleinen Leinensack, der, mit einer Nadel befestigt, an ihrem Rock baumelte. Ein Ten-Pence-Stück war bereits darin. Zu dieser List hatte sie gegriffen, seit Shane aus dem Burenkrieg zurückgekommen war, weil der jeden Penny, den er zwischen die Finger kriegte, versoff. Sie ging ins Schlafzimmer zurück und hängte die Hose leise über den Bettpfosten. Als sie wieder in die Küche zurückkam, wurde das Fenster von einer massigen Gestalt verdunkelt, und kurz darauf kam von der Tür ein vorsichtiges ›Tap – Tap‹. Mary Ellen seufzte. So unvermeidlich die Ruhe auf den Sturm folgte, so unvermeidlich kam nach jedem Streit im Haus dieses ›Tap – Tap‹ an der Tür. Oft dankte sie Gott für eine Nachbarin wie Peggy Flaherty. Jeder andere, der über ihnen wohnen würde, hätte sich über den Krach und die Prügeleien, die beinahe zur wöchentlichen Routine geworden waren, mehr als nur beschwert, er hätte die Polizei geholt; und nach mehreren solcher Besuche wären sie vor Gericht gelandet und wahrscheinlich aus dem Haus geworfen worden. Ein bißchen schrullig war Peggy schon; aber Gott sei's gedankt, es gab Schlimmeres, als schrullig zu sein. Doch heute war Mary Ellen einfach zu müde, und sogar Peggys wohlmeinende Sympathie reizte sie. Sie öffnete die Tür und würde normalerweise über den merkwürdigen Takt dieser fetten, schmutzigen Frau gelächelt haben, hätte sie noch die Kraft dazu gehabt.

»Mary Ellen, ich hab' mir grad 'nen Löffel Stew warm gemacht, und da hab' ich mir gedacht, ich bring' 'n Pöttchen nach unten, damit die Mary Ellen was auf die Rippen kriegt.« Sie hielt ihr eine Schüssel mit einer bleifarbenen Flüssigkeit hin, in der dunkle, undefinierbare Stücke herumschwammen. »Is' alles in Ordnung, Mädchen?« Mit kurzsichtigen Augen tastete sie Mary Ellen ab, auf der Suche nach blauen Flecken oder anderen Spuren des Kampfes.

»Ja, Peggy, es is' alles in Ordnung. Und danke für die Suppe.«

»Oh, schon gut, Mary Ellen, schon gut ... Die trinkste jetzt, ja, tuste doch?«

»Ja, ja«, beeilte sich Mary Ellen ihr zu versichern und fragte sich im stillen, ob Peggy wohl einen Verdacht hegte, wo der angebotene Trost landen würde. Sie müßte schon am Verhungern sein, bevor sie etwas essen würde, das durch Peggys Hände in ihrer Menagerie dort oben entstanden war. Bevor er starb, hatte Charlie Flaherty auf verschiedenste Weise seinen Lebensunterhalt verdient. Einmal hatte er ein Warenvertriebsgeschäft gehabt, und wenn die Abzahlungsraten nicht eingingen, behielt er die Ware als Gegenwert. Aus diesem Grund waren zwei der drei Zimmer oben vom Boden bis zur Decke mit einer skurrilen Ansammlung von Gegenständen vollgestopft, und um nichts in der Welt würde sich Peggy von einem dieser Objekte getrennt haben, die vom ausgestopften Babykrokodil bis hin zu einer Ansammlung von Büchern rangierten und aus denen sie – wie Peggy immer wieder zu versichern pflegte – eine »extinsive Idukation« schöpfte. Sie verbreitete mehr falsches Wissen im Viertel der Fifteen Streets, als die ausschweifendste Fantasie sich ausmalen konnte. Viele der Anwohner würden es auf ihren Eid genommen haben, daß Heinrich VIII. Königin Elisabeths Ehemann war und daß England einmal den Iren gehört habe, bevor Wilhelm der Eroberer herüberkam und es ihnen wegnahm. Für ein Honorar von einem Penny schrieb sie einen Brief; für etwas mehr gab sie Ratschläge, wie man sich bei einer Vorladung vor Gericht oder bei einer Klage wegen Verleumdung oder Körperverletzung verhalten sollte. Oft brachte dieser Ratschlag, treu befolgt, dem Betreffenden einen vorübergehenden Aufenthalt im Gefängnis ein. Doch seltsamerweise, obwohl man von ihr sagte, sie sei ein wenig verrückt – ihr Rat wurde immer wieder gesucht. Vielleicht deswegen, weil man wußte, daß sie hauptsächlich von diesen Pennies lebte. Ein ungeschriebenes Gesetz beherrschte diese Straßen: Bewahrst du jemanden vor dem Armenhaus, wirst du nie selber dort landen.

»Helfe Gott und die Heilige Jungfrau uns an diesem Tag mit all seinen Prüfungen. Kann ich noch irgend etwas für dich tun, Mary Ellen?« fragte Peggy.

»Nein, is' schon gut, Peggy. Danke.« Mary Ellen blickte betont auf die Schüssel in ihrer Hand und hoffte, ihr damit zu verstehen zu geben, daß sie nun hineingehen wolle, um die Suppe zu essen.

Aber Peggy schien diese Bewegung nicht zu bemerken; oder sie wollte den Wink wohl nicht verstehen, denn sie hatte noch etwas von Bedeutung zu sagen. Leicht vorgebeugt flüsterte sie: »Mary Ellen, hab' ich dir jemals Mister Flahertys Heilmittel dagegen verraten?« Bedeutungsvoll machte sie eine Kopfbewegung in Richtung der geschlossenen Küchentür.

Einen Seufzer unterdrückend, erwiderte Mary Ellen: »Nein, Peggy.«

»Idukation! Kein Mann – hat er immer gesagt – prügelt, wenn er Idukation hat. Und er wußte, was er sagte, weißt du, Mary Ellen, er ist rumgekommen bei den feinen Leuten. Seine Theorie war, daß – hat ein Mann erst mal Idukation bekommen – er keine Hand mehr gegen seine Frau hebt. Er kann vielleicht – ist eben auch nur ein Mensch – etwas gereizt werden und dann sagen: ›Verdrück dich lieber in dein Zimmer, bevor ich dir in den Hintern trete!‹, oder so was Ähnliches, aber seine Hand gegen sie erheben … nein!«

»Da könnt was dran sein.« Wieder blickte Mary Ellen auf die Schüssel in ihrer Hand. »Peggy, hast du auch bestimmt noch genug für dich selber?«

»Aber ja. Aber ja doch. Mach jetzt, daß du reinkommst, und kein Wort mehr davon. Und iß man schön, gib deinem Magen was zu tun. Und vergiß nicht: Brauchst du einen Rat, weißt du ja, wo du hinkommen kannst.«

Sie schlurfte von dannen, und Mary Ellen schloß die Tür …

»Kein Wort mehr. Verdrück dich lieber in dein Zimmer, bevor ich dir in den Hintern trete!« Wäre in ihr noch ein Lachen übrig gewesen, sie hätte schallend gelacht; aber vergessen würde sie diese Worte nicht, und irgendwann, wenn sie mit John am Feuer sitzen würde, würde sie es ihm erzählen, und sie beide würden miteinander lachen.

Um halb sechs kam John heim. Jacke und Kappe hängte er zusammen mit seinem schwarzen Halstuch innen an der Küchentür auf; dann hockte er sich auf eine Kiste in der winzigen Spülküche und löste die Bänder, die seine Hosen unterhalb des Knies zusammenhielten. Bevor er die Hände in der Blechschüssel, die auf einer anderen Kiste stand, wusch, blickte er in die erleuchtete Küche hinüber und lächelte den drei Kindern zu, die um den Tisch saßen. Nur Katie erwiderte sein Lächeln; ihre runden blauen Augen sandten ihm Willkommensgrüße herüber.

Mick rief: »John, haste was? 'ne Banane oder so?«

»Heute abend nicht. Wir sind noch auf dem Getreideschiff.«

Als John zum Tisch herüberkam, setzte ihm seine Mutter einen Teller Suppe vor, aus dem ein paar nackte Rippen wie das Skelett eines abgewrackten Schiffes ragten. Der Duft war appetitanregend, und die Augen der drei Kinder waren begehrlich auf den Teller gerichtet.

Streng wies Mary Ellen sie zurecht. »Schaut ihr auf euer Schmalzbrot!« Und fast gleichzeitig biß jedes der Kinder in seine eigene dicke Scheibe Brot.

Sie stellte noch einen Teller auf den Tisch und sagte zu ihrem Mann: »Da ist dein Abendessen.«

Shane drehte sich vom Feuer her um und starrte auf den Teller, von da aus zu seinem Sohn und zu den anderen drei hinüber. Sein Körper fing krampfhaft zu zucken an: erst der Kopf, dann die Arme und schließlich das rechte Bein. Auch die Worte kamen ihm abgehackt über die Lippen und waren schwer vor Bitterkeit. »Ich krieg's jetzt schon als letzter, was? Wird man schon anders behandelt, wenn man nix heimbringt. Ohne Arbeit kriegt man nich' zu essen ..., nich' bevor alle anderen was gekriegt haben.«

John legte seinen Löffel fort und starrte den Vater an. »Ich werd' warten, bis du fertig bist.«

Hinter dem Rücken ihres Mannes signalisierte ihm seine Mutter lebhaft etwas. Sie zeigte auf die Schlafzimmertür. John verstand ihr

Gestikulieren, blickte aber weiterhin unentwegt zu seinem Vater hinüber, bis Shane den Blick senkte und grollte: »Das is 'ne Jugend – hätt' nie gewagt, mich früher als mein Vater hinzusetzen.«

Das Zucken riß seinen Kopf fortwährend zur Seite. Beruhigend meinte Mary Ellen: »Sei kein Narr! Iß dein Abendbrot.«

»Jetzt fängst du wohl an, was?« Shane sprang von seinem Stuhl hoch, wobei er ihn gleichzeitig umkippte.

»Immer nur ran. Mich jetzt auch noch vor den Kindern runtermachen! Is' wohl 'ne neue Masche, was?« Wie ein wutschnaubender, schwankender Koloß stand er, über die kleine, unförmige Gestalt seiner Frau gebeugt.

Mary Ellen nahm überhaupt keine Notiz von ihm, sondern fuhr fort, an der einen Ecke des mit einem Wachstuch bedeckten Tisches Brot aufzuschneiden, und die Kinder aßen, die Augen auf ihre Teller gerichtet, weiter. Nur John blickte seinen Vater weiter unverwandt an, und Shane, der mit blutunterlaufenen Augen auf den Kopf seiner Frau gestiert hatte, begegnete nun Johns Blick. Für einen kurzen Moment starrte er seinen Sohn an, seine aufeinandergepreßten Lippen bewegten sich heftig. Dann drehte er sich wütend herum, schnappte sich seine Kappe vom Türhaken und stürmte aus der Küche. An der Tür blieb er noch einmal stehen und warf einen zornigen Blick zurück. »Als nächstes wird mir noch die verdammte Tür gewiesen. Mach, daß du rauskommst!«

Wild stieß er mit einem Fuß gegen die Kiste, auf der die Wasserschüssel stand. Geschepper und Gespritze, die Tür aufgerissen und zugeschlagen, und dann war nur noch das sich im Hof verlierende Klirren seiner Absatzeisen in der Stille der Küche zu hören.

Erst als sie nicht mehr gehört werden konnte, kam Bewegung in Mary Ellen. Sie ging in die Spülküche und begann, sich unter Schwierigkeiten bückend, das Wasser von dem muldigen Steinboden aufzuwischen.

Düster, doch zugleich mit einem Gefühl des Mitleids und Verständnisses, folgte sie in Gedanken ihrem Mann ... Dominic betrank sich von seinem Verdienst ... John kam von der Arbeit nach Hause. Beide vollbeschäftigt, und er, er hatte nur zwei Arbeitsschichten. So wie früher konnte er nicht mehr arbeiten, und der Aufseher wählte die jungen und starken unter den Dockarbeitern aus. Seine Kräfte ließen nach – das war ihr schon aufgefallen. Trinken, Schwerstarbeit und nasse Klamotten, die ihm oft gefroren am

Leib hingen, verlangten ihren Tribut. Nur in einer Sache schien er seine Kräfte bewahrt zu haben ... wenn die doch auch nur nachlassen würden. Irgendwann mußte das doch mal kommen. Gott, laß dies bald geschehen.

»Ich helf' dir, Ma.« Katie kniete neben der Mutter.

»Nein! Steh auf und mach, daß du rauskommst. Is' die einzige saubere Schürze, die du hast!«

»Aber morgen geh' ich doch nich' in die Schule.«

»Egal. Steh auf und geh raus hier.«

»Komm!« John stand nun hinter ihr. »Laß mich das machen.« Er hielt die Hand ausgestreckt nach dem Putzlumpen.

»Oh, macht, daß ihr fortkommt, ihr beiden!« Ihre Stimme scheuchte sie in die Küche zurück, und sie machte mit ihrer Wringerei weiter. Wer, glaubten die wohl, tat all die übrige Arbeit: das Waschen, das Kochen, den Abfall, das Kohleschleppen? Eimer für Eimer aus der Hintergasse in den Kohleschuppen, denn jetzt konnte sie nicht mehr direkt die Kohle durch die Luke schaufeln.

Sie besänftigte ihre Gereiztheit etwas, indem sie sich selber sagte: Du weißt genau, daß John dir immer sagt, mit der Kohle zu warten, bis er heimkommt. Ja, aber wie soll ich denn? Ihre Gereiztheit ließ sich nicht besänftigen. Alle warten doch darauf, daß das Waschhaus wieder frei wird. Sie schleuderte den Putzlumpen in den Eimer. Oh, sie war es so leid. Wenn sie doch nur einen Weg raus aus all diesem Elend hier sehen könnte ... wenn doch nur schon das Kind geboren wäre! Ja, das war die größte Belastung. War das erst mal vorüber, würde alles andere auch wieder ins Lot kommen; dann würde sie schon mit allem fertig werden – wie immer.

Sie ging wieder in die Küche zurück und befahl Mick: »Geh und leer den Eimer aus; aber wasch ihn aus und bring frisches Wasser ... Wasch ihn aber erst aus, verstanden?«

Mick muffelte. »He, warum kann's die nich' tun?«

Er puffte Molly in die Seite, und diese heulte auf. »Ma, siehste das? Hör auf, Mick!«

John zog einen Knochen aus dem Mund. »Deine Mutter hat dir was aufgetragen.«

»Mein Ohr tut weh«, Mick hielt sich die Hand gegen das Ohr, »'s läuft schon den ganzen Tag.«

»Spielst du noch heut' abend draußen?« wollte John wissen.

»Ja«, brummte Mick, sauer dreinblickend.

»Dann leer den Eimer aus.«

John knabberte weiter an seinem Knochen herum, und Mick polterte vom Tisch hoch, während Molly in ihre Schürze hineinkicherte.

»Gleich wird dir das Lachen vergehen, mein Kind«, bemerkte Mary Ellen. »Wasch das Geschirr ab.«

»Kann ich dann zum Spielen raus?«

»Mit wem willste denn im Dunkeln spielen? Draußen läufst du mir nich' rum.«

»Wir gehen in Annie Kellys Waschküche; ihre Ma hat 'n Waschtrog aufgesetzt, und da drin ist's schön warm. Annie hat 'n paar Kerzenstummel, und die stellen wir in Gläser und spielen Mutter und Kind.«

»Mutter und Kind spielen«, murmelte Mary Ellen vor sich hin. Laut sagte sie: »Und dann verbrennt ihr euch noch! ... Na gut, aber nur 'ne halbe Stunde, haste verstanden? Und nimm Katie mit.«

»Ma, ich will gar nich' mit; ich muß noch Hausaufgaben machen.«

»Was?« Gleichzeitig hoben die Mutter und John den Kopf und blickten Katie erstaunt an.

»Hast du Fehler im Rechnen gemacht?« fragte John überrascht.

»Nein.« Katie schüttelte den Kopf und bemühte sich, ein Lächeln zu unterdrücken, aber ihre Augen wurden runder, und ihre Grübchen vertieften sich, als sie in die erstarrten Gesichter blickte.

»Warum hast du dann Hausaufgaben auf?« wollte John wissen. »Haste doch sonst nie.«

»Ich muß was auswendig lernen. Miss Llewellyn hat mich gebeten ...«

»Sie is' Miss Llewellyns Lieblingsschülerin, das sagt jeder ... Hab' ich Miss Llewellyn gehaßt. Ich war froh, als ich endlich von der wegkam.« Molly befeuchtete mit der Zunge ihre Fingerspitze und pickte damit die übriggebliebenen Krümel vom Tisch auf. Nachdem sie sie in ihren Mund befördert hatte, drehte sie sich zu Katie um und petzte: »Bäh, du hast unserer Ma nich' erzählt, daß Miss Llewellyn dir 'nen Penny gegeben hat, weil du als erste das Gedicht auswendig konntest. Nelly Crane hat's mir erzählt ... Ätsch.«

Das Lächeln verschwand von Katies Gesicht. Überrascht blickte

Mary Ellen ihre Tochter an, die Tochter, die als einzige in der Familie auf sie herauskam. In diesem Kind erkannte sie sich selber: pausbackig und fröhlich und freigiebig. Es war ungewöhnlich, daß Katie etwas für sich behielt.

»Sie hat dir 'nen Penny gegeben?« forschte sie nach.

Katie rührte sich nicht, noch antwortete sie, doch als sie dem Blick ihrer Mutter begegnete, füllten sich ihre Augen mit Tränen, und innerlich schluchzte sie auf: O Molly! Molly! Jetzt war alles verdorben – die wunderbare, wunderbare Sache, die sie vorgehabt hatte, jetzt war alles verraten. Das Osterei … das echte Osterei, in einem echten Nest mit einem echten Seidenband geschmückt, lag nun in tausend Stücken zu ihren Füßen! Und das Bild ihrer selbst, wie sie Miss Llewellyn das Geschenk überreichte, lag zerbrochen inmitten der Scherben.

Dieser Penny hatte ihren geheimen Schatz auf fast fünf Pennies anschwellen lassen. Seit drei Wochen hatte sie Johns Samstagspenny und die zwei halben Pennies, die ihre Mutter ihr gegeben hatte, zurückgelegt. Der heute so überraschend dazugekommene Penny hatte so viel bedeutet, denn jetzt brauchte sie nur noch einen Monat oder so, um sich einen ganzen Schilling zusammenzusparen.

Das Gesicht der Mutter verschwamm vor ihren Augen; dann spürte sie, wie Johns große Hände sie an sich zogen und er sie gegen seine Knie drückte.

Er beugte sich hinunter und flüsterte in ihr Ohr: »Sparst du für ein Geschenk?«, und wieder durchfuhr sie das Gefühl, das sie schon einmal empfunden hatte. Irgendwie hatte John eine Verbindung zu Gott und den Pfarrern – er wußte einfach alles.

Gegen seine Brust gelehnt, nickte sie, und er flüsterte weiter: »Für deine Lehrerin?«

Jetzt schnappte sie nach Luft und preßte das Gesicht an ihn. John wechselte einen Blick mit seiner Mutter, und für einen Moment huschte ein Lächeln über ihr Gesicht.

»Ich glaub', du bist das gescheiteste Mädchen in der Schule«, lobte John sie.

Schnell hob Katie den Kopf und starrte ihn an. »Das hat Miss Llewellyn auch gesagt! Sie sagt … sie sagt, ich bin den anderen voraus und soll abends arbeiten und … und viel lesen.«

»Da siehst du's. Da siehst du's. Miss Llewellyn weiß es. Sie weiß, wenn jemand gut is'. Was sollste denn heute abend lernen?«

»Oh, etwas kann ich's schon, wenigstens den Schluß«, sagte sie und lachte. »Hör zu. Ein Mann, der Shakespeare heißt, hat's geschrieben.« Sie löste sich von seinen Knien, stellte sich ordentlich auf, warf die langen schwarzen Zöpfe über die Schulter, legte die Hände hinter dem Rücken zusammen und begann:

»Bis auf den letzten Pennie ist's des Königs.
Mein Priesterkleid und mein aufrichtig Herz
Vor Gott, mehr blieb mir nicht. O Cromwell,
Hätt' ich nur Gott gedient mit halb dem Eifer,
Den ich dem König weiht', er gebe nicht
Im Alter nackt mich meinen Feinden preis!«

John betrachtete ihr ernstes Gesicht, das noch in Inbrunst den ihrer Zunge so fremden Worten nachlauschte. Mary Ellen blickte auf den dunklen Hinterkopf ihrer Tochter. Dann trafen sich ihrer beider Blicke, in denen die glühenden Worte sich widerspiegelten, auch wenn sie ihnen unverständlich waren. Aber Katie hatte diese Worte gesprochen, ihre Katie, die einzige von allen, die jemals lernen wollte. Mit einem Schwung hob John sie hoch und hielt sie mit ausgestreckten Armen in die Luft. Ihr Kopf war nur wenige Zentimeter von der Decke entfernt, und lachend rief er zu ihr hinauf: »Soll ich dich durch die Decke zu Mrs. Flaherty stoßen?«

»O nein, John, laß mich runter.«

Sie zappelte in seinen Händen und konnte nicht schnell genug von der Decke und der Nähe zu Mrs. Flaherty und ihrer seltsamen Behausung wegkommen.

Er ließ sie wieder auf den Boden herunter und meinte lachend: »Bald wirst du klüger als Mrs. Flaherty sein, und dann wird jeder hierherkommen und sagen: ›Bitte, Katie O'Brien, kannst du mir nicht einen Brief schreiben?‹, und du wirst antworten: ›Ja, wenn du mir sechs Pennies dafür gibst.‹«

»O John, würd ich nich'! Sechs Pennies würd ich nich' verlangen.«

Er beugte sich zu ihr hinunter und flüsterte mit tiefer Stimme: »O ja, das würdste schon, wenn du deiner Lehrerin ein Geschenk machen wolltest.«

Spielerisch boxte sie ihm aufs Knie und wandte sich dann ab, um das verräterische Erröten zu verbergen.

Lärmend stellte Molly die Becher in den Schrank, dann ging sie hinaus und knallte die Tür hinter sich zu. Plötzlich plärrte es durchs Schlüsselloch:

»Miss Llewellyn hat 'ne Beule
und sieht aus wie 'ne alte Eule.«

Schnell wandte sich John von Katies wütendem Gesicht ab und hielt sich die Hand vor den Mund. Doch das Lachen in seinen Augen konnte er nicht verheimlichen, und Katie klagte überrascht und verletzt: »O John, du lachst ja! Molly is' gemein. Miss Llewellyn is' … sie is' wunderbar, und sie is' wunderschön. Sie trägt eine wunderbare weiße Bluse mit Rüschchen am Hals, und sie hat braunes Haar, und das glänzt ganz toll. Und Mister Culbert is' hinter ihr her. Cathleen Pearson sagt, er will sie heiraten.« Katies Stimme brach ab. »Sie is' wunderschön … sie is' so wunderschön.«

John setzte sich neben das Feuer und zog sie auf seine Knie und wiegte sie besänftigend in den Armen. »Natürlich is' sie wunderschön, natürlich is' sie das. Und wer is' Mister Culbert?«

»Er is' … er is' Lehrer am St. Judes.«

»Is' er das? So, is' er das? Na, von mir aus kann er Premierminister sein. Aber weißte, was ich tun werde? Ich werde zu Mister Culbert gehen und ihm sagen: »Sie wollen Miss Llewellyn heiraten und unserer Katie die Lehrerin wegnehmen? Nich' über meine Leiche!«

»O John, du bist schlimm.«

Lachend krabbelte sie auf seinen Schoß und legte ihm die kleinen Hände um den Hals und versuchte, ihn mit ihrer kindlichen Kraft zu würgen.

»Halt! Aufhören!«

»Puh!« Sie legte den Kopf zurück. »Das sagt man doch nicht.«

»Was sagt man nich'? Hör auf?«

»Genau. Miss Llewellyn sagt, du mußt sagen: ›Warte einen Augenblick‹ oder ›Halt ein für einen Moment‹.«

»Ma, hörst du das?« Er zwinkerte seiner Mutter zu, die jetzt auf der anderen Seite der Feuerstelle saß und ein Paar grobe Leinenhosen flickte. Kurz lächelte sie zu ihnen herüber und fuhr dann fort, einen Flicken zurechtzuschneiden. Was war's nur, das ihr bei diesen beiden Kindern so ungewohnte Freude bereitete? Allein den beiden dabei zuzusehen, wie sie miteinander spielten, erschien ihr wie ein Ausgleich für die Härten ihres Lebens. In John sah sie immer noch ihr Kind, obwohl er zweiundzwanzig Jahre alt und ein Meter fünfundachtzig groß war. Er würde immer ihr Kind bleiben, ihr allererstes Kind. Es gab Leute, die sagten, man würde alle Kinder, die man geboren hatte, lieben. Was für Dummköpfe waren das doch! Man konnte nicht mal zwei gleich stark lieben. Selbst bei den beiden da drüben liebte sie eines mehr als das andere, doch welches von beiden, konnte sie nicht sagen.

Ihre Gedanken wandten sich wieder konkreten Dingen zu, und ohne aufzublicken bemerkte sie: »Das Fenster zur Straße ist kaputt.«

John erwiderte nichts darauf; nach einer Weile setzte er Katie ab, nahm eine Schachtel Streichhölzer aus seiner Tasche und ging ins Vorderzimmer hinüber. Katie wollte hinter ihm herlaufen, doch Mary Ellen hielt sie zurück. »Kleines, mach mit deinen Hausaufgaben weiter.«

Es dauerte eine Zeit, bevor John zurückkehrte; immer noch sagte er nichts. Er setzte sich wieder in seinen Sessel, zog die Schuhe aus, stellte seine bestrumpften Füße auf den Kaminvorsetzer und starrte auf den Wasserkessel, der leise auf dem Schwenkarm an der einen Seite über dem Feuer summte. Dann zog er eine Zigarette aus seiner Hosentasche heraus und zündete sie an … Würde das denn niemals aufhören? Würde für sie das Leben bis zu ihrem Tod so weitergehen?

Er warf einen Blick auf ihren vornübergebeugten Kopf. Das Haar war grau, doch widerborstig und dicht; nur mit Mühe war das in der Mitte gescheitelte Haar hinten in einem Knoten gebändigt. Das Gesicht darunter war von starken Linien durchzogen. Tiefe Furchen liefen über ihre Stirn und auch von der Nase hinunter zu den Mundwinkeln. Um ihren jetzt entspannten Mund lag ein Zug der Verzweiflung, der Hoffnungslosigkeit. War es verwunderlich? Und dann würde bald auch noch das andere kommen. Und sie selbst so klein, nicht viel größer als ein Kind.

Ungewollt riß es ihn aus seinem Sessel hoch. Was konnte er nur dagegen tun? Er war hilflos. Hätte er doch nur eine anständige Arbeit; wäre er doch nur nicht auf den Docks gelandet. Nun ja, wo sonst hätte er auch anfangen können? Wollte ein Bursche mit vierzehn Geld verdienen, dann mußte er jeden Gedanken an eine Lehrstelle im Handel aufgeben. Es war überall das gleiche: egal, ob es Palmers Schiffswerft oder die Stahlfabrik oder die chemischen Fabriken waren. Für den Rest seines Lebens würde er Dockarbeiter bleiben; und niemals würde er genug Geld heimbringen können, um ihr Leben merklich zu verbessern. Ob sein Vater wohl jemals Ähnliches empfunden hatte, sich mit diesem Gefühl der Enttäuschung und Hilflosigkeit herumgeschlagen hatte? Wahrscheinlich soff er auch deswegen. Und Dominic? Puh! Unwillkürlich machte er mit der Hand eine Geste, als wolle er ihn wegwischen – diesen Säufer!

Er stemmte den Fuß gegen die eine Seite des Kamineinsatzes und rutschte tiefer in seinen Sessel hinein. Trinken war eine merkwürdige Sache, wenn es dich erwischt hatte. Nur einmal war er betrunken gewesen, und immer noch konnte er sich lebhaft an ein paar Einzelheiten dieses Zustandes erinnern. Es war in der ersten Woche passiert, als man ihn an der Ladewinde eingesetzt hatte. Von der Arbeit im Laderaum des Frachters war er hinauf aufs Deck befördert worden, die Schicht zu zwei Schilling sechs Pence, und er fühlte sich nun als echter Mann. Es war Zahltag gewesen, und zusammen mit den Kollegen war er durchs Hafentor gegangen, als einer von ihnen auf den gegenüberliegenden Pub zeigte und fragte: »Kommste mit?«

Er fühlte sich geschmeichelt und ging also mit ihnen in das ›Grapes‹. Er erinnerte sich noch an das Völlegefühl in seinem Magen und an das fortwährende Rülpsen und an das breite idiotische Grinsen in seinem Gesicht. Dieses Grinsen war mit ein Grund gewesen, daß er keinen Alkohol mehr angerührt hatte, denn das Bild seines betrunkenen Ausdrucks stand noch lebhaft vor seinen Augen, als er wieder nüchtern geworden war, und in ihm erkannte er das besoffene Gesicht seines Vaters wieder, so, wie er es immer von klein auf gesehen hatte: den großen, vollippigen Mund in die Breite verzerrt und damit nicht den Eindruck von Intelligenz, sondern von Idiotie vermittelnd. Und endgültig hatte ihn dann der Gedanke kuriert, daß – als er unbekleidet in seinem Bett aufgewacht war – es seine Mutter gewesen sein mußte, die für ihn das getan hatte, was sie sonst immer für seinen Vater tat. Er brauchte einige Zeit, bis er dieses Gefühl der Scham und Demütigung überwunden hatte, welches der Gedanke, von ihr ausgezogen worden zu sein, in ihm hervorrief.

Es gab Zeiten, in denen er zu gern etwas getrunken hätte, wie zum Beispiel heute, da sein Hals vom Staub wie verstopft war – Korn entladen war ein trockener Job. Viermal war er zu den Pferdetrögen außerhalb der Tore gegangen und hatte seinen Blechbecher gefüllt. Einige der Arbeitskameraden hatten ihm zugerufen: ›Is' billig, was John?‹ – ›Und ob. Und noch dazu morgen keinen dicken Kopf‹, hatte er darauf erwidert. Sie hatten es aufgegeben, ihn zu fragen, ob er mitkomme.

An- und abschwellende Schnarchtöne drangen vom Schlafzimmer herüber. Unruhig veränderte er wieder seine Sitzhaltung. Mehr als nach einem Drink verlangte es ihn nach etwas anderem, und das war eine Matratze. Ob er wohl jetzt mit ihr darüber reden sollte? Er sah zu seiner Mutter hinüber. Für heute hat sie schon genug gehabt, sagte er sich, ohne daß er ihr auch noch mit diesem Problem kam. Aber als heiseres Hustengebell das Schnarchen beendete, rückte er doch damit heraus. »In Kürze kommt ein Teerboot; wenn ich darauf eingeteilt werde, krieg ich Extralohn. Könntest du mir davon ... eine Matratze besorgen?«

»Eine Matratze!« Mary Ellen unterbrach ihre Flickarbeit und sah ihn an. »Eine Matratze?«

Er wandte das Gesicht wieder dem Feuer zu. »Ich will, daß Mick im Bett schläft; ich werd' im Schrank schlafen.«

»O Junge.« Sie legte die Hände über der Flickarbeit zusammen. Du kannst unmöglich auf dem Boden schlafen. Und außerdem is' der Schrank nicht groß genug; is' ja kaum genug Platz für Mick da.«

»Ich kann die Tür ja offenlassen.«

Die Traurigkeit, die in ihren Augen lag, schien ihren Körper zu erfassen, machte ihn noch kleiner. Ihr Blick wanderte zum Feuer hin, und ihre Hände lagen still in ihrem Schoß. Es gab keine Möglichkeit, noch ein Bett im Zimmer aufzustellen, selbst wenn sie eines bekommen könnte. Und John im Schrank! Sie schüttelte den Kopf, ohne es zu bemerken.

Der Schrank im Schlafzimmer stand unter Mrs. Flahertys Vordertreppe; seine Gesamtlänge betrug ein Meter fünfundsiebzig – und er wollte darin schlafen! Stand die Tür offen, war es kalt und zugig, selbst im Sommer; war sie geschlossen, war die Luft drinnen natürlich stickig. Sie sorgte sich oft wegen Mick, der darin liegen mußte ... aber John? Seine Füße ragten ohnehin über jede Matratze, über jedes Bettgestell hinaus, seine und Dominics Füße. Aber das war wenigstens nicht der Boden.

Sie blickte ihn an und wußte sofort, daß er entschlossen war, es zu tun, und besorgte sie ihm nicht die Matratze, würde er sich im Schrank eben auf Micks Strohsack legen. Sie seufzte, und ihre Hände nahmen die Arbeit wieder auf.

Stille senkte sich über die Küche; nur Katies Stift und Dominics gedämpftes Schnarchen waren zu vernehmen, als Molly durch die Hintertür hereinstürzte und brüllte: »Ma! Weißte schon das Neueste?«

»Mach nich so'n Krach!« wies Mary Ellen sie zurecht. »Aber Ma, nebenan zieht morgen jemand ein.«

»Wasch dich und mach dich für 's Bett fertig … Wer hat dir denn das gesagt?« wollte Mary Ellen wissen.

»Mrs. Bradley hat's Annie Kellys Ma gesagt, und Annie Kelly hat's mir gesagt.«

»Wenn Mrs. Bradley 's sagt, stimmt's wohl.« Mary Ellen stand auf, zog den Tisch zur Seite, um an die dahinter stehende Holzcouch zu gelangen, und fing an, die Nachtlager der Mädchen herzurichten, jedes an einem Ende.

»Kleines, zieh dich aus«, sagte sie über die Schulter zu Katie.

Die beiden Mädchen entkleideten sich bis auf die Stiefel und Strümpfe in der Spülküche. Die zogen sie sich erst auf Hockern sitzend aus, die sie sich vor die Feuerstelle gezogen hatten, wobei sie freundlich miteinander schnatterten. Katie hatte sich neben John hingekauert; die nackten Füße unter ihrem geflickten Flanellhemd gegen den Kaminvorsetzer gestemmt.

Sanft fuhr John ihr mit den Fingern durch das Haar, und als sich die Schlafzimmertür öffnete und Dominic heraustorkelte, hob er den Blick nicht von der Zeitung, in der er las.

Dominic stand in der Nähe des Tisches und blinzelte verschlafen in das Gaslicht. Er gähnte laut und fuhr sich mit beiden Händen über den Kopf, zog dann seinen Gürtel enger und trat ans Feuer. Er fröstelte und setzte sich auf den Stuhl, auf dem zuvor Mary Ellen gesessen hatte, und grunzte Molly an: »Rutsch mit deinem stinkenden Arsch beiseite!« Mit der Zunge fuhr er sich um die ausgetrockneten Lippen, schüttelte den Kopf, wie um die Alkoholnebel zu vertreiben, und streckte die Hände der Glut entgegen.

»Gibt's was zu fressen?« fragte er, ohne den Kopf zu wenden.

»Da is' Suppe«, antwortete seine Mutter, über die Couch gebeugt.

Katie sah an Molly vorbei in das Gesicht ihres Bruders. Es sah riesig und zum Fürchten aus mit den dunklen Bartstoppeln, die Kinn und Wangen bedeckten, und den noch dunkleren Spuren des getrockneten Blutes um seinen Mund. Er hustete laut und heftig und spuckte gegen das Kamingitter aus, und Katie zog schnell die Füße unter ihr Nachthemd, wobei sie fast vom Hocker fiel. Johns Hand, noch auf ihrem Kopf ruhend, hielt sie fest, doch nahm er den Blick nicht von der Zeitung.

Dominic bemerkte ihre Angst, und langsam breitete sich ein gemeines Grinsen auf seinem Gesicht aus. Scheinbar gelangweilt lehnte er sich auf seinem Stuhl zurück, und nach einer Weile kamen Katies Zehen wieder unter ihrem Nachthemd hervor. Ihre Füße waren kalt, und der eiserne Kaminvorsetzer war weit unterhalb des rotglühenden Bodengitters. Sie hob einen Fuß über Mollys Füße, um die Zehen vor dem unteren Gitter hin und her zu bewegen. Ein Zischen, ein Platschen war zu vernehmen, und Dominics gelber Schleim rann ihr über den Fuß.

Sie wandte das Gesicht ab und preßte den Mund zusammen, um die aufsteigende Übelkeit zu unterdrücken. John sprang auf. Er stieß seinen Sessel zurück, und Katie warf sich in voller Länge vor den Kamin und drückte sich eng gegen das Messinggitter, fort von den stampfenden Füßen. Molly war auf die Couch gesprungen, wo sie sich jetzt ganz klein zu machen versuchte. Und bevor Mary Ellen ihre beiden Söhne noch erreichen konnte, hatte John seinem Bruder einen Faustschlag versetzt, und Dominic segelte rückwärts durch die Küche und landete in der Schranktür.

Mary Ellen warf sich gegen John und schrie immer wieder: »John! Junge! Junge!« Mit den Fäusten hämmerte sie gegen seine Brust, um ihn zurückzustoßen. »John, Junge! John, Junge! Um Himmels willen!«

John sah sie gar nicht an, sondern packte mit einer Hand ihre abgearbeiteten Hände und versuchte, sie beiseite zu schieben. Aber hartnäckig blieb sie vor ihm, preßte ihren Körper gegen den seinen und rief beschwörend zu ihm hoch: »Junge! Junge! John, Junge!«

Alle Farbe war aus Johns Gesicht gewichen; sein Mund war geöffnet, seine Zähne waren entblößt und seine Augen wie schwarzer Marmor. Mit ihrem Körper konnte Mary Ellen die ihn durchfahrenden Wellen des Zorns spüren; ihre Brust war gegen seinen Magen gepreßt, aus dem sich die Wut mit elementarer Gewalt zu befreien suchte.

»Heilige Maria, Mutter Gottes! Heilige Mutter Gottes!« rief sie. »Junge, für heute reicht's!« Ihrem anderen Sohn, der kampfbereit hinter ihr stand, schenkte sie keinerlei Beachtung. Dominic, das wußte sie, würde nur gegen John antreten, wenn es nicht mehr zu vermeiden war, denn mit John konnte er es nicht aufnehmen. Nein, es war John, den sie aufhalten mußte. »John, Junge – John! Mehr kann ich heute nicht ertragen. O Jesus, Maria und Joseph, ihr alle wißt's, mehr kann ich heute nicht ertragen.«

Sie spürte, wie er tief Luft holte, und wie Donner rollten die Worte aus seiner Kehle: »Ich hab' dich gewarnt, wenn du's noch mal tun würdest.«

Erleichterung wallte in ihr hoch. Er hatte geredet; wenn er erst einmal redete, konnte sie mit ihm fertig werden. Er redete wieder, aber nun ließen sie seine Worte fast in Ohnmacht fallen; das Kind in ihrem Bauch schien aufzuhören zu atmen. Die Worte fielen gleich den Worten eines Propheten tief in ihre Seele, und wie Katie empfand sie, daß John eng mit Gott und Pfarrer verbunden war, denn was auch immer er sagte, es waren keine leeren Worte. Und in diesem Augenblick sagte er zu seinem Bruder: »Eines Tages werd ich dich töten.«

Keine Drohung lag in diesen Worten, nur ruhige Gewißheit.

Ein Tag der hübschen Mädchen

Armut ist relativ. Die Menschen, die nicht im Bezirk der Fifteen Streets lebten, erblickten in den dort Ansässigen eine völlig andere Gesellschaftsschicht, nämlich das unterste Proletariat; doch die in diesem Elendsviertel wohnenden Menschen teilten sich selber wiederum in drei verschiedene Kategorien ein: die obere, die mittlere und die untere. Alle lebten sie in ›Häusern‹, entweder in Parterre- oder Hochparterrehäusern, wobei jedoch im unteren Teil des Viertels der Fifteen Streets jedes Haus nur zwei kleine Zimmer hatte; doch die vorhandenen Wohnverhältnisse in den einzelnen Straßen unterschieden sich durch nichts voneinander – der bröckelnde Verputz an den Wänden war voll von Wanzen. Mochte dieses Ungeziefer auch nur nachts hervorkriechen und auf die dicht aneinandergedrängten Schläfer fallen, so durchzog doch jener ihnen anhaftende eigentümliche Geruch die Häuser und stempelte sie zu Wanzenbuden ab. Niemand lebte freiwillig im unteren Teil der Fifteen Streets. Für die Bewohner des mittleren und oberen Teils des Viertels waren die Leute im unteren Teil nur wirklich noch einen Schritt vom Arbeitshaus entfernt, denn diese gehörten in der Regel jenen Armen an, deren Möbel verpfändet oder die wegen Nichtzahlung der Miete aus ihren früheren Behausungen hinausgeworfen worden waren.

Drei Alpträume beherrschten das Leben der Bewohner der mittleren oder oberen Fifteen Streets. Und diese waren eng miteinander verknüpft: das Asozialendasein, das Leben im unteren Teil und das Arbeitshaus. In den Häusern der mittleren Fifteen Streets gab es vier Zimmer, von Zigarrenkistengröße zwar, aber Kisten, die unterteilt waren und für ein oder zwei Menschen eine gewisse Ungestörtheit boten. Im oberen Teil der Fifteen Streets besaß jedes Haus nur drei Zimmer, und diese waren entweder im Parterre oder etwas versetzt im Hochparterre. Hier mußte das Wasser nicht von einem gemeinschaftlichen Wasserhahn aus der Hintergasse herangeschleppt werden, sondern jeder einzelne Hof hatte an einer Seite eine eigene Wasserstelle. Dieser Umstand drückte dem oberen Teil den Stempel der Auserlesenen auf, machte sie somit automatisch zum besten Teil.

Aber selbst in dieser sozial höhergestellten Gruppe der Fifteen Streets war niemand mit seinen Möbeln in einem Möbelwagen angekommen. In einem flachen Lieferwagen ja oder mit einem Kohlenkarren, schlimmstenfalls nach Einbruch der Dunkelheit mit einem Handkarren. Dies waren die üblichen Umzugsarten. Aber in einem Möbelwagen, einem richtigen Möbelwagen mit der Aufschrift ›Raglan – Möbeltransporte, Jarrow-on-Tyne‹ – niemals.

Die ganze Straße war auf den Beinen und verfolgte dieses Ereignis mit ebensoviel Interesse wie sonst nur eine Hochzeit oder eine Beerdigung oder – was weitaus üblicher war – eine Schlägerei. Die drei O'Brien-Kinder hatten Tribünenplätze; sie standen in einer Reihe unterhalb ihres zur Straße hinausgehenden Fensters, und hinter ihnen hatten die älteren O'Briens Aufstellung genommen: Mary Ellen, Shane, Dominic und John. Die Söhne standen zu je einer Seite von Vater und Mutter. Ausnahmsweise boten sie das Bild familiärer Eintracht, zusammengehalten von einem gemeinsamen Interesse. Schweigend beobachteten sie, wie jedes einzelne Möbelstück in das Haus nebenan getragen wurde. Möbel wie diese hatten sie nie zuvor in ihrem Leben gesehen. Da gab es einen großen runden Tisch mit einem einzigen dicken Fuß, der in einer knorrigen Tatze endete; da gab es eine gemusterte Plüschgarnitur mit Fransen rund um die unteren Kanten der Couch und der Sessel; da gab es eine mannshohe Standuhr; ein Bett, eines aus Holz, weiß angestrichen mit Bildern auf den Holzfüllungen; es gab auch noch zwei weitere Betten, aber die waren aus Messing. An ihnen war ungewöhnlich, daß sie weder angeschlagen noch eingebeult waren. Aber das war noch nicht alles. Da gab es zwei Teppiche und eine Ladung dicker Wolldecken, die ein Mann kaum schultern konnte. Und auf der Straße standen alle möglichen Dinge, die in Mary Ellen Neid erweckten, ein Gefühl, von dem sie geglaubt hatte, es seit Jahren überwunden zu haben. Aber solche Sachen hatte sie auch niemals zuvor in den Fifteen Streets gesehen oder irgendwo anders. Der Blumenständer aus Mahagoni mit seinen verschlungenen Ketten, die großen chinesischen Blumenvasen, ein Wäschekorb voll buntem Geschirr und die kleine Mangel, die wie ein Spielzeug aussah. Wer waren diese Leute bloß, die solche Sachen besaßen und trotzdem hierherzogen? Irgendwie paßte das nicht zusammen.

Sie blickte schnell zu John hinüber, um zu sehen, welche Wirkung all dies auf ihn hatte, doch ihre Augen wanderten sofort wieder, seinem Blick folgend, hinunter auf die Straße. Er sah zu einem Mädchen hin, das soeben aus dem Haus trat. Mary Ellen war sich nicht sicher, ob es sich bei ihr um ein Kind, ein Mädchen oder eine Frau handelte.

John, der über das die Scheibe halb verdeckende braune Papier starrte, war auch verblüfft. Das Mädchen da unten auf dem Bürgersteig ähnelte Katie, hatte weder Hüften noch Busen. Der Figur nach konnte sie ein Kind sein, und auch ihr Gesicht hatte etwas von der Unfertigkeit eines Kindes. Und doch war es gleichzeitig alt; nein – nicht alt, das Wort lehnte er ab –, weise, das war es … und hübsch dazu. Ja, sie war hübsch, zartblasse Haut im Kontrast zum dunklen Haar. Das Ungewöhnliche an ihr war das Haar, denn es hing ihr lose um den Kopf. Kurz geschnitten nach Jungenart, umrahmte es das Gesicht wie ein dunkler Heiligenschein. Er wollte mehr von ihr sehen, und als sie sich umdrehte, um mit dem das Ausladen dirigierenden alten Mann mit den schlohweißen Haaren zu sprechen, beugte er sich unbewußt nach vorn.

Was immer sie gesagt haben mochte, es lockte ein Lächeln auf das schmale, ernste Gesicht des Mannes, und sie lächelte zurück. Und damit wußte John, daß die beiden in enger Beziehung zueinander standen. Es war, als strahlten beide das gleiche Licht aus. Es erleuchtete ihre Gesichter und schien sogar einen Strahl des Lichtes zu ihm heraufzusenden, denn unbewußt lächelte auch er, während er sie beobachtete. Er fragte sich, wer sie wohl sein mochten. War der Mann ihr Vater oder ihr Großvater? Und der kleine Junge, der hin und her rannte, war offenbar auch einer von ihnen, denn er hatte die gleiche zartblasse Haut und das dunkle Haar.

John dachte an die feinen Möbel und ihre feinen Kleider, und das Lächeln auf seinem Gesicht erlosch. Der alte Mann trug einen Anzug und einen Hemdkragen und eine Krawatte, ganz so, als sei er für eine wichtige Tätigkeit gekleidet, und das Mädchen hatte ein blaues Wollkleid an, mit einem kleinen wollenen Mantel in derselben Farbe darüber. Das sah hübsch und ordentlich aus, und John fand, es war grundverschieden von den Kleidern, wie sie die Mädchen der Fifteen Streets trugen.

Die beiden Möbelpacker hatten Schwierigkeiten, eine Kommode durch die Haustür zu bugsieren. Es war die größte Kommode, die John je gesehen hatte, größer noch als er selber. Er konnte jetzt nur den Möbelpacker sehen, der das Möbel am unteren Ende trug und nach Anweisung seines Kollegen, der mit seinem Ende im Haus war, immer wieder vor und zurück trat. John wußte, was geschehen war. Von der Haustür aus ging es nicht direkt ins Vorderzimmer, sondern zuerst in einen winzigen Vorraum. Der andere Möbelpacker hing mit seinem Ende der Kommode in diesem Vorraum fest.

Hilfestellung von dem alten Mann war nicht zu erwarten, und John bemerkte, wie das Mädchen suchend um sich sah und den Blick über die dunklen, zusammengedrängten Gestalten in den Hauseingängen gleiten ließ. Dann wanderte ihr Blick zu dem Fenster herauf und begegnete dem seinen. Für einen Moment hielten sich ihre Blicke fest, und er bemerkte Überraschung und Neugier in ihrem Blick, und dann wurde ihm klar, daß es ihr vorkommen mußte, als stünde er auf einem Hocker, um über das braune Packpapier hinwegschauen zu können. Belustigt dachte er bei sich: »Na, dann zeig ich mich doch mal in meiner vollen Größe. Helf ich ihnen eben mit der Kommode ... zum Teufel mit dem Getratsche! Er drehte sich um, und sein Blick fiel auf Dominic, der näher an der Zimmertür stand und ihn mit Augen voll hämischem Lachen ansah. Langsam zog Dominic seine Hose hoch, knöpfte seine Jacke zu und ging dann hinaus auf die Straße.

Verärgert beobachtete John, wie Dominic das Mädchen ansprach und dieses schnell von Dominic hinauf zum Fenster blickte, so, als wolle es sich vergewissern, daß es zwei von ihnen gab. Dann lächelte es Dominic zu, und dieser beugte seinen breiten Rücken unter die Kommode, entlastete die Männer, und in wenigen Minuten waren sie alle im Haus verschwunden.

John und Mary Ellen wandten sich vom Fenster ab und gingen in die Küche. Nichts war Mary Ellen entgangen; sie hatte die Absicht ihres Sohnes erkannt und wußte, daß Dominic Johns Vorhaben ebenfalls nicht entgangen war und er John mit seiner Hilfsbereitschaft ärgern wollte. »Komm, Junge, und iß zu Ende, sonst wird's hart wie Stein«, versuchte sie ihn abzulenken.

Sie nahm drei Teller aus dem Ofen und rief ihren Mann zum Essen. Shane, der noch ganz verblüfft dreinblickte und wieder seine Zuckungen hatte, kam an den Tisch.

»Müssen ja verdammte Millionäre sein«, meinte er. »Weißte, wer die sind?«

»Nein«, antwortete sie, »ich weiß nix über die.«

Schweigend wurde das Essen eingenommen. Ein-, zweimal warf Mary Ellen John einen forschenden Blick zu, doch sein Gesicht war verschlossen und verriet nichts. Sie stand auf und wollte den Tisch abräumen, als sich ein Gesicht gegen die Fensterscheibe preßte und eine Stimme rief: »Darf ich reinkommen, Mrs. O'Brien?«

Ungeduldig runzelte Mary Ellen die Stirn, doch sie antwortete freundlich: »Ach, du bist's, Nancy. Ja, komm nur rein.«

Ein sechzehnjähriges Mädchen drückte sich am Türrahmen vorbei in die Küche. Ihr Gesicht war flach, fast konkav zu nennen, und Nase und Augen schienen in der Mitte darin zu verschwinden, als würden sie von einer saugenden Kraft nach innen gezogen. Ihr Ausdruck war ernsthaft und gewichtig wie bei einem Kind, das versuchte, Eindruck zu machen. Wunderlich zeremoniell begann sie: »Guten Tag, Mrs. O'Brien.«

Und Mary Ellen antwortete freundlich: »Guten Tag, Nancy.«

»Guten Tag, John.«

John drehte sich am Tisch um und grüßte zurück: »Guten Tag, Nancy.«

»Guten Tag, Mister O'Brien.«

Shane brummte etwas vor sich hin und hielt den Blick auf seinen Teller gerichtet. Und Mary Ellen, Gott dafür dankend, daß die anderen Familienmitglieder nicht anwesend waren, denn sonst hätte sich die Begrüßungszeremonie ins Endlose hingezogen, forderte sie auf: »Setz dich, Nancy.«

Nancy setzte sich hin, und John fragte sie: »Magst du noch deine Stelle?«

»Ja, John«, antwortete sie, »und ich bin jetzt schon fast einen Monat da.« Da sich ihr Mund niemals schloß, hatte dies einen eigenartigen Effekt auf ihre Sprechweise; ihre Stimme klang nasal wie bei jemandem mit einer Hasenscharte, da ihre Lippen sich nicht einmal berührten.

Geduldig antwortete John: »Ja, Nancy, das bist du«, obwohl er genau wußte, daß die Zeit, die sie nun schon in dem Fitzsimmonsschen Bierabholmarkt schrubbte und putzte, eher vier Jahre als vier Wochen betrug. Zeit war ein unbekannter Begriff in Nancys Gedankenwelt. Ihr Körper vermittelte den Eindruck unkontrollierter Stärke; ihre langen Arme hingen aus den zu kurzen Ärmeln ihres Mantels aus braunem verschossenem Stoff heraus, und ihre Stiefel schienen zu klein für ihre großen Füße zu sein.

Freundlich sagte John: »Nett siehst du heute aus, Nancy.«

Sie lächelte ihn an, wobei sich ihr Gesicht zu einer Grimasse verzerrte; dann klopfte sie sich linkisch-kokett mit ihren roten Händen den Staub vom Mantel und teilte mit: »Das is' 'n neuer Mantel. Meine Ma hat ihn gekauft. Und auch die Stiefel. Und ich hab' auch 'n Seidenkleid mit Schärpe. Und ich werd' auch 'n Hut mit 'ner Feder drauf bekommen.«

Shane schob seinen Stuhl zurück und ging ins Vorderzimmer hinüber. Mary Ellen sah ihm nach – er konnte das sinnlose Gebrabbel von Nancy nicht ertragen. Sie ging in die Spülküche, um abzuwaschen, froh darüber, daß John da war, um mit Nancy fertig zu werden, sollte sie wieder zu lachen anfangen … Oh, dieses Gelächter von Nancy! Mary Ellen schauderte. Sie fürchtete sich vor nichts auf dieser Welt so sehr wie vor diesem Gelächter von Nancy Kelly – es lehrte sie, Gott zu fürchten. Aber John wurde mit ihr fertig; er hatte es immer gekonnt. Er behandelte sie, als sei sie so normal wie andere Mädchen. Sie wußte, daß John aus Mitleid heraus handelte; es war wie ihr eigenes Mitleid, nur daß das seine ohne die Furcht war, die sie immer durchfuhr. Sie hörte, wie Dominic pfeifend über den Hinterhof kam. Er war sehr mit sich zufrieden, hatte er doch John eins auswischen können. Sie hoffte zu Gott, daß er nichts mehr tat, um Johns Gefühle weiterhin zu verletzen; die furchtbare Warnung von gestern abend klang ihr noch immer in den Ohren. Mehr als alle Wutanfälle von Shane oder Dominic fürchtete sie die Johns, denn die seinen waren heftiger, weil sie nüchterner Berechtigung entsprangen.

Dominic kam herein, und erstaunt hörte sie, wie er die Tür zur Küche hin zuzog, so daß sie beide nicht von den anderen gehört werden konnten. Sie stand über dem Abwasch gebeugt; er stellte sich dicht neben sie und fragte leise: »Meinste, du könntst mir Geld leihen, damit ich meine Klamotten auslösen kann?«

Sie sah zu ihm hoch, die Hände noch im Wasser. »Ich hab nur die Miete. Du hast deinen Anzug selber hingetragen, nu' wirste ihn wohl auch wieder rausholen müssen.«

»Ich werd's dir nächste Woche bestimmt zurückgeben.«

»Ich hab's nich'. Ich hab' grad noch ein bißchen Kleingeld fürs Gas am Wochenende.«

Dominics Anzug war seit mehr als einem Monat beim Pfandleiher, und er hatte es nicht der Mühe wert gehalten, ihn auszulösen, obwohl er volle Schichten arbeitete. Ohne ihn war er ans Haus gebunden und verbrachte daher seine Sonntage im Bett, denn einem ungeschriebenen Gesetz zufolge ging man am Sonntag nicht in Arbeitskleidung vor die Tür. Selbst wenn ein Mann einen Schilling gehabt hätte, um eine ganze Runde schmeißen zu können, würde er sich niemals in einem Pub blicken lassen, wenn er nicht ›ordentlich‹ angezogen war.

Komisch, dachte Mary Ellen, Dominic spricht nicht von morgen, sondern denkt an heute abend und an das neue Mädchen von nebenan. Obgleich sie nicht verstand, wie er nur den Nerv haben konnte, sie einzuladen … Doch dann begriff sie. Dominic hatte zu allem den Nerv, wenn er es nur stark genug begehrte. Kurz und bündig beschied sie ihn: »Frag doch eine deiner Busenfreundinnen.«

Er warf ihr versteckt einen fragenden Blick zu – wieviel mochte sie wohl wissen? Sie wußte mehr, als er annahm, zu ihrem Leidwesen. Auf den Docks unten gab es eine gewisse Frau – Lady Pansy –, die als ›Dame‹ bezeichnet wurde, weil sie es in ihren Erfolgsjahren nicht unter einem Chefingenieur getan hätte. Doch die Zeiten hatten sich geändert, und mit ihnen Lady Pansys Figur und Gesicht. Obwohl sie heutzutage nicht mehr viel Geld verlangen konnte, liebte sie ihre Männer jedoch noch jung und kräftig, und Mary Ellen wußte, daß das gesamte Geld von Dominics vollen Schichten nicht nur für Drinks ausgegeben wurde; der Gedanke allein machte sie schon krank, war die Frau doch so alt wie sie, wenn nicht älter!

Sollte Mary Ellens Weigerung Dominics Laune einen Dämpfer aufgesetzt haben, so ließ er sich dies jedoch nicht anmerken, denn in der Küche war er besonders herzlich und nahm Nancys Begrüßung vorweg, wobei er sie nachahmte.

»Gu-ten Tag, Nan-cy!«

»Guten Tag, Dominic.« Verlegen rutschte Nancy in ihrem Sessel hin und her.

Dominic ging zu ihr hinüber und baute sich dicht vor ihr auf. »Was hör' ich da von dir, Nancy? Man hat mir gesagt, du gehst mit jemandem?«

»He, wer hat das gesagt?« Das Mädchen rutschte noch unruhiger in seinem Sessel hin und her. »He! Tu ich nich' ... bestimmt nich', nich' wahr, John?«

John erwiderte nichts, sondern wandte sich ab und setzte sich neben das Feuer. Er wußte, wohin Dominics Frotzeln führen würde.

»Na ja, das hab' ich gehört.« Und Dominic fuhr fort: »Ich dachte, du würdest auf mich warten. Du bist mir ja 'ne Schöne.« In gespielter Verärgerung zog er seinen Gürtel enger.

»He, Dominic! Ich hab' keinen Freund, bestimmt nich'. Ich laß keinen an mich ran. Wenn die mich anrühren, schrei ich – jawohl.« Ihr Gesicht legte sich in bekümmerte Falten.

John stocherte heftig mit dem Schürhaken zwischen den Eisenstäben – er wußte, daß Dominic mit seiner Taktik eher bezweckte, ihn zu reizen als Nancy aufzuziehen.

Dominic lachte und fuhr dann mit gespieltem Ernst fort: »Laß uns mal endlich was verabreden. Wann gehen wir mal zusammen spazieren, eh?«

Mary Ellen kam eilig in die Küche. »Nancy, ich glaub', du gehst jetzt besser heim; deine Ma wird sich schon wundern, wo du bleibst.«

Als Nancy gehorsam aufstand, flüsterte Dominic ihr zu: »Denk dran, bald werd' ich mir 'n anderes Mädchen zulegen.«

»Genug davon!« rief Mary Ellen dazwischen. »Nancy, mach jetzt, daß du nach Hause kommst.« Und damit packte sie das Mädchen und führte es zur Tür; doch bevor sie sie noch erreicht hatte, öffnete sie sich, und Hannah Kelly stand im Türrahmen.

»Aha, da bist du also.«

Ohne ein Lächeln blickte sie ihre Tochter an. »Hab's mir schon gedacht. Los, verschwinde und mach, daß du nach Haus kommst.«

Nancy schob sich an ihrer Mutter vorbei, und Hannah kam herein und schloß die Tür. Mit verschwörerischer Miene fragte sie: »Na, was denkste? Mary Ellen, weißte, wer da neben dir eingezogen is'?«

Mary Ellen schüttelte den Kopf.

»Mein Gott! Wirste nie glauben. Nu' wird unser Viertel schon das irische Viertel genannt; dabei haben wir hier genug Juden und Sektenbrüder ... und nu' noch so was! Also, da frag' ich dich doch.«

»Was sind sie denn nu'?« fragte Mary Ellen ungeduldig.

»Spiritisten!« Mit einer eindeutigen Kopfbewegung verlieh Hannah ihren Worten Nachdruck.

»Was!«

»Spiritisten. In Jarrow und Howden und in der Gegend nennen sie ihn den ›Spuker‹. Erinnerst du dich noch, als vor einiger Zeit die irischen Arbeiter eine Hütte niederbrannten und die Polente den Mann wegschaffen mußte? Der von nebenan war's. Er hielt damals grad 'ne Messe oder so was ab.«

Mary Ellen drehte sich um und blickte ihre Söhne an, die beide jetzt mit Interesse Hannah Kelly zuhörten.

»Dorrie Clark wußte vom ersten Augenblick an, als er hierherkam, wer's war, und sie hat Bella Bradley erzählt, als sie mal in Jarrow entbunden hat, wär' er reingekommen und hätt' seine Hände auf sie legen wollen. Genau das hat sie gesagt … wollte seine Hände auf sie legen! Hat man so was schon gehört? Um die Wehen zu erleichtern, hat er gesagt, weil sie schon vier Tage dabei war.«

Mary Ellen war sichtlich schockiert. »Hat sie ihn gelassen?«

»Den Teufel hat sie getan! Kennst doch die alte Dorrie. Sie sagt, sie hätt' ihn mit 'nem Tritt in den Arsch rausgeschmissen. Und das hat die auch bestimmt gemacht, ob sie nu' voll Gin war oder nich'. Aber ich schwör dir, lang wird's nich' mehr dauern, und hier wird's nur so von bösen Geistern schwirren! Vergiß meine Worte nich'; du wirst noch an mich denken.«

Mary Ellen war offensichtlich tief beunruhigt. Sie sah von einem zum anderen und fragte schließlich John: »Was sagst du dazu?«

John wandte sich ab und ging ins Schlafzimmer hinüber.

»Keine Ahnung. Für mich sehen die ganz normal aus.« Hannah lachte und rief hinter ihm her: »John, paß auf, daß sie dich nicht verhext. Man sagt, daß Mädchen wär' so schlimm wie der Alte.« Und dann zu Dominic gewandt: »Du hast ja wohl auch schnell 'nen Fuß zwischen die Tür gekriegt, was?«

Dominic ignorierte die Anspielung. »Was macht der alte Mann eigentlich?«

»Nu', das is' auch wieder so 'ne komische Sache. Er is' der Mister Bracken, der das Schuhgeschäft in Jarrow hat.«

Die drei sahen sich gegenseitig an und stellten sich alle ein und dieselbe Frage. »Warum zieht ein Mann, der ein Schuhgeschäft besitzt, in die Fifteen Streets?«

Unterdessen zog John im Schlafzimmer eine hölzerne Kiste unter dem Bett hervor und holte seinen Anzug heraus. Er war zu zerknittert, woraus er schloß, daß er nicht ins Leihhaus gewandert war; wäre er nämlich dort gewesen, hätte seine Mutter ihn für ihn aufgebügelt. Er nahm seinen schmutzigen Regenmantel vom Haken, überlegte einen Moment, ob er sein schwarzes Halstuch gegen ein anderes tauschen sollte, entschied sich jedoch dann dagegen. Das würde er sich für heute abend aufheben, wenn er hinüber nach Shields ginge, um dort über den Markt zu bummeln oder vielleicht ins Kino, in die Spätvorstellung, zu gehen. Jetzt machte er ja nur einen Spaziergang.

Auch seine Arbeitsstiefel ließ er an und ging dann wieder in die Küche, wo er seine Mutter allein vorfand. »Könntest du mal mit dem Eisen über meinen Anzug fahren?«

»Natürlich, Junge«, erwiderte sie. »Gehste spazieren?« Er nickte. »Wo is' Katie?«

»Da is' sie ja. Kommt grade über 'n Hof«, sagte Mary Ellen.

»Willste mit?« fragte er seine kleine Schwester.

»O ja, John. Ja! Ja!« Aufgeregt hüpfte Katie von einem Fuß auf den anderen.

»Aber nich' mit diesen Händen und so'nem dreckigen Gesicht«, meinte er. »Was haste nur gemacht?«

»Verkaufen gespielt … Aber wart auf mich, ja? Dauert nur 'ne Minute.«

Mary Ellen schüttete bereits Wasser in die Waschschüssel, und ein paar Minuten später spazierte Katie neben John über den Hof, das Gesicht strahlte, und ein runder Strohhut saß keck auf ihrem Kopf.

Er nahm sie bei der Hand, und zusammen marschierten sie über die mit Kopfsteinen gepflasterte Hintergasse zur Hauptstraße.

»Wo sollen wir hin?« fragte er sie.

»O John, laß uns aufs Land hinausgehen, ja?«

»Simonside?«

»Ja. O ja, nach Simonside!«

Der Tag war kalt und klar; der Wind blies direkt vom Meer. Hoch wölbte sich der Himmel über die Häuserdächer und die aufragenden Ladekräne, die sich hinter dem Steinwall erhoben, der die gegenüberliegende Straße von den Fifteen Streets trennte.

John sah hinauf zu den weißen, schnell dahinsegelnden Wolkenbüscheln am Himmel. »Sieh mal, da oben. Sehen sie nicht aus wie eine Flotte weißer Omnibusse, die einen Tagesausflug machen? Ich wette, die fahren auch aufs Land – nach Morpeth oder in die Gegend.«

Katie kicherte. Das war einer der vielen Gründe, warum sie so gerne mit John spazierenging – er erfand über alles Geschichten. Sie sah zu ihm hinauf und zwinkerte. »Ich wette, wenn sie zurückkehren, singen sie auch wie Leute, die von einem Ausflug heimkommen: ›Mein gutes altes Jarrer, nun bin ich wieder da, Hip-hip, hip-hip – hurra!‹«

Sie kicherte wieder, und John zog ihr mit einem Ruck den Hut über die Augen. »Du altes Gackerhuhn!«

Einige Zeit wanderten sie entlang der Mauer, bis sie die chemischen Fabriken und das Straßenbahndepot erreichten. Von da aus ging es weiter einen schmalen Pfad entlang, der auf der einen Seite vom unteren Ende der chemischen Fabrikanlage und auf der anderen von einem Wall begrenzt wurde, der streckenweise das Jarrowsche Binnenmeer absicherte. John fragte: »Willst du zur Helling hinunter?«

Schaudernd schüttelte Katie schnell den Kopf.

»Nanu, wovor haste denn auf einmal Angst?«

»Der schwarze Schlick – er is' so tief, und wenn man reinfällt, kommt man nich' mehr raus.«

»Aber jetzt haben wir Flut, und vielleicht ist ein kleines Schiff unten vertäut ... Schon gut, schon gut«, beruhigte er sie lachend, als er sah, wie Katie wieder erschauderte. Früher haste dich aber nie vor der Helling gefürchtet.«

Sie verschwieg ihm, daß Mick sie dort hinuntergezerrt und so getan hatte, als wolle er sie hineinstoßen. Er hatte sie weit über die Mauer gehalten, und wie versteinert vor Furcht hatte sie auf den silbrig-schwarzen, schleimigen Schlamm gestarrt, der genau unter ihrem Gesicht von der Strömung langsam aufgesogen wurde, die gemächlich unter seiner regenbogenfarbenen öligen Oberfläche dahinfloß. Ihrer Mutter davon zu erzählen hatte sie nicht gewagt, denn dann hätte es John erfahren, und der hätte sich Mick vorgenommen.

Sie erreichten die Stelle, wo das Binnenmeer von Jarrow nicht mehr durch einen Wall abgesichert wurde. Die See schwappte bis knapp unterhalb des Dammes, der hier nur wenige Meter vom

Gehweg entfernt war. Auf der großen Wasserfläche, einem Viereck gleich, schwammen mit Seilen zusammengebündelte Hölzer fast bis hin zum Priel, der Wasserrinne, die durch das Watt verlief.

Es gab einen Holzplankensteg, der unterhalb des Gehwegs begann und quer über das Binnenmeer fast bis hin zum Priel reichte. Teilweise waren die Holzplanken schwarz und verrottet und schienen als sicherer Grund so zuverlässig wie ein loser Felsbrocken am Rande eines jähen Abgrundes. Hier spielten Kinder in fröhlicher Unbefangenheit, sprangen vom Steg hinüber auf die schwimmenden Holzbündel. Einige Kinder lagen bäuchlings auf weiter entfernt schwimmenden Holzflößen und versuchten, vorbeitreibende Holzlatten zu angeln. Lebhaft erinnerten die Kinder John an die eigene Vergangenheit. Wie viele Male hatte er gefährlich nahe auf den entferntesten der Holzflöße nahe am Priel gestanden und auf die Flut gewartet, die Treibholz anschwemmen würde. Oft, endlose Wochen lang, war dieses Holz ihre einzige Wärmequelle gewesen, aber meist mußten sie auch ohne diese Wärme auskommen, weil er den Sack Holz für Twopence zu verkaufen versuchte. Selten hatte er Erfolg; Koks verkaufte sich am besten. Folgte er den Kohlenkarren von Jarrow bis hinein nach Shields, so konnte er ungefähr zwei Eimer voll pro Fuhre auflesen. Die Kohle fiel immer dann herunter, wenn der Karren über stark holprige Straßen dahinrumpelte, und besonders viel, wenn er die Straßenbahnschienen überquerte. Twopence pro Fuhre konnte er für Koks bekommen, und folgte er dem Kohlenkarren dreimal, bekam er Sixpence. Aber nur selten hielt er die dritte Fahrt durch, denn seine Beine wurden so müde. Er erinnerte sich noch gut an das melancholische Gefühl, das ihn überkam, wenn er den Kohlenkarren hinterherlief. Es schien ihn stärker zu überkommen, wenn die Sonne schien ... Das war schon eine merkwürdige Reaktion, aus der er noch immer nicht ganz herausgewachsen war – er mochte keinen Sonnenschein. Jahrelang beschäftigte ihn dieses Gefühl irgendwie. Dann, eines Tages, wußte er den Grund. Der Sonnenschein zeigte kraß die Realität seiner Umgebung auf. Ein seltsames Gefühl des Schmerzes hatte sich seiner bemächtigt. An einem düsteren Tag schienen die Docks, der Kohlenstaub, die Häuser, die ratternde Straßenbahn und die Menschen zu einem einzigen Hintergrund zu verschmelzen; doch schien die Sonne, dann kamen all die Einzelheiten deutlich heraus – schmutzig, nackt und müde, und irgendwie verletzte ihn das ... Genau dieses Gefühl überkam ihn jetzt wieder; er bemühte sich, es zu ignorieren, denn es stimmte ihn immer nachdenklich, und fing er erst einmal an nachzudenken, packte ihn eine kalte Wut auf alles und jeden. Wie seine Mutter zu sagen pflegte: Nachdenken führt zu nichts.

Katies Worte ließen ihn jedoch noch tiefer in diese Stimmung sinken. »Weißte John, wenn ich mal erwachsen bin, werd' ich Lehrerin.«

Er drückte ihre Hand. »Ich wette, du wirst sogar noch ... Direktorin.«

Eine Lehrerin! Würden sich Katies Träume je erfüllen? Er konnte es sich nicht vorstellen. Wie die anderen Mädchen würde sie mit vierzehn irgendwo eine Arbeit annehmen, und der große Eifer würde ersterben. Ihre Träume, wie die seinen als Junge, würden im Kampf ums Brot zerreißen ... Es war schon komisch, aber im Leben schien alles nur auf das eine hinauszulaufen: sich zu Tode zu arbeiten, um leben zu können; schuften für Nahrung und Wärme; und wenn die Sinnlosigkeit offenbar wurde, sie im Alkohol zu ertränken. Wo lag da ein Sinn? Wozu war das Leben da?

Immer wieder stellte er sich diese Frage, wenn seine Gedanken wanderten. Die Priester hatten eine Antwort, aber schon seit langem hatte diese ihn nicht mehr befriedigt. Jetzt stellte er sich eine andere Frage: Mußte er bis zu seinem Tod in diesem Viertel bleiben? Glücklich war er dort nicht, sobald er jedoch wie jetzt sein Viertel verließ und hinauf nach Simonside ging, verstärkte sich dieses Gefühl der Einsamkeit, und er kam sich verloren vor und wünschte sich wieder zurück in die Fifteen Streets, zurück zu den Docks, nur weg von den großen Villen, die zurückgesetzt am Ufer von Simonside standen, mit den breiten Einfahrten und den großen Gärten. Er konnte nicht begreifen, warum dieses Gefühl der Einsamkeit sich verstärkte, je weiter er sich räumlich von dem Leben, das ihn so wütend machte, entfernte.

Er war ein Trottel, einfach ein Trottel. Er sollte sich ein Mädchen zulegen. Das war's, was er brauchte. Er war zweiundzwanzig und hatte noch nie ein Mädchen gehabt. Nicht einmal geküßt hatte er ein Mädchen, auch nicht im Spaß. Katie war die einzige, die er küßte. Er wußte, eine oder zwei gab es in den Fifteen Streets, bei denen er nur mit den Fingern zu schnippen brauchte; aber er hatte nicht geschnippt. Wie Dominic, wälzte auch er sich unruhig im

Bett hin und her während der langen Nächte, und viele Male hatte er sich schon geschworen, Jenny Carey oder Lily McDonald für Samstag abend einzuladen, aber mit dem hereinbrechenden Tageslicht vergaß er sie wieder.

In letzter Zeit hatte sich Dominic nicht mehr so gewälzt. Ein- oder zweimal war John versucht gewesen, dessen Kur auch anzuwenden; aber dann war mit der Helligkeit auch diese Versuchung wieder verschwunden.

»John, sieh mal, da is' Father Bailey«, unterbrach Katie seine Gedanken.

Der Priester kam soeben die Einfahrt von einem der großen Häuser herunter und winkte ihnen zu. »Guten Tag, ihr beiden.«

John blieb stehen. »Guten Tag, Pater.«

Hätte es sich um Pater O'Malley gehandelt, wäre er nicht stehengeblieben; aber Pater O'Malley hätte auch nicht ›Guten Tag, ihr beiden‹ gerufen. Der hätte bestenfalls leicht mit dem Kopf genickt. Der würde auf der Straße nicht mit einem sprechen, selbst wenn er gewußt hätte, daß man nicht zur Messe gegangen war. Der würde warten, bis er einen im Haus drinnen erwischte, und dann würde das Donnerwetter losgehen. Pater Bailey hingegen war ganz anders. Selbst wenn er einen tadelte, weil man die Messe versäumt hatte, tat er dies auf eine freundliche Art.

»Na, geht ihr spazieren, ihr zwei?« Der Priester lächelte, erst hinauf zu John und dann hinunter zu Katie, und ohne die Antwort abzuwarten, fuhr er fort: »Ist genau der richtige Tag dafür. Weißt du, John«, er trat einen Schritt zurück, »es scheint mir, du wirst immer größer.«

»Das is' nur die eingegangene Montur, Pater.«

»Na ja, schon möglich, aber ich dachte immer, ich reiche dir bis an die Schulter. Hab' ich mir wohl nur eingebildet.«

Er wandte sich an Katie. »Na, Katie O'Brien, welche Auszeichnungen hast du denn diese Woche wieder eingeheimst? Weißt du, John, daß wir hier ein ganz kluges Mädchen haben? Jede Woche höre ich irgend etwas Gutes von Katie O'Brien. Sie ist die Klassenbeste in diesem, jenem und noch mehr Fächern. Am Ende wird sie noch die Lehrer lehren.«

»O Pater!« Verlegen senkte Katie O'Brien den Kopf und betrachtete angestrengt ihre Schuhe.

Der Priester tätschelte ihren Strohhut. »Ich bin gerade auf dem

Weg in die Fifteen Streets und werde eurer Mutter einen Besuch abstatten. Wie geht's ihr, John?«

»Och, es geht so, Pater.«

»Und eurem Vater und Dominic?« Fragend blickten des Priesters Augen zu ihm hinauf.

Sie hielten den Blick Johns fest, und dieser erwiderte verdrießlich. »Es ändert sich nichts.«

»O John, da liegst du aber falsch. In jeder Minute des Tages ändern sich die Menschen.«

»Ja? Bemerkt hab' ich's bei denen noch nich'.«

Pater Bailey tätschelte wieder Katies Hut, doch seine Worte waren an John gerichtet: »Das tun wir nie. Aber blick nach vorn, John ... Werde ich dich morgen in der Messe sehen?«

»Ich glaub's nich', Pater.«

»Also, das geht nicht. Das geht ganz und gar nicht. Ich werde wohl bald mal ein ernstes Wörtchen mit dir reden müssen. Aber ich muß machen, daß ich weiterkomme. Viel Spaß dann noch, ihr beiden, auf eurem Spaziergang. Wiedersehen, Wiedersehen.«

»Wiedersehen, Pater.«

Die beiden setzten ihren Weg am Simonside-Ufer fort, vorbei an der kleinen Schule und hinein in das, was man hier das Land nannte – ein paar Felder mit eingezäunten Wegen dazwischen. Drehte man sich nicht um und blickte zurück, so konnte man sich einbilden, daß es keine Docks, keine Bergwerke, keine düsteren grauen Straßen gab; und strengte man seine Fantasie noch mehr an, konnte man gar sehen, wie diese Felder mit ihren geraden Reihen von sanftem Grün sich ins Endlose dahinzogen.

»Wollen wir bis zum Robin Hood wandern?« fragte Katie.

»Das wird zu weit für dich sein«, gab John zu bedenken. »Nein, wird's nich'. Ich könnt' meilenweit laufen.«

Sie hüpfte vor ihm her und überließ ihn wieder seinen Gedanken: Gedanken an den Priester, an seine einsamen Gefühle und an das Mädchen von nebenan. Seine Gedanken verweilten bei dem Mädchen. Würde er sie gerne ausführen? Großer Gott! Nie würde er den Mut haben, so eine wie sie darum zu bitten, selbst wenn sie noch zu haben war – irgendwie war sie anders ... Aber warum lebte sie nebenan? ... Darauf fand er keine Antwort. Und Dominic, der würde wohl kaum so verrückt sein, sie darum zu bitten. Bestimmt nicht! So eine Frechheit würde er nicht besitzen, nicht in dem versoffenen Zustand, in dem er sich befand – und dann diese Frau. Aber warum war er hinausgegangen und hatte ihnen geholfen? Doch nicht um des Helfens willen, sondern nur, um mit dem Mädchen in Kontakt zu kommen. Wie auch immer – warum beschäftigte er sich überhaupt mit Dingen, auf die es, verdammt noch mal, nicht ankam? Hatte er nicht über Wichtigeres nachzudenken? Seine Mutter mit all ihren Problemen zum Beispiel; das Haus, in dem es kaum noch einen heilen Gegenstand gab.

Aber Sonne und Wind änderten seine Stimmung – er wollte nicht nachdenken, er wollte nur einfach auf diesem ruhigen Weg dahinwandern.

Er nahm die Kappe vom Kopf und ließ den Wind mit seinen Haaren spielen. Mit der Hand fuhr er durch sie hindurch und empfand ganz stark ein Gefühl der Freiheit, so ohne Kopfbedeckung außerhalb des Hauses zu sein. Ein herrliches Gefühl der Freiheit. Hier sah ihn niemand. Es war ein ungeschriebenes Gesetz, daß eine Frau nicht aus dem Haus ging, ohne ihren Kopf mit einem Hut oder einem Umschlagtuch zu bedecken, und ein Mann nicht ohne seine Kappe.

Katie kam zu ihm zurückgelaufen und rief von weitem: »O John, dein Haar sieht genauso aus wie das von Miss Llewellyn, wenn die Sonne draufscheint! Braun und glänzend.«

»Was!« rief er aus. »Miss … Sei nicht blöd.« Gutgelaunt verstrubbelte er sein Haar noch mehr.

»Is' aber so.«

»Red keinen Unsinn!« Er nahm ihre Hand und zog sie an seine Seite, und so wanderten sie weiter, bis Robin Hood in Sicht kam, von wo aus sie wieder die Richtung nach Simonside einschlugen. Katie sang ein Kirchenlied, ein Schullied nach dem anderen, während John in seltener Zufriedenheit neben ihr herging und ihr zuhörte.

Sie näherten sich der höchsten Stelle des Ufers, von wo aus es zu den Docks abfiel, als urplötzlich ihr Singen verstummte und er spürte, wie ihre Hand heftig an der seinen zerrte. Er blickte in ihr Gesicht, das zu ihm erhoben war. Es strahlte in freudiger Überraschung – ihre Augen waren weit geöffnet und sandten ihm eine stumme Nachricht. Verwundert folgte er ihrem Blick und sah dann eine Frau auf sie zukommen, eine junge Frau. Sie war überdurchschnittlich groß und trug einen braunen Stoffmantel, dessen Oberteil gebauscht war und in der Taille zusammengefaßt ihren Busen betonte. Auf dem hoch erhobenen Kopf trug sie einen grünen Hut, um dessen Krempe sich eine braune Feder schmiegte; es sah aus, als trüge sie eine Krone.

Als sie näher kam, fiel John ihr Haar auf. In sanften Wellen schmiegte es sich um ihre Ohren, und als er seine Farbe bemerkte, fiel ihm wieder Katies Aufregung ein, und schnell stülpte er sich die Kappe auf den Kopf. Guter Gott! Miss Llewellyn – und sie war nicht viel älter als ein junges Mädchen. Und er hatte gedacht, sie würde so auf die … na ja, auf die Dreißig zugehen. Sie sah jetzt Katie an und lächelte.

Er sah über sie hinweg, zu seinem Entsetzen jedoch blieb sie stehen, als sie auf gleicher Höhe waren, und grüßte: »Guten Tag, Katie.«

»Guten Tag, Miss Llewellyn.«

John spürte, wie sich Katies Finger in seiner Hand öffneten und schlossen.

»Na, du bist ja weit weg von zu Hause.«

»Ja, Miss Llewellyn.« Vor Aufregung war Katie ganz atemlos.

John warf einen Seitenblick auf ihren vornübergebeugten Kopf – er wagte dies, weil sie nicht zu ihm hinsah. Niemals zuvor hatte er ein solches Gesicht aus solcher Nähe gesehen. Katie hatte gesagt, sie sei wunderschön. Und Katie hatte da keineswegs so unrecht. Die Haut ihres Gesichts war zart und von einem cremig-rosa Teint, ihre Nase war klein, in auffallendem Gegensatz zum Mund, der groß war und lachte.

Als ihr Blick ihn traf, sah er sofort weg und tastete in seiner Jackentasche nach dem roten Taschentuch. »Sie sind John, nicht wahr?«

Nun war er gezwungen, ihr voll ins Gesicht zu sehen, und er konnte nicht begreifen, warum er innerlich zu zittern anfing; es glich beinahe dem Zittern der Glieder seines Vaters, nur daß sein Zittern unsichtbar war. Seine verstrubbelten Haare, auf denen jetzt wieder die Kappe saß, machten ihn sehr verlegen, und peinlich berührt wurde er sich seines schmutzigen Regenmantels, seines Halstuches und seiner schweren Stiefel mit ihren Lederschuhriemen, die an zahlreichen Stellen geknotet waren, bewußt. Sein Adamsapfel bewegte sich zuckend auf und ab, und er schluckte, doch kein Wort wollte über seine Lippen kommen.

»Ich habe schon viel von Ihnen gehört«, fuhr sie fort.

Auch ihre Stimme glich keiner ihm bekannten Stimme. Wie in ihrem Gesicht schien Lachen darin mitzuschwingen. Lachte sie über ihn? Sehr wahrscheinlich.

Er wußte, daß es so war, und obgleich er es als ein freundliches Lachen empfand, wurde er knallrot, als sie sagte: »Wahrscheinlich wissen Sie es nicht, aber für eine gewisse junge Dame sind Sie Märchenprinz und Gott in einer Person.«

Manchmal konnte er schlagfertig sein, und bevor er sich bremsen konnte, war es ihm herausgerutscht. »Keiner von beiden wäre wohl sehr geschmeichelt. Und wenn der letztere dies hört, hab ich wohl nicht mehr viel Chancen, dort hinzugelangen, wo er ist.«

Hell lachte sie auf, fröhlich und ansteckend, und zu seinem größten Erstaunen lachte er mit.

Katie stand still da und schaute hinauf, von einem zum anderen. Sie fiel nicht in dieses Lachen ein, ihr Glück war zu groß – Miss Llewellyn lachte mit ihrem John!

Als er später daran zurückdachte, war er über ihren nächsten Ausspruch – noch dazu von ihr als Katholikin und Lehrerin – erstaunt. »Ich nehme nicht an, daß Ihnen dies schlaflose Nächte bereitet. Ich an Ihrer Stelle würde den Himmel wählen, der mir am nächsten ist.« Selbst sie schien nun von ihren eigenen Worten verwirrt zu sein, und das Rosa ihrer Wangen vertiefte sich.

Er gab keine Antwort, sondern dachte nur, wenn dieses irdische Leben ihre Vorstellung vom Himmel war, so würde er den da oben vorziehen. Der Wind pfiff um sie herum; sie lehnte sich leicht zurück und hielt mit beiden Händen ihren Hut fest. Dann beendete sie die Begegnung. »Nun, Katie, ich sehe dich ja am Montag wieder«, und zu John gewandt: »Ich bin froh, daß ich Sie einmal leibhaftig getroffen habe, und von nun an werde ich all Ihre Aussprüche, die mir wiedergegeben werden, einzuordnen wissen. Auf Wiedersehen. Auf Wiedersehen, Katie.«

»Auf Wiedersehen, Miss Llewellyn.«

»Auf Wiedersehen.« John wandte sich nicht sofort um, sondern beobachtete, wie sie sich gegen den Wind stemmte, der ihr den Mantel gegen die Beine preßte. Er sah ihre Schuhe und ihre zarten Gelenke. Dann drehte er sich um; Katie, die dicht neben ihm ging, seufzte. Sie sahen einander an und lächelten in stillem Einverständnis, und schweigend setzten sie ihren Weg fort, bis John endlich fragte: »Du erzählst ihr doch nicht alles, was ich sage, oder?«

»Nein. O nein!« log Katie mit fester Stimme. Und im nächsten Atemzug rief sie aus: »Ist sie nicht wunderschön?«

Er blieb stehen und sah hinunter zu den Docks. Katie fuhr fort: »Is' es heut' nich' ein wunderschöner Tag?«

»Fantastisch.« Das Wort schien Antwort auf beide Fragen zu sein.

In der Ferne konnte er die Masten der Schiffe erkennen, freie Körper, die in der Luft zu schweben schienen. Er sah zur Sonne hinauf, und zum ersten Mal in seinem Leben fühlte er sich glücklich, von ihr beschienen zu werden. Er dachte an das Mädchen von nebenan und an das wunderschöne Mädchen, das soeben fortgegangen war, und er sagte mehr zu sich selber als zu Katie: »Ja, es ist ein wunderschöner Tag; ein Tag der frischen Winde und der fernen Masttops und der hübschen Mädchen.«

Katie blickte zu ihm hinauf. Oh, ihr John war wunderbar; all die Dinge, die er sagte! Ein Tag der frischen Winde und der fernen Masttops und der hübschen Mädchen! Es war wie … nun, nicht wie die Gedichte, die sie in der Schule lernte … und doch auch wieder so. Oh, und Miss Llewellyn hatte ihn gesehen! Sie hatte gesehen, wie wundervoll er war.

Mary Llewellyn, die mit schnellen Schritten in die entgegengesetzte Richtung davonging, lächelte nicht mehr. Ein gedankenvoller Ausdruck lag auf ihrem Gesicht, und ihre Augen blickten traurig. So, das also war John. Armer Teufel! Armer Teufel!

Sankt-Patricks-Tag

Mick führte die Katholiken an, nicht weil er der älteste, sondern weil er der größte von ihnen war. An der oberen Ecke der Fadden- und Blacket Street stellte er seine Mannschaft in Schlachtordnung auf, fünfundzwanzig an der Zahl, und sorgte dafür, daß sie mit Waffen beliefert wurden. Er achtete darauf, daß die unschuldig aussehenden Papierbälle, die an Bindfäden und Schnüren hingen, einen schönen großen Stein in der Mitte hatten. Ungefähr zwanzig Meter entfernt, Ecke Whitley Street, hatten sich die Protestanten versammelt, und ihre Anführer taten Ähnliches wie Mick. Der Höhepunkt des heutigen Ärgerns und Belästigens einzelner Leute oder Gruppen stand noch bevor – die Papierbälle würden um die Köpfe von Opfern geschwungen werden, egal, ob diese nun katholisch oder protestantisch waren, und es würde die furchterregende Frage gestellt werden: ›Bist du blau oder grün?‹ Arm war der dran, der den Mut aufbrachte, seine Farbe dem feindlichen Clan gegenüber zu verteidigen, da er oft krankenhausreif geprügelt wurde, es sei denn, er wurde von ein paar indignierten Passanten gerettet.

Micks Streitmacht protestierte laut, daß es unfair sei, weil die Puritaner drei verschiedene Mannschaften hätten – die Protestanten, die Methodisten und die Andersgläubigen, wobei letztere aus Juden, Anhängern der Heilsarmee und einem Quäker bestanden.

Lautstark erklärte Mick, daß drei gegnerische Mannschaften ein Klacks für sie seien und sie denen schon noch die Köpfe einschlagen würden. Geschickt stellte er seine Mannen in Form eines Pfeils auf, wobei er die größeren Jungen nach vorn beorderte.

Er ließ sich geraume Zeit damit und genoß seine momentane Macht und die Bewunderung der kleineren Kinder, die oben auf der Mauer des Holzlagers saßen, das die Fifteen Streets am unteren Ende begrenzte.

Jemand fing an, die Hymne zu singen:

»Oh, glorious St. Patrick, dear Saint of our Isle«,

und alle Kinder auf der Mauer fielen ein:

>On us, thy dear children, bestow a sweet smile;
And now thou art high in the mansions above,
Oh, glorious St. Patrick, look down in thy love.«

Das Ende des Liedes war das Signal zum Angriff; langsam bewegten sich beide Seiten aufeinander zu. Dann stürzten sie Bälle
schwingend vor, und Schreie und Rufe ertönten wie »Lang lebe
Irland!«, »Hoch die irische Fahne«, vermischt mit »England für
immer« und »Gott schütze den König!«

Harte Schläge wurden anfangs in den vordersten Linien ausgetauscht. Aber seit dem letzten Jahr hatten sie offenbar nichts dazu-
gelernt; ihre Bälle verhedderten sich, und viele Kämpfer mußten
erst einmal den Kampf aufgeben und sie wieder entwirren, und
während sie dies taten, lachten hie und da einige miteinander, besonders wenn der Feind während der übrigen dreihundertvier-
undsechzig Tage des Jahres ein Freund war. Und so wurde nach
einiger Zeit nur noch vereinzelt gekämpft; es fehlte die Wildheit
früherer Schlachten; das Ganze war nur noch ein Handgemenge
halbherziger Puffe und Knüffe. Und auch die höhnischen Zurufe
der jeweiligen Anhänger oben auf der Mauer wurden allmählich
verächtlich.

Mick erkannte klar, daß irgend etwas fehlte. Er ließ seine Mannen zurückfallen, und nun begann eine Schlacht gegenseitiger
Beschimpfung.

>Protestant, Protestant – Dreckskerl du,
hast 'nen blauen Arsch und 'ne Rotznase dazu.«

Worauf die Protestanten erwiderten:

>Läut die Glocke – Papist, Papist,
wenn du stirbst, der Teufel dich frißt.«

Das Ganze war recht halbherzig; die Begeisterung schien mit dem
Abschluß der Vorbereitungen erloschen zu sein.

Mick überkam tiefe Enttäuschung, und er fürchtete, die Lasch-
heit der Schlacht würde seiner Führerschaft angelastet werden und
Big Geordie Flannagan könnte eventuell seinen Platz einnehmen.
Auf der Suche nach einem Mittel, das ihm neuen Applaus einbrin-

gen könnte, blickte er um sich. Und wie einst Manna vom Himmel fiel, so entdeckte er es. Einsam am oberen Ende seiner Gasse stand der Junge von nebenan ... der Junge vom ›Spuker‹.

Mit offensichtlicher Neugier sah der Junge von einer Mannschaft zur anderen. Sein Gesicht schien nur aus Augen zu bestehen, in denen ein wenig Furcht schimmerte, wie Mick auch sogleich entdeckte. Mit dem sicheren Instinkt eines Führers erkannte er sofort, daß man dem Feind zuerst den Rückzug abschneiden mußte. Daher rief er drei seiner besten Mannen zu sich und erklärte ihnen in wenigen Worten sein Vorhaben; dann schickte er sie die Fadden Street hinunter mit dem Befehl, von der Hintergasse her wieder hochzukommen. Noch ein paar geflüsterte Worte zu den anderen Mitgliedern seiner Mannschaft, und sie hörten sofort auf zu schreien und blickten alle zu dem Jungen hinüber.

Sobald Mick die drei Vorreiter die Hintergasse heraufkommen sah, rief er laut: »Seht mal! Da is' der Spuker!« Nach einem kurzen Moment des Zögerns wurde das Wort »Spuker! Spuker!« übernommen. Auch die vorherigen Gegner hörten mit ihren Beschimpfungen auf und drehten sich nach dem Jungen um, dessen Gesicht weiß geworden war. Er drehte sich gar nicht erst um, um über die Hintergasse zu entkommen, denn Lachen hinter ihm verriet ihm, daß dieser Fluchtweg bereits abgeschnitten war. Statt dessen versuchte er daran zu denken, was sein Großvater ihm gesagt hatte, sollte er mit feindlichen Gedanken konfrontiert werden, aber sein Entsetzen ertränkte jeden eigenen Gedanken.

Fasziniert beobachtete er, wie die beiden gegnerischen Lager zusammenliefen und die Kinder von der Mauer heruntersprangen. Sie bildeten vor ihm eine dichte Menge, und bald schon vernahm er Rufe, die ihm nicht unbekannt waren:

»Sein Pa is 'n Spuker.«

»Meine Ma sagt, er is 'n Bankert vom Satan.«

»Meine Ma sagt, er kann dir nix tun, wenn du's Kreuz schlägst, wenn er vorbeigeht.«

»Mein Pa sagt, der Pfarrer hat ihn verflucht und er is' aus Jarrer rausgeschmissen worden und er wird langsam krepieren.«

»Mister Roberts, unser Prediger, sagt, die sind alle Teufel, und wir sollten uns nich' mit ihnen einlassen.«

So ging es in einem fort; nicht laut oder ärgerlich, sondern stetig und trotzig, und der Junge entdeckte auch leise Furcht vor ihm selber in ihren Stimmen. Doch er wußte, was diese Furcht bewirken konnte. Es war nicht das erste Mal, daß er sich in einer solchen Situation befand, doch die Wiederholung machte ihn nicht eben mutiger.

Auch Mick bemerkte die Furcht der anderen. Die alle hier würden nichts unternehmen, sondern ihn nur beschimpfen und vielleicht ein oder zwei Steine nach ihm werfen, bis eine Frau aus einem der Hinterhöfe kam und sie davonjagte. Er aber wollte eine regelrechte Jagd, er wollte Leben in den weiteren Ablauf bringen.

Wieder gab er Anweisungen an einige seiner Mannen aus, die fortliefen, um alle Straßenausgänge zu blockieren, alle bis auf einen. Dann brüllte er in die Menge hinein und erklärte sich selber zu ihrer aller Führer als ein Mann des Fair Plays. »Gebt ihm 'ne Chance ... Laßt ihn vorlaufen! Gebt ihm 'nen Vorsprung!«

Molly, die in seiner Nähe stand, flüsterte: »Wohin willste ihn jagen?«

»Zum Hafen runter«, flüsterte er, ohne sie anzuschauen, zurück, denn seine Augen fixierten nun den Jungen.

Dieser zitterte in blanker Angst; er wußte, was diese Chance bedeutete; sie bedeutete laufen, laufen, laufen bis zum Umfallen und bis er sich in die Hosen machte. Und er wußte, daß lange noch, nachdem die Furcht in ihm abgeebbt war, das Gefühl seiner nassen Hosen bleiben würde. Aber er hatte nur die Wahl, entweder zu laufen oder gesteinigt zu werden.

Eine Schneise öffnete sich in der Menge, und Micks Stimme brüllte: »Los, Spuker! Wir geben dir 'nen Vorsprung.« Er führte sie nun alle an, die Katholiken, die Protestanten, die Methodisten und die anderen. In einem fort kommandierte er: »Laßt ihn durch. Los, mach schon, Spuker! Wir geben dir zehn Meter Vorsprung.«

Erregung ließ sein Blut aufwallen, als Mick sah, wie der Junge sich in Bewegung setzte, und Speichel rann ihm die Mundwinkel hinunter. Der Junge war nun auf seiner Höhe. Sein Gesicht war teigig-grau, und die Augen quollen ihm fast aus dem Kopf. Der erreicht den Hafen nie, dachte Mick bei sich, der is' viel zu klein. Wahrscheinlich würden sie ihn dort hinschleppen müssen.

Plötzlich warf er achtungheischend die Arme hoch und begann zu zählen: »Eins!«

Bei diesem Ruf kam Leben in den Jungen. Er schoß davon, und

Mick, der bemerkte, mit welcher Geschwindigkeit der Junge lief, zählte schneller und verschluckte sich fast vor Schadenfreude, als er des Jungen wachsendes Entsetzen sah, als dieser die Ausgänge der Straßen und Seitengassen blockiert fand.

»Zehn!« kam es in einem schrillen Schrei aus Micks Kehle. Und schon rannte er los, die sich raufende und kreischende Meute hinter sich. Sie rannten und stolperten und rempelten sich gegenseitig an, nur darauf bedacht, sich den Weg freizuboxen. Einige verließen den Haupttrupp der Verfolger und rannten andere Straßen hinunter, weil sie wußten, daß dies der schnellste Weg war und sie auf der Hauptstraße wieder auf die Verfolger stoßen würden, denn das Ziel hatte sich schnell herumgesprochen: »Zum Hafen! Zum Hafen!«

Molly war unter denen, die den Weg abkürzen wollten. Mit wehenden Haaren und fliegenden Beinen schoß sie die eigene Straße hinunter und heulte beinahe laut auf, als sie ihre Mutter die vorderen Stufen ihres Hauses herunterkommen sah.

»Stehengeblieben!« Mary Ellen packte Mollys Arm, wodurch sie fast das Gleichgewicht verlor. »Bist du verrückt geworden? Was soll denn das Geschrei?«

»Aua, Ma. Laß mich los!«

»Geh sofort rein!« befahl ihr Mary Ellen.

»Och, Ma, ich will doch zu Mick.«

»Zu Mick? Was macht der denn?«

»Er tut ... er tut ... Er jagt den Jungen von nebenan zum Hafen runter.«

Mary Ellen versetzte ihrer Tochter eine heftige Ohrfeige. »Mach, daß du reinkommst! Ich werd' dir 'nen Hafen geben. Ein großes Mädchen wie du und läuft hinter 'nem Haufen Jungs her!«

Während sie Molly vor sich her durch die Haustür schubste, rief sie: »John!«

John kam aus dem Schlafzimmer. »Was is' los?«

»Unser Mick ... er jagt den Jungen von nebenan zum Hafen runter. Und die ganze Meute rennt hinter ihm her.«

»Sicher, daß es unser Mick is'?«

»Frag sie doch.« Mary Ellen zeigte auf die plärrende Molly.

Als John Molly nur ansah, ließ diese den Kopf hängen, und Mary Ellen bat ihren Sohn: »John, geh und sieh nach, was er wieder anstellt; denn wenn die Polente ihn diesmal da unten schnappt,

kriegt er keine zweite Chance mehr, nachdem sie ihn erst geschnappt haben, als er Holz klauen wollte.«

»Warum sind die hinter dem Jungen von nebenan her? Soll das
'n Spiel sein?« wollte John von Molly wissen.

»Nein«, maulte Molly mit hängendem Kopf. »'s is'«, weil er doch
'n Spuker is'.«

Hastig zog John seine Jacke über und verließ das Haus, und als
er in die Hintergasse trat, stieß er fast mit dem Mädchen von nebenan zusammen. Sie rannte und stieß keuchend hervor: »Entschuldigung.« Sie lächelte ihn kurz an und rannte weiter.

Ohne ein Wort eilte er hinter ihr her. Er konnte sich schon vorstellen, wohin sie rannte ... jemand mußte es ihr gesagt haben.
Hier und da trafen sie auf Kinder, die ziellos durch die Straßen
streiften; die meisten von ihnen hatten es wohl bei dem Gedanken
an den Hafen mit der Angst zu tun bekommen, besonders jetzt, wo
es dunkel wurde, und hatten die Jagd aufgegeben.

Ein ganz Beherzter rief John zu: »Mister O'Brien, Ihr Mick is' dabei, den Spuker ins Meer zu werfen.«

John wußte, daß der Unterschied zwischen Mick und Dominic
nur im Alter bestand; die Grausamkeit in Mick war bereits voll
entwickelt, und er war durchaus fähig, das zu tun, was der Junge
da eben gesagt hatte. Er fing nun an zu laufen und holte das Mädchen ein, bevor es die Abkürzung zum Priel erreicht hatte. Er versuchte, seinen Laufrhythmus dem ihren anzupassen. »Suchen Sie
Ihren Bruder?«

Sie nickte, sagte jedoch nichts; und wieder drängte sich John der
Eindruck von Alter auf. Er bemerkte eine Ähnlichkeit im Ausdruck ihres Gesichtes und dem seiner Mutter ... Das hier war offenbar nicht das erste Mal, daß sie ihrem kleinen Bruder zu Hilfe
kam ... Bei Gott, dieser jungen Ratte würde er das Genick brechen!
»Gehen Sie zurück. Ich werde mich schon darum kümmern«, forderte er sie auf. Aber sie schüttelte nur stumm den Kopf.

Als sie die Abkürzung nahmen, drang bereits lautes Geschrei zu
ihnen hoch. John ließ das Mädchen hinter sich und rannte los.

Mit dem Jugendlichen innewohnenden wachen Wahrneh-
mungsvermögen wurde sein Kommen sofort bemerkt, und die
Jungen, die sich um das unbenutzte Bootshaus am Rand des Ha-
fenbeckens drängten, riefen: »Vorsicht! Haut ab!«

Johns riesige Gestalt, die aus der Dämmerung zu wachsen

schien, und die Furcht, geschnappt und verantwortlich gemacht zu werden, gab ihren Beinen ungeahnte Kräfte. Sie flüchteten durch die nicht weit vom Bootshaus gelegene Öffnung, verschwanden wie Nebeltropfen auf dem unbenutzten Gelände, das an das Binnenmeer angrenzte.

John zog sich die Helling hoch. Keine Spur von dem Jungen. Wahrscheinlich hatte er Zuflucht auf dem Damm gesucht. Der die Helling stützende Damm verlief in beträchtlicher Länge scharf im rechten Winkel an der Hafeneinfahrt entlang und hörte unmittelbar dort auf, wo die Hafeneinfahrt am tiefsten war. Mit der Zeit hatten die wirbelnden Gezeiten die großen Granitbrocken des Dammes gelockert und fortgespült, so daß viele davon nur noch wie eine Reihe spitzer Nadeln aus dem Schlamm herausragten. Der Damm erhob sich knapp über Bodenhöhe und war einen halben Meter breit. In gleichmäßigen Abständen waren an seinem hinteren Rand zwei Meter hohe starke Grundbalken errichtet. Den Rücken gegen die Grundbalken gepreßt, ging John seitwärts über den Damm, und als er um die Ecke kam, erblickte er den Jungen und Mick.

Der Kleine stand aufgerichtet gegen den letzten Grundbalken gedrückt, und Mick lag bäuchlings auf dem Damm; außer dem Geräusch von Stockschlägen, mit denen Mick nach den Beinen des Jungen zielte, um ihn von seinem Standort hinunter in den schwarzen schlammigen Schlick zu treiben, war nichts zu hören. So gefesselt war Mick von seinem Tun, daß er Johns Näherkommen nicht bemerkte. Er gewahrte ihn erst, als er ein schweres Atmen über sich vernahm. Plötzlich wurde er hochgerissen, und eine würgende Sekunde lang hing er in der Luft über dem Schlamm. John stieß ihn heftig auf die Füße zurück und schüttelte ihn so lange, bis sein Kopf nur noch wie leblos auf seinen Schultern rollte.

»Mach sofort, daß du nach Hause kommst, und bleib da! Bist du nicht da, wenn ich komme, kriegste zweimal so 'ne Abreibung, wenn ich dich dann erwische.«

Mick klammerte sich an einen Grundbalken, um nicht die Balance zu verlieren, und stieß hervor: »Wenn du mich haust, werd ich's unserem Vater sagen.« Dann zog er sich hastig über den Damm zurück.

John machte einen Schritt auf den Jungen zu. In der stärker werdenden Dämmerung leuchtete ihm ein schneeweißes Gesicht entgegen. Beruhigend sprach er auf den Jungen ein: »Is' schon gut, Kleiner. Jetzt is' alles vorbei.«

Der Junge antwortete nicht, und John redete ihm weiterhin gut zu. »Komm, gib mir deine Hand.«

Aber der Junge rührte sich immer noch nicht; er schien in Sprachlosigkeit erstarrt zu sein, und seine Finger klammerten sich an dem Grundbalken fest, als wären sie festgeklebt. Der Damm endete unmittelbar an diesem Balken, und die steigende Flut kroch bereits über die herabgefallenen Felsbrocken.

Als John die Finger des Jungen löste, bemerkte er, daß sie bluteten, und für einen Moment wünschte er sich, Mick zwischen den Fingern zu haben. Er hob ihn hoch, und der Junge lag wie steifgefroren in seinen Armen. Das Mädchen stand nun an der Ecke, das Gesicht so weiß wie das des Bruders. Sie umklammerte die beiden und stammelte: »Ist er in Ordnung? O David, ist alles in Ordnung?«

»Ruhig!« meinte John. »Lassen Sie uns erst mal hier rauskommen.« Sie gehorchte und ging vor ihnen her auf dem Damm.

Als John den Jungen auf dem festen Untergrund des Landes absetzte, zog sie David an sich und weinte. »O mein Kleiner, was haben sie dir angetan?«

Der Junge schauderte, und sein Körper fiel gegen sie. Sanft sprach sie auf ihn ein. »Ist schon gut. Alles ist wieder gut! Jetzt gehen wir nach Hause – bald wird Großvater daheim sein, und alles wird wieder gut werden.«

Doch als sie seine Hand nehmen wollte, um ihn am Ufer entlang zu führen, gaben die Beine unter ihm nach, und er fiel hin. John nahm ihn wieder auf den Arm und meinte: »Sie stecken ihn besser gleich ins Bett.«

Als er die Straße hinaufging, das Mädchen, das das Fußgelenk des Bruders festhielt, neben sich, dankte er Gott, daß die meisten Leute jetzt in ihren Häusern waren und zu Abend aßen und die Straßenecken von ihren üblichen Männertrauben verlassen waren, denn er fühlte sich unbehaglich in seiner Retterrolle.

Die Tür stand weit offen, und Licht brannte im Haus – alles war genauso, wie sie es verlassen hatte. John ging durch das Vorderzimmer in die Küche, und ihm kam es vor, als stünde sein Haus nebenan hundert Meilen entfernt von hier. Vorsichtig ging er mit seinen großen schmutzigen Stiefeln über den Teppich, und als er den Jungen in einem Sessel absetzte, der zum Feuer gezogen worden war, empfand er den Komfort durch seine Hände, die tief unter dem Jungen in die Polster sanken.

Das Mädchen rannte ins Schlafzimmer und kehrte mit irgendeiner Flüssigkeit im Glas zurück. David trank; dann fragte er mit dünner, kleiner Stimme: »Wann kommt Großvater?«

»Bald, mein Liebling.«

Das Mädchen kniete neben dem Sessel, und John wiederholte stumm, als er auf sie hinunterblickte: Bald, mein Liebling. Nie zuvor hatte er dieses Wort ernsthaft ausgesprochen gehört, höchstens mal spöttisch. Wie fremdartig diese Leute hier doch waren.

Er wandte sich ab und sagte im Gehen: »Ich hoffe, er kommt bald wieder in Ordnung. Jetzt werd' ich mir erst mal meinen Bruder vornehmen.« Sofort sprang das Mädchen auf die Füße.

»Was werden Sie mit Ihrem Bruder machen?« wollte es wissen. »Ihn schlagen?«

»Was sonst?«

»O bitte!« Ihre Worte überstürzten sich. »Bitte, tun Sie das nicht! Es würde nichts Gutes bringen … nicht ein bißchen, sondern nur das Gegenteil.«

Völlig perplex sah John sie mit gerunzelter Stirn an. »Was erwarten Sie von mir, was ich tun soll? Ihn laufenlassen? Er hätte den Kleinen da töten können …« Er nickte in Richtung des Sessels.

Ihre Augen, tief in ihrem blassen Gesicht, glühten dunkel und groß, und sie begann ihn für Mick anzuflehen, als hinge ihr eigenes Leben davon ab. »Aber getan hat er's nicht! Sie müssen mit ihm reden, ihm klarmachen, was er falsch gemacht hat … Tun Sie das? … Bitte! Aber schlagen Sie ihn nicht. Sie schlagen es sonst noch tiefer in ihn hinein.«

»Was schlage ich tiefer in ihn rein?« Johns Stirnrunzeln vertiefte sich.

»Die Ängste, seine Hemmungen … all die Dinge, die ihn so weit getrieben haben, so etwas überhaupt zu tun.«

John sah sie entgeistert an. Worauf wollte sie eigentlich hinaus? War dies ein Teil ihrer Spiritistenreligion? Sie war merkwürdig; nicht allein, wie sie daherredete, sondern in ihrem ganzen Aussehen. Ihr kurvenloser Körper, dem eines Jungen gleich, war jedoch genauso attraktiv wie schwellende Brüste und wackelnde Hüften.

Er drehte sich wortlos um und ging auf die Küchentür zu, doch schnell versperrte sie ihm den Ausgang. »Bitte! ... Oh!« Sie schloß die Augen und schüttelte den Kopf. »Wenn doch nur Großvater hier wäre, der würde es so viel besser erklären als ich ... Aber Sie dürfen ihn nicht schlagen.« Während er in ihr angespanntes Gesicht blickte, erkannte John, daß im Moment der Gedanke, daß Mick geschlagen werden könnte, ganz und gar ihre Sorge um den kleinen Bruder verdrängt hatte – sie war so ganz anders als alle, die er bis jetzt kennengelernt hatte ... Es war offenbar ihr völliger Ernst, daß Mick straffrei ausgehen sollte. Aber er kannte Mick und sie nicht. »Glauben Sie, der würde verstehen, wenn man mit ihm spricht? Nein. Die einzige Sprache, die Mick und seinesgleichen verstehen, ist das harte Ende eines Gürtels über ihrem ...« Das Wort ›Arsch‹ brachte er irgendwie nicht über die Lippen, und so endete er lahm: »Wissen Sie, Sie kennen die eben nicht.«

»Und ob ich das tue«, erwiderte sie und lächelte ein wenig in dem Versuch, ihn doch noch umzustimmen. »Ich habe Dutzende von Micks gekannt. Sehen Sie ...« Sie streckte die Hände aus und packte ihn am Kragen seiner Jacke. Die Geste wirkte beinahe kindlich in ihrer Natürlichkeit. Er blickte auf ihre Hände hinunter, dann auf ihr Gesicht, das dem seinen so nahe war, und eine eigentümliche Erregung überkam ihn ... Hannah Kelly hatte gewarnt: ›Paß auf, daß sie dich nicht verhext, Junge.‹ Aber das hier war nicht das Verhexen, das sie gemeint hatte. Verhexte ein Mädchen von den Fifteen Streets jemanden, so hatte dies eine andere Bedeutung; vorher wurde viel miteinander herumgealbert und geschäkert, dann wurde es ernst, und er legte die Arme um sie. Diesen Prozeß hatte er an verschwiegenen, dunklen Winkeln in den Seitengassen beobachtet. Als Junge hatte er das Anwachsen der gegenseitigen Erregung oft mit Neid beobachtet, der in ihm ein Gefühl der Einsamkeit auslöste. Und hier gab es jetzt dieses Mädchen, das seine Hände auf ihm hatte, und die Erregung, die er verspürte, kam eher der Verehrung gleich, die er einmal für die Jungfrau empfunden hatte ... Aber Verehrung wollte er nun bei Gott nicht empfinden, für kein Mädchen wollte er das. Sie war anziehend, und er wollte ... Er legte seine Hand auf die ihre; sie war nicht viel größer als die von Katie, aber doch ganz anders. Unter dieser Berührung begann sein Blut stärker zu pulsieren; langsam lächelte er. Ihr weich geschwungener Mund war genau unter ihm, und fasziniert sah er ihn an. Er vernahm kaum noch die Worte, die er formte, bis sie zurücktrat und ihre Hände von ihm löste. »Wenn Sie eine schmutzige Wunde behandeln müßten, würden Sie doch nicht noch mehr Dreck hineinreiben, oder?«

Immer noch bei Mick ... Er kam wieder zu sich, und heiser murmelte er: »Tut mir leid, aber ich muß ihn behandeln, wie ich glaub', daß er's braucht.« Ein Gefühl der Bestürzung, vermischt mit Ärger, überflutete ihn. Er ging an ihr vorbei und meinte in barschem Ton: »Der wird akzeptieren müssen, was er bekommt.«

Erleichtert betrat er die eigene Küche. Hier waren Menschen und Dinge, die er verstehen und ... mit denen er fertig werden konnte. Ohne Zeit zu verlieren, ging er auf die Wand neben der Feuerstelle zu, wo er den ledernen Streichriemen für Rasiermesser vom Haken nahm.

»Ist der Junge in Ordnung?« wollte Mary Ellen wissen.

»Gerade noch«, antwortete John kurz. »Los, komm schon ...« Mit dem Kopf gab er Mick ein eindeutiges Zeichen.

»Ich komm' nich'. Ich sag's Pa!«

»Laß ihn in Ruh', Junge«, bat Mary Ellen John.

Laß ihn in Ruh'. Hier war noch eine. »Laß ihn in Ruh'«, blaffte er sie mit ungewohnter Gereiztheit an. »Weißt du, daß er den Jungen nebenan fast umgebracht hätte! Wie die Dinge jetzt liegen, hat er ihn fast um den Verstand gebracht. Nur gut, daß dir Molly in die Arme gelaufen ist, sonst hätt'ste heute abend mehr als nur 'ne Tracht Prügel zum Abendessen zu verdauen. Laß ihn in Ruh'!« Brüsk drehte er sich von ihr weg und zeigte auf die Tür.

Mick fing an zu heulen und zu jammern. »Ma! Ma, laß es nich' zu!«

Mary Ellen wandte sich von Mick ab und der Feuerstelle zu. John packte den Jungen am Kragen und stieß ihn zur Tür hin, durch die soeben Dominic trat.

Dominic sah von einem zum anderen und fixierte dann mit verkniffenen Augen John. »Was haste wieder vor? Spielste wieder mal den Boß im Haus?«

»Kümmer dich um deinen eigenen Dreck. Das wär' schon 'n Fortschritt.«

Hastig mischte sich Mary Ellen ein und klärte Dominic auf. »Er hat den kleinen Jungen von nebenan fast umgebracht.«

Dominic blickte noch einmal von einem zum anderen, gab aber

dann den Weg frei, und John stieß Mick vor sich her durch den Hof und ins Waschhaus hinein.

Mary Ellen sah verblüfft zu Dominic hinüber. Sie traute ihren Augen nicht: er war nüchtern, stocknüchtern und das am Sankt-Patricks-Tag! Und zu dieser Überraschung kam noch eine andere, denn als er seine Kappe vom Kopf nahm, bemerkte sie, daß er einen neuen Haarschnitt hatte und noch dazu einen anständigen; sein dickes braunes und lockiges Haar war sauber an den Seiten hochgeschnitten und ließ ihn, trotz Kohlenstaub und Schmutz, viel attraktiver aussehen. Da er nicht zum Abendbrot nach Hause gekommen war, hatte sie natürlich angenommen, daß er wieder in den Kneipen herumlungerte. Aber nein, er hatte sich die Haare schneiden lassen!

Sie ging zum Herd, um sein Abendessen – einen Teller mit Schellfisch – herauszuholen, doch er meinte: »Ich will's jetzt noch nich'.«

Mit zunehmendem Erstaunen sah sie, wie er sich schnell wusch, die Hosenbeine, die mit einem Band unterhalb des Knies hochgebunden waren, herunterließ und in eine saubere Jacke schlüpfte. Während er an ihr vorbeiging, klopfte er sich den Staub von den Hosen und eilte ins Vorderzimmer.

»Wo willste denn hin?« wollte sie wissen.

Dominic blieb für einen Moment stehen, und der ihr so verhaßte Ausdruck – eine Mischung aus Spott, übertriebener Selbstsicherheit und Verschlagenheit erschien auf seinem Gesicht. Seine Augen wanderten über sie, und ihr Hals zog sich voll Abscheu vor ihm zusammen. Betont fragte er zurück: »Wohin meinste wohl?«

Sie blieb still stehen; hörte, wie er durch die Haustür hinausging, und zwischen Micks Schreien, die aus dem Hof zu ihr drangen, vernahm sie den Türklopfer von nebenan. Nervös glitten ihre Finger über ihre Lippen … Was sollte daraus werden? Offen gesagt, ihr würde es nichts ausmachen, wenn Dominic morgen am Tag das Haus verlassen würde und sie ihn nie wiedersehen müßte; aber daß so etwas passieren würde, dieses Glück war ihr bestimmt nicht vergönnt. Er war hier und nun hinter diesem Mädchen her. Schon schlimm genug, wäre sie eine Protestantin – damit konnte man wenigstens etwas anfangen –, aber was diese Leute nebenan waren, überstieg schlicht ihr Begriffsvermögen, war etwas Dunkles und Unheimliches, etwas, das nicht weit entfernt vom Satan war;

denn wer gottgläubig war, der wagte nicht zu behaupten, er könne Menschen heilen! Selbst die Pfarrer wagten dies nicht. Und ein anderer schwerwiegender Punkt, der auch ihre Gottlosigkeit bewies, waren all ihre feinen Sachen. Gott häufte keine Geschenke auf diejenigen, die Er liebte – ihnen wies Er die Straße der Armut. Pater O'Malley konnte hart sein, aber in einigen Dingen hatte er recht: Bekämst du deine Belohnung hier auf Erden, so konntest du sicher sein, daß dies nicht gottgewollt war.

Und so hatte sie am Tag ihres Einzugs, am letzten Samstag, beschlossen, nichts mit ihnen zu tun haben zu wollen. Zu den ungewöhnlichsten Zeiten hatte sie in ihrer Arbeit innegehalten und dem Singen des Mädchens zugehört. Beim ersten Mal war sie schockiert gewesen; sie empfand den Gesang irgendwie als unanständig, fast so, als hätte sie sie splitternackt herumwandern sehen, denn der Gesang war nicht wie das Singen einer Frau für ihr Kind oder über ihren Waschzuber gebeugt, sondern er war hoch und rein und ohne jede Zurückhaltung. Und an dem Morgen, als sie den Gesang bereits vor dem Frühstück vernahm, hatte er sie regelrecht aus der Fassung gebracht; denn – selbst wenn man Grund zum Singen hatte –, würde man es doch niemals vor dem Frühstück tun, es sei denn, es würde einem nichts ausmachen, sich vor dem Abendbrot die Augen auszuweinen ... Nein, mit denen wollte sie nichts zu tun haben. Und doch: da war John, der den Jungen von nebenan gerettet hatte und jetzt Mick verdrosch, und da war Dominic, der zu denen nach nebenan gegangen war und nun in bester Manier seinen Charme über das Mädchen ergoß. Und daß er sich gut benehmen konnte, das wußte Mary Ellen. Aber sie wußte ebenfalls, daß es ihm unmöglich war, dies durchzuhalten. Nun – sie knöpfte wieder den obersten Knopf ihrer Bluse zu und verlagerte das Gewicht ihres Körpers –, ginge es nach ihr, würde es nicht weiter gehen ... auf jeden Fall, von denen würde keiner über ihre Türschwelle kommen! Hastig bekreuzigte sie sich und murmelte: »Möge der Herr uns segnen und uns vor allen Teufeln schützen und uns zum Ewigen Leben führen. Amen.«

Der Konflikt

Mary Ellens Gleichmut geriet ins Wanken. Waren schon der strömende Regen und der wie mitten im Dezember um das Haus heulende Sturm schlimm genug: aber alle auch noch hier im Haus zu haben – außer Mick und Molly, die in der Schule waren –, das war einfach zuviel. Weder John noch Dominic waren heute morgen eingesetzt worden; es war zwar ein Frachter mit einer Ladung Früchte angekommen, aber der Aufseher hatte die Männer zur Arbeit eingeteilt, die auf den letzten Booten keine Schicht bekommen hatten. Schlimm genug, daß sie ohne Arbeit dasaßen, aber sie alle hier um sich versammelt zu haben, das war einfach zuviel des Guten. Und was das Ganze noch verschlimmerte: ihr war heute so übel von der Hitze des Herdes und dem Geruch der schmutzigen Arbeitskleidung, die zum Trocknen in der Küche hing … Wäre doch nur das andere schon vorüber. Sie war es so leid – ihr Körper war des Kinderkriegens müde. Die Dinge wuchsen ihr allmählich über den Kopf.

Selbst Katie konnte ihr kein freundliches Wort entlocken. Als sie zum Herd hinüber wollte, stieß sie die Kleine einfach zur Seite. »Kind, steh mir nich' im Weg rum.«

Katie war heute nicht zur Schule gegangen, weil ihre Stiefel undicht waren; ständig liefen ihr die Augen über, und das nicht nur wegen ihrer Erkältung, sondern weil sie weinte. Sie haßte es, nicht in die Schule gehen zu können, und nun noch mehr, seit Miss Llewellyn ihr gesagt hatte, daß, wenn sie hart arbeitete, sie ein Examen machen könne, das dann der erste Schritt auf dem Weg zur Lehrerin sein könnte. Sie hatte versucht, ihrer Mutter davon zu berichten, aber Mary Ellen hatte sie bloß angefahren, und selbst John schien nicht daran interessiert zu sein.

Nun blickte sie zu ihm hinüber. Er saß in der Ecke gegenüber dem Feuer und flickte ihre Stiefel. Auf die Schuhsohle hatte er einzelne Lederflicken gelegt; jetzt schnitt er aus einem alten Stiefel Leder heraus, das zwischen die Streifen genäht wurde. Sie wandte sich wieder ihrem Buch zu – Grimms Märchen –, dem einzigen, das sie besaß. Jedes einzelne Wort kannte sie bereits auswendig.

Plötzlich klopfte es an der Haustür, und ohne abzuwarten stand sie auf und öffnete die Tür. An diesem Nachmittag war bereits zweimal angeklopft worden, einmal von einem Hausierer und einmal von einem Mann, der bettelte. Der Bettler war keineswegs erfreut gewesen, als sie ihm eine Scheibe Brot brachte. Er knickte es und steckte es in seine Tasche, und ihr lief das Wasser im Mund zusammen, denn es war von einem frischen Brotlaib geschnitten, der eben erst aus dem Ofen gekommen war; bis zur Abendbrotzeit war es noch lange hin, und sie hatte sich abgewöhnt, zwischen den Mahlzeiten um ein Stück Brot zu bitten, denn sie dachte an die Zeiten, da sie alle zum Abendessen Brot hatten, nur ihre Mutter nicht, und sie hatte Angst, daß dies sich wiederholen könnte.

Mrs. Bradley war vor der Tür und fragte: »Is' deine Ma da?«

»Ja.«

»Dann sag ihr doch, wir sammeln für'n Kranz für die arme Mrs. Patton … Hier, zeig ihr die Liste.«

Katie nahm das Stück Papier und ging zu ihrer Mutter in die Spülküche. »Es is' Mrs. Bradley – sie sammelt für Blumen, Ma.«

Mary Ellen bekam schmale Lippen, als sie die Liste durchsah … Schilling, Sixpence … nur zwei oder drei Threepence. Sie seufzte und hob ihre Schürze und entnahm dem kleinen Beutel darunter Fourpence und händigte Katie das Geld zusammen mit der Liste aus.

Als Katie an John vorbeikam, wollte der wissen: »Wofür is' das nun wieder?«

Aber noch bevor sie antworten konnte, rief Mary Ellen: »Geh weiter, Katie«, und Katie gehorchte. Mary Ellen wußte, daß John nichts davon hielt, für Kränze zu sammeln, aber was konnte sie schon machen … noch dazu, wo ausgerechnet Bella Bradley sammelte!

John wußte hingegen, was er getan hätte … Dieses Sammeln für Kränze war ihm ein Dorn im Auge. Sie brachten vielleicht zwei Pfund zusammen und gaben das ganze Geld für Blumen aus, obwohl gleichzeitig die Witwe – war es ein Mann gewesen, der gestorben war – völlig mittellos dastand und spätestens nach einer Woche die Kinder nach Brot weinen würden. Sie wußten dies nur zu gut, diese Frauen, die das Sammeln übernahmen, und doch kauften sie weiterhin Blumen, um dem Toten ihren Respekt zu bezeugen. Er schnaufte wütend und hieb den Hammer auf den Leisten. Ein Schmerz durchfuhr sein Knie. Verrückt machte ihn so was. Selbst wenn es kein Geld von der Versicherung gab, würde man nicht nur für Blumen, sondern auch noch für die Droschke sammeln, um dem Toten eine anständige letzte Fahrt zu geben. Für die Beerdigung selber dagegen sammelten sie nicht. Nein, die konnte auf Pump stattfinden; jede Woche soundsoviel abzahlen. Aber die Leichenbestatter waren nicht bereit, Droschken auf Pump zu vermieten. Und handelte es sich gar noch um einen Iren, würden die Verwandten alles versetzen, betteln, borgen oder klauen, nur um ihre Totenwache zu halten. Dabei waren die Beerdigungen heutzutage nichts mehr, verglichen mit denen in ihren jungen Jahren, hatte seine Mutter ihm erzählt. Dazumalen hatten sie sich nichts Besseres gewünscht, als daß ein Ire sterben würde, damit sie und ihre Mutter zur Totenwache gehen und einen guten Leichenschmaus haben konnten.

Wieviel mochte sie wohl gegeben haben? fragte sich John. Wieviel es auch immer sein mochte, nächste Woche um diese Zeit würden sie froh sein, wenn sie es noch hätten; denn würden sie bis dahin nicht eingeteilt werden, gäbe es keinen Penny mehr im Haus.

Mittlerweile machten ihn viele Dinge wild. Und an einem Tag wie diesem, ans Haus gefesselt, hatte er nichts anderes zu tun als nachzudenken. In letzter Zeit hatte er manchmal den Wunsch verspürt, mit jemandem zu reden, der Fragen beantworten konnte. Ein- oder zweimal hatte er versucht, mit Pater Bailey zu reden, wobei er sich bemüht hatte, seine Gedanken vorher in konkrete Fragen zu fassen, aber als er mit dem Priester zusammen war, hatte er erkennen müssen, daß es keinen Sinn hatte – er wußte, was er fragen wollte, konnte es aber nicht artikulieren.

Seine Mutter sagte immer, Nachdenken führt zu nichts; du mußt Glauben haben und darauf bauen. Glauben! Er sah jetzt zu ihr hinüber, wie sie einen großen Batzen Teig knetete, bereits der zweite Schub Brot, den sie heute backte. Was hatte ihr der Glauben eingebracht? Wegen ihres angeschwollenen Leibes konnte sie mit den Armen kaum in die Schüssel langen. Er wandte den Blick von ihr ab. Wohin konnten sie das Neugeborene nur legen? Er würde wohl irgendwas aus Kisten zurechtbasteln müssen – den Wäschekorb, der ihnen allen als Wiege gedient hatte, gab es schon lange nicht mehr. Hastig zog er die Beine hoch, als Dominic auf dem Weg ins Schlafzimmer an ihm vorbeikam.

»Leg dich ja nicht mit den Stiefeln aufs Bett!« rief Mary Ellen Dominic hinterher. Als Antwort wurde die Tür mit lautem Krach zugeschlagen.

John lehnte sich gegen die Wand. Wenn Dominic aus dem Zimmer war, fühlte er sich gleich um einiges wohler. Mit dem einen Stiefel war er fertig und behandelte eben das Garn für den zweiten vor, indem er es mit Talg einrieb, als er hörte, wie seine Mutter einen erschreckten Laut ausstieß. Sie sah aus dem Küchenfenster und rief: »Die will ich nich' hier drin haben!«

Sie rieb sich den Teig von den Händen, als ein Klopfen an der Küchentür zu vernehmen war. Katie wollte schon hin, als Mary Ellen sie zurückhielt. »Bleib hier. Ich mach' das schon.« Sie öffnete die Tür, und vor ihr standen der alte Mann und das Mädchen.

»Guten Tag, Mrs. O'Brien.« Es war der alte Mann, der sprach, und seine Stimme war so freundlich wie sein Lächeln; aber Mary Ellen verbot sich, daß dies irgendeinen Eindruck auf sie machte. Sie grüßte nicht zurück, sondern starrte nur die beiden unverwandt an, wobei sie den Türgriff fest umklammert hielt. »Ich dachte, wir sollten mal vorbeischauen und uns bekannt machen. Und ich möchte Sie auch bitten, Ihrem Sohn dafür zu danken, daß er gestern abend meinem Jungen geholfen hat.«

Mary Ellens Augen schossen zu dem Mädchen hinüber. Es trug einen Regenmantel mit Kapuze und lächelte darunter Mary Ellen wie ein Kind an, das sich einschmeicheln möchte. Die sind verrückt, dachte Mary Ellen. Ihr Mick hatte den Jungen fast umgebracht, und hier standen sie und bedankten sich bei John! Die waren bestimmt nicht ganz bei Trost, keiner von denen – das konnten sie einfach nicht sein. Mit denen wollte sie nichts zu tun haben. Sie bemerkte sehr wohl, daß der alte Mann im strömenden Regen stand, aber das war seine Sache. Über ihre Schwelle würden die nicht kommen.

Kurz und bündig erwiderte sie: »Is' schon gut. War ja immerhin der Fehler von unserem Mick.« Doch dann wurde ihre Hand vom Türgriff gelöst, und John stand neben ihr und forderte die beiden auf: »Wollen Sie nicht hereinkommen?« Nicht oft ärgerte sie sich über John, aber jetzt kostete es sie Überwindung, ihn nicht anzufahren.

Der alte Mann erwiderte: »Vielen Dank. Vielen Dank. Sind Sie vielleicht der Mister O'Brien, dem ich so viel zu verdanken habe?« John schob zwei Sessel vor. »Setzen Sie sich doch.« Ohne das Mädchen anzusehen, fuhr er fort: »Es ist an uns zu danken. Nicht viele Leute würden's so aufnehmen.« Dann stellte er Shane vor. »Das ist mein Vater.« Zögernd nahm Shane die dargebotene Hand und murmelte etwas, und sein Kopf, der in seinen Bewegungen normal gewesen war, begann zu zucken.

Der alte Mann, den Mangel an Herzlichkeit ignorierend, stellte sich vor: »Ich heiße Peter Bracken. Und das hier ist meine Enkelin Christine.«

Shane nickte, und nach einem kurzen Schweigen, das nur durch das Hin- und Herschieben der Sessel unterbrochen wurde, wandte er sich an Mary Ellen, die nun wieder heftig den Teig knetete, und meinte: »Ich seh' nach, ob's was für mich gibt.« Er zog seine noch feuchte Jacke von der Leine, die unterhalb des Kaminsimses gespannt war, und ging mit einem letzten Nicken zu Mr. Bracken hin aus der Küche.

Mary Ellen blickte seiner riesigen Gestalt nach, wie er mit gebeugtem Kopf über den Hof ging. Nachsehen, ob's was für ihn gibt – zu dieser Tageszeit! Abhauen wollte er nur. Immer schon hatte er es gehaßt, mit Fremden zu reden. Ein schwacher Dunstschleier schwebte noch um seine Schultern, als er in der Hintergasse verschwand. Ihre Brust schnürte sich zusammen, und sie murmelte zu sich selber: »Shane. Shane.« Vor Jahren hatte sie dies immer gemurmelt, wenn ihr Mitleid sich mit Liebe mischte. Und dieses Gefühl ließ sie das hinter ihr sitzende Paar noch mehr ablehnen. Bis auf die Haut würde er jetzt naß werden, und das Zucken würde die ganze Nacht anhalten.

Sie war sich durchaus bewußt, daß ihr Benehmen, ihnen den Rücken zuzukehren, ungehörig war, aber es war ihr egal; und doch ertappte sie sich dabei, wie sie dem Mädchen zuhörte, das mit Katie sprach. Sie redeten über das Buch. Katies Stimme hörte sich ungehobelt an, verglichen mit der des Mädchens, dessen Sprechweise ruhig und gleichmäßig und ohne Dialekt war. Und dann merkte sie, daß sie John zuhörte. Er redete, mehr als sie ihn jemals zuvor hatte reden hören. Er sprach mit dem alten Knacker über die Docks und die verschiedenen Schiffe, die hereinkamen und welche Ladungen sie brachten … Eisenerz aus Bilbao, schwarzes Erz aus Benisaf und reichhaltiges Erz aus Schweden, aus dem man Stahl gewann; Espartogras für die Papierherstellung; mit Holz für die Zechen beladene Frachter aus Rußland, auf denen die Holzstämme von einem Ende des Schiffes zum anderen dicht gestapelt waren, um nur jeden Zentimeter Frachtraum auszunützen. Als ob das den alten Knacker interessierte! Nie zuvor hatte sie John so viel über die Docks reden gehört. Er redete über das Ladunglöschen, als habe er sein Leben in den Schiffsbäuchen zugebracht und nicht erst zwei Jahre. Was war nur über ihn gekommen? Vielleicht deswegen, weil sie selber nicht viel Aufhebens von denen machte? Nun, er wußte ja, daß sie nichts mit denen zu tun haben wollte. Und die beiden waren schon ein dickfelliges Paar, einfach sitzen zu bleiben, obwohl sie spüren mußten, daß sie nicht erwünscht waren.

»Mrs. O'Brien, ich glaube, Sie sind immer viel beschäftigt, nicht wahr?«

Sie schreckte hoch und war gezwungen, sich halb umzudrehen und den alten Mann anzublicken. Höflich antwortete sie: »Ja, die meiste Zeit hab' ich zu tun.«

»Es muß schon eine sehr schwere Aufgabe sein, eine so große Familie zu versorgen. Und mit ›groß‹ meine ich wirklich groß«, fügte er lachend hinzu.

»Nun, man muß es nehmen, wie Gott es gibt.« Sofort wurde ihr klar, daß sie etwas Falsches gesagt hatte, gab sie ihm mit einer solchen Antwort doch eine Möglichkeit, eine große Rede zu schwingen; aber zu ihrer Überraschung tat er nichts dergleichen.

Er stand auf und verabschiedete sich. »Nun, wir sollten Sie aber jetzt nicht länger aufhalten. Ich dachte nur, es wäre nett, Ihre Bekanntschaft zu machen, Mrs. O'Brien.«

Mary Ellen mußte sich wieder von ihrer Schüssel abwenden, um zu antworten, dieses Mal mit einem Lächeln. Komisch, aber die beiden schienen eigentlich ganz in Ordnung zu sein. War dieses Spuker-Gerede vielleicht nur ein grundloses Gerücht? Die Menschen neigten ja dazu, aus nichts etwas zu machen.

Sie erwiderte auch das Lächeln des Mädchens, doch als sie beobachtete, wie ihr John schweigend das Mädchen betrachtete, gefror ihr das Lächeln auf den Lippen. In dieser Art wollte sie auf keinen Fall etwas mit denen zu schaffen haben, nicht, wenn es ihren John betraf … Dominic konnte tun und lassen, was er wollte.

Wieder klopfte es an der Haustür, und dieses Mal mußte sie Katie, die an der Hand des Mädchens hing, auffordern, hinzugehen und zu öffnen.

Zum ersten Mal redete Christine Mary Ellen direkt an. »Mrs. O'Brien, würden Sie Katie erlauben, zum Abendbrot zu uns herüberzukommen? Heute ist ein besonderes Ereignis. Großvater hat Geburtstag.«

Sie warf dem alten Mann ein strahlendes Lächeln zu, worauf er »Pscht« machte.

Doch sie fuhr fort: »Nein, kommt nicht in Frage. Wissen Sie, wie alt er ist?« Sie sprach nun zu John hinüber und blickte zu ihm hinauf.

John zwinkerte mit den Augen und antwortete ganz ernsthaft: »Sechsundzwanzig.«

Alle außer Mary Ellen lachten.

»Sie haben sich um genau sechzig Jahre verschätzt!« klärte ihn das Mädchen auf.

»Sie sind doch nicht sechsundachtzig!« Ungläubigkeit lag in Mary Ellens Stimme.

»Doch, Mrs. O'Brien, das bin ich.«

Verblüfft sah Mary Ellen die hochaufgerichtete, schlanke Gestalt von Peter Bracken an, sein faltenloses Gesicht mit den tiefliegenden Augen, die wie schwarze Kohlen schimmerten. Das einzige Zeichen seines wirklichen Alters war das weiße Haar – und er sollte sechsundachtzig sein? Wieder überkam sie Furcht vor ihm. Man wurde nicht sechsundachtzig Jahre alt und sah noch so aus – nicht auf natürlichem Wege. Shane war siebenundfünfzig, und er war alt. Sie hatte Männer gekannt, die auch achtzig Jahre gelebt hatten, aber die hatten ihre Tage im Bett verbracht oder am Stock. Nein, von Anfang an war ihr Instinkt richtig gewesen … Irgendwas Rätselhaftes umgab die beiden, etwas, das sie nicht begriff. Nein, sie wollte nichts mit ihnen zu tun haben.

Durch das Geräusch von Schritten, die Katie durch das Vorderzimmer begleiteten, wurde sie von ihrer Furcht abgelenkt. Wen, zum Teufel, hatte Katie jetzt wieder reingelassen?

Eine kleine, schwarzgekleidete Gestalt im Türrahmen klärte sie bald darüber auf. Der Anblick von Pater O'Malley ließ sie nach Luft schnappen. Seine bloße Gegenwart bedeutete immer irgendwie Schelte. Heute würde es darum gehen, daß Katie nicht in der

Schule und Mick am letzten Sonntag der Messe ferngeblieben war. Oh, für heute reichte es ihr wirklich! Und zu allem Überfluß standen diese beiden noch hier herum. Jetzt lächelte sie nicht mehr, sondern starrte, wie vom Blitz getroffen, den Pfarrer an.

»Guten Tag, Pater. Wollen Sie nicht Platz nehmen? Ein scheußliches Wetter heute, nicht wahr? Sie sind sicher patschnaß.« Mary Ellen tat ihre Pflicht. Gleichzeitig jedoch bemerkte sie die zentimeterdicken Sohlen an des Priesters festen Stiefeln und schalt sich selber, weil sie dachte: Da braucht's schon 'ne Menge Wasser, bis die was durchlassen.

»Guten Tag, Pater«, begrüßte John ihn als nächster.

»Guten Tag«, erwiderte Pater O'Malley mit seiner hohen strengen Stimme. Aber dabei sah er weder Mary Ellen noch John an; seine Augen waren fest auf Peter Bracken gerichtet.

John bemerkte es und stellte vor: »Pater, das ist Peter Bracken, unser neuer Nachbar.«

Der Priester antwortete nicht, und Peter Bracken sagte ruhig: »Pater O'Malley und ich kennen uns bereits.«

»Was tut dieser Mann in eurem Haus?«

Mary Ellen wußte, daß der Priester die Frage an sie gerichtet hatte, obgleich er sie nicht anblickte. Sie fröstelte und antwortete zögernd: »Nun, Pater …«

»Befiehl ihm, sofort zu gehen! Und für die Zukunft verbiete ihm das Haus.«

Mary Ellen zerknautschte nervös den Zipfel ihrer Schürze und drehte sich nach Mr. Bracken und dem Mädchen um. Doch bevor sie noch den Mund aufmachen konnte, fuhr John scharf dazwischen.

»Nun mal langsam! Mein Pa is' nich' da, und nach ihm bin ich das Haupt der Familie hier, und ich weise niemandem die Tür, Pater.«

Der Priester fuhr herum, seine Augen verschwanden fast hinter den zugekniffenen Augenlidern und den dicken Gläsern seiner Brille. »So, du bist also das Familienoberhaupt, was? Und du willst die Verantwortung auf deine Seele laden, mit diesem Mann etwas zu tun zu haben?«

»Ich weiß von nichts, was gegen diesen Mann spricht.« Johns Gesicht sah jetzt so verkniffen aus wie das des Priesters.

»So, du weißt also nichts?« Pater O'Malley hob die Augenbrauen. »Dann mußt du wohl der einzige hier im Viertel sein, der nichts weiß. Ich werde dich erleuchten. Dieser Mann hier ist ein Feind der katholischen Kirche ...«

»Das ist nicht wahr! Ich bin keiner Kirche Feind ...«

Pater O'Malley schnitt Peter Brackens Protest einfach ab, indem er fortfuhr: »Warum, frage ich dich, lebt ein Mann seines Standes in einem Viertel wie diesem? Weil er es sich zur Aufgabe gemacht hat, zwischen Katholiken zu leben, um sie gegen die Kirche aufzuhetzen.«

»Ich lebe dort, wo Furcht und Armut herrschen, und versuche, beides auszulöschen.« Nicht länger war der Ausdruck im Gesicht des alten Mannes milde; jetzt sprachen aus ihm eine strahlende Kraft und eine Energie, die ihn allen anderen weit überlegen machte.

»Weißt du, was dieser Mann zu sagen gewagt hat? Nicht weniger, als daß er die gleiche Macht wie Christus besitzt!« Pater O'Malleys Augen durchbohrten erst Mary Ellen und dann John. »Er behauptet doch tatsächlich, Christus zu sein!«

Mit großen, nach Verleugnung heischenden Augen blickte John zu Mr. Bracken. Aber es kam keine.

»Sie wissen ganz genau, daß Sie meine Worte verdrehen!« rief der alte Mann aus. »Was ich behaupte, ist, daß wir alle die Macht haben, Christus zu sein. Wenn wir alle nach Gottes Ebenbild geformt worden sind, dann dürfen wir auch annehmen, ein Teil von Ihm zu sein; unser Geist ist göttlich. Der einzige Unterschied zwischen meinem Geist und Gottes Geist ist die Größe – die Qualität ist genau dieselbe. Das predige ich. Und je mehr ich mir meines Geistes bewußt werde, je engeren Kontakt ich mit Ihm habe, um so mehr kann ich göttliche Dinge vollbringen ... Und ich habe göttliche Dinge vollbracht ...« Mr. Bracken zeigte auf den Priester. »Das wissen Sie genau! Und genau dieser Beweis stellt ihre sklavische Doktrin in Frage.«

»Ruhe!« donnerte Pater O'Malley.

Mary Ellen zerknautschte mittlerweile den Kragen ihrer Bluse, und Katie hatte das Gesicht in den Rockfalten ihrer Mutter versteckt. Die Schlafzimmertür öffnete sich, und Dominic kam in die Küche, doch keiner der Anwesenden nahm von ihm Notiz.

Die Stimme des Priesters war heiser, als er sich jetzt an John wandte. »Brauchst du vielleicht noch mehr Beweise?«

Bevor John antworten konnte, ergriff das Mädchen das Wort. »Mein Großvater wird ihm Beweise liefern – er wird ihm seine eigene Macht zeigen und ihn von Ihnen und Ihresgleichen befreien. Es ist nicht Gottes Willen – wie Sie es predigen –, daß er oder irgend jemand sein ganzes Leben lang in Armut und Unwissenheit leben soll. Würden sich alle Menschen ihrer eigenen Macht bewußt sein, so würden sie all dies über Bord werfen.« Sie machte eine ausholende Armbewegung und ging einen Schritt auf den Priester zu. »Sie wollen die Menschen vom Denken abhalten; denn denken sie erst einmal, stellen sie auch Fragen. Und Fragen sollen sie nicht stellen, nicht wahr? Sie haben nur zu akzeptieren! Sie sollen nicht erkennen, daß es nur von ihnen selber abhängt, wie das Fegefeuer oder der Himmel oder die Hölle beschaffen sind!«

Vor Johns innerem Auge tauchte das Bild von Miss Llewellyn auf, die, sich gegen den Wind stemmend, gesagt hatte: »Ich an Ihrer Stelle würde den mir bekannten Himmel wählen.« Dann wurden seine Gedanken wieder zu diesem kleinen Mädchen gezogen, das es mit einem Mann wie Pater O'Malley aufnahm; und es nicht nur mit ihm aufnahm, sondern ihn sogar angriff. Was sie sagte, war ziemlich verrückt. Aber Mut hatte sie.

Doch plötzlich machte dieser Gedanke ihn traurig. Vielleicht war dies der Mut des Fanatismus, und sie sah einfach zu süß und mädchenhaft aus, um von irgendeinem Fanatismus beherrscht zu sein.

Der alte Mann zog seine Enkelin zu sich hin. »Komm, Christine, sei friedfertig. Denk daran, Ärger vergiftet.«

Pater O'Malleys Stimme durchschnitt mit tödlicher Kälte den Raum. »Der Tag ist nicht fern, wo Sie für Ihre Lästerungen in der Hölle verrotten werden!«

»Der Tag ist nicht fern«, übernahm Peter Bracken, »wo Ihre Sekte, wenn sie ihren Dogmatismus nicht abwirft und Toleranz lernt, für ihr Überleben wird kämpfen müssen; denn in den Bäuchen der Frauen ruhen in diesem Augenblick Samen, die in dreißig, vierzig oder fünfzig Jahren das Fundament Ihrer Lehre in den Grundfesten erschüttern werden. Der Geist der Menschen ist beweglich. Sie suchen die Wahrheit – sie lesen. Und was lesen sie als erstes? Genau die Bücher, die von Ihrer Kirche verboten werden; und die erste Frage, die der tastende Geist stellt, wird sein: Warum sind diese Bücher verboten?«

Pater O'Malley sah aus, als sei er am Ersticken – schwarzer Ärger hatte sein Gesicht übergossen. Nach einer vor Spannung bebenden Stille ergriff er schließlich wieder das Wort. »Ich überlasse es dir und deinem Gewissen, Mary Ellen, hier zu urteilen. Und vergiß nicht, ich habe dich gewarnt … Unheil und Verdammnis folgen diesem Mann. Wenn du deine unsterbliche Seele und die deiner Familie retten willst, schmeiß ihn raus, so, wie du eine Schlange rausschmeißen würdest!« Für eine Sekunde bohrten sich seine Augen wieder lodernd in die Mary Ellens, dann war er gegangen. Das Zuschlagen der Haustür erschütterte das ganze Haus.

Unwillkürlich kam John der Gedanke, daß Pater O'Malley ihn deswegen ignoriert hatte, weil er dem Priester Kontra gegeben hatte. Es war ganz eindeutig gewesen, daß dieser sich ganz auf seine Mutter konzentriert hatte, weil sie Angst vor ihm hatte. Er sah zu ihr hinüber. Auf eine Hand gestützt, lehnte sie gegen den Tisch, die andere Hand war unter ihrer Brust gegen das Herz gepreßt. Sie zitterte.

Zum ersten Mal ergriff Dominic das Wort: »Machen Sie sich nichts draus. Der glaubt, er is' immer noch in Irland.« Seine Worte galten nicht seiner Mutter, sondern dem Mädchen. Doch die reagierte überhaupt nicht darauf. Ihr Blick war auf Mary Ellen gerichtet.

In diese gespannte Atmosphäre kam Mick herein. Er trat in die Küche, den Kopf zur Seite geneigt, und hatte eine Hand über sein Ohr gelegt. »Ma, mein Ohr läuft, und 's tut auch weh …« Abrupt blieb er stehen, als er Mr. Bracken gewahrte, und schnell sah er zu John hinüber.

Für eine Sekunde rührte sich niemand, bis Peter Bracken lebhaft ausrief: »Mrs. O'Brien, ich werde es Ihnen zeigen! Ihr Sohn hat Ohrenschmerzen, wahrscheinlich einen Abszeß. Ich werde ihn kurieren. Durch Gottes große Heilkraft werde ich ihn kurieren.«

Er machte einen Schritt auf Mick zu, und im gleichen Moment kam Leben in die Küche. Mary Ellen warf sich zwischen die beiden, wobei sie Mick an sich zu ziehen versuchte; doch Mick, der an den gestrigen Abend dachte und unter Peters Heilkraft das gleiche verstand, was seine Mutter tat, wenn sie ihm aufs Ohr boxte und dabei ausrief: »Dich werd ich noch kurieren!« – Mick sprang von beiden weg. Mary Ellen griff wild um sich, verlor das Gleichgewicht, drehte sich um sich selber, wobei sie noch versuchte, Johns ausgestreckte Hände zu ergreifen, verfehlte sie aber und stürzte seitlich zu Boden.

Bereits im Fallen wußte Mary Ellen, was geschehen war. Der höllische Schmerz, der sie wie ein rotglühendes Schwert durchbohrte, begann in ihrem Unterleib und schoß durch ihren ganzen Körper und aus ihrem Kopf hinaus, ließ die Welt um sie herum verlöschen. Als dieser rasende Schmerz sie wieder durchfuhr, lag sie auf dem Bett; er wühlte in allen ihren Poren, Schweiß brach ihr aus. Sie öffnete die Augen und sah Johns Gesicht. Sie wollte ihm sagen: Mach dir keine Sorgen, Junge. Mach dir keine Sorgen, denn sein Gesicht war weiß wie der Tod, aber sie brachte kein Wort heraus.

Wieder durchfuhr sie das heiße Schwert. Dieser Schmerz hier unterschied sich von den anderen Schmerzen, die sie bei ihren früheren Geburten durchlitten hatte, durch seine Intensität. Er ließ nicht einmal Platz für Furcht, als sie registrierte, daß dieser Bracken ihr nahe war. Auch war sie nicht überrascht, als sie ihn sagen hörte: »Ich werde gehen und durch die Wand an ihrem Kopf arbeiten. Nimm ihre Hand und laß sie nicht los.«

Mary Ellen spürte, wie ihre Hand zwischen zwei weiche Handflächen genommen wurde, und sie tat, wie ihr von der Stimme, die durch einen dicken Nebel zu kommen schien, geheißen wurde. »Halten Sie Christine fest, Mrs. O'Brien, und der Schmerz wird vergehen.«

Wieder packte sie der Schmerz, ließ ihre Knie hochzucken und zwang ihr den Kopf auf die Brust, und Mary Ellen griff nach der Hand des Mädchens. Als sie das nächste Mal wieder das Bewußtsein erlangte, war ihr, als läge sie nicht im Bett, sondern darüber auf einer weichen Plattform; das Mädchen war noch an ihrer Seite, während Hannah Kelly und Schwester Snell an etwas arbeiteten, das auf dem Bett lag. Und dann kam der Doktor, aber nicht der Arme-Leute-Doktor, sondern Doktor Davidson von Jarrow, und vage wunderte sie sich, wer dies bezahlen sollte. Er langte nach oben und versuchte, ihre Hand aus der des Mädchens zu lösen, aber während er dies tat, spürte Mary Ellen, wie sie in die sich windende Masse unter sich fiel, und wie der erbarmungslose Tod klammerte sie sich an die weiche Hand. Sie hörte ihn sagen: »Du bist Peter Brackens Enkelin, nicht wahr?« Das Mädchen erwiderte nichts. Dann kam seine Stimme wieder: »Nun, zwischen Himmel und Erde gibt es mehr sonderbare Dinge, als diese Welt sich träumen läßt, und ich werde deine Hilfe nicht verschmähen, denn ich werde sie brauchen.«

Viele Jahre lag sie auf der Plattform, und eigenartige Empfindungen durchrieselten ihren Körper, und die nächste Stimme, die sie vernahm, war die von Shane, der immerzu murmelte: »Mary Ellen, Mädchen. Mary Ellen.«

Sie wußte, er weinte, und es verwunderte sie. Sie dachte an die Zeit zurück, da er sie geliebt hatte und da sie ihn geliebt hatte – es lag so weit zurück. Was war seitdem geschehen? Nichts. Er liebte sie noch, aber sie liebte Katie und John. Shane aber liebten sie nicht – außer ihr hatte er niemanden. Was würde geschehen, wenn sie stürbe? Sie wußte es nicht – es schien auch keine Bedeutung zu haben.

Es war seltsam, doch recht angenehm, einfach hier zu liegen und ungestört nachdenken zu können. Sie mußte nicht aufstehen, um sich um das Brot oder die Wäsche oder die Mahlzeiten zu kümmern oder – noch wichtiger – ums Geld. Irgendwo war da ein Schmerz, aber den konnte sie nicht lokalisieren. Und sie wußte, daß sie lächelte, als der Doktor zu ihr herauflangte, ein Augenlid hochhob und ausrief: »Seltsam, sehr seltsam.«

Die nächste Stimme, die zu ihr drang, war die von Pater Bailey. Es war schön, Pater Bailey so nahe bei sich zu haben; er gab einem immer das Gefühl von Geborgenheit. Und als er das Kreuzzeichen machte und ihre Lippen berührte, fühlte sie eine tiefe Glückseligkeit in sich aufsteigen. Sie sah ihn am Fuß der Plattform stehen und lächeln, doch nicht zu ihr, sondern zu Mr. Bracken hinüber, der – das spürte sie – an ihrem Kopfende stand. Pater Bailey sagte: »Gottes Wege sind viele, und sie sind rätselhaft. Er hat diese Wege erschaffen, und nur Er kann sie beurteilen.« Sie seufzte tief und dachte, bevor sie in einen sanften Schlummer fiel: Ja, wir sind alle eins. Das war die Antwort, die Christine Bracken Pater Bailey gegeben hatte.

Das Gas in der Küche war heruntergedreht. Es flackerte auf und nieder und schoß aus einem kleinen Loch aus dem unteren Ende des Glühstrumpfes. In diesem trüben Licht kniete John vor dem Feuer und stocherte in der Asche. Langsam und bedachtsam harkte er sie und war dankbar für die Wärme auf seinen Händen. Ihm war kalt. Es ist die Kühle vor der Dämmerung, dachte er. Waren erst zwölf Stunden vergangen, seit dies alles angefangen hatte? Wie tausend Leben kamen sie ihm vor. Und was es erst für Christine bedeuten mußte, immerzu in derselben Stellung neben dem Bett zu sitzen, überstieg sein Vorstellungsvermögen. Er dachte mittlerweile an sie als Christine – die vergangene Nacht hatte sie enger miteinander verbunden, als jedes Blutband dies vermocht hätte. Er hatte ihr eine Wolldecke umgelegt, ihr die Schuhe ausgezogen und ihr ihre Hausschuhe angezogen. Dafür hatte er nach nebenan gehen und sie sich selber suchen müssen; der alte Mann saß mit dem Gesicht zur Wand und schien zu schlafen. Eine Tasse Tee nach der anderen hatte er ihr gebracht, und als ihre steife und verkrampfte Hand die Tasse nicht mehr halten konnte, führte er ihr die Tasse zum Mund. Einmal hatte sie sich gegen ihn gelehnt, und er hatte sie mit seinem Arm gestützt. Eine Stunde zuvor hatte er versucht, vorsichtig ihre Hand aus der seiner Mutter zu ziehen, aber das Ergebnis war das gleiche wie bei den vorherigen Versuchen der anderen – wie ein Schraubstock verkrampften sich Mary Ellens Finger um Christines Hand. Seine Mutter, das wußte er, war dem Tod sehr nahe gewesen, ihre Lebensflamme hatte nur noch schwach geflackert; doch wann immer jemand in diesen Momenten ihre Hand berührte, klammerte sie sich mit der ganzen Kraft eines starken Lebens an Christines Hand. Der Doktor hatte gesagt, es stünde auf Messers Schneide. »Ich habe alles in meiner Macht Stehende getan. Morgen früh werde ich gleich wiederkommen.« Dann hatte der Arzt John forschend angesehen: »Glauben Sie an spirituelle Heilung?«

John hatte schlicht geantwortet: »Ich bin Katholik.«

»Das bin ich auch«, hatte der Arzt erwidert. Und ich bin von Berufs wegen und auch sonst absolut dagegen ... Und doch ...« Abrupt hatte er innegehalten, seinen Mantel zugeknöpft und sich verabschiedet. »Gute Nacht. Morgen früh werden wir mehr wissen.«

Ohne ein Wort hatte Pater Bailey das Haus verlassen. Auf seinem Gesicht hatte ein nachdenklicher Ausdruck gelegen.

Shanes Reaktion, als er das Mädchen am Bett sitzen sah, hatte John überrascht. Er war in die Küche zurückgekommen, hatte nur so dagestanden und in das Feuer geblickt; sein Körper war merkwürdig ruhig gewesen. »Mir is' egal, wer sie am Leben erhält –

und wenn's der leibhaftige Teufel is'«, hatte er gesagt, »solange sie mich nur nich' verläßt.«

Er hatte sich umgedreht und ruhig seinen Sohn angesehen, und John hatte erkannt, daß trotz des Trinkens und des Prügelns in seinem Vater noch ein tiefes Gefühl für seine Mutter schlummerte. Es überraschte ihn und brachte ihn gleichzeitig diesem Mann näher, für den er sonst nur Verachtung übriggehabt hatte. Und erst vorhin hatte er ihn überreden können, sich ein wenig hinzulegen – Dominic war bereits kurz nach zwölf zu Bett gegangen. Wie die anderen hatte auch er um das Bett seiner Mutter gestanden, als man dachte, daß sie ihren letzten Atemzug tun würde, doch als dies nicht eintrat, hatte er gemeint, es hätte keinen Sinn, wenn sie alle aufblieben, und außerdem müsse er morgen früh raus, um vielleicht doch auf einem Schiff eingeteilt zu werden.

John mußte auch um sechs Uhr auf den Docks sein. Morgen sollte ein Holztransport einlaufen, und vielleicht würde er darauf eingesetzt werden – eigentlich mochte er diese Frachter nicht, denn auf ihnen gab es keine Akkordarbeit; man verdiente vier Schilling pro Tag und konnte keine Überstunden machen. Aber das wäre besser als nichts, denn jetzt, da die Mutter krank war, brauchten sie das Geld nötiger als je zuvor.

Obwohl er keinen Schlaf gehabt hatte, fühlte er sich nicht müde; das Training, achtundvierzig Stunden hintereinander auf der Halde zu arbeiten, welches er als junger Bursche schon durchstehen mußte, hatte ihn hart gemacht. Es fiel ihm nicht schwer, Tag und Nacht, ohne Unterbrechung, ein Erzboot zu entladen; bei seinen Kumpels war er beliebt, und er war gut im Tempoangeben, und Tempo bedeutete alles, denn je schneller die Ladung gelöscht war, um so eher wurden die Männer ausgezahlt. Er sah auf die Uhr … halb fünf. Einiges mußte noch getan werden, bevor es an der Zeit war, das Haus zu verlassen. So begann er also, die Küche aufzuräumen, die Matten auszuschütteln und den Fußboden zu putzen – seine Mutter wollte, daß sie so wenig wie möglich von den Nachbarn abhängig waren, so hilfsbereit diese auch sein mochten.

Er war gerade dabei, den Frühstückstisch zu decken, als Hannah Kelly aus dem vorderen Zimmer trat.

»Junge, ich geh' nur schnell auf 'ne Minute nach Haus«, flüsterte sie. »Ich muß meinen Joe wecken. Dann komm' ich wieder her.«

Er dankte ihr und fragte: »Geht's ihr besser?«

»Ich weiß nicht ... vielleicht ein bißchen – sie scheint jetzt leichter zu atmen. Komisch, das mit dem Mädchen, was?« Fragend blickte sie John an. »Wie Mary Ellen sich an sie klammert, wo sie doch nich' mal was mit denen zu tun haben wollte.«

John erwiderte nichts.

Und nach einem Moment fuhr sie flüsternd fort: »Die kommt mir richtig unheimlich vor, wie sie da so sitzt, so still. Is' nich' natürlich. Oder was sagst du dazu? Und was willste machen, wenn das noch länger so bleibt?«

»Weiß nich'.«

Hannah schüttelte den Kopf. »Is' schon komisch. Gibt einem doch zu denken, was?«

Langsam nickte er, und sie fuhr fort: »O ja, es passieren schon komische Dinge auf der Welt. Morgen um diese Zeit werden wir's wahrscheinlich wissen.«

Nachdem Hannah gegangen war, stand er noch lange da und starrte sinnend vor sich hin. Was würde mit ihnen allen geschehen, sollte seine Mutter wirklich sterben? Sie war das Zentrum, um das sich alles drehte. Molly würde zwar bald von der Schule abgehen, aber sie konnte unmöglich dieses turbulente Haus führen. Er blickte auf das Mädchen hinunter, das in der einen Ecke der Couch lag. Ihr Mund war weit geöffnet, und sogar im Schlaf sah sie aus, wie sie war – oberflächlich und dumm. Ja, wenn Katie älter wäre ... Was! Der Gedanke schockierte ihn. Katie sollte arbeiten und für sie alle schuften? Nein. Nein, sie sollte einen besseren Start haben, selbst wenn es nur eine Dienstmädchenstelle wäre. Aber seine Mutter würde nicht sterben. Irgendwie würden die sie nicht sterben lassen.

Dachte er an Mr. Bracken und Christine als fremdartige und unheimliche Heiler, so nannte er sie im stillen ›die‹; dachte er jedoch an Mr. Bracken und Christine als Mitmenschen, so sah er in ihnen freundliche Leute, und Christine war noch dazu hübsch und charmant.

Als er leise aus der Küche und in das Vorderzimmer ging, um Holz nachzulegen, bot sich ihm unverändert das gleiche Bild – die still ausgestreckte und seltsam flach aussehende Mutter, den einen Arm zu Christine hinübergelegt, die an ihrem Kopfende saß. Doch einen Unterschied gab es diesmal – Mary Ellens Hand lag wenige Zentimeter von der Christines entfernt.

Christine lächelte matt. Das Lächeln schien auf der feinziselierten Blässe ihres Gesichts wie eingemeißelt; ihre Augen blickten tot wie die leeren Höhlen eines Marmorkopfes.

John beugte sich zu ihr hinunter und flüsterte ängstlich: »Ist alles in Ordnung mit dir?«

Sie versuchte, ihr Lächeln zu verstärken, aber dieses Bemühen kostete sie zu viel Kraft, und erschöpft sank sie gegen ihn. Er blickte zu seiner Mutter hinüber. Ihr Atem ging jetzt gleichmäßig, und ein Hauch von Farbe belebte ihr Gesicht.

»Sie schläft … es ist überstanden«, flüsterte Christine. Sie seufzte, und ihr Körper preßte sich mit sanfter Schwere gegen ihn.

»Komm in die Küche«, meinte er.

»Ich kann noch nicht. Ich habe … ich habe einen Krampf. Ich bin ganz steif. Etwas später.«

Ihre Stimme hörte sich schläfrig an, und für einen Augenblick glaubte er auch, sie sei eingeschlafen.

Hannah Kelly trat ins Zimmer, und leise rief sie aus: »Hat sie sie also losgelassen.« Sie spähte zu Mary Ellen hinüber. »Oh, sie is' wohl über'n Berg. Komm, Mädchen, du mußt jetzt ins Bett«, sagte sie freundlich zu Christine.

Christine versuchte aufzustehen, verlor jedoch das Gleichgewicht, und John legte den Arm um sie und geleitete sie behutsam in die Küche, gefolgt von Hannahs ironischem Blick. »Tja, ja«, sagte Hannah zu sich selber, »man weiß vorher nie, wo die Liebe hinfällt. Aber – bei Gott! – Mary Ellen wird kopfstehen!«

John setzte Christine in einen Sessel nahe der Feuerstelle; hilflos blieb er vor ihr stehen und mußte mit ansehen, wie sie langsam anfing zu weinen. Es war ein erlösendes Weinen; die Tränen quollen sanft hervor, tropften von den dunklen dichten Wimpern auf ihre Wangen und dann hinunter auf die gefalteten Hände.

»Du bist völlig fertig«, meinte John. »Komm, ich bring' dich nach Haus.«

Wie ein Kind legte sie ihre Hände in die seinen, und er zog sie hoch.

»Der Krampf … ist noch da.« Taumelnd stand sie auf den Beinen. »Meine Beine scheinen mir nicht mehr zu gehören.«

Im flackernden Licht der Gaslampe schaute sie zu ihm hinauf und lächelte unter Tränen. »Es war eine seltsame Nacht, John.«

Wortlos nickte er. Er wollte ihr für das, was sie und ihr Großvater getan hatten, danken, aber die Worte ›Danke, daß ihr das Leben meiner Mutter gerettet habt‹ würden gleichzeitig bedeuten, daß er die fremde und schreckliche Macht, die sie zweifellos besaßen, anerkannte, und etwas in ihm fürchtete sich davor. Es schien absurd, daß dieses zarte Mädchen etwas anderes sein könnte als das, was sie war … ein bezauberndes, jungenhaft aussehendes Geschöpf.

Christine seufzte. »Alles würde in Ordnung sein, wenn das Baby am Leben geblieben wäre. Wird deine Mutter sehr traurig darüber sein?«

Diese Frage konnte er für seine Mutter nicht beantworten, und sein eigenes Gefühl der Dankbarkeit über den Tod des Babys wagte er nicht auszudrücken, denn er ahnte, daß es sie schockieren würde.

Wieder taumelte sie. Er legte den Arm um sie und führte sie langsam zur Tür. Doch unversehens gaben ihre Beine nach, und sie klammerte sich an ihn. »Das wird vorübergehen. In ein paar Stunden geht's mir wieder gut, aber jetzt bin ich am Ende meiner Kräfte.«

Schnell bückte er sich und hob sie auf. »So geht's am besten.« Sie ließ es geschehen, und ihr Kopf sank an seine Schulter. Eine seiner Hände lag unter ihrer Brust, und er sah ihre Kontur, als sich Bluse und Rock bauschten – sie war klein, nicht viel größer als die Katies, und ihr Anblick ließ sein Blut nicht mehr aufwallen, als Katies winzige Hügel es getan hätten. Etwas in ihm wunderte sich darüber. Seine andere Hand lag unter ihrem Knie, und sein Gesicht war nahe dem ihren. Mit seinem Mund hätte er ihre Lippen berühren und dies vor sich selber mit Dankbarkeit entschuldigen können. Und vielleicht hätte auch sie diese Entschuldigung akzeptiert. Das wäre erst einmal ein Anfang gewesen. Es hätte auch Dominic auf seinen Platz verwiesen. Aber nichts dergleichen tat er, er drückte sie nicht einmal an sich. Vielleicht, weil er sich Sorgen wegen seiner Mutter machte, aber es war ihm auch, als trüge er Katie, und seine Gefühle gingen nicht über freundschaftliche Zärtlichkeit hinaus. Irgendwie irritierte ihn dies. Die Nacht hatte sie auf eine Weise zusammengeführt, die eine tiefe und beständige Verbindung zwischen ihnen hatte entstehen lassen, das wußte er. Aber es war eben nicht auf eine Weise geschehen, wie normalerweise eine Verbindung zwischen einem jungen Mann und einem jungen

Mädchen entsteht; es war auf eine Weise, die seinen Körper unberührt ließ, aber tief in seinem Inneren etwas anrührte.

Als er sie in ihre Küche trug, regte sie sich, öffnete die Augen und berührte mit der Hand seine Wangen. »Du bist so nett, John ... so gut.« Und in diesem Augenblick wußte er, hätte er sie geküßt, es wäre ein Anfang gewesen, denn vielleicht mochte sie ihn auf eine Weise, die ihren Körper nicht unberührt ließ.

Das Comic-Heft

Katie schob das Paket auf ihre andere Hüfte. Es war schwer, aber nicht so schwer wie das Gewicht, das ihre Seele niederdrückte, dieses bleierne Gewicht. Mit einem Paket zum Pfandhaus zu gehen erfüllte sie mit Scham; unter den wissenden Blicken der Männer, die untätig am Geländer lehnten, am Ufer des Hafens entlangzugehen ließ einen Kloß in ihrem Hals hochsteigen. Und träfe sie auf diesem Weg gar noch ihre Schulkameraden, so ließe sie dies schier in den Boden versinken. Aber daß es heute Johns Anzug war, den sie ins Leihhaus trug, vertausendfachte die Qualen dieses furchtbaren Ganges.

Als ihre Mutter sie gefragt hatte: »Kleines, kannst du mal runter zu ›Bob‹ gehen?«, da hatte Katie sie sprachlos angestarrt. Gern hätte sie erwidert: Kann Molly nicht gehen? Die is' doch größer. Aber aus Erfahrung wußte sie, daß Molly immer weniger als sie für Kleidung bekam, und in der Regel verlor sie auch immer etwas, sei es nun die Quittung oder – noch schlimmer – einen Sixpence. Und weil ihre Mutter so dünn und blaß aussah, als sie sie fragte, lehnte sie sich nicht dagegen auf, sondern beobachtete schweigend, wie Mary Ellen die Kiste unter dem Bett hervorzog und Johns Anzug herausnahm.

Es war so schade, daß es ausgerechnet John seiner war, denn erst heute morgen hatte er Arbeit bekommen. Sie alle hatten Arbeit bekommen, nachdem sie wochenlang nicht eingeteilt worden waren. Aber jetzt gab es nichts mehr im Haus, woraus man eine Mahlzeit hätte bereiten können, und von der Unterstützung, die sie erhielten, mußte die Miete bezahlt werden, mit der sie schon drei Wochen im Rückstand waren. Katie glaubte, daß – war erst einmal die Miete bezahlt – ihre Mutter weniger blaß aussehen würde.

Unter dem Brückenbogen zum Tyne-Hafenviertel begegnete ihr Mrs. Flaherty.

»Nanu, gehste heut' nich' in die Schule?« begrüßte Peggy sie.

»Nein, ich war krank.« Katie starrte hinauf in das leicht schmutzige, von Runzeln durchzogene Gesicht. Peggys Tonfall verriet Ungläubigkeit.

»Na, is' ja schade. Du mußt nich' deine Idukation verpassen. Eines Tages, wenn du alt genug bist, leih ich dir eins von meinen Büchern; die werden dich lernen wie sonst nix. Aber erst mußte älter werden.« Sie zog die Nase hoch und wischte sich mit dem Handrücken einen Tropfen ab.

»Danke schön.« So lange Katie sich erinnern konnte, war ihr eines von Mrs. Flahertys Büchern versprochen worden, aber mittlerweile maß sie diesem Versprechen keine Bedeutung mehr bei. »Danke schön, Mrs. Flaherty.« Und damit ging sie weiter, das Paket jetzt gegen Brust und Bauch gedrückt.

Obgleich sie Mrs. Flahertys ständiges Gefasel über Erziehung ungeduldig machte, wünschte sie sich doch, daß ihre Mutter ein bißchen wie sie wäre. Fast hatte sie es ganz aufgegeben, mit ihrer Mutter über ihr Examen zu sprechen und über das, was Miss Llewellyn gesagt hatte, denn ihre Mutter glaubte nicht, daß Miss Llewellyn es ernst meinte mit dem, was sie sagte. Letztes Mal hatte sie sie unterbrochen und gesagt: »O Kleines, du mußt die Dinge nicht so ernst nehmen. Deine Lehrerin is' eben nett zu dir. Das Examen, über das sie spricht, damit meint sie doch das, was ihr jedes Jahr habt.« Und als Katie leise zu weinen anfing, hatte Mary Ellen zu John gesagt: »Schau, Junge, ich kann nich' zur Schule gehen und nachfragen, worüber Katie ständig redet; ich hab nur mein Umschlagtuch. Kannst du nich' hingehen?«

»Was? Ich? Auf keinen Fall. Du bist schon gut, mich um so was zu bitten. Was soll ich denn schon mit der Direktorin reden?«

»Na, kannste dann nich' wenigstens mit ihrer Lehrerin sprechen?«

Sprachlos hatte John seine Mutter angestarrt, dann wortlos seine Kappe vom Haken genommen und das Haus verlassen.

Die einzige, die es versteht, is' Christine, dachte Katie. Christine mochte sie fast so sehr wie Miss Llewellyn, aber doch nicht ganz so. Das Leben war farbiger geworden, seit es Christine gab; Christine machte ihr Schürzchen und Kleider aus ihren alten Sachen. Sie gab ihr und Molly auch gute Dinge zu essen, und sie hatte ihnen beiden sogar schon Geld gegeben, richtiges Geld, jedem eine halbe Crown. Aber dies nur zweimal, denn als sie in der zweiten Woche ihrer Mutter die halbe Crown ablieferten, mußten sie das Geld wieder zurücktragen.

Für Katie war das Verhalten ihrer Mutter, nicht mit Christine und ihrem Großvater zu sprechen, unbegreiflich. Zwar erlaubte sie ihr und Molly, nach nebenan zu gehen, aber Mr. Bracken und Christine waren seit dem schrecklichen Tag vor einigen Monaten, als es ihrer Mutter so schlecht ging, nicht mehr in ihrem Haus gewesen. Auch John und Dominic gingen nach nebenan, und oft saß sie auf Johns Knie, während er und Mr. Bracken miteinander redeten. Sie redeten über komische Dinge, von denen ihr nur eines im Gedächtnis haften geblieben war: Mr. Bracken sagte, du kannst alles haben, was du willst, wenn du nur deine Gedanken richtig benutzt … Es gab so viele Dinge, die sie sich wünschte, aber am meisten wünschte sie sich, Lehrerin zu werden. Sollte sie das tun, was Mr. Bracken zu John gesagt hatte, und mit ausgestreckten Armen auf dem Rücken liegen und so lange denken, sie sei eine Lehrerin, bis sie fühlte, wie sie entschwebte? O nein, besser nicht, denn es gab einige Leute, die sagten, Mr. Bracken sei der Teufel. Er war's nicht; aber vielleicht war's besser, wenn sie's nicht tat.

Ihr war nie wohl bei dem Gedanken, daß Dominic nebenan war. Ob er wohl wieder das versuchen würde, was er an jenem Abend probiert hatte, als sie unerwartet ins Zimmer gekommen war? Er hatte Christine in eine Ecke gedrängt und versucht, sie zu küssen. Ihre Bluse war geöffnet gewesen, und das Band ihres Wämschens hing lose herunter. Katie erkannte sofort, daß Christine sich fürchtete, denn sie hielt sich fest an Katie geklammert, bis Dominic gegangen war. Dann hatte sie sie gebeten, John gegenüber nichts davon zu erwähnen, und Katie war nur zu willig darauf eingegangen, ihr dies zu versprechen.

Schließlich erreichte sie das dunkle Gewölbe des Pfandhauses und hörte mit großen traurigen Augen, wie Bob sagte: »Nur drei und sechs, Kleines. Er is' schon ein bißchen fadenscheinig.« Er bat eine Frau, die auch etwas versetzen wollte: »Würden Sie für sie unterschreiben?« Die Frau nickte, nahm den Penny, den Katie ihr hinhielt. Katie wünschte, sie wäre vierzehn, denn dann müßte sie nicht mehr jemanden bezahlen, der offiziell die Sachen für sie abgab – einen ganzen Penny, nur damit sie ihren Namen schrieb! Es war empörend, und sie haßte die Frau, weil sie so geizig war und den Penny wirklich angenommen hatte.

Sie wollte eben den Laden verlassen, das Geld fest in ihrer Hand verschlossen, als Bob ihr nachrief: »Ich hab' was hier, was vielleicht einen deiner Brüder interessiert. Paßt sonst niemandem hier in dieser Gegend. Is 'n Überzieher und 'n Hut – zehn Schilling alles zusammen. Ich wollt', ich hätt' das Geld, als das Zeug noch neu war. Sag einem von beiden, er soll mal vorbeischauen.« Katie versprach es.

Von da aus ging sie weiter zum Fleischer und dann einen Gasstrumpf kaufen. In Mr. Powells Laden stand sie wartend herum, während er nach dem Karton mit den Gasstrümpfen suchte. Seine Suche führte ihn in den hinteren Teil des Ladens; Katie war sich allein überlassen. Sie stand vor dem schräg abfallenden Tisch, auf dem die verschiedenen Comic-Hefte ausgebreitet waren: *Rainbow*, *Tiger Tim's Weekly*, *Comic Cuts* und andere. Verlangend wanderten ihre Blicke darüber. Es war schon viele Wochen her, daß sie sich ein Comic-Heft hatte leisten können. Wahrscheinlich würde sie am Samstag einen Penny von John bekommen. Aber Samstag war so weit weg wie Weihnachten, und vor ihr lagen noch der halbe Nachmittag und der lange, lange Abend. Und ihre Mutter wagte sie nicht um einen halben Penny von dem Anzugsgeld zu bitten. Auf der Titelseite des *Rainbow* heckten die Bruin-Kinder wieder einmal Streiche aus: der Tiger, der Papagei, der Elefant und andere spielten Mrs. Bruin einen Schabernack. Und im Comic-Heft selber, das wußte Katie, stand eine Geschichte von dem kleinen Mädchen, das eine richtige Fee war und zaubern konnte. Sie spähte in den hinteren Teil des Ladens. Alles, was sie sehen konnte, waren Mr. Powells Füße oben auf der Leiter. Ihre Hand fuhr hoch und bedeckte den *Rainbow*. Sie zögerte noch eine Sekunde, dann war der *Rainbow* mit einer schnellen Bewegung unter ihrer Jacke verschwunden. Zum ersten Mal in ihrem Leben näßte sie ihre Unterhose. Entsetzen packte sie, und sie stürzte aus dem Laden zum Hafenufer hinunter in Richtung der Brückenbogen. Nicht ein einziges Mal blieb sie stehen, um nach dem Heft unter der Jacke zu sehen; die begangene Freveltat hatte bereits die Freude über das Comic-Heft ausgelöscht. Sie war zur Diebin geworden! Sie hatte gestohlen! Mr. Powel würde das Comic-Heft vermissen und die Polizei auf ihre Spur hetzen; ihre Mutter würde vor Gericht gehen müssen, und ihr Gesicht würde wieder weiß werden, und alle in der Schule würden es erfahren … auch Miss Llewellyn würde es erfahren!

Überm Rinnstein unter den hohen kahlen Brückenbogen mußte

sie sich übergeben; das Comic-Heft rutschte unter ihrer Jacke heraus und wurde von dem Erbrochenen besudelt.

Eine lange Schlange Jungen und Mädchen warteten darauf, zur Beichte gehen zu können, denn morgen war der erste Freitag im Monat, an dem sie alle zur Kommunion gingen. Die Kinder stießen sich gegenseitig mit den Ellbogen an, machten Faxen und bückten sich in grotesken Stellungen, als würden sie beten; sie tuschelten, tauschten Süßigkeiten aus und zeigten sich gegenseitig Heiligenbildchen; zu hören war jedoch kaum etwas, so geübt waren sie alle darin. Vor drei Wochen war Katie das letzte Mal zur Beichte gegangen, dem längsten Beichtabstand zwischen ihren Beichten, dessen sie sich erinnern konnte. Obgleich kühle Herbstluft die Kirche erfüllte, war ihr heiß und übel. Seit jenem Tag, als sie Johns Anzug weggebracht hatte, war ihr einige Male übel geworden – innerlich weigerte sie sich, an diesen Tag als an den Tag zu denken, an dem sie das Comic-Heft gestohlen hatte. Aber jetzt war sie gezwungen, an das Comic-Heft zu denken, denn sie stand kurz vor der Beichte.

Eine Lehrerin – nicht Miss Llewellyn – kam und führte einen Teil der Kinder hinüber zu der Bankreihe, die Pater Baileys Beichtstuhl gegenüberstand und auf der noch keine Beichtkinder saßen. Als nächste war Katie an der Reihe, vor Pater Bailey hinzutreten. Erleichterung und Furcht zugleich überkamen sie – Erleichterung, weil sie Pater O'Malleys Verurteilung entronnen, und Furcht, weil sie als nächste dran war.

Ein kleiner dunkler Schatten schlüpfte aus einer der Türen des Beichtstuhls, und Katie stolperte hinein. Außer dem schwachen Flackern einer Kerze hinter dem Gitter auf der Seite des Priesters war es pechschwarz im Beichtstuhl.

»Pater, ich bitte um Ihren Segen, denn ich habe gesündigt«, begann sie. »Es sind drei Wochen her, daß ich das letzte Mal gebeichtet habe.«

»Sprich weiter, mein Kind.« Pater Baileys gütige Stimme tropfte wie Balsam in ihre wunde Seele.

»Und einmal hab' ich die Messe versäumt.«

»Durch deine eigene Schuld?«

»Nein, Pater. Wegen meiner Kleider. Meine Ma hat mich nich' rausgelassen.«

»Sprich weiter, mein Kind.«

»Ich hab' in der Kirche geredet und hab' nich' meine Morgen- und Abendgebete aufgesagt.«

»Wie oft nicht?«

»Dreimal … nein, viermal … vielleicht auch ein paarmal mehr, Pater.«

»Warum nicht?«

»Weil's Linoleum überall gebrochen is', und 's tut so weh, wenn ich mich niederknie.«

Der Priester mußte sich räuspern. »Um deine Seele zu stärken, ist es wichtig, daß du deine Gebete sprichst – Gebete sind die Nahrung für die Seele, wie Brot Nahrung für den Körper ist … Verstehst du das, mein Kind?«

»Ja, Pater.«

»Dann darfst du unter keinen Umständen deine Seele hungern lassen.«

»Nein, Pater.«

»Sprich weiter.«

Aber Katie konnte plötzlich nicht weiter. Ihre vor dem Gesicht gefalteten Hände waren schweißnaß. Das Innere des Beichtstuhls mit all dem Weihrauchduft und der Muffigkeit war erdrückend.

»Hast du mir noch etwas zu sagen?« fragte der Priester.

»Ja, Pater.«

»Nun dann, was ist es denn?«

Schweigen folgte dieser Frage. Nach einer kleinen Weile fuhr Pater Bailey fort: »Hab keine Angst, mein Kind. Es gibt nichts so Schlimmes, als daß Gott es nicht vergeben würde.«

»Ich hab' gestohlen.«

Der Priester nahm die Hand von seiner Wange und blickte durch das Gitter Katie an. Das Kind sah in zwei weiße Höhlen hinauf. Dann wanderte die Hand wieder zurück an die Wange.

Katie schauderte in der darauffolgenden Stille. Ihre Sünde war selbst für den Priester ein Schock gewesen.

»Und was hast du gestohlen?«

»Ein *Rainbow*.«

»Ein was?!« Wieder fiel die Hand herunter.

»Ein Comic-Heft.«

Der Priester räusperte sich wieder. »Nun, mein Kind, du weißt, wie sehr es unseren Allmächtigen Herrn schmerzt, wenn du so etwas tust.«

»Ja, Pater.«

»Und wirst du es wieder tun?«

»Nein, nein. Niemals mehr, Pater.«

»Ja, ich weiß, das würdest du auch nicht. Und wenn du einen Weg finden könntest, dem Ladenbesitzer das Geld für das Comic-Heft zu bezahlen, würde dies doch alles wieder in Ordnung bringen, nicht wahr?«

»Ja, Pater.«

»Nun, und zur Buße betest du ein Vaterunser und zehn Ave Maria, und versprich unserem Herrn, daß du Ihm nie wieder weh tun willst, und Er wird dir vergeben. Und vergiß nicht, niederzuknien, wenn du deine Gebete sprichst, trotz des harten Linoleums – denk an die Nägel im Kreuz.« Der Priester machte das Zeichen des Kreuzes und gab ihr die Absolution, während Katie murmelte: »O Gott, es tut mir so leid, daß ich mich gegen Dich versündigt habe, denn Du bist so gut, und mit Hilfe Deiner göttlichen Gnade werde ich nie wieder sündigen.«

»Gute Nacht, mein Kind, und Gott segne dich«, verabschiedete sie Pater Bailey. »Und nun mach dir keine Sorgen mehr. Er versteht alles.«

In ehrfürchtiger Benommenheit verließ Katie den Beichtstuhl, und in demselben Zustand tat sie ihre Buße, in einer Ecke der dunklen Kirche kniend, die Augen zu der Heiligen Maria mit dem Kinde erhoben und in der Gewißheit, daß ihre Sünde nun von ihr genommen war. Und als sie aus der Kirche trat, sah sie John unter der Straßenlaterne stehen. All das war die Gnade Gottes. Sie rannte zu ihm hinüber und schlang die Arme um ihn und rief, als habe sie ihn seit Jahren nicht mehr gesehen: »O John! O John!« Dann fragte sie: »Gehst du auch zur Beichte?«

»Nein«, erwiderte John. »Ich kam gerade vorbei, und da dachte ich, ich warte auf dich.«

Sie wußte, das war nicht wahr; er mußte nie hier vorbei. Er war gekommen, um sie abzuholen, weil sie geweint hatte, bevor sie das Haus verließ. Wochenlang hatte sie geweint. Sie wußte, daß ihre Mutter und John sich Sorgen um sie machten, aber sie brachte es einfach nicht über sich, ihnen zu sagen, warum sie dauernd weinte. Aber jetzt war sie erlöst – die furchtbare Last war von ihr genommen.

John, auf ihr strahlendes Gesicht blickend, fragte sich, was wohl diese Veränderung bewirkt haben könnte. »Hat Pater Bailey dir ein Paar Flügel verpaßt?« fragte er neckend.

»Ooch, John!« Sie schüttelte seinen Arm. »Aber Pater Bailey is' so nett, nich' wahr? Er is' so nett, daß ich immerzu heulen könnt.«

»Nun, in diesem Fall werd' ich ihn bitten, dich das nächste Mal durchzuschütteln; geheult haste ja in letzter Zeit genug. Das reicht fürs ganze Leben.«

Eine Weile schwiegen beide. Dann sagte Katie leise: »John, jetzt werd' ich nich' mehr heulen.«

»Nein? Na, das is' immerhin etwas. Warum haste eigentlich in letzter Zeit so viel geheult?«

Nach einem noch längeren Schweigen als zuvor erwiderte sie: »Ich hab' gestohlen!«

Wie ein Schock kam ihr Eingeständnis für ihn und lähmte ihn förmlich.

»Katie, du hast was getan?« fragte er nach einer Weile ungläubig.

»Ich hab' gestohlen und hab' Angst gehabt. Es war ein Comic-Heft von Mister Powell. Und jetzt hab' ich es gebeichtet, und Pater Bailey sagt, jetzt is' alles in Ordnung.«

»Du hast ein Comic-Heft von Mister Powell gestohlen?« Fassungslosigkeit lag in Johns Stimme ... Mick und Molly würden stehlen, Dominic und er selber ließen Sachen von den Docks mitgehen, obgleich seine eigenen Klauereien verglichen mit denen von Dominic harmlos waren – Dominic füllte sich die Hosen bis zum Kniebund mit Korn und verkloppte es dann an jeden, der Hühner hatte. Er selber ließ manchmal ein paar grüne Bananen für die Kinder und ein paar Früchte aus geplatzten Kisten mitgehen. Nichtsdestotrotz – sie alle taten es. Aber daß Katie was klauen könnte, erschien ihm unfaßbar. Auch wenn es nur ein Comic-Heft war – irgendwie fing alles einmal an. »Haste das früher schon mal getan?« wollte er wissen.

»Nein, nur dieses eine Mal!«

»Warum haste es getan?« Die Frage war absurd, als ob er nicht genau wüßte, warum sie es getan hatte!

»Seit Wochen hab' ich kein Comic-Heft gelesen, aber den halben Penny dazu hab' ich nich' gehabt.«

»Wenn du ein Comic-Heft möchtest, sag's mir. Tu das ja nich' noch mal, verstanden?« Er blieb stehen und sah auf sie hinunter.

In der Dunkelheit konnte Katie sein Gesicht nicht klar erkennen, aber aus seiner Stimme hörte sie heraus, daß er besorgter war als Pater Bailey. »O nein, John ... ich werd's nie wieder tun ... nie wieder!«

Ja, das sagte sie jetzt, aber es würden wieder Zeiten kommen, und das sicher noch oft, wo sie wieder keinen halben Penny hatte ... und er auch nicht. Was würde dann passieren?

Schweigend gingen sie weiter. Er sagte sich selber, daß es nur ein Kinderstreich gewesen sei ... Ja, schon möglich ... bei jedem anderen Kind, nur nicht Katie. Schuld daran war diese verdammte, Seelen zerstörende Armut, die ein Kind zum Stehlen brachte, weil es keinen halben Penny hatte! Ein Gedanke fraß sich in ihm fest: Sie hatte es einmal getan, sie würde es wieder tun, und mit der Zeit, wenn sie von der Schule ging und eine Stelle annahm, würde sie eine geschickte Diebin sein. Und dann würde der Spielraum größer werden. Vielleicht nichts ganz Großes – nur ein paar Lebensmittel, ein Handtuch oder ein Taschentuch ... Oh, er wußte, wie so was enden würde ... Nein, dies durfte einfach nicht geschehen. Er mußte versuchen, mehr Arbeit zu bekommen oder eine andere Arbeit oder irgend sonst was. Er mußte dafür sorgen, daß sie nie wieder einen halben Penny zu wenig hatte. Aber würde dies das Problem aus der Welt schaffen?

Er verlangsamte die Schritte; Katie sah still und besorgt zu ihm hinauf. Plötzlich blieb er wieder stehen. »Was is' mit diesem Examen, von dem deine Lehrerin immer redet? Was mußt du dafür tun?«

Katie blinzelte zu ihm hinauf. »Miss Llewellyn sagt, wenn ich dieses Examen bestehe, kann ich, wenn ich vierzehn bin, Hilfslehrerin werden; und wenn ich noch andere Examen mache, dann kann ich ... kann ich ... vielleicht auf ein ... College gehen.« Die letzten Worte hatte sie geflüstert, und flüsternd fragte John zurück: »Auf ein College?« Er seufzte leise, und sie gingen weiter. Es war fantastisch ... auf ein College! Aber warum eigentlich nicht? Was hatte Peter Bracken gesagt – und nicht nur gesagt, sondern als Gesetz aufgestellt? Jedes Ding, auf das du deine Gedanken konzentrierst, kannst du Wirklichkeit werden lassen. Peter hatte ihn wieder und wieder gedrängt, einige seiner Methoden auszuprobieren, aber er hatte ihm nur lachend geantwortet: »Nein, Peter, ich bin Katholik. Zugegeben, ein armer, aber trotzdem is' das meine Religion, und was anderes probier ich nich' aus.«

Doch Peter hatte ihm widersprochen: »John, das hat nichts mit Religion zu tun. Es bedeutet nur, die Gedanken auf richtige Art und Weise zu benutzen.«

Nun, das konnte er jetzt ausprobieren … Konnte er Katie auf ein College denken? Es hörte sich beinahe so dumm an, als würde er sie zur Königin von England denken. Und doch, hatte Peter ihm nicht die Macht seiner konzentrierten Gedanken bewiesen? Seine Mutter war der lebendige Beweis. Und auch ihr war dies bewußt; darum sprach sie auch nie davon oder auch nur mit Peter; für ihr schlichtes Gemüt war dies alles etwas zu Unheimliches, um darin eindringen zu können.

Peter sagte, wenn du deinen Geist und dein Herz erst einmal auf etwas fixiert hast und dich Tag für Tag darauf konzentrierst, würde dir Hilfe auf geheimnisvolle Weise zuteil werden; aber dies schiene nur so, denn es sei dein positives Denken, das auf alle Bereiche deines Denkens übergreife und sich mit dem Denken des Universums vereinige.

John gab sich nicht der Illusion hin, daß er auch nur die Hälfte von dem, was Peter sagte, verstand – ganz zu schweigen von der tieferen Bedeutung seiner Aussagen; aber so viel leuchtete ihm vielleicht ein! Begehrst du etwas ganz stark, kannst du es auch bekommen. Aber wie Peter gewarnt hatte – achte darauf, was du haben willst, denn es kann geschehen, daß das, was du am meisten begehrst, dich am Ende vernichtet.

Nun – es gab keinen Zweifel: Es wäre zu Katies Bestem, wenn sie Lehrerin werden könnte, und er sah auch keine Gefahr darin, daß dieser Wunsch jemandem schaden könnte. Es war ein wilder, fast unerfüllbarer Traum, doch er wollte ihn denken. Aber zuerst einmal mußte er herausfinden, worauf er sich einließ. Er würde Miss Llewellyn aufsuchen.

Zum dritten Mal blieb er stehen. War er verrückt geworden? Dieses Mädchen besuchen! Vor Angst würde er sich in die Bundhosen machen. Na, dann würde er eben keine Bundhosen tragen. Nein, das würde er sogar bestimmt nicht. Zu Katies Erstaunen fiel er plötzlich in Trab, und kaum konnte sie Schritt mit ihm halten.

Nur Mary Ellen war da, als sie zu Hause ankamen. Katie hörte mit der gleichen Verwunderung wie ihre Mutter zu, als John verkündete: »Hier, Ma, sind fünfzehn Schilling«, er legte das Geld auf den Tisch, »ich hab' auf einen Anzug gespart. Ich möcht', daß du

mir den Überzieher für siebensechzig kaufst und ein neues Hemd
… eines mit 'nem Kragen.« Während er dies sagte, blickte er Mary
Ellen nicht an. Nie zuvor hatte er um ein Hemd mit einem Kragen
gebeten; es war immer nur ein gestreiftes Flanellhemd oder ein
neues Halstuch gewesen. »Kauf ein gutes, so um die fünf Schilling«, fügte er hinzu. »Und bring mir auch 'ne Kappe mit, am
besten dunkelgrau.«

»Junge, was haste denn vor?« fragte Mary Ellen ruhig, als er
geendet hatte.

»Nich' viel.« Er drehte sich um und lächelte Katie an und stieß
sie spielerisch an den Kopf. »Ich werd' ihre Lehrerin besuchen und
sie wegen des Examens fragen, worum du mich ja gebeten hast;
und da will ich nu' mal anständig aussehen.«

Der Besuch

Hilflos und linkisch stand John vor Mary Ellen. »Wenn du mir jetzt noch sagst, ich säh' aus wie ein leibhaftiger Lord, dann setz ich keinen Fuß vor die Tür.«

Mary Ellen machte nicht einmal den Versuch, ihm irgendwas zu sagen; sie starrte ihn nur unentwegt an. Wer hätte geglaubt, daß ein Überzieher und ein Kragen am Hemd so einen Unterschied machten. Er sah aus wie ein ... ja, wie einer in diesen Anzeigen in der *Shields Daily Gazette* – nein, besser; in ganz Shields gab es keinen solchen Überzieher, dessen war sie sich ganz sicher. Und außerdem: Auf dem Firmenschild im Futter stand London. Bei Gott, ihr John war ja schon groß, aber in diesem Überzieher sah er noch größer aus. Außerdem war dieser Mantel so ganz anders geschnitten als die, die man sonst sah; er hing gerade herunter, war so dick wie eine Wolldecke und hatte kariertes Futter aus feinem Flanell. Stolz erfüllte sie. Hui, er könnte ohne weiteres als ›feiner Herr‹ durchgehen. Seine Stiefel glänzten wie nie zuvor, und die graue Kappe paßte farblich gut zu dem dunkel gesprenkelten Stoff des Überziehers. In einem kläglichen Versuch von lässiger Gleichgültigkeit meinte sie: »Du machst dich ganz gut darin. Aber vergiß nich', die Kappe abzunehmen, wenn du hineingehst.«

»Na, hör mal, was denkste denn von mir! Ich bin doch kein Volltrottel.«

»Nein Junge, ich weiß ja«, sagte sie entschuldigend. »Und außerdem wirste sie wahrscheinlich sowieso nich' antreffen ... an 'nem Samstagabend. Warum du nich' unter Tage gehen konntest, versteh ich nich'.«

»Das weißte doch ganz genau. Stell dir doch nur vor, in diesem Aufzug geh' ich durch die Straßen hier; das ganze Viertel würde kopfstehen.«

Katie, die bis jetzt stumm vor Bewunderung dabeigestanden hatte, rief: »Die würden denken, du gehst auf 'ne Hochzeit, und würden dir zurufen: Laß 'nen halben Penny springen.«

»Ja, das würden sie wahrscheinlich«, sagte er und lachte. »Also, jetzt geh ich. Und wenn diese Miss Llewellyn mir nich' um'n Hals fällt und sagt: ›O John, Sie sehen wunderbar aus!‹, werd' ich ihr die Ohren langziehen.«

Die beiden lachten, als er hinausging. Katie kicherte ziemlich hysterisch und verbarg ihr Gesicht in der Couch.

Jetzt, wo er draußen auf der dunklen Straße war, fiel all die Heiterkeit, die er vor seiner Mutter markiert hatte, von ihm ab. Mit schnellen Schritten ging er davon, vorbei an ihm bekannten Leuten, die ihn jedoch nicht erkannten, wenn auch der eine oder andere sich irritiert nach ihm umdrehte und hinter ihm herstarrte.

Als er den dunklen Teil der Straße hinter der Sägmühle erreicht hatte, verlangsamte er seine Schritte, und wie ein kleines Kind betastete er seinen Überzieher. Er klappte die Aufschläge hoch und beschnupperte den Stoff. Ein schwaches Tabakaroma, vermischt mit einem anderen Geruch, kitzelte seine Nase … den Geruch konnte er nicht einordnen. Sicher war das ein ›Feiner Herren-Geruch‹. Aber jetzt sollte er endlich aufhören, an seinen Überzieher zu denken, und sich auf das, was er Miss Llewellyn sagen wollte, konzentrieren. Gott, was für ein Berg lag da vor ihm! Würde er allein mit ihr sprechen können? Oder würde ihre Familie da sein? Hatte sie überhaupt Familie? Er nahm es an. Ohnehin würde sie wohl samstags abends aus sein. Wahrscheinlich mit diesem Kerl, diesem Culbert. Aber es war ja noch früh, nicht mal sechs Uhr; er hatte also noch 'ne Chance, sie zu erwischen. Wenn nicht, würde er es Montag noch einmal versuchen, was ihm auch noch mal Gelegenheit geben würde, den Überzieher zu tragen. Er kicherte vor sich hin: »Wie ein kleines Kind benehm' ich mich. Und genausoviel Angst hab' ich auch.«

Katie hatte ihm genau beschrieben, wo das Haus am Rande von Simonside lag. Sie hatte gesagt, er könne es erkennen an dem Rasen vor dem Haus und an den zwei Toren, und über einem der Tore sei ein hölzerner Bogen. Er fand es nur zu bald; es lag abseits und weit von der Straße zurück. Hinter einem der Fenster im oberen Stock brannte Licht; im Parterre drang Licht durch das Buntglas in der Haustür. Er stand am Tor und blickte zu dem Haus hinüber, bis ihn nahende Schritte, die den unverwechselbaren Tritt eines Polizisten hatten, ihm den Mut gaben, die kurze Auffahrt hinaufzugehen.

Auf sein Läuten erschien ein Dienstmädchen, ein junges Ding, das bis hinunter zu den Füßen ganz in Stärke und schwarzes Alpaka gehüllt war. Ganz so wie eines Tages Katie, wenn nichts dabei herauskam, dachte er.

Das Mädchen redete zuerst, nachdem es ihn einer abschätzenden Prüfung unterzogen hatte. »Mister Llewellyn is' nich' da.«

Beinahe hätte er laut gelacht. Wie sehr sie auch herausgeputzt sein mochte, ihr Akzent verriet sie – breitester Tyneside-Dialekt.

»Mrs. Llewellyn och nich«, fuhr sie fort und wollte schon die Tür schließen, als er seine Stimme wiederfand.

»Es is' Miss Llewellyn, die ich sprechen möchte.« Er lächelte sie an. Auf jeden Fall brauchte er bei ihr keine Hemmungen zu haben.

»Oh.« Ihre Augen wurden groß und rund, und sie öffnete die Tür wieder ein wenig. »Na, dann kommen Sie nur rein. Sie's oben; is' grad erst heimgekommen.« John trat an ihr vorbei in die Diele. Sie wollte ihm schon eine Tür zur Rechten öffnen, als sie sich eines anderen besann. »Eeh – nee. Warten Sie besser hier drin.« Sie durchquerte die Diele, ging an der Treppe vorbei und einen kurzen Gang hinunter. Er folgte ihr und wurde in ein länglich-schmales Zimmer geführt, an dessen hinterem Ende ein Feuer im Kamin brannte.

Sie ging hinaus, war jedoch wieder zurück, bevor er noch Zeit gefunden hatte, sich im Zimmer umzusehen. »Hab' ich ganz vergessen. Wie heißen Sie denn?« wollte sie wissen.

Wieder verspürte er den heftigen Wunsch, laut zu lachen. Es hätte Katie sein können … nein, Molly; Katie würde nicht vergessen haben, nach dem Namen zu fragen.

»O'Brien.«

»O'Brien«, wiederholte sie. Dann, als sie das Lachen in seinen Augen bemerkte, konnte sie sich nicht länger beherrschen, wie es ihrer formellen Kleidung angemessen wäre, und ein Grinsen breitete sich auf ihrem Gesicht aus. »Ich bin noch neu; bin erst 'ne Woche hier.« Sie zuckte mit den Achseln. »Ich schick' die Leute immer in die falschen Zimmer. Das hier is' Miss Mary ihr's.«

Sie verschwand jetzt, und er stand da, die Kappe in der Hand und sah sich um. Da war er also hier in Miss Marys Zimmer. Sie war also auch eine Mary wie seine Mutter. Und sie hatte ein Zimmer für sich … und es war kein Schlafzimmer. Er hatte die Brackenschen Möbel schon wunderschön gefunden; doch welche Worte konnte er für diesen Raum finden?

Er ließ den Blick umherschweifen, und das, was er sah, raubte ihm all seine Selbstsicherheit und brachte ihn aus der Fassung, die er durch das kleine Dienstmädchen für einen Moment gewonnen hatte. Hier erklang eine Sinfonie von Farben. Nie hatte er sich Farben als Teil eines Zimmers vorgestellt; gute solide Möbel, ja, aber Farben existierten für ihn nur als ein glänzendes Braun. Hier jedoch waren es Rostbraun und Grün, Gold und Weiß. Das Zimmer war mit grünem Teppich ausgelegt. Grüne, dazupassende Vorhänge bedeckten die gesamte Wand am hinteren Ende des Zimmers, und ein rostbrauner Sessel und eine Couch standen vor dem Kamin. Die Hälfte der anderen länglichen Wand wurde von einem niedrigen Bücherregal eingenommen, auf dem verschiedene Porzellanfiguren standen – vornehme Herren mit Rüschen, Damen in Krinolinen, deren zarte Farben sich in der dunklen Oberfläche des Holzes spiegelten, auf dem sie endlos tanzten und sich verbeugten. Frühe Chrysanthemen, die sich in frostiger Eleganz aus einer hohen Kristallvase auf einem runden Tisch erhoben, gaben einen gelben Farbtupfer … Und dann gab es da ein strahlendes Weiß. Magisch wurden seine Augen davon angezogen; er machte einen Schritt darauf zu. Es war die Statue einer Frau in reinem Weiß und völlig nackt. Das lang herabfallende Haar bedeckte sanft eine Brust, fiel über ihre Taille hinunter auf ihren Bauch und betonte noch ihre Nacktheit. Sie stand auf einem mit Einlegearbeiten verzierten Piedestal neben dem grünen Vorhang und reichte ihm knapp bis zur Gürtellinie. Sie war ungefähr sechzig Zentimeter groß, aber sie nahm bereits seine ganze Fantasie gefangen, wurde lebendig vor seinen Augen. Und im Grunde genommen wußte er, daß sie unanständig war und nicht in einem guten katholischen Haus stehen sollte, besonders nicht in dem einer Schullehrerin.

Als er gedämpfte Schritte schnell die Treppe herunterkommen hörte, sprang er fast von der Figur zurück in die Mitte des Zimmers und blieb mit dem Gesicht zur Tür stehen. Lächelnd kam Miss Llewellyn herein, und als er sie ansah, wunderte er sich nur noch über seinen Mut, hierherzukommen und sie aufzusuchen.

Nie zuvor hatte er je Kontakt mit jemandem wie ihr gehabt. Es verschlug ihm die Sprache. Sie erschien ihm, als bewege sie sich in einem Strahlenkranz. Strömte dieser Glanz aus der Sanftheit ihrer Augen, oder ging er von der Weichheit ihrer Lippen oder von den schnellen Bewegungen ihrer Hände aus, wenn sie redete? Er wußte es nicht – er wußte nur, daß sie so ganz anders war.

»Guten Abend, Mister O'Brien.« Wie im Ausdruck ihrer Augen lag auch Wärme in ihrer Stimme, wobei eine leichte Heiserkeit ihr noch mehr Charme verlieh. »Sie wollten mich sprechen? Bitte, kommen Sie doch zum Kamin, und setzen Sie sich.«

Er folgte ihrer Aufforderung; seine Augen waren auf ihr in Rollen hochgestecktes Haar geheftet. Erst als er sich niedersetzte, fand er seine Stimme wieder.

Verlegen und steif saß er nur halb auf dem Sessel, seine Kappe zwischen den Händen; sie ließ sich ihm gegenüber auf der Couch nieder. Das blaue Kleid mit dem roten Gürtel kleidete sie gut ... sie war wie das Zimmer in warme sanfte Farben gehüllt.

»Ich nehme an, Sie sind gekommen, um mit mir über Katie zu sprechen?« Sie lächelte ihn an.

»Ja.« Seine Stimme klang so ganz anders als sonst; ihm war, als rufe er in eine große leere Halle hinein.

»Ich bin wirklich froh, daß Sie gekommen sind, denn ich würde gerne Ihre Pläne für das Kind kennenlernen ... Würden Sie denn damit einverstanden sein, daß sie Lehrerin wird?«

»Ja.« Verdammt! Konnte er denn nichts anderes herausbringen als »Ja«? Sie mußte ihn ja für einen Vollidioten halten.

»Das freut mich. Dann weiß ich auch, was zu tun ist – ich werde mit der Direktorin über sie sprechen. Selbst wenn sie eine nicht diplomierte Lehrerin würde, wäre das doch schon etwas, nicht wahr?«

»Ja. O ja.« Er war wirklich ein kompletter Idiot! Ja. Ja. Ja. Warum konnte er nicht einfach er selber sein und irgendwas sagen, so schlecht er sich auch ausdrücken mochte?

In der darauffolgenden Stille trafen sich ihre Blicke und hielten sich fest. Sie sah als erste weg, und er spürte, wie sie unter seinen Blicken verlegen wurde – vielleicht sogar verärgert. Sie beugte sich vor und stocherte im Feuer, und plötzlich begann er zu reden, um – wie er sich selber sagte – die Dinge zurechtzurücken.

»Ich bin ein ziemlich armseliger Gesandter.« Er war sich nicht ganz sicher, ob er das richtige Wort benutzt hatte, aber er fand es gut und fuhr fort: »Es gibt so viel, was ich Ihnen über Katie sagen möcht', und so viel, was ich Sie fragen will. Nichts auf dieser Welt möcht' ich lieber, als daß Katie eine Lehrerin wird, aber ... Nun ja, die Sache ist so: Sie wissen sicher, wie wir ...«, er ersetzte das Wort ›dran sind‹ durch das Wort ›situiert‹, »Sie wissen sicher, wie wir situiert sind. Sich da was vorzumachen hat keinen Sinn, nicht wahr?« Ohne sich der Veränderung bewußt zu sein, war er wieder er selber geworden, redete frei heraus, wie er es bei jemandem getan haben würde, der alles, was es zu wissen gab, über ihn wußte. »So, wie ich das sehe, wird es kein Geld geben, um sie zu unterstützen. Wenn es um Geld geht, na ja, da fürchte ich …«, er hob die Schultern, »würd' es nur von mir abhängen, könnt' ich's schon verdienen, aber ich hab' kaum volle Arbeitsschichten.« Plumps, jetzt bin ich wieder ganz auf dem Erdboden zurück, dachte er. Damit hatte es sich mit seinem Überzieher.

Mary hatte sich auf der Couch zurückgelehnt, und während sie ihm zuhörte, dachte auch sie an seinen Überzieher. Eigentlich hatte sie erwartet, ihn so angezogen zu sehen wie bei ihrem ersten Treffen. Der Überzieher veränderte derartig sein Aussehen, daß sie ihn beinahe kaum wiedererkannt hatte; er sah recht gut aus. Nun, nicht gut im üblichen Sinne. Seine Gesichtszüge waren zu ausgeprägt, als daß man sie als gutaussehend bezeichnen konnte. Anziehend? Ja, er wirkte sehr anziehend. Besonders seine Augen waren nett, ganz besonders, wenn er lächelte. Es war schon eigenartig, welche Verwandlung Kleidung bewirken konnte, nach außen hin zumindest. Und doch, als sie ihm das erste Mal begegnet war, hatte sie sich überlegt, wie er wohl aussehen mochte, wäre er wie Gilbert gekleidet. Es war schon ein eigenartiger Zufall, daß sie ihn ausgerechnet an dem Tag wiedertraf, an dem sie Gilbert abgesagt hatte … Plötzlich dachte sie: Ich mag ihn, er ist nett – irgendwie ist er wie Katie.

Hastig stand sie auf. »Ich habe noch keinen Tee getrunken. Trinken Sie vielleicht eine Tasse mit mir? Dann können wir über alles reden. Entschuldigen Sie mich bitte für einen Moment.«

Sie ließ ihm keine Zeit, nein zu sagen, sondern eilte aus dem Zimmer. Von der Tür her fragte sie ihn noch: »Wollen Sie Ihren Mantel nicht ablegen? … Sie werden es zu schätzen wissen, wenn Sie später hinausgehen. Draußen pfeift ein ziemlich scharfer Wind.«

John stand auf und blickte durch das Zimmer. Diese Möglichkeit hatte er nicht einkalkuliert. Verglichen mit dem Mantel sah sein Anzug wesentlich billiger und schäbiger aus … Nun, sie war kaum so dumm, auf einen Mantel hereinzufallen. Bestimmt hatte sie gleich erkannt, daß er ohnehin aus zweiter Hand war. Er zog ihn aus und legte ihn zusammen mit seiner Kappe über den Sessel. Dann stand er auf dem Kaminvorleger und sah an seinem Anzug hinunter, und ein Entschluß reifte in ihm heran: Dies hier würde der letzte Anzug sein, den er je von einem Pfandleiher gekauft hatte. Der Mantel hatte ihm eines bewußt werden lassen: Es gab einfach Kleidungsstücke, die einem Mann wie auf den Leib geschnitten waren. Und die würde er eines Tages haben. Wie? Er wußte es nicht, aber haben würde er sie. Auch wenn eine Ausstaffierung ein ganzes Leben lang halten mußte – er würde was Anständiges zum Anziehen bekommen.

Und sie hatte ihn gebeten, dazubleiben und mit ihr Tee zu trinken ... Teetrinken mit Miss Llewellyn! Es war zu fantastisch.

Mit dem Finger fuhr er sich zwischen Kragen und Hals entlang; es war ungewohnt eng um den Hals. Sein Bild blickte ihm aus dem Spiegel oberhalb des Kamins entgegen, und er erkannte sich selber kaum wieder. Das sanfte Licht schien sein Aussehen zu verändern. Aber vielleicht machte das der Kragen aus ... Und da war noch etwas ... Nie wieder würde er an einem Wochenende ein Halstuch tragen ... Vielleicht nicht einmal mehr an Feierabenden.

Er hatte sich eben wieder hingesetzt, als sie mit einem Teetablett hereinkam – ein silbernes Tablett mit einer Teekanne und Milch- und Zuckertöpfchen darauf. Wie er es auch zu Hause gewohnt war, wenn er seiner Mutter die Arbeit abnahm, so stand er auch jetzt auf und nahm ihr das Tablett ab. Dankbar lächelte sie ihn an und brachte ein kleines Tischchen, das sie zwischen Couch und Sessel stellte. Darauf stellte er das Tablett ab.

Das Dienstmädchen kam mit einem weiteren Tablett herein, das Mary ihr abnahm. »Ist schon gut, Phyllis, ich werde mich selber darum kümmern.«

Alles kam ihm so unwirklich vor. John sah zu, wie sie den Tee ausschenkte. Sie hatte einen kleinen Tisch neben ihn gestellt und bat ihn, sich selber zu bedienen. Die Butterbrothäppchen waren so dünn geschnitten, daß er den ganzen Teller mit einemmal in den Mund hätte schieben können. Er sah, wie Mary ihre Brotscheiben zusammenklappte, und machte es ebenso, lehnte jedoch die angebotene Marmelade ab, denn das wäre zuviel Umstand gewesen.

Und so trank er mit Miss Llewellyn Tee; es war wie in einem Traum; er hörte nur die Hälfte von dem, was sie über Katie sagte. Seine Gedanken wurden einzig und allein von diesem Zimmer,

von ihr, von der Fremdartigkeit der ganzen Situation beherrscht ...
Hier saßen sie nun ganz allein zusammen, tranken Tee, genauso
als ob ...

Unversehens wurde er aus seinen Träumen herausgeholt, als er
sie etwas wiederholen hörte, was er vor Wochen einmal gesagt
hatte: »Ein Tag der frischen Winde und der fernen Masttops und
der hübschen Mädchen.«

Sie mußte über sein verdutztes Gesicht lachen. Erklärend fügte
sie hinzu: »Nun ja, wenn ich Sätze wie diese in Katies Aufsatz finde – ich weiß ja, sie ist ein kluges Kind, aber so erwachsen eben
doch noch nicht. Oder wenn sie schreibt: ›Der Morgenhimmel war
mit weißen Wolken bedeckt, die aussahen wie Omnibusse auf
einem Tagesausflug.‹«

Er spürte Hitzewellen über seinen Hals hochkriechen. »Haben
Sie schon einmal versucht, diese Gedanken niederzuschreiben?«
fragte sie ihn.

»Sie niederschreiben?« wiederholte er. »Ich? Gütiger Go ...
Himmel, nein.«

»Warum nicht?« wollte sie wissen. »Burns tat's, und viele andere. Ich finde, Sie sollten's auch tun. Es tut mir leid, daß ich Katie
den einen Aufsatz noch einmal schreiben lassen mußte. Darin
schrieb sie, daß der Eisenstaub auf der Zunge und der Schweiß
im Haar und blutige Fingernägel Gold am Samstag bedeuten,
am Samstag, an dem man über den Marktplatz bummeln kann,
umweht vom Duft des Meeres und der flatternden Röcke.«

Jetzt war sein Gesicht puterrot angelaufen. »Ich werd wohl vor-
sichtiger sein müssen mit dem, was ich sage ... Sie müssen wissen,
wir gehen oft spazieren ...« Er hielt inne.

»Ich finde, Sie sollten diese Sätze aufschreiben«, warf sie ein.
»Vieles von dem, was Katie wiederholt, ist voller Poesie. Warum
versuchen Sie es nicht?«

Ganz entspannt hatte er im Sessel zurückgelehnt gesessen. Immer noch saß er zwar im Sessel zurückgelehnt, aber die Entspan-
nung war verflogen. Sein Gesicht wurde von einer Traurigkeit
überzogen, die sich auch auf seine Stimme legte, als er in einem
Ton von Tadel und Offenheit bekannte: »Ich kann ja nich' mal richtig reden.«

»Oh, bitte, sagen Sie das nicht!«

Jetzt war es an Mary zu erröten. Sie stand auf und füllte seine

Tasse wieder. »Sie sprechen auch nicht anders als andere. Und das hat auch nichts damit zu tun, Gedanken zu Papier zu bringen.«

»Es gibt doch wohl so etwas wie eine Grammatik.« Ein Hauch von bitterem Sarkasmus lag in seiner Stimme.

»Ja, aber das kommt ganz von selber … man lernt, wenn man schreibt.«

Er erwiderte nichts darauf, und auch sie schwieg, wütend über sich selber, eine so taktlose Idiotin gewesen zu sein. Ganz ungezwungen war er gewesen, von einer so charmanten Natürlichkeit, und dann mußte sie ihm vorschlagen, ausgerechnet das Schreiben anzufangen. Andererseits war es ihr todernst gewesen mit dem, was sie gesagt hatte, denn einige Sätze, die Katie wiedergegeben hatte, waren überraschend in ihrer poetischen Fülle. Aber sei vorsichtig mit dem Aufzeigen neuer Möglichkeiten, warnte sie sich selber. Pflanze ihm nicht Ideen ins Hirn, die ihm das Leben, das er führen muß, noch unerträglicher machen. Vergiß nicht, du sprichst nicht mit Gilbert.

Sie warf einen Blick auf die Uhr … halb sechs. Sie hoffte, Gilbert würde jetzt nicht mal schnell eben vorbeischauen; diese Art von Besuchen wurde gerne von ihrer Mutter eingefädelt, das wußte sie.

John hatte ihren Blick auf die Uhr bemerkt. »Na, ich werd' darüber nachdenken. Ich glaub', ich geh' jetzt besser … Samstagabend ist auch nicht grad die richtige Besuchszeit.«

»Nicht doch.« Sie hob die Hand, als wollte sie ihn wieder in seinen Sessel drücken. »Sie haben Ihren Tee ja noch nicht ausgetrunken, und ich gehe ohnehin nicht wieder aus. Und außerdem«, sie lachte, bemüht, ihn wieder zu entspannen, »gibt es noch so viele Dinge, die ich Sie fragen wollte. Wer zum Beispiel sind Mister Bracken und Christine? Oh, Christine ist wunderbar!« Sie imitierte Katie, wobei sie die Augen schloß und selig das Gesicht verzog. »Wissen Sie, ich höre jeden Morgen von ihnen – wenn Katie mich zur Schule begleitet.«

John lachte mit ihr. »Unsere Katie is' 'ne Schnattertante. Das sind die Leute, die nebenan wohnen.«

»Und Christine hat ein wundervolles Haus und ist eine wundervolle Köchin und hat wundervolle Kleider … Oh, sie ist einfach wundervoll!«

John lachte nur laut heraus; er war jetzt wieder frei und ohne Hemmungen. Ihre Imitation von Katie war aber auch wirklich treffend. »Ich glaube, Katie findet 'ne Menge Leute wundervoll. Nicht, daß sie unrecht hätte«, fügte er eilig hinzu, als ihm einfiel, daß ja vor ihm – laut Katie – die Wundervollste von allen saß.

Mary, die ihn aufmerksam beobachtete, fragte sich, ob er wohl in diese Christine verliebt sei, über die sie schon so viel gehört hatte. Katie redete nur von zwei Menschen unentwegt – von John und von Christine. Zuvor war es immer nur John gewesen … Unser John hat dies, unser John hat jenes gesagt … und dem Kind war es gelungen, das Bild eines ziemlich ungewöhnlichen Menschen zu entwerfen. Mary wußte, daß die O'Briens arm waren; nicht nur arm an Kleidung, sondern so arm, daß sie sich nicht immer satt essen konnten, was eine noch tiefere, noch bedrückendere Art von Armut darstellte. Aber dem Kind war es gelungen, diesen John als jemanden darzustellen, der von jeglicher Armut unberührt war – ein freier Mensch, der unter ihnen lebte, jedoch nicht zu ihnen gehörte. In letzter Zeit war dann noch zu dieser Verehrung die Bewunderung für Christine hinzugekommen … Christine und John, Christine und John.

Wie gelang es nur einigen Mädchen, fragte sich Mary, daß Männer wie dieser hier sie liebten – große, freundliche Männer mit einem Sinn für Humor, wie er ihn besaß. Bei ihrem ersten Zusammentreffen hatte sie nur Mitleid für ihn empfunden, aber jetzt erkannte sie, wie falsch dies gewesen war – er war intelligent und unterhaltend; letzteres ohne sichtliche Mühe und Anstrengung. Ein besserer Gesellschafter als Gilbert war er auf jeden Fall, auch wenn es ihm an Gilberts Kenntnissen in Literatur und Kunst fehlte … oder vielleicht gerade deswegen. Da er wie ihr Vater ein Mann von hoher Statur war, zog es ihn vielleicht auch zu kleinen Frauen hin. Diese Christine war nach Katies Beschreibung sehr klein. Wie ihre eigene Mutter – klein und hilflos. Hilflos! Wie ein Schatten legte sich dieser Gedanke über Marys Augen. Sie hatte erkannt, daß unter dem hilflosen Äußeren ihrer Mutter reiner Granit schlummerte, und mit jemandem wie ihr zusammenzuleben bedeutete, sich selber völlig unterzuordnen. Als sie noch jünger war, hatte ihr unbekümmertes und liebenswertes Naturell die Tyrannei der Mutter nicht in Frage gestellt, und ohne Proteste hatte sie dieses ewige ›Mutter weiß es am bestens‹ akzeptiert. Wie anders wäre ihr Leben verlaufen, hätte sie sich gegen sie aufgelehnt; denn mittlerweile wären ihre Kunststudien beendet gewesen. Und wer weiß, wohin diese sie geführt hätten – London, vielleicht sogar Paris. Weil es in den Augen ihrer Mutter jedoch verrucht war, Körper ohne Kleider zu zeichnen, hatte sie ihnen gehorsam Kleider angezeichnet. Und dann wieder, als ihre Mutter sagte, aus ihr würde nie eine Künstlerin ... und außerdem, Künstler seien keine netten Leute ..., unterdrückte sie ihr natürliches Talent, wurde Schullehrerin, und dies nicht aus Notwendigkeit heraus, sondern weil ihr Vater darauf bestand, daß sie eine Beschäftigung hatte. Aber während dieser letzten paar Jahre hatte sich eine Veränderung in ihr vollzogen; jetzt herrschte zwischen ihr und ihrer Mutter ein Zustand unerklärten Krieges. Mit ihrem Wunsch, ein eigenes Zimmer zu besitzen, hatte es angefangen, und ihre Weigerung, sich in eine Ehe mit Gilbert Culbert, dem Sohn eines alten Freundes ihrer Mutter, treiben zu lassen, hatte den Bruch vertieft. Und als sie aus einem inneren Drang heraus die Statue gekauft hatte, verlangte ihre Mutter doch von ihr, daß diese aus dem Haus entfernt würde. Und das hatte den Bruch noch weiter vertieft.

So ganz in ihre Gedanken versunken, war ihr entgangen, daß sich Stille über den Raum gesenkt hatte. Sonderbar. Mit Gilbert konnte sie nie schweigend dasitzen. Sie hob den Blick von ihren Händen und bemerkte, daß John sie ansah, nicht forschend, eher sehr nachdenklich. Sie lächelte, und auch er schien wieder blinzelnd in die Gegenwart zurückzukehren.

»Sind Sie an Schiffen interessiert?« fragte sie ihn. »Ich meine an Schiffsbau?«

»Nun, vom Schiffsbau verstehe ich nichts. Ich bekomme nur bestimmte Gefühle, wenn ich auf ihnen arbeite. Ein freundliches Gefühl für die einen und Abneigung gegen die andern. Ich nehme an, es hat viel mit ihrer Ladung zu tun ... und«, er lachte, »mit dem Schweiß in meinem Haar.«

Beide lachten. »Würden Sie gerne einige Modelle, die mein Vater gebaut hat, sehen?«

»Ja, sehr gern sogar.«

»Dann kommen Sie mit in seine Werkstatt.«

Sie erhob sich und ging in den hinteren Teil des Zimmers zu den grünen Vorhängen hinüber; John folgte ihr. Bevor sie den Stoff leicht zur Seite zog, rückte sie das Piedestal mit der Statue etwas beiseite. Er beobachtete, wie sie mit einer Hand die Statue festhielt, und wunderte sich, daß mit einemmal der Körper überhaupt nicht mehr unanständig aussah, sondern nur noch lieblich … ähnlich, wie sie aussehen würde …

Sie sah zu ihm hin und bemerkte, daß sein Gesicht gerötet war, und hastig, beinahe entschuldigend erklärte sie: »In einem Antiquitätengeschäft in Newcastle habe ich sie gefunden. Sie ist ein Oktoroon. Ich nehme an, Sie wissen genausowenig wie ich damals, was ein Oktoroon ist; ich habe nachgeschlagen. Es bedeutet: ein Nachkomme von einem Viertelneger und einer Weißen, und ein Viertelneger ist zu einem Teil schwarz und zu drei Teilen weiß. Hört sich sehr kompliziert an, was?«

Sie standen sich jetzt gegenüber und blickten einander an. Ihre Hand lag auf dem Vorhang; ihr Gesicht war ernst; in ihren Augen, die er liebte, entdeckte er ein Flehen, dessen Grund ihm eigentlich nicht ganz klar war. Und doch sagte er: »Ich finde sie sehr schön.« Auch er lächelte nicht. Und in der Art, wie sie darauf nur einfach mit »Danke« antwortete, schien es ihm, als sähe sie darin ein Kompliment für sich selber. Schnell wandte sie sich um, öffnete die Terrassentür und trat in den Wintergarten hinaus. Er folgte ihr durch eine weitere Tür und betrat die Werkstatt.

Es war dunkel hier. »Einen Augenblick, bitte. Hier sind Streichhölzer – ich muß erst noch das Gas anzünden.«

Sie gab einen ungeduldigen Laut von sich, als ihr die Streichholzschachtel aus der Hand fiel. Beide bückten sich suchend nach ihr und stießen dabei zusammen. Sie verlor das Gleichgewicht, und seine Arme umfingen sie, und er hielt sie fest … für eine kurze Sekunde umschlossen seine Hände ihre Arme, und in dieser Sekunde war alles geschehen – die Zündschnur, die vielleicht etwas geglimmt hätte und dann verlöscht wäre, war entfacht worden.

Als der Raum im gleißenden Licht des Doppelbrenners lag, stand John immer noch nahe der Tür. Für einen Moment sagte Mary nichts, und erst als sie die Frage stellte: »Wie finden Sie die Sammlung?«, betrat er vollends den Raum und begann sich umzusehen. Dutzende kleiner Schiffsmodelle standen auf ebenso kleinen Gerüsten in den Regalen. »Hat die alle Ihr Vater gebaut?« fragte er erstaunt.

»Ja. Und die meisten davon hat er dann in voller Größe gebaut und verkauft. Erkennen Sie Mary, den Schlepper, dort?«

Erstaunt rief er aus: »Dann ist Ihr Vater Llewellyn, der Schiffsbauer!«

»Ja. Wußten Sie das nicht?«

Er schüttelte den Kopf. Nie war ihm in den Sinn gekommen, Llewellyn, den Schiffsbauer, mit Miss Llewellyn, der Lehrerin, in Verbindung zu bringen. Llewellyn kannte er vom Sehen her wie die meisten Dockarbeiter. Er besaß eine kleine Schiffswerft in einer Seitenbucht des Flusses. Sie trug immer noch den Namen Haggarts Werft, und man wußte, daß der junge Llewellyn dort als Arbeiter neben seinem Vater begonnen hatte. Aber dies hatte dem jungen Llewellyn nicht gepaßt, und er und sein Vater hatten selber ein Schiff gebaut und es verkauft. Man sagte, er habe es im Hinterhof seines Hauses gebaut. Das war der Anfang gewesen, und als der alte Haggart und auch sein Vater gestorben waren, hatte Llewellyn die Werft gekauft. Er war ein Aufsteiger … Und er war ihr Vater!

Durch dieses Wissen rückte sie für ihn sofort wieder in unerreichbare Ferne, so wie vor einer Stunde. Wie konnte er nur den Nerv gehabt haben, hierherzukommen?

Halb abgewandt forderte sie ihn über die Schulter lächelnd auf: »Kommen Sie hierher, und sehen Sie sich diese kleine Jacht an. Mein Vater hofft, sie eines Tages zu bauen.« Er ging zu ihr hinüber, doch seine Unbefangenheit hatte ihn wieder verlassen. Wortlos hielt er das Modell in den Händen. Ihre Nähe schüchterte ihn ein. Plötzlich wollte er nur fort von ihr und ihrer Höflichkeit … Jedem anderen, selbst dem Bettler auf der Straße gegenüber würde sie sich so verhalten … Das war eben ihre Art – liebenswürdig und natürlich.

»Was halten Sie davon? Sie haben ja schon eine Menge Schiffe gesehen, aber haben Sie schon mal so eines zu Gesicht bekommen?«

Sie blickte in sein ernstes Gesicht, versuchte ihn wieder aus seiner Reserve zu locken, als beide plötzlich eine Stimme von der Tür her vernahmen. »Hallo, Mary.«

Die gleichmütig-ruhige Stimme ließ beide unwillkürlich zusammenfahren.

»Oh! Hallo, Gilbert«, grüßte Mary zurück und fügte nach einer Pause hinzu: »Komm einen Augenblick herein … Das hier ist Mister O'Brien. Mister O'Brien, das ist Mister Culbert.«

Keiner der beiden Männer bemühte sich, dem anderen die Hand zu reichen. Sie nickten einander nur zu … John kurz angebunden, Culbert mit sicherer Überlegenheit. John wußte, daß Culbert ihn taxierte. Er selber sah nach einem ersten forschenden Blick Mary an und konnte nicht begreifen, wie jemand wie sie mit einem Burschen wie Culbert vorliebnehmen konnte – ein spindeldürrer Kerl, von den Füßen bis hinauf zu seinem spitz zulaufenden Kopf, über den das dünne Haar peinlich genau gebürstet war.

Mary, gefolgt von den Männern, ging wieder in ihr Zimmer zurück. John marschierte geradewegs auf den Sessel zu, auf dem er Mantel und Kappe abgelegt hatte; sie machte nun keine Anstalten mehr, ihn aufzuhalten.

Mit einem kurzen Kopfnicken verabschiedete er sich von Culbert, und Mary begleitete ihn zur Haustür. Jetzt gab ihm sein Mantel nicht mehr dieses Gefühl von Selbstsicherheit.

»Nun, dann danke ich«, verabschiedete er sich verlegen. »Nett von Ihnen, was Sie mir … mir über Katie gesagt haben.«

Sie standen sich gegenüber, und auch sie schien all ihrer Unbefangenheit beraubt zu sein. »Ich werde alles für Katie tun, was in meiner Macht steht; ich mag sie sehr. Und sie ist ein kluges Kind … Gute Nacht, Mister O'Brien.«

Sie hielt ihm die Hand hin, und nach einem kleinen Zögern ergriff er sie. Fest und kühl lag sie in der seinen, und ein Gefühl drängender Erregung sprang von ihr auf ihn über. Dieses Gefühl hielt sie beide gefangen, selbst als sich ihre Hände gelöst hatten und er über die Türschwelle nach draußen trat; sie blieb da – diese atemberaubende Erregung.

Er ging den Gartenweg hinunter, und ihre Abschiedsworte wirkten wie ein Rauschgift auf ihn: »Sollten Sie den Wunsch haben, noch weitere Dinge zu klären, bitte besuchen Sie mich jederzeit.« Eigenartig, dachte er, sie gehört zu den Personen, bei denen ich mich nicht scheue, Fragen zu stellen.

Erst die kalte Nachtluft brachte ihn wieder auf den Boden der Realität zurück. Nun, das war's! Is' ja auch alles gut verlaufen. Für Katie is' gesorgt.

Er erreichte das Ufer von Simonside und überlegte, ob er noch nach Shields hineingehen oder langsam nach Hause wandern sollte. Tat er letzteres, würde er nur jede Sekunde der vergangenen Stunde wieder durchdenken. Nein. Er würde nach Shields gehen, wo es Licht und Leute gab … Aber was war, wenn man ihn in diesem Mantel sah? Na und? In der vergangenen Stunde hatte er mehrfach sein Selbstvertrauen verloren und wiedergefunden, aber jedes Mal war es stärker gewesen, und jetzt machte es ihm nichts mehr aus, in dem Überzieher gesehen zu werden; er würde der Anfang all der Sachen sein, die noch kommen würden ... er würde schöne Kleidung besitzen ... seine Mutter und Katie auch. Wie, das wußte er jetzt noch nicht; aber sie würden sie bekommen.

Seine Entscheidung, sich unter Menschen zu mischen, hatte nicht sofort den gewünschten Erfolg, denn er ertappte sich dabei, daß er wieder an Mary Llewellyn dachte, jedoch mit selbstauferlegter Distanz. Na, so was; solch ein süßes Mädchen und wollte so ein ... Klappergestell heiraten! Na ja, war ja nicht seine Angelegenheit. Sie war sehr nett zu ihm gewesen, sogar mehr als nett, und sie würde Katie helfen. Das war das einzige, was zählte.

Als er unter dem ersten Brückenbogen der Tyne Docks ging, watschelte eine wohlbekannte Gestalt auf ihn zu und brachte ihn mit einem Plumps wieder in die eigene Welt zurück. Es war Nancy, und schon von weitem konnte er ihr Schluchzen hören.

»Hallo, Nancy. Was is' denn los mit dir?« fragte er sie.

Sie zögerte, wich ängstlich auf die Straße aus, kam aber dann wieder schlurfend näher, als sie ihn erkannte. »Uuh, John. Uuh, John.«

»Was is'n los?« fragte er wieder.

»Is' unsere Annie. Hat mich auf'm Markt ganz allein gelassen – is' einfach weggelaufen und hat mein Tramgeld. Und meine Ma hat gesagt, sie soll auf mich aufpassen und mich auf die Tram setzen.«

»Biste den ganzen Weg vom Markt her gelaufen?« fragte er sie freundlich.

»Ja ... und Annie is' schuld. Sie is' weggelaufen. Und unsere Ma wird mich schlagen, wenn ich nach Haus komm', weil Mrs. Fitzsimmons gesagt hat, ich müßt' zurück sein, wenn der Laden schließt, und putzen. Und meine Ma hat gesagt, Annie soll mich auf die Tram setzen.«

John griff in die Hosentasche und gab ihr eine Threepencemünze. »Nun hör schon auf zu heulen. Du wirst rechtzeitig zurück sein. Hier haste Tramgeld und einen Penny für'n paar Bonbons. Stell dich da unten hin« – er zeigte hinunter zum Simonside-Ufer –, »die Straßenbahn nach Jarrow kommt gleich.«

»Uuh! Ich kann nich' da rübergehen, John. Da is' 'ne Bar, und meine Ma hat gesagt, ich muß wegbleiben von Bars, weil da Männer rauskommen.«

In der Ferne konnte John bereits die Straßenbahn sehen. Er hielt ihr die Hand hin und rief: »Los, komm schnell. Ich bring dich rüber.«

Quietschend kam die Tram zum Stehen; er half ihr einsteigen und bat den Schaffner: »Lassen Sie sie bitte Ecke Ferry Street wieder raus, ja?«

Als der Schaffner klingelte, beugte sich eine Gestalt vom Ende der langen Holzbänke vor. »He, bist du's, John?« Er erkannte Mrs. Bradley und antwortete ziemlich kurz angebunden: »Ja, ich bin's.«

»Na, so was, Junge. Hätt' ich nie gedacht … Na, das is' ja 'ne Überraschung.«

Die Straßenbahn setzte sich rumpelnd wieder in Bewegung, und das letzte, was John sah, war, daß Nancy Mrs. Bradley die Münzen in ihrer Hand zeigte. Das Bild blieb nicht einen Moment in seinem Gedächtnis haften, aber er würde sich noch daran erinnern …

Weihnachtsabend

Mary Ellen summte leise vor sich hin … Viele, viele Weihnachten war es her gewesen, wo sie so glücklich war wie jetzt. Morgen war Weihnachtsabend, und sie freute sich wirklich darauf. Im Augenblick war sie damit beschäftigt, auf dem Tisch in der Mitte der Küche den Teig für gefüllte Pasteten anzuschneiden. Über ihrem Kopf hing ein großer, wabenartig durchbrochener Lampion, der von den kreuzweise durch den Raum gespannten Papiergirlanden gehalten wurde. Es war ruhig und warm in der Küche, und eine ungewöhnliche Atmosphäre der Gemütlichkeit umgab sie. Während sie arbeitete, plante sie den morgigen Tag. Früher als sonst würde sie aufstehen und den Ofen polieren, bevor sie Feuer anmachte; und dann nach dem alle zur Arbeit gegangen waren, würde sie putzen und alles schön aufräumen; dann würde sie das Abendessen fertigmachen, und am Nachmittag wäre sie dann frei … und könnte sich den Mantel abholen.

Ja, schon lange war es her, daß sie einen Mantel besessen hatte. Ein neues Umschlagtuch hätte es ja auch getan; aber nein – John hatte es in den Fingern gejuckt, und zu Weihnachten wollte er ihr einen Mantel kaufen … Was war in letzter Zeit nur in ihn gefahren? Er war zwar wie immer, und doch irgendwie verändert. Das machte nicht nur der neue Anzug, den er nun hatte, obwohl der ihm wirklich gut stand. Nein, er hatte sich auf andere Weise verändert. Na ja, egal, er war und blieb ihr Junge und war der Beste auf Gottes Erdboden. Wäre doch nur auch der andere so wie er.

Bei dem Gedanken an Dominic hörte sie auf zu summen. Warum war er nur nicht fortgegangen, wie er es in den vergangenen Wochen ständig angedeutet hatte? Dann wäre Weihnachten wirklich großartig. Sie wußte, er hatte sich auf den Liverpool- und London-Docks nach Arbeit umgesehen; irgendwoanders, nur bloß raus aus diesem Loch.

Überlegte sie es sich recht, so hatte auch Dominic sich verändert. Das kam nur durch das Mädchen von nebenan – er war hinter ihr her. Aber viel Fortschritte schien er nicht zu machen. War John der Hemmschuh? Das war auch so eine Sache, die sie nicht recht durchschaute. John war immer nebenan, und oft hörte sie sein Lachen zusammen mit dem des Mädchens. Aber dabei schien es auch zu bleiben. Wenn er ihr den Hof machte, so tat er dies schon auf eine merkwürdige Art und Weise – ausführen jedenfalls tat er sie nie. Gebe Gott, daß er es auch nie tat. Nein, nein, es wäre furchtbar, wenn er etwas mit der anfangen würde. Einfach nicht mehr darüber nachdenken; sie wollte Weihnachten fröhlich feiern. Sie hatte bereits ein Stück Suppenfleisch und einen Lendenknochen, und wenn John morgen spätabends auf den Markt gehen würde, könnte er mit etwas Glück vielleicht eine Ente oder sonst was Billiges erwischen. Die Marktleute verkauften sie fast für umsonst, nur um nicht auf ihnen sitzenzubleiben … Hui, es wäre schon toll, wenn er eine Ente kriegen könnte! Und am ersten Feiertag würden sie dann den Christmas Cake und den Rice Loaf haben, die sie beide gemacht hatte. Bis jetzt wußte es noch niemand, aber auf dem Kuchen würde ein Zuckerguß sein. Hui, würden sie ein Fest haben!

Ein Klopfen an der Tür unterbrach sie in ihren angenehmen Gedanken. »Herein.«

Peggy Flaherty stolperte in die Küche, nachdem sie ihre Stiefel gegen die Wand abgeschlagen hatte.

»O gütiger Himmel, 's friert einem ja die Zehen ab! Jetzt fängt's wieder an, Mary Ellen. Bald kann man die Nase nich' mehr vor die Tür stecken.«

»Es schneit doch nicht schon wieder?«

»Doch, Mary Ellen, das tut's. Als ob's nich' reichte, daß alles schon steinhart gefroren is'. Bei Gott, so was hab' ich noch nie erlebt! Wir werden auf den Wasserhahn im Hof aufpassen müssen, Mary Ellen, oder wir haben ein trockenes Weihnachten. O Mädchen, hast du's hier schön warm.« Sie bewegte ihren fetten Körper, der durch die vielen übereinander getragenen Jacken und Mäntel noch voluminöser aussah, hin und her. »Hm, und der gute Duft. Hat man jemals schon so 'n Bild von 'ner Küche gesehen, mit all den hübschen Girlanden an der Decke?«

»Komm, setz dich und wärm dich ein bißchen auf. Hier, iß 'ne Pastete«, forderte Mary Ellen sie auf.

»Werd' ich, denn ich bin bis auf die Knochen durchgefroren. »Bin grad von Shields zurückgekommen«, sie zog drei kleine Päckchen aus ihrer Basttasche hervor, »ein paar Kleinigkeiten für die Socken der Kinder.«

»Aber Peggy«, Mary Ellen preßte die Lippen zusammen, »das is' ja Wahnsinn, aber wirklich! Du hast doch nun bestimmt nich' das Geld, auch noch Geschenke zu kaufen.«

»Wieso hab ich nich'? Ich brauch doch für Weihnachten und die Feiertage nix zum Essen einzukaufen, weil du mit deinem guten Herzen mich eingeladen hast ... Also, wieso hab' ich's nich'? Hier sind sie«, sie legte die Päckchen auf das Kaminsims, »und jetzt reden wir nich' mehr davon. Is' nur schad, daß ich nich' euch allen was kaufen kann. Aber 's Geschäft is' auch nich' mehr das, was 's mal war; keinen müden Penny hab' ich in den letzten drei Wochen eingenommen! Was is' bloß los mit die Leute, Mary? Is' ja nich' so, als gäb's keinen Streit mehr in die Familien. Bei Gott, letzte Woche haben die sich am unteren Ende der Straße wieder gekloppt wie die Kesselflicker. Hätt' ich nich' noch mein Versandgeschäft, ging's mir schon manches Mal dreckig; aber solang' ich meine Miete zusammenkrieg', geht's ja. Und Gott is' gütig. Letztes Wochenende – ich wußt' nich', wie ich mich drehn und wenden sollt' – traf ich im Hof deinen Jungen – Gott segne ihn! –, und er drückte mir Sixpence in die Hand. Also, Mary Ellen, ich glaub', wenn du alles auf dieser Welt verlieren würdst und nur noch ihn hättst, du würdst drüber wegkommen ... Mary Ellen, macht er jemandem den Hof?«

»Ob er jemandem den Hof macht?« Mary Ellen drehte sich um und blickte Peggy verblüfft an. »Nich', daß ich wüßte. Warum fragste?«

»Ich hab' ihn nur ein paarmal gesehen, dreimal, um genau zu sein, und das letzte Mal erst heut' abend, und immer sprach er mit demselben Mädchen. Und 'n hübscheres Mädchen hab' ich noch nie gesehen. Und stell dir vor, sie war gar nich' von hier. Heut hat sie 'nen Pelzmantel angehabt, und die Schwänze, die allein vom Kragen runterhingen, lassen sicher 'ne ganze Menge warmer Viecher das Hinterteil einfrieren.«

»Einen Pelzmantel?«

»Ganz genau. Groß war sie und sah kräftig aus. Und 'ne Stimme wie die von feinen Leuten, denn ich hab' sie reden gehört, als ich vorbeiging. Und ich weiß genau, wie die feinen Leute reden, das weißte ja, Mary Ellen, denn Mister Flaherty hat sein ganzes Leben Schulter an Schulter mit ihnen gelebt. Und das is' sich alles gleich: so, wie man Pech anfaßt und sich besudelt, so kannste nicht unter die feinen Leute leben, ohne ihre Sprache mitzukriegen.«

Mary Ellen musterte Peggy. »Du mußt dich getäuscht haben.«

»Bestimmt nich', Mary Ellen. John hat mir sogar zugerufen: Hallo, Peggy, hat er gerufen – so wahr ich hier sitz'.«

Mary Ellen konzentrierte sich wieder auf ihr Backbrett … ihr John und mit einem Mädchen im Pelzmantel reden? Wer könnte das wohl sein? Und noch dazu dreimal. Er gehörte nicht zu denen, die an den Ecken herumlungerten und ständig mit den Mädchen quatschten; er redete nur mit der von nebenan. Sie drehte sich wieder zu Peggy um. »Es war doch nich' die …« Sie nickte mit dem Kopf in Richtung Nachbarhaus.

»Nein. Ich bin vielleicht kurzsichtig, aber so schlimm is' es auch wieder nich'. Sie war ein ziemlich großes Mädchen, besser gesagt 'ne Frau, und zweimal soviel wie das Gerippe von nebenan, Gott sei's gedankt.«

Weitere Fragen konnte Mary Ellen im Augenblick nicht stellen, denn wieder klopfte es an die Tür. Es war Hannah Kelly.

Sie hatte sich eine Jacke um den Kopf gehängt und schüttelte den Schnee davon herunter, bevor sie in die Küche trat. »Was'n Wetter! Die einzigen, die dran Spaß haben, sind die Blagen. Hallo, Peggy. Hier biste. He, die riechen aber gut, Mary Ellen.« Hannah deutete mit dem Kopf auf die Pasteten.

»Bedien dich, Mädchen«, forderte Mary Ellen auch sie auf.

»Nich' jetzt. Aber dank dir schön. Bin nur schnell rübergelaufen, um 'ne Minute mit dir zu sprechen … über etwas Bestimmtes.«

Peggy, die den versteckten Hinweis mit der ihr eigenen verständnisvollen Nettigkeit aufnahm, meinte auch sogleich: »Ich muß jetzt gehen, Mary Ellen; wird Zeit, daß ich mich auf die Socken mach'. Bis zum Hals steck' ich da oben in Arbeit.«

»Nie hat sie ein wahreres Wort gesagt«, kommentierte Hannah, als Peggy gegangen war. »Wie die nur in dem Gerümpel da oben leben kann, is' mir ein Rätsel. Mary Ellen, ich bin nur schnell rübergekommen, um dir was wegen unserer Nancy zu erzählen. Aber mit der hier konnt' ich's einfach nich' – sie würde mir doch nur Ratschläge anbieten, und danach is' mir heut' nich'.«

»Is' was nich' in Ordnung, Hannah?«

»Scheint so. Ich hab 'nen Brief von Mrs. Fitzsimmons wegen Nancy gekriegt. Darin sagt sie, das Mädchen wird jeden Tag komischer, und nu' geht's schon so weit, daß sie nich' mehr arbeiten will. Sie steht einfach nur ständig herum und starrt sie an und sagt, sie kann nich'. Weißte, Mary Ellen, das sieht so gar nich' unserer Nancy ähnlich. So schwierig sie auch is', aber arbeiten kann sie für 'n Dutzend. Mrs. Fitzsimmons sagt, ich muß sie nach Haus nehmen, wenn's so weitergeht ... O Mary Ellen, das wird die Hölle werden mit meinem Joe, wenn die die ganze Zeit über zu Haus hockt.«

»O Mädchen, das tut mir aber leid. Vielleicht kannste sie irgendwoanders unterbringen?«

»Nich', wenn sie nich' arbeiten will. Mary Ellen, es macht dir doch hoffentlich nix aus, daß ich rüberkomme und's dir erzähl? Hast ja selber genug um die Ohren, ich weiß, auch ohne meine Sorgen, aber du bist einfach die einzige, mit der ich über sie reden kann.«

»Ach, Mädchen, wenn ich dir doch nur helfen könnt'.«

Hannah setzte sich neben die Feuerstelle und starrte für eine Weile in die Glut. »Mary Ellen, es is' schon schlimm zu wissen, daß das Kind, was du geboren hast, nich' ganz richtig im Kopf is'.«

Mary Ellen legte die Hand auf Hannahs Schulter. »Wir alle haben unser Päckchen zu tragen, Mädchen.«

Hannah nagte an ihrer Unterlippe. »Du und John, ihr seid die einzigen, die sie wie ein menschliches Wesen behandeln. Ich weiß ja, oft tu ich's auch nich'. Manchmal kann ich sie einfach nich' mehr ertragen. O Mary Ellen, du weißt nich', wie schlimm das is'. Aber wenn Joe dann über sie herfällt, dann krieg ich doch so 'ne Art Gefühl für sie und will sie irgendwie beschützen.« Traurig schüttelte sie den Kopf. »Nun, ich hoff' nur, sie behält den Job bis nach Neujahr. Joe will an Silvester 'ne Party schmeißen, aber wenn sie daheim is', is' alles versaut. Dann wird's bestimmt keine Party geben; höchstwahrscheinlich wird er dann nich' mal heimkommen.«

»Sie wird schon wieder«, beharrte Mary Ellen tröstend. »Mach dir nur nich' so viel Sorgen. Komm her, trink 'ne Tasse Tee.«

Mary Ellen bereitete den Tee zu. Angesichts dieser Tragödie, mit einer halbidiotischen Tochter geschlagen zu sein, erschien ihr ihre Bürde wieder sehr leicht. Sie mußte mit Armut und dem Suff fertig werden, aber nicht mit so was – Gott sei's gedankt! Die ihren waren alle richtig im Kopf.

Die beiden Frauen tranken Tee und unterhielten sich ... jetzt über Bella. Hannah redete nicht mehr mit Bella, denn wann immer sie dies tat, fand Bella eine Entschuldigung, um nach unten zu kommen und bei ihr herumzuschnüffeln. Und Bellas ständige Gegenwart im Haus machte Joe wütend. Mary Ellen verstand dies nur zu gut, denn auch sie konnte nichts mit Bella Bradley anfangen, die nur dann glücklich war, wenn sich andere in Schwierigkeiten befanden …

Die Schneeflocken fielen nun dichter, und schneller als sonst wurde es in der Küche dunkel; nur noch die Glut des Feuers erhellte den Raum – die Gaslampe wurde nie eher angezündet, als bis es beinahe unmöglich war, noch irgend etwas zu erkennen. Nachdem Hannah gegangen war, arbeitete Mary Ellen weiter, mehr tastend als sehend. Leise begann sie zu singen; schon ihre Mutter und ihre Großmutter hatten dieses Lied gesungen:

> Liebe ist schön, solang' du verehrst,
> Liebe ist köstlich, solang' du begehrst,
> Liebe ist herrlich, solang' du jung und unbeschwert.
> Später jedoch mit des Alters Sorgen,
> Wenn Tage du dir mußt borgen,
> Schwindet sie dahin wie der Tau am Morgen.

Mary Ellen dachte nicht über die Bedeutung der Worte nach und in welchem Umfang sie auf ihr eigenes Leben zutrafen, sondern daran, daß sie doch vieles hatte, wofür sie dankbar sein konnte. Seit es ihr so schlecht gegangen war, hatte sich Shane nicht mehr wirklich betrunken, und auch sein Zucken hatte nachgelassen. Seit Monaten hatte es keinen Streit mehr im Haus gegeben. Nun, es hieß, das Schicksal sei eine lange Straße ohne Hoffnung, aber die ihre verlief in einer neuen Richtung.

Inmitten dieser zufriedenen Gedanken wurde die Tür aufgestoßen. Sie drehte sich zwar um, konnte aber nicht erkennen, wer es war. Es konnte John, Shane oder Dominic sein, obgleich sie keinen von ihnen schon so bald zurückerwartete.

»Warum zündest du das verdammte Licht nich' an?«

Mary Ellen tastete nach einem Stück Papier, zündete es im Feuer an und hielt es an den Gasstrumpf, dann drehte sie sich um und sah Dominic an. Verschiedenste Gefühlsregungen hatten sich schon auf seinem Gesicht gespiegelt, es war verzerrt in Zorn oder Ärger, voller Verschlagenheit und Hinterlist; aber diesen Ausdruck hatte sie noch nie bei ihm gesehen; seine Augen waren weit aufgerissen und kalt und hatten ihrer Meinung nach den dicken, stumpfsinnigen Glanz der Trunkenheit. Von einer ganz neuen Art von Wut schien er besessen zu sein, die ihn größer und breiter erscheinen ließ.

»Mein Abendessen will ich jetzt. Ich geh' aus!«

»Dann komm gefälligst erst mal rein. Es is' noch nich' fertig. Kannste dich nich' umziehen und dann mit den anderen zusammen essen?«

»Nein, kann ich nich'! Und du würdest wohl kaum erwarten, daß Gott der Allmächtige sich zusammen mit mir an einen Tisch setzt, oder?«

Sie starrte ihn an. War er jetzt ganz übergeschnappt? Sie sah ihm zu, wie er seine Kappe quer über den Tisch auf die Couch pfefferte, seine Jacke auszog und sie hinter der Kappe herwarf. Die Jacke riß in ihrem Flug ein paar Pasteten vom Tisch und wirbelte eine Mehlwolke vom Backbrett hinterher.

»Hör auf!« schrie Mary Ellen. »Was is' denn los mit dir?«

Er antwortete nicht, sondern riß den Kessel vom Schwenkarm über der Feuerstelle und leerte das heiße Wasser in die Waschschüssel. Dann goß er noch kaltes Wasser hinzu und fing an sich zu waschen; das Wasser spritzte über den Schüsselrand und gegen die Wand.

Mary Ellen wischte das Durcheinander vom Boden auf; dann nahm sie Kessel und Kübel und ging vorsichtig in den Hof hinunter. Die Aschenschlacken auf dem Eis trugen bereits Schneekappen. Aus dem Wasserhahn rann ein dünner Strahl. Sie stand auf dem hartgefrorenen glatten Boden und hielt sich, Halt suchend, an der Wand fest, während sich der Kübel füllte ... Irgendwas mußte immer alles verderben. Was war es denn jetzt schon wieder?

Sie durchforschte ihr Hirn, konnte aber nichts finden. Was immer es auch sein mochte, es war mit seiner Arbeit verbunden, denn er war zu früh nach Hause gekommen. Noch dazu hatte er die Bemerkung fallenlassen, ›Du würdest wohl kaum erwarten, daß Gott der Allmächtige sich zusammen mit mir an einem Tisch niederläßt‹. Meinte er damit John? Sie konnte sich keinen Reim darauf machen.

Als sie in die Küche zurückkam, war Dominic im Schlafzimmer

verschwunden, und hastig räumte sie die Sachen vom Tisch und stellte etwas Brot und Fett und Mince Pies auf den Tisch.

Nach einiger Zeit kam er wieder in die Küche und sah auf das Essen hinunter. »Das is' schon 'n feines Essen für 'nen Mann, nich' wahr?« Seine Stimme klang fremd und krächzend.

»Du wolltest ja nich' warten. Kochen werd' ich erst noch.«

»Nun, du wirst noch kochen!« ahmte er sie mit unangenehmer Stimme nach. »Na, dann sieh mal zu, daß du auch genug machst. Der große Boß braucht's für seinen bedeutenden Kopf.«

Seine Wut hatte also was mit John zu tun. Aber warum nur? Was war bloß auf der Arbeit passiert?

Nachdem er alles, was Mary Ellen ihm vorgesetzt hatte, vertilgt hatte, verließ Dominic das Haus durch die Vordertür. Sobald die Tür hinter ihm zuschlug, ging Mary Ellen eilig ins Vorderzimmer und horchte hinaus ... Kurz darauf vernahm sie, wie erwartet, ein undeutliches Klopfen nebenan.

Jetzt sang oder summte sie nicht mehr, sondern war wieder erfüllt von ihrer früheren Angst. Sie wartete, daß John nach Hause kommen würde – zu früh hatte sie geglaubt, ihre Schicksalsstraße habe eine andere Richtung genommen. Irgendwas war im Gange, und nach Dominics Verhalten zu urteilen, mußte es schlimm sein. Katie und Molly stürmten herein, die Hände blau und die Nasen rot. »O Ma, is' 's Abendbrot fertig?« – »Ma, Katie hat ihre Hosen naß gemacht«, rief Molly dazwischen.

»Was!«

Beide Mädchen brachen in schallendes Gelächter aus, als sie das Gesicht ihrer Mutter sahen, und steckten kichernd die Köpfe zusammen.

»Nicht so, wie du meinst. Sie is' auf der Eisbahn ausgerutscht und im Schneematsch gelandet.« Molly gluckste.

»Biste naß?« wollte Mary Ellen von Katie wissen.

»Nein, Ma, is' alles wieder getrocknet.«

»Abendbrot gibt's erst später«, teilte Mary Ellen den beiden mit. »Hier hat jeder 'ne Scheibe Brot, und macht, daß ihr wieder rauskommt.«

Mary Ellen drückte jeder ein Stück Brot in die Hand. »Ihr dürft noch 'ne halbe Stunde oder so draußen bleiben. Seht nach, wo Mick is', und bringt ihn dann mit.« Sie dachte sich, es wäre besser, das Haus leer zu haben, wenn John heimkam.

Als sie schließlich vom Hof her knirschende Schritte vernahm, blieb sie stehen und blickte erwartungsvoll zur Tür hinüber. Es konnte auch Shane sein. Füße traten gegen die Wand, und dann wurde die Tür geöffnet. Es war John, aber nicht mit zusammengezogenen Augenbrauen und aufeinandergepreßten Lippen, sondern mit einem fast kindlichen Ausdruck der Freude auf dem Gesicht. Er lächelte nicht – offensichtlich kostete es ihn Mühe, ernst zu bleiben –, aber er konnte das Strahlen in seinen Augen nicht unterdrücken. Verwirrt wandte sie sich von ihm ab. Es konnte doch nicht das Mädchen mit dem Pelzmantel sein? Nein, denn was sollte das schon mit Dominic zu tun haben?

»Schneit es noch?« fragte sie, während sie sich über die Pfanne auf der Feuerstelle beugte.

John antwortete nicht, sondern kam zu ihr herüber. »Is' jemand im Haus?«

Er nahm sie bei den Schultern und drehte sie zu sich herum, so nah, daß sie den Kopf zurückbiegen mußte, um zu ihm hinaufsehen zu können. »Dreimal darfst du raten ... Was, glaubst du wohl, is' passiert?«

»Na, Junge, wie soll ich das wissen?«

»Versuch's.«

»Du bist auf den Benisafer Erzfrachter eingeteilt worden.«

John warf den Kopf zurück und lachte laut heraus.

»Komm schon, Junge, wie soll ich's erraten können. Komm, sag's schon!«

Er trat von ihr zurück, schob die Daumen unter den Jackenkragen, reckte sich mit gespielter Würde zur vollen Größe empor und sagte mit seiner tiefsten Stimme: »Mrs. O'Brien, vor sich sehen Sie ... einen Aufseher!«

Einen Aufseher ... Mary Ellen war sprachlos. Drehte er jetzt auch durch? Ein Aufseher. Ausgerechnet ihr Junge, und das mit zweiundzwanzig? Puh, irgendwas war da irgendwo falsch. Es gab nur einen Aufseher für alle Schiffe, und der mußte ein älterer Mann sein. Sie wußte, daß der letzte Aufseher erst vor zwei Tagen gestorben war, aber John konnten sie doch nicht bestellt haben. Es war fantastisch! All ihre Gefühle spiegelten sich in ihrem Gesicht wider.

Lachend meinte John: »Du glaubst's wohl nich', was?«

»Na ja, Junge ...«

»Ja, ich weiß. Es is' ja auch kaum zu glauben.« Plötzlich wurde
er ernst. »Ich hab's selber nich' glauben können. Es wollt' mir einfach nich' eingehen, daß die mich meinten ...«

»Haben die Männer dich gewählt?«

»Ja, für mich haben sie gestimmt. Ich soll den Platz vom alten
Revill einnehmen.«

Es war Tradition unter den Dockarbeitern, die die Schiffsladun-
gen löschten, ihren eigenen Boß zu wählen. Pro Kopf zahlten sie
ihm soundsoviel von ihrem Lohn. Meistens wurde das Entladen
pro Tonne bezahlt, und des Aufsehers Aufgabe war es, die Männer
für das Schiff auszusuchen und nach dem Entladen das Geld vom
Hafenbüro zu holen, seinen Anteil abzuziehen und die Kumpels
auszuzahlen. Aber darin erschöpften sich seine Aufgaben keineswegs. Oft auch mußte so ein Aufseher die Ärmel hochkrempeln
und mit der Faust einen Mann, der glaubte, nicht seinen vollen
Anteil bekommen zu haben und sich den mit Gewalt verschaffen
wollte, zur Räson bringen. Eine weitere Aufgabe des Aufsehers bestand darin, arbeitslosen Dockarbeitern Anleihen zu besorgen und
Vorschüsse an jene auszuzahlen, die eben erst wieder Arbeit
bekommen hatten.

Daran dachte Mary Ellen, als sie fragte: »Aber, Junge, wie willste das denn machen ... das mit den Anleihen?«

»Dafür hab ich schon gesorgt. Du kennst doch McCabe vom Hafenbüro. Na, als ich ihm davon erzählte, wußte er natürlich, wie's
um mich steht, und hat angeboten, mir für den Anfang ein paar
Pfund zu leihen ... In ein paar Wochen kann ich's zurückzahlen.
Und vergessen werd' ich ihm das nich'.«

»Junge, fang nich' mit geborgtem Geld an. Da sind noch die
fünfundzwanzig Schilling für den Mantel. Ich brauch keinen Mantel. Ich habe ...«

»Hör auf ... es reicht. Du bekommst deinen Mantel.«

»Stimmten alle Männer für dich?« Sie blickte in sein Gesicht;
jetzt lächelte sie, und ihr Herz klopfte heftig. Ihr Junge war zum
Aufseher gewählt worden. Oh, hatte sich das Schicksal also doch
gewendet.

»Nicht alle. Aber die, die zählen, taten's.« Er drehte sich um und
zog die Jacke aus. Sie wußte, wen er damit meinte: Dominic und
vielleicht auch Shane.

»Weiß dein Vater davon?«

»Ja. Er hat's gut aufgenommen.«

Erleichtert seufzte sie. Vielleicht würde Shane jetzt öfters eingesetzt werden. Nein. Diese Hoffnung konnte sie begraben – John
würde fair sein oder eher das Gegenteil tun.

»War denn sonst niemand aufgestellt worden?« wollte sie
wissen.

»Doch. Aber keiner von denen war zuverlässig genug.«

Ihre Augen verschleierten sich. Sie hatten ihn gewählt, trotz seiner jungen Jahre, denn er war … zuverlässig. Ihr John – ein Aufseher. Und Katie würde Lehrerin werden. Oh, Gott war gütig.

Tränen stiegen in ihr auf, und schnell wandte sie sich ab und
wischte sich mit der Schürze über die Augen.

»Komm! Komm!« John drehte sie um, und als seine starken Arme sie umfaßten und liebevoll an sich drückten, brach ein Damm
in ihr …

Eine Stunde später, als John Christine aufsuchte, sah er, daß sie
bereits wußte, was er ihr hatte berichten wollen.

»O John, welch wundervolle Neuigkeit! Und noch dazu zu
Weihnachten.«

Forschend sah er sie an. »Was is' los? Fühlst du dich nich' gut?«
wollte er wissen.

»Doch. Doch, mir geht's gut«, beeilte sie sich zu versichern.

»Nein, das stimmt doch nicht. Weiß wie ein Bettuch bist du.
Hat …«

Sie wandte sich ab und hob eine halb angezogene Puppe vom
Tisch. »Dominic ist gerade gegangen. Er erzählte mir, daß du Aufseher geworden bist«, berichtete sie.

»Ja, kann ich mir vorstellen. Und wahrscheinlich wird der auch
der erste sein, bei dem ich die Ärmel hochkrempeln muß. Aber das
is' ja wohl nich' der Grund, warum du so aussiehst.«

Christine setzte sich mit der Puppe auf den Knien vor den Kamin und begann, der Puppe ein Rüschenkleidchen aus Seide über
den Kopf zu ziehen.

»Also, wenn er wieder mal einen seiner dummen Späße …«

Mit ungewöhnlicher Knappheit unterbrach sie ihn. »Er hat mich
gebeten, ihn zu heiraten.« Nun sah sie John voll ins Gesicht; ihr
Blick war fast eine Herausforderung. Ein Schuldgefühl überkam
ihn. Warum, wußte er nicht so genau, aber es war so stark, daß es

sogar seinen Abscheu vor Dominics Unverschämtheit verblassen ließ.

»Er will, daß ich mit ihm nach Liverpool gehe und dann vielleicht ins Ausland.«

»Ins Ausland?«

»Ja.«

»Wirst du ihn heiraten?«

»Nein.« Sie sah ihn immer noch an; das Kleidchen war nur halb über den Kopf der Puppe gestreift. Er blinzelte und wandte den Blick von ihr ab und sah auf seine Füße hinunter. Leise seufzte sie und begann wieder die Puppe anzuziehen.

John sah sie wieder an. So süß war sie, wie sie so dasaß und die Puppe ankleidete. Warum konnte er nicht zu ihr gehen, die Arme um sie legen und sie küssen, wie er so oft zuvor schon den Wunsch in sich verspürt hatte? Aber er wußte, für ihn würde es nur ein Kuß sein, für sie hingegen ein Symbol der Liebe. Woher er dieses Wissen nahm, konnte er nicht sagen; denn welche Erfahrungen hatte er schon mit Mädchen? Wäre sie Jenny Carey oder Lily McDonald, würde er sie vielleicht schon geküßt haben und den Dingen ihren Lauf lassen, aber mit Christine konnte er es einfach nicht; es wäre nicht fair. War es denn dann fair, überhaupt so oft hierherzukommen? Wahrscheinlich nicht, aber er unterhielt sich so gern mit ihr und Peter.

Die auf ihnen lastende Spannung wurde durch Davids Erscheinen gemildert. Nachdem er sich umgesehen hatte, fragte er: »Ist er fort?«

»Kleiner, wenn du drin bleibst, zieh bitte deine Jacke aus«, bat ihn Christine.

John wußte, auf wen David anspielte; er folgerte, daß Dominic David aus dem Zimmer gescheucht hatte.

»John, zu Weihnachten bekomme ich ein Ruderboot ... ein echtes.«

»Nein!«

»Doch. Stimmt's, Christine?«

Die großen dunklen Augen des Jungen glühten in seinem blassen Gesicht und erweckten immer liebevolle Gefühle in John. Er war so zierlich, fast mädchenhaft in seiner Zartheit.

»Christine, meint er wirklich ein echtes?«

»Ja. Großvater hat's bereits gekauft. Es liegt an der Kaimauer.

David wird es selber anstreichen und herrichten, wenn das Wetter schön ist. Stimmt's?«

Bruder und Schwester lächelten einander an. John ahnte, daß dies eine von Peters Methoden war, seinem Enkelsohn eine seiner Ängste zu nehmen. Das Kind war im höchsten Maße verspannt und nervös; David war nie so richtig über den Schock hinweggekommen, als er mit ansehen mußte, wie seine Eltern bei einem Zusammenstoß zwischen einer Straßenbahn und einem Taxi getötet wurden. Fünf Jahre war er alt gewesen. Zweifellos hatte der Zwischenfall unten am Hafen seine Ängste gesteigert, und das Boot sollte dies nun auslöschen. Und wieder, wie so oft in letzter Zeit, kam John der Gedanke, daß Peter ein großartiger Mann war. Wie konnte man ihn nur verhöhnen? Mein Gott, hätte er sich gewünscht, damals dabeigewesen zu sein, als diese Wahnsinnigen sein Haus abbrannten. Denen hätte er es schon gezeigt.

Er sah auf den Jungen hinunter, der neben Christine stand und ihr zusah, wie sie der Puppe das Mützchen aufsetzte ... Wie eine kleine Familie von Heiligen erschienen sie ihm – zärtlich im Umgang miteinander, freundlich zu jedermann und mit einer Fähigkeit zu vergeben begnadet, die über sein Fassungsvermögen ging. Er blieb noch eine Weile sitzen und sah zu, wie Christine die Puppe fertig anzog. Dann sagte er, er müsse nun gehen und nebenan helfen, denn es waren immer noch ein paar Dekorationsstücke aufzuhängen.

Christine lächelte ihn an, als er fortging. »John, ich freue mich über deinen neuen Posten.«

»Danke. Ich wußte, das würdest du ... Sag's auch Peter, ja?«

Christine nickte.

»Christine, ich geh' bis zur Ecke mit und warte dort auf Großvater«, sagte David zu seiner Schwester.

Laut schwatzend ging der Junge neben John über den Hof, sobald sie jedoch außer Hörweite waren, zog er ihn am Ärmel und flüsterte: »John, kann ich ... kann ich dir was sagen?«

»Ja, David. Was gibt's denn?« John beugte sich zu dem Kleinen hinunter.

»Es ist wegen Dominic – Christine hat Angst vor ihm ... sie fürchtet sich immer vor ihm. Er hat mich rausgeschickt und hat zu Christine gesagt, du würdest sie nicht kriegen, aber er würde – irgendwie. Das läßt du doch nicht zu, nicht wahr, John?«

Für einen Moment blieb John still und blickte auf den verschwommenen weißen Fleck, den das Gesicht des Jungen selbst noch gegen den frischgefallenen Schnee bildete. Angespannt, bittend, flehend sah der Kleine zu ihm herauf. »Keine Angst, David. Christine wird nichts geschehen. Dafür werde ich schon sorgen.«

»Ja, John? Ganz bestimmt?«

»Ja, ganz bestimmt …« John tätschelte Davids Hand, und der Junge schien damit zufrieden zu sein und lief offensichtlich erleichtert davon. Nachdenklich ging John über ihren Hinterhof, wo er Katie traf, die gerade vom Klo kam.

»Komm mal 'ne Minute her«, bat er sie und zog sie ins Waschhaus, wo er die Tür hinter ihnen zumachte. »Ich möchte, daß du was für mich tust, ja?«

»Was denn, John?«

Aus ihrer Stimme hörte er heraus, wie begierig sie darauf war, etwas für ihn zu tun. »Paß auf! Wann immer du hörst, daß Dominic nach nebenan geht, läufst du schnell durch die Hintertür herein, ja?«

»Ja, John. Aber wenn Ma …«

»Dann sagst du ihr, du bringst nur irgendwas zu David zurück, ein Bilderbuch oder sonst was.«

»In Ordnung, John.«

»Und egal, was immer er sagt, laß ihn nicht allein mit ihr. Wenn er dir was tut und ich bin da, komm her und sag's mir. Hast du das verstanden?«

»Ja, John.«

»Hat er dich je rausgeschmissen?«

Da sie sich an Christines Warnung erinnerte, antwortete Katie lediglich: »Manchmal.«

»Haste je gesehen, wie er …?« John hielt inne. »Na, egal. Du weißt jetzt, was du tun sollst, ja?«

»Ja, John.«

Weder Katie noch Molly konnten sich erinnern, je einen solchen Weihnachtsabend verbracht zu haben. Heute abend war alles ganz anders. Im Schrank neben der Feuerstelle waren Pakete; einige, die John gestern abend mitgebracht hatte, einige von Christine und noch ein paar andere. Katie und Molly machten immer wieder Wettrennen zum Schrank hin und drohten: »Ma, wir machen jetzt die Tür auf! Ganz bestimmt werden wir's tun! Komm, wir tun's!«

Abgesehen von einem ›Wagt es bloß nich'!‹ beachtete Mary Ellen die beiden nicht. Auf ihrem Gesicht lag ein schwaches Lächeln, und ihr ganzer Körper drückte Zufriedenheit aus, während ihre Stricknadeln über eine Sockenspitze nur so dahinklapperten. Noch ein paar Reihen, und dann waren die Socken für Shane fertig. Warum sie ihm Socken zu Weihnachten strickte, wußte sie nicht so recht – sie konnte sich nicht erinnern, ihm jemals etwas zu Weihnachten geschenkt zu haben, abgesehen vom ersten Weihnachtsfest nach ihrer Heirat. Natürlich würde sie nicht sagen, daß dies ein Geschenk sei; sie würde sie einfach zum Unterzeug dazugeben, das sie zum Wechseln für ihn bereitlegen würde. Vielleicht würde er es bemerken, vielleicht auch nicht.

Sie blickte hoch, als John aus dem Schlafzimmer kam, und befahl Katie: »Laß John in Ruh, Kleines, er muß weg … Hör auf, an ihm herumzuklettern! Du machst ja seinen Anzug ganz schmutzig.«

»Einmal wippen, bevor du gehst, ja? Nur einmal, John«, bettelte Katie.

»Aber nur einmal … nicht mehr.«

»Du bist schlimmer als sie«, tadelte Mary Ellen, als John sich hinsetzte, die Beine übereinanderschlug und einen Fuß ausstreckte.

Katie kletterte auf seinen Fuß; er hielt sie bei den Händen fest, als er sie auf und ab tanzen ließ. Sie kicherte glücklich. »Aber aufsagen mußt du's auch! Du singst ja gar nicht!«

»Hör auf, Katie, John muß weg! Ich steck dich sonst ins Bett … Ach, was soll's. Du bist ja wirklich noch schlimmer als sie«, rief Mary Ellen aus, als John anfing, im Rhythmus seines auf und ab schwingenden Fußes zu singen:

»Das Christkind wird bald kommen,
Beladen mit all seinen Schätzen.
Ich wünsch mir da ein Segelboot,
Ein Schaukelpferd, am liebsten rot.
Auch einen Heller, daß herrsch' keine Not.
Vielleicht von den Sternen 'ne Schnuppe,
Katie aber will 'ne dicke, fette … Puppe.«

Nach dem letzten Emporheben kullerte Katie lachend von seinem Fuß herunter; für einen Moment wanderten Johns Augen hinüber zu Molly. Sie stand lächelnd, an die Wand gelehnt, Sehnsucht im

Gesicht. Plötzlich wurde ihm klar, daß er sich nie viel Zeit für Molly genommen hatte, und so gedankenlos oberflächlich sie auch sein mochte, sie spürte es. Es stand nun deutlich auf ihrem Gesicht geschrieben. Einem Impuls des Augenblicks folgend, streckte er die Hand aus und zog sie an sich. »Komm her, du großes, dummes Mädchen«, und lachend und kichernd setzte sie sich auf seinen Fuß. »Also, ich geb's auf! Was kommt wohl als nächstes dran!« warf Mary Ellen halb lachend, halb tadelnd ein.

Molly war nicht so leicht hochzuheben wie Katie, und bevor John noch halb durch den Reim war, war sie bereits auf den Boden gerutscht, wo sie, sich an Katie klammernd, liegenblieb und fast vor Lachen erstickte.

Mary Ellen, die sich bemühte, ihren Blick nicht auf ihrem Sohn ruhen zu lassen, der so eindrucksvoll groß war, meinte: »Junge, mach jetzt, daß du fortkommst, sonst krieg' ich die beiden heute abend nie zum Schlafen. Und wenn du Mick siehst, schick ihn nach Haus.« John zog seinen Überzieher an. »Also dann, wenn ich zurück bin, bin ich zurück – vielleicht muß ich den Marktleuten bis nach Newcastle folgen, um Enten zu kriegen. Sechs Stück wolltest du, stimmt's?«

Er verließ das Haus und hörte noch, wie auch seine Mutter in das Gelächter der Mädchen einfiel. Solche Laute machten ihn glücklich. Dieses Weihnachten war irgendwie anders ... Nun ja, das mußte es ja auch. Ein Aufseher! Tief atmete er die eisige Luft ein. Aber es war nicht nur das. Innerhalb und außerhalb des Hauses hatte eine Veränderung stattgefunden. Vielleicht lag die Veränderung an ihm selber; das Leben schien sich ihm endlich zu öffnen.

Mit weit ausholenden Schritten ging er nach Tyne Dock, um dort auf die Straßenbahn zu warten. Der Schneepflug war unterwegs gewesen, und der Platz gegenüber den Hafentoren sah aus, als hätte ihn ein Bagger durchpflügt; schmutzig-graue Wälle begrenzten die Straße, und die dahineilenden Gestalten, die in und aus dem Licht der Straßenlaternen und Kneipen tauchten, hoben sich schwarz wie Scherenschnitte dagegen ab. Einige Eisenerzstauer, noch in Arbeitskleidung, kamen gerade aus einem Pub und riefen John zu: »Na, Mann, du schaust ja aus, als ob du Geld übrig hast. Haste schon unsere Löhne geklaut? Oder hat die Nordostlinie dir 'nen Schlepper vermacht?«

»Ja, haben die mir doch tatsächlich zu Weihnachten angeboten, aber denen hab' ich gesagt, was sie damit tun sollen. Entweder 'ne Benisaf oder nix – das hab' ich denen gesagt.«

Lautes Gelächter war die Antwort. »Ich wette, daß bringst du auch noch fertig! Also dann, fröhliche Weihnachten und noch viele davon«, riefen sie ihm zu, während sie davonschlenderten. »Und sieh zu, daß wir volle Schichten im nächsten Jahr bekommen.«

»Davon wird's schon viele geben«, versprach John.

Er sah den schwerfälligen Gestalten nach, bis sie von der Dunkelheit verschluckt wurden, und fühlte sich tausend Meilen von ihnen entfernt. In ihrer Art waren es alle nette Kerle, die nur von einem Gedanken besessen waren: viel Arbeit, denn das bedeutete, genug zu essen und zu trinken. Es war seine Welt, und doch fühlte er sich irgendwie ihnen nicht zugehörig. Und dies nicht erst, seit er zum Aufseher gewählt worden war. Dieses Gefühl hatte er schon seit einiger Zeit. Vielleicht seit er den Mantel hatte? Er wußte es nicht; aber irgend etwas hatte ihn verändert ...

Durch die Gänge zwischen den offenen Marktständen schoben sich die Käufermassen. Die anpreisenden Schreie der Marktleute waren ohrenbetäubend. John erkannte sofort, daß es noch Stunden dauern würde, bis die Preise auch nur in die Nähe seiner Möglichkeiten purzelten. Zehn oder elf Uhr dürfte die richtige Zeit sein, wieder herzukommen. So schlenderte er die Kings Street hinunter und überlegte sich, ob er zur zweiten Vorstellung ins ›Empire‹ oder ins ›Tivoli‹ gehen sollte. Für welches Kino er sich auch immer entscheiden würde, für drei Pennies konnte er nicht hineingehen, nicht in dieser Aufmachung. Plätze für sechs oder sogar neun Pennies waren da eher angemessen. Das war der Nachteil, wenn man fein angezogen war.

»Hallo, Mister O'Brien.« Mary Llewellyn stand vor ihm, die Arme voller Pakete. »Guten Abend, Miss Llewellyn.«

Sie blockierten sich gegenseitig den Weg und auch den der anderen Passanten, da sie nach der Begrüßung stehengeblieben waren und sich nur stumm ansahen; beide sahen so überrascht aus, als sei dies hier der allerletzte Ort, an dem sie sich hatten in die Arme laufen können.

»Haben Sie jemals solche Menschenmassen gesehen?«

»Nein, noch nie.«

Zuvor war John das dichte Gewühl nicht aufgefallen, aber nun schienen sie mit einemmal von allen Seiten eingekeilt zu sein.

»Machen Sie in letzter Minute noch Einkäufe?« fragte sie ihn.

»Nein … ja … Na ja«, er zwinkerte ihr zu, »ich warte darauf, daß die auf dem Markt ihre Enten billig abgeben.« Und noch während er dies sagte, wunderte er sich, daß er sich nicht schämte, dergleichen vor ihr zuzugeben.

Beide lachten. Eine verärgerte Fußgängerin fuhr sie an: »Wenn Sie schon nichts anderes zu tun haben als zu lachen, dann machen Sie gefälligst Platz hier. Andere Leute wollen auch vorbei.«

Grimassen schneidend sahen sich die beiden an, und Mary meinte: »Wahrscheinlich hat sie recht.«

»Kann ich Ihnen ein paar Pakete zur Tram tragen?« bot John an.

»Nun, eigentlich wollte ich noch nicht heim. Aber es wäre mir schon eine Hilfe, wenn Sie mir ein paar abnehmen könnten. Eine Kleinigkeit muß ich noch kaufen.«

Er nahm ihr die Pakete ab und stopfte sie sich unter den Arm. Dann wandten sie sich wieder in Richtung Markt, und John ging, ihr einen Weg bahnend, voraus.

Fröhlich lachend verschwand sie in einem Textilgeschäft. Er blieb vor dem Schaufenster stehen, nahm jedoch nichts von den Auslagen wahr. Er hatte gewußt, dieser Abend würde anders sein. Ein Zauber lag über ihm; lag in der Kälte, lag im Schnee, lag auf den Gesichtern der Menschen und darin, daß er sie getroffen hatte. Eigenartig: Bis vor ein paar Monaten hatte er sie noch nie gesehen. Doch seit jenem Abend, da er sie aufgesucht hatte, waren sie sich mehrere Male unverhofft begegnet; meistens wenn er von der Arbeit gekommen war, und daß sie ihn in seiner Arbeitskluft sah, schien ihr nichts auszumachen. Als sie einander zum ersten Mal zufällig begegnet waren, war sie es gewesen, die stehengeblieben war und mit ihm geredet hatte, ganz so, als sei er anständig angezogen und nicht von Kopf bis Fuß mit nassem Lehm bespritzt. Er hatte den ganzen Tag auf einem schwedischen Frachter gearbeitet. Das Erz war von Lehmbrocken umgeben, und das Schaufeln und Hacken war schwere und schmutzige Arbeit.

Nach diesem Zusammentreffen verbot er sich jegliches Nachdenken strikt, getreu der Formel seiner Mutter … Sie war an Katie interessiert und wegen Katie auch freundlich zu ihm. Nur das war der Grund. Aber das heutige Zusammentreffen war, wie so alles an diesem Weihnachtsabend, so ganz anders. Sie hatte ihn gebeten, Pakete für sie zu tragen, und jetzt stand er hier und wartete auf sie, als sei er ihr …

»Dieses hier werde ich Sie nicht zu tragen bitten.« Sie stand neben ihm, und er starrte sie nur stumm an. Ihr Gesicht unter dem pelzbesetzten Hut strahlte ihm wie ein Stern entgegen. Für eine kurze Sekunde versanken Straße und dahineilende Menschen um ihn, und sie war ganz allein in einer unendlichen Leere – strahlend, für ihn strahlend.

Sein Gesicht war ernst, als er sie mit heiserer Stimme fragte: »Haben Sie Zeit … Möchten Sie in ein Variete oder ins Weihnachtsspiel gehen?«

Gespannt wartete er auf ihre Antwort, unfähig zu denken; das Lächeln auf ihrem Gesicht erlosch. Der Ausdruck in ihren Augen wechselte von Sekunde zu Sekunde, doch nicht ein einziges Mal lag auch nur ein Hauch von Verärgerung oder Spott darin.

»Sehr gern.« Sie wandte sich um, und er fiel mit ihr in Gleichschritt. Jetzt war er bestürzt über seine eigene Kühnheit. War er denn ganz verrückt geworden? Was war mit Mr. Culbert? Es war Weihnachtsabend, und vielleicht wurde sie zu Hause für eine Party oder sonst was erwartet. Was in Gottes Namen hatte ihn bloß fragen lassen! Und was war mit dem Geld? Fünf Schilling hatte er … würde das ausreichen? … Ja. Irgendwie wußte er, daß sie nicht zu viel erwartete. Aber trotzdem: Was in Gottes Namen hatte ihn solch eine Frage stellen lassen? Nicht mal im Traum hatte er zuvor daran gedacht, sie darum zu bitten … Oder vielleicht doch? Hatte er sich nicht oft genug gefragt, wie es wohl sein würde, jemanden ihres Schlages auszuführen? Ja, schon, aber eben nur so, wie man eben Träume träumt, von denen man ja auch nicht annimmt, daß sie Wirklichkeit werden könnten. Komisch, daß sie es nicht abgeschlagen hatte. Und aus reiner Höflichkeit hatte sie auch nicht zugesagt. Sie hatte es ernst gemeint mit ihrem ›Sehr gern‹. Nun, aber jetzt war es an der Zeit, sich die Denkerkappe überzustülpen. Sie würden auf die besten Plätze gehen, und ein paar Bonbons mußte er auch kaufen. Bonbons! wiederholte er verächtlich … Schokolade. Kauf eine kleine Schachtel … eine Schachtel! Also, er mußte ja nicht gleich durchdrehen. Außerdem würde sie das auch gar nicht erwarten. Er drückte seine Schultern durch. Erwartet oder nicht – er würde eine ganze Schachtel kaufen.

»Glauben Sie, ich hätte noch Zeit, schnell mal zu telefonieren?«

Sie standen jetzt vor dem ›Empire‹, und für einen Moment entschwebte sie wieder in die Gesellschaftsklasse, die Telefongespräche führt.

»Wo müssen Sie hingehen? Zur Post?« fragte er.

»Ja. Es dauert nicht länger als fünf Minuten.«

»Selbstverständlich. Kommen Sie.« Er bahnte ihr wieder einen Weg durch die Menge. High-Society oder nicht, sie würde mit ihm ausgehen, auf jeden Fall heute. Und das Ganze mußte er gut aufziehen; es sollte etwas werden, an das sie sich noch lange erinnerte.

Trotz Pelzmantel und Schnürstiefel zitterte Mary, als sie in der Telefonzelle wartete. Es war also das eingetreten, was sie sich erhofft hatte. Aber wohin sollte das führen? … Dafür ist später immer noch Zeit, sagte sie sich. Jetzt war es erst einmal wichtig, die Sachlage denen zu Hause schonend beizubringen.

Erleichtert lächelte sie, als sie die Stimme ihres Vaters vernahm.

»Ja. Wer ist da?«

»Ich bin's. Mary.«

»Mary? He, wo bist du denn? Was ist los? Du solltest doch schon längst zu Haus sein. Wir sind schon fast fertig.«

»Paß auf, liebster Pap. Ich werde nicht nach Hause kommen … zumindest nicht so bald … wahrscheinlich sogar ziemlich spät.«

»Aber wo bist du denn jetzt? Mary, du weißt doch genau, daß du das nicht machen kannst. Wir sind doch bei Culberts eingeladen! Schau, Mädchen« – unterbrach er sie schnell, als sie wieder zum Sprechen ansetzte –, »es ist Weihnachten, und wir wollen es doch friedlich haben. Wo bist du denn überhaupt?«

»In der Post in Shields.«

»Wieso hast du denn plötzlich deine Absicht geändert?«

»Ich … nun, ich habe einen Freund getroffen.«

»Also, richtig finde ich das nicht. Du weißt doch ganz genau, wie deine Mutter darauf reagieren wird.«

»Ich habe ja ohnehin nicht gehen wollen. Das habe ich ihr auch die ganze Zeit gesagt. Sie hätte eben nicht für mich zusagen dürfen … Schau, Vater, siehst du denn nicht, was Mutter damit bezweckt?«

»Ja. Natürlich weiß ich das.«

»Und warum willst du dann, daß ich da hingehe? Außerdem ist

es unfair Gilbert gegenüber. Sie will ihn nur glauben machen, daß ich überredet werden kann, aber das schafft sie nicht.«

»Wer ist dein Freund?«

»Oh, du … du kennst ihn nicht.«

»Na, das wird ja ein herrlicher Abend für mich werden.«

Leise lachte Mary. »Du denkst auch nur an dich.«

»Teilweise schon.« Ein leises Glucksen war zu hören. »Aber denk dran, morgen bist du fällig. Und da habe ich nun gedacht, wir würden ein friedliches Weihnachtsfest feiern.«

»Es ist das herrlichste Weihnachtsfest, das ich je gehabt habe. Wiedersehen, liebster Pap.«

»Halt! Mary … sag schon, wer ist denn der Bursche?«

»Wir sprechen vielleicht später darüber.«

»Mary … du kommst doch in die Mitternachtsmesse? Um Gottes willen, versäume die wenigstens nicht, sonst ist die Hölle los.«

»Ich sehe mal zu. Wiedersehen. Warte noch. Willst du was wissen?«

»Was ist es diesmal?«

»Ich mag Sie, Mister Llewellyn.«

Lachend hängte sie ein und rannte beinahe, um so schnell wie möglich wieder bei John zu sein.

Mary Ellen gähnte. Wenn John doch nur zu Haus wäre, dann könnte sie zu Bett gehen. Sie lehnte sich zurück und warf einen Blick auf die Uhr … zehn nach elf. Ob er wohl eine Ente bekommen hatte?

Ihren Sessel hatte sie nahe ans Feuer gezogen, die Füße auf den Kaminvorsetzer gestellt und den Rock bis zu den Knien hochgezogen, um ihre kurzen Beine an der sterbenden Glut noch zu wärmen. Das Haus war still; nur der Kanon von Shanes und Dominics Schnarchen drang aus dem anderen Zimmer zu ihr herüber. Hinter ihr lagen die Mädchen eingerollt unter dünnen braunen Decken, auf denen noch mehrere Jacken ausgebreitet waren; an je einer Seite des Kaminsimses hingen ihre vollen Socken herunter, auch einer für Mick.

Wieder gähnte sie; und dann vernahm sie gedämpfte Schritte vom Hof her. Schnell schob sie ihren Rock hinunter, stand auf, um die Spülküchentür zu öffnen, als John auch schon leise den Riegel der Hintertür hochschob.

Verdutzt sah Mary Ellen ihn an. »Um Himmels willen«, rief sie leise aus, »hast du den ganzen Markt aufgekauft?«

John lachte leise und stellte ein großes Paket auf dem Küchentisch ab, dann noch eine riesige braune Papiertüte und eine viereckige Schachtel.

»Du wirst nie erraten, was das is' ... 'n ganzer Truthahn! Und hier is' 'ne Tüte voller Obst. Und in der Schachtel dort sind Bonbons.« Er redete leise und schnell.

»Ein Truthahn! Von was haste denn das ganze Geld her, Junge?« Mary Ellen sah ihn scharf an. Wüßte sie es nicht besser, würde sie glauben, er habe an 'ner Flasche gehangen. Seine Augen glühten wie Kohlen ... Vielleicht kam das von der Kälte.

»Wir ... Ich hab' bis zum Schluß gewartet und ihn für vier Schilling gekriegt.«

»Und was is' mit den anderen Sachen?«

»Obst.«

»Eine ganze riesige Tüte voll!« Mary Ellen konnte es nicht fassen. »Is' es angefault?«

»Nein, würd' ich nich' sagen.«

John sah sie nicht an. Er hatte seine Kappe abgenommen und kämmte sich das Haar. »Miss Llewellyn schickt das für die Kinder.«

Schweigend blickte Mary Ellen ihn von der Seite an. Miss Llewellyn?

John drehte sich nach ihr um und setzte die Kappe wieder auf. »Ich geh' zur Mitternachtsmesse nach Jarrow. Wenn ich mich beeil', erwisch' ich noch die letzte Tram.«

Miss Llewellyn und die Mitternachtsmesse. Ihr Junge ging zur Mitternachtsmesse mit Miss Llewellyn! Es war komisch, denn sie selber hatte früh am Abend an die Mitternachtsmesse gedacht, weil sie tief drinnen den Wunsch verspürte, Dank zu sagen für all ihr Glück an diesem Weihnachtsfest. Seit Jahren war sie nicht mehr in die Mitternachtsmesse gegangen, und trotz ihrer Müdigkeit hatte sie heute gedacht: Wenn John daheim wär, würd' ich gehen. Ihren neuen Mantel hätte sie angezogen, obwohl es ihr nichts ausgemacht hätte, nur ihr Umschlagtuch zu tragen; ohnehin würden dort hauptsächlich Umschlagtücher und Halstücher zu sehen sein. Und sie hatte sich vorgestellt, wie sie im Seitenschiff oder vielleicht sogar auf den Altarstufen kniete, umhüllt von der weihrauchge-

schwängerten Luft und dem Rascheln der Anwesenden, denn voll
würde die Kirche bestimmt sein. Und für eine kurze Stunde würde
sie die Geburt des Kindes miterleben und der Mutter Gottes nahe
sein in ihrer Niederkunft …

Nun würde John in die Mitternachtsmesse gehen – mit Miss Llewellyn. Jetzt kannte sie auch den Grund für das Leuchten in seinen
Augen.

John bemühte sich, nicht übermäßige Hast an den Tag zu legen,
aber er hatte nur noch wenige Minuten, bevor die Tram am unteren Ende der Straße vorbeikam, und sie würde darin sein. Es war
bereits spät, und vielleicht würden sie keinen Platz mehr in der
Kirche finden. Nicht, daß er sich dies wünschte, denn er wollte in
der Messe neben ihr knien, und nicht nur deswegen, weil es bedeutete, noch eine Stunde oder länger mit ihr beisammen zu sein,
sondern weil dem gemeinsamen Messebesuch mit einem Mädchen
eine besondere Bedeutung zukam. Dies konnte und brauchte auch
nicht in Worte gefaßt zu werden, bedurfte keiner Erklärung.

Die vier Stunden ihres Beisammenseins waren ihm so vorgekommen, als würden sie einander schon ein Leben lang kennen.
Hatte er nicht immer schon die wechselnden Ausdrücke, die wie
Schatten im Park über ihr Gesicht glitten, in sich aufgenommen
oder ihre Pakete getragen oder ihr Schokolade gekauft oder mit ihr
im Dunkeln gesessen und mit ihr gemeinsam über das Weihnachtsspiel gelacht? Oder hatte es zuvor eine Minute gegeben, in
der sie ihn nicht gedrängt hatte abzuwarten, während der Markt-
schreier in heller Verzweiflung seinen endgültigen und unverrück-
bar feststehenden Preis von acht Schilling auf vier Schilling herun-
terschraubte? Hatte er ihr nicht dabei zugesehen, wie sie Bananen,
Granatäpfel, Orangen, Äpfel, Birnen und Nüsse aussuchte? Und
jetzt würden sie gemeinsam in die Mitternachtsmesse gehen, und
zurück würde keine Tram mehr fahren. Den ganzen Weg von der
Dee Street im Zentrum von Jarrow bis hinauf nach Simonside würden sie zu Fuß gehen müssen. Für sie würde es ein langer und be-
schwerlicher Weg werden, denn die Bürgersteige waren knubbelig
grau vereist, und so ganz ohne Halt, ohne einander zu berühren?
Vielleicht würde sie auch seinen Arm nehmen – Miss Llewellyn
und er miteinander verbunden!

Plötzlich erfaßte ihn ein heftiger Wunsch, der nach irgendeinem
Ausdruck drängte. Er beugte sich hinunter und küßte Mary Ellen

schnell auf die Stirn. Ohne ein weiteres Wort zu sagen, ging er hinaus. Und Mary Ellen blieb reglos stehen, tastete nach der Stelle, die seine Lippen gestreift hatten ... Er hatte sie geküßt ... zum ersten Mal, seit er ein kleines Kind gewesen war. Und weil er liebte.

In letzter Zeit hatte sie sich oft Sorgen gemacht, daß er sich vielleicht von dem Mädchen nebenan fesseln ließe, und sich gefragt, wohin das wohl führen mochte, denn sie glaubte nicht, daß dort für ihn das Glück lag; nicht, daß sie etwas gegen das Mädchen gehabt hätte; es war nur diese erschreckende Religion, der sie anhing. Weiß Gott, eine Mischehe brachte kein Glück. War es schon schlimm genug mit einer von der Church of England, aber mit einer Spiritistin! ... Und doch, wie furchtbar diese Möglichkeit auch schien, würde er doch irgendwie ein klein wenig glücklich werden, wohingegen – soweit sie dies beurteilen konnte – hier gar nichts für ihn zu erwarten war. Denn was war schon das Hindernis der Religion, verglichen mit dem der Gesellschaftsklassen? War er denn völlig wahnsinnig geworden? Und ebenso das Llewellyn-Mädchen? Wohin, glaubten die beiden wohl, würde dies führen? Ihr Vater war Schiffsbauer, und ein Dockarbeiter, selbst ein Aufseher würde für ihn nur das Letzte vom Letzten sein. Sie besaßen ein schönes großes Haus, sogar mit einem Klo drin im Haus, so hatte es Katie erzählt, und sie hielten sich ein Dienstmädchen und eine Köchin. War das Mädchen übergeschnappt? Es gab wirklich keinen Besseren als ihren Jungen, keinen Besseren auf der ganzen Welt, aber er war eben ein Hafenarbeiter und kam aus den Fifteen Streets. Und dieses Mädchen müßte doch wissen, daß da nichts draus werden konnte ... Sie war nur von seinem großen Äußeren und seiner Art verblendet und würde ihn fallenlassen, war erst mal der erste Glanz weg. Und was würde dies für ihn bedeuten? Sie mußte wieder an das Strahlen in seinen Augen denken, und langsam setzte sie sich wieder ans Feuer und starrte sinnend in die rötlich-graue Glut.

Silvester

Gut, daß Silvester auf einen Samstag fällt, dachte John. Bedeutet einen freien Tag weniger. Am Dienstag würden sie wieder das Arbeiten anfangen, zumindest diejenigen, die dann wieder nüchtern genug waren. Er wollte Arbeit, viel Arbeit. Ginge es nach ihm, würde er sieben Tage in der Woche Tag und Nacht arbeiten; er würde sie anstacheln, das Zeug aus den Schiffsbäuchen zu schaufeln, so, wie dies nie zuvor getan worden war. Er wollte Geld. Mein Gott, wie sehr er Geld wollte!

Er hockte vor dem Feuer, in seiner Arbeitskleidung, und dachte angestrengt nach. Shane saß ihm gegenüber, nüchtern und verdrießlich; nur ein einziges Mal war er während der Feiertage betrunken gewesen. Ein Rekord. Fing er ein neues Leben an? Oder war er deswegen so abstinent geworden, weil er gezwungen war zu erkennen, daß, je mehr er trank, desto stärker ihn das Zucken überkam? Aber Zucken hin, Zucken her, heute abend würde er sich sicher vollaufen lassen. Was würde sie wohl zu dem Haus hier und seinen Bewohnern sagen? Würde sie sie so akzeptieren, wie sie ihn akzeptierte? Das war zuviel verlangt. War es letzten Samstag abend noch unvorstellbar für ihn gewesen, auch nur einen Augenblick in seinem Leben ohne sie zu verbringen, so konnte er sich ihr Gesicht jetzt – nach der unendlich langen Zeit, in der er sie nicht mehr gesehen hatte – nicht mehr klar vorstellen. Wieder und wieder versuchte er, sie vor seinem inneren Auge erstehen zu lassen, aber immer wieder zerrann ihr Gesicht in Nebeln. Selbst als er versuchte, das Wunder und das ekstatische Gefühl des Erfolges neu zu durchleben, als er mit ihr am Arm an den Fifteen Streets vorbeiging, deren Häuser zusammengekauert unter dem sternenbedeckten Himmel schliefen, entglitt es ihm. Es war eigenartig, aber er konnte sich wirklich nicht erinnern, wie er sie verlassen hatte. Was hatten sie zueinander gesagt? Nicht viel. Auf dem Heimweg waren sie sehr schweigsam gewesen; all das Lachen und der Übermut waren auf dem Markt von Shields zurückgeblieben. Als sie am Simonside-Ufer entlang wanderten, hatte er sie gefragt, ob sie müde sei, und sie hatte erwidert, daß sie niemals weniger müde gewesen sei. Und doch hatte sie sich irgendwie schläfrig angehört, als sie es sagte ... Aber sie hatten doch bestimmt mehr als nur das gesagt? Eines hatte er nicht gefragt – das wußte er: ›Darf ich Sie wiedersehen?‹

Warum hatte er das nur nicht gefragt, wo doch seine Gedanken in den letzten gemeinsamen Minuten von nichts anderem beherrscht wurden? Doch momentan wurden sie ebenso von Geld beherrscht. Im Grunde konnte er sie nur einladen, wenn er sie irgendwohin ausführen konnte. Und heute abend hätte er sie ausführen können.

Während des ganzen Morgens hatte er gehofft, ihr nach der Arbeit auf dem Nachhauseweg zu begegnen. Und als sich dieses Hoffen als vergebens herausstellte, tröstete er sich, daß dies wohl das Beste sei, was passieren konnte. Mit den gesparten Schillingen konnte er viel anfangen – seine Mutter würde auf jeden Fall Verwendung dafür haben. So stand doch eigentlich alles nur zum besten. Ungeduldig rutschte er in seinem Sessel hin und her. Vielleicht – aber es gab kein Vielleicht in dieser Hinsicht. Worauf wollte er eigentlich hinaus? Weichte mittlerweile sein Gehirn auf, nur wegen dieses einen Abends? Selbst wenn er sie wiedersehen würde, wohin würde dies führen? Diese Frage beherrschte ihn so stark, daß er sie fast laut ausgesprochen hätte. Du bist ein ausgemachter Idiot! Sieh dich doch um und frag dich selber, was ihr, du und sie, je füreinander sein könnt – selbst wenn sie dich mag ... Er stand auf und starrte ins Feuer. Ich weiß, sie mag mich. Es ist sogar mehr als nur mögen ... sie empfindet das gleiche wie ich.

Mary Ellen konnte einfach nicht länger schweigen. Johns finsteres Gesicht schnürte ihr das Herz ab. Shane döste jetzt, und so wagte sie flüsternd zu fragen: »Junge, was is' los?«

»Nix. Ich geh' mich waschen.«

Rasch ging er in die Spülküche, und während er sich wusch, blickte Mary Ellen traurig auf seinen Rücken. Sie hatte gewußt, daß dies geschehen würde – sie hatte gewußt, daß in dieser Verbindung kein Glück für ihn liegen konnte. Sie wollte zu ihm hinübergehen und ihn irgendwie trösten; aber ihre Gedanken wurden von ihm auf Molly gelenkt.

Ihre schrille Stimme war bereits von der Hintergasse her zu vernehmen, und Mary Ellen wußte, sie hatte mal wieder Streit mit jemandem. Der quäkige Spottreim drang bis zu ihr in die Küche.

»Annie Kelly hat 'n dicken Bauch
und der wackelt wie 'n Wasserschlauch!«

Mein Gott! Vierzehn war das Mädchen beinahe, und immer noch
plärrte sie solche Sachen. Mary Ellen hastete an John vorbei und
öffnete die Hintertür.

»Molly! Komm sofort rein!«

Molly hatte natürlich das letzte Wort. »Gäb's 'n Teufel nicht,
würdste Gott nich' fürchten, Annie Kelly. Du bist richtig gemein,
ja, das biste. Die arme Nancy!«

»Komm sofort rein!« Mary Ellen zerrte sie über die Stufen. »Du
kannst von Glück sagen, daß dein Vater pennt«, flüsterte sie
wütend, »sonst könnteste was erleben!«

»Aber ich hab' doch nur zu Nancy gehalten«, protestierte Molly
mürrisch. »Sie is' von der Arbeit gejagt worden. Mrs. Fitzsimmons
will sie nich' mehr. Und nu' will Annie sie nich' mit uns spielen
lassen. Und geschlagen hat sie sie auch.«

»John, Nancy is' von ihrer Arbeitsstelle gejagt worden«, wandte
sich Mary Ellen an John, »das heißt, 'ne Party wird's nich' geben.«

»Ganz gut so«, gab John kurz zurück. »Die werden sowieso
nach Geld schreien, bevor die erste Woche im neuen Jahr rum is'.«

»Ausgegeben is' das Geld ja sowieso schon, Junge.«

Die Tür wurde aufgerissen, und atemlos stürzte Katie herein.

»Leise, leise, Kleines«, dämpfte Mary Ellen die Aufgeregte, »und
schließ die Tür. Is' kalt draußen.«

»Ma, kann ich mit Christine gehen? Und Molly auch? Da unten,
hinter Cleveland Place, gibt's 'ne Eisbahn, und alle gehn zum Eislaufen hin … richtiges Eislaufen. Christine hat auch richtige
Schlittschuh, die hab'n 'n Messer auf der Sohle. Und es gibt auch
'n Mann da, der gebackene Kartoffeln verkauft … O Ma, dürfen
wir?«

»O Ma, laß uns doch, ja?« fiel Molly in Katies Betteln ein.

»Und was is', wenn's knackt?« wollte Mary Ellen von John wissen. »Is' es tief dort?«

»Bei dieser Kälte kann's nicht brechen.«

Er trocknete sich ab und fragte Katie: »Woher weiß Christine,
daß da eisgelaufen wird? War sie schon mal da?« Seit dem Weih-
nachtstag hatte er Christine nicht mehr gesehen, und auch da nur
kurz, um ihr fröhliche Weihnachten zu wünschen und um ihr –

verlegen – für die Krawatte zu danken. Er wußte jetzt, warum er Christine nicht geküßt hatte, und dieses Wissen machte ihn eigenartigerweise gehemmt in ihrer Gegenwart.

»Ja«, antwortete Katie. »Gestern war sie dort, sie und David. Sie hat gesagt, heute abend zünden sie ein großes Feuer dort am Ufer an, um die Eisbahn zu beleuchten.«

»Wie weit is' es nach Cleveland Place?«

»Es is' in Ropers Field.«

»Vergiß es«, meinte Mary Ellen. »Außerdem rutscht ihr euch doch nur die Sohlen durch.«

»Auch nicht schneller, als wenn sie auf den Straßen rutschen«, warf John ein.

»Aber ich habe Angst, daß sie hineinfallen könnten.«

»Keine Bange«, beruhigte John sie. »Ich werd' einen Spaziergang machen und mir's ansehen.« Er ging ins Schlafzimmer und begann, sich eilig umzuziehen. Ropers Field ... nicht weit von der Simonside Road. Vielleicht war sie dort.

In der Küche der Cumberland Villa standen die beiden Dienstmädchen an der nur angelehnten Tür und horchten.

»Hörst du was?« wollte die Köchin wissen.

»Kein Wort«, erwiderte Phyllis. »So, wie die Missis ausgesehen hat, dacht' ich, sie würd' explodieren. Ich mach' jede Wette, daß sie von dem Burschen gehört hat.«

»Glaub nur ja kein Wort davon«, wies die Köchin sie zurecht. »Und ich rate dir nur, sei vorsichtig mit dem, was du sagst. Miss Mary und mit einem der O'Briens rumziehen! Ha! Das glaub' ich erst, wenn ich's gesehen hab'.«

»Ich sag' Ihnen, unsere Doris hat sie auf dem Markt zusammen gesehen, und unsere Doris kennt die beiden so gut wie ich Sie. Sie hat hinter ihnen gestanden, und sie hat mir erzählt, die beiden hätten gelacht und zusammen gesprochen ... und, na eben wie 'n Paar, das miteinander geht ... Pst! Hören Sie?«

Phyllis' Ellbogen unterbrach die Antwort der Köchin. »Da, bitte!« zischte sie eifrig. »Hören Sie sich das doch an! Haben Sie die Missis schon mal so aufgehen sehen? Was hab' ich Ihnen gesagt?«

Im Wohnzimmer flehte James Llewellyn seine Frau an, ruhig zu bleiben. »Paß auf, Beatrice, überlaß das mir.« Er redete freundlich und besänftigend auf sie ein; die scherzhafte Schroffheit, mit der er sich gewöhnlich gegen sie wehrte, war aus seiner Stimme verschwunden. »Viel zuviel habe ich dir überlassen, und jetzt haben wir das Resultat!« Sie wandte sich von ihm ab und wieder der Tochter zu, um Beherrschung bemüht. »Kein Wunder, daß du mir nicht sagen wolltest, mit wem du am Weihnachtsabend aus warst. Immerhin spricht es für dich, daß du dich dessen geschämt hast.«

Mary hatte die Ellbogen auf den Kaminsims gestützt; halb das Gesicht von der Mutter abgewandt, starrte sie blind ins Feuer; ihr Verhalten drückte nicht den Zorn aus, der sie erfüllte.

»Du hast wohl jedes Gefühl für Anstand verloren. Nun, das Gefühl für das, was sich gehört, hast du ja noch nie gehabt. Aber so was! Kannst du dir überhaupt vorstellen, wie mir zumute war, als Florence Dudley mir erzählte, sie habe dich im ›Empire‹ mit ... mit diesem Hafenarbeiter gesehen?« Das letzte spie Beatrice Llewellyn fast aus; ihre zarte Nase und der fein geschwungene Mund berührten sich fast. Ihre großen hellblauen Augen hatten sich zu einem Violett verdunkelt, und auf ihrem Gesicht lag der Ausdruck echten Hasses, als sie das Mädchen anblickte, das sie geboren hatte und in dem sie kein Teil ihrer selbst mehr entdecken konnte.

Diese letzte verabscheuungswürdige Geschichte bewies nur zu eindeutig, von welcher Seite sie ihre Veranlagung geerbt hatte. »Will Dudley hat gesagt, die kommen aus den Slums der Fifteen Streets, und die Familie ist mehr als berüchtigt«, endete sie.

Jetzt trat Mary ihrer Mutter gegenüber, und der Ton ihrer Stimme war gefährlich ruhig. »Natürlich sind sie das. Jedermann im Umkreis von drei Meilen von den Fifteen Streets weiß das. Wenn du nicht jede Unannehmlichkeit aus deinem Leben verbannen würdest, hättest du schon früher davon gehört ... Und eines, wofür sie besonders berüchtigt sind, ist der Hunger. Denk mal darüber nach, wenn du das nächste Mal für die Dudleys ein Dinner bereitest.«

Entgeistert starrte Beatrice Llewellyn sie an – nie zuvor hatte Mary gewagt, so mit ihr zu reden. »Die sind doch nur arm, weil sie trinken und alles verspielen. Und was bist du? Du bist eine Dirne! Bis morgens früh um drei warst du mit dem Kerl aus. Glaubst du vielleicht, das werde nicht in ganz Jarrow und Shields die Runde machen?«

»Das hoffe ich.«

Marys scheinbare Ruhe schien die Spannung auf den Höhepunkt zu treiben.

Jetzt mischte sich ihr Vater ein. »Hör auf, Kind! Hör auf, das ist genug jetzt.«

Und Beatrice Llewellyn tat etwas, was in ihren Augen unverzeihlich war – sie schrie: »Du niedriges Geschöpf!« Die Worte brachen nur so aus ihr heraus. »Durch und durch verdorben bist du. Ich werde dir Pater O'Malley schicken. Ja. Ja, ich werde … Laß mich in Ruhe!« Sie riß sich von der besänftigenden Hand ihres Mannes los und stürmte wie eine kleiner Tornado aus dem Zimmer.

Während seines sechsundzwanzigjährigen Ehelebens hatte James Llewellyn noch nie erlebt, daß seine Frau die Kontrolle über sich verloren hatte; dies hier war das erste Mal, daß er einen echten Zornesausbruch bei ihr erlebte, und dies erschütterte ihn nicht nur, sondern machte ihn zutiefst besorgt. Gewöhnlich versuchte sie es mit sanften Tränen und hartnäckigem Schweigen, nur unterbrochen vom ständigen Wiederholen ihres Standpunktes. Aber Beatrice so ihre Beherrschung verlieren zu sehen bedeutete, daß diese Affäre den wundesten Punkt getroffen hatte.

»Diesmal bist du zu weit gegangen.« Er kam zum Kamin hinüber und klopfte seine Pfeife am Kaminvorsatz aus. »Weißt du, Kind, das war schon ein Schock.«

»Auch für dich?« fragte Mary scharf.

»Ja … doch. Es hat wohl keinen Zweck, das eine zu sagen und doch das andere zu denken. Aber als Will Dudley ständig darauf rumhackte, daß er dich mit einem der O'Brien-Riesen gesehen habe, hätte ich ihm am liebsten ins Gesicht geschlagen. Obwohl er es natürlich sehr nett sagte, konnte man genau merken, daß das Thema ihnen eine Woche lang gute Unterhaltung geboten hatte, und darum war Florence Dudley auch so scharf darauf, heute morgen hier vorbeizukommen. Als deine Mutter mit ihr die Treppe herunterkam, habe ich gedacht, sie bekäme einen Kollaps … Kind, seit wann geht das schon?«

»Es geht noch nicht einmal, wie du es nennst. Es war nur ein einziges Mal.«

»Ach so … Nun«, Erleichterung schwang in der Stimme des Vaters, »Und bist du …, ich meine, ist es zu Ende?«

»Ich weiß es nicht.«

»Du weißt es nicht! Was soll das heißen, Kind?«

»Das soll heißen, daß, wenn es von mir abhängt, es nicht zu Ende ist.« Mary drehte sich zu ihm hin, nervös rieb sie die Hände gegeneinander. »Seitdem habe ich ihn nicht mehr gesehen. Er hat mich nicht darum gebeten.« James Llewellyn sah seine Tochter an. Sein Kind, das bestaussehende Mädchen im Umkreis von Meilen, das jede Möglichkeit hatte – sein Kind hatte sich verliebt. Selbst wenn sie es auch nicht eindeutig sagte, von ihren Augen konnte er es ablesen. Sie liebte diesen Dockarbeiter John O'Brien; und das nicht auf leichtfertige Weise, wie Mädchen sich nun mal verlieben, sondern auf eine tiefernste, eigensinnige, schmerzhafte Weise, auf eine Weise, die Narben hinterlassen würde, wie immer die Dinge sich auch entwickelten. Nun, er würde nicht untätig danebenstehen und zusehen, wie sie ihr Leben verpfuschte, und nichts dazu sagen. Dieses Mal hatte ihre Mutter recht. »Nun hör mir mal gut zu«, breitbeinig stellte er sich vor sie hin und zeigte mit dem Finger auf sie, »du weißt recht gut, auf welcher Seite ich sonst immer stehe, nicht wahr? Du weißt auch recht gut, daß das Leben für mich oft wesentlich einfacher gewesen wäre, hätte ich die Partei deiner Mutter ergriffen.«

Als er so mit dem Finger vor ihrem Gesicht fuchtelte, mußte Mary unwillkürlich denken: Er ist fast genauso groß wie John und hat die gleichen linkischen Bewegungen, diese liebenswerte Unbeholfenheit. Alles Geld dieser Erde würde ihn nicht aufpolieren können. Außerdem, er selber war einst Dockarbeiter gewesen; warum also konnte er das nicht verstehen?

»Hör zu, Kind, ich will, daß du weißt«, fuhr James Llewellyn fort, »daß ich diesmal auf der Seite deiner Mutter stehe.«

»Du würdest mich also lieber mit Gilbert verheiratet sehen?«

»Ich möchte dich mit niemandem verheiratet sehen, den du nicht willst … Doch, ja doch«, er warf den Kopf in den Nacken, »lieber sähe ich dich mit Gilbert verheiratet, als daß du mit dieser Sache weitermachst. Zumindest brauchst du bei dem nicht zu hungern … O Mary«, sein großes, ledernes Gesicht schrumpfte zusammen, »mach Schluß, solange es noch Zeit ist. Du weißt nicht, auf was du dich da einläßt. Kind, ich sag's nicht gern, aber ich habe diese O'Briens gesehen, wie sie von einer Straßenseite zur anderen torkelten. Ich erinnere mich sogar an die Mutter, schon Jahre her, eine kleine Person, die draußen vor den Kneipen stand, die Kinder an sich geklammert, und wie sie versuchte, ein paar Schilling aus ihrem Mann zu holen, bevor er das Ganze in der Kneipe ausgab. Ich sag' dir, Kind, die sind wirklich berüchtigt.«

»Er trinkt nicht.«

»Das sagt er.«

»Nein, Vater, so ist das nicht.« Ein zorniger Ton schwang in ihrer Stimme. »Und außerdem ist er nicht nur einfacher Dockarbeiter. Er ist zum Aufseher gewählt worden.«

»Was! Hat er dir auch das erzählt? Wie alt ist er denn?«

»Zweiundzwanzig.« Trotzig warf sie den Kopf zurück. Sollte er nur wagen zu sagen: Jünger ist er also auch noch!

Doch statt dessen sagte ihr Vater: »Ein verdammter Lügner ist er! Als ob ein Bursche mit zweiundzwanzig zum Aufseher gemacht würde! Schon eher mit dreiunddreißig. Kind, der hält dich zum Narren. Siehst du das denn nicht?« Er wurde nun ärgerlich – ihretwegen.

»Nein, das tut er nicht. Außerdem dürfte es dir ja ein leichtes sein, das rauszufinden.«

»Stimmt. Kein Problem. Aber selbst wenn er Aufseher ist, was ist das schon?«

Mary erwiderte nichts, sondern blickte ihn nur mit großen traurigen Augen an. Diese Frage hatte sie sich schon selber gestellt … Er war zu weit Besserem geboren als das.

Für James Llewellyn sah sie in diesem Moment sehr bemitleidenswert aus, und er konnte sich nicht erinnern, seine fröhliche, das Lachen so liebende Tochter jemals in diesem Zustand gesehen zu haben. Er nahm sie bei der Hand. »Herzchen«, er gebrauchte nun das zärtliche Wort, das wegen seiner Gewöhnlichkeit aus dem Haus verbannt war, »ich will doch nur dein Glück. Was glaubst du wohl, wofür ich all die Jahre gearbeitet habe? Damit es dir gutgehen soll. Schau, mein Liebes, versprich mir, daß du die ganze Sache vergißt.«

Tränen stiegen in ihr auf und ließen alles um sie herum verschwimmen. Warum, oh, warum, glaubte man nur, Geld könne ein Gefühl – etwas nicht Greifbares – kaufen oder ersetzen? Geld und Liebe lagen auf zwei verschiedenen Ebenen … Und doch, lagen sie wirklich so weit auseinander? Liebe brauchte für ihre Existenz Geld. Ohne Geld war sie meist zum Sterben verurteilt, da der Körper, der sie beherbergte, dann ums Überleben kämpfen mußte.

Und doch, räumte man ihr die Chance ein, würde sie für das Überleben dieser Liebe, die sie aufzufressen drohte, alles riskieren? O ja, ja. Tränen liefen ihr über das Gesicht. »Ich kann nicht. Wenn er mich wieder einlädt, werde ich gehen.«

Sie blickte ihrem Vater nach, wie er mit schweren Schritten das Zimmer verließ und mit schmerzlicher Langsamkeit die Tür hinter sich zuzog ...

Mary saß in ihrem Zimmer und kauerte vor dem Kamin, als die Glocke zum Abendessen rief. Sie machte keine Anstalten, der Aufforderung Folge zu leisten. Es kam auch niemand, sich nach dem Grund ihres Fernbleibens zu erkundigen. Nie zuvor war sie so unglücklich gewesen, und sie sah auch keine Hoffnung, daß sich dies ändern würde. Das Unglück schien uferlos zu sein, schien die Zukunft zu überschwemmen; denn die einzige Person, die dies hätte ändern können, war so klassenbewußt wie ihre Mutter. Sie fühlte jetzt, daß der Weihnachtsabend nur ein Lapsus von John gewesen war, den er auf dem schweigsamen Heimweg von Jarrow zurück bereits bedauerte. Er hatte sie verlassen – ohne ein Wort. Jeden Abend und jeden Nachmittag hatte sie mit sich gekämpft, ob sie nicht doch ganz zufällig unten unter den Brückenbogen spazierengehen sollte, als sei sie auf dem Weg nach Shields, in der Hoffnung, ihm zu begegnen. Aber ein letzter Rest Stolz ließ sie sich anders besinnen; eine Intrige würde sie nicht spinnen, um ihn dazu zu bringen, sie einzuladen. Wollte er sie wiedersehen, würde er auch einen Weg finden. Und dann gab es ja immer noch die Post.

Was für ein Silvester! Sie stand auf und ging im Zimmer umher. Könnte sie ihn doch nur für einen kurzen Moment sehen, ihm zufällig begegnen wie am vergangenen Samstag abend ... Aber wäre es nicht besser gewesen, sie hätten sich niemals gesehen – nicht am letzten Samstag erst, wären sich nie begegnet? Schon an jenem ersten Abend hatte er sie angezogen, als er in diesem Zimmer gesessen hatte, und seitdem war es ihr nicht mehr gelungen, ihn aus ihren Gedanken zu verbannen. Die Erinnerung an diese Begegnung ließ in ihr stechende Eifersucht auf Christine aufkommen ... Bedeutete ihm dieses Mädchen etwas? War sie der Grund, daß er sie nicht um ein Wiedersehen gebeten hatte? Sie wußte es nicht ...

Sie ging nach oben und kleidete sich zum Ausgehen um, denn sie konnte es einfach nicht länger im Haus aushalten, sonst würde sie anfangen zu schreien, so wie ihre Mutter es heute morgen getan hatte. Als sie sich an die Stimme und das Aussehen ihrer Mutter erinnerte, erkannte sie, daß, ob sie nun diese Affäre weiterverfolgen oder langsam einschlafen lassen wurde, der letzte Stein der Wand, die sich seit Jahren zwischen ihnen aufgetürmt hatte, heute einzementiert worden war, und selbst ihrer beider Leben zusammengenommen würde nicht ausreichen, die Wand wieder einzureißen.

Am erhöhten Rand des Feldes stehend, blickte John voller Erstaunen auf das sich ihm bietende Bild. So etwas hatte er noch nie gesehen. Das Feld, das sich in ein flaches Tal senkte, sah wie ein See aus, und auf seiner Oberfläche gab es kaum einen Meter, auf dem sich nicht eine Gestalt bewegte. Nur wenige hatten Schlittschuhe; die Hauptaktivitäten spielten sich auf den langen Einzel- und Doppelrutschbahnen ab. Auf den Doppelrutschbahnen hatten sich junge Burschen und Mädchen an den Händen gefaßt und schlitterten mit beneidenswerter Balance auf das Zentrum des Eisfeldes zu. Die Kinder hatten ihre Rutschbahnen nahe dem Rand. Um die Eisfläche herum quirlte es förmlich von Zuschauern, die den Eisläufern zahlenmäßig überlegen waren. Einige der jungen Burschen zündeten bereits das Freudenfeuer an. Die Luft war erfüllt von Gelächter und Zurufen, dem Geruch brennenden Holzes und dem starken angenehmen Duft gebratener Kartoffeln. Die Gesichter erstrahlten in neugeborener Freude.

Diese Massenfröhlichkeit verwunderte John. Es mußte an der weißen Farbe liegen; sie war ihnen zu Kopf gestiegen und hatte sie verrückt gemacht. Die Eintönigkeit des Lebens war unter dem weißen Zauber mit seinen glitzernden Funken versunken, und die Menschen gaben sich der Illusion hin, daß diese reine weiße Welt bestehen bleiben würde. Die Dächer ihrer Häuser waren weiß, ihre Fensterbänke waren weiß, ihre Stufen. Der Hafen und auch die Schiffe lagen unter der weißen Illusion begraben – selbst die höchsten Schiffsmasten trugen weiße Schneekappen, fest und sicher, als ob es für immer so bleiben sollte. Ein Morgen gab es nicht oder einen nächsten Tag, wenn der Hafen mit schmutzig-braunem Matsch überschwemmt wurde, die Straßen sich in Bäche verwandelten und die Häuser wieder grau wurden wie auch die Menschen mit ihren nassen Füßen, fröstelnden Körpern und roten Nasen. Es war kalt, aber dies hier war eine trockene Kälte, die das Blut schneller pulsieren ließ, die sinnliche Wahrnehmung vergrößerte und all die Instinkte an die Oberfläche trug, die jeden Menschen seiner Existenz sich bewußt werden ließen und den Körper zur Aktivität aufforderten, und zwar in ebendiesem Augenblick.

Als er so dastand, wurde auch John etwas von der allgemeinen Fröhlichkeit angesteckt. Die ganze Szene, die aus einer anderen Welt zu stammen schien, aus einer Welt, in der nur das Lachen wohnte, verwirrte ihn, weil sie ihm bewußt machte, daß sie eigentlich in der unbarmherzigen Wirklichkeit dieser Gegend fehl am Platz war.

Er beobachtete Christine, die graziös kleine Kreise zog, während Katie, Molly und David ganz in der Nähe mit anderen Kindern über das Eis schlitterten. Sie sah eher wie ein Kind aus, ein dunkles, elfengleiches, zartes Kind.

Christine bemerkte ihn und winkte ihm zu, auf das Eis zu kommen; er schüttelte den Kopf und winkte ab. Nach einer Weile glitt sie zu ihm herüber ans Ufer.

»Ist es nicht herrlich! Komm mit … ich werde dich ziehen.«

»Nicht du halbe Portion«, wehrte er lachend ab.

Er war sehr erleichtert, keine Steifheit in ihrem Benehmen zu entdecken, denn es mußte ihr klargeworden sein, daß er es in der vergangenen Woche vermieden hatte, nach nebenan zu gehen. Sehr süß sah sie aus, wie sie da so unter ihm stand mit ihrer roten Schottenkappe auf dem Hinterkopf, und für eine flüchtige Sekunde bedauerte er es, daß es nicht sie war, die seine Gedanken und seinen Körper erfüllte, denn um wieviel einfacher würden dann die Dinge doch liegen.

»So ein großer Brocken wie du und hat Angst vor dem Eis!« neckte sie ihn.

»Du würdest mehr Angst haben, wenn ich da unten wäre und auf dich drauffallen würde.«

»Das riskiere ich. Los, komm. Komm schon, John …« Bitten lag in ihren Augen und in ihrer Stimme.

Er schüttelte den Kopf. »Mir fallen schon andere Möglichkeiten ein, einen Trottel aus mir zu machen.«

Christine sah ein, daß sie ihn nicht überreden konnte; eine Zeitlang blieb sie noch unten stehen und sah zu ihm hoch. Dann drehte sie sich wortlos um und glitt wieder davon.

John sah ihr und den Kindern weiter zu, doch zwischendurch glitten seine Augen immer wieder suchend über das Feld. Obgleich allmählich die Dämmerung einsetzte, konnte er immer noch die gegenüberliegende Seite erkennen und dachte bei sich, es müsse schon sehr dunkel sein, als daß er sie nicht doch aus der Menge herauspicken würde. Er sah, daß Katie die lange Reihe der Rutschenden verließ und schnell auf ihn zukam.

»Was is' los?« wollte er wissen. »Bist du schon müde oder hinter 'ner heißen Kartoffel her?«

»John, Dominic is' da hinten. Er beobachtet Christine.« John schwieg und drehte sich auch nicht in die von Katie angegebene Richtung um, sondern blickte zu Christine hinüber, die sorglos ihre Kreise drehte. »Is' er in Ordnung?« fragte er, wobei er meinte, ob er nüchtern sei.

»Ja, er sieht so aus ... und ... und er trägt einen Kragen und auch 'ne Krawatte.« Katies Augen wanderten zu Johns Kragen und Krawatte, dann zu seinem Mantel; und mit ehrfürchtiger Stimme fügte sie hinzu: »John, er hat 'nen neuen Mantel an.« Ihre Augen waren rund vor Staunen. Neue Kleidung in der Familie war immer ein Ereignis, bei dem die Gedanken verweilten, denn meistens wurde dieses Ereignis wochenlang vorher besprochen. Noch am späten gestrigen Abend hatte Dominic keine neuen Sachen gehabt, und jetzt stand er hier – neu eingekleidet.

John grinste. Dominic wollte sich nicht übertrumpfen lassen. Die Tatsache, daß er sich neue Garderobe gekauft hatte, wäre ja an sich gut, würde er sich damit gleichzeitig auch vom Trinken fernhalten; aber John wußte nur zu gut, daß irgend jemand bald hinter dem Geld für den Mantel her sein würde. Flüchtig ließ er den Blick in Dominics Richtung schweifen.

Ja, da stand er, die Menge um Haupteslänge überragend, und selbst aus dieser Entfernung und dem wenigen, was John von ihm ausmachen konnte, war der Unterschied zu seiner früheren Erscheinung auffallend.

Für einen Moment wurde Johns Einstellung dem Bruder gegenüber nachgiebiger, und er fragte sich, ob Dominics Gefühle für Christine wohl den seinen für Mary glichen. Aber an diese Möglichkeit dachte er nur kurz ... Dann würde er sich wohl anders verhalten, wenn er ..., denn immer noch ging er zu ›Lady Pansy‹. Außerdem hatte seine Liebe für Christine, wenn man sie als solche bezeichnen konnte, nichts als Furcht in ihr hervorgerufen.

Er beugte sich zu Katie hinunter. »Vergiß nich', was ich dir gesagt habe. Bleib ja immer in der Nähe von Christine, ja?«

»Ja, ganz bestimmt, John.«

»Egal, was er auf dem Heimweg auch sagen mag, laß sie nich' allein, verstanden?«

»Ja, John.«

»Geh ruhig wieder auf die Rutschbahn. Ich werde noch einige Zeit hierbleiben.«

Einzelne Grüppchen von Jungen und Mädchen am Rande des Feldes hatten zu singen begonnen. ›Keep your feet still, Geordie, hinny‹ wetteiferte mit ›Cushy Butterfield‹, ›Bleydon Races‹ mit ›Auld Lang Syne‹. Aber jetzt waren die Sorglosigkeit und Fröhlichkeit der ganzen Szene für John wie ausgelöscht, denn Dominic war hier. Seine Gegenwart übte einen Druck aus, der das Wohlgefühl aus seinem Körper zwang und die Ruhe aus seinen Gedanken und nur wieder die Abneigung weiter wachsen ließ, die das einzige Band zwischen ihnen war.

Als das Licht des letzten Tages im alten Jahr verblaßte, schien das Zwielicht den Frohsinn noch zu verstärken. Hell loderte jetzt das Freudenfeuer auf und sandte ganze Funkenregen durch die graue Dämmerung in das jenseitige Blau. Für eine Weile blickte er ins Feuer, doch dann wandte er den Blick wieder der Eisfläche zu. Wie dunkel dahingekritzelte Linien auf einem weißen Tuch sahen jetzt die Eisläufer aus. Er schloß die Augen und drückte die Finger gegen die Augäpfel. Und als er die Augen wieder öffnete, stand sie vor ihm, keinen Meter von ihm entfernt.

Als er noch ein Kind war, hatte seine Mutter immer gesagt, wenn sie ein Toffee für ihn hatte: »Schließ die Augen, mach den Mund auf und paß auf, was der liebe Gott dir schickt.« Er hatte die Augen geschlossen, und siehe da, was Gott ihm geschickt hatte.

Er machte einen langsamen Schritt auf sie zu – Dominic und alles, was mit ihm zu tun hatte, war vergessen; der Zauber und die Tollheit der Umgebung hatten ihn nun vollends eingefangen. Ein Abend wie dieser bedurfte keiner Ausflucht; die Wahrheit war so einfach und begehrenswert.

»Ich hoffte, Sie würden hier sein.«

Bei diesen Worten breitete sich auf ihrem Gesicht, das zuvor ernst und angespannt gewesen war, ein Lächeln aus; nicht ihr übliches strahlendes Lächeln; es lag in ihm ein Hauch von Traurigkeit.

John entdeckte die Traurigkeit nicht ... Traurigkeit und dieses Mädchen waren so weit auseinander wie Erde und Himmel. Sie verzauberte seinen Geist und zog magnetisch seinen Körper an; sie war ihm Freude und Ekstase. Aber ihm fielen jetzt keine großen Worte ein. »Haben Sie jemals so etwas wie hier gesehen?« Er nahm den Blick nicht von ihrem Gesicht, sondern deutete lediglich mit dem Kopf hinunter zur Eisfläche.

»Noch nie. Es könnte in der Schweiz sein.«

Ihre Augen, die über sein Gesicht glitten, machten ihn trunken; alle Barrieren zwischen ihnen waren hinweggespült. Er mußte sie berühren, und wenn es nur ihre Hand war.

»Sind Sie schon auf dem Eis gelaufen?«

»Ich habe keine Schlittschuhe.«

»Wie wär's, wenn wir unsere Füße benutzten? Scheint hier doch sehr populär zu sein.«

»Hier?« Sie zeigte auf das Menschengewirr unter ihnen. »Nein. Gehen wir doch hinüber zur anderen Seite; da sind weniger Leute, und wenn wir hinfallen, lachen auch weniger über uns.«

Mary nickte kaum merklich, und doch war diese Geste klarer in ihrer Zustimmung, als Worte es hätten sein können.

Sie drehten sich um. Dann blieben sie stehen. Eine rote Schottenkappe glitt in Johns Blickfeld. Ohne sie wäre Christine im Augenblick nur eines der vielen Gesichter gewesen – selbst Katie war im Moment nur noch ein Gesicht in der Menge.

Christine und Katie standen Hand in Hand unter ihnen und starrten wortlos zu ihnen herauf.

»He! Hallo, Katie.«

»Hallo, Miss Llewellyn.« Katies dicke rosige Wangen glichen Äpfeln, als sie lächelte.

»Macht's dir Spaß?«

»Ja, Miss Llewellyn.«

»Hast du ein schönes Weihnachtsfest gehabt?«

»O ja, Miss Llewellyn. Es war herrlich! Und vielen Dank für die Geschenke, Miss Llewellyn, und all die schönen Früchte.«

Marys Blick wurde hypnotisch von dem Mädchen mit der roten Kappe angezogen. Das Mädchen sah sie starr an; ihre Augen, dunkel und riesengroß, schienen purpurn zu glühen. Sie durchbrachen selbst die Dämmerung, und Mary spürte, wie sie tief in sie hineindrangen … Es war eine eigenartige Empfindung. Es war, als blicke dieses Mädchen in die tiefsten Tiefen ihres Herzens und entdeckte Dinge, die ihr selbst nicht bewußt waren.

Als John sie vorstellte – »Das ist Christine« –, wirbelte das Mädchen Katie blitzschnell herum und zog sie fort, und schnell waren sie von den sich bewegenden Gestalten und der Dunkelheit verschluckt.

Die Situation verursachte Peinlichkeit. Warum war Christine so urplötzlich davongestoben? Er wußte sehr wohl, warum. Sein Nacken wurde heiß. Doch dann durchfuhr ihn eine große Erleichterung … Gott sei Dank hatte er niemals um sie geworben! In dieser Hinsicht war er auf jeden Fall frei … frei für Mary. O diese Kühnheit, diese Waghalsigkeit, dieser Wahnsinn!

Er drehte sich wieder zu ihr hin, und jetzt bemerkte er die Traurigkeit in ihrem Gesicht. Sie hatte also erkannt, wie es um Christine stand. Er mußte ihr klarmachen, daß überhaupt nichts zwischen ihnen war.

»Was ist nun mit dem Rutschen?« fragte er.

Wortlos drehte sie sich um, und gemeinsam bahnten sie sich ihren Weg durch die Menschenmenge am Ufer. »Christine ist ein nettes Mädchen«, begann er lahm. »Ja. Sie sieht so aus.«

Wegen einer Gruppe rennender Kinder waren sie gezwungen, sich für einen Augenblick zu trennen, und als sie wieder zusammenkamen, fuhr er fort: »Aber ich glaube, sie wird niemals erwachsen. Sie ist … na ja, sie erinnert mich so an Katie.«

Sie sah ihn an und lächelte, ein kleines verstehendes Lächeln. Er lächelte zurück, und schweigend gingen sie weiter.

Die andere weit entfernt liegende Seite des Feldes war jetzt beinahe verlassen; die Menschen wurden von der Helligkeit des Freudenfeuers und von dem Mann mit der flachen Kohlenpfanne und seinen gebratenen Kartoffeln angezogen. Hier war das Eis nicht so glatt, Grasbüschel durchbrachen die Eisoberfläche.

»Wollen wir's wagen?« Er hielt ihr die Hand hin, und sie nahm sie und stieg vom Rand des Feldes hinunter aufs Eis.

»Einzel oder Doppel?«

»Ich glaube, Einzel ist besser für den Anfang … Aber Sie müssen zuerst gehen; ich war seit zwei Jahren nicht mehr auf dem Eis.«

»Zwei Jahre nicht! Bei mir sind's mindestens acht Jahre, daß ich nicht mehr gerutscht bin … Also dann, auf geht's …« Er nahm Anlauf und begann zu rutschen, wankte, fand jedoch das Gleichgewicht wieder, wankte wieder und saß dann unversehens mit einem heftigen Plumps, der ihm durch alle Glieder fuhr, auf dem Eis.

Mit einer Sicherheit, die auf Erfahrung schließen ließ, schlitterte sie zu ihm hin und erreichte ihn, als er eben aufstehen wollte.

Er lachte. »Gut, daß Sie nicht hinter mir waren.« Er spürte, wie ihre Hände ihm sanft den Schnee von den Schultern klopften, was ihn veranlaßte, sich besonders gründlich und lange selbst zu säubern.

»Sollen wir's noch mal versuchen?« fragte er.

»Wenn Sie wollen«, erwiderte sie nicht eben enthusiastisch.

»Und was ist mit Ihnen?« Er sah sie an, ihr Atem vermischte sich, und ihre Blicke ruhten ineinander.

Die Frage hatte keine Bedeutung, und Mary antwortete mit einer Offenheit, die zu diesem Abend zu gehören schien.

»Nein.«

Er nahm ihre Hand, und vorsichtig gingen sie ans Ufer zurück.

»Wollen Sie … würden Sie gern spazierengehen? Oder wollen Sie nach Shields?«

»Nein, nicht nach Shields. Gehen wir einfach spazieren.«

Ohne ein weiteres Wort wanderten sie den engen Weg hinunter zur Hauptstraße. Da es sich um eine Landstraße handelte, war sie unbeleuchtet, und trotz des Schnees wirkte sie schwarz nach der flackernden Helle des vom Feuer erleuchteten Feldes. Die Dunkelheit gab ihm Mut; er ließ ihre Hand los und zog ihren Arm unter den seinen und umschlang ihre Finger mit den seinen und preßte sie gegen seinen Mantel. Im Gleichschritt wanderten sie dahin, und als er die Bewegung ihrer Hüfte gegen die seine verspürte, wurde ihm die Stille zwischen ihnen bewußt, eine Stille, die nur darauf zu warten schien, im richtigen Moment in Laute auszubrechen … in Laute, die ihn verzaubern und entzücken würden, denn es war nur ihre Stimme, die dies bewirken konnte. Doch stumm wanderten sie weiter nebeneinander, und es schien ihm, als würde das Schweigen niemals durchbrochen werden.

Als hätten beide denselben Gedanken gehabt, bogen sie in einen Seitenweg ab; sie blieben stehen und sahen einander an. Nie zuvor hatte ein Mann mehr für eine Frau empfunden als er für sie. Aber nun, da der Augenblick gekommen war, war er wie erstarrt, und selbst die Intensität seiner Empfindungen ließ ihn nicht die Barriere zu ihr überwinden. Sie war es, die mit Worten den Weg öffnete – mit Worten, die Barrieren, Vorurteile und Klassenbewußtsein ins Nichts versinken ließen. »O John, wenn du jetzt nichts sagst – ich kann es nicht mehr ertragen.«

Mit Wunder erfüllte Sekunden verstrichen, ehe er seine Arme um sie schlang, nicht sanft, so, wie er sich dies so oft vorgestellt hatte, sondern wild riß er sie an sich, bis er ihr rasendes Herz gegen das seine pochen fühlte. Er küßte sie nicht sofort. Erst glitten seine Lippen über ihr Gesicht, bis sie schließlich ihren Mund fanden, und als sich ihre Lippen trafen, verschmolzen ihre Körper, hoben sich empor über Schnee und Eis, über ihre getrennten Leben, hinweg von dieser Erde und empor in ätherische Höhen, wo die Zeit ihre Bedeutung verliert. Als sie sich taumelnd trennten, war es beiden, als seien sie in eine andere Ära der Zeit gefallen, so viel wußten sie mit einemmal voneinander.

»Mary.«

Sie antwortete nicht, sondern lehnte sich an ihn und streichelte sein Gesicht mit dem ihren.

»Ich liebe dich.«

Ihre Arme drückten ihn an sich.

»Ich bin wahnsinnig ... ich sollte es nicht sagen.«

»O Liebster!«

Liebster ... eine Frau hatte ihn ›Liebster‹ genannt ... ihn! Diese wunderschöne Frau, dieses Mädchen, diese ...

»Wie kann ein Mädchen wie du sich nur etwas aus einem Burschen wie mir machen? Mary! O Mary!«

Ihre Erwiderung wurde in einer Umarmung erstickt. Und als er wieder begann, sich herunterzumachen, legte sie ihm die Finger über den Mund. »Du bist der feinste Mensch, den ich kenne – keiner kann dir das Wasser reichen.«

Sie unterbrach seinen Protest. »John, bitte, laß niemals etwas uns trennen, ja?« Aus ihrer Stimme sprach tiefer Ernst. »Nichts und niemanden. Versprochen? Niemals.«

Die Eindringlichkeit ihrer Stimme ließ ihn ganz ruhig werden – es war, als flehe sie ihn an. Daß sie es war, die darum bat, nichts zwischen sie kommen zu lassen, war fantastisch.

Liebevoll nahm er ihre Finger von seinen Lippen. »Es wäre an mir, so etwas zu sagen. Was, glaubst du wohl, wird es heißen, wenn das die Runde macht? Wirst du das durchstehen können?«

Statt einer Antwort bedeckte sie seinen Mund mit Küssen von solcher Leidenschaft, die alle Sehnsucht, all die Einsamkeit seines Lebens, all dies in Bedeutungslosigkeit versinken, sich in Nichts auflösen ließ.

»O Mary, meine Geliebte ... mein Liebstes ..., weißt du, was du für mich bedeutest? Weißt du, was du für mich bist?« Zärtlich hielt er ihr Gesicht zwischen seinen großen Händen, nahm jede kleine Einzelheit von ihr in sich auf. »Du bist schön.«

»Für dich kann ich nicht schön genug sein.«

Ihre Worte berührten ihn wie die Töne einer zarten Melodie, geboren auf den Schwingen des Schnees. Voll tiefer Ehrfurcht schüttelte er langsam den Kopf. »Ich versteh' nicht, wie du mich lieben kannst ... du, die du doch alles hast. Ich bin ungebildet, und ich schäme mich deswegen. Mary«, seine Stimme klang schüchtern, »– willst du meine Lehrerin sein?«

»O mein Liebster, du brauchst keine ...«

»Doch, ich brauche sie«, unterbrach er sie. »Und das weißt du auch. Ich will, daß du dich niemals meiner schämen mußt.«

»John ... John, sei still.«

Seine Demut trieb ihr die Tränen in die Augen. Doch unbeirrt fuhr er fort: »Und dann sind da noch meine Leute. Nicht, daß ich mich ihretwegen schäme, nur ... na ja, ich nehme an, du hast schon von meiner Familie gehört. Keiner von uns hat viele Chancen gehabt; meine Mutter hat ihr ganzes Leben lang geschuftet, und ... und mein Vater und mein Bruder ...«

»Pst!« Liebevoll lehnte sie sich gegen ihn und streichelte seine Wange mit der Zärtlichkeit einer Mutter, die ihr Kind besänftigt.

Sie murmelte etwas, was er nicht verstand, und scheu fragte er flüsternd: »Was?«

Und sie wiederholte: »Wie bei Ruth und Naomi.«

Aber er verstand immer noch nicht, doch obgleich die Worte keinen Sinn für ihn besaßen, offenbarte ihm ihre Stimme eine tiefe Demut, und eine große Verwunderung überkam ihn.

Nancy

Die selbstgebastelten Papiergirlanden lagen in einem unordentlichen Haufen auf der einen Seite des Tisches, die drei gekauften dagegen sorgfältig zusammengelegt neben dem wabenartig durchbrochenen Lampion. Die würden es noch im nächsten Jahr tun, wenn sie irgendwo Platz für sie fand, dachte Mary Ellen. Nie zuvor war sie so spät dran gewesen, die Weihnachtsdekoration herunterzunehmen; es war bereits der 5. Januar, und gerade hatte sie noch Zeit, dem Unglück zu entgehen, denn morgen würde es zu spät sein. Aber es war einfach zu schön gewesen, und so hatte sie sie bis zur letzten Minute hängen lassen, waren sie doch die äußeren Zeichen für dieses wundervolle Weihnachten und Neujahr. Sie hielt in ihrer Arbeit inne, um aus dem Küchenfenster hinüber zu den Dächern zu sehen, von denen der letzte Schnee in grauen Massen in den Rinnstein rutschte – solch eine Zeit hatte sie noch nie erlebt. All die Sachen, die sie zu essen hatten! Und Shane nüchtern, sogar am Silvesterabend. Und keine Streitigkeiten im Haus. Da war Dominic zwar mürrisch gewesen, aber daran war sie gewöhnt, und sie hatte es nicht zugelassen, daß dies alles verdarb. Außerdem war er ohnehin die meiste Zeit außer Haus gewesen ... einmal die ganze Nacht.

Manchmal sorgte sie sich um John; aber was konnte sie schon machen, sagte er doch von selber nichts. Aussehen tat er auf jeden Fall überglücklich. Sie hoffte zu Gott, daß irgendwas geschehen möge, damit dies so blieb. Aber wie war das nur möglich – er und Miss Llewellyn! Wo sollte das alles enden? ... Nun, sie würde sich keine Sorgen machen – alles andere war ja in Ordnung; der Kohlenschuppen war voll mit Koks, und die Kinder waren anständig gekleidet. Letzteres dank denen von nebenan – das Wort Dankbarkeit nahm Gestalt an, bevor sie es verschlucken konnte. Nun egal, die von nebenan waren gut zu ihnen gewesen, was sie auch immer sein mochten. Es hatte immer wieder Zeiten gegeben, wo sie sich gewünscht hätte, zu ihnen hinüberzugehen und sich zu bedanken, aber sie konnte einfach nicht über ihren Schatten springen. Die Furcht vor ihnen hielt sie noch immer gefangen, und sie brachte es nicht über sich, ihnen schlicht gegenüberzutreten, und so hatte sie ihren Dank durch die Kinder und John ausrichten lassen. Seltsamerweise hatte sich diese Furcht in den vergangenen Wochen noch verstärkt, denn Micks Ohr hatte zum ersten Mal seit zwei Jahren aufgehört zu laufen, und auch Shane ... Wie kam es nur, daß nach all den Jahren Shane aufgehört hatte zu trinken und auch das Zucken nachgelassen hatte? Ob er wohl auch auf einer Plattform über seinem Bett geschwebt hatte, und Peter Brackens Hände waren über ihn gefahren? Mein Gott! Sie schauderte. Zum ersten Mal hatte sie sich jetzt den Einfluß von Peter Bracken in jener Nacht, in der das Kind geboren worden war, eingestanden. Sie fuhr mit der Hand in ihre Bluse und tastete nach dem Rosenkranz, den sie in letzter Zeit immer um den Hals trug.

Aus dem Fenster blickend, betete sie den Rosenkranz. Heilige Maria voller Gnaden, Mutter Gottes, Gott sei mit dir. Gebenedeit seist du und gesegnet die Frucht deines Leibes Jesu ... Sie hatte zwei Dekaden gesprochen, als sie die Tür des Hinterhofes sich öffnen hörte und Hannah Kelly in den Hof treten sah.

Hastig knöpfte sie ihre Bluse zu.

Was mochte Hannah wohl so früh am Morgen wollen? ... Irgend etwas stimmte mit ihrer Gangart nicht, aber einen hinter die Binde gegossen hatte sie bestimmt nicht. Sie beobachtete, wie Hannah am Riegel der Küchentür fummelte, hereintrat, die Tür schloß und mit dem Rücken zu ihr gewandt stehenblieb.

»Mein Gott, Mädchen, was is' denn mit dir los? Komm, setz dich erst mal hin«, rief Mary Ellen aus.

Hannah schüttelte nur den Kopf und murmelte: »O Mary Ellen!«

»Was is' denn los? Is' was mit Joe?«

Wieder schüttelte Hannah den Kopf. Sie versuchte zu sprechen, brachte jedoch kein Wort über die Lippen. Ihr Mund öffnete und schloß sich wie bei einem Fisch auf dem Trockenen.

»Was isses denn? Nancy?«

Hannah schloß die Augen und ließ den Kopf hängen. »Komm, Mädchen, sag's mir. Was is' los?«

»Mein Gott! Mein Gott!« Hannahs Stimme klang klein und verloren, und trotz ihrer großen knochigen Gestalt sah sie wie ein verschrecktes Kind aus. »Vielleicht vertu' ich mich auch. Mary Ellen, kannst du mit mir kommen und nachsehen? Ich bin hintenrum gekommen, weil Bella Bradley wieder auf der Lauer liegt.«

»Is' Nancy krank?« wollte Mary Ellen wissen und nahm ihr Umschlagtuch vom Türhaken.

Hannah gab keine Antwort, sondern ging hinaus, und Mary Ellen folgte ihr auf dem Fuß ...

Nancy lag im Bett unter einem Berg von Kleidern, und nur ihre Augen waren zu sehen, als die beiden Frauen ins Zimmer traten. In ihren Augen lag ein sonderbarer Ausdruck, eine Mischung aus Vorsicht und Verschlagenheit, ganz ungewöhnlich bei der üblichen Stumpfsinnigkeit ihrer Blicke.

»Guten Morgen, Nancy«, begrüßte Mary Ellen sie.

Aber diesmal antwortete Nancy nicht mit einer ihrer Begrüßungsformeln: sie starrte nur von einer zur anderen.

Hannah riß die Kleidungsstücke von ihrem Bett und herrschte sie an: »Zieh dein Nachthemd hoch!«

Noch immer schossen ihre Blicke von einer zur anderen, aber sie gehorchte. Das Nachthemd war kurz und eng, und sie mußte es über die Hüften zerren.

Mary Ellen sah auf Nancys Bauch. Jetzt wußte sie, was Hannah vermutete, und im stillen flehte sie: ›O Jesus, laß dies nicht wahr sein!‹ Allerdings konnte sie nichts sehen, was Hannahs Verdacht hätte bestätigen können. Über das Bett hinweg sah sie Hannah an. »Aber Mädchen, warum glaubst du ...?«

»Sie is' über ihre Zeit, und nix is' passiert. Ich glaub', das isses, und Mrs. Fitzsimmons hat's geahnt gehabt. Ihr wurd' doch immer übel, und sie konnt' nich' arbeiten.« Sie redete, als sei Nancy nicht im Raum. »Steh auf!« befahl sie nun ihrer Tochter barsch.

Schwerfällig wälzte sich Nancy aus dem Bett; das Nachthemd hing ihr immer noch über dem Bauch. Und jetzt glaubte Mary Ellen eine kleine Erhöhung erkennen zu können. Aber das war doch unvorstellbar! Niemand, der seine fünf Sinne beisammen hatte, würde auch nur im entferntesten daran denken, ein Mädchen wie dieses anzufassen.

»Schau, Mädchen«, wandte sie sich Hannah beruhigend zu, »vielleicht hat sie nur Blähungen. Oder vielleicht isses nur 'ne Geschwulst«, setzte sie hoffnungsvoll hinzu.

Hannah, deren Augen wie tot in ihrem großen runden Gesicht lagen, drehte sich um und ging in die Küche.

»Zieh dich an, Kind«, befahl Mary Ellen Nancy, und das Mädchen begann sofort, sich das Nachthemd über den Kopf zu ziehen und sich anzukleiden.

Völlig verstört saß Hannah in der Küche. »Mädchen, geh mit ihr zum Doktor. Und zwar jetzt. Vielleicht isses doch nich' das, was du denkst, und du hast dann wenigstens Ruh ... Das kann's einfach nich' sein«, versuchte Mary Ellen ihr Mut zuzusprechen.

Zutiefst verzweifelt drehte Hannah sich um und starrte in die Luft. »Es is' schon das. Ich geh' mit ihr hin, aber es is' schon das.«

»Haste sie denn schon gefragt?«

»Ja. Ich hab' sie gefragt, ob ein Mann sie angefaßt hatte, und sie wollt' mir nich' antworten. Und allein das is' schon komisch, denn sonst sagt sie immer sofort: »Nein, Ma, wenn 'n Mann zu mir spricht, lauf ich sofort weg. Zweimal is' sie in der letzten Woche verschwunden. Annie hat an Silvester drei Stunden nach ihr gesucht und sie dann schließlich in der Gegend von der St. Bede's Kirche aufgetan. Sie kam von den Dünen her, aber sagen wollt sie nich', wo sie gewesen war ... O Allmächtiger Gott ... o mein Gott!« brach es aus Hannah heraus. »Was soll bloß geschehen? Joe wird sie totschlagen. Und wenn er rausfindet, wer's getan hat, wird ein Mord passieren. O Mary Ellen, was soll ich nur tun?«

»Komm her, Mädchen, beruhige dich. Komm, steh auf, zieh deine Jacke an und geh jetzt mit ihr.« Sie zog Hannah vom Stuhl hoch. »Wenn du dich beeilst, kannste ihn noch erwischen.«

Während Hannah ihre Jacke anzog, ging Mary Ellen ins Schlafzimmer, wo Nancy sich immer noch unbeholfen ankleidete. »Beeil dich, Kind. Deine Mutter wartet.«

Mary konnte das Mädchen nicht ansehen ... Sollte sie wirklich ein Kind kriegen und sich über den Mann ausschweigen, so is' sie vielleicht doch teilweise normal, sagte sich Mary Ellen. Es sei denn, sie hatte Angst, was zu sagen. Sie überwand ihren Widerwillen, sah das Mädchen an und bemerkte, daß nun Nancy weniger ängstlich aussah als zuvor.

Sie schob sie in die Küche. »Hier is' sie, Mädchen«, sagte sie zu Hannah, »mach dich auf den Weg ... Und denk dran, wie immer es auch ausgeht, du kannst es nich' ändern. Niemand kann dir Vorwürfe machen; du hast dein Bestes getan.«

Sie blickte den beiden nach, wie sie die Straße hinuntergingen; wie zwei Fremde – Nancy bucklig und schlurfend, Hannah steif wie ein Ladestock. Und Mary Ellen überkam eine Traurigkeit, die nur der Anfang einer langen, langen Traurigkeit sein sollte.

John verließ eilig das Hafengelände ... es war Freitag abend, und die erste Woche des neuen Jahres war vorüber. Sechs Schiffe zur gleichen Zeit waren zu löschen gewesen. Er kam gerade von der Balkenwaage, wo er die Hälfte der Männer ausbezahlt hatte. Ein seltsames Gefühl, an der Balkenwaage zu stehen, die Taschen voller Geld zu haben und jedem einzelnen Mann seinen Anteil auszuhändigen und zu wissen, daß – obwohl er so jung war und der Sohn von zwei Dritteln der Arbeiter hätte sein können – die Männer ihn mochten und sich auf ihn verließen, daß er ihnen einen gerechten Anteil auszahlte. Als er unter dem letzten Brückenbogen hindurch war und das untere Simonside-Ufer hinter sich gelassen hatte, blickte er flüchtig durch die Dunkelheit hinauf zu der kurvenreichen Anhöhe, und der Gedanke, daß er in der nächsten Stunde dort hinaufeilen würde, ließ sein Herz schneller schlagen. Die Abende der vergangenen Woche waren für ihn wie leuchtende Ausblicke auf das Paradies gewesen – gab es auf der ganzen Welt jemanden, der so schön und lieb wie sie war? Wo gab es eine Frau ihres Standes, die ihn so nahm, wie er war? Er machte sich nichts über sich selber vor. Acht Jahre auf den Docks hatten ihn zwar nicht kaputtgemacht, ihn aber rauh werden lassen. Das einzig Gute daran war nur, daß er sich darüber klar war und sein Bestes tun würde, dies auszumerzen. Hart mußte er an sich arbeiten, wollte er sich ihrer auch nur ein wenig würdig fühlen, das wußte er. Außerdem mußte er noch etwas anderes tun, er mußte einen besseren Job finden. Es war unmöglich für ihn, weiterhin hier auf den Docks zu bleiben ... selbst als Aufseher, denn er würde mehr als den Lohn eines Aufsehers brauchen, um ihr das Leben bieten zu können, an das sie gewöhnt war. Beinahe jede Nacht in der letzten Woche, nachdem er sie nach Hause gebracht hatte, beherrschte ihn nur ein Gedanke: Wie konnte er sich verbessern? Hier oben im Norden gab es keine Möglichkeiten für ihn, zu dem Schluß war er gekommen; selbst in England nicht ... Amerika ... Das Mekka der Iren von Tyneside strahlte vor seinem inneren Auge wie ein Leitstern. Wenn sie ihn haben wollte, würde er dort hingehen. Vielleicht war es möglich, daß sie sofort mit ihm mitkam ... nein, das konnte er nicht eine Sekunde in Betracht ziehen. Erst wenn er genug Geld gemacht hatte, würde er sie nachkommen lassen. Nicht einen Tag in ihrem Leben sollte sie auf etwas verzichten, und dies seinetwegen ... Und dann gab es ja noch seine Mutter und Katie. Wenn er nach Amerika ginge, könnte er auch ihnen Geld schicken. Man mußte sich ja nur die Löhne ansehen, die dort gezahlt wurden! Und das waren keineswegs Übertreibungen. Den Hogans von High Jarrow ging's gut, hatte er gehört; der Vater und die vier Jungen hatten alle regelmäßige Arbeit gefunden, und der Rest der Familie sollte in diesem Jahr nachkommen. Und dann gab's da den jungen Stanley Tapp, der ausgewandert war und der sein Mädchen hatte nachkommen lassen. Warum sollte also er es mit seiner Kraft und Tüchtigkeit nicht versuchen? Es gab keinen Job, den er nicht anpacken konnte. Ja, genau das würde er machen. Aber er mußte noch etwas warten, bis er es ihr beibringen konnte. Jetzt war es noch zu früh, sie um etwas zu bitten. Liebte er sie wirklich erst seit einer Woche? Wie Jahre kam es ihm vor. Und jedesmal, wenn sie sich trafen, wurde die Gewißheit stärker, daß auch sie ihn mit einer Intensität liebte, die fast der seinen gleichkam. Diese Gewißheit verlieh seinem Leben Farbe und hob ihn zu Höhen hinauf, von denen aus er sich selber beobachtete, wie er der Welt ein gewaltiges Leben abrang; ihr nicht nur die Dinge gab, an die sie gewöhnt war, sondern sogar solche Dinge, zu denen selbst sie noch nicht gelangt war.

Wohlgemut pfeifend überquerte er den Hinterhof, doch dann fiel ihm noch rechtzeitig ein, daß seine Mutter es nicht duldete, daß im Haus gepfiffen wurde, da es angeblich Unglück brachte, und so hörte er damit auf. Als er eintrat, stand Mary Ellen am Tisch, und vor ihr auf dem Läufer standen sein Vater und Dominic, die Henkeltöpfe noch in den Händen. Er hörte gerade, wie Shane mit vorgeschobenem Unterkiefer ausstieß: »Dieses Schwein! Den sollte man kreuzigen!«

»Was is' denn los?« wollte John wissen und lockerte sein Halstuch.

»'s wegen Nancy«, erklärte Mary Ellen und blickte auf ihre Füße hinab.

»Nancy? Stimmt was nich' mit ihr?« John zog die Jacke aus und krempelte sich die Ärmel hoch, bevor er den Kessel vom Schwenkarm nahm.

»Sie bekommt ein Kind.«

Johns Hände blieben mitten in der Luft hängen. »Sie kriegt – was?« Die Augen fielen ihm fast aus dem Kopf. »Ja, 's stimmt. Hannah war mit ihr beim Doktor. Sie wird fast wahnsinnig.«

Langsam drehte John sich um und blickte von seinem Vater zu Dominic hinüber und wieder zurück zu seiner Mutter. Nancy Kelly und ein Kind bekommen! Es war einfach nicht zu glauben. Er dachte an ihr Gesicht, so wie es wirklich war, ohne den Schleier des Mitleids: an den offenen widerlichen Mund, die kleinen runden Augen und an die ins Gesicht gedrückte Nase. Wie konnte ein Mann sie auch nur anfassen, es sei denn, er selbst war nicht ganz richtig im Kopf.

Mary Ellen sagte: »Und das komische is', sie is' ... frecher geworden«, das Wort schamlos brachte sie in Anwesenheit der Männer nicht über die Lippen, »und noch dazu kommt sie ständig hierher.«

Obgleich Mary Ellen voller Mitleid mit Hannah und dem Mädchen war, hatte sie den Tag als unbeschreiblich bedrückend empfunden, denn stand Nancy nicht gegen den Türpfosten ihres eigenen Hauses gelehnt und starrte zu ihnen herüber, so klopfte sie entweder gegen die Hinter- oder Vordertür. Mary Ellen brachte es nicht fertig, Hannah gegenüber etwas zu erwähnen, denn diese war völlig außer sich, und nicht nur darüber, daß ihre Tochter ein Kind erwartete, sondern über die Veränderung in deren Wesen. Es war, als würde sie teilweise normal, jetzt, da sich Leben in ihr rührte ... für die Frauen war dies eine gemeine und schockierende Normalität, denn sie schien noch stolz auf das Erreichte zu sein und auch entschlossen, dies ihrer Umwelt zu zeigen. Unbewußt mußte sie während der vergangenen Jahre – vielleicht aus einem Gefühl des Neides heraus die Arroganz der schwangeren Frauen erkannt haben, wenn diese so an ihren Haustüren gelehnt standen, die Arme über dem angeschwollenen Leib mit seinem neuen Leben verschränkt. Und vielleicht hatte sie über deren Witze gelacht, auch wenn sie diese nicht begriff, hatte den Frauen zugesehen, wie sie sich die Rüschen ihrer Schürzen betätschelten und in ordinärem Ton die abgedroschene Zote von sich gaben: »Leg dich flach, dein Vater hat nix zu tun.«

Was immer auch geschehen sein mochte, sie war jetzt schamlos, und Mary Ellens Mitleid schlug in Empörung um.

Dominic hatte sich ans Feuer gesetzt. Kein Wort hatte er bis jetzt von sich gegeben. Shane und John standen noch und sahen Mary Ellen an.

»Der kleine Zwerg wird durch die Decke gehen.« Das kam von Shane, und er meinte Joe damit.

Eben wollte Mary Ellen etwas sagen, da öffnete sich die Hintertür, und Nancy schob sich herein.

»Nancy, nun paß mal auf!« fuhr Mary Ellen sie grob an. »Jetzt machste aber, daß du nach Haus kommst!«

Aber Nancy, die nach Mary Ellens Wissen noch nie in ihrem ganzen Leben einen Befehl nicht befolgt hatte, ignorierte sie vollkommen. Statt dessen drückte sie sich vollends in die Küche und blickte von einem Mann zum anderen. Alle starrten zurück, Dominic aus den Augenwinkeln heraus. Und als Nancy seinem Blick begegnete, drehte sie sich abrupt um, kehrte ihm wie ein beleidigtes Kind den Rücken zu und ging in dem herrschenden Schweigen auf John zu, lächelte ihr groteskes Lächeln und legte ihm ihre Hand auf den Arm.

»John.«

Fast traten John Tränen in die Augen, als er sie ansah. Mein Gott, es war grauenhaft! Und doch, über sein Mitleid mit ihr kroch langsam ein Gefühl des Abscheus in ihm hoch. Kaum wahrnehmbare Veränderungen in ihr zeigten an, daß sie kein Kind mehr war.

Wieder sagte sie: »John.« Er wollte eben darauf etwas sagen, als er ein unterdrücktes Lachen vernahm.

Das Lachen kam von Dominic. Er war aus seinem Sessel aufgestanden; sein Körper wurde von stummem Lachen geschüttelt. Mary Ellen und Shane starrten ihn an. Er wankte an ihnen vorbei und warf sich auf die Couch, wo er sich zurücklehnte und sie alle ansah, das Gesicht vor Schadenfreude verzerrt.

Mit großen Augen sah Mary Ellen fragend ihren Sohn an. Was in Gottes Namen war über ihn gekommen?

Plötzlich war es mit Dominics Beherrschung vorbei, und sein wildes Gelächter erschütterte das Haus. Eine Lachsalve folgte der anderen. Doch während sein Oberkörper von heftigem Lachen geschüttelt wurde, blickte er John unentwegt an. Und jedem der Anwesenden war klar, was der Ausdruck seiner Augen besagen sollte. Er unterstrich dies noch mit eindeutigen hilflosen Gesten in Richtung Nancy und John. Und dann schrie John mit einer Lautstärke, die sogar noch Dominics Gelächter übertönte und den anderen fast das Trommelfell platzen ließ: »Du verdammtes Schwein!«

Mit einer jähen Bewegung stieß er Nancy zur Seite und sprang Dominic an. Im gleichen Augenblick warfen sich Shane und Mary Ellen dazwischen. Dominic war aufgesprungen; sein Lachen war verstummt. »Laßt ihn doch kämpfen, den Dreckskerl! Los, komm her!« Er zerrte sich die Jacke herunter und ging auf die Hintertür zu.

Johns Wut ließ Shane und Mary Ellen zurücktaumeln. Sofort war er hinter Dominic her. Als er die Stufe herunterkam, schoß Dominics Faust vor und landete mit voller Wucht in seinem Gesicht; doch dies hatte so wenig Wirkung auf den wutentbrannten John, als habe ihn Katies Faust getroffen.

Im Hinterhof war es stockfinster, und eine Zeitlang schlugen beide nur blind um sich. Doch bald trafen ihre Fäuste gezielt auf den Körper des anderen in schnellen und dumpfen Schlägen.

»Um Himmels willen, halt sie auf!« schrie Mary Ellen Shane an.

Sie versuchte, an ihm vorbei in den Hof zu kommen, aber ihr Mann verstellte ihr den Weg. »Laß die das auskämpfen.«

»Nein! Nein! Er wird ihn töten! John wird ihn töten! Um Gottes willen, halt sie auf!«

Eine kleine Menschenmenge hatte sich mittlerweile an der Hoftür versammelt. Selbst die Fenster der entlegeneren Häuser waren aufgerissen worden, denn in Windeseile hatte es sich herumgesprochen: »Die O'Briens sind wieder zugange.«

Die einzige, die das alles nicht zu berühren schien, war Nancy. Sie stand gegen den Küchentisch gelehnt, die Arme über dem Bauch verschränkt, ein idiotisches Lächeln auf dem Gesicht.

Dieser Anblick war zu viel für Mary Ellen. Sie schoß in die Küche zurück, packte Nancy bei den Schultern, stieß sie durch die Haustür auf die Straße hinaus und schrie: »Mach, daß du wegkommst! Mach, daß du wegkommst, du Flittchen, du! Und wage ja nicht, dich hier noch mal blicken zu lassen!«

In der Küche versuchte sie noch einmal an Shane vorbeizukommen, denn mittlerweile floß das Blut reichlich auf dem Hof. Es rann aus Johns Mund und von Dominics Augenbrauen, und beider Hemden waren bereits durchtränkt.

Vom oberen Fenster schrie Peggy Flaherty hinunter: »Hört auf! Hört auf, Jungs! Hört auf, ihr zwei! John, sei doch vernünftig. Willste deiner Mutter das Herz brechen? Benimm dich wie ein Gentleman! Oh, lebte doch nur noch Mister Flaherty.«

Mary Ellen konnte durch Shanes Arm hindurch den dunklen massigen Körper von Peggy erkennen, die halb aus dem Fenster hing.

Peggy rief zu ihr hinunter: »Mary Ellen, bist du da? Soll ich 'n paar Eimer Dreckwasser über sie schütten?«

Mary Ellen gab keine Antwort, denn nun wurde ihre Aufmerksamkeit auf das Mädchen von nebenan gelenkt. Christine stand einen Augenblick im Lichtschein hinter der Tür; dann näherte sie sich den kämpfenden Gestalten; sie ging direkt auf sie zu.

John hatte soeben zu einem Faustschlag auf Dominics Körper ausgeholt. Unwillkürlich schloß Mary Ellen die Augen: das Gesicht des Mädchens, wie sie so vor John stand, lag genau in Schlagrichtung.

Mary Ellen hörte nur atemloses Keuchen, und als sie langsam wieder die Augen öffnete, waren die beiden getrennt, und das Mädchen stand unbeschadet zwischen ihnen.

Christine hob die Hand und stieß John auf die Küchentür zu, wo Mary Ellen ihn weiter über die Schwelle zog. Dann wandte sich Christine Dominic zu. Der lehnte jetzt gegen die Wand des Waschhauses und wischte sich mit dem Ärmel über das Gesicht. Er hielt inne in seinem Tun und sah auf sie hinunter und sagte mit Betonung: »Dieses Mal bin ich bei der Schlägerei im Recht gewesen.«

»Schlägereien sind nie recht.«

»Nein? Ha!« Er spuckte etwas Blut aus und wischte sich dann wieder über das Gesicht. »Nicht mal, wenn dein wunderbarer John Nancy Keller ein Kind gemacht hat?« Unter den Neugierigen an der Hoftür entstand ein Rascheln. Geflüster kam auf, wurde zu einer Welle, brach wieder ab, und dann schoß einer nach dem anderen in die Dunkelheit hinaus … John O'Brien hatte Nancy Keller ein Kind gemacht!

Als John schließlich an ihrem Treffpunkt ankam, war Mary nicht da, und ein Gefühl tiefer Enttäuschung, vermischt mit Erleichterung, überkam ihn … Erleichterung, weil er sich ihrer Reaktion auf sein Gesicht nicht sicher war. Sie würde – das wußte er natürlich voller Mitgefühl sein, aber würde sie nicht auch zugleich denken, daß auch er tatsächlich einer der O'Brienschen Schläger sei, die sich schlugen um des Schlagens willen? Er konnte ihr unmöglich erklären, warum er sich geprügelt hatte. Er ging in Richtung ihres Hauses, wobei er sich auf der anderen Straßenseite hielt, und als er der Einfahrt gegenüberstand, blieb er im Schatten der Hecke stehen und wartete. Wie mochte sie sich wohl sein Nichterscheinen erklärt haben?

Das Haus war hell erleuchtet, und ab und zu bewegte sich ein Schatten hinter den zugezogenen Vorhängen. Aber die konnten zu irgend jemandem gehören.

Wie lange er so dagestanden hatte, wußte er nicht, aber eine Turmuhr in der Ferne schlug die volle Stunde, und er nahm an, daß es neun Uhr sein mochte. Gerade als er sich entschieden hatte fortzugehen, öffnete sich die Haustür, und da stand sie, dunkel hob sich ihre Silhouette gegen das Licht ab. Aber sie war nicht allein. Ein Mann war bei ihr, und dessen Hagerkeit sagte John sofort, daß es Culbert war.

Johns Nerven vibrierten, als er beobachtete, wie die beiden miteinander sprachen; er knirschte mit den Zähnen, als er sah, wie Culbert ihre Hand nahm. Aber sie blieb ganz gelassen, und Culbert ging fort. Die Tür wurde geschlossen.

Nachdem er noch eine Weile beobachtend stehengeblieben war, ging John langsamen Schrittes davon. Er fror, und sein Auge schmerzte; sein ganzes Gesicht war steif und wund. Jetzt erst ging ihm die Bedeutung von Dominics wildem Gelächter wirklich auf, und lähmende Furcht überkam ihn. Furcht war ein Gefühl, das John bisher unbekannt war – er konnte sich nicht daran erinnern, jemals echte Furcht empfunden zu haben. Er hatte Angst gehabt, aber Angst hatte nichts mit diesem ohnmächtigen Gefühl der Furcht zu tun. Was sollte werden, wenn das, was Dominic unterstellt hatte, die Runde machte? Mein Gott! Undenkbar! Was soll's – die Leute würden so was nicht glauben. Er und Nancy Kelly! ... Aber würden sie das wirklich nicht? Die von den Fifteen Streets würden Jesus höchstpersönlich beschuldigen, wenn es ihnen in den Kram paßte. So, wie sie dort Gerüchte in die Welt setzten und weitergaben, konnte man oft nur den Schluß ziehen, daß jede Vernunft und das letzte bißchen Verstand sie verlassen hatten.

Als er sich der Ecke Fadden Street näherte, sah er die dunklen Schatten der Männer sich gegen die Wand abheben. Es war üblich, daß sie sich hier an der Ecke trafen und miteinander schwatzten, und in der Regel hörte man ihre Stimmen schon von weitem. Aber heute abend waren sie ruhig. Und während er noch an ihnen vorbeiging, wuchs seine Furcht und erreichte fast den Grad schieren Terrors, als ihm klar wurde, daß das Gerücht bereits die Runde gemacht haben mußte.

Eine Gestalt löste sich aus der Gruppe und ging ein paar Schritte neben ihm, blieb dann stehen. Auch John blieb stehen, und die beiden Männer sahen sich scharf an.

»Ich will mit dir reden«, kündigte Joe Kelly an.

John antwortete nichts; Furcht schnürte ihm die Kehle zu. Er wartete, und auch Joe schien zu warten.

Dann stieß Joe mit heiserer Stimme hervor: »Was haste zu sagen?«

»Wegen was?« wich John aus.

»Hör schon auf. Das weißte verdammt gut!«

Es kostete John sichtliche Anstrengung, vernünftig und ruhig zu bleiben. »Hör mal, Joe«, sagte er beschwörend zu dem kleinen Mann, von dessen Gesicht selbst in der Dunkelheit die wütende Qual abzulesen war, »hast du wirklich für einen Moment geglaubt, so was könnte ich tun? Himmel noch mal, Mann, sei doch vernünftig! Nancy is' immer schon an mir gehangen, weil ich nett zu ihr war ... Was glaubst du denn, was ich bin? Ich will dich nich' kränken, Joe, aber so nötig hab' ich weiß Gott keine Frau.«

»Warum haste sie dann mit aufs Land genommen?«

»Sie mit aufs Land genommen? Ich?«

»Ja, du! Und Geld haste ihr auch gegeben ... Vielleicht biste größer als ich, John O'Brien, aber dir werd' ich noch die Eier einschlagen!«

Bevor Joe seine Absicht in die Tat umsetzen konnte, packte ihn John mit einer Hand an der Schulter und preßte ihn gegen die Wand, wobei er gleichzeitig den eigenen Körper aus der Reichweite von Joes Beinen hielt.

»Jetzt hör mir mal gut zu, Joe Kelly. Wenn hier irgendwelche Eier eingeschlagen werden, so kann ich das auch. Aber bevor wir damit anfangen, laß uns eines mal klarstellen: Die ganze Sache ist von Anfang bis Ende eine verdammte Lüge. Bring mir nur denjenigen, der mich mit Nancy auf'm Land gesehen hat. Und außerdem – fragen wir doch Nancy selber!«

»Da hat er recht«, ließ sich eine Stimme aus der Gruppe vernehmen. »Gib ihm eine faire Chance. Hab' dir ja gleich gesagt, du bist verrückt, so was zu glauben. Und wenn's nun der andere große Schweinehund war?«

Eine andere Stimme mischte sich ein. »Ja, Joe ... frag dein Mädchen, und stell Bella Flabbygob ihm gegenüber, und laß sie's ihm doch selber ins Gesicht sagen ...« Joes sich windender Körper kam zur Ruhe. »Also gut«, willigte er grollend ein, »wenn du den Nerv hast, komm mit und klär die Sache selber.«

John, der nun schnell und straff neben Joe herging, erwiderte: »Dazu brauch' ich bei Gott keine Nerven. Ich hab' nichts getan, wofür ich mich schämen müßte.«

Joe stieß die Hintertür seines Hauses auf und brüllte die erschreckte Hannah an: »Hol sie her!«

Nach einem verblüfften Blick auf John ging Hannah in das Schlafzimmer und kehrte nach wenigen Minuten mit Nancy zurück, die noch ganz schlaftrunken vor ihr hergestoßen wurde.

Nancy war eine Jacke über die Schulter gelegt worden, und ihre langen dicken Beine ragten wie fleckige Säulen aus ihrem kurzen Nachthemd hervor. Ihre Füße waren nackt und nicht sonderlich sauber; ihr ganzer Anblick war dazu angetan, nur Ekel und Abscheu in John aufsteigen zu lassen ... Daß irgend jemand sich auch nur vorstellen konnte, daß er so was anfassen würde! Dieser Gedanke machte ihn so wütend, daß er momentan seine Furcht vergaß. Er ging zu Nancy hin.

»Paß auf, Nancy. Hab' ich dich schon mal mit aufs Land genommen?«

Halb wach blinzelte sie ihn an. »Hab' ich?« drang er in sie.

»Nein, John.«

John warf Joe einen schnellen Blick zu.

Und jetzt: »Hab' ich dir jemals Geld gegeben?«

Wieder blinzelte sie. Jetzt war sie wieder das Kind von früher; ihr neugeborenes Ich war in Verwirrung und Schlaf befangen. »Ja«, antwortete sie schlicht.

Joe scharrte mit seinen Schuhen am Boden. John drang weiter in sie: »Hör mir gut zu. Wann hab' ich dir Geld gegeben?«

Eine Weile dachte sie nach, dann antwortete sie: »Oben in Simonside.«

Sie alle waren wie versteinert. Simonside war ›auf dem Land‹.

Es war der Ort für Liebende und Flirtende. Hörbar zog Hannah die Luft ein, und Joe schnappte: »Willste noch mehr wissen?«

»Ja. Wieviel hab' ich dir gegeben?« John beugte sich zu Nancy vor.

»Drei Pennies.«

»Und für was hab' ich dir's gegeben?«

»Weil ich ein gutes Mädchen war.«

Joe schnaufte, und John wandte sich nach ihm um. »Ich weiß genau den Abend, an dem ich ihr's gegeben hab'. Ich traf sie heulend unter den Hafenbrücken. Annie hatte sie auf dem Markt allein gelassen, und sie hatte kein Geld für die Tram. Sie hatte Angst, allein vor der Bar zu stehen, und ich hab' sie auf die Tram gesetzt und …« – plötzlich tauchte das neugierige Gesicht von Bella Bradley vor ihm auf – »… und Bella Bradley war auch auf dieser Tram. Sie war's also, die dir den Floh ins Ohr gesetzt hat.«

»Die is' mir völlig Wurscht«, erwiderte Joe und blickte vielsagend zur Decke hoch, wo Bella Bradley über ihnen hauste, »aber die sagt auch, daß sie dich gesehen hat, wie du mit ihr am Simonside-Ufer heruntergekommen bist.«

»Wie, zum Teufel, konnte sie das?« explodierte nun John. »Sie saß in der erleuchteten Tram, und draußen war's stockdunkel.«

Joe wußte darauf keine Antwort. Sein Blick wanderte von John zu Nancy und drückte tiefen Abscheu aus. Dann warf er ihr eine Frage an den Kopf, die Hannah aufschluchzen und John zusammenfahren ließ.

Nancy starrte ihren Vater an, von der Frage selber völlig unberührt. Jetzt war sie hellwach und wackelte mit neu erwachtem Trotz unruhig mit dem Kopf hin und her. Joe verlor nun vollends die Fassung und ging auf sie zu, um auf sie einzuschlagen. Aufschreiend sprang sie wie ein unförmiges Tier zur Seite.

Hannah packte ihren Mann am Arm und kreischte: »Laß sie doch in Ruh jetzt, Mann.«.

Und dann verschlug es Joe, Hannah und John die Sprache, als Nancy, in der Ecke stehend, die Jacke war auf ihre Füße gerutscht, den langen Hals vorgestreckt, zurückschrie: »Laß mich in Ruh … verstanden, du! Schlag mich, wenn du den Mut hast, verstanden! Ich werd' ein Kind haben, das werd' ich, und ich werd' heiraten … Jawohl, das werd' ich. Ich werd' heiraten, wenn das Kind geboren is', das werd' ich.« Erregt zerrte sie an ihrem engen Nachthemd herum; dann wandte sie das Gesicht John zu und fragte: »Werd ich nich', John?« John starrte sie sprachlos an; ihm war kotzübel. Wäre sie noch das halbidiotische Kind, hätte er mit ihr fertig werden können. Aber diese neue Nancy – schlau und verschlagen – erfüllte ihn mit Horror.

Als sie jetzt dreist auf ihn zukam, die Hand ausgestreckt, schrie er sie an: »Nimm deine Finger von mir!« Und wie von Sinnen stürzte er aus dem Haus.

Joes Stimme bellte hinter ihm her: »So leicht wirste mir nich' davonkommen!«

Mary Llewellyn

Früher war Mary ihr Heim immer als Hort der Wärme und Behaglichkeit erschienen, und erst jetzt hatte sie erkannt, daß dies im Grunde nur einer der Fangarme mütterlicher Besitzgier war. Mary wußte, daß ihre Mutter sich auf liebevolle Art in einen anderen festbiß, um dann wie ein Blutegel die Individualität des Opfers auszusaugen; und einer ihrer saugenden Fangarme war die Behaglichkeit … gutes Essen, Wärme, selbst das anheimelnde Feuer in jedem Schlafzimmer.

Nach Marys Sieg – ein eigenes Zimmer! – zog sich der Fangarm ›Behaglichkeit‹ für eine Weile zurück. Wollte sie ein Feuer in ihrem Zimmer haben, so mußte sie es sich schon selber anzünden. Nach einiger Zeit entdeckte Beatrice Llewellyn jedoch, wenn sie die ihrer Meinung nach irrsinnige Idee vom Eigenleben ihrer Tochter unterstützte, so konnte sie damit einen neuen Fangarm ausstrecken. Aber seit Silvester war dieser Fangarm abrupt zurückgezogen worden, sehr zu Marys Unbequemlichkeit. Seit vierzehn Tagen war kein Feuer mehr im Kamin des Wohnzimmers angezündet worden, ganz zu schweigen von ihrem Schlafzimmer, und als Mary sich bei Phyllis erkundigte, hatte sie zur Antwort bekommen: »Die Mistress sagt, es gibt Feuer im Salon und im Eßzimmer, Miss Mary.«

In der ersten Woche des neuen Jahres hatte sie das nicht weiter gestört, denn ihre Abende verbrachte sie ohnehin mit John, und das kalte Zimmer war hauptsächlich etwas, das in ihren Augen nur die Kleinlichkeit ihrer Mutter verdeutlichte. Aber in den vergangenen sechs Tagen hatte sie John nur einmal gesehen, und dies unter Umständen, in denen sie sich gewünscht hätte, ihn überhaupt nicht gesehen zu haben. Dazu kam, daß jetzt die eisige Kälte ihres ungeheizten Zimmers sie überraschend heftig mit der Härte des Lebens konfrontierte.

Gestern abend, nachdem sie wieder umsonst an ihrem Treffpunkt gewartet hatte, hatte sie John einen Brief geschrieben … einen Brief ohne jeden Stolz. Ihren Stolz hatte sie schon an jenem ersten Abend über Bord geworfen, als er ihre Verabredung nicht eingehalten hatte, denn seitdem hatte sie jeden Abend einen Umweg gemacht, war langsam unter den Brücken spazierengegangen, in der vergeblichen Hoffnung, ihm zu begegnen. Dann hatte sie ihn gesehen, aber unglücklicherweise erst, nachdem sie ihren Eltern am Hafentor begegnet war. Nach einer freundlichen Begrüßung durch ihren Vater und einem unbeteiligten Blick von ihrer Mutter war man gemeinsam weitergegangen, am Hafentor vorbei, und in ebenjenem Augenblick war John herausgekommen. Sein abruptes Stehenbleiben hatte sie alle innehalten lassen. Doch bevor sie noch Zeit gefunden hatte, etwas zu sagen, war er über die Straße hinüber und in der Tram von Jarrow verschwunden.

Nur unter Aufbietung all ihrer Kräfte konnte sie es sich versagen, ihm nachzulaufen. In dem kurzen Moment dieser Begegnung hatte sie erkannt, daß etwas nicht mit ihm stimmte. Er mußte Ärger gehabt haben, und er hatte sich geprügelt. Sein eines Auge schillerte bunt, und eine Wunde verlief quer über seine Lippen. Aber wirklich schockiert hatte sie der Ausdruck seiner Augen. Das waren nicht die braunen, freundlichen Augen ihres John, diese hier blickten gehetzt ... Furcht sprach aus ihnen.

Es war ein Unglück, daß ihre Mutter ihn ausgerechnet in diesem Zustand sehen mußte. Mary sah dem hochgereckten Kinn und dem bewegungslosen Gesicht ihrer Mutter an, daß sie ihn erkannt hatte und ihre Verachtung demonstrieren wollte. Das Hüsteln ihres Vaters verriet ihr dessen Verlegenheit.

Mary stand in ihrem Schlafzimmer und rief sich den Vorfall wieder ins Gedächtnis zurück. Noch anderthalb Stunden würde es dauern, bevor sie wußte, ob ihr Brief diese Entfremdung, deren Ursache sie nicht kannte, überbrücken konnte. Sie zog ihren Pelzmantel enger um sich, setzte sich ans Fenster und starrte in den dunklen Garten hinaus. Kam er heute abend nun nicht, was sollte sie dann tun? Ohne ihn schien ihr Leben öde und leer; all ihre Normen hatte er über Bord geworfen. Bis vor wenigen Monaten hatte sie genau gewußt, was sie vom Leben erwartete: Kultur, Reisen und natürlich ein schönes Heim. Es stimmte zwar, Gilbert Culbert hatte sie nie geliebt, doch im Grunde war es sein Beruf gewesen, der sie gegen ihn eingenommen hatte, denn war sie erst verheiratet, dünkte es sie unmöglich, weiterhin zu arbeiten, und siebenunddreißig Schilling die Woche würden es ihr nicht ermöglichen, die Dinge zu tun, die sie geplant hatte, obgleich sie natürlich wußte, daß – würde sie diese Verbindung eingehen – ihr beträchtliche Hilfe von seiten der Mutter gewiß war. Doch verglichen mit John war Culbert ein begüterter Mann. Und hier stand sie nun und war bereit, alles, was ihr wichtig war, für diesen Mann aufzugeben; für diesen Mann, der – wie ihr Vater es formuliert hatte – sie kaum ernähren, geschweige denn ihr die kleinsten Bequemlichkeiten ermöglichen konnte.

Hilflos war sie der Gewalt ihrer Gefühle ausgeliefert. Kein klarer Gedanke konnte dort eindringen. Aber sie wollte dies auch gar nicht, hatte sie doch erkannt, etwas gefunden zu haben, das nur wenigen vergönnt war – eine Liebe, die stark genug war, den Konventionen zu trotzen. Und dies nicht auf dem leichten Weg. Sie mußte weiterhin unter den Augen der anderen leben, sichtbar anders leben. Denn genau das würde es bedeuten, wenn sie, Mary Llewellyn, die Tochter des Werftbesitzers John O'Brien, den Dockarbeiter heiraten würde.

»Miss Mary!«

Mary schreckte aus ihren Gedanken hoch. »Ja?«

»Ihre Mutter hat gesagt, sie will … sie würde Sie gern im Salon sehen.«

»Ist gut.«

Mary drehte sich von Phyllis weg, in deren leuchtenden Augen reine Skandalsucht lag. Mary vermutete, daß dies der Höhepunkt der Unterhaltung unten in der Küche war, und sie wußte, daß sie nicht mehr als ihres Respekts für würdig erachtet wurde, weil sie mit jemandem verkehrte, den selbst die Dienstboten als unter ihrem Niveau betrachteten. Irgendwie machte sich dies in ihrem Verhalten bemerkbar, und sie schalt sich selber, daß es sie verletzte. Denn dies, sagte sie sich, als sie hinunterging, war nicht zu vergleichen mit dem, was sie zu erwarten hatte. An Verachtung mußte sie sich gewöhnen, und die Verachtung der Armen war echte Verachtung.

Ihre Mutter saß in ihrem Schaukelstuhl an einer Seite des großen Kaminfeuers, dessen Wärme Mary entgegenschlug, als sie eintrat. Beatrice Llewellyn sah kleiner und jünger und zarter als je zuvor aus.

»Du wolltest mich sprechen?« Mary blieb in der Mitte des Zimmers stehen.

»Ja.« Beatrice Llewellyn schwieg und schob die Schutzdeckchen auf den Sessellehnen zurecht. Dann fuhr sie fort: »Ich möchte dich bitten, Mary, dich an die Regeln des Hauses zu halten, solltest du die Absicht haben, hier weiterhin zu wohnen.«

Mary erwiderte nichts darauf; das Ganze glich dem Ultimatum an einen Mieter.

»Dir ist bekannt, daß die Mahlzeiten im Eßzimmer serviert werden! Solltest du nicht geruhen, es gemeinsam mit uns einzunehmen, wirst du – fürchte ich – außer Haus essen müssen; denn auf deinem Zimmer werde ich es dir nicht servieren lassen.«

Jeder außer Mary wäre von dem Ton der Mutter verführt worden, anzunehmen, daß hinter der Gleichmütigkeit Nachsicht und Toleranz lag, doch Mary erkannte hinter der einstudierten Ruhe ein Zeichen von Gefahr.

»War das alles?« wollte sie wissen.

»Nein, das war nicht alles.« Beatrice Llewellyn hob den Blick von der Spitzendecke und sah ihrer Tochter in die Augen. »Du erstaunst mich, Mary. Ich kann dich einfach nicht verstehen …«

»Nein?« Mary hob leicht die Augenbrauen und wartete. »Ich kann mir einfach nicht vorstellen, daß jemand – selbst jemand mit deinen liberalen Einstellungen – so tief sinken kann, sich weiterhin mit einem Mann einzulassen, der der Vater des Kindes einer Schwachsinnigen ist!«

Der Inhalt und die Bedeutung dieser Worte prallten von Mary ab. Sie war darauf vorbereitet, etwas gegen John zu hören – von ihrer Mutter erwartete sie kaum, etwas Freundliches über ihn zu erfahren. Doch dann lief es ihr plötzlich heiß und kalt über den Rücken; sie starrte nur immerzu ihre Mutter an, und allmählich drang die Bedeutung ihrer Worte in ihre Gedanken ein. Es gab also einen Grund für die sechs leeren Abende und daß er nicht mehr zu ihrem Treffpunkt gekommen war … Es gab einen Grund – jemand erwartete ein Baby von ihm. Was! Ihr Geist tauchte aus seiner Betäubung auf – ihr John, der so sauber und liebevoll und freundlich war, dessen Liebe so voll von Verlangen war und der sich trotzdem zurückhielt, dessen Hände selbst in liebevollem Streicheln nicht den tastenden, grapschenden Händen Gilberts glichen … ihr John sollte Vater von was sein?

Laut wiederholte sie: »Was? Was hast du da gesagt?«

»Du hast recht gut verstanden, was ich gesagt habe.«

»Und du erwartest, daß ich das glaube?«

»Nein«, in der Stimme der Mutter lag Resignation, »nein, ganz Tyneside glaubt es, aber du nicht. Du bist so besessen von … diesem Mann, diesem Individuum mit dem brutalen, zerschlagenen Gesicht, dessen Zügellosigkeit so weit geht, sich an einer armen Schwachsinnigen zu vergehen …«

»Sei still! Wie kannst du es wagen …«

»Mary, sprich gefälligst nicht so mit mir.«

»O doch – und ob ich das tue! Da sitzt du selbstgefällig in deinem Sessel und schneidest einem Mann die Ehre ab … verdammst ihn … ausgerechnet du, die nichts weiß von …«

»Ich schneide seine Ehre ab? Würde vielleicht ein Mann von Ehre dieses furchtbare Kelly-Mädchen anfassen?«

»Kelly? Du meinst Nancy Kelly?«

»Ja, ich meine Nancy Kelly.«

»Du bist verrückt! Kein Mann würde … würde mit diesem Mädchen gehen.«

»Sie erwartet ein Kind, und du wirst doch nicht einen Augenblick annehmen, daß es sich hier um eine unbefleckte Empfängnis handelt, oder?« Unfreiwillig war ihre Mutter witzig. Wären da nicht die Andeutungen über John gewesen, Mary hätte laut herausgelacht.

Verachtung lag im Lächeln ihrer Mutter und Gehässigkeit in ihrer Stimme, als sie sagte: »Wie ich hörte, ist auch seine gehobene Position als Aufseher in Gefahr. Selbst so was wie Dockarbeiter haben eine gewisse Moral.«

Der Wunsch ihrer Mutter, zu verletzen, war so greifbar, daß Mary sich nicht verkneifen konnte zu kontern. »Ja, das hoffe ich schon um deinetwillen, da mein Vater ja auf den Docks gearbeitet hat, bis er zwanzig war. Das scheinst du vergessen zu haben, nicht wahr? Ich auf meine Weise tue ganz genau das gleiche wie du … mit einem Dockarbeiter gehen.«

Schnell stand Beatrice Llewellyn von ihrem Sessel auf – jetzt war es um ihre Ruhe geschehen. Mary hatte da einen wunden Punkt berührt, und sie haßte nichts mehr, als daran erinnert zu werden, daß ihr wohlhabender Ehemann jemals etwas anderes gewesen war, als er jetzt darstellte. »Mary, du bist von einer Gemeinheit, die abstoßend ist«, zischte sie. »Dein Vater war niemals Dockarbeiter; er hat eine Lehre im Handel gemacht, wie du ganz genau wissen dürftest.«

»Wo liegt da der Unterschied?« Mary wollte argumentieren, weiterreden, damit sie nur ja nicht denken mußte.

Aber ihre Mutter beendete das Gespräch, indem sie einfach das Zimmer verließ. Mit unbeweglichem Gesicht ging sie an Mary vorbei; ihre blauen Augen sprühten vor Zorn, und die Atmosphäre vibrierte förmlich unter ihrem Mißfallen. Mary rührte sich nicht; sie stand nur da und tippte sich mit den Fingern nervös gegen die Lippen ... Nancy Kelly sollte ein Kind bekommen ... dieses schrecklich aussehende Mädchen, das selber nicht viel mehr als ein Kind war. Und alle behaupteten, dafür sei John verantwortlich. Darum also hatte er so ausgesehen. Und deshalb hatte er wohl auch eine Schlägerei gehabt. Warum beschuldigte man ausgerechnet ihn?

Ihr fiel ein altes Sprichwort ein: Wo kein Feuer ist, ist auch kein Rauch. Doch ihr ganzes Ich wehrte sich dagegen. Sie drehte sich um und stürzte nach oben. Doch dieser Gedanke wühlte weiter in ihr. Warum wurde sein Name genannt?

Eine halbe Stunde vor der verabredeten Zeit erreichte Mary ihren Treffpunkt. Sie wartete in der Dunkelheit der Gasse; die Minuten dehnten sich zu Stunden, erfüllt von Furcht und Pein. Zweimal vernahm sie Schritte auf der Hauptstraße, aber die bogen nicht in ihre Seitengasse ein.

Als sie endlich schwere Schritte auf sich zukommen hörte, drückte sie sich in die Hecke, weil sie fürchtete, es könnte jemand anders sein. Aber als der dunkle Schatten stehenblieb, rief sie leise seinen Namen: »John.«

Es kam keine Antwort, und langsam ging sie zu ihm hin und flüsterte sanft: »John.«

Schwarz hob er sich in der Mitte der Gasse gegen die von Sternen erleuchtete Nacht ab, und sie spürte förmlich das tiefe Leid, das auf ihm lastete. Sie streckte ihre Hände aus und flüsterte wieder seinen Namen. Dieses Mal antwortete er. Seine Arme legten sich um sie, und sie wurde in seine Umarmung gehoben, und in unglücklichem Schweigen preßte er sie an sich. Er küßte sie nicht, sondern vergrub seinen Kopf in ihrem Nacken. Seine seelische Qual verschlang sie.

»Was ist, mein Liebster?« Sie stellte diese Frage mit Absicht, denn sie fühlte, daß er es von sich aus ihr sagen mußte und sich dadurch vielleicht die Spannung löste.

Aber er sagte nichts. Und so standen sie da, waren sich ganz nahe in einer Umarmung, die doch voller Fragen und Anspannung war. Dann, als seien seine Worte durch viele Türen gegangen, bevor sie einen Weg nach draußen gefunden hatten, wo sie sich zitternd vor Erleichterung artikulierten, stellte er die Frage: »Mary ... würdest du mich heiraten, wenn ich genug Geld hätte?«

Der Antrag kam völlig überraschend – das war das letzte, was sie in diesem Moment zu hören erwartet hatte. Sie hatte sich vorgestellt, daß er ein paar Gründe für ihre Trennung anführen würde, sollte er nicht von dieser schrecklichen anderen Sache sprechen wollen. Für eine kurze Minute blieb sie stumm. Dann nahm sie sein Gesicht in beide Hände und hob seinen Kopf hoch. In der Dunkelheit konnte sie sein Gesicht nicht erkennen, doch jeder seiner Züge und jede seiner Linien waren ihr so vertraut, als seien sie in Licht getaucht.

»O mein Liebster, auf der Stelle würde ich dich heiraten, so wie du bist.«

Die Frage nach Nancy Kelly schoß wie eine Sternschnuppe durch ihre Gedanken, um dann wieder ins Nichts zu entschwinden; ihre furchtbare Bedeutung konnte diesem Mann nichts anhaben.

»Nein, nein. So niemals.« Johns Arme glitten herunter, aber sie hielt sein Gesicht fest in den Händen.

»Warum nicht, mein Liebling? Warum nicht?«

»Weil«, unruhig bewegte er den Kopf zwischen ihren Händen, »weil ich dich niemals nehmen werde, solange ich auf den Docks bin.«

»Aber, mein Liebster ...«

»Es hat keinen Zweck.«

Sanft löste er ihre Hände von seinem Gesicht und hielt sie fest. »Ich könnte das nicht tun ... Mary, ich werde fortgehen. Wirst du auf mich warten?«

»Wohin willst du?«

»Nach Amerika.«

»Amerika! Aber John! O mein Liebster«, sie zog ihn an sich, »ich kann dich nicht gehen lassen ... nicht so weit, nicht ohne mich ... John, nimm mich mit dir. Laß uns zusammen neu beginnen«, sie flehte ihn an, als hinge ihr Leben davon ab, »wenn wir zusammen sind, wird alles gut werden.« Sie hatte nun ihre Arme um ihn geschlungen; ganz still blieb er in ihrer Umarmung stehen, versuchte, sich gegen ihren Wunsch zu stählen, der ihn für einen Moment aus den schrecklichen Tiefen der Verzweiflung und des Ekels vor dem Leben gerissen hatte, die ihn in den vergangenen Tagen schier erdrückt hatten. Für diesen kurzen Moment wurde das Bild von Nancy Kelly aus seinen Gedanken gelöscht, und er mußte sie nicht länger sehen, wie sie an der Straßenecke auf ihn wartete oder von ihrer Haustür oder vom Fenster aus sein Haus beobachtete. Wie ein gigantischer Schatten hatte sie sich über sein Leben gelegt. Er konnte ihr Gesicht in den heimlichen Blicken der Hafenarbeiter sehen und in dem viel zu freundlichen Gehabe der Männer, die ihn wissen lassen wollten, daß sie dem Gerücht keinen Glauben schenkten. Sein Haus, während der Feiertage von einem Schimmer des Glücks umgeben, hatte sich in eine Stätte der Furcht verwandelt, und seine Mutter war gebeugt worden unter dieser Last. Immer wieder fand er sie vor, wie sie hinter den Vorhängen zu Nancy hinüberschaute, die wiederum ihr Haus beobachtete ... Was würde seine Mutter tun, wenn er fort war?

Er warf den Kopf zurück, als wolle er diese zusätzliche Sorge abwerfen, und beantwortete Nancys Frage, lehnte ihr Angebot ab, mußte es ablehnen. Und innerlich beweinte er die Notwendigkeit, die ihn zu solchem Handeln trieb. »Nein, das würde nicht gehen. Erst muß ich dort einen Anfang gemacht und genug Geld zusammen haben, um etwas aufzubauen.«

Das Wort ›aufbauen‹ und all das, was damit verbunden war, versetzte ihn eine Woche zurück, als es noch keine Furcht in seinem Leben gegeben hatte, sondern nur das überwältigende, ekstatische Gefühl zu lieben. Blind riß er sie an sich und küßte sie; die Zeit hörte auf zu existieren, bis er leise ihre Stimme vernahm: »John ... hör mir zu. Und fahr nicht gleich aus der Haut, wenn ich es sage. Aber ich habe ein wenig Geld ... nur ein wenig«, sie spürte, wie er sich in ihren Armen versteifte, und klammerte sich an ihn, »Liebling, hör mir zu, sei nicht dumm. Es ist nicht viel, denn ich habe mich nie ums Sparen gekümmert. Es ist das, was mein Großvater mir hinterließ. So um die zweihundert Pfund. Wir könnten ...«

»Mary – liebst du mich genug, um ein Jahr oder vielleicht zwei warten zu können?«

Es war, als habe er ihr Angebot überhaupt nicht gehört. »Ja ... solange du willst.«

»Dann ist es gut.«

Wieder küßte er sie. »Ich habe mich erkundigt und gehe so bald wie möglich«, fuhr er fort. »Gestern abend habe ich ein paar Leute – die Hogans – in Jarrow getroffen. Die haben mir gesagt, was ich tun muß.«

»O John«, aufsteigende Tränen machten ihre Stimme beinahe unhörbar, »warum ... warum diese Eile?« Noch während sie diese Frage stellte, fiel ihr wieder Nancy Kelly ein. Sie war der Hauptgrund, warum er fort wollte. Er wollte davonlaufen.

»John, was ist es? Du hast doch Kummer? Sag's mir.«

Er blieb stumm, und sie spürte wieder unter den Händen, wie er sich versteifte. Dann drückte er ihre Gedanken mit seinen Worten aus: »Ich renne davon ... Man hat mich beschuldigt für etwas, wogegen ich nichts tun kann ... Mary«, die harten Muskeln seiner Arme drückten gegen ihr weiches Fleisch, »wenn du etwas Schlechtes über mich hörst, würdest du es glauben? Ich kann dir nicht beweisen, daß ich unschuldig bin, ich kann dir nur sagen, ich bin's ... Es ist ... ich bin ...« Schaudernd hielt er inne. Er brachte es nicht über sich, ihr zu sagen: Man hat mich beschuldigt, Nancy Kelly ein Kind gemacht zu haben, und: Ich bin so unschuldig wie Jesus Christus selber, denn ich habe nie eine Frau besessen, noch werde ich dies jemals, bis ich dich haben kann, sei es in zwei oder zwanzig Jahren.

Die kalte dunkle Trostlosigkeit der Nacht senkte sich auf sie herab. Sie standen ein wenig auseinander, und Mary wartete darauf, daß er endlich seiner Not Ausdruck geben würde. Aber er schwieg. Das Schweigen schien in die Straße hineinzutauchen und die Distanz zwischen ihnen zu vergrößern. Schließlich konnte sie es nicht länger ertragen, denn nun, da sie bei ihm war, wußte sie mit Gewißheit, daß er außerstande war, das zu begehen, wessen man ihn beschuldigte. »Nie würdest du etwas Schlechtes tun. Niemals! O mein Liebster, laß dich doch nicht dazu verleiten, vielleicht deshalb vorschnelle Entscheidungen zu treffen. Laß nicht zu, daß es dich forttreibt! Steh es durch!«

»Du weißt nicht, was sie von mir sagen.«

»Doch, ich weiß es. Ich weiß alles.«

Wieder senkte sich die Stille über sie, doch es war eine sanfte, eine von Ehrfurcht erfüllte Stille.

Sie wußte alles, und doch war sie hier! »Und du weißt das mit Nancy Kelly?« flüsterte er.

»Ja.«

Das Wunder ihrer Liebe und ihres Glaubens an ihn ließ einen Damm in ihm brechen, und alle Furcht und Qual, die noch von dem Gedanken an ihren Abscheu vor ihm verstärkt worden waren, sollte sie jemals das Gerücht erreichen – all dies wurde von einer Woge des Glücks hinweggefegt.

In einem Lachen, das eher einem Schluchzer glich, kam ihr Name über seine Lippen.

Sie warf sich in seine Arme, preßte sich eng an ihn. Stammelnd brachen sich seine Worte Bahn. »Jetzt zählt nichts mehr. Jetzt kann ich allem gegenübertreten. Ich werde Geld verdienen. Wir werden zusammen ein neues Leben anfangen ... O Mary, meine Liebste, ich bin so unschuldig in dieser Sache wie ... wie Katie. Mir hat das Mädchen immer nur leid getan, als sie noch klein war; ich hab' mich um sie ein bißchen gekümmert, und wenn sie sich fürchtete, kam sie zu mir gelaufen ... Jetzt hat sie sich verändert; sie ist so ganz anders geworden. Aber irgendwie glaube ich, daß sie sich noch immer fürchtet, und darum hat sie sich auch auf mich gestürzt. Und darum denken alle ... Aber was macht das nun schon aus? Nichts zählt außer dir. Wir werden in einem neuen Land ein neues Leben beginnen, und du wirst meine Lehrerin sein, so, wie du es vorhattest, und einen neuen Menschen aus mir machen ...«

Fester umschlangen ihn ihre Arme ... Sie – und ihn lehren? Was anderes konnte sie ihn schon lehren als reine Oberflächlichkeiten, wohingegen er sie das Leben lehren konnte.

Die Unversöhnlichen

Drei Tage hatte der Februarsturm gewütet – Hagel, Schnee und Regen waren mit solcher Gewalt gegen die Häuserwände getrieben worden, als wollten sie durch sie hineindringen. Durch viele Fenster drangen sie auch ein, und einige Leute empfanden es genauso gefährlich, drinnen zu sein wie draußen, wo sie herumwirbelnden Schieferplatten und herunterfallenden Schornsteinkappen ausgesetzt waren. Doch heute hatte der Sturm seine Kraft verloren. Die Straßen waren trocken, und die Sonne schien unregelmäßig durch die dahinstürmenden Wolken.

Sie beschien auch Nancy, die wieder im Hauseingang stand. Mary Ellen, die sie hinter den Gardinen beobachtete, konnte sie wieder deutlich sehen. Während der letzten drei Tage hatte Mary Ellen Nancy nur verschwommen und noch grotesker verzerrt erkennen können, denn der die Fenster herabrinnende Regen nahm ihr die Sicht. Aber jetzt stand sie wieder da, so lebendig wie das Bild, das in Mary Ellens Gedanken wie eingebrannt war.

Sie wußte jetzt: Das Mädchen war vom Teufel besessen. Es konnte gar nicht anders sein, denn wie sonst hätte sie John das Kind anhängen können, ohne dies direkt auszudrücken, und wie sonst hätte sie sich gegen Hannah und Joe aufzulehnen gewagt. Und Mary Ellen wußte, daß auch sie vom Teufel besessen war. Er war in jener Nacht in sie hineingefahren, als Dominic und John miteinander kämpften und John die ganze Nacht ausgeblieben und ziellos durch die Straßen gewandert war, nachdem Joe Kelly ihm nach Hause gefolgt und von ihm wissen wollte, was er zu tun gedenke, um Nancy zu unterstützen. Der Teufel versetzte Mary Ellen in Panik, drängte er sie doch, Nancy eine physische Verletzung beizubringen, und daher betete sie ständig, von allen Versuchungen befreit zu werden. Aber seit jenem Abend, da ihr Junge ihr mitgeteilt hatte, daß er nach Amerika ginge, hatte sie aufgehört zu beten, und der Teufel hatte vollends von ihr Besitz ergriffen. In jeder freien Minute beobachtete sie Nancy, und es gab Zeiten, wo sie tatsächlich den Riegel der Haustür mit der Absicht zurückschob, sich auf das Mädchen zu stürzen und ihr jedes einzelne Glied aus dem Körper zu reißen.

Nancy stand da und kratzte sich den Kopf. Sie tat dies systematisch, und zum hundertsten Male fragte sich Mary Ellen, wie jemand mit seinen gesunden fünf Sinnen sich auch nur vorstellen konnte, ihr Junge habe dieses Monstrum da angerührt … Aber die Leute stellten es sich ja nicht nur vor, sie sagten es auch noch. Seit Bella Bradley den Stein ins Rollen gebracht hatte, schwor mindestens das halbe Viertel der Fifteen Streets, John mit Nancy Kelly an einem fragwürdigen Ort gesehen zu haben.

Alles hätte sie ertragen können, würde es nur nicht ihren Jungen forttreiben. Was sollte sie ohne ihn machen? Der Tag, an dem er das Haus verlassen würde, wäre gleichbedeutend mit dem Tag, an dem sie ihn in einem Sarg hinaustragen würden, denn niemals würde sie ihn wiedersehen. Es war schon recht, wenn er versprach, Geld zu schicken … aber all sein Geld würde er nötig haben, wollte er dieses Mädchen heiraten. Und außerdem – sie wollte kein Geld, sie wollte ihn. Was bedeutete ihr noch das Leben, wenn sie nicht für ihn kochen, waschen und flicken konnte?

Sie trat vom Fenster zurück und lehnte sich gegen die Wand, preßte ihre Nase zwischen Zeigefinger und Daumen und holte tief Luft – sie durfte jetzt nicht weinen, es war zwölf Uhr, und John und Shane würden bald heimkommen; heute war Samstag. Dominic war schon da, saß neben der Feuerstelle und pulte an seinen Füßen. Allem Bemühen zum Trotz fing sie an zu weinen. Wenn Dominic nicht den Job in Liverpool bekam, würde sie mit ihm und seinem widerlichen Tun weiterleben müssen. John saß nie am Feuer und pulte an seinen Füßen herum – er wusch sie in der Spülküche. Dominic saß da und kratzte und schabte sich die Hornhaut von den Fußsohlen und reinigte die Zehennägel mit den Fingernägeln. Es gibt nichts Abscheulicheres als Füße, dachte Mary Ellen, und keine so ekelhaften wie die von Dominic, so groß, breit und wohlgeformt sie auch sein mochten. Sie wußte mit tausendprozentiger Sicherheit, daß – war John erst einmal fort – sie unter Dominic zu leiden hatte, und dann würde der Teufel seine Beute haben. Und dann gäbe es keine Tür mehr zwischen ihr und Dominic, wie sie bis heute zwischen ihr und Nancy bestand und als Hindernis zwischen ihr und ihrer erhobenen Hand funktionierte. Und nur der Teufel wußte, was sie dann in ihrer erhobenen Hand haben würde. Oh, wenn doch nur ihr Junge nicht nach Amerika gehen würde. O Gott, laß etwas geschehen, das ihn davon abhält! Sie stöhnte auf, und in Qual wiegte sich ihr Körper hin und her ... Bittet, und es wird Euch gewährt. Ja, um so viele Dinge hatte sie Gott gebeten, und hatte sie sie je erhalten? Vielleicht hatte sie nicht in der richtigen Art gebetet. Oder vielleicht hatte sie sich nichts so stark herbeigewünscht wie heute dieses. Hätte sie doch nur einen Ort, wo sie allein sein und niederknien könnte; sie würde zu Ihm beten und Ihn darum bitten. Aber sie hatte nur wenige Minuten für sich allein, und auch das nur ab und zu, besonders selten an Wochenenden ... Aber jetzt war sie ja allein. Schnell ging sie zur Zimmertür und machte sie zu. Befangen kniete sie nieder, und das in einer Position, in der Dominic, sollte er hereinkommen, sie nicht überraschen konnte und in der es für denjenigen, der durch den Vorhangspalt lugte, so aussah, als würde sie schrubben.

Allmächtiger Herr, begann sie. Allmächtiger Herr des Himmels und der Erde, gewähre mir diese eine Bitte, und ich schwöre Dir, daß ich bis ans Ende meiner Tage keine Messe mehr verpassen werde. Allmächtiger und Allgewaltiger Gott, erhöre mein Flehen ... Sie erklärte nicht sofort, nicht einmal im stillen, was ihr Flehen eigentlich war, sondern suchte in ihrem Kopf nach anderen Worten, mit denen sie die Macht Gottes benennen konnte, seinen Namen schmücken konnte. Aber ihr fielen nur ›groß‹ und ›allmächtig‹ ein. Die abgedroschenen Gebete wollte sie nicht aufsagen – sie suchte nach etwas Mächtigerem, um Kontakt mit Ihm aufzunehmen. Wieder begann sie ... Großer und Allmächtiger Gott, Herrscher unseres Lebens, Du, der Du alle Dinge tun kannst, tu das für mich, ich flehe Dich an ... laß meinen Jungen nicht nach Amerika gehen. Laß etwas geschehen, das ihn daran hindert. Nur Du kannst das vollbringen, Allmächtiger Gott ... nur Du.

Ihre gefalteten Hände waren fest zwischen ihre Brüste gepreßt, und ihr Kinn bebte voller Inbrunst. Als sie sich zitternd erhob, hörte sie Katies Stimme von der Spülküche her: »Ma! Ma, wo biste?«

Mary Ellen strich sich das Haar glatt und wischte sich mit dem Schürzenzipfel über das Gesicht, bevor sie in die Küche ging. Sie wußte, Katie mußte Dominic gesehen haben, und fürchtete, er könne ihr seine Finger unter die Nase stupsen.

Katie stand in der Spülküche und bemühte sich, ihr windzerzaustes Haar zu ordnen, bevor sie wieder ihren Hut aufsetzte.

»Was is', Kleines?« fragte Mary Ellen müde.

Katie wisperte »Pst!« und deutete auf die Küche. Erst schloß sie die Tür, bevor sie mit leiser Stimme sagte: »Ich wollte dir nur sagen, daß ich mit Christine hinunter zur Helling geh'.«

»Zur Helling?« wiederholte Mary Ellen, und wieder mahnte Katie sie mit einem »Pst!« zur Vorsicht.

»Was willste denn da unten?« fragte Mary Ellen leise.

»Das Boot is' jetzt da ... Mister Bracken hat's heut' morgen von der Kaimauer mit 'nem Karren abgeholt. Es is' rundum angestrichen. Hat David ganz allein gemacht. O Ma, es sieht wunderbar aus!«

»Es ist zu stürmisch, Kleines. Du wirst nur von der Mauer geblasen.«

»Ma, ich geh' nich' auf der Mauer. Das Boot is' doch nich' auf der Mauer«, Katie kicherte über das Unwissen der Mutter, »es is' doch im Wasser!«

Nach einer Weile, in der Mary Ellen Katies Hut zurechtrückte, fragte sie: »Und wer is' alles da?«

»Nur Christine und David.«

»Nicht Mister Bracken?«

»Nein.«

»Dann gehste besser nich', Kleines. Ihr solltet nich' mit Booten herumspielen, wenn kein Erwachsener dabei is'.«

»Aber Christine weiß alles über Boote ... sie kann rudern! Und außerdem, Ma, das Boot is' angebunden, und Christine wird nich' mit ihm rausfahren, weil sie sagt, es is' zu stürmisch. Sie sagt, vielleicht morgen, wenn sich der Wind gelegt hat, segeln wir ein bißchen ... Ma, da is' auch 'n Segel drauf!« Mit einem schelmischen Lächeln sah sie zu ihrer Mutter hoch.

»Wir werden dich mit zum Segeln nehmen, Ma ... bis hin zu den großen Schiffen draußen. Und das Boot wird hin und her schaukeln, und dir wird bestimmt übel werden.«

Das Bild ihrer seekranken Mutter erheiterte Katie, und sie lehnte sich gegen sie, schlang die Arme um die stattliche Taille ihrer Mutter und schüttelte sich vor Lachen, während sie sich gleichzeitig von einer Seite zur anderen bewegte, um das Schaukeln eines Bootes nachzumachen.

»Hör auf, Kleines!« Mary Ellen war gar nicht nach Lachen zumute, aber unwillkürlich lächelte sie zu ihrer gescheiten Kleinen hinunter und verspürte den Wunsch, sie zu liebkosen. Sie nahm wieder Katies Hut herunter, langte nach dem zerbrochenen Kamm, der auf dem Fensterbrett der Spülküche lag, und begann die Flechten zu kämmen.

Katie protestierte. »Ma, Christine wartet doch!« Doch sie blieb gegen die Mutter gelehnt stehen und nahm sie noch fester in die Arme.

Als Mary Ellen ihr wieder den Hut aufsetzte, tätschelte sie Katies Wangen. Dann beugte sie sich etwas verschämt zu ihr hinunter und küßte sie. Geschwind schlang Katie die Arme um ihren Hals und erwiderte den Kuß mit solcher Inbrunst, die befremdend für ein so kleines Kind war. Küssen war ein seltenes Ritual im Haus, und Mary Ellen wehrte auch gleich ab: »Schon gut, schon gut! Mach schon, daß du fortkommst.«

Doch obgleich sie Katie befohlen hatte zu gehen, hielt sie sie weiterhin fest, knöpfte ihr die Jacke zu, legte ihr die Zöpfe ordentlich auf den Kragen und rückte ihr noch einmal den Hut zurecht. Als sie schließlich die Tür hinter Katie geschlossen hatte, stand sie noch eine Weile da und dachte an sie, und der Gedanke gab ihr ein wenig Trost ... Katie würde sie immer haben. Für viele Jahre noch würde sie Katie um sich haben, und sie beide würden noch mehr zusammenhalten, wenn John erst fort war ... Da war noch etwas ... Man mußte Katie sagen, daß John fortgehen würde. Wie mochte wohl ihre Reaktion darauf sein, war doch John so etwas wie ein Gott für sie?

Eine neue Angst stieg in Mary Ellen auf ... Vielleicht würde es Katies Ziel im Leben werden, nach Amerika zu gehen, um bei John zu sein? Jetzt rief sie sich selbst zur Ordnung. Das ging nun wirklich zu weit ... Das kam davon, wenn man nachdachte ... Herr, Dein Wille geschehe.

Sie wappnete sich, in die Küche zu gehen und hinüber zum Herd, auf dem ein Kartoffeleintopf vor sich hinköchelte, und wo Dominic noch immer mit seinem Pulen beschäftigt war – sie wußte, er zog das Ganze absichtlich in die Länge, weil er sie damit quälen konnte. Doch als sie in die Küche trat, war er nicht da, und zu ihrer Überraschung kam er aus dem Schlafzimmer und zog sich seinen alten Regenmantel über. Er hatte die Hosen gewechselt und trug seine guten Stiefel. Ohne ein Wort zu sagen, ging er an ihr vorbei und schlug krachend die Tür hinter sich zu.

Wohin mochte er wohl so eilig gehen? Er konnte doch bestimmt nicht gehört haben, was Katie gesagt hatte. Wenn ja, war er los, um dem Mädchen auf der Helling aufzulauern. Einsam war es dort, und niemand würde ihn aufhalten … nur Katie. Nun, Katie war so gut wie jeder andere.

Daß Dominic Christine nachstellte, hatte in letzter Zeit wenig Interesse in Mary Ellen geweckt. Unter normalen Umständen hätte die Tatsache, daß Peter Bracken ihm das Haus verboten hatte, in ihr vielleicht ein Gefühl der Scham hervorgerufen, weil einer ihrer Söhne wegen seines Verhaltens eine derartige Behandlung verdiente. Manchmal wunderte sie sich über Dominics Hartnäckigkeit und fragte sich, was wohl an dem Mädchen dran war, daß es ihn halb wahnsinnig machte. In den vergangenen Wochen hatte er mehr getrunken als zu der Zeit, da die Brackens noch nicht nebenan eingezogen waren; er betrank sich nicht besinnungslos, sondern in eine schlechte Laune hinein, was ihn noch widerlicher machte. Jetzt war er diesem Zustand wieder ganz nahe, denn die meiste Zeit an diesem Morgen hatte er in Pubs verbracht.

Shane kam herein und sprach zu ihrer Überraschung als erster.

»Der Sturm hat nachgelassen«, brummte er.

Erst nach einer Weile antwortete sie: »Ja, 's wird auch Zeit.« Mit Shane war eine Veränderung vor sich gegangen, die sie bestürzte. Das Trinken hatte er beinahe ganz aufgegeben, und des Abends saß er bei ihr, statt an den Straßenecken herumzuhängen. Es hatte zu dem Zeitpunkt begonnen, als sie so krank war … oder seitdem John zum Aufseher gemacht worden war. Sie wußte, auf seine Art war Shane stolz darauf. Und die Veränderung war noch deutlicher zutage getreten, seit John dieses Problem hatte. Dumpf fühlte sie, daß er sie wegen des Leides, das sie nun ihres Jungen wegen litt, zu trösten suchte, und dumpf empfand sie auch die Größe dieses Verhaltens, weil es John war, dem ihre Zuneigung galt, die eigentlich ihm hätte gelten sollen.

»Willst du's jetzt haben oder warten, bis John da is'?« fragte sie, wobei sie das Abendbrot meinte.

»Ich warte.« Auch dies war neu. Er gab auf eine solche Frage eine höfliche Antwort. Es war noch nicht lange her, daß er sie angebrüllt hätte: ›Wer, zum Teufel, is' eigentlich der Boß hier – er oder ich?‹

Als John heimkam, sah sie ihn nicht einmal an, wußte sie doch, welcher Anblick sich ihr bot. Sein Gesicht war verschlossen und hager. In diesen letzten Wochen war das Fleisch von seinen Knochen verschwunden, das Braun seiner Augen hatte sich vertieft, und darin lag ein Ausdruck, den sie nicht ertragen konnte.

Mary Ellens Gedanken wandten sich Shane zu, der am Tisch saß und soeben zu John sagte: »Wir haben's rechtzeitig geschafft, was?« Er sprach vom Entladen, und es überwältigte Mary Ellen fast, als ihr klar wurde, wie ihr Mann sich bemühte, auf gutem Fuß mit seinem Sohn zu stehen. Sie konnte sich nicht erinnern, daß er je zuvor in einem solchen Ton mit ihm gesprochen hatte. Er erkannte damit John nicht nur als seinesgleichen an, sondern als seinen Vorgesetzten ... so sprach ein Hafenarbeiter mit seinem Aufseher. Doch gleichzeitig versuchte er als Vater, seinem Sohn das Vertrauen auszusprechen.

John sah Shane forschend an, dann erwiderte er ruhig: »Ja, das stimmt.«

Schweigend aßen die beiden. Mary Ellen ging unterdessen in die Spülküche und versuchte, die aufsteigenden Tränen zu unterdrücken. Als sie so dastand, die Hände hart gegen den Hals gepreßt, hörte sie Mollys kreischende Stimme aus der Hintergasse. »Ma! O Ma! ... Ma!«

Was sollte sie nur mit diesem Mädchen tun? Würde es denn nie erwachsen werden?

»Ma! Ma!« Mollys Stimme kam näher.

War sie denn ganz übergeschnappt, so zu schreien? Na, warte, eine Tracht Prügel würde es setzen, war sie erst mal zu Haus.

Mit einem ärgerlichen Ruck öffnete sie die Hintertür ... Die kriegte vielleicht eins hinter die Löffel! Sie würde es ihr schon noch austreiben!

»Ma! O Ma!« Molly stürzte über den Hof und warf sich auf ihre Mutter, die erhobene Hand ignorierend. »Ma! Es is' wegen Katie ... Katie und Christine.«

Sie hielt, Luft schnappend, inne. Heftig packte Mary Ellen sie bei den Schultern.

»Was is' passiert?« fragte Mary Ellen mit merkwürdiger Ruhe. Dann rief sie über die Schulter: »John!« John hatte gerade die Tür erreicht, als Molly keuchend ausstieß: »Sie sind im Boot und haben keine Ruder ... Und es dreht sich immerzu im Priel. Es war unser Dominic. Er hat versucht, mit Christine ins Boot zu steigen, und sie hat ihn zurückgestoßen, und dann hat Katie das Seil losgemacht ... Ich war hinterm Geländer und hab' alles mit angesehen. Katie wollt' mich nich' mitnehmen, aber ich bin ihnen heimlich nachgelaufen und hab' gesehen, wie unser Dominic kam. O Ma! Und David steht auf der Helling und schreit!«

John lief den Hof hinunter, Shane blieb ihm auf den Fersen.

»Lauf direkt zum Binnenmeer hinunter, nicht erst zur Helling. Jetzt werden sie schon im großen Priel sein.«

Mary Ellen, Molly an ihrer Seite, rannte hinter ihnen her. Im Laufen flüsterte sie unentwegt vor sich hin: »Was is' jetzt wieder? Was wird jetzt wieder über uns kommen?«

Auf der Hauptstraße blieben die Passanten stehen und sahen den zwei großen Männern in Hemdsärmeln nach, die rannten, als sei der Teufel hinter ihnen her, der alte Mann hinter dem jungen, und hinter beiden eine kleine Frau mit einem jungen Mädchen.

Jemand rief ihnen zu: »Was is' los? Wo brennt's denn?«, aber die Männer schenkten ihm keine Beachtung, und so wandten sich einige der Vorübergehenden an die Frau und das Mädchen. Manchmal stieß das Mädchen keuchend hervor: »is' meine Schwester ... sie is' im Boot und treibt den Priel runter.«

Kinder hefteten sich an Mary Ellens und Mollys Fersen; Männer hielten an und liefen dann wieder die Straße zurück zu dem Binnenmeer.

John erreichte die weite Fläche des Binnenmeeres, und sein Herz blieb beinahe stehen. Ohne zum Priel – der Wasserrinne zwischen Watt und Binnenmeer – hinübersehen zu müssen, wußte er, daß das Boot dort war, denn der Damm war von Menschen gesäumt. An diesem Ende des Binnenmeeres war eine Haltestelle von zwei Straßenbahnen, an der die eine Tram auf die andere warten mußte, um weiterfahren zu können. Beide Straßenbahnen waren bis auf die Fahrer leer, die ihren Passagieren zuriefen: »Wir müssen weiterfahren«, doch keiner verließ den Damm.

John lief weiter die Straße bis zum Binnenmeer hinunter, von wo aus eine Laufplanke aus Holz vom Damm zum Rand des Watts führte. Gewaltsam mußte er sich seinen Weg durch die Menschen bahnen, die jetzt aus den Straßen des New-Buildings-Viertels, das dem Binnenmeer gegenüberlag, zusammenströmten. Heftig stieß er sie mit den Armen zur Seite, wobei er heisere Flüche ausstieß. Diejenigen, die auf dem Laufsteg standen, machten ihm jetzt, zur Seite springend, Platz, und er nahm die Planken, vier auf einmal. Der Lärm auf dem Damm erstarb, und nur der Wind, dünne Klagelaute ausstoßend, und das Glucksen des Wassers zwischen den Planken, über die seine Füße stampften, waren zu hören. Ohne zu überlegen, hielt er bei der Kabine an, die auf einer Holzplattform in der Mitte der großen Wasserfläche gebaut worden war, und schnappte sich eine lange Stange mit einem Haken an einem Ende; es war eine Stange, die man benutzte, um schwimmende Holzstämme heranzuziehen. Jetzt kam es darauf an, daß Ende des Plankenstegs, der zur Mündung des großen Priels führte, zu erreichen, bevor das Boot auf gleiche Höhe kam. Er sah, daß es für einen Augenblick aufgehalten wurde. Warum, konnte er nicht erkennen. Hing es auf der anderen Seite des Priels fest, da, wo das große Watt sich bis zum Fluß hinzog, so würde es unweigerlich in den schlickigen Morast hineingezogen werden.

Am Ende der befestigten Laufplanke mußte er über schmale Planken, die einen gefährlichen Steg hinüber zum Priel bildeten. Hier konnte er nicht laufen, mußte sich vorsichtig seinen Weg über das grüne, glitschige Holz tasten. Die Holzstange behinderte ihn sehr, und einmal rutschte er auch aus; die Wasser wirbelten um seine Hüfte, ehe er sich wieder hochziehen konnte. Doch es war ihm gelungen, die Stange nicht zu verlieren, und als er wieder stand, kam ein erleichtertes »Oh!« vom Damm her. Der Anblick des Bootes, das nun auf ihn zugeschossen kam, verlieh seinen Füßen Flügel der Sicherheit, und innerhalb von Sekunden hatte er das äußere Ende des Stegs und damit den Priel erreicht.

Er klammerte sich an dem letzten Holzpfosten an, der dem Steg Halt gab, und schrie wie von Sinnen dem auf ihn zuschießenden Boot zu: »Pack die Stange!« Aber der Wind riß ihm die Worte vom Mund und trug sie hinweg von ihm und den Bootsinsassen.

Das Boot drehte sich nun in wirbelnden Kreisen; eine Sekunde konnte er Katies Gesicht über dem Waschbord sehen, die Augen in namenloser Angst aufgerissen, im nächsten Augenblick sah er nur noch ihren Hinterkopf, auf dem noch immer der Hut saß. Christine saß in der Mitte des Bootes, die Arme steif ausgestreckt, und hielt mit beiden Händen den Bootsrand gepackt, in dem vergeblichen Bemühen, das winzige Boot zu halten. Sie hatte jetzt John gesehen, denn jedesmal, wenn ihr Gesicht ihm zugewandt war, hielten ihre Augen die seinen für eine Sekunde fest, bevor ihr Gesicht wieder von ihm fortgerissen wurde.

Es war nicht so sehr der Wind, der das Boot den Priel hinuntertrieb, sondern die Ebbe, die es hineinsog. Die zwischen den treibenden Hölzern eingeschlossenen Wasser stürzten in den Priel zurück, wo sie auf die Wasser prallten, die aus dem Watt flossen. Zusätzlich machte sich der Sog aus dem Querkanal bemerkbar, der die Sägemühle am unteren Ende des Binnenmeeres begrenzte, und verwandelte den großen Priel in schäumende, brodelnde Wassermassen.

Das Boot war nun auf seiner Höhe, und John schrie aus vollen Lungen: »Pack die Stange, Christine!«

Vielleicht hatte sie ihn gehört, aber fürchtete sich, die Bootsseiten loszulassen; vielleicht aber war seine Stimme vom Wind verweht, denn als er die Stange mit dem Hakenende voran in Richtung des Bootes warf, klatschte sie nahe beim Boot ins Wasser und jeder, der darauf vorbereitet gewesen wäre, hätte sie packen können; aber der Bruchteil der Zeit, in der dies hätte geschehen müssen, zerrann. Das Boot geriet wieder in einen wilden Strudel, wurde fortgerissen, schoß an ihm vorbei. Er sah Katie aufstehen. Kerzengerade und ganz ruhig schien sie dazustehen, und plötzlich überkam ihn das seltsame Gefühl, als käme ihr Gesicht auf ihn zu ... Einbildung! Aber es war keine Einbildung, als er ihre Stimme gegen den Wind hörte ...: »John! O John!«

Das Boot wurde nun von den Wasserstrudeln erfaßt, die sich von den im Priel aufeinanderstoßenden Seitenkanälen bildeten. Es wurde hochgeschleudert und herumgewirbelt. Dann, als würde es wie ein winziger Ball von einer mächtigen Hand gehalten, stand es still, und John konnte klar die beiden Gestalten erkennen, die zusammengekauert sich eng umschlungen hielten; die Hand hob sie empor, und das Boot wurde hochgeworfen und kippte um.

John hob die Arme hoch, um mit einem Kopfsprung ins Wasser zu schießen, doch zwei Hände verkrallten sich in ihm, hielten ihn am Gürtel fest. Er drehte sich um und schrie den hinter ihm stehenden Mann an, aber während er sich noch freischlug, verlor er die Balance und fiel ins Wasser. Als sein Kopf wieder an der Oberfläche auftauchte, bekam Peter Bracken sein Haar zu fassen und schrie ihm mit schmerzzerissener Stimme zu: »Zu spät! Zu spät! Sie sind fort! Nicht auch noch du!«

Zwei andere Hände streckten sich nach ihm aus, packten John an den Hosenträgern und zerrten ihn zurück auf die Planken, wo er still liegenblieb. Peter Bracken beugte sich über ihn. Eine große

Stille überkam ihn. Es war die Stille aller Toten dieser Welt. In ihr gab es kein Bedauern, kein Grübeln, keine Wünsche, keine Anklagen, überhaupt keine Gefühle. Sie war leer, denn in ihr lebte kein Gedanke.

Er sah zu dem umgekippten Boot hinüber, sah Katies Hut, der den Kamm des schäumenden Strudels krönte, sah, wie er aufstieg und fiel, um das wirbelnde Boot herumgetrieben wurde wie die Erde um die Sonne. Peter Brackens herzzerreißendes Schluchzen drang zu ihm durch, und es verwunderte ihn nicht. Auch war er nicht verwundert, als er sich nach ihm umdrehte und einen alten Mann erblickte. Die Zeit verstrich, und die ins Meer drängenden Fluten der Gezeiten gaben den schimmernden Schlamm über den Planken, auf denen sie standen, frei.

Männer kamen nun, vorsichtig über die Planken balancierend, auf sie zu. Zuerst halfen sie Peter Bracken zurück, und als die Männer zu John sagten: »Komm, Junge«, da ließ er sich willenlos zurückführen; einer ging vor ihm und einer hinter ihm, und sie stützten ihn, als sei er ein kleines Kind.

Das Ende des Stegs war schwarz vor Männern, schweigenden Männern. John ging jetzt ohne Hilfe, und schweigend machten sie ihm Platz. Dicht hinter ihm schlossen sie auf und folgten ihm hinüber zum Damm, wo das Schluchzen und Klagen sich hob und senkte wie die Wellen des Windes.

Drei Menschen standen abseits am Fuße des Dammes. John blieb stehen und blickte sie an, und die ihn umhüllende Stille begann sich zu heben. Die erste Wahrnehmung, die in die Hülle dieser Stille drang, war das Zucken seines Vaters, das sich, schlimmer als je zuvor, wieder eingestellt hatte. Diesem Eindruck folgte die schmerzliche Erkenntnis, daß seine Mutter mit nicht einmal fünfzig Jahren eine kleine alte Frau geworden war und daß Molly niemals Katie sein würde. Sie blickten ihn an, und das Schluchzen auf dem Damm schien in weiter Ferne zu verhallen.

Inmitten einer Gruppe von Frauen war Davids schluchzende Stimme zu hören. »Christine! Ich will Christine!« Und nun zerbarst die Hülle der Stille um John endgültig, und ein Name durchzuckte sein Gehirn wie eine rasende Flamme … Dominic!

Er warf den Kopf hoch, als wolle er Witterung aufnehmen, und seine Augen überflogen den Damm von einem Ende zum anderen. Jedoch von seinem Standort am Fuße des Damms war es unmöglich, jemanden aus der gebrochenen Linie der Menge herauszufinden.

Wie durch ein Wunder öffnete sich vor ihm eine Schneise, als er sich von den verzweifelten Gesichtern seiner Eltern abwandte. Er stürzte davon. Die New Buildings oberhalb der Hauptstraße waren von Grasflächen umgeben. Direkt darauf hielt er zu. Er sah die mit Menschen überfüllte Straße hinab, und da, am äußersten Ende, bemerkte er Dominics Kopf. Er war ohne Kappe, und die launenhafte Sonne ließ sein Haar golden aufleuchten. Ob Dominic ihn gesehen hatte, wußte John nicht, doch als er sich durch die sich allmählich verlaufende Menschenmenge gearbeitet hatte, war Dominics Kopf verschwunden. Dominic war wie vom Erdboden verschluckt.

Eine Frau aus dem Viertel der Fifteen Streets fragte er nur: »Dominic?«, und sie zeigte auf eine unbenutzte Werkshalle hinüber: »Da hinten is' er rumgelaufen, Junge.«

Als er die Rückseite der Werkshalle erreicht hatte, sah er Dominic ... er rannte gerade über die Müllhalde, auf der die chemischen Fabriken ihre stinkenden Abfälle abluden. Die Halde bestand aus kleinen Hügeln, über die Dominic wie ein Känguruh sprang.

John jagte hinter ihm über den Müllplatz, der Abstand zwischen ihnen verringerte sich zusehends; er erreichte die Cleveland Place Road, und da sah er ihn wieder: Dominic war keine zwanzig Meter von ihm entfernt und verschwand eben hinter einer der Straßenbahnhütten.

Beide waren sie nun auf der Hauptstraße. Die Leute, die jetzt wieder zurück in die Fifteen Streets liefen, riefen John zu: »Halt, Junge! Gib's auf, Junge! ...« – »Was passiert is', is' passiert ... denk an deine Mutter.« Männerarme versuchten ihn festzuhalten, doch wie Fliegen schüttelte er sie von sich ab.

Sie näherten sich den Fifteen Streets, und Dominic war plötzlich in der dichten Menschenmenge verschwunden, die sich versammelt hatte, um die Neuigkeiten von denen, die unten am Wasser gewesen waren, zu erfahren. John wußte, daß Dominic versuchen würde, zum Holzlager am oberen Ende der Straßen zu fliehen; hier, zwischen den zahlreichen riesigen Holzstapeln würde er zu entkommen versuchen. Er sollte recht haben: Dominic überkletterte die Mauer und war verschwunden.

John sprang nicht von der Mauer hinunter, sondern blieb oben stehen – sein Haß ließ ihn umsichtig handeln. Er wußte nicht, welchen Weg Dominic genommen hatte, und war er erst einmal unten auf dem Boden, konnte er gleich eine Stecknadel im Heuhaufen suchen; aber von hier oben aus würde er womöglich Dominics Kopf sehen, wenn er sich zwischen den Holzstapeln bewegte.

Es dauerte ein paar Minuten, bevor John ihn entdeckte, denn Dominics Haar hatte den gleichen Farbton wie das Lagerholz. Dominic war stehengeblieben, um hinter sich zu spähen, und mit einem Satz war John von der Mauer gesprungen und rannte schnell und geräuschlos, jedoch nicht in Dominics Richtung, sondern zu seiner rechten. Dominic wollte offenbar die Eisenbahnschienen am Ende des Hofes erreichen, und dort würde er ihn abfangen.

John erreichte das Ende der Holzstapel und wartete; seine Augen schossen zwischen den drei letzten Gängen, die die Holzstapel unterteilten, hin und her – aus einer dieser Öffnungen mußte Dominic auftauchen. Und er kam aus der mittleren und blieb nur wenige Meter von John entfernt stehen. Sein Mund war geöffnet, und seine Kiefer bewegten sich hin und her. Die beiden Brüder fixierten einander: Aus Johns Augen schossen Pfeile diabolischen Hasses, aus Dominics haßerfüllten Blicken sprach auch Furcht.

Weder sagte John: Du hast sie getötet … Katie und Christine, und nun werde ich dich töten, noch erwiderte Dominic: Es war ein Unfall. Wortlos kamen sie aufeinander zu, und John knallte wie ein rasender Bulle Dominic seine Faust ins Gesicht. Von Anfang an war Dominic durch seinen Regenmantel gehandikapt, aber die Furcht ließ ihn verzweifelt zurückschlagen. Sie ließ ihn allerdings auch erkennen, daß er den Schlägen auf die Dauer nicht gewachsen sein würde. Er riß sein Knie hoch und rammte es John in den Unterleib. John überschlug sich, und Dominic sprang in den Durchgang zurück, aus dem er gekommen war, wurde jedoch von dem Geschrei der Männer, die über den noch nicht gestapelten Brettern auf ihn zukamen, aufgehalten. Da er annahm, daß die Männer hinter ihm her waren, gab er seine Absicht, zu den Eisenbahnschienen hinüberzulaufen, wieder auf. Als er sich umdrehte, stand John am Ende des Durchgangs.

Blindlings stürzte Dominic sich auf ihn, benutzte Fäuste und Füße; aber John ließ ein Trommelfeuer von harten Faustschlägen auf ihn niedersausen, und schon bald blieb Dominic nichts anderes übrig, als mit gekreuzten Unterarmen sein Gesicht zu schützen. Er wurde von John gegen einen Holzstapel genagelt, und noch lange, nachdem er aufgehört hatte, sich zu wehren, prasselten Johns Fäuste auf ihn hernieder, und es sah aus, als würde er nur noch durch die ununterbrochene Folge von Faustschlägen auf den Füßen gehalten. Doch schließlich gaben Dominics Knie nach, und er rutschte seitlich hinunter auf die Erde. Schwer atmend stand John über ihm; jetzt erst nahm er die um ihn versammelten Menschen wahr.

Rufe wie »Mein Gott!« – »Laß ihn, Junge, der hat genug.« – »Allmächtiger Herrgott, ich glaub', den hat's erwischt!« kamen von allen Seiten.

Die letzte Bemerkung hatte er aufgenommen; John wischte sich das Blut von seinem Gesicht und starrte auf Dominic hinunter … War er tot? Nein, er durfte nicht tot sein … nicht auf diese leichte Art und Weise. In den Strudeln des Priels sollte er sterben. Dorthin würde er ihn schleppen, dorthin, wo sie ertrunken waren, wo Katies Strohhut auf dem Wasser wirbelte. Die Ebbe war jetzt niedrig, also mußte er ihn von dem steilen Abhang aus in den Schlamm werfen. Er mußte bei Bewußtsein sein und sollte sich im Schlick festzuklammern versuchen, während er langsam in die Tiefe gezogen wurde. Er sah von Dominic hoch und starrte benommen in die Gesichter der Männer – sie würden ihn aufhalten wollen. Ja, wenn er es jetzt versuchte, bestimmt. Nun, dieses Ding hier würde er mit nach Hause nehmen, und wenn er sich mit ihnen schlagen mußte. Er zerrte Dominic auf die Füße … keine Sekunde würde er ihn aus den Augen lassen, und in der Nacht würde er ihn hinunter zum Priel schleppen. Und wenn er ihn den ganzen Weg zentimeterweise ziehen müßte – er würde ihn zum Priel zerren.

Jetzt erreichten ihn schrillere Rufe. Die Frauen waren auch dazugekommen, nachdem sie gewaltsam die Tore des Holzlagers geöffnet hatten.

»O Jesus, hab Gnade mit uns! Er hat ihn getötet! Allmächtiger Gott – er wird hängen dafür!«

Er wird hängen …! Der Ruf erreichte Mary Ellen, die am äußeren Ende der Menge stand, umgeben von ein paar tränenüberströmten Frauen, die alle auf irgendeine Weise in sie drangen, nach Hause zurückzukehren …

»Mary Ellen, du kannst hier nichts tun.«

»Du mußt jetzt an dich und Shane denken.«

»Ja. Shane liegt doch zu Haus. Es geht ihm schlecht, der Schock war zuviel für ihn ... Komm doch, Mädchen.«

Ruhig stand Mary Ellen in ihrer Mitte. Sie weinte nicht. In ihrem Körper gab es keine Flüssigkeit mehr, um Tränen zu bilden. Ihr Körper war ausgetrocknet, ausgebrannt, und die Flamme sprang nun auf ihren Kopf über ... Wenn diese Frauen hier ihr nicht aus dem Weg gingen, würde sie schreien. Sie mußte zu ihrem Jungen. Er hatte Dominic getötet, und daher mußte sie bei ihm sein. Wie das Ende eines langen Wartens kam ihr alles vor – Katie war fort, Dominic war tot, und es gab nur noch John ... er hatte das getan, was er gesagt hatte – John meinte immer, was er sagte. Jetzt gab es für sie nichts mehr, wofür es sich lohnte zu warten.

Die in Mary Ellen tobende Verzweiflung schrie nach Erlösung. Es war eine weite und tiefe Verzweiflung, sie reichte bis in die Tiefen der Erde. Auf eine seltsame Weise fühlte sie sich eins mit der Erde ... mit dem Schmutz, dem Sumpf und mit der Fülle. War diese Verzweiflung erst einmal herausgeschrien, würde sie nichts mehr empfinden, würde sie für alle Zeiten verändert sein – dann hatte der Wahnsinn von ihr Besitz ergriffen.

Als ihr Geist sich auflöste, um sich mit dem Schrei zu vereinigen, hörte sie es. Es schien sie und die anderen Frauen vom Boden zu heben. Aber es war nicht ihr eigener Schrei. Es war Nancy Kelly, die schrie. Und dieser Schrei war vermischt mit Gelächter, einem schrecklichen Gelächter. Die Frauen hielten sich die Ohren zu, aber Mary Ellen stand nur da und lauschte. Dann warf sie sich wild gegen die sie umgebenden Körper und bahnte sich gewaltsam einen Weg durch die Männer, bis hin zu dem Platz, wo John stand und Dominic am Boden lag. Nancy Kelly kniete neben ihm, zerrte an seinen zerrissenen blutigen Kleidern und schrie: »Dominic! Dominic! Nich' tot sein! Ich hab' meinen Mund gehalten, Dominic ... Ich hab' doch getan, was du wolltest.« Sie zerrte an ihm, versuchte wieder Leben in ihn hineinzuschütteln. »Dominic, du mußt mich heiraten, wenn das Kind geboren is' ... Ich war 'n gutes Mädchen, Dominic, ich hab' getan, was du gesagt hast.«

Nichts als ihre kreischende Stimme war zu vernehmen; die Menschenmenge war so still wie die aufgestapelten Hölzer.

Das Blut hämmerte gegen Johns Schläfen. Dominic, der Vater des Kindes. Dieses Schwein. Dieses verdammte, dreckige Schwein! Er beugte sich hinunter und packte Nancy und schleuderte sie zur

Seite. Dann war er über Dominic, schrie wie von Sinnen, während er auf das leblose, blutverschmierte Gesicht einschlug. »Du dreckiges Schwein! Und du hast mir die Schuld zugeschoben ...«

Seine weiteren Worte gingen im Gebrüll der Männer unter, die ihn wegzuziehen versuchten. Kämpfend rissen sie ihn zu Boden. So viele waren jetzt über ihm und hielten ihn fest, daß er nur noch die Augen bewegen konnte.

Einer der Männer rief den anderen zu: »Los, schnell! Schafft ihn fort! Macht schnell!« John bäumte sich auf. Er mußte sich befreien. Wenn sie Dominic wegschafften, würden sie ihn verstecken. Warum hatte er ihn nur nicht ganz fertiggemacht, als er noch die Chance dazu hatte? Er wand und bäumte sich wild auf, bis er die Nutzlosigkeit seiner Bemühungen einsah, und plötzlich gab er auf und lag ganz ruhig. Wo immer sie auch Dominic hinbringen würden, er würde ihn finden! O Katie! Katie! Er schloß die Augen, um die Gesichter der ihn umgebenden Männer auszulöschen. Der Schmerz überwältigte ihn.

Die Männer ließen ihn nun los. Mühsam erhob er sich, und dann erblickte er seine Mutter. Sie zupfte an einem Knopf ihrer Bluse; die Augen waren wie tot in ihrem Gesicht, waren nur starr auf ihn gerichtet.

»Ich werde ihn finden.«

Sie erwiderte nichts, sondern drehte sich nur um und ging langsam davon, und er folgte ihr. Die Menge schloß sich ihnen an wie ein gigantischer Trauerzug.

Die Folgen

John blieb im ganzen Viertel keine einzige Tür verschlossen. Seit drei Tagen ging er in den Häusern ein und aus, betrat Schlafkammern, von denen einige in ihrer Kargheit aufgeräumt aussahen, einige aus einem einzigen Haufen durcheinandergeworfener Kleider und Matratzen bestanden und einige in ihrer Verwahrlosung jeder Beschreibung spotteten. Diese Wohnverhältnisse registrierte er allerdings nicht; er hielt nur nach einer verborgenen Gestalt Ausschau. Unter Betten, in Schränken, in Zimmern, wo Kranke lagen und wo ihm matte Hände entgegengestreckt wurden in dem vergeblichen Bemühen, ihm Mitgefühl zu zeigen. Er redete mit niemandem, er traute niemandem. Er wußte, daß in solchen Zeiten die Menschen der Fifteen Streets zu einer riesigen Familie vereinigt waren – diesmal, um ihn zu beschützen, vor sich selber zu schützen, wie sie es sahen. Daher suchte er nicht systematisch, sondern fing nach der Durchsuchung der Häuser im unteren Teil plötzlich wieder mit der Suche in den Häusern des oberen oder mittleren Teils an, und Häuser, die er eben erst durchkämmt hatte, ging er noch einmal durch. Kein grobes Wort fiel. Er wurde selbst dann freundlich begrüßt, wenn er hereinplatzte, während eine Familie gerade beim Abendbrot saß.

Einen Assistenten hatte er bei seiner Suche: Peggy Flaherty. Ihr fetter, wabbeliger Körper, riesig in seinen Ausmaßen durch die vielen übereinander getragenen Mäntel, begleitete ihn zu den ungewöhnlichsten Stunden des Tages, wobei sie die meiste Zeit schwatzte. »Gib nich' auf, John. Wir werden ihn noch kriegen. Bei Gott, das werden wir! ... Der braucht nich' zu denken, der könnt' uns entwischen, was Junge? Aus diesen Häusern hier kommt der nich' raus.«

Oftmals ließ er sie während seines Hin- und Herwechselns von einem Ort zum anderen hinter sich zurück, aber immer wieder wurde sie zu dem Haus geführt, in dem er sich gerade befand. Und wieder watschelte sie ihm überallhin nach und nickte den Leuten, die in Gruppen auf den Straßen zusammen standen, in stillem Einverständnis zu. Nur des Nachts ließ sie ihn für kurze Zeit allein, denn dann ging er die Hauptstraße auf und ab.

John wußte, daß Dominic auf Tage hinaus nicht fit genug sein würde und daß es praktisch bis jetzt für ihn unmöglich gewesen war, über das Holzlager zu entkommen, denn seit das Tor mit Gewalt aufgebrochen worden war, hatte man an den Toren doppelte Vorlegeketten anbringen lassen. Der einzige Fluchtweg war also nur die Mauer. Aus diesem Grunde hatte er sie seit zwei Nächten von der Hauptstraße aus im Auge behalten. Der Polizist, der nachts auf Streife ging, blieb gewöhnlich bei ihm stehen, um mit ihm zu reden. In der Dunkelheit war er nicht mehr der Beamte, sondern ein ganz normaler Mensch. »Junge, is' es das wert? Du weißt doch, was passieren wird, nicht wahr? Du wirst hinter Gitter wandern, wenn nicht Schlimmeres. Außerdem, woher willst du wissen, daß er nicht längst fort ist? Wie ich gehört habe, is' er im Krankenhaus. Wenn's nich' wegen deiner Schwester wär', die gesagt hat, daß das kleine Mädchen das Boot losgemacht hat, würden wir selber hinter ihm her sein. Und weißte, du kannst von Glück sagen, daß nich' einer von uns dabei war, als du ihn verprügelt hast. Also komm, Junge, mach keinen Ärger, und sieh endlich zu, daß du ins Bett kommst.«

Alles war bisher von Johns Geist abgeprallt, nur nicht die Worte der Männer, die ihn festgehalten hatten, und es konnte gut sein, daß ihn dieser wohlmeinende Ratschlag des Polizisten gar nicht erreicht hatte, denn er erwiderte nichts darauf. Es war, als könne sein Geist, durchdrungen von Gram und Haß, nichts anderes in sich aufnehmen. Während der ersten zwei Tage dachte er nicht wirklich an Katie oder an Christine oder gar an Mary, die für immer ein Teil seines Leids sein würde, denn auf eigenartige Weise war sie Partner in der Schuld, die er sich selber auflud. Hatte er es doch zugelassen, daß der Wahnsinn einer Liebe von ihm Besitz ergriffen und er dadurch die Gefahr ignoriert hatte, in der Christine schwebte. Und er hatte nichts weiter zu ihrem Schutz unternommen, als Katie als Puffer zwischen sie und Dominics Annäherungsversuche zu stellen.

Am dritten Tag seiner Suche, als die Anspannung sich bemerkbar machte in bleierner Müdigkeit, im taumelnden Gang und in den brennenden Augen, die ihm zufielen, wann immer er für einen Moment stehenblieb – an diesem Tag begann sich sein Geist sonderbarerweise zu klären; Gedanken formten sich und präsentierten sich einzeln. Er stand im oberen Teil einer Straße auf einem unbebauten Grundstück, gegen eine Mauer gelehnt, wo er sich für einen Augenblick ausruhen wollte. Seine Hand fuhr über die drei Tage alten Bartstoppeln. Sein Körper fühlte sich schmutzig an, sein Inneres war ausgebrannt und sein Kopf leicht. Und die Gedanken drängten sich vor, einer nach dem anderen, anfänglich noch zusammenhanglos und doch irgendwie miteinander verknüpft: Einmal muß ich doch aufhören ... Wenn sie sie doch nur finden würden, bevor sie ins Meer abgetrieben werden ... Könnte ich Katie doch nur noch einmal sehen, vielleicht wär's dann nicht so schlimm. O Katie! Katie! ... Mein Vater is' fertig, arbeiten wird der nie wieder ... Warum bin ich nicht bei meiner Mutter? Sie braucht mich. Aber sie versteht, daß ich ihn finden muß. Sie will, daß ich ihn finde. Sie haßt ihn so sehr wie ich ... Warum sucht Peter Bracken ihn nicht, statt nur immer wieder zu kläffen: »Vergib uns unsere Sünden! Pater O'Malley sagt, Peter ist die Ursache von alldem, und wenn meine Mutter und ich das getan hätten, was er befohlen hatte, wär's nie soweit gekommen.

Als hätten seine Gedanken den Priester herbeibeschworen, stand Pater O'Malley, begleitet von Peggy Flaherty, plötzlich vor ihm.

»Ah, Junge, da biste ja!« begrüßte ihn Peggy. »Hier ist er, Pater ... Macht, daß ihr wegkommt!« fuhr sie die Kinder an, die ihnen gefolgt waren.

Pater O'Malley trat vor John. »Komm nach Hause«, befahl er streng, »ich will mit dir reden.«

Langsam kniff John die Augen zusammen, erwiderte aber nichts.

»Hast du mich verstanden?« fuhr ihn der Priester barsch an.

Und nach einem kurzen Schweigen, während Pater O'Malley wartete, die Kinder geräuschvoll die Rotznasen hochzogen und einige Frauen in respektvoller Entfernung von der kleinen Gruppe stehengeblieben waren, sagte der Priester: »Du mußt aufhören! Wer bist du denn, daß du Gottes Arbeit in deine eigene Hand nimmst? Er wird Vergeltung üben ohne deine Hilfe. Er hat dir bereits gezeigt, was er von dir denkt, wenn du Seinem heiligen Willen zuwiderhandelst. Ich kann es nicht oft genug wiederholen: Hättest du diesen Menschen Bracken von deinem Haus ferngehalten, diese furchtbare Prüfung wäre nicht über euch gekommen.«

»Es is' hoffnungslos«, ließ sich Peggy Flaherty vernehmen. »Immer wieder hab' ich ihm gesagt, die Suche aufzugeben. Oh! Es hat überhaupt keinen Zweck.« Sie brabbelte weiter, ohne sich um die durchbohrenden Blicke des Priesters zu kümmern, der sie zum Schweigen bringen wollte. Sie achtete auch nicht auf das fassungslose Gesicht von John, dem allmählich die Tatsache zum Bewußtsein kam, daß sie, sie allein es war, die ihn auf seiner Suche immer wieder angestachelt hatte.

Gemurmel kam von den Frauen. »Der Priester hat recht. Seit dieser Bracken hierherkam, hat das Glück unsere Häuser verlassen.«

»Jawohl! Und es wird auch keins wieder einkehren!« schleuderte Pater O'Malley ihnen entgegen, wobei er mit Erfolg einen leisen Kommentar: »Ja, aber auch er hat sein Kind verloren« übertönte.

»Komm jetzt!« befahl Pater O'Malley noch einmal.

John stand eine Weile da ... Der Priester und Peggy und die Frauen versanken ins Schemenhafte. Er mußte sich ausruhen, und er mußte etwas essen, wenn er weitermachen wollte. John drehte sich um und ging gehorsam hinter dem Pater her ... und in den Augen der Frauen und Kinder zeigte sich wieder einmal die Macht des Priesters.

Während John ruhelos umherstreifte, saß Mary Ellen fast unbeweglich in der Küche. Ab und zu ging sie in das Vorderzimmer, um nach Shane zu sehen. Aber sie kochte nichts, säuberte nichts, und wie John redete sie auch nichts. Und sah sie manchmal Molly an, so zeigte sich keine Überraschung oder Verwunderung über die Veränderung, die mit Molly vorgegangen war, auf ihrem Gesicht. Molly ›führte den Haushalt‹. Sie hatte sich die Zöpfe zu einem kleinen festen Nackenknoten zusammengebunden und trug die grobe Leinenschürze der Mutter; sie hatte sie im Bund aufrollen müssen. Über Nacht hatte Molly ihre Kindheit abgestreift; sie war jetzt kein Mädchen mehr, sondern eine kleine Frau. Und das Lob der Nachbarn spornte sie an. »So ist's recht, Kleines; du bist die rechte Hand deiner Mutter. Du mußt jetzt Katies Platz einnehmen.« Sie redeten, als sei Katie die ältere Schwester gewesen.

Manchmal stand Molly in der Spülküche und weinte wegen Katie, doch zugleich war sie erleichtert, daß es Katie nicht mehr gab, denn man hätte sie nie gebraucht, wäre Katie noch hier. Und jetzt wurde sie gebraucht – ohne sie konnte die Familie nicht auskommen. Warum, fragte sie sich, war sie die einzige im Haus, die den Verstand nicht verloren hatte … ausgenommen Mick; aber der war keine Hilfe, so oder so. Der konnte sich nur vor möglichst vielen Kameraden damit brüsten, daß er wisse, wo Dominic sich versteckt halte … Er wußte es natürlich nicht! Sie band sich die Schürze fester um und dachte stolz, daß unter all den Gleichaltrigen sie die einzige war, die es wirklich wußte. Nachdem sie Dominic aus dem Holzlager geholt hatten, war er in ein Haus oben in der Straße gebracht worden; aber als John das Suchen anfing, hatten sie ihn wieder fortgeschafft. Es war Peggy Flahertys Idee gewesen. Sie hatten's während der Nacht getan, und bis jetzt hatte John Dominic noch nicht gefunden.

Als sie an John dachte, blickte Molly unwillkürlich auf das zusammengerollte Papier in ihrer Hand … Nachdem der Doktor sich um ihren Vater gekümmert hatte, war er zu ihr gekommen und hatte gesagt: »Paß gut auf, meine Liebe, was ich dir jetzt zu sagen habe. Glaubst du, du kannst deinem Bruder John einen Tee machen, wenn er nach Hause kommt, und diese zwei Tabletten hineinfallen lassen, ohne daß er es merkt? Sei nur ja vorsichtig damit, denn sie sind stark, und er wird darauf einschlafen.«

Sie war furchtbar stolz, daß er sie gefragt hatte, denn auch ihre Mutter saß da, und die hatte er nicht gefragt. Molly wurde ganz aufgeregt, als sie John und Pater O'Malley über den Hinterhof kommen sah. Sie würde jetzt den Tee machen und eine Tasse dem Priester anbieten; vielleicht würde er sie segnen und sagen, daß sie ein Geschenk des Himmels für ihre Mutter sei.

Aber weder segnete der Priester Molly, noch sprach er mit Mary Ellen. Er redete nur weiter auf John ein, der stumm dasaß, die Ellbogen auf dem Tisch und die Hand über die Augen gelegt.

Mary Ellen hörte zu, während sie weiter in das Feuer starrte. Bekam der das denn nie satt? Würde er niemals aufhören? Warum bestand er darauf, daß Peter Bracken an allem schuld war, wo es doch sie selber war, die das alles über sie gebracht hatte? War nicht sie es gewesen, die Gott auf den Knien angefleht hatte, etwas geschehen zu lassen, was ihren Jungen davon abhalten würde, nach Amerika zu gehen? Nun, Er hatte etwas geschehen lassen … Jetzt würde John niemals nach Amerika gehen. Gott lachte sich ins Fäustchen, das spürte sie, und Er wartete auf das Aufeinanderprallen von John und Dominic. Das Gefühl des Bedauerns, das sie im

Hof empfunden hatte, als sie erfuhr, daß Dominic nicht tot war, schlug bald in Furcht um, daß John ihn finden könnte. Mittlerweile mußte er jeden Ort durchsucht haben außer einem, und wenn er nicht ganz verblödet war, würde er noch ganz von selber auf diesen Ort kommen. Sie warf einen Blick zur Decke hinauf ... Wie lange noch würde Dominic dort bleiben können, versteckt zwischen alten Möbeln, dem Krokodil und den Porzellanvasen? Sie kam sich vor wie ein Gefängniswärter, der vor der Zellentür sitzt und den Gefangenen vor der ihn verfolgenden Rache schützt. Wäre der Jäger jemand anderes als John, sie würde ihn seine Arbeit erledigen lassen.

Sie hob den Kopf und sah zu dem Priester hinüber, der seine Tasse Tee trank, und sie fragte sich, was sie wohl tun würde, sollte er vorschlagen, niederzuknien und den Rosenkranz zu beten, denn ihre Gefühle gegenüber einem Gott, der ihr so etwas angetan hatte, der ihr eigenes Gebet dazu benutzt hatte, ihr solches Leid zuzufügen, waren feindlich! Langsam wanderte ihr Blick zu John – er leerte seine Tasse Tee in einem Zug. Bald würde er schlafen, wenn Molly das getan hatte, was ihr der Doktor aufgetragen hatte. Wie lange würde er schlafen? Lange genug, um den anderen fortzuschaffen? Und wann würde er wieder das Arbeiten anfangen? Jetzt gab es nur noch ihn, der arbeiten konnte, denn es war zweifelhaft, ob Shane je wieder zufassen könnte ... Nein. John würde nie nach Amerika gehen.

Sie wandte den Blick wieder dem Feuer zu; ihr altes Ich machte einen Versuch, die Apathie abzuschütteln ... Steh auf und kümmer dich um Shane! befahl es ihr. Und das Mädchen vergeudet Essen, weil es noch nicht kochen kann. Du kannst nicht von den Nachbarn erwarten, daß sie weiterhin Essen bringen ... Aber die Apathie lastete auf ihr, und sie brachte es einfach nicht fertig, sich diesem Schmutz zu entziehen.

Die Stimme des Priesters salbaderte weiter und weiter, und sie fing wieder an, ihm zuzuhören. Soeben sagte er: »Seit Jahren bist du nun schon gottlos gewesen, und dann wunderst du dich, daß Drangsal über dich kommt. Mann, siehst du das denn nicht ein? Du kannst Gott nicht ohne Strafe geringschätzen; Sonntag für Sonntag einfach Seine heilige Messe ignorieren bringt Drangsal. Entscheide dich und wende das Blatt ... Wirf alle verderblichen Begleiter über Bord und komm zur Messe.« Fast freundlich klang die Stimme des Priesters; sie war leise und langsam. Als Mary Ellen ihm so zuhörte, wunderte sie sich, daß er solcher Freundlichkeit fähig war. Doch als seine Stimme noch langsamer wurde, wandte sie sich ihm zu und sah ihn an. Seine Augen waren halb geschlossen; er benahm sich wie jemand, der betrunken über dem Tisch hängt, und unterstrich jedes mühsam gesprochene Wort mit einem unsicheren Drohen seines Fingers.

Abrupt stand Mary Ellen auf und starrte mit aufgerissenen Augen und offenem Mund den Priester an. Als Pater O'Malley den Kopf hob und allmählich ihren fassungslosen Blick gewahrte, setzte er sich mit einem Ruck aufrecht hin ... Was, in Gottes Namen, war über ihn gekommen? Diese große, große Müdigkeit. Er schüttelte den Kopf, um sie loszuwerden. Heilige Mutter Gottes, hatte er sich angesteckt? ... Aber bei wem konnte er sich angesteckt haben? Wo war er heute überall gewesen? ... Bei den Flannagans ... und dem Kind, das wahrscheinlich die Schlafkrankheit hatte ... Im Namen Gottes, das konnte doch nicht sein! Gott würde nicht zulassen, daß sein treuer Diener darunter zu leiden hatte. Aber etwas hatte er sich bestimmt geholt – noch nie in seinem Leben hatte er sich so müde gefühlt.

Mary Ellen fing an zu lachen. Langsam stand der Priester auf. Diese Leute! Was waren sie schon? Ignorante Rowdies, die nur durch Furcht und Angst auf den rechten Weg getrieben werden konnten ... O Gott, laß dies nicht mit mir geschehen! flehte er. Mit meinem starken Willen will ich Dir diese Leute bringen ... Nur nimm das von mir ... Lacht doch dieses Weib! Die war verrückt geworden! ... Er mußte nach Hause und ins Bett. Er drehte sich und und wankte durch das Vorderzimmer, die verschreckte Molly hinter sich, während Shane halb aufgerichtet im Bett bestürzt den Zickzackkurs des Priesters verfolgte und das Gelächter Mary Ellens allmählich zu verklingen schien.

Aber Mary Ellen konnte ihrem Lachen keinen Einhalt gebieten; es schwoll in ihr an wie das Feuer vor einigen Tagen ... oder war es vor einigen Jahren gewesen? Es schüttelte jede Faser ihres Körpers. Eine Hand hielt sie gegen ihren Magen gepreßt und einen Unterarm über ihre schlingernden Brüste.

John stand jetzt vor ihr und blinzelte sie aus glasigen Augen an. »Hör auf, Ma! Hör auf, reiß dich zusammen.« Er hielt sie an den Schultern fest, und ihr weit geöffneter Mund und ihr verzerrtes

Gesicht taten mehr dazu, seinen Geist in die Normalität zurückzubringen, als dies alle Argumente der Welt vermocht hätten. Jetzt brauchte nur noch seine Mutter verrückt zu werden, und die Sache war komplett. »Hör mir zu, sei ruhig!« Heiser kamen die Worte über seine Lippen.

»Ich ... ich kann nicht, Junge.« Sie legte die Hände an die Seite, dort, wo der Schmerz des Lachens an ihr zerrte. »Die ... die Pillen! Sie h-hat sie in die falsche ... T-tasse getan.«

John konnte keinen Sinn in ihren Worten erkennen. Wieder schüttelte er sie. »Ma! Ma! Hör auf, sag' ich dir!« Aus dem Vorderzimmer drang Shanes schwache Stimme zu ihnen. »Was is' los? Was is' da draußen los? Warum lachste so? Himmel noch mal!«

Langsam verebbte Mary Ellens Gelächter, und sie blickte in Johns schmutziges, mit Stoppeln bedecktes Gesicht. Für eine Sekunde wurde ihr Gesicht zu einer ausdruckslosen Maske, bevor sie unter den befreienden Tränen zersprang, und ihre gestammelten Worte »O mein Kind! Mein liebes Kind!« stießen tief in John hinein und ließen ihn endgültig aus seiner Erstarrung erwachen.

Er legte die Arme um sie, hielt sie eng an sich gedrückt, und ihre Gefühle erschütterten ihn durch und durch, und das Brennen in seinen Augen wurde unerträglich. Wie das Wasser ins Trockendock stürzt, wenn ein Schiff vom Stapel laufen soll, so stürzten die Tränen aus ihm heraus. Sie benetzten Mary Ellens Augenbrauen, und ihr Naß ließ sie mehr gesunden, als es ihre eigenen Tränen vermocht hätten, und setzten sie wieder auf ihren angestammten Platz als Mittelpunkt des Hauses. Und so gaben sie sich wie immer gegenseitig Halt.

Noch zuckte Mary Ellens Körper, noch flossen ihre Tränen, als sie bereits von John zurückgetreten war und, ihn beim Arm nehmend, sagte: »Komm, Junge.« Sie führte ihn ins Schlafzimmer, und als er sich auf der Bettkante niedergelassen hatte, hob sie seine Füße hoch und lockerte seine Schnürsenkel. Er stöhnte auf und verbarg das Gesicht im Kopfkissen und weinte mit herzzerreißenden Schluchzern, wie nur ein tief gequälter Mann weinen kann.

Als Pater Bailey die Fadden Street hinaufeilte, schalt er sich immerzu, daß dies nun wirklich nicht die rechte Zeit sei, vergnügt zu sein. Das Leid war in diese Straße eingezogen und wütete immer noch. Er war froh, daß die Dunkelheit das verschmitzte Zwinkern in seinen Augen und das Lächeln auf seinen Lippen verbarg. Die Geschichte, die ihm Molly O'Brien erzählt hatte, war einfach zu phantastisch ... Sie hatte Pater O'Malley den Tee mit dem Schlafmittel gegeben! Und der war auf die Straße gewankt und ausgerechnet Peter Bracken begegnet. Und dann war er noch in Brakkens Haus geführt worden! Oh, das war schon das Höchste vom Höchsten. In seinen wildesten Fantasien hätte Pater Bailey sich nicht vorstellen können, daß ausgerechnet dieser Seelsorger sich von Peter Bracken auch nur berühren, geschweige denn in dessen Haus führen lassen würde.

Peter Bracken öffnete die Tür. »Sie haben nach mir geschickt?« fragte Pater Bailey.

»Ja«, antwortete Peter. »Wollen Sie nicht hereinkommen?«

Bis sie in der Küche waren, wurde kein Wort mehr gesprochen, und selbst dann noch nicht sofort; denn der Anblick von Pater O'Malley, wie er so auf dem Teppich ausgestreckt lag, ein Kissen unter den Kopf geschoben und mit einer Decke bedeckt, war fast zuviel für Pater Bailey. Pater O'Malley sah im Schlaf weniger voreingenommen und streng aus als sonst in wachem Zustand. Er sieht aus, dachte Pater Bailey vergnügt bei sich, als ob er dem Schöpfer die Träume diktiert habe und von welcher Art und Qualität diese sein sollten.

Pater Bailey unterdrückte ein Schmunzeln und vertagte das Vergnügen, das ihm diese Situation verschaffte, auf später, ganz besonders dann, wenn sein Vorgesetzter wieder die Leute tyrannisieren würde ... Oh, das Lachen, das er daraus schöpfen konnte, würde ihm ein Leben lang ausreichen!

»Wie ist er hierhergekommen?« wollte er von Peter wissen, wagte jedoch noch immer nicht, den Blick zu heben, damit dieser Mann, der auch in tiefer Trauer war, nicht das Schmunzeln in seinen Augen bemerkte.

»Ich kam gerade die Straße hoch«, erwiderte Peter, »als ich ihn fand. Er lag gegen die Wand gelehnt neben meiner Tür. Molly war bei ihm und erzählte mir, was sie getan hatte. Zu dieser Zeit war niemand auf der Straße, aber ich wußte, sollte ihn irgend jemand sehen, würde es sofort heißen, ich hätte des Teufels Auge auf ihn gelenkt.«

Pater Bailey blickte noch immer nicht auf. Er nickte nur.

»Oder hätte man ihn gesehen, wie er da herumtorkelte«, fuhr

Peter fort, »gleich würden einige gesagt haben ... na ja, daß er betrunken ist. Die Mitmenschen brauchen nur einen Schatten zu sehen, den Inhalt denken sie sich dann schon selber aus.«

Nun hob Pater Bailey langsam den Blick zu dem Mann hoch ... Wie viele furchtbare Inhalte waren für ihn schon im Schatten erdacht worden! Und nicht wenige von diesem Priester da zu seinen Füßen. Und dennoch hatte er alles getan, Pater O'Malley vor dem Stigma der Trunkenheit zu retten!

»Sie können ihn mit einem Taxi heimbringen lassen«, schlug Peter Bracken vor, »oder aber er kann hierbleiben, bis er aufwacht.«

Ja, ich könnte ein Taxi kommen lassen, dachte Pater Bailey, und ihn nach Hause fahren. Aber wiederum, sollte ihn jemand sehen, wie er ihn aus dem Haus hier trug, würde es sofort heißen, dieser Bracken hätte ihn verhext ... Nein, ich lasse ihn hier. Und lieber Gott, laß mich dabei sein, wenn er aufwacht – um nichts in der Welt möchte ich das verpassen.

»Würde es Ihnen viel ausmachen, wenn er hierbleibt?« fragte er.

»Nicht im geringsten«, antwortete Peter Bracken ruhig.

»Und auch ich?« fügte Pater Bailey hinzu. »Ich muß zwar noch einige Dinge erledigen, aber wenn ich darf, werde ich später wiederkommen ... Am besten statte ich erst mal dem Arzt, der die Tabletten ausgegeben hat, einen Besuch ab.«

»Da ist noch etwas, wovon ich Sie unterrichten muß«, sagte Peter. »Es war wichtig, daß John diese Tabletten geschluckt hätte«, er nickte auf den schlafenden Priester hinunter, »denn für heute nacht ist arrangiert worden, daß ... daß« – er konnte es nicht über sich bringen, Dominics Namen auszusprechen – »daß der andere fortgeschafft wird.«

»Dann wissen Sie also, wo er ist?« fragte Pater Bailey interessiert.

»Ja. Aber dort kann er nicht mehr lange bleiben. John wird über kurz oder lang wieder bei Sinnen sein und es dann sicherlich herausfinden. Er ist nämlich im ersten Stock des einzigen Hauses, das er nicht durchsucht hat.«

»Guter Gott!«

»John ist ein zu guter Mensch, als daß er leiden sollte ... seinetwegen. Er muß fortgeschafft werden!«

Der Priester nickte und fragte: »Wo soll er denn hingebracht werden?«

»Das kann ich Ihnen nicht sagen. Ich kann Ihnen nur sagen, daß man ihn an Bord eines Trampschiffs bringt.«

»Wird er denn kräftig genug sein, um für die Passage zu arbeiten?«

»Nicht zur Zeit. Aber das ist bereits arrangiert.«

Peter Bracken sagte nichts weiter, aber Pater Bailey wußte, daß kranke Männer, selbst auf einem Trampschiff, nicht umsonst mitgenommen werden. Und der Mann vor ihm war der einzige im weiten Umkreis, der Geld hatte und das Ganze arrangieren konnte. Er schüttelte den Kopf … Hier war wirklich ein guter Samariter, und dies noch unter solchen Umständen, daß man diese Tat nur als heroisch bezeichnen konnte. Er blickte auf Peters zusammengefallene Gestalt und in sein Gesicht, in dem die vergangenen drei Tage tiefe Linien des Alters eingeschnitten hatten. »Sie sind ein sehr tapferer und großmütiger Mensch.«

Der alte Mann wandte sich ab, seine Lippen zitterten. »Ich bin nicht tapfer; nur, ich kann mein Leid besser ertragen als die anderen, denn mein Kind ist mir nahe. Tod für sie«, er deutete mit dem Kopf zur Wand, »bedeutet selbst mit ihrer Religion eine Trennung, die nur der Tod aufheben kann. Aber für mich gibt es keine Trennung, der wesentlichste Teil von ihr ist noch immer bei mir.«

Für einen Moment regte sich in dem Priester der Stachel des Neides auf den Glauben dieses Mannes … Hier wurde gelebt, was Glauben wirklich war. Würde irgendein Katholik so denken? Nein, dachte er bedauernd. Christus bringt sich selber in den heiligen Sakramenten dar, aber ihr Glaube ist so klein, daß er nicht über die Grenze zu Ihm reichen kann …; darum gibt es auch so wenig Wunder. Sie bitten Gott, zu ihnen zu kommen, anstatt unerschrocken zu Ihm zu gehen.

»Kann ich Ihnen irgendwie helfen?« fragte er. »Gibt es irgend etwas, was ich tun könnte?«

Peter drehte sich wieder zu dem Priester um. »Sie könnten, wenn Sie wollten. John würde Sie nicht verdächtigen. Sie könnten mehr Tabletten besorgen und ihn dazu bringen, sie zu schlucken. Wenn die Leute den anderen … das andere heute nacht nicht schaffen, gibt es vielleicht in den nächsten Tagen keine andere Möglichkeit mehr. Und dann könnte es zu spät sein.«

Pater Bailey sah Peter Bracken unverwandt an. »Warum nehmen Sie all den Ärger auf sich wegen eines Menschen, der Ihnen ein so schweres Leid zugefügt hat?«

Peter schloß die Augen, und sein Gesicht wurde von Schmerz überzogen. Er hatte die Hauptquelle seines Lebens und Hoffens verloren, denn Christine hätte seine Ideen weitergetragen. Sie war mutig gewesen, in einigen Dingen mehr als er, denn ihn konnte gedankenlose Nachrede verletzen. Wie viele Tode war er in den vergangenen drei Tagen gestorben wegen des Verhaltens, das man Christine gegenüber an den Tag legte. Es war, als zählte das Mädchen überhaupt nicht ... als wäre nicht auch sie denselben Tod wie das andere Kind gestorben. Auf unterschwellige Weise gab man ihr sogar die Schuld an der Tragödie, während dem eigentlichen Täter von einem gewissen Teil der Leute hier sogar ein bißchen Sympathie gebracht wurde, und er selber war verhaßter und gefürchteter als je zuvor ... und sein Herz war verwundet.

Aber er antwortete dem Priester mit ruhiger Stimme: »Weil ich an den großen Plan des Lebens glaube. Ich glaube, daß all das, was passiert ist, passieren mußte. Was immer ich tue, muß ich tun, denn ich fühle, daß es nicht im großen Plan steht, daß John ein Verbrechen verübt und dafür büßen muß. Auf ihn warten andere Dinge; er hat begonnen zu denken, und nichts auf dieser Welt wird seiner Entwicklung Einhalt bieten können.«

So, als erwarte er eine ablehnende Bemerkung, blickte Peter für einen Moment direkt in die Augen des Priesters, bevor er fortfuhr: »Ich glaube daran, daß er einmal etwas zur Verbesserung seiner Mitmenschen tun wird ... Ich weiß, er wird es tun, denn Christine hat es mir gesagt, und sie wußte es, denn sie liebte ihn.«

Mit einem beinahe zärtlichen Ausdruck sah Pater Bailey den alten Mann an, der seltsamerweise in vielen Dingen genauso dachte wie er selber. Sagte nicht auch er immer, daß der Weg jedes einzelnen vom Tage seiner Geburt an vorgezeichnet sei und daß der große Schöpfer die Form eines jeden einzelnen Kiesels, der unter den Füßen knirschte, kannte? Dieser Mann hier war ein Denker, und er war von einem Geist besessen, der dem von Christus nicht unähnlich war. Er predige, daß er selber ein Teil von Christus sei und somit dessen Verstehen und dessen Macht besitze, und obgleich die von ihm vertretene Doktrin durch unüberbrückbare Barrieren von seiner eigenen getrennt war, so war sie doch im Kern die gleiche. Er mußte mit Peter Bracken reden; ob sich dieser dessen bewußt war oder nicht, in diesem Moment brauchte er es dringend. Pater Bailey wußte, reichte er Peter Bracken die Hand der Freundschaft, würde es eine gewaltige Aufgabe bedeuten; das größte Hindernis würde nicht so sehr in ihren unterschiedlichen Glaubensrichtungen und Ansichten liegen, sondern es würde dieser Priester sein, der jetzt zwischen ihnen unten auf dem Boden lag. Und nicht nur er allein, sondern alle anderen seiner Gesinnung, die mit dem begrenzten Wissen ihres Geistes Theorien aufstellten, die ihr eigenes übergroßes Ego hervorgebracht hatte und die sie dann im Namen der Kirche vertraten … Nun, diesmal würde er auf seinem Standpunkt beharren. Selbst wenn sie nicht in allen Dingen übereinstimmten, würden sie doch schon viel erreicht haben, wenn jeder den Standpunkt des anderen respektieren könnte … Und urplötzlich wurde sein Geist von der unumstößlichen Erkenntnis durchdrungen, daß der Versuch der Annäherung einzig und allein von ihm, dem Priester, ausgehen müßte, denn in seiner Demut war dieser Mann ihm weit voraus.

Er streckte die Hand aus und berührte Peter Brackens Ärmel. »Um den Jungen nebenan werde ich mich kümmern; vielleicht können wir dann später ein Gespräch miteinander haben.«

Nachdem Pater Bailey gegangen war, stand Peter mit leuchtenden Augen und erhobenem Kopf neben dem schlafenden Priester. Er redete, als stünde jemand neben ihm. »Du hast recht gehabt, mein Liebes. Dein Fortgehen hat einen Sinn gehabt. Nie wäre dies sonst geschehen. Willst du alle Lenker der Toleranz bitten, diesem Mann hier zu helfen? Ich werde auch an ihm arbeiten, damit er dem, der soeben gegangen ist, ähnlich wird.«

Während Peter Bracken vor Pater O'Malley saß, zuckte der Priester immer wieder heftig zusammen – es war, als sei ihm sein eigener Geist wegen dieser Freveltat in die Arme gefahren. Von Zeit zu Zeit blähten sich seine Lippen und Wangen, und er stieß Laute wie »Puh! Puh-puh!« aus.

Peter lächelte nicht. Es bedurfte wohl eines Pater Bailey, um die Komik dieser Situation gewahr zu werden.

Der blecherne Wecker auf dem Kaminsims zeigte halb eins an. Pater Bailey saß da und schaute ihn an, wobei er sich von Zeit zu Zeit überlegte, ob er nicht stehengeblieben war. Doch als er genau hinsah, machte der Zeiger eine leichte Bewegung, und wieder einmal empfand er, daß dies die längsten drei Stunden seines Lebens waren … und auch die seltsamsten. Hatte es je eine solche Situation gegeben? Hier saß er nun in dieser Küche nach Mitternacht, dieser abgearbeiteten Frau gegenüber, die so still war, als sei sie schon tot; und drei Tassen auf dem Tisch, von denen die größte bereits Milch vermischt mit weißem Pulver enthielt. Und dort auf dem Schwenkarm stand der Teekessel und dampfte heftig. Wahrscheinlich würden sie alle an Tanninvergiftung sterben, wenn sie das Zeug tranken. Gebe Gott, daß es nicht nötig war. Weniger als eine halbe Stunde noch, und die Männer würden hier sein und wieder verschwinden, und John könnte weiterschlafen oder aufwachen, ganz wie es ihm beliebte, und könnte keinen Schaden mehr anrichten … Und er selber, er könnte nach nebenan gehen, wo zumindest ein bequemer Sessel auf ihn wartete, in den er sich zurücklehnen konnte, während er auf das ›große‹ Erwachen seines Vorgesetzten wartete … Was für eine Situation! Da lag nun nebenan ein Priester, der eingeschworenste Gegner aller Spiritisten und insbesondere von Peter Bracken, und ausgerechnet der wurde freundlich von eben diesem Mann behütet.

Pater Bailey merkte, wie ihm die Augen zufielen, und schläfrig dachte er, daß er schon seit vielen Jahren kein Gespräch mehr so genossen hatte wie das am frühen Abend … ein wirklich erleuchteter Mensch war das. Natürlich lag Bracken in vielen seiner Ansichten völlig falsch – Gott helfe ihm –, aber einige gab es, die erstaunlich eng denen der Kirche verbunden waren. Zum Beispiel Peter Brackens Idee, daß die Geister – auch Führer genannt –, durch die die Heilungen vollzogen wurden, die guten Menschen waren, die weiterexistierten. Er und alle Katholiken nannten sie Heilige. War das nicht ein interessanter Aspekt …?

Plötzlich riß ihn ein erschreckter Laut von Mary Ellen aus seinen Gedanken.

Sie tauschten Blicke aus und sahen beide gleichzeitig zur Schlafzimmertür; von dort drang das laute Quietschen eines Bettgestells zu ihnen. Dann war ein Rumoren zu hören, eine kurze Stille folgte, und dann erschien John im Türrahmen.

Erst zwei Tage war es her, daß Pater Bailey John gesehen hatte, und die nicht zu übersehende Veränderung an dem jungen Mann schmerzte den Priester. Er sah hager und doppelt so alt aus.

Aber jetzt ist nicht die Zeit für nutzloses Mitleid, rief sich Pater

Bailey zur Ordnung. Von allen Zeiten, die John für sein Erwachen hätte wählen können, war dies die denkbar ungünstigste. Selbst wenn er das Zeug noch in dieser Minute trinken würde – so stark es auch immer war –, so war doch zweifelhaft, ob es noch vor der Ankunft der Männer wirken würde.

John schüttelte schlaftrunken den Kopf und fuhr sich mit der Hand über die Stirn. Dann sah er fragend den Priester an.

Und Pater Bailey sagte auch prompt: »John, deinem Vater geht es nicht sehr gut. Und da hat mich deine Mutter rufen lassen.«

John akzeptierte dies und blickte zu seiner Mutter hinüber. Dann wanderte sein Blick zur Uhr ... zwanzig vor eins! Der ganze Schmerz seines Lebens flutete wieder in ihn zurück ... Er hatte Stunden geschlafen! Dann hatten sie ihn wohl weggeschafft. Nun, einmal mußte er einfach schlafen. Aber großer Gott, warum hatte er ihn nicht zuerst schnappen können, dann wäre diese Qual vorbei. Jetzt würde sie für immer da sein.

»Hier, Junge, trink 'ne Tasse Tee.« Mit zitternden Händen goß Mary Ellen den schwarzen Tee ein.

John fuhr sich mit der Hand über das Gesicht und schüttelte den Kopf: »Ich will mich zuerst waschen.«

»Ich könnte auch noch eine vertragen, Mrs. O'Brien. Komm, John, trink eine Tasse mit mir; das wird dir guttun.«

Der Priester nahm die Tasse aus Mary Ellens Hand und rührte den Inhalt heftig um; dann reichte er sie an John weiter.

Ohne weitere Einwände nahm John die Tasse und trank einen Schluck von dem heißen Tee. Er verzog das Gesicht und setzte die Tasse ab. Huh! Was für ein Geschmack ... sein Mund war trocken und geschwollen!

Er ging zur Feuerstelle hinüber und hob den Kessel hoch. Er war leer, und diese Tatsache war so ungewöhnlich, daß er den Kessel hin und her schüttelte und dann zu seiner Mutter hinüber sah. Ein Symbol des neuen Lebens ... nichts würde mehr so sein wie früher.

Mary Ellen nahm den Kessel John ab, während dieser sich wieder an den Tisch setzte und seinen Tee austrank. Der Priester seufzte und nahm schwerfällig Platz. Mary Ellen ging zwischen ihnen durch zur Feuerstelle und setzte den Kessel auf. Dann ließ auch sie sich wieder nieder. Keiner sagte ein Wort. Das Schweigen lastete schwer auf ihnen allen, bis Pater Bailey schließlich meinte:

»Nun, Mrs. O'Brien, ich muß mich wohl bald auf den Weg machen.« Aber irgendwelche Anstalten dazu machte er nicht, und in der neuerlichen Stille war nun ein leises Tappen zu vernehmen. Schnell wechselten Mary Ellen und der Priester Blicke; John starrte weiterhin auf den Kessel, der leise zu summen begonnen hatte.

Das Tappen kam nun von der Wand hinter Johns Rücken und verlief hinauf zur Decke. Der Priester wandte den Blick von Mary Ellen ab und starrte ins Feuer … Nun, wenn sie nicht mehr Krach machten, würde es klappen – die alten Socken um die Stiefel waren ziemlich wirksam. Noch zwei, drei Minuten, und alles war vorüber.

Die Minuten verrannen. John stand auf und hob den Kessel vom Feuer und versuchte, in sich wieder den Drang zum Weitermachen zu erwecken. Warum faulenzte er hier überhaupt herum? In wenigen Minuten würde er wieder eingeschlafen sein. Und es gab immer noch die Chance, daß er ihn finden könnte; denn woher sollten die anderen wissen, wie lange er schlafen würde? Vielleicht hatten sie es nicht riskiert, ihn wegzuschaffen. Diesmal würde er sich am unteren Ende der Straße aufstellen; zehn zu eins, daß er dort war, denn in dieser Gegend waren seine Freunde.

»Das Wasser is' noch nich' heiß genug«, warf Mary Ellen ein und stand auf. In der Spülküche würde er direkt unter der Treppe stehen, und das Tappen hatte jetzt wieder begonnen.

»Es reicht schon.«

Er wollte soeben an ihr vorbei, als von oben ein Laut kam. Er blieb stehen. War wahrscheinlich ein Stuhl oder ein Kasten oder ein anderes Stück aus Peggy Flahertys Menagerie. Vielleicht hätte John dem keine weitere Bedeutung beigemessen, hätte er nicht just in diesem Augenblick seine Mutter angesehen und dann den Priester. Bei dem besorgten Ausdruck ihrer Blicke fiel es ihm wie Schuppen von den Augen … »Dieses Weibsbild!« knirschte er unter zusammengebissenen Zähnen; in diesem Moment dachte er nicht so sehr an Dominic als an Peggy Flaherty. Jetzt war ihm alles sonnenklar … Ihre ständige Begleitung hatte also nur dem Zweck gedient, ihn von der Fährte dieses Schweinehundes wegzulocken! Was für ein verdammter Idiot war er doch gewesen! Er feuerte den Kessel fast auf den Herd, doch als er sich umdrehte, um aus der Hintertür zu stürzen, war diese durch den Priester blockiert.

»Gehen Sie aus dem Weg!« befahl er grimmig der kleinen rundlichen Gestalt Pater Baileys.

»Hör zu, John. Ich werde nicht aus dem Weg gehen ... Jetzt hörst du mir mal zu!« Der Priester starrte mit aller Aggressivität, deren er fähig war, zu John hinauf. »Du kannst nichts tun ... du bist so hilflos wie ein neugeborenes Baby. Begreif das endlich. Du hast soeben eine große Dosis Schlafmittel geschluckt, die ein Pferd umhauen würde. Und genau das wird in wenigen Minuten mit dir geschehen.«

John trat zurück und sah seine Mutter an. Mary Ellen hielt sich die Hand vor den Mund, stumm flehten ihre Augen ihn an. Aber sie sagte nichts. Er hörte wieder ihr Gelächter, ihre vom Lachen halb verschluckten Worte über Molly und die Pillen, und er erinnerte sich an das eigenartige Verhalten des Priesters ... Und jetzt hockte Pater Bailey hier und verkaufte ihm die Geschichte mit seinem Vater. Warum in aller Welt behandelten ihn alle wie ein Kind! Aber noch war er nicht eingeschlafen. Nein, bei Gott, noch lange nicht.

Mit Schwung packte er den Wassereimer, der neben der Blechschüssel stand, bückte sich und schüttete sich das Wasser über den Kopf; dann trocknete er sich heftig ab. Und noch bevor Mary Ellen und der Priester Johns Absichten durchschaut hatten, war er durch die Vordertür hinausgestürmt.

Draußen rannte er so schnell wie nie zuvor die Straße hinunter, um die untere Ecke und wieder die Hintergasse hinauf. Aber als er den eigenen Hinterhof erreichte, fand er nur Mary Ellen und Peggy vor. Sie standen an der Küchentür – Inbegriff einer erfolgreichen Konspiration.

In dem Augenblick, da er stehenblieb, spürte er die Wirkung der Droge, und eigentlich wünschte er sich nichts sehnlicher, als an ihnen vorbei in die Küche zu laufen und sich hinzusetzen. Aber dieses Verlangen verdrängte er mit Gewalt. Er drehte sich um und rannte weiter, jetzt zur Hauptstraße hin. Welchen Weg sie auch immer einschlagen mochten, um ihm auszuweichen – irgendwann mußten sie auf die Hauptstraße.

Es fiel jetzt ein kalter Nieselregen, und sein Hemd war bald durchnäßt; aber dies würde ihn nur wachhalten. Soweit er die Straße überblicken konnte, war niemand in Sicht. Er stand im Schatten einer Mauer, von der aus man die Öffnungen der Straßen überblicken konnte. An jeder Ecke stand eine Straßenlaterne, doch die Straßen sogen schnell das Licht in der Dunkelheit auf, und er erkannte, daß er sich ständig bewegen mußte, wollte er eine Bewegung in den unteren Straßeneinmündungen frühzeitig sehen.

Seine Augenlider wurden immer schwerer und senkten sich langsam über die Augäpfel. Er riß die Augen wieder auf und fluchte leise vor sich hin. Die brauchten jetzt nur noch zu warten … irgendwo da drin waren sie noch, dessen war er sich sicher. Wie lange noch konnte er gegen den aufsteigenden Schlaf ankämpfen?

Er mußte sich gegen die Mauer lehnen. Allmählich erstarb der Ärger in ihm, und das einzige, was er wollte, war sich hinlegen … Zum Teufel mit ihnen! Er begann zu gehen, doch schon bald mußte er stehenbleiben und sich gegen einen Laternenpfahl lehnen. Sein Kopf pochte im Rhythmus sich nähernder Pferdehufe. Bald darauf kam der schwarze Umriß einer Droschke auf ihn zu, und davor auf dem Straßenpflaster erkannte er die eilig dahintrippelnde Gestalt von Pater Bailey.

Schnaufend blieb der Priester neben John stehen und legte ihm die Hand auf den Arm. Er murmelte etwas, aber John hörte ihm nicht zu. Sein Blick ruhte auf der Kutsche, die jetzt mit ihnen auf einer Höhe war … und da war Dominics Gesicht! Seine Augen blickten aus dem Fenster – dunkle Höhlen in einer weißen Masse. Die Zeit schien stillzustehen, gab den Brüdern Gelegenheit, noch einmal letzte Blicke des Hasses zu tauschen. Dann schnellte etwas aus John heraus und schoß über das höhnische Gesicht des Bruders. Aber was immer es gewesen sein mochte, es hatte keine Wirkung … Die Droschke rollte weiter, das bandagierte Gesicht verschwand. Und John ließ sich wie ein Kind von dem Priester wegführen. Vage dachte er noch, daß ihn nun für den Rest seines Lebens eine tiefe Unzufriedenheit begleiten würde … Etwas war nicht abgeschlossen.

Entsagung

Der Aufseher der Sägemühle sah zu, wie John über die Mauer sprang; er erwartete ihn auf dem Bürgersteig der Hauptstraße.

»Wissen Sie eigentlich, daß das strafbar ist?« fragte er ruhig.

John rückte seine Kappe zurecht. »Ja, ich glaub' schon.«

»Nun, ich möchte ja nicht hart erscheinen«, der Mann entschuldigte sich fast, »aber das muß aufhören. Ich hätte ja nichts dagegen, wenn's nur einer täte, aber Sie wissen ja selber, es braucht nur einer anzufangen, und bald nehmen alle, die in Jarrow wohnen, diesen Weg, und Sie können sich ja wohl vorstellen, was dann mit dem Holz passiert ... Deswegen muß das aufhören, verstehen Sie?«

John nickte nur, bevor er weiterging. Und der Mann, der ihm nachblickte, dachte nur: Armer Teufel. Es stimmte, was man sich erzählte – er war schon etwas komisch geworden. Was für einen Grund sollte es sonst haben, daß er nicht die Hafenausgänge benutzte? Denn obgleich der Hof des Sägewerkes vielleicht eine Abkürzung nach Jarrow bildete, war sein Zugang doch schwierig. Vielleicht glaubte der Bursche noch immer, daß er seinen Bruder jagte. Nun, was immer er auch glauben oder tun mochte, er mußte sich eine andere Möglichkeit als diese Mauer ausdenken, so etwas zu tun ...

John war dies klar, als er heimging. Aber es gab keinen anderen Weg, ein Zusammentreffen mit Mary zu vermeiden. Benutzte er das Haupttor am Hafen, liefen sie sich unweigerlich früher oder später über den Weg. Seit vier Wochen nahm er nun schon diesen Fluchtweg über die Mauer, vermied er doch damit die Brückenbogen und die gesamte Straße nach Simonside. Allerdings schnitt diese Route nicht den Priel ab – mit keinem noch so großen Umweg ließ sich der Priel umgehen. Anfänglich war er entschlossen gewesen, Mary nur so lange aus dem Weg zu gehen, bis er in der Lage war, ihr gegenüberzutreten; aber mit jedem verstreichenden Tag wurde er unentschlossener und machte sich vor, daß durch die zwischen ihnen herrschende Stille der Wahnsinn allmählich absterben würde und er ihr nicht gegenübertreten müsse. Doch dann waren ihre Briefe gekommen. An jedem Tag in den vergangenen drei Wochen war ein Brief gekommen. Sie waren alle fein säuberlich in einem Karton unter seinem Bett abgelegt – ungeöffnet. Als der erste gekommen war, hatte er gewußt, daß er ihn nicht öffnen durfte, denn die aus ihm sprechenden Worte würden seine Isolierung sprengen.

In den sich endlos dahinziehenden Stunden der Nacht dachte er an die Briefe und was wohl in ihnen stand, und es war ihm, als rufe ihr Inhalt Mary selber herbei, trug sie ihm ins Zimmer … manchmal sogar in sein Bett. Dann konnte er sie spüren, sogar der zarte Duft ihres Parfums umwehte ihn, und er streckte die Arme aus, um sie an sich zu ziehen; und in diesen Augenblicken kam er wieder zu sich, stand auf, blieb auf dem kalten Fußboden am Fenster stehen und starrte auf das schwarze Rechteck des Hinterhofes oder hinauf zu dem Stück Himmel, das zwischen den Häuserzeilen zu sehen war. Er wußte, daß Mary und die Zauberwelt, die allein sie zu schaffen vermochte, nicht für ihn bestimmt waren – hier, wo er jetzt stand, das war seine Welt, dies hier würde sein nächtlicher Ausblick für alle Zeiten sein … dies hier war sein weitester Horizont. Dies hier war die Grenze all seiner wilden Hoffnungen; hier in diesem Haus mußte er sein Heil suchen. Manchmal preßte er die Stirn gegen die kalte Fensterscheibe und murmelte: »Katie! Katie!«, als bitte er sie um Vergebung … Hätte er doch niemals die Idee gehabt, aus ihr eine Lehrerin zu machen! Es war sein Fehler, denn sie war noch ein Kind gewesen und hätte den Traum wieder vergessen. Und er hätte sich niemals in Schale geworfen, um … sie aufzusuchen. Und würde er sie nicht gekannt haben, hätte er allmählich gelernt, Christine zu lieben. Und die Meinungsverschiedenheit zwischen ihm und Dominic wäre früher bereinigt worden, und seine Katie und Christine würden heute noch leben … Auch wenn die Brackens nicht nebenan eingezogen und er nicht wie ein Jünger zu Peters Füßen gesessen und all seine verrückten Ideen über die Macht des Denkens in sich aufgesogen hätte, wäre das alles nie geschehen.

Nun, mit dem Denken hatte er endgültig Schluß gemacht … Seine Mutter hatte recht – es brachte einem nichts ein. Fantastische Aussichten gab es für ihn nicht mehr. Auf der Straße, auf der er wanderte, gab es keinen Platz für Fantasien. In verschiedenster Hinsicht war er nicht bei Verstand gewesen, hatte eine Zeitlang zwischen ihr und Peter verrückt gespielt. Sie hatte ihn sogar glauben gemacht, daß seine kuriosen Gedanken, die ihm durch den Kopf schossen, unpolierte Edelsteine seien, daß sie poetische Qualitäten besäßen und Peter hatte ihm eingeredet, daß das Leben etwas Gigantisches mit ihm vorhabe, daß er eines Tages Männer führen würde, nicht in den Kampf, sondern daraus hervor … heraus aus dem Kampf mit dem Elend in größere und bessere Möglichkeiten. Peter hatte ihn sogar angefeuert, den Job eines Gewerkschaftsdelegierten der Labourers' and General Workers Union zu übernehmen … Gott, auf welchen Wolken war er dahingesegelt! Bis zu der Sache mit Nancy Kelly! Selbst dann hatte er noch sein Mekka in Amerika gesehen. Aber jetzt war all das ausgeträumt. Er wußte nun, wo sein Mekka lag … in diesem Haus, in den Fifteen Streets und in den Docks; in der Ernährung seiner Mutter und seines Vaters und Mollys und dieses anderen heranwachsenden Dominics.

Und doch war ihm klar, daß der härteste Teil ihm noch bevorstand. Er würde sie sehen und Schluß machen müssen. Es war viel besser, einen sauberen, harten Schnitt zu machen, als sie hinzuhalten. Hatte er dies erst einmal hinter sich, würde er sich auch besser fühlen; schlechter konnte er sich ohnehin nicht fühlen.

Die Samstage glichen dem Öffnen einer frischen Wunde; die Wochenenden waren eine Tortur. Und jetzt lag wieder eines vor ihm. Seit er über die Mauer gesprungen war, wußte er, wie er es verbringen würde – er mußte ihre Briefe lesen!

Als er die Küche betrat, wanderte sein Blick wie von selbst hinüber zum Kaminsims. Wieder stand da ein Brief gegen die Uhr gelehnt. Er schob ihn in die Tasche, wusch sich und setzte sich zum Abendessen nieder. Shane saß bereits am Tisch, und John beantwortete aus einem immer stärker werdenden Mitleid heraus geduldig die Fragen des Vaters … Ja, das erste Boot dieses Jahres war mit Lulea-Erz aus Schweden eingelaufen, und es schien schwerer als sonst beladen zu sein … Ja, und für Montag wurde eines aus Bilbao erwartet.

»Das bedeutet Akkordarbeit«, meinte der Vater, »fünf Schilling die Schicht.« Er schüttelte den Kopf und blickte auf seine zitternden Hände. »Wenn ich vielleicht wieder anfange, gibt sich's von selber … Was meinste, Junge?«

»Laß dir noch 'n bißchen Zeit«, riet John, obwohl er genau wußte, daß alle Zeit dieser Welt ihn nicht auf die Docks zurückbringen würde.

»Ja. Noch 'ne Woche«, stimmte Shane mit mitleiderregender Erleichterung zu.

Schweigend machte sich unterdessen Mary Ellen zwischen Herd und Tisch zu schaffen. In ihrer Liebe zu dem Sohn hatte sich Ehrfurcht eingeschlichen. Es lag an den Briefen. Dieses Mädchen schrieb ihm jeden Tag, und doch hielt er dem stand. Wenn je ein Junge geliebt hatte, so war er es. Aber er verzichtete auf das Mädchen ... für sie hier. Wo nahm er nur die Kraft her? Sie sah in ihm einen Mann mit ganz normalen Bedürfnissen, und in der für sie charakteristischen Demut ignorierte sie die Herkunft seiner Stärke, die nur aus ihr kommen konnte. Könnte er doch nur das Mädchen haben ... Aber das war einfach unmöglich, die Familie hier hing von ihm ab; nur durch ihn konnten sie leben.

Und wieder war es Samstag. Wie fürchtete und verabscheute sie die Samstage! Unter der Woche sammelte sie Kräfte, um die Samstage durchzustehen. Doch das Leben ging weiter. Im Viertel nahm alles wieder seinen normalen Lauf. Von dem Unfall sprach man bereits wie von einem Ereignis, das lange zurücklag: »Das war ein Samstag, nicht wahr?« oder: »Der Tag, an dem die beiden Kinder ertranken.« Die einzigen außerhalb dieses Hauses, die noch immer die Bürde jenes Tages zu tragen hatten, waren Peggy Flaherty und die Kellys. Peggy, weil John nicht einsah, wie sie meinte, auf welcher Seite sie wirklich gestanden hatte. Er hatte ihr diese Täuschung nicht verziehen, und sichtbar verschwand ihr Fett unter der Last dieses Kummers. Ihre schlichte Seele empfand, daß nichts in Ordnung kommen konnte, solange John nicht mit ihr redete. Die Kellys waren in Mitleidenschaft gezogen, weil sie jetzt keine Entschädigung für Nancy bekamen. Sie saßen da mit ihrem Kind, und ihr ohnehin mühseliges Leben wurde noch schwieriger, während gleichzeitig unter ihren Augen das Kind in Nancy wuchs – vielleicht eine neue Nancy. Mary Ellen dachte oft daran. Bald würde das Kind geboren sein, und sie würde Großmutter sein, und immer wäre da gegenüber Dominic ... und versteckt hinter den Vorhängen würde sie nach Ähnlichkeiten suchen. Sie sah sich selber, wie sie dies in all den kommenden Jahren tun würde, denn für sie gab es keine Möglichkeit, jemals die Fifteen Streets zu verlassen. Zudem wollte sie dies jetzt auch nicht mehr; das Verlangen nach einem Wechsel war schon vor langer Zeit in ihr erloschen, und ihr war bewußt, daß sie das Leben hier bis zum bitteren Ende durchstehen mußte. Dies jedoch berührte sie wenig; nur, daß es auch ihrem Sohn so ergehen sollte, das bekümmerte sie zutiefst. Sie hatte nicht gewollt, daß er nach Amerika ginge, aber sie wollte auch nicht, daß er sein ganzes Leben in den Fifteen Streets verbringen sollte … Mein Gott – nein …

Das Abendessen war vorüber, und während Molly den Tisch abräumte, nahm Mary Ellen Micks Hemd von einem Berg von Kleidung, der darauf wartete, geflickt zu werden, schnitt das untere Ende ab und steckte es über die Schultern. Dann setzte sie sich Shane gegenüber und fing an zu nähen.

John kam aus dem Schlafzimmer und sah Molly scharf an. »Is' jemand vor einiger Zeit hiergewesen? Du weißt, wen ich meine?«

Molly hielt für eine Sekunde seinem Blick stand, dann senkte sie den Kopf und murmelte: »Ja.«

»Warum haste mir nichts gesagt?«

Molly wandte ein wenig den Kopf ab und starrte in den Schoß ihrer Mutter … Wie konnte sie zu ihm sagen: Du warst nicht stark genug, sie zu sehen? Sie mußte daran denken, wie sie an einem Sonntagnachmittag die Tür geöffnet hatte, und davor hatte Miss Llewellyn gestanden. Sie hatte gebeten, ihre Mutter oder ihren Vater zu sehen, und Molly hatte gesagt, das ginge nicht, beide fühlten sich schlecht. Es tat richtig gut, einmal einer ehemaligen Lehrerin etwas abzuschlagen, noch dazu einer Lehrerin, die sie, Molly, nie sonderlich beachtet hatte; und als sie ihr auch noch abschlagen konnte, John zu sehen – sie hatte gesagt, er sei ausgegangen, und sie wisse nicht, wohin –, da hatte ihr dies ausgesprochenes Vergnügen bereitet. Für Miss Llewellyn empfand sie kein Mitleid, trotz ihres blassen und vergrämten Aussehens. Sie wollte sie hier nicht haben. Sie wußte, Miss Llewellyn hatte Erfolg bei ihrem John, und es ging ihr nicht ein, wie so jemand wie die, so protzig, ihrem John nachlaufen konnte, und weil sie dies irgendwie als Abstieg empfand, besaß sie die Frechheit, auf Miss Llewellyn herabzusehen. Und so vergaß sie das Ganze, sobald Miss Llewellyn gegangen war. Und jetzt tadelte John sie dafür, wo sie ihm doch gar keinen Verdruß bereiten wollte, wo doch ihr tägliches Lebensziel war, daß er und ihre Ma sie so gern hatten, wie sie Katie gern gehabt hatten.

Sie gab keine Antwort, und John ging ins Schlafzimmer zurück. Er nahm wieder den Brief auf, den er zuvor gelesen hatte ... ›Liebster, ich mußte einfach kommen. Ist mein eigener Schmerz schon so groß, wie unerträglich muß das alles auf deiner Familie lasten ...‹ Sie war hierhergekommen, zu diesem Haus. Durch die offene Tür mußte sie die Kargheit des Vorderzimmers gesehen haben; und doch hatte es sie nicht abgestoßen; die ganzen Fifteen Streets hatten sie nicht abgestoßen. Nichts würde sie abstoßen. Sie würde weiter daran glauben, daß er wieder zu ihr kommen würde, hatte er erst einmal seinen Schmerz akzeptiert.

Er hob einen anderen Brief auf ... ›Geliebter, ich verstehe. Ich werde geduldig warten. Jede Nacht gehe ich in unsere Seitengasse, und ich weiß, wenn du nicht da bist, gibt es den nächsten Abend oder den übernächsten oder den darauffolgenden ...‹ Hart preßte er die Faust gegen seine Handfläche, stand auf und begann, auf Strümpfen im Zimmer auf und ab zu gehen ... Wieviel konnte ein Mensch ertragen? Von all den Millionen Frauen dieser Welt bot ihm diese, die so hoch über allen anderen stand, eine solche Liebe an, eine Liebe, von der andere Männer nur träumten und die für sie immer nur ein Traum bleiben würde. Und diese Liebe gehörte ihm, wurde ihm dargeboten, ihm – John O'Brien von der Fadden Street 10 im Viertel der Fifteen Streets. Doch er mußte auf sie verzichten und mußte es jetzt tun, heute noch. Er mußte ihr sagen, daß der wahnwitzige Traum ausgeträumt war. Er mußte es schnell und sauber tun; der Schnitt mußte ohne Sentiment vorgenommen werden, keine liebevollen Adieus und kein Zurücklassen von Hoffnungen für die Zukunft. Er wußte, was für ihn die Zukunft bereithielt ... Er war Aufseher, und er würde Aufseher bleiben, und es gab nicht die leiseste Chance, daß sie je die Frau eines Aufsehers werden würde.

John erblickte Mary, bevor sie ihn sah. Sie war noch auf der Hauptstraße und ging langsam vor ihm her, und die untergehende Sonne umhüllte ihre Bewegungen mit einer Aura weißen Lichts. Er blieb stehen und trat in den Schatten. Schon der bloße Anblick ihres Rückens hatte alle Stärke und Entschlußkraft in ihm dahinschmelzen lassen; was für eine Hoffnung, hart zu bleiben, hatte er, stand er ihr erst einmal von Angesicht zu Angesicht gegenüber? Es war leicht, allein in einem Zimmer mutig zu sein, wenn man nur sich selber als Gesprächspartner hatte. Da gab es keine Augen, die in dein Herz hineinsahen, und keine Berührung, die dein Blut in Wallung brachte. Im Schlafzimmer war er mutig genug gewesen, seine alten Sachen anzuziehen. Mit grimmigem Trotz hatte er sein Halstuch geknotet, seine alten Hosen und schweren Stiefel angezogen und schließlich seinen Regenmantel und die Kappe. Das, so hatte er sich eingeredet, rückte ihn wieder dahin, wo er wirklich war, und es würde ihr die Sache erleichtern. Sie würde weniger Bedauern empfinden, wenn sie leibhaftig vor sich sah, was sie wirklich verlor. Aber jetzt war er sich dessen keineswegs mehr so sicher. In seinen guten Sachen wäre er zumindest nicht so gehemmt gewesen. Er fingerte an seinem Halstuch und dachte an ihre Reaktion, wenn sie ihn in diesem Aufzug sah – nun, war es nicht genau das, was er gewollt hatte? Noch einige Minuten beobachtete er sie ruhig, doch sein Herz trotzte seiner Vernunft und schrie: Mary – o Mary!

Als sei die innere Stimme seiner Sehnsucht laut geworden, drehte sie sich um, und John wußte, daß jetzt die Zeit gekommen war, und er trat in die Mitte des Bürgersteigs und ging langsam auf sie zu.

Mary war stehengeblieben und blickte ihm entgegen. Sie bemerkte nicht seine Kleidung, sie sah nur sein Gesicht. Selbst aus dieser Entfernung sprang seine Leere sie an, und sie murmelte laut: »Mein Liebster! Mein Liebster!« Und mit einem kleinen Aufschrei hob sie ihren Rock auf und lief ihm entgegen. John blieb stehen, bevor sie ihn noch erreicht hatte, und das selbstauferlegte Verbot, nicht die Arme auszubreiten, kostete ihn ungeheuerliche Kraft.

»O John! – Mein Liebster!« Sie legte die Hände gegen seine Brust.

Er schluckte, als müsse er einen ganzen Granitblock hinunterwürgen. »Hallo, Mary.«

»Hallo, mein Liebster.« Zärtlich lächelte sie ihn an. »Wie geht es dir?«

»Ganz gut.« Er konnte den Blick nicht von ihrem Gesicht wenden. Sie war blaß, aber sie war schöner denn je, und die Zärtlichkeit in ihrem Blick ließ ihn innerlich aufstöhnen.

»Wie geht es deiner Mutter?« fragte sie sanft.

»Ganz gut.«

»Und geht es deinem Vater besser?«

»Ja.«

Sie senkte den Blick auf ihre Hände. Ihre Finger streichelten sanft sein Halstuch. »Ich habe dich vermißt, Liebster.«

Es war unerträglich. Kein Fleisch und Blut konnte dem standhalten. Brüsk trat er von ihr zurück und fing an zu gehen, und sofort war sie an seiner Seite und hielt seinen Arm mit beiden Händen fest. »Was ist los, John?«

Er antwortete nicht, und sie fuhr fort: »Wollen wir die Gasse hoch gehen?« Wortlos bog er in die Gasse ein; seine Arme hingen wie leblos zwischen ihren Händen herunter. Er wußte, er verhielt sich flegelhaft, aber machte er auch nur eine entgegenkommende Geste, wäre er verloren. Sie blieben stehen an dem Zaun, gegen den sie sich früher immer gelehnt und von wo aus sie den Mond beobachtet hatten und wo sie zärtlich miteinander gewesen waren. Jenseits des Zaunes ließ das Abendrot den jungen Weizen wie ein pastellfarbenes Meer leuchten. John stand vor dem Tor und blickte über das Feld.

»Liebster, sprich darüber. Katie hätte es so gewollt. Es wird dich erleichtern.« Mary hatte die Hand von seinem Arm genommen und stand an seiner Seite und wartete. »Reden würde nichts ändern«, erwiderte er kurz. »Aber über etwas anderes muß ich mit dir reden.«

Als sie nichts darauf erwiderte, fuhr er schnell fort: »Ich werde nicht nach Amerika gehen – das ist aus. Diese Sache hat meinen Vater kaputtgemacht. Er wird nie wieder arbeiten können. Und Molly und Mick gehen noch zur Schule. So kommt also nur mein Geld herein.« Er blickte sie nun an. Das Abendrot, das die Umgebung in zarte Schönheit tauchte, ließ sein Gesicht nicht weicher erscheinen. »Jetzt kann nichts mehr für uns dabei herauskommen. Es hat keinen Zweck weiterzumachen. Verstehst du?«

»Nein«, erwiderte sie, »das verstehe ich nicht.«

Ungeduldig bewegte er den Kopf. »Wie könnte es? Wovon sollten wir leben?«

»Wir könnten warten … Du hast mich schon einmal gebeten, auf dich zu warten, als du nach Amerika gehen wolltest.«

»Das war was anderes. Auf was kann man jetzt noch warten?«

»Molly verläßt in diesem Sommer die Schule, und dein Bruder wird bald vierzehn.«

»Und was ist mit meiner Mutter und mit meinem Vater?«

»Es gibt immer Mittel und Wege. Du könntest sie doch weiter unterhalten.«

»Wovon?« Er schrie es beinahe heraus. Es war, als würde er sie jetzt bekämpfen, und das schockierte ihn, doch er fuhr fort: »Wo sollten wir leben und wovon? Sag mir das nur einmal.«

Sie gab keine Antwort. Und langsam senkte er den Kopf auf die Brust und murmelte: »Es tut mir leid.«

»Es braucht dir nicht leid zu tun.« Sie trat einen Schritt näher an ihn heran, berührte ihn jedoch nicht. »John, sieh mich an.« Sie wartete, bis er den Kopf gehoben hatte, dann fuhr sie fort: »Wir lieben uns. Für keinen von uns kann es jemanden anderen geben – wir wissen das. Also, laß dies nicht zu. Es gibt einen Ausweg, es muß einen geben. Aus jeder Situation gibt es einen Ausweg.«

Peters Worte: Aus allem gibt es einen Ausweg. Benutze deinen Verstand, und er wird dir die Lösung weisen. Peters Gedankengänge, das Drängen in ihrer Stimme und das Flehen in ihren Augen durchbrachen für einen Moment die Versteinerung seines Innern, und er erlaubte seinen Gedanken, sich an eine flüchtige Hoffnung zu klammern. Gäbe es vielleicht doch einen Ausweg? Konnte der Wahnsinn wiederbelebt werden? Oh, diese überwältigende Freude, sie wieder zu berühren! Ihr Gesicht verschwamm vor seinen Augen, und ihre Stimme wurde eins mit dem Abendgesang der Vögel.

»Wenn du mir nur zuhören wolltest, Liebling. Es macht mir nichts aus, wo und wie ich lebe, solange ich nur bei dir sein kann. Wir könnten heiraten, und ich werde weiterarbeiten. John, ich werde in die Fifteen Streets ziehen …«

Der Schleier zerriß. Die Erwähnung des Viertels hatte die Macht, Träume dorthin zu verbannen, wo sie hingehörten. Er sah nicht mehr das Flehen in ihren Augen. Er sah nur noch ihr gutgeschnittenes Kostüm, die goldene Armbanduhr, den Ring mit dem großen Bernstein an ihrem Finger, das Lackleder ihrer schmalen Schuhe und ihre grauen Seidenstrümpfe, und sie umwehte ein Duft, der ihm in die Nase stieg und der nicht nur aus einer Flasche herrührte, sondern bereits beim parfümierten Bad anfing und bis zu den frischen Leintüchern reichte und sie wollte in die Fifteen Streets ziehen! Innerlich lachte er laut auf, ein hartes, bitteres Lachen, und er erwiderte scharf: »Sei still! Du weißt nicht, von was du redest. Warst du jemals in einem Haus der Fifteen Streets?«

»Nein.«

»Schade.«

»Es ist keine Schande, arm zu sein.«

»Nein? Das hab' ich auch einmal gedacht, aber jetzt nicht mehr – es ist ein schändlicher Schimpf, aber ich kann es nicht ändern. Aber etwas kann ich tun – nämlich dich vor dir selber retten. Durch mich wirst du nie in die Fifteen Streets kommen.«

»John, Liebling, hör mir zu!«

»Ich kann dir nicht zuhören; ich muß jetzt gehen.« Er wich ihrer ausgestreckten Hand aus.

»John, bitte! … Oh, geh nicht so! John – ich liebe dich … Siehst du denn nicht, daß ich ohne dich nicht weitermachen kann?«

Das Schweigen des Feldes senkte sich auf sie herab. Sie schienen zu leblosen Wesen, die sich mit Blicken gefangenhielten, erstarrt zu sein. Und dann sprach er, ohne es zu wollen, ihren Namen aus. »Mary.« Wie eine Liebkosung empfand sie das. Aber diese Liebkosung war nur kurzlebig, denn er fuhr fort: »Es muß … es muß Schluß sein, sofort. Es hat keinen Zweck weiterzumachen, nein – nein – nein!« Seine erhobene Hand brachte sie zum Schweigen. »Alles Reden dieser Welt kann nichts daran ändern. Du wirst vergessen – die Zeit wird helfen.«

»Das werde ich nie. Ich weiß, daß du für immer tief in meiner Seele bleiben wirst. Ich werde dich nicht vergessen können, John. Bitte! Bitte, laß es uns versuchen; laß uns einen Weg finden.« Sie streckte die Arme nach ihm aus, und die Demut ihres Bittens öffnete eine neue Tiefe des Schmerzes in ihm. Aber er berührte sie nicht. Mary macht einen letzten verzweifelten Versuch. »Katie würde es so gewollt haben. Sie fand es wunderbar, daß wir …«

»Nicht! … Leb wohl, Mary.« Noch für eine winzige Sekunde nahm er ihr Bild in sich auf. Eine Lerche stieg singend aus dem Gras empor und schwang sich hinauf in die Schatten der Abenddämmerung. Als er sah, wie ihre Augen sich mit Tränen füllten, drehte er sich um und ging die Gasse hinunter.

Es war getan!

Wo du hingehst, werde auch ich hingehen

Mary Ellen war über ihre eigenen Gefühle verwirrt. Der Schmerz über Katies Tod hatte nicht nachgelassen – er war so bitter wie in der Stunde des Geschehens –, aber jetzt hatte die Zeit sie gelehrt, es mit mehr Gleichmut zu ertragen. Was sie verwirrte, war, daß er beiseite gerückt zu sein schien, um Platz für den Kummer zu machen, den sie wegen John empfand. Täglich beobachtete sie, wie er sich immer mehr verschloß – allmählich schien das Leben in ihm abzusterben. Er wurde ein Dockarbeiter, wie er es nie gewesen war, auch dann nicht, als er noch nicht Kragen und Krawatte getragen hatte. Nur mit dem Trinken und dem Herumlungern an den Straßenecken hatte er bis heute noch nicht angefangen, doch aus seiner Arbeitskleidung kam er überhaupt nicht mehr heraus, und aus dem Haus ging er nach Feierabend auch nicht mehr. Seine Stunden verbrachte er im Schlafzimmer – mit sich selber ringend, wie Mary Ellen dachte.

Seit vierzehn Tagen waren keine Briefe mehr gekommen, und eigenartigerweise hatte das eine zusätzliche Leere in ihren Alltag gebracht. Mit diesen täglichen Briefen hatte es noch die Hoffnung gegeben, so schwach sie auch sein mochte, daß sich alles für ihren Jungen zum besten wenden könnte. Jetzt war auch diese Hoffnung erloschen, und mit ihr auch der Teil, der den Verlust Katies überlebt hatte.

Wofür lohnte es sich jetzt noch zu leben? Während sie den Waschstampfer auf die Wäsche im Bottich auf und nieder sausen ließ, stellte Mary Ellen sich diese Frage. Ohne die Möglichkeit eines kleinen Glücks für ihren Jungen und ohne daß sie etwas dagegen tun konnte, verschwand ihr üblicher Antrieb, es schaffen zu wollen. Wenn doch nur ein Akt Gottes sie alle endlich verschwinden ließe, damit John frei sein könnte! Aber solche Dinge tat Gott nie – nichts tat er, was einen Grund und Sinn hatte ... Sie war also mal wieder soweit. Ihre Anfälle von Trotz gegen Gott brachten ihr Stunden der Furcht und Gewissensqual hinterher, doch ein klein wenig Bewunderung über ihre Kühnheit, bei Tag sich gegen ihn aufzulehnen, lag in ihrer Furcht. Andererseits war es wiederum eigenartig, daß sie in letzter Zeit oft das Verlangen hatte, in die Kirche zu gehen – nicht zur Messe, denn Pater O'Malleys Tadel wollte sie sich nicht aussetzen, sondern sie hatte das Bedürfnis, sich nur ganz ruhig und allein in die Kirche zu setzen und sich vielleicht mit Gott wieder auszusöhnen. Natürlich dachte sie all dies nicht in so klaren Worten – so weit war es nicht um ihren Mut bestellt, aber ein Gefühl in ihr drängte sie dazu, in die Kirche zu gehen, still dazusitzen, und sie würde sich besser fühlen. Plötzlich überkam sie dieses Gefühl ganz stark. Sie hörte auf, die Wäsche zu stampfen, und flüsterte vor sich hin: »Ich werde gehen. Ich werde jetzt gehen!« Sie strich sich mit ihrem nassen Arm über die Stirn, schüttelte den Kopf über sich selber und murmelte: »Himmel noch mal, was is' denn eigentlich über dich gekommen? Drehste jetzt völlig durch? Hier is' noch Wäsche für mindestens zwei Stunden!« Wieder beugte sie sich über den Waschzuber und begann die Wäsche Stück für Stück herauszuheben und durch die Mangel zu drehen. Mit Stöhnen, Quietschen und lautem Rattern preßte die Mangel Wäschestück für Wäschestück durch.

Als der Bottich leer war, zerrte sie ihn auf den Hof und entleerte ihn in den Gully, wobei sie sich keine Mühe gab, dem schmutzigen Schaumwasser, das ihr um die Füße wirbelte, auszuweichen. Als sie den Bottich wieder zurück ins Waschhaus rollte, sah sie zufällig auf und begegnete Shanes Blick. Er stand am Küchenfenster, und auf seinem Gesicht lag der gleiche Ausdruck von Verzweiflung, der über all ihren Gesichtern lag. Obgleich er seit Wochen nichts mehr erwähnte, wußte sie doch nur zu gut, daß auch er innerlich ständig um Katie weinte und auch unter dem Wissen litt, daß durch seine Abhängigkeit die Dinge für John nicht gut standen. Einen Augenblick noch blieb sie über den leeren Bottich gebeugt stehen, ihre Augen wanderten über das ausgelaugte Holz. Dann, als habe sie ein geschriebenes Gebot dort gelesen, verließ sie eilig das Waschhaus.

In der Küche trocknete sie sich die Arme ab und kämmte sich flüchtig über das Haar. Shane beobachtete sie schweigend. Selbst als sie ihren Mantel anzog, stellte er keine Fragen. Das Gesicht ihm zugewandt, sagte sie nur: »Ich werd' nich' lange bleiben.« Dann, als wolle sie ihm ihre Verrücktheit wirklich klarmachen, fügte sie hinzu: »Ich geh' in die Kirche.«

Daß eine Frau ihre Wäsche um zwei Uhr nachmittags im Stich

lassen könnte, um in die Kirche zu gehen, mußte einem Mann wie Shane nur beweisen, daß sie total übergeschnappt war, dachte sie bei sich. Aber er gab keinen Kommentar zu ihrem außergewöhnlichen Verhalten. Erst als sie durch die Haustür hinausgehen wollte, sprach er sie an.

»Mary Ellen?«

Sie drehte sich um. »Ja?«

Er suchte etwas in seiner Hosentasche. »Kannst du mir eine Kerze anzünden?« Er gab ihr einen Penny, und ihre Augen trafen sich, und vielleicht zum ersten Mal in ihrem Eheleben fühlten sie sich in ihren Gedanken und Zielen eins.

Als Mary Ellen die Haustür öffnete, fuhr ein Möbelwagen vorbei und hielt vor Peter Brackens Haus. Peter Bracken selber stand an der Türschwelle. Für eine Weile sahen sie einander an, und sie wußte, daß sie eigentlich zu diesem Mann hinübergehen und ihm ein paar Worte hätte sagen sollen, war es doch ihr Sohn gewesen, durch den sein Mädchen umgekommen war. Doch wiederum durch sein Mädchen hatte sie Katie verloren. Mit seiner Ankunft war die Tragödie über ihr Leben hereingebrochen. Peters Augen baten sie, mit ihm zu sprechen, aber sie konnte es einfach nicht. Eigenartig – nur einmal hatten dieser Mann und sie Worte gewechselt. An jenem Tag in der Küche, an dem Tag, an dem das Kind geboren worden war. Bevor sie sich abwandte, versuchte sie, ihm stumm eine freundliche Botschaft zukommen zu lassen. Doch ob ihr dies gelungen war oder nicht – sie wußte es nicht. Während sie die Straße hinunterhastete, ahnte sie, daß es das letzte Mal gewesen war, daß sie Peter Bracken zu Gesicht bekommen hatte. Er verließ das Viertel, und nie wieder würden sie einander begegnen. Warum war er überhaupt hierhergekommen: Um Armut und Ignoranz zu bekämpfen, hatte er gesagt. O Gott, wie glücklich wäre sie doch in all ihrer Armut und Ignoranz, hätte sie nur noch Katie. Und doch konnte sie keine wirkliche Bitterkeit gegen ihn empfinden. Statt dessen fühlte sie, daß sie beide den gleichen Schmerz teilten, und ihr eigenes Verhalten ihm gegenüber belastete sie nicht, denn intuitiv wußte sie, daß er verstand. Der Tag war trüb, und der Himmel hing tief herab. In der Kirche war es so schummrig, als sei es Abend, und wie üblich war die Luft hier drinnen anders als draußen – der Weihrauchduft hing schwer darin. Vorne im Hauptschiff machte Mary Ellen, den Kopf gebeugt, einen tiefen

Knicks. Sie blickte nicht zum Altar, wo immer und ewig Jesus in den heiligen Sakramenten ruhte; irgendwie wollte sie mit Ihm nichts zu tun haben. Es war seine Mutter, die sie brauchte. Leise ging sie zum Seitenschiff hinüber, wobei sie sich bemühte, der Aufmerksamkeit der Heiligen, die in ihren Nischen mit Blumen zu Füßen standen, zu entkommen.

Es brannte keine Kerze im Halbrundständer neben der Mutter Gottes, und sie verharrte im Dunkel, bis Mary Ellen ihre Kerzen angezündet hatte – eine für Shane, eine für John und eine für sich selber. Dann war die heilige Jungfrau beleuchtet und lächelte auf sie herab, das Kind ihr halb entgegenstreckend.

Mary Ellen wußte, daß sie sich eigentlich niederknien und ein Gebet sprechen und der heiligen Jungfrau von Katie und John erzählen sollte, aber sie fühlte sich so schrecklich müde, und sie wollte nur ganz einfach still dasitzen. Sie setzte sich ans Ende der vorderen Bank, so nahe wie möglich bei der heiligen Jungfrau, und blickte zu ihr hinauf, bereit, nun über ihren Jungen zu sprechen. Aber als sie so dasaß, die Füße auf der langen hölzernen Kniebank ruhend und die Hände im Schoß gefaltet, gelang es ihr nicht, an John zu denken. Es war, als seien er und seine Probleme geschrumpft, sosehr ihr Geist auch verzweifelt nach ihnen suchte. Als die Flammen der Kerzen länger wurden, vertiefte sich das Lächeln der heiligen Jungfrau, und es schien Mary Ellen, als bewege sie sich und schiebe das Kind höher auf ihren Arm hinauf, so wie sie dies selber immer mit Katie gemacht hatte. Während sie zu ihnen hinaufblickte, wurde das Licht der Kerzen strahlender und strahlender, und ihre Umgebung außerhalb des Lichterkranzes versank in Dunkelheit. Ein großer Friede überkam Mary Ellen. Er begann in ihren Füßen mit einer prickelnden Wärme und durchzog ihren ganzen Körper und überflutete ihr Sein mit einem Glücksgefühl, wie sie es nie zuvor erfahren hatte noch je sich hätte vorstellen können. So groß war ihr Glücksgefühl, daß es in ihr keinen Raum für Furcht mehr ließ, als sie sah, wie sich die heilige Jungfrau bewegte und sanft jemanden zu ihr hinüberschob.

Als Katie am Ende der Kirchenbank stand und schüchtern lächelnd sagte: »O Ma!«, war Mary Ellen nicht überrascht. Sie beugte sich vor und ergriff Katies Hand. Aber Kleines, ich dachte, du wärst – fort.« Sie sagte nicht ›tot‹. Und als Katie ihr antwortete: »Es waren nur ein paar Minuten, Ma. Alles wurde schwarz, und dann war es vorbei«, nahm Mary Ellen das als eine natürliche Antwort auf. »Dann bist du also nicht da draußen, Kleines? Da draußen im Meer?«

Katies Lachen klang hell durch die Kirche, und sie blickte zur heiligen Jungfrau zurück, und das Lächeln der heiligen Jungfrau nahm zu. »Nicht wahr, Christine, wir sind nie da draußen gewesen?«

Katie hatte den Kopf gedreht und in die Schatten gesprochen. »Das Mädchen, ist sie auch bei dir?« fragte Mary Ellen.

»Ja, natürlich! Wir warten zusammen – es ist schön zu warten.«

»Warten?« wiederholte Mary Ellen. »Worauf, Kleines?«

»Auf die Zeit, in der wir hätten sterben sollen und fortgehen können. Wir sind zu früh gegangen, Ma.«

»Ja, Kleines, das seid ihr.«

Nun, da der Tod erwähnt worden war, überkam Mary Ellen eine süße Zufriedenheit, die sich zu ihrer Glückseligkeit gesellte – jetzt begriff sie, daß ihr Kind mit dem Tode war und daß es eine schöne Sache war, ja sogar nicht nur schön, sondern geradezu aufregend. Ihr Kind war bei ihm und war glücklich. »Kleines, wie lange mußt du warten?«

»Das wissen wir nicht; aber wenn die Zeit einmal vorbei ist, werden wir wieder anfangen zu wachsen – ein anderes Wachsen, daß uns bereitmacht, wieder zurückzukommen – stimmt's, Christine?«

Mary Ellen spähte in die Schatten, konnte aber niemanden sehen, und Katie fuhr fort: »Bevor wir fortgehen, werde ich kommen und dich wiedersehen. Und Ma ...«

»Ja, Kleines?«

»Mach dir keine Sorgen wegen John. Er wird glücklich werden, sehr, sehr glücklich werden.«

»Woher weißt du das, Kleines?«

»Wir wissen alles über die, die wir lieben. Geh jetzt heim, Ma.«

Katies Lippen ruhten auf Mary Ellens Mund, und ihre Reinheit drang tief in ihr Inneres ... Die Reinheit umwehte sie noch wie ein zartes Parfum, als sie die Augen öffnete.

»Katie ... Kleines ...« Suchend streckte sie die Hand aus. Sie konnte Katie nicht sehen, aber etwas, das stärker als die Vernunft war, sagte ihr, daß sie hier war. Wieder flüsterte sie: »Katie, Kleines«; dann blickte sie zur Jungfrau Maria hinauf. Noch immer sah diese wie vorher aus – und doch anders: Auf ihrem Gesicht schien das Wissen aller Ewigkeiten zu liegen.

Katie und Christine ging es gut – sie waren bei ihr. Der Gedanke, wie Christine, als Enkelin eines Spiritisten, bei der heiligen Jungfrau sein konnte, die doch in erster Linie katholisch und dann die Mutter Gottes war, kam ihr erst gar nicht.

Mit einem sanften Lächeln auf dem Gesicht verließ Mary Ellen die Kirche. Katie war glücklich, o ja, sie war wirklich glücklich; und alles würde für ihren Jungen gut werden, hatte Katie gesagt.

Das grauenhafte Bild, wie Katie im tiefen Wasser trieb, das ihre Gedanken all die Wochen beherrscht hatte, war verschwunden. Katie war nicht dort – sie wußte, wo Katie war ...

Leichten Schrittes ging Mary Ellen heim; sie verspürte einen starken Drang, nach Hause zu eilen und Shane davon zu berichten, obgleich sie nicht wußte, wie sie ihm von Katie erzählen sollte, ohne daß er glaubte, nun sei sie komplett verrückt geworden. Aber Shane brauchte Trost, und wenn sie ihm auf vernünftige Weise erzählen konnte, daß sie Katie gesehen hatte, so würde er genauso empfinden, wie sie es jetzt tat. Sie eilte den Hinterhof hinauf, übersah das abgebrannte Feuer unter dem Waschzuber und die Berge der auf sie wartenden Wäsche und betrat die Küche. Shane war da und saß in seinem Lehnstuhl neben der Feuerstelle, und ihm gegenüber saß das Mädchen. Mary Ellen hatte Mary Llewellyn nie zuvor gesehen, aber sie brauchte niemanden, der ihr sagte, wer sie sei.

Rote Flecken brannten auf Shanes grauen Wangen. »Ich hab' dem Mädchen gesagt, sie soll warten – du würdest nich' lang bleiben.«

Mary stand auf und beobachtete die kleine Frau, wie sie die Nadeln aus ihrem Hut zog und sorgfältig ihren Mantel hinter der Küchentür aufhängte. Bis jetzt hatte sie kein Wort gesagt, und so fing Mary an: »Ich hoffe, Mrs. O'Brien, Sie haben nichts dagegen ... aber ich wollte mit Ihnen sprechen.«

»Setzen Sie sich, Miss«, forderte Mary Ellen sie mit ungewohnter Milde auf. »Sie sind uns sehr willkommen. Darf ich Ihnen eine Tasse Tee anbieten?«

»Ja, bitte – gern.«

Mary Ellen drückte den Kessel, der auf dem Schwenkarm stand, tiefer über das Feuer. Shane erhob sich derweil und meinte: »Ich leg' mich für 'ne Weile hin.« Ohne Mary einen Blick zuzuwerfen, verließ er die Küche – es war, als sei sie immer schon hiergewesen und als würde dies auch so bleiben. Die Zimmertür schloß sich hinter Shane, und die beiden Frauen waren allein.

Mary Ellen, voller Ehrfurcht und Verwunderung, stellte schweigend den Teetopf zum Erwärmen ab, nahm Tassen von den Haken aus dem Schrank heraus und stellte sie auf den Tisch. O Katie, Katie. Hast du das gemeint, als du von Johns Leben gesprochen hast? Sie wagte es nicht, zu dem Mädchen hinüberzusehen, aus Angst, sie könnte genauso wie Katie wieder verschwinden.

»Wie geht es John, Mrs. O'Brien?«

Mary Ellen war gezwungen, in ihrem Herumhantieren innezuhalten und diese Frau nun anzusehen, die ihr Junge liebte. Schlicht sagte sie: »Nicht allzu gut, Miss.«

Marys Blick wanderte zum Feuer hinüber, und nach einem Moment fragte sie: »Finden Sie seine Entscheidung richtig?« Doch bevor Mary Ellen noch eine Erwiderung geben konnte, drehte sie sich wieder zu ihr hin und fuhr schnell fort: »Bitte, glauben Sie mir ... Ich verstehe das ... Ich weiß ja, daß Sie nur noch ihn haben, der sich um Sie kümmert, und ich will, daß er dies immer tut. Aber das ist doch kein Grund, warum wir getrennt sein sollten – ist es nicht so, Mrs. O'Brien? Wir mögen einander – wir mögen einander sehr, und es gäbe auch einen Ausweg, wenn er mir nur zuhören würde.«

»Mädchen, man kann nich' ohne Geld heiraten.«

»Haben Sie gewartet, bis Sie Geld hatten?«

Mary Ellen schüttelte den Kopf. »Das is' was anderes ... Sie sind anders. Er will Geld haben, um Ihnen ein Heim bieten zu können.«

»Diese Art von Heim will ich nicht, Mrs. O'Brien«, Mary beugte sich vor und ergriff Mary Ellens Hände, »für mich heißt die Lösung, hierherkommen und hier leben. Ich muß ihm beweisen, daß ich es kann. Es gibt doch immer wieder leerstehende Häuser, und ich könnte weiterarbeiten. Selbst wenn ich es nicht täte, ich habe ein wenig Geld, genug für zwei Jahre, wenn wir einfach leben ... Wie hoch ist die Miete für diese Häuser?«

»Vier Schilling zwei Pence.« Mary Ellen, deren abgearbeitete Hände von den weichen Händen Marys festgehalten wurden, versuchte das Opfer zu ermessen, das es für ihren Jungen bedeutet haben mochte, dieses Mädchen, dessen Charme sie bereits einfing, aufzugeben ... Und doch, es würde nicht gehen. Niemals würde es ihr möglich sein, hier zu leben; alles würde es ihr rauben außer der Fähigkeit des Schmerzes ... Doch wiederum: Würde sie es hier aushalten müssen? Würde John nicht mit jeder Faser seines Selbst kämpfen, um sie hier rauszubringen? Das heißt, sollte sie darauf bestehen, hierherzuziehen, und ihn überzeugen können, sie zu heiraten ... Peter Bracken war ausgezogen, das Haus nebenan war also leer ... Es war fast, als stieße Katie sie an – die Stimme in ihrem Kopf war die von Katie. Sie schwieg und hörte beiden – Katie und dem Mädchen zu.

»Wollen Sie mir helfen, Mrs. O'Brien? Ich versichere Ihnen, daß Sie deswegen nichts zu leiden haben. Bitte, Mrs. O'Brien, helfen Sie mir! Er wird nichts davon erfahren, bis alles getan ist. Ich will ihm beweisen, daß ich hier leben kann ... Wollen Sie?«

»Gleich nebenan is' das Haus frei, Mädchen.« Es war, als habe Katie ihr einen leichten Rippenstoß gegeben. »Es is' das von den Brackens, wissen Sie ... dem Mädchen ...«

»Ja, ja, ich weiß ... O Mrs. O'Brien, sagen Sie mir, was ich tun muß. Mit wem muß ich mich in Verbindung setzen?« Voller Erregung stand Mary auf, und Mary Ellen überkamen plötzlich wieder Zweifel. Sie wandte sich ab und goß den Tee auf. Würde John in einem Haus leben wollen, in dem das Mädchen Christine gelebt hatte? ... Wieder hörte sie Katies helles Lachen wie zuvor in der Kirche. Diesmal lachte sie über ihren Aberglauben. Mary Ellen setzte die Teekanne ab und meinte resolut: »Ich werde alles tun, damit mein Junge glücklich wird, obwohl ich Ihnen besser sage, Mädchen, daß es hart für Sie werden wird ... Selbst wenn alles bestens geht, es wird hart werden.«

»Zweifeln Sie, daß ich es durchstehen könnte?«

»Nein, komischerweise nich'. Wenn Sie ihn genug mögen, werden Sie alles durchstehen können.«

Mit einem tiefen Seufzer der Erleichterung setzte Mary sich wieder hin. Sie nahm Mary Ellen die Tasse ab, und sie lächelten einander an, und eine Stille legte sich über die Küche; beide tranken ihren Tee und dachten nach, ihre Gedanken wanderten auf verschiedenen Wegen, doch in die gleiche Richtung.

Der flache Lieferkarren stand vor der Tür – ein sauberer, respektabler Lieferkarren, aber schon sein bloßer Anblick und seine Bedeutung hatten Beatrice Llewellyn umgeworfen. In ohnmächtiger Wut, vermischt mit Selbstmitleid, lag sie auf ihrem Bett.

Zorn lag auch in James Llewellyns Stimme, als er von der Türschwelle ihres Zimmers aus mit Mary sprach, wobei er von Zeit zu Zeit dem Möbelpacker Platz machen mußte, damit dieser vorbeigehen konnte. Er redete nur, wenn der Mann außer Hörweite war, und dann so schnell, als wolle er noch alles sagen, was zu sagen war.

»Bis zum Ende deiner Tage wirst du das bereuen ... Hörst du mir überhaupt zu?«

»Ja, ich höre dir zu.« Mary hatte ihm den Rücken zugewandt und fuhr fort, Bücher vom Regal zu nehmen und in eine Teekiste zu packen.

»Du weißt nicht, was du tust – du kannst es einfach nicht wissen! Mein Gott, Mädchen, der Abschaum der Erde lebt in den Fifteen Streets – er ist kein Mann für dich! Kein Mann, der diesen Namen verdient, würde jemanden wie dich bitten, dorthin zu ziehen.«

»Er hat mich nicht gebeten. Er hat sich sogar geweigert, mich überhaupt zu treffen.«

»Und du hast so wenig Stolz, dahin zu ziehen und dich ihm an den Hals zu werfen?«

»Ja, so wenig Stolz habe ich, und genau das werde ich tun.«

Der Packer kam herein, und während er die Teekiste hochhob, fragte er: »Is' das alles, Miss?«

»Ja ... außer den zwei Koffern und den Kartons in der Halle.«

James Llewellyn warf dem unglücklichen Mann einen mörderischen Blick zu, als dieser die Kiste an ihm vorbeischleppte. »Sind Möbel im Haus?« fragte er barsch seine Tochter.

»Nein.«

»Nein? Willst du etwa damit sagen, daß du mit diesen paar Trümmern dort leben willst?« Er nickte in Richtung der Eingangshalle.

»Ich habe ein Bett und einen Tisch gekauft ... gerade die notwendigsten Dinge.« Mary hielt den Kopf weiterhin abgewandt. Sie mußte an das Problem mit dem Bett denken – sollte sie nun bescheiden sein und ein Einzelbett kaufen oder sich ehrlich zu sich selber bekennen und das kaufen, von dem sie hoffte, daß es eines Tages notwendig sein würde. In dieser Sache hatte sie Mary Ellen nicht um Rat gefragt. Das war etwas, was sie selber entscheiden mußte … Doch war sie mutig genug, die Kommentare ihrer zukünftigen Nachbarn zu ertragen? Denn da machte sie sich nichts vor: Entgehen würde denen nichts, und im Geiste hörte sie schon deren Kommentare … eine Junggesellin kaufte sich ein neues Doppelbett. Ihr war bereits klar, daß die härteste Probe in den Fifteen Streets der Mangel an Ungestörtheit sein dürfte.

Sie hatte ein Doppelbett bestellt, das wahrscheinlich bereits geliefert worden war. Sie warf noch einen letzten Blick im Zimmer umher; ihre Augen mieden die des Vaters. Er stand da – dunkel und massiv im Türrahmen. Die Mißbilligung ihrer Mutter berührte sie nicht weiter, aber die seine machte ihr das Herz schwer. Sie wäre glücklich in das Viertel der Fifteen Streets umgezogen, hätte er nur ein freundliches Wort für sie gehabt.

»Du wirst zum Stadtgespräch werden – die Zielscheibe allen Spotts!« Er verstellte ihr den Weg, und mit niedergeschlagenen Augen wartete sie darauf, daß er ihr Platz machen würde.

»Ich werde nicht die erste und auch nicht die letzte sein.«

»Deine Mutter ist krank.«

»Meine Mutter ist nicht krank … sie ist nur wütend, und das weißt du auch genau.« Sie hob die Augen zu ihm hoch. All seine Gefühle spiegelten sich in seinem Gesicht, und sie konnte den Anblick nicht länger ertragen.

»Ich muß gehen …« Sie trat auf die Tür zu, aber ihr Vater rührte sich nicht. Er stand da und starrte sie an; in seinem Gesicht arbeitete es. Er kämpfte gegen die besänftigenden Gefühle an, die die Überhand in ihm gewinnen wollten – seine Tochter zog in die Fifteen Streets! Seine Mary, die Farben und Licht und Lachen liebte, die ihm so nahestand, näher noch als seine Frau, die wie er vernünftig urteilen und wie er über die gleichen Dinge lachen konnte – und sie war im Begriff, in einem dieser heruntergekommenen Häuser zu leben, nur um diesem großen Dockarbeiter nahe zu sein … Allmächtiger Gott, es war nicht zu fassen! Und doch er gestand ihr die gleiche Fähigkeit wie sich selber zu, vernünftig und klar zu urteilen. Lag sie dann vielleicht doch nicht so falsch? … War der Bursche doch etwas wert? Wie auch immer: Sie hatte kein Recht, so etwas zu tun. Sie war wahnsinnig.

»Mary, Kind, geh nicht … Ich werde versuchen, was für ihn zu tun … Einen anderen Job oder irgendwas.« Sein Gesicht hatte nun den Ausdruck mitleidsvollen Bittens angenommen.

Langsam schüttelte sie den Kopf und hielt ihm die Hand hin. Nur mit Mühe gelang es ihr zu sprechen.

»Es würde nichts bringen … Er würde sich weigern. Es gibt nur eine einzige Möglichkeit, nämlich, anzunehmen, was er zu bieten hat, wie gering es auch sein mag, und damit zu leben … Vielleicht später …«

»O Mädchen«, er zog sie in die Arme. »O Mary, Mädchen!«

Sie hielten sich für einen Moment fest, eng und hart. Dann stieß er sie von sich und eilte den Flur hinunter. Mary, die mit den Tränen kämpfte, hörte zu ihrem Erstaunen, wie er in der Auffahrt den Möbelpacker anfuhr.

»Komm wieder rein, und hilf mir mit den Möbeln.« Er kam zurück, gefolgt von dem Mann, den er mit einer Flut von Befehlen völlig konfus gemacht hatte.

»Trag den Porzellanschrank dort und den Bücherschrank raus. Und die Couch und den Sessel. Und dann wird der Teppich aufgerollt.«

»Vater – nein, nicht doch. Hör zu«, protestierte sie, ich will das alles nicht haben … ich muß so gehen, wie ich bin. Es macht alles nur noch schwerer. Er würde das nicht wollen …« Sie hielt inne. Ihr Vater hörte ihr gar nicht zu. Wie besessen fuhrwerkte er herum. Das eine Ende des schweren Bücherschranks tragend, ging er an ihr vorbei und brachte beinahe den Packer aus dem Gleichgewicht mit seinen sich überschlagenden Anordnungen und seiner Kraft, und sie wußte, daß sie ihn das für sie tun lassen mußte. Um wieviel es ihr die vor ihr liegende Arbeit auch erschweren würde, diese Sachen mußte sie annehmen.

Als das Zimmer schließlich ausgeräumt war, ging sie neben ihrem Vater zum Tor hinunter. In tiefer Verlegenheit standen sie einander gegenüber und sahen sich an. »Nun dann, viel Glück, Kind. Ich glaube, ich werde dich besuchen … Welche Nummer ist es?«

Fadden Street Nummer elf.«

»Du kannst immer zurückkommen, das weißt du doch?«

»Danke, Vater.«

»Auf Wiedersehen, Kind.«

»Auf Wiedersehen.« Mehr brachte sie nicht heraus. Nur verschwommen konnte sie den vor ihr herrumpelnden Lieferkarren erkennen, und das hielt auch so lange an, bis sie in die Nähe der Fifteen Streets kamen.

Den ganzen Nachmittag arbeiteten sie. Sie schnitten den Teppich zurecht, so daß er für den Fußboden des Vorder- und des Schlafzimmers reichte. Der Bretterboden der Küche war bis auf zwei Läufer, die nach Mary Ellens Geschmack viel zu bunt und zu gut für diesen Raum waren, nackt. Die Sachen, die das Mädchen gebracht hatte, waren wunderschön! Sie war froh, daß der Vater des Mädchens sie gezwungen hatte, die Sachen mitzunehmen, denn damit war schon eines der Hauptprobleme der Heirat aus dem Weg geräumt – so sah sie es ... sie waren eingerichtet. Doch ihr Glück über diese neue Wendung des Geschicks wurde etwas getrübt, und zwar war dafür die Statue verantwortlich diese große weiße unbekleidete Frau, so nackt wie an dem Tag, als sie geboren worden war. Sie stand auf einem Podest und war von der Haustür aus für jedermann sichtbar. Das Mädchen war ehrbar, das wußte sie, und offenbar bedeutete diese nackte Frau nichts weiter als das, was sie war, eine Statue. Aber laß die da draußen auch nur einen kleinen Blick von ihr erhaschen, und Mary Ellen sah das Resultat so plastisch vor sich, als hätte es bereits stattgefunden. Die Frauen würden das Mädchen als ›loses Stück‹ beschimpfen, und von Anfang an würde ihr Leben im Viertel suspekt sein. Sie würden ihr Männer andichten, die sie angeblich alle schon gehabt hatte, und ihr Junge würde der Gegenstand des Mitleids aller werden, weil er sich hatte einfangen lassen, und niemals würde das Mädchen an den Ecken der Straßen vorbeigehen können, ohne daß ihr hungrige Augen und hämisch-dreckiges Gelächter folgten. Könnte sie es ihr doch nur erklären –, aber das war so schwer auszudrücken. Mary Ellen wußte, daß ihr die Worte nicht leicht kamen, aber wenn nun etwas passierte ... Ja, wenn sie das Ding aus Versehen umstoßen würde ... Sie stand davor und blickte es an. Viel Zeit blieb nicht übrig, denn John konnte jetzt jeden Augenblick heimkommen. Molly stand bereits an der Straßenecke und hielt Ausschau nach ihm, und das Mädchen stand in der Küche und kochte ihr erstes Essen. Nun, jetzt oder nie. Als sie auf den Boden krachte, hörte sie einen kleinen Aufschrei, und da stand Mary im Türrahmen, schneeweiß im Gesicht und zutiefst schockiert.

Über die Scherben hinweg blickten sie einander an. Mary Ellen – in ihrem Gesicht arbeitete es heftig – versuchte zu erklären: »Mädchen, ich mußte es tun ... Die würden sonst denken ... die

Frauen würden sagen ... Hier in dieser Gegend würden sie's nich' verstehen ... Ich will, daß du einen guten Start hast.«

Mary blickte hinunter auf die Fragmente ihres Gefühls. Die Statue war für sie ein Symbol der Wahrheit gewesen; ein echtes Sinnbild ihrer Emanzipation von Heuchelei und Scheinheiligkeit; ein Symbol ihrer eigenen wachsenden Freiheit. Aber jetzt lag sie da in tausend Stücken. Erst in diesem Augenblick wurde ihr wirklich klar, was es bedeutete, in den Fifteen Streets zu leben. Als schlimmstes hatte sie sich die Dürftigkeit des Lebens hier vorgestellt. Jetzt erkannte sie, daß dies nur ein Teil des Ganzen war. Um hier glücklich zu leben, mußte sie nicht nur ihr äußeres Leben einschränken, sondern auch ihr inneres. Nicht nur ihr Handeln, auch ihr Denken wurde eingeschränkt. Diese kleine Frau hier hatte die Statue nicht aus Böswilligkeit zerbrochen, sondern aus dem Wunsch heraus, ihr zu helfen. Tiefes Wissen um ihre eigenen Leute hatte sie zu dieser Zerstörung gedrängt, und vielleicht war dies hier eines der vielen Dinge, die zerstört werden mußten, wollte sie dieses Leben ertragen. Würde sie es ertragen können?

»Mädchen, ich wollte dich nich' verletzen.« Mary Ellen war voller Mitleid, und ihre Finger zupften wie immer, wenn sie verstört war, nervös am Knopf ihrer Bluse herum. Hatte sie mit ihrer verrückten Tat das zerstört, was sie am meisten wollte: das Glück ihres Jungen? Das Mädchen sah verletzt und bestürzt aus. Sie hatte doch nur gewollt, daß sie einen guten Start hatte, aber erreicht hatte sie genau das Gegenteil. Sie senkte den Kopf, um die Tränen zu verbergen ... Klappte denn nie etwas?

Plötzlich spürte sie die Arme des Mädchens um ihre Schultern, und voller Erleichterung lehnte sie sich gegen sie; fast wie ein Kind fühlte sie sich wieder, als Mary ihr beruhigend auf den Rücken klopfte. »Schon gut! Schon gut! Ist schon in Ordnung. Ich verstehe ja. Ich hätte eben mehr Verstand haben müssen, als so etwas hierherzubringen. Bitte, weine nicht! Denk daran«, sie kicherte jetzt leise, »wenn Pater O'Malley sie gesehen hätte!«

Beide begannen nun zu lachen, und die kleinen Gluckser endeten in einem befreienden Gelächter – in einem Lachen, so entspannt, wie Mary Ellen es sich nie hätte träumen lassen, es wieder zu lachen. Oh, dieses Mädchen würde es schaffen. Sie wußte über die richtigen Dinge zu lachen.

Beide hielten abrupt inne, als ein Pumpern an der Haustür zu vernehmen war. Mary Ellen öffnete, und Molly stand davor.

»Ma, er kommt die Straße hoch.«

»In Ordnung«, sagte Mary Ellen. »Du weißt ja, was du tun sollst. Sag ihm, er soll von vorn reinkommen.«

Ohne Mary noch einmal anzusehen, meinte sie: »Also, Mädchen, ich mach', daß ich fortkomm«, und mit diesen Worten ging sie durch die Küche zur Hintertür hinaus.

In ihrem eigenen Hinterhof blieb sie für einen Moment stehen. In den nächsten Minuten würde sie ihren Jungen verlieren, denn sie zweifelte nicht daran, daß, war er erst einmal durch die Tür gegangen, er sie endgültig verlassen hatte und eine andere Frau ihn haben würde. Wollte sie denn nicht sein Glück? Ja, über alles stellte sie sein Glück. Doch sie hatte sich nicht vorgestellt, daß mit seinem Glück ein Gefühl der Einsamkeit in ihr erwachen würde. Nun, sie mußte eben ihre Gedanken den anderen zuwenden. Shane zum Beispiel brauchte sie mehr als je zuvor. Und Molly, die wie ausgewechselt war, seit Katie tot war. Und Mick, der zwei feste Hände brauchte, die ihn von Dominics Fußstapfen fernhielten.

Ja, es gab immer noch genug, mit dem sie fertig werden mußte. Und außerdem, ihr Junge würde ja noch für einige Zeit nebenan wohnen bleiben – Rom war auch nicht an einem einzigen Tag erbaut worden.

Als Mary allein war, fühlte sie sich wie gelähmt. Da gab es noch Dutzende von Dingen, die sie erledigen wollte, bevor sie ihm gegenübertrat, wie zum Beispiel ihre Schürze wechseln und ihre Haare kämmen. Aber jetzt stand sie da wie angewurzelt. Noch vor wenigen Minuten hatte sie sich gefragt, ob sie dieses Leben ertragen könnte. Was für eine dumme Frage, wo ihr doch jede Faser ihres Inneren sagte, daß sie nur ein Leben ohne ihn nicht ertragen könnte.

Das Geräusch seiner schweren Schritte hatte sie erreicht; sie hob den Kopf. Alle Farben des Lebens, alle Tiefen der Musik, der sie je gelauscht hatte, all die Schönheit, die sie mit ihrer ganzen Seele aufgenommen hatte, all das stieg in ihr auf, und sie ging auf die Tür zu. Aber erst als sie hörte, wie er den Klopfer an seiner eigenen Tür benutzte, schob sie den Riegel zurück.

Es dauerte eine Weile, bis er langsam den Kopf in ihre Richtung drehte, so langsam, als fürchte er sich vor dem, was er sehen würde. Sie hielt eine Hand ausgestreckt, und er kam auf sie zu, berührte sie jedoch nicht. So nahm sie seinen Arm und zog ihn über die Schwelle und schloß die Tür hinter ihm. Er ging vor ihr her und blickte sich um, und sein Gesicht hatte alle Farbe verloren. Er hob den Blick von den Scherben der zerbrochenen Statue, die neben der Feuerstelle auf dem Gesicht lag, und sagte grimmig: »Nein, Mary. Das kannst du nicht tun ... Genauso wirst auch du enden – zerbrochen.«

»Manche Dinge sind besser zerbrochen.«

»Das werde ich nicht zulassen.«

»Du kannst mich nicht aufhalten, Liebster ... Es ist geschehen. Hier bin ich, und hier bleibe ich, bis du mich nimmst ... und danach.«

Wieder wanderten seine Augen durch das Zimmer, und sie lächelte ihn zärtlich an. »Magst du es?« Er erwiderte nichts, und sie forderte ihn auf: »Komm, sieh dir die Küche an.«

In der Küche erblickte er einen Tisch, der in strahlendem Weiß für zwei gedeckt war. Der brandneue Kessel summte auf dem Schwenkarm.

Dieser Anblick ließ etwas in ihm zerspringen. Er schloß die Augen und versuchte, gegen die Schwäche anzukämpfen. »Du weißt nicht, was du tust ... Du wirst es bereuen ... Dein Vater sollte ...«

Mehr konnte er nicht sagen. Sie lehnte sich gegen ihn, die Arme um seinen Hals geschlungen. Das Oval ihres Gesichtes strahlte ihn an. »Halt mich fest, John.«

Seine Arme, die sie an sich rissen, verrieten seinen Hunger. Der schwache Duft ihres Körpers vermischte sich mit dem beißenden Geruch von Eisenerz, und in dem anschwellenden Gemurmel seiner Liebkosungen und dem Suchen seiner Lippen gingen ihre Worte unter:

»Wo immer du hingehst, werde ich hingehen, und wo du lagerst, werde ich lagern. Deine Leute werden meine Leute sein, und dein Gott wird mein Gott sein. Wo du stirbst, werde auch ich sterben und dort begraben werden. Und Gott möge uns beschützen, bis daß der Tod uns scheidet.«

Catherine Cookson
Meisterin des romantischen Frauenromans

Die Lebensgeschichte von Catherine Cookson wäre selbst eine großartige Vorlage für einen Roman. Die Autorin wird 1906 als Katie McMullen in England geboren. Ihre Kindheit wird von Armut geprägt; ein besonderer Schock ist es für sie, als sie erfährt, daß ihre Eltern eigentlich ihre Großeltern sind, und ihre ältere Schwester in Wirklichkeit ihre Mutter ist. Sie weiß bis heute nicht, wer ihr Vater war.

Bereits mit 14 Jahren beendet sie die Schule und tritt als Hausmädchen ins Arbeitsleben ein. Doch schon damals nützt sie ihre Freizeit, um zu schreiben. Als die Sechzehnjährige eine Geschichte bei der Zeitung einreicht, wird sie damit abgewiesen. Doch sie hört nie auf, Geschichten zu erfinden und zu schreiben. 1936 lernt Catherine Cookson ihren Mann kennen, mit dem sie seit der Heirat 1940 ununterbrochen zusammen ist. Sie hat schwere gesundheitliche Probleme und erleidet nach mehreren Fehlgeburten einen Nervenzusammenbruch. Doch allen Schwierigkeiten zum Trotz hört sie nie auf zu schreiben.

1950 wird ihr erster Roman veröffentlicht, und es beginnt ein steiler Weg zum Erfolg. Inzwischen hat sie knapp 80 Romane geschrieben und ihre Werke sind in ein halbes Dutzend Sprachen übersetzt worden. Zeitungen nennen sie die beliebteste Autorin Großbritanniens, die Königin verlieh ihr einen Orden und von der University of Newcastle bekam sie den Magistertitel ehrenhalber.

Auch nach einem leichten Schlaganfall schreibt Catherine Cookson eifrig weiter, denn »Schreiben ist für mich eine Besessenheit. Es ist mir nie schwer gefallen, neue Ideen zu finden. Ich habe mehr Geschichten in meinem Kopf, als ich in den mir verbleibenden Jahren erzählen kann. So lange ich lebe, werde ich immer eine Geschichte zu erzählen haben.«

Verzeichnis lieferbarer Titel

(Stand Juni '96)

*Die Bandnummern der Heyne-
Taschenbücher sind jeweils in
Klammern angegeben*

Joanna Trollope

»Eine Geschichte der Verführung - nicht nur sexueller Art,
sondern auch durch den unwiderstehlichen Reiz von Geld,
schönen Dingen, bezaubernden Manieren - einfach exzellent.«
SUNDAY TIMES

01/9064

Die Zwillingsschwestern
01/9453

Wirbel des Lebens
01/9591

Wilhelm Heyne Verlag
München

Leonie Ossowski

Lebendig, unterhaltsam, wirklichkeitsgetreu - die Werke einer
großen Erzählerin der deutschen Gegenwartsliteratur. Für ihr
Gesamtwerk erhielt Leonie Ossowski den Schillerpreis der
Stadt Mannheim.

Stern ohne Himmel
01/7817

**Wer fürchtet sich vorm
schwarzen Mann?**
01/7835

Blumen für Magritte
01/8183

Weckels Angst
Mannheimer Geschichten
01/8255

Von Gewalt keine Rede
01/8417

Wilhelm Meisters Abschied
01/8795

Neben der Zärtlichkeit
01/8823

Holunderzeit
01/9258

Die große Schlesien-Trilogie:

Weichselkirschen
01/9256

Wolfsbeeren
01/9257

Holunderbeeren
01/9258

Wilhelm Heyne Verlag
München

Susan Kay

Die bisher ungeschriebene Lebensgeschichte des
»Phantoms der Oper«. »Ein gründlich recherchierter und
packend geschriebener Roman, der einen magischen
Schleier aus Realität und Phantasie webt.«

NORDDEUTSCHER RUNDFUNK

01/8724

Wilhelm Heyne Verlag
München

Katherine Neville

Gleich ihr erstes Buch, »Das Montglane-Spiel«, wurde
ein Weltbestseller. Katherine Nevilles Romane sind
»kühn, originell und aufregend...« PUBLISHERS WEEKLY

Katherine Neville

DAS MONTGLANE-SPIEL

ROMAN

»Das weibliche Gegenstück zu Umberto Ecos
›Der Name der Rose‹«
BOSTON HERALD

01/8793

Außerdem erschienen:

Das Risiko
01/8840

Wilhelm Heyne Verlag
München